国际第10版

古典神话

CLASSICAL MYTHOLOGY
INTERNATIONAL TENTH EDITION

[美]
马克·P.O. 莫福德（Mark P.O. Morford）
罗伯特·J. 勒纳尔登（Robert J. Lenardon）
迈克尔·沙姆（Michael Sham）
著 ——————————————

曾　毅
陈先梅
罗逍然
译 ——————————————

U0361532

北京大学出版社
PEKING UNIVERSITY PRESS

著作权合同登记号 图字 01-2016-4854

图书在版编目 (CIP) 数据

古典神话：国际第 10 版 / (美) 马克·P. O. 莫福德，(美) 罗伯特·J. 勒纳尔登，(美) 迈克尔·沙姆著；曾毅，陈先梅，罗逍然译 . —— 北京：北京大学出版社，2025. 5. —— ISBN 978-7-301-35858-0

Ⅰ . I106.7

中国国家版本馆 CIP 数据核字第 2025A4P405 号

审图号：GS（2024）1539 号

书　　　名	古典神话（国际第10版）
	GUDIAN SHENHUA(GUOJI DI-SHI BAN)
著作责任者	［美］马克·P. O. 莫福德（Mark P. O. Morford）［美］罗伯特·J. 勒纳尔登（Robert J. Lenardon）［美］迈克尔·沙姆（Michael Sham）著　曾毅　陈先梅　罗逍然　译
责 任 编 辑	黄维政　于海冰
标 准 书 号	ISNB 978-7-301-35858-0
出 版 发 行	北京大学出版社
地　　　址	北京市海淀区成府路205号 100871
网　　　址	http://www.pup.cn　新浪微博：@北京大学出版社　@阅读培文
电 子 邮 箱	编辑部 pkupw@pup.cn　总编室 zpup@pup.cn
电　　　话	邮购部 010-62752015　发行部 010-62750672　编辑部 010-62750883
印 刷 者	天津联城印刷有限公司
经 销 者	新华书店
	889毫米×1194毫米　16开本　55.5印张　1300千字
	2025年5月第1版　2025年5月第1次印刷
定　　　价	238.00元

目录

地图、神谱、《神话与文化》栏目索引

《神话与文化》栏目

前言

《古典神话》一书的手稿提交给出版商的那一天距今已经超过40年。原版的作者们不断更新自己在这一领域的研究，同时也通过后续的9次再版对原书多有修订。

我们的工作设想是让本书成为一部综合性文献，让读者可以通过它深入探索希腊和罗马的神祇，以及传说中的男女英雄。简而言之，我们希望本书能成为古典神话这一主题的严肃研究者的基础文本。同时，我们也打算提供一部丰富的文献，让读者有可能对古典时代所留下的伟大神话传统产生同情的理解。我们还认为：古典神话对各种艺术形式（绘画、雕塑、文学、音乐、歌剧、舞蹈、话剧、电影）有着巨大的影响，这一影响也是一种至为有趣和有价值的主题，其重要性不容忽略。这一影响是本书第四部分（"古典神话与后世"）各章的主要关注点，其实也渗透到我们这部作品的各个方面。在当今世界中，希腊罗马神话无疑仍然保持着旺盛的顽强生命力，并且随处可见。以其不可磨灭的美与伟大的启发力量，希腊罗马神话为我们呈现了一座至为丰饶、不可穷尽的博物馆，让我们得以理解西方文明的文化、智慧和艺术的历史。

最初，莫福德教授和勒纳尔登教授各自主要负责本书中的不同部分：勒纳尔登教授写了第一部分（第1—16章）和第四部分中的第28章，莫福德教授写了第二、三部分（第17—26章）以及第四部分中的第27章。我们一直沿袭着这一分工，尽管在后续的修订过程中三位作者都自由地对本书各个部分有所贡献。

历次修订工作广泛而深入，并且多年来从众多敏锐而富有鉴别力的批评家那里获益良多。他们不断鼓励我们坚持自己的信念，即希腊罗马神话的文学传统的重要性必须是第一位的，然而同时他们也认可我们尽可能地将其他比较和阐释方法以及来自考古学等更遥远领域的资料纳入视野的需求和想法。

我们对古代作者文本的翻译仍然是广泛的，在这一版中没有删去任何翻译内容。全书中大部分英译文都出自勒纳尔登教授的手笔（第26章和第27章除外），其中包括全部33首《荷马体颂歌》、赫西俄德的《神谱》与《工作与时日》中的重要篇章，以及荷马、埃斯库罗斯、索福克勒斯、欧里庇得斯、希罗多德、柏拉图、拉丁语作家中的奥维德和维吉尔的作品选段（其中许多选段都相当长）。这些文本穿插在用于阐明其神话意义和文学意义的阐释性评论与分析段落之间，提供了深刻且富于挑战性的解读空间。

书中也收入了众多其他作者——如古希腊抒情诗人、前苏格拉底哲学家、品达、琉善，以及斯塔提乌斯、曼尼利乌斯和小塞涅卡等拉丁语作家——作品的较短节选。所有英译文都出自我们自己的手笔。

在拼写中保持一致，这已被证明无法实现。大体上，我们采用的是拉丁化的拼法（如克洛诺斯拼作 Cronus 而非 Kronos）或英语国家中普遍接受的拼法（如赫拉克勒斯拼作 Heracles 而非 Herakles）。鉴于对希腊专名的非拉丁化的拼法已经流行起来，我们在书末特增附录，列出了重要专名希腊语拼写所对应的拉丁化形式和英语形式。这可以作为一种转写原则的范式。

多年以来，我们从众多同行、学生和友人那里得到了帮助和鼓励，也在本书 10 个版本的编辑策划、制作和出版中得到许多人的慷慨支持。在此我们向这些对本书贡献良多的人们表示深深的谢意。

关于这一版，我们尤其要感谢史密斯学院希利尔艺术图书馆馆长芭芭拉·波洛维（Barbara Polowy），以及下列对本书提出批评和具体建议的评论者：

扬斯敦州立大学：科里·E. 安德鲁斯（Corey E. Andrews）

汉普登—悉尼学院：贾尼思·西格尔（Janice Siegel）

刘易斯 & 克拉克社区学院：特里·R. 希尔根多夫（Terri R. Hilgendorf）

阿巴拉契亚州立大学：理查德·A. 斯宾塞（Richard A. Spencer）

哥伦比亚学院：艾伦·约翰斯顿（Allan Johnston）

大都会州立大学：卡罗琳·惠特森（Carolyn Whitson）

罗斯州立学院：谢丽·穆萨托（Sherri Mussatto）

没有牛津大学出版社高等教育发行人约翰·夏里斯（John Challice）的热情而有力的支持，这个新版本就不可能问世。牛津大学出版社中其他对我们至关重要的工作人员同样值得我们真挚感谢。他们是：执行主编查尔斯·卡瓦利埃（Charles Cavaliere）、高级策划编辑梅格·博特翁（Meg Botteon）、制作经理丽莎·格尔赞（Lisa Grzan）、文字编辑莎拉·沃格尔松（Sarah Vogelsong）、校对希瑟·达布尼克（Heather Dubnick）、索引编辑苏珊·莫纳汉（Susan Monahan）、制作编辑戴维·布拉德利（David Bradley）、艺术指导米歇尔·拉索（Michele Laseau）。

查尔斯·奥尔顿·麦克劳德（Charles Alton McCloud）一如既往地与我们分享他在音乐、舞蹈和剧场艺术领域的专业知识，从本书诞生之时便一直如此。

马克·P. O. 莫福德（Mark P. O. Morford）

罗伯特·J. 勒纳尔登（Robert J. Lenardon）

迈克尔·沙姆（Michael Sham）

2015 年

关于本书作者

■ **马克·P. O. 莫福德**是弗吉尼亚大学的古典学荣休教授。加入弗吉尼亚大学之前，他在俄亥俄州立大学教授了21年古典学，并曾担任古典学系主任。他还曾在史密斯学院担任文艺复兴研究的肯尼迪讲席教授，并在那里的尼尔森图书馆莫蒂墨善本库担任研究职务。身为美国语文学会的教育副主席，他积极地推动了学校与大学中的教师学者之间的合作。在50年的教学生涯中，他致力于促进古典学领域与其他学科的教师们之间的配合。他出版了关于罗马诗人佩尔西乌斯、卢坎和文艺复兴时期学者尤斯图斯·利普西乌斯（《斯多葛学派与新斯多葛学派：利普西乌斯与鲁本斯的社交圈》[*Stoics and Neostoics: Lipsius and the Circle of Rubens*]）的研究专著，并发表了众多关于希腊罗马文学和文艺复兴时期学术与艺术的文章。他的著作《罗马哲学家》（*The Roman Philosophers*）出版于2002年。

■ **罗伯特·J. 勒纳尔登**是俄亥俄州立大学的古典学荣休教授。他在那里工作了25年，并曾担任古典学研究院主任。他也曾在其他几所大学任教，其中包括辛辛那提大学、哥伦比亚大学和不列颠哥伦比亚大学，并曾在剑桥大学科珀斯克里斯蒂学院担任客座研究员。他发表了诸多关于希腊历史和古典学方面的文章，并著有传记《忒米斯托克勒斯传奇》（*The Saga of Themistocles*）。他曾担任《古典学杂志》（*Classical Journal*）的书籍评议编辑，并曾在有关音乐中的神话的广播节目中亮相，因为这一话题是他的最爱。古典学题材与主题在文学、音乐、电影和舞蹈中的延伸也是他最感兴趣的教学和研究领域。他曾在2001年的秋季学期担任肯塔基州路易斯维尔大学的驻校杰出访问学者。他对《希腊诗选》（*Greek Anthology*）的翻译已由杰拉德·巴斯比（Gerald Busby）配乐，发行了由男高音和钢琴演奏的作品《古希腊歌谣》（*Songs from Ancient Greek*，2005年在卡内基音乐厅举行了首演）。目前他正在完成一部历史著作——《傲慢：波斯人对希腊人发动的战争》（*Hubris: The Persian Wars Against the Greeks*）。

■ **迈克尔·沙姆**在锡耶纳学院担任古典学教授。在过去20年中，他在这所学院创建了一个规模不大却活力十足的项目。目前他是锡耶纳学院的现代语言和古典学系主任。在他的教学生涯中，他致力于将古典学教育的价值向更广大的受众推广。他努力将传统学术领域中的学者、作家和艺术家联合起来，共同探索古典传统中历久弥新的活力。他的写作和演讲展现出广泛的学术兴趣，其中包括关于奥维德的《变形记》对当代美国诗人的影响以及希腊悲剧如何被搬上当代舞台等问题的研究。他本人曾经创作一部对欧里庇得斯的《伊菲革涅亚在奥利斯》的改编作品，颇受好评。他是《古典神话导读》（*A Companion to Classical Mythology*, Longman, 1997）一书的共同作者。他还负责《古典神话》一书的导读网站、教学手册以及辅助资料《正在播放》（*Now Playing*）的制作。目前他正在写作一本关于《伊利亚特》与《奥德赛》对当代文化的影响的著作。

众神的谱系

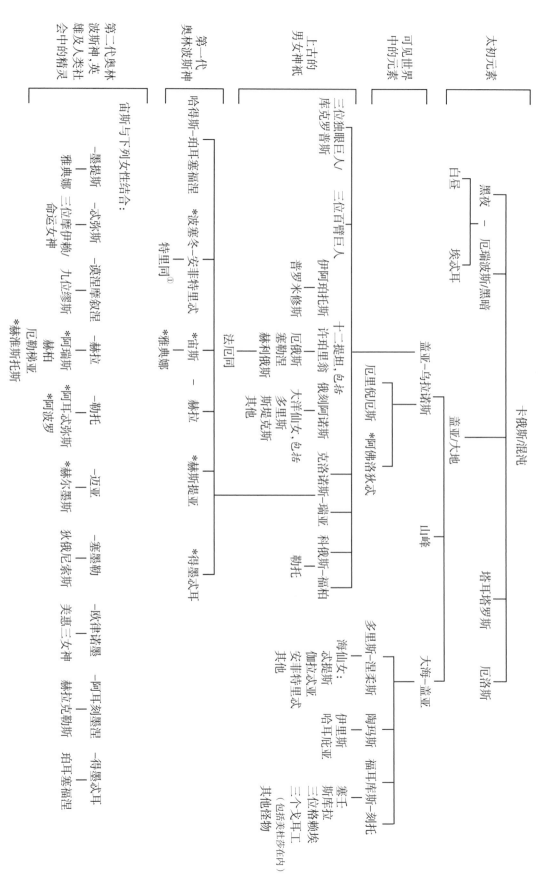

*号代表奥林波斯神；—号代表"与……结婚"或"与……结合"。资料来自 A Study Guide for Classical Mythology. John T. Davis. Burgess Publishing Co.

① 原文在特里同前标丁星号，指其为奥林波斯众神之一，有误。

第一部分
创世神话与众神

威廉·布莱克《亘古》

第1章
古典神话的解读及定义

> 斐德若：苏格拉底，请告诉我，传说中北风之神波瑞阿斯
> （Boreas）抢走俄瑞堤伊亚（Oreithyia）的地方是不是就在这里，
> 在这伊利索斯河（Ilissus）附近？
>
> 苏格拉底：故事是这么说的。
>
> 斐德若：就是在这附近，是不是？不管怎样，这条河真
> 美，水质清澈，是姑娘们游玩的完美之地。
>
> 苏格拉底：不，是在下游稍远的某处……那里有一个波
> 瑞阿斯的祭坛，我想。
>
> 斐德若：这我倒不知道。但是，苏格拉底，请告诉我，以
> 宙斯之名，你相信这个故事是真的吗？
>
> ——柏拉图《斐德若篇》（Phaedrus）229b[①]

给神话下一个令人满意的定义是不可能的，但这并不能阻止学者们就神话的意义和解释提出全面的理论。他们的目的往往在于为神话来源的假说创造基础。有关主要理论的概述不难获得，所以我们在此只会谈及几种可能特别有价值的或者因建立已久而无法忽视的理论。毋庸置疑，没有哪一种神话理论可以涵盖所有的神话。各种各样的传统故事与

---

① 除特别注明的和引自《圣经》的内容外，本书第一部分到第三部分的引文均译自本书英文版。翻译中，译者参考其他英汉译本修订了部分原引文错误，并对分歧明显之处做了标注。此外，全书每章尾注均为作者注，脚注均为译者注。

其来源和重要性的多样性相互呼应，因此没有一种单一的理论能够具有普遍的适用性。对神话的各种定义不是过于狭隘，就是太宽泛，以至于实际上并无用处。总而言之，定义之所以具有启发性，是因为它们可以成功识别不同种类故事的某种特性，进而为归类提供标准。

神话（myth）一词来源于希腊语 mythos，意为"词""言语""叙述"或"故事"，而这正道出了神话的本质：故事。有些人可能试图将定义缩小，坚称故事必定有其价值才得以成为传统。[1] 神话可以通过口头讲述，但是通常最终都会取得书面形式。神话的讲述还可以根本不用凭借语言，而是依靠诸如绘画、雕塑、音乐、舞蹈以及默剧等形式，或者依靠多种媒体形式的结合，如戏剧、歌曲、歌剧或电影。

然而，神话研究领域的许多专家并不满意于这么宽泛的解读。他们试图将"真正的神话"（true myth，或"正统神话"[myth proper]）与其他变体区分开来，并在命名上区分神话与那些常被当作其同义词的概念，如传说（legend）、传奇（saga）①、民间故事（folktale）和童话（fairytale）。[2]

真正的神话／正统神话与传说／传奇

与神话一词包容万千的定义相对应，真正的神话／正统神话指的主要是有关神以及神与人的关系的故事。传奇／传说（这两个词在本书中的用法可以互换）显而易见与历史有关，无论传说多么富

于幻想性，它都有真实的历史根源。[3] 我们将本书前两部分分成"创世神话与众神"和"希腊英雄传说"，正是基于这两个分类。

民间传说和童话

除了以上两类，还有民间传说，它通常是冒险故事。这些故事有时候充满奇异的生灵，且因最终总会取胜的男女主角所用的聪明计谋而变得鲜活。娱乐性是民间传说的首要目的，但不一定是其唯一目的。民间故事中的许多角色和母题都是人们耳熟能详的。从古至今，它们出现在世界各地的口头和书面文学中，且必将成为未来文学的灵感来源，例如，长相怪异的巨人，邪恶的女巫，忧心如焚的身处危险的少女及其救星的特殊能力，邪恶的姐妹，身份错认，被迫接受的任务，解出谜题，浪漫的爱情终得圆满，等等。在本书提到的众多民间传说中，丘比特（Cupid）和普绪喀（Psyche）的故事（参见本书第223—226页）就是这类的最佳例子。它以"很久很久以前"开头，以"永远幸福"结局。

童话可以被看作一种特殊形式的民间传说。其定义是"篇幅短小的，充满想象的传统故事，内容上高度道德化和魔法化"，格雷厄姆·安德森（Graham Anderson）的一项关于辨别古代童话的研究非常有启发性。[4] 我们无法硬性区分民间传说和童话，尽管童话也许是专为年幼者创作的。

严格的定义带来的问题

就算可能，我们也极少在上述任何一种形式中

---

① saga 一词起源于诺斯语，有"讲述""故事"和"历史"等含义，在英语中，saga 较 legend 更具现实和历史色彩，常用来指家世小说、英雄冒险故事等。本书作者没有严格区分这两个词（参见本书第 1 章尾注 [3]）。为示区别，在译文中我们倾向于将 saga 译为"传奇"或"英雄传说"（视语境不同），而将 legend 译为"传说"。

发现原始的、未经污染的例子。但是，如果我们试图为花样繁多的古典故事找到某种秩序，神话、传奇及民间故事的传统分类可以为我们提供有用的指引。[5] 从一些传说中，我们可以看出这样的分类是多么宽泛。奥德修斯（Odysseus）或阿尔戈英雄（the Argonauts）的传说便是这样的例子。它们包含历史（传奇）的成分，但是又充满了可被称为神话和民间传说的故事。定义的标准在此融合，分界线模糊不清。

神话和事实

正如我们所见，希腊语中"神话"一词的意思是"词语""言语"或"故事"，对于亚里士多德这样的评论家来说，这就是戏剧情节的定义，因此不难理解有一种流行的观点为何会将神话等同于虚构。在日常会话中，"神话"和"神话的"这样的词所引发的最常见联想是不可信和不可思议的事物。我们是不是经常听到人们将"这是神话"当作一种贬抑性表达，用来与诸如现实、真相、科学和事实之类的值得称赞的概念做对比？

所以，被视为真实的和不真实的故事之间或有重要的区别。[6] 从早期希腊哲学家的时代开始，神话和现实之间的对比就已是一个重要的哲学问题。神话是一个多面向的个人及文化现象。创造神话的目的，是为我们所经验的世界里那些暂时性的和碎片性的东西提供现实性和统一性——柏拉图哲学中的来世（afterlife）观以及任何关于神的宗教概念，都是神话式的而非科学的概念。神话为我们提供绝对性事物以替代短暂的价值，也为我们提供一种令人欣慰的世界感知——要让存在的不安与恐惧变得

能够忍受，这样的感知不可或缺。[7]

意识到我们对绝对性事物和事实真理的信仰可以被轻易地粉碎这一点，很让人不安。在所有的科学中，"事实"都是在变化的，化学、物理和医学都令人悲哀地（或是因为进步而令人高兴地）过时得很快。重申以下老生常谈令人尴尬，却又极为重要：神话与艺术一样，是另一个层面上的真实；这个层面与那些平淡无奇、转瞬即逝的事实知识所处的层面完全不同。不过，神话和事实真理也不必彼此排斥——尽管有些人一再强调它们之间的相斥性。一个体现永恒价值的故事也许含有在任何时期都会被认为每个事实细节均科学无误的内容，而这一信息的准确性或正是它成为神话的理由中的关键因素。事实上，我们能从真实故事中创造出神话，这也是伟大的历史学家必备的能力：任何对事实的阐释，无论多么可信，都会不可避免地成为一种神话创造。此外，另一种艺术家也许又会为各时代创造出非历史性的神话——在这种神话中，事实准确性或无关宏旨。本书第6章中希罗多德（Herodotus）的历史神话节选译文，便为我们提供了这样的讨论题材。

在某种程度上，神话是最高的真实。那种不假思索就认为神话是非真实、虚构或是谎言的定义，是最无益、最具误导性的。舞蹈家、编舞家玛莎·葛兰姆（Martha Graham）① 令人崇敬地意识到一种永恒的"血的记忆"：它将我们这个人类族群连结在一起，且不断被神话艺术的原型转化唤醒。她的总结精美而又简洁：相对于科学发现之"日新月异，而且或许变得过时……艺术却是永恒的，因为它揭示内在的风景，也即人类的灵魂"[8]。

---

① 玛莎·葛兰姆（1894—1991），美国著名舞蹈家和编舞家，世界现代舞蹈史上的开创者之一。

神话和宗教

如前所述，真正的神话（区别于传奇和民间故事）首要关注的是众神、宗教以及超自然事物。大多数希腊罗马故事反映的就是这种对创世、神和人类的本性、来世，以及其他关乎心灵之事的普遍关注。

因此，神话和宗教是密不可分的。一两个故事也许在某个时期被某些人相信，且这种相信不仅是事实上的，也是精神上的。某些创世故事和关于神明的神话观念可能在今天仍被认为是真的，并为当代社会中的虔诚宗教信仰提供教义。实际上，任何为世界神话比较研究而进行的材料收集，都会以那些本质上是宗教的文本研究为主。希腊和罗马的宗教仪式以及崇拜仪式均从激发信仰的神话中获得权威，因而在本书接下来的章节里成为反复出现的主题。这样的例子包括奥林匹亚的宙斯崇拜、雅典的雅典娜崇拜、厄琉西斯（Eleusis）①的得墨忒耳（Demeter）崇拜，以及古代世界其他神秘宗教的庆祝活动。仪式主义者对神话起源的解读将在本章稍后讨论。关于希腊宗教的讨论见本书第6章。

米尔恰·伊利亚德

米尔恰·伊利亚德（Mircea Eliade）②是20世纪最多产的神话研究者之一。他将神话视为在神圣的、永恒的宗教光环之中满足人类对根本信仰的渴望的故事，并着重强调其中的神秘性。这种渴望只能在那些讲述万事万物的开始和来源的故事中得到充分满足。伊利亚德认为，神曾在一个神圣时代创造世界，而这种最初的宇宙诞生变成了起源神话，成为

---

① 古希腊城市，厄琉西斯秘密宗教仪式的发祥地。
② 米尔恰·伊利亚德（1907—1986），生于罗马尼亚的著名宗教史家。

每一种创世故事以及与之相关故事的模型。例如，他想象有一种仪式或礼仪曾在远离我们所处的平凡或世俗的空间之外的神圣永恒中的一处圣地举行。他的概念发展出了一种错综复杂的神秘主义，令人费解。神话好像是一种宗教圣礼，为想象提供了一种不受历史时间限制的精神宣泄（spiritual release）。这是真正的神话之本质，它从根本上说是范式、是解释，是对于个人和社会极为重要的东西。[9]这一定义抓住了神话的解释性本质，将我们带向另一种普遍理论。

神话与原因论

有人认为，神话应被狭义地理解为对一些事实或风俗的起源的解释。因此，这种理论被称为原因论的（etiological）。它来源于希腊语"原因"（aitia）一词。根据这种观点，神话创作者是一种原初的科学家，利用神话来解释那些在当时受社会知识所限而无法以其他方式解释的事实。此外，这一理论适用于一些神话，比如那些解释某些仪式或宇宙论的起源的神话。但若从字面上和狭义上理解它，这一理论并未考虑到神话思想想象的或形而上的方面。

然而，假如我们不将原因论（"归因或溯源"）理解得过于字面或狭义，而是以形容词"解释性的"——对它最广义的理解——来定义它，也许我们就最终找到了所有普适理论当中最具实用性的一个。神话通常试图解释身体上的、情绪上的以及精神上的问题，其方式不仅是字面的和现实的，也是比喻的和形而上的。神话试图解释我们的物质世界——如大地和天空，太阳、月亮以及星辰——的起源，人类从何而来以及身体和灵魂的二分，美和

善、恶和罪的缘由，乃至爱的本质和意义，等等。我们很难讲述一个不揭示点什么同时又不以某种方式解释点什么的故事，富有想象力的答案从某种意义上通常具有科学性或神学性。这一普适的原因论方法的最主要问题在于：它无助于我们明确地识别一个神话故事，并清晰地将它与其他形式的表达区分开来——其他形式可能是科学的、宗教的或艺术的。也就是说，太多本质上属于不同种类的故事也许基本上都是原因论的。

理性主义与隐喻、寓言及象征主义之争

对古典神话进行理性化解释的渴望远自古典时代[①]就产生了，尤其与欧赫墨洛斯（Euhemerus，约前300）[②]这一名字相关，他断言神是因其伟大的功绩而被赋予神性的人（参见本书第27章，尤其是第760—761页）。例如，最高天神宙斯曾经是克里特岛（Crete）的一位国王，推翻了他的父亲克洛诺斯（Cronus）。与欧赫墨洛斯学说截然相反的观点是对神话故事的隐喻式解读。青睐这种隐喻式解读的反理性主义者相信，传统故事里隐藏着深邃的含义。隐喻式方法的最高层次是将神话故事视为寓言（其定义是延续性隐喻），其中故事的细节不过是普遍真理的象征。而在其最低层次上，隐喻式方法只是无益的解码练习：以云和天气现象来解释伊克西翁（Ixion）和马人（Centaurs）的故事，可一点儿都不具有启发性，也无高贵性可言。（关于伊克西翁和马人

---

① 古典时代（classical antiquity），地中海周边文明历史中的一个阶段，尤指古代希腊—罗马世界的文化发展和扩散的时期。上至公元前8世纪—前6世纪的古风时期，下至罗马帝国的衰亡时期。

② 欧赫墨洛斯（约前4世纪），古希腊神话作家，著有《圣史》（Sacred History）一书。

的故事，参见本书第125、400页。）

隐喻的自然神话：麦克斯·缪勒

19世纪，麦克斯·缪勒（Max Müller）[③]提出一种颇有影响力的理论：神话都是自然神话，全都指向气象学和宇宙学现象。这一理论当然是隐喻式方法的一种极端发展。我们很难理解，一切神话故事如何或者为什么都能被解释成某种寓言的，比如隐喻昼夜交替或是夏去冬来。的确，某些神话是自然神话；某些神，比如宙斯，代表着或是掌控着天空以及自然秩序的其他部分。然而，同等真实的是，与自然并无这种关系的神话要多得多。[10]

神话和心理学：弗洛伊德和荣格

西格蒙德·弗洛伊德

隐喻方法在20世纪的心理学家和精神分析学家——尤其是西格蒙德·弗洛伊德（Sigmund Freud）和卡尔·荣格（Carl Jung）——的理论中呈现为多种形式。我们至少需要介绍他们的一些基本概念，因为这些概念对理解神话的创造性至关重要。当然，弗洛伊德的观点说不上是完全新颖的（例如，"决定论"被视为"弗洛伊德理论的荣耀之一"，却可见于亚里士多德的著作中）[11]，但是他对人的内心世界提出的构想和分析却带着无可辩驳的天才印记。

诚然，比较神话学家所采用的方法及假设——如结构主义者的构想，以及这样一种现代解读：神话故事是想象性的、具有缓和与指向作用的构想，其创造的目的是让在这个现实世界中的生存可以令

---

③ 麦克斯·缪勒（1823—1900），英国语言学家，西方宗教学的创始人。其著作《宗教学导论》第一次提出了"宗教学"这一概念。

人忍受——都可以在弗洛伊德所提出的假说中获得确认和正当性。我们所处的后弗洛伊德世界里无休无止的批评争议，只是证实了他独一无二的贡献。

在弗洛伊德众多的同时代人和后继者中，荣格（他深受老师的影响，但又是叛逆者）需要被单独述及，因为他的理论尤其适用于更充分地理解神话中根深蒂固、一再重复的模式。弗洛伊德最了不起的贡献之一，是他对性的强调（尤其是婴幼儿期的性），他的无意识理论、梦的解析以及他提出的俄狄浦斯情结（Oedipus complex，尽管"情结"一词来自荣格）。弗洛伊德是这样评论俄狄浦斯王的故事的：

> 他的命运之所以打动我们，仅仅是因为那也可能是我们自己的命运，在我们出生之前，神谕就已将发生在他身上的诅咒降临到我们身上。也许事情是：我们所有人注定要将我们最初的性冲动投射在我们的母亲身上，而将最初的仇恨和反抗投向父亲，我们的梦境说服了我们相信这一点。杀死父亲拉伊俄斯（Laius）并娶了母亲伊俄卡斯忒（Jocasta）的俄狄浦斯王刚好是一种梦想成真——是我们童年梦想的实现。但是我们比他幸运，就在于我们并没有变成精神病患者，就在于我们从童年期开始成功地撤回了投射向母亲的性冲动，同时忘记了对父亲的嫉妒……当诗人通过其调查将俄狄浦斯的罪恶揭示于众时，他迫使我们意识到我们内在的自我——在那里同样的冲动尽管被压抑了，却仍然存在。[12]

俄狄浦斯乱伦情结在这里以阳性的形式表达出了男性行为与其母亲的关系，但也可以用于表达女性与父亲之间的关系，即女儿将父亲视为爱恋的对象，而对作为其竞争对手的母亲充满敌意。对于荣格来说，这就是厄勒克特拉情结（Electra complex）。

梦境对于弗洛伊德来说，就是被压抑的和被掩饰的愿望的满足。为保障睡眠、减轻潜在的焦虑，大脑会经历一个所谓"梦的运作"（dream-work）的过程，其中包含三种主要的精神活动：元素的"凝结"（即对梦的元素的缩略或压缩）；元素的"置换"（即在暗示意义上和侧重点变化意义上对元素的改变）；以及"表现"——将元素输入意象或象征的过程，而这些意象或象征数量众多，千变万化，并且通常跟性相关。神话的起源及演化中可能存在类似的过程，正如弗洛伊德本人在其研究中清楚地认识到的那样，这也让我们得以窥见创造性艺术家的想法及方法。[13]

因此，弗洛伊德对梦的象征之重要性的发现，使得他及其追随者进一步分析梦境和神话之间的相似性。象征数量繁多、千变万化，又经常与性相关（例如，棍和剑一类的物体是与男性性器相关的）。因而，在弗洛伊德式的解读中，神话反映了人们在醒来时对睡梦世界中不连贯的图像和冲动予以系统化的努力。儿童、野蛮人以及神经官能症患者的想象世界中有着相似的模式，而这些模式又在神话的主题和象征中显现出来。

我们从之前引文里弗洛伊德的描述中可以看出：基本模式之一就是俄狄浦斯故事——儿子杀死父亲，从而占有母亲。基于这个模式，弗洛伊德提出了一个关于我们的古老传统的理论，其中俄狄浦斯的故事以原初部落（primal horde）与原父（primal father）之间的关系得到呈现。谋杀父亲并将他吃掉的做法会带来部落和社会重要的发展，其中就有对父亲形象的神化、父权制的胜利以及图腾系统的建立——选择图腾（即某种神圣的动物）代替被杀死的父亲。最重要的是，从杀父的愧疚和罪恶感中衍生了天父的概念：天父必须得到安抚，且必须向天父赎罪。事实上，弗洛伊德认为俄狄浦斯情结不仅仅启发宗教的开端，而且启发所有的伦理学、艺术以及社会的开端。

显然，弗洛伊德将梦境与神话相关联的做法对许多神话——如果不是全部——是具有启示性的。除俄狄浦斯的故事以外，我们还可以挑出弥诺陶（Minotaur）的传说或者阿特柔斯（Atreus）家族传奇。这两个故事都涉及某些最为根深蒂固的（哪怕是被压抑的）人类恐惧和情感，并通过其讲述实现某种净化效应。

卡尔·荣格

荣格不仅仅将神话与梦境联系起来，而且将神话解释为他所谓的种群"集体无意识"（collective unconscious）的投射，即对持续的社会心理倾向的揭示。荣格区分了个人无意识与集体无意识：个人无意识与个体自己的生活相关，集体无意识则与有关群体的政治和社会问题相关。因此，梦境可能是个人的或者集体的。

神话因而包含了意象或原型（archetype，这是荣格的用词，延续了弗洛伊德的"象征"概念）。它们是经过数千年发展的集体梦境的传统表达，也是对社会整体所依赖的象征的传统表达。在荣格看来，俄狄浦斯情结是弗洛伊德发现的第一个原型。希腊神话和梦境中存在许多这样的原型。以下是荣格思考原型、集体无意识以及神话的一些方式。原型是对整个故事或情景所涉模式的戏剧性的缩略，包括其发展以及终结的方式；它是一种行为模式，是一种传承的功能结构。正如一只鸟儿具有鸟类的生理和心理特征，且用它自身特有的方式筑巢，人类出于本性及本能，也生来具有可预测、可识别的特征（参见克赛诺

芬尼 [Xenophanes]，译文在本书第149页）。就人的行为和态度而言，其模式以原型性的意象或形式来表现。人类与生俱来的、在神话故事里得以表现的行为原型就叫作"集体无意识"。因此，"神话就是对一系列构成原型生命的意象的表达"[14]。像赫拉克勒斯（Heracles）和忒修斯（Theseus）一样的英雄，成为教导我们如何处世的榜样。[15]

以下是几个原型的例子。阿尼玛（anima）是每个男性体内存在的阴性原型意象，他在恋爱中对这样的概念产生反应（无论好坏）。事实上，原型的力量可能会突然向一个人袭来，比如当他产生一见钟情的反应时。类似地，阿尼姆斯（animus）是女性本能潜藏的阳性原型概念。荣格的原型概念还包括：智慧老人，伟大的母亲，以及各种各样的象征或符号。这些原型出现在个体的梦境里，或是表现于社会的神话中。

荣格的概念的重要价值在于，它强调所有社会（无论复杂的还是原始的）对于其传统神话的心理依赖，这一点也经常在宗教和仪式中体现。但是荣格的理论就像那些我们已做考察的理论一样，存在局限性，它们并不是理解神话的唯一钥匙。

弗洛伊德的遗产

弗洛伊德关于神话主题起源的理论在其问世以来的一个世纪里既吸引了信徒，也招来了批评，这正证明了它们无可争辩的重要性。英语世界的古典学者们比其他地方的学者对此态度更加不屑：H. J. 罗斯（H. J. Rose）关于希腊神话的重要著作几乎忽略了神话研究的心理和精神分析方法；牛津大学希腊语前钦定讲座教授（Regius Professor）① 休·劳

---

① 这一讲座教授由英国君主任命，是谓钦定，地位崇高。

埃德－琼斯（Hugh Lloyd-Jones），在写到20世纪末期时，对于其他钦定教授（多兹［Dodds］和柯克［Kirk］[①]）的著作表示既怀疑又欣赏，而这些教授的研究均是基于对希腊语言文学的深刻理解，对比较社会学、心理学和宗教也拥有相当的认识。就那些并不熟悉希腊语言及历史的作家对希腊文学和神话的精神分析解读，劳埃德－琼斯则予以鄙视。伊恩·布莱默（Jan Bremmer）的说法则更为温和："历史和语言知识仍是不可或缺的。"[16]

从一开始，弗洛伊德就饱受生物学家和心理分析学者的攻击。E. O. 威尔森（E. O. Wilson）在1998年写道：关于梦境和潜意识，"弗洛伊德猜错了"。威尔森支持 J. A. 霍布森（J. A. Hobson）的理论，认为"做梦是一种疯狂"，它在某种程度上是对记忆里储存的信息进行重组，并非儿童期创伤或压抑欲望的表现。例如，在讨论乱伦禁忌时，威尔森偏爱"韦斯特马克效应"[②]（Westermarck effect，以芬兰人类学家 E. A. 韦斯特马克［E. A. Westermarck］的名字命名，他于1891年在《人类婚姻史》[The History of Human Marriage] 一书中发表了这一理论）。韦斯特马克认为，人类对乱伦的回避是遗传性的，而广泛传播的社会禁忌便来源于这种"表观遗传"（epigenetic）[③]属性。相反，弗洛伊德认为对乱伦关系的欲望（如男性对母亲或姐妹的欲望）是"人类第一个目标选择"，因而对它的压抑是广泛传播的社会禁忌所强加的。显然，这两种对立的理论对俄狄浦斯神话来说将产生全然不同的解读。[17] 其他新的理论也将涌现。可以确定的是，所有的理论都会或含蓄或明显地支持、攻击或评论弗洛伊德。这也印证了他的天才。

然而，就介绍希腊神话这个目的而言，无论是赞同还是反对弗洛伊德和荣格，从根本上来说都是不相干的话题。至关重要的是，他们的心理分析与精神分析理论不仅极为深入地渗透到神话研究中，也渗透到一切文学和艺术研究里。在某些意义上，这些理论可以说在知识领域比在医学领域更为重要，也更为普遍。但是，最近的一项关于精神治疗法在美国之兴起的历史研究表明，在大约一个世纪的时间里，一种在维也纳毫不起眼的治疗方法成为"美国主流医学实践中的基本手段，也已经成为现代文化的常客"[18]。

弗洛伊德的理论已成为人类学家和社会学家的"跳板"，其中最著名的是克洛德·列维－斯特劳斯（Claude Lévi-Strauss）。[④] 他的理论已被号称巴黎学派的学者们成功地应用于希腊神话。这些学者包括让－皮埃尔·韦尔南（Jean-Pierre Vernant）、皮埃尔·维达尔－纳凯（Pierre Vidal-Naquet），以及马塞尔·德蒂安（Marcel Detienne）。[19] 这些神话研究者将人类社会研究与从个体思维角度解释神话起源的心理学理论相结合。（正如我们所见，荣格特别关注社会的集体无意识。）如果我们试图理解神话对于人类社会的重要性，这些法国学者的工作至关重要。但是，与弗洛伊德和荣格的理论一样，他们的研究也高估了个体思维的相似性，高估了集体仪式和社会神话，而低估了个别人类社会的差异性。

---

① 多兹（1893—1979），柯克（1886—1954），两人均做过牛津大学的钦定讲座教授。

② 韦斯特马克认为，两个早年一起长大的儿童在成年后通常不会对彼此产生性吸引力。

③ epigenetic 来自"表观遗传学"（epigenetics）一词。表观遗传学研究的是在没有 DNA 序列改变的前提下，基因功能发生的可遗传改变。

④ 克洛德·列维－斯特劳斯（1908—2009），法国著名社会人类学家、哲学家，结构主义人类学创始人。他所建构的结构主义与神话学，不但改变了人类学，对社会学、哲学和语言学等学科也有深远的影响。

在我们探讨列维－斯特劳斯和其他结构主义理论家之前，我们先讲一些早期的神话研究者，他们将神话与社会上的宗教和仪式相关联。

神话与社会

神话与仪式

J. G. 弗雷泽（J. G. Frazer）[①]提出了一种关于神话的仪式主义阐释。这种阐释已成为最具影响力也最久经考验的观点之一。抛开其缺陷不谈，他的著作《金枝》（*The Golden Bough*）在试图将神话与仪式联系起来这方面仍然是开创性的巨著。这本书中包含大量关于王权和仪式的比较分析资料，然而它的价值却要打折扣，这是由于作者的仪式主义阐释的局限，也是由于他迫切地想要在原始部落神话与古典神话之间建立可疑的类比。

同样，简·哈里森（Jane Harrison）[②]的著作——《希腊宗教研究导论》（*Prolegomena to the Study of Greek Religion*）和《忒弥斯》（*Themis*）——也具有开创性的重要性。哈里森与弗雷泽遵循同一传统，而她所提出的许多关于比较神话学、宗教和仪式的结论也遭遇了同样的批评性保留意见。弗雷泽和哈里森创立的基本方法主导了20世纪初期的古典研究。

著名小说家、诗人罗伯特·格雷夫斯（Robert Graves）[③]写过一篇很有影响力的希腊神话研究，其中充满了宝贵的事实性信息，但这些信息却不幸地嵌在虽然令人赞叹却毫无根据的古怪分析当中。就他看来，"真正的神话"的定义是"将公众节日上的仪式性默剧（mime）向速记故事的压缩，经常以绘画形式记录在庙宇墙壁、陶瓶、图章、碗、镜子、柜子、箱子、盾牌、挂毯以及其他东西上"[20]。他将这种真正的神话与其他12个门类——比如哲学寓言、讽刺或仿拟、吟游诗人讲述的传奇故事、政治宣传、舞台情节剧，以及现实主义小说——区别开来。我们在此特意提到格雷夫斯，是因为他有足够的洞察力，认识到文学类别可能跟其他类型的分类方式一样，对于古典神话具有启发性。

然而，用最直白的方式表达的话，这种仪式主义理论认为"神话蕴含着仪式，仪式蕴含着神话，二者合二为一"[21]。的确，许多神话都与仪式紧密关联，就其所强调的神话与宗教之间的联系来说，这种理论是有价值的；但是在把一切真正的神话都与仪式联系起来这一点上，它显然是站不住脚的。

作为社会宪章的神话

现代理论发展的重要代表是布罗尼斯拉夫·马林诺夫斯基（Bronislav Malinowski）[④]的研究。马林诺夫斯基在第一次世界大战时被迫滞留在特罗布里恩群岛人（Trobriand Islanders，生活在新几内亚岛附近岛屿上）中间，于是他利用这强加于自己的空闲时间研究他们。[22] 作为人类学家及民族志学者，他高度重视田野调查，以求达到他的最终理想目标："把握土著人的观点以及他与生命的关系，以认识他想象中的他的世界……"[23]

他的伟大发现是神话与社会制度之间的密切

---

① J. G. 弗雷泽（1854—1941），出生于苏格兰格拉斯哥，社会人类学家，神话学和比较宗教学的先驱。

② 简·哈里森（1850—1928），英国古典学者和语言学家，古希腊宗教与神话的现代研究的奠基者之一。

③ 罗伯特·格雷夫斯（1895—1985），英国诗人、学者、小说家和翻译家，专门从事古希腊和罗马作品的研究。

④ 布罗尼斯拉夫·马林诺夫斯基（1884—1942），出生于波兰的英国人类学家，文化人类学领域的先驱，民族志田野调查方法的开创者之一，被称为民族志之父。

关系，这一点使他能够不以宇宙论的或神秘的方式来解释神话，而是将神话阐释为社会风俗和信仰的"宪章"。在他看来，神话与实际生活相关，神话通过比对传统来解释现存的事实及制度：神话确认（也即成为其"宪章"）制度、风俗或信仰。显然这样的理论只适用于某些神话（例如，那些关于仪式创立的神话），但是任何将神话的猜测成分排除在外的理论都注定是太有限了。

神话的结构主义解读

结构主义是一种神话学的理论方法，首先由弗拉基米尔·普罗普（Vladimir Propp）[①] 提出，又被后来的许多理论家以不同的重点和方式进行探索。在这些理论家中，我们选择介绍列维－斯特劳斯和沃尔特·伯克特（Walter Burkert）[②]。从根本上说，结构主义可以被定义为将神话分析作为其组成部分的尝试。

克洛德·列维－斯特劳斯

近年来，克洛德·列维－斯特劳斯的结构主义理论丰富了神话的人类学研究。此外它还与马林诺夫斯基最重要的概念——神话与社会之间的联系——相关。[24]

列维－斯特劳斯将神话看作一种像语言或音乐

---

① 弗拉基米尔·普罗普（1895—1970），苏联语言学家、民俗学家和艺术理论家，文学结构主义者，代表作为《民间故事形态学》。他对俄罗斯民间故事进行结构分析，从中发现基本的叙事要素及其组合规律。

② 沃尔特·伯克特（1931—2015），德国希腊神话和文化学者。他将现代考古学及碑铭学发现与诗人、史学家和哲学家的作品相结合，并认为用结构主义的方法研究希腊神话必须考虑其文化和历史的因素。

一样的交流方式。在音乐中，重要的并不是声音本身，而是它们的结构（structure），也就是声音与声音之间的关系。在神话里，起到音乐中声音的作用的是叙事。叙事结构可以以不同的层次和不同的编码（例如，烹饪的、天文学的以及社会学的）来理解。由此推断，没有一种神话版本是"正确的"版本：所有版本都是有效的，因为神话像社会一样，是一个生命体，其所有的组成部分都为整体的存在贡献力量。好比一曲交响乐中某些声部或乐器奏出一些声音，然而整首乐曲是个体部分的总和，在一个神话中，不同的、部分的版本组合起来揭示整体结构，其中包括不同部分之间以及部分与整体之间的关系。

因此，列维－斯特劳斯的方法是严谨分析性的，将每一个神话都分解成其组成部分。在他的分析法的基本假设中，最重要的是一切人类行为都基于某些不变的模式，这些模式的结构在所有时代和所有社会中都是相同的。其次，他假定社会有一个连贯的结构，因而有一个功能性整体，其中每个成分都扮演一个有意义的角色。作为这架社会机器的运行的一部分，神话归根结底还是从心理结构衍生出来的。而心理的基本结构就好像它创造的神话一样，是二元的（binary）；也就是说，大脑不断地处理成对出现的矛盾或对立情况。神话的功能就在于调和这些相对立的两端之间的关系——生食／熟食、生存／死亡、猎人／猎物、自然／文化，等等。"神话思维总是从意识到对立出发，进而解决对立。"[25]于是，神话成了一种社会交流的方式，社会通过神话找到解决对立矛盾的方案。神话的逻辑结构为人的大脑提供了一种可以避免不愉快的矛盾的办法。于是，神话通过调停使那些不获和解就无法忍受的争端得以和解。列维－斯特劳斯认为，一个神话的所有版本对于探索神话的结构来说都是同样真实的。

列维－斯特劳斯的理论激起了人类学家和神话研究者的激烈争论。例如，他对俄狄浦斯神话的分析就广遭批评。但是不论如何评判，结构主义方法无疑可以阐明许多希腊神话故事，考虑到其"调解"功能的话尤其如此。但是这一方法与其他综合性的理论一样，受到了同样的反对：它所建立的那种关于人的大脑工作模式的概念过于僵硬，也过于普遍。的确，人脑和人类社会的二元式运作也许是寻常的，但这一点还没有被证明是普遍的或必要的。最后，列维－斯特劳斯的大多数证据都来自原始的和史前文化，对于文学化的希腊神话来说，他的理论似乎对于这些原始文化更有解释力。例如，他的方法更适用于早期的希腊王位继承神话，而不是索福克勒斯式的俄狄浦斯及其家族传说的文学版本。我们仍应意识到结构主义理论的潜力，并且尝试在神话故事的不同组成部分之间或是有着相同组成部分的不同神话之间找到有意义的联系时运用。如前所述，列维－斯特劳斯对巴黎学派有着特别的影响力。

弗拉基米尔·普罗普

远在列维－斯特劳斯的著作之前，神话的结构主义阐释已经由弗拉基米尔·普罗普在其对俄罗斯民间故事的研究中提出。[26] 跟列维－斯特劳斯一样，普罗普将传统故事分析为其组成部分，并从中演绎出一个重复出现的、适用于所有俄罗斯民间故事的结构。然而，不同于列维－斯特劳斯的是，他将这一结构描述为线性的，即拥有一个不变的时间序列。因此在神话里，一个成分总是接着另一个成分，次序从不错乱。这与列维－斯特劳斯的理论模式大不相同，后者认为成分可以不按照时间或序列来组合。

普罗普将其基本结构分成31种功能或情节（action）单元（这些功能被其他人定义为母题素

[motifeme]，类比语言学分析中的语素 [morpheme] 和音素 [phoneme]）。这些功能是传统故事中的常量：角色可以变换，但是功能不变。此外，这些功能总以相同序列出现——尽管不是所有功能都需要出现在某个特定的故事里。但是，它们一旦出现，就总是以同样的序列。最后，普罗普指出："所有的童话故事就结构而言都是一类的。"[27]

普罗普只用了有限数量（100个）的俄罗斯民间故事，且这些故事仅限于一类，即冒险类（Quest）。然而他这种看似严格的分析却被证实适应性极强，对于别的文化其他种类的故事同样适用。其严格的功能序列太缺乏变化，不能充分应用于具有历史维度的希腊神话故事（例如特洛伊传奇系列的一些故事），这些故事里的历史"事实"，就其能建立起来的部分而言，可能会有独立于源自心理或文化需求的结构之外的序列。

此外，普罗普的理论非常有助于比较表面上不相关的神话，例如展示出这些故事里是怎样出现了同样的功能——无论执行这些功能的角色被赋予了怎样的名字。神话里的名字很挑战记忆。仅仅记住这些名字并无太大意义，除非能将名字与其他故事，包括别的神话体系的故事，以某种有意义的方式联系起来。然而，如果内在结构（underlying structures）及其组成单元能够被感知，并以符合逻辑且保持一致性的方式排列，那么枯燥的记忆就会变得既简单又有意义。

一个简单的例子就是赫拉克勒斯、忒修斯、珀耳修斯（Perseus）和伊阿宋（Jason）的神话里那些相同的结构成分。这些神话中的无数细节可以被缩减为有限的功能序列。关于英雄的母亲的一组故事（例如卡利斯托 [Callisto]、达那厄 [Danaë]、伊俄 [Io] 和安提俄珀 [Antiope]），是一个更难建立模式的例子。但是，正如沃尔特·伯克特所表明的（见下一节），这些故事自己分解成一条清晰的五功能序列：1. 少女离家；2. 少女被隔绝（在河边，在塔内，在森林里，等等）；3. 她跟一位神结合，进而怀孕；4. 她受到惩罚或遗弃，或遭遇类似的不幸后果；5. 她得救，她的儿子出生。[28]

我们可以明确地说，在多数情况下，研究者将神话故事分析成其组成部分是有所裨益的。分析的结果会有如下 4 种：

1. 将出现一个看得见的模式或结构。
2. 将可能在其他神话里找到相同的结构，从而更容易组织对神话的研究。
3. 比较不同文化的神话故事将成为可能。
4. 这种比较的结果之一：欣赏某个神话在其文学表现之前的发展会变得更容易。

结构主义没有必要——事实上也不可能——被用来分析所有的古典神话。我们也没必要受限于列维–斯特劳斯或普罗普那种更严格也更简单的 31 种功能结构。它主要是为建立理解和组织神话研究的理性系统提供了一种方法。

沃尔特·伯克特

沃尔特·伯克特将结构主义理论与更传统的古典神话研究方法相结合的尝试颇具说服力。在定义一种神话理论时，他提出了四个论题。这些论题部分基于结构主义理论，部分则迎合了一种对结构主义理论的反对意见：这种意见认为希腊神话传承至今经历了一个漫长的发展过程，因此结构主义理论并不适用。伯克特认为：古典神话由于"层叠"式发展而具有一种"历史维度"；在这个过程中，原初的故事经过了修饰，得以适应其被再述时的文化或其他环境。这一点对具有神圣地位的故事来说没那么

适用，因为它已经在神圣的文本中得以"固化"，例如，得墨忒耳的神话在《荷马体颂歌[①]——致得墨忒耳》（Homeric Hymn to Demeter）里已经成型了。与之对照的是，许多希腊神话随着讲述的时间和讲述者的不同而变化，例如，俄瑞斯忒斯（Orestes）或墨勒阿革耳（Meleager）的神话在荷马作品中的表现，就与公元前 5 世纪的雅典或奥古斯都时期的罗马对它们的处理不同。

因此，伯克特相信，若不考虑文化、历史的维度，就无法发现传统故事结构。就前者而言，一个故事的结构受其人类创造者和它在发展中所处文化的需求影响。因此，故事结构是"根深蒂固的拟人化"，且满足讲述者和听众双方的需要与预期。（的确，正如伯克特所指出，这就是为什么好的故事容易被记住的原因："并没有太多的项目要记，因为结构已经大体上预先知道了。"）而且，（这里我们探讨历史维度）一个故事有其用途，以另一种方式讲述或表达的话，就是说："神话就是一个应用型的传统故事。"

对结构主义理论的这一完善，考虑到了一个故事的发展——这种发展是为了满足听众人群（例如，家庭、城市、国家或文化群体）的需要或预期。这样说来，一个神话故事就与"某种具有群体重要性的事物"相关联。这个进一步的定义表明了对许多较早的"单一"神话理论的根本性反对。如果神话是一个神圣的故事或者有关诸神的故事，那我们如何能将关于俄狄浦斯或是阿喀琉斯（Achilles）的神话纳入这个定义？我们此前讨论的其他理论同样也很容易遭遇类似的反对意见。"应用神话"（myth

---

① 《荷马体颂歌》为 33 首古希腊颂歌的合集，内容是对不同神祇的礼赞，作者不详。它们采用《伊利亚特》和《奥德赛》中的六音步扬抑抑格，因此被称为"荷马体"。

applied）和"群体重要性"（collective importance）这对概念既规避了严苛排他性的理论诘难，又容许神话在历史发展中经历连续性阶段，无需如列维－斯特劳斯理论所要求的那般进行削足适履式的智性扭曲。

以下就是伯克特修正结构主义与历史学派方法论后的四大综合命题：

1. 神话属于传统故事中更广泛的一类。
2. 传统故事的身份可见于其故事本身内在的意义结构。
3. 作为母题素序列的故事结构建立于基本的生物或文化行为模式之上。[29]
4. 神话是一个传统故事，在次要和部分的意义上与某种具有群体重要性的事物有关。

这些命题建构起坚实的学理基底，让我们可以基于它来展开对神话的阐释。它们既利用了人类学家和心理学家的重大发现，又在探索古典神话结构时具有灵活性。最后，它们考虑到了神话的历史发展以及神话讲述的文化环境。参考这些主题将有助于对个别传统故事的研究。

比较研究与古典神话

对世界各地从古至今的不同故事进行比较的做法，已经在确立定义和分类方面颇有影响。在现代比较神话研究中，人们倾向于着重强调那些由史前社会和原始社会所讲述的故事，而希腊和罗马发达的文学实际上往往遭到忽视。当然情况并不总是如此。对这个领域的先驱者们——如我们之前提到的弗雷泽——来说，古典神话理所当然是重要的。我们的概述表明：神话的比较研究，尤其是人类学家（与受到哲学训练的古典学家们相对）所做的研究，

是最卓有成效的神话解读方式之一。

口头与文学神话故事

古典神话受到相对忽视的首要原因在于：许多人坚持认为一个真正的神话故事必须是口头的，而还有一些人会补充说它必须是无具体作者的。这种观点在今天得到了多方支持，无疑在所有定义中最为持久。我们很容易在如下这种论证中为它找到理由：那些讲述于原始社会、即使如今也仍能听到的故事才是唯一真正的神话；它们是原初的，也是永恒的。这样的故事呈现的是诗境、历史、宗教乃至部落科学，并揭示了人类心智令人着迷的早期发展阶段。书写带来了污染，并为长久以来经口头相传、原初创作者无处可寻的作品指定了特定的作者。在我们之前介绍过的马林诺夫斯基看来，神话故事与特罗布里恩群岛人的故事同义，而特罗布里恩群岛人将这些故事称为"黎黎乌"（lili'u），即一个社会必须讲述的重要故事。[30]对那些同意这一观点的人而言，民间故事具有特殊的地位，即使那些被作者——将统一性（也许是可疑的）强加在口头故事的多样性之上的人——写成了文学文本的也是如此。

这一切跟古典神话是什么关系？

我们不赞同那些给"神话"一词加上如此狭隘定义的人。如果我们相信自己必须面对的文学文本根本就不是神话，就不会来撰写一本题名为《古典神话》的书。首先，神话并非仅仅是口头讲述的故事。它可以是舞蹈、绘画、表演，而这些实际上就是原始人所做的。正如我们在本章开头所言，神话可以被多种媒介表达，而神话的文学形式多于口头形式。并且，古典神话的文本可以与其他神话的口头和文学主题联系起来。

我们已经证实，在过去的几十年里，比较神话

学已经被广泛应用于理解任何一种特定文化的神话了。希腊神话在过去频频被认为是不同寻常的，是与其他神话不同的，这很大程度上是缘于那些以文学形式讲述这些故事的作者的卓异才性。的确，希腊罗马文学有其特点，这些特点使它能够区别于人类学家从许多其他文化中收集来的那些口头的史前故事（我们将在本章结尾讨论它们）。然而，结构主义学者的研究表明，古典神话与任何地方的传统故事都共享基本的特点。认识到这一事实很重要。同样重要的是，要意识到：希腊罗马神话在结晶成文学形式之前的发展过程中存在许多连续层。荷马史诗《伊利亚特》和《奥德赛》毫无疑问是有口头传统在先的。[31] 我们经常——尤其在结构主义解读中——会发现一个神话故事的早期阶段植根于另一文化，或者至少表明其受到其他神话的影响。例如，希腊的创世和王位更替神话与近东文化中的神话（我们将在本书第4章"附录"中探讨这些故事）存在明显的平行关系。这些结构和主题上的相似点，至少表明了我们应该怎样从希腊神话与其他文化之间的联系这一角度来研究它。

令人欣慰的是，古典学比较研究正变得越来越丰富（我们的参考书目表明了这一点）。这一研究的关注点在于识别希腊罗马文学中那些世界各地神话所共有的结构和主题。

约瑟夫·坎贝尔

约瑟夫·坎贝尔（Joseph Campbell）① 是一位为人熟知的比较神话学家。他的作品涵盖世界各地从古至今各种类型的神话——不论口头还是文学的。在他包罗万象的研究蓝图中，古典神话并不是最重

要的，但也完全可能轻易地成为最重要的。他做了大量有益的工作来推广比较神话研究，因而值得褒扬，哪怕（至少在他的普及工作中）他对希腊人和罗马人的关注不够严肃。在那些试图通过对不同民族源远流长的神话和传奇故事进行比较来辨识其间相似精神价值的人看来，也许坎贝尔会最受欢迎。尽管荣格的原型概念是其方法论的基础，但是仍难以知道应该将坎贝尔归类到我们之前讨论的哪个标题之下：应该将他归入那些将神话与社会、宗教或心理学联系起来的那些人中的哪一类呢？[32] 在本书第28章中，我们将会讨论他对玛莎·葛兰姆的启发性影响，以及玛莎·葛兰姆在舞蹈中对神话的令人震撼的再创造。罗伯特·A. 西格尔（Robert A. Segal）在《介绍约瑟夫·坎贝尔》（Joseph Campbell: An Introduction）一书中对其数量繁多的著作有清晰而全面的介绍。[33]

性别、同性恋与神话解读

女性主义方法

女性主义批评理论引出了许多新的、往往富于争议的古典神话解读。这类理论从女性的视角着手，且解读神话的方式是特别关注女性角色的心理和社会情况。这类理论与结构主义的共同关注点在于人类社会和人的心智的二元本性，尤其是女性与男性的对立（或相辅相成的关系）。对希腊神话以男性为中心的世界的社会批评，至少可以追溯到萨福（Sappho）②，她在《阿佛洛狄忒之歌》（Hymn to Aphrodite，参见本书第227页）中用荷马式的战争意象来描述她的感情。

---

① 约瑟夫·坎贝尔（1904—1987），美国比较神话学家，以其比较神话学和比较宗教学领域的研究而闻名。

② 萨福（约前630或前612—约前570），古希腊著名的女抒情诗人，一生写过不少情诗、婚歌、颂神诗、铭辞等。

在描写阿娜克托丽雅（Anaktoria）①的一首诗中，她将她所爱的对象（另一个人）与传统上男人们所爱的对象（战争中的全副披挂）相对照。[34]法国哲学家西蒙娜·薇依（Simone Weil）②在1942年发表了一篇关于《伊利亚特》（*Iliad*）的论文（由玛丽·麦卡锡［Mary McCarthy］译为英文，题为《〈伊利亚特〉，或力量之诗》［*The Iliad, or the Poem of Force*]），基本采取了同样的角度，关注暴力、权力和支配的问题，而这些都是荷马神话里的基本问题。

　　晚近的女性主义学者应用的是当代文学批评方法，其中许多都在本书研究范围之外（例如叙事学和解构主义）。她们应用文学批评方法来阐释传统故事，将其与心理学家（尤其是弗洛伊德）以及比较人类学家的理论联系起来。许多女性主义解读，迫使读者批判性地思考作为神话研究方法基础的种种社会和心理假设，这类方式为许多神话——尤其是那些主角是女性的故事——带来了新奇有趣的解读。女性主义学者的研究让古典文学的现代阅读更具灵活性，通常（尽管并不总是）也带来了更大的敏感性。海伦妮·P. 福莉（Helene P. Foley）编辑的《荷马体颂歌——致得墨忒耳》就是一个女性主义解读可以如何融入各种解读视角的极佳例子。[35]女性主义作者也在创造传统故事新的版本。这些新版本的设计目的在于，阐明她们关于当今世界中男女两性之间政治的、社会的以及性的冲突的观点。克里斯塔·沃尔夫（Christa Wolf）的两部小说（原文是德语）《卡桑德拉》（*Cassandra*）和《美狄亚》（*Medea*）便是例子。但是，一些学者（其中不乏古典女性主

义学者中的领军人物）对这种从当代社会和政治观点的角度解读古典神话的趋势发出了警告。例如，玛丽莲·卡茨（Marilyn Katz）就曾批评那些站在道德立场上反对奥德修斯对妻子表面上不忠的看法，称"这种解读……将我们自己对双重标准的大惊小怪带进了诗歌"[36]。

　　神话故事的女性主义解读，往往取决于对古代社会中女性待遇和地位的颇有争议的重构。这些解读经常并不区分哪个是希腊的版本，哪个是罗马的奥维德的版本，因此包含了两个覆盖漫长时期和广袤表面积的文明。我们在此挑出影响女性主义神话理论的两个主要话题：古希腊女性的地位，以及强暴的主题。

古希腊社会的女性

　　有关古希腊社会女性地位的证据稀少且自相矛盾。实际上，我们也不可能对之进行有效的广泛概括，因为公元前6世纪勒斯玻斯岛（Lesbos）的情况一定与公元前5世纪时期的雅典不同。此外，随着时间的流逝，斯巴达的女性获得了许多职权。长久以来，我们一直在阅读文学、欣赏艺术。对我们来说，今天的一些修正主义历史所描述的是一个凭我们掌握的有限直接证据完全识别不出来的文明，尽管这种说法有些争议。为了让我们能够把握自己所了解的那一点点东西（不论这种了解的确定性如何），一个很好的起点是 A. W. 戈姆（A. W. Gomme）的《公元前5世纪和前4世纪雅典女性的地位》（"The Position of Women at Athens in the Fifth and Fourth Centuries B.C."）一文。[38]我们在这里提供几个基本观点，以求为争议带来一点平衡感。

　　首先，认为女性在古代社会不算公民的观点是今天提出来的，而这种观点并不属实。亚里士多德

---

① 萨福诗中的一位女主人公，见于萨福著作残篇第16（Lobel-Page edition）。

② 西蒙娜·薇依（1909—1943），法国哲学家、神秘主义者、宗教思想家和社会活动家。

女性主义解读的发展阶段

琼·布雷顿·康纳利（Joan Breton Connelly）在为她的《女祭司的肖像》（*Portrait of a Priestess*）一书写致谢辞时，鸣谢了玛丽·莱夫科维茨（Mary Lefkowitz）（第 ix 页）："她在卫斯理学院第一次为我打开了古希腊女性和希腊神话的世界。她的深思洞见启发了这本书的整个写作过程。"[37]

在评价"性别、能动性和身份"时（第 21—24 页），康纳利（沿用玛丽·莱夫科维茨的观点）指出了当代女性主义分析的三个发展阶段。以下主要是对她的原话的引述：20 世纪 60 年代所谓的"女性主义第一次浪潮""聚焦于女性在政治、社会及经济上解脱于男性并与他们平等"；70 年代和 80 年代的"第二次浪潮"带来了"对男女之间'内在'差异以及女性与自然之间的特殊纽带的新的强调……并倾向于将女性视为一个同质的普遍性群体"；80 年代兴起并延续至今的"第三次浪潮解构女性主义"，"将能量集中于差异、多元性、歧义、具身化、短暂性和分裂性"。康纳利的著作植根于"第二次浪潮"，正值女性研究、性别研究和其他新创建的领域寻求长久以来遭到忽视的原始资料的时候。她的目标是"为古代女性搜集并评估证据，以恢复她们在长远的文化历史之中的位置"。这一颇有价值的目标完成得很好。她的著作为今后的研究提供了丰富而影响深远的资源。

（《雅典政制》[*Athenian Constitution*] 42.1）非常明确地指出，雅典的公民权取决于父母双方都必须是公民："那些亲生父母双方都是公民的人得享公民权；当他们达到 18 岁时，即登记为选民……"证据一再表明：古希腊社会公民非常清楚地知道公民和非公民（外来居民和奴隶）在社会结构与福利方面的差别。[39] 然而，女性公民没有参与选举。为了看得更透彻，我们应该记住：直到 20 世纪的前 25 年，世界上才第一次有女性获得选举权。在那之前，难道世界上就没有女性公民吗？英国呢？美国呢？直到 20 世纪的前 25 年，女性才不仅在政治上，而且在法律上获得了与男性同等的权利——就我们对人类的评判而言，这一事实自然是可悲的。在雅典，帝国及民主制度的繁荣、艺术表达以及艺术自由令女性公民受益颇丰。女性在宗教仪式中非常重要，其中一些宗教仪式是将男性排斥在外的。女性行走于室外时并不总是需要戴面纱[40]，有人喝醉，有人有外遇，还有不少人对她们身为公民而地位却低于男性公民的事实非常直率敢言（对于西方文明史的这一时期来说，这是令人惊讶的）。

足够富有的人使用奴隶（男女都有）来料理家务、照顾子女。我们很难相信所有的女性都不识字。她们所受的教育可能不同于男性的教育。这很大程度上取决于偶然性，比如阶级和个人需求。（在萨福的勒斯玻斯岛，女性一定是能读会写的。）雅典女性会上剧院，并能在那里看见、听到对她们的性格和信念力量的生动描述，以及关于她们的权利的争论。她们还能看到各种各样的描绘，这些描绘并不都是邪恶的，但却是复杂的，固当如此。其中许多是对显贵的妻子的描绘，比如欧里庇得斯笔下的阿尔刻斯提斯（Alcestis）以及索福克勒斯的《特刺喀斯少女》（*Women of Trachis*）中的得伊阿尼拉

（Deïanira）。在艺术中，女性看上去被理想化，光彩照人；但是由于希腊社会习俗的影响，直到公元前4世纪，女性裸体形象才得以（像男性裸体形象一样）出现。女神和女英雄的神话世界反映了古希腊女性的真实世界。对于她们来说，神话一定是有某种意义的，尤其是因为她们对宗教仪式与崇拜的投入和大量参与明显地表现出了高度的狂热。

琼·康纳利（参见本书第18页插文以及第165页的进一步讨论）揭示道（见其著作第3—4页）："一个被广泛接受的老生常谈——雅典女性作为沉默而顺从的角色处于次等的地位，生活仅限于家庭内部，恭顺地料理家庭琐事、养育子女"是如何在近年来遭到成功挑战，并被大量令人叹服的学者研究证明是站不住脚的。女性身上这一被强加的"隐身性"和压迫原因众多：对众所周知的文学作品（如希腊戏剧、修昔底德 [Thucydides]、柏拉图，以及色诺芬 [Xenophon]）的误读，对"分隔"（separation）和"隔离"（seclusion）的不加区分，对文化的理想目标和现实社会习俗之间差异的不理解，对女性在经济领域的积极作用以及雅典女性公众演讲的性质及其存在一无所知，以及对性别空间以及家庭内部社会关系的误解。她以令人信服的方式指出（见其著作第276页），有充足（尽管可能有些细碎）的证据表明："女祭司会在聚会的民众前演讲，也会在官方文件上盖上她们的印章；而且，至少在希腊化时代[①]，也许更早时候，女祭司们还能坐在剧院前排的荣誉席上。然而人们却没有将关注点放在那些引领公众游行，在圣殿里奉献，在节日里走上前举行仪式、

---

① 希腊化时代（Hellenistic times），指地中海东部及中东地区自亚历山大大帝去世（前323）至罗马人征服埃及（前30）之间的时期。史学界认为古希腊文明在这一时期主宰着地中海东部沿岸，故将之称为希腊化时代。希腊化时代被认为是希腊古典时代与罗马时代之间的过渡时期。

主持献祭的女性身上，而是一直关注那些被困在家中的女性。"

康纳利坚持认为（见其著作第275页），"所有现存的证据都要考虑；对这些证据的评价必须独立于那些享有特权的文本 [例如之前提到的那些] 所宣扬的偏见"，并且就那些"有意识或无意识地贬低甚至是无视那些不符合共识观点的证据"的做法提出了警告。她解释了这种共识观点是如何变得根深蒂固的："19世纪古典学家将维多利亚时代的精英性别意识形态投射到希腊家庭中，与20世纪女性主义者用一种'附属理论'建构来处理材料的做法得到了大致相同的结论。其结果就是一种广为接受的老生常谈：女性沉默、顺从、'隐形'，被束缚在她们家庭的私密空间里，完全受男性掌控。"（关于"性别意识形态"及归附"共识观点"的结果，例见本书第1章尾注 [40]。）

强暴主题

一个内容丰富且具开创性的论题已演变为强暴这一主题。今天我们该怎样看待古典神话中那许多关于狂热的追求以及多情的征服的案例呢？这些是宗教故事？爱情故事？还是，最终从本质上讲是一些关于伤害的可怕故事？在此，我们只能就这一宽泛而重要的话题给出几个基本的观点，主要目的是坚持指出：问题和答案不是简单的，而是错综复杂的。

在奥维德的《变形记》（Metamorphoses）中，阿波罗对达芙涅（Daphne）的追求是书中的第一个爱情故事。对有些人来说，它是一首美丽的田园诗；对于另一些人而言，它却是对男权至上以及残忍暴力的歌颂。简言之，它可能按照我们的心愿被赋予任何一种意义。这个故事无疑已经是古往今来的艺术家们最喜爱的主题之一，因为它可以被这样那样地阐释，无

论是明显或隐晦，其中大多数不一定按照"强暴"这个词在今天的意思来解读它。同样的情况发生在音乐史上：第一部歌剧正是《达芙涅》（Daphne），达芙涅在后世一直被视为一个深刻的、精神性的灵感来源。

希腊罗马人痴迷于不顾一切的激情和同样强迫性的贞洁。激情通常由强大的神祇阿佛洛狄忒（Aphrodite）和厄洛斯（Eros）唤起，他们能极大地提升或无情地吞噬一个凡人，或一位神祇。同等残忍的贞洁之力以对阿耳忒弥斯（Artemis）的献身为象征。一般的情况是（但并非总是）：男性代表情欲，而女性代表贞洁。反例之一是希波吕托斯（Hippolytus）和淮德拉（Phaedra）的故事——两个角色在这个故事中被倒置了。

爱人者对被爱者的追求的母题，暗含着猎人和猎物的意象。这一母题随处可见，形成了一种模式，即追求最终以一种仪式上的顺从结束，或者被追求者获得拯救，得以免于一种比死亡更糟糕的命运——这种拯救的方式往往是变形。性的圆满不一定是这一古老母题所展现情景的一部分，像奥维德这样文雅的诗人处理起这一母题来游刃有余。

许多诱拐的情景归根结底在本质上是宗教性的，而诱拐凡人者是一位神祇的事实会使得一切截然不同。宙斯会挑出一个凡人女性作为神之子或英雄的母亲，这是为了世界至善这样一个伟大的目的，而对此女性可能欢喜也可能不欢喜。这些故事的讲述角度不同，有时候甚至截然相反。例如，一种说法是宙斯强暴了伊俄，另一种说法却是天神只是用手碰触，他们的儿子厄帕福斯（Epaphus）就出生了。

男性恋爱、诱拐，或强暴一名女性，或者反过来，二者之间没有真正的区别。黎明女神厄俄斯（Eos）在追逐刻法罗斯（Cephalus）或提托诺斯（Tithonus）时与任何男神一样无情，而他们都顺从了女神的意愿。萨耳玛西斯（Salmacis）① 攻击了无辜而纯洁的赫耳玛佛洛狄忒（Hermaphroditus），并且得手。阿佛洛狄忒引诱了安喀塞斯（Anchises）②，而安喀塞斯对于女神的诡计多端毫无招架之力。如果愿意的话，我们也可以透过栖居宁谧池中的美丽宁芙③迷恋英俊少年许拉斯（Hylas）④这样的浪漫情景，想象一下这个可怜的年轻人由于寡不敌众而被拖入水底是一出多么可怕的暴行。

已成为传统的有名故事的名字有可能会误导人，也可能是虚假的。帕里斯（Paris）对海伦（Helen）的追求通常被称作"海伦之劫"（Rape of Helen）。然而在古人的讲述里，通常描述的却是海伦如何对异乡来的帕里斯一见钟情，无法自拔，后来又自愿跟他去了特洛伊（尽管她为此埋怨阿佛洛狄忒）。当然与之不同的版本同样有根有据——如果哪个艺术家想描绘海伦被野蛮的帕里斯拖走，并高声呼喊抗议他的兽行。人们将帕里斯诱惑 / 诱拐海伦定名为"海伦之劫"的时候，rape 一词不一定包含今天这种狭义的、单一的含义：对不情愿的对方施加粗暴野蛮的性行为。

"珀耳塞福涅之劫"（Rape of Persephone）则是

---

① 一位水泽仙女。萨耳玛西斯疯狂地爱上了赫尔墨斯和阿佛洛狄忒的儿子赫耳玛佛洛狄忒。为了与他永远在一起，她祈求诸神将他们合为一体。于是赫耳玛佛洛狄忒变成了雌雄同体。详见本书第12章。

② 安喀塞斯为埃涅阿斯之父。关于他与阿佛洛狄忒的故事，详见本书第9章。

③ nymph 亦译作"仙女"，希腊神话中较为次要的一类女神或精灵，出没于山林、原野、水泽和大海。参见本书第6章尾注 [1]。

④ 许拉斯为赫拉克勒斯的伴侣，长相非常俊美。赫拉克勒斯带着他一起加入阿尔戈英雄的队伍去夺取金羊毛。在途中许拉斯到林中取水时，水中的宁芙迷恋他的美貌，强行留下了他。详见本书第22章。

另一回事。哈得斯（Hades）的确野蛮地绑架了珀耳塞福涅（Persephone），而珀耳塞福涅也的确徒劳地大声呼救。宙斯和哈得斯将这视为神祇和君王的神圣权力。得墨忒耳和珀耳塞福涅却不认同。另外，一个宗教艺术家或评论家可能认为，神的意志就是神的意志，且上天注定哈得斯和珀耳塞福涅就是冥界的君王与王后。

本书以多种方式一再见证这些希腊故事和罗马故事对我们的文明产生的影响。古人在其想象中探索无数问题、无数种情感（其中既有激情，也有欲望）——这些情感对他们（男女皆然）和对我们同样炽热——正如我们在自身的想象中探索。我们像古人一样沉迷于性的话题，而且我们的描述可能还要暴力得多也丑陋得多，却又不那么震撼人心。早年的古典神话评论家有时无视强暴这一主题，今天的一些评论家却对别的一切视而不见。

根本的一点是，我们要意识到在我们急于从某个故事传达的信息中得出阐释性的、充满正义感的判断时往往忽视的一个事实。同一个故事可能包含伤害和强暴或情爱或精神上的救赎等主题，可能呈现这些问题中的一个或是全部，或者更多。一切取决于艺术家和回应作品的那个人：他（她）的性别、政治观、哲学、宗教、性取向、年龄、经验或经历——这份清单还可以一直列下去。本书的一个主要论点就是：故事没有所谓的唯一"正确"的解读，正如神话没有唯一"正确"的定义。

同性恋

同性恋在古代世界被人们接受，且被认为是生活的一部分。在古代世界中，没有一种主流的宗教观念对同性恋怀有敌意，将它视为一种罪过。关于同性恋解放时代的这一主题已有许多论述，我们已将其中主要的著作列入本章结尾的参考书目。在其经典的研究著作《希腊同性恋》（*Greek Homosexuality*）中，K. J. 多佛尔（K. J. Dover）审慎地分析了关于古希腊的主要证据，其中大部分出自雅典。这部重要著作是必读书，但是他的结论需要用现实世界中更现实主义的性观念来调和。这些观念中既有来自古代的，也有来自现代的。伯恩·冯恩（Byrne Fone）的《恐同症的历史》（*Homophobia: A History*）因其更广阔的视野而尤有启发性。接下来的论述将围绕古希腊的同性恋问题而展开。罗马人情况类似，但亦有差异。时间的跨度以百年计，此外这一主题同样广泛、复杂，且充满争议。

通行的观点坚持认为雅典（雅典代表古希腊—罗马世界的一种典范）是同性恋者的天堂，对比经常在其他社会看到的迫害时尤其如此。这种浪漫的观点有一定的道理，但是不管有多么自由，同性恋行为还得遵守一些不成文的规则。在雅典，当一个年长男性成为一个年轻男性的情人时，那是一件特别体面的事情；此外，重要的是双方在性行为中都扮演正确的角色。如果首要动机是实施一种高尚的教育，即塑造性格及有责任感的公民，至少表面上是这样的话，这种关系就特别被社会习俗认可。两个成熟男性之间较长期的同性恋关系，滥交以及脂粉气，有时就没有那么容易被社会接受了。一些同性恋者因其行为而声名狼藉。雅典——或者就此而言整个古代希腊和罗马世界——关于性的众多态度和严格约束不会受到今天的"同性恋自豪运动"（Gay Pride）的赞同。

正如所料，在神话里同性恋可能成为一个重要的主题。阿佛洛狄忒和厄洛斯作为特别关注同性恋情的神祇，尤其起了重要的作用。有几个重要的神话将男同性恋作为主要的主题：宙斯与伽倪墨得斯

（Ganymede）的故事、波塞冬（Poseidon）与珀罗普斯（Pelops）的故事、阿波罗与许阿锓托斯（Hyacinthus）的故事以及阿波罗与库帕里索斯（Cyparissus）的故事皆是如此[①]，此外还有阿喀琉斯与帕特罗克洛斯（Patroclus）之间、俄瑞斯忒斯与皮拉得斯（Pylades）之间（特别是在欧里庇得斯的《伊菲革涅亚在陶里斯》[*Iphigenia in Tauris*] 一剧中）以及赫拉克勒斯与许拉斯之间的友情。[②] 在罗马传说中，奈索斯（Nisus）与欧律阿罗斯（Euryalus）之间的爱与忠诚就是一个尤为感人的例子。[③] 在古典神话的浩瀚海洋里，这一类的故事在数量上并不显著。

"在后金赛[④]时代，我们对性行为直白描写的容忍，鼓励了古希腊同性恋研究中的一项小小事业的增长。"G. W. 保尔斯托克（G. W. Bowerstock）在其对詹姆斯·戴维森（James Davidson）的著作《希腊人及希腊恋情》（*The Greeks and Greek Love*）、安德鲁·李尔（Andrew Lear）与伊娃·坎塔雷拉（Eva Cantarella）的合著《古希腊男色图谱》（*Images of Ancient Greek Pederasty*）的敏锐评论中如是说。在评论中，他还附上了一份对古希腊同性恋及关于这一主题的重要现代著作的精彩且简要的综述。他以这样精辟的见地作结："古希腊人的性生活就如他们丰富的文化一样多彩，一样创意十足。它既不前后一致也不整齐划一。直到今天，它仍顽强地抵制一切现代意识形态和偏见，而保有自身的体面原则。与其他许多方面一样，古希腊人在性方面也是独一

无二的。"[41]

在古希腊罗马的神话和现实社会中，女同性恋是与男同性恋一样重要的主题，但是远没有后者那样明显。之前提及的那首充满激情、感人至深的诗（参见本书第227页）中，来自勒斯玻斯岛的抒情女诗人萨福（前6世纪），诗歌祈求阿佛洛狄忒帮助诗人赢回一个她爱着的年轻女子的芳心，诗人与女性的恋爱关系不仅在她的其他诗歌里显而易见，在传记传统中同样如此，并成为人们对这位女诗人无穷无尽解读的主题。（若对萨福的生平有兴趣，可参阅哈佛大学出版社的"洛布古典丛书"[Loeb Classical Library][⑤]，其中收录了古代的证言并已译成英文。）"女同性恋"（lesbian）一词即来自萨福，将阿佛洛狄忒与女同性恋联系起来的做法也是如此。

一般而言，女同性恋关系在神话中并不是很容易被察觉。有时，我们能零散地推断出关于它的潜台词。例如，在关于阿耳忒弥斯及其女伴们之间的牢固情谊的故事中，以及对好战的阿玛宗（Amazons）女战士的社会及其风俗的描绘之中，女同性恋关系可能是一个潜在的母题。另外，在希腊历史上，尽管女同性恋没有像男同性恋那般被详尽记载，但是它的确存在过。以斯巴达为例，那里的女性在自由、教育和权力方面地位卓著，女同性恋作为一种广泛存在的行为得到认可。法律严格保护婚姻，奖励生育，倡导家庭是城邦的核心，任何不遵从者都会以各种方式受辱。但是，同性恋（无论男女）并未超出社会要求的契约范围，并受到鼓励和尊重。

---

① 分别参见本书第5章、第18章和第11章。

② 分别参见本书第19章、第18章和第22章。

③ 参见本书第26章。

④ 美国生物学家、人类性科学研究者阿尔弗雷德·查尔斯·金赛（Alfred Charles Kinsey，1894—1956），以其《男性性行为》和《女性性行为》（合称《金赛报告》）及定位性取向的"金赛量表"而闻名。

---

⑤ "洛布古典丛书"（可以简称"洛布丛书"或是"洛氏丛书"），英语世界一套收录西方古典作品的丛书，均为希英或拉英对照，帮助读者理解原文。丛书最初由詹姆斯·洛布（James Loeb）发起和赞助，于1912年面世。

神话社会中的道德

与其想象数千年前的古希腊罗马社会关于女性主义和同性恋的态度，继而在那些已有众多独立艺术家从不同视角处理过的神话故事的解读中加上牵强的结论，也许更有效也更公平的做法是，不如将目光投向神话本身，看看它所表达的社会价值观是否一致。

希腊罗马神话对同性恋不加评判地接受，并包含了那些受同性恋启发的美丽故事，然而它整体上——在上至奥林波斯诸神下至芸芸众生的描述中——反映的是一个异性恋社会的价值观。荷马的《奥德赛》是诗歌中最具异性恋特征的，我们必须字斟句酌，才能从中发现与之相反的潜台词。《伊利亚特》亦是如此，尽管在其中发现潜台词要容易些。的确，这一史诗聚焦于阿喀琉斯对帕特罗克洛斯的爱，但两个人都被描述成异性恋，于是他们之间的关系怎样便有待其他人去体会言外之意了。也许荷马将他们的双性恋取向视为当然。令阿喀琉斯和帕特罗克洛斯的爱光耀动人的是阿喀琉斯对布里塞伊斯（Briseïs）[①]的爱，堪与普里阿摩斯（Priam）和赫卡柏（Hecuba）之间、赫克托耳（Hector）和安德洛玛刻（Andromache）之间，以及也许最耐人寻味的一对恋人——帕里斯和海伦——之间感情的深刻描写比肩。

荷马设置了舞台，文学的基本特质随之而来。如我们所了解，大量的希腊戏剧充满家庭价值观和宗教信仰，因剧作家的天赋而攀上崇高的峰巅。悲剧中那些高贵家族中的人无疑是机能失调的和神经质的，但是将他们连结起来的纽带正是将男女、夫妻、父母、兄妹和子女联系起来的那些。很难想象，有哪种家庭与宗教纽带比俄狄浦斯传说中描述的那些更强烈。俄狄浦斯与女儿们之间的相互忠诚堪称极致：他与伊斯墨涅（Ismene）之间是如此，与安提戈涅（Antigone）之间更加如此。同样强烈的是俄狄浦斯与他的儿子们——厄忒俄克勒斯（Eteocles）与波吕尼刻斯（Polynices）——之间的仇怨。俄狄浦斯死时皈依神，而安提戈涅则出于家族和宗教的原因为她的兄弟波吕尼刻斯而献身。《俄瑞斯忒亚》（Oresteia）[②]可能是更佳的例证。希罗多德挑出雅典人泰勒斯（Tellus the Athenian）、克勒俄比斯（Cleobis）及比同（Biton），作为凡人中最快乐者的例子，他的选择标准就体现在那些令人高尚的故事中——这些故事确认了婚姻和家庭是古希腊城邦（polis）的政治和道德的基础（译文见本书第153—159页）。在罗马神话中，宗教、家庭——也许还可以加上爱国的道德观——比在希腊神话中更占主导地位。然而，同性恋在罗马同样盛行，在帝国时期尤甚。

我们各以不同的方式阅读浩瀚的古典文学著作，也正应如此。这些文本对我们每个人各有其意义，因为它们出自一个包罗万象的（而不仅仅是奇特的）文明。当我们面对自己的问题、冲突及其解决方案时，这些文本是那么似曾相识，并多有裨益，对异性恋与同性恋之间以及两性之间的问题而言尤其如此。

一些结论，古典神话的定义

我们对一些重要的神话诠释进行了概述，为的

[①] 吕耳涅索斯（Lyrnessus）的公主，《伊利亚特》中引发阿喀琉斯和阿伽门农之间争执的女俘虏，详见本书第19章。

[②] 《俄瑞斯忒亚》是埃斯库罗斯的三部曲《阿伽门农》《奠酒人》和《欧墨尼得斯》的合称，详见本书第18章。

是说明对各种方法的研究总能发现一点有价值的东西。我们仅仅从各种各样的可能选项中选取了一部分，还有别的方法尚待探究。自然，不同读者对多样解读的重要性和合理性有不同的看法。但是，关于这个结论，我们深信：不可能有哪一种理论能够有效地适用于一切神话，我们无法找到一种关于神话的、能够体现对世界神话的种种特征的复制或反映的柏拉图式理念或共相。关于神话起源和本质的众多阐释，对突显这样一个事实至关重要：神话包含了以不同媒介表现的多种多样的故事，且这些故事可以用无数种不同的方式来归类。

我们充分认识到比较神话研究的必要性，也欣赏它所带来的众多回报，但我们也警惕它的危险之处：过分简化、歪曲，以及将复杂的杰作缩减成一幅关于主要母题的图表。希腊罗马神话是独一无二的，但并没有独特到我们可以将它与其他神话区别开来的程度。换言之，比较神话研究可以解释来自原始社会和史前社会的其他神话，正如它能够帮助我们理解古典文学的起源、发展和意义。然而，我们必须意识到：在口头传说与文学上的神话思考之间有一道鸿沟。这种文学思考在古希腊和罗马人中得以发展，也在古典神话的近东文学前身中不断演变。当然，如果像一些人类学家和社会学家那样假想某种"原始"思维，仿佛它与更发达社会——如希腊人社会——的"复杂"思维相比是某种幼稚和简单的东西，那是有误导性的做法。[42] 事实上，关于原始社会的神话多大程度上反映社会家庭结构的复杂性，以及其故事能多大程度上与古典文学相得益彰，已经有了清楚的证明（前文已有佐证）。然而两者之间仍有差别：即使是我们最早的文学来源（荷马、赫西俄德及抒情诗人们）也在最上乘的、影响力巨大的作品中艺术性地呈现了种种智力、情感和精神方面的价值与观念，不论他们承袭自何处。希腊罗马神话与世界伟大文学具有相似的特征。这些文学也演化出了自己的神话，不论它们的主题材料是否来自古人。古典神话与英美文学（更不用提德法文学，以及其他）[43] 之间的共同点，至少和它与史前口头民间故事这种对照物及远古文物研究之间的共同点一样多（如果不是更多的话）——无论这些研究可能多么具有启发性。希腊罗马神话与文学上溯至一种口头的和文学的传统，对它加以利用与调整，继而将其变型传至未来。

本书旨在传播古希腊和古罗马时代人们所讲述的神话本身，因此文学中的神话必然是我们的首要关注点。许多重要的神话存在多种品质各异的版本，但在为后来一切艺术和思想创造原型的意义上，通常只有一个古代版本最具影响力。不论俄狄浦斯故事存在什么样的其他版本 [44]，将一种永恒的神话模式建立起来并传诸后世的都是索福克勒斯的戏剧版本——他是那位迫使我们看见并感受到普遍含义的诗人。尽管他的艺术是自觉的、文学的，也是美学的，但是神话才是这部戏剧本身。我们在本书中不能提供希腊悲剧的全文，但是会尽可能地将神话最具影响力的版本的原文译出。我们相信，忠实的翻译或者哪怕是对原文的意译都比赤裸裸的编译式复述要好得多。因为在这种复述里，为了科学分析的目的，文学性神话的根本精神和艺术细节都会被完全抹去。我们常常见到这样的说法：神话在本质上就是很好的故事。然而有些故事比其他的更幼稚、更混乱，也更重复乏味。真正优质的那些之所以优质，通常是因为它们以艺术家塑造的形式得以流传。对这些故事，我们可以不费吹灰之力地套用亚里士多德根据他对希腊悲剧的亲身体验而在《诗学》里定下的标准。情节（mythos）是否圆满？是否有适当的开头、中间和结尾？有力的技巧——如发现和突转——有没有物尽所用？角色的塑造过程怎么样？——主角是否有某种悲剧性的缺陷？最重要的则是：作品能起到宣泄（catharsis，一种情感和精神上的净化）怜悯和恐惧情绪的作用吗？最后这一条，可能是一切严肃神话艺术的目标。

希腊罗马神话的文学性故事和传奇有两个确定无疑的特色：一是它们的艺术价值，二是它们给其他故事所带来的启示。仅举一例：我们从古代世界开始，就对俄耳甫斯（Orpheus）[①]与欧律狄刻（Eurydice）的故事进行了感人至深的一再演绎。西方文明（以每一种可能的媒介）对他们的故事进行了数量众多的再述，并且看起来这个故事的变体还将无穷无尽。[45]因此，我们用一个简短的定义作结——其重点在于古典传统（文学和艺术之中的，不包括口头的）那令人欣慰的、天衣无缝地融入我们文化的肌理之中的韧性：

> 古典神话是一个故事。它通过其古典形式获得某种永恒性，因为它内在的、原型式的美、深度和力量启发后世对它进行富有价值的更新和变型。

古希腊人以多种多样的媒介形式创造了大量意义深远的神话。罗马人沉迷于其中，众多后世社会也继续沉迷。鉴于这一伟大的事实，《俄狄浦斯》的不同版本——创作者分别是小塞涅卡（Seneca）[②]、

高乃依（Corneille）[③]、冯·霍夫曼斯塔尔（von Hofmannsthal）[④]和谷克多（Cocteau）[⑤]——作为作者个人对索福克勒斯和神话故事的观点之表达，在他们各自的时代和文化中都同等正当。同样地，一个描绘在古希腊花瓶上的神话故事与一幅毕加索的画作，或者一条绘有古代舞者的雕带和与伊莎多拉·邓肯（Isadora Duncan）[⑥]的重新诠释，公元前5世纪的《厄勒克特拉》（Electra）表演时的音乐（再也听不到了）与施特劳斯的歌剧，等等，也都一样正当。本书写作的一个愿望是，提供一份对古希腊神话的清晰而全面的介绍，从而让读者了解、欣赏并喜爱其在后世（德语所谓 Nachleben）的神奇流传。我们认为，这一传承也值得进行一番概述，因为它是整个连续统一体的一部分。古典神话的创造从未真正停止过。相反，自荷马时代起，它就一再重生、复活，并以激动人心而又富于挑战性的新方式在文学、艺术、音乐、舞蹈及电影之中得到表达。[46]

附录：古典神话的来源

传统故事以口头方式代代传承，直到在广泛流传的书面形式中稳定下来。古希腊世界的地理和地形常常让陆上和海上的交流变得困难，而这些文化分离主义的自然趋势又由于部落的、种族的和语言

---

① 俄耳甫斯是希腊神话中阿波罗与缪斯卡利俄佩之子，以音乐天赋著称。关于他与欧律狄刻的故事及俄耳甫斯主义，详见本书第16章。

② 小塞涅卡（前4或前1—公元65），古罗马政治家、哲学家、悲剧作家、雄辩家、新斯多葛主义的代表。

③ 高乃依（1606—1684），法国古典主义悲剧的代表作家、法国古典主义悲剧的奠基人，与莫里哀、拉辛并称法国古典戏剧三杰。

④ 冯·霍夫曼斯塔尔（1874—1929），奥地利小说家、剧作家、诗人、评论家。

⑤ 谷克多（1889—1963），或译作科克托，法国诗人、小说家、剧作家、设计师、编剧、艺术家和导演，其代表作品包括小说《可怕的孩子们》、电影《诗人之血》《可怕的父母》《美女与野兽》和《俄耳甫斯》等。

⑥ 伊莎多拉·邓肯（1878—1927），美国舞蹈家、现代舞的创始人。

的差异而得到增强。因此，古希腊神话随地区的不同而彼此迥异，对各个神明的崇拜方式也不尽相同。可能在公元前8世纪，神话的"标准"版本随着书写的出现开始确立，但是后世诗人的加工也带来了独创的变动。即使在雅典戏剧的核心神话中，也可以发现大量的改编——虽然这些故事都为其观众熟知，且备受他们期待。厄勒克特拉的传说便是一例。变体的问题在英雄传说中尤为显著：不同的文学版本和地方变体（这些变体往往基于对英雄往昔的地方自豪感）让辨识出一个"标准"版本变得不可能。对于雅典的忒修斯这样的地方英雄，情况尤其如此。然而，古典神话尚有大量公认的主要来源，从这些来源中我们可以辨识出主要的神话版本。

为方便读者，我们在本书第2章（第53页）附上了一份历史事件及作者年表。

古希腊来源。 首屈一指者当属荷马（人们将《伊利亚特》和《奥德赛》的作者归于这位诗人）。他的诗歌让奥林波斯山诸神的故事固定下来，并对所有后世的希腊罗马作家产生了无可匹敌的影响。《伊利亚特》远不止是一个关于阿喀琉斯的愤怒的故事，或是特洛伊战争第十年中一段插曲的记录，因为它包含了许多关于奥林波斯诸神和迈锡尼众英雄的故事，而它对神祇的描绘自古以来就是对奥林波斯诸神的文学艺术表现的基石。这些诗歌本身由数个世纪的口头传统发展而来，也许在公元前8世纪时取得了某种意义上的最后定型，其中《伊利亚特》定型略早于《奥德赛》。它们的书面文本可能是在公元前6世纪下半叶庇西特拉图（Pisistratus）[1]僭主统治期间的雅典固定下来的。本书中我们对荷马神话及传说

的仰赖将非常明显。

对奥林波斯诸神、奥林波斯神学和神谱组织意义重大的还有赫西俄德的作品。他是玻俄提亚（Boeotia）的一位地方诗人，生活于公元前8世纪晚期，可能晚至公元前700年左右。他的《神谱》（*Theogony*）是我们了解宙斯和奥林波斯诸神与其前代神祇之间关系最重要的文献——前代神祇包括提坦巨人（Titans）和其他早期神祇，它还记载了宙斯如何取得至尊地位和组建奥林波斯万神殿的事迹。赫西俄德的《工作与时日》（*Works and Days*）也包含重要的神话。因此，本书在前几章中以译文或释义的形式收录了这些作品中的大量内容。

33首《荷马体颂歌》是一组为颂扬奥林波斯诸神而创作的诗歌，其中大多数包含至少一位男 / 女神祇的故事。其中4首——分别献给得墨忒耳、阿波罗、赫尔墨斯、阿佛洛狄忒——长达数百行，它们是有关这几位神祇的神话故事的最重要来源；其余颂歌则相当短小，看起来像是未能保存下来的较长作品的序曲。鉴于其重要性，我们全文翻译了这些颂歌。[47]《荷马体颂歌》的创作时间差异很大，有些也许早至公元前7世纪或前8世纪，而有些（如《致阿瑞斯》[*Hymn to Ares*]）则晚至公元前4世纪或希腊化时代。

另一群古代诗人——抒情诗人们——的作品也是神话的重要来源。他们的活跃时期是公元前7—前6世纪，在爱琴海诸岛尤其如此。公元前5世纪上半叶，在忒拜诗人品达（Pindar）[2]错综复杂的胜利《颂诗》（*Odes*）中，以及他的同时代竞争者——科斯岛（Cos）[3]的巴库利德斯（Bacchylides）[4]——的酒神赞

---

[1] 庇西特拉图（约前600—前527），古希腊城邦雅典的一位僭主，其促进阿提卡地区统一的政策和对雅典繁荣的巩固使得雅典在后来从希腊诸城邦中脱颖而出。

[2] 品达（约前518—前446），古希腊最重要的抒情诗人，写作胜利颂歌的大师。

[3] Cos 多作 Ceos（喀俄斯岛），即今爱琴海上的凯阿岛（Kea）。

[4] 巴库利德斯（约前510—？），古希腊抒情诗人，与品达齐名。

美诗中，抒情诗传统得以传承。雅典戏剧家们的抒情诗合唱团也保存了重要的神话版本。

公元前5世纪，希腊诸城邦的兴盛催生了伟大的文学和艺术，其中没有哪个地方比雅典更令人印象深刻。这里有三大悲剧作家：埃斯库罗斯（去世于公元前456年）、索福克勒斯和欧里庇得斯（后面两位都去世于公元前406年）。他们确立了许多神话和英雄传说的权威性版本。这里略举几例：埃斯库罗斯的《俄瑞斯忒亚》是阿特柔斯家族的故事；索福克勒斯的忒拜系列是俄狄浦斯家族的故事；欧里庇得斯的《酒神的狂女》（Bacchae）（我们在本书第13章中译出了其中大量内容）则是关于狄俄尼索斯的故事。

公元前5世纪之后，希腊文学中对神话的创造性表现让位给更讲究精巧的版本。其中许多作品出自公元前3世纪的亚历山大诗人们。[①] 卡利马科斯（Callimachus）[②] 的《颂歌》（Hymns）或者克勒安忒斯（Cleanthes）[③] 的宙斯颂歌作为神话来源都没有什么重大价值。倒是罗得斯岛的阿波罗尼俄斯（Apollonius of Rhodes）[④] 所作的史诗《阿尔戈英雄纪》（Argonautica，约前260）成为阿尔戈号英雄故事唯一最重要的来源。我们在本书第27章中对其他亚历山大诗人版本的古典神话有所讨论。

最主要的希腊散文体文献来源于历史学家们和神话撰写家们。前者中以希罗多德最为显著，尽管有些神话记载在修昔底德（活跃于公元前5世纪的最后25年间）的著作中。希罗多德（约生于公元前485年）游历甚广，足迹遍及希腊世界内部，并远至波斯和埃及。所到之处，他都记录下传统故事。他的一些故事包含深刻而普遍的真理，即那种可以让我们将神话与历史联系起来的东西。他讲述了梭伦（Solon）[⑤] 和克洛俄索斯（Croesus）[⑥] 之间的会面，其译文我们放在了本书第6章。这是成熟的"历史神话"的一个完美例证，让我们窥见古希腊人在他们关于事实和神话的讲述中对神与命运的理解。

神话撰写家是神话手册的晚期编写者。其中作者署名为阿波罗多洛斯（Apollodorus）[⑦] 的《书库》（Bibliotheca，又作《希腊神话书库》[Library of Greek Mythology]）可能编纂于120年左右，迄今仍有价值。保萨尼亚斯（Pausanias）（约150）的《希腊志》（Periegesis）则在对宗教场所以及其中的艺术品的记述中保存了许多神话。

哲学家们——尤其是柏拉图（前4世纪）——将神话用于教喻的目的。柏拉图本人在宗教故事的传统中开发了"哲学神话"，使之成为一个独特的文学形式。例如，他的厄尔（Er）神话[⑧] 就是一个关于灵魂及其死后的存在的哲学寓言。这个故事作为冥界信仰的证据而具有重要性，其宗教起源可上溯至更早的时候，特别是毕达哥拉斯[⑨] 主义及俄耳甫斯主义的猜想。古罗马诗人维吉尔（我们稍后会谈到他）在他对来世的

---

① 活跃于希腊化时代思想文化中心亚历山大（Alexandria）的一派诗人。详见本书第27章。

② 卡利马科斯（约前305—约前240），希腊诗人、学者、亚历山大学派诗人的代表。

③ 克勒安忒斯（约前330—约前232），斯多葛派哲学家。

④ 罗得斯岛的阿波罗尼俄斯（约前295—？），古希腊诗人和文法家，曾任亚历山大图书馆的管理员。

⑤ 梭伦（约前630—约前560），古希腊雅典政治家和诗人，古希腊七贤之一。

⑥ 克洛俄索斯（约前560—前546年在位），吕底亚（Lydia）末代国王，以豪富著称。

⑦ 阿波罗多洛斯（约前180—前120），即雅典的阿波罗多洛斯，古希腊学者、历史学家和文法学家。《书库》一书托名为他的作品，实际作者不详。现代神话学家多用"伪阿波罗多洛斯"（Pseudo-Apollodorus）来称呼《书库》的作者。本书中并未使用"伪"字。

⑧ 厄尔神话，柏拉图的《理想国》中用来阐释其来世观的故事，详见本书第15章。

⑨ 毕达哥拉斯（约前570—约前500），古希腊哲学家、数学家、毕达哥拉斯主义的创立者。

描绘中，将出自荷马的更传统的神话与柏拉图之类的哲学家们对于重生和转世的猜想加以融合。因此，在将这三位作家——荷马、柏拉图、维吉尔——关于哈得斯的王国记述（参见本书第15章）译出之后，我们对古代希腊人和罗马人所发展出来的关于来世的主要神话及宗教信仰就有了一个综合的、可称完整的总结。

出于哲学和讽刺的目的，一位后世哲学家重新讲述了古老的神话。他就是用希腊语写作的叙利亚作者琉善（Lucian，约生于120年）。他的讽刺文学常采用对话形式，以丰富的幽默和批判式的洞见呈现奥林波斯诸神和古老故事。他讲述的"帕里斯的裁判"故事收录于本书第19章，是其艺术的极佳例子。

罗马来源。 古希腊作家是我们了解古典神话的基础。但是，古罗马作家也不仅仅是他们的衍生物。维吉尔（前70—前19）在其史诗《埃涅阿斯纪》（*Aeneid*）中讲述了特洛伊英雄埃涅阿斯（Aeneas）的故事。他由此保留了有关特洛伊陷落的传奇，而希腊史诗系[①]中的这一部分已经亡佚了。维吉尔还开发了腓尼基女王狄多（Dido）的故事，并讲述了许多与特定的意大利地区相关的神话传说，例如海格力斯（Hercules）在罗马的故事。我们将维吉尔诗歌的选段收录在本书第26章和第15章中。

较维吉尔年轻的同时代作家奥维德（前43—公元17）是荷马以后古典神话一个最重要的来源。他的诗篇《变形记》（约完成于8年）作为古典神话在文学艺术中的表现来源，甚至可能比荷马更具影响力。这部诗作从某种程度上说是史诗，包含了两百多个故事，以松散的时间顺序排列，上至天地诞生，下至奥维德所处的时代。许多最熟知的故事都来自奥维德，例如，厄科（Echo）与那喀索斯（Narcissus）[②]、阿波罗与达芙涅，以及皮拉摩斯（Pyramus）与提斯柏（Thisbe）[③]的故事。奥维德关于罗马宗教日历的诗歌《岁时记》（*Fasti*）尽管只完成了宗教历一年中前六个月的内容，却是罗马诸神故事独一无二的来源。我们收录了大量的奥维德诗歌，其中有直接译文也有复述。

历史学家李维（Livy）（前59—公元17）在其《建城以来史》（*Ab urbe condita*）[④]的第1卷里记载了罗马的创建神话。他是许多罗马历史故事的来源——这些故事与其说是历史，毋宁说更近于神话。其他罗马作家也有研究古事的兴趣，但是没有人写出堪与李维作品媲美的连贯史述。

1世纪晚期，罗马皇帝尼禄（Nero，54—68年在位）统治期间出现了一场文学复兴。小塞涅卡的悲剧提供了几个神话故事的重要版本，其中最著名的是淮德拉与希波吕托斯的故事、美狄亚（Medea）的故事以及梯厄斯忒斯（Thyestes）的故事。[⑤]最后一个故事是梯厄斯忒斯神话唯一流传至今的完整版本。

史诗复兴发生在小塞涅卡之后一代。瓦勒里乌斯·弗拉库斯（Valerius Flaccus，活跃于80年前后）的《阿尔戈英雄纪》（*Argonautica*）及斯塔提乌斯（Statius，去世于96年）的《忒拜战记》（*Thebaid*）分别是他们英雄传说的重要版本。这以后，很少有原创

---

① Epic Cycle 亦译作"史诗集群"，指一组与特洛伊战争故事有关、以六音步扬抑抑格写成的古希腊史诗。史诗系中共有6部作品，分别是《库普里亚》（*Cypria*）、《埃提俄庇斯》（*Aethiopis*）、《小伊利亚特》（*Little Iliad*）、《伊琉珀耳西斯》（*Iliupersis*）、《诺斯托伊》（*Nostoi*）和《忒勒戈尼》（*Telegony*），今均仅存残篇和概要。一些学者有时将《伊利亚特》和《奥德赛》也归于史诗系中。

② 厄科与那喀索斯的故事详见本书第13章。

③ 皮拉摩斯与提斯柏的故事详见本书第25章。

④ 亦译作《罗马史》。

⑤ 分别参见本书第23章、第24章和第18章。

作品值得注意。一个例外是来自非洲的修辞学者阿普莱乌斯（Apuleius，约生于123年）的小说。其正式的名称是《变形记》（*Metamorphoses*），但更为人熟知的书名是《金驴记》（*Golden Ass*）。这是我们关于丘比特和普绪喀的故事的来源。这本书的最后一卷对伊西斯（Isis）女神[①]神秘信仰的表述尤为重要。

对神话的兴趣继续表现在许多年代不确定的手册中。我们提到过阿波罗多洛斯以希腊语写成的《书库》；以拉丁语写成神话概略的作者是叙吉努斯（Hyginus，可能活跃于2世纪中期）和富尔根提乌斯（Fulgentius，可能是6世纪[②]时的一位非洲主教）。这一传统在文艺复兴时期再次复活，以意大利为甚。我们将在本书第27章谈到一些重要的神话手册。

兼容并蓄，来源多元。 显而易见，这一文学遗产提供了无穷无尽的变体。赫西俄德的宗教故事与奥维德的错综复杂的故事形成对照。希罗多德的历史故事从性质上有别于荷马的传说历史。柏拉图的哲学神话和阿普莱乌斯的浪漫故事呈现出截然不同的精神色彩。埃斯库罗斯和小塞涅卡的戏剧环境有天壤之别。但是，所有这些作家，来自不同的时期，以不同的艺术形式，带来了丰富多彩且不拘一格的遗产。对古希腊罗马神话的综述必定要从这些遗产中得来。

译本。 以上提到的所有古希腊罗马著作（晚期的拉丁语神话手册除外）都有价格适宜的译本存在。"洛布丛书"包含了双语对照的文本，其中的译文在质量和可读性上差异很大，然而每年都有修订的新版本出现。企鹅出版社及芝加哥大学出版社出版的译本通常是可靠的，某些时候甚至质量超群。然而我们有多种选择，权威著作的当代译本（其中一些堪称优秀）以让人惊奇和欣喜的频率不断问世。不过我们仍须慎重。多佛尔出版社出版的几部古希腊罗马作品译本就应肆意地购买。其中的戏剧以单行本出售，是节俭版[③]，价格极为低廉，但是像乔治·扬爵士（Sir George Young，1837—1930）的诗歌体译文对于现代读者来说就比他们预期的要有些难度，而这一系列还包括尚可的雷克斯·华纳（Rex Warner）的《美狄亚》。著名诗人特德·休斯（Ted Hughes）意译的《俄瑞斯忒亚》及奥维德的《变形记》是极为难得的改写，却几乎难以作为确定索福克勒斯原意的基础——后者正是研究神话的学生最关心的问题。荷马作品的译本中，斯坦利·隆巴尔多（Stanley Lombardo）的《伊利亚特》和《奥德赛》值得特别赞赏。上述译本让这些作品在今天的读者面前获得了新的生命。里士曼·拉蒂莫尔（Richmond Lattimore）对荷马的《伊利亚特》的翻译非常忠实又充满诗意，然而购者请自慎之！牛津大学出版社的"牛津世界经典"（Oxford World's Classics）系列为我们提供了非常有吸引力的简装书，其众多著作的优良译文可以弥补本书文本的不足。

本书中出现的译文均出自本书作者之手。我们尽力为不懂古希腊语和拉丁语而又希望尽可能接近原始文本的读者提供准确易懂的版本。

[①] 伊西斯是古埃及宗教信仰中的一位女神，对她的崇拜传遍了整个希腊—罗马世界。她被敬奉为理想的母亲和妻子、自然和魔法的守护神。详见本书第16章。

[②] 本书第26章中作5世纪晚期。富尔根提乌斯活跃于5世纪晚期至6世纪早期之间。

[③] 多佛尔节俭版不是简写版，而是未删节版，只是廉价印刷，纸张和印刷工艺不是那么讲究。这是多佛尔出版社在20世纪90年代推出的营销模式。

相关著作选读

解读、分析及比较研究

Ackerman, Robert，《神话仪式学派：J. G. 弗雷泽和剑桥的仪式学者》（*The Myth and Ritual School: J. G. Frazer and the Cambridge Ritualists.* New York: Routledge, 2002）。此书是对弗雷泽、简·哈里森、吉尔伯特·默雷（Gilbert Murray）、F. M. 康福德（F. M. Cornford）及 A. B. 库克（A. B. Cook）等人著作的考察。最后一章探索了古典时代以后的文学对神话和仪式的应用。

Anderson, Graham，《古代世界的童话》（*Fairytale in the Ancient World.* New York: Routledge, 2000）。

Burkert, Walter，《希腊神话与仪式中的结构与历史》（*Structure and History in Greek Mythology and Ritual.* Berkeley: University of California Press, 1979）。迄今为止对结构主义理论重要性的最好解释。

Csapo, Eric，《神话理论》（*Theories of Mythology.* New York: Blackwell, 2004）。一部关于神话理论的历史，书中包含用以说明如何解读神话的阅读样章。

Dowden, K.，《希腊神话之用》（*The Uses of Greek Mythology.* New York: Routledge, 1992）。其中对心理分析方法的审慎评价见第32—34、180页。

Dundes, A., ed.，《神圣叙事：神话理论文集》（*Sacred Narrative: Readings in the Theory of Myth.* Berkeley: University of California Press, 1984）。一批主要的神话解读学者的作品集，收录的作者包括弗雷泽、伊利亚德、马林诺夫斯基、荣格和列维－斯特劳斯。

Edmunds, Lowell, ed.，《希腊神话研究方法》（*Approaches to Greek Myth.* Baltimore: Johns Hopkins University Press, 1989）。

Eliade, Mircea，《宇宙与历史：永恒轮回的神话》（*Cosmos and History: The Myth of the Eternal Return.* Princeton: Princeton University Press, 1954）。也许是伊利亚德诸多著作中最佳的介绍性作品。

Ellis, John M.，《一个童话的背后》（*One Fairy Story Too Many.* Chicago: University of Chicago Press, 1983）。此书研究格林兄弟作品的文本及历史。埃利斯（Ellis）认为这些作品是个骗局，以此作为对那些盲目相信变形为文学的口头神话的人的警告。

Felton, D.，《鬼魂触摸的希腊与罗马：古典时代的鬼故事》（*Haunted Greece and Rome: Ghost Stories from Classical Antiquity.* Austin: University of Texas Press, 1999）。对古代鬼故事以及这些主题在现代的影响与发展的民间传说分析和文学分析。

Frazer, James G.，《新金枝：经典著作的新精简本》（*The New Golden Bough: A New Abridgement of the Classic Work.* Edited by Theodor H. Gaster. New York: Criterion Books, 1959；New York: Mentor Books, 1964）。

Graf, Fritz，《希腊神话导论》（*Greek Mythology: An Introduction.* Translated by Thomas Marier. Baltimore: Johns Hopkins University Press, 1993 [1987]）。17世纪以来对主要希腊神话的解读史。

Holzberg, Niklas，《古代寓言导论》（*The Ancient Fable: An Introduction.* Translated by Christine Jackson-Holzberg. Bloomington:

Indiana University Press, 2002）。

Holzberg, Niklas，《古代民间故事导论》（*Ancient Folklore: An Introduction*. Translated by Christine Jackson-Holzberg. Bloomington: Indiana University Press, 2002）。对希腊罗马作家文本中的寓言的批评式研究。

Kirk, G. S.，《神话在古代文化及其他文化中的意义与功能》（*Myth: Its Meaning and Function in Ancient and Other Cultures*. Berkeley: University of California Press, 1970）。其中对比较研究的批评观点很有价值。

Kirk, G. S.，《希腊神话的本质》（*The Nature of Greek Myths*. Baltimore: Penguin Books, 1974）。因其对各种神话研究方法的讨论而颇有价值。

Leach, E.，《克洛德·列维－斯特劳斯》（*Claude Lévi-Strauss*. New York: Viking Press, 1970）。对列维－斯特劳斯理论的出色阐述，利奇（Leach）在《神话的结构》（"The Structure of Myth"）一章中对几个希腊神话进行了结构性分析。

Leeming, David Adams，《神话：英雄的旅程》（*Mythology: The Voyage of the Hero*. 3 d ed. New York: Oxford University Press, 1998）。对各种神话体系中的主要主题的比较研究，其中包括对希腊罗马神话的研究。

Lefkowitz, Mary，《希腊众神与人类生活：从神话中我们能学到什么》（*Greek Gods, Human Lives: What We Can Learn from Myths*. New Haven: Yale University Press, 2005）。

Lévi-Strauss, Claude，《野蛮人的心灵》（*The Savage Mind*. Chicago: University of Chicago Press, 1966 [1962]）。

Lévi-Strauss, Claude，《生食与熟食》（*The Raw and the Cooked*. Translated by J. and D. Weightman. New York: Harper & Row, 1969）。这是4卷本的《神话学》（*Mythologiques*）中的第1卷，其前言是对列维－斯特劳斯的最好介绍。

Malinowski, B.，《巫术、科学与宗教》（*Magic, Science, and Religion*. New York: Doubleday, 1955）。其中包括《原始心理中的神话》（"Myth in Primitive Psychology", 1989 [1926]）。

Propp, Vladimir，《民间故事形态学》（*Morphology of the Folktale*. 2 d ed. Translated by Lawrence Scott. Austin: University of Texas Press, 1968 [1928]）。神话的结构主义理论的开山之作。

Sebeok, Thomas A., ed.，《神话论丛》（*Myth: A Symposium*. Bloomington: Indiana University Press, 1965）。

Segal, Robert A.，《介绍约瑟夫·坎贝尔》（*Joseph Campbell: An Introduction*. New York: Meridian, 1997 [1987]）。

Segal, Robert A., ed.，《文学批评与神话》（*Literary Criticism and Myth*. New York: Garland, 1996）。6卷本，主要作家的重要作品集。

Strenski, Ivan，《20世纪历史中的四种神话理论：卡西雷尔、伊利亚德、列维－斯特劳斯和马林诺夫斯基》（*Four Theories of Myth in Twentieth-Century History: Cassirer, Eliade, Lévi-Strauss and Malinowski*. Iowa City: University of Iowa Press, 1987）。这部作品是对神话艺术和神话研究者破除偶像式的评判。斯特伦斯基（Strenski）认为神话根本就不存在——"相反，存在的是被称作'神话'的产品及制造这一到处使用的概念的'产业'。"（第194页）

Strenski, Ivan, ed.，《马林诺夫斯基与神话的作用》（*Malinowski and the Work of Myth*. Princeton: Princeton University Press, 1992）。马林诺夫斯基的核心著述合集。

Struck, Peter T.，《象征的诞生：受到文本限制的古代读者》（*Birth of a Symbol: Ancient Readers at the Limit of Their Texts*. Princeton: Princeton University Press, 2004）。探索古希腊文学评论家及理论家如何发明及发展象征主义和寓意解读法的著作。

Thompson, Stith，《民间故事》（*The Folktale*. Berkeley: University of California Press, 1977 [1946] ）。

Thompson, Stith，《民间文学母题索引》（*Motif-Index of Folk-Literature*. 6 vols. Bloomington: Indiana University Press, 1966）。
　　一部以民间故事为主题的基本参考书。

Vernant, J.-P.，《古希腊的神话与社会》（*Myth and Society in Ancient Greece*. Translated by J. Lloyd. New York: Zone Books, 1990 [1974] ）。

Von Hendy, Andrew，《神话的现代建构》（*The Modern Construction of Myth*. Bloomington: Indiana University Press, 2002）。
　　对18世纪以来的神话理论化过程的批判性讲述。

神话与心理学

Bolen, Jean Shinoda，《普通女性身上的女神》（*Goddesses in Everywoman: A New Psychology of Women*. New York: Harper & Row, 1984）。Shinoda 是一位荣格主义的心理学家，在此书中为我们提供了对古希腊和古罗马女神的原型描述，并展现了它们何以为我们理解今天的女性角色、行为及人格提供了有意义的模式。两部后续之作分别是：《普通男性身上的神》（*Gods in Everyman* [1989]）和《老年女性身上的女神》（*Goddesses in Older Women* [2002]）。

Eisner, Robert，《道里斯之路：精神分析、心理学与古典神话》（*The Road to Daulis: Psychoanalysis, Psychology, and Classical Mythology*. Syracuse: Syracuse University Press, 1987）。此书各章包括《俄狄浦斯及其同类》（"Oedipus and His Kind"）、《厄勒克特拉及其他怪物》（"Electra and Other Monster"）和《阿波罗及他的少年们》（"Apollo and His Boys"）。

Evans, Richard I.，《与 C. G. 荣格的对话》（*Dialogue with C. G. Jung*. 2 d ed. New York: Praeger, 1981）。此书用荣格自己的话清晰地向我们呈现了基本概念。

Jung, C. G.，《心灵与象征》（*Psyche and Symbol: A Selection from the Writings of C. G. Jung*. Translated by V. S. de Laszlo. Princeton: Princeton University Press, 1991）。

Lloyd-Jones, H.，《精神分析与古代世界研究》（"Psychoanalysis and the Study of the Ancient World," in P. Horden, ed., *Freud and the Humanities*. New York: St. Martin's Press, 1985, pp. 152–180. Reprinted in *Greek Comedy* [etc.]: *The Academic Papers of Sir Hugh Lloyd-Jones*. New York: Oxford University Press, 1990, pp. 281–305）。一位权威古典学者对心理分析理论的负面评论。

Mullahy, Patrick，《俄狄浦斯神话与情结：精神分析理论述评》（*Oedipus Myth and Complex: A Review of Psychoanalytic Theory*. New York: Grove Press, 1955）。一部优秀的综述。

Pedrick, Victoria，《欧里庇得斯、弗洛伊德与归属故事》（*Euripides, Freud, and the Romance of Belonging*. Baltimore: Johns Hopkins University Press, 2007）。此书讨论了古代及现代对出身、身份、父母接受程度，以及遗弃等问题的关注。

Schneiderman, Leo，《神话、民间故事和宗教中的心理学》（*The Psychology of Myth, Folklore, and Religion*. Chicago: Nelson-Hall, 1981）。此书各章包括《神秘的探求》（"The Mystical Quest"）、《生育崇拜》（"The Cult of Fertility"）及《伊阿

宋与图腾》（"Jason and the Totem"）。

Walker, Steven，《神话研究中的荣格与荣格主义者》（*Jung and the Jungians on Myth*. New York: Routledge, 2002）。

Woolger, Jennifer Barker, and Woolger, Roger J.，《内心的女神：改变女性生活的永恒神话导读》（*The Goddess Within: A Guide to the Eternal Myths That Shape Women's Lives*. New York: Fawcett Columbine, 1987）。主要的女神们在此书中被作为不同类型来讨论。书中附有小说、戏剧以及电影（数字版本）的目录，并对代表这些类型的角色进行了辨识。

性别、同性恋及神话解读

两份学术期刊：《阿瑞托萨》（*Arethusa*）与《赫利俄斯》（*Helios*）。它们对女性主义学术作品尤为欢迎。《阿瑞托萨》1973年第6期和1978年第8期中的大部分内容重刊于 J. J. Peradotto 和 J. P. Sullivan 编辑的《古代世界中的女性：阿瑞托萨文集》（*Women in the Ancient World: The Arethusa Papers* [Albany: State University of New York, 1984]）一书中。《赫利俄斯》12, 2 (1985) 中收录了一场关于"古典研究 vs. 女性研究"的争论，作者为 Marilyn Skinner、Mary Lefkowitz 和 Judith Hallett。

Bacchilega, Cristina，《性别与叙事策略》（*Gender and Narrative Strategies*. University Park: University of Pennsylvania Press, 1997）。四个古典童话及其在文学和电影中的后现代改编版对女性的表现。

Cantarella, Eva，《古代世界中的双性恋》（*Bisexuality in the Ancient World*. Translated by Cormac Ó Cuilleanáin. 2 d ed. New Haven: Yale University Press, 2002）。

Davidson, James，《希腊人及希腊恋情：对古代世界的又一次大胆探索》（*The Greeks and Greek Love: A Bold New Exploration of the Ancient World*. New York: Random House, 2009）。

Doherty, Lillian E.，《性别与古典神话阐释》（*Gender and the Interpretation of Classical Myth*. London: Duckworth, 2001）。

Dover, K. J.，《希腊同性恋》（*Greek Homosexuality*. Updated with a new postscript. Cambridge, MA: Harvard University Press, 1989 [1980]）。

Dynes, Wayne R., and Stephen Donaldson, eds.，《古代世界的同性恋》（《同性恋研究》第1卷）（*Homosexuality in the Ancient World* [*Studies in Homosexuality*, vol. 1]. New York: Taylor & Francis [Garland], 1992）。一部按论文的原语言版本收录的文集，涉及古希腊与古罗马同性恋的各个方面。

Fantham, Elaine, Helene Peet Foley, Natalie Boymel Kampen, Sarah B. Pomeroy, and H. A. Shapiro，《古代世界的女性：图像与文本》（*Women in the Classical World: Image and Text*. New York: Oxford University Press, 1994）。

Fone, Byrne，《恐同史》（*Homophobia: A History*. New York: Metropolitan Books [Henry Holt], 2000）。重要的研究著作，其中第一部分关于古代世界。

Gomme, A. W.，《公元前5—前4世纪雅典女性的地位》（"The Position of Women at Athens in the Fifth and Fourth Centuries B. C." *Essays in Greek History and Literature*. New York: Essay Index Reprint Series, Books for Libraries Press, 1967）。

Halperin, David M.，《同性恋百年，及关于希腊人之爱的其他文章》（*One Hundred Years of Homosexuality, and Other Essays on Greek Love*. New York: Routledge, 1989）。此书的论点是，现代对待同性恋的态度不足以让我们理解古代世界的性习俗。

Hawley, Richard, and Barbara Levick, eds.，《古代女性：新评价》（*Women in Antiquity: New Assessments*. New York: Routledge, 1995）。书中包含了对女性在宗教仪式和神话中的角色的探讨。

Hubbard, Thomas K., ed.，《希腊与罗马的同性恋：基本文献汇编》（*Homosexuality in Greece and Rome: A Sourcebook of Basic Documents*. Berkeley and Los Angeles: University of California Press, 2003）。一部所涉广泛、极为宝贵的文集，内容上至古老的希腊抒情诗，下至后来的古希腊罗马世界。

Lear, Andrew, and Eva Cantarella，《古希腊男色图谱》（*Images of Ancient Greek Pederasty*. New York: Routledge, 2008）。

Lefkowitz, Mary R.，《希腊神话中的女性》（*Women in Greek Myth, 2d ed*. Baltimore: Johns Hopkins University Press, 2007）。

Pomeroy, Sarah B.，《女神、妓女、妻子和奴隶》（*Goddesses, Whores, Wives, and Slaves*. New York: Schocken, 1975）。第2章和第6章尤为值得参考。

Sissa, Giulia，《古代世界的性与情欲》（*Sex and Sensuality in the Ancient World*. Translated by George Staunton. New Haven: Yale University Press, 2008）。此书展示了现代的性观念是如何从古代文化中浮现的，其中包括对美狄亚、克吕泰涅斯特拉和伊俄卡斯忒的刻画。书中的论点支持异性恋欲望的中心地位，反对过分强调同性恋。

Skinner, Marilyn B.，《希腊罗马文化中的性》（*Sexuality in Greek and Roman Culture*. New York: Wiley- Blackwell, 2005）。这是一部基于文学、艺术及考古学证据的全面综述，包含各种主题，重点在古代对待性别身份和性别的态度，以当代文化中的这些态度为参照。

Thornton, Bruce S.，《厄洛斯：古希腊的性神话》（*Eros: The Myth of Ancient Greek Sexuality*. Boulder: Westview Press, 1997）。此书充满洞见地探索了厄洛斯在希腊的意象和隐喻中的毁灭性，以及古代与今天关于性、爱和家庭的态度和关切之间的联系。

Williams, Craig A.，《罗马的同性恋：古典时代的雄性意识形态》（*Roman Homosexuality: Ideologies of Masculinity in Classical Antiquity*. New York: Oxford University Press, 1999）。

Winkler, John J.，《欲望的束缚：关于古希腊的性与性别的人类学》（*Constraints of Desire: The Anthropology of Sex and Gender in Ancient Greece*. New York: Routledge, 1990）。此书的研究对象是女性（例如珀涅罗珀 [Penelope] 和萨福）的性欲和对仪式（如纪念得墨忒耳、阿佛洛狄忒以及阿多尼斯的仪式）的阐释。

图像呈现、宗教及女性主义解读

Ehrenberg, Margaret，《史前女性》（*Women in Prehistory*. Norman: University of Oklahoma Press, 1989）。此书研究了从旧石器时代到铁器时代的女性角色，还涉及米诺斯文明时代克里特岛的母系制度。

Eller, Cynthia，《史前母系社会神话：为何虚构历史无法为女性开启未来》（*The Myth of Matriarchal Prehistory: Why an Invented Past Won't Give Women a Future*. New York: Beacon Press, 2000）。此书质疑了马丽加·金芭塔丝（Marija

Gimbutas）等女性主义学者所提出的解读之合理性——她们想象在父权体系开始之前，在女神崇拜时代存在着一个以女性为中心的黄金时代。

Gimbutas, Marija，《女神的语言》（*The Language of the Goddesses.* Foreword by Joseph Campbell. New York: Harper & Row, 1989）。此书分析了考古学证据中的象征，其主要范畴是"赋予生命""周而复始与永恒的大地""死亡和再生"及"能量和演变"。

Marinatos, Nanno，《女神与战士：早期希腊宗教中的裸体女神与群兽之母》（*The Goddess and the Warrior: The Naked Goddess and Mistress of the Animals in Early Greek Religion.* New York: Routledge, 2000）。此书探寻了女性神祇观念在青铜时代的起源，重点在喀耳刻、美杜莎和阿耳忒弥斯。阿耳忒弥斯被认为是男性获得秘传时的监督者。

Zeitlin, Froma，《对他者的操控：古典希腊文学中的性别与社会》（*Playing the Other: Gender and Society in Classical Greek Literature.* Chicago: University of Chicago Press, 1996）。书中许多论文是对先前发表的材料的修订。

艺术

Carpenter, T. H.，《古希腊的艺术与神话》（*Art and Myth in Ancient Greece.* New York: Thames & Hudson, 1990）。

Condos, Theony，《希腊人与罗马人的星辰神话汇编》（*Star Myths of the Greeks and Romans; A Sourcebook.* Grand Rapids, MI: Phanes, 1997）。书中收录了关于古代星座神话的仅存作品——厄拉托色尼（Eratosthenes）的《化为星辰》（*The Constellations*）的概要（之前从未译成英文）和叙吉努斯的《天体诗作》（*The Poetic Astronomy*）。书中还有对每一个星座神话的评论。

Freedman, Luba，《奥林波斯众神在文艺复兴艺术中的复活》（*The Revival of the Olympian Gods in Renaissance Art.* New York: Cambridge University Press, 2003）。

Gantz, Timothy，《早期希腊神话：文学及艺术文献导读》（*Early Greek Myth: A Guide to Literary and Artistic Sources.* 2 vols. Baltimore: Johns Hopkins University Press, 1996）。堪称优异的资源。

Kalil, L., ed.，《古典神话图像辞典》（*Lexicon Iconographicum Mythologiae Classicae.* 8 double vols. Zurich and Munich: Artemis, 1981–1997）。古人描述经典神话的最全面文献，每一条都提供了大量的文章（英语、法语、德语及意大利语）、图片和书目。

Reid, Jane Davidson，《牛津读本：艺术中的古典神话》（*The Oxford Guide to Classical Mythology in the Arts 1300–1900s.* 2 vols. Oxford: Oxford University Press, 1993）。最全面的参考书，列出了多种艺术、音乐和文学作品，并附有参考书目。

Snodgrass, Anthony，《荷马与艺术家：早期希腊艺术中的文本与图像》（*Homer and the Artists: Text and Picture in Early Greek Art.* New York: Cambridge University Press, 1998）。作者认为早期希腊艺术家并不将荷马的版本视为主要来源，而只是视为可能的变体之一。

Torrijos, Rosa López，《普拉多博物馆珍品画作中的神话与历史》（*Mythology & History in the Great Paintings of the Prado.* London: Scala Books, 1998）。此书复制并加以探讨的画作大多数是关于希腊罗马神话的。

Van Keuren, Frances，《古典艺术与神话研究指南》（*Guide to Research in Classical Art and Mythology*. Chicago: American Library Association, 1991）。这是一本文献目录参考书，按照题目和时期顺序清晰排列。

诸神、宗教及神秘学

参见本书第6章结尾的"相关著作选读"部分。

补充材料

书籍

传记：Beard, Mary. *The Invention of Jane Harrison*. Cambridge, MA: Harvard University Press, 2002。此书讲述了人类学家 Jane Ellen Harrison（1850—1928）的生平，并介绍了她在剑桥期间与年轻的门生 Eugenie Sellers 一起进行的古典学研究。后者在今天基本上被遗忘了。

传记：Robinson, Annabel. *The Life and Work of Jane Ellen Harrison*. New York: Oxford University Press, 2002.

小说：Calasso, Roberto. *The Marriage of Cadmus and Harmony*. New York: Knopf, 1993。此书是对许多古代神话的奇特重述，但其广阔程度使它还足够纳入对神话与当代世界之间的互相作用的思考。

诗歌：以下著作涉及神话主题的英语诗歌。

Bush, Douglas. *Mythology and the Renaissance: Tradition in English Poetry*. New York: Norton, 1963（1932）。书中包括一份神话主题的诗歌列表，按照时间排序。

De Nicola, Deborah, ed. *Orpheus and Company: Contemporary Poems on Greek Mythology*. Lebanon, NH: University Press of New England, 1999.

Harrison, S. J., ed. *Living Classics: Greece and Rome in Contemporary Poetry in English*. New York: Oxford University Press, 2009。这部论文集探讨了学者和诗人们创作的一系列晚近诗作中对拉丁语和希腊语文学文本的广泛使用，论及的诗人包括 Tony Harrison、Seamus Heaney 和 Michael Longley。

Kossman, Nina, ed. *Gods and Mortals: Modern Poems on Classical Myths*. New York: Oxford University Press, 2001（1971）。这是这位享有国际声誉的诗人的一部令人印象深刻的诗集。

Mayerson, Philip. *Classical Mythology in Literature, Art, and Music*. Newburyport, MA: Focus Publishing, 2001。正如其书名所示，这部精心编写的综述涵盖的远不止受古典神话启发而作的诗歌。

DVD

纪录片：*Joseph Campbell. A Biographical Protrait: The Hero's Journey.* Wellspring。此片是对 Campbell 及神话主题的出色介绍。另可参阅 *Sukhavati (Place of Bliss); A Mythic Journey* (the title refers to Campbell's life calling); *Mythos 1: The Shaping of Our Mythic Tradition; Mythos 2: The Shaping of the Eastern Tradition;* and *The Power of Myth* (the PBS series with Bill Moyers)。四部作品均由 Acorn Media 发行。

［注释］

[1]　G. S. Kirk, *The Nature of Greek Myths* (Harmondsworth, UK, and Baltimore: Penguin Books, 1974), p. 27。Kirk 将"传统故事"定义为"成功地成为传统……（并）足够重要以至于能一代代传承"的神话。

[2]　参阅 *The Routledge Handbook of Greek Mythology* (New York: Routledge, 2003)。第7版是对 H. J. Rose 的 *Handbook of Greek Mythology* 的完全改写。

[3]　"传说"（legend）可以被用作一个通用的名称，像 myth 一样有最宽泛的意义。然而，它常常被定义为等同于"传奇"（saga），用来指那些由真实的人和事件启发的故事。因此，对我们而言 legend 和 saga 是一个意思。由于格林兄弟的开拓性作品（1857）的缘故，许多人更喜欢用德语词 Märchen 来指民间故事。格林兄弟搜集、校勘各种变体的口头故事，并出版了自己的版本。

[4]　Graham Anderson, Fairytales in the Ancient World (London and New York: Routledge, 2000), p. 1。他从人们熟知的童话故事中（例如灰姑娘、白雪公主、小红帽及蓝胡子的故事）辨识出几种希腊罗马故事中的母题，并将丘比特与普绪喀的故事和美女与野兽的故事相对比。

[5]　用作通用术语，但更宜限定其含义于特指以拟人化动物为角色的叙事作品，这些作品首要目的在于道德教化与教育功能。

[6]　可对照 Paul Veyne 的著作 *Did the Greeks Believe in Their Myths? An Essay on the Constitutive Imagination* (Chicago: University of Chicago Press, 1988 [1983])。此书涉及真实和历史的创造。

[7]　这已经成为对人类何以需要神话的寻常解释了，Leszek Kolakowski 在其作品 *The Presence of Myth* (Chicago: University of Chicago Press, 1989 [1972]) 中怀着特别的信念提出了这种观点。Kolakowski 通过比较神话和科学的方式来设定讨论范围，对他来说，科学在其技术层面上代表了不同于神话的真实。

[8]　Martha Graham, *Blood Memory* (New York: Doubleday, 1991), p. 4.

[9]　Ivan Strenski, *Four Theories of Myth in Twentieth-Century History* (Iowa City: Iowa University Press, 1987), pp. 71−128。这一部分对伊利亚德观点的复杂性进行了清晰的批判。伊利亚德著述甚丰。我们在这个语境里选择的是他的 *Myths, Dreams, and Mysteries* (London: Harvill, 1960) 和 *Myth and Reality* (New York: Harper & Row, 1963)。

[10]　参阅 Friedrich Max Müller, *Comparative Mythology: An Essay* (1856; reprint of rev. ed. of 1909, Salem, NH: Ayer, 1977)。此书收入了 Abram Smythe Palmer 写的《关于太阳神话的介绍性前言》（"Introductory Preface on Solar Mythology"）以及 R. F. Littledale 的戏仿之作、以 Müller 本人为主角太阳神的 "牛津太阳神话丛书"（The Oxford Solar Myth）。关于对 Müller 理论的评价，可参阅 R. M. Dorson 的文章《太阳神话之衰落》（"The Eclipse of Solar Mythology"），参见 T. A. Sebeok, ed., *Myth: A Symposium* (Bloomington: Indiana University Press), pp. 25–63。

[11]　此外，"语境论"（contextualism）、"情境论"（situationism）和 "行为论"（behaviorism）等概念在亚里士多德的著述中也能找到。"第一部关于生物—社会心理学的科学著作……今天研究人性的学生对此几乎一无所知"——关于此类及其他解释现代心理学对古希腊戏剧家和哲学家之洞察力的深深亏欠的评论，参见 Patrick Mullahy, *Oedipus Myth and Complex: A Review of Psychoanalytic Theory* (New York: Grove Press, 1955), pp. 335–337。

[12]　"The Interpretation of Dreams," in A. A. Brill, ed., *The Basic Writings of Sigmund Freud* (New York: Random House, Modern Library, 1938), p. 308。Mullahy 长篇引用了这部分内容，作为其《俄狄浦斯神话》（*Oedipus Myth*）第1章的介绍。柏拉图在《理想国》（*Republic*，571 C）中对梦境不受约束的性质的描写十分著名。

[13]　我们在此不打算尝试总结一个复杂而丰富的话题。具体可参阅 Mullahy 的著作 *Oedipus Myth*, pp. 102–113。初学者可参阅 Richard Wollheim, *Freud* (Glasgow: William Collins, 1971)——书中提供了对弗洛伊德思想的简明介绍。类似地，还可参阅 Frieda Fordham, *An Introduction to Jung's Psychology*, 3 d ed. (Baltimore: Penguin Books, 1966)。书中包括荣格本人作的前言，其关于弗洛伊德和荣格的书目堪称浩繁，但不难阅读。

[14]　Richard I. Evans, *Dialogue with C. G. Jung*, 2 d ed. (New York: Praeger, 1981), p. 167。

[15]　可对比 Joseph Campbell, *Myths to Live By* (New York: Viking Press, 1972)。Campbell 没有给予希腊罗马人足够的重视。这种做法堪称典型，却也令人遗憾。

[16]　Jan Bremmer, "Oedipus and the Greek Oedipus Complex," in J. Bremmer, ed., *Interpretations of Greek Mythology* (London: Routledge, 1988), pp. 41–59。

[17]　E. O. Wilson, *Consilience* (New York: Knopf, 1988), pp. 81–85 and 193–196。

[18]　参阅 Jonathan Engel, *The Rise of Psychotherapy in the United States* (New York: Gotham Books, 2008)。引语来自 Scott Stossel 在《纽约时报书评》上的评论（Dec. 21, 2008）。

[19]　R. L. Gordon, ed., *Myth, Religion, and Society: Structuralist Essays by M. Detienne, L. Gernet, J.-P. Vernant, and P. Vidal-Naquet* (New York: Cambridge University Press, 1981)。

[20]　Robert Graves, *The Greek Myths* (Baltimore: Penguin Books, 1993 [1955]), vol. 1, p. 10。贯穿 Graves 这本著作的基本观点有其可取之处：一个早期母系社会曾经存在于欧洲，崇拜一位伟大的母亲神；后来这个社会遭遇了来自北方和东方的父系社会的入侵。但是，他的许多详细论点既无节制又过于轻率。此书堪称一座信息富矿，却混淆了神话事实和虚构的假设。

[21]　E. R. Leach, *Political Systems of Highland Burma* (Cambridge, MA: Harvard University Press, 1954), p. 13; quoted in Kirk, *Nature of Greek Myths*, pp. 67 and 226。对仪式主义理论的最佳简短阐释是 Lord Raglan 的论文 "Myth and Ritual" 和 S. E. Hyman 的 "The Ritual View of Myth and the Mythic"，见于 Sebeok 的著作 *Myth*, pp. 122–135 and

136−153。

[22]　Bronislav Malinowski, "Myth in Primitive Psychology" (1926); reprinted in *Magic, Science and Religion* (New York: Doubleday, 1955).

[23]　Bronislav Malinowski, *Argonauts of the Western Pacific* (New York: Dutton, 1961 [1922]), p. 25。关于对历史语境中的马林诺夫斯基观点的综述，可参阅 Strenski, *Four Theories of Myth*, pp. 42−69。

[24]　最佳的列维－施特劳斯介绍是《生食与熟食》(*The Raw and the Cooked*) 一书的前言。古典学者应该读读他的文章《对神话的结构研究》("The Structural Study of Myth"，其中包含了他对俄狄浦斯神话的解读)，见于 Sebeok, *Myth*, pp. 81−106。

[25]　Lévi-Strauss 语，引自 G. S. Kirk, *Myth: Its Meaning and Function in Ancient and Other Cultures* (Berkeley: University of California Press, 1971), p. 44。

[26]　Vladimir Propp, *Morphology of the Folktale*, 2 d ed., rev. (Austin: University of Texas Press, 1968 [1928])。其中第2章 (pp. 19−24) 是对普罗普的方法论的基本陈述。

[27]　普罗普的31功能说见于第3章，第25−65页。"母题素"(Motifeme) 一词由人类学家 Alan Dundes 发明。

[28]　这一系列5种功能由沃尔特·伯克特提出，见于 *Structure and History in Greek Mythology and Ritual* (Berkeley: University of California Press, 1979), n. 22, pp. 6−7。他指出母亲的变形 (例如卡利斯托变成熊，伊俄变成母牛) 不是某个固定的功能系列的一部分。

[29]　参阅 W. Burkert, *Creation of the Sacred: Tracks of Biology in Early Religion* (Cambridge, MA: Harvard University Press, 1996)，尤其是第3章 "The Core of a Tale"。

[30]　参阅 Strenski, *Four Theories of Myth*, pp. 42−69。其中有对马林诺夫斯基的神话定义的批判性讨论。

[31]　有些人试图为一个希腊神话的文学版本找到之前的口头先例，因而转向后来的故事概略——例如阿波罗多洛斯编撰的概略——以求识别出原始的版本。一个神话的原始版本 (口头的或文学的，且通常是假设的) 有时被称为"原神话"(Ur-myth)。要想确定一位过世作者讲述的一个古典故事的各种版本的确切细节或日期很难，且往往是不可能的。这种探寻仍然是有趣的，也可能会有回报——不过那超出了这本介绍性书籍的范围。

[32]　Robert A. Segal, *In Quest of the Hero* (Princeton: Princeton University Press, 1990), pp. xi–xxii。这本书鉴别了弗洛伊德、荣格和坎贝尔各自对英雄神话的心理解释之间的差异。

[33]　Robert A. Segal, *Joseph Campbell: An Introduction* (New York: Meridian, 1997 [1987])。其中关于约瑟夫·坎贝尔的书目相当可观。例如 *The Hero with a Thousand Faces*, 2 d ed., Bollingen Series 17 (Princeton: Princeton University Press, 1968) 和 *The Masks of God*, 4 vols. (New York: Viking Press, 1959−1968)。这些书比起坎贝尔本人的作品更受作为普通电视观众的读者群体欢迎。他的方法对这些读者尤有吸引力，但却让严肃的古典学者感到失望。后者期待的是更深层次的希腊罗马神话赏析。参阅 *The Power of Myth*, with Bill Moyers (New York: Doubleday, 1988)。

[34]　参见 D. A. Campbell 的 *Greek Lyric* (New York: St. Martin's Press, 1967) 第1卷中的第1首和第16首希腊抒情诗。

[35]　Helene P. Foley, ed., *The Homeric Hymn to Demeter: Translation, Commentary, and Interpretive Essays*. Princeton:

Princeton University Press, 1998.

[36] Marilyn Katz, *Penelope's Renown: Meaning and Indeterminacy in the Odyssey* (Princeton: Princeton University Press, 1991), p. 13。玛丽·R. 莱夫科维茨（Mary R. Lefkowitz）的作品 *Women in Greek Myth* (Baltimore: Johns Hopkins University Press, 1986) 可以当作研究女性主义和神话的起点。然而，作者的"温和"方式却受到一些女性主义者的强烈批评。

[37] Joan Breton Connelly, *Portrait of a Priestess: Women and Ritual in Ancient Greece* (Princeton and Oxford: Princeton University Press, 2007).

[38] A. W. Gomme, "The Position of Women at Athens in the Fifth and Fourth Centuries B. C." in A. W. Gomme, ed., *Essays in Greek History and Literature.* (Freeport, NY: Essay Index Reprint Series, Books for Libraries Press, 1967 [1925]).

[39] Eli Sagan, *The Honey and the Hemlock, Democracy and Paranoia in Ancient Athens and Modern America* (New York: HarperCollins, 1991)。这本由一名社会学家写成的著作完全可以当作众多修正主义研究（其中包括一些本应更明白的古典学者的作品）的典型。它对公民权（citizenship）以及不同阶级的男女作为公民、外来居民或奴隶时的不同权利和角色的定义含糊不清。

[40] 这一陈述无须修改，尽管 Lloyd Llewellyn-Jones 在其著作 *Aphrodite's Tortoise: The Veiled Women of Ancient Greece* (Swansea: Classical Press of Wales, 2003) 中并不认同。我们没有充足的理由支持他的结论（第1页）："遮盖女性的头或脸部是男性意识形态的一部分，这种意识形态要求女性是沉默而隐形的动物，像默默不语的乌龟躲藏在它们的龟壳中"，因为这一结论基于对希腊社会及其漫长时期（前900—公元200）中风俗道德的错误的先入之见。关于这一点，我们有充分的证据作为反证。他那种基于沉默的论点根本就没有实际证据。

[41] G. W. Bowerstock, "Men and Boys," *The New York Review of Books*, September 24, 2009, pp. 12–14.

[42] L. 列维－布吕尔（L. Lévy-Bruhl）的态度便是一例，参见其著作 *Primitive Mentality* (New York: Macmillan, 1923 [1922])。

[43] 阅读乔治·斯坦纳（George Steiner）的著作 *Antigones* (New York: Oxford University Press, 1984) 能使人强烈意识到这一点。斯坦纳的书讨论了欧洲文学对安提戈涅主题的处理，另可参阅 Ian Donaldson, *The Rapes of Lucretia: A Myth and Its Transformations* (New York: Oxford University Press, 1982)。Jane Davidson Reid 在其 *The Oxford Guide to Classical Mythology in the Arts, 1300–1990s*, 2 vols. (New York: Oxford University Press, 1991) 中为我们提供了一套全面的、受惠于古希腊和古罗马的作品集。

[44] 参阅 Lowell Edmunds, *Oedipus: The Ancient Legend and Its Later Analogues* (Baltimore: Johns Hopkins University Press, 1985)。此书是对这一永恒神话的古代、中世纪及现代版本的多种变体的综述。

[45] 参见本书第16章结尾的俄耳甫斯相关书目。我们不应该忘记音乐、戏剧和舞蹈中的俄耳甫斯。*Gods and Mortals: Modern Poems on Classical Myths*, edited by Nina Kossman (New York: Oxford University Press, 2001) 是一部非常精彩的诗歌集，收录了国际上享有盛誉的诗人的作品，包括31首受俄耳甫斯与欧律狄刻的故事主题启发的诗作。另可参阅 Deborah DeNicols, ed., *Orpheus and Company: Contemporary Poems on Greek Mythology* (Lebanon, NH: University Press of New England, 1999)。

[46] *The Classical Tradition*, ed. Anthony Grafton, Glenn W. Most, and Salvatore Settis (Cambridge, MA: Harvard University Press, 2010)。此书收录了关于各种题材的众多论文，以字母顺序排列，为学者、学生及普通读者解释了古典传统如何深深地影响并塑造了文明。

[47] 《荷马体颂歌》的希腊语版本堪称价值无限，其编撰者为 T. W. Allen、W. R. Halliday 及 E. E. Sikes（New York: Oxford University Press, 1963 [1934]）。另可参阅 J. S. Clay, *The Politics of Olympus: Form and Meaning in the Major Homeric Hymns* (Princeton: Princeton University Press, 1989)。

第2章
希腊神话的历史背景

> 终于，我实现了毕生夙愿，得以从容地参观那些让我迷恋不已的事件的发生地，参观那些曾以其冒险为我的童年带去欢喜和安慰的英雄的国度。
>
> ——海因里希·施利曼

正如我们所见，历史维度是古希腊传说或传奇的显著特征，而对历史背景的勾勒将有助于更全面的了解。[1] 我们对希腊和爱琴海区域早期历史的了解总在变化，这要归功于考古学家及其他学者的最新发现。我们关于古希腊宗教和神话的观点也一直被新知识刷新（并将继续被刷新），在围绕迈锡尼（Mycenae）和特洛伊英雄传说的领域尤其如此。

迈锡尼世界的现代考古事业由杰出先驱海因里希·施利曼（Heinrich Schliemann，1822—1890）创建。他出于对古代希腊尤其是荷马的热爱，相信古希腊传说终极的历史真实性，并从中得到启发。尽管施利曼的品格和成就受到猛烈攻击，我们仍然无法否认他举足轻重的地位。[2] 他于19世纪70年代前往特洛伊、迈锡尼和梯林斯（Tiryns），证实了这些城市、国王和米诺斯（Minoan）—迈锡尼传奇中那些英雄的财富、荣耀与权力。阿瑟·埃文斯爵士（Sir Arthur Evans）① 在世纪之交紧随其后，在

---

① 阿瑟·埃文斯爵士（1851—1941），英国考古学家，研究青铜时代迈锡尼文明的先驱者，最著名的成就是发现了克里特岛上的克诺索斯宫殿。

克里特岛的克诺索斯（Cnossus）发掘了灿烂辉煌而又宏伟的米诺斯宫殿。一个全新的世界就此向我们打开。

长期以来，人们认为希腊在新石器时代以前是无人居住的。但是我们今天知道，这个国家在旧石器时代（公元前70000年以前）就有人定居了。以今天的发掘和研究的状况，我们对这一远古时期的了解尚待确定。新石器时代（约前6000—前3000）的证据则更丰富。考古学向我们揭示了定居的农业社会（以房屋的轮廓、陶器、工具和墓葬等为证）。我们猜想，新石器时代的居民来自东方和北方。就本书的目的而言，值得注意的是宗教方面的证据看上去很明显，小型女性偶像的发现尤为重要。它们通过隆起的腹部、翘起的臀部和丰满的胸部对性别特征有所夸张。人们也发现了一些男性塑像（其中一些带有勃起的阴茎），但数量要少得多。他们是否在这样早的时期就已崇拜一位生育母神，并也许已将她与一位男性配偶联系起来了？为理解父系和母系社会的男女神祇崇拜而对史前偶像进行阐释，已成为一个备受关注的领域。[3]

青铜时代

在希腊本土、克里特岛及从东方来的移民（他们的迁移始于小亚细亚，跨越爱琴海，直抵伯罗奔尼撒半岛南部和北方的希腊本土）居住的各岛上，石器时代过渡到青铜时代。这些入侵者建立起了克里特岛上伟大的米诺斯文明。青铜时代被分为三个主要时期：早期、中期和晚期。这些时期也被贴上了地理标签，因此我们称克里特岛的青铜时代为米诺斯文明（Minoan，以米诺斯国王命名）；称希腊诸

岛的为库克拉得斯群岛文明（Cycladic，环绕得罗斯岛 [Delos] 的诸岛合称库克拉得斯群岛[①]）；在希腊本土的则被称为希腊青铜时代（Helladic，因这个国家在希腊语中被称为 Hellas）。大陆上的青铜时代晚期（即希腊青铜时代晚期）也被称作迈锡尼时期（Mycenaean Age），因这一时期雄霸希腊的势力迈锡尼而得名。年表及术语如下[4]：

表 2.1　青铜时代

时间	时期	相应称法
前 3000—前 2000	青铜时代早期	米诺斯文明早期 库克拉得斯群岛文明早期 希腊青铜时代早期
前 2000—前 1600	青铜时代中期	米诺斯文明中期 库克拉得斯群岛文明中期 希腊青铜时代中期
前 1600—前 1100	青铜时代晚期	米诺斯文明晚期 库克拉得斯群岛文明晚期 希腊青铜时代晚期（又称迈锡尼时期）

米诺斯文明

米诺斯文明在青铜时代中期逐渐成熟，并在接下来的时期达到顶峰（前1600—前1400）。克诺索斯的那座宫殿尤为辉煌（尽管另一座位于淮斯托斯 [Phaestus] 的宫殿也很壮观）。考古发掘证实了如下的传统说法（正如后来的修昔底德的理解 [1.8.2]）：克诺索斯是一个强大的海权国家的首都，而米诺斯文明的势力延伸至爱琴海诸岛，甚至远及希腊本土。克诺索斯宫殿的复杂规划，暗示了迷宫传说和忒修斯杀死弥诺陶的传说有其历史基础。米诺斯文明的盟国或属国极有可能要向她纳贡；克诺索斯可能曾

---

① 今译基克拉泽斯群岛。

图2.1 《克诺索斯宫殿蛇女神》（*Snake Goddess from the Palace at Knossos*）

釉面陶像（faience），约公元前1600年。1903年由阿瑟·埃文斯爵士发现，现存于克里特岛伊拉克利翁（Heraklion）考古博物馆。它是米诺斯遗址发掘出的众多塑像中的代表作品，并已成为大部分米诺斯文化的象征。这尊小塑像刻画了一位女性。与那些在米诺斯壁画中看到的形象一样，她头戴精美头饰，身着褶边裙和开襟紧身衣，乳房外露，两只手里各拿着一条蛇。在其他一些类似的小塑像里，蛇是蜷曲绕于女性的手臂上和耳朵旁的。这些小塑像被用来支持今天仍为大多数人相信的理论：在希腊人到来之前，米诺斯人和希腊本土的早期居民曾崇拜一位大母神。由于古希腊的线形文字 **A**ᵃ 尚未破解，对这些及其他米诺斯考古遗物的意义和功能的解读因缺乏证据而难以实现。认为此塑像是地母神（或者她的女祭司之一）的说法，则基于这一塑像的大量发现，她的仪式感姿态让人联想到的宗教含义，她精致的头饰，她身上强化了的生育力特征（即丰满的胸部和臀部），以及地生（chthonic，意为"与大地相关"）之蛇的形象。

———————————

a.　古希腊克里特岛上使用的一种尚未被破解的文字。与之对应的线形文字 B 是迈锡尼文明的一种音节文字，已被成功释读，详见后文。

经短期控制过雅典，而雅典的君主也可能被迫交纳了一段时间的贡赋。不过，后来雅典可能摆脱了克里特人的控制，获得了自由。克诺索斯没有城墙（不像希腊本土有那些城堡要塞），这表明它对自身安全的信心依赖于船舶与海洋。米诺斯艺术及建筑的复杂性透露出关于这一文明的大量信息，而其中的绘画艺术和工艺品尤其反映了该文明中高度发达的宗教感，例如宗教仪式中公牛的重要性、蛇女神的至尊地位以及双刃斧（labrys）的神圣意义。[5]"迷宫"（labyrinth）一词的原义可能正是"双刃斧之家"。在米诺斯文明的宗教里，对生育母神的崇拜看起来明显具有根本地位。

大约在公元前1400年，克里特岛的势力严重削弱（考古发现了火灾和毁灭的迹象），文明重心转移到希腊本土。大陆上的希腊人是否推翻了克诺索斯，窃取了米诺斯的制海权？雅典人是否在其中起了重要作用？地震是不是这个海岛强国衰落的唯一原因？理论比比皆是，但是没有哪一种说法得到普遍认可——

除了学者们可以分成两个阵营这一点：一部分人强调米诺斯文明对大陆文明的决定性影响，且拒绝将克里特岛的衰落归因于迈锡尼入侵；另一部分人的意见则相反，他们认为迈锡尼人（希腊人）入侵并最终控制了这座海岛。我们倾向于后者的看法。

忒拉岛（Thera，即今天的圣托里尼岛 [Santorini]，位于克里特岛西北面约70英里①处）上发掘工作所带来的新发现激动人心，其中包括有趣的壁画，这些新发现清楚地显示了米诺斯—迈锡尼时期发生地震毁灭的迹象，而灾难发生的时间可能在公元前1600年前后。人们推测这些地震也导致了克里特岛势力的瓦解，但是现在看来这些地震的日期要更早。无论如何，考古学家已经转向亚特兰蒂斯（Atlantis）的神秘故事（柏拉图在《克里底亚篇》[Critias] 和《蒂迈欧篇》[Timaeus] 中有记载）：亚特兰蒂斯是一个消失在大海深处的伟大岛屿文化；在地震和洪水导致亚特

———————————

①　英制长度单位，1英里约合1.609公里。

兰蒂斯令人震惊的消失之前，亚特兰蒂斯与阿提卡（Attica）[1]之间争夺制海权的战争已经爆发。柏拉图记载的这个传说是否从某种程度上反映了现实中忒拉岛的毁灭或克里特岛的毁灭，以及后继的迈锡尼势力的入侵呢？[6]我们仍然没有确定的答案。

迈锡尼时代

在希腊大陆上，青铜时代中期（或希腊时代中期）迎来了一场来自北方或东方的入侵。这些印欧人是最早进入半岛的希腊人（指他们说希腊语），带来了对名为宙斯的最高天神的崇拜。他们逐渐创造出一个文明（通常称为迈锡尼文明）。这一文明在希腊时代晚期达到顶峰（前1600—前1100）。[7]他们从米诺斯人那里受益匪浅，两个文明在绘画、宫殿建筑及陶制品方面都有惊人的相似性，但也存在显著不同。施利曼是迈锡尼发掘第一人（1876）。此地即神话中阿特柔斯家族的王国，印证了荷马使用的"遍地黄金"这一特性形容语（epithet）[2]的恰当性。迈锡尼国王的复杂宫殿建筑以及贵族的宅邸之外往往围绕着独眼巨人墙（围墙极为庞大，传说由神话中的独眼巨人们所建）；迈锡尼城的城门尤其壮观，上面装饰着一块浮雕，门柱的侧翼上则雕刻着两只公狮或母狮——据推测，这块浮雕有政治和宗教的重要意义，也许是王室的象征。城堡内有一圈竖穴墓（shaft grave），其装饰富于辉煌的仪式感。墓中出土了大批宝藏，包括尸体脸上的金箔面具、精美的珠宝以及装饰华丽的武器。更大型的（也更晚的）托罗斯墓葬[3]（tholos tombs，在其他地方的迈锡尼文明中也很典型，证实了一种对来世的信仰）建筑呈蜂巢状，建于宫殿建筑群下方山丘的侧腹中。施利曼戏剧性地，也是错误地将这些墓葬认作阿特柔斯的宝库和克吕泰涅斯特拉（Clytemnestra）之墓。

施利曼的发现确认，希腊英雄传说故事（尤其是荷马的诗歌中记载的那些）与诗中出现的真实地名（如迈锡尼）存在关联。考古学家已经证实了这些地方在迈锡尼时代是繁华的中心，但我们必须把那些与迈锡尼宫廷相关的英雄故事（聊举四位：迈锡尼的阿伽门农、梯林斯的赫拉克勒斯、忒拜的俄狄浦斯及皮洛斯的涅斯托耳 [Nestor]）和考古学家所发现的真实的世界区别开来。卡尔·布利根（Carl Blegen）[4]发现了皮洛斯的迈锡尼宫殿（1939，1952—1969），彻底地解决了之前关于其所在地的争论，并绘制了宫殿的布局图，其中包括保存良好的迈加隆[5]（megaron，即拥有敞开式火炉的中央大厅）。他的结论似乎无可辩驳：这是涅斯托耳家族的宫殿。很难想象，若不是传说中的那些家族，还有哪些人能拥有这些城堡？当然，我们仍然必须小心，不能轻易相信诗歌传统中的细节。

在宗教上，米诺斯和迈锡尼之间存在重大差异。公元前2000年前后的北方入侵者们特别崇拜的是一位天神，即宙斯。大体而言，他们的宗教态度与荷

---

① 古希腊中部地区名，以雅典为中心。
② 史诗中用于修饰人或事物特征的固定形容词或形容词短语，如"迅足的"阿喀琉斯、"灰眼的"雅典娜、"带翼飞翔的"话语等。在中文中，epithet 这个词有"特性形容修饰语""表性描述语""特性修饰语"等不同译法。

---

③ 又名蜂巢墓葬，是一种形似蜂巢的墓葬结构。
④ 卡尔·布利根（1887—1971），美国考古学家，曾在希腊的皮洛斯和今土耳其境内的特洛伊遗址进行考古发掘。
⑤ 迈锡尼文明的一种建筑类型，于新石器时代即有遗迹可考。在迈锡尼及梯林斯地区，迈加隆为住宅或宫殿的一个组成部分，是接待和社交用的体面场所。

图2.2　《皮洛斯的迈加隆重建图》（*Reconstruction of the Megaron at Pylos*）

水彩画，皮耶·德容（Piet de Jong）画，原藏于科拉（Chora）考古博物馆，现藏于奥林匹亚管理委员会（Ephoreia of Olympia）。在现代彩色照片和电脑图像生成技术成为考古学家常用的工具之前，皮耶·德容是最多产的考古插画家之一。他对米诺斯、迈锡尼及后来希腊空间和艺术的重建之想象力，对后代人如何再想象这些失落的世界有所影响。他与早期考古界一些最著名的人合作过，其中包括发现并发掘皮洛斯的涅斯托耳官殿遗址的卡尔·布利根（参见本书第45页）。迈加隆是迈锡尼建筑的特色，在米诺斯官殿中是没有的。这一处迈加隆的地面及中心位置的火炉在同类中保存最为完好。除了地板和火炉的一些细节以外，这幅重建图中的其他内容都来自推测；王座的位置（靠着后面的墙）则基于考古证据。火炉上绘制的图案（如火舌）和地面上方块状装饰上多彩线形图案在今天仍可见。

马笔下的奥林波斯天神世界所映照的并无不同。然而，这与米诺斯人的精神世界是多么的不同啊：后者的核心是一位生育母神的受孕，至于有无对应的男神并不重要！无论如何，古希腊神话似乎包容且反映了这两种文化的结合，这一点我们将在本书第3章里看到。

线形文字 B

人们在希腊本土上发现了刻有文字的泥板（在皮洛斯发现最多，这极大地促进了泥版的破译工作）。当迈锡尼的城堡在外来入侵者的进攻[8]中倒塌时，这些泥板在摧毁城堡的大火中受到烘烤而变硬。破译线形文字 B（Linear B）[①] 泥板的关键由迈克尔·文特里斯（Michael Ventris）在1952年发现，他死于1956年的一场事故。他的朋友兼合作者

---

① 线形文字 B 是希腊迈锡尼文明时期的一种音节文字，出现于青铜时代晚期，早于希腊字母（约前15世纪）数个世纪，随着迈锡尼文明的衰落而消亡。

约翰·查德威克（John Chadwick）为业外人士写了一篇极有意思的文章，讲述他们艰苦又激动人心的泥板释读工程，堪称这个年代乃至任何年代最有意义的学术和语言学的侦探故事之一。[9] 不过，小埃米特·L. 贝内特（Emmett L. Bennett Jr.）才是迈锡尼泥板文字研究的奠基人，他在线形文字 B 泥板上的前期工作，极大地推动了文特里斯对这种文字的最终破译。贝内特在卡尔·布利根的指导下于辛辛那提大学完成他的博士论文（写成于1947年）。后者在皮洛斯发掘了成百上千的线形文字 B 泥板，让贝内特获得了从事宝贵的开拓性工作的良机。对我们的研究最重要的，是古典时代希腊那些熟悉的神祇的名字的发现，其中有宙斯与赫拉（总是成对出现）、波塞冬、赫尔墨斯、雅典娜、阿耳忒弥斯、厄勒梯亚（Eileithyia，泥板上写作 Eleuthia）以及狄俄尼索斯的名字（这一发现堪称惊人，因为人们通常认为，狄俄尼索斯崇拜在迈锡尼时代之后才来到希腊）。人们还识别出了 paean① 一词的早期形式——它在后来成为阿波罗的一个称号或特性形容语。同样被发现的还有 Enualios 一词，它在古典时代与阿瑞斯（Ares）的名字相关。potnia（女主人或夫人）一词也频繁出现，为下面这一理论提供了新的支持：迈锡尼人和米诺斯人一样，崇拜母亲—生育类型的女神，同时这个词暗含的地生神祇（chthonian）概念与奥林波斯诸神的概念有所融合。泥板文字将神祇的名字作为供品（包括动物、橄榄油、小麦、酒以及蜂蜜）的受奉者列出，表明当时存在献祭典礼和仪式性宴会。

线形文字 B 泥板发现于迈锡尼时期希腊及克里特岛的十余处考古遗址。1993—1995年间，大量泥板（超过259块）在底比斯（Thebes）② 出土。那些已被翻译出来的泥板证实了一点：公元前13世纪的忒拜以一种了不起的关系网控制着一个强大而富有的王国。这是卡德摩斯（Cadmus）建立的城市，也是狄俄尼索斯的出生地，有着许许多多的传说，其中包括了俄狄浦斯家族的故事。事实上，有位迈锡尼国王曾在一封写给赫梯大王的赫梯语信件里将卡德摩斯称为他的一位先王（卡德摩斯的年代可能在公元前15世纪）。荷马《伊利亚特》第2卷里的战船名录为玻俄提亚留出了显赫的位置，这是符合历史的。迈锡尼人的远征军正是从玻俄提亚的奥里斯港（Aulis）启航前往特洛伊的。

特洛伊与特洛伊战争

弗兰克·卡尔弗特（Frank Calvert）是一位业余考古学家，他曾在达达尼尔海峡（Dardanelles）地区生活过一段时间，相信希萨尔利克（Hisarlik）③ 就是特洛伊所在地。他进行了初步调查（1863—1868），却没有资金可以继续下去。富有的海因里希·施利曼相信卡尔弗特的工作，而且受荷马的《伊利亚特》启发，于是他开始进行更仔细的发掘（1870—1873，1879—1890）。与其结伴的是建筑师威廉·德普费尔德（Wilhelm Dörpfeld），在施利曼死后继续完成他的使命（1882—1890）。下一位对这一遗址进行

---

① paean，一种赞颂胜利或表达感恩的古希腊颂歌。

② 今希腊中部城市。本书中凡涉及神话和古代时期时，均按照传统译作忒拜。

③ 希萨尔利克位于今土耳其西北部的恰纳卡莱省，离达达尼尔海峡不远。罗马帝国时期，奥古斯都曾在此处建成一座名为伊利昂（Ilium，希腊语中 Ilion 一词的拉丁化）的城市，但它在拜占庭帝国时期迅速没落。

大规模重新考察的考古学家是卡尔·布利根，时间是从1932年到1938年。布利根之后，发掘工作从1988年起得以再续，考古队由来自德国图宾根大学的曼弗雷德·科夫曼（Manfred Korfmann）和辛辛那提大学的 C. 布莱恩·罗斯（C. Brian Rose）率领。后者和他之前的布利根来自同一所大学。[10]

特洛伊I—VI

特洛伊遗址位置有9处定居点，坐落在希萨尔利克山。特洛伊 I（Troy I）出现于青铜时代早期（约前2920—前2450）。在之后很长的历史时间里，后续的定居点在这座遗址的位置上一直前后相继。在历史上的希腊时期，这里是一座重要的城市（特洛伊VIII，即伊利昂 [Ilion]，存在于约前700—前85）。罗马人在1世纪对这座城市进行了大规模重建，是为特洛伊 IX（伊利乌姆 [Ilium]，前85—约公元500）。奥古斯都·凯撒的皇族将这座城市视为其祖先埃涅阿斯之乡，赋予它荣誉。它在君士坦丁大帝时期（4世纪）仍然存在，但在6世纪时遭到废弃。由于荷马和著名的特洛伊战争传说——古人认为它们是历史事实——的缘故，特洛伊成为一座纪念古希腊的荣耀与辉煌的圣地。

在米诺斯—迈锡尼时期的7个主要定居点（特洛伊 I—VII）中，特洛伊 II（约前2600—前2450，其城堡与特洛伊 I 晚期的定居点同期）尤其让人感兴趣，因为施利曼宣称在那一层中找到了珍宝，而且并不准确地猜想自己已找到那座普里阿摩斯和特洛伊战争的城市。在一张著名的照片上，施利曼的妻子索菲亚（Sophia）就佩戴着一些出自这一宝藏的珠宝（它们被称为"特洛伊黄金"或"普里阿摩斯的珍宝"）。施利曼将这些交给了柏林博物馆，但它们在第二次世界大战中消失不见了。直到20世纪90年代，

世人才发现它们来到了莫斯科的普希金博物馆。红军在第二次世界大战末期攻占柏林时用船将这批无价之宝运回了俄罗斯。[11] 特洛伊 III 到特洛伊 V 属于青铜时代早期和中期（约前2450—前1700）。德普费尔德将特洛伊 VI（又称特洛亚 [Troia] 或伊利俄斯 [Ilios]，约前1700—前1250，青铜时代中晚期）识别为特洛伊战争的城市。新的发掘者们将特洛伊 VI 的衰落时间确定为约公元前1250年，并认为它的最终建筑阶段被一场严重的地震打断了。特洛伊 VI 的防护墙尤为壮观。德普费尔德将这一定居点等同于国王普里阿摩斯的那座被希腊人围困且攻陷的伟大城市。然而布利根认为，特洛伊 VI 毁于地震，而下一个——特洛伊 VII（准确地说是特洛伊 VIIa）——才是特洛伊战争发生时的那座城市，因为在他看来，证据似乎显示了围城和大火的迹象，暗示了特洛伊战争的发生：有迹象显示了入侵者所带来的毁灭，其中还有烧焦的遗迹和人类骨殖的残留。他认为，特洛伊 VIIa 的陷落（并非特洛伊 VI）发生在公元前1250年左右。新的发掘者们将特洛伊 VII 的时间定位于大约公元前1250—前1040年间，即青铜时代晚期—铁器时代早期，其第一阶段 VIIa 大约结束于公元前1150年。特洛伊 VI 和特洛伊 VIIa 之间有文化传承的关系：残留的房屋及城墙被加以修缮从而再次使用；建筑要小得多，更为狭窄，且排列清晰；陶器风格仍然是迈锡尼式的；人口和储物容器的数目有所增加。这些是否都是一座城市遭到围困的迹象？毕竟，特洛伊 VI 和 VIIa 可能是普里阿摩斯之城的两个不同阶段。总之，布利根也许是对的，不过许多问题当然仍存在巨大的争议。到目前为止，不论怎样，科夫曼的结论似乎支持布利根的观点。

特洛伊 VI—VIIa：普里阿摩斯之城

结论看似确凿无疑了：被发掘出来的特洛伊（无论是特洛伊 VI 还是特洛伊 VIIa，或二者都是）一定就是那座落入希腊人之手的普里阿摩斯之城；至于年代，估算出的战争时间是公元前1250—前1150年间，而公认的特洛伊陷落时间是约公元前1184年，两者相去不远。[12]

特洛伊 VI 的城堡是新建的，过程分为8个连续阶段。其规模比迄今在小亚细亚西部发现的所有城堡都要大，彰显出它的崇高地位和势力。其防御工

用荷马史诗中的天文学证据来判断特洛伊战争的时间？

在《奥德赛》第20卷里，当求婚者的宴会（其间奥德修斯乔装成乞丐出现）正在进行时，求婚者阿革拉俄斯（Ageläus）声称奥德修斯永远不再回来，并催促忒勒玛科斯（Telemachus）去告诉珀涅罗珀她必须嫁给求婚者当中的一个。忒勒玛科斯回答说，他已经告诉母亲：她可以嫁给任何她想嫁的人。荷马描述了后续的情景，为求婚者的死做了铺垫（《奥德赛》345—358）：

> 忒勒玛科斯如是说。接着，帕拉斯·雅典娜使得求婚者发出不可抑制的大笑，令他们头脑发昏，笑到仿佛嘴唇都不是他们自己的。他们正在吃的肉变得血迹斑斑，他们的眼睛充满了泪水，他们觉得自己是在鸣咽。其中，先知忒俄克吕墨诺斯（Theoclymenus）说道："可怜虫们，你们在受怎样的罪孽？你们的头、脸、膝盖，你们整个人都完全笼罩在黑夜里。悲痛的哭声响起了。墙上和漂亮的桁条上溅满鲜血。大门口和院子里满是鬼魂，要去到阴森黑暗的地府里。天空没有太阳，不祥的黑暗已经降临。"他说出这些话，但求婚者们都大肆嘲笑。

1世纪的寓言作家赫拉克利特（Heraclitus）以及普鲁塔克（Plutarch）都将忒俄克吕墨诺斯的最后一句预言（"天空没有太阳，不祥的黑暗已经降临。"）解释为对日全食（月亮短时间内对太阳的完全遮挡）的诗意描述。1926年，C. 夏赫（C. Schoch，他之后 P. V. 诺伊格鲍尔 [P. V. Neugebauer] 也有类似看法）认为：荷马可能指的是一次真实发生的日食，且将之确定为公元前1178年4月16日的那一次，在爱奥尼亚群岛（Ionian）上可以观察到。如果结论正确，那么特洛伊的陷落一定发生在约公元前1188年，因为奥德修斯在那之后游荡了10年才回到伊塔卡（Ithaca）的家。因此，这一天文学证据为传统以及考古学认为的特洛伊陷落时间——公元前1250—前1150年——提供了新的支持。

在随后的岁月中，夏赫的成果显然被过于轻率地忽视了。直到最近，这种看法才从纽约洛克菲勒大学数学物理学实验室主任马尔塞洛·O. 马尼亚斯科（Marcelo O. Magnasco）和阿根廷拉普拉塔天文台的康斯坦丁诺·拜科西斯（Constantino Baikouzis）的研究成果中得到重大的支持。他们仔细地辨识了《奥德赛》中其他可能与他们的论点有关的天文学指征，其中有新月的现象，而新月正是日全食的先决条件。他们也坦承，分析中有许多固有缺陷及争议点，但希望其他学者能受到启发并开展进一步的研究。两位著名生物物理学家从天文学角度对荷马文本进行了艰苦的检视，其中的独创性和诚恳使得他们的结论引人深思。[13]

事由略微倾斜的条石砌体墙组成，厚4—5米，高6米多。墙的上部构造由泥砖砌成，包含巨大的塔楼。顶峰的主要宫殿已不复存在，但人们在城墙内的卫城边缘发现了庞大而壮观的建筑残骸。几座大门通向城堡，其中正门位于南方，侧方有塔楼拱卫。

正在进行中的发掘工作表明，特洛伊 VI/VIIa 那座位于高处的、坚固的王城通过一道围绕四周的防御墙与下方的城镇连接，使得整个定居点的规模达到约20万平方米，居民人口数约5000—10000人。基岩中挖出的一条壕沟确定了内城的外缘。这条壕沟是防御系统的一部分，被当作障碍，用来延缓入侵者到达城墙的时间。城墙位于城市侧面，壕沟以北90—120米——"一箭之遥"（科夫曼语）。[14] 壕沟往后的防御墙用石头建成，顶部砌以泥砖，并用木质栅栏加固，栅栏里则是一条哨兵通道。（下方城镇的这道城墙与城堡东北部堡垒的连接点可以被辨识出来。）还有清晰迹象表明有一条穿过栅栏的通道，建有双道木门。这是城市的南大门，可以控制一条穿过下方城镇的主要街道的人员进出。

特洛伊 VI/VIIa 上部城堡的主要入口位于西面朝向大海的一侧。一条宽阔的大道带来便利的交通，但也带来危险。大陆通过平缓的上坡通往城堡的壁垒，终止于壁垒上最大的一道门。（西边还有一座城门，距离壁垒上的门很近，仅有80米。）科夫曼正确地辨识出《伊利亚特》中所反映的这种地形。此处是整个壁垒最薄弱的部分，从这里可以一览无遗地眺望平原以外的武涅多斯岛（Tenedos）——侵略者必定是从那里经过的。也只有在这里，迈锡尼战士们才能接近到被识别出来的程度。

最新的考古发掘提供了比以往任何时候都更有力的证据，证明特洛伊 VI/VIIa 是一处重要的、拥有王宫的中心城市。这里的坚固城堡及低处的居民城镇有壕沟和城墙保护，无疑配得上普里阿摩斯国王那受到英雄史诗称颂的财富和权势。

与布利根一样，发掘者们还在下方城镇里发现了让特洛伊 VIIa 走向末日的暴力破坏之痕迹，例如一名被仓促埋葬的15岁女性，以及"大量远程武器，例如箭头、矛头，还有数量超过100枚、堆叠起来的石弹——可能是用在投石器上的。这些可能是战败的迹象，因为成功的防御者通常会清理这些物品，而胜利的入侵者则倾向于不去理会"。

特洛伊的卢维语印章

在一个单室小屋中，人们找到了一枚小小的圆形青铜印章（双面凸起），这可能是最激动人心的发现。它是我们在特洛伊发现的第一种史前铭文，年代约在公元前12世纪下半叶。这样的印章（形制各不相同）很常见，数量也不少，因为人们需要用印章标记和辨识自己的财产。双面凸起的印章为特殊种类，通常一面刻有官员的名字，另一面则是他妻子的名字。印章的语言是卢维语（Luwian）①，是一种类似赫梯语（Hittite）的印欧语，也是赫梯语的一种方言。我们今天可以释读传统的赫梯楔形文字（它是一种外交官方语言），但是卢维语使用的是象形文字的赫梯语。后者是一种复杂的图画笔迹系统，经过漫长的研究后在近年才刚刚得到解读，而完全解读则尚待时日。卢维语成为了高赫梯人（high Hittite）的日常通用语，因其更易懂而在多语人群中广泛使用。特洛伊的那枚卢维语印章上的文字保存欠佳。其人名不可识别，但该人职位的译文则是"书记员"或"首席书记员"；另一面上则有"妻子"一词。从这唯

---

① 卢维语（在英语中有时也被称作 Luvian 或者 Luish）是印欧语系中安那托利亚语族中的一种或是一类语言，约在公元前600年消亡。

一的一枚印章上，我们已推断出许多（甚至是太多）信息。卢维语是特洛伊使用的一种语言这一点是可信的，但这个国际化的枢纽之地一定还有许多别的语言。卢维语是特洛伊的主要语言一说，便是可能性更低的猜测。他们也许说希腊语——在这一点上，也许荷马又是正确的。赫克托耳和阿喀琉斯可以互相交流，帕里斯和海伦也可以。毕竟，特洛伊人是同样一批印欧人（即被识别为迈锡尼希腊人的祖先的那一批）的后裔。这些印欧人在公元前2000年左右从北方来到希腊，也可能穿行达达尼尔海峡进入小亚细亚。今天，我们很有希望能发现更多的文字证据——也许在特洛伊 VI/VIIa 的其他房舍里，或是施利曼的那些发掘点遗留的数以吨计的石堆里。

赫梯文献的出现为青铜时代的历史提供了至关重要的新视角。这些文本"表明赫梯王国和'维鲁萨'[Wilusa]①——很可能就是特洛伊——之间存在紧密联系"。另外，根据其中一个文本（称《阿拉克桑都条约》[the Alaksandu treaty]②）的记载，维鲁萨的神祇中有一位名叫阿帕利乌纳斯（Appaliunas），几乎可以肯定就是阿波罗——在《伊利亚特》中站在特洛伊人一边的那位大神。我们相信，阿波罗崇拜源自安纳托利亚（Anatolian）或塞浦路斯（Cypriot），毕竟荷马称呼阿波罗为"生于吕喀亚③"（Lycian-born）的神。此类赫梯文本的数量成千上万，应该颇有启发性。遗憾的是，这些文本至今仍未得到释读。它们仍在等待，等待受过楔形文字解读训练又感兴趣的学者。

希腊舰队在比斯开湾登陆

科夫曼在特洛阿德（Troad）地区④领导的其他发掘工作发现了进一步的证据，为荷马史诗中的地理和传说的真实性提供了更多支持。特洛伊西南方向5英里以外就是比斯开湾（Besika Bay），人们已在那里辨识出特洛伊战争时期的海滩原貌，附近的一片公墓大约有两百座坟墓，被一道单墙围绕，并已得到发掘。那些火化及安葬遗迹中发现了陶器和葬礼祭品，并且确定符合迈锡尼时期和公元前13世纪（即特洛伊 VI 晚期或特洛伊 VIIa 的年代）的风俗。我们很难拒绝将这片墓地视为入侵的希腊人的营地的想法，同样很难不把比斯开湾（从这里能看见大约6英里外的忒涅多斯岛）当作希腊人泊船并安营扎寨的港口。

阿喀琉斯之墓

亚瑟山（Yassi Tepe）海岬（旧名特洛伊海角）距离此地不远。那里有一座巨大的圆锥形陵墓，被称为贝斯克山丘（Besik Tepe，今名锡夫里山[Sivri Tepe]）。几乎可以确定，它的年代可以上溯至青铜时代，很可能就是荷马提到的那座著名陵墓。这也应该就是那座被古典时代的人们认作阿喀琉斯之墓的土丘。薛西斯一世（Xerxes）和亚历山大大帝都曾到访过这里。亚历山大大帝受他所喜爱的《伊利亚特》启发，将自己与密友赫费斯提翁（Hephaestion）⑤视作阿喀琉斯第二和帕特罗克洛斯第二。特洛伊的另一位著名访客是波斯国王薛西斯一世。公元前480年，在率领大军前往希腊途中，他

急欲一睹伟大的普里阿摩斯国王声名远播的古城。薛西斯参观了城堡，问及激动人心的特洛伊战争的传说，随后用公牛向特洛伊的雅典娜献祭。他的祭司们向昔时战死在此地的英雄们奠以祭酒。

特洛伊战争的真实情况

在仔细考察了充足的证据之后，人们证实，特洛伊在公元前第二个千年中是一个重要的商业和贸易中心。这座城市抵挡住赫梯帝国的势力，保持相对独立，最终成为海上交通的一个重要竞争者：它是一座位于黑海咽喉之地的要塞，甚至可能曾向途经达达尼尔海峡的船只收取过路费。我们很容易将特洛伊战争的合理起因归于某种重大的经济理由。征服克诺索斯之后，迈锡尼人在公元前13世纪咄咄逼人地控制了爱琴海。更为关键的是，他们还频繁地深深插手小亚细亚半岛西部的军事和金融事务，甚至一度在米利都（Miletus）站稳脚跟。他们最终不可避免地要对特洛伊这一最危险的竞争对手发动进攻。

在讲述英雄传说的史诗系中，迈锡尼各王国的伟大首领们联合起来，率领战船驶向特洛伊。尽管历史事实同样可能出自想象，但这一诗歌中的传说所传达的浪漫却也有事实可循。在猜想被否定之前，我们有理由相信，阿伽门农与克吕泰涅斯特拉、赫克托耳与安德洛玛刻以及阿喀琉斯曾经真实存在过。无论他们所启发的故事在细节上多么富于想象性，他们的生与死都是真实的。英俊的帕里斯和美丽的海伦在阿佛洛狄忒的操纵下私奔，引发了一场名垂千古的伟大战争。在有关这场战争及其领袖真实性的书面证据出现之前，严谨而持科学态度的当代考古学家和历史学家不会满足。也许现在是时候意识到：近年调查中所取得的支持某种信念的各种证据（不仅是书面证据），已累积得过于丰富。[15]

基于众多已获取的可靠证据，卡尔·布利根在1963年写道："当我们对目前已掌握的知识进行审视，就再也不可能怀疑了：历史上确实曾存在过一场特洛伊战争，其中有一个阿开亚人或迈锡尼人的同盟；他们在一位权威得到公认的霸主的领导下，与特洛伊人及其盟军交战。"他的看法每一天都在获得更多的实质性支持。要是布利根知道科夫曼和今天的许多人像他一样，满怀信心地将荷马当作另一种支持推论的来源（当然也像他一样智慧地谨慎鉴别），那他将深感欣慰。[16]

迈锡尼时代的终结

特洛伊 VII 后期（VIIb，下至公元前10世纪初）的毁灭，标志着从青铜时代到铁器时代多舛的过渡时期。我们可以推测认为，希腊人从特洛伊得胜凯旋。但是，他们回家后不久，希腊的迈锡尼时代就突然以一种暴力的方式终止了，其原因也许是内部的不和。一种曾被广泛接受的理论认为，这场毁灭完全是从北方和东方入侵的多利亚人（Dorians）所为，但这种看法已经受到怀疑。一些历史学家不太令人信服地将迈锡尼诸王国的毁灭与公元前12世纪埃及法老拉美西斯三世（Rameses III）所公布铭文中提到的"海洋民族"联系起来，但是关于希腊青铜时代末期的细节尚无定论。

希腊历史上的黑暗时期降临了。直到两大荷马史诗——公元前8世纪的《伊利亚特》和《奥德赛》——的出现，这团迷雾才被逐渐驱散。关于更早年代的故事通过口头复述保持生命力，经由史诗中所描述的那些诗人而得以传播。我们几乎可以肯

表 2.2　历史事件及作家时间线

时间	历史时期、事件	作家作品
前 7000—前 3000	**新石器时代**	
前 3000—前 2000 前 2000	**希腊青铜时代早期** 说希腊语的民族进入希腊	神话与传说的口头传播
前 2000—前 1600	**青铜时代中期** （米诺斯文明的繁盛及克诺索斯取得霸主地位）	
前 1600—前 1100 前 1250—前 1150 前 1184	**青铜时代晚期：迈锡尼时代** （迈锡尼文明取得对米诺斯文明的支配地位） 特洛伊 VI/VII 的衰败 传统认为的特洛伊陷落时间	
前 1100—前 800	**黑暗时代** （多利亚人入侵，铁器时代开启）	
前 800—前 480 前 546 前 753—前 509	**古风时期** 居鲁士大帝扩张波斯帝国，占领撒尔迪斯， 打败吕底亚国王克洛俄索斯 罗慕路斯创建罗马，从君主制到共和制的过渡	希腊字母的发明 荷马（《伊利亚特》与《奥德赛》） 史诗系 赫西俄德（《神谱》与《工作与时日》） 《荷马体颂歌》 抒情诗人
前 480—前 323 前 480 前 447—前 438	**古典时代** 波斯人占领雅典，毁灭卫城神庙 建立帕特农神庙，作为伯里克利建设项目的 一部分	品达（《胜利颂诗》） 埃斯库罗斯、索福克勒斯、欧里庇得斯（悲剧） 希罗多德（历史） 修昔底德（历史） 阿里斯托芬（喜剧） 柏拉图（哲学） 亚里士多德（哲学）
前 323—前 31 前 323 前 1 世纪	**希腊化时代** 亚历山大大帝驾崩 罗马共和制晚期	卡利马科斯（《颂歌》） 罗得斯岛的阿波罗尼俄斯（《阿尔戈英雄纪》） 卢克莱修（史诗） 卡图卢斯（抒情诗）
前 27—公元 284 前 27—公元 14	**罗马帝国早期** 首位罗马皇帝奥古斯都统治时期	维吉尔（《牧歌集》《农事诗》，史诗《埃涅阿斯纪》） 奥维德（《变形记》《岁时记》等） 李维（《建城以来史》） 小塞涅卡（悲剧） 瓦勒里乌斯·弗拉库斯（《阿尔戈英雄纪》） 斯塔提乌斯（《忒拜战记》） 阿波罗多洛斯《书库》 琉善（讽刺神话故事） 阿普莱乌斯（《变形记》，或称《金驴记》） 保萨尼亚斯（《希腊志》） 叙吉努斯（《神谱》[a]）
284—476 313 361—363 380 476	**帝国后期至罗马帝国灭亡** 君士坦丁大帝治下的"米兰敕令"建立了对 基督教的宗教宽容政策 背教者尤利安（最后一位非基督教徒皇帝） 企图复兴多神崇拜 狄奥多西一世确认基督教是唯一合法宗教， 关闭多神教圣殿 罗马帝国灭亡	 富尔根提乌斯（《神话》）

a.　叙吉努斯的《神谱》（*Genealogies*），多被称为《传说集》（*Fabulae*）。

荷马

尽管有着种种争议，对证据的中肯解读还是为众多荷马问题（Homeric questions）[a]中的一部分提供了答案。在《奥德赛》（1.350—351）中，当诗人斐弥俄斯（Phemius）唱起阿开亚人从特洛伊返回途中所遭受的苦难（珀涅罗珀听到这些故事之后十分痛苦），忒勒玛科斯注意到，听众为最近发生的故事鼓掌最多。在后面的一卷里（8.487—534），得摩多科斯（Demodocus）在奥德修斯（其身份尚不为人知）的要求下愉快地唱起关于特洛伊木马及特洛伊陷落的故事。他的吟唱精妙非常，让奥德修斯也流下了泪水。在里拉琴（福尔明克斯琴[phorminx][b]）伴奏下唱诵口头流传的诗歌是迈锡尼文明传统的一部分。（人们曾在皮洛斯岛发现一幅描绘里拉琴演奏者的精美壁画。）对特洛伊战争故事的首次讲述极有可能与这次战争同时发生，或在其后不久。它经由一代又一代的诗人得以在一个连续的传统中流传，得到修改、补充和无穷无尽的创造性变化。现在人们认为，多利亚人入侵造成的迈锡尼文明终结（公元前1100年前后）的断裂性并没有之前想象的那样大。然而，诗歌的传承形式是结构严谨的诗行（格律为六音步扬抑抑格[dactylic hexameter][c]），有利于保存历史事实。大量重复使用、类型和长度多样的格式化成分得以固定下来（例如"迅足的阿喀琉斯""玫瑰指的黎明"，或关于祭礼的固定描写模式），随时可以在听众面前用上，让即兴口头诵唱变得更轻松。具有高超技艺的职业叙事诗朗诵者团体（即所谓"荷马后裔"[Homeridae 或 Homerids]）发展起来。在荷马时代，口头史诗在艺术性上已登峰造极。荷马以口头形式创作了《伊利亚特》和《奥德赛》；在公元前8世纪将这些诗歌以书面形式固定下来的可能还是他。尽管荷马的时代与特洛伊战争相去几个世纪，诗人仍传递了非常精确的历史细节，而这些细节只可能来自特洛伊战争时期。最有说服力的例子（当然还有许多其他例子）便是战船名录（2.494—759）：它在《伊利亚特》这一后世语境中显得不合时宜，因为它描述的是一个更早的政治和地理世界，只可能是迈锡尼世界。有一种传统观点是可信的：两部诗歌的标准文本确立于公元前6世纪下半叶庇西特拉图僭主统治时期的雅典。

---

a. 荷马问题是指关于荷马的身份、《伊利亚特》和《奥德赛》的真实作者及这两部作品的历史性的问题。
b. 希腊最古老的拨弦乐器之一，形制介于里拉琴（lyre）和奇塔拉琴（kithara）之间。福尔明克斯琴和奇塔拉琴也都可以被称为里拉琴。
c. 六音步扬抑抑格又称英雄体六步格或史诗格，是希腊语和拉丁语古典史诗常用的格律。

定，"荷马"来自小亚细亚或小亚细亚沿海的某个岛屿（如希俄斯岛[Chios]）。我们发现，君主制在该时期这片地区的城市中是最普遍的政体；重要的是，这位后世诗人所处的社会和政治环境与伟大的迈锡尼时代中那些前辈们所见的并无不同。

要理解这些传说发展的累积特性，最重要的是要意识到其创造性动力有两个主要的时期：一个是在迈锡尼文明毁灭之前，一个是在毁灭之后。荷马史诗保留了青铜时代的事实及虚构，但也表现了它们本身所处的铁器时代的特征。仅举一个例子来说：考古学表明迈锡尼时代盛行土葬，但在荷马史诗中火葬却十分常见。阿尔戈英雄的传奇反映出一种对黑海的历史性兴趣，但这一兴趣属于迈锡尼时代吗？抑或其中的细节来自后来的希腊殖民时期（约前800—前600）？我们所了解的传说一定是两个时代的合成产物。忒修斯的故事就通过一种精妙的融合，将米诺斯—迈锡尼时期的成分与后来历史上雅典君主制时期的事实混在一起。

荷马的诗歌最终以文字形式被记载下来。公元前8世纪希腊字母表的发明使这种记载成为可能。[17]希腊人借用腓尼基文本中的符号创造出一份真正的字母表，以每一个符号将单个的元音和辅音区别开来。这一点与早期文本（例如线形文字B）不同：在早期文本中，音节是唯一的语言单位。顺便说一句，

这一天才的创举是典型希腊式的，因为它精妙无双、富于创造性，却又不失简洁。可以这样说：在我们无数拜希腊文明所赐的遗产中，没有哪一项是比它更为根本的。希腊字母的发明与荷马史诗以文字被记载下来只是偶然巧合吗？线形文字B的那些笨拙的符号，想必无法再现史诗的六音步扬抑抑格诗体。至少，当传统故事告诉我们传说中忒拜的卡德摩斯教会当地人书写时，我们可以假定他教的是迈锡尼线形文字B，而非后来才出现的希腊字母。

相关著作选读

Bittlestone, Robert, with James Diggle and John Underhill，《解放了的奥德修斯：探寻荷马笔下的伊塔卡》（*Odysseus Unbound: The Search for Homer's Ithaca.* New York: Cambridge University Press, 2005）。

Bryce, Trevor，《特洛伊人及其邻邦》（*The Trojans and Their Neighbours.* New York: Routledge, 2005）。除了集中讲特洛伊的邻国以外，此书也探讨了《伊利亚特》中特洛伊所牵涉的内容。

Cambridge Ancient History，《剑桥古代史》第3版第1、2卷（*Cambridge Ancient History.* 3d ed. vols. 1 and 2. New York: Cambridge University Press, 1970–1975）。一本标准的英文参考书，各章节由不同的权威写成。这部两卷本涵盖了爱琴海世界及近东的早期历史和青铜时代的希腊，现在有待更新。

Castleden, Rodney，《攻打特洛伊》（*The Attack on Troy.* Barnsley, UK: Pen & Sword, 2006）。

Castleden, Rodney，《米诺斯人：青铜时代的克里特岛生活》（*Minoans: Life in Bronze Age Crete.* New York: Routledge, 1993）。此书是卡索登（Castleden）的《克诺索斯迷宫》（*The Knossos Labyrinth* [1990]）的续作。在前一本书中，他提出了关于克诺索斯宫殿的新观点。

Chadwick, John，《迈锡尼世界》（*The Mycenaean World.* New York: Cambridge University Press, 1976）。

Dickinson, Oliver，《爱琴海的青铜时代》（*The Aegean Bronze Age.* Cambridge World Archaeology. New York: Cambridge University Press, 1994）。

Drews, Robert，《青铜时代的落幕：战争与灾难的变化》（*The End of the Bronze Age: Changes in Warfare and the Catastrophe ca. 1200 B. C.* Princeton: Princeton University Press, 1996）。

Ellis, Richard，《想象亚特兰蒂斯》（*Imagining Atlantis.* New York: Vintage Books, 1999）。关于传说中的亚特兰蒂斯的书多如牛毛，数不胜数。Ellis 这部著作卓然超群，既因其对考古证据的缜密爬梳，更因其统摄了从柏拉图到阿

瑟·柯南·道尔（Arthur Conan Doyle）等作者提出的诸种理论（甚或囊括小说与影视创作）。

Fields, Nic，《公元前1700—前1250年的特洛伊 c》（*Troy c. 1700–1250 B. C.* New York: Osprey Publishing, 2004）。插图丰富、内容时新而又有简洁的探讨。

Fitton, J. Lesley，《希腊青铜时代的发现》（*The Discovery of the Greek Bronze Age.* Cambridge, MA: Harvard University Press, 1996）。这是一部对考古发掘及其历史性解读的优秀综述。

Latacz, Joachim，《特洛伊与荷马：对古老秘密的求索》（*Troy and Homer: Towards a Solution of an Old Mystery.* Translated by Kevin Windle and Rosh Ireland. New York: Oxford University Press, 2004）。对持续的发掘的最新综述，包括对最近重要与令人兴奋的发现的分析。

Luce, J. V.，《荷马的地理景观：重访特洛伊和伊塔卡》（*Homer's Landscapes: Troy and Ithaca Revisited.* New Haven, CT, and London: Yale University Press, 1998）。令人满意的研究，重新恢复了我们对遭到诋毁的荷马之史实性的信心。卢斯（Luce）展现了荷马的特洛伊和特洛阿德在地理上的精确性，使我们相信，今天位于科林斯湾之外的莱夫卡斯（Lefkas）、伊萨基（Itháki）、克法罗尼亚（Kephalonia）和赞特（Zante）等岛屿符合《奥德赛》中对杜利喀翁（Doulichion）、伊塔卡、萨摩斯（Samos [Samê]）和扎金托斯（Zakynthos）的描述。尽管考古学证实了这些岛屿上有迈锡尼文明的证据，但奥德修斯的宫殿仍有待发现。

Mellersh, H. E.，《克诺索斯的毁灭：米诺斯克里特文明的兴亡》（*The Destruction of Knossos: The Rise and Fall of Minoan Crete.* New York: Weybright & Talley, 1970）。

Papadopoulos, John K.，《古代艺术：皮耶·德容与雅典市集》（*The Art of Antiquity: Piet de Jong and the Athenian Agora.* American School of Classical Studies. New York: David Brown Book Co., 2007）。书中包含了对皮耶·德容关于米诺斯及迈锡尼时期著作的讨论以及配图。

Schofield, Louise，《迈锡尼人》（*The Mycenaeans.* New York: Oxford University Press, 2007）。书中包括100幅插图。

Sowerby, Robin，《希腊人与他们的文化》（*The Greeks and Their Culture.* 2 d ed. New York: Routledge, 2009）。对古希腊历史、宗教、社会生活、文学和哲学的介绍性概览，内容广泛。

Vidal-Naquet, Pierre，《柏拉图的亚特兰蒂斯神话简史》（*A Short History of Plato's Myth of Atlantis.* Exeter, UK: University of Exeter Press, 2007）。此书重新审视了不同语境和时期对神话的不同用法。

Winkler, Martin M., ed.，《特洛伊：从荷马的〈伊利亚特〉到史诗电影》（*Troy: From Homer's "Iliad" to Film Epic.* Maden, MA: Blackwell, 2006）。书中提供了一份关于特洛伊战争的电影（包括电视）清单，配有注释和插图。

Wood, Michael，《特洛伊战争探索》（*In Search of the Trojan War,* new ed. Berkeley: University of California Press, 1996）。原书基于 BBC 的电视系列片，并有所更新，是一部很好的综述。它目前需要进一步更新。读者应参阅拉塔茨（Latacz）的著作（2004）以得到最新的发现和解读。关于 Wood 精彩的 BBC 电视系列片，参见 DVD 部分。

Ziolkowski, Theodore，《米诺斯与现代人：20世纪文学与艺术中的克里特神话》（*Minos and the Moderns: Cretan Myth in Twentieth-Century Literature and Art.* New York: Oxford University Press, 2008）。

补充材料

书籍

传记：MacGillivray, Joseph Alexander. *Minotaur: Sir Arthur Evans and the Archaeology of the Minoan Myth*. New York: Hill & Wang, 2000。此书关于埃文斯的生平及考古发掘。他生在富贵之家，是个并不出色的记者，后来成为克诺索斯的发掘者。

传记：Robinson, Andrew. *The Man Who Deciphered Linear B: The Story of Michael Ventris*. New York: Norton, 2002．

传记：Stone, Irving. *The Greek Treasure: A Biography of Heinrich and Sophia Schliemann*. New York: Penguin, 1975；Brackman, Arnold C. *The Dream of Troy*. New York: Van Nostrand Reinhold Company, 1979（1974）。这是施利曼的众多传记中较新的两部。第二部值得一读而且内容简洁。其他的列在本章尾注 [2] 中。

小说：Ackroyd, Peter. *The Fall of Troy*. New York: Doubleday, 2007。这位享有盛誉的作家的浪漫及神秘小说，让我们想起施利曼的时代及他的发掘工作，并探索了真理与欺骗、事实与虚构的问题。这个故事讲述了著名的德国考古学家海因里希·奥伯曼（Heinrich Obermann）的生平。他与他年轻的希腊妻子索菲娅发掘了希萨尔利克的特洛伊遗址。

DVD

纪录片：*Troy: Battlefield of Myth and Truth*. Films for the Humanities。片中包含曼弗雷德·科夫曼的评论，聚焦于他最新的发掘工作。

纪录片：*In Search of the Trojan War*. Written and directed by Michael Wood. BBC Video。迄今最佳的关于特洛伊的电影纪录片。任何感兴趣的人都应该观赏——尽管现在它已需要更新。片中包含了对主要考古学家的出色访谈、重要发掘者的传记（施利曼、德普费尔德、埃文斯和布利根）、主要遗址的介绍、对发掘成果的综述、对荷马及包括现代诗人在内的朗诵的口头传统的讨论，另有更多内容。

纪录片：*Minoan Civilization*. Films for the Humanities。一部历史和考古意义上的概览，可以与忒修斯和弥诺陶的传说联系起来。

纪录片：*Minotaur's Island: The History of Minoan Civilization and Its Mythical Monster*. Bettany Hughes narrates. Acorn Media.

纪录片：Troy: Unearthing the Legend. The History Channel。这套 DVD 的第2张（包括"古老的秘密：特洛伊的奥德赛""财宝！特洛伊的古代黄金"和"特洛伊城"）提供了一些有用的材料，然而第一张与特洛伊无关，是关于"斯巴达人的盛与衰"及波斯战争的。

纪录片：*Digging for the Truth: Troy: Of Gods and Warriors*. The History Channel。对特洛伊战争的史实性的介绍。

纪录片：*Secrets of the Dead: Sinking Atlantis*. PBS.

纪录片：*Ancient Mysteries: Atlantis: The Lost Civilization*. A&E.

克诺索斯宫殿

在《奥德赛》中，奥德修斯乔装成一名克里特王子，对他所宣称的家乡克里特的许多城市夸夸其谈，并称"其中有伟大的城市克诺索斯。米诺斯——万能的宙斯的朋友——在那里统治了九年"（《奥德赛》19.179—180）。1899年，埃文斯开始在克诺索斯进行发掘，并发现了一个之前我们仅仅通过神话和传统了解的史前文明。因为传说中的国王米诺斯（Minos）与克里特岛联系在一起（参见本书第637页、第643—646页），埃文斯将他发掘出来的文明称为"米诺斯"。发掘揭示了青铜时代克里特岛上曾存在一个繁荣而复杂的文化，且证实了克诺索斯的霸主地位。根据埃文斯的说法，米诺斯文明的中心便是这宫殿。它围绕一个巨大的中央大厅而修建，四周是储藏间、作坊和居住区。克诺索斯宫殿始建于约公元前1700年。由于人们需要空间，于是它以看上去随意的方式发展了许多年。因此，在看到这迷宫一般的复杂宫殿布局之后，我们会很容易产生一种想法，即从迷宫中的弥诺陶的传说及它与忒修斯的联系中看出一种历史意义上的真相。

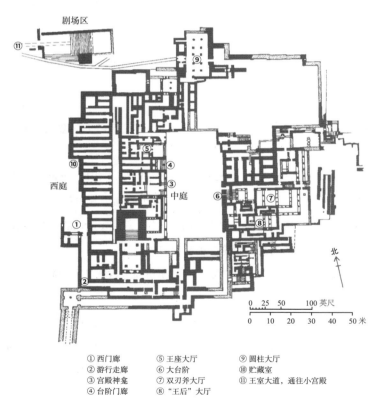

① 西门廊　　⑤ 王座大厅　　⑨ 圆柱大厅
② 游行走廊　⑥ 大台阶　　　⑩ 贮藏室
③ 宫殿神龛　⑦ 双刃斧大厅　⑪ 王室大道，通往小宫殿
④ 台阶门廊　⑧ "王后"大厅

图2.3　克诺索斯宫殿图解

这幅克诺索斯宫殿布局图基于阿瑟·埃文斯爵士原版的原址重建模型。后来的考古学家们曾提出对它进行修改。

[注释]

[1] Emily Vermeule 的著作 *Greece in the Bronze Age* (Chicago: University of Chicago Press, 1964) 为我们提供了一份包含重要早期书目的概览（现在已经过时）。遗憾的是，Vermeule 忽视了作为历史证据的荷马；幸运的是，今天许多考古学家谨慎地回归荷马，并收获重要的成果。参见本章尾注 [15] 中 Fitton 的较新综述。

[2] 施利曼的生平及事业可作为一个奇特而又令人激动的成功故事的素材。他积累了财富，因此有能力去证明他满怀激情地追寻的信念的可靠性。关于他的早期传记倾向于一种浪漫主义式的同情：Emil Ludwig, *Schliemann: The Story of a Gold-Seeker* (Boston: Little, Brown, 1931); Robert Payne, *The Gold of Troy* (New York: Funk and Wagnalls, 1959); Lynn and Gray Poole, *One Passion, Two Loves* (New York: Thomas Y. Crowell, 1966); Irving Stone, *The Greek Treasure* (New York: Doubleday, 1975)。较新的观点则将施利曼描述为一个骗子和冒牌货：David A. Traill, *Schliemann of Troy: Treasure and Deceit* (New York: St. Martin's Press, 1995)。较少学术性，但是却具批判性且更持平的观点的是 Caroline Moorehead 的传记：*Lost and Found: The 9,000 Treasures of Troy: Heinrich Schliemann and the Gold That Got Away* (New York: Viking Press, 1996 [1994])。Susan Heuck Allen (*Finding the Walls of Troy* [Berkeley: University of California Press, 1999]) 则是另一位贬抑者，认为施利曼隐瞒了他在将希萨尔利克山丘识别为特洛伊遗址并进行发掘一事上亏欠英国考古学家弗兰克·卡尔弗特的事实。

[3] 参见本书第34—35页关于"图像呈现、宗教及女性主义解读"的书目。

[4] 关于这些时期的年代是可用的。坚持对这么早的时期给出更精确的年代表是轻率的做法，因为关于它的证据每天都在波动。青铜时代的年代表是一个争论激烈的话题。因此，我们并没有尝试给出一份对进一步划分各时期的、更精确的年代表。关于学界的处理，可参阅以下书中的相关章节和图表：*The Cambridge Ancient History*, 3 d ed., vol. 2, pt. 1, *The Middle East and the Aegean Region 1800–1380 B. C.*, edited by I. E. S. Edwards, N. G. L. Hammond, and E. Sollberger (New York: Cambridge University Press, 1973); pt. 2, *The Middle East and the Aegean Region* c. 1380–1000 B. C. (1975)。

[5] 关于对米诺斯—迈锡尼宗教方面证据更详细的解读，参见 W. K. C. Guthrie, "The Religion and Mythology of the Greeks," in Edwards et al., eds., *The Cambridge Ancient History,* vol. 2, pt. 2, chap. 40。

[6] 关于忒拉岛的考古发掘综述、与克里特岛的关系以及关于亚特兰蒂斯的理论，参见 Christos G. Doumas, *Thera: Pompeii of the Ancient Aegean* (London: Thames & Hudson, 1983)。

[7] 有人认为，更晚的一波入侵者（约前1600）可以确切地鉴定为荷马所描述的阿开亚人（Achaeans）。认为阿开亚人实际上就是迈锡尼时期希腊人的别称，这样更好一些。

[8] 在克里特岛上发现的线形文字 A 泥板（线形文字 B 衍生自线形文字 A 的文本）尚未被解读，显然米诺斯的线形文字 A 不是希腊语。线形文字 B 泥板（以希腊语早期形式书写）同样发现于克诺索斯，强烈地暗示着历史的重构可能。关于埃文斯的恶意批评，可参阅 Leonard R. Palmer, *Mycenaeans and Minoans*, 2 d ed. (New York: Knopf, 1965)。

[9]　John Chadwick, *The Decipherment of Linear B*, 2 d ed. (New York: Cambridge University Press, 1958).

[10]　布利根的成果发表在一系列高度技术性的作品中。如同他在皮洛斯的发掘报告一样，这些成果是对现代考古学流程的科学精确性的重大证明。布利根为普通读者提供了一份关于特洛伊发掘工作的综述：Carl W. Blegen, *Troy and the Trojans* (New York: Praeger, 1963)。我们感谢曼弗雷德·科夫曼、C. 布莱恩·罗斯和格策尔·科恩（Getzel Cohen）提供的关于新的特洛伊发掘的信息。

[11]　莫斯科普希金国家美术博物馆的"特洛伊黄金"展览的官方目录（配有精美彩色插图）已经发表，参见 Vladimir Tolstikov and Mikhail Treister, *The Gold of Troy: Searching for Homer's Fabled City*. Translated from the Russian by Christina Sever and Mila Bonnichsen (New York: Harry N. Abrams, 1996)。

[12]　关于发掘工作的细节和引用来自"特洛伊之友"（Friends of Troy）简报，由位于辛辛那提的地中海研究机构提供。这一信息已被更新，最新的材料来自约阿希姆·拉塔茨的著作 *Troy and Homer: Towards a Solution of an Old Mystery*. Translated by Kevin Windle and Rosh Ireland (New York: Oxford University Press, 2004)。拉塔茨是曼弗雷德·科夫曼（直至2005年去世前，他一直担任发掘工作的主持者）的朋友与同事，他提供了最新的综述（2001年的第1版已得到修改和扩展）。学术上的年度发掘报告见于 *Studia Troica* (Mainz: Verlag Philipp von Zabern)。它以德语和英语出版，也包括关于特洛伊的跨学科研究。

[13]　Constantino Baikouzis and Marcelo O. Magnasco. "Is an Eclipse Described in the Odyssey?" *Proceedings of the National Academy of Science*, 105 no. 26 (July, 2008), pp. 8823–8828.

[14]　第二条壕沟被发现于第一条壕沟以南100米，且在第一条壕沟前面，形成另一个初步的障碍，也许是用来预防战车进攻的。这种双重安全措施背后是否有一道城墙提供支援尚属未知。

[15]　J. Lesley Fitton 在她对青铜时代考古学的综述作品 *The Discovery of the Greek Bronze Age* (Cambridge, MA: Harvard University Press, 1996) 中明智地表示（第203页）："这些材料仍属于一个史前社会，并且只得到了部分的恢复，因此我们只能合理地期待用它来回答一些有限的、非个人化的问题。这似乎是对我们的现代认知的一种令人遗憾的拒绝。"不过她也得出了这样的结论（第197页）："如果没有书写证据，对（特洛伊战争的）'证明'就几乎是不可想象的。"

[16]　Carl W. Blegen, *Troy and the Trojans* (New York: Praeger, 1963), p. 20.

[17]　将荷马与字母表的发明联系起来的说法由 H. T. Wade-Gery 令人信服地提出，参见其著作 *The Poet of the Iliad* (New York: Cambridge University Press, 1952)。另可参见 Barry B. Powell, *Homer and the Origins of the Greek Alphabet* (New York: Cambridge University Press, 1991)。

第3章

创世神话

> 现在，关于整个天空（uranus）——或者让我们称之为宇宙（cosmos），或另外哪个它喜欢的名字——关于它，我们必须首先考虑每一项研究赖以为基础的那个问题，那个必须在一开始就探讨的问题。它一直存在吗？没有产生的源头吗？还是说它的诞生是来自某种开端呢？
>
> ——柏拉图《蒂迈欧篇》28b

希腊人和罗马人有许多关于创世的神话。这些故事在其他神话体系里不乏对应，比如在埃及人、苏美尔人、巴比伦人和希伯来人的神话中。荷马（约前800）说，提坦巨人俄刻阿诺斯和忒堤斯（Oceanus 与 Tethys，本章稍后会提及）是诸神之起源（《伊利亚特》14.201）。这反映了一种原始的信仰，即宇宙可以理解为一种简单的地理：世界是一个长有山丘的平坦圆盘，其边缘与天空广袤的穹顶相接。俄刻阿诺斯是环绕陆地的大洋①之神（参见本书地图6）。但是，荷马并没有给出一份关于起源的详细描述。据我们所知，赫西俄德（约前700）最先以文学的方式对诸神、宇宙及人类的产生进行系统解释。不管怎样，他的描述是存世作品中最早的，可以被视为古典希腊版本。他的《神谱》给出了神的系谱，而他的另一部作品《工作与时日》则添加了重要的细节。

---

① 在希腊罗马神话中指环绕世界的巨大河流，即大洋河。大洋河神俄刻阿诺斯的女儿们被称为俄刻阿尼得斯（Oceanids），即大洋仙女，区别于涅柔斯（Nereus）的女儿们——涅瑞伊得斯（Nereids），或海仙女。

赫西俄德

在《神谱》的开篇，赫西俄德用许多诗行来赞颂缪斯的美和力量，特别强调她们具有在诗人心中激发无可置疑的启示的能力。他还深情地描写了她们打动奥林波斯山诸神的优雅舞姿和美妙歌声。对缪斯女神的热烈祈告并不单纯是艺术传统，而是对一种预言图景的表达。既然缪斯是宙斯的女儿们，她们的启示就来自最高天神那确凿无疑的知识。赫西俄德炽烈的真诚可以在《神谱》的这些诗行中窥见（《神谱》22—34）：

> 当赫西俄德在神圣的赫利孔山（Mount Helicon）上放羊时，缪斯女神曾教给他一首动听的歌。这些奥林波斯山的女神们——持埃吉斯（aegis）[①] 的宙斯之女——首先对我说："哦，你们这些田野里的牧羊人啊，粗鄙低下的人，只知道填饱肚子。我们知道怎样将众多虚构的故事说得像真的，但是只要我们愿意，我们也知道怎样叙说那无疑的真事。"
>
> 伟大宙斯巧言的女儿们如是说。她们从月桂树上折下一枝，当作手杖递给我，令人惊叹。她们向我心中注入神圣的声音，于是我便能歌颂那将来和过去的事情；她们吩咐我歌唱万福永生的诸神之族，但永远要在开始和结尾的时候歌唱她们自己——缪斯女神。

赫西俄德对缪斯的尊崇洋溢着宗教意味，是一种神圣的、有如灵感的启示。在他的创世纪开篇，赫西俄德向缪斯发问："请告诉我，最初诸神、大地、河流、无尽的大海……闪烁的星辰和广袤的天空是怎么产生的？"以下就是她们的回答（《神谱》116—125）：

> 的确，最先产生的是卡俄斯（Chaos），然后是胸怀宽广的盖亚（Gaia）——她是所有一切的牢固根基；黑暗的塔耳塔罗斯（Tartarus）在宽广大地的深处；厄洛斯则是永生的众神中最漂亮的一位，能让一切众神和人类的肢体放松，淹没他们心中的判断力和理智。卡俄斯生出厄瑞玻斯 [Erebus，塔耳塔罗斯的幽暗] 及黑夜；但是黑夜又生出埃忒耳 [Aether，最上层的大气] 以及白天，黑夜是与厄瑞玻斯结合而孕育的。

希腊语中的 Chaos 一词的意思是"豁开的虚空"。赫西俄德的确切意思很难确定。[1] 他对创造过程的讲述以一种并列结构开始，也就是说：卡俄斯（并不是一位神，而是一个开端，或第一法则，可能就是一种虚空）先于一切产生（或存在），但是随后（接着）出现了盖亚（Gaea 或 Ge，意为"大地"）[2] 以及其他。而这一切可能都由卡俄斯生出，正如赫西俄德在接下来的讲述中所说：卡俄斯生出了厄瑞玻斯和黑夜。塔耳塔罗斯是大地之下的深渊（见《神谱》第713行及以后）；厄瑞玻斯是塔耳塔罗斯中的幽暗，后来可能与塔耳塔罗斯本身画上了等号。

围绕这段文字的学术争议（这种争议有时会显得执拗），是有关"随后"（即"接着"）一词的解释。盖亚、塔耳塔罗斯、厄洛斯都在卡俄斯之后出现？还是由卡俄斯生出？我们认为，这三位神都由卡俄斯生出，如图3.1所示（见奥维德对创世之源卡俄斯的描述，本书第64页中有讨论）。

---

① 宙斯和雅典娜佩戴的护盾，其具体的形式并不确定，有时被理解为兽皮，有时被理解为一块盾牌。

厄洛斯的首要性和神秘性

爱，作为创世和繁衍故事中的一种典型的强大力量，必然早早就出现在《神谱》中。正如我们所见，赫西俄德以他特有的简洁笔触来描绘最美丽的厄洛斯，努力将他的说教提升到诗歌的境界。罗马人将厄洛斯称为丘比特（Cupid，或阿莫尔 [Amor]）。

另一个创世神话出现在剧作家阿里斯托芬（Aristophanes，前5世纪）的喜剧《鸟》（*Birds*）中。除开它所戏仿的英雄主义以及剧中那些滑稽的宗教和哲学空论，这个故事倒是反映了较早期的理论，对故事版本的多样性以及厄洛斯的首要性加以了说明。一支由鸟组成的歌队用下面的故事证明，鸟类在所有神祇中算得上最古老的一批（《鸟》693—702）：

赫西俄德

诗人赫西俄德的身份比他的前辈荷马要明确得多。荷马更直接地承接口头传统，来自小亚细亚半岛沿岸或附近的海岛。关于赫西俄德的年代颇有争议，但是他很可能在公元前700年左右写了他的两部诗篇——《神谱》及《工作与时日》。哪一部诗在先我们无法确定。其他作品（例如，《女子及女杰名录》[*Catalogs of Women and Heroines*] 和《鸟的预言》[*Divination by Birds*]）都仅仅是疑似为他的手笔。《赫拉克勒斯之盾》（*Shield of Heracles*）则无疑是后世的创作。

如我们所见，赫西俄德在《神谱》中提供了一些有关他生平的信息。《工作与时日》里则出现了更多细节。那是一首有关农事的教喻诗，包含了重要的神话故事，下一章里有相关节选。从这两首诗中我们可得出以下这份诗人小传。当然，其中哪些是真，哪些是假，哪些是无可争辩的事实，哪些是虚构的文学成分，都还极有争议。

赫西俄德的父亲来自库默（Cyme）。此地位于小亚细亚的埃俄利亚（Aeolis）[a]这一更大的区域。他后来渡过爱琴海，在玻俄提亚的赫利孔山近旁的小镇阿斯克拉（Ascra）定居下来。赫西俄德在那里出生并度过一生。以其通常忧郁的视角，赫西俄德将这个地方描绘为"冬天糟糕、夏天艰难，从来没有好的时候"（《工作与时日》640）。赫西俄德有一子，所以我们必须假定他结过婚。毕竟，尽管赫西俄德不愿与人交往，他仍然推举一种幸福的婚姻——如果能找到的话。也许他是在夫妻关系中受了伤——纯属猜测！不过他的确说出了一个让他变得怨愤的原因，那就是他哥哥珀耳塞斯（Perses）的背叛。

父亲死后，赫西俄德就遗产问题与珀耳塞斯大吵了一架。这件案子最终被呈上法庭。法官们收了珀耳塞斯的贿赂，诈取了赫西俄德应得的那一份遗产。赫西俄德创作《工作与时日》正是为了劝诫他的哥哥，叫他要走上正义的道路，要遵从至高天神宙斯的正确教导。《神谱》也充满了类似的宗教热情，描绘世界、人类和诸神的诞生，并追溯让宙斯获得至高权力的那些重大事件。

赫西俄德长大后成了农夫和牧羊人，但最后成为诗人。他曾乘船前往优卑亚岛（Euboea）的卡尔客斯（Chalcis）。在那里举行的安菲达马斯（Amphidamas）葬礼竞技会上，他赢得诗歌比赛的第一名，奖品是一尊三足鼎。他登上赫利孔山，就在他接受缪斯的神圣启示的那个地方，将奖品献给了女神。

---

a.　　Aeolis 亦作 Aeolia，指小亚细亚半岛西部和西北部沿海地区及附近海岛。

卡俄斯、黑夜、黑暗的厄瑞玻斯和宽广的塔耳塔罗斯是最先的。但是盖亚、艾尔（Aer，低层大气）和乌拉诺斯（Uranus，天空）并未存在。在厄瑞玻斯宽大的虚空里，首先，长着黑翼的黑夜独自生出了一个蛋。美丽的厄洛斯如同一阵急速的旋风，从蛋中冲出，他的背上闪耀着一对金色翅膀。他在宽广的塔耳塔罗斯中与有翼而漆黑如夜的卡俄斯结合，孵出了我们鸟类，并首先让我们见到光明。在厄洛斯让万物结合之前，没有永恒的神族。从成双配对开始，乌拉诺斯、俄刻阿诺斯、盖亚及万福的神的种族才得以形成。

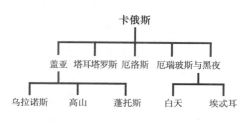

图3.1　卡俄斯的后代

要对这一繁衍生息的狂潮负责任的厄洛斯，很可能就是在后来的传统中被恰当地命名为法涅斯（Phanes，第一个发光者或为创造带来光明者）和原始神（Protogonus，首先出生者）的那个厄洛斯。如果是这样，那么阿里斯托芬戏仿的就是一个作为某种宗教基础的神话。这种宗教得名自俄耳甫斯，认为世界之蛋是统领一切的象征。我们将在本书第16章论及俄耳甫斯与俄耳甫斯教，并将讨论那些与之性质类似、被统称为神秘宗教的其他宗教。[3] 神话、深邃的宗教思想以及古代世界的经验之间的联系乃是一个令人神往的永恒主题。

奥维德版本的创世神话

奥维德是一位罗马诗人，写作时间在赫西俄德之后约700年。他提供了另一种关于创世的经典说法，在一些重要的方面有别于赫西俄德的讲述。奥维德兼收并蓄，其使用的材料不仅来自赫西俄德，也来自其他许多作家，尤其是公元前5世纪的哲学家恩培多克勒（Empedocles）。恩培多克勒的学说是：宇宙万物是由四种基本元素（土、气、火、水）构成的。

在奥维德那里（《变形记》1.1—75），卡俄斯不是一个敞开的虚空，而是一个原始的、未成型的大团，各种元素在其中交相冲突。一位神（未命名）或某种更高的存在，让卡俄斯中形成了宇宙的秩序。[4] 奥维德的《变形记》围绕各种有关变形的故事展开，能很好地为我们的神话概述提供基本文本。我们将不时地引入奥维德的说法，因为主宰后世传统的往往是他那种富有诗意、敏感、成熟又时而讽刺的讲述方式。然而我们必须记住：奥维德是罗马人，并且属于后世；他的神话在精神和信仰上都与先前的观念相去甚远。无论最终的作品有多么成功、多么吸引人，神话对他而言仍仅仅是具有启发性的诗歌素材。较之于赫西俄德，奥维德的诗歌世界和现实世界都存在天壤之别。

乌拉诺斯（天空）与盖亚（大地）的神圣婚姻及他们的后代

但是，让我们先回到赫西俄德的《神谱》（126—156）：

盖亚首先生出了布满星辰的乌拉诺斯。他与她自身平等，因而可以环绕她，将她完全覆盖，永远成为万福神祇的稳固家园。她还生出高山，那是神圣的宁芙们的迷人居所。她们住在山丘和溪谷里。在没有爱侣的情况下，她还生出了蓬托斯（Pontus），即荒芜而波涛汹涌的大海。

但是后来，盖亚与乌拉诺斯结合，生出了深流湍急的俄刻阿诺斯，以及提坦们——科俄斯（Coeus）、克里俄斯（Crius）、许珀里翁（Hyperion）、伊阿珀托斯（Iapetus）、忒亚（Theia）、瑞亚（Rhea）、忒弥斯（Themis）、谟涅摩叙涅（Mnemosyne）、头戴金冠的福柏（Phoebe）①以及美丽的忒堤斯（Tethys）。在他们之后，盖亚又生出狡猾的克洛诺斯。克洛诺斯在她的孩子们中最小，也最可怕，痛恨他好色的父亲。

此外，她还生出傲慢的独眼巨人三兄弟。他们分别是布戎忒斯（Brontes，即"雷霆"）、斯忒洛珀斯（Steropes，即"闪电"）和胆大的阿耳戈斯②（Arges，即"光亮"），为宙斯打造雷电。他们只有一只眼睛，长在前额正中间，除此之外他们都与神一样。他们的名字是库克罗普斯（Cyclopes，即"圆眼"）③，因为他们前额上有一只独圆眼。[5]他们干起事来富于力量和技巧。

后来，盖亚和乌拉诺斯又生了三个狂悖的儿子。他们身形巨大且狂暴得难以形容，分别是科托斯（Cottus）、布里阿瑞俄斯（Briareus）及古厄斯（Gyes）。他们的肩膀生出一百只坚不可摧的胳膊和手，又长着五十个脑袋，这一切都由他们强壮的肢体支撑。他们的庞大身躯里蕴含着不可战胜的力量。在盖亚和乌拉诺斯的所有子嗣中，这三个是最可怕的，从一开始就遭到他们父亲的憎恨。

图3.2　盖亚和乌拉诺斯的孩子们

看起来，对于赫西俄德而言，第一位神是女性，即一个基本的、母权式的地母及其生育之力的概念——她与她的生育之力被视为是首要的并且神圣的。对原始社会图像学的比较研究提供了大量证据，证明了这一女性主导地位原型的存在。[6]男性的天空之神乌拉诺斯（另一基本概念）生于地母，并至少在这个版本里成为与她平等的伴侣。他在母系社会里被视为次要角色，在父权社会里则变成了至高神。

于是情况就是这样：天空和大地分别被人格化并神化为乌拉诺斯和盖亚，而他们的交合代表了神话中重复出现的基本主题。乌拉诺斯是天空之神，代表着男性法则；盖亚则是丰饶和大地之神。对他们的崇拜可追溯至非常早的时代。对于"原始的"农业民族而言，天空和雨水、大地和丰饶是他们的根本关切所在，也是奇迹的源泉。例如，乌拉诺斯的

---

① 原引文此处作"Thebe"，与后文《神谱》中的提坦名单不符，且未见有以 Thebe 为十二提坦之一的版本，故从后文及 Hugh G. Evelyn-White 英译本改作"福柏"（Phoebe）。
② 在《埃涅阿斯纪》中被称为皮拉刻蒙（Pyracmon），参见本书第26章。
③ 被称为库克罗普斯的独眼巨人分为不同的两种。第一种是乌拉诺斯和盖亚的后代，也是在赫淮斯托斯（Hephaestus）的锻房中与他一起制造雷电和其他杰作的铁匠。第二种是一个巨人部落，其中最著名的是奥德修斯遇见的波塞冬之子波吕斐摩斯（Polyphemus）。

> ## "因为你是尘土，必要归于尘土"——（《创世纪》3.19）
>
> 　　在欧里庇得斯的一部已佚剧作《克律西波斯》（Chrysippus）（残篇839，洛布版）中，歌队这样唱道[7]：
>
> 　　　　最伟大的大地，以及宙斯的灵气，一个是人类和众神之父，一个是获取他那湿润而滋养的雨滴而生出凡人、植物以及动物种群。因此，她当之无愧地被尊为万物之母。凡是大地孕育的终将回到大地，但是从灵气中生出的必将回到天空之中。凡是生出的东西都没有消亡，而是经历分离，呈现一种不同的形式。
>
> 　　第一行中的"灵气"（Aether，即宙斯的领域）与宙斯实质上是同一个概念，所以"他"可释为宙斯所降的滋润大地的雨滴。这种观念将宙斯视为赋予我们不朽灵魂的天父，而大地母亲则是我们的凡人性质的来源。这一观点反映了赫西俄德的神话以及公元前6—前5世纪对神话的深刻寓意的后续发展。歌队简洁且引人遐想的言语所涉话题，很快就成为一个意义重大的主要哲学宗教主题。这一段经常被引用，其含义也受到各种解读。

　　雨水可以被想象为他的精子，浇灌了饥渴的大地，使她孕育。"神圣婚姻"①这一概念的原型正是由此而来——它是希腊语 hieros gamos 的译文。天神与地母以不同的名字和身份反复出现（例如乌拉诺斯与盖亚、克洛诺斯与瑞亚、宙斯与赫拉），以上演这场神圣的仪式。

　　对女性地神的崇拜广为流传而且多种多样——无论她在与男性配偶的关系中是否担当支配性的角色。不管她的名字是什么以及对她的崇拜有多大不同，她在任何时期都是重要的。她有时保有自身身份，有时隐身于背后，但都对那些更复杂而又成熟的女性神祇概念产生影响，并为它们染上自己的色彩。盖亚、忒弥斯、库柏勒（Cybele）、瑞亚、赫拉、得墨忒耳、阿佛洛狄忒都是完全或部分的生育之神。[8]当然，母神崇拜在情感、哲学、宗教、知识方面所涉范围十分广泛，所涉范围可能既包括疯狂而纵欲地庆祝并将她忠诚的祭司阉割，也包括一种相信精神交融和个人赎罪的崇高信仰；可能既包括公然强调女性的

性特征和生育能力，也包括一种关于爱情、母性和处女生育的理想观念。[9]

　　在《荷马体颂歌之30——致大地，万物之母》（Homeric Hymn to Earth, Mother of All，30）中，祈求盖亚的部分透露出她主要原型的基本要素：

　　　　我要歌唱大地，那根基深厚且最年长的万物之母。她滋养了世间万物：那神圣的地面上的一切、那海上的一切，以及所有凌空飞行的，她都以自身的富饶滋养。由于你，尊敬的女神，凡人才有子孙和收成。你可以赐给他们生活所需，也可以将之夺走。凡是蒙你赐给仁慈的供养的，就富足而幸运。对他们来说，一切都不匮乏：他们的田野里收成丰盛；他们的牧场上满覆牛羊；他们的家里财物充盈。这些人住在用善法管理的城市中，城里的女人美丽动人，伴随他们的是无穷的幸福和财富。他们的儿子沐浴在无尽的欢乐里，他

---

① 原文作 sacred or holy marriage，合并译为"神圣婚姻"。

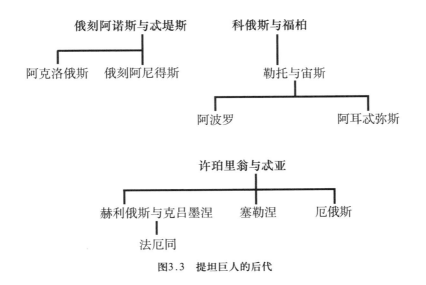

图3.3　提坦巨人的后代

们的女儿拥有无忧无虑的心情，成群结队，佩戴鲜花，在小花盛开的草地上起舞。神圣的女神，丰饶之神，他们是你宠爱的幸运儿。

赞美你，众神之母，星辰满布的乌拉诺斯之妻。请你赐给我们幸福的生计，作为对我的颂歌的奖赏。我将铭记你，并且不忘另一首歌。

提坦及其后代：
海洋、太阳、月亮、黎明

提坦们是乌拉诺斯和盖亚的孩子，一共有12个：俄刻阿诺斯、科俄斯、克里俄斯、许珀里翁、伊阿珀托斯、忒亚、瑞亚、忒弥斯、谟涅摩叙涅、福柏、忒堤斯，以及"狡猾的克洛诺斯……在她的孩子们中最小，也最可怕，痛恨他好色的父亲"（《神谱》137—138）。他们大抵是对大自然各个方面的神化，

因他们的后代而显重要性——尽管其中有几个自认为很重要。在神话谱系的迷宫里，一切世系都可追溯至提坦及其他从卡俄斯生出的力量。从这些源头出发，赫西俄德创造了一个既具现实性又富想象性的宇宙。它既是物理的又是精神的，其中居住着神、半神（demigods）、神化的或人格化的抽象概念、动物、怪兽以及凡人。我们在此无法列举所有，但会从中选出最重要的。对提坦们最好成对地考察，因为他们有六男六女；其中一些兄弟姐妹之间不可避免的乱伦交配产生了整个宇宙的后代。

俄刻阿诺斯与俄刻阿尼得斯

俄刻阿诺斯及其配偶忒堤斯生了众多孩子，即俄刻阿尼得斯（Oceanids），其中3000个是女儿，还有同样数目的儿子。他们是河流、水泽和溪流之神，其中许多人有名字，有些具有神话人格。[10]赫西俄德提供了一份惊人的名单，但是他承认：一个凡人很难将他们一一列出，尽管人们知道那些属于他们自己地区的俄刻阿尼得斯的名字（《神谱》369—370）。

图3.4　《赫利俄斯》（*Helius*）

红绘调酒缸（krater），作者为大流士画师[a]，约公元前330年，高13英寸[b]。头上光芒四射的赫利俄斯驾驶着战车从海中升起。他手握缰绳，引导着四匹飞马。在最远端（缸柄之上）有一个男孩跳进海里（他的脚在最上方）；第二个男孩站在底部左边的岩石上，准备跳水；在他右边，第三个男孩在跳水的过程中已飞在半空；第四个男孩在底部中心，腰部以下浸在海水里，即将前往观者的左方，但又回头看着赫利俄斯和他的战车。画面下边缘是一条蜿蜒图案设计的镶边，上边缘则环绕着一圈月桂花冠以显平衡。

---

a.　一位名字不详的阿普利亚陶画师，活动于公元前4世纪后期，是南意大利红绘陶画中华丽风格末期的代表。"大流士画师"这个称呼来自他的作品"大流士瓶"（Darius Vase）。在考古学和艺术史中，众多名字不详的古希腊陶画师都以其代表作品命名。命名的选择根据可能是该作品中的独特风格、作品描述的主题，也可能是作品收藏者。本书中其他名字不详的陶画作者的命名均依此例。

b.　英制长度单位，1英寸为2.54厘米。

同为太阳神的许珀里翁与赫利俄斯

提坦许珀里翁是太阳神，比他的妹妹也即配偶忒亚更为重要。他们是赫利俄斯、塞勒涅和厄俄斯的父母。跟他父亲一样，赫利俄斯也是太阳神。神位的复制在早期格局中是常见现象，他们可以并肩存在，他们的名字和性格也可能混淆。下一代支配其上辈并篡取权力的事也经常发生。

关于太阳神的传统画面与本章开头所描绘的荷马式地理观念相吻合。太阳神住在东方，同他的马队一起跨过天穹，在西方落下，下到环绕大地的俄刻阿诺斯的水流中，然后再和他的全副仪仗一起回到东方。《荷马体颂歌之31——致赫利俄斯》（*Homeric Hymn to Helius*，31）为我们呈现了一幅光芒万丈的图画。诗中将许珀里翁的妻子和赫利俄斯的母亲称作欧律淮萨（Euryphaëssa，意思是"大放光芒"），不过这可能只是忒亚的另一个名字。

> 啊，缪斯女神、宙斯之女卡利俄佩（Calliope），她开始歌唱。她歌唱光辉的赫利俄斯，那是牛眼的欧律淮萨为地母和星空乌拉诺斯之子所生。许珀里翁娶了荣耀的欧律淮萨、他的亲姊妹。她为他生下了漂亮的孩子：玫瑰指的厄俄斯、秀发的塞勒涅，以及永不疲倦、与永恒者一样的赫利俄斯。赫利俄斯驾着马车，为凡人和永生的神祇送去光明。他穿透一切的目光从金色的头盔里射出；他的头颅也散发着明亮的光芒；从远处看，他头上闪耀的发丝衬托出优雅的容颜。他身上的长袍式样优雅，织工精美，随风闪耀。威武的骏马都听他的使唤。然后他将金轭的马车和骏马停在天顶，直到时间来临。接着他再一次奇迹般地赶着它们冲下天空，降临在大海上。
>
> 神啊，我赞美你，请你赐予我幸福的生活。我从你开始，还将继续歌颂那凡人中的半神一族。缪斯女神已将他们的功业展示给凡人。

法厄同：赫利俄斯之子

一个著名的故事与法厄同（Phaëthon，这个名字的意思是"闪耀的"）有关。他是赫利俄斯与他的情人克吕墨涅（Clymene）之子。根据奥维德的叙述（《变形记》1.747—779，2.1—366），法厄同受到质疑，有人声称太阳神不是他的亲生父亲。然而他的母亲克吕墨涅对他发誓说，他的确是赫利俄斯的儿子，而且告诉他：如果他愿意的话，就应该自己去问太阳神本人。

奥维德精彩地描写了太阳神的壮丽宫殿——它有巍峨的柱子，闪耀着金光和象牙般的光辉。法厄同对这一壮观心生敬畏，且因为太阳神的光芒而无法靠得太近。然而，赫利俄斯证实了克吕墨涅所说的法厄同的身世，并将自己头上发出的光辉放在一旁，然后吩咐他的儿子靠近。他拥抱了法厄同，并以斯堤克斯河水（Styx，冥府的一条可怕的河流）起誓：男孩可以得到他喜欢的任何礼物，这样他就可以永远地消除疑虑。法厄同很快做了决定——他想要获准驾驶父亲的战车一天。

赫利俄斯试图劝说法厄同放弃，但是没有用，而他又必须遵守自己的可怕誓言。他不情愿地领着年轻人走向他的战车。那战车由火神伏尔甘（Vulcan）[11]以巧艺制成，用了黄金、白银和宝石来反射太阳神的夺目光芒。战车套好了，赫利俄斯在其儿子的脸上涂了脂膏，以保护他不受火焰灼伤，然后将光芒放在他的头上，并郑重告诫他沿着路线行驶，而且要控制好拉车的马。

法厄同年轻而又无经验，没能控制住四匹飞马。它们飞速冲出了常走的路线。战车冲向天空顶点，因高温造成一片混乱，然后它又快速冲向大地。奥维德沉浸于他所描写的毁灭场景，许多变形事件都因这次高温而发生，其中埃塞俄比亚人就是那时候有了黑皮肤，而利比亚也从此成了一片沙漠。大地本身也燃烧起来，再也无法忍受烈火炙烤般的痛苦。

朱庇特（Jupiter）回应大地的祈祷，挥起雷锤，发动闪电，砸碎了战车，让法厄同坠落而亡。河神厄里达诺斯（Eridanus）领受了他的尸体，将他洗净。仙女们将他埋葬，并且在坟墓上刻下这样的铭文："这里埋葬着法厄同。他是他父亲的战车的驭手。他无法控制战车，而他死于大胆的尝试。"[12]

赫利俄斯的其他爱人

赫利俄斯还爱上过东方公主琉科托厄（Leucothoë），她是波斯国王俄耳喀墨斯（Orchamus）的女儿。赫利俄斯伪装成少女的母亲欧律诺墨（Eurynome）引诱了她。

赫利俄斯的另一个爱人是大洋仙女克吕提厄（Clytië）。由于嫉妒赫利俄斯移情别恋琉科托厄，她把这段恋情告诉了琉科托厄的父亲。俄耳喀墨斯活埋了琉科托厄，而赫利俄斯没能来得及营救她。他将几滴甘露洒在姑娘的尸体上，于是那里长出了一棵乳香树。克吕提厄无法让赫利俄斯原谅她，也不能重新获得他的爱。她坐在那里，眼睛一直盯着太阳在天空中的轨迹，直至变成了一株向日葵。她的脸永远朝向太阳的方向。

罗得斯岛是太阳神赫利俄斯的圣岛。宙斯在众神之间分配世界上的土地时，罗得斯岛还没有出现在海面上。赫利俄斯意外地并没有得到任何配额，但是他拒绝了宙斯要重新分配的提议，因为他能看见海面以下那座未来的岛屿。这座岛一出现，他就将之据为己有。他爱上了岛上的宁芙罗得（Rhode），而她的七个儿子之一，成为罗得斯岛三个主要城市的英雄的父亲。这三位英雄分别是卡米罗斯（Camirus）、伊阿里索斯（Ialysus）和林多斯（Lindos）。即使在后来的历史时代中，罗得斯岛人仍然会在每年10月将一辆四匹马拉的车扔进海里，以替换太阳神原先的旧马车，因为在一个夏天的劳作之后，马车会变得破旧不堪。[13]

月亮女神塞勒涅与恩底弥翁

塞勒涅是许珀里翁和忒亚的女儿，也是月亮女神。同她的兄弟赫利俄斯一样，她也驾驶一辆马车，虽说她的马车通常只有两匹马。《荷马体颂歌之32——致塞勒涅》（*Homeric Hymn to Selene*，32）描绘了这样一幅画面：

善于歌唱的缪斯女神啊，克洛诺斯之子宙斯歌声甜美的女儿们，请歌唱那长翼飞行的月亮女神。天空的光辉从她永恒的头顶倾洒到大地上，宇宙的广袤之美在她的照耀下现身。空气之前是没有光彩的，此时却闪烁着光芒。每当神圣的塞勒涅沐浴了她美丽的肌肤，穿上光照远方的衣袍，将她闪亮的马队套上马车，全速驾驶她鬃毛美丽的骏马，她的金冠就发出照耀的光芒。她的光辉在月中时最亮，此时她丰盈起来，巨大的月轮全无亏缺。她在天空中占有一席之地，被凡人看作确定的标志。

曾有一次，克洛诺斯之子宙斯与她相爱。她怀孕而生下一个女儿名叫潘狄亚（Pandia）。在不朽的众神中，潘狄亚尤为美丽。

赞美你，秀发而善良的女王、手臂雪白的女神、神圣的塞勒涅。我已将你歌唱，还将继续歌唱人间的半神；歌者——缪斯的仆人们——以深情的口吻将他们的伟业歌颂。

只有一个有名的故事与塞勒涅有关，那就是她对英俊的青年恩底弥翁（Endymion）的爱恋。后者通常被描述为一个牧羊人。在一个静谧的夜晚，塞勒涅看见恩底弥翁在拉特摩斯山（Latmus，位于卡里亚 [Caria]）中的一个山洞里熟睡。于是她在他熟睡时降临，躺在他身边，夜复一夜。这个故事有很多变体，但是所有变体的结局都是相同的：宙斯赐给恩底弥翁永恒的睡眠和永恒的青春。这可以被看作一种惩罚（尽管在有的变体中，恩底弥翁有一定的选择余地），因为塞勒涅一直疏于她在天庭的职守。或者，这也可能是为了满足塞勒涅自己对爱人的愿望。

太阳神阿波罗与月亮女神阿耳忒弥斯

许多关于太阳神的故事——无论其中太阳神的名字是许珀里翁、赫利俄斯或者仅仅是提坦神——都转移到了伟大的阿波罗身上。他与上述各位共享一个特性形容语，即福玻斯（Phoebus），意为"光明"。尽管阿波罗原先极有可能不是一位太阳神，他后来仍然被认为是太阳神。于是法厄同也就可以是身为太阳神的阿波罗之子。类似地，阿波罗的孪生姐姐阿耳忒弥斯也与月亮联系起来，尽管原本她可能并不是月亮女神。于是塞勒涅和阿耳忒弥斯的身份合二为一，正如许珀里翁、赫利俄斯和阿波罗一样。塞勒涅和阿耳忒弥斯共享同一个形容词——"光明"（Phoebe，"福玻斯" [Phoebus] 的阴性形式）。[14]因此恩底弥翁的情人也就成了阿耳忒弥斯（或罗马神话中的狄安娜 [Diana]）。

黎明女神厄俄斯与提托诺斯

厄俄斯（罗马名字是奥罗拉 [Aurora]）是许珀里翁与忒亚的第三个孩子，也是黎明女神。与她姐

图3.5　《恩底弥翁石棺》（*The Endymion Sarcophagus*）

大理石雕，约200—220年，宽73英寸，高28英寸（含棺盖）。石棺形状类似榨葡萄汁的大钵。棺盖上是死者阿里亚（Arria）的肖像，以及9块浮雕：最左端和最右端的是山神，很适合拉特摩斯山的神话背景；接下来的一对表现的是季节，左边为秋，右边为春；再接下来，丘比特和普绪喀在左，阿佛洛狄忒和厄洛斯在右；最后，阿瑞斯在左，而他的情人阿佛洛狄忒在右。用以平衡阿里亚的那一块表现的是塞勒涅和恩底弥翁的结合。主体画面的中心是塞勒涅从战车上下来，走向恩底弥翁，她的马儿则由一位宁芙引导。恩底弥翁躺在右边。黑夜将鸦片般的沉睡倾泻到他身上（注意黑夜女神的头和狮子之间的罂粟花冠），丘比特们围绕在这对爱侣身边和右侧狮首下方。丘比特和普绪喀在左边狮首之下拥抱，俄刻阿诺斯与盖亚分别躺在塞勒涅的马的左边和下面。塞勒涅的战车从右边消失，同时我们可以看见赫利俄斯战车上的骏马从左侧升起。恩底弥翁的神话是罗马人石棺上的一个常见主题（在2—3世纪中已知的例子就有70个），因为它给人希望：死亡的沉睡将通往永生。

姐塞勒涅一样，她也驾驶一辆两匹马的战车。诗歌赋予她恰当的特性形容语，称她为"玫瑰指的"和"藏红花色衣袍的"。她是一位多情的神祇。爱神阿佛洛狄忒使厄俄斯永远爱慕年轻的凡人，因其撞见自己的伴侣阿瑞斯在厄俄斯的床上。[15] 不过厄俄斯最重要的情人是特洛伊王族的英俊青年提托诺斯。厄俄斯拐走了他。《荷马体颂歌》中的《致阿佛洛狄忒》（5.220—238）以简明有效的方式讲述了他们的故事，完整译文见本书第9章。

> 厄俄斯去见克洛诺斯之子、集云者宙斯，请求他让提托诺斯获得永生，长生不老。宙斯同意了，满足了她的愿望。可怜的女神，她却没有想到请求让她的爱人免去衰老的摧残而保持永远的青春。
>
> 的确，在仍保持动人的青春之时，提托诺斯便与金色宝座上早早出生的厄俄斯在大地尽头，在俄刻阿诺斯的水流边寻欢作乐。然而，在他美丽的头上和高贵的下颌上长出第一缕灰色毛发时，厄俄斯就不再与他同寝。不过她仍让他住在自己家里，照顾他，给他吃神祇的仙馔，给他穿可爱的衣服。当令人痛恨的老年彻底将他击垮时，他再也不能动弹，四肢僵硬，于是她便想出了一个对自己来说似乎是最好的办法：她将他放在一个房间里，关上了闪闪发光的房门。他微弱的声音从门里传来，可他再也没有早先四肢灵活时的力气了。

图3.6　《奥罗拉》（*Aurora*）

圭多·雷尼（Guido Reni，1575—1642）画，112英寸×280英寸。雷尼于1614年完成这幅作品。它是为红衣主教希皮奥内·博尔盖塞（Cardinal Scipione Borghese）位于罗马的官殿花园的亭子（Casino）所作的天顶画。奥罗拉（厄俄斯）位于阿波罗（赫利俄斯）之前，正掀开黑夜的帘幕，并撒下鲜花。阿波罗驾驶着驷马战车，身旁陪伴的是时序女神。一个长着翅膀的普托（putto）[a] 飞翔在马的上方，手持点亮的火炬，象征着黎明。

---

a.　putto（复数 putti），艺术作品中常出现的圆润男性婴儿形象，通常为裸体，有时带有翅膀。普托常被称为小天使（cherub），但与《圣经》中的智天使（cherub，或基路伯）在外形和象征意义上都不同。

这悲伤的几行字简单却有力地描绘出青春之美和老年之灾难，以及即使性吸引不再时仍有爱的忠贞。这几行字向所有人发出警示：当心你的祈祷所求，因为神可能会满足你的愿望。奥斯卡·王尔德（Oscar Wilde）曾机智地说："众神选择惩罚我们的时候，他们所要做的只是答应我们的祈求。"根据后世作家的补充，最终提托诺斯被变成了一只蚱蜢。

乌拉诺斯遭阉割，以及阿佛洛狄忒的诞生

我们现在必须回到赫西俄德，回到他所讲述的强大的爱情之神阿佛洛狄忒（罗马神话中称维纳斯）诞生的故事（《神谱》156—206）。正如我们已经了解到的那样，乌拉诺斯和盖亚所生的孩子们（十二位提坦，其中包括狡猾的克洛诺斯——他最后出生，尤其憎恨父亲，还有独眼巨人以及百臂巨人们）从一开始就被父亲嫌弃：

每一个孩子出生后，乌拉诺斯都将他们藏在盖亚的深处，不允许他们见到光明。他以此恶行为乐。但是宽广的大地内心悲伤而不满，想出了一个狡猾而狠毒的计划。她立刻创造了一种灰色的坚硬燧石，做成了一把巨大的镰刀，并偷偷地告诉她心爱的儿女。怀着悲伤，她这样对他们说："我的孩子们，你们有一位暴虐的父亲。如果你们愿意听从我，我们将惩罚他恶意的傲

慢。因为是他首先谋划了恶行。"

她这般说道。所有人都深感恐惧，没人回应。但是伟大而狡猾的克洛诺斯鼓起勇气对他亲爱的母亲说："我会来把这事做成，因为我不在乎我们那可怕的父亲。因为是他首先谋划了恶行。"

他如是说。宽广的大地心里非常高兴。她将他藏了起来，把那有锯齿的镰刀放进他手里，并把整个计划告诉他。伟大的乌拉诺斯带着黑夜而来。他渴望着爱情，伏在盖亚身上，舒展开来将她完全覆盖。他那藏在暗处的儿子用左手摸索，右手里攥着那把带锯齿的巨大镰刀。克洛诺斯飞快地割下了他亲爱的父亲的阳具，并将它向身后抛下。那阳具也没有白白从他手里跌落。大地接受了滴下的全部血滴，随着季节更替，生下了强大的复仇三女神厄里倪厄斯（Erinyes）[①]、力大无穷的巨人（他们身穿闪亮的盔甲，手持长矛），还有梣树仙女（她们在大地上被称作墨利埃 [Meliae]）。

他刚刚用燧石割下父亲的生殖器，并将它从陆地上扔进奔腾的大海，它就被波浪卷走，在海上漂流了长长的时间。白色泡沫在这不朽的肉体周围泛起，中间生出一位少女。她先被带往神圣的库忒拉岛（Cythera），然后从那儿来到四面环海的塞浦路斯。她长成一位威严而又美丽的女神，她秀丽的脚下绿草成茵。

众神和人类都称她为阿佛洛狄忒，或是泡沫里出生的女神，因为她在泡沫中长成（aphros 意即"泡沫"）；也称她为库忒瑞亚（Cytherea），因为她来到了库忒拉岛；还称她为塞浦洛革尼（Cyprogenes），因为她在海浪冲刷的塞浦路斯升起。她还被称为菲洛墨德斯（Philommedes，意思是"爱阳具的"），因为她从生殖器中升起。[16] 厄洛斯陪伴着她，美丽的欲望女神[②]跟随着她，无论是她刚生出的时候，还是她刚刚进入神界的时候。从一开始她就享有这样的荣耀。在凡人和永生的天神中，女孩的窃窃私语以及微笑、欺骗、甜蜜的喜悦、温柔的爱情是属于她的那一份荣耀。

即使是译文，我们仍然能感觉到这一段描述中明显的力量。这段关于广阔的大地被环绕她的天空以性爱的方式覆盖的描写既写实，又拟人，展现出它自身的诗意之力。这是通过阿佛洛狄忒诞生的粗犷寓言对人类本性中的基本动机和力量的透明展示，为现代心理学提供了丰富的题材：最年幼的儿子效忠于母亲，而这种效忠被她用来反对他的父亲；爱的本质是性；还有对阉割的恐惧。弗洛伊德学说中的阉割情结，指的便是男性无意识中对失去性能力的恐惧。这种情结产生自他的罪恶感，因为他对父亲的仇恨及对母亲的欲望得不到认可。赫西俄德为人类的基本道德心理提供了文学文本。最后，赫西俄德以他特有的简洁，用一个精练而美好的形象描述暗示了阿佛洛狄忒的生育之力："她秀丽的脚下绿草成茵。"

是赫西俄德的艺术直达万物本质吗？还是因为他接近了对人类基本本性的原初表达呢？常见的说

---

① 复仇女神的总称。关于她们的数量有不同的说法。

② 原引文中 desire 为小写。译文根据上下文及 Hugh G. Evelyn-White 英译本修改，表示人格化的"欲望"。

法是：尽管希腊文学中可能找到更怪异的神话的成分，但是它们都被人性化了，被希腊人加以完善，因希腊人的天才而发生变化。然而，另一个事实是，这些原始成分之所以被故意地、有意识地保留下来，是因为它们所含有的恐惧、震惊和启示。希腊人并未压抑可怕和恐惧的东西；他们从中挑选，并用深刻的洞见和敏感去大胆使用它。因此，赫西俄德的讲述也许反映了一个原始神话——其源头我们永远不得而知——但是他的讲述以一种远非原始的艺术为这个神话赋予了意义。

克洛诺斯（天空）与瑞亚（大地），以及宙斯的诞生

克洛诺斯与他的姊妹瑞亚结合，瑞亚生下了赫斯提亚（Hestia）、得墨忒耳、赫拉、哈得斯、波塞冬和宙斯。克洛诺斯吞噬了除宙斯以外所有的孩子，如赫西俄德所讲述（《神谱》459—491）：

> 每一个子女从神圣的母亲子宫里生出，来到母亲的双膝之上时，伟大的克洛诺斯就会将之吞吃。他的意图是乌拉诺斯的辉煌后裔中没有其他人能获得永恒者中的王权。这是因为，他从盖亚和繁星满天的乌拉诺斯那里得知，命中注定他将被自己的一个孩子推翻。于是他提高警惕，暗中等待，将他的孩子们吞吃。
>
> 瑞亚深感悲痛。当她即将产下众神和凡人之父宙斯时，她恳求她的父母——盖亚和繁星满天的乌拉诺斯——与她一起谋划如何可以秘密生下孩子，如何可以让

父亲乌拉诺斯和那些被伟大而狡诈的克洛诺斯吞吃的子女的复仇怒火得到平复。他们欣然听闻了爱女的话，被她说服，并将关于克洛诺斯以及他勇敢的儿子注定要发生的一切告诉她。在她即将生下她的幼子——伟大的宙斯——时，他们将她送往富庶的克里特岛上的吕克托斯（Lyctus）。宙斯一出生，宽广的盖亚便在辽阔的克里特岛上从瑞亚那里接过他，并将他养育。

盖亚带他离开吕克托斯。他们首先穿过迅捷的黑夜[①]，来到狄克忒山（Mt. Dicte）。她抱着他，将他藏在森林茂密的山上的一处深邃的洞穴里，藏在神圣的大地深处。[17] 接着，她用婴儿的襁褓包裹了一块大石，交给乌拉诺斯之子、此时众神伟大的领袖和君王。可怜的克洛诺斯接过石头，一口吞进肚里。他心里并不知道：代替石头安全地留在这世上的是他那不可战胜的儿子；儿子将很快战胜父亲，将父亲赶下宝座，并成为众神之王。

克洛诺斯和瑞亚分别是天神和地神，与乌拉诺斯和盖亚一样。他们篡取了父母的权力，他们的结合代表着普遍的神圣婚姻得以重新举行。但是在传统中，克洛诺斯与瑞亚比他们的父母有更确切的现实意义。克洛诺斯在艺术中是一位庄严而悲伤的神，手握镰刀。我们将看到他统治的是凡人世界的一个黄金时代，被宙斯推翻以后，他退居某个遥远的国度——有人认为那里就是福人之岛（Islands of the Blessed），即希腊人观念中的至福乐土。克洛诺斯

---

① 原引文如此，Hugh G. Evelyn-White 英译本和张竹明、蒋平汉译本均解作"迅速地穿过黑夜"。

献给狄克忒山的宙斯 / 最伟大的青年 / 克洛诺斯之子的克里特颂歌

啊，最伟大的年轻人、

克洛诺斯之子，我们赞美你。

你是照耀万物的灿烂光芒，

也是众神的坚定领袖……

这首诗接下来继续歌颂库里特（Kouretes 或 Curetes，意为"年轻人"）如何用他们的盾牌从瑞亚手中接过襁褓中的那位天神，并将他藏起来。颂歌的高潮部分是祈祷年轻的天神赐予个人的和共同的祝福。歌队在里拉琴和长笛的伴奏下围绕圣坛唱歌跳舞。在这首诗中，狄克忒（Dicte 或 Dikta，现在叫作佩佐法斯[Petsophas]）是克里特东部帕莱卡斯特罗（Palaikastro）附近一座山峰的名称。此地曾发掘出一座米诺斯宫殿。这里还发现了一座公元前7世纪的希腊神庙的遗址、一座祭坛和一块刻着这首颂歌的岩石。铭文来自公元前3世纪或前4世纪。但是这一崇拜的年代无疑可以追溯至公元前第二个千年。

一种颇有影响的传统说法（如我们见到的赫西俄德的记载）认为宙斯出生于发现这座宙斯·狄克泰俄斯神殿（Zeus Dictaeus，或 Zeus Diktaios）的狄克忒山（Dictaean，然而那里并没有著名的狄克忒山洞）。狄克忒山与克里特岛中部的伊达山（Mt. Ida）及其著名的伊达山洞（Idaean cave）被混淆了，这是因为另一种传统将宙斯的出生地与伊达山联系了起来。这两种说法取得了和解，宣称宙斯生于狄克忒山，又被带往伊达山的伊达山洞抚养。

颂歌中占主导地位的是对作为年轻人（kouros）的宙斯的描写。除了颂歌铭文，人们还在宙斯的古老圣地附近发现了一尊珍贵的、用黄金和象牙做的米诺斯时代小型雕像，它被冠名为"帕莱卡斯特罗的青年"（Palaikastro Kouros）。这尊没有胡须的青年雕像做工精湛，以贵重材料制成，表明他无疑是一位神祇（其躯干和面部用象牙雕成，眼睛用的是水晶，腰带用的是黄金）。这位青铜时代的青年显然就是对颂歌中那个年轻而伟大的宙斯的一种早期想象。[18]

被罗马人称为萨图尔努斯（Saturn）。

瑞亚也有其具体的神话人格，尽管她基本上就是另一个地母神和生育之神。她有时候被等同于近东的女神库柏勒——对库柏勒的崇拜传遍希腊及后来的罗马。对瑞亚/库柏勒的崇拜包含疯狂的信仰和秘教的元素。她的追随者们叫作库里特（Curetes）①，用鼓和钹演奏狂野的音乐；她还与动物为伴。《荷马体颂歌之14——众神之母》（*Homeric Hymn to the Mother of the Gods*，14）赞美了瑞亚这方面的特性：

声音清亮的缪斯、伟大宙斯的女儿，

请借我之口，来歌唱诸神与凡人之母。她

喜悦响板和鼓的嘈杂，也喜爱笛子的尖锐

声音。狼的嚎叫、狮子的怒吼、高山的回

音和反复回荡的森林之声同样让她心悦。

所以赞美你，同时也赞美我的歌中的

所有女神。

---

① 库里特（Curetes），与本书第19章中提到的部族库瑞忒斯人（Curetes）不同。

认为宙斯出生在希腊大陆
而非克里特岛的传统

还有一种颇有影响力的传统认为，宙斯出生在希腊的阿耳卡狄亚（Arcadia）。卡利马科斯在他的第一首《宙斯颂歌》的开篇就表达了他的疑虑：他应该称呼最高天神为克里特岛狄克忒山或伊达山的神呢，还是阿耳卡狄亚吕开翁山（Lycaeum，希腊语作 Lykaion）的神呢？不过，他相信克里特人总是说谎，于是肯定了瑞亚在阿耳卡狄亚的高山上一处密林掩蔽的圣地里生下了宙斯的说法。

在古典时代，阿耳卡狄亚的吕开翁山（位于伯罗奔尼撒南部）成为一座重要的泛希腊宙斯圣地的所在地，堪与比它更著名的奥林匹亚圣地媲美（参见本书第125—127页），并且距离后者仅有22英里。20世纪早期的发掘工作显示，这里曾有赛马场、竞技场、剧院、旅馆（xenon）和柱廊，还有一些纪念碑和一座公共浴室，说明了吕开翁竞技会的重要性。

旅行家保萨尼亚斯曾经到访此地（《希腊志》8.38.2—7）。他告诉我们：有些阿耳卡狄亚人称吕开翁山为奥林波斯或圣峰，因为宙斯生在这座山上。保萨尼亚斯提到了抚养宙斯的三位仙女的名字。此外，山上有一处具体的地点叫作克里忒亚（Cretea），宙斯即出生于此，而并非克里特人所称的出生在克里特。最有趣的是，保萨尼亚斯认为，山顶最高处的一座土丘是宙斯祭坛——从那儿可以眺望伯罗奔尼撒的大部地区。祭坛前站立着两只镀金的鹰，人们在这里秘密地向吕开翁的宙斯献祭。对于我们这些非常好奇的人来说，遗憾的是保萨尼亚斯并不想探究这些献祭的本质，而是选择不去打扰，不加窥探，让它们一如既往，保持原初的样子。

从2004年开始，一队来自希腊和美国的考古学家（后者来自宾夕法尼亚大学和亚利桑那大学）进行了新的发掘工作，他们对遗址进行细致的重新审视，对象包括宙斯祭坛和它的圣地（temenos）[①]。此地海拔4500英尺[②]，景色令人震撼。更早的发掘者曾发掘出祭坛的建筑材料，确认它们不早于公元前7世纪。令人激动的新发现中则包括了更早——例如迈锡尼时代及其之前，上至青铜时代早期——的文物。特别有趣的是：一枚水晶石印上刻画了一头长着圆脸的公牛；宙斯一只青铜制成的手里握着银制的闪电，那是一片闪电熔岩（fulgurite），或称石化的闪电（即闪电击中松土时形成的一种玻璃）。人们还找到了许多大大小小的动物的骨头，但没有一根是人类的。

作为雷电之神，宙斯在这风云变幻的高山之巅上受到膜拜，简直再恰当不过。

宗教观和历史观

赫西俄德所叙述的宙斯出生于克里特岛的故事，在神话上具有重要意义。我们可以在这个故事里发现神话创造中的一些基本主题，特别是当我们将之后的改编以及增补纳入考虑时。我们据此发现：瑞亚在狄克忒山的一个山洞里生下宙斯之后，蜜蜂飞来喂养婴儿宙斯，而宁芙们则用羊奶喂他。那只羊的名字叫阿玛尔忒亚（Amalthea）。库里特们守卫着婴儿，以长矛敲击盾牌，这样婴儿的哭声才不会被他的父亲克洛诺斯听到。这些追随者和他们发出的

[①] temenos，来自希腊语中"分割"（temnō）一词，指官方划定的一片区域，主要供君王专用或奉献给一位神祇，在后一种意义上与 sanctuary 一词意思相近。本书中出现的 temenos 和 sanctuary 都译作圣地。

[②] 英制长度单位，1英尺约为0.305米。

嘈杂声音表明，他们是母神——盖亚、瑞亚或者库柏勒——的狂热信徒。这个神话具有原因论上的意义，因为它解释了与母神崇拜相关联的喧闹音乐以及仪式的起源。

像许多神话一样，宙斯在克里特出生的故事也符合下面这一真实的历史事件：早期历史上至少两个不同民族或文化的融合。当克里特居民开始创建他们伟大的文明和帝国（约前3000）时，他们发展起来的宗教（就我们能确定的）在性质上是地中海式的，呼应了更早的、来自东方的母神概念。进入希腊半岛的北方入侵者（约前2000）带来了希腊诸神——他们自己的诸神——的早期形式（其中最主要的神是宙斯）。他们在希腊本土建立了重要的迈锡尼文明，但是也受到更古老、更成熟的克里特势力的强烈影响。宙斯诞生的神话读起来非常像一种从地理和谱系意义上将两种文化的宗教和神祇联系起来的努力。宙斯是印欧人的男性神祇，却为来自近东的母神和生育神瑞亚所生。

从这一主题出发，我们至少可以对后来在希腊思想中占主导地位的两大张力有所理解。W. K. C. 居特里（W. K. C. Guthrie）清晰地识别出了古典希腊宗教的这种二重性，即荷马叙述的奥林波斯诸神与厄琉西斯那种崇拜母神得墨忒耳的秘教之间的对比：

> 母神是丰饶的大地的化身，赋予植物、动物、人类以生命和丰饶。对她的崇拜具有一定的形式，至少涉及更为基本类型的秘教，即对崇拜者与崇拜对象之间的结合的信仰。于是仪式可能的形式便是成为崇拜对象的养子，或者性交。纵欲狂欢的成分由此出现，正如瑞亚或库柏勒的信徒们那激情澎湃的打击乐和狂热的舞蹈所示……与荷马描述的阿开亚英雄的宗教相比，这在本质上是多么迥异的一种氛围啊。在荷马的世界里，我们身处白天的光明之中。这个世界里的众神只是更强大的人，他们可能为一个人战斗，或与一个人作对，而人也可以与神谈条件或是订合约。阿开亚战士并不寻求从赫拉的怀抱中重生。他在气质上的确与秘教徒是相反的。[19]

在希腊文明发展过程中的许多地方，我们一再地发现这一对立的衍生形态。然而，或许我们在渗透于希腊哲学态度之中的神秘主义与数学里最为清晰地感受到这一点：毕达哥拉斯的数字哲学[①]与俄耳甫斯教义中的灵魂不朽说；柏拉图思想与苏格拉底气质的二分——在通过理性论证追求明晰性与定义的过程中，一是注重宗教神话中晦涩而深刻的象征所传递的神圣启示，一是倾向于内在声音的引导、出神状态的深层体验。柏拉图认为，神不仅是几何学家，还是神秘主义者。[20]

解读神话

大量材料明显可以用来验证本书第1章中所讨论的那些影响力最持久的阐释理论。有一些神话主要是关于自然的，符合麦克斯·缪勒的分析，尽管我们并不需要像缪勒那样主张一切衍生的神话故事都必须被解读成关于宇宙和自然现象的寓言。

女性主义的关切得到了显著的回应：地母是第

---

① 毕达哥拉斯认为"万物皆数"，关于数的知识比真实世界更可靠，也更精确。数学在他的思想中与神秘主义有密切的结合。

图3.7　《亘古》（*The Ancient of Days*）

纸上印刷并手工着色的蚀刻版画，威廉·布莱克（William Blake，1757—1827）画，1794年，约9.5英寸×6.5英寸。布莱克在其著作《欧洲：一个预言》（*Europe: A Prophecy*）的卷首插画中戏剧性地表达了造物者是几何学家这一柏拉图式的观念。这本书于1794年由他本人在兰贝思（Lambeth）印刷出版。他设想的造物者是尤里曾（Urizen，这个名字的词根是一个表示"设定限制"的希腊语词[a]），物质世界和虚假宗教的创造者，也因其理性力量和物质主义而成为主宰人类精神的暴君。通过他的创造，尤里曾将那些分别代表欢乐、诗歌的精神和压迫性宗教、法律的精神的存在分离开来。画中的圆规形象源于弥尔顿（Milton）的诗篇（《失乐园》[*Paradise Lost*]7.225—227："他拿起事先准备的金色圆规 /……为这个宇宙及一切造物 / 划出边界"）：弥尔顿想到的很可能是柏拉图所说的造物主（demiurge）。于是，希腊和《圣经》神话中关于天地分离、邪恶降临的故事促成了布莱克的政治与宗教寓言。

a.　另一说认为 Urizen 是"你的理性"（Your Reason）的谐音。

一位神，也是最根本的神，在希腊罗马神话中，阴性如果不是一直表现出支配性，至少也保持积极的自信；它也受到阳性神圣理念的侵蚀，一如父权在社会和宗教中取得支配地位，不过，这一支配地位并不总是可以绝对凌驾于母权之上的。

最明显的是不断交织的结构主义母题。列维-斯特劳斯式的二元性（对立的两极）无处不在：混沌 / 秩序、阳性 / 阴性、天空 / 大地、青年 / 老年、美 / 丑。心理学和心理分析学的母题也比比皆是：弗洛伊德式的性在乌拉诺斯被阉割的故事中再明显

不过，而心理中的潜意识动机也在以下这种反复出现的模式中变得显明——野心勃勃的儿子在对抗残忍的父亲的夺权战斗中取得胜利。荣格的神圣婚姻原型出现了三次（乌拉诺斯与盖亚、克洛诺斯与瑞亚，以及最后的宙斯与赫拉），也同样是基本和普遍的。而且，万物之初这些冲突中的角色本身也是原型：地母与王后、天父与君王、两性之间对控制权的争夺与对不甘的、有时苦涩的妥协的接受。

尤为重要的是，关于宇宙的起源和本质，关于爱情那身体意义上和情感意义上的毁灭性力量，这些

故事提供了美丽的、有力的、原因论意义上的解释。

相关著作选读

另可参阅本书第4章结尾的"相关著作选读"部分。

Caldwell, Richard S., 《众神起源：对希腊神统谱系神话的精神分析研究》（*Origins of the Gods: A Psychoanalytic Study of Greek Theogonic Myth.* New York: Oxford University Press, 1993）。此书对与希腊神话相关的心理分析理论各个方面进行了鉴识，并解读了在赫西俄德的《神谱》中所发现的起源与成功的主题。

Clay, Jenny Strauss, 《奥林波斯山的政治：主要〈荷马体颂歌〉中的形式与意义》（*The Politics of Olympus: Form and Meaning in the Major Homeric Hymns.* Princeton: Princeton University Press, 1989）。

Hathorn, Richmond Y., 《希腊神话》（*Greek Mythology.* Beirut: American University Press of Beirut. 1977）。此书不仅是研究创世神话的优秀资源，也是整体意义上的希腊神话研究的优秀资源。

Kerényi, Carl, 《希腊人的众神》（*The Gods of the Greeks.* London: Thames and Hudson, 1951）。

Lamberton, R., 《赫西俄德》（*Hesiod.* New Haven, CT: Yale University Press, 1988）。

主要神话来源文献

本章中引用的文献

欧里庇得斯：《克律西波斯》残篇839。

赫西俄德：《神谱》节选，《工作与时日》节选。

阿里斯托芬：《鸟》685—707，关于厄洛斯和创世的部分。

荷马体颂歌之5：《致阿佛洛狄特》220—238。

荷马体颂歌之14：《致众神之母》。

荷马体颂歌之30：《致大地，万物之母》。

荷马体颂歌之31：《致赫利俄斯》。

荷马体颂歌之32：《致塞勒涅》。

《奥维德》：《变形记》节选。

其他文献

阿波罗多洛斯：《书库》1.1.1—7，关于创世的部分。

保萨尼亚斯：《希腊志》5.1.3—5，关于恩底弥翁部分。

萨图尔努斯吞噬其子女

　　弗朗西斯科·戈雅（Francisco Goya）是18—19世纪最重要的西班牙画家之一。他的作品基调随着18世纪末西班牙政治形势的恶化而变得黑暗。西班牙经历了开明君主制的垮台、1808年那场摧毁式的拿破仑入侵，以及压迫性的君主制复辟。战争中的残忍罪行成为戈雅的主题之一，在他不再受宫廷青睐而变得越发与世隔离的时候尤其如此。在接近其生命尾声的时候，隐居在乡下家中的戈雅在墙上绘出了一系列阴暗而令人不安的画作。这一系列被称作"黑色绘画"（Las Pinturas Negras）。《萨图尔努斯吞噬其子女》（*Saturn Devouring His Children*）是这些画中最著名的一幅。古代浮雕刻画的是瑞亚将石头递给克洛诺斯吃掉，并未显示一丝吃人的迹象。雕刻的基调是有节制的和无情绪的，作品的力量来自现在这个平静的时刻与将来萨图尔努斯从宝座上被暴力推翻之间的强烈对比——此时他仍稳踞在宝座上。克洛诺斯即将被推翻的命运已由瑞亚递出的这块襁褓中的石头预示。与之对比，戈雅的画重点就在于吃人的行为本身，这个行为仅存在于一个可怕的、梦魇般的当下，没有解决的迹象。我们可以将这幅画与鲁本斯的《萨图尔努斯吞噬其子》一画进行有效比较，后者可能启发了戈雅的作品。我们并不清楚的是：在戈雅的画中，克洛诺斯是被疯狂驱使而吞噬他的孩子，还是这一行为的原始必要性令他发疯？也许这幅画是在表达画家纯粹的个人经历——他自己失去了许多年幼的孩子；或者它表达的是战争的野蛮，尤其是这个国家正在内战纷争中谋杀自己的孩子；又或者，也许它是更形而上的，表达时间（柯罗诺斯［Chronos］①）这一暴君的暴行——时间吞噬着我们所有人。

---

① 希腊神话中代表时间的原始神，与宙斯之父克洛诺斯（Cronus）不同，但也常被视为一体。

图3.8 《萨图尔努斯吞噬其子女》(*Saturn Devouring One of His Children*)

弗朗西斯科·戈雅（1746—1828）画，灰泥上油画，后转移到油画布上，1820—1822年，57.5英寸×32.5英寸。萨图尔努斯（克洛诺斯）的残暴表达了戈雅对人类残忍和自我毁灭的洞察。这些主题占据了暮年戈雅的思想。

图3.9 《瑞亚将石头递给克洛诺斯》(*Rhea Offers the Stone to Cronus*)

大型浮雕局部，约160年的罗马时代复制品，希腊原作为公元前4世纪作品。瑞亚的面纱掀了起来（符合一位妻子走近丈夫时的姿态），把一块石头裹得好似襁褓中的婴儿。腰部以上赤裸的克洛诺斯坐在宝座上，伸出手接住"婴儿"。克洛诺斯头上的手属于浮雕中另一个不在这个故事之中的人物。

品达：《奥林匹亚颂》（*Olympian Ode*）7.54—74，关于赫利俄斯与罗得斯岛部分。

柏拉图：《蒂迈欧篇》26e—48e，关于神和宇宙创造的宗教和哲学讨论。

斯特拉波（Strabo）：《地理学》（*Geography*）11.4.7，关于塞勒涅、祭司及人祭的部分。

补充材料

CD

歌剧：Lully, Jean-Baptiste (1631–1687). *Phaëton*. Crook et al. Les Musiciens du Louvre。对奥维德讲述的故事的歌剧演绎。

歌剧：Mondonville, Jean-Joseph Cassanéa de (1711–1772). *Titon et L'Aurore*. Fouchecourt et al. Les Musiciens du Louvre, cond. Minkowski. Erato。关于提托诺斯和奥罗拉的歌剧，包含关于普罗米修斯以及人的创造的序章。

音乐：Britten, Benjamin (1913–1976). "Phaethon," for solo oboe, from *Six Metamorphoses After Ovid*, for solo oboe. Various artists. Oboe Classics。另外得到演绎的变形是：潘、尼俄柏、巴克斯、那喀索斯及阿瑞托萨。参见本书第801页。

音乐：Eaton, John (1935–2015). "Aphrodite Rising" from *A Greek Vision*, for soprano and ute. Charleston and Morgan. Indiana School of Music。一首关于阿佛洛狄忒与美的诞生的诗歌。安耶洛斯·斯克利阿诺斯（Angelos Sikelianos）的《希腊想象》（*A Greek Vision*）包含三首诗歌，另外两首诗的名字是《斯巴达》（"Sparta"）和《回归》（"Return"）。 伊顿（重要的美国作曲家，创作电子乐和微分音音乐）的其他选集分别是《来自西比尔的洞穴》（*From the Cave of the Sybil*）、《埃阿斯》（*Ajax*）和《克吕泰涅斯特拉的哀哭》（*The Cry of Clytemnestra*）。参见本书第808—809页。

音乐：Converse, Frederick Shepherd (1871–1940). *Endymion's Narrative: Romance for Orchestra*。灵感来自济慈的诗 "Endymion, A Poetic Romance." *First Edition Encores*. The Louisville Orchestra, cond. Mester. Albany Records. Also includes Chadwick's, *Euterpe: Concert Overture for Orchestra*。参见本书第806页。

新世纪音乐：Winter, Paul. *Missa Gaia (Earth Mass)*. New Age music. Paul Winter Consort. Living Music。灵感来自基督教弥撒中的词与音乐所表达的普遍生态关注。名为"回到盖亚"（"Return to Gai"）和"盖亚之舞"（"Dance of Gaia"）的部分是对地球的现代歌颂，强调了希腊那种包含一切的地母盖亚概念背后的含义。参见本书第815页。

交响诗：Saint-Saëns, Camille (1835–1921). *Phaéton*. Orchestre National de France, cond. Ozawa。其中还包括《翁法勒的纺车》（*Le Rouet de Omphale*），灵感来自赫拉克勒斯的传说中的一段。

新世纪歌曲：Wakeman, Rick, and Ramon Remedios. *A Suite of the Gods*. Relativity/President. Songs for tenor, keyboards and percussion。 分别题为《时间之始》（"Dawn of Time"）、《神谕》（"The Oracle"）、《潘多拉的盒子》

（"Pandora's Box"）、《太阳神的马车》（"Chariot of the Sun"）、《大洪水》（"The Flood"）、《尤利西斯的旅程》（"The Voyage of Ulysses"），以及《海格力斯》（"Hercules"）。参见本书第816—817页。

[注释]

[1]　也许赫西俄德能预知前苏格拉底哲学家们的想法——他们追求一种或多种原始的世界物质。通过宣称水是一切的起源，泰勒斯（Thales，约前540）似乎在神话和神学概念上取得了令人惊讶的突破，在科学和哲学上都有颠覆性的意义。

[2]　我们会交替使用 Gaia、Gaea、Ge 这些名字，它们都表示"大地"。

[3]　关于俄耳甫斯主义的创世神话的具体内容，参见本书第417—419页。

[4]　希腊罗马传统中不存在神从无中创造万物的概念。

[5]　这些独眼巨人不同于波吕斐摩斯及其同类。

[6]　参见本书第34—35页的"图像呈现、宗教及女性主义解读"部分的书目。这一母权概念既属于母系家长也属于父系家长，它取决于你在讨论哪一方的观点。

[7]　欧里庇得斯《残篇》（*Fragments*）, ed. and trans. Christopher Collard and Martin Cropp. Vol. 8 of the Loeb edition of Euripides. (Cambridge, MA: Harvard University Press, 2008), pp. 466–467.

[8]　Erich Neumann, *The Great Mother: An Analysis of the Archetype*, 2 d ed. (Princeton: Princeton University Press, 1963).

[9]　的确有些学者打算在每一位女神身上找到盖亚的存在，甚至深深怀疑那些最谨慎的处女神。

[10]　其中包括许多重要河流。仅从这个世界的河流中举三例——尼罗河、阿尔甫斯河和斯卡曼德河。此外还有斯堤克斯河，即哈得斯的国度中的一条虚构河流。源于父名的俄刻阿尼得（Oceanid）一词通常指的是俄刻阿诺斯的某个女儿，而非儿子。

[11]　当叙述一个神话的罗马版本时，我们会使用原文本中的罗马名字（Vulcan 即 Hephaestus，Jupiter 即 Zeus，等等）。主要希腊神祇的罗马名称，可参阅本书第5章开头，第120—121页。

[12]　他的姐姐们（即太阳神的女儿们）在为法厄同哀悼时被变成了树木。树皮上流出眼泪来，被阳光晒硬成为琥珀，掉进河里。法厄同远在利古里亚（Liguria）的表兄库克诺斯（Cycnus）为他哀悼，因而也变形了，成为一只天鹅。

[13]　罗得斯岛与多位传奇人物有关。从埃及来的达那俄斯（Danaüs）在去往阿尔戈斯的路上拜访了这座岛，并在林多斯建起一座宏伟的雅典娜神庙。赫拉克勒斯的一子特勒波勒摩斯（Tlepolemus）杀害了他的叔叔、梯林斯的利库墨尼俄斯（Licymnius），并在阿波罗的建议之下逃到了罗得斯岛。他后来在特洛伊战争中率领罗得斯岛部队。罗得斯岛还是技艺精湛的工匠和铁匠忒尔喀涅斯们（Telchines）的家乡。据称他们长着邪恶之眼，因此（据奥维德说）宙斯将他们淹死在海里。

[14]　阿耳忒弥斯像塞勒涅一样，作为月亮女神而与魔法有关，因为魔法和月亮崇拜关系紧密。阿波罗、阿耳忒弥斯

与提坦一族关系密切。提坦科俄斯与他的妹妹福柏（Phoebe）结合。他们的女儿勒托为宙斯生下了阿耳忒弥斯和阿波罗。科俄斯与福柏对我们而言只是名字而已，但是 Phoebe 又是 Phoebus 的阴性形式，她本人很可能是另一位月亮女神。月亮、鬼魂和黑魔法女神赫卡忒只不过是塞勒涅与阿耳忒弥斯的另一面罢了（参见本书第244—245页）。

[15]　俄里翁（Orion）、克勒托斯（Cleitus）和刻法罗斯都被厄俄斯爱过。

[16]　这可能是对 philommeides 一词的有意双关。它的意思是"爱笑的"，是阿佛洛狄忒的标准特性形容语之一。

[17]　关于赫西俄德对这座山是狄克忒山还是埃格翁山（Aegeum）的辨识，文本解读尚存争议。

[18]　William D. Furley and Jan Maarten Bremer, *Greek Hymns: Selected Cult Songs from the Archaic Period to the Hellenistic Period*. vol. 1: *The Texts in Translation*, pp. 65–76. vol. 2: *Greek Texts and Commentary*, pp. 1–20. *Studies and Texts in Classical Antiquity 9 and 10* (Tübingen: Mohr Siebeck, 2001).

[19]　W. K. C. Guthrie, *The Greeks and Their Gods* (Boston: Beacon Press, 1955), p. 31.

[20]　几何的研究对于柏拉图来说是至关重要的。例如在《理想国》（7.527B）中，他让苏格拉底宣称几何是关于一直存在之物的知识。普鲁塔克引用柏拉图的话（*Quaestionum Convivalium* 8.1 [*Moralia* 718C; Loeb vol. 9]），说神总在研究几何（或对事物进行几何化 [aei geōmetrein]），也就是说神是一位几何学家。尽管普鲁塔克并不完全确定这些话是否确实出自柏拉图之口，但它们准确地代表了柏拉图和苏格拉底观点的核心。然而，也有大量其他证据表明柏拉图哲学中的非数学、精神和神秘层面，这些在其充满幻想的厄尔神话中得到集中体现。这个神话由苏格拉底讲述，译文见本书第386—391页。

第4章

宙斯夺得权柄，以及凡人的诞生

我的母亲忒弥斯——你也可以称她盖亚（大地），因为她只有一个形体，却有许多名字——常常预言未来必将实现的事情。她说："那些更强者必将取得权柄，他们不用蛮力也不用武力，而是依靠计谋。"

——埃斯库罗斯《被缚的普罗米修斯》（*Prometheus Bound*）211—215

提坦之战：宙斯打败其父克洛诺斯

宙斯长大后，克洛诺斯被哄骗着吐出了他之前吞下的一切。他首先吐出那块石头，接下来是他的孩子们。[1]宙斯继而向父亲宣战，而被吐出来的那些兄长和姐姐都是他的同盟，分别是赫斯提亚、得墨忒耳、赫拉、哈得斯以及波塞冬。与宙斯结盟的还有百臂巨人和独眼巨人，因为他们的父亲乌拉诺斯曾将他们囚禁在地下，而宙斯将他们解放了出来。百臂巨人用他们的一百只手灵活地抛掷巨石，功不可没；独眼巨人则为他打造强大的雷霆和闪电。另一边，与克洛诺斯结盟的是提坦们。忒弥斯和她的儿子普罗米修斯则是重要的例外情况，因为这两位都是宙斯的同盟。（请留意：根据赫西俄德的说法，普罗米修斯的母亲是克吕墨涅［Clymene］。①）普罗米修斯的兄弟阿特拉斯（Atlas）则是克洛诺斯一方的重要首领。

---

① 大洋仙女之一，与法厄同的母亲同名异人。

这一战被称为提坦之战（Titanomachy），规模前所未有。宙斯从奥林波斯山发兵征讨，克洛诺斯则从俄特律斯山（Mt. Othrys）出师讨伐。据说战争持续了十年。[2] 下述赫西俄德的节选内容表现了战争的规模和激烈程度（《神谱》678—721）：

> 无边的大海发出可怕的呼啸声，大地也轰然而鸣；广阔的天空也在颤抖，发出呻吟；巍峨的奥林波斯山被永生者们的猛攻撼动了根基；大地剧烈震动；强大的武器和无止境的厮杀，发出恐怖的响声，在幽暗的塔耳塔罗斯深处也能听见这声音。

> 他们就这样互相投掷致命的武器。双方发出怒吼，上达星辰密布的天空，因为这吼声汇聚到一起，产生巨大的轰响。这时宙斯不再节制自己，于是他心里立刻充满了力量，把自己的威能全都展示出来。他直接从天空和奥林波斯山上抛出一道又一道闪电。它们在电光闪耀和雷霆巨响中从他的巨手中飞出，让神圣的火焰到处飞旋。大地，生命的赐予者，现在也咆哮起来。到处都是熊熊烈火，四面的宽广森林

也随着大火而熊熊燃烧。整个大地沸腾了，而大洋河与荒芜的大海也同样如此。滚烫的热流将大地所生的提坦们吞没，无边的火焰直冲神圣的上天；雷电的炫目光芒让强壮的提坦们的眼睛看不见东西。一片混沌之中，是难以尽说的热浪。

看这景象，听这声音：仿佛大地和宽广的天空发生了碰撞，因为神在战斗中相遇时发出的声响就是这样巨大，如同天空从上方落下，猛烈撞上了大地。狂风带来震动、灰土、雷声和耀眼的闪电（那是伟大的宙斯的利箭），掀起一片混乱，又将巨响和呼喊声传到双方的阵营中。可怕的战争造成令人战栗的声响，神祇的力量倾囊而出。他们互相攻击，使出全力，难解难分，直到分出胜负那一刻来临。

百臂巨人们（科托斯、布里阿瑞俄斯和古厄斯）难以餍足——战斗爆发时他们站在最前，三百块巨石一块接一块地从他们强壮的手中投出，让提坦们陷入弹雨，将他们驱赶到宽广大地之下的塔耳塔罗斯，又用沉重的铁链将他们锁起来。提坦族就

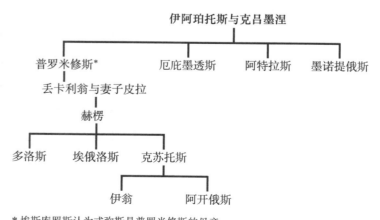

伊阿珀托斯与克吕墨涅

普罗米修斯*　　厄庇墨透斯　　阿特拉斯　　墨诺提俄斯
丢卡利翁与妻子皮拉
赫楞
多洛斯　　埃俄洛斯　　克苏托斯
伊翁　　阿开俄斯

* 埃斯库罗斯认为忒弥斯是普罗米修斯的母亲。

图4.1　普罗米修斯家族

图4.2 《宙斯》(*Zeus*)

青铜像，约公元前460年，高82英寸。这尊神像超人的尺寸、展示神威的裸体以及天神在投掷雷电时表现出的威严让观者叹服敬畏。它被发现于阿提米西安海角（Cape Artemisium，位于优卑亚岛北端）附近的海中。比起投掷三叉戟的波塞冬来，这尊神像为宙斯的可能性更大。

这样被打败了，尽管他们的精神仍然强大。
从地面到幽暗的塔耳塔罗斯的距离，就与
从天空到大地的距离一样远。

百臂巨人看守着被囚禁在塔耳塔罗斯的提坦们。阿特拉斯受到的惩罚是背负天庭。在某些叙述中，宙斯巩固权柄之后最终变得宽容，给了提坦族自由。

巨人之战：宙斯打败巨人族和堤丰

　　宙斯要面对的另一威胁来自巨人族。巨人可能是地母为挑战新一代的诸神秩序而生，也可能

是因为乌拉诺斯被阉割时血滴到地上而生。这些怪物被称作格根奈斯（Gegeneis），意为"大地所生"。这场被称作巨人之战（Gigantomachy）的战斗在细节上有许多歧异，但普遍的看法是战斗十分激烈，结局则是巨人族被囚禁于地下。他们通常被囚禁在火山地带，他们天性暴烈，在那些地方暴露出行踪。巨人恩刻拉多斯（Enceladus）便是这样的例子：他在西西里岛的埃特纳火山（Mt. Aetna）下面翻滚不停。

　　在反对宙斯的怪物中，巨龙堤丰（Typhoeus，或 Typhaon、Typhon）是最凶恶者之一。他有时与其他怪物一起战斗，有时又如赫西俄德所叙述的那样，单枪匹马（《神谱》820—880）：

　　宙斯将提坦们从天庭驱走之后，无垠的盖亚在金色阿佛洛狄忒的帮助下与塔耳塔罗斯相爱，生下了她最小的孩子。这位强大神祇的手能做一切事情，他的脚则从来不知疲倦。这条可怕巨龙的肩上生着一百个蛇头，吐着黑色的信子。在每个可怕的头上，眉毛之下的眼睛都闪耀着火光，只要他一瞪眼，便射出灼人的烈焰。他那些可怕的头颅发出千奇百怪的声音，有时他说的话能让诸神听懂，有时他的叫声又像一头傲慢的公牛的哞叫，炫耀自己不可战胜的力量；有时他发出雄狮般的无情咆哮，有时叫得如同小狗汪汪，令人惊奇，有时他又像蛇一样发出嘶嘶声，群山都回荡着他的声音。

　　他出生的这一日，如果众神和凡人之父没有及时注意并发出剧烈轰响的雷鸣，事态发展将无法挽回。堤丰可能会成为人和神的统治者。大地四面都是回音，广袤

的天空、大海、大洋河的水流和地底下的塔耳塔罗斯也都发出回音。宙斯发出一声怒吼，巍峨的奥林波斯山便在他的脚下震动，大地也呻吟起来。雷电、热风、燃烧的霹雳，还有战斗双方发出的灼人热浪将黑色的大海笼罩。整个大地、天空和海洋都沸腾起来。在永生神祇们的猛击下，惊涛骇浪拍打着海岸，地震无休无止。由于这没完没了的巨响和可怕的战斗，阴间的哈得斯也发起抖来，而克洛诺斯的同盟提坦族在塔耳塔罗斯的深渊中也不禁战栗。

宙斯举起他的强大武器——雷霆、闪电和燃烧的霹雳，从奥林波斯山一跃而下，发起攻击，从四面八方烧灼那可怕怪物的奇怪头颅。在用他的武器轰击过堤丰之后，他又将对手重重抛下，摔成残废，宽广的大地也为之痛苦呻吟。堤丰在阴暗而嶙峋的山谷里受到霹雳的打击，身上冒出一道火光。宽

巨人之战与城市的骄傲

奥林波斯诸神与巨人之间的战斗，经常用来象征希腊文明或某座希腊城市对野蛮的无序状态的胜利。例如，在雅典的帕特农神庙的雕塑中（参见本书第 187—189 页），巨人之战的场景描绘在外墙雕带的东面。在这类艺术象征和城市象征中，最杰出的例子是别迦摩（Pergamum）[a] 大祭坛（参见本书第 112—113 页）。这座祭坛是欧墨尼斯二世（Eumones II）[b] 统治期间（前 197—前 159）[c] 为颂扬对某支身份不详的敌军（可能是高卢入侵者）的胜利而建。希腊祭坛通常建在神庙之前的露天地方，然而这座祭坛却独立于神庙，而别迦摩崇拜的主要神祇——宙斯和雅典娜——则各有自己的圣地。这座祭坛建在别迦摩卫城一处高耸峭壁上的突出位置，其中祭坛本身位于一个没有屋顶的内院，由爱奥尼亚式的柱廊包围，有宽大的台阶通向它。柱廊的北段和南段从台阶两侧延伸开去。柱廊的外面是巨大的大理石雕带，长 100 米，高 2.5 米，描绘了巨人之战的场景。奥林波斯诸神都在雕带上出现，每一位都战胜一个巨人。神的名字绘在雕带之上的檐口上，巨人的名字则刻在下面的石头垫层上。雕带涂有明亮的颜色（与三角墙 [d] 雕塑不同），其设计的用意是让观者近距离细看。第二条较小的雕带（长 58 米）刻在门廊内部的后墙上，内容是关于忒勒福斯（Telephus）的神话（参见本书第 522—523 页），目的在于歌颂他的父亲赫拉克勒斯——在众神击败巨人的战斗中，赫拉克勒斯的帮助至关重要。这座祭坛及其雕塑于 1878—1886 年间被德国考古学家发掘，之后他们获准将这些发现带往柏林保存。别迦摩大祭坛在两次世界大战中的后续历史——包括其在二战后往返于俄罗斯的故事——堪称对雕带的象征性主题的讽刺注脚。参阅约翰·博德曼（John Boardman）编《牛津古典艺术史》（The Oxford History of Classcial Art，纽约：牛津大学出版社，1993）第 164—166 页。

---

a.　今土耳其帕加马（Bergama）。
b.　欧墨尼斯二世（? —约前 159），别迦摩国王。他的统治让别迦摩这个小国达到鼎盛，成为希腊文化在东方的中心之一。
c.　原文作"前 181—前 158"，与可见的资料及本书后文不符，依后文改。
d.　指古典、新古典和巴洛克建筑中的一种三角形建筑结构，位于建筑入口上方，由柱子支撑。有时也出现在门窗上方，起装饰作用。与普通意义上的山墙（Gable）略有区别。

广大地上的许多地方都被这无边的火焰烧焦，熔化开来，如同工匠们在敞开的坩埚里烧熔的锡，又像那原本最为坚硬的铁在夺目的火焰中变软，最终因为赫淮斯托斯的技艺而在大地上变成汁水。就这样，大地也被熊熊的火焰烧化了。在盛怒之中，宙斯将堤丰扔进了广阔的塔耳塔罗斯。

堤丰身上生出裹挟暴雨的风，但那并非诺托斯（Notus）、波瑞阿斯（Boreas）、仄费洛斯（Zephyr）[3] 这三位带来好天气的风神，因为他们三位是诸神所生，造福于人间。堤丰所生的风却随意地横扫过海面，其中一些肆虐于阴暗的水面上，扬起邪恶的狂飙，为凡人带来大祸。他们风向不定，吹散船只，毁灭水手。人们在海上遇到这些风时，对他们的邪恶毫无招架之力。另一些则会刮过处处鲜花绽放的大地，摧毁人们在地里种出的美丽作物，用漫天灰尘和可怕的混乱将它们吞没。

在后来的版本中，赫拉克勒斯是宙斯在这场战争中的同盟：若要打败巨人族，天神这一方必须有一位凡人盟友。此外，地母还生出一种神奇的植物，让巨人们变得不可战胜，然而宙斯施以巧计把这植物摘来为己所用。

为了攻击天庭，巨人俄托斯（Otus）和厄菲阿尔忒斯（Ephialtes）曾将奥林波斯山、俄萨山（Ossa）和珀利翁山（Pelion）一座座叠起来。这个故事有时被人们与巨人之战联系起来，有时又被视为一次挑战宙斯权威的独立进攻。事实上，巨人之战与提坦之战的细节和角色在传统讲述中混淆不清。两场战争都可释为反映了更温和的自然力量对更狂野的力量

的胜利，或者文明对野蛮的胜利。它们很可能代表了历史上的征服和融合的事实。在公元前2000年左右，说希腊语的入侵者带来了他们自己的神，其中宙斯是首领。这些外来神祇战胜了希腊半岛土著民族的神祇。

创造人类

在古代世界里，关于凡人的诞生，各种各样的说法同时并存。通常的看法是，宙斯独自一人或与其他神祇合作创造了凡人。在另一些说法中，神与凡人则有共同的源头。一种主流传统将普罗米修斯描述为男人的创造者，有时还说女人是后造的，并且单独由宙斯设计出来。

在描述了宇宙的创造及动物生命从混沌要素中的创生后，奥维德接着向我们讲述了人类的诞生，刻画了这种最高等的造物在万物秩序之中的优越地位和强大野心（《变形记》1.76—88）。奥维德使用阳性的"人"（homo）这个词来作为整个人类的缩影。

迄今为止，还没有哪种动物比他们更像神，有更高超的智慧，且更能统领其他一切的生灵。人类就此诞生。要么是宇宙的造物主——更美好的世界的开创者——用神圣的种子将它们塑造，要么是刚刚和苍穹分离而形成的土壤保留着与它同源的天空的种子。伊阿珀托斯之子普罗米修斯将它与雨水混合，按照统率万物的神的样子造出了第一个人。其他动物都低头俯视地面，人却被赋予高扬的面孔，受命要抬头望天，要将他的脸完全朝向繁星。于是，

粗糙而不成形的土块经历变形，拥有了前所未有的人的形象。

一段被认为出自赫西俄德的残篇（查克［Rzach］第268号，梅克尔巴赫［Merkelbach］与维斯特［West］第382号）补充说，雅典娜将生命的气息吹入黏土。历史上，在玻俄提亚的帕诺佩亚（Panopea），有些石块曾被认作是普罗米修斯所用黏土的固化遗留物。

四个或五个时代

奥维德接着描述了黄金、白银、青铜和黑铁这四个时代。但是，我们更愿意选取更早的赫西俄德对人类的五个时代的叙述，因为他觉得有必要加上历史上的英雄时代。在讲完潘多拉及其罐子[①]的故事后，便是他对五个时代的描述的介绍部分。这部分内容既暗示了创造人类的故事在版本上的多样性，也暗示了哪怕仅仅尝试统合这些不同版本的做法也是徒劳的（《工作与时日》106—201）。

如果你喜欢，我将对另一个故事做一番精妙的总结。你可在心中将它思量：众神与凡人是如何从同一个来源诞生的。

黄金时代

最开始，奥林波斯山上的永生者造出了黄金时代的人。他们存在的时候，克洛诺斯是天空之王。他们像神一样生活，无忧无虑，完全没有劳苦和烦恼。可怕的老年从来不会光临；他们的手脚总是有力，远离一切不幸，在宴会中尽情享乐。他们死去时如同沉入睡眠。一切美好的事物都属于他们，丰饶的土地自动长出累累硕果，毫不吝啬。他们的生活富足而安宁，牛羊成群，且受到众神的喜爱。然而，这个种族在后来被大地埋葬，随后便被称为大地上的圣灵，他们心地良善，邪恶不侵，守护凡间的生灵，也为他们提供财富，因为他们身披云雾，在大地上四处漫游，注视人间的公正与恶行。这一切皆因他们享有君王一样的特权。

白银时代

接着，奥林波斯山上的众神造出了第二代，也就是白银时代的人。他们比黄金时代的人要差得多，身体和心智都无法与前者相比。孩子们要在亲爱的母亲身边成长一百年，在房子里像无知婴儿一样玩乐。但是，一旦他们长大，到了壮年，就只能活很短的时间，并且因为他们的愚昧无知而活得焦虑不安。他们不能抑制彼此之间任意的傲慢，也不愿意崇拜万福的神明或者在祭坛奉献牺牲，而那本是凡人该当遵循的传统。后来，克洛诺斯之子宙斯出于愤怒，将他们藏了起来，因为这些人辜负了奥林波斯山的众神。继而大地将这个种族同样埋葬。他们生活在地底下，被凡人称作"有福的"。他们尽管位居第二，仍能享有荣耀。

[①] 在后世的传统中演变为盒子，参见下文。

青铜时代

天父宙斯造出了第三个凡人种族，也就是青铜时代的人。他们与白银时代的人大不相同。这些人可怕而又强大，因为他们挥舞着梣树制成的长矛，追随阿瑞斯那暴烈而令人痛苦的事业。他们根本不吃面包，却有无所畏惧的铁石心肠，令人生畏。他们充满力量，双肩长着强壮的臂膀，又有不可战胜的手。他们的武器由青铜制成，房子也是青铜的，在工作时他们也使用青铜的工具。那时世界上还没有黑铁。当他们自寻灭亡之后，他们便落入阴冷的哈得斯的黑暗国度，什么名字都没留下来。尽管他们令人畏惧，黑色的死神还是带走了他们。他们从此不见太阳的光明。

英雄时代

然而，在大地同样埋葬了这个种族之后，克洛诺斯之子宙斯又在丰饶的大地上造出了第四个种族。他们英勇战斗，更为正义，是如同天神的英雄，被称为半神。他们在我们这个种族之前生活在大地上。邪恶的战争和可怕的厮杀，令他们中的一些人丧失了生命。有的是为俄狄浦斯的儿子作战，死在卡德摩斯的土地上那七道城门的忒拜城下。另一些人为秀发的海伦而乘船渡过深不可测的大海，却在特洛伊被死亡围困。克洛诺斯之子天父宙斯将一些人送往大地的尽头，让他们在那里继续生活。这些幸福的英雄住在福人之岛，在涡流深急的大海边无忧无虑地生活。为了他们，丰饶的大地结出蜂蜜一样甜的果子，这些果子每年成熟三次。

他们远离众神，以克洛诺斯为王，因为宙斯将他从束缚中释放了出来。这最后一代人享有同等的荣耀和光辉。

黑铁时代

目光长远的宙斯又造出了另一个种族。他们今天仍住在丰饶的大地上。啊，我多希望我自己不属于这第五代，而是死在之前的时代，或是再晚些出生。现在这个便确然是黑铁的种族。他们白天劳累烦恼，不得休息，在夜晚又无法逃避死亡。诸神会给他们降下难以克服的灾祸，但是他们身上也有善念，与他们的邪恶交织。宙斯也将毁灭这个凡人种族——就在他们一出生时头上就有灰发。他们父子不睦，主客不和，而朋友之间、兄弟之间也都不如之前的时代相亲相爱。他们老得飞快，因此不敬父母，挑父母的刺，对父母恶语相向；他们也不敬神，因为他们认为力量就是正义。他们不会回报年迈父母的抚养恩情，互相毁灭对方的城市。他们对遵守誓言或公正善良的人没有尊敬；相反，这些凡人会赞扬坏人的傲慢和邪恶。他们的正义就是强权，羞耻在他们眼中并不存在。恶人会伤害好人，会口吐假誓，不公正地对好人加以诽谤。在他们每个人的苦痛中，嫉妒、恶言、丑陋和幸灾乐祸将一直伴随他们。以白色长袍包裹美妙形体的羞耻女神（Aidos）和报应女神（Nemesis）[4] 将抛弃这些人，离他们而去。她们会离开宽广的大地，来到奥林波斯山诸神之中。留给凡人的只有悲伤，他们对邪恶将毫无招架之力。

愤懑和悲观的情绪从这幅描绘自己所处的黑铁时代的图画中流露出来，那是典型的赫西俄德式世界观——他的观念总体上是执拗、严苛、富于道德感的。但是，他命名的五个时代却反映了事实和虚构的奇妙结合。在历史上，他所处的的确是铁器时代——入侵者将铁器带进了希腊，终结了青铜时代。赫西俄德插入了一个英雄时代，这反映了他无法忽略的特洛伊战争的事实。

这种认为人类不断堕落的观念在后世文学中仍富有影响力，古代和现代皆然。人们想象出一个天堂般的黄金时代，认为那里的一切都是美好的。这种观念不可避免地吸引着一些人的想象力：有的人将黄金时代想象为存在于很久以前，有人想到的不过是他们幸福的青春岁月。[5]

然而，如果认为这意味着人类堕落说是希腊人和罗马人中唯一流行的看法，那就大错特错了。在埃斯库罗斯的戏剧中，普罗米修斯口若悬河，列出了他赠给人间的礼物（译文见本书第98—99页）。

图4.3　阿特拉斯与普罗米修斯（*Atlas and Prometheus*）
拉科尼亚（Laconian）黑绘杯，约公元前560年。画中的两位提坦在忍受宙斯的惩罚：阿特拉斯背负着繁星点缀的天空，并无助地看着兀鹫（或鹰）攻击他被绑缚在一根柱子上的兄弟普罗米修斯。柱子上的花纹主题在下方再次出现，并有荷叶状装饰。而左边的蛇似乎并非这个故事的一部分。

这一声言便是基于一种信念：人类总在进步，从野蛮走向文明。[6]

普罗米修斯对抗宙斯

在《神谱》（507—616）中，赫西俄德讲述了普罗米修斯的故事以及他与宙斯之间的冲突。人类在这场神明意志的巨大冲突中只是卒子。赫西俄德从普罗米修斯的出生讲起，并解释了普罗米修斯怎样骗过宙斯（《神谱》507—569）：

> 伊阿珀托斯带走了大洋仙女克吕墨涅，与她同床共寝。克吕墨涅给他生了个孩子——勇敢的阿特拉斯，她还生下了声名赫赫的墨诺提俄斯（Menoetius），诡计多端、聪明过人的普罗米修斯，以及厄庇墨透斯（Epimetheus）。[7] 这最后一个孩子头脑发昏，从一开始就是辛苦劳作的凡人的麻烦，因为他第一个从宙斯手中接受他所创造的处女。目光远大的宙斯用炽热的闪电击中傲慢的墨诺提俄斯，将他抛进厄瑞玻斯，因为他心怀虚荣，过分骄傲。阿特拉斯矗立在大地边缘，距离声音清亮的赫斯珀里得斯姊妹（Hesperides）① 不远，他用头和不知疲倦的双手支撑起广阔的天空，无可逃避，睿智的宙斯将这一命运派给了他。
>
> 宙斯用一根长矛穿过那诡计多端、聪明过人的普罗米修斯的躯干，将他绑得结实而

---

① 希腊神话中在极西之地守护金苹果园的仙女，被称为"黄昏之女"，其数量有不同说法。

无法逃脱；宙斯又唤来一只长翼的飞鹰，让它啄食普罗米修斯那永生的肝脏。被这翅膀修长的鸟白天吃掉的部分在夜晚又会长出，与原来一模一样。强大的赫拉克勒斯——足踝美丽的阿耳刻墨涅（Alcmena）之子——杀死了这只鹰，替伊阿珀托斯之子消除了这可怕的折磨，将他从苦难中解救出来。这也并没有违背至高的统治者、奥林波斯的宙斯的意愿，因为它可以让忝拜出生的赫拉克勒斯在这丰饶的大地上的名声更加显赫，于是宙斯就以这一荣耀之举为他光荣的儿子增光添彩。纵然克洛诺斯的强大儿子宙斯曾被激怒，但是他不再为普罗米修斯曾用足以与他比肩的智慧来对付自己而怨愤了。

　　当时，神和凡人在墨科涅（Mecone）[8]发生了争执。普罗米修斯心思敏捷，他将一头肥牛分好之后摆出来，企图欺骗宙斯。他将牛肉和皮下的肥美内脏用牛胃包裹起来，放在牛皮上，分给争执的一方；为另一方他巧妙地准备了白色的牛骨，用白色的脂肪包裹起来，呈给他们。

　　然后，众神与凡人之父对他说："众神中声名最著的伊阿珀托斯之子，我亲爱的朋友，你这样分配是多么偏袒一方啊！"宙斯的智慧无穷无尽，于是便这样嘲讽他。狡猾的普罗米修斯轻轻一笑，他并没忘记自己的诡计。他答道："最荣耀的宙斯，古往今来最伟大的天神，在这两堆中请你选择心之所好吧。"他说这话的时候，心中仍在盘算。

　　但是，智慧无穷的宙斯洞悉一切，并非不知道这计谋。他的心中已预见凡人要遭受的磨难，而那是一定要发生的。他用双手拿起了白色脂肪，心里非常愤怒，因为他看到了白色的牛骨被巧妙地隐藏在下面。由于这个缘故，大地上的人类在祭台上奉献牺牲时，要为神明焚烧白骨。

　　集云者宙斯极为震怒，他说："伊阿珀托斯之子，我亲爱的朋友，你知晓的事比别人都多，所以总不忘要聪明。"就这样，智慧无穷的宙斯怀着怨怒说出他的言语。从此他时刻谨防受骗，不让住在地面上的凡人从梣木中获得不灭的火种。

　　但高贵的伊阿珀托斯之子再次欺骗了宙斯。他将从远处就能看见的火种藏在空心的茴香秆中。在高处打雷的宙斯远远地看见人间有了火光，内心深受创痛，愤怒不已。

造出潘多拉

　　赫西俄德接着描写普罗米修斯盗火带来的可怕后果，那就是宙斯的愤怒（《神谱》570—616）：

　　为报复盗火，他立即想出了对付凡人的一个邪恶计划。按照克洛诺斯之子的意愿，声名赫赫的跛腿神赫淮斯托斯用泥土造出了一个娇羞的少女。明眸的雅典娜用银色的衣裙装扮她，在她头上披上刺绣的薄纱，令她美貌炫目。帕拉斯·雅典娜给她戴上用花蕾和绿叶编织的可爱花环，还给她戴上一顶金冠。这金冠也是由跛足神为取悦自己的父亲宙斯而亲手打造的。他在金冠上镂出陆地上和大海里的无数动物，细致入微，令人称奇。动物的数量极多，个个都是神奇的创造，就像有生命、能发声音的活物一样。这金冠光彩照人，美不胜收。

　　装扮好这个为报复盗火而准备的美丽灾星之后，赫淮斯托斯便将她领到诸神和凡人的面前。她穿着强大的宙斯那明眸的女儿赠给自己的美丽衣裙，满心欢喜。众神和凡人看见她，都啧啧称奇，尽管这完全是一桩诡计，但凡人无法从中逃脱。红颜祸水便始于她，这类女子与男人一起生活，却带来不幸，只能同甘不能共苦。这就好比那高悬的蜂巢中，工蜂喂养雄蜂，而雄蜂却坏事做尽。工蜂每日忙碌，从早晨到日落不停，为贮满白色蜂巢而辛苦；雄蜂躲在有盖的蜂巢里，将他人的辛劳所获吞进腹中。在高处打雷的宙斯正是用这相同的方式造出了女人，那些满心想着为凡人带来灾祸的女人。

　　他还想出报复盗火的另一个诡计：凡是那些逃避婚姻、逃避女人的恶行、不想结婚的人，到了多舛的暮年就无人照料；他活着的时候不缺吃穿，但是一旦死去，远亲就来分割他的遗产。而且，即使命运让一个人找到了好妻子，即使婚姻很融洽，他的一生仍旧不过是好坏参半。那些孩子品行不端的，心里总是悲伤，心里和灵魂深处的恶是不可治愈的。因此，违背宙斯意愿或是欺骗宙斯都是不可能的。即使是伊阿珀托斯之子、好心的普罗米修斯都没能逃过宙斯的盛怒。尽管他机智过人，却仍被结实的锁链缚得紧紧的。

图4.4　《潘多拉》（*Pandora*）

布面油画，奥迪隆·雷东（Odilon Redon，1840—1916）画，约1910年，56.5英寸×24.5英寸。画中的潘多拉拿着她的盒子，身体周围环绕着珠宝一样的花朵，但头顶上却是一棵光秃秃的树。通过对象征符号的使用，雷东以"感官形式来装扮观念"（《1886年象征主义宣言》[*Symbolist Manifesto of 1886*]）。这幅画几乎与弗洛伊德的《梦的解析》（*Interpretation of Dreams*，1900）处于同一时期。与弗洛伊德一样，雷东也用神话中的象征符号来表达他内心深处的想法和情绪。

　　赫西俄德的绝望基调在此又一次得到展现。他在《工作与时日》（47—105）里讲了另一个关于普罗米修斯的悲伤故事。尽管内容略有重复，但它详细讲述了盗火的故事，在创造女人的故事上也有变化，仍值得引用。那灾星在这个版本中有了具体的名字，也就是"潘多拉"，意思是"所有的礼物"。她拥有一只罐子（参见本书图4.4，图中她拿着的是一个盒子）。[9]

　　宙斯心里很愤怒，将人类的谋生之计藏了起来，因为狡猾的普罗米修斯欺骗了他。他为此给人类准备了令人悲伤的灾祸。他把火藏了起来。随后，伊阿珀托斯的优秀儿子普罗米修斯用一根空心的芦苇①，从智慧的宙斯那里盗来了火，瞒着雷电之神把火交给凡人。

　　但后来，集云者宙斯被激怒了。他对普罗米修斯说："伊阿珀托斯之子，你比其他任何人都知道怎么盘算巧计。你为自己盗了火种，为在智计上胜过我而得意，然而这将是你和未来人类的大灾难。我将给人类一个祸害，让他们为火付出代价，他们却会满心欢喜地拥抱这件礼物。"

　　众神和人类之父这般说道，然后一阵大笑。他吩咐声名赫赫的工匠赫淮斯托斯尽快将土和水混合，在这混合物中加入人的声音和力量，再造出一个美丽动人的少女——要有永生女神一样的面庞。接着他吩咐雅典娜教她学会纺织的巧艺，让金色的阿佛洛狄忒在她头顶撒上优雅的风韵，又让痛苦的欲望和悲伤浸透她的身体。他又命令神使赫尔墨斯——杀死阿耳戈斯（Argus）的天神——给她一颗不知羞耻的

心和小偷的天性。

　　克洛诺斯之子宙斯如是说了，而众神都遵照他的吩咐。声名赫赫的跛足神立刻按照宙斯的意愿，用土造出一个娇羞的少女。明眸的雅典娜为其更衣梳发，美惠三女神（the Graces）和劝说女神（Persuasion）给她戴上金项链。秀发的时序三女神（Seasons）给她戴上春天的花冠，帕拉斯·雅典娜将她打扮齐全。然后，神使赫尔墨斯——杀死阿耳戈斯的天神——在她心里种下谎言、甜言蜜语和欺骗的天性，一如雷霆之神宙斯所吩咐。众神的信使赋予她声音，给她取名为潘多拉，这是因为所有住在奥林波斯山上的神都给了她一件礼物。她将为那些辛劳糊口的男人带去祸害。

　　当天父设下这完美的诡计后，他派众神的特快信使——杀死阿耳戈斯的著名天神——将这礼物送给厄庇墨透斯。厄庇墨透斯忘了普罗米修斯曾告诉过他，永远不要接受宙斯的礼物，一定要退回去，以免这礼物可能成为凡人的祸根。但他接受了这件礼物。后来他真的受到祸害，才明白过来。

　　从前的人类完全没有灾害困扰，没有辛苦的劳作和痛苦的疾病——这些正是让凡人落到命运女神手中的祸端，因为凡人在邪恶之中便会很快衰老。然而这个女人亲手打开了那只罐子上的巨大盖子，将里面的邪恶散播出来，给凡人带来了祸患灾殃。

　　只有希望留在了那牢不可破的罐子里，留在了罐口之下，没能飞出来，因为它在飞出之前便被那罐盖拦住了，这也是持埃吉斯的集云者宙斯的意愿。但是，其他成千上万

---

① 原引文如此，Hugh G. Evelyn-White 英译本和张竹明、蒋平汉译本仍作"茴香秆"，与前文《神谱》中的说法一致。

的灾害在人间游荡——地上和海上都充满了
邪恶。疾病自行在人群中传播，有的在白天，
有的在夜里，将痛苦带给人类却又悄无声
息——因为睿智的宙斯剥夺了它们的声音。
所以，要逃过宙斯的意志是绝无可能的事情。

普罗米修斯和潘多拉的神话解析

普罗米修斯的神话包含了许多吸引人的元素，
但其中最明显的或许是它的原因论。它解释了献祭仪
式的程序，也解释了火的起源。这火是普罗米修斯之
火，是反叛精神的象征。普罗米修斯本身即是文化之
神或文化英雄这一形象的原型，是所有艺术和科学出
现的第一原因。[10]普罗米修斯也是天神或英雄中的
骗子形象的原型（参照赫尔墨斯与奥德修斯）。

其他原型主题再次纷纷涌现。一种神话原因论
在其中得以体现，为各种永恒的秘密提供了原因和
解释：神或众神的本质是什么？我们从哪里来？我
们是否拥有双重本性，即一个凡间的身体和一个神

潘多拉的盒子

赫西俄德认为潘多拉带给厄庇墨透斯的罐子是
一个皮托斯罐（pithos）。这是一种大型陶罐，通常
用来储存酒或油等生活用品。似乎直到中世纪，这
个神话中的皮托斯罐才变成了小盒子（pyxis），即
某种轻便小巧的箱子。鹿特丹的伊拉斯谟（Erasmus
of Rotterdam）已被确定为第一个将 pithos 翻译为
pyxis（1508）的人。自此以后（如果之前不是如此
的话）潘多拉的罐子在文学和艺术中就有了多种多
样的便携形状。通常所认为的盒子也在其中。[11]

圣的不朽灵魂？凡人是超自然力量相互斗争中的棋
子吗？他们是失去了天堂，还是从野蛮进化到了文
明？邪恶的来源和原因何在？潘多拉的形象便是这
个神话对世间的邪恶和痛苦提出的解释。

创造女人神话中的元素揭示了早期社会中的某
些普遍态度。例如，与夏娃一样，潘多拉在男人之
后才被造出，而且她要为男人的痛苦负责。为什么
会这样？答案是复杂的，但它不可避免地会暴露社
会结构中内在的偏见和道德观。然而，有些人还从
中体察到了寓言中的根本真实，从而将女人和她的
罐子视为象征了繁衍的动力和诱惑——子宫—出
生—生命，这是我们的一切痛苦之源。[12]

第一个女性给世界带来了邪恶——这一主题尤
其富有社会、政治和道德含义。赫西俄德给出最明
显的解释是：潘多拉是第一个女人（与《圣经》里的
夏娃一样），而且要对邪恶负责。因此对希腊人来
说，潘多拉之前的世界上只有男人——这是一个非
常难以理解的概念。普罗米修斯用黏土造出来的只
有男性吗？赫西俄德的叙述中充满了不可调和的矛
盾，这是因为多个不同的故事被笨拙却又充满诗意
地合并到了一起。在关于几个人类时代的神话里，
男人和女人都是被宙斯或诸神造出的，都要为邪恶
负责，并因之也受到神的惩罚。我们是否应做出这
样的猜测：接受潘多拉和她的邪恶（和希望）之罐
的，是一族幸福的人类？无论如何，在所有这些混
乱之中，对赫西俄德更准确的批评应该是：他是一
个厌世者，而不是一个厌女者。

潘多拉故事的细节包含了一些恼人的含混之处，
令人不安。希望怎么会与数不清的邪恶一起挤在罐子
里？如果希望是好的，那它在罐中就显得奇怪。如果
希望也是恶的，那为什么它会在罐口停下来？它的确
切性质到底是什么，到底是福还是祸？难道希望不是

唯一使人得以在可怕的生活中坚持，并使人充满远大抱负的力量吗？它是否本质上也是盲目的，也具有欺骗性，一直诱惑人们从而延长他们的痛苦呢？埃斯库罗斯的剧作《被缚的普罗米修斯》里给出了一个很有意思的答案和详细阐释：人类本没有希望，直到普罗米修斯把它与盗来的火种一起交给他们。普罗米修斯赋予人类的希望既是盲目的，也是一种福祉。普罗米修斯与大洋仙女歌队之间的相关对话如下（《被缚的普罗米修斯》248—252）：

> 普罗米修斯：我阻止了人类预见命运。
>
> 歌队：对于这一灾难你做何补偿？
>
> 普罗米修斯：我在他们心中灌注了盲目的希望。
>
> 歌队：这是你给凡人带来的伟大福祉。
>
> 普罗米修斯：另外，我还给了他们火。

宙斯是人类的压迫者，而普罗米修斯是人类的恩人，这是赫西俄德和埃斯库罗斯共有的一个基本理念。在埃斯库罗斯的剧中，神圣意志之间的冲撞恢宏非凡，长久回响。较之于其他人，他向我们更是展现了普罗米修斯的巍峨形象：普罗米修斯是一位提坦，为人类带来火种，是热烈地反抗压迫并且不知疲倦的勇猛斗士。这一形象成为各个时代艺术、文学和音乐中的强大符号。

埃斯库罗斯的《被缚的普罗米修斯》

在埃斯库罗斯的剧作《被缚的普罗米修斯》的开头，力量之神克拉托斯（Kratos）和暴力女神庇亚（Bia）——独裁的宙斯的粗暴仆人——将普罗米修斯带到渺无人烟的斯基泰（Scythia）。赫淮斯托斯与他们同行。克拉托斯催促不情愿的赫淮斯托斯遵从天父宙斯的命令，用铁链将普罗米修斯绑起来，还要用一根桩子穿过他的胸膛，将他钉在荒寂的峭壁上。普罗米修斯所盗走的，正是属于赫淮斯托斯的、天才的火中之“花”，也是一切巧艺的源头。为了这一错误（“罪过”一词在此也是合适的翻译），他必须向诸神付出代价，“这样他才可以学会接受宙斯的统治，并放弃他对凡人的爱与捍卫”（《被缚的普罗米修斯》10—17）。

埃斯库罗斯以伟大的技巧和简洁的风格为我们展现了全剧中的冲突和情绪的基调。陷入这场无情斗争的，一方是粗暴、年轻而愤怒的宙斯，另一方是光荣而博爱的普罗米修斯的反叛决心。[13]

与野蛮的力量之神和暴力女神相比，赫淮斯托斯既敏感又充满人情味。他诅咒自己的手艺，痛恨他要做的这件差事，也同情普罗米修斯所受的无休无止的折磨。赫淮斯托斯意识到，宙斯只是最近才夺得统治众神和凡人的最高权力，由此表达了该剧的一个重要主题：“宙斯的心意不可更改，每一个刚刚当权的人都要铁面无情。”这一对比可能是想要预示后来的宙斯形象：他将从经验、智慧和成熟中学会慈悲。此时的宙斯刚刚击败父亲和提坦们，其内心实际上或是不安和忐忑的。他可能重蹈克洛诺斯或者之前的乌拉诺斯的覆辙，而普罗米修斯作为他的对手，知道一个可以毁灭宙斯的可怕秘密：宙斯必须避免追求海仙女忒提斯（Thetis），因为她注定要生下一个比父亲更强大的儿子。普罗米修斯知道这个秘密，这是他反抗的力量所在，也构成对宙斯的威胁——宙斯最终可能被推翻。

在力量之神、暴力女神和赫淮斯托斯都完成差事之后，普罗米修斯说出的第一句话充满荣耀，完美诠释了反叛者和被压迫者那伟大而不可战胜的精神（《被缚的普罗米修斯》88—92）：

啊，神圣的空气、苍天、长着快翼的
微风、河流的泉源、海浪的无尽欢笑，还
有大地——万物之母，以及照见一切的太
阳光轮，我呼唤你们，请你们睁眼看：身为
天神的我怎样受了众神的迫害。

随着剧情发展，普罗米修斯表达了他的悲苦之情，因为尽管他与母亲在提坦之战中站在宙斯这一方，他得到的唯一奖赏却是折磨。暴君的典型行径就是忘记旧情，与先前的盟军反目为仇。普罗米修斯列举了他赠给人类的许多礼物，而他正是为了人类受着眼下的苦难（《被缚的普罗米修斯》442—506）：

普罗米修斯：听听人类曾受的苦难，听听我怎样给了他们理智与聪明——他们之前可没有这两样。我要告诉你们这一点，并不是为了责备人类，而是为了解释我给他们礼物是出于好意。起先，他们视而不见，听而不闻，像梦中的幽影一样，稀里糊涂地虚度漫长的一生。他们不知道用砖石建造向阳的房子，不知木工，他们像渺小的蚂蚁般住在地穴深处，不见天日。他们没有可靠的方法来区分冬天、鲜花盛开的春天或是果实累累的夏日，做事全无准则，直到我告诉他们怎样辨别那难以理解的星辰起落。

我确实为他们发明了数学，那是一种高级的智慧。我还发明了字母及其组合，那是一门让人对一切产生记忆的艺术，是

缪斯艺术之母。我第一个将动物驾在轭下，奴役它们来替人干最辛苦的活儿。我用马车的缰绳来使马儿变得温顺，为最富贵奢华的人提供享受。在我之前没有谁为航海者发明以帆为翼、乘风破浪的船只。这些都是我这可怜人为凡人所做的发明，而我却没有任何巧计能让自己摆脱眼前的苦难。

歌队：你受了不公正的惩罚，因而心智不清，也迷失了方向，就像技艺不精的医生自己病了，找不到治病的良方。

普罗米修斯：继续听下去，你会更惊奇于我发明的种种技能和巧艺。其中最了不起的是：此前人一生病就无计可施，没有可服用的药物、汤剂，也没有药膏可敷，由于缺乏医药，他们的生命只能渐渐枯萎，直到我告诉他们配制疗疾的药方，他们才摆脱了所有疾病。我教给他们许多占卜的方式。我是第一个判断哪些梦必定应验的神；我教他们辨别难以索解的声音和路上显现的预兆；我还教他们辨别钩爪鸟飞行的确切含义——哪些本质上是幸运的和吉祥的，以及每一种鸟儿怎样生活，彼此喜欢什么，厌恶什么，以及它们之间的关联；关于内脏的光洁、胆囊的颜色以及肝脏上斑点造成的美感会如何取悦神明，我也告诉了他们。我焚烧包裹在脂肪中的肢体和长长的腿骨[①]，教他们学会献祭牺牲的复杂艺术。我还教他们辨明火焰中的形象，这在以前是模糊不清的。这些都是我对人类的厚赠。此外，还有地底下深藏的宝藏——

---

① 原引文如此，Herbert Weir Smyth 英译本和罗念生汉译本均解作"被脂肪包裹的大腿骨和长长的脊椎"。

铜、铁、银、金——谁能说在我之前就找到了它们？我非常清楚，没有人可以这么说，除非他想要喋喋不休地说废话。

简而言之：一切凡人的技艺都来自普罗米修斯的传授。

当宙斯的信使赫尔墨斯在最后一幕出现时，普罗米修斯一副桀骜不恭的样子，不屈从于自己将遭受更大痛苦的威胁，拒绝揭示其秘密。威胁中所提及的磨难得以实现，全剧至此告终。山崩地裂，电闪雷鸣，狂风大作，仍被绑在岩石上的普罗米修斯在这场大灾中堕入地底下。他在那里将日日受鹰折磨：那鹰要撕扯他的肉，啄食他的肝脏。普罗米修斯最后的话语回响起来，再次证实了他先前吁求中的激烈情感和强大精神："啊，庄严的大地，我的母亲，啊，那周而复始为万物带来光明的大气和苍天，请你们睁眼看我，看我怎样遭受不公正的折磨。"

伊俄、宙斯和普罗米修斯

为理解埃斯库罗斯对宙斯的描写以及他想象中宙斯和普罗米修斯之间冲突的最终结局[14]，我们必须介绍伊俄的故事。她是《被缚的普罗米修斯》剧中的一个关键角色。[15] 在普罗米修斯与前来见证他苦难的各种角色之间发生的一系列对话中，在最终和解与知识的意义上，普罗米修斯与伊俄之间的一幕尤为重要。

伊俄为宙斯所爱。她是赫拉的女祭司，无法避开这位女神的察觉。宙斯没能骗过赫拉，而赫拉为了报复，将伊俄变成一头白色的母牛[16]，又派出百眼巨人阿耳戈斯来看守她的这件新财产。关于阿耳戈斯的父母是谁有各种说法。他有许多眼睛（埃斯库罗斯说有4只，而奥维德说有100只），且被称为"明察秋毫的阿耳戈斯"（Argus Panoptes）。因为他的眼睛从不同时闭上，所以他可以一直监视伊俄。

图4.5　《墨丘利与阿耳戈斯》（*Mercury and Argus*）

布面油画，1659年，迭戈·委拉斯凯兹（Diego Velázquez，1599—1660）画，50英寸×97.625英寸。委拉斯凯兹将两个人物——神和人——以及母牛置于一个洞穴般的矩形空间中，这幅画的尺寸因其原在一扇窗户上的位置而定。画中的墨丘利狡诈而又谨慎，右手攥着他的剑。他肌肉发达的上半身和手臂，加上那顶颇有恶名的毡帽，与通常对这位天神更英雄式的表现大相径庭。光线落在阿耳戈斯身上。他被描绘成一个疲惫的看守，昏昏欲睡。这幅画是关于宁静与不祥的杰作。

宙斯因此派了赫尔墨斯去搭救伊俄。赫尔墨斯用讲故事的方式诱使阿耳戈斯睡觉，继而砍下了他的头，并得到"阿耳戈斯屠杀者"（Argeiphontes）这一称号。赫拉将阿耳戈斯的眼睛安放在孔雀的尾巴上，因为那是与她有特殊关联的鸟类。伊俄仍然逃不掉赫拉的嫉妒。赫拉派了一只牛虻追逐她，让她发了疯，在全世界痛苦地游荡，直到最后来到埃及。宙斯在尼罗河畔将她恢复人形。她生下一个儿子，即厄帕福斯。[17]

在《被缚的普罗米修斯》中，埃斯库罗斯用一些细节描述了伊俄的痛苦，以说明万能的宙斯的终极智慧、正义和慈悲。伊俄受到牛虻的叮咬和阿耳戈斯的鬼魂折磨，痛苦万分，在大地上疯狂奔逃。她问为什么宙斯要惩罚她——她不过是赫拉残忍怨恨的一位无辜受害者，她渴望以死解脱。下面是困惑的伊俄就其痛苦对普罗米修斯说的话（《被缚的普罗米修斯》645—682）：

> 在夜里，在我的房间里，我会一再梦见种种情景，受到甜蜜的话语引诱："啊，有福的少女，你可以拥有最好的姻缘，为什么却要这般长守贞操？宙斯被情欲的箭射中了，渴望与你相爱。我的孩子，不要拒绝宙斯的床。你要去往勒耳那（Lerna），去往那放牧着你父亲牛羊的茂盛草地，这样宙斯眼中的渴望才能得到满足。"我这可怜人夜夜都受到这样的梦境困扰，直到最后我鼓起勇气告诉了父亲。他派了无数使者去德尔斐（Delphi）和多多那（Dodona），想要弄清楚他得怎么做或怎么说才能让众神高兴。使者们带回来的只是晦涩难懂的答案，言语模棱两可。最后，伊那科斯（Inachus）得到一道清晰的神谕，明确命令他将我赶出家门和他的城市，让我无家可归，浪迹天涯海角；如果他不照办，宙斯的雷电将会降临，摧毁他的整个家族。

> 尽管我父亲和我一样并不情愿，他还是遵从阿波罗的神谕，将我赶出了家门，实际上，是宙斯的"马笼头"逼着他这样做的。我的身体立刻发生了变化，心智也扭曲了。正如你所见，我长出了角，被牛虻叮咬追赶。我疯狂跳跃，跑到刻耳克涅亚（Cerchnea）的清澈河水边，跑到勒耳那的溪流边。那牧牛的巨人阿耳戈斯脾气暴躁，一直守着我，用他无数的眼睛盯着我的足迹。突然，不期而至的命运夺走了他的生命；我却因为牛虻的刺痛而发狂，在神的折磨下从一个地方流浪到另一个地方。

随着剧情的发展，普罗米修斯预言了伊俄后来的流浪路线。最终她将在埃及找到安宁，在那里（《被缚的普罗米修斯》848—851）：

> 宙斯将用他无畏的手来触摸你，只要轻轻一碰就可以使你恢复清醒，然后你会生下一个儿子，叫作厄帕福斯，即"触摸而生者"。这样命名是由于他是因宙斯用手触摸而生。

埃斯库罗斯所讲述的伊俄怀上厄帕福斯的故事是宗教性的。伊俄被宙斯选中，在赫拉手上受了苦，都是命运的安排。她将怀孕，且并非由于强暴，而是由于神的手的温柔触摸。普罗米修斯拥有他母亲的预言能力，预见了伊俄的后代。埃斯库罗斯的叙述高潮就在于伟大英雄赫拉克勒斯的诞生，而赫拉克勒斯将帮助宙斯最终释放普罗米修斯。于是，神的计划被揭示，万能的宙斯也实现了他的绝对权力，他会在沉稳的自信中安下心来。作为众神和凡人那至高无上而又慈爱的父亲，他不用害怕被推翻。

由于埃斯库罗斯关于普罗米修斯的其他剧本仅余标题和残篇，我们无从知道他怎样构思关于最终解决的细节。从赫西俄德那里（参见本书第93页），我们知道赫拉克勒斯受宙斯委派杀死了那只鹰，并释放了普罗米修斯——在普罗米修斯揭示了宙斯与忒提斯结合中的致命秘密之后。另有一种与此矛盾又含混不清的说法认为，马人喀戎（Chiron）①某种程度上也涉及其中，而埃斯库罗斯似乎也预示了这一点。喀戎为赫拉克勒斯所伤，放弃了他的生命和永生，换取的是普罗米修斯的释放。[18]

宙斯和吕卡翁，以及人类的邪恶

普罗米修斯有一个儿子名叫丢卡利翁（Deucalion），而厄庇墨透斯有一个女儿名叫皮拉（Pyrrha）。在奥维德的《变形记》中，他们的故事涉及宙斯（朱庇特）发起的一场用于惩罚人类邪恶的大洪水。在下述片段中，朱庇特向众神讲述了他的经历：他身为天神却变成凡人，以验证那些关于黑铁时代人类的邪恶的流言。紧随其后，奥维德又叙述了朱庇特如何为凡人的邪恶而深感愤怒。令他尤为愤怒的是吕卡翁（Lycaon）（《变形记》1.211—252）。

> "关于这个时代的邪恶的种种说法已
> 传到我耳中。我想要证明传言是假的，于

是从高高的奥林波斯山上溜了下去。我身为天神，却以凡人的模样在大地上四处察看。如果要列出种种邪恶以及发现它们的所在，那要花上很长时间。邪恶的故事本身不足以表达真相。我曾跨过迈纳洛斯山（Maenalus），那里布满动物的巢穴；我还去过库勒涅山（Cyllene），也到访过寒冷的吕开俄斯山（Lycaeus）上的密林；在暮色向晚时分，我翻越阿耳卡狄亚的这些山脊，进入暴君吕卡翁的王国，以及他那不欢迎外人的家。

"我向他们表明一位神祇来到了他们中间。人们开始祈祷，但吕卡翁先是嘲笑他们的虔诚，继而大叫起来：'我将清楚明白地验证这个人是天神还是凡人。'他计划在夜里趁我熟睡时悄悄将我杀死——这就是最适合他的检验真理的方式。但是他还不满足，他用一把刀割开了一个俘虏的喉咙，那是摩洛希亚人（Molossians）②送来的俘虏中的一个。在这个人的四肢还有生命的余温时，他将这个人的一部分肉煮得嫩嫩的，又将其他的部分放在火上烤。他刚刚将这些肉放在桌子上，我出于仇恨的怒火，便将整个房子摧毁了，连这房里敬奉的神也压在下面——他们也就配得上这样一个家族和这样的主人。

"吕卡翁自己惊骇而逃。逃到寂静的郊外之后，他试图说话，却只是徒劳——他的话音变成了嚎叫。他的嘴里有了一种疯狂

---

① 与冥河船夫卡戎（Charon）不是同一人。喀戎不像其他马人那样野蛮，而是以其和善与智慧著称，是多位希腊英雄的导师。

② 摩洛希亚（Molossia）是古希腊厄皮鲁斯地区的一个部落国家，其名得自涅俄普托勒摩斯（Neoptolemus）与安德洛玛刻（Andromache）的儿子摩罗索斯（Molossus）。

的冲动，来自他的本性。他将他习以为常的
杀戮欲望转向了羊群，现在的他一见到羊血
就满心欢喜。他的衣服变成了毛发，手臂变
成了腿，他变成了一匹狼，却仍保留他原来
形体的痕迹。他那银色的毛发和恶狠狠的表
情没有变化，眼睛和从前一样地闪着光，这
一副凶恶的形象一如从前。[19]

　　"一所房子倒下了，但是该消亡的房子
并不止这一所。复仇女神在这广阔无边的
大地上执掌着权柄，你会认为一种誓言已
经以罪行之名而诞生。① 所有人很快都要接
受他们该得的惩罚，这就是我的裁决。"

　　朱庇特说完这番话，一些神祇大叫赞
同，并且火上浇油，另一些则用鼓掌表示
同意。但是凡人遭受毁灭让他们都很难过。
他们发出疑问：没有了凡人的世界将变成
什么样？是否还会有人在祭坛上焚香？朱
庇特是否准备好让这世界鸟兽肆虐？当他
们提出这些质询时，众神之王吩咐他们不
用惊慌，因为他深切地关心将要发生的事
情，他保证将会造出一个有着奇妙起源的
种族，与此前的全然不同。

大洪水

　　着手毁灭人类时，朱庇特放弃了向世界投下他
的雷电的想法，因为他怕雷电会引发一场大火，可
能会波及整个宇宙。正如奥维德接下来讲述的（《变
形记》1.260—290），天神决定采用一种不同的惩
罚方式，即一场大洪水。大洪水是神话和传说中最
重要也最普遍的母题之一。[20]

　　一种不同的惩罚更合他的心意：从天
空各个地方降下倾盆大雨，用大水将人类
毁灭。他立刻将北风以及其他会吹散暴雨
云的风关在埃俄洛斯（Aeolus）② 的山洞里，
而将南风放出来。南风飞在空中，翅膀浸
透雨水。他可怕的面容罩在深不可见的黑
暗里，胡子因为雨水而变得沉重，水从灰
白的头发上流下来，云朵栖息在眉毛上；
他的双翼和衣袍都水汽沉沉。当他用大手
将低垂的云彩一挤，发出爆裂声时，大雨
便从天而降，倾盆而下。彩虹女神伊里斯
（Iris）是朱诺的信使，身穿七色衣裙。她
把水吸起来，给云彩补充水分。庄稼成片
倒下，农夫充满希望的祈祷破灭了。漫长
一年的辛苦劳作都白费了，这让他们心中
哀悼。

　　盛怒之下，朱庇特自己的天空降下的
水还不能让他满足。他的哥哥海神尼普顿
（Neptune）便以波涛增援，开始召集各位河
神。当他们来到主人的住处时，他开口说
道："现在长话短说。我需要你们拿出全部
的力量，打开你们广阔的泉源，一路扫清
障碍，让激流无拘无束地奔腾。"这就是他
的命令。众河神回到家里，张开巨口，让
他们的水肆无忌惮地奔腾在平原上。尼普

---

① 原引文如此，Brookes More 英译本、Sir Samuel Garth 和 John Dryden
　等人的英译本以及 Arthur Golding 英译本均解作"邪恶已泛滥整个
　大地，所有人都（发誓）投身罪恶"（大意）。

② 有三个彼此难以区分的神话人物都叫这个名字，但其中最有名的
　是《奥德赛》和《埃涅阿斯纪》中提到的希波忒斯（Hippotes）之
　子、风神埃俄洛斯。

顿自己用三叉戟敲打大地。大地震颤起来，为水流开辟道路。河水漫出河道，冲过开阔的田野。一路上的树木和庄稼、牛群、人类、房屋，以及房里供着神像的神龛，全都在一瞬间被冲毁。就算有的房子能抵抗如此巨大的灾祸而留存了下来，但是更高的波浪却漫过它最高的山墙，继而尖塔也被淹没在洪流之下了。

丢卡利翁和皮拉

关于这场可怕的洪灾，奥维德还给出了更多详尽而富于诗意的描写。之后他聚焦于一对虔诚的夫妇——丢卡利翁（希腊神话中的诺亚）和他妻子皮拉——所得到的救赎，以及人类再次在世界上繁衍的故事（《变形记》1.311—421）。

　　大部分生命都被洪水冲走。那些被洪水饶过性命的，因为食物匮乏而慢慢饿死。

　　福喀斯（Phocis）一地将忒萨利（Thessaly）与玻俄提亚分开来。原先还是陆地的时候，这是一片沃土。在这场灾祸中，它突然变成大海的一部分，成了一片宽广的水域。这里有一座高山，叫作帕耳那索斯山（Parnassus），它的两座高峰直抵群星，高处深入云霄。丢卡利翁和他的妻子乘坐一艘小船来到这座山，并登上陆地（因为深水已淹没其余土地）。他们祭拜了科律寄昂仙女（Corycian nymphs）[21]，即本山的仙女，还祭拜了能预言的忒弥斯女神，当时她在此掌管预言之力。没有人比丢卡利翁

更出色，没人比他更一心向着正义；同样，也没有女人比他妻子皮拉更为敬神。

　　当朱庇特看到大地一片汪洋，千千万万的男人和女人当中仅有一男一女活下来，而他们两人既无辜又虔诚敬神。于是他驱散了乌云，在北风清除了暴雨云之后，让大地重见天日，让长空再现于尘世之上。海神的狂怒也没有持续下去，他将三叉戟放在一旁，并且平息了怒涛。他呼唤海神特里同（Triton）①，肩膀上镶嵌着贝壳的特里同便出现在水面之上。尼普顿吩咐他吹起响亮的海螺，以此为信号召回浪涛与河流。特里同举起空心的号角——那海螺的环纹起始很小，却越来越大。任何时候当他在海洋中央吹响号角，那声响都能传到从东到西的每一处海岸。现在也是一样：当这位海神将号角放在湿漉漉的胡须和嘴唇边将它吹响，收兵的命令便传了出去。所有的波浪，无论是陆地上的还是海上的都听见了；凡是听见号令的，都停止了前进。

　　大海又一次有了海岸，而激流也归入河道。河流沉落，山峰便显露出来。随着海浪退去，大地也出现了，陆地的面积越来越大。过了一段时间，树林的顶端也显露出来——树叶上还黏着淤泥残渣。世界恢复了原样。

　　当丢卡利翁看到地面上没有了生命，只有无尽的荒凉空寂时，他的眼里满含泪水。他对皮拉说："我的表妹，我的妻子

---

① 希腊神话中的海中信使、波塞冬之子、帕拉斯的父亲，也是雅典娜的养父（参见本书第8章）。"特里同"一词也可以用来指特里同一族的海中精灵。

啊，你是唯一剩下的女人。你与我是血亲，又嫁给我为妻，现在危险将我们紧紧相连。我们两人是这整个世界从东到西唯一的幸存者，其他人都已葬身大海。况且，我们的生命也不是完全得到了保障。即使是现在，天上的云也在我心里引起恐慌。可怜的爱人，如果命运让你安然无恙却没了我，现在你的心情会是怎样？你怎么能独自承受恐惧？你悲伤时谁来给你安慰？相信我吧，如果大海将你带走了，亲爱的妻子，我会随你而去。大海会让我与你同行。我多希望自己能用父亲的方法让地上再次充满生灵，能给捏好的土块注入生命啊。眼下这样，凡人这一族就得靠我们俩了——这是众神的意思。我们已是人类的最后孑遗。"他这么说着，两人都哭了。

他们决定向女神忒弥斯祈祷，立刻寻求她的神谕的帮助。他们一起走近刻菲索斯河（Cephisus）。虽然河水还不清澈，但已沿着它原先的河道流淌。他们打来水，淋在头发和衣服上，然后从那里走向女神庙。庙中的三角墙上长满了肮脏的青苔，黯然无色，祭坛上也没有了烟火。抵达神庙台阶时，两个人都匍匐在地，出于敬畏，亲吻了冰冷的石头。他们这样说道："如果正当的祷告能让众神改变心意，让他们的心肠变软，如果众神已将愤怒放在一边，那么，女神忒弥斯啊，请你告诉我们：该如何弥补这人类的损失。最温柔的女神啊，请你伸出援手，救救我们这个被淹没的世界。"

女神被感动了，给出了这样的神谕："离开我的神庙，遮起你们的头，解开你们

的衣袍，将伟大母亲的骨头扔在你们身后。"听了这话，他们很长时间都目瞪口呆。皮拉首先打破沉默，说她拒绝执行女神的命令。她恐惧地祈祷，请求女神宽恕，因为她不忍心将她母亲的骸骨丢弃，不忍心伤害她母亲的灵魂。但是他们也一直寻求另一种解释，思来想去。他们有时各自沉思，有时一起商量，琢磨神谕那含糊不清的语言里深藏的暗示。然后，普罗米修斯之子对厄庇墨透斯的女儿说了一番宽慰的话："除非我想错了，否则神谕总是神圣的，从不教人作恶。伟大的母亲指的是大地，我相信地面上的石头就是她所谓的骨头。神吩咐我们将这些石头扔到我们身后。"

尽管提坦之女为丈夫的解释而感动，但她仍旧犹疑，无从希望。到这个地步，他们俩都不敢再相信上天的告诫了。但是试试又何妨呢？他们离开了神庙，遮盖了头，解开衣袍，并将石头往身后扔，就像神嘱咐的一样。石头（如果不是真有此事的话，谁会相信这样的事呢？）开始变得不再坚硬，渐渐变软，并开始变化形状。很快，随着它们的生长，随着它们变得越来越柔软，人的形状开始显现出来，虽然轮廓还不清晰，更像是大理石刻出的粗糙雕塑——工作刚刚开始还没有完工。石头上有土的那一部分被水汽浸润，变成了血肉；硬的那部分没法如此变化，就成了骨头；石头里原先的脉络仍然保留它们的名字[①]。不一会儿，由于众神的意愿，由男人手里丢出的石块变成了男人，

---

① 意思是石头的脉络变成了人体的脉络。

女人丢出的石块变成了女人。因此我们是一个坚硬的种族，习惯了辛苦劳作，并展示出我们的起源特征。

　　在地面上的水分被太阳的烈焰烤干之后，大地自身生出了其他不同种类的动物。由于炎热天气，泥潭和湿润的沼泽开始膨胀。有了赋予生命的大地的滋养，万物多产的种子开始生长，就像在母亲的子宫里生长一样，渐渐地有了一定的形状。

丢卡利翁和皮拉生下一子，名叫赫楞（Hellen）。他是希腊人的祖先，也是希腊人这个名字的由来，因为希腊人称自己为 Hellenes，称他们的国家为 Hellas。[22]

继位神话及其他主题

　　在古老的近东文学中，有许多内容与赫西俄德所述的创世故事和众神故事相对应。其中最突出的是被称为继位神话的原型母题。巴比伦创世史诗的开篇词句便是它的标题（Enuma Elish，意为"其时居于上者"①）。在这部史诗里的夺权斗争中，马尔杜克（Marduk）的角色与宙斯类似。与宙斯一样，马尔杜克以打败一个怪物——提阿玛特（Tiamat）——的方式获得最高统治权，而提阿玛特因此便类似于堤丰。类似地，史诗《天界王权》（*Kingship in Heaven*）②揭示了相同的主题模式，其中尤为惊人的

是库玛尔比（Kumarbi）怎样打败安努（Anu）的情节：他咬下了安努的生殖器。这一残忍行为与克洛诺斯阉割乌拉诺斯不无相似之处。洪水的原型尤其有趣，因为存在于世界各地几乎所有文化之中（参见本章尾注 [20]）。人类的邪恶以及他们遭受的惩罚也是常见的主题，他们的救赎也同样如此。关于希腊神话与古老的近东神话之间的对应，本章结尾的"补充阅读"部分提供了更详细的例子。

　　在宙斯的性格和经历所蕴含的许多主题中，以下几点值得特别关注。虽然他是一位天神，但他的生活却可用来作为某些反复出现的特定母题的注脚。这些母题不仅仅出现在其他神祇的生活中，也出现在传奇里英雄的凡人生活中。当然，它们在出现时会有无穷无尽的变形和扩展。宙斯的父母都不同寻常——他们双方都是神祇。他出生的环境也非常特别，或者说非常困难，他必须避免被自己的父亲吞食。他必须被秘密抚养大，而他的婴儿期既充满危险，也令人着迷，其发展符合"圣童"（Divine Child）这一母题。他在自然环境中长大，与动物的世界亲近。在牧歌式的童年之后，他接受了特别的照顾和教育，在成年时必须通过克服挑战和战胜对手来站稳脚跟。这些对手包括他的父亲克洛诺斯、提坦们、巨人们，以及普罗米修斯。他的功业榜上有一项非常特别——他杀死了一条龙。有了杀死堤丰的行为，宙斯这位最高天神便可称为原型的屠龙者，而屠龙正是一切神祇和英雄的成就中最强大也最具象征意义的伟业之一。

　　最后，如我们在下一章将要读到的，宙斯以终极胜利者的形象出现了。他赢得一位新娘、一个王国，还有最高的权力。他成功地成为一位万能的天神，尽管那时他的功业和所要面临的考验

---

① 美索不达米亚史诗《埃努玛·埃利什》（*Enuma Elish*），亦被称作"创世的七块泥板"。Enuma Elish 是将史诗中的楔形文字转化为拉丁字母后的开篇词句，意思是"其时居于上者"。来自石板上的第一句："其时居于上者未为天，居于下者未为地。"
② 胡里特人关于其主神库玛尔比的神话的赫梯语版本。

还远未结束。

附录：希腊神话与古代近东神话中的对应

在辨识古代近东文明中的神话的对应例子时，有五种基本神话相当重要，即关于创世、继位、大洪水、下冥界，以及英雄/国王吉尔伽美什（Gilgamesh）[①] 的神话。正如我们所观察到的，这些神话在希腊神话中能找到惊人的对应。"是不是有的神话发生了迁徙呢？"沃尔特·伯克特这样发问，而他和其他人给出的回答是：相似性是无可否认的证据，证明了近东文化对希腊神话的影响。我们还不能确切地知道这一影响是如何发生的，但贸易是最可能的方式，因为有迹象表明希腊与近东世界之间的接触在两个时期尤为兴盛，即公元前14世纪—前13世纪和公元前8世纪—前7世纪。[23] 近东神话出现在苏美尔（Sumer）文化和阿卡德（Akkad）文化中——它们分属于美索不达米亚南部和北部。苏美尔人最早（从公元前4千纪开始）发展以城市——例如乌尔（Ur）和乌鲁克（Uruk）——为中心的文明。他们发明了写在泥板上的楔形文字，他们的宗教建筑的突出特色则是庙塔（ziggurats）。[②] 苏美尔人逐渐被说另一种语言（阿卡德语）的闪族人同化，但仍在使用楔形文字。最主要的阿卡德中心城市（出现于公元前3千纪晚期）是巴比伦，公元前1800年左右在国王汉谟拉比（Hammurabi）的统治下进入第一个鼎盛时期。巴比伦在公元前1250年左右被北阿卡德人征服。这些人在后来建立了亚述帝国，其中心在尼尼微（Nineveh）。

与阿卡德人有联系的民族之一是叙利亚北部的胡里特人（Hurrians）。他们后来又在约公元前1400年后被赫梯人同化。在公元前2千纪期间，赫梯帝国在安纳托利亚（今土耳其中部和东部地区）兴盛起来，其中心位于哈图萨（Hattusas），即今天的博阿兹科伊（Boğazköy）。赫梯神话吸收了胡里特人神话中的主题和神的名字，其中一些神话与希腊神话有相同主题。在埃及人、腓尼基人及希伯来人的神话中也是如此。最后提到的这个名字对西方读者来说更为熟悉，特别是基督教《圣经》记载中的《创世纪》（第1章和第2章）、《诗篇》（多次提到相关内容，如在诗篇33和诗篇104中）及《约伯记》（第38章）。

类似于赫西俄德，苏美尔、巴比伦和阿卡德的诗人们没有讲述一个智慧造物主创世的神话。他们与赫西俄德一样，关心的是秩序从无序中的产生，或者说秩序从一个类似希腊语中的 chaos（"虚空"）概念中的产生。因此，他们的创世神话也包含继位神话和某种程度上的洪水神话，以及人类的幸存和再创造的故事。最著名的创世神话是巴比伦的《创世史诗》（*Epic of Creation*）。这部史诗通常以它的引子为人熟知——"其时居于上者"，其创作时间大约在公元前2千纪早期。在这个故事里，众神因阿普苏与提阿玛特（Apsu 和 Tiamat，分别代表淡水和海洋）的结合而诞生。阿普苏和提阿玛特生下了天神安努和地神埃亚（Ea）或恩基（Enki）。后者同时也是智慧之神。埃亚杀死阿普苏以后，生出马尔杜克。提阿玛特于是打算对这些年轻的神祇发起进攻。在他们的首领恩利尔（Enlil）未能胜任之后，年轻的神祇们将自己的安全托付给马尔杜克，让他成了他们

[①] 吉尔伽美什是苏美尔史诗《吉尔伽美什史诗》中的主人公、苏美尔人城市乌鲁克第五任国王。他在史诗中被描述为拥有超凡力量的半神。

[②] 古代苏美尔人建造的神庙建筑，主要结构是一个矩形、卵形或正方形的平台，由多层构成。ziggurat 一词在苏美尔语中的意思是"建造在一块高地上"。

的君王。马尔杜克的武器是弓箭、雷电及风暴。他攻击提阿玛特，将风注入她体内，撕裂了她的身体。以下是战斗的片段，值得我们将它与赫西俄德所述的宙斯和堤丰之战进行对比（参见本书第87—89页）：

> 提阿玛特与马尔杜克两相对立……
> 他们打了起来，难分难解。
> 马尔杜克撒开他的网，网住了提阿玛特；
> 他冲着她的脸，放出伊呼噜风（imhul-lu-wind）……
> 提阿玛特张嘴将风吞下。
> 接着他继续将伊呼噜风灌入，让她闭不上嘴唇。
> 暴烈的风撑大了她的肚子……
> 他射出一支箭，穿透她的肚子，
> 将她从中劈开，切开她的心脏，
> 打败了她，并结果了她的性命。[24]

这次胜利之后，马尔杜克将提阿玛特的半个身体放在大地上，然后在天上创造出了艾莎拉（Esharra），即众神之家。此时，以金固（Kingu）为首的提阿玛特追随者已被囚禁。马尔杜克于是组织众神，安排世界秩序。他按照埃亚的建议，下令从被他杀死的金固的血中造出凡人。凡人的职责是侍奉众神。马尔杜克的埃萨吉拉（Esagila）神庙及其庙塔建在巴比伦。全诗以列举马尔杜克的50个名字作为结尾。

《埃努玛·埃利什》问世后约200年（约前1700），巴比伦史诗《阿特拉哈西斯》（Atrahasis）出现了。阿特拉哈西斯是一个智慧超群的人（其名字的意思便是"极富智慧"），相当于《吉尔伽美什

史诗》中的乌特纳匹什提姆（Utnapishtim）、苏美尔英雄祖苏德拉（Ziusudra）、希伯来人的诺亚以及希腊神话中的普罗米修斯和丢卡利翁（前者是奥林波斯诸神之前的智慧和技艺之神，而后者是大洪水的幸存者）。在阿特拉哈西斯神话中，众神抱怨他们不得不为恩利尔辛苦工作，并以反叛相威胁，于是恩利尔下令创造凡人来替众神从事开掘运河等繁重工作。恩利尔下令处死智慧神葛诗图（Geshtu-e），用他的血肉和泥土混合创造了凡人，共七男七女。很久以后，恩利尔决心毁灭人类，因为他们制造的噪音滋扰了众神，然而阿特拉哈西斯听从恩基的建议，在恩利尔发动的洪水中幸存下来。看到阿特拉哈西斯在一条船中安然无恙，恩利尔愤怒不已，但在全诗的结尾处，恩利尔与恩基获得和解，人类也得以延续。

最著名的洪水神话出现在《吉尔伽美什史诗》中，由在洪水中幸存的英雄乌特纳匹什提姆讲述。吉尔伽美什穿过亘古以来无人能够通行的马苏山（mountain of Mashu），并渡过死亡之海，拜访了乌特纳匹什提姆。在这个故事中，恩利尔也对乌特纳匹什提姆的幸存愤怒不已，但又再次和解。乌特纳匹什提姆获得不朽的生命，在遥远的"众河入海之处"居住下来。被再次创造出来的人类既不能躲过活人必遭的罪，也不能逃脱死亡。吉尔伽美什对永生的追求最终失败了。全诗最后一块泥板（第12号）描述了他死去的朋友恩奇都（Enkidu）被扣留在死者世界的故事。[25]吉尔伽美什原本是一个历史人物，是约公元前2700年苏美尔城市乌鲁克（即今伊拉克中部的瓦尔卡[Warka]）的国王。其史诗的亚述版本在约公元前1700年问世，吸收了他的传说。这些故事写在11块泥板上，而第12块很久以后才添加进来。这部史诗存在不同的版本，其编写也经历了很

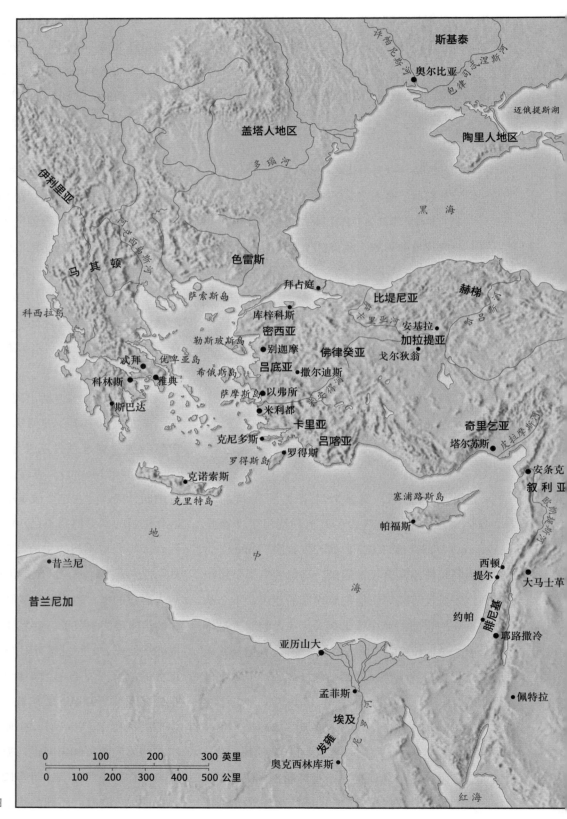

地图1　希腊与近东世界

注：书中地图系原文插附地图

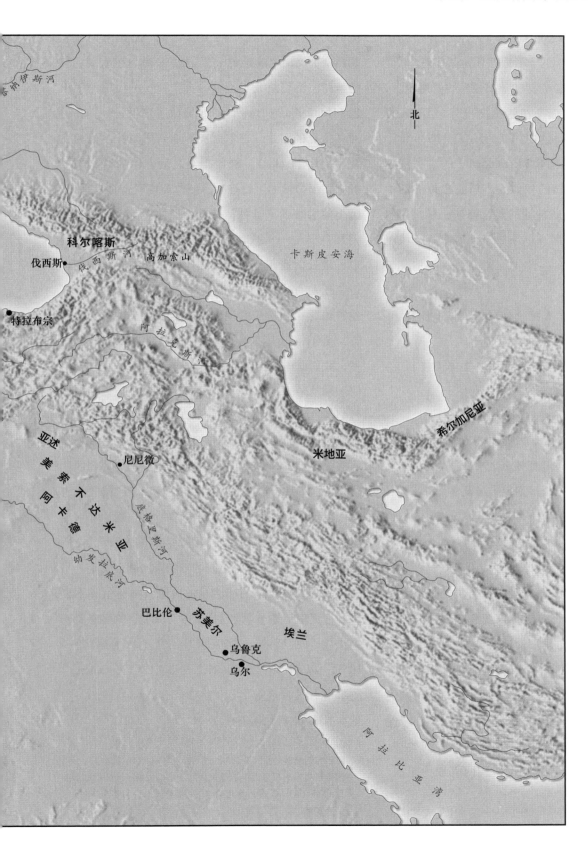

长的时期。后来的传统说法声称，一位叫作辛勒奎尼尼（Sinleqqiunninni）的学者或祭司是其作者。[26]

吉尔伽美什是一位睿智的英雄及怪物的屠杀者，与希腊神话中的奥德修斯和赫拉克勒斯（也有人将赫拉克勒斯等同于恩利尔之子尼努尔塔［Ninurta］，地府之神、埃列什基伽勒［Ereshkigal］的丈夫涅尔伽［Nergal］）有着明显的相似处。与巴比伦神话中的阿特拉哈西斯和希腊神话的奥德修斯一样，吉尔伽美什拥有超群的智慧。以下是这部诗篇第一块泥板的开头几行：

> ［关于那］曾看见一切的人，我［将］
> 把他的事告知大地，
> ［关于那］经历了一切的人，我［将］
> 把他的事全部说出。①
> 他搜索了每一处［？］土地［？］。
> 他经历所有事情，获得全部的智慧。
> 他知晓秘密，揭开暗藏之事。
> 他带回来关于大洪水以前的故事。
> 他跋山涉水，疲惫不堪，最终放弃。
> 他将各种苦难刻在石碑上，作为纪念。[27]

以下是对这部诗的简单概要。吉尔伽美什强壮而又英俊，有三分之二的天神血统和三分之一的凡人血统。身为乌鲁克的国王，他压榨人民，因此众神为他创造了一个对手，即英勇的恩奇都。恩奇都是森林里的一名原始猎人，与文明世界的吉尔伽美什恰好相反。在与一个淫妇交欢以后，恩奇都野性大减，并最终向吉尔伽美什发出摔跤比赛的挑战。尽管吉尔伽美什打败了恩奇都，但两人成为挚友，

他们的友谊成了重要的主题。他们一起出发前往伊朗西南部高山上的松树（或雪松）森林，要砍倒那里的圣树。他们杀死了圣林的看守者——可怕的胡巴巴（Humbaba 或 Huwawa），完成了这项任务。在返回乌鲁克的路上，吉尔伽美什遇到想要嫁给他的女神伊师塔（Ishtar）。被他拒绝之后，伊师塔派来了拥有毁灭力量的可怕神牛。两位英雄联合将它杀死。因为他们亵渎了圣林，又杀死了神牛，众神决定他们其中一人——恩奇都——必须死。恩奇都死去的过程漫长而痛苦，吉尔伽美什则守候在他身旁。恩奇都死去的时候，吉尔伽美什陷入巨大的悲伤之中。他害怕死亡和病痛的现实，决定寻找长生不老的秘方。至于他与大洪水的幸存者乌特纳匹什提姆的相遇，我们此前已提及。

除了以上提到的，苏美尔英雄和希腊英雄以及他们各自的传说之间还能找到许多对应，比如，奥德修斯与冥界的联系，阿尔喀诺俄斯（Alcinoüs）②与淮阿喀亚人（Phaeacians）——类似乌特纳匹什提姆的住所"众河入海之处"——的联系。《伊利亚特》和《吉尔伽美什史诗》之间的相似点同样不言自喻，其中突出的一点便是，阿喀琉斯、帕特罗克洛斯之间的友情和吉尔伽美什、恩奇都之间的友情有所相似。

另外，大洪水的神话在古典希腊神话中并不突出。它更完整地呈现（以拉丁语形式）于奥维德关于大洪水（《变形记》1.260—421，参见本书第102—105页）以及包喀斯（Baucis）与菲勒蒙（Philemon）③故事中有关吕底亚洪水（《变形记》8.689—720，参见本书第708页）的叙述。

---

① 原引文如此，第1、2行内容与 Andrew George 英译本和赵乐甡汉译本差异较大。

② 阿尔喀诺俄斯是淮阿喀亚人的国王。在荷马的《奥德赛》中，奥德修斯在回到家乡之前曾漂流到阿尔喀诺俄斯统治的斯刻里亚岛（Scheria）。后者的女儿瑙西卡对奥德修斯情有独钟。详见本书第20章。

③ 相关故事参见本书第25章"补充阅读"部分。

继位神话和天地分离的神话也出现在赫梯人的叙事中，其中最著名的是《天界王权》。它讲述了库玛尔比（等同于苏美尔神话中的恩利尔）咬掉天神安努的生殖器并将它吞下的故事。风暴之神忒束布（Teshub 或 Tarkhun）在库玛尔比体内由安努的生殖器长成，并在出生后与安努密谋推翻库玛尔比。现存的诗篇在忒束布准备战斗这一刻就中断了，但是看起来他打败了库玛尔比。因此，安努、库玛尔比 / 恩利尔和忒束布 / 马尔杜克就对应了希腊神话中乌拉诺斯、克洛诺斯和宙斯。在赫梯人的《乌利库米思之歌》（Song of Ullikummis）中，乌利库米思是一位由闪长岩（diorite，一种非常坚硬的石头）构成的巨人，身高9000里格①——库玛尔比将他创造出来威胁众神。埃亚砍掉了乌利库米思的双足。乌利库米思受伤后，众神在忒束布的率领下与他决斗（泥板又在这里中断了，但毋庸置疑众神获胜了）。[28]

下冥界的主题在近东神话中同样突出，并能在希腊神话中找到许多对应。有关这一主题的最重要神话，在短小的阿卡德语诗歌《伊师塔下到地府》（The Descent of Ishtar to the Underworld）中有所叙述。这首诗问世于公元前2千纪末期。在它之前，还有一个苏美尔语版本，篇幅长度约为它的三倍，其中，伊师塔有着她的苏美尔语名字伊南娜（Inanna）。[29]伊南娜 / 伊师塔是安努的女儿（因此属于较早一代天神），也是冥界王后、涅尔伽之妻埃列什基伽勒的姐姐。伊师塔是战争女神，也是爱情和两性生育之神，因而与阿佛洛狄忒相似。埃列什基伽勒类似于希腊神话中的珀耳塞福涅，伊师塔则在从冥界返回地面这一点上与珀耳塞福涅相似，并

且也像欧律狄刻（俄耳甫斯之妻）一样，如果在返回阳世的途中某些条件没有满足，就必须返回到地府。她的配偶杜木兹（Dumuzi 或 Tammuz）则类似于希腊神话中的阿多尼斯和阿提斯（Attis）。

在上述两个故事里，伊师塔都决定去拜访冥界。她知道自己有可能死在那里，于是给她的大臣留下了指令：如果她没能在一定的时间内赶回，这些指令将保证她能复活。在通过地府的七重门时，她身上的衣袍和饰品被除去，而埃列什基伽勒下令将她处死。在苏美尔语版本里，她的尸体被挂在一根钉子上。她得以起死回生，是得益于恩基的建议（苏美尔版本），抑或因为她的大臣的功劳（阿卡德版本）。在阿卡德版本里，她穿回衣服，戴好饰品，随后全诗在悼念其配偶杜木兹的去世中结束。在苏美尔版本中，伊师塔对杜木兹十分愤怒，因为他拒绝当她不在时穿上丧服。在愤怒之中，她将杜木兹交给了恶魔——如果她没有实现埃列什基伽勒的条件，将被这些恶魔带回地府。直到1963年，苏美尔语泥板的内容才得以出版，其中描述了杜木兹每年一次的死亡和复生。随着他的复生，大地上就会有新一轮的谷物生长。[30]

需要强调的是，近东神话和希腊神话中的大量对应，或仅因为众多神话中都常见主题的偶然出现，而非来自直接的影响。然而，在继位神话、大洪水、《吉尔伽美什史诗》以及伊师塔和杜木兹的故事这些例子中，近东和希腊的故事讲述者之间极有可能存在一些直接联系，因为我们有确凿证据表明早期希腊神话中有东方文明来源。希腊人从他们接触过的文明中受益匪浅，其中不仅有近东文明，还有埃及文明。希腊人采用他们所见所闻以及所阅读的东西，并将之转化成描绘他们自身形象的艺术作品。[31]

①　欧洲旧时的距离单位，在英语世界中1里格通常被定义为3英里（近5公里）。

别迦摩的宙斯祭坛

图4.6　《雅典娜打败阿尔库俄纽斯》（*Athena Defeats Alcyoneus*）

别迦摩宙斯祭坛东侧雕带局部，公元前180—前159年，浮雕板高8英尺2英寸。图中的雅典娜左手持盾，胸披埃吉斯（上有戈耳工［Gorgon］的头颅），威风凛凛地站在画面中心。带翼的胜利女神尼刻（Nike）从右方飞下，将花环戴在她头上。雅典娜右手抓住巨人阿尔库俄纽斯（Alcyoneus）的头发。尽管巨人长着巨大的双翼和蟒蛇一样的腿，却无力招架。画面右方，阿尔库俄纽斯的母亲盖亚从下方升起。雅典娜用左腿将盖亚与她的儿子分开，以阻止盖亚将新的力量和永生之力注入阿尔库俄纽斯体内。

别迦摩王国在世界上崭露头角是在亚历山大大帝征服之后。公元前323年，亚历山大大帝驾崩。他的帝国在继任者手中迅速分裂瓦解，别迦摩成为独立的王国，由阿塔利德家族（Attalids）统治着。阿塔利德家族一直掌握别迦摩的权柄，直到末代国王阿塔罗斯三世（Attalus III）[①]在公元前133年将王国送给罗马。

---

① 阿塔罗斯三世（？—前133），别迦摩王国末代国王（前138—前133年在位）。他在遗嘱中将王国"赠给罗马"。

在欧墨尼斯二世统治时期（前197—前159），别迦摩王国的声望和权势达到顶峰。这一时期的别迦摩在文化和文明程度上堪与雅典、亚历山大城比肩。它有古代世界最了不起的图书馆之一，其藏书之富仅次于亚历山大图书馆。别迦摩的许多产业中，羊皮纸出口带来了最多利润，甚至威胁到埃及对纸莎草纸业的垄断。"羊皮纸"（parchment）一词指的是经过处理、可替代纸莎草纸用于书写的动物皮，其本身来自对"别

图4.7　别迦摩祭坛（The Pergamene Altar）

欧墨尼斯二世下令修建的宙斯大祭坛，建造年代在公元前175年左右，原本矗立于雄伟的别迦摩卫城之上。祭坛由一条爱奥尼亚式柱廊及两个突出的侧翼组成，有一个巨大的基座。宽广的台阶穿过柱廊，通往祭坛。基座上的雕带描绘了巨人之战的场景，长约400英尺，高约7英尺。对于欧墨尼斯二世而言，这一神话中的典范可用来纪念他打败入侵的高卢人的功业。所以，正如帕特农神庙的雕塑方案一样（参见本书第187—189页），神话在此被用来再现当下的现实事件。

迦摩"（Pergamon）这个名字的讹传。

　　在欧墨尼斯的统治下，别迦摩城取得了长足的发展，成为艺术与文化的中心。尤其值得一提的是，在希腊化风格雕塑所取得的一些最重大的进展中，别迦摩人走在了前列。欧墨尼斯时期修建的宙斯祭坛的遗迹便是这一点的最好证明。祭坛的基座以浮雕装饰，内容是巨人之战中的场景。浮雕刻得很深，工程堪称浩大，也是种种形式和装饰主题的盛宴。浮雕中人物戏剧化的、强烈的情感是希腊化风格雕刻的标志之一，与更早期作品——如帕特农神庙的雕刻装饰（参见本书第187—189页）——中那种明显的古典式克制截然不同。

　　不过，我们从这些浮雕中也能看出一些早期雕刻风格的影响痕迹。在战斗中取胜的雅典娜的形象（此处有复制图）便是一例：她大步走向右边，与宙斯向左迈步的画面（无图示）形成镜像。宙斯和雅典娜的位置是为了呼应帕特农神庙西面三角墙上雅典娜与赫淮斯托斯的位置。

相关著作选读

Charlesworth, James H.，《善蛇与恶蛇：一个普遍象征的基督教化》（*The Good and Evil Serpent: How a Universal Symbol Became Christianized.* New Haven, CT: Yale University Press, 2009）。此书探讨了蛇在自公元前4万年至今的历史中的象征意义。

Dougherty, Carol，《普罗米修斯》（*Prometheus.* New York: Routledge, 2005）。"古代世界的众神与英雄系列"（Gods and Heroes of the Ancient World Series）。

Dowden, Ken，《宙斯》（*Zeus.* New York: Routledge, 2005. Gods and Heroes of the Ancient World Series）。

Griffith, Mark，《埃斯库罗斯：〈解放了的普罗米修斯〉》（*Aeschylus: Prometheus Bound.* New York: Cambridge University Press）。希腊语版本，包含一篇信息丰富的前言。

Kerényi, Carl，《普罗米修斯：人类存在的原型形象》（*Prometheus: Archetypal Image of Human Existence.* Translated by Ralph Mannheim. Princeton: Princeton University Press, 1997 [1963]）。

希腊与近东部分

Burkert, W.，《东方与希腊的神话：平行线的汇合》（"Oriental and Greek Mythology: the Meeting of Parallels," in Jan Bremmer, ed., *Interpretations of Greek Mythology.* New York: Routledge, 1988, pp. 10−40）。

Dalley, Stephanie，《美索不达米亚神话》（*Myths from Mesopotamia.* New York: Oxford University Press, 1989）。阿卡德语文本的译文，包括《吉尔伽美什史诗》《阿特拉哈西斯》和《伊师塔下到地府》，因其纳入最近出版的文本而尤有价值。

Heidel, A.，《吉尔伽美什史诗与〈旧约〉中的对应》（*The Gilgamesh Epic and Old Testament Parallels.* 2 d ed. Chicago: The University of Chicago Press, 1946）。

Hooke, S. H.，《中东神话》（*Middle Eastern Mythology.* Baltimore: Penguin, 1963）。

Lebrun, R.，《从赫梯神话开始：库玛尔比故事系》（"From Hittite Mythology: the Kumarbi Cycle," in Sasson（1995）, vol. 3, pp. 1971−1980）。

López-Ruiz, C.，《众神诞生之时：希腊人的宇宙起源观与近东》（*When the Gods Were Born: Greek Cosmogonies and the Near East.* Cambridge, MA: Harvard University Press, 2010）。一项比较研究，聚焦于赫西俄德与俄耳甫斯教的文本，以及乌加里特、腓尼基和希伯来文献中的相似之处。

McCall, H.，《美索不达米亚神话》（*Mesopotamian Myths.* Austin: University of Texas Press, 1991）。

Moran, W.，《吉尔伽美什史诗：来自古美索不达米亚的杰作》（"The Gilgamesh Epic: A Masterpiece from Ancient Mesopotamia," in Sasson（1995）, vol. 4, pp. 2327−2336）。

Penglase, C.，《希腊神话与美索不达米亚：〈荷马体颂歌〉与赫西俄德的平行与影响》（*Greek Myths and Mesopotamia: Parallels and Influence in the Homeric Hymns and Hesiod.* New York: Routledge, 1994）。

Pritchard, J. B., ed.，《与〈旧约〉有关的古代近东文献》（*Ancient Near Eastern Texts Relating to the Old Testament.* 3 d ed. Princeton: Princeton University Press, 1969）。这是一部标准文本集的译本，全面程度远超其余。

Pritchard, J. B.,ed.，《古代近东》（*The Ancient Near East.* 2 vols. Princeton: Princeton University Press, 1958 and 1975）。一部文本选集，大多内容出自普理查德（Pritchard）在1969年出版的作品。

Sasson, J. M., ed.，《古代近东文明》（*Civilization of the Ancient Near East.* 4 vols. New York: Scribner, 1995）。关于古代近东世界各方面的全面综述，包括189篇出自专业研究者的论文。对于学习神话的学生，其中莫兰（Moran）和韦斯特（West）的论文尤为有用。

West, M. L.，《古典希腊宗教思想中的古代近东神话》（"Ancient Near Eastern Myths in Classical Greek Religious Thought," in Sasson（1995）, vol. 1, pp. 33–42）。

West, M. L.，《赫利孔山的东面：希腊诗歌与神话中的西亚元素》（*The East Face of Helicon: West Asiatic Elements in Greek Poetry and Myth.* New York: Oxford University Press, 1999）。关于赫西俄德、荷马史诗、抒情诗人、埃斯库罗斯与近东世界之间的联系及可能的传播渠道的详细辨识。

West, M. L.，《赫西俄德：〈神谱〉〈工作与时日〉》（*Hesiod: Theogony, Works and Days.* New York: Oxford University Press, 1988）。书中出自杰出的赫西俄德研究者的前言很有价值。

主要神话来源文献

本章中引用的文献

埃斯库罗斯：《被缚的普罗米修斯》节选。

赫西俄德：《神谱》节选，《工作与时日》节选。

奥维德：《变形记》节选。

其他文献

阿里斯托芬：《鸟》1495—1552，普罗米修斯用一把雨伞躲过宙斯的部分。

希罗多德：《历史》2.50.1—2.57.3，关于众神的名字、祭仪和神谕的部分。

琉善：《普罗米修斯》Loeb vol. 2。

柏拉图：《普罗泰戈拉篇》（*Protagoras*）320 c—322 d，关于普罗米修斯与厄庇墨透斯以及社会早期发展的部分。

补充材料

图书

Mitchell, Stephen. *Gilgamesh: A New English Version*. New York: Simon and Schuster, 2006。一个可读性强的版本，出自一位著名译者之手。它在重现原文本的同时又让这部诗篇变得完整可读。

CD

歌曲：Schubert, Franz (1797–1828). "Der Atlas" and "Prometheus"。其中《普罗米修斯》（"Prometheus"）的歌词出自歌德。此剧有众多歌手录音的版本。

歌剧：Nono, Luigi (1924–1990). *Prometeo: Tragedia dell'ascolto* (*Tragedy about Listening*). Con Lego。歌词由意大利哲学家、威尼斯的第14任和第16任市长马西莫·卡恰里（Massimo Cacciari）创作。这部作品旨在引起听众的专注聆听。与在音乐方面一样，诺诺（Nono）在政治上也是一位威尼斯革命家。在这部宏大而艰涩的20世纪重要作品中，他使用埃斯库罗斯、赫西俄德以及哲学家荷尔德林和瓦尔特·本雅明的文本。Scored for orchestral ensembles, singers, and narrators, employing the electronics of sound engineers, and conducted by Kwame Ryan and Peter Hirsh.

歌剧：Orff, Carl (1895–1982). *Prometheus*. Hermann et al. Symphonieorchester des Bayerischen Rundfunks, cond. Kubelik。对埃斯库罗斯的希腊文本的戏剧性演绎，震撼人心，其灾难性的结尾尤为值得注意。

DVD

音乐：*Prometheus: Musical Variations on a Myth*. Arthaus Musik. Martha Argerich, pianist, and the Berlin Philharmonic, cond. Claudio Abbado。Christopher Swann 的电影，为贝多芬的 *Creatures of Prometheus, Ballet*、李斯特的 *Prometheus, Symphonic Poem*、斯克里亚宾（Scriabin）的 *Poem of Fire, Symphony No. 5* 和诺诺的 *Prometheus, Suite* 配上了画面。对需要初步了解这些重要作品的人来说，或值得一看。

纪录片：*Dragons: Myths and Legends*. Ancient Mysteries A&E。其中关于希腊和罗马部分较为草率。

[注释]

[1]　这块石头在古时候曾陈列在德尔斐。它不算大，人们每天都往它上面泼油，在节日里还会在上面放置未纺的羊毛。

[2] 10年是一场重大战争的传统长度。这场战争，以及著名的希腊人与特洛伊人之间的战争都是如此。

[3] 诺托斯是南风，波瑞阿斯是北风，仄费洛斯是西风。

[4] Aidos 代表一种谦虚和羞耻感；Nemesis 则是对邪恶的正当义愤。

[5] 在第四首《牧歌》中，维吉尔赞颂一位婴儿的诞生带来了新黄金时代的回归。关于这个孩子的身份有着长久的争议，但是这首诗本身因其基调之崇高与庄严而被称作弥赛亚式的（Messianic），让人想起先知以赛亚。

[6] 关于人类的发展，一些希腊哲学家和伊壁鸠鲁派（Epicureanism）罗马诗人卢克莱修（Lucretius）曾提出与此相似但更为科学的论断，表达了对人类进化的敏锐看法，其中许多细节有惊人的现代感（《物性论》[*De rerum natura*] 5.783—1457）。

[7] 埃斯库罗斯称普罗米修斯的母亲是忒弥斯。她有时被称为盖亚－忒弥斯，表明她是大地女神，具有神谕能力，且与正义相联。"普罗米修斯"（Prometheus）这个词的意思是"先知"或"有先见的人"；"厄庇墨透斯"（Epimetheus）则表示"后知"或"太晚才做计划的人"。普罗米修斯常常被简单称为"提坦"，因为他是提坦伊阿珀托斯之子。

[8] 西库翁（Sicyon）的早期名称。

[9] "潘多拉"这个名字暗示了她与代表生育的典型母神概念之间的联系。

[10] 他与赫淮斯托斯一起受到雅典的陶工的崇拜，与赫淮斯托斯有几处共同特点。

[11] Dora and Erwin Panofsky, *Pandora's Box: The Changing Aspects of a Mythical Symbol,* 3d ed. (Princeton: Princeton University Press, 1991), pp. 14–56.

[12] 关于夏娃与潘多拉及各时代的女性神祇之间的比较，参阅 John A. Phillips, *Eve: The History of an Idea* (New York: Harper & Row, 1984)。

[13] 埃斯库罗斯甚至还对凶暴的克拉托斯——暴君宙斯那恐怖而不可理喻的追随者——进行了一番刻画。克拉托斯乐意并且急于支持一种根源于暴力的新统治，那是他唯一能理解的东西。对他来说，暴力是解决一切问题的关键："一切都很艰难，但统治诸神除外。因为除了宙斯以外，没有人是自由的。"

[14] 解读埃斯库罗斯的悲剧是有难度的，因为埃斯库罗斯设想的结局中的具体细节不为我们所知。我们有另外三部关于普罗米修斯的戏剧的标题和残篇，据说为埃斯库罗斯所作：《盗火的普罗米修斯》（*Prometheus the Fire-Bearer*）、《解放了的普罗米修斯》（*Prometheus Unbound*）和《点燃火种的普罗米修斯》（*Prometheus the Fire-Kindler*）。最后一部可能只是《盗火的普罗米修斯》换了另一个标题，或者只是一部萨提尔剧（satyr play），要么属于《普罗米修斯三部曲》，要么属于另一个主题不同的三部曲。我们甚至不能确定现存的《被缚的普罗米修斯》在这一系列中的位置。

[15] 伊俄是伊那科斯之女。伊那科斯家族出现在阿尔戈斯传说中，参见本书第589—591页。

[16] 在一些不同于埃斯库罗斯版本的故事中，宙斯将伊俄变成一头母牛，企图骗过赫拉，而赫拉则请他把这头牛送给自己。

[17] 埃及人将厄帕福斯等同于神牛阿庇斯（Apis），而将伊俄等同于他们的女神伊西斯。参见本书第589页。

[18] 喀戎可能为普罗米修斯而死，并将自己的永生赐给了赫拉克勒斯。

[19] 这是希腊罗马传统中另一个关于狼人的故事的奥维德版本。吕卡翁（Lycaon）这个名字来自希腊语中的"狼"这

个词。这个故事可能反映了对吕开俄斯山上的宙斯（Lycaean Zeus）的崇拜中的原始仪式。

[20] 参见 *The Flood Myth*, edited by Alan Dundes (Berkeley: University of California Press, 1988)。书中包括来自各个领域作者的有趣作品。他们分析了世界各地神话中的大洪水母题。关于近东神话中的类似故事，参阅本章"附录"。

[21] 帕耳那索斯山上的科律寄昂山洞（Corycian cave）中的宁芙。

[22] 赫楞有三个儿子：多洛斯（Dorus）、埃俄洛斯（Aeolus）和克苏托斯（Xuthus）。克苏托斯生了两个儿子：伊翁（Ion）和阿开俄斯（Achaeus）。基于方言和地理差异的希腊人四大主要分支便由此而来：多利亚人、埃俄利亚人（Aeolians）、爱奥尼亚人（Ionians）和阿开亚人。希腊人（Greeks）和希腊（Greece）这两个名字则来自罗马人，因为他们最先碰到一群被称为格莱人（Graioi）的希腊人。这些希腊人参与了对那不勒斯以北的库迈（Cumae）的殖民。

[23] 参见 W. Burkert, "Oriental and Greek Mythology: The Meeting of Parallels," in Jan Bremmer, ed., *Interpretations of Greek Mythology* (New York: Routledge, 1988), pp. 10–40（引文出自第 10 页）。另 Ken Dowden 的著作 *The Uses of Greek Mythology* 中提供了有用但较为简略的评论：(London: Routledge, 1992), pp. 57–60 and 181。R. Mondi 的文章 "Greek Mythic Thought in the Light of the Near East" 中有全面的探讨，并附有书目，见 L. Edmunds, ed., *Approaches to Greek Myth* (Baltimore: Johns Hopkins University Press, 1990), pp. 142–198。C. Penglase 的 *Greek Myths and Mesopotamia* (London: Routledge, 1994) 则主要关注赫西俄德与《荷马体颂歌》，对影响（相对于随机的相似性）的标准做出了定义，见第 5—8 页。

[24] Stephanie Dalley 译文，引自 *Myths from Mesopotamia* (New York: Oxford University Press, 1989), p. 253。

[25] 第 12 号泥板的创作时间比吉尔伽美什史诗中的其余部分晚得多，因而不是原初史诗的一部分。这部史诗的阿卡德语版本中不包括关于吉尔伽美什之死的内容，而阿卡德语版本是 Stephanie Dalley 的翻译所用的原文。不过存在另一个残缺的苏美尔语版本。吉尔伽美什的可怕对手是伊朗西南部山中松树林的守护神胡巴巴（第 5 号泥板）和神牛（第 6 号泥板）。

[26] Maureen Gallery Kovacs 在她的译本中为非专业读者提供了清晰的介绍性背景：*The Epic of Gilgamesh* (Stanford: Stanford University Press, 1989)。

[27] Dalley, *Myths from Mesopotamia*, p. 50.

[28] A. Goetze 翻译了 Kumarbi 和 Ullikummis 的神话文本，见 J. B. Pritchard, ed., *Ancient Near Eastern Texts Relating to the Old Testament*, 3 d ed. (Princeton: Princeton University Press, 1969, previous eds. 1950 and 1955), pp. 120–125。这些内容并没有被选入 Pritchard 的平装版选集：*The Ancient Near East*, 2 vols. (Princeton: Princeton University Press, 1958 and 1975)。

[29] 两个版本均收录于 Pritchard 的著作 *Ancient Near Eastern Texts* 中。（第 52—57 页为 S. N. Kramer 对苏美尔语版本的翻译，第 106—109 页是 E. A. Speiser 对阿卡德语版本的翻译。）Stephanie Dalley（参见本章尾注 [24]）对阿卡德语版本的翻译在第 154—162 页。

[30] Dalley, *Myths from Mesopotamia*, p. 154.

[31] 希腊人从其他人那里受到的影响一直受到承认，并长期为我们提供了成果丰硕的研究路径。然而，有时候我们也会有一种冲动，想要否认希腊人在他们留给我们的遗产中应得的功劳。Martin Bernal 的这部著作挑战了传统观点，在最初出现的时候引发了不小的不安：*Black Athena: The Afroasiatic Roots of Classical Civilization*, vol. 1, *The Fabrication of Ancient Greece 1785–1985* (London: Free Association Books; New Brunswick, NJ: Transaction Books, 1987)。也有许多学者成功地对它发出了质疑。Mary R. Lefkowitz 和 Guy Maclean Rogers 编撰的论文集 *Black Athena Revisited* (Chapel Hill and London: University of North Carolina Press, 1996) 尤为值得参考。Mary Lefkowitz 在其著作中提出的反驳，即便是非专业研究者也能够理解（*Not Out of Africa: How Afrocentrism Became an Excuse to Teach Myth as History* [New York: Basic Books (HarperCollins)], 1996）。

第5章
奥林波斯十二主神：
宙斯、赫拉以及他们的子女

> 那么，我们首先应表明我们寻找的是怎样的友谊。因为有些人认为，有一种面向神和无生命事物的友谊，但是他们错了。我们认为，哪里有相互的友好感情，哪里就存在友谊，但是面向神的友谊不容许这样的相互性，甚至也不容许出于我们的单方面友谊。因为，如果有人说他对宙斯怀着友谊之爱，那会是多么可笑啊。
>
> ——亚里士多德《大伦理学》（*Magna Moralia*）1208 b 25—30

　　于是，宙斯确立了地位，成为众神与凡人之主。他是至高无上的，但是他也与兄长们分享权力。宙斯自己掌管天空，波塞冬掌管海洋，哈得斯则掌管冥界。荷马称他们靠抽签来决定各自的领域（《伊利亚特》15.187—192）。宙斯娶了姐姐赫拉为妻。赫拉作为他的王后和副手，与他共同统治。他的两位姐姐赫斯提亚、得墨忒耳也分得神权和职能。我们还将看到，其他主要的男女神祇在出生后也都获得了重要的特权和权威。

　　一个由主要神祇（共14位）构成的群体就此形成。他们的希腊名和罗马名分别如下：宙斯 / 朱庇特（Zeus/Jupiter）、赫拉 / 朱诺（Hera/Juno）、波塞冬 / 尼普顿（Poseidon/Neptune）、哈得斯 / 普路托（Hades/Pluto）、赫斯提亚 / 维斯塔（Hestia/Vesta）、赫淮斯托斯 / 伏尔甘（Hephaestus/

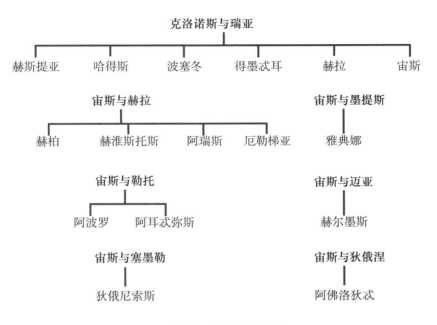

图5.1　主要神祇的谱系

Vulcan）、阿瑞斯／玛尔斯（Ares/Mars）、阿波罗（Apollo）、阿耳忒弥斯／狄安娜（Artemis/Diana）、得墨忒耳／刻瑞斯（Demeter/Ceres）、阿佛洛狄忒／维纳斯（Aphrodite/Venus）、雅典娜／密涅瓦（Athena/Minerva）、赫尔墨斯／墨丘利（Hermes/Mercury），以及狄俄尼索斯／巴克斯（Dionysus/Bacchus）。[1] 这串名字又被缩减为一份由12位奥林波斯主神构成的标准名单：哈得斯被删除（他的领域是在地面之下），赫斯提亚也由狄俄尼索斯取代——狄俄尼索斯这位大神来到奥林波斯山的时间较晚。

炉灶及炉火女神赫斯提亚

　　关于赫斯提亚的神话并不多，但她仍是一位重要的神祇。她拒绝了波塞冬和阿波罗的求婚，发誓要做个处女。于是，她便与雅典娜、阿耳忒弥斯一样，是一位贞洁女神。[2] 不过，这位女神的主要职责是司掌炉灶及其中的神圣火焰，她的名字赫斯提亚在希腊语中便是"炉灶"的意思。在原始人类的生活中，人们要克服许多困难来取得火种。他们让火种长燃不熄，并因它在日常所需和宗教仪式中至关重要而推崇备至。同样地，炉灶首先是家庭的中心，继而也是更大的政治单位——部落、城市和国家——的中心。将圣火从一处定居点传往另一处的行为，代表着友爱和亲情的延续。因此，家用炉灶和公共炉灶都被尊为神圣的，由女神亲自管理。赫斯提亚经常在宴会和献祭仪式中获得优先地位，这是因为她是克洛诺斯和瑞亚的第一个孩子，从而被认为是一位威严的、属于较早一代的天神。

　　《荷马体颂歌——致赫斯提亚》（*Homeric Hymns to Hestia*）共有两首。其中第24号颂歌简要地向赫斯提亚吁求，视她为神庙中圣灶里保存的火种的化身：

> 赫斯提亚，你照料着神射手阿波罗在神圣的皮托（Pytho）[①] 的神殿，你的发辫上总是流下油液。[3] 来到这座神殿吧，请怀着恻隐之心，与智慧的导师宙斯一同进入。也请你赐我的歌以令人愉悦的优雅。

在第29号颂歌中，赫斯提亚被称为家中炉灶的保护神；诗人也赞颂了赫尔墨斯这位天神，因为两位神祇都庇护房屋并赐好运。

> 赫斯提亚，无论在不朽众神那崇高的家园，还是在地上行走的凡人家中，你都配得上一个永恒的席位，配得上最高的荣誉和宝贵的权力。如果没有你，就没有凡人的宴会。人们在宴会上必将蜜酒献给赫斯提亚，他们第一个和最后一个敬献的都是你。
>
> 还有你，赫尔墨斯，你是杀死阿耳戈斯的神、宙斯与迈亚之子、万福的神的信使，你手持金杖，带来好运。请你与受人尊敬和爱戴的赫斯提亚一道，仁慈地帮助我。请你们来住到漂亮的家中，带来爱与和谐。因为你们二位都知道地上凡人的辉煌成就，并一起以智慧和美丽照拂他们。
>
> 赞美你，克洛诺斯之女，赞美你与手持金杖的赫尔墨斯，我将铭记你们，并且不忘另一首歌。

---

① 德尔斐的旧名。其名由来参见本书第267页。

宙斯的多重性格

宙斯是一位多情难抑的天神。他与无数女神及凡间的女人交合，后代众多。大多数宗谱为获得最高天神的荣耀和权威，都将他列为最初的祖先。伴随着这一必要性，那种由所谓通俗神话想象出来并易于发展的宙斯性格形象便出现了。这位宙斯属于一个男性占支配地位的单偶制社会。不论这个社会的基本观念如何道德化，对男性的标准仍与对女性的标准不同。不正当的恋情是可能的，甚至——即使不被正式认可——至少对男方而言是可以宽恕的，但女性的出轨行为在任何情况下都不被容忍。于是，宙斯便不仅成为丈夫和父亲的光荣典范，也获得光辉的情人形象。宙斯征服爱人的故事花样无穷，将为我们提供一个反复出现的主题。

随着画面的展开，我们可以将宙斯的行为描述为非道德的或不道德的，或仅仅是个笑话——最高天神完全可超越习俗的标准。在其他时候，他则与这种标准保持和谐。此外，他不止一次被迫面对他妻子赫拉那泼辣的斥责，并且至少间接地为他的滥情付出代价，承受了痛苦和折磨。

然而，正是这位宙斯成了唯一的神（我们将在后文中从他在多多那和奥林匹亚所受的崇拜里看到这一点）。他的关切涵盖了适用于众神和人类的整个道德领域。他是一位愤怒的正义和美德之神，秉持宇宙的道德秩序中一切神圣而崇高的东西。我们将在本书第6章对这位宙斯展开详细讨论。在文学领域中，对宙斯的刻画取决于时代，也取决于不同作者的不同意图和目的。神性的观念是多面的，变化无穷，也惊人地复杂。

我们已熟知，宙斯是天空之神，是史诗中的"集云者"。他名字的词源意思是"光明"（"朱庇特"

这个名字同样如此）。他的特征是雷电，经常被描绘成挥舞着雷锤放出闪电的形象。这位众神和凡人之王是一个威严的角色，被描绘为一位正值盛年的成熟男性，通常蓄有胡须。他还持有埃吉斯——这个词的意思是"山羊皮"，原指牧羊人的斗篷。对于宙斯而言，埃吉斯是一面盾牌，具有惊人而神奇的防护功能。[4]威严的鹰和高大的橡树是宙斯的圣物。

最后，我们应充分认识到宙斯的父权统治绝非绝对，也绝非至尊。以下是一些证明他的弱点的例子。有人认为：宙斯的权威并不是至高无上，而是总要受制于命运或命运三女神的裁定（参见本章最后一部分）。此外，在《荷马体颂歌之5——致阿佛洛狄忒》（*Homeric Hymn to Aphrodite*，5）（参见本书第211页）中，强大的爱之女神阿佛洛狄忒宣称她是所有神祇中最伟大的，因为她不仅能令凡人听她多情的指令，也能令众神（包括万能的宙斯）如此。只有三位女神——雅典娜、阿耳忒弥斯和赫斯提亚——不受她的控制。得墨忒耳是上古最伟大的母神，以她为对象的厄琉西斯秘仪影响力巨大，广为流传（参见本书第14章）。得墨忒耳为她的女儿珀耳塞福涅遭到强暴而感到悲伤和愤怒，拒绝屈服于宙斯和哈得斯的父权统治，并最终获得胜利。《伊利亚特》中提到一个反抗宙斯权威的惊人事件（1.399—401）：当赫拉、波塞冬和雅典娜用铁链将宙斯锁起来时，是阿喀琉斯的母亲忒提斯解救了这位至高天神。宙斯的姐姐和妻子赫拉是他最坚定不移的批评者，一直挑战他的权威。

宙斯与赫拉

宙斯与赫拉的结合，是天神与地神之间神圣婚

姻的再次上演，荷马描写他们做爱场景的诗行清楚地揭示了这一点（《伊利亚特》14.346—351）：

> 克洛诺斯之子将他的妻子拥在怀中。
> 在他们身下，神圣的大地上长出了新草、
> 沾满露珠的三叶草、番红花和风信子。花
> 草浓密而又柔软，保护他们不受身下地面
> 的磕碰。他们在这片花海中躺在一起，拉
> 来一片美丽的金色云彩围在身旁。那云彩
> 散落下一片光芒。

关于赫拉本身的神话很少，因为她的重要性主要在于宙斯的配偶和王后这重身份。然而，她拥有很大权力。《荷马体颂歌之12——致赫拉》（*Homeric Hymn to Hera*, 12）将这种权力表述得很清楚：

> 我歌唱金色宝座上的赫拉。她是瑞亚的
> 女儿、不朽的王后；她明艳动人，是雷声震
> 耳的宙斯的姐姐和妻子；她是光辉的大神，
> 所有居住在巍峨的奥林波斯山上的众神都敬
> 畏和尊崇她，如同敬重喜爱雷电的宙斯。

赫拉的一贯形象是感情激烈的妻子和母亲，她会惩罚并报复丈夫的出轨行为。她总是以符合母亲、妻子和王后身份的威严行事，表现为道德和婚姻的热烈捍卫者。[5]迅足而长有双翼的彩虹女神伊里斯（参见本书第179页）有时候是众神的信使，但经常被描述为赫拉专属的仆人。当伊里斯履行这一职能时，赫尔墨斯则扮演宙斯专属信使的角色。在艺术中，赫拉被描绘得富于威严和母性，通常拥有王室特征，例如王冠和权杖。荷马用"牛眼的"和"白臂的"来形容她。这两个特性形容语想必是为了表明赫拉的

图5.2 《宙斯与赫拉》（*Zeus and Hera*）

石灰石与大理石柱间壁饰（metope），来自塞利努斯（Selinus）的神庙 E，年代约为公元前470年。塞利努斯位于西西里岛西南海岸，拥有许多神庙。其中八座已被辨认出来，每座都以一个字母命名。在20世纪得到重建的 E 神庙是三座多利亚柱式（Doric）[a] 的神庙之一，外墙装饰中包括一些柱间壁饰。这一幅浮雕表现了宙斯与赫拉的神圣婚姻。宙斯坐在伊达山上，将赫拉牵到自己面前。赫拉的手臂与双脚都由白色大理石制成。她站在宙斯面前，头上的面纱被掀开，表示她已成为他的妻子。她的服饰古朴，而她矜持的站姿与她丈夫放松的态度形成对比。

———————

a. 古代希腊和罗马建筑中的三种柱式里最古老也最简单的一种。另两种分别是爱奥尼亚柱式和科林斯柱式。多利亚柱式的特点是石柱粗大雄壮，没有柱础，柱头没有装饰，又被称为男性柱。雅典卫城的帕特农神庙使用的便是多利亚柱式。所谓柱式，指的是古典建筑立面形式生成的一套原则。

美貌。如果我们将"牛眼"（ox-eyed）讹译为"鹿眼"（doe-eyed），也许这个形容词的赞美性质会显得更清晰。孔雀与赫拉有关，它在伊俄的故事里的角色可以说明这一点（我们在本书第4章中提到过）。阿尔戈斯（Argos）是赫拉崇拜的一处重要中心。有一座巨大的神庙在此为她而建。赫拉主要是作为女性、婚姻和生育之神——而非大地女神——受到人们崇拜，而这些神职由她与其他女神共享。

马人与拉庇泰人

伊克西翁罪孽深重，最终受到惩罚，被绑在哈得斯的王国里的一只车轮上。伊克西翁曾经让涅斐勒（即"云"，希腊语是 Nephele）怀孕，而那是宙斯设下的陷阱，他让云看起来像其妻子赫拉的样子（参见本书第400页）。

这片云（涅斐勒）生下了怪物肯陶洛斯（Centaurus），而肯陶洛斯又与在珀利翁山上吃草的母马交配，从而成为马人们的父亲。这些怪物长着人的头和上半身，却又有马的腿和躯干。最著名的马人名叫喀戎，他与其他马人不同，因为他明智而温和，精通医药与音乐。他是阿喀琉斯、伊阿宋以及阿斯克勒庇俄斯（Asclepius）的老师。品达称他为克洛诺斯与宁芙菲吕拉（Philyra）之子。其他马人则普遍被描绘成暴戾的生物。他们最著名的传说是与忒萨利的拉庇泰部落交战的故事。

拉庇泰人（Lapiths）的首领庇里托俄斯是伊克西翁之子，而马人们被邀请出席他的婚礼。他们在宴席上喝醉了，企图绑架新娘希波达弥亚和其他的拉庇泰女子。这暴力的一幕频繁出现在希腊艺术中。之前提到的奥林匹亚宙斯神庙的西三角墙饰和雅典帕特农神庙的柱间壁饰都是例子。奥维德的《变形记》第12卷详细地描述了这场战斗的场景。

另一个拉庇泰人叫凯纽斯（Caeneus）。她生来是个女孩，叫凯尼斯（Caenis）。波塞冬引诱了她，于是答应满足她的任何愿望。她请求变成一个男人，并且不受伤害。成为男人之后，凯纽斯竖起他的长矛，并命令人们崇拜它。这一不敬神的行为导致宙斯让他灭亡。在庇里托俄斯与希波达弥亚那场婚礼上的战斗中，凯纽斯受到马人的攻击。马人们向他掷出许多巨大的树干，将他深埋。一种说法是他的身体被沉重的木堆压到冥界；另一种说法则提到一只黄翅鸟从木堆中飞出来，而先知摩普索斯（Mopsus）宣称它是凯纽斯变化而成。

奥林匹亚的宙斯圣地

奥林匹亚是阿尔甫斯河（Alpheus）畔的一处圣地，位于伯罗奔尼撒半岛的厄利斯（Elis）地界。在公元前776年奥林匹克竞技会得到恢复时[6]，宙斯已是这处圣地的主神。据传他的儿子赫拉克勒斯是奥林匹克竞技会——古代世界最主要的运动盛会之一——的最初创立者。[7] 然而，之前此地对英雄珀罗普斯及其妻子希波达弥亚（Hippodamia）的崇拜（参见本书第472页）得以保留，与对宙斯和赫拉的崇拜一起延续。在这处圣地的全盛期，宙斯与赫拉的神庙是其中最主要的建筑。

这里的赫拉神庙更古老一些。宙斯神庙则建于公元前5世纪，内有一座巨大的宙斯神像。[8] 神像与神庙上的雕刻共同组成一幅画面，将宗教、神话及当地人的自豪感都表达得淋漓尽致。这种表达的宏伟尺度只有雅典的帕特农神庙雕塑可以与之媲美。

在神庙西边的三角墙上，展现的是宙斯之子——拉庇泰（Lapith）国王庇里托俄斯（Pirithoüs）——的婚礼上发生的希腊人与马人之间的战斗。这个神话还出现在帕特农神庙的柱间壁饰里。三角墙上的中心人物是宙斯的另一个儿子阿波罗。他给暴力和混乱的场景带来了秩序（参见本书图11.7）。

图5.3 《赫拉》(Hera)

希腊原件的罗马复制品。原件年代约在公元前5世纪下半叶，可能是阿尔喀墨涅斯（Alcamenes）[a]的作品。被称作巴尔贝里尼的赫拉（Barberini Hera）[b]。女神手握权杖，左手持帕泰拉（patera，一种浅口的、用于奠酒的容器）。她头戴皇冠，身穿贴身的希顿长袍（chiton）[c]，显示出她的身体曲线，且长袍正从左肩滑落下来。她的右臂、鼻子及部分衣物是后来修复的。

---

a. 活动于公元前5世纪前后的古希腊雕刻家。

b. 这座雕像出土于16世纪晚期，因其早期拥有者红衣主教弗朗切斯科·巴尔贝里尼（Francesco Barberini）而得名。

c. 希腊古风时期至希腊化时代的一种无袖外袍，大体上是一块披在身上的矩形亚麻或羊毛布料，以肩膀上的搭扣和腰带固定。

东侧三角墙表现的是，珀罗普斯与希波达弥亚之间那场关乎命运的马车比赛前的情景，以及希波达弥亚的父亲俄诺玛俄斯（Oenomaüs）。宙斯本人位于画面的中心。他保障了珀罗普斯在即将到来的比赛中取胜并赢得希波达弥亚为妻。

赫拉克勒斯的十二功业刻在多利亚雕带的柱间壁上（每一幅的高度约1.6米）。神庙东侧通往内殿（cella，或naos）的门廊顶上有6幅，西侧与之

对应的"假"廊顶上也有6幅。十二功业中的高潮位于东边门廊上方，即关于赫拉克勒斯清洗厄利斯国王奥革阿斯（Augeas）牛圈的地方神话（参见本书第602—603页）。在这项任务（以及其他三项）中，雅典娜都现身帮助了英雄。在杀死涅墨亚狮子（Nemean Lion）和活捉刻耳柏洛斯（Cerberus）的任务中，赫拉克勒斯的帮手则是赫尔墨斯。

神话与宗教之间最复杂的结合体现在宙斯神像上。这尊神像出自雅典雕刻家菲狄亚斯（Pheidias）[①]之手，在所有古代神像中最受推崇。它形制巨大（约高42英尺），表面系珍贵材料制成，包括黄金（衣服和饰品部分）和象牙（血肉部分）等材质。观者对它无不敬仰。尽管今天这座塑像荡然无存，但我们能够重现它的面貌。[9]宙斯坐在宝座上，右手拿着胜利女神尼刻的神像，左手握权杖，权杖之上栖息着他的鹰。宝座底部刻画了忐拜的斯芬克斯，也表现了阿波罗和阿耳忒弥斯杀死尼俄柏（Niobe）的孩子们的故事。此外，赫拉克勒斯与阿玛宗女战士交战的情景也是宝座结构的一部分内容。赫拉克勒斯还出现在围绕宝座下端的一座屏风上，那上面表现了他的两项功业（摘取赫斯珀里得斯姊妹的苹果以及杀死涅墨亚狮子）以及他解放普罗米修斯的情景。在宝座基座上的浮雕中，奥林波斯山诸神见证了阿佛洛狄忒从海中的奇妙诞生。宙斯神像前方有一池清亮的橄榄油。

于是在这座神庙及其神像上，在这处最伟大的泛希腊圣地的中心，关于人和神的斗争与胜利以及关于毁灭和创造的神话得以结合，为宙斯赋予至高无上的文明之神这一荣耀。[10]

---

① 菲狄亚斯（约前480—前430），古希腊雕刻家、画家和建筑师，建造了古代世界七大奇迹中的奥林匹亚宙斯神像。

图5.4 《朱庇特与忒提斯》(*Jupiter and Thetis*)

布面油画，J. A. D. 安格尔 (J. A. D. Ingres，1780—1867)[a] 画，1811年，136英寸×101英寸。在这幅巨画中，朱庇特坐在云彩环绕的宝座上，身旁是他的象征物权杖和鹰。忒提斯跪下来，以恳求的姿势触碰朱庇特的下巴。朱诺 (赫拉) 出现在画面左侧，尽管只是局部现身。她姿势放松，将头枕在胳膊上。这幅新古典主义风格的作品显露出它有两点受古代影响：一为荷马，一为奥林匹亚那座由菲狄亚斯用黄金和象牙制成的宙斯神像。在《伊利亚特》第1卷中，忒提斯以恳求者的姿态来找宙斯，抱住他的双膝，触碰他的下巴，请求宙斯帮助她，让她的儿子阿喀琉斯重获荣耀。另一影响——菲狄亚斯的神像——今已不存，但2世纪的游记作家保萨尼亚斯在其《希腊志》中较详细地记载了这座雕像的各个部分。安格尔将奥林匹亚的宙斯神像的姿态翻转了：在那尊古代雕塑中，宙斯坐在宝座上，左手握权杖，权杖上停着一只鹰；他右手握的则是胜利女神的像。根据保萨尼亚斯的记载，宝座及其基座上都刻着精美的装饰图案，而安格尔缩减为在基座上描绘巨人之战的简单浮雕。

a.　J. A. D. 安格尔，法国新古典主义画家。

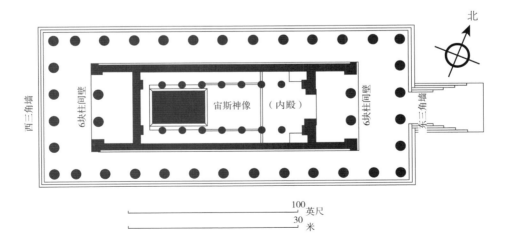

西三角墙　　6块柱间壁　　宙斯神像　　(内殿)　　6块柱间壁　　东三角墙

北

100 英尺
30 米

图5.5　奥林匹亚宙斯神庙平面图 (仿照 W. B. 丁斯莫尔 [W. B. Dinsmoor][a] 的绘图)

a.　W. B. 丁斯莫尔 (1886—1973)，美国古典希腊建筑史家。

奥林匹亚与多多那的神谕所

多多那（位于希腊北部）和奥林匹亚是崇拜宙斯的重要中心，在古时候，人们经常拜访这两个地方，以求取神谕。

征求这位天神回应的传统办法是观测并解释预兆，如树叶发出的沙沙声、风吹过圣橡树的树枝时发出的声音、鸽子的叫声，以及祭品焚烧后的情况。在奥林匹亚，人们的问询通常只限于竞技会上参赛者获胜的机会如何。受德尔斐的阿波罗神谕的影响，多多那后来有了一名女祭司。她会登上一座三足鼎，宣布神授予她的讯息。[11] 此地发现的铅板上刻着各种各样的问题，有的来自城邦，有的来自个人。科西拉岛人曾向宙斯发问，为了他们的公共利益，他们应该向哪位神或英雄祈祷或献祭。有人询问加入某个联盟是否安全；某个男子咨询的是婚姻对他有无好处；另一个男子问的则是他妻子是否会给他生下孩子。有的问题则与买卖、健康和家庭方面的事务有关。

希罗多德曾到访多多那，三位女祭司告诉他为何宙斯的神示所得以建立（《历史》2.55）。她们讲述的故事被神庙里的其他仆人证明是真实的。这三位女祭司分别是最年长的普洛美涅亚（Promeneia）、年岁居中的提玛列捷（Timarete）和最年轻的尼坎德拉（Nicandra）。两只黑鸽子从埃及的底比斯

神谕和预言家

在古希腊，奥林匹亚和多多那著名的宙斯神示所，以及德尔斐的阿波罗神示所并非唯一的预言发源地。以下是其他一些发源地。

特洛丰尼俄斯（Trophonius）神示所坐落在勒巴狄亚（Lebadeia），位于玻俄提亚北部。特洛丰尼俄斯是一位地生英雄（他的名字的意思是"帮助生长者"），因此人们会在地下的环境里咨询他，举行奇妙的仪式。他的传说与埃及法老拉姆普西尼托司（Rhampsinitus，即拉美西斯［Rameses］）的故事类似。希罗多德讲述了他的故事（《历史》2.121）。特洛丰尼俄斯和他弟弟阿伽墨得斯（Agamedes）是俄耳科墨诺斯的厄耳癸诺斯（Erginus of Orchomenus）之子，都是技艺超群的建筑师。他们用一块风动石为厄利斯国王奥革阿斯（也有人说是玻俄提亚国王许里俄斯［Hyrieus］）建了一座宝库，又利用这一点来偷窃国王的财宝。不久，国王便设下陷阱来抓神秘的窃贼。阿伽墨得斯被抓获。由于他本人的提议，特洛丰尼俄斯砍下了他的头。然后，特洛丰尼俄斯便带着弟弟的头逃跑了。他逃到勒巴狄亚，在那里他被大地吞没，之后就被当作神来膜拜。[12] 他的死法与攻打忒拜的七将之一安菲阿剌俄斯（Amphiaraüs）的死法相似。后者的故事参见本书第454—457页。

墨兰波斯（Melampus）是一位先知，能听懂动物的语言。他焚烧了其仆人杀死的两条蛇，以此向它们致敬，并抚养幼蛇。幼蛇后来舔了他的耳朵，使其懂得动物和鸟类的语言。他因此而能预知即将发生的事情。关于墨兰波斯和他弟弟比阿斯（Bias）的故事，参见第605页。

祭司及先知忒瑞西阿斯（Tiresias）是忒拜英雄传说中的重要人物（参见本书第462—463页）。关于历史上的先知在希腊宗教中的角色，参见本书第165—166页。

（Thebes）①飞来，一只来到利比亚，另一只来到多多那。来到多多那的那只鸽子停靠在一棵橡树上，并口吐人言，说那里必须建立宙斯神示所。多多那的民众明白这条信息来自天神，并遵从了命令。飞到利比亚的鸽子则吩咐利比亚人为埃及人的神阿蒙（Ammon）和宙斯建立神示所。

宙斯与赫拉的子女：

厄勒梯亚、赫柏、赫淮斯托斯和阿瑞斯

生育女神厄勒梯亚

宙斯与赫拉有四个子女：厄勒梯亚、赫柏、赫淮斯托斯和阿瑞斯。厄勒梯亚是生育女神，与母亲赫拉共享这一角色。有时候，母女俩的身份会合二为一。阿耳忒弥斯则是另一位重要的生育女神（我们将在第10章中了解到这一点）。

众神的斟酒人赫柏与伽倪墨得斯

赫柏（Hebe）是青春女神（这也是她名字的字面意思），也是众神的一名仆人[13]，其主要身份是奥林波斯山众神的斟酒人。当赫拉克勒斯获得永生之后，她成了赫拉克勒斯的新娘。有些故事解释说，她为了结婚而辞去斟酒人的职位。晚近的一些作家则宣称，她因为笨拙而被解职。

特洛伊王子伽倪墨得斯与赫柏同为众神的斟酒人。有人认为他取代了赫柏的位置。我们在本书第9章中完整译出了《荷马体颂歌之5——致阿佛洛狄忒》（Homeric Hymn to Aphrodite, 5）。这首诗讲述了宙斯怎样拐走了特洛斯（Tros）英俊的儿子伽倪墨得斯

---

① 与希腊的忒拜（Thebes）同名。

（《荷马体颂歌之5——致阿佛洛狄忒》5.202—217）：

> 睿智的宙斯的确因为伽倪墨得斯的美貌而抓住他，将这位金发少年带走，好让他可以与众神同列，在宙斯家中为众神斟酒。他真是个俊美的少年啊。当他从一只金碗里舀出红色的甘露时，所有的神都敬重他。但特洛斯的心中悲痛不已，他不知道神圣的旋风将他心爱的儿子带往了何方。他每天都为儿子哀悼，无法休止。宙斯同情这位父亲，送给他一些天神骑乘的骏马，作为对他失去儿子的补偿。他将这些马作为礼物送给特洛斯。
>
> 并且，在宙斯的吩咐下，灵魂的指引者、阿耳戈斯的屠杀者赫尔墨斯，将发生的一切告诉了特洛斯，又告诉他伽倪墨得斯将会永生，而且永远不会变老，就像众神一样。特洛斯听到宙斯传来的消息，便不再哀悼，而是心中高兴不已，心满意足地驾驭那些骏马。它们像风暴一样快。

在另一些记述中，带走伽倪墨得斯的是一只鹰，而不是旋风。有人认为，这个神话代表着神对一个年轻人的精神召唤；另一些人则认为，这是双性恋的宙斯的同性恋欲望，因而这位至高天神身上又反映出另一种人类特征。[14]

工匠神赫淮斯托斯

接下来，我们要讨论的是宙斯与赫拉的孩子赫淮斯托斯。他是司掌创造之火的神，也是一位工匠神。他的神圣作坊通常被认为位于天上或奥林波斯山上。这位不朽的工匠所造出的一切都令人称奇，

他在神话中的主要角色就是创造出具有超凡的美和实用性的东西，这些作品通常制作精美。他的杰作之一是阿喀琉斯的盾牌。荷马以大量细节对这面盾牌进行了描述（《伊利亚特》18.468—617）。赫淮斯托斯甚至用黄金造出了仆人。这些"机器人"看上去就像是有生命的少女，能智能地走动，并能侃侃而谈。他无疑是一位工匠大师。有时候，他的锻炉又被置于地底下。他工作时全身满是烟灰和汗水，可能有三个独眼巨人是他的帮手。我们已经知道，这三个巨人制造了宙斯的雷电。[15]

赫淮斯托斯还是通常意义上的火神，职权所及包括毁灭之火。在特洛伊战争的一个片段（《伊利亚特》21.324—382）中，当斯卡曼德（Scamander，既是河的名字，也是该河河神的名字）即将吞没英雄阿

图5.6　《宙斯与伽倪墨得斯》（*Zeus and Ganymede*）

红绘基里克斯杯（kylix）[a]，彭忒西勒亚画师（Penthesilea painter）[b] 制，约公元前460—前440年，直径14.6英寸。在这个陶杯上，作者从他所处时代的雅典性风俗的角度诠释了宙斯诱拐伽倪墨得斯的神话。画中的宙斯被表现为一名成熟的蓄须男子，扮演的角色是主动的"爱者"（erastes），而伽倪墨得斯则是被动的"被爱者"（eromenos）。宙斯将非写实的雷锤放在一旁，也放下了他的权杖。伽倪墨得斯一心想要去拾起权杖。宙斯趁年轻人一时分神，抓住他的右臂。伽倪墨得斯左手抓着一只小公鸡，这是年长的爱者发起追求时送出的常见礼物。基里克斯杯是一种浅口饮杯，常用于饮酒，因此也不可避免地常出现在仅限男性参加的宴饮或酒会上，而这种聚会正是此类"征服"故事可能会被庆祝的场合——尽管我们无须将这只酒杯及其主题与任何具体场合联系起来。这只酒杯上的故事强调的是"追求"的开始，即厄洛斯用箭射中了年长男性而非年轻男子的那一刻。艺术家以特别戏谑的方式让宙斯把这个杯子的外廓当作借力点，因为他正要与伽倪墨得斯一起升上奥林波斯高峰。

―――――――――

a.　古希腊陶器中的一种宽而浅的酒杯，通常有双耳。基里克斯杯的一种变体为康塔罗斯杯（kantharos），相对较深，下方有竖直的柄。

b.　公元前5世纪上半叶活跃于雅典的陶画师，风格为阿提卡红绘，其名来自他的一件描述阿喀琉斯杀死阿玛宗女王彭忒西勒亚故事的作品。

对伽倪墨得斯神话的解读

所有神话故事都能激发解读与再解读，而这个故事无疑既简洁又有力地展示了它们所引起的解读在种类上的广度。这也是神话的不朽性的主要原因。这首《荷马体颂歌——致阿佛洛狄忒》讲述了一个简单而美丽的故事，告诉我们智慧的宙斯怎样挑选出英俊的伽倪墨得斯让他来到奥林波斯山成为斟酒人，并永久住在那里，如神一般长生不老。在歌德的诗歌《伽倪墨得斯》（尤其是在舒伯特和沃尔夫［Wolf］[a]为其配乐时），精神上的心醉神迷与崇高合二为一。这个故事是以一个虔诚的伽倪墨得斯的视角讲述的。在充满激情与灵性的氛围中，在闪耀的阳光下，在心爱的泉水边，满怀热情的伽倪墨得斯狂热地呼唤下降的云彩将他带上高空："在你的怀里，上升、拥抱，且被拥抱。上升到你的怀里，慈爱的父亲。"对另一位艺术家来说，这个神话里暗藏的同性恋因素可能是一种去道德的或者说与道德无关的证据，证明的是一种肉体关系——并非宗教召唤——的存在。也许还有人用这个故事来为男性之间关系的神圣性辩护。然

而，也会有人坚决认为，这个神话讲述的是宙斯对伽倪墨得斯的可怕强暴——指控天神犯下这种野蛮的罪行，在诗人及哲学家克赛诺芬尼看来是无法想象的（参见本书第149页）。这个故事甚至可能成为一个颇具娱乐性的、优雅而讽刺的笑话（希腊作家琉善所著的《诸神对话》4［*Dialogues of the Gods*, 4（洛布版10）]便是这样的例子）。那么，这个神话是关于宗教体验，关于被神召唤到天堂，还是关于强暴？抑或仅仅是个笑话呢？一切取决于讲故事的方式和解读故事的方式，可能出现的变体有很多。当然，一个好的神话故事并不存在唯一"正确"的解读。神话生来就是千变万化的。它之所以令人满足，是因为它会在任何时候，以任何媒介形式，永远随着每一个艺术家的性格和天赋而变化，从而为我们在艺术品里寻求发现自身意义和充实自己的过程中提供愉悦和启发。

宙斯与伽倪墨得斯的神话故事，与波塞冬爱上珀罗普斯并将他带到奥林波斯山的故事相似（参见本书第472页）。

---

a. 沃尔夫（1860—1903），奥地利作曲家、音乐评论家。他与舒伯特都曾为歌德的诗歌《伽倪墨得斯》配乐。

喀琉斯时，赫拉呼唤赫淮斯托斯举起他的火，让它降临在暴怒的河神头上。后者很快就被火焰击败了。[16]

人们常把赫淮斯托斯与女神雅典娜联系在一起，将他们共同视为智慧与技艺的施惠者，以及进步与文明的捍卫者。对他们的共同崇拜在雅典尤为重要。在《荷马体颂歌之20——致赫淮斯托斯》（*Homeric Hymn to Hephaestus*，20）中，这两位神祇共同受到祈告，被视为像普罗米修斯一样的神圣的文化原型：

嗓音清亮的缪斯，请歌唱赫淮斯托斯。他智慧超群，他与明眸的雅典娜一起，将精湛的技艺教给地面上的人类。从前人们像野兽一样住在山洞里，但现在，他们从技艺超群的赫淮斯托斯习得他的技艺，终年住在自己的房子里，自在而又舒适。

赫淮斯托斯，请你仁慈地赐予我卓越与繁荣。

赫淮斯托斯生来就是跛子。关于他的出生，有

图5.7 《赫淮斯托斯回到奥林波斯山》(*Hephaestus' Return to Olympus*)

阿提卡黑绘调酒缸，吕多斯（Lydos）[a]制，约公元前550年，高2英尺。画家将醉酒的赫淮斯托斯置于一头驴的背上。狄俄尼索斯出现在这件陶器的另一方（本图中不可见）。陪伴赫淮斯托斯的是酒神的随从（thiasos），即由萨提尔（satyr）[b]和酒神的女祭司迈那得（maenads）[c]组成的队伍。有些人物拿着蛇或成串的葡萄。半人半兽的萨提尔长着尾巴。紧邻驴子左侧的那个萨提尔身上的尾巴尤为壮观。

a.　吕多斯是公元前6世纪中叶活跃于阿提卡地区的一位陶画师，一种黑绘陶器装饰风格的代表人物。这一派的画师被称为"吕多斯派"（Lydos Group）。

b.　希腊神话中的一种淫猥的男性生物，拥有人类的身体和部分山羊的特征，常被视为酒神狄俄尼索斯的男性随从。他们与罗马神话中的羊人（faun）相似。

c.　希腊神话中酒神狄俄尼索斯的女性追随者，亦作酒神狂女。

一种说法是：赫拉声称赫淮斯托斯是她自己的儿子，其孕育并没有宙斯的参与；赫拉因此也有了专属于她的宠儿，就像从宙斯脑袋中生出的雅典娜是他独有的女儿一样。同样在这个版本中，赫拉耻于赫淮斯托斯的残疾，将他从奥林波斯山上或天上抛下。[17]其他神祇都催促赫淮斯托斯回家，但他拒绝听从他们——他最信任的狄俄尼索斯除外。狄俄尼索斯将赫淮斯托斯灌醉，成功地将他带回了奥林波斯山。在花瓶上，这一幕得到各种各样的描绘：醉醺醺的赫淮斯托斯或是步行，或是坐在一头驴的背上；牵驴的有时是狄俄尼索斯一个人，有时是他和他的随从。

我们还知道，他曾被宙斯扔到地面上（可能是另一次）。赫淮斯托斯掉到了楞诺斯岛（Lemnos）上，得到搭救，最终回到家中。在古典时代，楞诺斯岛是赫淮斯托斯崇拜的重要中心。其他火山地区（例如西西里岛及其周边）也与这位工匠神联系在一起，这些地方证明了他的锻炉不时冒出火光和烟尘。

在《伊利亚特》第1卷结尾处，赫淮斯托斯亲自讲述了宙斯对他发怒的情景。我们在此摘录了这段内容，因为它揭示了许多东西：赫淮斯托斯的性格、

他与母亲赫拉的亲近关系、奥林波斯山众神家庭生活中的一段插曲所引发的气氛和基调、宙斯在家中作为严厉父亲的身份以及他与妻子之间的棘手关系、还有子女们在目睹父母争吵时的不安情绪。

海洋女神忒提斯曾来到奥林波斯山求宙斯让特洛伊人获胜，直到阿开亚希腊人给她儿子阿喀琉斯荣耀，补偿他所遭受的侮辱。忒提斯以传统中的恳求者姿态抱住宙斯的双膝，并触碰他的下巴。宙斯说出下面的话，接受了她的请愿（《伊利亚特》1.518—611）：

"如果你让我跟赫拉对着干，那可真不是个好主意，她会用责备的言辞非难我。即使是在众神面前，她也总是责骂我，会说我在战斗中帮助了特洛伊人。你现在必须离开了，否则赫拉会觉察到。你请求的这些事情我会一直放在心上，直到将它们兑现。来吧，我会点头同意，这样你才会相信。我的点头是众神中最庄严的承诺。我的承诺一经我点头认可，便是不可撤回的，从不虚假，绝不食言。"眉毛浓黑的克洛诺斯之子这般

说道，然后点头同意了她的请求。众神之主那神圣的头发从他永生的头颅上垂下，他让伟大的奥林波斯山震颤起来。[18]

这两位神定好计划，便就此分别。随后忒提斯从光辉的奥林波斯山上跃入深邃的大海，而宙斯则回到自己家中。所有的神见到父亲，都起身离座——宙斯进门时没有人敢坐着，都要站起来。接着他坐到自己的宝座上。但是，赫拉并非没有看到海中老人①的女儿、银足的忒提斯与宙斯见面。她立刻对克洛诺斯之子宙斯说出尖刻的话语："这一次又是哪位神与你会晤了？你这狡猾的骗子，你总是喜欢有秘密的想法，抛开我独自做决定，而你又从来不敢公开把你的念头告诉我。"

于是众神和凡人之父回答她："赫拉，别想知道我所说的每一句话。即使你是我妻子，这一点对你来说也很难做到。只要有应该被你听到的，就没有任何神或凡人会比你更早知道。但别管闲事，别打听我不希望与众神分享想法的每一件事情。"

而牛眼的赫拉庄严地回答他："最令人敬畏的克洛诺斯之子，你给出的是怎样的答复啊？我之前没有管太多闲事，也没有打听，你完全可以随心所欲地盘算自己想做的事。但现在我心中非常害怕，害怕那海中老人的女儿、银足的忒提斯已俘获你的心，因为今天早上她坐在你身旁，抱住你的膝盖。我认为你已经点头发誓将让阿喀琉斯获得荣耀，并毁掉许多阿开亚战船

旁的希腊人。"

集云者宙斯回答她道："你总是胡乱猜测，而我从来也逃不过你的眼睛。尽管如此，你还是将一事无成，只会更不得我心，这一次的事情会更让你寒心了。如果你说的是真的，那么成就此事正是我想要的。你且安静坐下，听我的吩咐。因为只要我走近前来，将我无敌的手放在你身上，奥林波斯山上所有的神都无能为力。"他这么说了，让牛眼的赫拉感到害怕。她静静地坐下来，迫使自己的心顺从于宙斯，而天庭的诸神在宙斯的家中也感觉到不安。

但是技艺超群的赫淮斯托斯却开始对诸神演讲，表达他对白臂的赫拉——他亲爱的母亲——的关心。"如果你们俩因为凡人而争吵，让众神陷入不和的话，这可真是令人遗憾的事，让人无法忍受。当卑劣的本能占据上风时，精彩的宴席上将不再有欢乐。我建议我母亲——尽管她很谨慎——对我亲爱的父亲宙斯温柔相待，这样他将不再责骂，不再打断我们的宴会。想想吧，奥林波斯山上的掷闪电者要将我们从座位上赶走的情景会是怎样？因为他显然是最强大的。但是，只要你用温柔的话语打动他，马上我们的父亲就会对我们和善了。"

他这么说着，跳起来，将一只双耳杯放在母亲手中，对她说："亲爱的母亲，请振作起来。尽管你心痛了，也要安心忍耐，这样我才不会看到你在我眼前被打。那时，尽管你是我亲爱的母亲，而且我也很痛心，但我也将爱莫能助。因为奥林波斯山的大神是很难对抗的。之前在另一个场合，当

---

① 指忒提斯的父亲、蓬托斯（大海）与盖亚（大地）最年长的儿子涅柔斯。

图5.8　《伏尔甘在楞诺斯岛上被发现》（*The Finding of Vulcan on the Island of Lemnos*）

皮耶罗·狄·科西莫（Piero di Cosimo, 1462—1522）画，1500年左右 ᵃ，61英寸 × 68.75英寸。在《伊利亚特》1.590—594（译文见本书第133—134页）中，赫淮斯托斯回忆了他被宙斯扔出奥林波斯山，而后坠落了一整天，到晚上才落到楞诺斯岛上的事。皮耶罗在画中讲述了这一事件，将赫淮斯托斯表现为一个男孩。画面左上中心位置可见一个云彩中的洞，那便是他被从天上扔下时所穿过的。6名辛提亚女人搭救了他。她们温柔的关切及和平的举止与宙斯的愤怒和粗暴形成对比。

---

a.　原文作1400年，有误。

　　我急于为你辩护时，他抓住我的双脚将我扔出了天庭的大门。我坠落了一整天，在太阳落山时才掉到了楞诺斯岛上，只剩一口气。在我落地之后，辛提亚人（Sintian）①立刻照料了我。"

　　他这么说了，白臂的赫拉女神便展颜而笑。她一边微笑，一边接过他递过来的酒杯。他从一只搅拌碗里舀出甜美的甘露，像斟酒一样，从左到右给众神斟满。如此一来，万福的众神看到赫淮斯托斯在房子里四处忙碌，都止不住发出大笑。

　　就这样，他们整日欢宴，直到太阳落山，没有一个人不享受宴会，没有一个人不喜欢阿波罗那精美的里拉琴发出的美妙乐曲或是缪斯合着乐曲唱出的美妙歌声。

---

①　Sintians 字面意为"劫掠者"。这个词也可以指色雷斯人，因为他们曾居住在辛提刻（Sintice）和在远古时候被称为辛忒伊斯（Sinteis）的楞诺斯岛。辛提亚人崇拜赫淮斯托斯。

但是，当光明的太阳落山之后，他们便各自回到自己家里歇息，声名赫赫的跛足神赫淮斯托斯用技艺和知识为每位天神都造了一所房子。掷闪电者、奥林波斯山的宙斯也去他的床上歇息。那是他在甜美的睡眠来临之前所惯躺的床榻。他去床上休息的时候，金色宝座的赫拉也躺在他身旁。

赫淮斯托斯、阿佛洛狄忒以及阿瑞斯

在上述奥林波斯山上的一幕中，一瘸一拐地为众神斟酒的赫淮斯托斯是大家取笑的对象，但他在对待自己的艺术和爱情时却是一位十分严肃的人物。他的妻子是阿佛洛狄忒[19]，他们的婚姻奇特而又动荡不安，是美与丑的结合，也是智力与肉欲的结合。阿佛洛狄忒对丈夫不忠，转投英武的阿瑞斯的怀抱，因为阿瑞斯既英俊又健全，既粗鲁又强壮。荷马以其看似简单的风格揭示了一个富于人性和洞察的故事中的心理含义，故事中的永恒三角关系在这种人性和洞察中永不褪色。

在《奥德赛》第8卷（266—366）中，诗人得摩多科斯吟唱了阿瑞斯与阿佛洛狄忒的婚外情，以及赫淮斯托斯所受的煎熬：

图5.9　《伏尔甘的锻造房》（*The Forge of Vulcan*）

布面油画，迭戈·委拉斯凯兹画，1630年，88英寸×114英寸。赫淮斯托斯的妻子阿佛洛狄忒正与阿瑞斯偷情的事，被赫利俄斯告诉了赫淮斯托斯（荷马《奥德赛》8.270—271）。委拉斯凯兹所画的正是赫利俄斯说出此事的那一刻。赫淮斯托斯和他的4名帮手正在打造一副盔甲（可能正是为阿瑞斯打造的），但赫利俄斯一出现在锻造房，他们便停下了手上的工作，被这消息震惊得目瞪口呆。赫利俄斯肌肤雪白，穿着蓝色的绑带凉鞋和橘色的长袍，与铁匠们壮硕的身躯形成对比。赫利俄斯在此既是太阳神，也是诗歌之神阿波罗（这一点可以从他的月桂头冠看出来）。他头上发出的光芒照亮了阴暗的锻造房，而壁炉架上精美的白色水罐则在画面另一侧成为另一个光线焦点。委拉斯凯兹抓住了神的无所不知和铁匠的辛苦劳作发生交叉的那一瞬间，同时也没有削弱荷马故事的才思与感染力。我们知道：画面左侧前景中的巨大铁砧正等待着赫淮斯托斯，等待他在砧上造出两个偷情者不可逃脱的铁网。

他拿起里拉琴，开始优美地唱起阿瑞斯与头冠美丽的阿佛洛狄忒的爱情：他们怎样第一次悄悄在赫淮斯托斯家里幽会。他给了她许多礼物，玷污了赫淮斯托斯的婚床。但是，太阳神赫利俄斯很快就来给赫淮斯托斯报信，因为他看到那两位神祇尽情拥抱在一起。赫淮斯托斯听到这个悲伤的消息，径直去了他的工房，心中筹划着险恶的计谋。他将巨大的铁砧安在架子上，用锤锻出不可撕破也无法松开的锁链，这样就可以将那两人当场抓住。

在出于对阿瑞斯的愤怒而打造了这件机巧的工具之后，他直接去了婚床所在的卧室，将那罗网铺开在床柱四周，又悬在椽子上，如同一张谁也看不见的精细的蛛网：即使是万福的神祇也看不见，因为这张网的制作非常巧妙。在床四周布好这整个机关以后，他假装要去楞诺斯岛那座精美的城堡一趟：在所有的陆地之中他最爱楞诺斯岛，远远胜过其他地方。

执金缰绳的阿瑞斯小心窥探着。一看见赫淮斯托斯离开，他马上就去了这著名的工匠的家里，急切地向头冠美丽的库忒瑞亚（Cytherea）① 求爱。阿瑞斯进屋时，她刚从她强大的父亲、克洛诺斯之子那里回来，正坐着。阿瑞斯抓住她的手，喊道："我的爱人，来，让我们上床做爱吧。正好赫淮斯托斯不在家。他出门了，可能是去楞诺斯岛拜访那些口吐蛮语的辛提亚人了。"他这么说

着，而这邀请听在阿佛洛狄忒耳中是那样动人。于是他们便共赴鸳枕，在那床上躺下。聪明的赫淮斯托斯布下的罗网将他们团团围住。他们的四肢都动弹不得，然后心里便明白了自己毫无可能逃脱。

声名赫赫的跛足神从不远处归来。他在到达楞诺斯岛之前就折回来了，因为赫利俄斯从他的瞭望处看到了一切，并已向自己汇报。赫淮斯托斯满心悲伤地返回家中，站在门厅里，陷入狂怒之中。他向众神发出巨大而又可怕的怒吼："天父宙斯以及其他永生的万福之神，来我这里，来见证一件可笑而残酷的事情：宙斯的女儿阿佛洛狄忒总是瞧不起我，因为我是个跛子。她爱上那屠夫阿瑞斯，因为他英俊而四肢健全。但我生来就是跛子，我不该为这个受到责备。除了我的父母之外，谁都不该为此受到责备，我希望他们从未将我生下。你们会看到这两个贱人在我的床上寻欢作乐。看着他们，我的心里非常痛苦。我认为他们并不想继续以这种方式躺在这里，哪怕只是短短的一小会儿。尽管他们非常相爱，但很快就不想睡在一起了，因为我用巧思制出的锁链会一直将他们牢牢锁住，直到她的父亲退还我为娶这个荡妇而付的所有彩礼。我娶她是因为她是他的女儿而且长得漂亮，但是她在情欲上太过放纵。"

他这么说了，众神便集齐在他那以青铜铺地的家里。大地的摇撼者波塞冬来了，善于奔走帮忙的赫尔墨斯与射手之王阿波罗也来了，但是所有的女神出于矜持

---

① 阿佛洛狄忒的别名，Cytherea 一词源自库忒拉岛（Cythera）。库忒拉岛位于伯罗奔尼撒半岛以南，在古代是祭祀阿佛洛狄忒的著名地点。

都待在了自己家里。万福的众神——美好事物的赐予者们——都站在门口。他们一看到聪明的赫淮斯托斯的手艺，便爆发出不可抑制的大笑，互相之间交头接耳，说着这些话："坏事不会有好结果。敏捷者被迟缓的人抓住了，就像赫淮斯托斯天生行动迟缓又跛脚，现在却用技巧抓住了阿瑞斯，尽管阿瑞斯是住在奥林波斯山上的众神之中最敏捷的。因此他必须为通奸付出代价。"众神这般议论纷纷。

而宙斯之子、射手之王阿波罗对赫尔墨斯说道："宙斯之子、引路者和施惠者赫尔墨斯，即使会被这强大的锁链锁住，你仍情愿与金色的阿佛洛狄忒同床共枕吗？"迅足的赫尔墨斯回答道："我但愿如此，尊贵的射手之王阿波罗。纵然有三倍如此多的锁链锁住我，而你们所有的男神和女神都在旁边看着，我还是愿意与金色的阿佛洛狄忒同寝。"

他这么说了，永生的众神们便发出一阵大笑。但波塞冬没有笑，他不停地请求赫淮斯托斯，请求这位著名的工匠释放阿瑞斯，并对他说出带翼飞翔的话语："释放他吧。我向你保证他会当着永生众神的面，照你的要求做出相应的补偿。"声名赫赫的跛足神答道："大地的摇撼者波塞冬，别向我提出这样的要求，何必为不值得担保的角色担保？如果阿瑞斯逃走了，逃脱了债务又逃脱了锁链，当着永生众神的面我又怎能抓住你不放呢？"然后，大地的摇撼者波塞冬答道："赫淮斯托斯，如果阿瑞斯欠债不还，逃之夭夭，我本人将予以赔偿。"

声名赫赫的跛足神便回答道："我不能也不该再拒绝你的要求。"

说完，强大的赫淮斯托斯便打开了锁链。床上的两位天神一从牢固的锁链中解脱，立刻逃之夭夭。一位去了色雷斯，另一位——爱笑的阿佛洛狄忒——来到塞浦路斯的帕福斯（Paphos）[①]。那里有她的圣地和祭坛，那里祭品飘香。在那里，美惠三女神为她沐浴，给她涂上永生者用的神油，并给她穿上华美的衣袍。那衣袍美丽惊人。

这是一个可笑又令人痛苦的故事，以练达而讽刺的笔调对众神进行了精彩的描绘，同时又渗透着一种深刻的、不可动摇的道德判断和道德信念。跛足神赫淮斯托斯凭借他的智慧和技艺战胜了敏捷又强大的阿瑞斯，这一点让希腊人尤为喜爱。

战神阿瑞斯

阿瑞斯本人是战神，也是宙斯与赫拉的子女中我们要讨论的最后一个。他的起源可能在色雷斯，人们经常将他与这个地方联系在一起。阿佛洛狄忒通常被认为是他的伴侣。他们一起生了几个孩子，其中最著名的是厄洛斯。黎明女神厄俄斯是他的情人之一。此外，我们已经提到过阿佛洛狄忒的嫉妒（见本书第3章）。

在性格上，阿瑞斯通常被描绘成天神中一个虚张声势的角色。他所得的评价不高，有时候会显得不过是个屠夫。战争更深层的道德和神学方面的责任归于其他神祇，尤其是宙斯或雅典娜。阿瑞斯被狄俄墨得斯（Diomedes）击伤之后（阿瑞斯有时运气

---

① 帕福斯是塞浦路斯的一个海滨城市，位于塞浦路斯岛西南。

图5.10　《阿瑞斯》（*Ares*）

大理石像，约公元前340年的希腊原作（或为斯科帕斯 ［Skopas］[a] 所作）的罗马复制品，高61.5英寸。这件复制品（或制作于2世纪晚期）被称为《卢多维西的玛尔斯》（*Ludovisi Mars*）[b]，表现了卸下戎装却仍手握宝剑的玛尔斯形象。剑柄朝向观者，而玛尔斯的左脚踏在他的头盔上。他的盾牌竖立着（内面朝外）。这位天神是在休息吗？还是如（复制品作者所加上的）丘比特所暗示的那样，被爱征服了呢？

———————————

a.　斯科帕斯（约前390—前350），古希腊著名的雕刻家和建筑师。

b.　因这件复制品曾属于红衣主教卢多维科·卢多维西（Ludovico Ludovisi，1595—1632）而得名。

实在差，即使在战斗中也是一样），宙斯对阿瑞斯的反应也是希腊人对这位神祇的典型态度（《伊利亚特》5.889—891、895—898）：

> 不要坐在我旁边抱怨，你这两面派。所有住在奥林波斯山上的神之中，你是我最讨厌的那一个，因为你总是喜欢纷争、战争和争斗……但是尽管如此，我还是不忍心看到你痛苦不堪，因为你是我的骨肉，你母亲为我生下了你。但是如果你是其他什么神的孩子，看到你如此暴虐，我早就将你扔出奥林波斯山了。

希腊人极为反感战争中的残忍、毁灭和愚蠢，而所有这些都被人格化和神性化在阿瑞斯这个形象上。然而，对阿瑞斯可能带来的残酷现实以及战事中他可能代表的许多方面，他们仍不可避免地生发出一种欣赏（如果在此可用这个词的话）态度。无论如何，希腊人的大部分历史都受战争困扰（与我们一样）。在伟大历史学家修昔底德的书中，我们可以非常清楚地看到，战争是所有令人厌恶的事物之中最冷酷的老师。希腊人的确将阿瑞斯、雅典娜和宙斯奉为正义的冲突中的捍卫者。

《荷马体颂歌之8——致阿瑞斯》（*Homeric Hymn to Ares*，8）是一首相对较晚的作品，其中提到了星相学中的阿瑞斯星球（即火星）。这篇作品以更多同情心向一位更为复杂的天神发出祈告，因为他能赐予智慧和有节制的勇气。[20]

> 阿瑞斯，你是最有勇力的战车驾驭者、头戴金盔的持盾者，在战斗中勇猛无比；你

是城市的救星，身穿青铜盔甲，双拳有力；你不知疲倦，冷酷无情，善使长矛；你是奥林波斯山的守护神，尼刻［胜利女神］之父，忒弥斯［正义女神］的盟友；你对待叛军残暴无情，却拥护正义；你是手持权杖的人类之王。在那沿着轨道运行的七大行星中，你转动火红的球体穿过大气，你闪耀的坐骑使你永远在第三轨道之上运行。[21]人类的施惠者，蓬勃朝气的赐予者，请听我说。请你从天空中向我的生命注入威武的力量，这样我才可以驱走心中苦涩的怯懦；再请你向我的生命注入光芒四射的温柔，这样我就能够改变我心里那攻击的冲动，使那危险的激情顺从我的心意，并抑制住我的激情所带来的强烈愤怒——它驱使我进入战斗那可怕的喧嚣声之中。

　　万福的天神啊，请赐我力量，将我控制在和平的无害范围内，使我远离仇敌的纷争，远离宿命的惨烈死亡。

宙斯的其他子女：
缪斯女神与命运女神们

九位缪斯女神：
宙斯与记忆女神谟涅摩叙涅的女儿们

　　我们将以宙斯的两段风流韵事结束本章，因为这两段婚外情产生的后代具有普遍的重要性。他曾与女提坦神谟涅摩叙涅（记忆）交合。后者因此生下了缪斯女神，即文学和艺术的保护神。在象征意义上，这就意味着记忆因神助而产生灵感。人们通常认为，缪斯女神之家位于奥林波斯山附近忒萨利

北部的皮厄里亚泉（Pieria）[22]，或是玻俄提亚的赫利孔山上的马泉（Hippocrene）。缪斯女神（她们的名字的意思就是"唤起记忆者"）可能原本是有预言能力的水中精灵，继而又代表了灵感——这一想象来自流动的泉水所发出的叮咚之声。她们是其所执掌的领域内的翘楚，敢于挑战她们的人必然招致失败和惩罚。在这方面她们类似阿波罗，而她们也经常被人与阿波罗联系在一起。缪斯女神的数量不一，但是后世的作者通常认为她们共有九位，每一位各司其职，尽管每位的职责或有变化。卡利俄佩司史诗，克利俄（Clio）司历史（或里拉琴演奏），欧忒耳佩（Euterpe）司抒情诗（或悲剧及长笛演奏），墨尔波墨涅（Melpomene）司悲剧（或里拉琴演奏），忒耳普西科瑞（Terpsichore）司歌舞（或长笛演奏），厄拉托（Erato）司爱情诗（或神的颂歌及里拉琴演奏），波吕许谟尼亚（Polyhymnia）司圣歌（或舞蹈），乌拉尼亚（Urania）司天文，塔利亚（Thalia）司喜剧。

　　在《荷马体颂歌之25——致缪斯女神与阿波罗》（*Homeric Hymn to the Muses and Apollo*，25）中，诗人对伟大的阿波罗神与缪斯女神共同发出祈告，因为阿波罗是音乐、诗歌与艺术之神，常常与缪斯们联系在一起。

　　　　请允许我开始歌唱缪斯女神，以及阿波罗和宙斯。凭着缪斯女神和神射手阿波罗的帮助，地上的凡人才成了诗人和音乐家；但是有宙斯恩宠，他们才能成为国王。被缪斯爱护的人是幸运的，他们唇间流淌出的声音甜美动听。

　　　　赞美你们，宙斯的孩子们。请给我的歌以荣耀，我将铭记你们，并将不忘另一首歌。

命运三女神：宙斯与忒弥斯的女儿们

宙斯有时候被认为是命运女神（希腊语称她们为摩伊赖［Moirai］，罗马人称她们为帕耳开［Parcae］）的父亲：他与忒弥斯结合，生下了她们。也有说法认为黑夜女神与厄瑞玻斯才是她们的父母。命运女神原本是生育精灵，常常被描绘成负责每个人命运的三位老妇人。克洛托（Clotho，纺线者）纺出命运之线，每根线代表着一个人从出生那一刻开始的天命；拉刻西斯（Lachesis，分配者）测量线的长短；阿特罗波斯（Atropos，不变者）有时候被描述为个子最小也最可怕的一位：她剪断纺线，将生命终结。她们偶尔会受到影响，从而改变由她们的劳作决定的命运，但是通常情况下，她们所纺出的命运之线是不可更改的。

"命运"常以单数形式（希腊语：Moira）进入人们的思考。在这种时候，它的概念要抽象得多，也与一种关于"幸运"（Tyche）和"必然"（Ananke）在人生图景中所起作用的深刻认识有更紧密的联系。文学中关于众神与命运之间的联系有不同的描述，分析起来扑朔迷离。有些作家认为宙斯是至高天神，掌控一切，但另一些人描述了这样一个宇宙：即使伟大而强势的宙斯在其中也必须遵从命运女神所安排的必然性。希腊人对命运女神（Moira 或 Moirai）的安排怀着深深的敬意。这种敬意无论怎样强调也不为过。它奠定了他们的大量作品中那明确而独特的基调和色彩。也许我们首先想到的是荷马、希罗多德或悲剧作家们，但是所有的主要作家无一不迷恋神祇、凡人及命运之间的关联，以及天命与自由意志之间那种令人饱受折磨的互动关系。[23]

在简短的《荷马体颂歌之23——致崇高的克洛诺斯之子》（Homeric Hymn to the Supreme Son of Cronus, 23）中，诗人向身为忒弥斯亲密知己的宙斯祈求，因为宙斯与忒弥斯不仅生育了命运女神，而且还生育了时序三女神荷赖（Horae）[24]以及（正适合这首颂歌的）良序女神欧诺弥亚（Eunomia）、正义女神狄刻（Dike）、和平女神厄瑞涅（Eirene）。①

> 我将歌唱宙斯。他是众神之中最杰出和最伟大的，是目光远大的首领及完成者。在忒弥斯近坐一旁时，宙斯向她倾诉智慧的话语。目光远大的克洛诺斯之子，最荣耀最伟大的神，请你赐予慈悲。

---

① 原文如此，认为后三位女神与时序女神并列。赫西俄德《神谱》的 Hugh G. Evelyn-White 英译本中也作此理解。其他一些《神谱》译本（包括 Apostolos N. Athanassakis 的英译本和张竹明、蒋平的汉译本）则认为这三位女神便是时序三女神。关于时序三女神的组成，另一种常见的版本是塔洛（Thallo）、奥克索（Auxo）和卡耳珀（Carpo）。

相关著作选读

Dowden, Ken，《宙斯》（*Zeus*. Gods and Heroes of the Ancient World Series. New York: Routledge, 2005）。

Gantz, Timothy，《早期希腊神话：文学与艺术文献指南》（*Early Greek Myth: A Guide to Literary and Artistic Sources*. 2 vols. Baltimore: Johns Hopkins University Press, 1996 [1993]）。此书对每一个神话都加以总结，并追踪了它们在文学与艺术中的发展。

Larson, Jennifer，《古希腊的崇拜》(*Ancient Greek Cults.* New York: Routledge, 2007)。对神祇、男女英雄的研究，旨在强调希腊诸神的特别之处。

Miller, Stephen G.，《古希腊的竞技》(*Ancient Greek Athletics.* New Haven, CT: Yale University Press, 2004)。一部全面而插图丰富的节日概览，不仅涉及奥林匹亚的节日，也涉及德尔斐、伊斯米亚和涅墨亚（米勒本人曾在那里进行发掘）的节日。

Raschke, Wendy L., ed.，《奥林匹克考古学：古代的奥林匹克竞技会与其他节日》(*The Archaeology of the Olympics: The Olympics and Other Festivals in Antiquity.* Madison [and Chicago]: University of Wisconsin Press, 1988)。一部信息量丰富的论文集。

Scanlon, Thomas Francis，《厄洛斯与希腊竞技》(*Eros and Greek Athletics.* New York: Oxford University Press, 2002)。

Slater, Philip E.，《赫拉的光荣：希腊神话与希腊家庭》(*The Glory of Hera: Greek Mythology and the Greek Family.* Princeton: Princeton University Press, 1992)。

Stone, Tom，《宙斯：沿着神的足迹漫游希腊》(*Zeus: A Journey through Greece in the Footsteps of a God.* New York: Bloomsbury, 2008)。一部有趣而不寻常的宙斯传记，基于 Stone 对希腊主要遗址及其历史和神话背景的探索。

Swaddling, Judith，《古代的奥林匹克竞技会》(*The Ancient Olympic Games.* 2 d ed. Austin: University of Texas Press, 2000)。

Young, David，《奥运会简史》(*A Brief History of the Olympic Games.* London: Blackwell, 2004)。奥林匹克竞技会的简短历史及其在现代的重生。

主要神话来源文献

本章中引用的文献

荷马体颂歌之5：《致阿佛洛狄忒》。

荷马体颂歌之8：《致阿瑞斯》。

荷马体颂歌之12：《致赫拉》。

荷马体颂歌之20：《致赫淮斯托斯》。

荷马体颂歌之23：《致崇高的克洛诺斯之子》。

荷马体颂歌之24：《致赫斯提亚》。

荷马体颂歌之25：《致缪斯女神与阿波罗》。

荷马体颂歌之29：《致赫斯提亚》。

荷马：《伊利亚特》1.518—611, 5.889—891、895—898。

荷马：《奥德赛》8.216—366。

其他文献

欧里庇得斯：《库克罗普斯》（*Cyclops*）530—589，关于库克罗普斯将西勒诺斯想象为他的伽倪墨得斯的部分。

希罗多德：《历史》2.54.1—2.57.3，关于多多那神谕的部分。

琉善：《诸神对话》4，"宙斯与伽倪墨得斯"（10 in Loeb edition）。

保萨尼亚斯：《希腊志》5.7.6—5.9.6，关于奥林匹亚及其竞技会的部分。

补充材料

书籍

小说：Phillips, Marie. *Gods Behaving Badly*. New York: Little, Brown & Co., 2008。在21世纪，12位奥林波斯主神住在伦敦的一座荒废住宅里，不得不找工作。阿波罗现在是电视节目上的通灵者，只能依稀记得他们曾经多么出名以及人们对他们的奉承。

小说：Riordan, Rick. *Percy Jackson and the Olympians*. New York: Hyperion。一套老少皆宜的5卷本系列小说，分别是：《图画小说：神火之盗》（*The Lightening Thief: The Graphic Novel*）、《魔兽之海》（*The Sea of Monster*）、《迷宫之战》（*The Battle of the Labyrinth*）、《巨神之咒》（*The Titan's Curse*）和《最终之神》（*The Last Olympian*）。另参见 DVD 部分。《奥林波斯之英雄》（*Heroes of Olympus*）是 Riordan 创作的后续作品，包括《失落的英雄》（*The Lost Hero*）、《海神之子》（*The Son of Neptune*）、《雅典娜之印》（*The Mark of Athena*）和《半神日记》（*The Demigod Diaries*）。

CD

音乐剧：Porter, Cole（1891–1964）. *Out of This World*. Original Broadway cast recording. Sony Broadway. Also the 1995 original New York cast recording from *City Center's Encores, Great American Musicals in Concert*. DRG Records。这是一部令人愉悦的喜剧，大略基于安菲特律翁的故事，包含一种关于奥林波斯诸神的颇为有趣的视角，以及各种机智的歌曲，如关于朱庇特的《我朱庇特，我是王》（"I Jupiter, I Rex"），关于赫拉的《我有美貌》（"I Got Beauty"），以及关于墨丘利的《他们都比不上你》（"They Couldn't Compare to You"）。参见本书第817页。

歌曲：Schubert, Franz（1797–1828）. "Ganymed"。关于伽倪墨得斯的狂喜颂歌，歌词出自歌德。这首歌颂扬了伽倪墨得斯与他挚爱的天神宙斯的结合。许多歌手都有录音。

合唱：Brahms, Johannes（1833–1897）. *Song of the Fates*（*Gesang der Parzen*）, for chorus and orchestra. Text by Goethe. Atlantic Symphony Orchestra and Chorus, cond. Shaw. Telarc。其中还包含两部其他作品：《悲叹之歌》（*Song of*

Lamentation）与《命运之歌》（Song of Destiny）。前者的歌词出自歌德，哀叹美的死亡，提到了哈得斯、俄耳
甫斯、阿佛洛狄忒、阿多尼斯、阿喀琉斯和忒提斯；后者的歌词出自荷尔德林。

喜歌剧：Bliss, Arthur (1891–1975). *The Olympians*. Libretto by J. B. Priestley. Ambrosian Singers and Soloists, Polyphonia
Orchestra, cond. Fairfax. Intaglio。其中包含剧中剧《奥林波斯喜剧》（*The Comedy of Olympus*），还有狄安娜、
巴克斯、玛尔斯和朱庇特的滑稽表演。

DVD

电影：有三部电影以不同的方式描绘了缪斯。其一为《仙女下凡》（*Down to Earth*，1947）。主演 Rita Hayworth 扮
演缪斯忒耳普西科瑞：这位缪斯下到凡间，让百老汇制作人 Larry Parks 修改一部新的音乐剧，因为她在剧
中被表现得过于现代和性感，这让她感到恼火（Sony Pictures）。其二为《仙乐都》（*Xanadu*，1980）。Olivia
Newton-John 在剧中扮演一位缪斯女神。这一次，缪斯帮助两个朋友开了一家溜冰迪斯科（Universal Studios）。
其三为《第六感女神》（*The Muse*，1999）。Sharon Stone 在剧中扮演一位古怪的缪斯，对一位剧作家 Albert
Brooks 提出各种奇怪的要求，以回报她的创作灵感（美国家庭娱乐）。

电影：*Percy Jackson and the Olympians: The Lightning Thief*. Fox 2000 Pictures. 这部电影改编自 Rick Riordan 的《神火
之盗》（5部系列中的第一部），不可避免地与哈利·波特电影有相似点（事实上，导演 Chris Columbus 正是前
两部哈利·波特电影的执导者）。年轻的英雄波西（Percy，由 Logan Lerman 饰演）的许多冒险经历都体现了古
典神话中的一些重要主题，以至于我们很难决定这部史诗电影该被归于哪一章中。参见本书第832页。

歌剧：Jean-Philippe Rameau, *Platée*, Paul Agnew et al. Orchestra of Les Musiciens du Louvre-Grenoble, cond. Marc Minkowski
(Kultur)。这是一部关于朱庇特的风流本性的喜歌剧。墨丘利决定惩罚朱诺无止境的嫉妒，设计了一个诡计：他
让朱庇特与极为多情又特别丑陋的宁芙普拉忒（Platée）好上了。

纪录片：*The First Olympics*, The History Channel。这是三部电视纪录片的合集：《最初的奥林匹克》（*The First Olym-
pics*，内容关于对古代奥林匹亚的拜访）、《最初的奥林匹克之血与荣耀》（*Blood and Honor at the First Olympics*，
内容关于竞赛）以及《希腊诸神》（*The Greek Gods*，内容涉及从阿佛洛狄忒到宙斯的众多神祇）。其中《希腊诸
神》有单独出售。

纪录片：*The Ancient Olympics. Athletes, Games and Heroes*. Video Lecture Series, vol. 2. Institute for Mediterranean Studies,
Cincinnati。宾夕法尼亚大学博物馆的 David Gilman Romano 的演讲录像，配有解释。

纪录片：Gregory Zorzos 编剧、制作并执导了一系列短电影，内容关于众神及其他话题。其标题目录可从亚马逊网上
获取。

纪录片：*Clash of the Gods*. The History Channel。10集系列片，内容分别关于宙斯、赫拉克勒斯、哈得斯、弥诺陶、
美杜莎、贝奥武夫（Boewulf）、托尔金（Tolkien）笔下的怪兽、雷神索尔（Thor）和奥德修斯。

[注释]

[1]   关于罗马诸神的讨论，参见本书第714—731页。

[2]   见《荷马体颂歌——致阿佛洛狄忒》第21—32行关于赫斯提亚的内容。译文见本书第9章，第211页。有时赫斯提亚似乎并未被完全想象成一位拟人神。

[3]   皮托就是德尔斐，即阿波罗的大神庙的所在地。油是用来涂在头发上的，而在宗教仪式中，人们将油泼洒到神像的头上。

[4]   战士／女神雅典娜也会持有埃吉斯，上面可能绘有戈耳工美杜莎的头，因为她曾帮助珀耳修斯杀死美杜莎。雅典娜的埃吉斯可能是她自己的，也可能是宙斯借给他最爱的女儿的。

[5]   沃坦（Wotan）和弗里卡（Fricka）是宙斯与赫拉在北欧神话中的原型对应。

[6]   公元前776年之后，这些竞技会每4年举行一次。奥林匹亚周期（Olympiads，即两次奥林匹克竞技会之间的4年周期）是希腊人的一个重要计时体系。

[7]   早在公元前776年之前很久，奥林波斯众神之前的神祇克洛诺斯与盖亚就在奥林匹亚受到崇拜。关于赫拉克勒斯在奥林匹亚的故事，参见本书第603、620—621页。

[8]   神庙于公元前456年建成，神像在公元前430年左右完工。

[9]   2世纪的旅行家保萨尼亚斯（《希腊志》5.11）对此有详细的描述。罗马的昆提利安（Quintilian）写道："它的美甚至给传统宗教增添了光彩。"

[10]   参阅 Bernard Ashmole, N. Yalouris, and Alison Franz, *Olympia: The Sculptures of the Temple of Zeus* (New York: Phaidon, 1967)、John Boardman, *Greek Sculpture: The Classical Period* (London: Thames and Hudson, 1985), Chapter 4, "Olympia: The Temple of Zeus," pp. 33–50（包括用于注释极短讨论的图解、重构图以及照片）。此外，Martin Robertson 的 *A Shorter History of Greek Art* (New York: Cambridge University Press, 1981)（第79—89页讨论了奥林匹亚的宙斯神庙中的雕塑）堪称最为杰出的探讨，系由作者的著作 *A History of Greek Art*, 2 vols. (1975) 中第271—291页的内容提炼而来。

[11]   奥林匹亚在神谕方面并没有德尔斐的阿波罗圣地那么出名。后者是另一个著名的泛希腊圣地（即"所有希腊人"都会前往的圣地）。（译者按："圣地"一词原文为"festival"，但指的是"sanctuary"。另，奥林匹亚竞技会和皮提亚竞技会的确是这两处圣地举行的泛希腊节日，但均4年举行一次。译者未见希腊人只在竞技会期间才去圣地求取神谕的说法。）德尔斐与奥林匹亚类似，在希腊人的宗教崇拜和生活的这一方面颇有代表性。我们在本书第11章中对此有详细描述（参见本书第267—271页）。

[12]   然而，关于兄弟二人的死，品达（残篇2—3）讲述了另一个故事。这个故事与希罗多德提到的阿尔戈斯人克勒俄比斯和比同的故事非常相似（参见本书第153—154页）。在这个版本中，特洛丰尼俄斯和阿伽墨得斯建造了德尔斐的阿波罗神庙。当他们向阿波罗讨要工钱时，天神说他会在第七日发给他们。然而，他们在那一天却睡着了，再也没醒过来。在《荷马体颂歌——致阿波罗》（参见本书第286页）中，阿波罗亲自为神庙奠基。

[13]　在《伊利亚特》（5.905）中，在阿瑞斯身上由英雄狄俄墨得斯造成的伤口痊愈之后，赫柏曾为他沐浴更衣。

[14]　关于同性恋的主题，参见本书第1章，第21—22页。

[15]　在讲到忒提斯请求赫淮斯托斯为她儿子阿喀琉斯打造新的盔甲时，荷马以精彩的画面描述为我们显现了赫淮斯托斯在奥林波斯山上的房子（《伊利亚特》18）。维吉尔则将伏尔甘的工房定位在西西里附近乌尔卡尼亚岛（Vulcania）上的一个山洞里（《埃涅阿斯纪》8）。他在那里为维纳斯之子埃涅阿斯打造了精美的盔甲。

[16]　这一幕与瓦格纳的《女武神》（Die Walküre）第3幕的终场相似。在那一幕中沃坦唤来火神洛戈（Loge），用魔火之环包围他的武神女儿布伦希尔德（Brünnhilde）。

[17]　关于这一版本，参见本书第11章"补充阅读"部分中的《荷马体颂歌——致阿波罗》。

[18]　据说，菲狄亚斯在奥林匹亚的神庙中创作的那尊巨大的宙斯坐像（前文已有描述）受到荷马这些诗行的启发，刻画的正是点头许诺的宙斯。

[19]　有时赫淮斯托斯的伴侣是美惠女神之一，要么是最小的阿格莱亚（Aglaea），要么是优雅女神卡里斯（Charis）本人。后者实际上可能只是阿佛洛狄忒的另一个名称。

[20]　这首颂歌可能属于希腊化时代，甚至更晚期，有些人将它与俄耳甫斯教的颂歌集联系起来，但并不太令人信服。在罗马神话中的对应人物玛尔斯身上，阿瑞斯性格中更丰富的内涵得到了更好的体现，而他在和平中与在战争中一样具有力量这一点也得到了更好的强调。参见本书第716—718页。

[21]　如果从距离地球最远的那一颗算起，阿瑞斯位于第三行星区。

[22]　缪斯女神有时被称为皮厄里得斯（Pierides），但奥维德讲了一个故事（《变形记》5.205—678）：马其顿的佩拉城（Pella）中一位叫作皮厄鲁斯（Pierus）的人，他的九个女儿也被称为皮厄里得斯。她们挑战缪斯女神，与后者进行一场音乐比赛，结果输了，被变成了喜鹊。这种鸟会模仿声音，并叽叽喳喳叫个不停。

[23]　罗马人对于人的存在持有同样的悲观看法。他们将命运三女神人格化为帕耳开，或者将她们想象为更抽象的命运（Fatum）。

[24]　时序女神荷赖（Horae 意为"小时"）变成了季节女神，其数量有两位、三位或四位等不同说法。她们与草木生长联系紧密。她们是更重要的神的随从，为文学和艺术提供吸引人的点缀。宙斯和忒弥斯作为天神与地母，又一次重现了神圣婚姻这一仪式。

第6章

众神的本质与希腊宗教

> 神只在一件事上无能为力，即抹杀过去已发生之事。
> ——亚里士多德《尼各马可伦理学》（*Nicomachean Ethics*）6.2.4（引自剧作家阿伽通［Agathon］）

拟人论

在希腊人和罗马人中演化的那种神赋人性的观念，其本质为何，此时应该很明显了。诸神在外形和性格上通常被描绘成凡人的样子。然而，尽管他们看起来和举手投足都像凡人，其外貌和行为却往往在某种程度上被理想化了。他们的美超出了普通人的美；他们的感情更强烈，也更宏大；他们的情绪更值得称道，也更动人；他们可以体现并推行宇宙中最崇高的道德观。然而，这些神祇身上同样反映出与其对应的人类在生理和精神上的弱点：他们可能是跛足的和畸形的，可能虚荣、斤斤计较和不诚恳；他们可能偷盗、撒谎，也可能欺骗——有时他们使用的手腕十分灵巧，表现出只有神祇才能具有的优雅。

众神通常住在奥林波斯山上的宫室里或是天上。不过，我们必须注意一个很重要的区别：将那些居住在上层空间和上层世界（奥林波斯山诸神）的神祇与那些住在下界的神祇区分开来——后者被恰当地称为"地生的"（chthonian）。神吃喝饮食，但是他们的食物是仙馔（ambrosia），他们的酒是甘露（nectar）。灵液（ichor，一种比血更清澈的液体）在他们体内流淌。正如他们可以感受到全部的人类情感，他们也可以感受到生理上的疼痛和折磨。人们在神龛、神庙及圣地中崇拜他们，以神像表示崇敬，以献祭得到抚慰，并以祷告祈求护佑。

总的来说，神要比凡人更多才多艺。他们移动起来惊人地快速和敏捷，忽而出现忽而消失，随心所欲地变换形象，幻化成不同的样子，无论是人、动物还是神。他们的力量也比凡人要强大得多。不过，很少有神是无所不能的。也许宙斯本人例外，但即使是宙斯可能也要屈从于命运女神。他们在知识上同样超越凡人，尽管有时候也是有限的。无所不知最常被认为是宙斯和阿波罗的特权。这两位天神会将他们对未来的预见告诉凡人。最重要的是，神是永生的。归根结底，他们的不朽性是唯一的神圣特质，最彻底地将他们与凡人区分开来。

一位特定的神祇往往与某种或多种动物联系在一起，在宙斯是鹰，在赫拉是孔雀，在波塞冬是马，在雅典娜是猫头鹰，在阿佛洛狄忒是鸽子、麻雀或鹅，在阿瑞斯则是野猪。此外，如果神愿意的话，他也可以变成一种动物。但没有具体的证据表明，早期的希腊人曾认为动物是神圣的并对它们加以崇拜。

神的位次

之前的许多评论大多仅适用于希腊万神殿中最高等级的神。一些令人惊叹的可怕怪物——例如戈耳工或哈耳庇亚（Harpies）①——也是宇宙的一分

---

① 参见本书第7章"蓬托斯与盖亚的后代"部分。哈耳庇亚又译作"鸟身女妖"。

子，让神话和英雄传说变得更加丰富。他们显然代表着超自然力量中的另一个范畴。同样属于这个范畴的，还有使自然变得富有生命的精灵们。她们通常被描述为宁芙，是一些美丽的少女，热爱跳舞唱歌，有时候特别多情。宁芙常常是一位或多位主要男神或女神的随从。缪斯女神也是一种宁芙，海仙女（Nereids）与大洋仙女（Oceanids）同样如此，尽管她们中有一部分事实上享有神的地位。更典型的是，宁芙更像精灵（fairies），特别长寿但不一定能够永生。[1]

半神是另一类高于人类的存在，也可以说是一种更高级的人类——超人和女超人。他们是神与凡人结合所生的后代，而这个凡人可能是卓尔不凡的，也可能不是。[2]因此，半神的能力是有限的，比完全意义上的神要少。此外，他们是会死的，往往不过是一些因其悲剧性和史诗性的境遇而高于现实的人物而已。

英雄有时就是半神，但是这一命名难以有精确的定义。严格说来，类似俄狄浦斯和安菲阿剌俄斯这样的凡人并不是半神，尽管他们也远非普通人。他们可能被称作英雄，并且在死后必定被视为英雄，享有专属的崇拜——因其生命的精神力量，以及死亡的奇迹性质。他们因而与大地的阴暗力量发生联系，并且能运用这些能力，从坟墓中发出赐福或诅咒。因此，一位英雄离世的地方就会变成为他举行个人崇拜仪式的圣地。赫拉克勒斯同样如此：他既是一位英雄，也是一位半神，但他又是个例外，因其在世间的辉煌成就而获奖赏，加入了奥林波斯山上永生众神的行列。由于"英雄"一词在文学批评术语中的使用，确定其绝对定义的难度变得更加复杂了。阿喀琉斯是一位半神，即他是凡人珀琉斯（Peleus）与女神忒提斯的儿子。他的能力非凡，但

他最终却是作为一个凡人——《伊利亚特》中那位戏剧化的史诗英雄——而受到评判。

显然，希腊的万神殿中存在着一种神的等级秩序。奥林波斯山诸神及地府的主要神祇事实上代表了一个强大的贵族阶级。尽管个别男神和女神可能在特定的地方尤其受到尊重（例如雅典娜在雅典，赫拉在阿尔戈斯，赫淮斯托斯在楞诺斯岛，阿波罗在得罗斯岛和德尔斐），但一般说来，主要神祇在整个希腊世界都被普遍认可。位于顶端的是宙斯本人：他是君王，是众神与人类之父，是至高的天神。

然而，希腊人的多神观念也可以表现得相当宽松，通常（尽管并不总是）能够波澜不惊地接纳新的神祇。当希腊人遭遇诸如埃及神或近东神等外来神祇时，他们可以将这些神祇视为自己熟悉的神，并接纳他们进入自己的万神殿，或者引入一位全新的男神或女神——只要他们愿意。这一点在诸如犹太教、基督教或伊斯兰教等纯一神论的宗教里是不可能发生的。

宙斯与一神论

我们已了解关于宙斯常见的那种拟人论观念，即将他视为父亲、丈夫和情人的观念；我们也知道他的权力的主要领域，即包含雷霆、闪电和雨水的天空及上层大气。宙斯还变成了一位在宇宙秩序中维护最高道德观的神——这些道德观要么由他自己占用，要么在其他神祇中得到分配和共享。他是保护家庭、宗族和国家的神，捍卫从这些人类关系中衍生出来的普遍道德和伦理责任。他保护乞援者，推行宾主关系，维护誓言的圣洁。总之，他捍卫一切在高级文明的道德习俗中被视为正确或公正的观念。

因此，希腊罗马神话和宗教的多神系统中一开始就出现了很强的一神论成分。在不断的演化中，这种成分可能与对拟人化的宙斯的标准刻画发生紧密联系，或者，随着哲学和宗教思想的成熟，在更抽象的、关于至高力量的哲学和宗教理论中得到想象。

在荷马和赫西俄德的作品中，宙斯毫无疑问是至高神，而且他非常关心道德观念。但他所代表的一神论和父权色彩却受到其他神——尤其是女神们——的严峻挑战。赫拉的力量能挫败宙斯的计划，阿佛洛狄忒也能让包括宙斯在内的各位神祇都服从她的意志——只有赫斯提亚、雅典娜和阿耳忒弥斯这三位处女神例外。得墨忒耳因其女儿珀耳塞福涅被强暴而愤怒，逼迫宙斯和其他神同意她的条件。此外，宙斯还需要屈服于命运女神的安排，尽管并非总是如此。

同时，在宙斯演化成唯一的至高神以及强大的道德和正义之神的过程中，他不必有具体的名字，可以简单地被称作某种抽象意义上的神，而非具体的、拟人论意义上的神。这种思想更加复杂，它产生于宗教诗人和哲学家的著述，赋予宙斯一种更明确的、绝对的和精神上的权威。要证明希腊人关于唯一神的本质的观念之多样性和复杂性，我们可以从许多作家的作品中摘出许多文字。不过在此我们只需要举几个例子。

赫西俄德宣讲的是关于正义的严肃信息，并就宙斯惩罚恶人的可怕方式对人们发出警告，听起来极像《旧约》中的一位严厉先知。他的《工作与时日》的开篇包括了如下诗行（《工作与时日》3—7）：

> 凡人是有名还是无名，是闻名遐迩还是寂寂无闻，都因他的强大心意而定。因为他能轻易地使人强大，也能轻易地抑制

强大的人；他能轻易地让高傲者低头，也能
让卑微者有所倚仗；他能轻易地变曲为直，
并让傲慢者坠落尘埃。他就是那居住在最
高处，从高天上打雷的宙斯。

克赛诺芬尼是苏格拉底之前的一位诗人和哲学
家。他猛烈地抨击那种对诸神的拟人式传统刻画，
反对将神想象成凡人的愚蠢念头，并坚称有一位至
尊无上的、非拟人化的神存在：

> 荷马和赫西俄德将凡人那些可耻的、
> 应受谴责的品格归到众神身上，例如偷盗、
> 通奸，以及欺骗。（残篇11）
>
> 但是，凡人认为神是胎中生出来的，
> 并且如他们一样穿着打扮，声音和身体也
> 都如他们一样。（残篇14）
>
> 埃塞俄比亚人说他们的神都是扁鼻子、
> 黑肤色，而色雷斯人则认为他们的神皮肤
> 白皙，面色红润。（残篇16）
>
> 但是，如果牛马和狮子也长着手，可
> 以创作，可以创造出跟人类一样的作品的
> 话，马就会将它们的神想象成马，牛就会
> 把它们的神想象成牛，每一种动物都会描
> 绘出像它们自身一样的形体。（残篇15）
>
> 独一无二的神是众神与凡人之中最伟
> 大的，无论是在身体还是在头脑方面，都
> 不会与他们一样。（残篇23）

埃斯库罗斯的《阿伽门农》（*Agamemnon*）160—
161中的歌队祈祷一位叫作宙斯的神。他们的话语完
美地展示了这位至高神的共相："宙斯——无论他是
谁——我以这个名字祈祷他，只要这样能令他欢喜。"

重要的是，我们要认识到一神论和多神论并不
互相排斥，而人类的宗教体验通常更倾向于拟人论
（如克赛诺芬尼所言）。否定基督教的一神论本质是
可笑的，但基督教的一神论也建立在一种关于精神
宇宙和物质宇宙的等级观念上，并且它展现出来的
标准画面显然也带着拟人论的烙印，例如圣父、圣
子和圣灵三位一体，以及天使、圣徒和魔鬼，等等。
这并不意味着基督教哲学家和普通人会以完全相同
的方式看待他们宗教中的基本信条。最终，每一种
关于神的看法都是个人的：有人认为神抽象而崇高，
有人认为神富于人性和同情心。仅仅在基督教的不
同派别之间，就存在着教义和仪式上的重大分歧。
当然，还有那些根本就没有信仰的人。范围从虔诚
的信仰到不可知论和无神论，在古代世界中是多元
而丰富的，我们今天的世界亦然。如此简短的概览
将难免过度简化和扭曲事实。

希腊人的人文主义

希腊人关于神的拟人论观念，几乎总是与他们
作为最早的、伟大的人文主义者的身份联系在一起。
关于人文主义（希腊式的，或者就此而论——任何
其他种类的），可能是仁者见仁智者见智。标准的阐
释通常会从希腊文学中引用几句崇高的（尽管是陈
腐的）名言。据说，公元前5世纪的智者派哲学家普
罗泰戈拉（Protagoras）曾宣称，"人是万物的尺度"。
他很可能是在表达一种新的相对主义态度（即凡
人——而非神——才是人类境况的个体裁断者），
以挑战绝对的价值观。在索福克勒斯的《安提戈涅》
（*Antigone*）中，歌队欢喜地唱道："奇迹有很多，但
没有一件事物比人更奇妙。"在荷马的《奥德赛》中，

如果我们将阿喀琉斯关于死后的评论（译文参见本书第382—383页）抽离其语境，它似乎肯定了一种奔放的乐观主义：较之死后世界的凄凉幽暗和无聊停滞，阿喀琉斯相信此世可能拥有无限的希望和成就。他叫道：

> 我宁愿选择给另一个凡人当奴隶，哪怕他没有财产，家道艰难，也不愿在这些失去了生命的死者当中为王。

有这些话回荡在我们耳边，我们似乎很容易假定希腊人对人在宇宙中的地位的崇拜（甚至是偶像崇拜）。在这个宇宙中，凡人向神献上的最高（却必然可疑的）赞美就是将他们塑造成凡人自己的模样。

无论这种流行观点可能包含怎样的真理，它都过于单一，过于有误导性，从而难言真正的有意义和公正。这是一种信仰，相信人的努力具有克服一切来自神的不利条件的潜力。与这短视却振奋人心的信仰相对的是，在希腊文学和思想中渗透着一种阴郁而惊人的敬畏之情——面向众神至尊地位以及命运之不可回避性的敬畏。每个人皆有前定的天命，而关于这一点的意识，希腊人是从自由意志与独立行动的意义和可能性的角度来分析的。关于人的生活中那些由神决定的苦难、不确定性和不可预测性，希腊人还发展出一种强烈的、现实主义的意识。如果我们幸运的话，我们的生活将拥有更多欢乐，而不会注定痛苦不堪。然而，生活中可怕的变化无常只能得出一个结论：死去比活着要好。这是一种对人的两难处境的悲剧性讽刺——人既是独立的能动者，又是命运的玩物。然而，也有一种信念与这种讽刺性以及伴随人生的痛苦和磨难相对抗：在面对可怕的不确定性和恐惧时，凡人有可能达到荣耀和胜利的顶峰。这理想主义的乐观精神与这现实主义的悲观精神是两种看似无法调和的观点，却解释了源自希腊人的那种独特的人文主义。这种人文主义强调的是：尽管报复性的神或命运随时可能降下可怕的灾难，但是凡人的成就中仍有美与奇迹。

神话、宗教及哲学

另一点警告与对希腊人宗教态度的概化有关。有人声称，希腊人没有圣经和严格的教义，也没有真正意义上的罪恶感（尽管这似乎并不可信）；或者声称，他们在接纳新神时表现出一种天真的自由与宽容——对于多神论者而言，再多一个神有什么区别吗？我们不应仅仅复述故事（其中许多故事来自奥维德），然后对它们应代表的神学信念在精神上完备与否做出宣判。神话、哲学和宗教密不可分，而我们必须尝试检视所有的证据。荷马为希腊人留下了一本人文主义的文学圣经。它有时可以像经文一样被引用（正如同莎士比亚之于我们），神秘宗教则提供了更严格的教义和仪式。当然还有赫西俄德：他以一种激烈的、圣经式的权威宣称自己得到了神启。

男女祭司们将他们的一生献给神。各个城邦以风俗、传统和法律的方式维护严格的道德和伦理行为准则。如果人们反对新神狄俄尼索斯的故事建立于任何意义层面的历史事实之上，就说明希腊人并不总是那么轻易或愿意接纳一种外来的救赎信息。他们可能会因被控不虔诚而遭到处决（在那么多地方中，偏偏雅典正是如此）。希腊人对神、灵魂的不朽，以及恶与美德的意义和后果有着深刻的思考。

柏拉图关于厄尔的神话（译文参见本书第15章）是一幅关于天堂和地狱的可怕图像，就此而论，它也是一篇宗教文献。与更多其他证据一起，它表明：在任何所谓的高级宗教思想面前，希腊哲学思想并不逊色。

希罗多德的传奇历史

当他讲述梭伦、克洛俄索斯和居鲁士（Cyrus）[①] 的故事时，历史学家希罗多德（前5世纪）也许以最清晰、最简洁的形式呈现了希腊人的人文主义和宗教态度。幸运的是，这一戏剧中的情节在此可以很轻松地摘录出来，它们揭示了许多信息。我们从中可以看出，一神论与多神论是可以兼容并蓄的。梭伦的那位嫉妒的神与《旧约》中那位愤怒的神颇有相似之处。这位神明确地告诉世人：活着倒不如死了。他能以多种方式与凡人沟通，这让我们能够理解公元前6世纪的人们对阿波罗和德尔斐的那种简单而诚挚的信仰。命运或天命的不可避免性与人的性格和自由意志的个体性之间呈现出一种精彩的交织。

希罗多德的观点在许多方面受到荷马的影响，尤其是他对人类境况的同情心——其中渗透着极为深刻的悲哀和怜悯。他那种对傲慢的危险性和报应女神那不可逃避的报复的简单解释，也是荷马式的和戏剧性的——这两者可以说是统领希腊悲剧的主题核心。与大多数希腊作家一样，希罗多德继承了荷马的哲学思想。在《伊利亚特》最后一卷中（参见本书第533—535页），特洛伊的伟大国王普里阿摩斯作为谦卑的恳求者，独自来见希腊英雄阿喀琉斯，

请求阿喀琉斯归还他儿子赫克托耳的尸体，因为赫克托耳死在阿喀琉斯手下。在他们面谈的过程中，阿喀琉斯也非常悲痛，尤其是因为他心爱的帕特罗克洛斯的死。阿喀琉斯在此透露了他关于人的存在状况的结论：

> [凡人]没有一样行为不让人哀痛心寒，因为众神自己无忧无虑，却为可悯的凡人织就了悲苦苟活的宿命。宙斯的门槛上放着两只瓦罐，里面盛着他赐下的礼物。一只里面装着灾祸，另一只里面装着福佑。当以雷霆为乐的宙斯从两只罐中各取一点，将好事坏事混在一起，一个凡人就会时而遭遇祸殃，时而碰上好运。若是宙斯只从那愁苦的罐中取物赐给某人，这人便成了他凌辱的对象，只会被残酷的苦难驱赶，在这神圣的大地上流浪。

曾经威势无比的普里阿摩斯将很快失去一切，遭遇可怕的结局，而阿喀琉斯本人也注定要英年早逝。他关于人的一生之不确定性的宿命论话语，反映在希罗多德富有同情心的人文主义中，也一再被希腊戏剧家重复。这些戏剧家喜爱描写神与命运在人的生命中的相互关系，也乐于用悲剧来刻画那些曾经辉煌者的壮烈结局。

希罗多德关于一神论的神的观念，以及他传达出的那种信息——欲得知识，必经苦难——是非常埃斯库罗斯式的。希罗多德的主题正是希腊悲剧文学的主题：命运、神，以及有罪而误入歧途的凡人。这些凡人企图通过自己的努力逃脱天命，结果却促成了天命的实现。

阿堤斯（Atys）之死的故事，在其推进方式和

---

① 居鲁士（约前600—前530），指波斯帝国的创立者、阿契美尼德王朝的第一位国王居鲁士二世。

哲学内涵上最能体现索福克勒斯的风格。克洛俄索斯类似俄狄浦斯，由于性格原因而走向宿命：在盲目地尝试逃避命运的过程中，他所走的每一步都将自己推向命运的怀抱。最重要的是，克洛俄索斯能从罪恶与痛苦中学习，在逆境中反击，并赢得与神的和解，这一点同样与俄狄浦斯类似。没有一部希腊悲剧不是或暗或明（大多数时候是明）地呼应着梭伦的忠告："不要说一个人是幸福的，除非他已走到生命尽头。"这句话有两层含义：一是直到生命的整个过程走完才能评判人生的幸福，二是死亡胜过生命的悲欢离合。

前耶稣会信徒杰克·迈尔斯（Jack Miles）曾写过一部获普利策奖的作品，作品研究的是《塔纳赫》（Tanakh，即《希伯来圣经》）中的拟人化上帝。[3] 他的文学描述将上帝刻画成一个多面的虚构角色。为了表明他的观点是正确的，迈尔斯重新讲述了《圣经》故事，将"融合在上帝这个角色身上的多种人格"表现为独立的角色。其结果是一个读起来非常像希腊罗马神话的故事。

然而，要揭示希伯来人的上帝与希腊人的神之间的相似性，并没有必要从多神论的角度重述《旧约》中的故事。的确，《塔纳赫》表现的是绝对的一神论，看上去比希腊人的一神论更全面，也更苛刻。但是如果我们将迈尔斯的主要观点——对于希伯来人而言，"一切取决于一个可怕的无法预测的上帝"——稍加修改，将之读作"人类的一切幸福和痛苦都取决于一个可怕的无法预测的上帝"，那么我们就完全是在描述荷马和希罗多德的神了。

图6.1 《克洛俄索斯在火葬堆上》（*Croesus on the Pyre*）阿提卡红绘安法拉罐（amphora）[a]，米宋（Myson）[b] 制，约公元前500年，高23英寸。克洛俄索斯坐在宝座上，头戴桂冠，手握权杖。他右手拿着一只菲艾勒盆（phiale）[c]，正在奠酒。一名衣着更像希腊人而非波斯人（与克洛俄索斯一样）的仆人点燃了火葬堆。这是该故事在艺术或文学中已知的最早版本，其内容与诗人巴库利德斯的讲述相似。后者的诗写于公元前468年，约比希罗多德的故事早30年。在这一版本中，克洛俄索斯自愿地搭起火葬堆，要将他自己和家人烧死，而不愿失去自由。这一点与他精美的衣饰和宝座相符，也与他向宙斯和阿波罗敬献奠酒以及其仆人并非波斯裔等事实相符。与希罗多德笔下的克洛俄索斯一样，他被一阵暴雨所救。而且，他由于虔诚敬仰阿波罗而受到奖励，与家人一起被送到了许珀耳玻瑞亚人（Hyperboreans）[d] 的地方。撒尔迪斯（Sardis）在公元前546年沦陷，而这幅画面的创作时间是在其沦陷之后大约50年。它堪称将历史人物转化成神话人物的杰出范例。

---

a.　古希腊陶器中的一种主要器型，双耳细颈。

b.　公元前5世纪的雅典制陶师和陶画师。

c.　一种用于饮酒或奠酒的浅底碗，陶制或金属制，底部通常有一个球形凹陷，方便持握。罗马人称之为 patera。

d.　Hyperboreans 意为"北风之北的居民"，其居住的极北之地被视为净土。

克洛俄索斯的悲剧

在他的著作《历史》（*History of the Persian Wars*）中，希罗多德向我们呈现了希腊人文主义悲剧的而又振奋人心的本质这一灿烂结晶。只有通过伟大艺术品所感召的情感和心智体验，才能真正理解这种本质。克洛俄索斯的传说被他塑造为一部完整而有力的戏剧，其构思和精彩表现均在短故事的严谨架构之中。希罗多德既不是专业神学家，也非哲学家，但是通过对传统故事的改编，他总结出一个信仰时代的精神实质，并且展现了历史、神话和宗教对他而言是怎样地结成一体，密不可分。梭伦与克洛俄索斯相见的故事见于希罗多德《历史》的第1卷（1.30.1—1.45.3）：

梭伦与克洛俄索斯相见

于是梭伦出发去周游世界，他来到埃及的阿玛西斯（Amasis）[1]的宫廷，又来到撒尔迪斯的克洛俄索斯的宫廷。当他到达时，克洛俄索斯在王宫中对其宾礼相待。三四天以后，在克洛俄索斯的吩咐下，仆人们带梭伦去参观宝库，指点着说所有的宝库都巨大而富有。当梭伦便利地看完所有宝库，克洛俄索斯向他提出这样的问题："我的雅典客人，我们听说了许多关于你的故事，因为你的智慧和旅行的经历，因为你出于热爱知识而到过许多地方。所以，现在我急切地想问你：到目前为止，你是否看到过最幸福的人呢？"他问这个问题，

期望听到梭伦回答说他就是人中最幸福的。然而梭伦丝毫没有奉承他，而是实事求是地说道："哦，陛下，雅典人泰勒斯是最幸福的人。"

克洛俄索斯听到这样的回答感到很惊讶，尖刻地问道："你怎么判断泰勒斯是最幸福的人呢？"梭伦答道："首先，他来自一个繁荣的城市，他的子女们都既漂亮又善良。他看到子女们都有了孩子，而且所有孩子都活了下来。其次，以我们的标准来说，他生活富足，而他生命的结局极为辉煌。雅典人在厄琉西斯附近与邻国人交战时，他前往援助，在击溃敌军之后光荣地死去。雅典人在其阵亡之地将他公费安葬，并给予他极高的荣誉。"就这样，梭伦列举了泰勒斯的许多幸运，令克洛俄索斯心生不快。于是，克洛俄索斯又问谁是他见过的第二幸福的人，心想着自己至少能得到第二名的位置。

梭伦说："克勒俄比斯和比同。他们从种族上来说是阿尔戈斯人。至于他们的力量，两人都曾在赛会中获奖，而且关于他们有下面的故事。阿尔戈斯人庆祝赫拉的节日，这两个男孩的母亲必须乘牛车赶往神庙。[4]然而，牛还在地里没有按时回来。天色渐晚，两个男孩就把车轭套在自己身上，拉着他们的母亲走了45斯塔迪昂[2]路程，终于赶到神庙。他们在众人的目击之下做成这件事，之后，最好的结局也就降

---

[1]　阿玛西斯（前570—前526），即埃及第二十六王朝法老雅赫摩斯二世（Ahmose II），被希腊人称为阿玛西斯二世。

[2]　原文为5英里，不符合古代人的口吻，从王以铸汉译本改。斯塔迪昂（stadion）是希罗多德使用的长度单位，约合185米，是当时的一个典型的运动场的长度。

临在他们身上。通过这件事，神清楚地表明了一个凡人死去是比活着要好的。[5]阿尔戈斯男子都围过来，称赞两个年轻人的强壮；女人们也赞美他们的母亲生下了这么出色的儿子。他们的母亲欣喜不已，既因为他们的作为，也因为众人的赞美，她站在赫拉神像前，祈祷女神将凡人所能得到的最好东西赐予她的两个儿子克勒俄比斯和比同，因为他们让她无比骄傲。在她祷告之后，人们献了祭品且举行欢宴。而两个年轻人去神庙里面睡觉，却再也没有醒来。死亡的结局将他们牢牢抓住了。阿尔戈斯人以他们为原型制成雕像，并将雕像竖立在德尔斐，因为他们是凡人中最优秀的。"[6]

就这样，梭伦把幸福的第二名给了这两兄弟。克洛俄索斯愤怒地打断他，说道："我的雅典客人，难道我们的幸福如此不值一文，以至于在你看来无法和普通人相提并论吗？"梭伦答道："哦，克洛俄索斯，你问我的是人间的事情，而我却知道所有的神都嫉妒，都喜欢制造麻烦。在悠长的时间里，一个人要看到太多不想看的东西，要经历太多事情。我给生命设定的限度是70年，这70年有25200天——如果不加入闰月的话。但是倘若一个人希望每隔一年就加上一个闰月，以使四季正常更替，那么在这70年间加入的闰月将有35个，而这些额外的月份将增加1050天。70年将合计为26250天，没有哪一天会跟另一天发生完全同样的事情。

"所以啊，克洛俄索斯，凡人的生活完

全难以逆料。[7]在我看来，你似乎是富有的，是统治众多臣民的君王。但是，在我知道你已幸福地走完一生后，我才能回答你问的这个问题。因为拥有许多财富的人并不比仅能勉强度日的人幸运，除非命运眷顾他，让他拥有一切好的东西，而且也拥有美好的结局。因为许多非常富有的人是不幸的，而许多生活不甚宽裕的人却有好运气。事实上，那个非常富有却又不幸的人仅在两个方面胜过幸运的人，但是幸运的人却在许多方面胜过富有却又不幸的人。后者[富有却不幸者]更能满足自己的欲望，更能承受可能发生的巨大灾难，但是另一个人[幸运者]在以下方面超过了他。尽管他没有相似的能力来应对灾难和不幸，但是好运气让这些事情远离他。他毫发无损，无病无灾，儿女体面，也相貌堂堂。如果除去这些事情以外，他的结局也很好的话，那他就是你要寻求的人，也就是值得被称为幸福的人。但是，在他死之前，不要说他是幸福的，只能说他是幸运的。

"当然，任何人，只要他还是凡人，就不可能拥有所有这些赐福，就像没有哪个国家可以自给自足，满足自己的全部所需，而总是拥有一些东西，又缺少另一些东西。拥有最多东西的国家便是最好的国家了。同理，没有一个人是自给自足的，他也是拥有一些而缺少另一些。无论是谁，只要他持续拥有大多数东西，并且能安乐地死去，这个人就值得被我冠以幸福者之名。国王啊，我们必须看到每件事的结局是怎样的。因为神总是让许多人瞥见了幸福，继而又将他们随意毁灭。"梭伦的言语没能讨得克洛俄索斯的欢心。他被作为无名之辈而打发走了，因为克洛俄索斯顽固地认为：一个不顾眼前幸福，却让人留意每件事的结局的人，一定是个无知的人。

阿堤斯、阿德剌斯托斯，以及狩猎野猪

梭伦离开后，克洛俄索斯遭受一次神的报应，很可能正因为他认为自己是所有人中最幸福的。在他睡着的时候，一个梦浮现面前。这个梦清楚地向他显示：将要发生的灾祸是与他儿子有关。克洛俄索斯有两个儿子，其中一个是聋哑儿，另一个则在各方面都远胜于他的同龄人。他的名字是阿堤斯。梦境告诉克洛俄索斯：阿堤斯将被一种铁制武器的尖头杀死。他醒来时想起这个梦，心里害怕。他给儿子娶了妻子，尽管这个少年惯于统领吕底亚的军队，他也不再派给他任何这样的差事。他将男人们在战场上使用的标枪、长矛以及诸如此类的一切武器从男人的居所移走，堆在女人的屋子里，因为他害怕哪件悬挂起来的武器会落到他儿子身上。

当他们着手张罗婚礼时，有一个落难的人来到了撒尔迪斯。他出自佛律癸亚（Phrygian）的王室，手上沾有鲜血。这个人来到克洛俄索斯的王宫，请求按照该国传统涤罪。克洛俄索斯为其净化。吕底亚人和希腊人的净化仪式是相似的。[8] 克洛俄索斯按照惯例举行了仪式之后，便问客人

从何而来，到底是什么人。他问道："我的朋友，你是谁，从佛律癸亚的什么地方来到我的家？你杀了什么样的男子或女人？"这个人答道："陛下啊，我叫阿德剌斯托斯（Adrastus），是戈耳狄阿斯（Gordias）之子，我父亲又是弥达斯（Midas）之子。我无意中杀死了我弟弟，被我父亲赶出家门，一无所有了。"

克洛俄索斯这样回答他："你碰巧来自朋友之家。而你来到朋友家里，跟我们在一起，你将衣食无忧。你尽量不要把这不幸放在心上，那对你最有益处。"于是，阿德剌斯托斯便在克洛俄索斯的王宫里住下了。

就在这个时候，一头庞大的野猪出现在密西亚的奥林波斯山。这野兽会从山上冲下来毁坏密西亚的农田。密西亚人经常与它战斗，但是丝毫没有损伤它，反倒受其所害。最后，密西亚人的使者来求见克洛俄索斯，并这样说："陛下啊，野猪中最凶猛的那头怪物在我们国家出现了，毁坏我们的农田。我们费了大力气，还是没办法抓住它。现在我们求你派你的儿子来帮我们，请你让他带上精选的年轻勇士和猎犬。这样我们才能将那怪物赶出我们的家园。"

他们这般请求。但克洛俄索斯想起了他的梦，便这样答道："不要再提我的儿子了，我不会派他去帮你们。他刚刚新婚，这才是他眼下的要紧事。不过，我会派出一队精选的吕底亚人，以及我所有的打猎工具，加上我的猎犬。我会命令他们

尽其所能地都助你们，把这畜生赶出你们的田地。"

他这样答道，而密西亚人也满意这个答复。这时候，克洛俄索斯的儿子听到了他们的请求，便闯了进来。克洛俄索斯仍然拒绝派他跟密西亚人一起去。这个年轻人便对他说道："父王啊，那些最好的和最高贵的差事——在战场上和狩猎场上扬名——从前都属于我。现在，尽管您并没在我身上看到任何勇气的缺失或懦夫行为，却把我挡在这两者之外。现在，当我在集市上进进出出时，我在别人眼里成了什么样的人？我在市民们眼里，在我新婚的妻子眼里又成了什么样的人？她会觉得她嫁了个怎样的丈夫呢？所以，您要么让我去打猎，要么就请解释，说服我，这事如您所愿对我更好。"

克洛俄索斯这样回答他："我的孩子，我这么做并非因为我看到你的懦弱或其他任何不良品行。但是，一个梦境在我睡着时降临，告诉我说你的生命短暂，你会被一种铁质武器的尖头杀死。为了回应这个梦，我才催你结婚，也不派你去做眼前的这件事。我时刻警惕着，为的是也许能在我有生之年将你从命运那里夺回来。因为你是我唯一的孩子。我的另一个儿子是聋子，所以我并不将他算作我的儿子。"[9]

年轻人答道："父王啊，既然您做过这样的梦，我原谅您为我如此警惕。但是您不明白，您不懂梦的意思，所以我该解释一下。您说这个梦显示我将被铁质武器的尖头杀死。但是野猪的武器是什么呢？你

又害怕什么样的铁质尖头呢？因为，如果梦里说我将死于獠牙或具有相应特征的其他东西，那您就应该做出现在的决定。但事实上，那杀死我的东西是一种武器的尖头。所以，您就让我去吧，这场战斗不是与人较量的。"

克洛俄索斯答道："我的孩子，你对梦境的解释说服了我。既然我被你说服了，那我纠正我的决定，我要让你去打猎。"

说完这番话，克洛俄索斯派人叫来了佛律癸亚的阿德剌斯托斯。当他到来的时候，克洛俄索斯对他说："阿德剌斯托斯，当你被丑恶的不幸击中时，我没有责备你，而是帮你净化，让你住在我的王宫里，并给你提供各种奢侈品。因为我为你所做的这些事，你欠我的，应当好好地效劳于我。我请你在我儿子匆匆前去打猎的时候做他的护卫，以防万一有可恶的强盗在路途上伤害你们。而且，你也该去为自己的声名闯荡一下，因为这是你的祖辈传下的责任，而且你有力量和勇气。"

阿德剌斯托斯回答道："通常我是不会去面对这种挑战的，因为一个如我这般不幸的人，并不适合与幸运的同伴走在一起。我也不想这样做，因为出于许多理由，我应当约束自己。但是现在，既然您催我，而我必须使您满意（因为您的善行，我欠您回报），那我就准备好这么做了。希望您的儿子，您令我保护的这位王子，能因为他的护卫而平安回到您身边来。"

这就是他给克洛俄索斯的答复。之后他们便出发了，带了一帮精选的年轻人和

猎狗。当他们来到奥林波斯山，他们便开始追捕那头野兽。发现野兽之后，他们将它团团围住，投出他们的武器。之后那个外乡人——那个已被洗清谋杀罪的客人和朋友，那个名叫阿德剌斯托斯的人——朝着野猪投出了他的标枪。但是他没能击中野猪，却击中了克洛俄索斯的儿子。阿堤斯被武器的尖头刺倒，梦里的预言得以应验。有人充任信使，跑去向克洛俄索斯报告发生的事情。当他来到撒尔迪斯，便向克洛俄索斯汇报了与野猪战斗的情况以及他儿子的命运。

克洛俄索斯为儿子的死深感悲痛。令他更伤心的是，他亲自净化的那个人杀死了自己的儿子。在巨大的悲痛之中，克洛俄索斯大声召唤净化之神宙斯，请求他看看那个外乡人和宾友给他带来的痛苦。他呼唤作为家庭之神和友谊之神的宙斯，以这些不同的名号来称呼这位神，之所以呼唤家庭之神宙斯，是因为他没意识到自己将杀害儿子的凶手接进王宫，并好好招待；之所以呼唤友谊之神宙斯，是因为他让这人去做儿子的护卫，却发现这人是儿子最大的敌人。

后来，吕底亚人带来了年轻人的尸体，而那个杀人者跟在后面。他站在尸体前，伸出双手，向克洛俄索斯请罪，他请克洛俄索斯在阿堤斯的尸体前杀死他。他说起自己之前的不幸，又说起自己在这不幸之上又毁掉了那个净化他罪行的人。所以对他来说，自己也不值得继续活下去了。克洛俄索斯听到这些话，对阿德剌斯托斯心生怜悯，尽管他自己尚且沉浸在巨大的个人不幸之中。他对阿德剌斯托斯说："我的客人和朋友，我已经从你身上得到了完全的正义，因为你自愿请死。你不该为这罪行背责任（最多只能说你在无意中做出了这件事）。该为此负责的是众神之中的不知哪一位：这位神祇曾就这件要发生的事对我发出警告。"

此后，克洛俄索斯便体面地安葬了儿子。阿德剌斯托斯——戈耳狄阿斯之子、弥达斯之孙、杀死亲弟弟的凶手——现在又毁掉了净化他罪行的人。人们离去后，在笼罩坟墓的寂静中，阿德剌斯托斯意识到自己是被人间的不幸迫害最深的人，于是便在墓地自杀了。

克洛俄索斯在政治上的失败令其个人和家庭悲剧雪上加霜。当时，居鲁士大帝和波斯人的势力与日俱增。当波斯人向西扩充帝国版图时，克洛俄索斯的吕底亚最终被吞并了。在这场危机面前，克洛俄索斯寻求了各种神谕，开始相信只有德尔斐的阿波罗神谕才能告诉他实情。他向德尔斐送去了丰富的祭品，询问神谕他是否应该向波斯人宣战。他从德尔斐得到的回答，也许是有史以来最为著名的神谕，因其简短和模棱两可而具有典型的讽刺意味：如果克洛俄索斯进攻波斯人，他将毁掉一个强大的帝国。克洛俄索斯当然以为他将毁掉波斯人的帝国，然而结果却是他断送了自己的帝国。克洛俄索斯的不幸印证了梭伦的智慧。希罗多德讲述了撒尔迪斯（吕底亚都城）的陷落，以及国王克洛俄索斯和他的另一个儿子（"很好的男孩，只是不会说话"）的命运（《历史》1.85.3—1.88.1）：

克洛俄索斯被居鲁士击败

当城市沦陷时，一个波斯人走向克洛俄索斯要杀他，却不知道他是谁。克洛俄索斯看到这个人走过来，但他不在意，因为在眼下的不幸里，被击倒然后死去对他来说也不会造成什么区别。但他儿子——就是那个聋哑儿子——看见波斯人要袭击时，由于害怕将要发生的罪恶，突然开口说话了。他叫道："士兵，不要杀害克洛俄索斯。"这是他第一次发出声音，但此后他便一直都能讲话。

就这样，在克洛俄索斯统治了14年，又被围困14天之后，波斯人占领了撒尔迪斯，将他俘虏。正如神谕所预言的，他断送了自己强大的帝国。波斯人抓住克洛俄索斯，带他去见居鲁士。居鲁士已搭好一座巨大的火葬堆。他下令用锁链将克洛俄索斯捆住，带到火葬堆上。与他一同被送上去的还有14个吕底亚孩子。居鲁士要么是想将他们作为首批战利品献祭给某位神祇，以履行某个誓言，要么是他已得知克洛俄索斯是敬神的人，因此将他放在火葬堆上，想看看是否有神会救他，让他不至于活活烧死。无论怎样，居鲁士就是这么做的。但对克洛俄索斯而言，当他站在火葬堆上时，他突然意识到（尽管他当时是万念俱灰的）梭伦的话是受了神的启发的："没有一个活着的人可称幸福！"

意识到这一点，他叹了口气，发出痛苦的呻吟，打破长时间的沉默，呼唤了三遍梭伦的名字。居鲁士听到了，他让通译去问克洛俄索斯，他提到的这个人是谁？

通译来到火葬堆上，问了这个问题。克洛俄索斯一时并未作答，但最后他受到逼迫，说道："他是这样一个人：我愿意不惜一切代价让他跟每一位君主谈话。"

通译听不懂他的话，便一遍又一遍地问他到底是什么意思。厌于他们的坚持，克洛俄索斯便说了雅典人梭伦如何第一次来见他，如何在看了他所有的财富之后却在言语中不以为然，如何每件事情的结果却正如梭伦所预言。这些预言与其说是针对克洛俄索斯，倒不如说是针对所有人类，尤其是那些自认为很幸福的人。克洛俄索斯正说话的时候，火被点着了，火葬堆的外缘开始烧起来。

当居鲁士从通译那里听到克洛俄索斯所说的话，他改变了主意。他想到自己也是一个人，却正要将另一个人[1]活活烧死。此外，他也害怕报应，又意识到人生没有什么是确定而安全的，于是他下令尽快熄灭大火，将克洛俄索斯和火葬堆上的其他人一道带下来。他们试图这么做，却无法控制住火焰。

接着，根据吕底亚人的说法，克洛俄索斯看到所有人都试图灭火却无法控制住火势，知道居鲁士改变了心意。他大声呼唤阿波罗：如果他曾接受过克洛俄索斯送的礼物，如果礼物令他满意，就请他护佑克洛俄索斯，并使其免遭眼前的灾难。他流着泪呼唤神的名字。突然，从清澈而平静的大气中冒出暴雨云，飞快地聚在一起。

---

[1] 原引文如此。在 A. D. Godley 英译本、George Rawlinson 英译本及王以铸汉译本中，"另一个人"尚有定语——"另一个在过去曾和他自己一样好运的人"。

霎时间暴雨倾盆，浇灭了火焰。

　　于是，居鲁士知道克洛俄索斯受神眷顾，是个好人。他让人将克洛俄索斯带下火葬堆，然后问他："克洛俄索斯，什么人劝你向我国进攻，与我变成敌人而非朋友的？"克洛俄索斯答道："陛下，我所做的这些事于你是好运，于我个人则是厄运。希腊人的神负有责任，因为是他煽动我开战的。没有人无知到选择战争而非和平。和平时代子葬父，战争时代却是父葬子。但不知何故神却喜欢这样。"克洛俄索斯说了这些话，居鲁士便给他松了绑，让他坐在自己身旁，极为敬重他。居鲁士及其身边的所有人都惊奇地看着克洛俄索斯。

　　于是，克洛俄索斯成了居鲁士身边智慧而仁慈的顾问。在希罗多德这篇小传奇的结尾部分，克洛俄索斯派人去问阿波罗的女祭司：为什么神谕会误导他。"即使是神也无法逃脱既定的命运。"女祭司回答道。然后她说到阿波罗的确尝试了种种方式，以求减轻克洛俄索斯命中注定的不幸（《历史》1.91.1）。

　　　　阿波罗从大火中救了他。克洛俄索斯指责他所得到的神谕的做法是不对的。因为阿波罗警告过：如果他向波斯宣战，他将毁掉一个伟大的帝国。如果他打算尊重神谕而明智地行事的话，本该再派人来问，神谕里指的是他自己的帝国还是居鲁士的帝国。如果他既不理解神谕，又没有继续追问，那他应该把自己看作是那个该受责备的人……听了这些话，克洛俄索斯承认那是他自己的错误，并不是神的错。

　　喀俄斯岛的抒情诗人巴库利德斯也在诗歌中记述了克洛俄索斯的故事。这首诗写于公元前468年。在这个版本中，克洛俄索斯自己下令点燃了火葬堆，但宙斯熄灭了火焰，而阿波罗则将克洛俄索斯带走，让他在许珀耳玻瑞亚人中间一直幸福地生活下去，以作为他虔诚敬神的奖赏。

作为神话历史学家的希罗多德

　　希罗多德的故事让我们得以瞥见传说历史中的那个奇妙世界。在希罗多德的文学艺术所创造的史诗语境中，我们怎么可能信心十足地将事实与虚构分开呢？克洛俄索斯儿子的名字阿堤斯（Atys），意为"被阿忒控制的人"（阿忒 [Ate] 是代表末日和毁灭的女神）。此外，在崇拜和故事中，阿堤斯又与阿提斯（Attis）和阿多尼斯（Adonis）相关联。阿德剌斯托斯可能与神话中报应女神涅墨西斯（Nemesis）或阿德剌斯忒亚①（[Adrasteia]，意为"必然"）的概念有关，他的名字可以被翻译成"无法逃脱的人"，即"无路可走的人"。这个故事中的情节，令人想起传说中的卡吕冬（Calydonian）狩猎野猪②。在今天，还有人对奇迹有足够的信心，相信阿波罗从火葬中救出了克洛俄索斯吗？

　　但是，神话的某些部分或是真实的。尽管存在年代上的问题，但梭伦可能的确见过克洛俄索斯——尽管并不在希罗多德所认为的时间。[10]克洛俄索斯也可能的确有一个儿子年纪轻轻就死去了。但是，作

---

① Adrasteia 是受瑞亚所托哺育婴儿宙斯的一位宁芙的名字，意为"不可逃避的"，也是涅墨西斯、瑞亚、库柏勒和阿南刻等女神的特性形容语。

② 详见本书第19章。

为神话作家和历史学家的希罗多德不会满足于这种平凡的事实。他的（以精致的艺术织成的）故事必须揭示出另一层次的、可以突出角色并阐明哲理的情感真相和精神真相：最幸福的人是雅典人泰勒斯，他的一生揭示了那些在大战——像马拉松战役那样——中战斗并获胜的希腊人的特征和价值，在公元前5世纪的第一个25年里，他们保卫自己的国家不受波斯人侵犯；神将因波斯人的国王薛西斯那有罪的傲慢而惩罚他，正如神惩罚了薛西斯的原型克洛俄索斯。通过对传统故事的处理（军队数量、策

希罗多德记载的其他民间传说故事：巨吉斯、阿里翁和波律克拉铁斯

在希罗多德的《历史》中，还有许多重要而引人入胜的神话传说，它们有着民间故事的主题。尽管很难选择，我们还是挑出了另外三个例子。

吕底亚的国王坎道列斯（Candaules）一直夸口说，他的妻子是世界上最美丽的女人。他想让亲信侍卫巨吉斯（Gyges）相信自己的说法一点儿都不夸张，于是他特意安排，瞒着妻子让巨吉斯看见她的裸体。然而，王后知道了这奇耻大辱（吕底亚人认为：哪怕一个男人的裸体被人看见，也是无比羞耻的事情）。出于报复，她与巨吉斯密谋。巨吉斯被迫杀死坎道列斯，赢得了王位，并娶王后为妻（《历史》1.10—13）。

希罗多德还讲述了勒斯玻斯岛的音乐家阿里翁（Arion）的故事。阿里翁遍游希腊各地和意大利的希腊人城市，教授狄俄尼索斯的仪式，尤其是演唱酒神颂歌（dithyramb）——为崇拜酒神而合唱的圣歌。他深受科林斯的僭主佩里安德（Periander）的喜爱。阿里翁决定乘一艘科林斯的船从意大利返回希腊。船上的水手们密谋要偷窃阿里翁在意大利表演中赚来的钱财，于是，先是允许他站在船尾进行最后一次演出，然后将他扔下了船。阿里翁跳进大海后，一条海豚救了他，并把他驮在背上，游到泰纳隆海角（Cape Taenarum，伯罗奔尼撒半岛南部海角）的波塞冬圣地。他从那里回到科林斯，将发生的一切告诉了佩里安德，并按照佩里安德的吩咐，当水手们向国王报告说阿里翁在意大利安然无恙之际在他们面前现身，让水手们目瞪口呆。

佩里安德是一位历史人物，在公元前600年左右统治科林斯。阿里翁可能也是一位历史人物，被认为是酒神颂歌的发明者。《荷马体颂歌》的第7首讲述了一个关于水手的神话（参见本书第345—346页），将狄俄尼索斯与海豚关联在一起。希罗多德还提到泰纳隆海角的波塞冬神庙里有一尊雕像，是一个男人骑在一头海豚背上（据说是阿里翁本人敬献的）。因此，阿里翁的故事无疑与对波塞冬和狄俄尼索斯的崇拜有关系。

最后，萨摩斯的僭主波律克拉铁斯（Polycrates）生命中的一个插曲，戏剧性地反映了梭伦与克洛俄索斯的传说中所体现的那种希罗多德哲学。与克洛俄索斯一样，波律克拉铁斯一直拥有巨额财富和巨大的权力。他的朋友、埃及国王阿玛西斯向他表达了忧虑，认为波律克拉铁斯无止境的成功可能最终导致灾难，因为神会嫉妒没有不幸来点缀的繁荣。他建议波律克拉铁斯将他最珍贵的财物丢弃到远处，让它不会在人间再次出现。波律克拉铁斯选择了一件心爱的艺术品——一枚宝贵的镶着翡翠的金戒指。他亲自乘着一条船，将那戒指抛到海里，然后回到家中，为他的损失而哭泣。五六天后，一名渔夫骄傲地来到王宫，将他捕获的一条美丽的鱼献给国王。在准备将鱼做成晚餐时，人们发现波律克拉铁斯的戒指就在它的肚子里。当阿玛西斯听说了波律克拉铁斯的遭遇，他意识到一个人不可能帮助另一个人免除命中注定的东西，他还知道波律克拉铁斯的结局不会好，因为他找回了自己打算永远抛弃的东西。的确，波律克拉铁斯最后被一个名叫奥罗厄特斯（Oroetes）的波斯恶棍谋杀了（《历史》3.39—40及其后文）。

略和"事实"等概念要在后来才会出现），希罗多德解释了为什么希腊人打败了波斯人。这些也是真相，却是另一种真相：它们是神话艺术的精髓。

希腊宗教

神话揭示了神的本质，而我们对这种本质及其在哲学和宗教领域的衍生体的描述，不可避免地导致我们需要进一步（但只能是简要地）探讨希腊宗教这一庞然而又错综复杂的话题。关键在于，对宗教在古希腊人生活中扮演的角色，对神话和宗教通过融合而为他们的世界赋予意义，并在他们与神之间建立正确关系的方式，我们应当加以一定的关注。希腊人对宗教的信奉历经千百年的发展，受到众多不同的影响，其中有从他们的印欧先人那里流传下来的信仰，有米诺斯—迈锡尼文明遗留下来的观念和实践，也有从与近东的接触中收获的遗产。

希腊神话与宗教

我们对希腊神话与宗教之间关联的理解，是经过长期演变而成的。在19世纪末之前，人们一直假定，希腊神话能让我们大体上无拘无束地窥见古希腊的宗教观念——或是通过字面的解读，或是通过哲学的和寓言的解读。的确，类似的解读可以一直上溯到古代。到了19世纪末，学者们开始认识到这种方法的不足之处。随着现代考古学的兴起，人们的注意力转移到了宗教仪式和宗教活动的作用上来，将它们作为理解古希腊宗教最有成效的探索焦点。在重要性上，希腊人在对神的崇拜中的实际做法开始超过他们所讲述的关于神的故事。神话揭示古希腊宗教观念的能力开始受到严重质疑。到了21世纪初，这种情况又一次发生了转变，远远不再那

么狭隘，不再那么教条主义。这种对希腊神话如何与古希腊宗教观念和宗教活动发生互动的新理解变得更细微、复杂，其对作为一个整体的社会内部的文化因素之间的相互作用也敏感得多。这种变化一方面是受到人类学和跨文化研究的影响——它们考察各个社会（包括古代社会和现代社会）内部神话与宗教之间的关系；另一方面则是因为成熟的文学理论的出现：这些理论让我们能以更多样，可能也更有成效的方式来梳理出文学文本中的宗教象征和隐喻。关于当代这种对神话、仪式与艺术表现的整合，让－皮埃尔·韦尔南有如下的精彩陈述：

> 在虔诚的敬畏和对神的那种弥散的感情以外，希腊宗教还将其自身呈现为一种广大的、复杂而又连贯的象征结构，为各个层面和各个方面的观念和情感——包括个体崇拜在内——留出了空间。在这个系统中，神话与仪式实践及对神的表现以同样的方式扮演着自己的角色。的确，神话、仪式和形象描绘，代表着口头的、动作的和图像的这三大表现方式。希腊人通过这些方式展现他们的宗教体验。每一种表达方式都构成一种独特的语言。即使在与另外两种语言发生联系时，它也能对特别的需求做出回应，并独立地运作。[11]

只要想象一下泛雅典娜节①上的宗教体验，我

---

① 泛雅典娜节（Panathenaic festival，或作 Panathenaea），雅典的古老节日，起初每年举行一次，后改为每四年举行一次。节日期间，雅典所有属地的代表都要到雅典城参加庆祝。人们要向雅典娜奉献一件崭新的绣袍和动物祭品，并举行盛大的体育竞技和音乐比赛。其规模堪与奥林匹克竞技会媲美。

们便有可能设想神话、仪式和形象之间的这种整合。这是为纪念雅典城的保护神雅典娜·波利阿斯（Athena Polias）而举行的一年一度的庆祝活动（参见本书第189页）。节日的内容包括由雅典城大多数居民参加的游行。整个雅典人共同体会仪式性地穿过这座城市，来到卫城。参加者按照其所在城区被分成不同的组，得以被组织起来。所有公民都有他们自己的一席之地，在庆典中各司其职。节日的中心时刻是敬献绣袍（佩普洛斯长袍 [peplos]），用来装饰古老的木质雅典娜神像。雅典的妇女每年都织出一件新的绣袍，但总是在上面绣上同样的神话场景，即巨人之战。敬献绣袍之后，便是百牛祭（hecatomb，即用一百头牛献祭），以及在全城人中分配祭肉。诗人们会写好颂歌，以供唱诵。这些颂歌反复讲述一代又一代传承下来的神话传统，有时也会做出新的解释。市民们聚集到一起，在雅典娜的帕特农神庙欣赏对来自神话和传说的众多故事的艺术呈现：在神庙的三角墙上，刻着雅典娜从父亲宙斯的头中生出时就已是明媚少女的情景，也有她与波塞冬为受到雅典城的特别崇拜而展开竞争的故事；在神庙的爱奥尼亚式（Ionic）[1] 雕带上，刻着泛雅典娜节庆祝活动本身的图案，因被刻在石头上而永恒不朽。敬献绣袍一举强调了希腊人关于神的概念中那种具体而明确的拟人论的特色。在神话、艺术与仪式的交汇之中，宗教体验让纷繁复杂的世界变得可以理解：游行队伍从城市的四周来到它的中心，从空间意义、社会意义和政治意义上将参加者联合起来，带着雅典人参观他们的国土；对神话和传统的重述，让雅典人与他们的神和英雄往事发

生联系，从而定义希腊人；牺牲和充满仪式感的奉献，则在人与神、人与动物以及生者与死者之间确立界限。

希腊宗教的本质

人们在开始讨论希腊宗教时，提出如下断言已成惯例：作为一个民族的古希腊人没有一个封闭的祭司阶层，没有统一的教义信条，没有宗教意义上的权威书籍或经典来传播信仰的本质，也没有各地都遵循的固定不变的仪式或典礼。也许这些概括在某种意义上是真实的，但是它们也相当具有误导性。更合理、更精确的做法是，将一种共享的宗教观和一种共同的宗教体验作为讨论对象，且这种宗教观和宗教体验应当能够在希腊宗教这个题目下以易于理解的方式被概念化。这样做的原因多种多样，但是在共同身份的建立过程中，史诗传统的重要性怎么强调都不为过。对神的特征辨识（他们的名字和外貌，他们的关系、特点及能力——这一切皆以宙斯为尊），以及由荷马、赫西俄德确立的那套关于神与凡人的世界之诞生的详尽讲述，已经成为根本，无处不在。这片神话和传说的沃土足以滋养宗教的观念、主张和实践的发展。这些观念、主张和实践世代相传，并在传统中得到强化。就像对一种共同语言的认可一样，它们被珍视为一种定义何为希腊人的共同财富。

当然，希腊也存在数量过多的各种宗教仪式和节日，存在无数种神话传说的变体，而数百个城邦中还有大量关于神的艺术表现，从公元前10世纪城邦出现之初直至罗马帝国晚期异教崇拜的终结。不同的共同体崇拜的主要对象是不同的神。在雅典，最显赫的是雅典娜，在阿尔戈斯是赫拉，在以弗所是阿耳忒弥斯。各个共同体并不会忽视万神殿里的

---

① 爱奥尼亚式是希腊古典建筑中的三种柱式之一（另两种是多利亚式和科林斯式），特征是纤细秀美，柱头由一对向下的涡卷装饰。爱奥尼亚柱式的柱头上方有一条精美的雕带。

其他神祇，但是他们选择某位特别的保护神，即意味着他们与人世间以外的世界之间的独特联系。有时候，就连"万神殿"的构成在城邦与城邦之间也会有差异和演变：有些神被列入，有些神则被去除。此外，每一位神在同一个共同体中可能会拥有众多特性修饰语，可能有多种角色，也可能被尊以不同的仪式。针对这种富有创意的多样性，史诗传统起到的是一种限制的作用，给这种信仰、表达和实践的巨大丰富性设定了界限。久而久之，正如我们可以预见的，它会把某种宗教体验的同质性以及某种熟悉而统一的宗教图景赋予各个城邦。这种同质性和统一图景将超越各个城邦中那些分散而多样的宗教崇拜表现。城邦重要性在公元前4世纪的降低也会产生类似的效果。随着希腊人越来越无法从自己所属的本土城邦的角度来确立自己的独特性，他们便采取了一种更世界主义的、更同质化的视角。

城邦的公共宗教

希腊人有许多表达"神圣"或"虔诚"的词，却没有一个词可以涵盖我们通常所说的"宗教"，没有一个短语可以概括那些与神灵崇拜联系起来的信仰和实践的全景画面。与所有宗教一样，希腊宗教有一项显著的社会职能。然而，今天我们已很难理解宗教是如何深深植根于古代生活的各个方面——特别是那些可能被我们认为"世俗"的方面。实际上，希腊人并不懂这种二分法。在一个希腊城邦中，神圣的力量几乎渗透到古代集体生活的每一方面。城邦成为希腊人的身份认同概念的中心，在社会、政治、军事、经济、文化，以及对我们的概述而言最为重要的宗教层面为他们的生活建立秩序。

到了公元前6世纪，希腊宗教的主要元素（反映在荷马和赫西俄德的史诗中）已经确定，尽管多种多样的发展仍将继续——如下文所述。对神的公共崇拜仍将是城邦宗教生活中最显著的特色。我们不妨来看一看其中的一个典型例子——雅典的公共崇拜——因为它十分重要，又有众多文献记载。雅典卫城具有美丽的建筑和古迹（尤其是帕特农神庙与厄瑞克透翁神庙［Erechtheum］①），是这座城市的宗教中心。然而，各种神庙、圣地和神龛存在于雅典这个共同体的每一个部分。其中有的属于国家共同的神，有的则属于更地方化的神，以及社区和家庭中的超自然力量。

雅典人的生活——无论是公共的还是私人的——围绕着采用阴历的宗教历法而进行。一年中最神圣的一天是新的阴历年的开端。日历年中有近一半的日子属于"节日"（heortai，希腊语中表示广义的节日，单数形式为 heorte）。这个词来自希腊语中的"宴会"一词，表明宴会是节日中最令人欢乐的项目。节日可以是国家性的，也可以发生在更为地方的层面上——在城市的不同地区或社区举行。阿提卡年（Attic year）②的第一个月被称作百牛祭月（Hecatombaion）。在这个月里，人们举行百牛祭节（Hecatombaia，即奉献百头祭牲的节日），向阿波罗致敬。泛雅典娜节也在这个月举行，因为致敬的对象是这座城市的保护神雅典娜而尤为盛大，理所当然地被认为是新年（见上文）最主要的节日庆典。

在安忒斯特里亚月（Anthesterion）③，雅典人庆祝的是安忒斯特里亚节（Anthesteria）。这是最主要

---

① 厄瑞克透翁神庙得名自雅典先王中的厄瑞克透斯（Erechtheus），详见本书第23章。

② 阿提卡年又称雅典年（Athenian year），指古希腊雅典城邦统治的阿提卡地区所使用的历法中的一年。下文中的百牛祭月的时间是7—8月中。

③ 时间在2—3月中，通常被认为与"鲜花"（ánthos）有关，但也有学者认为这个名字与召唤和安抚亡灵有关。

的春季节日，为崇拜狄俄尼索斯而设，其中有三天时间用于庆祝新葡萄酒的开封。这是一个极为欢乐的节日，会有戴面具的表演者逗乐观众，但也涵盖一些黑暗面。安忒斯特里亚节中的部分仪式旨在追怀一些令人不安的神话，如俄瑞斯忒斯在弑母之后来到雅典（参见本书第477—482页），狄俄尼索斯被杀害并肢解（参见本书第343页），以及伊卡里俄斯（Icarius）与其女儿厄里戈涅（Erigone）的故事（参见本书第344页）。与复活节庆典非常相似，这个节日也包含了死亡与重生的元素。

另有两个重要节日将在后面的章节中讨论：崇拜阿耳忒弥斯的布劳戎尼亚节（Brauronia）（参见本书第245页）和地母节（Thesmophoria）（参见本书第372页）。后者是妇女的节日，纪念对象是得墨忒耳，因阿里斯托芬的喜剧《庆祝地母节的妇女》（*Thesmophoriazusae*）而永远流传。

人们全年庆祝的节日数不胜数。据估计，仅阿提卡地区就存在约2000种节日。在雅典人的神圣历法中，每年有170天属于一年一度的节日。

对于希腊人来说，宗教与世俗之间的界限是模糊不清的。这种情况在以下节日里表现得最明显。大酒神节（the Great Dionysia）确立于公元前6世纪的雅典，城里最优秀的诗人们正是在这个节日的仪式庆典中上演他们的悲剧和喜剧，以纪念酒神狄俄尼索斯。那些盛大的泛希腊节日，除了宗教庆典之外，还包含体育竞技的内容，其中最著名的两个分别在奥林匹亚（纪念宙斯）和德尔斐（纪念阿波罗）举行。

对逝去英雄的崇拜

除了为纪念城市的主要神祇而举行的节日，每个城邦还留出一些特别的场合来纪念他们的伟大英雄。这些英雄在死后实质上被赋予一种神祇的地位（参见本书第147页）。英雄崇拜仪式的性质各种各样，带有地生色彩，这是为了将这种崇拜与对奥林波斯诸神的崇拜区别开来。例如，在向地生力量献祭时，祭牲的血通常不会被泼洒到祭坛上，而是会被装在罐子里，或洒在地面上。所选中的祭牲在颜色上可能会略深一些。一个群体的英雄代表着更为地方化的传统及崇拜。英雄们之所以被视如神祇，是因为他们在死后仍有能力行善或作恶，尤其做出有利于崇拜他们的城邦的事。然而，与神不同，英雄们不是永生的。他们死后生活在哈得斯的国度，或是福人之土。

传说中的两位著名英雄得享幽冥崇拜（chthonic cults），他们分别是俄狄浦斯王与先知安菲阿剌俄斯（都来自忒拜）。他们的一生与众不同，死得又很神秘，因而被视如神祇，受到崇拜。关于他们的传说，参见本书第441—452、457页。

祭司与女祭司

仪式——尤其是献祭（尽管一般说来，任何人都可以进行献祭）——的执行、神庙与圣地的维护以及账目的管理涉及众多人员，而祭司是宗教人员中最重要的群体。由于公共活动与宗教活动通常联系紧密，所以治安官可能也会参与宗教活动，尤其是参与到节日庆典中。

虽说祭司身份并不代表正式的阶层或层级，而且理论上任何人都可以在一场宗教仪式中担任司祭，祭司可以经由选举产生，或是通过抽签任命，部分祭司职位还可以出售。但有的人担任祭司则是因为他们的出身。唯一必须满足的条件是遵守一种特定仪式的传统，而这一点通过事先参与就可以学会。不同的人担任祭司的时间长短大相径庭，而记载显示，有些人当了很长时间的祭司。在厄琉西斯秘仪的整个历史中，其祭司职位从古风时期开始就仅由两个雅典家族把持（即刻律克斯家族 [Kerykes]① 和欧摩尔波斯家族 [Eumolpidae]）。不同的祭司职位，在婚姻或贞洁、禁欲、饮食等方面有着不同的要求和规定。

尽管祭司职务意味着崇高的声望，但它并不是一个需要终身奉献的职业。因其在戏剧性的重大典礼、仪式和宗教游行中的特殊着装、庄严面貌，以及行为，重要的祭司会受到特别的敬重。人们还会在他们的墓碑上增添个人的华美雕像和令人难忘的浮雕，以示荣耀。

正如琼·布雷顿·康纳利在其著作《女祭司的肖像：古希腊的女性与仪式》中所揭示的，女祭司的角色也极为重要。对于任何想要严肃地研究希腊宗教和古代女性地位的人，这本书都是必读书，因为康纳利细致地解读了从古风时期至希腊化时代，乃至罗马帝国时期的大量证据。这些证据有许多是破碎、模糊和含混不清的，但是康纳利大体上能重建一种内容充实的可信陈述，涉及"合格性与职位的取得、服装与特征、表现、责任、仪式上的行为、任职补偿、权威与特权，以及对去世女祭司的悼念"等方面。她的讨论不仅包括女祭司的生活，而且包括女孩、少女及一般意义上的女性的宗教生活。她的中心议题之一就是"由家庭负责的家庭内部仪式与由神庙负责的公共仪式之间的相互关系"。宗教是"希腊女性拥有与男性平等或相当地位的唯一领域"。许多对女祭司的要求与对男祭司的要求

是相似的，例如任职时长、行为规范与合格程度。

她对四种显要祭司职位的着力探讨尤有价值，而关于这四种职位的证据也最为丰富。它们是：雅典帕特农神庙的雅典娜祭司、厄琉西斯的得墨忒耳与科瑞（Kore，即珀耳塞福涅）祭司、阿尔戈斯的赫拉祭司，以及德尔斐的阿波罗祭司。对于宗教研究者而言，她得出的结论应当具有特别的分量：

> 基督教要想真正地与"异教"崇拜分开来，它必须废除希腊宗教中最明显也最具特征性的支柱之一，即女性、少女和女孩的圣职……380年②，狄奥多西皇帝颁布法令，不仅要求毁掉所有神庙和神像，而且取缔包括厄琉西斯秘仪、泛雅典娜节和奥林匹克竞技会在内的古老节日。伴随而来的，是对圣职以及那些已为希腊宗教崇拜服务超过千年的女祭司职位的取消。[12]

较之于对男性神祇的崇拜，女祭司通常在女神崇拜中扮演更为重要的角色。但是，就那些贫乏、艰难且尚有争议的证据所能允许的范围内而言，祭司职位与女祭司的官方职责之间的关系还有待厘清。

先知

先知是以解读迹象为职业的预言家。这些迹象或是通过献祭求得，或是作为不寻常的征兆的结果而出现。他的信奉者们认为这些迹象明确地来自神祇，旨在告诉他们各种事情——无论是个人的、政治的、军事的、经济的还是宗教的。历史上的先知以传说中的先知——如卡尔卡斯（Calchas）、墨兰

---

① 原文作"刻耳库得斯家族（Kerkydes）"，与第14章尾注 [4] 不符。此外，可见的资料均显示把持厄琉西斯秘仪的应是刻律克斯家族和欧摩尔波斯家族，没有刻耳库得斯家族的相关信息。

---

② 原引文作"503年"，有误。

波斯和忒瑞西阿斯——的表现和技巧为榜样，因为这些先知的预言总会应验。因此，要想在这种竞争必定激烈的职业中获得成功，他们必须完善自己那些富有魅力的技巧。

一位成功的先知会非常受欢迎，可以在四处旅行中向热切的大众提供私人服务（这种服务能让他们省去前往遥远的神谕地——如德尔斐——的不便和花销），赚上许多钱。历史上仅有约 70 位先知的名字流传了下来。有些女先知（与男先知类似）也已被识别出来。我们应将她们与解读神谕的女祭司区别开来。后者的例子是皮提亚（Pythia），即在德尔斐解读阿波罗神谕的女祭司。

先知的技能包括各种占卜，例如解读鸟类的飞行和叫声、蛇的行为、梦的内容，以及闪电雷霆、地震和日食等自然征兆。总而言之，他们的技能涵盖任何突然出现而又不可控制，从而需要解释的事物。在荷马的作品中，先知卡尔卡斯被认为是最擅长解读鸟类的（《伊利亚特》1.69）。

祭牲也会受到检视，以发现其中是否出现印记和不正常之处——这些可能是来自神的信息。预言者会仔细对动物进行内脏检查（extispicy），尤其是肝脏检查（hepatoscopy）。某些先知在表演他们的预言技巧时会被神附体。

迈克尔·阿提亚·弗劳尔（Michael Attyah Flower）在其著作《古希腊先知》（*The Seer in Ancient Greece*）中总结道：

> 没有占卜的话，希腊"宗教"本身就会从根本上发生改变，因为占卜是一整张由关系、仪式与信仰交织形成的网络中不可缺少的一部分，而这张网络构成的就是希腊人的宗教体系。[13]

神秘宗教

一个重要的（特别是在本书第一部分）、神话研究无法摆脱的宗教论题，以神秘宗教这一关键主题为中心。神秘宗教在一些重要的方面有别于前文中探讨的公共宗教庆典。在种类繁多的秘仪中，最重要的一些是为了纪念狄俄尼索斯、得墨忒耳和俄耳甫斯而举行的，我们将在他们各自的相关章节中展开探讨。本书第 15 章讨论的是哈得斯的国度，其中描写了那里的乐土以及地狱深渊塔耳塔罗斯，强调了秘教的基本宗教原则，即灵魂的存在、善与恶的较量，以及来世中的奖赏和惩罚。

在性质和精神上，这些宗教所基于的教义与那些对奥林波斯诸神的传统崇拜相去甚远。公众崇拜不要求严格遵守教条，但是秘教却要求必须接受特定的教义。书面的或是口头传承的神圣文本为仪式活动和道德行为定下了规矩。例如，否认狄俄尼索斯的神性将导致灾难性后果。那些敢于否认宙斯是他父亲，相信他的凡人母亲塞墨勒（Semele）撒了谎，认为她是从凡人而非神祇受孕的人将受到神的报应。厄琉西斯秘仪是女神得墨忒耳本人为那些想要得到秘传并进而得到救赎、永生和欢乐的人制定的。本书第 16 章中对这些秘仪有更全面的总结。

献祭

希腊仪式中最重要的宗教行为是献祭。献祭发生在宗教历法上不时出现的那些主要节日里，也发生在人们需要求得神的眷顾的无数公共场合和私人场合中，如聚居地建立、战争爆发、商讨停战、求取神谕、庆祝婚礼，等等。关于献祭仪式中的元素或阶段的证据，来自文学记载以及考古遗迹。这种仪式经过了千百年的发展，在每座城市、每处圣地都存在当地的变体。然而，其中也存在一些典型特征。荷马是我们最早的证据来源。他的细节描述表明了完成正规的献祭所必需的那些主要元素。皮洛斯国王涅斯托耳下令向雅典娜献祭的故事便是一例（《奥德赛》3.430—463）：

每个人都匆忙参与这项工作。人们从田野中牵来母牛；从平稳的船上走下来的是英勇的忒勒玛科斯的同伴；匠人也来了，带来了青铜器具，以及他的手艺需要的工具，有砧子、锤子，还有制作精巧的火钳（用来加工黄金）。雅典娜也来了，她来接受祭礼。年长的御者涅斯托耳带来了金子，金匠就把它制成金箔，包在牛角上，好让雅典娜见了祭品心生欢喜。斯特拉提奥斯（Stratios）与高贵的埃克弗戎（Echephron）执角牵过牛来。阿瑞托斯（Aretus）从储物间走出来，用精美花饰的盆子端来洗手水。他的另一只手里提着一篮大麦。作战顽强的特拉叙墨得斯（Thrasymedes）手握锋利的斧头，走到近旁，准备一下就将那牲口击倒。珀耳修斯端着接牛血的碗。年长的御者涅斯托耳开始仪式，按规矩洗了手，撒了大麦粒。他虔诚地向雅典娜祈祷，并开始献祭，将牛头上的绺绺牛毛扔进火里。他们祈祷完毕并撒了大麦粒之后，站在附近的涅斯托耳之子、勇敢的特拉叙墨得斯立刻挥斧宰牛。斧头砍进牛颈的筋腱，使牛失了力气。女人们发出尖叫，其中有涅斯托耳的女儿们、儿媳们，以及他高贵的妻子欧律狄刻——她是克吕墨诺斯（Clymenus）的长女。大家抬起牛，高举在满是脚印的地面之上。接着，最优秀的庇西特拉图（Peisistratus）割断了牛喉。当它黑色的血流尽了，生命离开了它的骸骨，人们立刻将它剖开，迅速砍下大腿骨，按照正确的方式，将骨头用一层层肥油包起来，再在上面放上几片肉。老人在柴火上烤肉，再在上面洒上闪光的酒。年轻人手握五股烤叉站在他身旁。待大腿骨烧好，内脏也已品尝过，人们便将剩下的肉切碎，用叉串好，放在火上烤，并把尖叉攥在手里……当他们烤好外层的肉之后，他们从烤叉上取下肉，坐下来开始宴会。高贵的人们为他们服务，将美酒倒进金杯里。

举行重大祭典的日子意味着宗教式的庄重、庆祝和欢乐。根据典型的做法，主祭者会身着白色衣服，头戴花环。祭牲也像上文描述的一样装饰华美。整个群体（无论男女老幼）都来参与，献祭仪式在真正意义上让群体结为一体。它确立这个群体，为之赋予正当性，还定义了谁有权参与。一些参与者被委以责任——牵来祭牲、拿盆子、提供斧子、砍倒祭牲、分肉及烤肉、招待客人，等等。随着时间的推移、城邦的进一步发展，以及献祭本身作为戏剧和表演的内在性质，更多仪式细节诞生了，而公民机构担任的职能也大量增加：主持的祭司、核心参与者、乐手、提篮的女人、参与军事训练的青年男子（ephebes）、管理牲口的牧人、政治官员和宗教官员，等等。

荷马提供了献祭程序的重要细节。他的叙述对重建古典时代的典型献祭仪式至关重要。牛是最珍贵也是最受重视的祭品。因为牛最值钱，所以它们仅用于特别场合。绵羊是最常见的祭品，而山羊、猪和家禽也很常见。其他的动物——例如鱼——

就少见得多了。我们还证实了更为非典型的献祭的存在，例如淹死马匹以向波塞冬献祭的仪式。祭牲的性别并不总是与纪念或赎罪的神的性别相同，但通常是一致的。必须是完美无瑕的祭牲才适合被献祭给神。献祭仪式的一个重要特征是假设动物必须是自愿被宰杀的。献祭的过程特别包括了向动物身上洒水：这会让它摇起头来，似乎是在表示同意。水的作用主要是净化参与者。这种净化是对神以及其他人的公开表示：参与献祭的人是干净而纯洁的，因此可以在场。按照规则，这项仪式行为是献祭典礼的开端标志，对水的使用常常被描述为献祭的开始。

祭牲会被带到男神或女神的神圣区域中。这种区域被称作忒墨诺斯（temenos，来自希腊语"分割"一词），因为它被奉献给神，从平凡世俗的世界中被"分割"开来。接下来，祭牲在蔚为壮观的行进队列中（音乐是仪式不可或缺的一部分）被领往祭坛。祭坛通常位于神庙前方的户外。如前所述，如果祭牲止步不前，那将会被认为是不祥之兆。这时候主祭者会仪式性地清洗双手，水便是在此刻洒到动物身上，以确保获得它的同意，正如我们说过的那样。

一名少女会头顶篮子走上前来。篮子里装着刀，上面覆盖着大麦粒或大麦饼。参与者手抓一把把谷物，在祭司说完祷词之后，每个人都会将大麦粒撒到祭坛上和祭牲身上。祭司会从篮子中拿出刀，割下祭牲头上的一绺绺毛发。这表示这头动物不再是不可侵犯的，而是可以被宰杀的。割下来的毛发会被扔进火里，以作为一种初步祭祀。

对于较大的祭牲，人们会先用斧头将它击晕。较小的则会被抬到祭坛上割开喉咙。妇女们会发出仪式性的哭泣（ololuge），这或许可理解为对内心喜悦的表达、对戏剧性死亡的高潮时刻的情感宣泄。在被击晕后，动物会被抬到祭坛上，这样人们才可以割开它的颈部。人们会准备一个盆子接血，血会被洒到祭坛上。接下来就是宰杀动物。其骨头，尤其是大腿骨，会被割下来用肥肉包好，最外层再裹上一片片的肉。这是要烧给神的，因为人们相信神喜欢焚烧脂肪和大腿骨的味道。烧好大腿骨之后，内脏（splanchna）要用烤叉串起来烤好，而后让集会中最重要的参与者吃掉。酒被浇到火上，然后便开始主要的烤肉过程。神从祭祀中实际能得到什么快乐？这是在希腊人中引发了许多猜想的话题，这些

图6.2　《准备献祭》（*Preparation for Sacrifice*）

被归于克勒俄丰画师（Kleophon painter）[a] 或其流派的红绘调酒缸，约公元前425年，高42.3厘米。画面描述的是一头公羊被牵往献祭典礼的场景，中心是祭坛，上面溅洒着血迹。祭坛近旁的老年长须男子是主祭，正在净手，也许正在准备向动物洒水以获取其同意。他对面的年轻人端着水盆和献祭用的篮子（kanoun，里面装有谷物或其他必要物品）。这两人中间是一块牛头骨（bukranion）——祭祀仪式中常见的母题。左侧是一名吹笛手（auletes）与一名牵着动物的年轻人。右侧站着另一名蓄须男子，也许是另一位祭司或助手。

a.　活跃于公元前5世纪中后期的一位名字不详的雅典红绘陶画师，对他的冠名来自一条赞颂一位名叫克勒俄丰的年轻人的铭文。

图6.3　《向阿波罗献祭》（*A Sacrifice to Apollo*）

阿提卡红绘调酒缸，约公元前430年，高33厘米。这件器皿呈现了宰杀祭牲之后的典型画面。祭牲的躯干部分被割开，用烤叉串起在火上烤。祭坛位于画面中心，上面铺着生火的木块。画面最右侧站着的是阿波罗——这些祭品便是敬献给他的，而他也以某种方式参与到献祭中来。阿波罗手里握着月桂树枝，祭坛后面也立着一株月桂树。一名年长的蓄须男子在祭坛旁边主持献祭。他手中握的物品不详，有可能是某种内脏，也许是心脏。他的两侧各站一位青年。左边的那位在祭坛的火上用烤叉烤内脏（ splanchna ）。其中有些会被切开，分给参与者，并被立刻吃掉。右边的青年右手里拿着酒壶（ oinochoe ），左手里是祭篮（ kanoun ）。

猜想有时候甚至令人不安。赫西俄德的《神谱》讲述的原因论故事——普罗米修斯对宙斯未得逞的诡计（参见本书第92—93页）——是这种问题的解决方案之一。赫西俄德确认的事实是，人类接受了祭品中最好的一部分。实际上，献祭仪式也是人们享用肉类的主要机会之一。这顿大餐以后，剩下的肉全都会分发给参与者，让其带回家。兽皮属于圣地，或者被出售（如雅典人的做法），所得的钱则存入城市的金库。

自古以来，有许多学者争论献祭的意义、起源和发展过程。在古代，亚里士多德的继承者、哲学家泰奥弗拉斯托斯（ Theophrastus ）①（约前370—前287）赋予献祭三种功能：纪念神，感恩赐福，祈求赐福。现代学者则提出了多种解释。人类学家沃尔特·伯克特认为：献祭仪式的许多元素，都可追溯到农业社会之前的狩猎活动，而典礼中许多特点的主要理由是，减轻原始人类在宰杀动物时可能感受到的恐惧和焦虑。在伯克特看来，这正是动物自愿赴死这种虚构说法，妇女们在动物死亡的那一刻发出尖声哭泣，在大麦篮子中藏好刀子，收集骨头、脂肪和肉以仪式性地重新拼合被杀动物等行为背后的目的。另一些学者，如让－皮埃尔·韦尔南，则喜欢严格地从节日庆祝的角度，从它在参与者之间，在人与神之间确立的社会和宗教等级秩序及内在联系的角度来解读献祭仪式的意义，或者将之解读为一种关键且必要的手段，用于"调和"献祭群体与神之间的关系。

① 古希腊逍遥学派哲学家，亚里士多德的弟子，曾继亚里士多德担任学园（Lyceum）的领袖。

相关著作选读

前苏格拉底学者与希罗多德部分

Guthrie, W. K. C.，《希腊哲学家：从泰勒斯到亚里士多德》（*The Greek Philosophers from Thales to Aristotle*. New York: Harper & Row, 1960）。一部清晰的介绍性综述。

Romm, James，《希罗多德》（*Herodotus*. New Haven, CT: Yale University Press, 2000）。一部对这位历史学家的介绍之作，对他的文学艺术及其中包含的传说表达了欣赏。

Wheelwright, Philip, ed.，《前苏格拉底哲学家》（*The Presocratics*. New York: Odyssey Press, 1966）。早至公元前6—前5世纪的古希腊哲学著作的英文译文集（并附有相关古代证据），很有帮助。

众神、宗教及神秘学部分

Bremmer, J. N.，《希腊宗教》（*Greek Religion*. Greece & Rome New Survey in the Classics, No. 24. New York: Oxford University Press, 1994）。对有关该主题的现代学者著作的简要概览。

Burkert, Walter，《希腊宗教》（*Greek Religion*. Cambridge, MA: Harvard University Press, 1985 [1977]）。关于这一主题的最全面的现代概述。

Burkert, Walter，《作为捕猎者的人：关于古希腊牺牲仪式及神话的人类学》（*Homo Necans: The Anthropology of Ancient Greek Sacrificial Ritual and Myth*. Berkeley: University of California Press, 1983 [1972]）。

Connelly, Joan Breton，《女祭司的肖像：古希腊的女性与仪式》（*Portrait of a Priestess: Women and Ritual in Ancient Greece*. Princeton and Oxford: Princeton University Press, 2007）。

Detienne, Marcel, and Jean-Pierre Vernant，《希腊人的献祭烹饪》（*The Cuisine of Sacrifice among the Greeks*. Chicago: University of Chicago Press, 1989）。一部关于血祭的论文集。

Dodd, David Brooks, and Christopher A. Faraone, eds.，《古希腊仪式与叙事中的传授》（*Initiation in Ancient Greek Rituals and Narratives: New Critical Perspectives*. New York: Routledge, 2003）。一部关于神话和社会中各种传授仪式的、所涉广泛的论文集。

Dowden, Ken，《死亡与少女：希腊神话中的女孩入教仪式》（*Death and the Maiden: Girls' Initiation Rites in Greek Mythology*. New York: Routledge, 1989）。

Drachmann, A. B.，《异教的古代中的无神论》（*Atheism in Pagan Antiquity*. Chicago: Ares Publishers, 1977 [1922]）。

Ferguson, John，《众神之间：对希腊宗教的考古探索》（*Among the Gods: An Archaeological Exploration of Greek Religion*. New York: Routledge, 1990）。

Flower, Michael Attyah，《古希腊先知》（*The Seer in Ancient Greece*. Berkeley: University of California Press, 2008）。

Garland, Robert，《新神的引入：雅典宗教政治》（*Introducing New Gods: The Politics of Athenian Religion*. Ithaca: Cornell University Press, 1992）。此书讨论雅典人怎样基于政治、经济和精神上的目的而引进新神和新的崇拜。

Guthrie, W. K. C.，《希腊人与他们的神》（*The Greeks and Their Gods*. Boston: Beacon Press, 1955）。未能收入伯克特的

人类学和历史研究，但仍不失为一部可靠的关于希腊宗教的介绍性综述之作。

Hinnells, John R.，《古代宗教手册》（*A Handbook of Ancient Religions*. New York: Cambridge University Press, 2007）。

Instone, Stephen，《希腊个人宗教信仰读本》（*Greek Personal Religion: A Reader*. Oxford: Aris & Phillips, 2009）。一批译成英文的希腊文本选集，附有解释性评论，阐明了个人宗教信仰问题。

Johnston, Sarah Iles，《古代世界宗教指南》（*Religions of the Ancient World: A Guide*. Harvard University Press Reference Library. Cambridge, MA: Harvard University Press, 2004）。

Larson, Jennifer，《希腊的宁芙：神话、崇拜与传说》（*Greek Nymphs: Myth, Cult, Lore*. New York: Oxford University Press, 2001）。从荷马开始直至希腊化时代的综合性研究。

Leeming, David, and Jake Page，《男性圣神的神话》（*Myths of the Male Divine God*. New York: Oxford University Press, 1996）。通过对许多神话体系的比较分析，两位作者追溯了原型（魔法师／萨满／驭兽者）的诞生及其发展（圣婴／女神配偶／将死之神／天神与地母／神王），最后讨论了被神学化的创世神以及作为自我和内在之神的、被普遍化的神。两位作者还以同样的方式探讨了女性神祇的原型，参见《女神：关于女性神圣者的神话》（*Goddess: Myths of the Female Divine*. New York: Oxford University Press, 1994）。

Luck, Georg, ed.，《神秘的宇宙：希腊罗马世界中的巫术与玄学》（*Arcana Mundi: Magic and the Occult in the Greek and Roman Worlds*. 2d ed. Baltimore: Johns Hopkins University Press, 2006）。一部古代文本集，包含译文及注解。

Marinatos, Nanno, and Robin Hagg, eds.，《关于希腊圣地的新思路》（*Greek Sanctuaries: New Approaches*. New York: Routledge, 1995）。关于圣地和个别崇拜在古风时代及希腊古典时代的起源、历史发展和社会功能。

Mikalson, Jon，《古希腊宗教》（*Ancient Greek Religion*. London: Blackwell, 2004）。一部对基本的信仰和宗教实践的介绍之作，基于社会和政治语境。

Nilsson, M. P.，《希腊宗教史》（*A History of Greek Religion*. 2d ed. New York: Norton, 1963）。此书仍算得上一部重要的学术性介绍作品。

Ogden, Daniel，《希腊宗教指南》（*A Companion to Greek Religion*. Blackwell Companions to the Ancient World. Literature and Culture. New York: Blackwell, 2007）。

Parker, Robert，《雅典宗教史》（*Athenian Religion, A History*. New York: Oxford University Press, 1996）。

Pedley, John，《古代世界的圣地与神圣》（*Sanctuaries and the Sacred in the Ancient World*. New York: Cambridge University Press, 2005）。

Price, Simon，《古希腊人的宗教》（*Religions of the Ancient Greeks*. New York: Cambridge University Press, 1999）。对古希腊宗教生活的综述，讨论范围上至古风时期，下至5世纪，包含了来自文学、铭文和考古学方面的证据。

Rice, David G., and John E. Stambaugh，《希腊宗教研究文献集》（*Sources for the Study of Greek Religion*. Atlanta: Scholars Press, 1979）。一部文本和铭文译文集，涉及的主题包括"奥林波斯诸神""英雄""公共宗教""私人宗教""神秘崇拜"以及"死亡和来生"。

Sissa, Giulia, and Marcel Detienne，《希腊众神的日常生活》（*The Daily Life of the Greek Gods*. Translated by Janet Lloyd. Palo Alto: Stanford University Press, 2000（1989））。

关于相关的比较研究，请参阅本书第1章结尾的"相关著作选读"部分。

主要神话来源文献

本章中引用的文献

希罗多德：《历史》第 1 卷中的节选。

赫西俄德：《工作与时日》3—7。

荷马：《伊利亚特》24.499—502。《奥德赛》3.430—463。

克赛诺芬尼：残篇 11、14、15、16、23。

其他文献

巴库利德斯：《颂诗》3.15—62，阿波罗及克洛俄索斯部分。

叙吉努斯：《传说集》194，阿里翁的故事。

色诺芬：《居鲁士的教育》（*Cryopaedia*）7.2.9—29，居鲁士与克洛俄索斯部分。

补充材料

图书

小说：Raphael, Frederic. *The Hidden I: A Myth Revised*. Original drawings by Sarah Raphael. London and New York: Thames and Hudson, 1990。一位著名作家创作的新版巨吉斯神话。巨吉斯被迫看见国王坎道列斯的妻子裸体的传说是希罗多德在《历史》（1.8—13）中讲的第一个故事，堪称宝贵。

CD

康塔塔：Campra, André（1660–1744）. *Arion*. Cantata for solo voice and orchestra. *Cantatas Françaises*. Musique D'abord. Feldman. Les Arts Florissant, cond. Christie.

歌剧：Keiser, Reinhard（1674–1739）. *Croesus*. Röschmann et al. Academy for Ancient Music Berlin, cond. Jacobs. Harmonia Mundi。此剧受到希罗多德关于克洛俄索斯、梭伦和居鲁士的故事启发。完整的标题是《克洛俄索斯：傲慢、堕落与复归高贵》（*Croesus, Haughty, Fallen and Again Exalted*）。

歌剧：Zemlinsky, Alexander（1871–1942）. *King Candaules*. O'Neal et al. Philharmonisches Staatsorchester Hamburg, cond. Albrecht. Capriccio。改编自纪德的剧作《坎道列斯王》（*Le Roi Candaule*）。剧中坎道列斯与巨吉斯的戏剧性故事重申了希罗多德作品中关于命运和报应的主题。

音乐：Sibelius, Jean（1865–1957）. *The Wood-Nymph*. (Dryad) tone poem or ballade for orchestra. Lahti Symphony Orchestra, cond. Vänskä. BIS-CD-815 (also Musical Heritage Society)。录音中还包括一部为小剧团准备的较短的音乐剧，其

中有一位叙述者朗诵瑞典诗人维克托·吕德贝里（Viktor Rydberg）的文本。内容是关于一个英俊的少年的心被林中宁芙偷走的故事。西贝柳斯还写了另外两种作品：一首采用相同音乐主题的钢琴曲，一首未采用相同主题的早期独唱歌曲。

DVD

纪录片：*A History of God.* The History Channel.

[注释]

[1]　宁芙有时被归为如下几类：水泽、泉源、湖泊和河流中的精灵被称为那伊阿得（Naiads），其中河中宁芙又被特别称为波塔弥阿得（Potamiads）；与树木有关的宁芙通常被称为德律阿得（Dryads）或哈玛德律阿得（Hamadryads），尽管她们的名字特指的是"橡树精灵"；墨利埃（Meliae）是梣树的宁芙。

[2]　这位凡人之父／母可能还沐浴在伟大的神话传奇时代的光辉中，有资格夸耀自己的族谱上在不久前至少有一位神祇祖先。

[3]　Jack Miles, *God: A Biography* (New York: Alfred A. Knopf, 1995), especially pp. 397–408.

[4]　她名叫库狄珀（Cydippe），是赫拉的女祭司，因此有必要出席在节日中。这座神庙应该是阿尔戈斯的赫拉神庙（Argive Heraeum）。

[5]　希罗多德在此处的希腊语"神"（不是女神）一词前使用了阳性冠词——ho theos。看起来他想到的是一位至高神，或者——更抽象地——一种神性力量。重要的是，尽管这位母亲随后是向女神赫拉为她的儿子们祈祷，但她在此并不具体地指赫拉。

[6]　这些雕塑已被发掘出来，对我们严格区分希罗多德叙述中的神话与历史的努力产生了巨大诱惑。

[7]　即人完全任由降临在他们身上的命运摆布。

[8]　这一仪式至少有一部分包含如下内容：杀死一只小乳猪，并将血倒到有罪的凶手手上；该凶手要安静地坐在炉火前，而宙斯将作为净化神受到祈求。

[9]　克洛俄索斯的这些话，初听起来可能让现代读者感到极为残忍，但他的意思只是：他不能以同样的方式对待另一个又聋又哑的儿子。我们从别处得知，克洛俄索斯为这个可怜的男孩尽了力，但是他的希望，既是家庭的也是政治上的希望，都在阿堤斯身上。

[10]　梭伦于公元前594年成为雅典的首席执政官（archon extraordinary）。他的旅行是之后的某个时间。梭伦死于公元前560年之后的某一年，而克洛俄索斯直到公元前560年才成为撒尔迪斯的国王，并在公元前546年被居鲁士打败。

[11]　J. P. Vernant, *Greek Religion in Religions of Antiquity* (New York: Collier Macmillan Publishers, 1989), p. 167.

[12]　Joan Breton Connelly, *Portrait of a Priestess: Women and Ritual in Ancient Greece* (Princeton and Oxford: Princeton University Press, 2007), p. 279。之前的引文来自这本书的导言，第1—5页。

[13]　Michael Attyah Flower, *The Seer in Ancient Greece* (Berkeley: University of California Press, 2008), p. 245.

第7章

波塞冬、海洋诸神、群体神以及怪物

港口旁有一座波塞冬神庙，还有一尊独立的石像。诗人们为装点他们的诗篇而为波塞冬设计了许多名字，习俗也为各特定群体确定了一些名字。除此之外，在称呼这位神时，所有人使用的名字是海神（Pelagaios）、平安之神（Asphaleios）和马神（Hippios）。

——保萨尼亚斯《希腊志》7.21.7

波塞冬最为人熟知的身份是普遍意义上的水域之神，尤其是海洋之神，但他并不是这种神祇中的首位或唯一一位。正如我们所见：盖亚在创世之初生下了蓬托斯（大海）；两位提坦——俄刻阿诺斯与忒堤斯——生下了数千个孩子，即俄刻阿尼得斯（Oceanids）。① 此外，蓬托斯与他的母亲盖亚结合，生下了涅柔斯（至于他们的其他后代，我们将在本章后半段提到）。涅柔斯是蓬托斯的孩子们中最年长的，性格温和、智慧、真诚，是一位拥有预言能力的海中老人。涅柔斯后来与多里斯（Doris，一位大洋仙女）结合，生下了50个女儿，她们被称为涅瑞伊得斯（Nereids，即海仙女）。这些美人鱼中的三位应单独挑出来讲：忒提斯、伽拉忒亚（Galatea）和安菲特里忒（Amphitrite）。

---

① Oceanid 一词多指俄刻阿诺斯与忒堤斯的女儿，即大洋仙女。参见本书第3章尾注 [10]。

珀琉斯与忒提斯

我们已经提到过：忒提斯注定要生下一个胜过父亲的儿子。宙斯从普罗米修斯那里知道了这个秘密，因此避免与忒提斯结合。于是忒提斯转而嫁给了一个名叫珀琉斯的凡人。后者为抓住他的新娘而焦头烂额，因为忒提斯具有变形的能力，可以快速地连续变化成许多形态（如飞鸟、树木和雌虎）。不过，她最终还是被迫认输了。珀琉斯和忒提斯举行了盛大的婚礼庆典（尽管后来她离他而去），他们的儿子阿喀琉斯也的确胜过他的父亲（参见本书第519页）。

阿喀斯、伽拉忒亚
和独眼巨人波吕斐摩斯

伽拉忒亚是另一位海仙女。波塞冬的一个儿子、独眼巨人波吕斐摩斯爱上了她。奥维德的叙述着力于丑怪而粗鄙的巨人对优雅仙女的爱情中的不协调感，为我们呈现了一个关于他们的感人故事（《变形记》13.750—897）。伽拉忒亚讨厌波吕斐摩斯的追求，她爱的是阿喀斯（Acis）。后者是法乌努斯（Faunus）①与一位海洋仙女锡迈提斯（Symaethis）的英俊儿子，而锡迈提斯又是西西里的一位河神锡迈图斯（Symaethus）的女儿。被爱情征服的波吕斐摩斯试图改变自己粗野的风格，用耙子梳理头发，用镰刀修剪胡须。

根据奥维德故事中的伽拉忒亚的讲述，暴躁的独眼巨人会坐在突出的海角悬崖上，会放下他的手杖（一棵巨大的松树树干，有船桅那么粗），拿起用100根芦苇做的笛子。躲在心爱的阿喀斯臂弯里的伽拉忒亚会倾听巨人的歌。他会从极力赞美伽拉忒亚那无与伦比的美丽开始，然后悲叹她狠心地拒绝了自己，接着会表示愿意献上许多质朴的礼物。他的悲喜剧式的祈求是这样结束的（《变形记》13.839—897）：

> "伽拉忒亚，请你来吧，不要看不起我的礼物。我当然知道我的长相如何。我刚刚在一泓清水里看到了我自己的倒影，而我对看到的那个影子很满意。瞧瞧，我多么魁梧！天上的朱庇特都没有比我更伟岸的身材——你总是告诉我有那么一个叫作育芙（Jove）②的人是天上的王。我粗糙的脸上长满了毛发，就像一丛树木遮蔽着我的肩膀，别因为它上面竖立着最厚重、最粗糙的毛发，就认为我的身体不堪入目。没有叶子的树将会多么难看，而如果一匹马黄褐色的脖子上没有浓密的鬃毛遮盖，那又会多么丑陋。鸟儿被羽毛覆盖，绵羊也有自己的毛来装饰；一个男人长了胡子和浓密的毛发那才相称。没错，我只在前额正中有一只眼睛。那又怎样呢？伟大的太阳不是从天空看着这地面上的一切吗？太阳也只有一只眼呀。
>
> "而且，我父亲尼普顿统领你们的水域，我会让他成为你的公公。可怜可怜我，听听我的请求吧！我只对你倾心。我根本

---

① 罗马神话中的林地之神，相当于希腊神话中的潘神（Pan）。详见本书第26章。

② 朱庇特的另一个名字。

不在乎朱庇特，不在乎他的天空，还有他那摧毁一切的雷霆。但是我怕你，你的愤怒比朱庇特的雷霆更为致命。

"如果你不接受任何人，那我还能忍受你的蔑视，但是，为什么你拒绝我，却爱着阿喀斯？为什么你要喜欢阿喀斯的拥抱，而不是我的？他可以讨好他自己，也可以讨好你——但是我不想让他讨好你！给我一个机会，他就会知道我的力气和我的身材一样巨大。我要挖出他的内脏，我要将他的四肢分解，扔在各处地面上，扔在海洋的波浪里。他可以这番模样地与你爱在一起！因为我的心饱受爱情的煎熬，在被你拒绝的时候，我内心的火焰便燃烧得更旺。我的胸口里好像有一座埃特纳火山，以及它全部的火山能量。而你，伽拉忒亚，却不为所动。"

他徒劳地说了这番话，站起身来（我可看见了这一切），却站不稳。他在林间游荡，在他熟悉的草原上游荡，像一头由于母牛被抢走而怒火中烧的公牛。然后，这愤怒的独眼巨人看见了我和阿喀斯。阿喀斯被这突如其来的一幕吓住了。巨人大喊："我看见你们了，我要让这次爱的结合成为你们的最后一次。"那声音巨大，正是一个愤怒的独眼巨人所该发出的，听到这吼声，埃特纳火山也颤抖起来。我害怕了，跳进了旁边的水里。我的爱人、锡迈提斯所生的英雄阿喀斯却转过身来喊道："去搬救兵啊，伽拉忒亚。救救我啊，我的父母，快带我去你们的水乡，否则我就要被杀死了！"

独眼巨人穷追不舍，从高山上掰下来一块扔过来。尽管那嶙峋的巨石只有一条边缘击中了阿喀斯，他还是被完全埋葬了。但阿喀斯通过我获得了他祖先的水中能力——那是命运之神允许的唯一办法。红色的血液开始从那一堆埋葬了他的山石中流出。不一会儿，血液的红色开始消失，变成溪流因一场早雨而呈现的浑浊颜色。又过了一会儿，这水又变清澈了。然后，那堆被扔在他身上的巨石裂开了，从裂缝中长起来一支青绿细长的芦苇。岩石的裂口处有波浪的声音回荡。突然之间，一件奇妙的事情发生了——一个年轻人站在波浪的中间，水没到他的腰际。他额上长出了角，上面缠绕着柔软的芦苇。除此以外，他的体型也变大了，他的整个脸都现出水的蓝绿色，这就是阿喀斯，他真的变成河神了。

波塞冬与安菲特里忒

第三位海仙女是安菲特里忒，她主要因波塞冬的妻子这一身份而显重要。与她的姐姐忒提斯一样，安菲特里忒也是一位不情愿的新娘，但波塞冬最终赢得了她。作为夫妻，他们所扮演的角色非常像宙斯与赫拉：波塞冬好女色，安菲特里忒则愤怒、复仇心重——她有足够的理由如此。他们生了一个儿子，叫特里同。特里同是一条人鱼，腰部以上是人形，腰部以下则是鱼的形状。他常被描绘为吹着海螺号的形象，是名副其实的海中号手。他还拥有任意变化形状的能力。

萨尔摩纽斯（Salmoneus）的女儿堤洛（Tyro）为

图7.1 《尼普顿驾驭战车》（*Neptune in His Chariot*）

2世纪中期的镶嵌画，直径77英寸。这是一幅非常巨大的方形镶嵌画《尼普顿与四季》（*Neptune and the Seasons*）里的中心板块。其中的女性人物分别代表着四个季节，位于四个角落。尼普顿（波塞冬）占据中心画面里的主要位置，乘坐一辆驷马战车。观者视角的右边背景中有一位海仙女，左边则是一名特里同。这一主题在普桑的《尼普顿与安菲特里忒的凯旋》中得到了充分展示（见本书图7.6）。

波塞冬所爱。海神将自己伪装成忒萨利的厄尼珀斯河（Enipeus）（荷马《奥德赛》11.245）：

> 在涡流回旋的河口处，大地的摇撼者
> 变成厄尼珀斯的样子，躺在她身旁。他们
> 四周升起波浪，像山峰一样高，如有冠冕，
> 将海神与那凡间女子遮掩了起来。

他们结合生下了一对双生子，涅琉斯（Neleus）与珀利阿斯（Pelias）。两人都是传说中的著名人物，其后代亦声名显赫。[1]

普罗透斯

海神普罗透斯（Proteus）可能是另一位较早一代的神祇，却经常被称作波塞冬的随从，甚至是波塞冬之子。与涅柔斯一样，他也是一位可以预见未来的海中老人。此外，他也可以变形。显而易见，涅柔斯、普罗透斯与特里同三者的身份可以合并起来。海洋诸神的身份混淆和特征重复随处可见。

关于普罗透斯的性质和能力，有两种经典的叙述，分别来自荷马（《奥德赛》4.360—570）和维吉尔（《农事诗》4.386—528）。在荷马的叙述中，墨涅拉俄斯（Menelaüs）在从特洛伊回家的途中被误扣在埃及海岸上。在普罗透斯的女儿厄多忒亚（Eidothea）的帮助下，他询问了海中老人普罗透斯。墨涅拉俄斯说明：“我们大声叫喊着冲向他，伸出双臂抱住他，但老人没有忘记他狡猾的法术。他先变成了一头鬃毛浓密的狮子，接着又是一条巨蟒、一只豹子、一头庞大的野猪。然后他变成了液态的水，之后又变成一株枝干高耸的大树。但是我们紧紧抱住他，一刻不放松。”

最后，狡猾的普罗透斯开始厌烦，回答了墨涅拉俄斯关于回家的问题。

波塞冬的外貌及性格

波塞冬的外貌与他的兄弟宙斯相似，面目庄严，蓄着胡须，但他通常更为严峻而粗野，这也反映了他那狂暴的性格。此外，他手握三叉戟，上有三股叉尖，像渔夫的矛。波塞冬的本性凶猛，既被称为大地的支撑者，也被称为大地的摇撼者。身为地震之神，他通过撕裂大地和让海水上涌来表现他的暴力天性。他只需挥动三叉戟就可以毁灭、杀戮。奥维德在他的大洪水故事中有一段典型的描述（参见本书第102—103页），生动地刻画了以其罗马名字尼普顿出现的波塞冬的性格。奥德修斯弄瞎了波吕斐摩斯的眼睛，因此波塞冬对奥德修斯持续而强烈的愤怒是《奥德赛》中最重要的主题。《荷马体颂歌之 22——致 波 塞 冬》（*Homeric Hymn to Poseidon*，22）试图平息他的怒火：

> 我开始歌唱波塞冬，伟大的神，大地与荒芜大海的撼动者，深渊的君主，赫利孔山与埃迦伊（Aegae）城的统治者。[2] 大地的摇撼者啊，众神分配给你双重的荣耀：你既是驯马之神，又是航船的守护神。万岁，黑发的、环绕大地的波塞冬。万福的神啊，请你慈悲，请保护那些在你的海域航行的人。

关于波塞冬的起源有颇多争议。如果他的三叉戟代表着某种曾是雷锤的武器，那么他在早期就是一位天空之神。一种更吸引人的理论认为，他曾经是男性生育之神，是送来春天的大地之神。这种说法非常符合他与马、公牛之间的联系（他要么创造了这两种动物，要么使得它们出现），也解释了他在一些艳遇中表现出来的特征。他以牡马的形象与得墨忒耳结合：他在得墨忒耳寻找女儿时对她展开追求；得墨忒耳试图逃避他，用计变成一匹母马，却徒劳无益。于是，我们便看到了两位代表大地丰饶之力的男女神祇的结合。[3] 但不应忘记，史诗中描绘大海的特征形容语是"荒芜的"和"不结果实的"，这与大地的丰饶多产恰好相反。有一种说法认为，波塞冬的马是对海浪上的白浪花的神话式描述，但这并不令人信服，至少在其起源方面不够有说服力。

波塞冬与雅典娜为争夺雅典及其周围领土阿提卡的控制权而进行比赛。我们将在本书第8章讲述这个重要故事。它与帕特农神庙西侧三角墙上的雕刻有关。

斯库拉与卡律布狄斯

波塞冬追求福耳库斯（Phorcys）与赫卡忒（Hecate）的女儿斯库拉（Scylla）。安菲特里忒心生嫉妒，将魔法草药投入斯库拉的浴池，于是斯库拉被变成了一个可怕的怪物，长着一圈狗头。关于斯库拉的变形，奥维德讲述的版本与此不同，更为人们熟知（《变形记》13.917—968，14.1—71）：格劳科斯（Glaucus）是一个凡人，被变成了一位海神，他爱上了斯库拉。在遭到斯库拉拒绝后，他向女巫喀耳刻（Circe）求助，然而喀耳刻却爱上了他。出于嫉妒，她用毒药污染了斯库拉的浴池。

斯库拉的家是一个山洞，位于西西里岛与意大

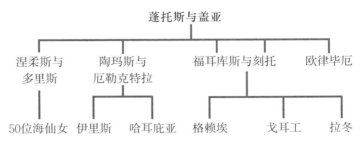

图7.2　大海的后代

利之间的墨西拿海峡（Strait of Messina）。波塞冬与盖亚的女儿卡律布狄斯（Charybdis）和她在一起。卡律布狄斯也是波塞冬的一位可怕而贪婪的盟友[①]，被宙斯用雷霆击入了大海。她每天都吸入大量的海水，而后又把它们喷出来。斯库拉与卡律布狄斯被合理地想象为水手们经过海峡时要面对的可怕自然力量。当然，许多关于水神的故事都会令人想起渔夫、水手及类似人群创造的奇谈故事——他们的人生都与海和旅行有关。

蓬托斯与盖亚的后代

蓬托斯与盖亚生了无数的后代。值得注意的是，奇特的想象性元素一再出现在他们那些与大海、深渊有关的后代的本性之中。

除了涅柔斯，蓬托斯与盖亚还有两个儿子——陶玛斯（Thaumas）和福耳库斯，以及两个女儿——刻托（Ceto）和欧律毕厄（Eurybië）。陶玛斯与厄勒克特拉（Electra，一位海仙女）结合，生下伊里斯和哈耳庇亚。伊里斯是彩虹女神（她名字的意思便是“彩虹”），也是众神的信使。她有时还被视为赫拉专属的仆人；相应地，赫尔墨斯便专为宙斯服务。

伊里斯脚步迅捷，长着双翼。她的妹妹哈耳庇亚也是一样，但是后者的本性要暴力得多。在早期文献中，她们被想象成强风（她们名字的意思是“强盗”）。但在后来的文学和艺术中，她们被描绘成像鸟一样的生物，长着女人的脸，常常令人害怕，是个祸害。[4]

福耳库斯与他妹妹刻托生下了两群孩子，分别是格赖埃（Graeae）和戈耳工。格赖埃（意为“年迈者”）是三姐妹。她们是老年的化身，头发生来就灰白，但是总体来说她们看起来是优雅而美丽的。不过，她们一共只有一只眼睛和一颗牙齿，不得不分享着使用。

格赖埃知道怎样能找到她们的妹妹戈耳工。后者也是三个，分别是斯忒诺（Stheno）、欧律阿勒（Euryale）和美杜莎（Medusa）。她们的头发是缠绕的毒蛇。戈耳工长相恐怖，所有看到她们的人都会变成石头。她们也是希腊艺术中——尤其是早期艺术中——为人喜爱的题材。她们的目光斜睨，令人不安；她们咧嘴而笑，笑容神秘[②]，舌头从两排尖牙之间伸出。美杜莎是最重要的戈耳工，波塞冬曾是

[①]　在宙斯与波塞冬的一场争斗中。

[②]　原文为“a broad archaic smile”，其中 archaic smile 指希腊古风时期雕像的一种典型笑容，在公元前6世纪下半叶作品中尤为多见。有人认为这种雕刻风格可能是为了表现雕像的身份，但也有人认为是出于一种雕刻技术上的困难。

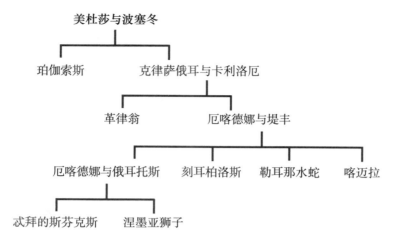

图7.3　美杜莎的后代

她的情人。她是英雄珀耳修斯遭遇的最大挑战（参见本书第583—584页）。当珀耳修斯砍下美杜莎的头时，她正怀着孕。从她的尸体里跳出一匹长着翅膀的马，名叫珀伽索斯（Pegasus），以及一个叫克律萨俄耳（Chrysaor）的儿子（意为"持金剑者"）。

福耳库斯与刻托还生下一条名叫拉冬（Ladon）的龙。美丽的赫斯珀里得斯姊妹（黄昏之女）在遥远的西方守护着一株长着金色水果的奇树，唱着美丽的歌曲打发时光，而拉冬是她们的帮手。赫拉克勒斯偷走了赫斯珀里得斯姊妹看护的金苹果，并杀死了拉冬（参见本书第602页）。

克律萨俄耳与俄刻阿尼得斯中的卡利洛厄（Callirhoë）结合，生下了怪兽革律翁（Geryon）和厄喀德娜（Echidna，她的身体一半是仙女，一半是蛇）。厄喀德娜与堤丰结合，生下了双头狗俄耳托斯（Orthus，革律翁的猎犬）、刻耳柏洛斯（哈得斯的猎犬）、勒耳那水蛇（Lernaean hydra）[1]，以及喀迈拉（Chimaera）。厄喀德娜又与俄耳托斯结合，生下了

忒拜的斯芬克斯（Sphinx）以及涅墨亚狮子。这些怪物将在后面的英雄传说故事中出现，也会被英雄们征服，其中许多怪物尤与赫拉克勒斯的丰功伟绩相关（参见本书第22章）。

阐释性的总结

关于各种水域（河流、湖泊、大洋和大海）以及与它们相关的神的故事数不胜数，也富于启发性。这些故事提醒我们，海上航行对希腊人和罗马人来说是何等重要，对大海——尤其是地中海——的控制又是如何成为一方势力的关键。米诺斯文明的克里特曾掌握的制海权让这一点表现得至为清晰，而克里特人控制权的继承者、后续的迈锡尼霸权也不例外。其后，伯里克利时代[2]雅典的海事帝国在公元前5世纪也证实了海洋霸权的重要性。罗马人的强大

---

[1]　即赫拉克勒斯在其十二功业中所杀死的怪物之一，详见本书第22章，另参见本书第15章中维吉尔对塔耳塔罗斯的守门怪物许德拉的描述。

[2]　伯里克利（约前495—前429），雅典黄金时期（希波战争至伯罗奔尼撒战争之间）的重要政治家，在希波战争之后重建雅典，并扶植文化艺术。他被视为雅典的民主制和雅典霸权的重要推动者。其执政时期被称为伯里克利时代。

图7.4 《尼普顿与特里同》（*Neptune and Triton*）

大理石雕像。吉安－洛伦佐·贝尔尼尼（Gian-Lorenzo Bernini，1598—1680）雕塑，1619年，高71.5英寸。尼普顿（波塞冬）愤怒地大步向前。特里同吹着螺号为他助威。这一幕基于奥维德对大洪水的描写（参见本书第102—103页"尼普顿用三叉戟敲打大地"）。这座雕像伫立在教皇思道五世（Pope Sixtus V）的侄子、红衣主教蒙塔尔托（Cardinal Montalto）的罗马别墅花园里的一个水池上。

帝国同样如此：对罗马人来说，地中海这个"湖"是他们关注的中心。

希腊神话的最初创造有两个主要阶段。这一点为米诺斯—迈锡尼文明时期如忒修斯、伊阿宋、奥德修斯及特洛伊战争幸存者等航海者航行的性

质和范围所证明，而地理事件与历史事件的融合则属于公元前1100年之后的殖民历史时代。那些关于水、水神以及被英雄们征服的海中怪物各个方面的动荡而浪漫的故事，便是在这两个阶段中演化出来的。

我们已表明波塞冬这位海洋主神的性格——狂暴和凶猛。他是"大地的摇撼者"，也是风暴与地震之神。他与公牛和马之间的联系就说明了他的能力。他是可怕的独眼巨人波吕斐摩斯的父亲，他无法平息的愤怒是荷马的《奥德赛》中的重要主题。在争夺雅典控制权的比赛中，波塞冬输给了雅典娜女神——我们将在下一章读到这个故事。然而，雅典人本身是伟大的航海民族，他们继续给予波塞冬崇高的荣誉，尤其将他与雅典的先王厄瑞克透斯（Erechtheus）以及他在卫城之上漂亮的神庙联系在一起。据说波塞冬还是雅典伟大的民族英雄忒修斯的生父。这一点体现在忒修斯的人类父亲、雅典国王埃勾斯（Aegeus）这一人物身上。爱琴海（Aegean Sea）就是因他而得名。

关于水的故事，常常是水手们编织的奇谈，充满丰富的想象、刺激的冒险和奇妙的修饰，其中美丽与怪诞并存。大海的后代在性格和外形方面那种奇妙的多样性不容忽视。与他统领的海域一样，波塞冬冷酷无情，容易发生激烈的暴力和愤怒。但诸如涅柔斯和普罗透斯之类的海神却极为智慧，看上去像深不可测的大海一样永恒。还有其他的神祇反映出海洋这一神秘深渊中无法预测的美和奇妙的魅力：美丽的美人鱼能随心所欲地变形和变色；充满诱惑的塞壬女妖唱着令人迷惑而又致命的歌；畸形的斯库拉和卡律布狄斯带来恐惧、毁灭和死亡。

拉斐尔与普桑

拉斐尔（Raphaël, Raffaello Sanzio 或者 Raffaello Santi）与列奥纳多·达·芬奇和米开朗琪罗并称为意大利文艺复兴时期的大师。他出生于乌尔比诺（Urbino）。在其事业早期，拉斐尔在翁布利亚（Umbria）及托斯卡纳（Tuscany）工作，尤其是在佛罗伦萨。他是一位卓越的画家和雕刻家。1508年，他奉教皇儒略二世（Julius II）之命前往罗马，在那里长驻下来，直到去世。他在罗马的早期作品之一（如果不是首部作品的话）就是《伽拉忒亚》（*Galatea*）。

伽拉忒亚故事的最重要来源包括希腊诗人忒奥克里托斯（Theocritus，前3世纪）的《牧歌集》（*Idylls*），

当然还有罗马诗人奥维德（前43—约公元17）的《变形记》。在奥维德的故事里，特洛伊的埃涅阿斯的航船从斯库拉和卡律布狄斯身边经过。这次遭遇让奥维德回忆起斯库拉曾经也是一位美丽的年轻女郎，有许多追求者。她常常去拜访伽拉忒亚，说一些有关她最近拒绝的求婚者的闲话。在一次这样的拜访中，伽拉忒亚在斯库拉的催促下讲出了她自己的故事。伽拉忒亚曾为野蛮的独眼巨人波吕斐摩斯所爱。波吕斐摩斯常常唱歌给她听，试图赢得她的芳心，但伽拉忒亚却并不理睬他的追求。她的眼里只有一位英俊的年轻人，叫作阿喀斯。一天，波吕斐摩斯撞见了这对在一起的恋人，于是他将阿喀斯埋在了一座石头山下面。但是，伽拉忒亚拥有神力，能改变爱人的血。阿喀斯的血从岩石缝间留出，流成了一条河，于是他变成了一位河神。（有趣的是，有一种故事变体称，波吕斐摩斯的追求获得了成功：他娶了伽拉忒亚为妻。）

这个经典故事后来被著名的意大利学者和诗人安杰罗·波利齐亚诺（Angelo Poliziano，1454—1494）用在一首诗中，他所讲述的版本是拉斐尔壁画所受到的主要文学影响之一。在拉斐尔对这个故事的演绎

图7.5 《伽拉忒亚》（*Galatea*）

罗马法尔内西纳别墅（Villa Farnesina）中的壁画《伽拉忒亚的凯旋》（*Sala di Galatea*）的一部分，拉斐尔（1483—1520）画，约1512年，116英寸×88.5英寸。伽拉忒亚乘着海豚拉的贝壳战车，被表现为一种理想化的美的形象。两个特里同式的角色位于她的左右，分别转身朝向外侧，并吹响螺号。两对情侣（一对是一条雄性人鱼和一位宁芙；另一对是一名马人与一位宁芙）相互拥抱，被精心地布置在伽拉忒亚的两侧。伽拉忒亚脚下有一个丘比特，正淘气地模仿伽拉忒亚的举动和她所注视的方向。在画面顶部，三位丘比特将他们的箭头方向聚集于下面的场景。左上的一位丘比特与其他人分离开来，躲在一片云中，手中紧紧攥着箭束。整个画面的情感基调是欢欣喜悦的。

图7.6 《尼普顿与安菲特里忒的凯旋》
(*The Triumph of Neptune and Amphitrite*)
布面油画，尼古拉·普桑画，约1637年，45
英寸×58英寸。安菲特里忒位于画面中
央，乘坐由四头海豚拉动的贝壳，凌于海
面之上。她身边是一群海仙女和特里同。
尼普顿乘坐驷马战车，陪伴着他的新娘。
画面上方，带翼飞翔的丘比特们（其中一
个长着蝴蝶翅膀，还有一个手持婚礼上用
的火炬）正在撒花。左侧背景中有两个丘
比特驾车飞行，维纳斯的天鹅在他们头顶
飞翔。这是一幅罗马时代的地面镶嵌画以
及罗马城法尔内西纳别墅中的拉斐尔壁画
《伽拉忒亚》（约1512）的主题。普桑以他
的生动笔触对之进行了重新诠释。

中，波吕斐摩斯与阿喀斯均不在场，尽管在拉斐尔画了这幅《伽拉忒亚》之后不久，另一位艺术家塞巴斯蒂亚诺·德·皮翁博（Sebastiano del Piombo）在拉斐尔作品的左方——这面墙的另一个区域——画上了一幅关于独眼巨人的壁画，名为《波吕斐摩斯》。这一后来添加的作品为伽拉忒亚提供了注视的目标。如果单独考察的话，拉斐尔壁画中的伽拉忒亚既没有注视任何人，也没有被任何人注视，她奇特地置身于其他人物的行为和求爱举动之外。许多人在她身上看到爱情的象征。值得注意的是，她站在一只贝壳上，而贝壳这一象征常常与阿佛洛狄忒（维纳斯）联系在一起。这件神化伽拉忒亚的作品对后期的艺术家产生了巨大影响。

法国画家尼古拉·普桑（Nicholas Poussin，1594—1665）沉湎于过去，尤其是古典时代的历史和神话。与拉斐尔一样，他被罗马吸引，在那里度过了他的职业生涯。拉斐尔的作品对普桑的风格和构图产生了深远影响。《尼普顿与安菲特里忒的凯旋》显然可以让我们认识到这一点，尽管它的主题不同，颜料调色较暗，而且场景的情绪更为饱满。安菲特里忒所占空间与伽拉忒亚相同。她乘坐由海豚拉动的贝壳战车，是周围人物注目的焦点。伽拉忒亚和安菲特里忒都是海神涅柔斯的女儿，因此这种关联不无道理。尼普顿占据的位置与皮翁博壁画中的独眼巨人波吕斐摩斯一样，他是这位独眼巨人的父亲，从左侧含情脉脉地看着安菲特里忒。不过，画中丘比特的数量有所增加，且以各种方式分布于画面顶端，他们正对应着拉斐尔画中的丘比特，安菲特里忒战车下方的那一位尤其如此。两个特里同形象以及那一对对情侣也都被复制到尼普顿的配偶两侧。在神话中，类似于伽拉忒亚，安菲特里忒也冷落了尼普顿的追求，至少在开始的时候如此。普桑的画则揭示了故事的结局。

相关著作选读

Barringer, Judith M.,《神圣的伴侣：古风时代和古典时代艺术中的海仙女》(*Divine Escorts: Nereids in Archaic and Classical Art.* Ann Arbor: University of Michigan Press, 1995)。

Tataki, B.,《波塞冬神庙苏尼翁》(*Sounion: The Temple of Poseidon.* University Park: Museum of the University of Pennsylvania, 1985)。书中配有阿提卡顶端苏尼翁（Sunium）那座著名波塞冬神庙的精美插图。

主要神话来源文献

本章中引用的文献

荷马体颂歌之22：《致波塞冬》。

奥维德：《变形记》13.839—897。

其他文献

阿波罗多洛斯：《书库》3.13.4—6，关于珀琉斯与忒提斯的部分。

保萨尼亚斯：《希腊志》2.1.6—9，波塞冬与赫利俄斯起了争执，以及对海洋诸神的刻画。

忒奥克里托斯：《牧歌集》9，在这首诗中，忒奥克里托斯为一个害相思病的朋友讲起独目巨人唱给伽拉忒亚的歌。

补充材料

CD

康塔塔：Clérambault, Louis-Nicolas (1676–1749). *Poliphème.* A composition about Polyphemus and Galatea for solo voice and symphony. Coadou. Les Solistes du Concert Spirituel. Naxos。其中包括《海格力斯之死》("Le Mort d'Hercule")。

歌剧：Cras, Jean (1879–1932). *Polyphème.* Arapian et al. Orchestre Philharmonique du Luxembourg. Timpani。关于波吕斐摩斯、阿喀斯和伽拉忒亚的故事。

田园歌剧：Handel, George Frideric (1685–1759). *Acis and Galatea.* Burrows et al. English Baroque Soloists, cond. Gardiner. Deutsche Grammophon (Archiv). A Chandos recording of *Scenes from Acis and Galatea*, Sutherland et al., Philomusica of London, cond. Boult, is worth singling out. 剧中尤为感人的是伽拉忒亚对阿喀斯说出的最后话语："心，是温

柔的欢喜所在 / 你现在要成为一股清泉了。"莫扎特亦曾改编此剧（Bonney et al. English Consort and Choir, cond.
　　Pinnock. Deutsche Grammophon）。

康塔塔：Rossini, Gioacchino（1792－1868）. *Le Nozze di Teti e di Peleo*（*The Marriage of Thetis and Peleus*）. Schäfer et al.
　　Virtuosi di Praga, cond. Andreae. Hänssler。罗西尼（Rossini）的部分歌剧作品中的音乐在这部作品中再次出现。

管 弦 乐：Milhaud, Darius（1892－1974）. *Protée*. Symphonic suite. BBC Symphony Orchestra, cond. Milhaud. BBC Radio
　　Classics。住在法洛斯岛（Pharos）上的普罗透斯无可救药地爱上了一名少女。全剧共5个乐章，第2乐章描绘特
　　里同，而最后1章是关于普罗透斯与波塞冬的。

[注释]

[1]　珀利阿斯成为伊俄尔科斯（Iolcus）的国王（参见本书第654页）。涅琉斯创建了皮洛斯（Pylos，位于墨塞
　　尼 [Messene]）。赫拉克勒斯攻陷了这座城市。涅琉斯和他所有的儿子——除涅斯托耳以外——都被杀死了。荷
　　马则称涅琉斯活到了老年（《伊利亚特》11.682—704）。堤洛后来嫁给了她叔叔克瑞透斯（Cretheus），即伊俄尔
　　科斯的创立者和国王，并与他生下了埃宋（Aeson）、菲瑞斯（Pheres）和阿密塔翁（Amythaeon）。埃宋是伊阿宋
　　之父，菲瑞斯是斐赖（Pherae）的创建者，是阿德墨托斯（Admetus）之父、阿尔刻斯提斯的丈夫。为了娶阿尔刻
　　斯提斯为妻，阿德墨托斯不得不驯服一头狮子和一头野猪，将它们套在战车前面。关于赫拉克勒斯从冥界救出
　　阿尔刻斯提斯的故事，参见本书第283页。

[2]　波塞冬·赫利科尼俄斯（Poseidon Heliconius）受到爱奥尼亚希腊人的崇拜，在小亚细亚的米卡勒（Mycale）尤
　　其如此。我们无法确定颂歌中的赫利孔（Helicon，赫利科尼俄斯 [Heliconius] 一词即由此而来）是指赫利孔山
　　（Helicon，位于玻俄提亚）还是指赫利刻城（Helice）。赫利刻和埃迦伊都位于科林斯海湾。

[3]　结果是同时生下一个女儿和一匹良马阿里翁，这匹马属于忒拜的阿德剌斯托斯。类似地，波塞冬与盖亚结合，
　　生下了安泰俄斯（Antaeus）。安泰俄斯是赫拉克勒斯碰到的一个巨人。

[4]　可怕的哈耳庇亚与美丽的塞壬女妖相似。后者用歌声诱惑人类走向毁灭和死亡。

第8章

雅典娜

雅典娜的诞生

第28首《荷马体颂歌》讲述了雅典娜诞生的故事。

我开始歌唱帕拉斯·雅典娜，声名卓著的女神。她有明亮的眼睛、敏捷的头脑和不变的心灵。她是贞洁而强大的处女神，她是这座城市的保护者，她被称为特里托革涅亚（Tritogeneia）。[①]英明的宙斯自己从他神圣的头颅中生下了她。她身着戎装，全身金光闪闪，让每一位看见她的神都心生敬畏。她迅速跳出宙斯的头颅，站在持埃吉斯的宙斯面前，挥舞着她尖锐的长矛。雄伟的

[①] 特里同是雅典娜的养父，也是雅典娜的玩伴帕拉斯（Pallas）的父亲。雅典娜在游戏中不小心杀死了帕拉斯，便将帕拉斯作为自己的名字。这可能是雅典娜被称为"帕拉斯"和"特里托革涅亚"的由来。特里同一词也可以用来指特里同一族的海中精灵。

奥林波斯山在明眸女神的威力下颤抖不已，周围的大地发出恐怖的呻吟声，海中的黑色波涛也沸腾起来。然而，当少女帕拉斯·雅典娜从她不朽的肩上卸下神圣的盔甲时，突然之间大海沉静了，许珀里翁荣耀的儿子让他那风驰电掣的骏马久久停驻，睿智的宙斯也满心欢喜。

　　因此我要赞美你，持埃吉斯的宙斯的孩子。我将铭记你们二位，并且不忘另一首歌。

赫西俄德讲述了宙斯在其配偶墨提斯（Metis，这个名字意为"智慧"）怀上雅典娜之后将她吞下的故事——他害怕墨提斯会生下一个儿子，在将来推翻自己（《神谱》886—898）：

> 　　众神之王宙斯先是娶墨提斯为妻。无论在神祇还是凡人中，她的确都算得上非常聪明。但是，当她即将生下明眸女神雅典娜时，在盖亚和繁星密布的乌拉诺斯的高明唆使之下，宙斯狡猾地用花言巧语欺骗了她，将她吞下肚子。这两位神给了宙斯这个建议，这样就不会有任何其他不朽的神可以取代他身为君王的至高地位。因为墨提斯注定会生下不同凡响的孩子。首先就是明眸的少女雅典娜，也就是特里托革涅亚。她与她父亲一样有勇有谋。之后，墨提斯还要生下一个百折不屈的儿子，他将成为众神与凡人之王。

　　关于雅典娜的出生，另有说法认为，赫淮斯托斯为了助产，用一把斧头劈开了宙斯的头。在有的版本中，担任助产士的是普罗米修斯乃至赫尔墨斯。

图8.1　《雅典娜的诞生》（The Birth of Athena）

雅典黑绘安法拉罐，公元前6世纪，高15.5英寸。雅典娜从宙斯头中生出时全副武装。宙斯则坐在宝座上，手握雷锤。他的左侧站着赫尔墨斯和阿波罗（手持奇塔拉琴者），右侧站着厄勒梯亚和阿瑞斯。厄勒梯亚刚刚协助了分娩，她的手指向新生的女神。宝座下方是一个斯芬克斯。

一些故事为这个场景增添了令人生畏的细节，称雅典娜跳出来时全副武装，而且喊声如雷。这个神话（不论它对雷暴的外在表现有着什么样的原因论意义）确立了宙斯与他最喜爱的女儿之间的亲密联系，并且寓示了雅典娜的三个基本特征：她的勇武、智慧及其处女本质中的雄性色彩——因为她的这种本质归根结底产生于男性而非女性。

帕特农神庙的雕塑

　　帕特农神庙是敬献给雅典娜·帕尔忒诺斯（Athena Parthenos，其中 parthenos 一词意为"处女"，是雅典娜的标准特性形容语）的伟大神庙，位于雅典卫城。它建于公元前447—前438年间，象征着希腊人（具体地说是雅典人）的勇气和虔诚战胜了波斯人。波斯人曾在公元前480年洗劫了卫城，并毁掉了旧的帕特农神庙。像奥林匹亚的宙斯神庙一样（本书第125—127页已有描述），帕特农神庙以一套复杂的雕刻方案为装饰。人们在这些雕刻中用神话和宗教为这座城市及其神祇增添荣耀，其中雅典娜最受尊崇——她的巨大神像就在神庙之内。整个雕刻方案由奥林匹亚宙斯神像的作者菲狄亚斯主持。

帕特农神庙东侧三角墙纪念的是雅典娜诞生时的戏剧性一刻。她站在画面中心，位于宙斯的宝座前。此时她刚刚从宙斯的头颅里跳出来，已是成人模样，并且全副武装。赫淮斯托斯协助分娩的过程，赫拉可能也在场，同时出生的消息被传给其他等待见证奇迹的神祇。为给这神圣的时间设定一个宇宙时间，在画面的角落位置，赫利俄斯的马车正从海面升起，而塞勒涅的马车则正沉入海中。

与奥林匹亚一样，帕特农神庙西侧三角墙描绘的也是一幅暴力场景，歌颂的是雅典娜在与波塞冬争夺雅典和阿提卡地区控制权时获得胜利。画面里的中心人物互相避开，分别拿出自己参与竞争的礼物。每一边都站着旁观这场竞争的神祇和早期雅典的英雄国王们。雅典娜用长矛创造出一棵橄榄树，而波塞冬用三叉戟创造出一道咸泉。雅典娜被宣布为胜者。

这个故事也有其他变体，如波塞冬创造出了第一匹马，而雅典娜可能种下了一棵橄榄树；或者更具戏剧性地——如这面三角墙上所刻画——她用长矛一点，地上就长出了一棵树。比赛在卫城上进行，雅典娜被众神判定为胜利者。这个结果或由雅典人判定，或是由雅典国王刻克洛普斯（Cecrops）判定。雅典娜的胜利象征着橄榄在雅典人生活中的重要性。波塞冬因丢掉比赛而愤怒，发起洪水淹没了特里亚平原（Thriasian plain），但他还是平静下来。雅典人是航海的民族，因此波塞冬对于他们仍然重要。他在附近的圣地厄瑞克透翁神庙（与雅典英雄厄瑞克透斯一起）继续受到崇拜（参见本书第627—628页）。在那里，波塞冬的三叉戟印痕得以入庙奉祀，

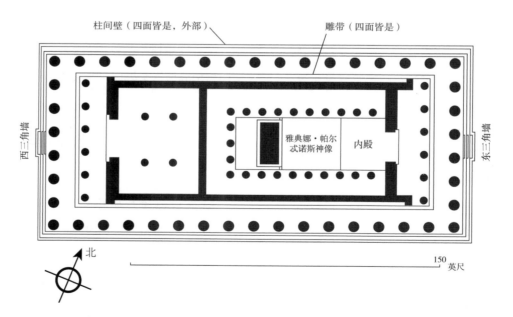

图8.2　帕特农神庙平面图（仿照 J. 特拉弗洛斯 [J. Travlos]ᵃ 的绘图）

---

a.　J. 特拉弗洛斯（1908—1985），希腊建筑师、建筑史家和考古学家。

纪以来），这条雕带表现的是雅典人为庆祝泛雅典娜节而举行游行，以向他们的女神致敬。在崇拜雅典娜的队伍里，雅典的男男女女以各种身份出现，有将军、随员、马夫、重装备步兵（hoplites）和助手，等等，同他们一起行进的是祭牲。运动会和比赛（未在雕带上表现）是节日的一部分，奖品是一只装满油的安法拉罐。罐身上绘有身披戎装的雅典娜，还有表明其为泛雅典娜节奖品的铭文。在游行的高潮时刻，人们会在东边（即在进入供奉雅典娜神像的内殿的入口）将一件仪式性的绣袍献给雅典娜的女祭司。各位奥林波斯天神端坐在附近的宝座上，参与到这场充满民众虔诚的欢乐盛典中。雕带的某些部分仍在原处，但三角墙和雕带的主要残片如今都在伦敦的不列颠博物馆，被称作埃尔金大理石雕（Elgin Marbles）①。绣袍被敬献给附近厄瑞克透翁神庙中那尊古老的雅典娜·波利阿斯（Polias，即"城市的守护神"）木质神像。旧的厄瑞克透翁神庙被波斯人摧毁，新神庙的完工时间比帕特农神庙晚约30年。关于厄瑞克透翁神庙的宗教重要性，参见本书第23章（第627—628页）。

雅典娜·帕尔忒诺斯

帕特农神庙的内殿矗立着一尊巨大的神像，那就是雅典娜·帕尔忒诺斯。菲狄亚斯的原作已荡然无存，但重构（如本书图8.8所示）可以在一定程度上精确复原原作。[1]与菲狄亚斯后来在奥林匹亚创造的杰作一样，这尊雕塑的表面是黄金和象牙材质，而其装饰则表现了前文已描述过的建筑雕刻主题，见证着女神及其保护的城市的荣耀。雕像高近

图8.3　帕特农神庙东端剖面图，表现饰带、柱间壁和三角墙之间的关系（仿照 N. 雅卢里斯 [N. Yalouris] 的绘图）

雕带　　柱间壁　　三角墙雕塑

而雅典娜的橄榄树也一直生长。

帕特农神庙有两条雕带。外部的多利亚式雕带由92幅柱间壁饰组成（每一幅高40英寸）：每条长边上各32幅，每条短边上各14幅。南面是描绘拉庇泰人大战马人的浮雕，这同样是奥林匹亚的宙斯神庙西三角墙上表现的主题（参见本书第125页）。北面三角墙的主题可能是洗劫特洛伊；东面表现的则是巨人之战（奥林波斯众神与巨人族之间的战斗）；西边刻画的则是希腊人与阿玛宗人之间的战斗。如此一来，这些柱间壁上的神话主题便强化了希腊人勇气胜过野蛮人以及希腊神战胜前代神的观念。

第二条是爱奥尼亚式雕带，连续不断地围绕着内殿（cella 或 naos，即神庙内部供奉雅典娜神像和财宝的地方）的外墙。人们一般认为（至少从18世

---

① 19世纪初，这些石雕被英国的埃尔金伯爵托马斯·布鲁斯（Thomas Bruce, 7th Earl of Elgin, 1766—1841）从帕特农神庙运到英国，故得名。

12 米，面前是一座倒影池。站立着的女神右手握着胜利女神像，她的盔甲包括以斯芬克斯图案装饰的头盔、美杜莎的头颅装饰的埃吉斯、一面盾牌和一根长矛。她身旁是一条大蛇（代表地生神祇厄瑞克透斯）。盾牌外侧装饰着阿玛宗人的战斗场景，内侧是巨人之战的场景。她的凉鞋边缘则是与马人战斗的浮雕（所有这些主题都重复了柱间壁上的画面）。雕像底座的浮雕表现的是创造潘多拉。在帕特农神庙的雕刻中，神话、宗教与本土自豪感结合，向众神及希腊人的文明致敬，并赞颂这座城市以及在雅典娜庇护之下的它的公民。[2]

帕拉斯·雅典娜·特里托革涅亚

雅典娜的称号"特里托革涅亚"来源不详。它指的似乎是某个有时与她的出生相关的地区，特里同河或特里同湖，或特里托尼斯（Tritonis），位于玻俄提亚或利比亚。根据这种关联，一些学者认为雅典娜至少在起源方面曾是水中女神或海中女神。我们得知，雅典娜出生后不久就由特里同抚养（特里同可能是这片水域之神，无论这片水域位于何地）。特里同有一个女儿叫帕拉斯。雅典娜常常和这个女孩一起练习战技。然而，有一次她们争吵起来。在帕拉斯即将攻击雅典娜时，宙斯出面干涉，将神盾埃吉斯放在两人之间。帕拉斯大吃一惊，雅典娜却利用她发呆的机会，将她击伤并杀死。当雅典娜意识到自己做了蠢事时，她非常伤心。在悲伤之中，她用木头为帕拉斯刻了一尊雕像，并用埃吉斯装饰。这尊被称为帕拉迪乌姆（Palladium）的神像被宙斯从天庭掷下，落到特洛伊人的领土上。特洛伊人为其建了一座神庙，以示崇敬。在传说中，帕拉迪乌姆

背负着特洛伊城的命运。为了纪念她的朋友，雅典娜给自己取名为帕拉斯。一种似乎更可信的原因论解释认为，Pallas 一词意思是少女，只不过是另一个表示雅典娜的贞洁的词，就如同她被称为帕尔忒诺斯（Parthenos，意为"处女"），或者（像珀耳塞福涅一样）被称为科瑞（Kore，意为"女孩"）。

雅典娜与阿拉喀涅

著名的阿拉喀涅（Arachne）的故事证明了雅典娜作为妇女的家居工艺（尤其是纺线和织布）的保护神的重要性。在奥维德的故事（《变形记》6.5—145）中，雅典娜当然变成了罗马人的密涅瓦（Minerva）。（参见本书图8.4）

密涅瓦一心要毁灭阿拉喀涅，因为她已听说这个姑娘纺织羊毛的手艺与她相当。阿拉喀涅的出身和门第并不出众，令其出类拔萃的是她的手艺。她父亲是科洛丰的伊德蒙（Idmon of Colophon），用爱奥尼亚紫色颜料为干羊毛染色。她的母亲与父亲均出身贫贱，已经去世。然而，他们的女儿阿拉喀涅，尽管来自无名的许派帕（Hypaepa）小镇上的贫苦家庭，却因她的技艺而驰名吕底亚诸城。

为了一睹她的巧艺，林中仙女常常离开特摩罗斯山（Tmolus）上的葡萄园，帕克托洛斯河（Pactolus）的宁芙也时常离开她们的水域。她们并不只是喜欢看她完成的作品，还喜欢看她工作的样子，因为她的技艺令人心生愉悦。无论是她在刚开始把

粗羊毛团成圆球时，还是用手指搓动它们，从中拉出白云似的羊毛时，用她灵动的拇指转动纺锤时，或是捻针刺绣时，你都可以断定她得到了密涅瓦的传授。但她不愿承认这一点。她心中嫉妒自己伟大的老师，这样说道："让她和我竞赛吧。如果她能胜过我，我便任由她处置。"

密涅瓦乔装成一个白发的老妇人，拄着一根拐杖，对阿拉喀涅说道："老年并不是一无是处，年纪大了才有经验。不要蔑视我的忠告！你的抱负是让自己的纺织技艺在凡人中脱颖而出。不要去冒犯女神，而是应祈求她原谅你鲁莽的话！如果你祈祷，她会原谅你的。"阿拉喀涅对这老妇怒目而视。她丢下手里未完成的工作，差点就忍不住要打她，满脸都是怒意。冲着乔装的密涅瓦，她怒冲冲地喊道："你这老糊涂，老得都快走不动了。活得太久对你有什么好处！把你的忠告留给你的儿媳妇和女儿吧——如果你有的话。我的事情我自

图8.4 《织工们》（*Las Hilanderas*）

布面油画，迭戈·委拉斯凯兹画，约1657年，约66.5英寸×98英寸（如图所示），并在18世纪中被扩至87英寸×114英寸。画面前景中表现的是工作中的挂毯织工们。一个老妇人和一个年轻妇人分别位于左右两侧，是画中的主要人物。背景中有几个妇人正在观赏已完成的挂毯。在那张挂毯上，阿拉喀涅所织的画面主题——"欧罗巴之劫"——激怒了戴着头盔的雅典娜。雅典娜正要用阿拉喀涅的梭子打她。委拉斯凯兹由此在自己的作品中引入了提香（Titian）的画作《欧罗巴之劫》（*Rape of Europa*）。[a]

---

a.　参见本书图17.10。

己会管，你不要认为你的忠告有什么好处，你也改变不了我的想法。女神本人为什么不来？为什么她要拒绝与我比赛呢？"

女神便大声说："她已经来了！"接着除去她的伪装，露出她的真面目——女神密涅瓦。吕底亚的宁芙们和妇女们都来敬拜她，只有阿拉喀涅一个人并不敬畏。但她脸红了，不由自主地，红晕倏地染上面颊，而后又倏地褪去，就像黎明初现时天边会有红霞，而等到太阳升起照亮天空，那红霞便消失不见。她顽固地坚持比赛，在自己对赢得比赛的愚蠢渴望中很快走向灭亡。朱庇特的女儿不再拒绝。她不再给她任何忠告，也不再推迟比赛。

奥维德接着描述了这场纺织比赛。两位参赛者各在自己的织机上以高超的技巧织出一幅挂毯，描绘了神话中的场景。密涅瓦表现的是她与尼普顿争夺阿提卡地区庇护权的故事，还加上了四个次要的场景，表现凡人因挑战神而被变成其他形状的故事。画面四周用一种橄榄树图案镶边："以其树毕其事。"

不顾密涅瓦所展现的传说中的教训，阿拉喀涅描绘的是天神们不甚光彩的求爱经历，表现了朱庇特、尼普顿、阿波罗、巴克斯和萨尔图努斯欺骗女神、凡人女子的故事。当阿拉喀涅以常春藤尾花纹完成她的画面时，密涅瓦的怒火爆发了。奥维德继续写道：

密涅瓦找不到这幅作品的缺点，即使嫉妒女神本人也找不出来。金发的女神被阿拉喀涅成功所激怒，撕毁了这描绘着天神可耻行为的织锦挂毯，又用黄杨木梭子

不停抽打阿拉喀涅的脸。在悲痛之中，阿拉喀涅自缢而死，用一条绳索结束了自己的生命。看见她吊在那里，密涅瓦心生怜悯，将她举起，并说了这些话："倔强的女孩，你可以活下去，但要继续吊着！好让你时刻担忧未来。你的后代都要受到同样的惩罚。"

说着这些话，密涅瓦将一种魔草汁洒到她身上。当这可怕的汁液碰到阿拉喀涅时，她的头发脱掉了；她的鼻子和耳朵消

图8.5　《雅典娜》（*Athena*）

本书图22.6中的雅典红绘安法拉罐的局部细节。罐身中部表现的是赫拉克勒斯与阿波罗争夺德尔斐的三足鼎的场景。雅典娜站在赫拉克勒斯身后，身着典型的戎装，头戴高冠耸立的头盔，手持长矛与盾牌。她披着精巧的埃吉斯，那上面装饰着蛇形流苏和一个巨大的戈耳工头像（gorgoneion），即一种对戈耳工头颅的风格化表现，其中的戈耳工如野兽般咧嘴而笑，舌头向外伸出。

失了，她的头也缩小了；她的整个身体都变得更小。瘦弱的手指从她身体两侧垂下，变成了腿，其他部位则变成了肚子。然而，从这个身体里她仍旧能吐出丝来。现在她成了一只蜘蛛，继续她之前的纺织技艺。

这个故事揭示了这位战争女神严厉和注重道德的一面。她的这一面并不鲜见。然而，正如奥维德所讲述的，密涅瓦惩罚阿拉喀涅的傲慢，也是出于她对阿拉喀涅的成功的嫉妒。

雅典娜的性格和面貌

对古代女性、衣着与社会的研究，能让我们了解女性的纺织技艺何以在神话中起到类比和隐喻的作用，并能说明雅典娜身为代表"对女子至为重要的纺织技艺"的女神的重要性。[3] 雅典娜代表的不仅是技艺，还有巧思，因此纺织便成为对人的机智的隐喻，正如聪明的珀涅罗珀的故事所揭示——她是一位智计百出的妻子，与她那狡狯的丈夫奥德修斯一样。生命是一根由女人纺出的纱线并且由命运女神掌控的观念，是一个重要的相关主题。不管纺线多么必要，它同时也被认为是一项最受尊敬的艺术，属于妇女的美德（arete），对应着男性与此不同的美德。

雅典娜还是代表许多其他具体的艺术、技艺和技巧（军事的、政治的和家庭的）的女神。在更普遍也更抽象的观念中，她还是智慧和忠言的化身。她擅长驯服和训练马匹，对船只和战车感兴趣，还是笛子的发明者。据说是剩下的戈耳工姐妹在美杜莎死后唱出的挽歌（以蛇的嘶嘶声为伴奏）启发了

雅典娜，让她有了后一种发明。但是雅典娜很快便对这种新乐器感到厌倦，因为演奏的时候她漂亮的五官会被扭曲，所以她厌恶地抛弃了它。萨提尔玛耳叙阿斯（Marsyas）捡起这个乐器，招致可怕的后果。我们将在本书第11章了解到这一点。在雅典，雅典娜和赫淮斯托斯一起被尊为一切艺术和技艺的保护神。

在艺术中，雅典娜常常与她的特征物一起出现，被表现为一位女战神。这些特征物包括头盔、长矛和盾牌（埃吉斯，上面可能绘有戈耳工美杜莎的头颅）。有时伴随她的是长着翅膀，头戴王冠或代表荣誉与成功的花环的形象（胜利女神尼刻）。雅典娜本人在被称为雅典娜·尼刻时代表着战争中的胜利。一座简朴而优雅的雅典娜·尼刻神庙就坐落在雅典卫城入口右侧的堡垒之上。简短的《荷马体颂歌之11——致雅典娜》（*Homeric Hymn to Athena*，11）称雅典娜为战争之神（与阿瑞斯一样）。

> 我开始歌唱帕拉斯·雅典娜，城市的守护神。她与阿瑞斯一起关心战争之事——战斗的喧嚷和对城市的洗劫，她还保护离家与归家的人们。万岁，女神，请赐予我们好运与幸福。

帕拉斯·雅典娜是美丽的，其动人之处在于严肃而超然，是一种震撼人心的阳性特征。她的标准特性形容语之一是 glaukopis，意思是"灰眼的"或"绿眼的"，但更可能指的是她的目光明亮或炯炯有神，而不是指她眼睛的颜色。这个形容词可能也用来表达"眼如猫头鹰的"，或者指具有类似猫头鹰的面容或特征。自然地，雅典娜不时会与猫头鹰发生紧密联系（尤其是在硬币上）。蛇也与这位女神有

图8.6　《雅典娜与赫拉克勒斯》（*Athena and Heracles*）

陶匠皮同（Python）[a]与画家杜里斯（Duris）[b]所作的基里克斯杯内部图案。约公元前475年，直径13英寸。在观者视角的左侧，赫拉克勒斯坐在一块岩石上，身披他的狮皮，他的大棒靠在身边。雅典娜正让他恢复精神：她站在赫拉克勒斯对面，从酒壶（oinochoe）中往一只双耳基里克斯杯中倒酒。她身披埃吉斯（注意埃吉斯右下位置的四条蛇），左手握着一只猫头鹰。她的长矛斜靠在她身上，而她的头盔则放在一块柱础上。

---

a.　活跃于公元前5世纪前期的雅典制陶师，精于制杯，与陶画师杜里斯有长期合作。

b.　活跃于公元前5世纪前期的古希腊陶画师，擅长红绘和黑绘两种风格，以其精湛的制图术和明快的线条著称。

关，有时会盘在她的脚边或盾牌上。这种联系（跟猫头鹰、橄榄树与女神的联系一起）暗示了一种可能：也许雅典娜（与许多其他女神一样）原本是一位生育女神，尽管她身为处女神的一面在后来的传统中成为主流。

　　事实上，雅典娜的性格通常是无懈可击的。她与另一位处女神阿耳忒弥斯不同：阿耳忒弥斯会受到男性追求（尽管他们这样做是让自己身陷巨大的险境），雅典娜在性方面却是不可接近的。赫淮斯托斯曾企图亲近她（这是早期雅典传奇中的说法，参见本书第626—627页），却证实了雅典娜信念的纯洁和坚贞。然而，若我们只是将雅典娜想象为一位冷淡而威严的英武女子，认为她足以让人敬重却无法让人亲近，那就是错误的了。这位瓦尔基里（Valkyrie）[①]似的处女神也有她动人的时刻，不仅体现在她与父亲宙斯那亲密而温情的关系上，也体现

在她对不止一位英雄的衷心支持和坚定保护上（例如，忒勒玛科斯、奥德修斯、赫拉克勒斯、珀耳修斯、伊阿宋和柏勒洛丰 [Bellerophon]）。

　　或者独自一人，或者与阿波罗一起，雅典娜可视作新一代天神中的代表人物。这是一代致力于倡导进步与文明的高度启蒙的年轻天神。作为宙斯的代理人，雅典娜回应了珀涅罗珀求婚者的亲戚们对血债血偿的原始要求，并确立了奥德修斯所实施的正义中包含的神圣而普遍的合法性，以此为《奥德赛》画上了句号。在埃斯库罗斯的《俄瑞斯忒亚》中，她站在阿波罗一方，通过雅典的法律程序，在亚略巴古（Areopagus）法庭[②]（据说由这位女神创建）中宣判俄瑞斯忒斯无罪。从而可能永久性地安抚并消弭了复仇女神所代表的那种家族复仇的旧式社会秩序。

---

①　Valkyrie 又译作"女武神"，北欧神话中的女神，负责引领战死的英雄前往英灵殿。

②　Areopagus 意为"阿瑞斯岩石"，位于雅典卫城西北，在古典时代是雅典人审判杀人罪的场所。传说中战神阿瑞斯就因杀死波塞冬的儿子而在此接受诸神的审判。参见本书第18章"补充阅读"部分的脚注和尾注 [3]。

图8.7　《哀悼中的雅典娜》（*Mourning Athena*）

雅典卫城上的大理石浮雕，约公元前460年，高21英寸。画面中的雅典娜被表现为一位
年轻女子，头戴头盔，手握长矛，但没有披挂埃吉斯，也未持盾牌。她注视着一块石
碑（stele，竖直的石板），上面可能刻有在前一年的战争中死去的雅典人的名字。她裙
子的褶皱紧贴身体的曲线，而非直线下垂。这幅作品的标题和目的都不明，但它表现
了女神密切关注着她的子民的生与死。

雅典娜·帕尔忒诺斯与帕拉斯·雅典娜

公元前480年，波斯人击溃了坚守温泉关隘口（Thermopylae）的希腊军队。波斯的薛西斯大帝[①]率领着大军长驱直入，直逼雅典。抵达后，他们侵入这座城市，四处劫掠毁坏。遭到破坏的包括卫城上那些最神圣的圣地。公元前479年，希腊人在萨拉米斯湾（Salamis）出色地击败了波斯舰队，又在普拉提亚（Plataea）打败波斯主力。

波斯战争以后的岁月里，雅典在它极富魅力的将军和政治家伯里克利（约前495—前429）的领导下成为一个海上帝国，也成为希腊世界最强大的城邦之一。到了公元前5世纪中期，伯里克利决定启动一项盛大的建设工程。这一工程既要能反映雅典业已获得提升的地位，又要向雅典人的保护神雅典娜表达崇敬，以感谢她对这座受其宠爱的城市的恩赐。这项巨额资金投入的工程成果之一便是帕特农神庙。希腊雕刻家菲狄亚斯受托监督这项工作。这一工程在公元前447—前438年之间完工。菲狄亚斯本人创作了用黄金和象牙制成的雅典娜·帕尔忒诺斯神像，为神庙内殿增辉。黄金和象牙似乎是菲狄亚斯最爱的材质。他用相同的材料制成了他的代表作——奥林匹亚的宙斯雕像。

雅典娜·帕尔忒诺斯神像围绕一副木质框架或核心建成，高约40英尺。镀身所需的黄金超过一吨。这尊神像在很久以前就遗失了，但艺术家的大致想法以及神像的构造在古代文学文献（比如保萨尼亚斯的作品）中和神像的罗马复制品中得以保存，虽然罗马复制品在天赋及美感上与原作相去甚远。菲狄亚斯是一位不朽的雕刻家，在古代世界最受敬仰的艺术品质便是他的雕像所表现出的恢宏和美感。他的雅典娜·帕尔忒诺斯神像庄严而令人敬畏，堪称古典风格巅峰时期的典范。这座神像与帕特农神庙的其他雕刻装饰共同表达了雅典人的一种观念：与其在神话中的类比一样，希波战争同样说明了希腊文明对野蛮的胜利。

奥地利画家古斯塔夫·克里姆特（Gustav Klimt，1862—1918）是站在20世纪初维也纳那场非凡的文化繁荣前沿最杰出的艺术家和知识分子之一。西格蒙德·弗洛伊德和卡尔·荣格揭示了在无意识中发挥作用的那种更黑暗的升华力量。德国哲学家弗里德里希·尼采的作品（在他自己看来）探索的是希腊文化中阿波罗与狄俄尼索斯各自代表的两种力量的对立，对当时维也纳的知识分子文化产生了深刻影响。在尼采看来，希腊悲剧在发展到公元前6世纪的古风时期之后便涉及了一种超验的、解放的酒神精神。这些维也纳知识分子受尼采影响，拒绝前一代人留下的经典。那些作品受到一种非情感的压抑的限制，而在这种压抑中创造出来的艺术缺乏精神、激情和力量。

就克里姆特而言，他是支持维也纳分离派（Vienna Secession）[②]的艺术家圈子中的一员。那是一场试图将艺术表达从他们心目中前一代人枯燥而无生气的艺术中解放出来的运动。分离派艺术家的首次展览于1898年举行，展出作品中包括克里姆特的《帕拉斯·雅典娜》（*Pallas Athena*）。从真正意义上说，克里姆特所表现的雅典娜成了分离派运动的象征。他的《帕拉斯·雅典娜》是一幅相当复杂而多层次的作品。

---

① 原文作大流士（Darius），有误。大流士一世去世于公元前486年。在公元前480年率军侵入希腊的波斯国王是薛西斯一世（Xerxes I）。

② 又译作新艺术派，是19世纪后期至20世纪前期新艺术运动（Art Nouveau，又译作"艺术革新派"）在奥地利的支流。

图8.8 《雅典娜·帕尔忒诺斯》(Athena Parthenos)

N. 来潘（N. Leipen）对菲狄亚斯原作的复原，尺寸约为原作的十分之一，原作年代为公元前447-前438年。原版的神像大约高38英尺。当信徒进入有双排立柱和倒影池的内殿时，会看到神像上的黄金和象牙在半明半暗之中闪闪发光。菲狄亚斯专注于刻画这位城市保护神的庄严，她的盾牌、凉鞋，以及雕像底座上的浮雕都象征着秩序在人神两界对无序的胜利。神像表现出一种具有公众性的庄严氛围，与本书图8.7《哀悼中的雅典娜》中那种亲密情感截然不同。

图8.9 《帕拉斯·雅典娜》(Pallas Athena)

布面油画，古斯塔夫·克里姆特画，29.5英寸×29.5英寸。克里姆特专注于女战神的潜在能量，同时重新诠释了她的头盔、灰色眼睛、猫头鹰、以戈耳工头颅为饰的埃吉斯、长矛，以及胜利女神尼刻（她被画成一名红发裸女）等传统特征。黄金的高光处理（克里姆特是一位金雕师的儿子）也是对菲狄亚斯的神像上的黄金和象牙的再诠释。

通过雅典娜缀满黄金的头部和躯干以及与此形成对比的白色面部和胳膊，身为一名金匠的克里姆特似乎让人想起菲狄亚斯的那座雅典娜·帕尔忒诺斯神像，然而克里姆特的作品并非向前辈致敬之作，而是对表面的虚幻与表面之下令人不安的深渊的表达。这幅画中表现的元素应该说更多属于公元前6世纪的古风时期，而非公元前5世纪的古典时期：她的埃吉斯上的戈耳工头像饰属于较早期的类型；她的头盔不是菲狄亚斯的神像上那种灿烂辉煌的仪式性头饰（这种头饰让观者可以看见雅典娜的整个面容），而是更早的科林斯式头盔，遮住了女神的五官；在背景中，克里姆特还复制了一个公元前6世纪的花瓶，上面描绘的是赫拉克勒斯与特里同摔跤的场景，而特里同在神话里是与

雅典娜联系在一起的。这幅画最令人不安的特征是雅典娜的眼睛。有人认为克里姆特是受到了荷马式的特性形容语 glaukopis 的影响（参见本书第193页）。与眼睛有关的母题在整幅作品中处处可见：它出现在她的护盾的环状流苏上，出现在特里同身体上那几乎类似猫头鹰的图案中，甚至出现在画框的纹饰上。事实上，雅典娜的眼睛看起来已拥有戈耳工的可怕能力。她那完全直视的目光是对注视她的人的一种攻击，也是对观者的挑战：注视她，然后被击败。尽管克里姆特描绘的雅典娜迥异于他笔下其他那些更具典型情欲色彩的蛇蝎美人（femmes fatales），但一种情欲色彩无疑被注入她手中那尊赤裸的、饱含性意味而又得意扬扬的胜利女神像。

相关著作选读

Barber, Elizabeth Wayland，《女性的工作：起初的两万年》（*Women's Work: The First 20,000 Years.* New York: Norton, 1994）。对女子纺织技艺的重要性和尊严以及雅典娜崇拜的探讨。

Beard, Mary，《帕特农神庙》（*The Parthenon.* Cambridge, MA: Harvard University Press, 2003）。适合大众读者和学生的综述性作品。

Deacy, Susan，《雅典娜》（*Athena.* Gods and Heroes of the Ancient World Series. New York: Routledge, 2008）。

Hurwit, Jeffrey M.，《雅典卫城：新石器时代以来的历史、神话和考古学》（*The Athenian Acropolis, History, Mythology, and Archaeology from the Neolithic Era to the Present.* New York: Cambridge University Press, 2000）。

Jenkins, Ian，《帕特农神庙的雕塑》（*The Parthenon Sculptures.* Cambridge, MA: Harvard University Press, 2008）。此书介绍了帕特农神庙的历史，包含了对神庙的三角墙、柱间壁、爱奥尼亚式雕带的研究，并有大量细节完整丰富的彩色插图。

Neils, Jenifer, ed.，《女神与城邦：古代雅典的泛雅典娜节》（*Goddess and Polis: The Panathenaic Festival in Ancient Athens.* Princeton: Princeton University Press, 1992）。

Neils, Jenifer,，《崇拜雅典娜：泛雅典娜节与帕特农神庙》（*Worshipping Athena: Panathenaia & Parthenon.* Madison: University of Wisconsin Press, 1996）。这是一部论文集，分为三个部分：《神话与崇拜》（"Myth and Cult"）、《竞争与奖励》（"Contests and Prizes"）和《艺术与政治》（"Art and Politics"）。

Neils, Jenifer, and Stephen V. Tracy，《雅典的赛会：大泛雅典娜节简介》（*The Games at Athens: A General Introduction to the Greater Panathenaea.* An Agora Picture Book. Athens: American School of Classical Studies at Athens, 2003）。

Robertson, Martin, and Alison Frantz，《帕特农神庙的雕带》（*The Parthenon Frieze.* New York: Phaidon, 1975）。这本书因其中的弗朗茨（Frantz）摄影作品而不同凡响。

Scheid, John, and Jesper Svenbro，《宙斯的技艺：关于纺织和织物的神话》（*The Craft of Zeus: Myths of Weaving and Fabric.* Cambridge, MA: Harvard University Press, 1996）。对纺织的隐喻及其象征性的探索。

Shearer, Ann，《雅典娜：图像与力量》（*Athene: Image and Energy.* London: Penguin, 1998 [1996]）。此书从女性主义视角探索了雅典娜在文学、艺术、宗教和心理学中持久不衰的力量。

St. Clair, William，《埃尔金伯爵与大理石雕：关于帕特农神庙雕塑的争议历史》（*Lord Elgin and the Marbles. The Controversial History of the Parthenon Sculptures.* New York: Oxford University Press, 1998）。

Vrettos, Theodore，《埃尔金事件》（*The Elgin Affair.* New York: Arcade, 1997）。此书对那段历史从开始到今天的过程进行了饱含细节的再创造，并对涉及其中的人物——如拿破仑、拜伦勋爵和纳尔逊子爵——加以了检视。

Woodford, Susan，《帕特农神庙》（*The Parthenon.* New York: Cambridge University Press, 1981）。一本简短而基本的参考书。

主要神话来源文献

本章中引用的文献

荷马体颂歌之11：《致雅典娜》。

荷马体颂歌之28：《致雅典娜》。

赫西俄德：《神谱》886—898。

荷马：《伊利亚特》5.733—864。

奥维德：《变形记》6.5—145。

其他文献

卡利马科斯：《雅典娜的沐浴》（颂歌之5）。

保萨尼亚斯：《希腊志》1.24.5—7，关于帕特农神庙中的雕塑部分。

补充材料

图书

传记：Nagel, Susan. *Mistress of the Elgin Marbles: A Biography of Mary Nisbet, Countess of Elgin*. New York: Harper Collins, 2005.

CD

音乐：Xenakis, Iannis (1922–2001). *La Déesse Athéna*, for baritone, solo percussion, and ensemble. Larsen. Carnegie Mellon Philharmonic, cond. Izquierdo. Mode。泽纳基斯（Xenakis）告诉我们：这部作品的主题"在于最初的法庭之建立"，独唱者必须超越他平时的音阶范围，在表演中纳入对假声高音的使用。专辑中还包括了关于珀耳塞福涅的 *Persephassa*，参见第799页。

小歌剧：Christiné, Henri (1867–1941), *Phi-Phi*. Max de Rieux et al. Orchestra, cond. Bervilly. UN Label Universal Music. Musidisc France (Decca). Also Bourvil et al., cond. Rys (abridged version)。一部关于菲狄亚斯（昵称"菲菲"[Phi-Phi]）的喜剧，更像是神话，而非历史。

新世纪音乐：Arkenstone, David. "Athena," in *Goddess*, an album in his *Troika Series* that includes other albums: *Faeries, Kingdom of the Sun,* and *Shaman.* Narada. 这张 CD 同时还致敬了狄安娜、维纳斯和其他女神。阿肯斯通（Arkenstone）的新世纪音乐运用了打击乐器、合成器和键盘。他的其他作品包括 *Atlantis*: *A Symphonic Journey,* Narada、*Spirit of Olympia,* Narada 以及 *Myths and Legends*, Gemini Sun Records。

DVD

纪录片：*Athens and Ancient Greece* (*Great Cities of the Ancient World*). Questar Video。对雅典卫城、雅典城以及奥林匹亚、德尔斐、迈锡尼和圣托里尼等遗迹的导览。

［注释］

[1]　有许多来自古代的小型复制品被保存下来，还有保萨尼亚斯留下的描述（1.24）。

[2]　关于帕特农神庙及其雕塑，可参阅以下作品：John Travlos, *Pictorial Dictionary of Ancient Athens* (New York: Praeger, 1971) 中的 "Parthenon" 条目；Martin Robertson and Alison Frantz, *The Parthenon Frieze* (New York: Phaidon)，其中弗朗茨的图片很精彩；John Boardman, *Greek Sculpture: The Classical Period* (London: Thames and Hudson, 1955), Chapter 10, "The Parthenon," pp. 96−145，他的简短叙述中包含图解、重建图及照片，颇有帮助；Martin Robertson, *A Shorter History of Greek Art* (New York: Cambridge University Press, 1981), pp. 90−102，其中关于帕特农神庙的讨论堪称最佳，是从作者的著作 *A History of Greek Art*, 2 vols. (1975), Chapter 5, pp. 292−322部分浓缩而来。

[3]　Elisabeth Wayland Barber, *Women's Work: The First 20,000 Years* (New York: Norton, 1994), p. 242.

第9章

阿佛洛狄忒与厄洛斯

> 巴比伦人有一种最为可耻的风俗：当地女子一生中必须有一次去往阿佛洛狄忒的圣地里坐下，并与一个陌生人交媾……那些美貌又高大的女子很快就可以离开，不够好看的女人却要在圣地里等上很长时间，因为她们未能成全律法。有些人等了三四年。
>
> ——希罗多德《历史》1.199.1—5

正如我们所知，赫西俄德描述了阿佛洛狄忒在乌拉诺斯被阉割之后的诞生，而阿佛洛狄忒的名字来源于希腊语"泡沫"一词。赫西俄德还将这位女神与库忒拉岛（参见本书第73页）、塞浦路斯紧密联系在一起。塞浦路斯与阿佛洛狄忒崇拜尤为相关，在帕福斯这个城市更是如此。因此，阿佛洛狄忒又被称为库忒瑞亚和塞浦里斯（Cypris）。另一种关于她的诞生的说法认为，她的父母分别是宙斯和狄俄涅（Dione）。狄俄涅对我们来说只是一个名字而已，却又是一个奇怪的名字，因为她是宙斯这个名字的阴性形式（Zeus 一词的另一种形式是 Dios）。

阿佛洛狄忒·乌拉尼亚
与阿佛洛狄忒·潘德摩斯

这一关于阿佛洛狄忒诞生的双重传统，暗示了她性格中存在一种根本的二重性，或者暗示存在着两位不同的爱情女神：一位是阿佛洛狄忒·乌拉尼亚（Aphrodite Urania）或天空女神阿佛洛狄忒（Celestial Aphrodite），由乌拉诺斯独自生出，是天上的崇高神祇；另一位是阿佛洛狄忒·潘德摩斯（Aphrodite Pandemos，意为"全人类的阿佛洛狄忒"，或"共同的阿佛洛狄忒"），生于宙斯与狄俄涅，其本质主要是物质的。柏拉图的《会饮篇》（Symposium）详细探讨了这一区别，并认为两者中更年长的阿佛洛狄忒·乌拉尼亚更强大、更明智，具有精神性，而阿佛洛狄忒·潘德摩斯生于两性父母，较为低下，主要与肉体的满足有关。[1] 我们必须理解的是：那位从乌拉诺斯而来的阿佛洛狄忒（尽管她在赫西俄德的叙述中表现出了性欲的一面）在哲学和宗教意义上成为代表纯洁的精神之爱的天界女神，也是另一位阿佛洛狄忒的对立面——后者作为宙斯与狄俄涅的女儿，是代表肉体诱惑和生殖繁衍的女神。这种对神圣之爱与世俗之爱的区分是文明史上最深刻的原型之一。

阿佛洛狄忒的本性与外貌

《荷马体颂歌之10——致阿佛洛狄忒》（Homeric Hymn to Aphrodite，10）是对阿佛洛狄忒的惊鸿一瞥，让我们想起她的崇拜地塞浦路斯和库忒拉岛，以及位于塞浦路斯的萨拉米斯城（Salamis）。

> 我将歌唱生于塞浦路斯的库忒瑞亚。她赠予人类甜蜜的礼物。在她那美丽的脸上，笑容总是充满爱意。
>
> 万岁，女神，坚固的萨拉米斯和海水所环绕的塞浦路斯之女神。请让我唱出一支动听的歌。我将铭记你，并且不忘另一首歌。

总的来说，阿佛洛狄忒是美神、爱神和婚姻之神。对她的崇拜在古代世界是普遍的，但是崇拜的方面各不相同。港口城市——如以弗所、帕福斯和科林斯——可能会以阿佛洛狄忒的名义来蓄养神女，但据此认为神女曾广泛流行则证据不足。在雅典，这位女神是稳重可敬的女神，代表婚姻及夫妻之爱。这位女神的诱惑魅力极为强大。她本人拥有一条魔法腰带，其中包含无人可以抗拒的诱惑力。在《伊利亚特》（14.197—221）中，赫拉借用了这条腰带，对她丈夫宙斯大展魅力。

关于这位爱情女神的所有观念，在雕塑和文学中都得到了全面反映。上古的阿佛洛狄忒偶像与其他生育女神的偶像一样，在夸大她的性特征方面显得过于怪异。在早期希腊艺术中，她被表现为一个美丽的女人，通常是着衣的。到了公元前4世纪，她就被表现为裸体的（或近乎裸体），是对一切阴柔女性气质的理想化。雕塑家普拉科希特勒斯（Praxiteles）① 对这一类型的阿佛洛狄忒形象——曲线柔和而性感，饱含情欲——要负主要责任。[2] 古代世界常常如此，一旦一位大师捕捉到一种普遍的观念，这一观念就会被无止境地重复，有时加以重大的变化，有时则原样照搬。尽管普拉科希特勒斯

---

① 普拉科希特勒斯，活跃于公元前4世纪的著名希腊雕塑家，被视为古希腊艺术家中最具原创性者之一。

图9.1 《阿佛洛狄忒的诞生》（*The Birth of Aphrodite*）

约公元前460年，材质为大理石，高（角部）33英寸。在这块被称为"卢多维西宝座"（Ludovisi Throne）[a] 的三面浮雕中，阿佛洛狄忒位于中央面板上，正从海中升起。两名随从站在被鹅卵石覆盖的沙滩上，为她披上衣袍。在左侧面板上（图中未显示）有一位裸体的音乐家吹奏双排笛，右侧面板上（图中未显示）则有一名戴面纱的女子在烧香。

---

a.　这块浮雕于1887年在罗马的卢多维西别墅（Villa Ludovisi）被发现，因而得名。

的原作都没有留存下来，但是人人都知道米洛斯岛（Melos）的维纳斯，或者许多其他存世复制品中的一座。

阿佛洛狄忒的随从

美惠女神（the Graces，或 Charites）和时序女神（Horae，Hours 或 Seasons）常常与阿佛洛狄忒联系在一起，作为她的点缀，以及合宜的随从。美惠女神通常是三位，是对美好的不同方面的人格化。时序女神是宙斯与忒弥斯的女儿们，有时很难与美惠三女神区分开来，但最终以季节女神这一更为清晰的身份出现。正因如此，她们通常被认为是两位、三位或四位女神的组合。"荷赖"（Horae）一词的意思是"小时"，因而可以指"时间"，并最终被用来表示"季节"。《荷马体颂歌之6——致阿佛洛狄忒》（*Homeric Hymn to Aphrodite*，6）关注的是荷赖装扮爱神的情景。在这个语境中，我们将她们称为时序女神（1—21）：

我将歌唱那美丽的女神，头戴金冠、受人爱戴的阿佛洛狄忒。海水环绕的塞浦路斯是她的领域。西风神仄费洛斯吹出湿润的风，将她带到了那里。在鸣响的大海波涛之中，她被柔软的泡沫环绕。黄金点缀的时序女神愉快地迎接她，并为她穿上神的衣袍。她们在她不朽的头顶戴上一顶精致的金冠，在她穿了孔的耳垂上，她们给她戴上用铜和珍贵的黄金做成的花。围绕着她柔软的脖颈

和银色的胸脯，她们为她戴上金项链，就是那种时序女神在前往诸神的美好舞会时和去她们的父亲家里时会戴着的、让她们熠熠生辉的项链。当她们将女神上下打扮一新，她们就带她去见不朽的众神。众神见到她都致以问候，并热烈地欢迎她，手牵着她。每一位男神都惊讶于头戴紫罗兰花冠的库忒瑞亚的美貌，都祈祷她会成为自己的妻子，能被自己带回家中。

万岁，目光中充满无限诱惑、甜美而动人的女神。请你让我在这比赛中胜出，请你选择我的歌。我将铭记你，并且不忘另一首歌。

阳具崇拜的普里阿波斯

从她的儿子普里阿波斯（Priapus）身上，我们可看出阿佛洛狄忒的本质中更为基本、更涉及肉体的方面。[3] 普里阿波斯的父亲可能是赫尔墨斯、狄俄尼索斯、潘、阿多尼斯，乃至宙斯。他是生育之神，通常被描述为是畸形的，长着一根巨大而勃起的阳具。他的形象常常出现在花园中、房屋门口。他一部分的功能是稻草人，一部分是带

图9.2 《米洛斯岛的阿佛洛狄忒（米洛的维纳斯）》（*Aphrodite of Melos [Venus de Milo]*）

公元前2世纪晚期，材质为大理石，高80英寸。这是普拉科希特勒斯的《克尼多斯的维纳斯》（*Aphrodite of Cnidus*，前4世纪中期）让不穿衣的女性身体雕塑变得流行之后希腊化时代最著名的阿佛洛狄忒雕像：在普拉科希特勒斯之前，除了少数例外，希腊传统中的裸体雕塑仅限于男性形象。普拉科希特勒斯的雕像仅仅有复制品留存了下来，且被马丁·罗伯逊（Martin Robertson）[a] 不屑地称为"可悲的作品"。与这些复制品不同，《米洛斯岛的阿佛洛狄忒》未经修复，且为半裸体。它引发了激烈的评论，其中有赞美也有批评。它的作者可能是来自佛律癸亚的安条克（Antioch）[b] 的一位希腊人，其名字结尾是"安德罗斯"（-andros）。参见乔治·柯蒂斯（George Curtis）的《断臂：米洛的维纳斯之故事》（*Disarmed: The Story of the Venus de Milo*, New York: Knopf, 2003）。

---

a.　马丁·罗伯逊（1911—2004），英国古典学家和诗人。

b.　指欧朗提斯河（Orontes）畔的安条克，始建于公元前4世纪末。其遗址位于今土耳其城市安塔基亚（Antakya）。

来好运的神，还有一部分是防盗的保护神，因此他与赫尔墨斯有着某些共同点。他与狄俄尼索斯和潘神（另外两位被认为可能是他父亲的神祇）也有相似之处，有时被大家混为一谈，或是被视为他们的随从。不论普里阿波斯起源于何种对男性生殖力的虔诚而原始的崇拜，关于他的故事通常是喜剧性的和淫秽的。在古代后期的放荡社会中，对他的信仰就仅仅只是一种对成熟色情文化的崇拜了。

皮格马利翁

　　尽管有许多故事都能证明阿佛洛狄忒的强大力量，但是皮格马利翁（Pygmalion）的故事却为我们提供了一个有力的主题（例见萧伯纳的《皮格马利翁》[*Pygmalion*]，以及勒纳 [Lerner] 和洛维 [Loewe] 的《窈窕淑女》[*My Fair Lady*][①]）。奥维德讲述了阿佛洛狄忒（在他的版本中称作维纳斯）对敢于否认其神性的塞浦路斯女人们动怒的故事。在盛怒之中，这位女神让她们成为最早的娼妓。当她们失去羞耻感之后，就很容易被变成石头了。奥维德接着又讲述了皮格马利翁的故事，以及他厌恶这些女人的后果（《变形记》10.243—297）。

> 　　皮格马利翁看到这些女人过着有罪的生活，对自然在女性头脑中植入的这许多罪恶感到厌恶。于是他独身而居，不娶妻子，过了很长时间。没有女人与他同眠。同时，他愉快地造出了一尊象牙雕像。那雕像洁白如雪，比任何肉体凡胎的女人都

要美。皮格马利翁爱上了自己的作品。它看起来像一个真正的少女。你会相信它是活的：如果不是出于害羞的话，它甚至愿意活动。它是如此巧夺天工。皮格马利翁惊奇于他所造出来的身体，胸中燃起爱慕和激情的火焰。他经常用手抚摸他的作品，以确认那是真的血肉之躯还是象牙。他根本不愿意承认那是象牙。他亲吻着她，想象着她也回应他的吻。他对她说话，相信他的手指陷进了他正抚摸着的肢体。当他紧紧拥抱着她时，他害怕自己会让她身上出现瘀痕。

> 　　有时候，他对她说甜言蜜语；有时候，他给她带来女孩子喜欢的礼物，比如贝壳、光滑的鹅卵石、小鸟、五颜六色的花、百合花、彩球，以及琥珀——那是法厄同那些变成了树木的姐妹们流下的眼泪。他还给她穿上衣服，将戒指戴在她手指上，在她脖子上戴上长长的项链，双耳戴上珠宝，胸前挂上饰品。这些都很适合她，但她不穿衣服的时候也很美。他将她放在自己床上，盖上紫红色的被子，让她的头枕在柔软的羽毛枕上，好像她可以感觉到它们一样。

> 　　全塞浦路斯最著名的维纳斯节到了。一头头小母牛的弯角上装饰着金饰，人们在它们雪白的脖子上砍上一斧，将它们杀死，四处香烟缭绕。皮格马利翁献祭后，站在祭坛前羞怯地祈祷："如果你们神什么都能赏赐，我想要我妻子……"他不敢说"我的象牙姑娘"。金色的维纳斯来到她的节日，明白了皮格马利翁的祈祷中的意思。一条火舌大放光芒，向空中腾起，那是女

---

① 由美国词作者勒纳（1918—1986）和作曲家洛维（1901—1988）共同创作的音乐剧，改编自萧伯纳的《皮格马利翁》。

神的好意的兆头。

　　皮格马利翁回到家中，抱住他的姑娘的雕像，躺在她身旁，不停地吻她。她似乎有了热气。他又一次亲吻她，用手抚摸她的胸。在他的抚摸之下，象牙变软了，他的手指压下去的地方不再硬了，就像许墨托斯山的蜂蜡（Hymettan wax）在阳光下变软，变得柔软顺从，可以用手捏成许多形状。他惊呆了，不敢相信这样的喜事，害怕自己弄错了。他爱抚着这一祈得的恩赐。那真是一具肉体了，当他用拇指去感知时，他感到了脉搏的跳动。真实发生的事情是：皮格马利翁连连祈祷，感谢维纳斯。最后他亲吻了那真实的嘴唇，而姑娘也感觉到了亲吻。当她睁开眼睛看他的眼睛时，她不仅看到了情郎，也看到了天空。

　　他们举办婚礼时女神到场了。新月圆了九次之后，她又让皮格马利翁的妻子生下了帕福斯。这个地方便因他而得名。

　　在这个故事的后期版本中，皮格马利翁的爱人被称为伽拉忒亚（Galatea）。

阿佛洛狄忒与阿多尼斯

　　在她最著名的神话故事中，阿佛洛狄忒与伟大的腓尼基女神阿斯塔尔忒（Astarte）① 相混淆。她们的共同点是都爱过一个年轻英俊的少年，希腊人称其为阿多尼斯（Adonis）。[4] 关于阿佛洛狄忒与

---

① 阿斯塔尔忒，腓尼基人崇拜的月亮女神和丰饶与爱之女神。她是提尔（Tyre）等地的主神。

阿多尼斯的故事，最为人熟知的作者可能是奥维德。帕福斯（皮格马利翁与伽拉忒亚之子）有一子，名叫喀倪剌斯（Cinyras）。喀倪剌斯的女儿密耳拉（Myrrha）无可救药地爱上了她自己的父亲。受羞耻和罪恶感折磨的女孩正要自杀的时候，她忠诚的保姆及时将她救下，并最终知道了她的秘密。这位老妇人知道真相后吓坏了，但她还是愿意帮助女孩满足她的欲望，而不愿意看到她死去。

　　根据安排，女儿将要与父亲同床共枕，而父亲却不知道她的身份。他们乱伦的关系持续了一段时间，直到喀倪剌斯震惊地发现他在与谁同寝。出于恐惧，密耳拉逃离愤怒的父亲。在他追赶她时，她向神祈求救赎，于是她被变成了一株没药树（myrrh tree）。这树会不断地流下密耳拉的眼泪。密耳拉怀了父亲的孩子，于是树中生出一个漂亮的男孩，名叫阿多尼斯。他长成为一名非常英俊的少年，痴迷于狩猎。一见到他，阿佛洛狄忒就无可救药地陷入了爱河。她警告阿多尼斯要提防狩猎的危险，嘱咐他要特别小心那些未转身逃跑而是站立不动的野兽。奥维德的故事接着说（《变形记》10.708—739）：

　　　　维纳斯发出这些警告，然后她乘着她的天鹅车飞上天空，离开了。但阿多尼斯出于勇敢的本性，并没有把她的劝告放在心上。正好他的猎狗跟着一头野猪清晰的踪迹，把野猪从藏身之地吓了出来。当野猪准备冲出林子时，喀倪剌斯之子斜斜刺中了它的腰部。这头凶暴的野兽立刻用它弯曲的长嘴把血淋淋的长矛拔了出来，然后向吓坏了的少年冲去。少年拼命逃跑，但野猪将它的獠牙深深地插进他的腰里，把他摔落到黄沙上，令其奄奄一息。

图9.3　《维纳斯与阿多尼斯》（*Venus and Adonis*）

布面油画，保罗·委罗内塞（Paolo Veroness，又名保罗·卡利亚里［Paolo Caliari］，1528—1588）画，1584年，63.5英寸×75英寸。画中的阿多尼斯睡在维纳斯怀中。维纳斯用一面小旗给他扇风。一名丘比特管束着一头猎犬，热切地等待出发打猎，而这次打猎将导致阿多尼斯的死亡。委罗内塞对奥维德以文字描述的场景有所改变（《变形记》10.529—559）。这对情人身上衣袍的亮丽颜色让他们最后的相处时光更加丰满，而阴暗的天空却预示着悲剧的发生。

维纳斯乘坐天鹅拉着的轻车飞在空中（她尚未抵达塞浦路斯），听到男孩垂死的呻吟声从远方传来，于是调转她那些白色飞鸟的方向，朝他飞去。她从空中看见他没有生命的身体躺在血泊之中，立刻冲下来，撕破衣袍，扯散头发，用双手捶打胸膛——她的双手本非为了这样的暴力而生。她埋怨命运女神，哭道："但是，不能什么都听凭你们的安排。我要用悲痛来纪念你，阿多尼斯，这悲痛的纪念将持续永久。

每一年人们都会再现你的死亡，再现我对你的哀悼之仪。然而你的血将被变成一种花。珀耳塞福涅啊，你曾获准将少女门塔（Mentha）① 的肢体变成芬芳的薄荷，难道我就不能将我的英雄，喀倪剌斯之子变成一朵花吗？"

她一边说，一边将芬芳的甘露浇在他的血上。那血碰到甘露就开始涌动，像雨

---

① 门塔是厄利斯的一位水泽仙女，为哈得斯所爱，但哈得斯的王后珀耳塞福涅插手干涉，将门塔变成了薄荷草。

中闪亮的水泡一样。不到一个钟头之后，一朵花从血中长出来，红得像石榴那包裹果籽的厚皮一样。不过，这花弱不禁风（由此而得名"风之花"[Anemone]①）。它艰难地活着，只要狂风一吹便会凋谢。

奥维德的故事预言了与阿多尼斯崇拜相关的习俗：其中将会包含仪式性地哭泣，以及对这位已逝少年的肖像唱出挽歌。显然，我们在此又一次看到了一个一再出现的主题：伟大的母亲和她那如植物般死而复生的爱人。这个神话的另一个版本对此表现得更加清晰。

阿多尼斯尚在襁褓时，阿佛洛狄忒将他放在一个箱子里，交给珀耳塞福涅保管。珀耳塞福涅向箱子里面看了看，一看到男孩的俊美，就拒绝把他交还给阿佛洛狄忒。宙斯解决了随后发生的争端，判定每年的一部分时间里阿多尼斯将在地府陪着珀耳塞福涅，而另一部分时间他将留在地面上陪着阿佛洛狄忒。我们可能会发现，世界各地在复活节庆祝基督死而复生的仪式与那些纪念阿多尼斯死而复生的仪式之间有着相似之处。基督教也吸收并改变了悲痛的女神怀抱垂死的爱人的古代观念，形成了悲伤的圣母将她心爱的儿子抱在怀里的形象。

库柏勒与阿提斯

与阿佛洛狄忒和阿多尼斯的故事类似的，还有佛律癸亚的库柏勒与阿提斯的故事。伟大母亲与她情人的永恒神话主题最终传遍了希腊罗马世界，而库柏勒与阿提斯的故事正是该主题的另一个变体。[5]库柏勒生于大地，原本是一位双性的神，但后来被降为一位女神。她被切下的器官里长出了一棵杏树。娜娜（Nana）是河神珊迦里俄斯（Sangarios）的女儿，她从这树上摘了一朵花放在胸口，花消失了，而娜娜发现自己怀了孕。她的儿子是阿提斯，出生后被弃于野外任其自生自灭，但一只公山羊养育了他。阿提斯长成为一个俊美的青年。库柏勒爱上了他，然而他爱的却是别人，于是库柏勒出于嫉妒使他发了疯。在疯狂中，阿提斯将自己阉割，然后死去。[6]库柏勒后悔不已，并从宙斯那里得到应许：阿提斯的尸体将永不腐坏。

在实际的库柏勒崇拜中，有一群让自己陷入癫狂的信徒追随她。这种癫狂甚至会导致自残。[7]伴随她的狂热音乐说明了她的仪式的狂欢本质：鼓声咚咚，锣声锵锵，号角大作。这个神话解释了为什么历史上的库柏勒祭司（被称为迦利[Galli]）都是阉人。我们同样不难看出，伴随库柏勒崇拜的喧闹声正对应着对另一位母神瑞亚的崇拜仪式：很久以前，瑞亚的随从为了让婴孩宙斯的哭泣声不被他父亲克洛诺斯发觉，也故意制造出喧闹的音乐。因此，库里特②便被等同于迦利。

与阿多尼斯一样，阿提斯是另一位死而复生的神。他们的人格在传统故事里被合二为一。类似于阿多尼斯，阿提斯可能并非死于他自己造成的伤，而是死于野猪的獠牙。而且，阿提斯也如阿多尼斯般以植物再生的方式死而复生。

关于人们为阿提斯的死而哀悼，又为他的重生而欢庆的春季庆典，我们已有证据。我们也可以确定，这种属于阿提斯崇拜其中一部分的秘密而又神秘的仪

---

① 即银莲花。Anemone 来自希腊语的 Anemoi（风神）一词。

② 可参见本书第 3 章中关于瑞亚的部分。

式的本质。弗雷泽对这一仪式的再现颇有说服力：

> 遗憾的是，关于这些秘仪的本质及其庆祝时间，我们掌握的信息非常匮乏，但它们似乎包括圣餐礼和血的洗礼。在圣餐礼中，新成员通过吃鼓中之食和喝钹中之水而成为秘仪的一员——这两种乐器在阿提斯崇拜的喧闹乐队中十分重要。伴随对死去的神的哀悼，人们执行斋戒，这也许是为了让领圣餐者的身体去除所有可能通过接触而污染神圣之物的东西，从而准备好接受赐福的圣餐。在对信徒施洗礼的过程中，信徒头戴金冠，系上束带，下到一个入口被木头格栅覆盖的地窖里。一头用花环装饰、前额贴着闪烁金叶的公牛会被赶到格栅之上，在那里被一根神圣的长矛刺死。公牛那温热腥臭的血从缝隙中倾泻而下，为心怀虔诚渴望的信徒所接受：他身上每一部分和衣服上每一寸地方都沾染鲜血。然后他会从地窖中出来，浑身湿透，滴着血，从头到脚都猩红。出来之后，作为一个经历重生而获得永恒生命的人、一个在公牛的血中洗去了罪孽的人，他接受同伴们的敬仰，乃至崇拜。其后一段时间内，人们会让他像新生婴儿一样喝牛奶，以此延续那个关于新生的故事。信徒的重生与他的神的重生发生在同一时间，即春分日。[8]

显然，我们再次进入了神秘宗教的奇特领域。与其他秘仪一样，这种仪式有赖于一种对永生不灭的共同的基本信念。

与库柏勒与阿提斯的神话一样，阿佛洛狄忒与阿多尼斯的神话讲述的是从属地位的男性在永恒而万能的伟大女神怀中死去的故事——他只有通过女神才能复活，才能获得新的生命。

阿佛洛狄忒与安喀塞斯

阿佛洛狄忒与安喀塞斯的故事，反映了相同主题中的一个重要变体。在这个例子里，一个关键的要素是男子与女子交合时可能会导致他变得极度虚弱。安喀塞斯非常害怕身为男子的自己会筋疲力尽，因为他与一位不朽的女神同床共枕了。《荷马体颂歌之5——致阿佛洛狄忒》中讲述了这个故事，它充分证明这位女神在宇宙中拥有强大力量，也呈现了一幅意义丰富而颇具象征性的关于她那种毁灭之美的图画。此处的阿佛洛狄忒既是丰饶女神和母亲，也是一位神圣而充满诱惑力的女性，是性爱与浪漫爱情之魅力的典范。

这首《荷马体颂歌》开篇便告诉我们：只有三颗心不能被伟大的爱情女神打动，那就是雅典娜、阿耳忒弥斯和赫斯提亚的心。其他所有的神祇都会臣服于她的意志——无论男女。因此，伟大的宙斯便让阿佛洛狄忒自己爱上了一个凡人，因为宙斯不想让阿佛洛狄忒继续夸口，说她有力量让不朽的男女神祇与凡人相爱并生下凡人孩子，而她本人却没有经历过如此低下的男女关系。尽管阿佛洛狄忒与安喀塞斯的结合才是我们要在这一上下文中强调的主题，但是在此，我们仍将这首颂歌全文译出，以保存它完整的美和力量（《荷马体颂歌之5——致阿佛洛狄忒》1—201）：

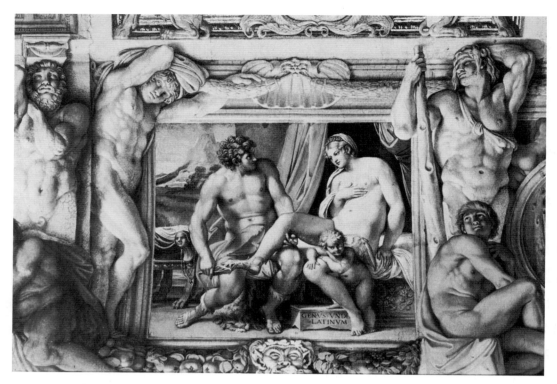

图9.4　《维纳斯与安喀塞斯》（*Venus and Anchises*）

罗马法尔内塞宫（Farnese Palace）画廊中的壁画局部，1597—1600年，安尼巴尔·卡拉奇（Annibale Carraci，1560—1609）画，壁画整体尺寸为66英尺×21.5英尺。法尔内塞宫画廊装饰着卡拉奇的一组壁画《众神之爱》（*The Loves of the Gods*）。与奥维德《变形记》中那些故事一样，这组壁画的编排遵循了一种复杂而符合逻辑的顺序。其中一幅画面位于画廊拱顶的东北部，与宙斯向赫拉求爱的场景相对。用以平衡这两幅画面的是另两幅关于恋爱中的神祇的场景（分别位于拱顶东南部和西南部），描绘的分别是翁法勒（Omphale）与海格力斯，以及狄安娜与恩底弥翁。这幅画中，丘比特踩着的那只脚凳上铭刻着一句拉丁文，意思是"罗马人一族自此（而生）"，暗示画中即将发生的结合将会导致埃涅阿斯的诞生。

宙斯报复阿佛洛狄忒

缪斯女神，请告诉我塞浦路斯的阿佛洛狄忒的故事。这位金色的女神激发众神心中甜蜜的欲望，也征服了凡人的种族，征服了天空中的鸟儿以及所有的动物。凡是陆地上和大海中生养的，都为头戴美丽金冠的库忒瑞亚所打动。

不过，有三位女神的心她不能引诱或俘获。首先是宙斯那披挂埃吉斯的女儿，明眸的雅典娜，因为金色的阿佛洛狄忒的所作所为于她而言毫无趣味。她喜欢阿瑞斯的工作——搏击、战斗，以及战争——那些才是辉煌的成就。她首先教会大地上的工匠用青铜制造战车和炫目的马车，又教会皮肤柔嫩的少女在家中做漂亮的手工，将各种合宜的技艺传授给每一个人。

其次，爱笑的阿佛洛狄忒从不能让阿耳忒弥斯陷入爱河。女神阿耳忒弥斯司掌喧闹的狩猎，携带金箭。她喜欢她的弓箭，喜欢射杀山中的动物，还喜欢里拉琴、舞跃的歌队、尖声的呐喊、阴暗的丛林，以及正义的凡人的城市。

阿佛洛狄忒的作为无法讨好的最后一位，是害羞的处女神赫斯提亚。她是狡猾的克洛诺斯①的第一个孩子，也是凭着持埃吉斯的宙斯的意志而被克洛诺斯吐出的最后一个孩子。[9]波塞冬和阿波罗都曾追求过这位受敬重的处女，但她一点儿都不想嫁给他们，坚决地拒绝了。她——女神中的女神——触碰持埃吉斯的天父宙斯的头，发誓说她将永远保持处女身。她的誓言得以实现。天父宙斯赐给她出色的荣誉以取代婚姻。她位居每家人的房室中间，受奉最丰厚的祭品；在所有神祇的神殿里，她都有尊贵的一席之地，所有凡人都认为她是神祇中最受尊敬的。

这三位女神的心阿佛洛狄忒不能影响或诱惑，但其他任何人，无论是万福的神还是人类，都没有一个可以逃过她的魔力。她甚至使喜爱雷霆的宙斯——众神之中最伟大、受到最崇高礼遇的宙斯——也鬼迷心窍。只要她愿意，任何时候她都可以轻易地迷惑他那坚定的心，让他去和凡人女子结合——瞒着他的姐姐兼妻子赫拉。赫拉的美貌可是不朽的女神中顶尖的。狡猾的克洛诺斯和瑞亚生下了这位最为光彩照人的女神，而宙斯以他永恒的智慧让她成为自己庄严而审慎的妻子。然而，宙斯在阿佛洛狄忒的心中注入一种甜蜜的欲望，使她想要与一个凡人男子结合。这样一来，即使是她也要

羞愧于爱上一个凡人，于是爱笑的阿佛洛狄忒就不能再带着她那甜美的微笑，在众神之中以嘲讽的口吻夸耀说自己曾让神与凡人女子结合，使得这些女子为永生的神生下凡人儿子，也曾让女神与凡间男子结合。

然而，宙斯在阿佛洛狄忒的心中注入了她对安喀塞斯的甜蜜渴望。安喀塞斯那时正在高峻而溪流密布的伊达山上放牛。他像神一样俊美，所以爱笑的阿佛洛狄忒一看见他就陷入了爱河，她的心被巨大的渴望紧紧抓住。她前往塞浦路斯的帕福斯，走进她香气缭绕的神庙，因为她的圣域和馨香的祭坛就在那里。她进入之后，便关上了那闪闪发光的大门。美惠三女神在这神庙中为她沐浴，给她涂抹上不朽的神专用的芬芳脂膏。女神出浴时香气袭人，那是天堂般的甜美香味。

爱笑的阿佛洛狄忒穿上她美丽的衣袍，戴上金饰，容光焕发，随后便离开香气袭人的塞浦路斯，匆忙赶往特洛伊，在高高的云端上行色匆匆。她来到了伊达山——野兽之母、众多泉水之家。女神穿过高山，径直来到安喀塞斯的小屋。灰色的狼、眼睛发亮的狮子、熊，还有敏捷的豹都跟随着她，向她撒娇，渴望吃到鹿肉。阿佛洛狄忒看到它们，心里十分高兴，向它们的心中注入欲望。于是它们成双成对地去往阴暗的巢穴深处，在那里交媾。

阿佛洛狄忒引诱安喀塞斯

她来到坚固的小屋，发现他正在里面。其他人都离开了，仅剩英雄安喀塞斯一人。

---

① 原引文作"宙斯"，有误。

他全身上下散发着神一样的俊美。余下的人都跟着牛群出去，到了绿草茵茵的牧场上，而安喀塞斯独自留下来，来回踱着步，用里拉琴弹着一首令人兴奋的曲子。宙斯的女儿阿佛洛狄忒变成美丽的少女模样站在他面前，以便安喀塞斯在瞧见她时不会感到害怕。安喀塞斯见到她时，一面赞叹她美丽的样子和闪亮的衣服，一面暗自思量。她穿着一身比火光还要闪亮的袍子，上面还装饰着精致的珠宝与灿烂的花朵。她柔嫩的脖子上戴着精美的项链，装饰美丽，而且是由黄金制成。她柔软的胸上的衣服像月光一样闪耀，令人称奇。

安喀塞斯深陷欲望之中，对她说道："你好，光临寒舍的女士。不知道你是哪一位万福的神？是阿耳忒弥斯，是勒托，是金色的阿佛洛狄忒，是出身尊贵的忒弥斯，还是明眸的雅典娜？或许你是美惠三女神中的一位，是众神的同伴，被唤作不朽？或许你是宁芙之一，出没于美丽的树林，或者就住在这座美丽的山上，住在溪流之中，或是青青的草原？我将在显眼的高丘上为你筑一座祭坛，每个季节都向你献上美好的祭品。请你眷顾我，让我成为特洛伊人中杰出的英雄，请在将来让我的后代子孙繁荣昌盛，请让我自己好好地度过漫长的一生，见到阳光，快乐地生活在我的人民中间，直到老年来临。"

然后，宙斯之女阿佛洛狄忒回答他道："安喀塞斯，凡人中最出名的，我告诉你我不是什么神。为什么你要将我比作神呢？不是，我是个凡人，生我的母亲也是个凡

人。我父亲俄特柔斯（Otreus）统治着城堡遍地的佛律癸亚全境，声名显赫。也许你听说过他。但我懂得你的语言，就像懂得我自己的语言一样，因为在佛律癸亚我的家中，养育我的是一位特洛伊奶妈。当我还很小的时候，她便将我从我母亲身边抱走，将我养大。所以你不用怀疑我熟知你们的语言。将我从向喜爱狩猎之声的金箭女神阿耳忒弥斯致敬的歌舞中带走的，是手持金杖的阿耳戈斯屠杀者赫尔墨斯。我们的歌队由许多受人追求的宁芙和少女组成，有一大群，围成圆圈跳舞。手持金杖的阿耳戈斯屠杀者将我从那里掠走，带到各种地方。有些地方有凡人耕种，有些地方还是蛮荒杂乱，游荡着住在阴暗巢穴中的食肉猛兽。我以为我将永远不会踏足于赐予生命的大地上了，但是赫尔墨斯告诉我：我将被送到安喀塞斯的床上，成为他合法的妻子；我将给你生下漂亮的孩子。在向我解释并吩咐完毕之后，强大的阿耳戈斯屠杀者便返回到众神之中，半点不假。

"但是我已来到你身边，命运的力量已将我掌控。我请求你，以宙斯的名义，以你尊贵的父母的名义（因为拥有你这样的儿子，他们不可能是卑贱的人），接受我吧。我纯洁无瑕，未堕情劫。带我去见你的父亲和慈祥的母亲，还有与你同一血脉的兄弟们。在他们眼中，我不会是一位不体面的新娘，而是配得上你的家庭的一员。快派人送信到快马的故乡佛律癸亚，告诉我的父亲和担忧的母亲。他们会给你送来足够的金子和织好的衣物。请你接受他们众

多精美的礼物，作为我的嫁妆。照这样去做，并准备好迷人的婚礼。那是凡人和不朽的神都喜欢的庆典。"

女神这样说道，让安喀塞斯心中充满甜蜜的欲望。于是他大声对她说："如果像你所说的，你是凡人，你的母亲也是凡人，俄特柔斯是你声名显赫的父亲，你被赫尔墨斯带到此地，并将在有生的日子里被称为我的妻子，那么没有任何神或凡人可以阻止我爱上你。此时此刻，即使神射手阿波罗本人从他银色的弓上射出满是悲伤的箭也不能阻止我。女神一样美丽的姑娘啊，只要能与你同床共枕，我甚至愿意下到哈得斯的王国里。"

他一边说话，一边抓住她的手。爱笑的阿佛洛狄忒转身走开。她美丽的眼眸低垂，钻进了他的床。那床上被褥精美，已铺上柔软的毛毯。床上还铺着熊和咆哮的狮子的皮毛，它们来自安喀塞斯在高山上猎杀的野兽。之后，当他们来到他精致的床上，安喀塞斯先是取下了女神闪光的饰品，精美的胸针、花朵和项链。接着，他摘下她腰间的束带，脱下她闪亮的衣服，将它们放在镶银的椅子上。然后，出于神和命运的意志，他，一个凡人，得以与不朽的女神同寝，却并不知情。

阿佛洛狄忒说出其真实身份

当牧人们将牛和忠实的绵羊从开满鲜花的牧场赶回棚舍时，阿佛洛狄忒让安喀塞斯陷入深沉而香甜的睡眠之中，自己却穿上可爱的衣袍。这位女神中的女神把自己穿戴得漂漂亮亮，然后站在床边。她的头高及精致的屋梁，她的两颊闪耀着只有头戴绚烂金冠的库忒瑞亚才能拥有的神圣之美。她叫醒了安喀塞斯，对他说道："起来吧，达耳达诺斯（Dardanus）之子。你怎么睡得这么沉？告诉我，我看起来是否还像你先前眼中看到的那个人。"

她这么说着，于是他立刻醒来，并遵从她的吩咐。当他看到阿佛洛狄忒的脖子和美丽的眼睛时，他害怕了，低下头来，眼睛看向别处，又把英俊的脸藏在斗篷里，用带翼飞翔的话语恳求她："女神啊，从我见到你的第一刻起，我便知道你是天神。你没有告诉我实情。但我求你，以持埃吉斯的宙斯的名义，不要让我继续活在凡人的世界里，让我活着却又虚弱不堪。请怜悯我，因为没有一个男人在与不朽的女神同眠之后还能保持全部精力。"

然后，宙斯之女阿佛洛狄忒回答他："凡人之中最著名的安喀塞斯，勇敢一点，心中不要过分害怕。因为你不需要担心我或其他神明会让你受罪。你确实是受到众神眷顾，会有一个好儿子。他将统治特洛伊人，而他的孩子又将生子，将家族血脉延续下去。他的名字是埃涅阿斯，因为与凡人同寝让我心中十分不安[10]，尽管在凡人之中，你的一族有着最接近神的美貌和身材。"

阿佛洛狄忒心中不安的是因为她再也不能嘲笑诸神，吹嘘她让他们爱上凡人，而她自己却从未屈服。她不断为安喀塞斯的家族增加荣耀，以求为自己开脱。她讲了伽倪墨得斯的故事：他长得俊美，而宙斯让他获得永生。她又讲了英俊的提托诺斯的悲伤故事：他也来自特洛伊王室，因被厄俄斯爱上而被赐以永生。当然，阿佛洛狄忒的儿子埃涅阿斯最终成为罗马人的伟大英雄。以下是《荷马体颂歌之5——致阿佛洛狄忒》的结尾：

阿佛洛狄忒回想起伽倪墨得斯和提托诺斯的俊美

"睿智的宙斯的确因为伽倪墨得斯的美貌而抓住了他，将这位金发少年带走，好让他可以与众神同列，在宙斯家中为众神斟酒。他真是个俊美的少年啊。当他从一只金碗里舀出红色的甘露时，所有的神都敬重他。但特洛斯的心中悲痛不已，他不知道神圣的旋风将他心爱的儿子带往了何方。他每天都为儿子哀悼，无法休止。宙斯同情这位父亲，送给他一些天神骑乘的骏马，作为对他失去儿子的补偿。他将这些马作为礼物送给特洛斯。并且，在宙斯的吩咐下，灵魂的指引者、阿耳戈斯的屠杀者赫尔墨斯，将发生的一切告诉了特洛斯，又告诉他伽倪墨得斯将会永生，且永远不会变老，就像众神一样。特洛斯听到宙斯传来的消息，便不再哀悼，而是心中高兴不已，心满意足地驾驭那些骏马。它们像风暴一样快。

"与此相似，金色宝座上的厄俄斯也带走了提托诺斯。他是你们部族的一员，长相有如不朽的神祇。厄俄斯去见克洛诺斯之子、集云者宙斯，请求他让提托诺斯获得永生，长生不老。宙斯同意了，满足了她的愿望。可怜的女神，她却没有想到请求让她的爱人免去衰老的摧残而保持永远的青春。的确，在仍保持动人的青春之时，提托诺斯便与金色宝座上早早出生的厄俄斯在大地尽头，在俄刻阿诺斯的水流边寻欢作乐。然而，在他美丽的头上和高贵的下颌上长出第一缕灰色毛发时，厄俄斯就不再与他同寝。不过她仍让他住在自己家里，照顾他，给他吃神祇的仙馔，给他穿可爱的衣服。当令人痛恨的老年彻底将他击垮时，他再也不能动弹，四肢僵硬，于是她便想出了一个对自己来说似乎是最好的办法：她将他放在一个房间里，关上了闪闪发光的房门。他微弱的声音从门里传来，可他再也没有早先四肢灵活时的力气了。

"安喀塞斯，我不应该让你获得永生，像他一样一天天地活着。但是，如果你可以继续活下去，像现在这样的俊美，如果你可以被称为我的丈夫，那么我不安的心中将不再悲伤。然而，很快你就会陷入无情的老年。它让人虚弱，摧毁他们。它伴随着所有凡人，并且被众神鄙视。

"此外，由于你的缘故，不朽的诸神会一直嘲笑我，并且永不止休。这件事发生以前，他们曾害怕我的捉弄和诡计，因为它们使得每个永生的神祇都会在某时与凡人女子结合，因为他们都屈服于我的意志。但现在我将再也不能在众神之中夸说自己的这种力量了，因为我——可怜而又无辜的我——竟失去了理智，完全疯了；我竟与一个凡人同寝，腹中还怀上了他的孩子。

图9.5　《爱征服一切》（*Amor Vincit Omnia*）

布面油画，约作于1601—1602年，卡拉瓦乔（Caravaggio，1571—1610）画，75.25英寸×58.25英寸。这幅画也被称为《胜利的丘比特》（*Victorious Cupid*）和《尘世的丘比特》（*Earthly Cupid*），系卡拉瓦乔受温琴佐·朱斯蒂尼亚尼（Vincenzo Giustiniani）之托而作。朱斯蒂尼亚尼是一位富有的热那亚人，醉心于贵族绅士的高雅追求：音乐、艺术，以及古典研究。他将这幅画藏在一道帘幕后面，以作为他最宝贵的财产有待揭幕。在第一印象中，这幅画便呈现出一种直接而深刻的阐释可能：人的更高追求被厄洛斯的力量无常而漠不关心地毁灭。然而，我们越是深刻地研究它，这幅画就变得越不同寻常，越令人不安。画中描绘的是一个淘气的、尚未进入青春期的丘比特。他脸上带着一种就算不是恶意的，但至少也是恶作剧式的笑容，身上长着黑色的鹰翼，脚踏着各种各样的物品：乐器和艺术器材、盔甲和军用官杖、天文仪、月桂叶、冠冕、手稿纸和笔。观者正好捕捉到这个男孩处在一种不太优雅的姿态中，似乎他刚刚在恶作剧时被人发现，却又并不在乎。这个小男孩并没有呈现出一种理想化的少年形象，不像

我们期待中受人尊敬的厄洛斯那样清秀或吸引人。这其实是一幅身份暧昧的真实男孩的个人肖像画。他的名字是弗朗切斯科·伯内利（Francesco Boneri），人称"卡拉瓦乔的切科"（Cecco da Caravaggio），其中"切科"是弗朗切斯科的简称。他还出现在卡拉瓦乔的其他作品中，其中最著名的是《施洗者圣约翰》（*St. John the Baptist*）。卡拉瓦乔画作中厄洛斯不同寻常的姿态让人想起他的前辈米开朗琪罗的雕塑《胜利》（*Victory*）。米开朗琪罗对卡拉瓦乔的作品有着深刻却又不甚明确的影响。米开朗琪罗的男性裸体、伽倪墨得斯，以及西斯廷教堂的天使形象，以其绝美之姿，将情欲升华为精神象征，抑或成为人类对上帝神圣之爱终极向往的隐喻。用柏拉图式的话来说（参见本书第222页），凡俗的或两性的爱被升华为神圣的、知性的和崇高的情感。米开朗琪罗的《胜利》将男性身体理想化，卡拉瓦乔的厄洛斯描绘的却是一幅极度逼真、毫无羞耻感的男孩形象。画中的男孩长着晦暗的翅膀，显得野蛮而具有动物性。他可耻地将崇高的理想踩在脚下：这些东西于他来说不过是玩具，是用来玩耍还是毁坏，全凭他的喜好。

阿佛洛狄忒预言埃涅阿斯的诞生

"当我们的孩子第一次见到阳光时，那些住在这伟大的神山里，乳房饱满的高山宁芙将抚养他成人。她们不同于凡人也不同于神。她们十分长寿，吃的是神的食物，也和神一起跳起动人的群舞。西勒诺斯们（Sileni）①和眼神锐利的阿耳戈斯屠杀者在充满欲望的洞穴深处与她们相爱。当她们出生时，肥沃的大地上同时也会长出松树以及高高的橡树。树木美丽而又繁茂，伫立在高山之上。凡人称之为圣林，不会用斧头砍伐它们。然而当死亡的命运站在她们身边时，这些树首先从泥土里开始枯萎，接着包裹它们的树皮也会萎缩，树枝也掉落下来。与这些树一起，这些树之宁芙的灵魂也会离开阳光。

"这些宁芙将把我儿子带在身边养大。当他刚刚长成俊美诱人的少年，女神们便会带孩子来见你。但是，为了向你讲述我的全部计划，我将在我的儿子五岁那年与他一同回来。当然，当你第一次亲眼看见这个可爱的孩子时，你会欣喜不已，因为他会长得有如天神。你将带他去多风的特洛伊。如果有凡人问起谁是他的母亲，谁的子宫孕育了他，记住我告诉你的话：就说她是一位宁芙的女儿，如花般美貌，住在森林覆盖的高山上。如果你说出真相，像个傻瓜一样吹嘘你与美丽的库忒瑞亚同寝，那么宙斯在愤怒之中会用带有火光的雷电击中你。我把一切都

告诉你了，你要谨记在心。不要提起我，要小心神的愤怒。"说完这番话，她便飞上了风声呼啸的天空。

万岁，女神，坚固的塞浦路斯之保护神。我开始歌唱的是你，现在我将继续另一首颂歌。

厄洛斯

厄洛斯是对应阿佛洛狄忒的男性神祇，与她有许多共同特征。关于他的诞生也有两种传统。他或者是赫西俄德及俄耳甫斯教徒的创世神话中的一位早期宇宙神，或者是阿佛洛狄忒之子——父亲是阿瑞斯。无论如何，他经常作为阿佛洛狄忒的随从与她紧密联系在一起。与阿佛洛狄忒一样，厄洛斯可能代表着爱和欲望的各个方面，但他往往被视为司掌男同性恋的神祇，在希腊古典时代尤其如此。他被描绘成一个英俊的青年，是对男性美的体现和理想化。

柏拉图的《会饮篇》

柏拉图的《会饮篇》对爱的多重本质和力量，尤其在厄洛斯这一概念上，有着极为深刻的分析。对话讲述了戏剧诗人阿伽通家中举行的一次名流聚会，时间是阿伽通与剧组成员按传统庆祝他的第一部悲剧获得优胜之后的次日。这次最著名的晚餐聚会的讨论主题是爱。每位客人依次被要求阐述这个主题。阿里斯托芬与苏格拉底都在现场，而他们的发言就其普遍意义来说，也是所有发言中最有价值的。[11]

① Sileni，西勒诺斯（Silenus）的复数形式。西勒诺斯是一位年老的萨提尔，也是酒神狄俄尼索斯的随从和导师。他的名字也被用作类似他而与其他萨提尔不同的一类人物的通称。

《会饮篇》中阿里斯托芬的发言

阿里斯托芬在另外两位客人——保萨尼亚斯和厄律克希马科斯（Eryximachus）——之后发言（《会饮篇》189c2—193d5）：

> 人们似乎完全不了解厄洛斯的力量。如果他们了解的话，就会为厄洛斯建起最宏伟的祭坛和神庙，献上最好的祭品，而现在他没有享受任何这些尊重，尽管他尤其有资格拥有它们。这是因为，他是众神中对人类最友好的一位，是人类的帮手，替人医病。这些病一旦治好了，将给人类带来最大的幸福。因此，我将试着带你们认识他的力量的本质，而你们将成为其他人的老师。

最初的三种性别

> 但是，首先你们必须了解凡人的本性以及其有过何种经历。因为我们的本性在很久以前与其现状并不一样，而是不同的。起初，人类有三种性别，并非只有现在的男性和女性这两种，而是还有另外一种，即男女两性的合体。现在这种人已经消失了，只有名称留存下来。那时候存在一种独立的性别，在外形和名称上都是雌雄同体，既有男性特征，也有女性特征。但现在这种性别不复存在，只有名称留存下来，成为骂人的话。

> 而且，从前每个人在形状上整个儿都是圆的，其后背和两侧构成一个球形。他有四只手、同样数量的脚、一个头，还有两张完全一样，但是各自朝向相反方向的脸，长在圆形的脖子上。他有四只耳朵，还有两套生殖器官。从这种描述中我们可以想象，其他所有部位也都是成双的。他与我们现在一样直立行走，但可以朝向任何他想要去的方向（无论是向后还是向前）。当他们急着要跑的时候，他们会利用所有的肢体（共有八条）翻起筋斗，像玩杂技一样，以滚动的方式快速前进。

> 人之所以有三种性别，是出于以下原因：起初男子来自太阳，女子来自大地，而第三种既男又女的性别则来自月亮，因为月亮兼具太阳和大地的性质。第三种人的确是球形的，并且滚动前进，因为他们正与他们的父母一样。他们的力量惊人，势力超群。他们野心勃勃，曾经进攻诸神。荷马曾提到厄菲阿尔忒斯与俄托斯以及他们试图爬上天庭攻击诸神的事，而这类人也有同样的故事。

宙斯惩罚他们的傲慢

> 宙斯和其他神商量对策，却不知道该怎么办。他们不忍心杀死人类（就像他们用雷霆和闪电灭绝巨人族那样），因为这样一来他们就会失去得自凡人的崇拜和祭品，然而他们也不能容忍凡人继续无礼下去。在艰难的商讨之后，宙斯宣布他有了一个计划。"我觉得有一个办法，"他说，"既能让凡人继续存在，又能让他们变弱而不再傲慢。我要将他们每个人切成两半，那样他们将变得更弱，同时又对我们更为有用，因为他们人数会增加。他们将用两条腿直立行走。如果他们仍然看起来傲慢，不想

安宁，那么我将再次将他们切开来。那时他们就会用一条腿跳着走路了。"

　　说罢，他便将人都切成两半，就像我们切水果做果脯或是用毛发切鸡蛋一样。他每切开一个人，就吩咐阿波罗把这个人的脸和半边脖子扭到切开的那一边，这样人就能看见他被切开的迹象，可能会变得乖点。此外他还吩咐阿波罗治愈刀痕。阿波罗扭转人脸，将切开的皮像个袋子那样用束带收拢在现在叫作肚皮的地方，然后在肚皮中间打了一个结——这个结现在被称为肚脐。他抚平其他诸多褶皱，把胸部也整好形状，用的工具就好像鞋匠在最后一步平整皮革时所用的。但他在肚脐周围的肚子上留下了几道褶皱，免得他们忘了自己很久以前的经历。

　　因此，在人们原有本性被切成两半之后，每一半都渴望另一半。他们相遇时就互相伸出手臂，并拥抱着渴望再长到一起去。他们死于饥饿及忽视其他生活必需品，因为他们一旦分开就什么也不想做。当两人中的一个死去，剩下的那一个便四处寻觅，再拥抱另一个伴侣，无论对方是全女性的一半（现在我们称之为女人）还是全男性的一半。这样他们都死去了。出于怜悯，宙斯想出了另一个计划：他将他们的生殖器移到前面。因为这以前他们的生殖器都在外侧，他们繁衍生殖后代并不是靠彼此交媾，而是像蚱蜢那样排放在泥土中。

　　于是，宙斯将他们的生殖器移到了前面，从而让他们通过男女交媾来繁衍后代。他这么做有两个原因：如果男人与女人结合，他们将繁衍后代，人类就会生存下去；如果男男结合，他们就能获得满足和自由，从而转向他们的追求，投身于生活中的其他事物。从这样早的时候开始，对彼此的爱就已经种在了人类心中。这种爱是为了让两人合二为一，是为了治愈，为了恢复人类的本性。

　　因此，我们每个人都只是分开的符片中的一块，只是半个人，因为我们被切开了，就像比目鱼的一面，被分成了两个，而不是一个。所有由双性别的人（那时候他们被称为雌雄同体的）切开而成的男人①就喜欢女人，许多有外遇的人便是由此而来，那些爱男人而且滥情的女人也是如此。所有从全女性的身体切开而来的女人对男人不屑一顾，却关注女人，女同性恋便是来源于此。所有从全男性的身体切开而来的男人则追求男人，他们原本是从全男性切开而来，因此在年轻时他们就一直喜欢男人，喜欢与男人同寝并拥抱他们。这些人是男性青少年中最优秀的，因为他们的本性最具男子气概。有人说他们不知廉耻，但这些人所说的并非真相。他们这么做并非因为无耻，而是因为勇气、阳刚和雄壮，因为他们被相似的人吸引。

欲望的本质

　　我所说的这一点有着极佳的例证。只有这种男人才会在成年后从事政治。成年之后，他们爱的是男孩，出于天性不愿意

---

① 原引文无"男"字。译者根据上下文添加，并参考了 Harold N. Fowler 英译本和刘小枫汉译本。

结婚和生育后代，只是在受法律或传统所迫时不得不尔。对他们来说，与同性的人共度一生，无须结婚就已足够。简言之，这样的男人在做男孩时是男人的爱人，做男人时则是男孩的情人，总是爱慕和自己本性相似的人。因此，这种人中的任何一个，以及其他任何种类的人，只要遇上了本属于他的另一半，他们就会惊人地陷入迷恋、亲近和爱情，可以说一刻也不愿彼此分开。这些人一起度过一生，尽管他们并不能说出他们希望从彼此身上得到什么。没有人会想象他们是因为性方面的原因才那么强烈地喜欢与对方在一起，显然每个人的灵魂都渴望着别的什么东西。这个东西它无法描述，只能模糊地给出暗示。

当他们躺在一起时，假如赫淮斯托斯手里拿着工具，站在他们跟前问："凡人啊，你们想要从彼此身上得到什么呢？"或者，当他们不知怎么回答时，火神又问："你们是想这样吗，永远在一起，尽可能地在一起，永远地，日日夜夜地不分开？如果这是你们所想要的，我愿意将你们熔化，再熔在一起，这样你们两个人就可以变成一个人。只要你们活着，你们就可以活在一个身体里。当你们死去时，你们也是作为一个人一起死去，而不是两个。即使在哈得斯的国度里，你们仍然是在一起的。看看这样是不是能满足你们的渴望。"我们知道没有一个人在听到这样的话之后还会否认它，并声称自己渴望别的东西。他会相信，他听到的正好是他长久以来所渴望的，即与他心爱的人熔化在一起，两人合

成一人。原因在于我们古老的本性就是如此，我们曾经是完整的。所以，"爱"只不过是对完整的渴望和追求的一个名称。

如我所言，之前我们是一个人，因为我们的恶而被神分开（就像阿耳卡狄亚人被斯巴达人分开一样）。[12] 还有人担忧：如果我们不虔诚地敬神，我们可能会被再次切割，就像骰子被切成符片，就像石碑上的人物侧面像一样，恰好沿着鼻子被分开。因此，一切凡人必须不忘敬神，这样我们才可能避免被再次切割，才可能得到厄洛斯用以引领和统率我们的恩赐。任何人都不得对抗他——任何对抗他的人都会招致众神的敌意。如果我们与爱神修好，我们就会找到并赢得我们的爱人。今天很少有人能取得这样的成就了。

厄律克希马科斯可别嘲笑我的发言，认为我只是在影射保萨尼亚斯和阿伽通，因为他们也许恰好属于那本性上就爱男人的一类。当我说我们种族的幸福在于爱的圆满时，我其实讲的是所有的男人和女人。每个人都必须找到属于他的爱人，才能恢复原初的本性。如果说这种古老的状态是最佳的，那么在目前情况下最接近于它的必定就是最好的——也就是说，找到一个志同道合的爱人。应该赞美厄洛斯，他是主事的神。他对我们现在的生活帮助最大，带我们找到同类，给我们带来对未来最美好的期许。如果我们尊敬诸神，他将让我们回归古老的本性，用他的良方使我们幸福而快乐。

阿里斯托芬最后总结时，再次请厄律克希马科

斯不要嘲笑他的发言。的确，在他最后的分析中，我们也禁不住要认真看待他的观点。其中的创新性、智慧以及荒谬性都表现出典型的喜剧作家特色，但这些言语所精彩阐释的洞见也同样典型。我们不知道其中有多少是来自柏拉图的天才，但也很难想象还有什么样的发言更符合阿里斯托芬的性格。不论他有没有公开美化男男之恋（这一点也许是受在座的人启发，无疑也是为柏拉图在此后苏格拉底的发言中表明自己的主张做铺垫），我们从中可看到一个人对另一个人的基本需求——这种需求与我们自己的需求令人惊讶地相似。

当赫淮斯托斯站在一对恋人跟前，问他们希望从彼此身上得到什么时，谁能忘记他呢？毕竟，当阿里斯托芬说幸福在于爱的圆满，在于每个人都必须找到合适的爱人时，他指的是所有的男人和女人。无论对精确的定义和词汇之科学追求自弗洛伊德时代以来怎样代替了神话艺术的种种象征，这最根本的生理及心理动机的复杂本质在此仍是昭然若揭，并表现出一种令我们不安而又熟悉的穿透力。这一点没人能否认。

作为一种感性的、浪漫的和精神上对幸福的完整性、整体性以及单一性的追求，爱这一原型概念是基本而普遍的，随处可以找到。在美国文学中，卡森·麦卡勒斯（Carson McCullers）的作品提供了震撼人心的例证，《婚礼的成员》（*Members of the Wedding*）尤其如此。在音乐中，关于这一信息之无处不在，我们找不出比约翰·卡梅隆·米切尔（John Cameron Mitchell）的摇滚音乐剧《摇滚芭比》（*Hedwig and the Angry Inch*）更好的例证。那首动人歌曲《爱之起源》（"Origin of Love"）的歌词直接源于阿里斯托芬。在这部剧作的电影版本中，伴随这首歌的影像画面因其孩童般的纯真而至为感人。

《会饮篇》中苏格拉底的发言

苏格拉底的发言是这场对话在戏剧性和哲学意义上的高潮，我们也由此离开那种基础的、本质上来说是肉体的爱的观念，转向一种对厄洛斯所能启发的最高精神成就的庄严阐释。他谈到了另一个神话故事，这次是为了针对之前一些发言者的错误观念，确定神的真正本质。苏格拉底讲述了他如何从曼提涅亚（Mantinea）[①]一个名叫狄俄提玛（Diotima）的女人那里学得厄洛斯的真实本质的故事。尽管关于狄俄提玛的历史真实性颇有争议，但她是个真实存在过的人这一点并非不可想象。她让苏格拉底意识到，厄洛斯既不善不美，亦不恶不丑，而是本质上差不多介于二者之间。因此，他不是神。苏格拉底继续论证，并引用了他与狄俄提玛的对话（《会饮篇》201d1—212c3）：

狄俄提玛将厄洛斯的真实本质告诉苏格拉底

"那么爱是什么，"我说，"一个凡人吗？""绝不是。"她答道。"那他是什么呢？""如我之前告诉你的，他既不是凡人也不是神，而是二者之间的。""是什么呢，狄俄提玛？""他是一个伟大的精灵，苏格拉底，因为每个精灵都介于神和人之间。""他有什么能力呢？"我问。"他解释并传达神与人之间的信息，人对神的祈祷和祭祀，以及相应的神对人的命令和赏赐。作为媒介，他为两方出力，是将两个世界连接成一个整体

---

① 古希腊城市，位于阿耳卡狄亚，是历史上两次著名的曼提涅亚战役（前418、前362）的发生地。

的纽带。一切献祭、仪式、咒语，以及各种巫术和魔法中的占卜术和祭司的司祭术都需要通过他才能进行。神不直接与凡人打交道，但是通过爱①，神与凡人之间的一切关联和对话得以展开，不论是在清醒时还是在睡梦中都是如此。凡通晓这些事情的，便称得上是有灵性的人，而通晓其他技巧的人则要比他们低下。这些精灵有很多，各种各样，其中一个就是厄洛斯。"

"谁是他的父母亲？"我问。"尽管这个故事相当长，但我会告诉你，"她答道，"当阿佛洛狄忒诞生时，众神举行了宴会，其中参与的就有墨提斯（Metis，聪明）之子波罗斯（Poros，机智）。在他们欢宴时，珀尼亚（Penia，贫乏）来了，站在门边乞讨，因为凡有聚会她必来。[13] 波罗斯饮甘露而醉了（那时还不存在酒），走进了宙斯的花园，在那儿不胜醉意，昏昏睡去。接着，珀尼亚因为自己缺乏机智，想要怀上机智的孩子，于是便与波罗斯同寝，怀上了厄洛斯。因此，厄洛斯成了阿佛洛狄忒的随从与仆人，因为他是在她的生日上受孕的。此外，他生来便热爱美，而阿佛洛狄忒正是美貌的。

"既然厄洛斯是机智与贫乏之子，那么他注定有以下的性格。首先，他总是很穷，远不是许多人认为的那样又柔和又漂亮。他其实又粗鲁又邋遢，不穿鞋，无家可归，无床可眠，总是睡在地面上、门廊里、大街上。这是他身上母亲的本性，贫

乏常伴随着他。其次，与他父亲一样，他也用计谋来获取美好的东西。他热情且充满活力，是个有本事的猎手，总在盘算着什么计谋。机智的他酷爱知识，终生爱智慧，是个聪明的巫师、魔法师和智术师。他既非永生者，也非凡人，而是有时候朝气蓬勃——如果他的所谋得逞，在同一天里有时候又会死去②，然后又会因为从父亲那里遗传的天性而活转过来。他得到的又会从他那里溜走，因此厄洛斯从来既不贫穷也不富有。他总是处于智慧和无知之间的状态。他就是这样的。③ 没有神爱智慧或渴望变得明智，因为他已经是明智的。其他任何明智者也是一样——他们不会热爱智慧。另外，无知者也不爱智慧，也不会渴望变得英明。无知是个麻烦的原因正在于此：不美、不好、不明智的人对自己完全满意。那些认为自己什么也不缺的人当然不想要他认为自己不缺的东西。"

"狄俄提玛，"我问，"那些爱智慧的是谁，如果既不是明智的也不是无知的？""到现在，就算是一个小孩子也该明白了，"她答道，"他们就是那些处在渴望和智慧之间的，厄洛斯就是其中之一。的确，智慧是最美的事物之一，而厄洛斯热爱美，所以厄洛斯一定是热爱智慧的。作为爱智慧者，他就处于智慧和无知之间。其出身的本质也导致了这一点：他有一个明智而机

---

①　原引文如此。Harold N. Fowler 英译本、刘小枫汉译本和朱光潜汉译本均解作"通过精灵的帮助"。

②　原引文如此。Harold N. Fowler 英译本及刘小枫汉译本均解作"垂死"。

③　原引文如此。Harold N. Fowler 英译本及刘小枫汉译本均解作"可以这样讲"。

灵的父亲，又有一个不明智也不机灵的母亲。因此，我亲爱的苏格拉底，这就是这位精灵的本性。你对厄洛斯的观念并不让人吃惊。从你所言推测，你相信爱是被爱（被爱的一方），而非爱人（施予爱的那一方）。因此，我觉得，爱在你看来都是美好的，因为被爱者的确是美而精致的，完美且非常幸福，但是那爱人者却有另一种性质，就是我已经描述过的那种性质。"

狄俄提玛接着解释厄洛斯在人类生活中的功能、目的和力量。被爱者和爱人者都渴望得到他们不曾拥有的，即美和善，而他们追求的终极目标是幸福。美的事物——无论是肉体上的还是精神上的——的繁衍是对爱的最好表达。由于对美和知识的追求，所有人都会感动于与永生者之间的神圣和谐。繁衍是能让人类最接近永恒和不朽的方式。因此，爱就是对永生的爱，也是对美与善的爱。

和人一样，动物也试图使自己永恒而成为永生者。但是，对人而言，爱的等级中有各种阶段。最低的便是动物阶段，为欲望所动，而所欲的只是肉身之子。但是随着我们的提升，生产精神之子的可能性也会变成现实。谁不想要一个与荷马或赫西俄德一样的诗人后代呢？谁不想要他们所取得的更长久的荣耀和不朽呢？正如我们在攀登梯级时逐级而上，初识爱之神秘者也会从低级的阶段走向高级的阶段。

爱始于肉体及感官中对美人或美的事物的欲望。从这一具体的目标开始，我们会转向美的一般概念——它更神奇、更纯净，也更普遍。正是对这种永恒之美（以及必然随之产生的善与智慧）的爱，激发了哲学家对哲学的追求。

狄俄提玛从哲学和精神之旅的角度描述了对爱的真实本质的理解。这种旅程与宗教秘传中的进阶相似，其终极阶段都是最终的启示和知识。

柏拉图式的厄洛斯

"一个人若是想朝着目标的正确方向前进，那么当他年轻时，就该从身体的美开始。首先，如果他的导师指导正确的话，他应当去爱一个人，在他的陪伴中产生美的观念，然后观察到一个人的美与另一个人的美是相关的。如果他想要追求形体的美，而未意识到所有人的美都是一样的，那将是非常愚蠢的。当他得到这一结论时，他将会爱上一切美好的身体，不再专注于对某一个身体的爱，并降低对一个身体的美的评价，认为那是无足轻重的。接着，他将意识到灵魂的美比身体的美更珍贵。这样，如果他遇到一个灵魂美的人，即使这个人身体的美不足为道，这也足够了。他将爱他，珍惜他，并产生那些能让年轻人变得更优秀的观念。如此一来，他又会被迫看到道德和法律中的美，并且看到它们之中的美都是互相关联的。"（《会饮篇》210a4—210c5）

这就是柏拉图式的厄洛斯。这种爱使得哲学家为了人性的事业，为了追求真正的智慧而选择克己。可以想象，这种哲学的厄洛斯最终可以被任何一种类型的爱激发，无论这种爱是异性的还是同性的（男女不限）。关键在于这种爱应当得到正确的引导，并从肉欲上转移到心智上。按照柏拉图的《理想国》中的说法，某些男人和女人能达到最高目标，成为真正的哲人王。如我们刚刚谈到的，没有来自

苏格拉底与厄洛斯

柏拉图在《会饮篇》中传达的思想，与其整体哲学信念一脉相承：在向精神的、非性欲的和哲学的厄洛斯攀升的过程中，性行为位于最低一级。在《理想国》中，社会的最高阶层哲人王（包括女性）只是偶尔进行性行为，目的仅为繁衍后代。这是一种实用主义的和非人化的性。柏拉图式的真爱（交媾会威胁并污染这种真爱）会激发他们对知识的共同追求，以及为国家的服务。《对话录》中有充分证据表明苏格拉底深深迷恋年轻男性的美，他由此受到激发和启示，但应该从未在性方面沉溺其中。在《会饮篇》的结尾部分，伴随着对其强大主题的戏剧性解答，阿尔喀比亚德斯（Alcibiades，他从未真正理解苏格拉底的哲学）讲述了他试图引诱苏格拉底而未果的经历。他的失败是必然的。苏格拉底是柏拉图的榜样，是应有之道的体现：哲学家征服并驯服低级本能，以服务于他（或她）的更高心智。在其最后一部著作《法律》（Law）中，柏拉图实际上谴责了同性恋行为。我们不应对这一点感到奇怪，或认为它与柏拉图较早的观点相悖。相反，他的谴责体现了他有关性的合乎逻辑的最终看法。[14]

厄洛斯的那种感官的与崇高的推动力，这一点是不可能达到的。不论肉体上的根源是什么，精神上的目的总是普遍的，类似于贯穿所有严肃宗教信仰的那种对神的热烈之爱。当亚里士多德将他的神描述为"不为所动的驱动者"时，他同样采用了柏拉图式的思维：神是宇宙的终极原因，像被爱者驱动爱人一样驱动着这个世界。

至此，我们与那种对厄洛斯的传统描绘已相去千里！在传统的描绘中，厄洛斯是一个俊美而热爱运动的青年，伴在阿佛洛狄忒左右。与我们距离更远的，是其后演变的厄洛斯形象——丘比特，一个胖乎乎的淘气的小可爱，长着翅膀，拿着弓箭。这样的厄洛斯仍然陪伴着阿佛洛狄忒。尽管他造成的伤可以激发一种澎湃的乃至致命的激情，他却往往只被当作一个可爱而轻浮的天外救星（deus ex machina）①，出现在浪漫的爱情之中。

---

① deus ex machina 为拉丁语，字面义为"机关中出来的神"，指在戏剧中意外出现，用神力解决剧情困境的手段。亦译作"机械降神"，本书将根据上下文而采取不同译法。

丘比特与普绪喀

最后，我们再讲讲丘比特与普绪喀的故事。这个故事的经典版本由2世纪的罗马作家阿普莱乌斯在其小说《变形记》（4.28—6.24）——又名《金驴记》——中确定下来。这个故事将丘比特（厄洛斯）与普绪喀（灵魂）联系起来，给我们的第一印象无疑应是柏拉图式的。但是，不论我们在阿普莱乌斯的寓言中发现了怎样的哲学深度（柏拉图式的或是其他的），一般意义上的神话——尤其是民间传说、童话，以及浪漫故事——所共有的那些通俗而普遍的主题都尤为清晰地出现在这部作品中，例如神秘的新郎、身份辨识的禁忌、恶意的母亲形象、嫉妒的姐妹、女主角的健忘、只能借助神力完成的艰巨使命（其中包括下到哈得斯的国度）以及浪漫爱情的胜利。这个故事的开头是"很久很久以前"，结尾是"从此永远幸福"。丘比特在这个故事中以一个英俊的、长着双翼的年轻神祇的形象出现。以下是我们

图9.6　《丘比特与普绪喀》（*Cupid and Psyche*）

布面油画，雅克－路易·大卫（Jacques-Louis David，1748—1825）画，1817年，72.5英寸×95英寸。大卫创作这幅作品的地点是在布鲁塞尔（他在这里度过了生命中最后9年的流放时光）。这幅作品向来颇具争议，至少也是令人不安的。画中的焦点人物是丘比特，而普绪喀则在他们刚刚做爱的那张长椅上睡着了。她的标志——一只蝴蝶——在她上方飞翔。丘比特的脸上呈现出得到满足的征服者的表情，似乎他是那个年轻女子的非道德的掠夺者，而这位年轻女子还要经过未来的重重考验和艰辛，才能获得与恋人的永恒结合。背景中透过窗户所看到的风景，为普绪喀摆脱那位暴虐爱人带来了唯一一希望。这一对神话的心理解读，比弗洛伊德的理论早了将近一百年：它不仅令大卫的同时代人感到不可思议，现如今也仍在观者心中造成不安。

对阿普莱乌斯所讲述的版本的概述。[15]

　　从前，一位国王和王后生了三个女儿，其中最小的女儿普绪喀是最美的。事实上，有许多人相信她是维纳斯再世。人们如此赞美她，使得女神非常生气，于是维纳斯派她儿子丘比特去让普绪喀爱上最低贱、最邪恶的人。然而，丘比特自己却爱上了普绪喀。普绪喀的两个姐姐没那么美丽，却都很容

易地找到了丈夫，而普绪喀一直未婚，因为所有人都对她的美产生敬畏之情，就像敬畏神一样。她的父亲怀疑这一定是某位神的愤怒所造成的。他询问了阿波罗。阿波罗吩咐他把普绪喀打扮得像一具尸体，放在一道山巅上，与一条可怕的巨蟒结婚。

　　因此，在这场为活着的新娘举办的葬礼中，普绪喀被留在一道山巅上去面对她最终放弃抗争而接

受的命运。普绪喀睡得很熟，而后温柔的西风将她吹落到一个美丽的山谷中。她醒来之后走进一座富丽堂皇的宫殿。在这里，她的心之所想都能如愿。当普绪喀入寝时，一个神秘的新郎来到她身边，又在日出之前迅速地离开。就这样，普绪喀日日夜夜都在这座宫殿里度过。

与此同时，普绪喀的姐姐们动身来找她，但她的神秘丈夫一直警告她：在她们接近的时候不要回应。普绪喀终日被关在这座一个人的监牢里，夜夜都请求丈夫允许她见见她的姐姐们，并给她们金子和珠宝。他最后同意了，但条件是不管她的姐姐们怎么要求，她都不能尝试打听他的身份。姐姐们到来之后追问她，普绪喀却保守着秘密，尽管她的确说了她的丈夫是个非常英俊的年轻人。

姐姐们带着普绪喀给的财宝回到家中，但她们的心里燃烧着吞噬一切的嫉妒之火。神秘的新郎警告普绪喀要小心姐姐们的诡计：她们的目的是要说服她看清他的脸，而如果她这么做，她将再也看不见他。他还告诉普绪喀：她已经有了身孕，而如果她能保守秘密，他们的孩子就会成为神；如果她无法做到，那么这个孩子就将是个凡人。不过他仍允许普绪喀再次与姐姐们见面。面对她们的疑问，普绪喀透露说自己怀孕了。姐姐们又一次带着丰盛的礼物回了家，但比之前更嫉妒了。她们怀疑普绪喀的爱人一定是一位神，而她怀着的孩子也是神。

邪恶的姐姐们第三次来拜访普绪喀。这一次，她们告诉普绪喀说她的丈夫实际上是神谕上所说的巨蟒，而她将在孕期结束时被巨蟒吞噬。普绪喀吓坏了，她相信自己是在与怪物同寝，忘记了丈夫的警告，却听从了姐姐们的建议。她藏起一把尖刀、一盏油灯，准备在怪物睡着时割开它的脖子。

心情痛苦的普绪喀做好了准备。这天晚上，她的丈夫跟她做完爱后进入了梦乡。她举起灯，手拿着刀，却看到了甜美、温柔、俊秀的丘比特。她为自己看到的景象所震撼，第一反应是自杀，却无法做到。丘比特的美像魔咒一样束缚住了她。她注视着他可爱的翅膀，抚弄放在床尾的弓和箭袋。她的拇指被其中一支箭刺破，流出血来。普绪喀被欲望征服，热烈地亲吻丈夫。哎呀，灯油滴在了神的右肩上。丘比特跳出床外，试图立刻飞走。普绪喀抓住了他的右脚，与他一起高飞。但因为力气不够，她坠落在地面上。在飞走之前，丘比特站在附近的一株柏树上对她发出警告：他说自己忽视了维纳斯的命令，将她作为爱人；他此前已告诫过她，而自己飞走也已是足够的惩罚；她的姐姐们将会为自己的行为得到应有的惩罚。

普绪喀试图自杀，跳进附近的一条河里，但温柔的河水将她安全地送到了岸上。潘神劝她忘记悲伤，重新赢得丘比特的爱。在流浪的过程中，她来到她的一个姐姐所居住的城市。普绪喀将发生的事情告诉了姐姐，但又加了一句：如果她姐姐赶快去丘比特身边的话，丘比特便会娶她。这个姐姐请求西风之神将她从山顶带到丘比特的宫殿。但是，当她跳下山崖时，她却向下跌落，摔死在下面的岩石上。而后，普绪喀又找到她的另一个姐姐。这个姐姐也以同样的方式死去。

普绪喀继续四处寻找丘比特，而丘比特则躺在母亲的寝宫里，因为烫伤而呻吟。维纳斯听说了事情的经过，飞快来到儿子身边，责备他的行为，并发誓要报复。盛怒的维纳斯出发去找普绪喀，但最终放弃了寻找。她去见朱庇特，朱庇特同意派墨丘利发出通告，捉拿普绪喀。当普绪喀被带到维纳斯面前时，女神狠狠地责骂她。此外，维纳斯还命令这个可怜的女孩完成一系列不可能完成的任务。

首先，普绪喀被要求在夜晚来临之前将一大堆混杂的谷物（其中包括小麦、大麦以及其他类似谷物）分开来。在这场考验中，一只蚂蚁成为她的救星：它叫来自己的族群，将不同种类的谷物分开。

第二天，维纳斯命令普绪喀前往一处河岸。在那里，吃草的羊身上长着厚厚的金毛，十分危险。维纳斯让普绪喀从那里带回一些羊毛。这一次，一支芦苇低声告诉她应该如何行事：她得等到羊结束它们在烈日之下的疯狂游荡，当它们躺下来休息时，去摇晃羊群经过的树丛，将挂在树枝上的金毛摇下来。普绪喀就这样完成了任务。维纳斯仍不满意，她命令普绪喀去往一座高山顶上。那里流着黑色的水，而这水最终会流入地府的科库托斯河（Cocytus）。普绪喀要带回满满一罐这冰冷的水，其间要经历的危险中还包括面对一条恶龙。但朱庇特的鹰飞下来，帮助普绪喀将罐子装满。

维纳斯比之前更加愤怒，向普绪喀下达了终极任务——前往哈得斯的国度。她命令普绪喀带给珀耳塞福涅一个盒子，并请珀耳塞福涅往盒子里装一点她的美貌。绝望之中，普绪喀决定跳下一座高塔。但是这座塔对她说话了，给了她前往地府的具体指南，又告诉她要做什么和不要做什么。在这些要求之中，有一条是她得准备面饼来安抚刻耳柏洛斯，还得准备路费交给渡口的船夫卡戎。在高塔的警告中，最重要的一点是不要打开盒子朝里看。普绪喀遵循了其他所有指令，却忍不住打开盒子看了。盒子里面不是美貌，而是地府的黑夜睡神。普绪喀被这死亡似的睡眠吞没了。

此时，丘比特已养好烫伤，飞来搭救普绪喀。他将睡神放回盒子里，并提醒普绪喀说，她又一次输给了自己的好奇心。接下来，她还要去完成自己的任务。丘比特前去恳求朱庇特，而朱庇特同意了他与普绪喀的婚事。既然普绪喀也获得了永生，维纳斯就平息了她的愤怒。以下是阿普莱乌斯对奥林波斯山上那场盛大婚宴的描述。它标志着丘比特与普绪喀的故事的圆满结局（《变形记》6.23—24）：

> 一场婚宴即将亮相。新郎坐在首席上，拥抱着普绪喀。朱庇特也拥着他的朱诺入席了。其他神接着也依次入席。然后，朱庇特的斟酒人——牧羊少年伽倪墨得斯——给他端来一杯甘露，也就是众神之酒。巴克斯则给其他神都斟上了甘露。伏尔甘为宴席掌勺，时序女神以玫瑰和其他花卉装饰一切，美惠女神广撒香油，缪斯女神又弹又唱，阿波罗用奇塔拉琴弹唱，维纳斯则随着音乐优美地起舞。画面如此和谐，让缪斯女神也用合唱或是骨笛为她伴奏。一位萨提尔则和潘神一起吹起了排箫。
>
> 就这样，在这无不合宜的庆典中，普绪喀与丘比特结为夫妻。他们不久就生下了一个女儿。我们称她为"欢喜"（Voluptas）。

萨福的阿佛洛狄忒

要想纵览神话中关于爱的概念，就无法不将萨福的诗意视野纳入考虑范围。她是一位来自勒斯玻斯岛、以爱情为主题的抒情女诗人[16]，其作品只流传下来一小部分，但评论家对她艺术才华的赞美却历久弥新。事实上，关于萨福的生平和事迹的确切信息，我们一无所知。她崇拜阿佛洛狄忒，并钟情于与其交往的年轻女性。但我们甚至无法据此就自信地谈及某种对阿佛洛狄忒的崇拜。关于萨福与她的情人之间的关系，我们也只能从她数量稀少的存世诗作中去合理想象。对她的圈子的理解各式各样：有人将之理解成维多利亚式的青年女子学校，也有人将之理解成纵情声色的温床，不一而足。"女同性恋"（lesbian）一词便来自萨福，将阿佛洛狄忒与女同性恋之爱联系起来的做法也源自她。

在一首激昂而动人的诗中，萨福呼唤阿佛洛狄忒，恳求女神帮她赢得一个她正与之交往的年轻女孩的爱情。她们之间关系的字面细节可以有无穷无尽的主观解读，但萨福的那种刻骨铭心的绝望再明显不过。在这一语境中，她对阿佛洛狄忒的呼唤对我们而言有着实际的意义，因为它完美地揭示，在艺术形式的严格限制下，许多希腊艺术仍充盈着强烈感情。它还提醒我们，或存在于公元前7—前6世纪的阿佛洛狄忒女神观念是真诚的。一旦所有真正的信仰消失，我们的感受力便往往因为后来那些矫揉造作的和传统的关于诸神的刻板描绘而变得麻木。然而，在下列诗行里，阿佛洛狄忒的真实性是毫无疑问的（1.7—28）。

> 端坐宝座上的、不朽的阿佛洛狄忒，
> 魅力的编织者，宙斯之女，
> 我请求你，可敬的女神，
> 不要让我心碎，
> 不要让我的心满是痛苦和悲伤。
> 请你来到我身边，
> 如果之前你曾经听到
> 我的呼声从远方传来，如果你曾倾听，

> 就请你离开你父亲的家，
> 套好你的黄金战车。

> 美丽的鸟儿带着你，轻快地
> 从黑色大地之上的天庭飞下，
> 穿过天地之间的空气
> 靠着它们长满绒毛的翅膀的快速扇动。
> 鸟儿们轻快地飞来了，而你
> 万福的女神，
> 绽放不朽之美的微笑，问我：
> 在我狂热的心中
> 最想要发生什么。

> "这一次你想要谁
> 被劝诱而成为你的爱人？
> 萨福啊，是谁让你受苦？
> 如果她现在跑开了，
> 她很快就会跟着你来；
> 如果她拒绝你的礼物，
> 她将亲自带上礼物来；
> 如果她现在不这么做，
> 她也会很快就恋爱，
> 尽管并非她心所愿。"

> 来到我这里吧，
> 让我摆脱这残酷的焦虑，
> 达成我心之所想。
> 你，女神本人，
> 在我的痛苦之中与我同在。

皮格马利翁与雕像

　　画家爱德华·伯恩－琼斯（Edward Burne-Jones）创作了一系列画作（1875—1878年间）来演绎艺术家皮格马利翁的神话：他雕刻出心目中的理想女性形象，而雕像借助维纳斯之力获得生命。伯恩－琼斯是被称为拉斐尔前派（Pre-Raphaelites）的艺术家和诗人群体中的一员。他们的明确宗旨包

图9.7 《心之所往》（*The Heart Desires*）布面油画，爱德华·伯恩－琼斯画，39英寸×30英寸。艺术家皮格马利翁站在方形底座前思考他的创作。环绕他的是一群城中的妇女——从门中可见——和一组以传统姿态出现的美惠三女神雕像。两组女性暗示着现实与理想、世俗与神圣之间的对比。地板上美惠女神支离破碎的倒影，让这两组女性之间的对比以及皮格马利翁心中的不安状态变得更为剧烈。

括既要抛弃他们所处时代那种严格的、学院的美学教条，又要回归意大利画家及建筑师拉斐尔（1483—1520）之前的意大利艺术的纯净和简洁，因此得名"拉斐尔前派"。他们回避那些得到长久认可的艺术构图规则，试图将简朴的现实主义与华丽的象征主义和谐地结合起来。伯恩－琼斯（1833—1898）与设计师、艺术家、作家威廉·莫里斯（William Morris，1834—1896）

图9.8 《手不敢触》（*The Hand Refrains*）
布面油画，爱德华·伯恩－琼斯画，39英寸×30英寸。艺术家皮格马利翁完美地创造出了他心目中的理想女性。他正在犹豫之中，渴望触摸他向往的对象。然而创造出来的作品尚无生命，还在等待一位女神的创造之力。

都是拉斐尔前派运动的支持者，从希腊神话及亚瑟王传奇的故事中大量汲取营养。这些诗人和艺术家将鲜艳的色彩或合理的主色调，强烈而经过升华的情欲，以及紧张、静寂、忧郁的氛围结合了起来。伯恩－琼斯和莫里斯是同窗，并成为艺术上的伙伴。在1868—1870年间莫里斯发表了他最著名的作品《尘世天堂》（*The Earthly Paradise*）。这是一本叙事故事集，来源是各种各样

图9.9　《神性燃烧》（*The Godhead Fires*）布面油画，爱德华·伯恩－琼斯画，39英寸×30英寸。维纳斯身着透明衣服，手持一根桃金娘树枝，同她的鸽子和玫瑰一起现身。她说道"下来吧，学会爱和生活"，并用她的触碰让伽拉忒亚活过来。维纳斯伸出她的胳膊，用食指将生命赋予这尊无活力的雕像。维纳斯的手势是否暗示着一种与米开朗琪罗在西斯廷教堂穹顶所作壁画的比较呢？在那幅壁画中，上帝用手指的轻触赋予亚当生命。伽拉忒亚伸出手，将她的胳膊缠绕在维纳斯的胳膊上。她们胳膊的交缠，使观者想起第一幅画中门外两个女人的拥抱。伽拉忒亚在这一幕中看起来比任何时候都要鲜活。

的，包括希腊神话、北欧神话以及中世纪神话与传说。皮格马利翁的故事便是莫里斯复述的许多故事之一，名字是"皮格马利翁与雕像"。伯恩－琼斯为莫里斯的《尘世天堂》精装版画了许多插画。他的"皮格马利翁"系列便是从这些初步图样发展而来。伯恩－琼斯选择了四个场景来勾勒这个故事的叙事顺序。系列中每一幅画的标题都来自莫里斯的一首四行诗。

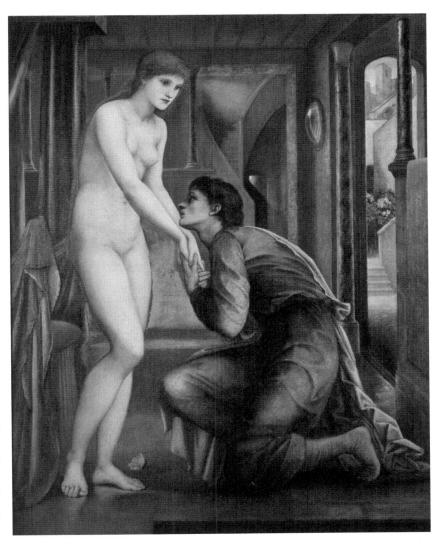

图9.10 《灵魂获得》(The Soul Attains)
布面油画，爱德华·伯恩－琼斯画，39英寸×30英寸。皮格马利翁以崇拜者的姿态伸手触摸他的爱人，仍处于一种抑制状态之中。他能真正地像一个世间女子那样爱这个女人吗？他的头朝向她的身体，但是他的眼睛似乎从下往上仰视，似乎无法或不愿意看到她的裸体。伽拉忒亚的目光越过了他，她的双手看上去与其说在握住他的手，不如说被他握住了。这两个人物的布局暗示着一种与前一幅画中维纳斯与伽拉忒亚之间关系的比较。伽拉忒亚是否变成了皮格马利翁的爱之女神呢？她脚边的一朵玫瑰暗示了这种变化。

相关著作选读

Borgeaud, Philippe，《神之母：从库柏勒到童贞女马利亚》（*Mother of the Gods from Cybele to the Virgin Mary*. Translated by Lysa Hochroth. Baltimore: Johns Hopkins University Press, 2004）。

Calame, Claude，《古希腊的厄洛斯诗学》（*The Poetics of Eros in Ancient Greece*. Translated by Janet Lloyd. Princeton: Princeton University Press, 1999）。此书是对诗歌、图像、宗教和社会（即传授仪式、庆典和教育）中的厄洛斯形象的全面概括，还讨论了这位神祇在男性和女性的个人生活和情欲生活中的具体作用。

Cavicchioli, Sonia，《插图史：丘比特与普绪喀的故事》（*The Tale of Cupid & Psyche, An Illustrated History*. Translated from the Italian by Susan Scott. New York: Georges Braziller, 2002）。这本书记述了该神话从古代到19世纪的艺术表现史，配有精美的插图。

Cyrino, Monica S.，《阿佛洛狄忒》（*Aphrodite*. Gods and Heroes of the Ancient World Series. New York: Routledge, 2010）。

Ferrari, Franco，《萨福的礼物：女诗人与她的族群》（*Sappho's Gift: The Poet and Her Community*. Translated by Benjamin Acosta-Hughes and Lucia Prauscello. Ann Arbor: Michigan Classical Press, 2009）。关于萨福的生平和著作，此书提供了新见解。

Friedrich, Paul，《阿佛洛狄忒的意义》（*The Meaning of Aphrodite*. Chicago: University of Chicago Press, 1978）。

Greene, Ellen, ed.，《从现代视角读萨福》（*Reading Sappho, Contemporary Approaches*. Berkeley: University of California Press, 1997）；《重读萨福：回归与传播》（*Re-Reading Sappho, Recaption and Transmission*. Berkeley: University of California Press, 1997）。以上是两部关于萨福的学术文集，其中包括了当代的性别研究理论。关于古代的萨福传记传统，可参见"洛布古典丛书"的译文导读部分。

Roller, Lynn E.，《寻找母神：安纳托利亚的库柏勒崇拜》（*In Search of God the Mother, The Cult of Anatolian Cybele*. Berkeley: University of California Press, 1999）。关于库柏勒崇拜的本质、发展和演化的综合性研究。

Rosenzweig, Rachel，《信仰阿佛洛狄忒：古代雅典的艺术与崇拜》（*Worshipping Aphrodite: Art and Cult in Classical Athens*. Ann Arbor: University of Michigan Press, 2004）。

Snyder, Jane McIntosh，《萨福抒情诗中的女同性恋欲望》（*Lesbian Desire in the Lyrics of Sappho*. New York: Columbia University Press, 1997）。此书中的章节包括《萨福与阿佛洛狄忒》（"Sappho and Aphrodite"）、《厄洛斯与回忆》（"Eros and Reminiscence"）、《萨福式厄洛斯概念中的美学》（"The Aesthetics of Sapphic Eros"）以及《萨福与现代美国女诗人》（"Sappho and Modern American Women Poets"）。

Thornton, Bruce S.，《厄洛斯：古希腊的性的迷思》（*Eros: The Myth of Ancient Greek Sexuality*. Boulder: Westview Press, 1997）。

主要神话来源文献

本章中引用的文献

阿普莱乌斯：《变形记》（《金驴记》）4.28—6.24。

荷马体颂歌之5：《致阿佛洛狄忒》。

荷马体颂歌之6：《致阿佛洛狄忒》。

荷马体颂歌之10：《致阿佛洛狄忒》。

奥维德：《变形记》10.243—297，10.708—739。

柏拉图：《会饮篇》189c2—193d5，201d1—212c3 。

萨福：《诗歌》之1。

其他文献

保萨尼亚斯：《希腊志》7.17.9—12。

忒奥克里托斯：《牧歌集》15。

色诺芬：《会饮》（Symposium）8.9—15。

补充材料

书籍

小说：Lewis, C. S. *Till We Have Faces.* New York: Harcourt, 1984（1956）。一本备受赞誉的丘比特与普绪喀故事新编。

CD

歌剧：Cantata: Orff, Carl（1895-1982）。其中 *Carmina Burana*（一些以中世纪文本为歌词的歌曲）非常流行，且时而搬上舞台。其他两部相关的作品是 *Catulli Carmina*（对卡图卢斯的一些爱情诗的配乐）和 *Trionfo di Afrodite, Truimph of Aphrodite*（对卡图卢斯、萨福的拉丁文和希腊文原文的配乐，表现了一场婚礼庆典，结尾出现了阿佛洛狄忒的幻影）。有每一部作品单独或三部作品合集的多版录音可供选择。

新世纪音乐：Arkenstone, David. "Venus," from *Goddess*. Troika. Enso。这张专辑使用打击乐器、合成器、键盘和歌

声，也向另两位古典女神（雅典娜和狄安娜）以及俄亚（Oya）、索尔亚（Zorya）、观音（Kuan Yin）、葛薇芙（Gwenhwyfar）和伊南娜（Inanna）等女神表达致敬。

协奏曲：Bernstein, Leonard (1918–1990). Serenade (after Plato's *Symposium*), for solo violin, string orchestra, harp, and percussion. *Bernstein Conducts Bernstein*. Deutsche Grammophon。各部分分别题为："斐德若：保萨尼亚斯""阿里斯托芬""厄律克希马科斯""阿伽通"和"苏格拉底：阿尔喀比亚德斯"。参见本书第216—223页。

歌曲：Schubert, Franz. "Atys." Fischer-Dieskau and Moore. Deutsche Grammophon。基于卡图卢斯的《歌集》中的第61首，关于阿提斯。

三首非常流行的歌：Neil Sedaka, "Stupid Cupid." Among the reissues on CD of the recording by Connie Francis are those on Polydor and Mercury. Frankie Avalon, "Venus." *The Best of Frankie Avalon*. Varèse Sarabande. "Venus in Blue Jeans," *The Very Best of Jimmy Clanton*, Ace Records.

小歌剧：Suppe, Franz von (1819—1895). *Die Schöne Galathée*. Highlights. Moffo et al. Münicher Rundfunkorchester, cond. Eichorn. Eurodisc.。一出关于皮格马利翁和伽拉忒亚的喜剧，令人惊喜。参见本书第205—206页。

DVD

电影：*Pygmalion*, starring Leslie Howard and Wendy Hiller. The Criterion Collection。对萧伯纳剧作的精彩改编。

音乐剧：*My Fair Lady*, starring Audrey Hepburn (her singing voice is that of Marni Nixon) and Rex Harrison. Premiere Collection and Two-Disc Special Edition. Warner Brothers。对勒纳和洛维的音乐剧的著名电影改编，基于萧伯纳的《皮格马利翁》。

摇滚音乐剧：*Hedwig and the Angry Inch*. Music and lyrics by Stephen Trask. New Line Home Entertainment. The writer, director, and star is John Cameron Mitchell。Hedwig 追寻成为摇滚明星的梦想，也是一次失败的变性手术的受害者。这部音乐剧被归于华丽摇滚，混合了各种流行音乐风格。雌雄同体的主题在剧中的一首歌——《爱之起源》（"The Origin of Love"）——中尤为突出。这首歌直接取材自阿里斯托芬在《会饮篇》中所讲述的创世神话。

歌剧：*Tannhaüser*, by Richard Wagner. Cassilly, Marton et al. Metropolitan Opera Orchestra, cond. Levine. Pioneer Classics。这是一部绝妙的歌剧（对妖娆多姿的维纳斯和她的居所进行了描绘），令人难忘地勾画出了神圣之爱和世俗之爱间的冲突。改编后的巴黎版本比最初的德累斯顿版本包含更广阔的维纳斯山（Venusberg）场景，也更受欢迎。

歌剧：Lully, Jean-Baptiste (1632–1687). *Atys*. Performed by Opéra Comique. Richter and d'Oustrac et al. Les Arts Florissants, cond. Christie. Fra Musica。这部有关阿提斯和库柏勒歌剧的蓝光版在视觉和音乐方面都非常优美而不同凡响，并包含了5项补充内容，是喜爱巴洛克风格的人必看之作。对于那些不喜欢巴洛克风格的人，它也是一部精彩的介绍性作品。

[注释]

[1]　见保萨尼亚斯的演讲。

[2]　他的情妇、高级妓女弗吕涅（Phryne）据说是他的模特儿。有些人宣称阿佛洛狄忒本人问过："普拉科希特勒斯在哪儿看到过我的裸体呢？"

[3]　阿佛洛狄忒与赫尔墨斯的结合产生了赫耳玛佛洛狄忒。我们在本书第12章结尾讲述了他的故事。

[4]　许多阿佛洛狄忒的特征都具有东方特色。人们已发现一些明显源自佛律癸亚、叙利亚和闪族的具体关联。

[5]　参见有关伊师塔和杜木兹的古亚述和巴比伦神话。

[6]　卡图卢斯将阿提斯的悲伤、爱恋和悔恨写成了伟大的诗篇（《歌集》63）。

[7]　对她的崇拜于205年被引进罗马。关于这一崇拜的放荡本质，卢克莱修讲述了一个不乏敌意却十分生动的故事（《物性论》2．600—651）。在卢克莱修看来，神的本性就在于它永远安静而超然地存在，不被人类状况所动，也对人的祈祷漠不关心。参见本书第733页。

[8]　James G. Frazer, *The Golden Bough: A Study in Magic and Religion*. Abridged edition (New York: Macmillan, 1922), p. 408。想了解希腊城市中的阿多尼斯崇拜，可参见忒奥克里托斯的《牧歌集》15。

[9]　赫斯提亚是克洛诺斯的第一个孩子，也是第一个被吞下和最后一个被吐出来的。

[10]　埃涅阿斯（Aeneas）这个名字来自希腊语 ainos，意思是"害怕"。

[11]　关于《会饮篇》是否反映了雅典人关于同性恋的普遍观点，有诸多讨论。人们想知道，在一场由奥斯卡·王尔德举办的宴会上，一众经过挑选的朋友发表的言论在反映维多利亚时代英国习俗方面能有多少典型意义？在性格和作风方面，奥斯卡·王尔德的确与《会饮篇》中的主人、戏剧家阿伽通有一些共同之处。（更多关于同性恋的内容，参见本书第21—22页。）

[12]　这里指的是公元前385年斯巴达人使得曼提涅亚（阿耳卡狄亚城市）居民离散的事件，但存在年代错误，因为这一言论的发表时间据称是公元前416年。

[13]　很难找到一个词来恰切地表达在此被拟人化的抽象概念。"波罗斯"（Poros）这个名字也暗示着巧思，"墨提斯"（Metis）还可指智慧或发明，"珀尼亚"（Penia）也可以表示需求。

[14]　关于这一题材的更多内容，参见 Byrne Fone, *Homophobia: A History* (New York: Metropolitan Books [Henry Holt], 2000) 的第1章 "Inventing Eros"。关于柏拉图对苏格拉底的复杂描写中所表现出的艺术的一个方面，可参阅 Catherine Osborne, *Eros Unveiled* (New York: Oxford University Press, 1994)。在 "Eros the Socratic Spirit" 一章中，她总结道（第100页）："狄俄提玛对厄洛斯的描绘和柏拉图对苏格拉底的描绘之间的相似性是惊人的。"

[15]　《丘比特和普绪喀》在主题上可以与《美女与野兽》相比较。参见 Graham Anderson, *Fairytale in the Ancient World* (London and New York: Routledge, 2000), pp. 61-77。

[16]　我们有意用"女诗人"而非"诗人"一词，是因为我们同意琼·布雷顿·康纳利的明智看法，即"性别差异在古代社会具有实际意义"。

第10章
阿耳忒弥斯

一些在圣地附近玩耍的孩子——人们不记得他们的具体数量——找到了一段绳子，将它绑在神像的脖子上，假装阿耳忒弥斯被吊死了。科菲安人（Caphyans）发现了孩子们做的事，便用石头将他们砸死。那些参与石刑的人的妻子都得了一种病，使得她们早产，产下死胎。出于这个原因，皮提亚①命令人们安葬那些死于石刑的孩子，并每年献祭，因为他们死于冤枉。直至今天，科菲安人还遵循神谕举行这场仪式，并称阿耳忒弥斯为……"被吊死的女神"。

——保萨尼亚斯《希腊志》8.23.6—7

《荷马体颂歌之27——致阿耳忒弥斯》（*Homeric Hymn to Artemis*，27）描述了这位女神的性格及外貌的基本特征：她是一位美丽的处女猎神，携带弓箭。

我歌唱身背金箭的阿耳忒弥斯，司掌喧闹狩猎的贞洁女神。她喜爱射箭，喜爱猎杀雄鹿。她是金剑的阿波罗的亲姐姐。她的足迹遍布绿树成荫的山丘与多风的高地，她张开银质的弓，射出带来痛苦的箭，享受追猎的过程。高山之巅为之颤抖，阴

---

① 阿波罗神庙的女主祭司。

暗的森林里回荡着野兽发出的可怕尖叫，大地与满是鱼类的海洋也震动起来。然而阿耳忒弥斯的心中无所畏惧，她四处张望，给动物们带来灭顶之灾。但是，当喜爱射箭的女猎手心满意足时，她便卸下她的弯弓，来到她亲爱的弟弟福玻斯·阿波罗的华美殿堂。那房子位于富庶之地德尔斐。她在那里指导缪斯女神和美惠女神跳起动人的舞蹈。将未上弦的弓和箭挂好之后，她站在首位，衣着优雅，领头跳起舞来。她们一起组成神的歌队，歌唱足踝美丽的勒托生了两个孩子——他们在睿智的思维和行动方面是神中最优秀的。

万岁，宙斯与秀发的勒托所生的孩子们。然而我将铭记你，并且不忘另一首歌。

《荷马体颂歌之9——致阿耳忒弥斯》较短，主要讲述阿耳忒弥斯与阿波罗之间的亲密关系，以及他们在小亚细亚的崇拜地。士麦那（Smyrna）[①]附近的梅莱斯河（Meles）河畔有一座阿耳忒弥斯神庙，而克拉罗斯（Claros）[②]则有一处阿波罗神庙和神谕地。

缪斯女神，请歌唱阿耳忒弥斯。她是喜爱箭的处女神，神射手阿波罗的姐姐，与他一起长大。她在灯芯草丛生的梅莱斯

河边饮马，她轻快地驾驶着纯金的战车穿过士麦那。她来到盛产葡萄树的克拉罗斯，持有银弓的阿波罗就坐在这里，等待着喜爱弓箭的远射手女神的到来。

所以，阿耳忒弥斯，我要用我的歌来赞美你以及其他各位女神。我首先要歌颂你，之后我将转向另一首颂歌。

阿耳忒弥斯与阿波罗的诞生

女神勒托与宙斯同寝，生下双胞胎阿耳忒弥斯与阿波罗。本书第11章的《荷马体颂歌——致阿波罗》中详述了阿波罗诞生在得罗斯岛的故事。[1] 传统上认为，阿耳忒弥斯先生出，并协助她弟弟阿波罗的分娩，从而早早履行了她的主要神职之一——分娩女神（如我们所知，她与赫拉、厄勒梯亚共享这一职责）。她诞生在得罗斯岛的铿托斯山（Cynthus）。这让她在受人崇拜时被冠以"铿西娅"（Cynthia）这一称号。据奥维德所言，由于赫拉的愤怒，勒托在生下阿耳忒弥斯和阿波罗之后被迫带着两个婴儿四处流浪。她来到吕喀亚，吕喀亚人却拒绝让她从沼泽里饮水。出于愤怒，勒托将这些人变成了青蛙，让他们永远生活在拒绝让女神从中饮水的那片沼泽里。

在其他场合，阿耳忒弥斯也与阿波罗紧密联系在一起。他们看起来都是激烈而傲慢的毁灭之神，使用的武器是他们的末日之箭。突然死亡（尤其是年轻人的突然死亡）经常与这两位神有关：阿耳忒弥斯会击杀少女，阿波罗则击杀少年。

---

① 位于爱琴海东岸的希腊古城，即今天的土耳其城市伊兹密尔（Izmir）。

② 位于爱奥尼亚海岸的古希腊圣地，崇拜阿波罗·克拉里俄斯（Apollo Clarius），今属土耳其伊兹密尔省。

图10.1　《女猎手阿耳忒弥斯》（*Artemis the Huntress*）
公元前4世纪晚期希腊青铜雕塑的罗马大理石复制品，高
78英寸。阿耳忒弥斯看起来既是女猎手，她正从箭筒中
抽出一支箭；又像是动物的保护神，因为她正抓住一头跳
跃的雄鹿。她的短裙、凉鞋和宽松的衣着都适合打猎这项
活动。

尼俄柏与她的孩子们

阿耳忒弥斯和阿波罗最为人知的事迹之一与尼俄柏及其孩子们有关。奥维德详细讲述了这一故事（《变形记》6.148—315）。

忒拜的妇女们极为尊崇勒托和她的双胞胎，在他们的头顶戴上月桂枝，并遵从女神本人的吩咐向他们敬献香火和祈祷。但尼俄柏被整个过程激怒了，鲁莽地夸口说自己比勒托更值得尊敬。毕竟她富有而美丽，又是忒拜的王后。[2] 此外，勒托只生了两个孩子，而尼俄柏生了七子七女。尼俄柏对自己的福气充满自信，以至于觉得就算是失去一些福气也无大碍。

勒托被这样的傲慢激怒了，在阿耳忒弥斯和阿波罗面前大诉苦水。两位天神立刻飞临忒拜的王宫，来为他们的母亲荣誉受损复仇。阿波罗用他万无一失的致命箭矢射死了尼俄柏所有的儿子，而阿耳忒弥斯则杀死了尼俄柏所有的女儿。正当阿耳忒弥斯要射死最后一个孩子时，绝望中的尼俄柏挡住了女孩，请求这个最小的孩子能免于一死。她在祈祷中被变成了石头，而一阵旋风将她吹到了她的家乡佛律癸亚。在那里，她的石像被放置在一座山顶上。在被不断销蚀的过程中，泪水不停地从她大理石的面颊上流下来。[3]

阿克泰翁

有几个故事可以说明女神阿耳忒弥斯的圣洁。其中著名的一个与阿克泰翁（Actaeon）有关。[4] 他是一名狂热的猎手，迷失了方向，碰巧（抑或是命

图10.2　《尼俄柏子女之死》（*Death of the Children of Niobe*）

阿提卡红绘调酒缸，尼俄比得画师（Niobid painter）[a]制，约公元前460年，高21.25英寸。画中阿耳忒弥斯那冷漠超然的姿势表现出了天神的绝对冷酷：她正伸手从箭筒中取出一支箭。同样表现出这一点的还有阿波罗对其力量的控制。尼俄柏的子女们置身于一片岩石丛生的景观中（仅有粗略的形式刻画），且被安排在不同的层次上。这种技巧对于这一时期的陶画师来说并不寻常，可能与同时期的壁画有关。参见同时期的《阿克泰翁之死》（本书图10.3）。

a.　活跃于公元前5世纪前期的古希腊陶画师，其命名作品便是图中这件《尼俄柏子女之死》。尼俄比得（Niobid）一词即"尼俄柏的孩子"之意，常被合称为尼俄比得斯（Niobids）。

运使然？）不幸看见了裸体的阿耳忒弥斯（奥维德的版本中称为狄安娜）（《变形记》3.138—255）：

　　阿克泰翁是最先使他祖父卡德摩斯的幸福染上悲痛的。他头上长了鹿角，他的猎犬吃了主人的肉。但是，如果你仔细看，你会发现他的罪过在于不幸，而不是他自己犯下的。一个人无心之中犯了错，怎么能算犯了罪呢？

　　从前有座山，山上流淌着许多种野兽的血。时值正午，阴影在一天中最短，而太阳刚好走了一半的路程。当他们在无人通行的森林深处追踪猎物时，年轻的阿克泰翁平静地对他的猎手们说："我的朋友们，我们的网和长矛都已被猎物的血浸湿，我们今天运气足够好了！明天黎明女神的红轮车会开始新的一天，那时我们再来追逐猎物。如今太阳神正从东到西走到半途，其热气已烤裂大地。让我们停止打猎，收起百结的网罗！"他的手下遵照吩咐，停止了工作。

　　这里有座山谷，叫作伽耳伽菲（Gargaphië），是狩猎女神狄安娜的圣地。山谷里长满了松树和尖顶的柏树，在其幽深之处有一个林中山洞，并非人工凿成……在右边，一眼潺潺的泉水流出无比清激的水流，水池四周是绿茵茵的草岸。林中女神狩猎累了就在这里歇息，在清激的泉水里清洗她的处女之身。那一天她来到此地，将猎矛、猎弓、箭筒以及剩下的箭都交给一位宁芙侍女，又将斗篷挂在另一位侍女的胳膊上。还有两位宁芙脱下了她的凉鞋……其他宁芙[5]则打来水，从大水罐中将水倾倒而出。正当狄安娜如往常一样沐浴时，卡德摩斯的孙子阿克泰翁放下手头的劳作，来到这处洞穴：他在陌生的林中四处游荡，迷失了路途。一路引着他前来的是命运。他来到了滴水的山洞。众宁芙看到一个男人出现，开始捶打她们的胸脯，她们的尖叫声充满了整个森林。

　　她们围绕着狄安娜，用身体挡住她。但女神比她们要高大，她的头高过众人。

如同落日余晖将云彩染红，又像绯色黎明，被人偷看到裸体的狄安娜满脸通红。被众宁芙围着的她转过身，向后望去。她多希望自己的箭就在手边，并用她手中仅有的武器——水——泼到年轻人的脸上和头发上，又说出下面的话，预示着这年轻人已末日临头："现在你可以去告诉别人你看见我的裸体了——如果你还能告诉人的话！"随着这样的威胁，她使阿克泰翁头上被水泼了的地方长出老年雄鹿的角[6]，他的脖子变长了，耳朵也变尖，他的手变成了蹄子，胳膊变成了腿。她还给他身体穿上斑斑点点的鹿皮。然后她又让他心生胆怯。奥托诺厄（Autonoë）勇敢的儿子惊恐地跑开了，边跑边惊讶于自己的速度。他在一个水池里看见自己头长犄角的倒影，想要说"天哪"，却说不出来。他哭了起来——至少那是他能发出的一种声音。泪水从他新变化的脸上流下来。

只有他的头脑未曾变化。他该怎么办？回到王宫吗？还是躲在树林里？羞耻感让他不敢做出第一种选择，而恐惧又让他害怕第二种。当他站在那里还未打定主意时，他的猎犬看到了他。"黑爪"与聪明的"追踪者"首先大声吠了起来。后者是只克里特猎犬，前者是斯巴达猎犬。接着余下的猎犬全都冲了过来，比风速还快，要交代清楚它们的名字就太费时间了。[7]猎犬急于捕获猎物，追着他翻过岩石和悬崖，跑过凹凸不平的路面以及罕无人迹的地方，穿越岩石丛生而无人能及的地域。他逃啊逃，走过的路线是他以前作为狩猎者时常走的。他在前面跑，被他自己的猎犬追逐着！他渴望喊出来："我是阿克泰翁，听你们主人的吩咐！"他如此渴望，却不能说出话来，天上都回荡着猎犬的狂吠声。首先"黑鬃"撕开了阿克泰翁的背，接着"猎手"也跟上，"山地犬"则用牙咬住了他的肩。这三条猎犬是较晚加入追逐队伍的，但却抄捷径超越了大群。它们把主人缠住之后，其他的猎犬也赶到了。它们的尖牙插进阿克泰翁的身体。他全身都被猎犬撕裂了。他呻吟着，发出的声音不是人类的，也不像是鹿的。

他如此熟悉的山林回荡着他的尖叫声。他屈膝跪下，像一个祈祷中的人。他无言地看着那些猎手，眼含哀求，因为他没有人的胳膊可以伸向他们。但猎手们不知道实情，按往常一样叫喊着催促猎犬。他们四处寻找阿克泰翁，大声呼唤他的名字，仿佛他并不在场。听到他自己的名字，阿克泰翁抬起了头。他们却认为很可惜他不在场，认为他太慢了，错过了一睹这头鹿陷入绝境的景象。也许他的确希望自己不在场！但是他在啊。他多么希望做个观者，而不是他的猎犬无情大嘴中的猎物。猎犬们将他团团围住，利牙深深地咬进他的身体。它们撕扯的其实是主人的肉，只是他看上去是一头鹿。当他的生命因数不清的伤口而慢慢消逝，狩猎女神狄安娜的复仇之心才满足了。

关于这件事，人们意见不一。有些人认为女神的残忍大于公正；其他人则赞同女神的做法，并声称她的严厉配得上她的贞洁。每种观点都说来有理。

图10.3　《阿克泰翁之死》（*The Death of Actaeon*）

雅典红绘调酒缸，潘神画师（Pan painter）[a]制，大约公元前460年，高14.5英寸。阿耳忒弥斯射杀阿克泰翁。他痛苦地倒在地上，而他的猎犬们正撕扯他的身体。阿克泰翁显示为完整的人形，猎犬体型不大，促使观者将注意力集中在这一人物形象及其敌手天神身上。这一幕反映的是贞洁受到侵犯的后果，而这一点在这件器皿另一面的画面的衬托下显得更加惨痛（参见本书图13.13）：另一面描绘的是好色的潘神追逐一个牧羊人的情景。

a.　可能活跃于公元前5世纪早期的古希腊红绘风格陶画师，其名称来自这件调酒缸另一面的画面。

卡利斯托与阿耳卡斯

对纯洁和坚贞的同样坚守，以及对任何形式亵渎的同样强烈谴责再次出现在卡利斯托的故事里。卡利斯托是阿耳忒弥斯（或狄安娜，按照奥维德的说法）的随从之一（《变形记》2.409—507）：

当朱庇特在阿耳卡狄亚来回巡视时，他看到了阿耳卡狄亚女孩卡利斯托，心中燃起爱的火焰。她不喜欢从未纺的羊毛中抽出线来，也不喜欢折腾头发的样式。她会用一个胸针将衣裙别起，用一条白色的缎带扎起

头发。她手拿一根光滑的长矛或是一张弓，加入狄安娜的队伍中。其他任何在阿耳卡狄亚的群山中巡游的女孩，都不如她跟女神关系密切——但没有人的力量可以长久！

太阳神在天空已走过他半天的路程。这时，卡利斯托来到一片从来无人涉足的树林。她在这里卸下肩上的箭筒，解开柔韧的弓弦。她躺在青草地上，头枕着彩色的箭筒。朱庇特看见了疲乏而毫无戒备的她，便说："我妻子将永远不会发现这段感情。就算她发现了，这奖品也可以抵偿她的愤怒。"于是，他将自己变成狄安娜的样子，说道："亲爱的女孩，我的随从，你在哪座山上打猎来着？"卡利斯托一下子从草地上跳起来。"万福，女神。"她说，"你在我心中比朱庇特还要伟大。就算他听见我的话，我也要这样说！"

听到这话，朱庇特微笑起来，很高兴狄安娜比他本人还要受敬重。他吻了这名女孩，比一名少女所应当的做法要更热烈。他用拥抱打断了卡利斯托所讲述的林中狩猎故事，在粗暴的求爱中，他向女孩展现了真实身份。卡利斯托用尽一个女人的力量来反抗他——要是朱诺能看到她的反抗，可能她的愤怒会减轻一点——但是，一个少女能有多大力气呢？谁又能打败朱庇特呢？他赢了，飞向了天空，而她却痛恨这片见证了她的耻辱的树林。逃出树林时，她几乎忘记拿走她的箭筒和箭矢，还有她挂在树上的那张弓。

狄安娜和她的随从们沿着迈纳洛斯山（Maenalus）的高地路过，她看见了卡利斯托。女神正因她杀死的野兽而感到自豪，

面颊泛起红晕。她呼唤女孩，卡利斯托却躲了起来，因为她起初害怕那是乔装的朱庇特在叫她。但当她看见宁芙们与女神一起，便知道这不是诡计，于是加入了队伍。可怜的卡利斯托！要让心中的罪恶感不形于色是多么难啊！她的目光几乎不离地面。卡利斯托不再紧挨着狄安娜身边，也不再是她的随从中最前面的一个。她偷偷地红着脸，暴露了她的耻辱。倘若狄安娜不是一个处女，那她一定早已发现一千个迹象，知道了卡利斯托的羞耻。据说那些宁芙们已经意识到。

半月圆了九次。狄安娜打猎累了，又被太阳神（她弟弟）的炽热火焰烤得疲惫不堪，来到一片凉爽的林子里。这里流淌着潺潺的溪水，水底下是光滑多沙的河床。她赞美了这个地方，把双脚浸到河水里，那让她很欢喜。"这里没有男人来偷窥我们，"她叫道，"让我们脱了衣服在河水里洗澡吧！"卡利斯托脸红了。其他人都脱下衣服，只有她一动不动。她迟迟不肯脱衣，其他人便剥去了她的衣衫，于是她裸露的身体和她的罪孽就暴露在众目睽睽之下。她站在那里不知所措，试图用双手藏住她的肚子。但狄安娜叫起来："离开这里！不要污染这片圣水！"而后把她赶出了队伍。

很久之前，朱诺就知道了实情。她一直推迟报复，直至时机成熟。现在她看到已无须等待。卡利斯托的儿子阿耳卡斯（Arcas，他的名字就让朱诺痛苦）出生了。朱诺冷酷的目光落到他身上时，她叫道："就差这件事了，你这淫妇。你怀了孕，然后生下这个孩子，让我所受的痛苦和我丈夫的可耻行为众人皆知！但我要复仇！我将夺走让你如此得意的美貌，正是这美貌给我丈夫，你的情郎，莫大的欣喜。"

她一边说，一边抓住卡利斯托的头发，将她扔到地上。卡利斯托伸出双手恳切地祈祷。她的胳膊上却开始长出黑毛；她的手弯曲了，手指变成了弯曲的爪子；她的手变成了脚；那曾经让朱庇特爱上的脸变得丑陋不堪，长出了难看的下颌。她失去了语言能力，不能用祈祷和恳求来获得同情。她唯一能发出的声音是一种沙哑而可怕的嚎叫。

但卡利斯托仍然保住了人类的头脑，尽管她已变成一头熊。她呜咽不止，以表明她的痛苦，她向天空举起那双曾经是手的熊爪。她感到了朱庇特的忘恩负义，尽管她不能用语言来控诉他。可怜的人啊！她常常因不敢睡在寂静的森林里，而睡在她以前的家门口！她常常在曾经属于她的大地上游荡！她常常在狂吠的猎犬的追逐下跑过岩石丛生的山地，这位女猎手，她常常因为害怕那些男猎手而逃跑！也经常将自己藏起来（而忘记她现在是什么）。尽管是一头熊，她却害怕见到别的熊。狼也让她害怕，尽管她父亲吕卡翁就变成了一只狼。

阿耳卡斯长到了十五岁，仍不知道自己的父母是谁。有一天，他出门打猎，选好一块隐蔽之地，在厄律曼托斯山（Mt. Erymanthus）的一片森林中交错布下百结的猎网。这时他遇到了他的母亲。她看见他，就静静地站着，就像一个人见到熟人一样。他跑开了，害怕这头目不转睛地盯着他看的野兽（因为他并不知道她是谁）。她急于接近他，而他就要将一根长矛插入她的身体。这时万能的朱庇特阻止了他。他避免了阿耳卡斯犯下弑母之罪，让母子二人都御风登天，将他们变成了毗邻的恒星。

卡利斯托变成了大熊座（Arctus，或 Ursa Major）；阿耳卡斯变成了牧夫座（Arctophylax、Arcturus 或 Boötes），又叫小熊座（Ursa Minor）。大熊座也被称为"哈马克萨"（Hamaxa，意为"车辕"）。卡利斯托的故事是一个为单颗恒星或星座解释原因的典型神话。这些故事（大多数属于古典时代晚期）涉及各种各样的神话人物，其中有几个正是围绕阿耳忒弥斯本人而讲述的。

俄里翁

这些故事中的一个与俄里翁（Orion）有关。俄里翁是一个复合人物，众多故事都与他有关，同时这些故事又各有许多复杂的变体。[8] 他在传统中是一位强大而多情的猎手，经常与希俄斯岛及其国王俄诺皮翁（Oenopion，这个名字的意思是"酒脸"，希俄斯岛在过去和现在都以美酒闻名）联系在一起。许多版本都是按照以下主题展开。俄里翁追求俄诺皮翁的女儿墨洛珀（Merope），在酒醉后被国王弄瞎双眼，但通过太阳神赫利俄斯的光芒重见光明。在为俄诺皮翁清除岛上的野兽时，他遇到了阿耳忒弥斯，意欲强暴她。女神在愤怒中用泥土造出一只蝎子，蜇死了俄里翁。[9] 蝎子和俄里翁的星座都可以在天空中看到。有人说，俄里翁追逐普勒阿得斯七姊妹（Pleiades，提坦阿特拉斯与海洋仙女普勒俄涅[Pleione] 的女儿们），并和她们一起被变成了星座。伴随着俄里翁的是他的猎犬希里俄斯（Sirius），它被变成了天狼星。

阿瑞托萨

河神阿尔甫斯（Alpheus）爱上了宁芙阿瑞托萨（Arethusa）——阿耳忒弥斯的随从。或者，根据公元前6世纪女诗人泰勒希拉（Telesilla）[1] 的说法，河神爱上的是阿耳忒弥斯本人。当他沿着河岸追逐阿瑞托萨时，阿瑞托萨向阿耳忒弥斯祈祷。阿耳忒弥斯用一片云彩将她笼罩起来。在河神的注视下，这片云彩和宁芙一起化为一股水流，而阿耳忒弥斯让大地开裂以容纳它。这条河流入地下（在那里与阿尔甫斯河汇合），又流经海底，出现在西西里岛的叙拉古（Syracuse）。在那里，她仍拥有同样的名字，被称为阿瑞托萨之泉。

阿耳忒弥斯的起源

阿耳忒弥斯的起源不详。尽管她主要是一位处女神，但其性格的某些方面表明，她最初可能与生育有关。[10] 阿耳忒弥斯对分娩以及对幼儿和幼畜均感兴趣，似乎反映了她的关注超出了一位处女神的范畴。她与动物的紧密联系体现在弗朗索瓦陶缸的

---

①　活跃于公元前6世纪晚期的古希腊女诗人，因其诗歌创作以及领导阿尔戈斯度过政治和军事危机而闻名。

图10.4　动物的保护女神（Potnia Theron）阿耳忒弥斯

弗朗索瓦陶缸（François Vase）[a]的一只手柄，制陶师俄耳戈提莫斯（Ergotimos）以及画家克利提亚斯（Kleitias）作，约公元前575年，高30英寸（参见本书图19.17）。画中的阿耳忒弥斯以侧面示人，长着双翼，身着佩普洛斯女袍（古风时期的一种在肩部交叠的女式长袍），系着腰带，袍子长至脚部。她两手分别抓住一只豹子和一头雄鹿。

a.　弗朗索瓦陶缸为黑绘风格陶缸，制成于公元前6世纪前期，作者是制陶师俄耳戈提莫斯和陶画师克利提亚斯，因其绘画风格而成为古希腊陶器发展历史上的一个里程碑。这件陶缸现存于佛罗伦萨的考古博物馆，以其发现者亚历山德罗·弗朗索瓦（Alessandro François）的名字命名。

手柄上。在小亚细亚的以弗所，一尊阿耳忒弥斯神像刻画了她身着一件缀满动物头像的长袍的形象。这件长袍的上半部分显露的似乎是（但也可能不是）一整圈的多个乳房（参见本书图10.5）。我们也不应忘记，阿耳忒弥斯在古典时代变成了月亮女神。与其他受女性崇拜的女神（如赫拉）的情况类似，这种与月亮的关联可能与月球运行周期以及女性的月经周期有关。因而，阿耳忒弥斯的性格和兴趣中明显的二元性无疑将她与处女／母亲的原型概念联系了起来。[11]①

---

① 原文的尾注 [11] 在插文《阿耳忒弥斯·布劳戎尼亚》中，译文的尾注 [11] [12] [13] 顺序有所调整。

阿耳忒弥斯、塞勒涅和赫卡忒

作为月亮女神，阿耳忒弥斯有时被类同于塞勒涅和赫卡忒。赫卡忒明显是位生育女神，具有明确的地生神祇特色。她能使大地物产丰富，她的家则在大地之下的深处。她是提坦的后代，事实上是阿耳忒弥斯的表亲。[12]赫卡忒总的来看是道路女神，更具体地说是交叉路口的女神，而交叉路口又被视为鬼魂活动的中心——尤其是夜深人静的时候。因此，这位女神有了可怕的一面。作为月亮女神，三面神像刻画其多重性格有三种表现形式：塞勒涅在天上，阿耳忒弥斯在地上，而赫卡忒则在哈得斯的国度里。人们献上食物祭品（所谓"赫卡忒的晚餐"）

阿耳忒弥斯·布劳戎尼亚

布劳戎尼亚节是四年一次的节日。节日期间会有一支游行队伍从雅典出发前往布劳戎（Brauron）。布劳戎（位于阿提卡东海岸）的阿耳忒弥斯崇拜的重要性已被考古发现证实。考古发现中包括一座阿耳忒弥斯神庙和一条有多个餐厅的柱廊（stoa）。柱廊用来陈列父母感恩成功分娩而敬献的小型大理石像及浮雕。许多其他类型的祭品也得以发现（如装饰品、镜子、陶器和珠宝）。根据欧里庇得斯的说法（《伊菲革涅亚在陶里斯》1461—1467），伊菲革涅亚是阿耳忒弥斯的第一位女祭司，并葬于布劳戎。

在阿里斯托芬的《吕西斯特拉忒》（Lysistrata，644—655）中，吕西斯特拉忒告诉我们："我在布劳戎尼亚节扮过熊，将黄绸长袍（krokōtos）穿上又脱下"。布劳戎尼亚节上的这一仪式（阿克忒亚[Arcteia]）也被称作"扮熊"，即打扮成熊的模样侍奉阿耳忒弥斯，或者将自己献给阿耳忒弥斯。关于这一仪式的意义，已发现的重要证据包括一些价廉质次的小缸（krateriskoi）。这些小缸在阿提卡的其他阿耳忒弥斯神坛（如比雷埃夫斯[Piraeus]的穆尼基亚[Munychia]）中也有发现，上面刻画的场景是：女孩

们载歌载舞，手擎火把或赛跑，她们衣衫褴褛或裸着身子。画中还会出现祭坛或棕榈树，或是一头熊的部分躯体。

这些是女孩们的入教礼或是成人礼吗？是她们因社会对成年、婚姻和母性角色的要求而受束缚的野性之释放吗？它们具有一种神秘崇拜的特色，包含禁止男性参与的秘密仪式。这种仪式背后的神话给出了一种解释：布劳戎地区曾有一头熊，是阿耳忒弥斯的神兽；一个年轻女孩（parthenos）与这头熊玩耍，却被它抓伤。她的兄弟们杀死了这头熊，于是一场瘟疫降临到雅典人头上。作为对杀熊行为和摆脱瘟疫而付出的代价，雅典人被要求用少女来进行扮熊的仪式。他们还颁布命令，要求任何女性必须为女神扮过熊后才能结婚。

所有5—10岁的女孩都必须在结婚前变成"熊"。她们要在神殿里做一年的仆人，一起穿上黄色的袍子，举行献祭山羊的仪式（山羊是用来替代一名处女的祭品），以平息阿耳忒弥斯的致命愤怒，并为她们的群体和她们自己禳除瘟疫、饥荒以及死亡——尤其是分娩时的死亡。[13]

来安抚她，因为她在力量和性格上都很可怕，堪称一位真正的复仇女神。她携带鞭子和燃烧的火把，身旁伴有可怕的猎犬。她在黑魔法方面的技艺，使她成为女魔法师（如美狄亚）和女巫的保护神。然而，对阿耳忒弥斯的常见描述是多么大相径庭啊！她年轻、强壮、健康、美丽。她身着女猎手的装束，佩戴她的弓箭，准备好追逐猎物；她身边常会伴随着一只动物；她头上戴着新月一样的角冠；她握着

的火把熊熊燃烧，散发出诞生、生命和生育之光。不论她与生育之间关联的根源何在，关于阿耳忒弥斯的最重要观念仍然是：她是一位处女猎神。这样一来，她就成为一位自然女神，且并非总是就自然蓬勃的繁衍能力而言，而是往往反映了自然冷静的、原始的和未污染的一面。同样作为月亮女神（尽管这一身份暗含有多产的意味），她可以表现为一种冷静、洁白和贞洁的象征。

阿耳忒弥斯与阿佛洛狄忒的对比：
欧里庇得斯的《希波吕托斯》

　　作为贞洁女神，阿耳忒弥斯与阿佛洛狄忒那种撩人的性感形成鲜明对比。这样看来，阿耳忒弥斯既是一种代表着对爱完全拒绝的消极能量，又是一种代表着追求纯洁和禁欲的积极冲动。关于这一对比在心理上和生理上的暗示，诗人欧里庇得斯在其悲剧《希波吕托斯》（*Hippolytus*）中的表现至为人性化而富于意义，无人能及。

　　戏剧开始时，阿佛洛狄忒怒气冲冲。尽管拥有伟大而无所不能的力量，她却遭到希波吕托斯的强烈拒绝：他一点儿都不想跟她有任何关联。这个小伙子无疑要为他的傲慢付出代价。女神利用他的继母淮德拉来确保这一点。淮德拉是忒修斯的第二任妻子，而忒修斯是希波吕托斯的父亲（关于忒修斯的传奇，参见本书第23章）。阿佛洛狄忒让不幸的淮德拉不可救药地爱上她的继子。淮德拉的保姆从病恹恹、心烦意乱的女主人嘴中探出她心怀不伦之爱的要命秘密，继而犯下悲剧性的错误：保姆自作主张，将真相告诉了毫不知情的希波吕托斯，把他吓坏了。对他来说，光是想一想与任何女人发生肉体之爱就足够可怕，而与父亲的妻子发生性关系更是令他深恶痛绝。

　　淮德拉羞愧自杀，但她在死前留下一张字条陷害希波吕托斯。于是希波吕托斯那愤怒的父亲忒修斯发出诅咒，导致了希波吕托斯的死。忒修斯是一位外向型的英雄人物，从未真正懂得他儿子的虔诚。在希波吕托斯垂死之际，阿耳忒弥斯现身于这位她喜爱的追随者面前。她做出承诺，为回报他这种令其献出生命的毕生的虔诚，自己将报复某位阿佛洛狄忒喜爱的人物，还将建立一种纪念希波吕托斯的

图10.5　《以弗所的阿耳忒弥斯》（*Artemis of Ephesus*）

雪花石膏和青铜雕塑，2世纪中期。以弗所的阿耳忒弥斯延续了古代传统，人们将这位女神视为自然的保护神——这一点可以从她的长袍、袖子、胸甲和头环上成群的动物头像看出来，同时又复活了她最初与生育的联系——这一点表现于多个形似乳房的物体（关于它们到底是什么，还存在诸多争议）。塔状的头冠（polos）以及胸甲上的胜利女神像，象征她担任着以弗所城的保护神。这位阿耳忒弥斯便是《圣经》所描述的位于暴乱中心的"以弗所人的狄安娜"（《使徒行传》19：23—41）。

崇拜：处女们将会膜拜他，献上她们剪下的长发，并用泪水和歌声哀悼他的命运。[14]忒修斯意识到了他的错误，但为时已晚。他对希波吕托斯做出了鲁莽而仓促的判断，必须承担其后果。不过，最终父子二人达成理解与和解。

以一种欧里庇得斯的风格，全剧的结尾给我们留下了一串谜团之链：整个情节都由两位对立的女神操纵着——她们既是真实的角色，又是心理上的力量。希波吕托斯是圣人还是愚蠢而又顽固的讨厌鬼呢？他的自我毁灭是否正源于他那种危险的——如果不是不可能的——对肉体之爱的拒绝？人类是否都受他们本性中内在的无情而非理性的冲动摆布，又把这些冲动神化为无情而富于报复心的女神？当然，两位女神利用了人类主角的基本性格。阿佛洛狄忒利用了本性放荡的淮德拉，而阿耳忒弥斯则回应了希波吕托斯的纯净信仰。我们每个人都按照某位具位格性的主宰之神形象而被创造出来，抑或依据各自禀性与品格，塑造出独属自身的特殊神祇。

因此，研究欧里庇得斯的《希波吕托斯》显然对理解阿耳忒弥斯和阿佛洛狄忒的本性具有重要意义。对于那些想要更仔细地研究这部戏剧的人，本章末尾的"补充阅读"部分提供了重要节选并附有评论，其中包括完整的最后一幕。阿耳忒弥斯本人在这一幕中出现，并揭示了她的基本特点。这部戏剧因其巧妙的结构和看似易懂的简单而成为欧里庇得斯最优秀的作品之一，无止境地揭示了思想的复杂微妙与角色刻画的繁复。在本章及前一章的语境中，对于阿耳忒弥斯和阿佛洛狄忒这两个相对立的女神及其崇拜，欧里庇得斯所展开的深刻而富于批判性的审视无疑是重要的。

希波吕托斯的厌女主义

在欧里庇得斯的戏剧中，当希波吕托斯从保姆那里得知淮德拉对他的欲望时，他猛然爆发，激动地长篇大论，控诉女人是卑鄙邪恶的（参见本书第251—252页）。因为其中所表现出的厌女主义，这段话引起许多注意，也引发许多解读，在今天尤其如此。考虑到他的性格和这部戏剧的语境，希波吕托斯对女性的憎恶可以理解，但不一定需要被原谅。这个纯洁的人经历了他年轻的生命中最具创伤性的打击。与任何女人发生性关系对他来说都是不可能的。他突然得知淮德拉——他亲爱父亲的妻子——的欲望，这让他深恶痛绝。他的感受在某些方面类似于另一位圣者的厌女主义，即施洗者约翰在对莎乐美（Salome）及其母亲希罗底（Herodias）的大声控诉中所体现出的厌女主义。希波吕托斯的心理问题，绝不仅是他的私生子身份和他母亲的性格原因：他母亲是个刚烈而贞洁的阿玛宗女子，却屈服于他父亲忒修斯。①

然而，有人将希波吕托斯对女人的控诉视为希腊社会（尤其是公元前5世纪的雅典）中一种普遍观点的表达，似乎不知何故希波吕托斯就是一个典型的古希腊男性。戏剧中的他显然并不是这样的人。阿佛洛狄忒亲自惩罚了他的偏执，他父亲则因为他的宗教狂热而憎恨他，且不能相信他对自身贞洁的辩解。忒修斯草率地认定希波吕托斯奸污了淮德拉，因为他永远无法接受自己的儿子不喜欢女人的想法。忒修斯是传统的外向性格父亲的原型：他爱他妻子，对他儿子感到失望，因为儿子居然是个内向性格的人，几乎在每一方面都与自己相异。如果

---

① 关于希波吕托斯的生母有两种说法，一为安提俄珀（Antiope），一为希波吕忒（Hippolyta）。两人是姐妹关系。

我们一定要挑出一个典型的雅典人（就算还不够愚蠢，这也是个危险的游戏），那个人会是忒修斯。

厌男主义、阿耳忒弥斯和阿玛宗人

与阿耳忒弥斯有更直接关系的主题是厌男主义，即对男性的厌恶，而非厌女主义。这一点体现在她的追随者群体内部那种密切的、排斥男性的宗教联系中，正如阿克泰翁和卡利斯托的故事所表明的。阿玛宗人与这种关系相关，且相当重要。这种相关性和重要性不仅体现在忒修斯的传说中，也体现在赫拉克勒斯和特洛伊战争的故事中。阿玛宗女战士发展出了一种与女猎手阿耳忒弥斯的团体不无相似的、排斥男性的社会。然而，阿玛宗女战士热衷于战争，立志成为不可战胜的勇士。她们的美德就是与男性一样，与男性追求的美德并无不同。

女同性恋主题

在关于阿耳忒弥斯与她那群女性随从们间的友爱之情的故事中，女同性恋是一个潜在的母题。这个群体的氛围是少女般的，她们之间的关系是纯洁的——尽管朱庇特化成卡利斯托所爱的女神狄安娜的模样，成功引诱她的故事充满了弗洛伊德色彩，引人思量。另一位处女神雅典娜也有亲密的女性陪伴。我们已在本书第8章中了解到她与帕拉斯的悲剧故事。她还与宁芙卡里克洛（Chariclo）关系密切，后者成了忒瑞西阿斯的母亲。因为这两位处女神宣称保持纯洁，由阿佛洛狄忒（而非阿耳忒弥斯或雅典娜）掌管更肉欲化的女性关系看起来再适合不过了。

如果愿意的话，我们也可以从女同性恋角度来解读好战的阿玛宗女战士的社会和习俗。

补充阅读：欧里庇得斯的《希波吕托斯》

欧里庇得斯的《希波吕托斯》的场景是在特罗曾（Troezen）的王宫前。这座城市与雅典及英雄忒修斯有关。在一段典型的欧里庇得斯式序曲中（参见本书第13章"酒神的狂女"故事），伟大的阿佛洛狄忒女神宣称其有无所不能的力量，从而规定了这部戏剧的情节走向。她的愤怒是因为年轻的处男猎手希波吕托斯轻视自己，将他的爱和注意力全都献给阿耳忒弥斯。她解释了自己将会怎样报复（《希波吕托斯》1—28）：

> 阿佛洛狄忒：我被称为塞浦里斯。无论在天上还是凡人之中，我都是众所周知的伟大女神。全世界（东起黑海，西至直布罗陀海峡）每个见得到阳光的人都受我支配。我奖励那些崇拜我的力量的人，毁灭那些傲慢而与我对抗的人。因为神就像凡人一样，喜欢受尊敬。我将直接向你们展示这些话的真实性。

> 希波吕托斯，这个阿玛宗女人为忒修斯生的私生子。这个由善良的皮透斯（Pittheus）抚养长大的希波吕托斯，是全特罗曾唯一宣称我是最糟糕的神的人。他拒绝性，拒绝婚姻，敬重阿波罗的姐姐、宙斯的女儿阿耳忒弥斯，相信她才是最伟大的神。他与他跑得飞快的猎犬一起穿过青翠的树林，一起消灭大地上的野兽。他总是与处女神亲密，体验着比凡人之间的关系更伟大的联系。我并非嫉妒。我为什么要嫉妒？但因为他与我作对这宗罪过，我将在今天向希波吕托斯复仇。我早就取得了巨大进展，现在只需要再略施小计。当希波吕托斯离开皮透斯的家，到潘狄翁

（Pandion）的城市雅典目睹神圣的秘仪圣礼时，淮德拉曾注视过他。她是他父亲的高贵的妻子，心却被一种可怕的欲望击中，正符合我的计划。

这最后的几行以一系列有力的意象，优美而简洁地概括了这出悲剧。在关键的一刻，性感而成熟的淮德拉瞥见了俊美、年轻、纯洁、虔诚的希波吕托斯，心中便被欲望（希腊语：eros）占据了。这种欲望是毫无希望的，也是不可能实现的，只可能导致灾难。

阿佛洛狄忒告诉我们：忒修斯在一次自我流放中离开了特罗曾，而淮德拉受自己的罪恶感折磨，决意赴死，并且将她对继子的爱意藏在心中。她接着概述剧情的进展。在离开雅典来到特罗曾之前，淮德拉曾在雅典卫城上为阿佛洛狄忒建了一座神龛。尽管如此，她仍必须死去，这样针对希波吕托斯的复仇才能完成。阿佛洛狄忒更关心的是惩罚她的敌人希波吕托斯，而不是关心不幸的淮德拉的生死。当希波吕托斯与一群仆人走进来，唱起阿耳忒弥斯颂歌，将阿耳忒弥斯称为"奥林波斯诸神中最美者"的时候，阿佛洛狄忒退场了，并发出可怕的宣告：这个欢快的年轻人还没意识到，这是他生命中的最后一天。

欧里庇得斯用一场祷告向我们介绍了希波吕托斯，界定了这个年轻人以及阿耳忒弥斯的本性。他站在一尊女神的雕像前，向她敬献花冠（《希波吕托斯》73—87）：

> 希波吕托斯：为你，我的女神，我带来了这个花环。我从一片未被铁器触碰过的纯洁草地上采来花儿，将它编成。没有牧人想过到那里放牧他的羊群，它是一片真正的处女地——只有春天的蜜蜂曾经

到访。纯洁有如河流，灌溉着它，只为着那些注定拥有关于一切事物的美德知识的人——他们的知识并非来自教育，而是天性使然。这些人才有权力采这些花儿，那些邪恶的人则被禁止。我亲爱的女神，接受我圣洁的手中的花环吧，请将它戴在你的金发上。凡人中只有我有这项特权：我与你在一起，与你交谈，因为我能听见你的声音，尽管我看不见你的脸。既然我在你的眷顾下开始了生命，愿我能遵守到底。

一名仆人警告希波吕托斯：他傲慢地拒绝向阿佛洛狄忒的神像表达敬意的做法会招致不良后果。希波吕托斯却声称，既然他是纯洁的，他就必须与一位在夜间受人崇拜的女神保持距离，随后他又高傲地向阿佛洛狄忒道别。

由特罗曾女子组成的歌队对淮德拉离奇的疾病表示关心，并猜测着病情。当虚弱、苍白、憔悴不堪的淮德拉在她忠实的保姆陪伴下上场时，她们意识到她病得不轻。下一幕，保姆费尽周折才从烦恼的女主人口中得知她内心的罪恶秘密：她爱上了自己的继子希波吕托斯。极度痛苦的淮德拉胡言乱语，满是含糊其词的性暗示，并最终向特罗曾的妇女们做了解释。她先是讲了一些与人类生活何以遭到毁灭有关的大体想法（她曾在恼人的无眠之夜里深深思索它们）：世人沉沦，并不是因为没有道德意识，而是因为出于惰性或软弱地屈服于诱惑和可耻的行为，没有去做他们自以为正确的事。她接着解释，这个结论如何可以直接适用于她自己的行为和所受的痛苦（《希波吕托斯》391—430）：

> 淮德拉：我要告诉你们我是怎样决定

的。当爱情击中我时，我考虑着如何能最好地忍受这伤痛。于是，我开始时是这样做的——我选择沉默，将自己的痛苦隐藏起来。（因为旁人的口舌毫不足信，旁人知道怎样给身处困境的他人提建议，但是却给自己带来无数的恶。）我的第二个计划是坚强地忍受这种疯狂，用自我控制来战胜它。

但是，当我无法用这些方式来战胜爱神时，最好的办法似乎就是死亡。它是所有解决方案中最有效的，没有人会否认这一点。我的善行和高贵之举应该被所有人看到，但是我的不好的、可耻的行为就不该让人知道。我知道我病态的感情及其实现都是不光彩的，而且我也深知一个道理：作为女人和妻子，受辱乃是很容易的事。让那个女人进地狱吧，她首先与其他男人一起玷污了她的婚床，将会污染我们所有人。这种邪恶从贵族之家开始，将成为所有女性的耻辱。因为，只要贵族们认为可耻的行为不是错事，下层的人民无疑也就会认为这些行为是正确的。

我也憎恶那些口称贞洁、私底下却敢于苟且的女人。啊，爱神塞浦里斯，大海的女主人，那些女人究竟是如何做到直视她们的丈夫的？如何做到不在黑暗——她们的同谋——中因为害怕房室的四壁吐露秘密而颤抖？

我的朋友们，我必须为这个简单的理由而死：这样人们就永远不会发现我让自己的丈夫和孩子们蒙羞的罪过。相反，他们会在著名的雅典城中自由地生活，繁荣昌盛，可以大胆地说话，而他们的好名声也没有被他们的母亲玷污。因为，即使人有一颗勇敢的心，只要他意识到父亲或母亲的罪，他就身处束缚之中。

据说要在生命的竞争中获胜，人只需要一点，那就是良善而公正的品行。但是，当时间在他们面前举起镜子，就像在一个年轻女孩面前举起镜子那样，人群中的卑劣者就会迟早遭到暴露。我就是这样的人，愿我的罪永远不被发现。

高贵的淮德拉就这样吐露了她的品行和动机。保姆第一次知道了淮德拉对希波吕托斯的爱，深感震惊和恐惧。然而，在回应女主人时，她断言淮德拉的经历并不奇怪。与其他许多人一样，她只是爱情女神的受害者。不光是凡人，就连神也会屈从于不光彩的感情。淮德拉必须振作起来。在结束她的巧言时，这位实用主义的保姆称她将找到某种解药。为了获得淮德拉的信任，她有意模糊这个解药的确切性质，暗示说那是某种必须使用的药水或魔法。她打消了淮德拉担心她将向希波吕托斯泄露自己爱意的恐惧，然而这恰恰是保姆决意使用的解药——她只是提前谨慎预备，打算让那个年轻人发誓保持沉默。

宫殿中传出了希波吕托斯愤怒的叫喊声，可怜的淮德拉于是知道自己的保姆真的去找了他（保姆这样做是出于对自己的爱，却帮了倒忙）。她无意中听见，希波吕托斯粗鲁地咒骂保姆，称她为邪恶的皮条客，令其主人出轨。淮德拉认为她现在名声尽毁，向歌队倾诉说自己决定去死。我们无从知道欧里庇得斯的舞台指令。一些改编者可能会让淮德拉在这一刻离场，但是戏剧正激烈，如果她留在舞台上被迫看到整个下一幕，她后续的行为会更好理解。

希波吕托斯从宫殿中冲出来，后面跟着保姆（《希波吕托斯》601—668）：

> 希波吕托斯：大地母亲啊，阳光啊，我听到了怎样不堪的话！
>
> 保姆：安静，我的孩子，在有人听到你叫喊之前。
>
> 希波吕托斯：我听到了这么可怕的事情，无法保持沉默。
>
> 保姆：求你，以你强壮的右手的名义。
>
> 希波吕托斯：把你的手拿开！不要碰我的衣服！
>
> 保姆：我求你，以你的膝盖的名义。不要毁了我。
>
> 希波吕托斯：你什么意思？你不是说你的话一点错都没有吗？
>
> 保姆：我说的话并不是要叫所有人都听到。
>
> 希波吕托斯：好话被更多人听到才好。
>
> 保姆：我的孩子，不要不遵守誓言，不管怎样。
>
> 希波吕托斯：我的舌头发了誓，但是我的头脑可没发誓。
>
> 保姆：我的孩子，你要怎么做？要毁了那些与你亲近的人吗？
>
> 希波吕托斯：我憎恶他们！恶人都不是我亲近的人。
>
> 保姆：求你宽恕。是人都会犯错，我的孩子。
>
> 希波吕托斯：宙斯啊，你为什么要让女人，让这种人类中根深蒂固而又善于欺骗的邪恶来到这个世界的光明之中？如果

你想让种族繁衍，你也不该决定让女人来生出我们。反之，男人应该可以从你的神庙里购买孩子，只要每人交出青铜、铁，或金子，视其所能，他们应该无忧无虑地生活在没有女性的家中。

希波吕托斯继续愤怒地表示，女人如何是一种显然的大恶。父亲送出嫁妆来除掉他的亲生女儿，因为她是有害的。丈夫将女人娶进家，乐于用昂贵的首饰和华美的衣服来装扮这个没有价值的祸患。她会一点点地挥霍掉这个可怜傻瓜的家产。

如果娶的只是个无足轻重的妻子，那丈夫的生活是最容易的。这样的妻子并非没害处，但是她由于缺乏智力而不能做出蠢事来。"我厌恶聪明的女人。但愿永远不要有一个过于聪明的女人出现在我家中，"希波吕托斯宣称，"因为女神塞浦里斯让聪明的女人拥有更多邪恶。"而且，女人不应该有仆人，而只能接触又野又笨的动物，这样她们就不能跟任何人说话，或是得到答复。这最后一条警示，让希波吕托斯从漫无边际的泛泛而谈回到他当前的创伤——正是这一创伤刺激他说出这些言论。他误以为保姆是被狡猾而邪恶的淮德拉派来的，是为了来完成她可耻的使命，于是他继续谴责她（《希波吕托斯》651—668）：

> 所以是你这邪恶的东西来与我交涉，想要玷污我父亲神圣的床。我要将流水倒进我的耳朵里，洗干净你的话所带来的污染。我怎么能成为一个罪人呢？光是听到这样邪恶的提议我就感到受辱。女人，你要清楚明白，我的虔诚是你的救星。如果我不是毫无防备，受到对众神发出的誓言

约束，我就不会将这件肮脏的事向我的父亲隐瞒。眼下正是忒修斯不在特罗曾的时候，我将离开王宫，并保持沉默。但是我父亲回来的时候我也会回来。我要看你们，你和你的女主人，如何面对他。见识过了你们的卑鄙无耻，我心知肚明。

愿你们下地狱。我将永不停止对女人的憎恶，即使有人会批评我总是这样宣扬。因为他们所有人都与你一样，或多或少都是邪恶的。要么应该有人教会她们要谦卑，要么让我永远地蔑视她们。

此处我们译作"要谦卑"的希腊语词是soph-ronein。它的基本含义是表现好的判断力，在所有事情上施行自我约束和中庸。这个词由既不谦卑也不通人情的希波吕托斯说出，显得格外讽刺。在特定的上下文中，它可以指一种具体的约束，例如，在性方面的自我控制，即保持贞洁。

由于计策的失败，保姆心中深感悔恨和愧疚，但是她不能平息淮德拉的愤怒。对淮德拉而言，现在唯一的方法是结束自己的生命。她将自己的决定告诉了歌队，并要求她们发誓保守秘密（《希波吕托斯》716—731）。

淮德拉：我找到了解决我的不幸的办法。这样我就能让我的儿子们的一生享受令名，且从眼下发生在我身上的事中获益。因为，我永远不会让我在克里特的家人蒙羞，也不会为了一条性命而用可耻的行径去面对忒修斯……

在今天，当我从生命中解脱，我会让毁灭我的女神塞浦里斯高兴，我会被可憎

的爱情打败。然而我死后将变成那个人的诅咒，这样他才会懂得他不该居高临下地蔑视我的不幸。与我一样患上这场病，他才会知道如何谦卑。

淮德拉再次确认她先前表明的观点。她不能面对名誉扫地或让忒修斯与自己的儿子们蒙羞的风险，毁坏他们的前程。现在她又为自己的行为加上了另一个动机——与阿佛洛狄忒的相似，即报复希波吕托斯那残忍而又狂妄的傲慢。她已经亲自见证了这种傲慢，让她感到更为羞辱和痛苦。

当淮德拉保证她将让希波吕托斯学会（即她会教他）如何谦卑时，她也是在重复希波吕托斯的言论。她的话中还有一处也让我们想起希波吕托斯，那是她前面的决断中一点令人心寒的含混之处："[我]也不会为了一条性命而用可耻的行径去面对忒修斯。"她的意思是她自己的命吗？还是希波吕托斯的命呢？

淮德拉走进宫殿里，自缢而死。正当她的尸体被人从绳套上解下来平放在地上时，忒修斯回来了。悲伤不已的忒修斯注意到淮德拉的手里攥着一块写字板，上面还盖着她的印章。他满怀恐惧地读了上面的信息，发出所有人都听得到的怒吼："希波吕托斯胆敢以暴力玷污我的婚床，亵渎宙斯的神圣之眼。"他呼唤父亲波塞冬，因为波塞冬曾答应忒修斯要兑现他的三个诅咒。忒修斯祈祷波塞冬用其中一个诅咒杀死希波吕托斯，不要让他活过这一天。忒修斯还宣布将他儿子流放。听到忒修斯的吼叫，希波吕托斯疑惑不解地上场了。父子之间进行了漫长的对质。以下的节选正说明了他们关系中长久存在的障碍以及他们之间冲突的关键。希波吕托斯申辩说他没做什么错事，而忒修斯怒斥道（《希波吕托斯》936—980）：

忒修斯：天哪，人心真是险恶难测。厚颜无耻到底还有没有限度？……

瞧瞧这个人，他是我亲生的儿子，他污了我的床，清清楚楚地被那个死了的女人指认为最卑贱的人。正眼看着你父亲，面对面地看着。不要害怕你的目光会污染我，我已经是被污染的人了。你是那个与神往来，装作自己比其他每个人都要高一等的人吗？你是那个从未被罪恶污染的纯洁处子吗？我再也不能信你的这些夸口，再也不能错误地相信众神被你的虚伪所欺骗。如今你被抓住了，为何不继续四处吹嘘呢？去炫耀你只吃素食吧，去把俄耳甫斯当作你的神，去参加秘仪，相信他们那各种空洞文字吧。我要警告每一个人远离这样的人。这些人用神圣的话语迷惑你，同时却构想邪恶的计划。

她死了。你是否以为这样的事实会救了你？你这恶徒，岂不知这一点尤其证明你有罪。什么样的誓言，什么样的证词可能比她更有力地洗清你的罪名呢？你还要坚持说她恨你，坚持说一个私生子与合法子嗣之间发生冲突是自然而然的事情吗？如果是那样，你就是在宣称她出于对你的恶意而做了一桩糟糕而又愚蠢的交易，毁灭了她最宝贵的东西，即她自己的生命。但是你是否要说愚蠢只是女人的特性，在男人身上找不到？我很明白，不论何时，只要塞浦里斯在他们年轻的心中掀起波涛，年轻男子不会比女人坚定多少。然而，只因为他们是男人，他们便不会遭到怀疑。所以现在——唉，但是我为什么要与你浪费这些口舌，这具尸体还躺在这里，就是对你最明白的见证。离开这片土地，去流亡吧，越快越好。远离神建立的雅典，远离我的长矛统治之下的任何领土。

你使我遭遇了这些可怕的事情，但我也不会被你打倒，否则地峡人西尼斯（Sinis）[①]就不会在我手中遭到失败，而只会说我在胡乱吹牛。同时，海边的斯喀戎悬崖（Scironian）[②]也会反驳我对作恶者毫无情面这一事实。

忒修斯所夸耀的自己的英勇，指的是他的两项伟绩，即他在科林斯地峡杀死强盗西尼斯，又在悬崖上杀死大盗斯喀戎——那悬崖以斯喀戎的名字命名。如果他不惩罚希波吕托斯，就没人会相信他在面对恶棍时的武勇。

忒修斯对希波吕托斯的谴责，也揭露了他们之间长期存在的裂痕。不论他有多爱淮德拉，不论她的自杀给他带来多大的震动，如果他对儿子的本性和品质有一点点了解的话，他又怎会轻易接受淮德拉的强奸指控呢？他怀疑希波吕托斯的纯洁誓言，在他看来这种纯洁带有高高在上的优越感。对秘教的嘲讽，则表明忒修斯这位大英雄根本就不尊重一个秉性与自己截然不同的儿子的信仰。（这不禁让我们回想起，淮德拉看到纯洁的希波吕托斯参加秘仪时被欲望击中的情景。这是一个年轻而纯洁的男人，与他的父亲，与她的丈夫相去甚远！）

忒修斯想象，希波吕托斯会争辩说淮德拉恨他，而两人之间的冲突不可避免：希波吕托斯是私生子；淮德拉是继母，并且作为忒修斯的妻子为他生了两个嫡子，这两个嫡子是王位继承人，也是希波吕托斯的对手。彼此的排斥对忒修斯与希波吕托斯之间的

---

① 青年忒修斯在前往雅典途中杀死的一个拦路强盗的名字。详见本书第23章。

② 青年忒修斯杀死大盗斯喀戎（Sciron）的地方。详见本书第23章。

关系的破坏到了何种程度呢？事实上，希波吕托斯狂热崇拜阿耳忒弥斯，并拒绝阿佛洛狄忒，这正反映了他对亲生母亲的爱戴中所表现出的那种对父亲的仇恨。他的母亲是一位阿玛宗女战士，若不是被忒修斯引诱的话，本来不该与阿佛洛狄忒及异性恋情扯上关系。后来希波吕托斯宣称（《希波吕托斯》1082—1083）："我不幸的母亲啊，我可悲的身世啊，愿我所爱的人都不会生来是个私生子！"而在戏剧中的这一刻，希波吕托斯对父亲的指控做出了如下回答（《希波吕托斯》983—1035）：

> 希波吕托斯：父亲，你的力量与你强烈的愤怒都让人恐惧。然而，即使你的话听起来是公正的，如果有人细细检视你提出的这件案子，就会发现它根本就不公正。我不擅长在众人面前讲演，而是更擅长与我同龄的几个人交谈。这是事实，正如那些在一群智者中显得笨拙的人在人群面前反倒更具说服力一样。话虽如此，既然不幸降临到我头上，我也不能噤声不语。
>
> 我会先从回答你的第一项指控开始。你打算不听一句回应就用这指控将我毁灭。你看看天空以及这里的大地。太阳底下没有人比我更正直，尽管你会说并非如此。首先，我知道怎样敬神，怎样选择正直的朋友，这样的朋友的正义感会阻止他们做坏事或伤害别人。父亲，我不会蔑视或背叛这些伙伴，而是与他们同样，不管他们是否同我在一起。在那项你据之确认我有罪的指控上，我是无辜的。直至这一刻，我的身体都是贞洁的。我从未有过性行为，只是听说过，或者看到过描述。我并不喜欢看到这样的描述，因为我是一名处子，我的心和灵魂都是纯洁的。
>
> 假如你不相信我的贞洁，那也由得你。那你就一定要向我证明我是怎样地变坏了。她的身体难道比其他任何女人的都要美吗？或者，难道我企图通过与她上床而成为你的王宫里的继承人吗？如果是这样，那我是个傻瓜，完全疯了。也许你会说成为国王对于一个理智健全的人来说是一种甜美的诱惑。然而事实完全不是这样，因为所有热爱国王权柄的人都被腐化了。不，我愿意在希腊竞技会上夺冠，但是在城里我只想做第二名，总有与最好的人做朋友的好运气。这有助于我成功，而远离危险也能比王位带来更多欢乐。
>
> 听完最后一件事，你便听到了我要说的所有辩词。如果能有一个像我本人一样正直的证人来证实我是个怎样的人，如果淮德拉还活着，能够看到或听到我为自己辩护，你只要仔细检查证据，就会知道谁是有罪的人。就这样吧。现在，以誓言之神宙斯的名义，以宽广的大地的名义，我对你起誓：我从未碰过你妻子，从未想过，甚至都没有动过这个念头。如果我有任何过错，就让我无名而死，失去荣誉；让我没有一座城市，也没有一个家；让我成为在大地上游荡的流亡者；在我死后，让大海与大地都拒绝我的尸体。
>
> 她为什么自杀，她心里在害怕什么，我不知道，因为我不便再多说了。当她品行不端时，她做了符合美德的事。我是品行端正的，却没有好好运用我的美德。

图10.6　《希波吕托斯之死》（*The Death of Hippolytus*）
阿普利亚出土的一件螺形调酒缸（ volute-krater，一种有精美手柄
的大型器皿 ）的下部画面，作者为大流士画师，约公元前340年。
画家刻画了欧里庇得斯的《希波吕托斯》中信使描述的开始一幕。
画面右边有一位年老的家臣跟在马车后面奔跑，做出惊恐的手
势。希波吕托斯的装束像一位驭手。拉车的四匹马看到海中出现
的公牛而惊恐，让希波吕托斯开始失去控制。画面左边有一位复
仇女神（信使的话中没有提到）。她右手中举着一支燃烧的火炬，
一块兽皮从她左臂上垂下。画家选择的是悲剧刚刚开始的那一
刻。他用极简的手法，将信使的细致描述缩减成一篇序曲，预示
了马车的解体以及希波吕托斯惨遭伤损。此画面之上排列着六位
神祇，其中只有三位（阿佛洛狄忒、阿耳忒弥斯和波塞冬）卷入
了这场悲剧。

希波吕托斯最后几句话给忒修斯出了一道谜题。
他表达的信息是：当淮德拉不能控制她的情欲时（即
不能约束自己时——sophronein 这一动词再次出现
了），她品行不端。当她自杀以确保自己不会犯下
通奸罪时，她又以符合美德的行为洗清了自己的罪。
同时，希波吕托斯是品行端正的，并且保持贞洁，
但是他的行为却导致了灾难。希波吕托斯没有违背
誓言讲出真相。但是，如果忒修斯不那么急脾气，
更有同情心，在听了希波吕托斯的许多言语之后，
就会怀疑儿子知道的真相比他说出来的更多。例如，

在品格和举止上，希波吕托斯挑选和交往的朋友都
是与淮德拉相反的。

在接下来的激烈交锋中，父亲将儿子逐出了他
的国家。希波吕托斯驾着他的驷马轩车离开了。一
名信使到来，向忒修斯汇报了希波吕托斯的悲惨命
运。这命运正是忒修斯向波塞冬讨来的诅咒所造成
的。信使的戏剧独白生动地描述了如下情景：当希
波吕托斯驾车沿着海岸行驶时，海面波涛汹涌，一
头巨大的公牛随着一道巨浪出现，狂野地怒吼，直
接冲向希波吕托斯。四匹马受到如此突然的惊吓，
让经验丰富的希波吕托斯也无法控制住它们。在接
下来的可怕倾覆中，希波吕托斯被缰绳勒住，在岩
石间遭到无情拖行。最后他被人救了下来。忒修斯
听说儿子还活着，命人将他带来再见他一面。在这
一刻，阿耳忒弥斯作为真正的"天外救星"现身，来
拨乱反正。她堪称与戏剧开场出现的阿佛洛狄忒相
对应（《希波吕托斯》1283—1466）：

> 阿耳忒弥斯：埃勾斯之子，我命令你
> 听我说话。因为与你说话的是我，勒托之
> 女阿耳忒弥斯。忒修斯，你这可怜虫，为
> 什么喜欢做下这样的事？你被自己妻子的
> 不实指控引导，在没有确切证据的情况下
> 做出了渎神的事，杀害了自己的儿子。不
> 过，你显然已经得到了报应。出于羞耻，
> 你应该藏身于大地深处，或者与天上一只
> 鸟交换身份，来逃离这痛苦，因为你不配
> 分享善良的人们的生活。
>
> 听着，忒修斯，听完你自己的恶行。
> 尽管我这么做于事无补，但是我会让你痛
> 苦。我来的目的，是为了揭示你儿子的正
> 直本性，这样他死了也有个好名声。我还

要揭发你妻子疯狂的情欲，或者——从另一个角度来说——她的高贵之处。她受我们所有热爱贞洁者最恨的一位女神教唆，爱上了你儿子。

她试图用理智战胜塞浦里斯，但是她无意中却被她保姆的计谋给毁了。保姆向你儿子透露了她的病因，并要他发誓保密。他没有屈服于她的恳求，这是正确的。此外，他出于端正的品行而没有违背誓言，尽管你如此冤枉他。淮德拉害怕她会遭暴露，写下一封假信，用谎言毁灭了你的儿子。尽管那些都是谎言，但是她说服了你相信它们。

忒修斯：我的天哪！

阿耳忒弥斯：我的话刺痛你了吗？但是请安静些，听完我余下的话，这样你会更悔恨。你难道不知道你从你父亲那求来的三个诅咒是注定要实现的吗？你可以用它们来对付任何敌人，然而你却用其中的一个来对付亲生儿子，这真算得上至为卑劣了。你的父亲海神善待你，实现了你的诅咒。他不得不这么做，因为他发了誓。然而，在他和我的眼中，你都是卑劣的。你既没有等候证据，也没有等待先知的指引。你没有检视那项指控，也没有用更长的时间来仔细思量，反而在不应该的仓促中抛出一项诅咒来对付你儿子，并杀死了他。

忒修斯：我的女神，请让我去死吧！

阿耳忒弥斯：你做了可怕的事，但是即使对你而言，这些行为仍然有可能求得宽恕。因为是阿佛洛狄忒想要让这些事情发生，以满足她的愤怒。众神中有着这样的准则——我们没有人想阻挠另一个人的意志，总是不插手。

你要给我听清楚了——要不是害怕宙斯的报复，我永远不会允许凡人中我最爱的人死去，让我自己陷入如此之深的耻辱。首先，你的无知让你免于邪恶的罪名，更何况你妻子以死阻止你检查她的指控的真实性，让你相信了她。事实上，这些不幸让你感受最深，但是我也感到了痛苦。诸神不喜欢看到善良且敬神的人死去，只会乐于毁灭那些邪恶的人，毁灭他们的孩子、家园，以及一切。

（希波吕托斯被仆人带进来。）

歌队：可怜的家伙来了。他年轻的肉体遭到了摧残，他秀美的头发变得污秽不堪。这一家人是多么悲惨啊。神明将何等样的悲痛再一次降临在他们头上！

希波吕托斯：啊，好痛啊。我这个不幸的人，被不公正的父亲那不公正的诅咒毁了。唉，可怜的我啊，我要死了，我心中悲哀。我头痛欲裂，脑子里在抽筋。停下，仆人，让我筋疲力尽的身体歇会儿。啊，好痛！啊，那可恶的马车，拉车的马还是我亲手喂养的。你毁了我，你杀了我。太痛了！仆人们，以神的名义，将手轻轻放在我撕裂的皮肉上。谁站在我右边？轻轻把我抬起来，仔细扶好我，扶好我这不幸的、被我父亲的错误诅咒的人。宙斯，宙斯，你看见所发生的一切了吗？我在这里。一个虔诚敬神的人，一个在美德上超越了所有其他人的人，要面对不可避免的死亡了。我的生命完全毁了，我代表凡人完成了虔诚的义务，却都是徒劳。

啊，啊，痛啊，痛苦将我淹没。痛苦饶了我吧，愿死亡成为我的救星。杀了我，消灭我和我的痛苦，反正我已经是个垂死的人。我渴望一把双刃剑刺入我的身体，结束我的生命，让我安息。啊，我父亲那不幸的诅咒。一种染血的、从我的古老祖先那里继承下来的邪恶升起来了，它不再潜伏，而是来对付我了。为什么，为什么啊？我自身并没有犯下任何罪过？我好痛，唉！我要说什么？我怎样才能将这痛苦的生命变成无痛的？但愿不可避免的死亡命运带走我，将我带到哈得斯的王国的黑夜去。我命中注定要遭受这一切的。

阿耳忒弥斯：唉，可怜而又可悲的家伙，你背负着多么巨大的不幸！你高贵的天性毁了你。

希波吕托斯：啊，多么芬芳而又圣洁的气息！即使在不幸之中，我仍能感受到你的存在，我身体的痛苦都减轻了。阿耳忒弥斯女神正在此呢。

阿耳忒弥斯：勇敢的受难者，是的，她就是所有神中你最爱的那一位。

希波吕托斯：你看见我了吗，我的女神？你看见我多可怜了吗？

阿耳忒弥斯：我看见你的痛苦，但是我的眼睛是不可流泪的。

希波吕托斯：我再也不是你的猎手了，再也不是你的仆人了。

阿耳忒弥斯：没错，的确不是了，但是你会作为我最宠爱的人死去。

希波吕托斯：我再也不是你的牧马人了，也不能照看你的神像了。

阿耳忒弥斯：这都是因为邪恶密谋的塞浦里斯的计划。

希波吕托斯：啊，我知道是哪位女神将我毁灭了。

阿耳忒弥斯：她气愤你对她的不尊重，且痛恨你的贞洁。

希波吕托斯：这位女神毁掉了我们三个人，我现在明白了。

阿耳忒弥斯：你父亲和你，还有第三个人——你父亲的妻子。

希波吕托斯：所以我要为我父亲的不幸而叹息，也为我自身的不幸而叹息。

阿耳忒弥斯：他被一位神的计谋所骗。

希波吕托斯：啊，父亲，你一定满怀悲伤，因为你遭受这巨大的不幸！

忒修斯：我完了，我的儿子。我的生命里不再有欢乐了。

希波吕托斯：我怜悯你，因为你的错中之错，胜过怜悯我自己。

忒修斯：要是我能代你死去多好，我的儿子。

希波吕托斯：你父亲波塞冬的礼物是多么苦涩啊！

忒修斯：那个诅咒永远不该从我的嘴上说出来。

希波吕托斯：为什么不呢？你不管怎样都会杀了我，你是那么愤怒。

忒修斯：因为众神夺走了我的理智。

希波吕托斯：唉，要是凡人能诅咒神就好了！

阿耳忒弥斯：不需要诅咒。即使你身处大地黑暗的深处，塞浦里斯女神出于嫉妒而对你发泄的怒火仍会遭到报复，这样你的虔诚和善良的心才会得到奖赏。我要惩罚她所爱的一个人，她最心爱的一个。我要用我这从不虚发的箭来做成这件事。至于你，可怜的受苦人，我会在特罗曾城赐予你最高的荣誉，以补偿你所受的可怕折磨。未婚的少女将在婚前剪下她们的头发献给你，在漫长的岁月里你还将收获她们的许多哀悼和眼泪。少女们受到缪斯启发的歌谣将永远铭记你。淮德拉对你的情欲也会被歌唱，不会被忘记。

而你，受尊敬的埃勾斯之子，拥抱你儿子吧，因为你无意中毁了他。人类犯错本是意料中的事，只要神是这么决定的。我建议你，希波吕托斯，不要恨你父亲。你是被你自己的命运毁掉了。

再见。我不该看到死人，不该让垂死之人最后的喘息污了我的眼。我看到你现在已接近那可怕的状态。

希波吕托斯：我也与你道别，万福的纯洁女神。你如此轻松就将我们长期的关系放诸脑后。然而我要终结与我父亲的冲突，因为这是你的意愿，因为在过去我的确信服你的话。

啊，黑暗正闭上我的双眼。抱住我，父亲，准备将我的尸体下葬吧。

忒修斯：啊，我的儿子，你是在多么痛苦地折磨我啊，我的命多么苦啊！

希波吕托斯：我完了，我已经看见了地府之门。

忒修斯：你会离开我吗，在我的双手不净的时候？

希波吕托斯：不，一点都不，因为我免除了你的谋杀罪。

忒修斯：你在说什么？你使我解脱血罪吗？

希波吕托斯：我呼唤箭无虚发的阿耳忒弥斯做证。

忒修斯：啊，最亲爱的儿子，你对你的老父亲是多么高尚！

希波吕托斯：再见了父亲，我祝你幸福。

忒修斯：唉，我却要失去一个如此虔诚、如此善良的儿子。

希波吕托斯：希望你那些嫡子会像我这样。

忒修斯：不要就这样弃我而去，我的儿子，勇敢地活下去。

希波吕托斯：我无法留住生命了。都结束了，父亲。盖上我的脸，快些。

忒修斯：厄瑞克透斯与帕拉斯的伟大国土啊，你失去了多么好的一个人。在悲痛之中，我将好好地记住你——塞浦里斯女神——造的恶。

歌队：这是意料之外的悲痛，让全体市民都沉浸其中。人们会泪如泉涌，因为伟大人物的悲伤故事总能引发更强烈的悲哀。

尽管阿耳忒弥斯表明了她对希波吕托斯的爱，但她仍然保持冷静和超然，在某些方面像她那狂热的信徒一样无动于衷。她所预言的希波吕托斯纪念仪式在特罗曾城举行了，而那个将被她杀死的塞浦里斯的宠儿也被指明，那就是阿多尼斯（在有些版本中，阿多尼斯正是死在阿耳忒弥斯的箭下）。

希波吕托斯与阿耳忒弥斯道别的场景，是欧里庇得斯那种简洁而又深刻的讽刺的完美范例。在一种不同的却并非不忠实的翻译中，希波吕托斯言语中那种哀伤的含混能够表现得更加明显："你，没有痛苦地走了，幸运的女神！［我却身在痛苦之中，我这不幸的垂死之人。］你多么轻易（轻松）地抛弃了我深情的奉献。我会与我父亲和解，既然你想让我这么做。我现在会听你的吩咐，正如我过去所做的那样［这是出于宗教习惯深植的信念，就连我对你这一刻的行为的失望也不能改变。我的崇拜和顺从就这样结束了］。"

在最后的和解中，忒修斯意识到他的私生子是真正高尚的，而希波吕托斯则希望淮德拉为忒修斯所生的嫡子会变得一样优秀。这一主题强调了剧中嫡出这一基本母题的心理意义。

对这一传说的后世改编

这个传说有许多后续的戏剧版本。罗马的小塞涅卡（去世于65年）在他的《淮德拉》中的处理很值得研究。这既是由于其自身的戏剧价值，也因为它与欧里庇得斯现存版本形成对照。小塞涅卡的版本在情节与角色塑造方面有很大差异。此外，他探索了这个神话故事中的那种心理张力，却没有让女神阿佛洛狄忒或阿耳忒弥斯作为实际角色出现在戏剧中。小塞涅卡让淮德拉本人（而不是她的保姆）怀着情欲面对希波吕托斯并试图引诱他。欧里庇得斯写了两部关于希波吕托斯的戏剧。小塞涅卡对这一幕的处理，可能是受到这位希腊剧作家较早一部作品的启发。欧里庇得斯的第一部《希波吕托斯》并不成功，也没有流传下来。欧里庇得斯在公元前428年写出了第二个版本（被称为《戴花冠的希波吕托斯》[Hippolytos Stephanephoros]，以区别于第一部作品），也就是我们今天知道的这个版本。

后来关于这一主题的其他戏剧包括：让·拉辛（Jean Racine）① 的《淮德拉》（*Phèdre*，1677）、尤金·奥尼尔（Eugene O'Neill）② 的《榆树下的欲望》（*Desire under the Elms*，1924）——此剧同时也受《美狄亚》的影响，以及罗宾逊·杰弗斯（Robinson Jeffers）③ 的《克里特女人》（*The Cretan Woman*，1954）。它们对希波吕托斯这一角色的处理很有启发性。例如，拉辛在他的版本中给希波吕托斯安排了一个女朋友，彻底地改变了欧里庇得斯的原型配置。杰弗斯更接近欧里庇得斯，保留了希波吕托斯对性的厌恶。不过，当他介绍希波吕托斯的伙伴是个"苗条且相当女人气的人"时，他也暗示了对圣人这一原型的另一种改变。不论怎样，一旦希波吕托斯的性取向变得太过明显，他在心智上的神秘性就会缩减。欧里庇得斯的做法让一切都恰如其分——这是一个考虑到那些受其启发的杰作之后而做出的评价。玛丽·雷诺（Mary Renault）④ 的20世纪小说《海上来的公牛》（*The Bull from the Sea*），是对这个神话的另一次颇有价值的重新解读。电影改编作品《淮德拉》（*Phaedra*，参见本书第827页）也有一定的意义。

对一位圣人图谋不轨及这种行为的可怕后果，代表着一些我们耳熟能详的文学母题（例如，在《圣经》中就有约瑟［Joseph］和波提乏［Potiphar］之妻的故事，以及施洗者约翰［John the Baptist］与莎乐美的故事⑤）。

---

① 让·拉辛（1639—1699），法国剧作家，与高乃依和莫里哀合称17世纪最伟大的三位法国剧作家。

② 尤金·奥尼尔（1888—1953），美国著名剧作家，表现主义文学的代表作家，诺贝尔文学奖获得者。

③ 罗宾逊·杰弗斯（1887—1962），美国诗人。

④ 玛丽·雷诺（1905—1983），英国作家，以其古希腊历史小说知名。

⑤ 前者见《创世纪》39，后者见《马太福音》14：1—12和《马可福音》6：14—29。

相关著作选读

Glinister, Fay，《狄安娜》(*Diana*. Gods and Heroes of the Ancient World Series. New York: Routledge, 2010)。

Marinatos, Nanno，《女神与战士：早期希腊宗教中的裸体女神与群兽之母》(*The Goddess and the Warrior: The Naked Goddess and Mistress of the Animals in Early Greek Religion*. New York: Routledge, 2000)。

Wall, Kathleen，《从奥维德到阿特伍德的卡利斯托神话：文学中的成人式与强暴》(*The Callisto Myth from Ovid to Atwood: Initiation and Rape in Literature*. Kingston and Montreal: McGill-Queen's University Press, 1988)。

主要神话来源文献

本章中引用的文献

欧里庇得斯：《希波吕托斯》节选。
荷马体颂歌之9：《致阿耳忒弥斯》。
荷马体颂歌之27：《致阿耳忒弥斯》。
奥维德：《变形记》2.409—507，3.138—255。

其他文献

卡利马科斯：《致阿耳忒弥斯》(*To Artemis*，颂歌3)。
奥维德：《女杰书简》(*Heroides*)之4，淮德拉致希波吕托斯。
小塞涅卡：《淮德拉》。
忒奥克里托斯：《牧歌集》2。

补充材料

图书

小说：Renault, Mary. *The Bull from the Sea*. New York: Vintage Books, 2001 (1962)。《国王必须死》(*The King Must Die*)的精彩续集，讲述了忒修斯与希波吕托斯的故事。

CD

歌剧：Thomas, Edward (1924–1993). *Desire under the Elms*. Hadley et al. London Symphony Orchestra, cond. Manahan. Naxos。一部基于尤金·奥尼尔剧作的美国民谣歌剧。

新世纪音乐：Arkenstone, David. "Diana" in from *Goddess*. Troika. Enso. Percussion, synthesizer, keyboard, and voices pay tribute to two other classical goddesses, Athena and Venus, as well as Oya, Zorya, Kuan, Yin, Gwenhwyfar, and Inanna.

康塔塔：Britten, Benjamin (1913–1976). *Phaedra*. For mezzo-soprano and small orchestra; a setting of lines from Robert Lowell's translation of Racine. Baker et al. English Chamber Orchestra, cond. Britten. London. Includes *The Rape of Lucretia.*

歌曲：Schubert, Franz (1797–1828). "Hippolits Lied" ("Song of Hippolytus") and "Der zürnenden Diana" (a passionate eulogy "To Wrathful Diana"). Hampson, McLaughlin, and Johnson; Fischer-Dieskau and Moore. Deutsche Grammophon.

DVD

电影：*Desire under the Elms*. Film based on Eugene O'Neill's play. Sophia Loren, Anthony Perkins, Burl Ives, et al. Directed by Delbert Mann. Paramount。一部颇有趣味的改编之作，表演相当有力。

电影：*Phaedra*. Starring Melina Mercouri and Anthony Perkins. United Artists。对淮德拉传说的震撼人心的改编，赢得了广泛赞誉。

歌剧：Cavalli, Francesco (1602–1676). *La Calisto*. Bayo et al. Concerto Vocale, cond. Jacobs. Harmonia Mundi。剧中一个重要的次情节围绕狄安娜对恩底弥翁的爱而展开。

舞蹈：*Sylvia*. The Royal Ballet, with Darcey Bussell et al. Orchestra of the Royal Opera house, cond. Bond. Opus Arte. Music by Léo Delibes. Choreography by Frederick Ashton。原版由路易·梅兰特（Louis Mérante）创作于1876年，但阿什顿（Ashton）在1952年的重新创作让这部作品深入人心。剧中的西尔维娅（Sylvia）是狄安娜的一名随从。随着爱情故事的展开，厄洛斯、俄里翁和恩底弥翁亦悉数登场。幸运的是，这部剧忠实于希腊神话，未做更易。

[注释]

[1]　有时这一出生地被称为俄耳堤癸亚岛（Ortygia，意为"鹌鹑岛"），其位置不能确定。在一些说法中，它明显不只是得罗斯岛的别名；在另一些说法中则不然。

[2]　尼俄柏是安菲翁（Amphion）的妻子，与他同为卡德摩斯的王宫中的统治者。作为坦塔罗斯（Tantalus）之女和阿特拉斯的孙女，她的家世比勒托的要显赫得多：勒托只是一位不出名的提坦科俄斯的女儿。

[3]   古时候，小亚细亚的西皮洛斯山（Sipylus）上的一块岩石被认为是由尼俄柏变成的。

[4]   阿克泰翁是阿里斯泰俄斯（Aristaeus）和奥托诺厄的儿子。

[5]   我们的译文中略去了宁芙们的名字。它们在希腊语中都表明凉爽而清澈的水。

[6]   一般认为雄鹿的寿命是人的9倍。

[7]   接下来奥维德仍然给出了31个名字。我们的译文略去了这一部分。

[8]   俄里翁有时以大地之子的身份出现。在另一些说法中，他的父亲则是波塞冬。

[9]   另一种说法是俄里翁被阿耳忒弥斯的箭射中。俄里翁还企图强暴俄皮斯（Opis）。俄皮斯是阿耳忒弥斯的一位随从——如果实际上不是女神本人的话。

[10]   与她有关的几位宁芙（例如卡利斯托和俄皮斯）可能自身也曾是女神，也许实际上代表着阿耳忒弥斯复杂本性的不同方面。其中一位叫作布里托玛尔提斯（Britomartis），与克里特岛关系密切，也许曾是一位传统的母神。

[11]   参见 Michael P. Carroll, *The Cult of the Virgin Mary: Psychological Origins* (Princeton: Princeton University Press, 1986)。当 Carroll 宣称"希腊罗马神话中几乎没有或根本没有将（阿耳忒弥斯或雅典娜）二者视为母亲形象的基础"时（第8页），他忽视了阿耳忒弥斯作为母亲形象的方面。但是，他在将库柏勒崇拜作为比较时则相当敏锐（第90—112页）。

[12]   赫卡忒的母亲阿斯忒里厄（Asterie）是勒托的姐姐，她的父亲则是珀耳塞斯（Perses）。

[13]   John M. Camp, *The Archaeology of Athens* (New Haven: Yale University Press, 2001); Ken Dowden, *Death and the Maiden, Girls' Initiation Rites in Greek Mythology* (New York: Routledge, 1989), pp. 20–47; and Christopher Faraone, "Playing the Bear and the Fawn for Artemis: Female Initiation or Substitute Sacrifice?" in *Initiation in Ancient Greek Rituals and Narratives: New Critical Perspectives*, eds. David B. Dodd and Christopher A. Faraone (New York: Routledge, 2003), pp. 43–68.

[14]   关于希波吕托斯的故事及其崇拜地的更多信息，参见本书第640—642页和第729页。

第11章

阿波罗

> 现在，太阳——那辉煌的驷马战车——照耀着大地。在天空之火的光明中，星辰都隐入圣洁的夜里。帕耳那索斯山的顶峰闪耀，杳无人迹，为人间接受了白日的战车。风干的没药冒出轻烟，飘向福玻斯的屋顶。德尔斐的女祭司坐在神圣的三足鼎上，向希腊人吟唱阿波罗所发出的声音。
>
> ——欧里庇得斯《伊翁》(*Io*) 82—94

阿波罗的诞生

如前章所述，宙斯与勒托结合，怀上了双生神阿耳忒弥斯与阿波罗。《荷马体颂歌之3——致阿波罗》(*Homeric Hymn to Apollo*，3)的第一部分(第1—178行"致得罗斯岛的阿波罗")讲述的便是得罗斯岛成为阿波罗出生地的故事。颂歌以众神在宙斯家中聚会的场景开场(《荷马体颂歌之3——致阿波罗》1—29)：

> 我不会忘记神射手阿波罗，而是铭记他。当他来到宙斯家中时，众神在他面前颤抖。当他走上前来，拿出他闪耀的弓，天神们都从座位上跳起来，唯有勒托仍坐在喜爱雷霆的宙斯身边。但是接着她卸下他的弓弦，关上他的箭筒，从他强大的肩

膀上将它们摘下，挂在他父亲家中一根柱子的金色钉子上。她领他来到一张椅子上坐定。他父亲欢迎自己亲爱的儿子，给他递上盛在金杯之中的甘露。然后其他神才各自坐下。女神勒托很高兴，因为她生了一个神射手儿子。欢笑吧，万福的勒托，因为你生育了了不起的孩子——都喜爱射箭的大神阿波罗与阿耳忒弥斯。你在俄耳堤癸亚岛生下阿耳忒弥斯，又在岩石丛生的得罗斯岛生下阿波罗，那时你背靠着巨大雄伟的铿托斯山，就在伊诺波斯河（Inopus）近旁的那棵棕榈树下。

　　我在歌里该怎么歌颂你呢？——你在所有方面都值得众多颂歌的赞扬。因为，福玻斯啊，音乐在每一处地方为你而响起，无论是在人们放牧母牛的大地上还是在海岛上。所有的山峰之巅、高大的山脊、流入大海的河流、斜斜入水的沙滩和大海上的港口都让你欢喜。我可否歌唱勒托在那大海环绕、岩石丛生的得罗斯岛上背靠铿托斯山生下你的故事？在那岛上，两边都有黑色的波浪被呼啸的风吹着涌向陆地。从你在此地的开端，你统治着所有凡人 [包括那些当勒托分娩时曾经求助的人]。

为了寻找一处可以生下阿波罗的避难所，勒托曾漂泊天涯。这首颂歌接下来列出了一份长得惊人的城市和岛屿名单，以强调勒托的漂泊范围之广。她拜访了所有住在以下这些地方的人（《荷马体颂歌之3——致阿波罗》30—139）[1]：

　　克里特和雅典的土地、以船业闻名的埃癸那岛（Aegina）和优卑亚岛、海边

的埃迦伊、埃瑞西埃（Eiresiae），还有佩帕瑞托斯（Peparethus）、色雷斯的阿托斯（Athos）、珀利翁山的高峻山峰、色雷斯的萨摩斯、伊达山的幽暗山丘、斯库罗斯岛（Scyros）、福凯亚（Phocaea）、陡峭的奥托凯恩山（Autocane）、坚固的因布罗斯岛（Imbros）、大雾弥漫的楞诺斯岛、神圣的勒斯玻斯岛、埃俄洛斯之子玛卡尔（Macar）的所在地、大海中最闪耀的希俄斯岛、多峭壁的米马思（Mimas）、科律库斯（Corycus）的高峰、闪耀的克拉罗斯、埃萨革亚（Aesagea）的陡峭山峰、多雨的萨摩斯、米卡勒的绝壁、米利都、墨洛庇亚人（Meropian）的城市科斯、山崖陡峭的克尼多斯（Cnidos）、多风的卡尔帕托斯岛（Carpathos）、纳克索斯岛（Naxos）、帕罗斯岛（Paros），以及地形崎岖的瑞那伊亚（Rhenaea）。

得罗斯岛接受了勒托

勒托在分娩神射手时，来到了这许多地方，希望某个地方成为她儿子的家。但是这些土地都战栗发抖，非常害怕。没有一个地方敢接受天神福玻斯，连那些富饶的地方也一样。最后女神勒托来到得罗斯岛[2]，用带翼飞翔的话语发问："得罗斯岛，你是否愿意成为我儿子福玻斯·阿波罗的家，并为他建一座华丽的庙宇？不要拒绝，因为你会发现没有别人会来你这里，而我认为你不会牛羊成群，物产丰富，也不会硕果累累，作物丰茂。然而，如果你为神射手阿波罗建起一座神庙，所有人都

会聚集于此，献上百牛祭。丰盛祭品的香气将缭绕不断，而你的居民将由于外来者的劳动而获得滋养。"

她如是说，而得罗斯岛很欢喜，回答她道："勒托，伟大的科俄斯最著名的女儿，我将高兴地接受你的儿子，接受那善射的大神，因为一个可怕的事实是我在人间名声不好，而这样一来我将广受尊敬。但是我害怕这样一个预言（而我不能瞒着你不说）：他们说阿波罗将拥有不可控制的力量，他将统治不朽的众神，以及富饶大地上的凡人。所以我心里非常害怕，害怕当他第一次看到日光时，他会瞧不起我（因为我只是一座岩石丛生又一无所有的岛屿），会用脚踢翻我，将我推进大海深处，让巨大的海浪涌起，将我淹没。然后他会去往另一处他所喜欢的土地，在山林中建起他的庙宇。而我这里却会有海怪来寻觅巢穴，黑色的海豹也会在我身上安家而不受打扰，因为我这里将无人居住了。但是，如果女神你敢对我发下重誓，说他将首先在此建起一座美丽的神庙，让它成为人们寻求神谕之所。在他做了这件事之后，再让他着手扩大声望，在所有人中建起一座座圣殿。这是因为他必定广为人知。"

得罗斯岛如是说。于是勒托发下神的重誓："现在让盖亚和广阔的乌拉诺斯做见证，让斯堤克斯河的流水做见证（这是万福的神所能发出的最大也最可怕的誓言），香烟缭绕的阿波罗祭坛和圣地必将在此地建立并永远留存，而你也会最受阿波罗的敬重。"

勒托诞下阿波罗

她说完话，结束了她的誓言。得罗斯岛欣喜万分，期待神射手阿波罗的诞生。但是连续九天九夜，勒托都被令人绝望的阵痛折磨。伟大的女神们都来到她身边，有狄俄涅、瑞亚、正义的忒弥斯、海中悲鸣的安菲特里忒，以及其他人。只有白臂的赫拉没有来，因为她稳坐在集云者宙斯的家中。分娩女神厄勒梯亚是唯一没有听闻勒托的痛苦的神。出于白臂的赫拉的诡计，她留在了金色云彩下高高的奥林波斯山上。赫拉将她留在那里，因为她嫉妒秀发的勒托即将生出一个强大而高贵的儿子。

于是，那人口稠密的海岛上的女神们派伊里斯请厄勒梯亚前来，许诺给她一条金色珠子串成的漂亮项链，超过13英尺长。她们吩咐她将厄勒梯亚从白臂的赫拉身边叫走，以免赫拉阻止分娩女神前来。行动如风的伊里斯收到指令，一路飞奔，快速到达目的地。当她来到众神之家、峻峭的奥林波斯山，她立刻将厄勒梯亚叫出了家门，向她说出带翼飞翔的话语，把一切都告诉了她，正如那些家住奥林波斯山的各位女神所指示。

厄勒梯亚协助勒托分娩

就这样，她深深打动了厄勒梯亚。她们像胆小的鸽子一样上路了。分娩女神厄勒梯亚刚到得罗斯岛，分娩的阵痛立刻向勒托袭来，她急着要生了。她用双臂环抱住棕榈树，在柔软的草坪上双膝跪下。她身下的大地微笑起来。婴儿来到光明之中，所有的女神都高声呼唤。啊，强大的福玻斯已在眼前。众女神用轻柔、神圣而又纯洁的流水将你清洗，用崭新而又耀眼的白色襁褓将你包裹，再用一条金色的带子将襁褓扎好。喂养手持金剑的阿波罗的不是他的母亲，而是忒弥斯：她用不朽的双手给了他甘露和仙馔。勒托心里高兴，因为她生了一位佩戴弯弓的强大儿子。

啊，福玻斯，在你尝了神的食物之后，金色的带子就再也束缚不住你了，裹布也不能将你困住，而是全都松开来，因为你动个不停。福玻斯·阿波罗立刻对不朽的女神们说："让里拉琴和弯弓成为我的最爱。我将向人类预言宙斯准确无误的意志。"说完这些话，神射手福玻斯顶着未曾修剪的头发，大步走在宽广的地面上。众女神都感到惊奇。当得罗斯岛看到宙斯与勒托之子，她心中喜悦，因为这位天神在诸多岛屿和陆地之中选了这里作为他的家，心中最爱的是自己。于是岛上处处开满鲜花，遍地都是金色，如同被林地之花覆盖的高山之巅。

《荷马体颂歌之 3——致阿波罗》第一部分的结尾讲述了得罗斯岛盛大的阿波罗节，讲述了节日上由那些被称为得里阿得（Deliades）、能用各种方言演唱的少女们所组成的美妙歌队，也讲述了诗人自身——他是一位来自希俄斯岛的盲诗人（《荷马体颂歌之 3——致阿波罗》140—178）：

啊，还有你自己，大神阿波罗，持银弓的神射手。你有时来到得罗斯岛上陡峭的镫托斯山，有时又漫游到别的岛屿上和别的人群中。你的神庙众多，圣林葱郁。每一处优越位置，无论是最高的山巅还是入海的河流，都为你所爱。但是，福玻斯啊，你心中最爱的还是得罗斯岛。穿长袍的爱奥尼亚人与他们的孩子和可敬的妻子在那里聚在一起。为了纪念你，他们满心欢喜地拳击、跳舞，并且唱歌，庆祝你的节日。当爱奥尼亚人这样聚到一起时，任何遇见他们的人都会说他们是不死的，是不老的，因为他会感受到他们所有人身上的优雅；因为他看到这些男人和身着漂亮长袍的女人时，看到此地轻快的船只和丰富的物产时，也会心生欢喜。

除此之外，还会有少女侍奉这位神射的天神。她们被称为得里阿得，她们光彩夺目，名声永不消逝。她们先是对阿波罗唱起颂歌，接着歌颂勒托和同样喜爱箭矢的阿耳忒弥斯。她们还纪念古时候的男人和女人，用歌声让人们陶醉。她们知道怎样模仿声音，并用所有人类的方言歌唱。她们美妙的歌声完美地模仿每种人的发音，让人们以为是他们自己在唱歌。

好了，愿阿波罗和阿耳忒弥斯一起降临，带来好运。再见，得罗斯的少女们。若是有大地上生出的凡人、某个受了苦难的外乡人来到此地问起："少女们，在常来此地的人中，你们认为谁的歌声最甜美，让你们最欢喜？"请你们记住我。你们所有人都要回答说我就是那个人："一个盲人，他住在岩石丛生的希俄斯岛，他所有的歌都永远是最好的。"[3]

无论我走到哪儿，到了哪座繁盛的人

类城市，我都将传播你的美名。他们将相信我，因为我说的是真的。我将永不止歇地唱出对阿波罗的颂歌。他是秀发的勒托所生的银弓之神。

阿波罗与得罗斯岛

根据这首《荷马体颂歌》的说法，得罗斯岛显然是阿波罗的圣地，是他最重要的圣殿之一的所在地。今天那些令人惊叹的遗址也证明了这一点。以下故事是关于阿波罗之子阿尼俄斯（Anius）的。

得罗斯岛是阿尼俄斯的家。他既是他父亲的祭司，也是特洛伊战争时期这个岛的国王。他有三个女儿：厄拉伊丝（Elaïs，橄榄女孩）、斯珀尔摩（Spermo，种子女孩）与娥诺（Oeno，酒浆女孩）。她们从狄俄尼索斯那儿分别学会了生产油、谷物和酒的能力。阿伽门农企图迫使她们和希腊人一起前往特洛伊，为军队提供这些给养。当她们拒绝并尝试逃跑时，狄俄尼索斯将她们变成了白色的鸽子。从此以后，鸽子便成了得罗斯岛的圣鸟。

阿波罗与德尔斐

有些人认为，这首冗长的《致阿波罗》的第一部分原本是一篇独立的作品，即献给得罗斯岛的阿波罗的颂歌。我们在本章结尾的"补充阅读"中附有这首颂歌第二部分的译文，它本应被当作"皮托的阿波罗"（Pythian Apollo，即德尔斐的神）之歌来颂唱。[4]颂歌的这一部分含有丰富的神话信息，讲述了阿波罗如何从奥林波斯山下来，穿过希腊北部和中部，

最后找到建立他在人间的神谕所的合适地点的故事。这个地方就在冰雪覆盖的帕耳那索斯山下的克律塞城（Crisa）。阿波罗在这里建起了他的神庙，接着在附近一条美丽的河的河边杀死了一条母龙。这个地方从此被称为皮托（Pytho，而阿波罗则被称为"皮托的阿波罗"），因为阳光的照射让这头怪兽腐烂了。（希腊语动词 pytho 的意思是"我腐烂"。）[5]

证据彼此矛盾，但是一种关于它们的历史重建颇有说服力[6]：这一地点原本是米诺斯—迈锡尼时期的大母神（有时被称为盖亚—忒弥斯）的神谕地。因此，屠龙这一行为，就代表着后来希腊的或希腊化的阿波罗对大地的征服（龙是传统中大地之神的化身）。因为屠杀了龙，宙斯将阿波罗流放到忒萨利。他在那里度过了9年时光（对他的惩罚可能反映了古代社会的宗教规定）。[7]

翁法罗斯石（omphalos）①是一块古老的蛋形石头，在古典时代保存在神庙中。这似乎证实此地早已有人居住。[8]传说中，这块翁法罗斯石（omphalos 一词的意思是"肚脐"）象征着德尔斐实际上占据着地球的现实中心（它在许多方面无疑是古代世界的精神中心）。据说宙斯曾放飞两只鹰，让它们从大地的两端起飞。这两只鹰正好在阿波罗圣地的所在地相遇。翁法罗斯石成为这个地点的标记，以让所有人都能看到。神石的两侧各栖息着一只鸟。

皮托的阿波罗之歌的结尾，是一个奇异而有趣的故事。阿波罗在克律塞建立圣地之后，便开始考虑招募自己的侍奉者。他注意到一艘路过的船。驾船的是克诺索斯的克里特人，正在去往多沙的皮洛斯的路上。福玻斯·阿波罗变成一只海豚，并立刻跳上了甲板。船上的人起初试图将这怪物扔进大

---

① omphalos 意为"肚脐"，是一种宗教性的圆锥形石器，象征大地的中心。地中海地区的翁法罗斯石中以德尔斐的最为著名。

海，但是它在船上制造了一场混乱，让这些人都出于敬畏和害怕而屈服。这条船受一阵神风推动，不受船员们的控制，急速驶向陆地。最后，经过漫长的航程，阿波罗领着这些人来到克律塞。他在那里跳上岸，在一片如火的光明和辉煌之中表明自己神的身份。他向克里特人发言，吩咐他们举行祭礼，并向他祈祷，称他为阿波罗·德尔斐纽斯（Apollo Delphinius）。① 后来，他领着他们前往圣地，并在他们歌唱阿波罗颂歌时用里拉琴伴奏。在颂歌的结尾，神对这群受到他保护的克里特人发出指令，并预言声望和财富将来到这处圣地。

这个故事将早期阿波罗崇拜与克里特岛联系起来，用希腊语中的"海豚"一词解释了阿波罗的特性形容语"德尔斐纽斯"的来历，也解释了"德尔斐"成为圣地之名的原因。作为水手之神和殖民之神（人们求他的神谕，以获取建立殖民地的宗教认可），阿波罗被人们冠以"德尔斐纽斯"这一称号并加以崇拜。这首颂歌总体上证实了阿波罗崇拜的普遍性以及最显赫的阿波罗崇拜中心的重要性。阿波罗崇拜中心当然也包括得罗斯岛，但是最重要的是德尔斐。

德尔斐的阿波罗圣地代表着别处的其他泛希腊遗址的本质和特色。[9] 这处神圣之地建在帕耳那索斯山低缓的斜坡上，大约比科林斯海湾高出2000英尺。此地在今天仍然令人敬畏。任何人，只要沿着神道上行，前往这位天神的伟大神庙，都不难感觉到那种曾充满古代信徒内心与灵魂的崇敬和喜悦。通过考古发掘，那条蜿蜒的通道沿线众多各式各样的纪念碑的基座被公之于世。这些纪念碑由个人与城邦出于纪念和感激的目的而兴建。那些较小的庙宇（被称为"宝库"），是一种尤为隆重的奉献。人

们将它们建立起来以容纳昂贵而稀有的贡品。圣地的主要建筑包括一个竞技场、一座剧院，当然还有阿波罗的伟大神庙。

皮提亚竞技会（Pythian Games）每四年举行一次，包括（公元前582年之后）体育竞赛和智力竞赛。赛跑、马车竞赛，以及音乐、文学和戏剧演出都是比赛的一部分。这些内容结合起来，让这个节日仅次于奥林匹亚的宙斯竞技会。圣地与庆典在很大程度上反映了希腊生活和希腊思想的特点。大量因为战争胜利而敬献的贡品，意味着狭隘的排他主义以及城邦之间的激烈竞争。与此同时，节日这一事实本身，作为所有希腊人都可以前来向种族共同信仰的神表达敬意的场合，又表明了他们朝向一个更宽广、更人性的愿景的努力。当然，在运动和艺术方面的竞争意识在希腊精神中是至关重要的。希腊人对身体和审美两者的重视还表明：一种根本性的二元对立在阿波罗的武勇和智慧中合为一体。在对人类精神的抒情表达中，品达为歌颂运动竞赛中光荣的胜者而创作的《颂诗》是最为崇高的作品之一。卓越的体格强化了一种对身体美感的意识。这种意识启发希腊艺术家在雕刻和绘画中去捕捉人的形体的现实状态与理想状态。多利亚、爱奥尼亚及科林斯等柱式的发展以及宏伟建筑的兴起，也是受到宗教崇拜和平民崇拜的启发。希腊宗教体验中最令人惊叹的成就之一，便是其在精神上和人性上对身体与心智的壮举所产生的推动力。

德尔斐神谕和皮提亚

德尔斐的泛希腊圣地最主要的性质还是神谕地。[10] 人们从希腊世界各处（乃至希腊世界之外）来

---

① Delphinius 意为"海豚"，亦作 Delphinus。

到这里，向阿波罗提出各种各样的问题，其中既有私人的，也有政治性的。希罗多德所讲述的梭伦和克洛俄索斯的故事（译文参见本书第6章），便证明了这位天神在公元前6世纪已很好地树立起了他的声望，同时也为其应答的本质和形式提供了第一手证据。

　　由于信息来源不足，关于人们在求取神谕时遵循的精确程序我们不得而知。说出神的应答的是皮提亚（阿波罗的女祭司）。她的预言之座是三足鼎，即一口由三条金属腿支撑的钵。三足鼎是一种日常生活器具。人们可以在钵的下面或里面生火，满足许多明显实用性的目的。德尔斐的三足鼎既是神圣的预言之力的象征，也是其来源。古代的陶器上描绘了阿波罗本人坐在钵上的画面。他的皮提亚女祭司也这样照做，变成了他的代言人。在一阵癫狂的神启之下，她会讲出不连贯的呓语。身旁的一名祭司或先知会将这些呓语转写成易懂的散文或诗歌（通常是六音步扬抑抑格），以与询问者沟通（参见本书第270页插文）。

　　皮提亚发出预言的地方是神庙的内殿，被称为阿狄同（adyton，里面有一块翁法罗斯石，即用来标志大地中心的脐形石头）。那里弥漫着增强她的灵感的蒸汽，蒸汽可能来自下方的裂缝。在已发掘出来的神庙废墟中，我们无法确定内殿的具体位置。皮提亚需要先经历某种初始典礼以保证纯洁，其中包括仪式性地从著名的卡斯塔利亚圣泉（Castalian spring）中饮用圣水。

　　带着问题来到神庙咨询天神的咨询者，必须经历某些规定的仪式。这些仪式的本质其实是支付咨询费用。[11]首先，他得在神庙外的祭坛上献上昂贵的圣饼。一旦进入神庙，他还必须献上一只绵羊或山羊作祭品。祭品的一部分会被分给德尔斐的居民。在这些初始步骤之后，他才能进入内殿。那是圣地

图11.1　《埃勾斯在忒弥斯面前》（*Aegeus before Themis*）

红绘基里克斯杯，作者为科得洛斯画师（Codrus painter）[a]，约公元前440年，直径12.8英寸。埃勾斯头戴月桂冠，正询问忒弥斯为什么他不能有孩子（参见本书第670页）。在埃斯库罗斯的《欧墨尼得斯》（*Eumenides*）的开头几行中，女祭司讲述了一段谱系，其中盖亚是第一位皮提亚，接替她的是其女儿忒弥斯。忒弥斯左手拿着一只菲艾勒盆或奠酒器，似乎正专心地向盆内注视。我们并不清楚那是否为一种预言的工具。她右手握着阿波罗的圣物月桂枝。她坐在鼎上，表明这一幕发生在德尔斐。画中多利亚式的柱子表明场景是在阿波罗神庙内部。

a.　公元前5世纪晚期的希腊陶画师，风格为阿提卡红绘。其命名作品是一件描绘神话中的雅典国王科得洛斯（Codrus）的陶器。

中的圣地，是神庙最深处的神龛。他要在那里坐下来，依次等待提问的机会。[12]

　　根据传统，早期的皮提亚是一位年轻的处女。曾经有一名询问者爱上一位皮提亚，引诱了她。从此以后，只有成熟的女子（可能需要超过50岁，但仍穿着少女的服饰）才能成为女祭司。不论她们之前的生活是怎样的（她们可能结过婚），一旦她们被指定为终生侍奉神，就必须保证纯洁。有时候会是至少三名女子中的一个被召唤出来发布预言，并且很可能还有更多的预备人员。[13]到了冬季，当人们相信阿波罗已经离开此地前往许珀耳玻瑞亚时，神

关于皮提亚及其预言的争议

古代文献证明，在山羊和绵羊的行为中发现气体引起的致幻效果之后，人们便在地面裂缝上放置了一个三足鼎，让女祭司吸入蒸汽，并让她在这种迷醉效果的影响下说出神谕。[14] 在阿波罗神庙遗址进行的考古及地理调查中，揭示了皮提亚实际上可能吸入了产生于德尔斐这一典型的火山地带所产生的麻醉烟气（来自诸如甲烷、乙烷，尤其是乙烯一类的气体）。人们已确认神庙底下两个断层交汇在一起。[15] 有鉴于此，关于普遍意义上的先知与预言——具体而言则是皮提亚——的本质和程序，人们之间产生了许多争论。这些争论对传统理论构成了挑战。

一种支持以下观点的稳定共识可能正在出现（尤其是在我们对希罗多德所描述的过程加以重新审视之后）：皮提亚本人以可理解的六音步扬抑抑格诗体直接向询问者说出神谕，询问者可以将之记录下来，将神谕带回家，完全无须祭司干预。即使她使用了醉人的气体或任何其他致幻的毒品来增强与阿波罗的交流，女祭司也不会只是发出不连贯的、需要一位祭司来翻译的呓语。

我们不可能在此就这一问题展开争论，所以只能提出许多令人不解的问题之中的几个。然而，由于证据不足且互相冲突，最终的答案无疑仍然有待发现。许多证据来自后世文献，特别是普鲁塔克的作品。普鲁塔克的确是一位德尔斐祭司，但那是2世纪的事。那时候德尔斐的做法肯定已经大为改变。

女祭司也许的确有能力现场创作六步格诗，这一点完全可信，但是难道她不需要在某种程度上具备特殊资格或经历训练吗？她与阿波罗的交流深入到什么程度？皮提亚怎能控制神明的附体？询问者是否能靠他自己轻松地记录她所吟出的诗行以将之保存？希罗

多德引用的许多神谕一点都不简单。许多神谕都流传了下来，几无可疑。它们到底是怎么做到这一点的？留存至今的大约600条神谕难道都是伪造的吗？德尔斐神庙的男性阶层规模相当庞大。整个祭司团体（男女都包括在内）是如何组织起来的？是否可以认为：当需要就重要的政治事务（包括战争与和平的议题）发布不仅会对德尔斐，也会对整个希腊世界及其之外的世界产生重大影响的公告时，皮提亚本人是否就是主要且唯一的负责人呢？有例子表明，皮提亚的举止如同那些疯狂的灵媒，像库迈的西比尔（Cumaean Sibyl）[a] 一样胡言乱语。维吉尔正是这样描述的，而且就算考虑到诗人的自由度，这些描述很可能也不失准确。整个希腊罗马世界的神谕程序大体上都一样吗？女先知和男先知（以那些起源于多多那的为例）所遵循的程序是否也都相似呢？

耶勒·Z. 德博尔（Jelle Z. De Boer）是一位德尔斐研究的重要学者。他的结论是乙烯对皮提亚并没有起到多大作用。它只是"心灵的一种深邃宗教状态的众多刺激物之一"。这些是受到神启的女子，是一种"神秘主义姊妹会"，而非"陷入麻醉状态"的吸毒者。研究团队的发现"对解释或消减有关神谕的种种可能性（哪怕是其他世俗的问题）几无帮助"，且"没有提及那些真实性无可辩驳的神谕表演"。迈克尔·阿提亚·弗劳尔曾将现代西藏的首席神谕——现位于印度北部的乃琼寺（monastery of Nechung）[b]——引为类比："乃琼神谕是一位被称为'吹忠'（Kuden，意为'接受体'）的男性祭司，其职责是为提供建议的神灵金刚扎登（Dorje Drakden，意为'著名的不变之神'）代言。"他受神启而发的预言是可以被理解的，并且至今仍被人们相信。[16]

---

a.　可参见下文"库迈的西比尔"部分。
b.　乃琼寺位于拉萨，是哲蚌寺的属寺。此处提到的是印度达兰萨拉的同名寺院。

谕所会被关闭。因此，皮提亚只在一年中的9个月里进行预言。

不可避免地，我们一定想知道德尔斐的祭司和女祭司的宗教诚意。这是一场骗局吗？我们没有充分理由得出这样的结论。许多人相信神以奇迹方式与凡人交流的可能性。对灵媒——具有特殊预言能力的人——的相信绝不是希腊人独有的现象。某人被选中成为皮提亚，很可能是因为她特殊的天性和宗教气质——对超自然的召唤很敏感。当然，神谕的目的往往是为了政治上的权益，并且神谕应答的模棱两可也是众所周知的。阿波罗有一个含义不明的特性形容语"洛克希阿斯"（Loxias），即被认为是他的应答之晦涩曲折本质的证明。但是，只要看一看苏格拉底的生平与事迹，我们就能知道：一个心智上虔诚的人，能从任何社会既有体制的物质陷阱中努力获取诚挚而内在的宗教意义。根据柏拉图的《申辩篇》（Apology），苏格拉底的朋友凯勒丰（Chaerephon）曾前往德尔斐，询问谁是最有智慧的人。他得到的答案是"苏格拉底"。那位哲学家在听说之后便片刻难安，直到他确定了这个应答的意义，并证明了神是对的。如果我们打算从字面上和历史意义上理解《申辩篇》（我们完全有理由这样做），那么，对于那位怀着传教士式的热忱，致力于使世间男女出于对灵魂永恒的信仰而去思考永恒的道德和伦理价值的苏格拉底，这条来自阿波罗的信息便为他提供了一个转折点。

库迈的西比尔

"皮提亚"是德尔斐的阿波罗神庙女祭司的专属称号。对女先知的更通用称谓是"西比尔"（Sibyl）。

古代世界的不同时期和不同地方都有众多西比尔存在。这个称谓最初也许是某位早期女先知的专属名称（Sibylla）。不论怎样，古代最有名的先知中就包括库迈的西比尔。[17] 尽管我们必须将诗人的想象考虑进来，但关于库迈的西比尔像灵媒一样为埃涅阿斯预言的描述，仍然有助于我们了解一位女先知与她的神之间的沟通的性质。[18] 神庙最深处的神龛是一个洞，应答便是从那里传出的（维吉尔《埃涅阿斯纪》6.42—51）：

那神庙系优卑亚岛的石头建成，其末端宽广，被凿成了一个洞穴。这里的岩石上有一百个孔洞，也就是一百张传出许多声音的嘴。那声音便是西比尔的应答。当他们来到门槛处，西比尔便叫道："现在该求神谕了，看哪，神，神来了！"她站在门前说这些话，她的容貌和脸色都变了。她的头发乱舞，胸膛起伏，她的心狂野地跳动。她似乎更高大了，声音也不是凡人的声音，因为她受到了靠近的神的气息启发。

后文中还出现了野马试图将驭者甩下马背的比喻（《埃涅阿斯纪》6.77—82、98—101）：

此时女先知还未屈服于阿波罗。她在洞中疯狂地奔跑，企图摆脱胸中强大的天神的控制。神越发使她发出狂乱的呓语，掌控她狂野的心，并使她屈从于他的意志。现在洞中的一百个开口自己大大张开，微风中传出女先知的应答……随着阿波罗用缰绳控制她的呓语，用马刺扎向她的胸，库迈的西比尔唱出她那令人害怕的谜语。

洞穴最深处的神龛不断传出真理的声音，
那声音包裹在晦涩不明之中。

在《埃涅阿斯纪》前文中（《埃涅阿斯纪》3.445），先知赫勒诺斯（Helenus）曾提醒埃涅阿斯：西比尔会将她的预言写在精心安排的树叶上。但是当洞穴之门打开时，这些叶子会被风吹散，让那些前来询问的人离开时一无所获，并由此痛恨西比尔的住所。因此，埃涅阿斯请求西比尔说出预言，而不要写在树叶上（《埃涅阿斯纪》6.74—76）。这些说法可能都是对西比尔神谕（Sibylline books，罗马人常咨询的西比尔们的一批预言）①的某些特征以及这些预言的解读方式的暗示。[19]

奥维德让西比尔向埃涅阿斯讲述了她自己的命运（《变形记》14.132—153）：

　　如果从前我将处女之身交给了爱我的福玻斯·阿波罗，那我就可以获得永生。他希望我会顺从他，并用礼物来笼络我。他说："库迈的姑娘，选择你心之所好吧。无论是什么，你都会得到。"我捧起一堆沙给他看，提出了愚蠢的愿望：拥有像手中的沙粒一样多的生日。在请求长寿的同时，我却忘记请求不老的青春。如果我屈服于他的爱的话，他本可以将两者都给我——长寿和永恒的青春。但是我瞧不起福玻斯的礼物，至今未婚。现在年轻的欢乐时光已成过去，衰弱的老年已经蹒跚而来，而我

注定要在漫长的时间中忍受它。

　　如你所见，现在我已经活了七代了。我还将见证三百次收获时节和三百次葡萄成熟，那时我的岁数才能等于沙粒的数目。[20]终有一天，漫长的岁月会削减我的身形，让我变小。我的四肢也会由于年岁而变得轻如羽毛。我将不再像是让某位天神喜欢，让他陷入爱河的人。即使是福玻斯本人可能也认不出我，或者会否认他曾经爱过我。我的变化将大到没人能看见我，但是我的声音仍可辨认，命运女神将会给我留下我的声音。

在另一个版本里，这位西比尔变成了一个悬在瓶子中的小人。有些男孩们问她："西比尔，你想要什么？"她的应答是："我想死去。"[21]

阿波罗的其他爱人

与其他许多男神或女神一样，阿波罗也有性方面或感情上的欲望，希望能得到满足。值得注意的是，与他父亲宙斯不同，阿波罗的爱情有时候相当不成功。

阿波罗与卡桑德拉

特洛伊传奇中的一个悲剧性角色——普里阿摩斯的女儿卡桑德拉（Cassandra）——是另一个阿波罗爱上的人，她也是一位女先知。当她同意委身于阿波罗时，作为奖赏，这位天神赋予她预知未来的能力。但是卡桑德拉随即改变了主意，拒绝了神的追求。阿波罗请求得到一个吻，然后往卡桑德拉的嘴里吐了口

---

① Sibylline books，一批用希腊语六步格诗体写成的预言，据称是由女预言者西比尔们在陷入狂乱状态时做出。原有的古罗马宗教典籍《西比尔神谕》已失传（参见本书第26章）。现存的《西比尔神谕》有14册书和8篇残卷，形成时间估计在2—6世纪，又被称为"伪西比尔神谕"。

水。他没有撤销馈赠，但是从此以后卡桑德拉所做的预言都注定是徒劳的，因为没有人会相信她。

阿波罗与玛耳珀萨

　　阿波罗还试图俘获玛耳珀萨（Marpessa）的芳心。玛耳珀萨是阿瑞斯之子埃维诺斯（Evenus）的女儿。她还曾被阿尔戈号上的英雄伊达斯（Idas）追求。伊达斯违背她父亲的意愿，用战车将她拐走。埃维诺斯未能追上他们，而后在愤怒和心碎中自杀了。后来，同样是玛耳珀萨追求者的阿波罗，用相似的方式从伊达斯手上将她偷走。这两位情敌最终迎面相遇，为争夺这个女孩而展开决斗。宙斯在这一刻出面干预，命令玛耳珀萨从他们中选择一个。她选择了伊达斯，因为他是个凡人：她害怕永生不死并且永远英俊的阿波罗会在她变老时将她抛弃。

阿波罗与库瑞涅

　　阿波罗无数的恋爱经历几乎全都是悲剧。在希腊众神之中，他也许最具动人的人性，也拥有最令人生畏的崇高。一个值得注意的例外是，他与库瑞涅（Cyrene）之间的恋爱获得了成功。库瑞涅是一位竞技宁芙。阿波罗在观看她与一头狮子搏斗时爱上了她。他用金色战车将她带到利比亚，来到那座将以她的名字命名的未来城市①的所在地。她给他生个儿子，叫阿里斯泰俄斯（Aristaeus）。[22]

阿波罗与达芙涅

　　阿波罗爱达芙涅的故事，解释了为什么月桂树是他的圣树（希腊语中 daphne 一词意为"月桂"）。奥维德所讲述的版本最为著名（《变形记》1.452—

567）：

　　达芙涅是佩纽斯（Peneus）之女，也是阿波罗的初恋。引起这桩恋爱事件的并不是命运，而是丘比特残忍的愤怒。阿波罗由于战胜了皮同（Python）②而骄傲兴奋。他看到丘比特拉弓，就嘲笑他说："小家伙，你玩勇士的武器干什么？这张弓适合挂在我肩上。我能不偏不倚地射中野兽或敌人。是我用无数箭矢射死了骄傲的皮同，尽管它的身体巨大，覆盖田地数亩。你就满足于用火炬点燃某个凡人心中的爱情之火吧，不要试图分享我的荣耀！"

　　丘比特回答他说："阿波罗，尽管你的箭可穿透每一个目标，我的箭却会穿透你。正如所有动物都屈服于你，因此你的荣耀是低于我的。"他一边说话，一边快速地飞到阴凉的帕耳那索斯山巅，从他的箭筒中取出两支箭。它们的功能不同，一支铅头的钝箭，其作用是拒绝爱情；另一支金色的箭头，明亮而尖锐，用来引发爱情。丘比特用铅头箭射中了佩纽斯的女儿，却用金箭穿透了阿波罗的内心。

　　阿波罗立刻陷入了热恋，然而达芙涅哪怕只是听到"爱人"这个词也会逃跑。作为狄安娜的伙伴，她的乐趣在于林中深处，在于所猎获的战利品。她用一根发带将头发绑好。许多人追求她，而她却不想恋爱，也不想结婚。身为一名处女，她在人迹罕至的树林里中终日游荡。她的父亲常说：

---

① 指利比亚古城昔兰尼（Cyrene）。

② 即前文中所说的阿波罗在德尔斐杀死的母龙，多被视为一条巨蟒。

"我的女儿，你该给我找个女婿，再给我生下外孙了。"可是她厌恶婚姻，似乎那是可耻的事情。她红着脸拥抱父亲，对他说："最亲爱的父亲，请让我永远保持处女身，正如朱庇特允许狄安娜那样。"佩纽斯允诺了达芙涅的请求，但是她的美貌却不让她称心如愿，她的动人容颜与她的愿望相违。

阿波罗喜欢她，一见到她就想娶她为妻。他被自己的预言所误导，希望能达成愿望。天神心中的火焰熊熊燃烧，用无果的希望助长了爱情的火焰，甚至有如收割过后的麦茬一点就着，又像是一道篱笆被粗心的路人留下的余烬引燃。他看见她的头发毫无修饰地披散在脖子上，就说："要是打扮起来会是什么样的呢？"他看见她明亮的眼睛像星星一样闪烁，他还看见她的嘴唇——然而仅仅看见却是不够的。他赞美她的手指、双手、胳膊和半露的肩膀，他觉得那些被衣服遮住的部位一定更美丽。

达芙涅见到他，却跑得比风还快，不肯停步听他的呼唤："停下，宁芙！停下来，佩纽斯的女儿，我求你！我不是追你的敌人。停步吧，宁芙！你这样跑，就像小羊羔见了狼，小鹿见了狮子，不停扇动翅膀的鸽子见了老鹰。每一种动物都躲避它的敌人，然而让我追赶你的是爱情！啊，小心别摔倒了，别让荆棘刺伤了你的腿，那两条腿可不该有什么损伤，而我更不该成为你受伤的原因！你跑的路面高低不平，我求你跑慢点，我也追慢点。想一想爱着你的是谁吧。我不是一个山野村夫，也不是在此照看牛羊的粗野的牧羊人。你都不知道你在躲避谁，就跑开了。我是德尔斐、克拉罗斯、忒涅多斯和帕塔拉（Patara）王国①的神，朱庇特是我父亲！我知晓未来、过去和现在，我带来里拉琴的妙音和歌声！我的箭从不虚发，然而有一支箭比我的箭更精准，它射中了我的心——在此之前我心无所系。我懂得治愈之方。全世界都称我为救星，我懂得百草的药效。唉，可怜的我呀！然而并没有草药可以治愈爱情，治愈一切的技艺却不能治愈它的主人！"

即使在他说话时，达芙涅仍然从他身边逃开，由于害怕而跑个不停。这时的她仍然美丽动人：风中她身体袒露，衣裳飞舞，秀发在身后扬起。在奔逃中她却显得更加美丽。然而年轻的天神无法忍受自己的甜言蜜语无济于事。他被爱驱使，全速追赶。这就好比一条高卢猎犬在旷野里发现了一只野兔：兔子为了保命而逃跑，猎犬在后头追逐。猎犬眼看着就要抓住猎物了，似乎每一刻都有可能碰到它。它伸长了鼻子穷追不舍，而野兔无从知道自己是否在劫难逃，只是拼命地从那利齿边逃生。这位天神也是这样追着女孩：他的速度来自希望，她的速度却来自恐惧。然而追逐者赶了上来，因为爱情给了他一对翅膀。他不让她有休息的机会，穷追不舍，他的呼吸吹乱了她颈上的头发。

达芙涅终于没有力气了。逃逸让她筋疲力尽，面色苍白。这时她看见了佩纽斯的河水。"救救我，父亲，"她叫道，"如果

---

① 吕喀亚古城，位于今土耳其西南部地中海海岸，传说由阿波罗之子帕塔洛斯（Patarus）建立，拥有阿波罗神庙和神谕所。

河神有能力，请将我变形，毁掉我的美貌吧。它太招人喜欢了！"她还没祈祷完，她的四肢就变得沉重而迟缓，薄薄的树皮裹着她柔软的胸部，她的头发变成了叶子，胳膊变成了树枝。她的双脚，之前跑得飞快，现在变得不能动弹，变成树根扎入土里，而她的脸成了树冠。只有她的美丽保留了下来。

即使她变成了这个样子，阿波罗还是爱她。他将手放在树干上，感受到新生的树皮下面有一颗心在跳动。他拥抱树枝，好像它们是人的四肢。他亲吻这棵树，但是树却躲开他的亲吻。"既然你不能做我的妻子，"他说，"你将做我的树。你将永远缠绕在我的头发、我的里拉琴和我的箭筒上。当欢乐的凯旋欢歌唱起，长长的游行队伍登上卡比托利欧山（Capitol）[①]之时，你将伴随罗马的将军们……我青春的头发从未被剪过，也愿你永远长着青青的叶子！"阿波罗说完这番话，新长成的月桂树点头同意了。她的树梢低垂，就像点头的样子。

如第一章所讨论的（参见本书第19—20页），奥维德的艺术创造了一个饱含感情的故事，启发着后世历代的艺术家。

阿波罗与许阿铿托斯

阿波罗也会爱上少年。[23] 他对来自阿穆克莱（Amyclae）的英俊斯巴达少年许阿铿托斯（Hyacinthus）的感情，在奥维德的故事里十分著名。这位大神为了与他心爱的少年在一起，忽视了其他的职责（《变形记》10.174—219）：

当阿波罗和少年脱下他们的衣服，全身闪耀着橄榄油的光芒，开始比赛掷铁饼时，太阳这位提坦[②]几乎位于前一夜与下一夜之间的正中，与两者距离相等。福玻斯先掷。他蓄力一掷，铁饼扔得如此高远，以至于云彩都被飞行中的铁饼驱散。过了很长时间，那铁饼才因为它自身的重量而掉落到坚实的地面上。他的这一掷展现了伟大的技巧与力量的结合。许阿铿托斯热情高涨，立刻冲过去捡铁饼，心中只有比赛。但是铁饼反弹回来。可怜的许阿铿托斯，那铁饼击中坚固的地面，接着又重重砸在你的脸上。[24] 天神的脸色变得与少年一样苍白。他抱起少年绵软无力的身体，试图救活他。他疯狂地想要止住伤口流出的血，用草药延长那慢慢消逝的生命。他的技艺全是徒劳，那伤口无法愈合。就像有人在花园里折断了紫罗兰，或脆弱的罂粟花，或黄褐色花茎上的百合花时，这些花会突然低垂下来，变得枯萎，无法支撑它们此刻望向地面的沉重花冠。垂死男孩的脑袋也是这样低垂着：一旦力气消失，他的脖子就不堪其重，耷拉在肩膀上。

福玻斯喊道："你就这样逝去了，失去了你的青春风华。我看见你的伤口在控诉我。你是我的悲痛、我的愧疚——我的双手烙上了你死亡的印记！我是应该负责的那个人，但是我错在哪里呢？与你游戏，

---

① 即 Capitoline Hill，意大利语作 Campidoglio，罗马的七座山丘中最高的一座，是罗马建城之初重要的宗教和政治中心。

② Titan sun。太阳神许珀里翁是一位提坦，故名。

图11.2 《阿波罗与达芙涅》（*Apollo and Daphne*）

吉安 - 洛伦佐·贝尔尼尼雕塑，材质为大理石，1624年，高96英寸。贝尔尼尼选择了迅捷的动作突然停止的瞬间。这位雕刻家出色地表现了奥维德的故事中的心理紧张状态，将之凝固在变形的那一刻。阿波罗的形象取材于著名的《观景殿的阿波罗》（*Apollo Belvedere*）[a]，与达芙涅激烈的情绪形成对照，强化了故事的悲剧性。底座上（未显示）铭刻着奥维德有关这一变形的描写（《变形记》1.519—521），以及后来的教皇乌尔班八世（Pope Urban VIII）留下的两行拉丁文："每一个追逐稍纵即逝之美的恋人手里抓住的只有树叶，或是苦涩的果子。"

---

a. 一尊白色大理石古代雕塑，高2.24米。原作被认为出自古希腊雕塑家莱奥卡雷斯（Leochares）之手，完成于公元前350—前325年间。现存的《观景殿的阿波罗》雕像被认为是2世纪的罗马复制品，在15世纪文艺复兴时期被发现，现藏于梵蒂冈博物馆。参见本章的"神话与文化"部分。

爱过你，这能说是错吗？唉，我希望能给你我的生命，如你所值得的；我希望随你一同死去。然而我们都受命运支配。你将永远与我同在，我会一直念着你的名字，永远记得你。当我拨动里拉琴唱起歌时，你会是我所咏唱的主题。你会成为一种新的花①，身上会带着标记，如同我的悲痛。有一天，最勇敢的英雄将与这种花相连，他的名字将写在花瓣上。"②

当阿波罗从他从不错谬的口中说出这些话时，看哪，那流到地上染红了草地的不再是血了。一朵花从那里长出来，它的颜色比提尔紫（Tyrian dye）③ 还要明亮。它的形状像百合，只是颜色不同，因为百合是银白色的。尽管他如此尽力纪念许阿铿托斯，但阿波罗还是不满足。这位天神将对他的悼念刻在花瓣上，让花上呈现如同悼念的字母 AI AI 的印记。[25] 斯巴达城骄傲地将许阿铿托斯视为她的儿子，他的荣耀持续到今天。每一年的许阿铿托斯节以他命名，其庆典仪式遵循古老的传统。

阿波罗与库帕里索斯

来自喀俄斯岛的库帕里索斯，是另一个被阿波罗所爱的少年。关于他的悲伤故事由奥维德讲述（《变形记》10.106—142）。喀俄斯岛上有一头美丽的雄鹿，是宁芙们的圣鹿。这头鹿不怕人类，与所有人都是朋友，但是与最英俊的喀俄斯人库帕里索斯尤为亲近。他会友爱地带着雄鹿前往鲜嫩的草坪和清澈的泉水，为鹿角编织花环，并且愉快地骑着它，就像骑手骑在马背上一样。

不幸的是，库帕里索斯在一个夏日里失手杀了他所爱的雄鹿。当他看见雄鹿垂死，而那残忍的伤口是他本人造成的时候，他也想要死去。阿波罗试着安慰他，却徒劳无功。少年只是一再哭泣，并请求众神满足他最后的愿望，让他永远哀悼下去。悲痛和无尽的泪水使他筋疲力尽，他的生命渐渐消逝，最后变成了一棵树。这种树因他而得名，被称为柏树④，并与哀悼相连，正如悲伤的阿波罗所预言："你将被我哀悼，你将为别人哀悼，有人悲痛的地方便有你的身影。"

阿波罗与科罗尼斯

有几个故事都强调了阿波罗作为医药之神的职能——这一职能大部分被他儿子阿斯克勒庇俄斯接管了。这为我们带来了阿波罗与科罗尼斯（Coronis）的故事，也是我们要讲的最后一个故事。科罗尼斯（在奥维德的版本里）是个可爱的少女，来自忒萨利的拉里萨（Larissa），为阿波罗所爱。事实上，她已经怀上了阿波罗的孩子。不幸的是，阿波罗的神鸟乌鸦看到科罗尼斯与一个忒萨利年轻人同寝，将这事告诉了神（《变形记》2.600—634）：

当阿波罗听到对科罗尼斯的这项指控

---

① 即风信子（hyacinthus）。

② 指大埃阿斯（Ajax）。他在争夺阿喀琉斯所留下的甲胄的比赛中输给奥德修斯，伏剑自杀。他的血所浸透的土地里长出了风信子，花瓣上的纹样如同他的名字缩写 AI。参见本章尾注 [25]、本书第 19 章正文及该章尾注 [27]。

③ 又名 Tyrian purple，是一种含溴的红紫色颜料，用几种海蜗牛的分泌物制成，在古代十分名贵。这种颜料可能最先由腓尼基人开始使用，因此由腓尼基城市提尔（Tyre，又译推罗、堤洛斯）得名。

---

④ 希腊语中"柏树"一词即是 cyparissus，又写作 kyparissos。

时，月桂头冠从他头上滑落下来，他的神色骤变，脸上失去了血色。他的心里燃烧着熊熊怒火，拿起惯常使用的武器，给弓上了弦，用从不虚发的箭射穿了他曾经常常拥抱的胸膛。被射中时，她发出一阵呻吟。她从体内拔出箭来，殷红的鲜血涌出，浸染了她雪白的肢体。她说："你可以在我生下你的孩子之后再这样惩罚我，让我付出生命。像现在这样的话，我们两个人都一起死了。"说完这些话，她的生命随着鲜血流尽而消逝，冰冷的死亡爬上了她无生命的尸体。

太晚了，唉。那位恋人后悔他残忍的惩罚。他痛恨自己，因为自己听到对她的指控，变得那么愤怒。他恨他的弓箭，也恨他那鲁莽射箭的双手。他抚摸着她软绵无力的身体，试图阻止命运，但为时已晚，

他用尽方法治疗也无济于事。当阿波罗看到一切努力都白费，火葬的柴堆已堆好，而她的身体就要付之一炬时，他真切地发出痛苦的喊叫（因为神是禁止流泪的）。那叫声来自他的内心深处，就像一头年轻的母牛在看到大槌已经凌空举起，瞄准她的小牛犊的右耳，将要用重重的一击来敲碎其太阳穴时发出的那种叫声。他往她毫无知觉的胸膛抹上香膏，紧紧拥抱她，做了应有的却又过早到来的合宜仪式。福玻斯不能忍受自己的孩子也要被付诸灰烬，将他从火中，从母亲的子宫里抢救出来，又把他带到马人喀戎的山洞。乌鸦原本希望因报信而获得奖励，阿波罗却从此禁止乌鸦成为白色的鸟类。同时，马人很高兴神的婴儿成了他的养子，也很荣幸接受这项光荣的任务。

图11.3　《作为医生的安菲阿剌俄斯》（*Amphiaraüs as Healer*）来自奥罗波斯（Oropus）的还愿浮雕（votive relief），公元前4世纪头25年。安菲阿剌俄斯是远征忒拜的七位英雄之一。奥罗波斯则是一座位于阿提卡与玻俄提亚边界上的城市，也是安菲阿剌俄斯著名的神谕所在地（参见本书第457页）和他的医术中心。在安菲阿剌俄斯圣地（Amphiareion），考古学家发现了神庙、祭坛、孵梦殿（incubation hall）[a]、圣泉、柱廊以及运动场的遗址，也发现了无数铭文和还愿物品，如此处的浮雕。与厄庇道洛斯（Epidaurus）的阿斯克勒庇俄斯崇拜一样，这里也施行神灵入梦（或孵梦）的治疗方法。根据这座浮雕底部的铭文，敬献者是阿喀诺斯（Archinus），受敬献的则是安菲阿剌俄斯。浮雕讲述了治疗的过程。阿喀诺斯在画面右边背景中入睡。当他陷入睡梦时，一条常常在孵梦中出现的蛇看起来是在咬他的右肩。也许阿喀诺斯遇到的是一场神祇的托梦。在左方前景中，安菲阿剌俄斯正在亲自照料阿喀诺斯同一侧的肩膀。右方远处可能是已被治愈的阿喀诺斯的另一幅肖像，或者也许是圣地的一名侍奉者。这块浮雕使观者得以窥见神的举动：这种举动也许正如阿喀诺斯在梦境中所见，在可视现实的背后进行着。

---

a.　孵梦是一种治疗方法，详见下文。

医疗之神阿斯克勒庇俄斯

因此，与其他许多神话人物一样，阿斯克勒庇俄斯便由智慧而温和的喀戎培养。他学得很好，在医药方面尤其如此。在《伊利亚特》中，阿斯克勒庇俄斯是一位英雄医生。他的两个儿子玛卡翁（Machaon）和波达利瑞俄斯（Podalirius）师从父亲，也精通医术。许癸厄亚（Hygeia 或 Hygieia）和帕那刻亚（Panacea）——"卫生"和"治疗"这两个抽象概念的化身——据说也是他的孩子。作为医药之神阿波罗的儿子，阿斯克勒庇俄斯也变成一位神祇。他的出生地则成为厄庇道洛斯。那里也是他的崇拜中心。他代表着对仁慈医生的神圣化和理想化，救死扶伤，是万福的救星，在精神意义上被视为奇迹的创造者。正因为如此，他在数个世纪中都是拿撒勒的耶稣（Jesus of Nazareth）最有力的对手。因而，基督教辩护者与教会先驱们①有充分的理由害怕他和攻击他。

在柏拉图的《斐多篇》（*Phaedo*）中，苏格拉底在饮鸩酒之后的濒死时刻留下了最后的话："克里托（Crito），我们还欠阿斯克勒庇俄斯一只公鸡呢。还给他，不要忘记了。"这是一个虔诚的人所提出的要求，是为了兑现一个他已经忘记的誓言，或者是为了表达一种刚刚亏欠的谢意，他等来了生命美好的终结，因为他的灵魂在逃离身体这座已被污染的监狱之前再次变得健全而纯洁。

在阿斯克勒庇俄斯的圣地中使用的主要治疗方法是孵梦（即在一个神圣之地入睡）。在预备仪式之后，病人要去一处特殊的建筑里睡一晚上。他们会在那里做梦，并期待看到阿斯克勒庇俄斯的神谕式显现。阿斯克勒庇俄斯会立刻治愈他们或给出治疗方案（如念诵有魔力的咒语、饮用药剂，或是用减轻痛苦的药包扎伤口）。根据故事中的说法，睡着的病人会以一种魔法般的方式被施予外科手术。在神显现之后，蛇会在病人间自由游动，通过舔舐伤口来提供治疗。考古发掘揭示了流动的泉水对于治疗性沐浴和仪式性净化的重要性。我们应该读一读阿里斯托芬的《普路托斯》（*Plutus*，即《财神》），其中提到普路托斯的失明被孵梦治愈。这个故事非常搞笑，但也是重要的证据，就像《蛙》（*Frogs*）对于了解厄琉西斯秘仪的重要性一样。

阿斯克勒庇俄斯为医生这一行业群体赋予了一种名字——阿斯克勒庇俄斯之子（Asclepiadae 或 Asclepiads），因为医生们将自己视为阿斯克勒庇俄斯精神上的孩子。希波克拉底（Hippocrates）便是他们中的一员。他是公元前5世纪的一位伟大医生，在科斯创建了著名的医学院。他将医学搬出了神庙，建立了治疗的理性原则，将医生这一职业提升为一种科学。[26]

《荷马体颂歌之16——致阿斯克勒庇俄斯》（*Homeric Hymn to Asclepius*，16）是对这位神话中的医生简短而直接的祈求：

> 我开始歌唱救死扶伤的阿波罗之子阿斯克勒庇俄斯。在阿尔戈斯的多提亚平原（Dotian plain）上，女神一样的科罗尼斯——国王弗勒古阿斯（Phlegyas）之女——生下了他。他是令人类欢喜的病痛舒缓者。
>
> 所以我赞美你，医神。我用歌声向你致敬。

---

① 原文为小写的 church fathers，但根据这个词组的常见用法及此处语境，似应指教会先驱（Church Fathers）而非普通意义上的教堂神父。在基督教早期，对阿斯克勒庇俄斯的崇拜被视为对教会的威胁，受到教会先驱们的猛烈攻击。

阿斯克勒庇俄斯之杖或赫尔墨斯双蛇杖，孰为医术的象征？

阿斯克勒庇俄斯之杖上缠绕着一条蛇，自2世纪以来就被认为是医术的真正象征。它由阿斯克勒庇俄斯使用的一根手杖演化而来，也被他那些四处游历的追随者——"阿斯克勒庇俄斯之子"——在行医时使用。一条蛇（已被辨识为普通的长锦蛇［Elaphe longissima］）合宜地缠绕在手杖上，因为它每年的蜕皮象征着重获青春。古人认为它拥有实际的治病能力（如前文所示）。显然，希腊医神阿斯克勒庇俄斯的这根单蛇杖才是独特的医学象征。它是怎样与传令官及信使神赫尔墨斯那根具有权威的双翼双蛇杖（caduceus）混为一谈的呢？赫尔墨斯身具多种非医疗的神职，其中包括金钱与商业——尤其是作为罗马人的墨丘利的时候。

双蛇杖出现较晚，是医学象征符号的篡夺者。当书籍出版商（包括医学文献的出版商）使用双蛇杖作为他们行业的象征时，混淆就出现了。一位早期的美国牙医乔塞亚·弗拉格（Josiah Flagg）在一次广告中使用了装饰着两只交叉的牙刷的双蛇杖。这是一个将医学和商业并列起来的精彩例子。此后，一些医学机构事实上正式开始使用双蛇杖。1902年，它变成了美军医疗队的象征。在今天更是出现在许多与健康有关的机构的标志中。

一些人对双蛇杖与医学联系起来感到愤怒，因为它本是商业的象征，甚至更糟（赫尔墨斯还是狡辩与偷窃之神）。另一些人则认为赫尔墨斯的双蛇杖在今天可以与阿斯克勒庇俄斯之杖一样成为医学的合适符号。毕竟，医学这一重要行业已经变得更加复杂，而广告对于市场竞争必不可少。所以，有一位名叫格伦·W. 吉尔赫德（Glenn W. Geelhoed）的医生便提出了这样的两难选择："我们每一位医生都会选择这个职业应意味着什么，并［在代表着彼此激烈对立的理想的两种蛇形符号中］采用对这一职业的治愈技艺传统来说合宜的符号。"[27]

阿斯克勒庇俄斯医术如此精湛，以至于当希波吕托斯死去时，阿耳忒弥斯请求他让她的这位忠心追随者起死回生。阿斯克勒庇俄斯同意了，并且获得成功。但是，他因如此破坏秩序而招致宙斯的愤怒。宙斯用雷电将他打入了地府。

阿波罗与玛耳叙阿斯的音乐比赛

阿波罗作为音乐家的技艺已经得到证实。还有两个故事更集中地表现了他超凡的精湛艺术，以及那些挑战他的次等音乐家的愚蠢。第一个故事与萨提尔玛耳叙阿斯有关。他捡起了雅典娜发明之后又丢弃的笛子（我们此前已经提到过）。尽管女神因为玛耳叙阿斯捡起自己的乐器而痛打了他一顿，但他并未因此受挫，反而变得十分擅长吹笛，以至于胆敢向阿波罗提出比赛的要求。天神提出的条件是胜利者可随意处置失败者。获胜的当然是阿波罗。他决定将玛耳叙阿斯活活剥皮。奥维德描述了这位萨提尔所受的痛苦（《变形记》6.385—400）：

> 玛耳叙阿斯叫道："为什么你要剥我的皮？啊，不！我后悔了。笛子可不值得我受这样的折磨！"在他叫喊的时候，他的皮

图11.4　《玛耳叙阿斯被剥皮》（*The Flaying of Marsyas*）

提香（约1488—1576）画，85英寸×83英寸。这是提香晚年作品之一。1571年，威尼斯将军马尔坎托尼奥·布拉加丁（Marcantonio Bragadin）[a]献出塞浦路斯城市法马古斯塔（Famagusta），之后被土耳其人活剥皮。这幅画便作于这一事件发生之后几年。布拉加丁的人皮最终被装在一个瓮里还给了威尼斯，被保存在圣乔凡尼与圣保罗教堂（the church of SS. Giovanni e Paolo）。神话与最近的历史由是在这幅画中相遇。在画面左下方，阿波罗头戴胜利者的月桂冠，在被倒挂着的玛耳叙阿斯身上剥皮。一条狗正在舔舐这位萨提尔的鲜血。左上方，阿波罗的一名追随者在演奏提琴（viola da braccio[b]，一种在这幅画问世之前几十年才在意大利发展出来的乐器），而另一名追随者则着手剥取玛耳叙阿斯左腿上的皮。画面右方，一位年长的萨提尔拎来了一桶水。弥达斯悲伤地凝视着这残忍的一幕。就连奥维德描述的恐怖细节也比不上提香画中所表现的神的残忍。

———————————

a.　马尔坎托尼奥·布拉加丁（1523—1571），威尼斯共和国的一名律师和军人。他领导威尼斯抵抗奥斯曼帝国，并在1571年奥斯曼帝国军队攻陷威尼斯之后被剥皮。

b.　意为"架在臂上的维奥尔琴"，是现代中提琴和小提琴的前身。

被整个儿剥下来。他的全身就是一个巨大
的伤口。到处都是血，他的神经都裸露出
来，血管的脉搏毫无遮掩地跳动着。他跳
动的内脏和腹中的重要器官都暴露在外面，
可以被清楚地分辨出来。田野里的精灵和
林中的羊人①都为他哭泣。他的兄弟们，其
他萨提尔和宁芙们，以及在山中照看绵羊
和长角的牛群的所有人，他最亲爱的奥林
波斯（Olympus）②，也都为他哭泣。丰饶的
大地接受并饮下眼泪，变得湿润，深处的
脉络都被眼泪浸透。大地将泪水聚成了一
条水流，又让这水流露出地面。佛律癸亚
最清澈的河流便发源于此。它沿陡峭的河
床奔腾而下，直入大海。它的名字叫玛耳
叙阿斯。

阿波罗与潘的音乐比赛

阿波罗还参加过另一场音乐比赛。这次他的对
手是潘神。佛律癸亚的国王弥达斯是裁判之一（奥
维德《变形记》11.146—193）：

弥达斯厌恶财富[28]，于是他在乡野林中
找到一处隐居地，并崇拜一直住在山洞里的
潘神。但是他的智力仍然有限，他自己的愚
蠢将再一次伤害他，就像以前那次一样。有
一座高山叫特摩罗斯山，山势陡峭，俯瞰大

海。这座山一侧的山坡下是撒尔迪斯，另一
侧则是一座名叫许派帕的小镇。潘神就在此
地对他那些温柔的宁芙们唱歌，并用芦苇和
蜡制成的排笛奏出优美的乐声，并且敢于蔑
视阿波罗的音乐，认为那跟他自己的音乐比
起来不值一提。

于是，他参加了一场不平等的比赛。
特摩罗斯山神在比赛中担任裁判。这位年长
的裁判坐在他自己的山上，从耳中屏蔽了树
的声音，只有橡树的枝叶还缠绕着他黑色
的头发，他陷下去的太阳穴两侧则悬着橡
子。他转头看向畜牧之神，说："现在裁判
准备好了。"于是潘神开始吹奏他粗糙的排
笛。他吹奏的时候弥达斯正好在这附近，并
且被这乐声迷住了。当潘神奏完时，神圣的
山神特摩罗斯转头面向福玻斯。他的森林跟
随他的目光而动。阿波罗金色的头发上戴着
帕耳那索斯山的月桂枝，他的袍子用提尔紫
染成，衣袂曳地。他的里拉琴镶嵌着宝石和
印度象牙，他左手拿着里拉琴，右手拿着拨
子。他的姿态就是一位艺术家的姿态。然后
他用灵巧的手拨动琴弦。特摩罗斯山神被那
音乐的美妙迷住了，命令潘神承认他的排笛
比不上里拉琴。

神圣的山神的裁定让所有人都很高
兴——只有弥达斯例外。弥达斯独自挑战
裁定，说它不公正。于是，得罗斯岛的神
不能容忍如此愚蠢的耳朵还保留人耳的形
状。他使这对耳朵长得更长，上面覆盖杂
乱的白毛，又让它们的根部柔韧可以抽动。
至于弥达斯剩下的部分，还是一个人的样
子。改变的只有这一个方面：他受到惩罚，

① 罗马神话中的一种半羊半人的生物，与希腊神话中的萨提尔相似，
但更具动物特征。
② 指玛耳叙阿斯的儿子或学生奥林波斯，而非奥林波斯山。也有一
种说法认为奥林波斯是玛耳叙阿斯的父亲。

欧里庇得斯的《阿尔刻斯提斯》

阿波罗怒于儿子阿斯克勒庇俄斯的死。他当然没有反抗宙斯，但是他杀死了打造致命雷锤的独目巨人。因为他的罪过，他被判流放一年，接受阿德墨托斯的统治（这项惩罚再一次遵循了人类社会秩序的模式，其根据的原则与血仇有关）。阿德墨托斯是忒萨利地区斐赖的一位仁慈的国王。阿波罗很喜欢他的主人。当他发现阿德墨托斯阳寿将尽时，便去找命运女神摩伊赖，借酒劝诱，让她们允许国王活得长久一点。女神们却加上了一个条件，那就是必须有人替阿德墨托斯去死。然而，阿德墨托斯找不到别人愿意替他去死（即使是他年迈的父母都不愿意），只有他忠诚的妻子阿尔刻斯提斯例外。他接受了她的牺牲。但是，就在最后一刻，阿尔刻斯提斯被赫拉克勒斯的壮举救活了：赫拉克勒斯碰巧在阿德墨托斯家中做客，他为了救活阿尔刻斯提斯而与死神（塔那托斯［Thanatos］）展开搏斗。

在这部引人入胜又让人迷惑的戏剧《阿尔刻斯提斯》中（人们在解读这部悲喜剧时很难达成普遍的一致意见），欧里庇得斯为那位忠诚的妻子描绘了一幅感人而又讽刺的肖像，对她那心神错乱的丈夫的刻画则甚为含混。

长出了笨驴的耳朵。

弥达斯当然想隐藏他莫大的耻辱，试图用一块紫头巾包住他的头。但是他的理发师定期修剪他的长头发，发现了他的秘密。理发师想要告诉别人他所看到的景象，却又不敢暴露弥达斯的耻辱。然而，他不可能保持沉默，于是他偷偷离开，在地上挖了一个洞。将洞中的泥土移走之后，他对着地洞轻声低语，说他的主人长了驴耳朵。然后他又把这个洞填满，掩盖了他所说的指控，并不声不响地从现场偷偷离开。但是一丛浓密而颤动着的芦苇开始从这个地方长出来。一年之后，长成的时候一到，它们就说出了理发师的秘密。当它们在温柔的南风中轻轻摇摆时，它们重复着理发师掩埋的那些话，揭露了有关他主人的耳朵的真相。

因此，如果有人仔细倾听芦苇丛中沙沙的风声，他可能会听到这样的低语："弥达斯国王长了驴耳朵。"[29]

阿波罗的本性

阿波罗的性格多重，相当复杂。他的复杂本性，可以说是对人之存在这一悲剧困境中众多矛盾的总结。他温和而又刚烈，富有同情心而又冷酷无情，有罪而又无辜，既是治愈者又是毁灭者。他的极端情感表现随处可见。他对企图侮辱勒托的提堤俄斯（Tityus）采取迅速又有力的行动，提堤俄斯为此在哈得斯的国度受到惩罚（我们将在后文中看到）。正如他用箭射下提堤俄斯一样，他用同样的方式对付尼俄柏，这一次是与姐姐阿耳忒弥斯联手（参见本书第238页）。我们又怎能忘记荷马对太阳神的可怕描述呢？他为了回应他的祭司克律塞斯（Chryses）

的请求，用瘟疫使得希腊军队在特洛伊遭受重创
（《伊利亚特》1.43—52）。

> 福玻斯·阿波罗……怒火填膺，从奥
> 林波斯山的高峰上下来，肩上背着他的弓
> 和封口的箭筒。他携怒而行，像黑夜一样
> 降临，箭筒里的箭在他肩膀上相互撞击。
> 他在离船尚远的地方坐下来，射出一箭。
> 银弓铿然巨响，令人胆寒。他首先射死那
> 些骡马和迅捷的奔犬，然后就向人群射出
> 他的利箭，将他们击倒。烧尸体的火葬堆
> 迅速燃烧，烈焰熊熊。①

然而，这位天神在希腊古典传统中又是自制力
的象征。他是希腊谚语"认识你自己"和"避免极端"
的捍卫者。他凭借自己的经验而了解走极端的危险。
阿波罗从一片血海和罪错之中为他所到之处带来了启
蒙、赎罪和净化，在他位于德尔斐的圣地尤其如此。

阿波罗的起源不明。他也许是被公元前2000年
的北方入侵者带进希腊的诸神之一。若不然，他很
可能就是在公元前2000—前1500年间被他们很快接
纳的。一些学者想象阿波罗原本是好牧羊人（Good
Shepherd）②的原型，他有许多保护性的能力和技巧，
特别是在音乐和医药方面。[30]如我们在本书第3章
所见，他成为太阳神，篡取了许珀里翁和赫利俄斯
的权力。

在许多人看来，阿波罗似乎是万神殿中最典型
的希腊神，是一个产生于绝妙构思的拟人形象。奥
林匹亚那座宏伟的宙斯神庙西三角墙上的精彩描绘，

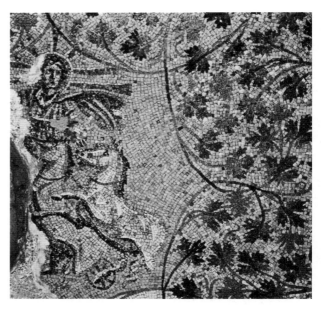

图11.5　《基督·阿波罗》（*Christus Apollo*）

3世纪的穹顶镶嵌画，穹顶高72英寸。画中的基督具有太阳神（阿
波罗或赫利俄斯）的特征，正乘坐四匹白马拉的车升入天穹（其
中两匹因为画面损坏而看不见了）。他头顶散发的光芒形成一个
十字架。横贯背景的是狄俄尼索斯的常春藤——早期基督教艺术
使用的另一个象征永生的异教符号。这幅穹顶镶嵌画位于梵蒂冈
圣彼得大教堂地下墓窟的一个基督徒墓穴中。

也许是其形象的最佳体现（参见本书图11.7）。其中
的阿波罗沉稳站立，表现出智慧的力量。他的头转
向一侧，一只胳膊抬起，与他周围马人和拉庇泰人
之间的混战场面形成对比。

如果强调他的自律和智慧，而无视他混乱的极
端情绪，阿波罗就可能被表现为酒神狄俄尼索斯直
接的对立面。人类心理、哲学和宗教中的理性力量
（阿波罗）和非理性力量（狄俄尼索斯）体现在这两
位神祇身上，并戏剧性地互相对抗。一些学者认为，
阿波罗代表希腊精神真正而核心的本质，如荷马的
诗歌所反映，并与后者形成对照——后者来自狄俄
尼索斯神秘主义的外来入侵。不论这个观点中包含
了何种核心真相，我们都应该意识到这一点：在公
元前6—前5世纪，狄俄尼索斯已经成为希腊文明不

---

① 因原文英译不同，这一段引文与第19章中所引用的同一段引文在
　 细节上有差异。

② 好牧羊人指基督，参见《约翰福音》10：1—21。

可或缺的一部分。到了古典时代，他就与阿波罗一样，具有一种典型的希腊特征。两位神祇实际上都反映了希腊人的事物观念中内在的基本二元性。在本书第3章中我们已经发现：同样的二分法存在于神秘主义与数学的结合中，也反映在米诺斯和迈锡尼时期两种文化（北欧文化与地中海文化）的融合中。

正如阿波罗可能成为神秘的狄俄尼索斯的衬托，他也可能被用作灵性基督形象的一个有意义的对比。他们各自以其人格和生命彰显着此世和来世中不同的目的与意义，在身体上和精神上都是如此。阿波罗与基督的确形成惊人而又颇具启发性的对照。

以下是简短的《荷马体颂歌之21——致阿波罗》（*Homeric Hymn to Apollo*，21）：

> 那一路高飞而又停在涡流湍急的佩纽斯河水岸边的天鹅，都清楚地歌唱你，福玻斯。声音甜美、弹奏乐声悠扬的里拉琴的行吟诗人，也总是在第一首歌和最后一首歌中歌唱你，福玻斯。
>
> 所以我赞美你，天神。我用我的歌声让你欢喜。

补充阅读：
献给皮托的阿波罗的荷马体颂歌

《荷马体颂歌之3——致阿波罗》
（3.179-546：致皮托的阿波罗）[①]：

> 天神啊，你拥有吕喀亚、迷人的迈俄尼亚（Maeonia），还拥有迷人的海滨之城米利都，而你亲自统治着海浪冲刷下的得罗斯岛。

勒托声名赫赫的儿子穿着神圣而芬芳的衣裳，演奏着他的镂空里拉琴，前往岩石丛生的皮托。在他金色拨子的触动下，里拉琴发出动人的乐声。他从那里离地而起，风驰电掣，飞向奥林波斯山，来到宙斯家中，与其他神祇聚到一起。永生的众神立刻都迷上了里拉琴和歌声。缪斯女神一起用她们美妙的歌声与他的琴声相和，歌唱众神所享有的无穷礼物，以及永生者们让凡人必须经受的苦难：人类过着愚蠢而无助的生活，不能抵御老年，也不能找到死亡的解药。

长着秀发的美惠女神、欢喜的时序女神、哈耳摩尼亚（Harmonia）、赫柏以及宙斯之女阿佛洛狄忒握着彼此的手腕，都跳起舞来，同她们一起歌唱的还有一位女神。她既不娇小，也不姿色平平，而是令人敬畏。她就是美丽惊人的阿耳忒弥斯，喜欢射箭，是阿波罗的姐姐。阿瑞斯和目光锐利的阿耳戈斯屠杀者也加入了这支欢乐的队伍。阿波罗继续用里拉琴演奏美妙的音乐，他迈出的步伐庄严尊贵。他闪亮的双足和衣袍上散发出光芒，将他包裹在一片灿烂之中。金发的勒托与睿智的宙斯看着他们亲爱的儿子在不朽的众神之中演奏音乐，他们伟大的心中满是欢喜。

我该歌唱你在恋爱中作为追求者的故事吗？你与神一样的伊斯库斯（Ischys）——以养马闻名的厄拉托斯（Elatus）之子——

---

① 参见本章"阿波罗与德尔斐"部分的开头。

共同追求阿赞（Azan）的女儿[①]，或是与特里俄普斯（Triops）之子福耳巴斯（Phorbas）一起，或是与厄瑞俄透斯（Ereuthus）、琉齐波斯（Leucippus）一起追求琉齐波斯[未来]的妻子。你徒步而行，他则乘坐战车。的确他不是一位弱于特里俄普斯的对手。[31]

阿波罗为其神谕所选址

或者，神射手阿波罗啊，我是否该歌唱你首先走遍大地，为你赐给人类的神谕寻找一处居所？[32] 你先从奥林波斯山下来，来到皮厄里亚泉，你路过了沙尘漫卷的勒科托斯（Lectus）和厄涅那厄（Enienae），穿越了珀耳瑞比（Perrhaebi）。你很快来到伊俄尔科斯，进入优卑亚岛的刻耐翁（Cenaeum）——那里因船而闻名。你站在利兰丁平原（Lelantine plain）上，但是在森林之中建神庙并不能让你满意。从那里你穿过欧里珀斯（Euripus），神射手阿波罗，沿着神圣的青山而行。很快你从此地继续前往迈喀勒索斯（Mycalessus）和青草如茵的透墨索斯（Teumessus），到达森林覆盖的忒拜，因为那时还没有凡人居住在神圣的忒拜，忒拜盛产小麦的平原上也未阡陌纵横，而是到处生长着茂盛的树木。

神射手阿波罗啊，从那里你继续前行。你来到翁刻斯托斯（Onchestus），那里

有波塞冬壮观的圣林。在这里，新驯服的幼马由于牵拉漂亮的战车而筋疲力尽，放慢脚步歇歇气，尊贵的车夫从座位上跳到地面上来，亲自步行。没有了指挥，马儿们拉着空战车乱蹦乱跳。如果它们在树林里撞坏了战车，它们会得到照看，但是战车却会被倾斜着搁置原地。因为此地的神圣仪式从最初就是这样规定的。他们向拥有这神坛的神明祈祷，而神明则将战车当作他应得的贡品。[33] 从那里你继续前行，神射手阿波罗，然后你遇到了美丽的刻菲索斯河——它温柔的流水来自利赖亚（Lilaea）。你跨过这条河，从拥有许多高塔的俄卡勒亚（Ocalea）来到绿草茵茵的哈利阿托斯（Haliartus）。接着你去了忒尔孚萨（Telphusa）。此地有一块吉祥之地让你欢喜，适合建立一片圣林和一座神庙。你站在离她很近的地方，说道："忒尔孚萨，我打算在这里建一座美丽的庙，一处凡人的神谕所。所有那些住在富饶的伯罗奔尼撒、欧罗巴以及海岛上的人都会来这里献上完美的百牛祭，并求取神谕。我将在我富丽辉煌的神庙里告诉他们我的答案，给出从不出错的建议。"

福玻斯·阿波罗如是说了，然后便打下了地基，那地基整体上又宽又长。但是，忒尔孚萨看到他的举动，被深深地激怒了。她说："神射的大神福玻斯，我要说出这句忠告供你考虑。既然你想在此地建一座美丽的神庙，让它成为凡人的神谕所，而那些凡人会一直来这里献上完美的百牛祭，那我要大声说出我的想法，请你牢记我的

---

① 指前文中的弗勒古阿斯之女科罗尼斯，在《荷马体颂歌之3》中被称为"阿赞之女"，原因不详。阿赞是一位早期的阿耳卡狄亚英雄，也是伊斯库斯之父厄拉托斯的兄弟。参见 Nicholas Richardson: *Three Homeric Hymns: To Apollo, Hermes, and Aphrodite*, Cambridge University Press, 2010, p. 114。

话。快马的蹄声和在我的圣泉饮水的骡子的声音会一直让你烦恼。在这里，任何人都更愿意看看精美的战车和吵闹的轻快马儿，而不是看你的伟大神庙和里面的众多财宝。但是，如果你愿意听我说（你比我更优秀、更强大，你的力量无人能及），在克律塞建神庙吧，就在帕耳那索斯的斜坡下面。在那里，美丽的战车不会发出哗啦响声，轻快的马儿也不会绕着你精美的祭坛发出嘈杂的声音。在那里，声名显赫的凡人会给你带来礼物作为赞美（Ie Paean）。[34] 接收从四方前来的人们所敬献的美丽祭品，你的心中将无比欢喜。"忒尔孚萨如是说，并说服了神射手。因此，她这片土地的声名应该归功于忒尔孚萨本人，而非阿波罗。

阿波罗在德尔斐建起神庙

从那里你继续前行，神射手阿波罗，你到达傲慢的弗勒古阿人（Phlegyae）的城市。他们不崇拜宙斯，住在刻菲索斯湖（Cephisean lake）附近的一个美丽峡谷中。你快速离开那里，来到山脊，到达冰雪覆盖的帕耳那索斯山脚下的克律塞。它的山麓丘陵朝向西方，峭壁悬崖高悬在绵延的空旷林地之上。福玻斯·阿波罗决定他将在这里建起美丽的神庙。他说："我要在这里建一座美丽的神庙，一处凡人的神谕所。所有那些住在富饶的伯罗奔尼撒、欧罗巴以及海岛上的人都会来这里献上完美的百牛祭，来这里求取神谕。我将在我富裕的神庙里告诉他们我的答案，给出从不出错的建议。"

福玻斯·阿波罗如是说，然后便打下了地基，那地基整体上又宽又长。厄耳癸诺斯的两个受众神喜爱的儿子——特洛丰尼俄斯和阿伽墨得斯——在这片地基上放下了门槛石。无数人用打磨好的石块建起了那座将被永远歌颂的神庙。神庙附近有一汪美丽的泉水，宙斯之子、大神阿波罗在那里用他强大的弓箭射死了一条母龙。那母龙是一头庞大、臃肿而又凶猛的怪兽，伤害了大地上的许多凡人。她既伤害凡人，又伤害他们那些细腿的羊群，因为她是一个嗜血的灾星。

赫拉生下怪兽堤丰

这条母龙曾从金色宝座上的赫拉那里将堤丰接过来抚养。对于凡人来说，那是另一个可怕而残忍的灾星。[35] 堤丰是赫拉同宙斯生气时生下的怪兽，因为克洛诺斯之子从他头中生出了声名赫赫的雅典娜。赫拉女神勃然大怒，对众神说："所有的男女天神们，听我说：集云者宙斯让我成为信任他的亲爱妻子，却开始羞辱我。刚才，置我于不顾，他生下了目光锐利的雅典娜。她在万福的众神之中光彩夺目。然而，我的儿子赫淮斯托斯——我自己生下的儿子——却双脚萎缩，在众神之中是个病弱者，使我蒙羞，使奥林波斯山蒙羞。我亲手抓住他，将他扔了出去，让他坠入宽广的大海。但是涅柔斯的女儿、银足的忒提斯却收留了他，与她的姐妹们一同照看他。（我多希望她为万福的众神做了其他什么好事啊！）你这恶棍、狡猾的骗子，你还想出了什么诡计？你怎敢独自一人生下目光锐利的雅典娜？难道我不能为你生孩子吗？要知道，在统治天空的众神之中，我才是你最亲爱的那一个。瞧着吧，将来我说不定会想出什么针对你的诡计。实际上我会想想怎么生出一个我自己的儿子。他将在众神之中光彩夺目，又不会给我们神圣的婚誓带来耻辱——不论是你的还是我的。我将不会靠近你的床，而是与你分居，我将与众神住在一起。"

图11.6 《阿波罗·德尔斐纽斯》（*Apollo Delphinius*）

阿提卡红绘三耳水罐（hydria），作者为柏林画师（Berlin Painter）[a]，约公元前480年，高20.5英寸。画中的阿波罗乘坐一只长着翅膀的三足鼎在海上航行。海豚自波浪中跳出，各种鱼类以及一条章鱼在下方游动。阿波罗头戴月桂冠，弹奏里拉琴，背上背着弓箭。艺术家精彩地结合了阿波罗三个方面的特征：先知（以德尔斐三足鼎和与德尔斐相关的海豚为象征）、音乐家、射手。

---

a.　一位活跃于公元前5世纪前期的阿提卡陶画师。其命名作品见于"柏林文物古典藏品"（Antikensammlung Berlin），故名。

她这般说道，然后便怒气冲冲地离开了众神。接着牛眼的赫拉女神立刻开始祈祷。她用手掌敲击地面，说出这样的祷告："大地和广阔的天空，听我说。提坦诸神，还有你们，你们住在大地之下广阔的塔耳塔罗斯中，凡人和众神都由你们而来。你们都请听我说，请给我一个无须宙斯做父亲的孩子，请让他的力量不逊色于宙斯，而是比宙斯要强大得多，如同洞察一切的宙斯比克洛诺斯要强大一样。"她如此祈祷，并用她有力的手敲击地面。赋予生命的大地被感动了。赫拉看到这一点，内心欢喜，因为她相信自己的祈祷会得到应验。

从这时候开始，在一整年的时间里，她从未靠近睿智的宙斯的床，也没有像以前一样，坐在她精美的宝座上，在他身边提出精明的计划。牛眼的赫拉女神转而住在她的神庙里。那里满是她的崇拜者，而她喜欢他们的祭品。然而，日月流逝，季节更替，到了一整年过完的时候，她却生下了一个对凡人来说是个祸患的东西。那就是残忍的堤丰，既不像神也不像凡人。牛眼的赫拉女神立刻抱起他，把他交给邪恶的母龙，而母龙接受了他。堤丰曾经给那些著名的人类部族带来许多伤痛。

阿波罗夸耀自己杀死母龙

至于那条母龙，任何跟她作对的都会遭遇死亡，直到神射手阿波罗用一支神箭将她击中。母龙受痛苦折磨，躺在地上疯狂地喘气，扭曲着身体。当她扭动着在森林里翻滚时，一种无以言表的可怕声音响起来，于是她吐血而亡。福玻斯·阿波罗如此夸耀道："在这片滋养凡人的土地上腐烂吧。你这毁灭人类的邪恶祸患不会再活下去了。人类吃着这片富饶的土地上的果实，将来到这里献上百牛祭。"他如是夸耀着，而黑暗罩住了母龙的眼睛。赫利俄斯的神力使她在那里腐烂。因为这个缘故，现在这个地方被称作皮托，而大神阿波罗则被称为"皮托的阿波罗"，因为炽热太阳的强大火焰使得这怪物在这个地方腐烂了。

然后，福玻斯·阿波罗便明白了优美流淌着的忒尔孚萨泉为何欺骗了他。他愤怒地去找她，很快就到了那里。站在离她很近的地方，他说："忒尔孚萨，你不能欺骗我的智慧，而将这个理想的地方留给你自己美丽的流水。这里一定将成为我的荣耀，而非你的荣耀。"神射的大神阿波罗如是说了，然后将一大堆岩石推到她身上，并遮住了她流动的小溪。他在紧邻她那汪优美流淌着的泉水的林中建起一座祭坛。在那里，所有人都以忒尔孚萨人的名义向阿波罗祈祷，因为他使得神圣的忒尔孚萨河蒙羞。

阿波罗招收克里特人做他的祭司

然后福玻斯·阿波罗深思该找什么人来担任他的祭司，让他们在岩石丛生的皮托侍奉自己。正在思考这个问题时，他注意到一艘快船出现在幽暗如酒的大海上，船上有许多强壮的人。他们是从米诺斯的克诺索斯来的克里特人。这些人向他们的

神献祭，并将持有金剑的福玻斯·阿波罗说出的话传播四方，不论他从帕耳那索斯山斜坡下的月桂树那里给出什么样的神谕。这些人正乘坐黑色的船前往多沙的皮洛斯，去跟皮洛斯人做贸易赚钱。但是福玻斯·阿波罗在海上截住他们，又变成一只海豚，跳上了他们的快船。他躺在那里，俨然是一头庞大又吓人的怪兽。没有人明白，也没有人认出这海豚就是天神。他们想要将海豚扔回海里，但是神一直让整艘船震动，让船板颤抖。他们害怕了，静静地坐在空空的黑船上。他们没有松开这条黑艏船上的绳子，也没有收起船帆。并且，由于他们早已用牛皮绳子固定了航向，他们便继续航行。一阵猛烈的南风从背后推动着这条快船。

他们首先经过了马利亚（Malia）和拉科尼亚（Laconia）的海岸，来到了泰纳隆。那是一座海边小城，也是让凡人欢喜的赫利俄斯的土地。天神赫利俄斯那些毛儿浓密的绵羊总在这里的一片美丽乡野上吃草栖息。[36] 他们想要将船靠岸，下船去研究这个巨大的奇迹，亲眼看看这头怪兽是会留在空船的甲板上，还是会跳回波涛涌动、鱼儿生长的大海。但是这条坚固的船却不听他们的指挥，而是沿着富饶的伯罗奔尼撒半岛继续前行。神射的大神阿波罗轻松地用一阵微风指挥它前行。这船在继续前行的途中来到了阿瑞纳（Arena）、可爱的阿耳癸菲亚（Argyphea）、阿尔甫斯河的渡口忒律昂（Thryon），还有城垒坚固的埃皮（Aepy）和皮洛斯，遇见了皮洛

斯的居民。它路过了克鲁伊尼（Cruini）和卡尔客斯，也经过了狄墨（Dyme）和壮丽的厄利斯城——厄珀人（Epei）正在那里掌握权柄。当船朝着斐赖行进时，宙斯送来的风让船行驶轻快。云彩之下出现了伊塔卡的陡峭山峰、杜利奇翁（Dulichium）、萨墨（Same）和林木覆盖的扎金托斯岛（Zacynthus）。但是当船经过了伯罗奔尼撒半岛的整个海岸，当他们转向克律塞的方向时，一个巨大的海湾隐约出现在他们面前。它的长度隔断了富饶的伯罗奔尼撒。一阵猛烈而强劲的西风因宙斯的意志从天而降，让船加速行驶，这样它才可以在大海的咸水中尽快完成这次飞速的航行。然后他们果然转身朝着黎明和太阳的方向行进。宙斯之子、大神阿波罗是他们的向导。他们来到了葡萄藤缠绕的克律塞那醒目的港口。在那里，航海的船都停在沙滩上。

神射手阿波罗在那里跳下船来，就像正午的星星一样。他的整个身体都被一层熊熊的火光包裹，他的光辉散发到天上。他走进圣地的最里面，来到珍贵的三足鼎中。然后，他燃起一团明亮的火焰，他的箭也沐浴在光辉之中。这光辉包围了整个克律塞城。看到阿波罗那耀眼夺目的身形，克律塞人的妻子和衣着鲜艳的女儿们都惊奇地叫喊起来，因为神在他们每个人的心中都注入了敬畏。顷刻间，他重新跳回船上，呈现为一个风华正茂的男子的形象。他强壮而又精力充沛，头发飘在他宽阔的肩头。他对船上的人说出带翼飞翔的话语。

"外乡人，你们是谁？你们经由哪里的水路而来？你们的目的是贸易，还是像那些四处搏命流浪、给陌生人带来灾难的海盗一样不计后果地漫游？你们为什么要坐在这里灰心丧气？为什么不下船，从你们黑色的船上拿下你们的东西？为什么不登陆呢？无论何时，当有雄心的人所乘坐的黑船到了一处海岸时，这都是他们该做的事。他们筋疲力尽，劳累不堪，一心只想吃到可口的食物。"

他这般说道，并赐圣灵于他们心中。于是克里特人的首领回答道："外乡人，论外貌和身高，你真的一点都不像凡人，而像不朽的神。祝你健康，赞美你，愿众神赐你繁荣！告诉我真话，这样我才能充分理解。这是哪块领土，什么地方？居住在这里的都是什么人？因为我们在大海里航行是为了别的目的，是为了从我们为之骄傲的出生地克里特前往皮洛斯。然而现在我们跟船一起到了这里，这是一条不同的航线，并非我们情愿。我们急于返回，但是众神中有一位带我们到了这里，违背了我们的意愿。"

然后，神射手阿波罗回答道："外乡人，你们曾经住在林木覆盖的克诺索斯，现在你们不会回到你们可爱的城市了，也不会回到你们美丽的家园和亲爱的妻子身边。然而，你们身在此地的每一位都将守护我富有的庙宇，有许多凡人将来朝拜它。我骄傲地宣布：我是阿波罗，宙斯之子，是我从广阔的大海上将你们带到这个地方。我并无恶意，但是你们将守护我在此地的富有神庙，所有的凡人都无上景仰和崇敬的神庙。你们将会明白众神的忠告。因为神意的缘故，你们将在有生之年一直受到尊敬。来吧，尽快来，照我的吩咐去做。首先放下船帆，松开牛皮绳；接着将这条快船拖上干燥的陆地，从这平稳的船上拿走你们的财产和物品；再在海岸边建起一座祭坛，点燃火，献上白色大麦做祭品。然后围站在祭坛边并且祷告。因为我最初是以海豚的样子在雾蒙蒙的大海上跳上你们的快船，所以祷告时要称我为德尔斐纽斯。另外，这祭坛就叫德尔斐祭坛，永远凌于大海之上。[37] 接着，在你们的黑船边用餐，并向奥林波斯山上的万福众神奠酒。你们饱享了美食之后，要跟我来，一起唱颂歌（Ie Paean，意为"赞美治愈者"），直到抵达你们在将来守护我那富有神庙的地方。"

阿波罗如是说，他们也欣然听他说完，并遵照执行。首先，他们降下船帆，松开牛皮绳；然后他们用前桅支索放下桅杆，将它靠在桅杆支架上。他们自己下了船，将快船从水中拖上陆地。他们在海岸上建起一座祭坛，点燃火，献上白色大麦作为祭品。如神所吩咐，他们围绕着祭坛站立并祷告。然后他们在黑船边用餐，又向奥林波斯山上的万福众神奠酒。吃饱喝足之后，他们站起身，跟随他们的领袖——宙斯之子、大神阿波罗。阿波罗庄严地向上攀登，手持里拉琴，演奏妙音。克里特人跟着他，随音乐节奏前进，并唱起颂歌，如同克里特的颂歌歌手，又如那些胸中被神圣的缪斯灌注了甜美歌声的人。

踏着不知疲倦的步伐，他们登上了山脊，很快又来到帕耳那索斯山，来到他们即将居住的理想之所，那受人敬仰的地方。阿波罗领着他们到了那里，又指出他的圣地和富有的神庙。克里特人珍贵的胸中精神高涨。他们的首领问了神这些问题："天神啊，既然你带我们远离我们的亲人和家乡——既然这差不多是你的愿望——那我们现在要怎样过活呢？这点我们请你解释，因为这个地方既不适合做葡萄园，也不适合做牧场。"

于是宙斯之子阿波罗微笑着对他们说："愚蠢而可怜的凡人啊，你们总喜欢心中焦虑，总是选择辛苦工作和痛苦。我要给你们一丝安慰，认真听着。即使你们每一个人都右手举刀，不停地宰羊，你们也杀不完那些人间声名显赫的部族带到我这里来的羊。守卫我的神庙，接待在此聚集的人群，最重要的是把我的指示告诉他们，将我的吩咐记在心中。但是如果你们中有人愚蠢到不管这些，不听我的吩咐，如果你们像凡人通常那样有任何散漫的言行或傲慢，其他人就会凌驾于你们之上，而你们将终生被迫屈服于他们的意志。一切我都告诉你们了，你们要谨记在心。"

于是再见了，宙斯与勒托之子。然而我将铭记你，并且不忘另一首歌。

阿波罗的形象

阿波罗雕像是幸存于世的古代作品中最高的艺术理想……这尊阿波罗雕像超越了他的其他所有形象，正如荷马塑造的阿波罗超越了后世诗人所描绘的阿波罗。他的体格超越凡人，而他的姿态充分证明了他的伟大。有如极乐世界般的永恒青春为这诱人的成熟男性躯体披上了一件悦目的年轻外衣，又轻柔地利用了他肢体所呈现的崇高姿态……注视这件艺术杰作时，我忘记了其他一切。为了能够配得上注视它，我自己都站得笔直而挺拔。我的胸膛似乎由于敬仰而扩张了，并且像我见过的那些似乎被预言之灵充满的胸膛一样起伏。①我感觉自己被带到了得罗斯岛，带到了吕喀亚的圣林——那些阿波罗常光顾的地方。因为，如同皮格马利翁的美人一样，我的形象似乎有了生命和活力。这叫人怎能画得出来，怎能描述出来呢！[38]

艺术史家约翰·约阿希姆·温克尔曼（Johann Joachim Winckelmann，1717—1768）对《观景殿的阿波罗》赞誉有加。在许多人看来，他那热情洋溢的赞美在今天可能难以理解。在西方艺术经典中，这尊雕像已经不再具有昔日的崇高地位。然而温克尔曼的审美品位给后世留下了如此难以磨灭的印记，对这尊雕塑被神化为希腊艺术最高表现之一（至少在18世纪和19世纪是如此）的贡献是如此之大，以至于我们应该回想到他写下这段文字的时候，那些让帕特农神庙熠熠生辉的杰出雕塑尚未更广泛地进入欧洲人的观念，

---

① "起伏"一词原引文作 leave，经核对其他引用该段文字的作品，确定有误，应为 heave。

由此让自己冷静下来。因为这一早期的接受，自其在15世纪晚期或16世纪早期被发现以来，《观景殿的阿波罗》对一些最伟大的艺术家以及大部分人像艺术都产生了深刻的影响。

《观景殿的阿波罗》被证明既是学术争论的战场（学者们就其来源、历史以及艺术赏析争论不休），也是一面反映观者与希腊过去的关系的镜子——他或她想要在雕塑里看到什么。因为这一双重本质，我们几乎不可能对它进行新的审视。此处所呈现的两件艺术品之间的比较很能说明问题。

奥林匹亚宙斯神庙西三角墙上的阿波罗，那冷峻的棱角、威严的静态以及他的力量的确与《观景殿的阿波罗》身上那种被一些人称为"阴柔"的柔和而笨拙的动作形成了对照。《观景殿的阿波罗》的头、视线及上身都指向他的左侧，而他的步伐将他带往右侧。总之，《观景殿的阿波罗》似乎是奥林匹亚的阿波罗的逆反，两个人物所注视的方向和动作的方向是相反的。如果《观景殿的阿波罗》是公元前4世纪希腊原作的罗马复制品的话（我们并不确定），那么也许它是一种对三角墙上的阿波罗所代表的古典理想的有意拒绝。

奥林匹亚的阿波罗是一段暴力叙事（马人攻击拉庇泰女人）中的冷静焦点，因此整个构图是连贯的，其张力也在太阳神与其他人物的对比中得以增强。《观景殿的阿波罗》则没有立足于任何这样的语境中。尽管一些人——例如温克尔曼——认为他刚战胜了皮同，占据了德尔斐，但是关于这一点我们远不能确定。没有一个强有力的叙事作为语境，《观景殿的阿波罗》看上去有点超然：他跨越这个世界，并不在意他要去向哪里。

图11.7 《观景殿的阿波罗》(*Apollo Belvedere*)

罗马大理石复制品，可能是在2世纪时对公元前4世纪希腊青铜
原作的复制。高94.5英寸。正如《荷马体颂歌——致得罗斯岛
的阿波罗》中所描述的，这位阿波罗昂首阔步。他的左手可能
拿着弓——树干是复制品作者为了支撑压在右脚踝和右脚上的
大理石重量而添加上去的。自从其在1509年或更早时候被发现
于罗马以来，它就是最著名的阿波罗雕塑。其姿态被无数艺术
品复制。雕像的名字来源于梵蒂冈宗座宫的庭院，因为它就矗
立在那里专属于它的壁龛中。

图11.8 《阿波罗》(*Apollo*)

来自奥林匹亚宙斯神庙西三角墙，约公元前460年，整个人
物高度约120英寸。他是这面三角墙上的中心人物（参见本
书第125—127页）。在庇里托俄斯的婚礼上，拉庇泰人和
马人在醉酒之后混战起来，而宙斯之子则带来了和平（这
也是帕特农神庙南端柱间壁饰上的主题）。古代旅行家保
萨尼亚斯认为这个人物是庇里托俄斯，但是现代学者并不
接受他的解读。

相关著作选读

Barnard, Mary E.，《从奥维德到戈维多的阿波罗与达芙涅神话：爱情、冲突与荒诞》（*The Myth of Apollo and Daphne from Ovid to Quevedo: Love, Agon and the Grotesque*. Durham: Duke University Press, 1987）。

Broad, W. J.，《神谕：古德尔斐的失落秘密与隐藏信息》（*The Oracle: The Lost Secrets and Hidden Message of Ancient Delphi*. New York: Penguin Press, 2006）。

Edelstein, Emma J., and Ludwig Edelstein，《阿斯克勒庇俄斯：证据的搜集和阐释》（*Asclepius: A Collection and Interpretation of the Testimonies*. Baltimore: Johns Hopkins Press, 1998 [1945]）。

Fontenrose, Joseph，《德尔斐神谕的答复与运行》（*The Delphic Oracle: Its Responses and Operations*. Berkeley: University of California Press, 1978）。

Graf, Fritz，《阿波罗》（*Apollo*. Gods and Heroes of the Ancient World Series. New York: Routledge, 2008）。

Graf, Fritz，《皮同：德尔斐神话及其起源研究》（*Python: a Study of Delphic Myth and Its Origins*. New York: Biblio & Tannen, 1974）。

Parke, H. W.，《古典时代的西比尔与西比尔预言》（*Sibyls and Sibylline Prophecy in Classical Antiquity*. Edited by Brian C. McGing. Croom Helm Classical Studies. New York: Routledge, 1988）。

Petrakos, Basil，《德尔斐》（*Delphi*. Athens: Clio Editions, 1977）。一部对德尔斐遗址的简要介绍，插图精美。

Stoneman, Richard，《古代神谕：让众神开口》（*The Ancient Oracles: Making the Gods Speak*. New Haven, CT: Yale University Press, 2011）。此书讲述了希腊神谕被基督徒噤声之前的历史。

Wickiser, Bronwen L.，《阿斯克勒庇俄斯、医学与公元前5世纪希腊的医疗政治》（*Asklepios, Medicine, and the Politics of Healing in Fifth-Century Greece*. Baltimore: Johns Hopkins University Press, 2008）。此书探索了阿斯克勒庇俄斯崇拜的早期发展与之后的流布。

Wood, Michael，《德尔斐之路》（*The Road to Delphi*. New York: Farrar, Straus & Giroux, 2003）。一部对从古至今的种种神谕现象的解读，生动而有趣。

主要神话来源文献

本章内引用文献

荷马：《伊利亚特》1.43—52。

荷马体颂歌之3a：《致得罗斯的阿波罗》。

荷马体颂歌之3b：《致皮托的阿波罗》。

荷马体颂歌之16：《致阿斯克勒庇俄斯》。

荷马体颂歌之21：《致阿波罗》。

奥维德：《变形记》1.452—567, 2.600—634, 6.385—400, 10.174—219, 11.146—193, 14.132—153。

维吉尔：《埃涅阿斯纪》6.42—51、77—82、98—101。

其他文献

阿里斯托芬：《财神》，剧中的财神是一个盲眼的乞丐，其眼盲通过孵梦得以治愈。

欧里庇得斯：《阿尔刻斯提斯》，《伊翁》。

琉善：《诸神对话：赫尔墨斯与阿波罗》（*Dialogues of the Gods: Hermes and Apollo*）。

保萨尼亚斯：《希腊志》2.26.1—2.29.1厄庇道洛斯与阿斯克勒庇俄斯的部分；5.10.8奥林匹亚宙斯神庙的三角墙上关于拉庇泰人与马人之战的部分（需注意，保萨尼亚斯将浮雕上的阿波罗认作了庇里托俄斯）。

补充材料

图书

戏剧：Wilder, Thornton. *The Alcestiad*。这部剧作基于欧里庇得斯的作品，后面附有一部短小的萨提尔剧——*The Drunken Sisters*（即阿波罗遇到的命运三女神）。参阅 *The Collected Short Plays of Thornton Wilder*, vol. 2, ed. A. Tappan Wilder (New York: Theatre Communications Group, 1998)。书中包含剧作家的妹妹 Isabel Wilder 所著的前言，信息量丰富。*The Alcestiad* 的歌剧版本由 Louise Talma（1906—1996）编写，歌词来自 Wilder。

戏剧：Valency, Maurice. *The Thracian Horses.* 关于阿尔刻斯提斯和阿德墨托斯。这位著名的美国剧作家还著有 *Regarding Electra* 和 *Conversation with a Sphinx*（关于俄狄浦斯的传说）。三部作品均可从"剧作家作品机构"（Dramatists Play Service, Inc.）获得。

CD

歌剧：Handel, George Frideric（1685–1759）. *Apollo e Dafne.* Cantata for two soloists and orchestra. Alexander and Hampson. Concentus Musicus Wien, cond. Harnoncourt. Teldec. Nelson et al. Philharmonia Baroque Orchestra, cond. McGegan. Harmonia Mundi.

管弦乐：Britten, Benjamin（1913–1976）. *Young Apollo*, for piano and strings. Evans. Scottish Chamber Orchestra, cond. Serebrier. Phoenix. Also I Musici de Montreal, cond. Turovsky. Chandos. 此曲受到济慈的《许珀里翁》的最后几行启发。参见本书第801页。

歌剧：Mozart (1756-1791). *Apollo et Hyacinthus*. Libretto in Latin by a Benedictine priest, Rufinus Widl. Schlosser et al. Sinfonieorchester der Universität Mozarteum, cond. Wallnig. Deutsche Grammophon。唱片中还包括 *Die Schuldigkeit des Ersten Gebots*（《第一诫的义务》）。莫扎特创作这两部作品时年仅11岁。《阿波罗与许阿铿托斯》(*Apollo et Hyacinthus*）是为萨尔兹堡的一所文法学校而作，被用作一出拉丁语戏剧中的幕间演出。参见本书第796页。

DVD

歌剧：Strauss, Richard (1864-1949). *Daphne*. Anderson et al. Venice Teatro la Fenice Orchestra, cond. Reck。施特劳斯充满活力的歌剧版本是对奥维德和保萨尼亚斯的记载的融合。令人心醉神迷的最后一幕精彩地表现了达芙涅被变成一棵月桂树的情景。然而，有些人可能会觉得舞台布景和导演令人失望。许多歌手都发行了剧中最后一幕的 CD，其中包括发行了全剧录音的 Renée Fleming。

歌剧：Gluck, Christoph Willibald (1714-1787). *Alceste*. von Otter et al. English Baroque soloists, cond. Gardiner. Image Entertainment. Also Naglestad et al. Staatsoper Stuttgart, cond. Carydis. Arthaus Musik。就其对这部非常优美但是静态的歌剧的剧场表现而言，这两个版本的现代制作都颇受争议，第1版导演为 Robert Wilson，第2版由导演 Jossi Wieler 更新为现代版本。两种演绎均采用大为改动过后的法语（巴黎）版本（1776）——它比原版（1767）受欢迎得多。原版没有出现海格力斯的场景。众多知名歌手都为此剧录制有 CD（如 Flagstad、Callas、Norman 及 Baker，此外还有众多男高音歌手）。

芭蕾舞：*Apollo*. Choreography by George Balanchine. Music by Igor Stravinsky. In *Jacques D'Amboise: Portrait of a Great American Dancer*. VAI。这部作品终于有了一个完整的 DVD 版本。D'Amboise 表演的其他芭蕾舞作品还包括由 Jerome Robbins 编舞和 Debussy 作曲的 *Afternoon of a Faun*。参见本书第827—830页。

歌曲：Strauss, Richard (1864-1949). "Gesang der Apollopriesterin" ("Song of the Priestess of Apollo"). Text by Emanuel von Bodman. On *Renée Fleming: Lieder*. Wiener Philharmoniker, cond. Thielemann. Opus Arte。其中还包括施特劳斯的另外两部作品：《阿尔卑斯交响曲》(*Eine Alpensimphonie*）以及他的歌剧 *Arabella* 中的最后一幕。这是施特劳斯最优秀的歌曲作品之一，其得到演出或录音的次数却不如应有的那样多。在 CD 版本中，《阿波罗女祭司之歌》("Song of the Priestess of Apollo" ）被收入 Evelyn Lear、Karita Mattila、Adrienne Pieczonka、Michaela Kaune 和 Rose Pauly 等人的独唱唱片。

纪录片：*Delphi Center of the World*. A film by Frieder Käsmann, Kultur。一部杰出而富有趣味的影像作品，介绍了德尔斐遗址本身及其建筑和雕塑。

[注释]

[1] 这些地方中许多都存在阿波罗崇拜。勒托的流浪有时候在地理上显得过于古怪。大多数提到的地方人们都很熟

悉，但是有些地名很成问题。如果要尝试追踪勒托的确切流浪路线，应该从 *The Homeric Hymns,* ed. T. W. Allen, W. R. Halliday, and E. E. Sikes, 2 d ed. (New York: Oxford University Press, 1963) 一书的注释开始。

[2] 在后来的讲述中，赫拉用了各种计谋来阻止勒托找到一个生下孩子的地方。因为害怕赫拉，整个大地都拒绝了勒托的请求。另外据说赫拉下令勒托的孩子不能生在任何阳光照耀到的地方，所以波塞冬用海浪覆盖了得罗斯岛（在这样早的时候它还是漂浮着的），在双胞胎出生时不让太阳光照到岛上。

[3] 这几行据认为指的是荷马。在许多传统的说法中，他成了来自希俄斯岛的盲诗人。写了《伊利亚特》和《奥德赛》的那位荷马同时又写了这首颂歌或任何其他颂歌的可能性是非常低的。从原型意义上讲，诗人都是盲眼的，与健康而强壮的政治家和勇士形成对照。从另一个基本母题的角度而言，盲诗人看见的是缪斯的真理。

[4] 不难想象存在这样一种吟游诗歌传统：其中颂歌可能长度不一，并以多种组合形式表现。

[5] 在后来的记述中，这条龙或大蛇有时是雄性的，名叫皮同（如奥维德的阿波罗和达芙涅的故事所述。译文见本章稍后部分）。它有时也被描述为孩子出生之前的勒托的敌人。一些版本强调阿波罗在其生命和经历早期表现出的超凡勇敢（就像赫尔墨斯和赫拉克勒斯那不可思议的童年一样），以至于让他还是个孩子时就杀死了这条龙。

[6] 分别是埃斯库罗斯的《欧墨尼得斯》序曲和欧里庇得斯的《伊菲革涅亚在陶里斯》的歌队唱词。H. W. Parke 与 D. E. W. Wormell 在 *The Delphic Oracle,* 2 vols. (Oxford: Blackwell, 1956) 一书中对这一问题进行了综述，并重建了这一神谕的起源和程序。

[7] 一个节日（名叫 Stepteria）在德尔斐每九年庆祝一次，旨在纪念圣地早期历史中发生的这些事件。

[8] 考古发掘中发现的那块翁法罗斯石原本被鉴定为古代圣石，但在后来被视为骗局。

[9] 其他主要的泛希腊节日是奥林匹亚和涅墨亚的节日，均为纪念宙斯而设立。此外还有科林斯的伊斯特米亚竞技会（Isthmian Games），那是献给波塞冬的。

[10] 关于别处的阿波罗神谕，可参阅 H. W. Parke, *The Oracles of Apollo in Asia Minor* (London: Croom Helm, 1985)，以及 Joseph Fontenrose, *Didyma: Apollo's Oracle, Cult, and Companions* (Berkeley: University of California Press, 1988)。后者在对证据进行学术性处理时显得过于怀疑。

[11] 一个人可以为自己或代他人询问。通常询问者都是城邦的代表。问题和答案往往会被书写下来。参阅 Joseph Fontenrose, *The Delphic Oracle: Its Responses and Operations* (Berkeley: University of California Press, 1978)。

[12] 狄俄尼索斯之墓也是那些装饰这座神庙的宗教物品之一。酒神狄俄尼索斯在圣地中与阿波罗一同受到崇拜（可能早至公元前6世纪）。皮提亚陷入预言中的恍惚之境与狄俄尼索斯式的迷狂有相似之处。参阅 Walter Burkert, *Ancient Mystery Cults* (Cambridge, MA: Harvard University Press, 1987), p. 108。

[13] 第一位皮提亚名叫菲墨诺厄（Phemonoë，意为"预言的头脑"），是一位诗歌中的人物。我们从希罗多德的记载中了解到后来的一些皮提亚的名字（如阿里斯托尼刻 [Aristonice] 和珀拉洛斯 [Perallus]），她们从历史意义上来说要真实得多。

[14] 西西里岛的狄奥多罗斯（Diodorus Siculus），16.26；普鲁塔克《道德小品》（*Moralia*）、《衰落中的神谕》("Oracles in Decline") 435d；保萨尼亚斯，10.5.7。

[15] J. Z. De Boer and J. R. Hale, "The Geological Origins of the Oracle at Delphi, Greece," in *The Archaeology of*

Geological Catastrophies, W. G. McGuire et al., eds., *Geological Society Special Publication* no. 171 (London 2000), pp. 399–412; J. Z. De Boer, J. R. Hale, and J. Chanton, "New Evidence of Geological Origins of the Ancient Delphic Oracle (Greece)," *Geology* 29 (2001), pp. 707–710. J. Z. De Boer and J. R. Hale, "Was She Really Stoned? The Oracle of Delphi," *Archaeological Odyssey* 5 (Nov./Dec., 2002), pp. 46–53, 58–59.

[16] W. J. Broad, *The Oracle: The Lost Secrets and Hidden Message of Ancient Delphi* (New York: Penguin Press, 2006), pp. 240–241; and Michael Attyah Flower, *The Seer in Ancient Greece* (Berkeley: University of California Press, 2008), pp. 227–230. See also Joan Breton Connelly, *Portrait of a Priestess: Women and Ritual in Ancient Greece* (Princeton and Oxford: Princeton University Press), pp. 72–81.

[17] H. W. Parke, *Sibyls and Sibylline Prophecy in Classical Antiquity*, ed. Brian C. McGing. Croom Helm Classical Studies (New York: Routledge, 1988).

[18] 这位西比尔是格劳科斯之女得福柏（Deïphobe），福玻斯·阿波罗与狄安娜神庙的女祭司。

[19] 在后世中，维吉尔的作品也被人们当作神谕来咨询（sortes Vergilianae）。

[20] 一代（saecula）为100年，共1000年。

[21] 参见佩特罗尼乌斯（Petronius）的《萨蒂利孔》（*Satyricon*）48.8。西比尔的故事让人想起卡桑德拉的故事和提托诺斯的故事，似乎问世更晚。

[22] 这就是那位将成为奥托诺厄之夫和阿克泰翁之父的阿里斯泰俄斯。他也是向欧律狄刻求爱的那个人。他与农业事务尤为相关，特别是养蜂。

[23] 关于同性恋主题，参见本书第21—22页。

[24] 奥维德通过俄耳甫斯之口讲述了这个故事。其他版本则让西风之神仄费洛斯出于对许阿铿托斯的嫉妒之爱而故意改变了铁饼的方向。

[25] 这些记号不仅再现了阿波罗悲伤的呼喊，而且也是特洛伊传说中的英雄忒拉蒙（Telamon）之子大埃阿斯的名字的首字母（希腊语为 Aias），如阿波罗在他的神谕中表明。当大埃阿斯自杀时，同一种花——风信子——从他的血中长出来（奥维德《变形记》13.391—398）。

[26] Emma J. Edelstein and Ludwig Edelstein, *Asclepius: A Collection and Interpretation of the Testimonies* (Baltimore: Johns Hopkins University Press, 1998 [1945]) and E. R. Dodds, *The Greeks and the Irrational* (Berkeley: University of California Press, 1951).

[27] 参阅 Glenn W. Geelhoed, "The Caduceus as a Medical Emblem: Heritage or Heresy?" *Southern Medical Journal* 81, no. 9, pp. 1155–1161。另见一位客户代表（不是医生）Paul T. Frett 的文章："Medicine's Identity Crisis Revealed: The Asclepius vs. the Caduceus" *Minnesota Medicine* 77 Oct. 1994, pp. 48–50。他的观点拥护阿斯克勒庇俄斯之杖。

[28] 这位就是著名的点金者弥达斯（奥维德的版本很著名，参见《变形记》11.85—145）。他的故事参见本书第13章，第344页。

[29] 民间故事的成分——尤其是对多嘴多舌的理发师的传统描绘——在这个故事中占据了支配地位。在一些版本中，弥达斯在阿波罗与玛耳叙阿斯的比赛中扮演了同样的角色。他喜欢萨提尔而非阿波罗，并受到同样的羞辱。

[30] 希腊人认为阿波罗的特性形容语吕基俄斯（Lykios）指的是他是一位"狼神"，不论这到底意味着什么：是说他是像狼一样的猎手吗？还是说他是对付狼的保护神呢？也许 Lykios 一词源于小亚细亚西南部的吕喀亚地区。

[31] 关于阿波罗求爱的这几行诗句充满了问题，文本似有缺漏。伊斯库斯和阿波罗争夺科罗尼斯，而琉齐波斯和阿波罗争夺达芙涅（根据保萨尼亚斯的一个版本，8.20.3）。关于其他的对手，我们所知甚少。

[32] 阿波罗的行程呈现出一些地理上的问题，但是总体来说他是从奥林波斯山出发，经过拉里萨（珀耳瑞比人的住所），来到伊俄尔科斯，最终来到优卑亚岛的利兰丁平原（在卡尔客斯和埃雷特里亚之间），然后又回到大陆和翁刻斯托斯、忒拜、科派斯湖（Lake Copais）以及刻菲索斯河——所有这些地方都位于玻俄提亚。接下来，他继续西行，来到赫利孔山区域的忒尔孚萨泉，最后来到克律塞，即他的德尔斐的所在地。

[33] 关于波塞冬著名的翁刻斯托斯圣地中这一向他致敬的仪式，这是我们见到的唯一证据。学者们关于仪式的意义和目的的无数猜想都不令人信服。

[34] 一些语源学家不同意古人的观点，认为这个名字源自叫喊声 Ie 和表示治愈者的 Paean。在这首颂歌的后文中，它成了一首歌的名字。

[35] 宙斯杀死的那头怪兽也叫堤丰（Typhoeus、Typhaon 或 Typhon），参见本书第87—89页。

[36] 这艘船沿着伯罗奔尼撒南部海岸航行，然后上到北部海岸，直至转进科林斯海湾，朝着克律塞航行。

[37] 在此被译为"凌于"的希腊语词是 epopsios，可能指向阿波罗（和宙斯）的另一个特性形容语——世间万事的"监督者"（overseer）；或者，这个形容词可能只是表示祭坛很"醒目"（conspicuous）。

[38] Johann Joachim Winckelmann, *History of the Art of Antiquity*, trans. Harry Francis Mallgrave (Los Angeles: Getty Research Institute, 2006), pp. 333–334.

第12章

赫尔墨斯

> 信使及阿耳戈斯的屠杀者没有违背旨意。他立刻穿上那双精美的凉鞋。那鞋是金色的，并且永不朽坏，带着他掠过水面，飞过无垠的大地，像风一样快。他还带着他的手杖。用这手杖他能迷惑那些他想要迷惑的眼睛，也能将沉睡者唤醒。
>
> ——荷马《奥德赛》5.43—48[①]

赫尔墨斯的诞生和童年

《荷马体颂歌之18——致赫尔墨斯》（*Homeric Hymn to Hermes*，18）集中讲述了宙斯怎样与迈亚结合并成为赫尔墨斯的父亲的故事（这个故事，将在后文中那首更长也更重要的颂歌的开篇再次出现）。迈亚是阿特拉斯与普勒俄涅的女儿普勒阿得斯七姊妹之一。

> 我歌唱赫尔墨斯——来自库勒涅山的阿耳戈斯屠杀者，库勒涅山和牛羊遍地的阿耳卡狄亚之神，众神的信使，幸运之神。阿特拉斯的女儿迈亚在与宙斯相爱结合之后生下了他。羞怯的她并不与万福的众神为伍，而是住在一个阴凉的山洞里。当甜美的

---

① 原文称这一段引自《奥德赛》339—344（卷号缺失），有误。（《奥德赛》1—24卷每一卷的339—344行均无此内容。）

睡眠牢牢困住了白臂的赫拉时，克洛诺斯之
子曾在漆黑的夜里在此向这位秀发的宁芙求
爱，并且不为不朽的众神与凡人所知。

　　所以我赞美你，宙斯与迈亚之子。我
从你开始歌唱，然后将转向另一首颂歌。
万岁，赫尔墨斯。你是向导，是恩典和其
他美好事物的施予者。

更为著名的《荷马体颂歌之4——致赫尔墨斯》
（*Homeric Hymn to Hermes*，4）讲述了这位天神的诞
生及其童年时期，笔调坦诚而富于魅力，让人轻松
而愉快。以下便是对这位淘气的童年天神的精彩描
绘——他发明了里拉琴，并偷了阿波罗的牛（《荷马
体颂歌之4——致赫尔墨斯》1—578）：

　　缪斯女神啊，请歌唱宙斯与迈亚之子，
库勒涅山和牛羊遍地的阿耳卡狄亚之神，
众神的信使，幸运之神。阿特拉斯的女儿
迈亚在与宙斯相爱结合之后生下了他。羞
怯的她并不与万福的众神为伍，而是住在
一个阴凉的山洞里。当甜美的睡眠牢牢困
住了白臂的赫拉时，克洛诺斯之子曾在漆
黑的夜里在此向这位秀发的宁芙求爱，并
且不为不朽的众神与凡人所知。但是当宙
斯的意志达成，她的十月怀胎结束时，她
将一个孩子带到世上来。一件了不起的事
由此完成，因为她生的这个孩子狡猾而机
智过人。他是盗贼、赶牛人、梦的向导、
夜晚的密探、门边的偷窥者，他即将在不
朽的众神中展现他著名的作为。

　　迈亚在那个月的第四日生下了他。他
出生在黎明，到正午时已经在弹奏里拉琴，

图12.1　《赫尔墨斯与婴儿狄俄尼索斯》（*Hermes and the Infant Dionysus*）

普拉科希特勒斯雕塑，约公元前340年，高82英寸。
2世纪中期，希腊作家保萨尼亚斯在奥林匹亚的赫拉
神庙中看到这座雕像，并记载了雕刻家的名字。现
在这一座可能是保萨尼亚斯所见那座的古代复制品，
原作可能已经遭到损毁并被替换了。婴儿狄俄尼索斯
的手伸向赫尔墨斯右手（已遗失）拿着的一串葡萄。
赫尔墨斯的左手原本持有他的双蛇杖。雕像由帕罗斯
岛大理石制成，被打磨得很光滑。人物偏离中心的
重量由一截树干支撑着，大部分树干都被赫尔墨斯
的斗篷遮住了。

晚上就偷了神射手阿波罗的牛。他从母亲
不朽的怀抱中跳出来以后，没有一直躺在
他神圣的摇篮里，而是跳起来寻找阿波罗
的牛。当他跨过山洞高高的门槛，他发现
了一只乌龟，也从中找到了无尽的乐趣。

赫尔墨斯发明里拉琴

赫尔墨斯确实是第一个将乌龟变成吟游诗人的神。他碰巧在门口碰到了它。那乌龟一边啃着门口茂盛的青草，一边慢慢爬行。幸运之神、宙斯之子看到它，大笑起来，立刻说道："对我而言，这已经是个很好的吉兆了。我不会嘲笑的。你好啊，你真让我惊喜——形状可爱，行动优雅，还是个很好的晚餐伴侣。你这个住在山间的乌龟，从哪里弄来这身带斑点的壳呢？它可真是个漂亮的玩具。来吧，我要带你进去。你会对我有点用处，我不会让你吃亏的。你会是第一个对我有好处的东西，若是进到里面会更好，因为外面对你很危险。当然，只要你活着，你就一直会是对付邪恶巫术的护符；如果你死了，你又能奏出非常美妙的音乐。"[1]

他这般说道，而后用双手捧起这只乌龟，带着这可爱的玩具回到他的居所。然后他切开了这只山龟，用一把灰色的铁刀挖出它的生命精华。如同念头掠过某个思绪重重的人的头脑，又如眼睛一闪，荣耀的赫尔墨斯想出了他的计划，并同时付诸实施。他将芦苇的根茎切成合适的尺寸，将它们在龟壳背上铺开，又从龟壳中间穿过，并绑得结结实实。通过精巧的设计，他用一块牛皮将龟壳四面包住，又在上面固定了两只琴臂。他在琴臂之间加了一道横梁，然后绷上七根悦耳的羊肠弦。

完成之后，他拿起这可爱的玩具，试着弹出连续的乐音。这琴在他手下发出令人惊奇的声音。伴随着演奏，这位天神还唱了一首美妙的歌，那是他即兴创作的，就像年轻人在节日庆典上互相开玩笑一样轻松。他歌唱克洛诺斯之子宙斯、穿着美丽凉鞋的迈亚，以及他们相亲相爱时的甜言蜜语，并大声宣布他的诞生。他还赞美宁芙迈亚的侍女们，赞美迈亚那辉煌的居所以及家里的三足鼎和大锅。他歌唱这些事物，但是他的心里却有其他想法。他拿起镂空的里拉琴，放在他神圣的摇篮里，因为他想要吃肉。他跳出香气氤氲的大厅，来到一个他可以侦查的地方，因为他的心中在密谋诡计，就像小偷在漆黑的夜里谋划一样。

赫尔墨斯偷盗阿波罗的牛

当太阳神赫利俄斯与他的骏马和战车向地面和大洋方向降落时，赫尔墨斯匆匆来到皮厄里亚（Pieria）[2]阴凉的山中。那里栖息着万福众神的不朽牛群。它们在这无人打扰的美丽草地上吃草。迈亚那眼尖的儿子，阿耳戈斯的屠杀者，将50头大声哞叫的牛从队伍里分开，赶着它们走过沙砾之地，并颠倒了它们的足迹，因为他没忘记骗人的伎俩：他让牛蹄倒着走，让前蹄变成后蹄，后蹄改作前蹄；他自己则一直往前走。在海边沙滩上，他很快用柳条编好了一双凉鞋。那是一件出人意表的杰作，难以用言语形容：他拼合了桃金娘和柽柳的嫩枝，将这些新长出的枝条连同叶子捆成一束一束，绑在脚下做成轻便的凉鞋。荣耀的阿耳戈斯屠杀者在离开皮厄里亚时将这凉鞋做成。他如此即兴而作，是因为他急匆匆地要赶远路。[3]

一位老人在繁茂的葡萄园里劳作，瞧见他穿过翁刻斯托斯的草原来到这个平原。著名的迈亚之子先开口对他说："老态龙钟还四处挖个不停的老人，只要你听我说，并在心里牢牢记住自己什么都没看见，也什么都没听见，那么当所有这些葡萄藤结果时，你就一定会收获许多美酒。你保持沉默就好，因为你自己的财产并没有损失。"他只说了这些话，然后继续赶着牛群上路。荣耀的赫尔墨斯赶着牛群走过许多阴凉的山峰、回音不绝的空谷，以及鲜花遍地的平原。

神圣的夜晚——他那幽暗的帮手——已经过去大半。呼唤人们起来工作的白昼就要来临。明亮的塞勒涅——墨伽墨德斯（Megamedes）之子帕拉斯（Pallas）的女儿[4]——登上了新的岗哨。这时候，强壮的宙斯之子赶着福玻斯·阿波罗那些前额宽大的牛来到了阿尔甫斯河。它们来到那高大的遮阴地，来到正对着美丽草地的饮水之处，毫无倦意。然后，在用草料喂饱了这些高声哞叫的牛之后，他将它们全部都赶到遮阴的地方，它们在那里吃着带露珠的莲叶和水草。他抱来许多木头，然后专注地练习生火技能。他拿起一根上好的月桂枝，用小刀修剪它，手掌中抓着一块木头，火的热气便升起来了。[5] 赫尔墨斯就是第一个发明取火棒和火的人。他拿了许多干柴，将它们堆放在地上的一个坑里。火光闪耀，将烈焰的光芒送向远方。

声名赫赫的赫淮斯托斯的力量让火焰燃烧，而赫尔墨斯则将两头长角的牛拖到外面靠近火焰的地方。它们哞叫着，因为他力气很大。他将两头牛掀翻在地，让它们仰面朝天，大口喘气，然后将它们压住。他将两头牛翻过来，刺穿了它们赖以活命的骨髓。接着他做了更多事情。他切下肥美的肉，用木头叉子穿过肉块串起来，把从牛背脊精选的牛肉和包裹着黑血的内脏放在一起炙烤。他将这些肉块都放在地上，将牛皮绷在一块粗糙的岩石上撑开。因此，那些牛皮今天仍然绷在那里，并且在漫长的时光里一直如此，尽管这些事已经过去了很久。接下来，心中欢喜的赫尔墨斯将一堆肥美的肉迅速转移到一块光滑的石头上，将它们分成十二份，又在每一份中都加上一块好肉，做成了完整的尊贵祭品。

然后，荣耀的赫尔墨斯想要吃那神圣的祭肉：他是一位永生的神，但那诱人的香气让他难以抵御。尽管他心中欲望充盈，想要将祭品吞进他那神圣的喉咙，但是他高贵的心灵没有屈服。[6] 他转而迅速将所有的肉都放在那洞顶高旷的山洞里，将它们搁在高高的位置上，作为他新近犯下的童年偷盗的证据。他聚拢木头生起火，在火中烧毁了所有的牛蹄和牛头。完成了他必须做的一切之后，这位天神将他的凉鞋扔进阿尔甫斯河那遍布漩涡的深水。他熄灭余烬，用沙子盖住黑色的柴灰。就这样，他在塞勒涅的美丽光辉之下度过了一整夜。然后，他迅速回到神圣的库勒涅山的群峰，在漫长的行程里没有碰到任何人（无论天神还是凡人），连狗也没有叫唤。

幸运之神赫尔墨斯，宙斯之子，侧身

闪避门锁，溜进家门，就像秋天的一阵微风。他径直穿过山洞来到他那华贵的内室，轻轻地踮着脚走，因为他不想发出走在地板上的声音。荣耀的赫尔墨斯飞快地钻进摇篮里，将毯子裹在肩上，就像一个无助的婴儿那样。他躺在那里，手指玩弄着膝上的毯子，把心爱的里拉琴放在左侧，离手边不远。

但这位天神的举动却逃不过他那身为女神的母亲的注意。母亲对他说："你这个狡猾的小骗子，罩着不知羞耻的伪装。夜里你到底从哪儿回来的？现在我相信，要么勒托之子阿波罗会把你的身体牢牢绑住，亲手将你搜出门去，要么你就会变成一个强盗和骗子，在山谷里四处游荡。你走吧！你父亲让你得以孕育，却是给人间和众神带来了一个大祸害！"

赫尔墨斯聪明地回答她说："妈妈，你干吗无缘无故对我，正如对一个无助的孩子，说出这些话来？这孩子只是个胆怯的婴儿，为母亲的责备而感到恐惧，他心中知道什么邪恶呢？任何最有利于你我二人福祉的事情我都会去做。只要你吩咐，咱俩就不用再忍受孤零零地住在这个地方，远离众神，没有人奉献也没有人祈祷。更好的办法是让我们永远住在众神之中，不愁吃穿，应有尽有，强过坐在家里，住在这个阴暗的山洞里！我将像阿波罗那样追求神圣的荣耀。如果我父亲不给我荣耀，那我一定会自己争得荣耀（并且我也有这个能力），那就是成为盗贼之神。如果勒托那荣耀的儿子找到我，我觉得他会遭受另一场更大的损失。因为我将去往皮托，直接闯进他的宏伟神庙，我将从庙里夺走众多十分精美的三足鼎和器皿，还有金子、闪亮的铁和大量的衣物。你将会看到这一切，只要你愿意。"这就是持埃吉斯的宙斯之子和女神迈亚之间的交谈。

阿波罗与赫尔墨斯对峙

当早起的厄俄斯从大洋河的深水中跃出，将光明带给人类时，阿波罗出发来到了翁刻斯托斯。那里有一片非常美丽的树林，是围绕着大地、高声咆哮的波塞冬的圣林。阿波罗在那里发现了那位老人——他正在林中小路上喂养看护他的葡萄园的动物。荣耀的勒托之子先开口对他说："给绿茵遍地的翁刻斯托斯拔除野草和荆棘的老人啊，我从皮厄里亚来到这里，寻找我的牛。它们都是母牛，都长着弯弯的角。我那公牛是黑色的，没有与其他牛在一起吃草。四只眼神锐利的狗跟着它，像人一样一条心。狗和公牛都落在后面了，这也真算得上是一件奇事。但是正当日落时，母牛走出了柔软的草地，远离了甜美的牧场。老人，告诉我，你看到过一个人和这些母牛一起路过这里吗？"

老人回答他："我的朋友，目睹之事很难全部说清。因为有许多行人经过这条路，有些人心中充满恶意而行，有些人则带着善意。要想认识每一个人是很难的。但是，好心的先生，直到日落之前，一整天我都在我那丰饶的葡萄园里挖土。我觉得我是看到了一个孩子，但是我并不确定。不管

图12.2 《摇篮中的赫尔墨斯与宙斯、阿波罗，以及迈亚》（*Hermes in Crib with Zeus, Apollo, and Maia*）

卡埃里（Caere，今切尔韦泰里［Cerveteri］）出土的黑绘三耳水罐，约公元前500年，高17英寸。这个水罐是许多被称作卡埃里三耳水罐（Caeretan Hydrias）的陶器之一。它们体现出相似的风格和工艺。这些陶器大部分出土于意大利伊特鲁里亚（Eturia）ᵃ南部的卡埃里，因此得名。其风格的典型特征之一是一种戏谑的幽默感，非常适合讲述婴儿赫尔墨斯的行为。阿波罗身后就是被偷的牛。一株枝叶繁茂的树将它们与主要场景隔开。阿波罗向纵容的宙斯和迈亚提出他对婴儿赫尔墨斯的指控，婴儿却舒服地躺在他的摇篮里。宙斯与迈亚则为婴儿辩护。

---

a.　Eturia 多作 Etruria，意大利中部地区，包括今托斯卡纳、拉齐奥和翁布里亚的一部分。详见本书第25章关于伊特鲁斯坎人的内容。

这个孩子是什么人，他肯定是个婴儿，却赶着一群长着漂亮长角的牛，手里拿着一根棍子。他一会走左边，一会走右边，将牛倒着赶，让牛头对着他自己。"

老人的话就是这些。阿波罗听了他的讲述以后，加快了赶路的速度。他注意到一只双翅展开的鸟，从这个迹象他立刻知道小偷是克洛诺斯之子宙斯的孩子。于是，宙斯之子阿波罗急匆匆地赶到神圣的皮洛斯，寻找他那些蹒跚而行的牛。他宽阔的双肩笼罩在一片乌云中。当神射手侦查到了踪迹，他叫道："天哪，真的，我可算是亲眼见到了一桩奇迹。这些绝对是直角的母牛的足迹，但是它们是倒着走的，朝向

那开着阿福花的草地①的方向。而这些不是一个男人或女人的脚印，也不是灰狼、熊或狮子的足印。我猜它们也不属于长毛的马人或其他脚步迅捷、步幅惊人的家伙。路这一侧的足迹很奇怪，但另一侧的却更奇怪。"

说罢，宙斯之子阿波罗继续赶路。他来到森林覆盖的库勒涅山，找到了那处藏在岩石深处的阴凉山洞，也就是那位不朽的宁芙为克洛诺斯之子宙斯生下儿子的所在。这座圣山上弥漫着芬芳的香气，大量

---

①　此处应指阳间的一块开着阿福花的草地，而非古希腊人观念中冥界的阿福花平原——普通人灵魂的栖居之地。关于冥界的阿福花平原及译法说明，参见本书第15章脚注。

绵羊分散着吃草。然后，神射手阿波罗急忙踏过石头的门槛，进到幽暗的山洞中。

宙斯与迈亚之子觉察到神射手阿波罗怒气冲冲来寻他的牛，于是躲进那些散发香气的毯子之中。看到射手神的时候，赫尔墨斯已经将自己埋在被子里，就像用柴灰掩盖木头上的余烬。他将头和手脚紧紧缩成一团，假装刚刚洗完澡，正要进入香甜的睡眠。但是他实际上是清醒着的，而且腋下还抱着他的里拉琴。宙斯与勒托之子了解美丽的山间宁芙与她那满腹狡计和骗术的儿子，不会上当。他环视这座大房子的每个角落，又拿起一把亮晶晶的钥匙，打开了三个房间。那里面装满了甘露和美好的仙馔，还有众多金银和宁芙的许多衣物。那些衣物有着鲜亮的紫色和银色，就像万福众神的住所中所能看到的一样。

勒托之子搜遍这大房子的每个角落，然后对荣耀的赫尔墨斯说道："你，躺在摇篮里的孩子，告诉我我的牛在哪儿。快点，要不然咱们很快就要闹起来，那就不好看了。因为我将抓住你，将你扔进那可怕而又黑暗、没有回头路的塔耳塔罗斯。无论是你母亲还是你父亲都不会将你放回地上的光明世界。你将在地面之下游荡，做小鬼的头领。"

赫尔墨斯狡猾地回答他："勒托之子，你说了些什么难听的话呀？你来这里寻找地里的牛吗？我什么都没看见，什么都不知道，我没听任何人说起过。我不能给你提供信息，也没法领取奖赏。我看起来像个身强力壮的偷牛贼吗？那不是我干的事。

我更感兴趣的是其他事情：睡觉、母亲乳房里的奶水、我肩上盖着的婴儿毯，还有热水澡。不要让任何人发现这场争执的起因。否则那真的会让众神万分惊奇：一个新出生的孩子如何能将田野里的牛带进他家的大门？你所说的不太可能。我昨天才出生。我的双脚还很柔嫩，而脚下的地面很粗糙。如果你希望的话，我将以我父亲的头的名义发个大誓。我发誓我自己并没有罪，我也没看到任何别人偷了你的母牛——不管是什么母牛，因为我现在才第一次听说它们。"

赫尔墨斯如是说。他四处张望，眼睛闪亮，眉毛扬起。他还吹出长长的口哨声，来表明他认为阿波罗的来访是多么无用。但神射手阿波罗轻轻地笑起来，对他说："厉害啊，你这个狡猾的骗子。从你说话的方式，我就肯定你曾经许多次在夜间闯入富有的家里，将不止一个可怜人家中的所有东西都悄无声息地拿走，让他们一无所有。你会让山谷里的许多牧人发愁：当你想吃肉时，你会袭击他们的牛群和毛茸茸的羊群。但是现在不要装了。如果你不想睡最后一次也是最长的觉的话，就从你的摇篮里下来，你这个黑夜的同伙。既然如此，你从此将在众神之中拥有自己的职分：你将被永远称为盗贼之王。"

福玻斯·阿波罗这般说道，然后他抓住这个孩子，要把他带走。就在这一刻，强大的阿耳戈斯屠杀者有了一个主意。当他被阿波罗的双手抱起时，他释放了一个预兆。那是从他肚子里出来的一个粗鲁而顺从的信使，是一股轻快的气流。[①]随后他立刻大大地打了个喷嚏。阿波罗听见了，松开手将荣耀的赫尔墨斯放到了地上，并坐在他面前。尽管他着急赶路，他还是说出这番嘲弄的话："放心吧，宙斯与迈亚之子，襁褓中的婴儿。有了这些预兆，我就会找到我那些健壮的牛，而且你得给我领路。"他如是说。

赫尔墨斯与阿波罗将官司打到宙斯面前

库勒涅山的赫尔墨斯吓了一跳。他跳起来，双手拨开盖在耳朵上的毯子，然后用它紧紧地裹着肩膀。他叫道："神射手，众神中感情最激烈的，你要带我去哪儿？是为了母牛你才如此愤怒地攻击我吗？啊，啊，我多希望整群牛都死光！因为我没有偷你的母牛，也没看见任何别的人偷了——不管是什么母牛，因为我现在才第一次听说它们。让我们请克洛诺斯之子宙斯来断这个案子吧。"

他们在每一点上都争论不休，牧人赫尔墨斯和光辉的勒托之子意见不一。阿波罗说出了事实，并且，因为牛群的缘故，他逮住荣耀的赫尔墨斯的做法也并非不公正；而库勒涅山的赫尔墨斯希望用诡计和狡辩来欺骗持银弓的天神。但是，当聪明的赫尔墨斯发现对手也同样机智时，他便匆忙地走在沙土的平原上。他走在前面，宙斯与勒托之子跟在后面。很快，宙斯这两个漂亮的孩子便来到香气氤氲的奥林波斯山顶，来到克洛诺斯之子——他们的父亲——面前。正义的天平已经在那里等待着他们。

一群欢快的天神齐集于冰雪覆盖的奥林波斯山巅。当金色宝座上的黎明女神到来，他们便聚会于此。赫尔墨斯与持银弓的阿波罗站在宙斯膝前，而从高处打雷的宙斯开口问他荣耀的儿子："福玻斯，你从哪儿抓到这个讨人喜欢的战利品，一个长得像传令官的新生的婴儿？都来到众神大会上了，那就是严肃的事了。"

神射手阿波罗回答道："父亲啊，你嘲笑我是唯一一个喜欢战利品的人，可是你将要听到一个无可辩驳的故事。在库勒涅山里走了很长一段时间后，我发现了一个孩子，就是这里这个彻头彻尾的强盗。我还没看到神祇或欺骗同伴的凡人中有谁像这个恶棍一样狡猾。他在夜里从草地上偷了我的母牛，然后赶着它们沿着咆哮的大海一路走，一直走到了皮洛斯。有两种足迹，让人感到奇怪而又不可思议，必是狡猾者所为。黑色的灰土上保留了牛的足迹，表明它们是走向阿福花草地的方向。但是这里我抓住的这个恶棍是个难以解释的奇迹。他没有赤足走过或用双手爬过沙地，而是用某种其他方式让自己的踪迹变得模糊不清，就好像是踩在橡树苗上走路一样。在他跟着牛群穿过沙地的时候，足迹会非常清晰地留在灰土里。但当他走完了那片巨大的沙地，他自己的足迹以及牛的足迹在硬实的地面上就变得难以辨认。但是有个凡人注意到他赶着一群牛直接去往皮洛斯的方向。他悄悄地把牛群关了起来，

---

① 指赫尔墨斯放了一个屁。

然后一会儿朝东，一会儿朝西，用扭曲的路线狡猾地弄乱他回家的足迹。之后他便躺回他的摇篮。在那晦昧山洞里的黑暗之中，他像黑夜一样模糊不清。即使是鹰的锐眼也不能发觉他。当他心中谋划诡计时，他一直用手擦眼睛。他会立刻开口争辩，没有一丝不安：'我什么都没看见，什么都不知道，也没听任何人说起过什么。我不能提供信息，也不能领取奖赏。'福玻斯·阿波罗如是说，随后坐了下来。

轮到赫尔墨斯答复时，他做了自己的解释。他的话是直接对众神之王宙斯说的。"父亲宙斯，我将告诉你真相。因为我是诚实的，不知道怎样撒谎。今天太阳刚升起时，他来到我们家，寻找他那些蹒跚而行的牛。他没有带任何神祇作为证人或是见证人，而是极为粗暴地命令我坦白。他屡次威胁要将我扔进深广的塔耳塔罗斯去，因为他年富力强，而我昨天才出生（他自己也知道这一点），看起来一点儿都不像盗牛贼或强壮的人。相信我（因为你也是我亲爱的父亲），我没有把他的牛赶回家，也没有让牛踏进我家的门槛——愿我能得保佑。我说的是事实。我很尊敬赫利俄斯和其他各位神。我爱你，而我害怕这里的这个家伙。你心里知道我没罪——我还要发个大誓——不，就以众神这些华贵的门廊的名义。总有一天，我会以某种方式报复他这粗鲁的行为，尽管他是强大的神。请你站在无助的婴儿这一边。"库勒涅山的阿耳戈斯屠杀者如是说。他无辜地眨着眼睛，肩上还扛着他的婴儿毯，舍不得放下来。

宙斯看到这个狡猾的孩子蓄意而又机智地抵赖偷牛的事实，大笑起来。他命令他们两人统一行动，前去找牛。赫尔墨斯作为向导，要不怀任何恶意地领路，并指出他藏起那些健壮的牛的地点。克洛诺斯之子点了点头，光辉的赫尔墨斯遵照执行，因为持埃吉斯的宙斯的意志轻易地说服了他。

赫尔墨斯与阿波罗和解

宙斯这两个俊美的儿子匆忙一起来到多沙的皮洛斯，跨过阿尔甫斯河，来到夜里关牛的那个高高的山洞。然后，当赫尔墨斯进到岩石洞里将那些强健的牛赶出来到光亮处时，勒托之子的目光转向了别处。他注意到了陡峭的岩石上的牛皮，立刻向荣耀的赫尔墨斯发问："狡猾的恶棍啊，你这新生的婴儿如何能剥了两头牛的皮？我真是惊讶于你将来的力量了。没必要等你长大了，库勒涅山的迈亚之子。"

他如是说，并亲手用柳条编织结实的绳索。[7] 但是那些柳枝就在他们脚下的地里长起来了。在狡猾的赫尔墨斯的意志之下，它们交错缠绕在一起，轻易地罩住了地面上所有的牛，而阿波罗则惊讶地看着。然后强大的阿耳戈斯屠杀者将目光移开，看向地面。他心中想着要脱身，眼中闪烁着火焰。但就如他所想的，要让神射的勒托之子心软下来，对他来说很容易——尽管勒托之子很强大。他左手拿起里拉琴，试着弹奏了一串音符。这件乐器发出令人惊奇的回响。福玻斯·阿波罗开心地笑起来，因为天籁般的音乐穿身而过。就在他聆听时，甜蜜的向往深动其心。

由于演奏得如此动听，迈亚之子的胆子变得大起来。他站在福玻斯·阿波罗左侧，开始唱一首歌，而接下来的歌声也很动听。这首歌唱的是不朽的众神和黑暗的大地，最初一切的形成，以及每个人怎样分得他的所属。众神之中，他最先致敬的是缪斯之母谟涅摩叙涅，因为她接纳他——迈亚之子——为她自己家的一员，赐给他荣耀。当他弹奏胳膊上的里拉琴时，宙斯这位光辉的儿子根据年龄和出生的先后顺序，向其他每一位不朽的神都表达了敬意。所有的神他都按正确的顺序提及。

一种无法抵挡的欲望扰动着阿波罗的心和灵魂。他打断了演奏，说出带翼飞翔的话语："杀牛的、骗子、忙碌的家伙，宴会上的好伴侣，你的这项技艺值50头牛——我觉得我们很快就要和解了。来吧，告诉我，聪明的迈亚之子，这件绝妙的乐器是你一出生就有的吗，还是有某位神或凡人把它当礼物送给你，并教会你唱神启的歌呢？因为我听到的这崭新的声音非常美妙。我告诉你：没有人听过它，不论是凡人还是住在奥林波斯山的神，只有你除外——你这个骗子，宙斯与迈亚之子。这是多么精湛的技巧！多么高超的缪斯的技艺！多么能安慰悲伤和绝望！它同时表达出了三种情绪：欢乐、爱和甜美的睡眠。我跟从奥林波斯山的缪斯女神。她们喜欢跳舞，喜欢音乐强烈的节奏，也喜欢笛子美妙的乐音，但我从未在年轻人的宴会上被如此巧妙的乐曲打动过。宙斯之子啊，我被你美妙的演奏折服了。既

然你通晓这样了不起的技艺——尽管你还很小，坐下来，孩子，听听我的打算。你和你母亲将在众神中声名卓著。我将真诚地对你发誓：以这根山茱萸做成的长矛起誓，我将使你成为不朽众神之中著名而幸运的引路神，我将给你绝佳的礼物，并且永远不会欺骗你。"

赫尔墨斯聪明地答道："神射手，你的问题很合宜。我不会怨恨你学去我的技艺。今天你就会知道这一点。我希望咱们成为朋友，同心同德的好朋友。你心里知道一切，因为你，宙斯之子，位列众神之首。你勇敢而又强大。睿智的宙斯爱你，他本该如此，他赐予你了不起的礼物。他们说你从宙斯口中得到了荣耀，而且，射手神啊，你还从他那里得到了神圣的预言之力。我知道你拥有众多天赋，无论你想学什么，只要做出选择即可。所以，既然你一心想要弹奏里拉琴，那就尽情演奏、尽情唱歌、尽情欢乐吧，请接受我的这件礼物。你，我亲爱的朋友，请赐予我荣耀。既然你手中有了这个声音清脆的伴侣[8]，就请你美妙动听的歌声响起来吧，因为你知道如何恰当地表演。然后，你可以自信地带着它去出席盛宴，去参加美妙的舞会和精彩的狂欢。不论白天还是黑夜，它都会给你带来欢乐。不论是谁，只要在掌握技巧和知识以后再弹奏它，定能掌握各种陶醉心灵的声音，因为演奏它只需要一点点熟练，而不需要刻苦地钻研。而那些技巧欠缺的人如果一开始就热烈地追求它，得到的只会是回荡在空气中的混乱而空洞的音符。但

你却只要选择你心里想要学习的任何技艺。我把这件礼物送给你，光辉的宙斯之子。咱们都将在山间的和平原的牧场上放牧牛群——马儿也会在那里吃草。即使是如你这般精明的议价者，也不该暴怒了吧。"

说罢，他递出里拉琴，而福玻斯·阿波罗接受了它。他将自己那根闪光的鞭子交给赫尔墨斯，让他照看牛群。迈亚之子高兴地接受了。荣耀的勒托之子、神射的大神阿波罗左手握住里拉琴，试着弹奏一串音符。在

图12.3　《赫尔墨斯》（*Hermes*）

阿提卡红绘杯，作者为欧埃翁画师（Euaion painter）[a]，约公元前460年。赫尔墨斯站立着，身上是他的几件标志物：飞帽（petasus）、双蛇杖，以及有翼的飞鞋。他穿着旅行者的斗篷，长有胡须。这件作品可与詹博洛尼亚（Giambologna）[b]的青铜像相比较，参见本书图12.4。

a. 活跃于公元前5世纪中期的阿提卡红绘风格陶画师，著名的陶画师杜里斯的学生。他的命名作品是一件赞美年轻的欧埃翁（埃斯库罗斯之子）的陶杯。

b. 詹博洛尼亚（Jean Boulogne 或 Giovanni Bologna，1529—1608），文艺复兴后期的意大利雕塑家（生于法国），以风格主义的大理石雕刻和青铜雕刻闻名。

他的抚触之下，里拉琴发出惊人的声音。这位天神随之唱了一首美妙的歌。

他们将牛群赶到神圣的草地上，而后这两位俊美的宙斯之子匆忙赶回冰雪覆盖的奥林波斯山，一路上都欢快地弹奏着里拉琴。睿智的宙斯甚感欣慰，以友谊让二人团结起来。赫尔墨斯始终爱着勒托之子，直到现在他还是如此，正如当初他将精美的里拉琴交给射手神时所发的誓言——当时阿波罗将里拉琴放在臂上，学会了如何演奏。不过，赫尔墨斯自己又发明了另一种乐器，学会了另一种技艺：他造出了悠扬远播的笛声。[9]

然后，勒托之子对赫尔墨斯说："狡猾的向导，我怕你会偷我的里拉琴和弯弓。因为你从宙斯那里获得了特权，可以在富饶大地上的人群中建立起以物换物的规则。但是，只要你肯为了我发下天神的大誓——要么点点头，要么以斯堤克斯河水起誓，你就会让我心满意足了。"于是迈亚之子点了点头，保证说他将永远不会偷神射手的任何东西，而且他将永不靠近神射手宏大的宅院。接着，勒托之子阿波罗也为亲密的友谊点了点头，许诺说他不会对其他任何人更亲近——不论是神还是宙斯的凡人后代。他说："我将发誓，我们之间的亲密纽带将不仅在我心中，也在所有神的心中受到尊重和信赖。此外，我将另外给你一根非常精美的金色神杖。它代表着繁荣和富有，上有三个分叉，具有保护之力。以所有神的名义，当你在言行上完成任何我所宣布的从宙斯神圣声音中知晓的好事时，它都能保护你不受伤害。

"至于你所提到的这种预言的天赋，宙斯最优秀的儿子啊，宙斯的想法是不允许你或其他任何神知晓的。我做过保证，发过承诺，许下过重誓：其他任何永生的神祇（除我之外）都不可以知晓宙斯那无穷的智慧。你，手持金杖的弟弟，不要逼我泄露目光远大的宙斯所设计的任何神圣计划。我会伤害一些人而帮助另一些人，正如我给广大不幸的人类造成巨大的困惑。凡是从我那些能带来真实预兆的鸟儿的飞行和叫声中得到指引的人，都将得益于我的预言。他们将是能从我的预言中受益的人，不会被我欺骗。但是，那些相信胡乱叽叽喳喳的鸟儿的人也会想要了解我的预言，想要知道得比不朽的神还要多，而那是违背我的意志的。我声明：这样的人将一无所获，而无论如何我都将取走他的贡品。

"显赫的迈亚和持埃吉斯的宙斯之子，众神中神圣的幸运之神，我还将告诉你一件事。世上的确还有这样一群神圣的姐妹。她们是三位处女，长着矫健的翅膀，头上洒满白色的大麦，住在帕耳那索斯山的一道山梁下。[10] 除了我之外，她们也通晓预言的艺术。我还是个照看牛群的孩子时就练习这种法术，而我父亲并不介意。她们从家中飞出，从一个地方飞到另一个地方，吃每一个蜂巢里的蜜，将其吃得一干二净。她们吃了黄色的蜂蜜之后会变得充满灵感，而愿意说出真相。但是，如果她们没有了众神的甜食，她们就聚在一块说谎。我把这几个姐妹交给你。你去仔细地向她们询问，让自己心中欢喜。如果你告诉凡人，

图12.4　《墨丘利》（*Mercury*）

青铜像，詹博洛尼亚制，1576年，高25英寸。詹博洛尼亚抓住了赫尔墨斯的种种古典特征——带翼的飞帽、双蛇杖和带翼的凉鞋，并将它们与一个奔跑着的男性裸体形象结合起来，创造出这件文艺复兴晚期的风格主义杰作。

他们就会常常听你要说的话——如果他们幸运的话。迈亚之子，把这几样东西拿去，照顾好地里长角的牛、劳作的骡子，还有马匹。"

他如是说，父亲宙斯从天上亲自为他的话加上了一条最后的保证：他任命荣耀

的赫尔墨斯成为所有带来吉兆的飞鸟、眼神凶猛的狮子、獠牙闪亮的野猪、狗，以及广阔大地上所养育的每种禽类和畜类的神。唯有他才是去往哈得斯的王国的钦定信使——尽管哈得斯不接受礼物，但是他将同意这一点绝非微小的荣誉。

　　于是，以一种包容一切的友爱，阿波罗爱着迈亚之子。克洛诺斯之子宙斯赐予他诱人魅力。他与凡人和神祇沟通。有时候他让某些人获益或得到帮助，但是大多数情况下，他仍会继续在夜色中欺骗大群大群的人。

　　所以我赞美你，宙斯与迈亚之子。我将铭记你，并且不忘另一首歌。

这首精湛的赫尔墨斯颂歌广受敬仰。英国诗人珀西·比希·雪莱（Percy Bysshe Shelley，1792—1822）就是它的译者之一。诗中对赫尔墨斯和阿波罗两人那种轻松而有趣的刻画，经常被冠以典型希腊式的标签。[11] 不过，只有当我们用"典型"这个词来表示那是希腊人天赋的众多精彩方面之一，并且暗示着神的观念的多样性及其范畴的广阔性时，我们才可以说它是典型希腊式的。宗教和哲学上诚挚的深刻性，与机智、诙谐的世故圆滑一样，都是典型希腊式的。

赫尔墨斯的本性和对他的崇拜

赫尔墨斯的许多特征和能力都在这首诗里明白地表现出来。希腊人对聪明的崇拜也是显而易见的。正是同样的崇拜导致英雄奥德修斯那些更可疑

的特征不受追究。在将天神赫尔墨斯描述为小偷，并暗示小偷也应有他们的保护神的同时，人神相似说与自由主义都被推向极端。神圣的赫尔墨斯，像普罗米修斯一样，代表着骗子这一原型的另一个例子（尽管是极端的例子）。然而，在那些令人愉悦的原型变体中，这个魅力十足的年轻恶棍的主要冒险——一次抢劫——却十分令人侧目。并且，他完成这次冒险的时候还只是个小小的婴儿！

赫尔墨斯与阿波罗之间的相似处同样明显。他们都具有田园和音乐方面的特征，来历可能都根源于同样的牧人田园社会——他们都对牲畜、音乐和生育等方面感兴趣。西西里的牧人达夫尼斯（Daphnis）是赫尔墨斯与一位宁芙的儿子。他成了牧歌音乐的发明者，也是忒奥克里托斯的牧歌诗作中的主角。赫尔墨斯与阿波罗长得也相似，两人都是精力充沛而英俊的男性气质的极佳例子。不过赫尔墨斯更年轻，也更有男孩气，是对接近二十岁的少年们的理想化，也是他们的保护神。他的雕像存在于每一座体育馆里。赫尔墨斯最著名的身份也许是神的信使。他常常传递宙斯本人的命令，因此他戴着旅行者的阔边帽（petasus），穿着旅行者的凉鞋（talaria），拿着信使的手杖（caduceus）——有时上面有双蛇缠绕。缠绕的蛇可能是赫尔墨斯作为生育神的一个象征，与地府有关。赫尔墨斯的神杖也与医神阿斯克勒庇俄斯的手杖发生了混淆。对于后者，蛇代表着新生，因为它们能蜕掉旧皮（参见本书第280页）。赫尔墨斯的帽子上、凉鞋上，甚至他的权杖上可能会有双翼，因此他还是旅行者和道路之神。他还是前往哈得斯的地下王国路上的灵魂向导（psychopompos），并由此有了另一个重要的职能，让我们再次想起他与生育有关的方面。

赫尔墨斯的雕像被称为赫尔姆（herms，单数为herm）[①]，在古代世界很常见，是生育力的象征，旨在带来繁荣和幸运。在古典时代，任何房子外面都可能发现赫尔姆，而人们对待这些赫尔姆的态度可能非常严肃。在外形上，它们是一些方形的柱子，上面刻着男性生殖器，每一尊顶上都是赫尔墨斯的头像。这些阳具崇拜雕像可能被用来标出神圣的区域，或是用来确定某个人的家或财产的界限——至少最初是如此。

关于赫尔墨斯的起源及其被描绘成赫尔姆的现象，尼尔森（Nilsson）提出了一种有趣的理论。[12] 在希腊，有各种各样的石头崇拜，德尔斐那种与翁法罗斯石有关的崇拜便是一例。人们相信某种神圣之力（daimon）住在这块涂有油脂、覆盖神圣羊毛的石头里（参见本书第267页）。在通常由小石块筑成的坟丘上会竖着一块高高的石头。路人会往坟丘上添加石块，让它成为路标。赫尔墨斯这个名字的意思就是

"来自石堆者"。人们认为，他就住在这种标志性的坟丘里，于是他成了旅行者的向导和保护神，以及前往地府路上的灵魂的向导。后来，他的住所——一堆石头上面的一块石碑——便被视为他的形象（赫尔姆），并被加上了一个人的头像。赫尔姆从未完全人形化。它继续为旅行者提供指引，同时守护坟墓、道路和街道，还为家庭提供许多庇护。

总之，赫尔墨斯的许多职能都可以通过他作为创造者、跨界者以及不同世界之间的中介人的角色表现出来。他的赫尔姆被用来标志某人与他人的财产分界，也被用来标志需要桥接的地方。作为众神的信使，赫尔墨斯将人类和奥林波斯山众神的领域连接起来。作为亡灵的向导，他带领凡人越过地府的界限。作为年轻人的神，赫尔墨斯是从青年到成年之间至关重要的成人礼的模范。最后，关于赫尔墨斯和跨越已有的界限，还可以参阅赫耳玛佛洛狄忒的故事——这是一个使两性特征合成一体但又超越性别限制的人物。

[①] herm 表现的人物不限于赫尔墨斯，在后文中，当其被用来表现其他人物时，我们译为"头像方碑"。

损毁赫尔姆

许多古希腊人的确相信他们的神。一个有关赫尔姆的历史事件警告我们要小心，不要对古希腊人的宗教态度做出轻率的概括。公元前415年，就在雅典对西西里岛的伟大远征前夕，雅典城的赫尔姆在夜里遭到损毁。随之而来的宗教丑闻成了一个政治皮球，亚西比德（Alcibiades）将军[a] 遭到指控，引发了严重后果。在一个诡辩的怀疑论、不可知论以

及无神论大行其道的时期，这无疑是关于一位神的阳具崇拜雕像的小题大做。亚西比德还被指控在家中戏仿与亵渎崇拜得墨忒耳的厄琉西斯秘仪：他自称为祭司长（Hierophant），在向入教者揭示神圣秘密时穿一件高级祭司的长袍（参见普鲁塔克《亚西比德》22.3，并参见修昔底德《伯罗奔尼撒战争史》6.27—29）。

---

a.　亚西比德（约前450—前404），即前文所提到的《会饮篇》中的苏格拉底的朋友阿尔喀比亚德斯，雅典杰出的政治家、演说家和将军。他在伯罗奔尼撒战争期间被政敌指控犯有亵渎罪，逃往斯巴达，后来又数次改变自己的政治忠诚对象。根据普鲁塔克的说法，他于公元前404年在波斯遇刺身亡。

图12.5　《赫尔姆》（*Herms*）

雅典红绘调酒缸（左）、潘神画师的红绘安法拉罐（右），均为公元前470—前460年间的作品。这些形象表明，赫尔墨斯与他的阳具崇拜雕像是雅典普通市民生活中的一部分。左图中，一名年轻女子抓住神的肩膀，向他祈祷，时间也许就是她在赫尔姆旁边的祭坛进行一次简单的献祭之前。右图中，一个年轻人站在两尊赫尔姆之间，以一种传统的请求姿势触摸着神的胡须，献上花环和祷告——也许他即将出发旅行。人们会向神发出卑微的祈求，祈祷成功——无论是为了爱情、生意，还是旅行。

赫尔墨斯·特里斯墨吉斯忒斯

赫尔墨斯逐渐被等同于埃及的托特（Thoth）[a]，因此开始具备了一些魔法神的特征，通晓神秘和超自然的事物。在这种转化中，他被赋予特里斯墨吉斯忒斯（Trismegistus）这一特性形容语，意为三重至伟（"伟大、伟大、伟大"，一个表示最高级的称号）。据传，赫尔墨斯·特里斯墨吉斯忒斯（有可能是赫尔墨斯的孙子，而非神本人）编写了有关埃及宗教各个方面的许多书籍。现存被认为是其作品的集子被称为《赫尔墨斯之言》（*Hermetica*）或《赫尔墨斯集》（*Hermetic Writings*），题材涉及哲学、星相学和炼金术。除去某些来自埃及的影响，这本书总体而言是一本希腊著作。这些文本属于希腊化时期（前4世纪），在柏拉图之后。书中明显表现出来自柏拉图的影响。

a.　古埃及神话的智慧之神，同时也是月亮、数学、医药之神，负责守护文艺和书记的工作。相传他是古埃及文字的发明者。

赫耳玛佛洛狄忒与萨耳玛西斯

在赫尔墨斯的历险与恋爱之中，他与阿佛洛狄忒的结合相当重要。这是因为他们生有赫耳玛佛洛狄忒。赫耳玛佛洛狄忒的故事由奥维德讲述（《变形记》4.285—388）：

让我告诉你萨耳玛西斯泉水是如何有了坏名声，为什么人的肢体一接触它那使人衰弱的水，就会变得无力和软弱。[13] 这眼泉水的此种力量非常有名，但是原因却不为人知。墨丘利与维纳斯生了一子。他在伊达山的山洞里被水泽仙女那伊阿得们① 养大。你可以从他的美貌中看出他父母的样子，他的名字也是来自父母两人。他一长到15岁，便离开了家乡的山峦。离开养育他的伊达山之后，他喜欢在无名之地游荡，喜欢看无名的河流。他的热情让困难变成坦途。

然后，他来到吕喀亚人以及他们的邻居卡里亚人（Carians）的城市。在那里，他看见一池清澈见底的水，水中不见湿地芦苇和不结籽的莎草，也不长尖尖的灯芯草。池水清亮而透明，池边长满嫩草，四季常青。

有一位宁芙住在这里，但她不爱狩猎，也不喜欢弯弓或参与追逐猎物的比赛。那伊阿得们之中，只有她不为身手矫捷的狄安娜所知。据说，她的姐妹们经常对她说："萨耳玛西斯，拿起标枪或漂亮的漆箭筒吧，改变你闲散的生活习惯，参与到狩猎的剧烈运动中来。"她没有拿起标枪或漂亮的漆箭筒，也未改变她闲散的生活习惯，参与狩猎的剧烈运动。相反，她只愿意在她的泉水里洗濯自己美丽的身体，经常用黄杨木梳子梳理头发，往水中看什么发式最适合她，然后她会穿上一件透明的衣服，卧在柔软的树叶或青草上。她还经常采摘花朵。

萨耳玛西斯正在采摘鲜花，这时她看到了少年赫耳玛佛洛狄忒。她才看了他一眼，就想要得到他。尽管她急于奔向赫耳玛佛洛狄忒，但在接近他之前，她还是先镇静下来，整理好衣服，拿出最好看的样子。在让自己看上去足够迷人之后，她开口说道："可爱的男孩，你一定是一位神祇了。如果你是神，那你也许就是丘比特；如果你是凡人，那你的父母就有福了，你的兄弟必定快乐，你的姐妹必定幸运；如果你有奶妈的话，那为你喂奶的她也是有福的。但最有福的还是你的未婚妻——如果有的话——因为你都想与她结婚了。如果你有这么一位心上人，那就让我的爱情藏在心里好了。但是，如果你没有，那就让我成为那个人，让我们俩一起到婚床上去吧。"说罢，宁芙就沉默不语了。

男孩的脸上泛起红晕，因为他还不知道爱情是什么。但这红晕却煞是好看，像阳光明媚的果园里枝头苹果的颜色，又像彩色大理石或是月亮的颜色，是洁白之中透出的一点浅红……宁芙不停地要求至少让她像姐姐一样亲他，让她用手抚摸他象牙色的脖子，而他对宁芙叫道："你要是再

---

① 参见第6章尾注［1］。

不住手，我就要逃跑了，离开你和你的住所。"萨耳玛西斯害怕了，回答道："我愿意让你在此地自由出入，我的客人和朋友。"她转过身假装要离开，却又回头张望。她藏身于一丛隐秘的灌木里，双膝弯曲，跪在地上。他则走在空无一人的草地上，从一个地方走到另一个地方，自以为没有人看着。渐渐地，他开始将双脚浸到水里，

顽皮的水波没及脚踝。

陶醉于迷人的水中，他不再犹豫，脱掉了柔软的衣袍。自然地，这让萨耳玛西斯惊呆了。她心中燃烧着对他的裸体的渴望。她的眼睛也在燃烧，似乎明亮的太阳那道闪耀的光轮映照在镜中。她艰难地忍受着等待的痛苦，艰难地阻止自己走向欢喜。她一会儿渴望拥抱他，一会儿又陷入

赫耳玛佛洛狄忒

　　奥维德对萨耳玛西斯与赫耳玛佛洛狄忒的讲述，主导了有关的文学和艺术传统，也遮蔽了公元前1世纪作家维特鲁威（Vitruvius）的事实性陈述的光辉。根据维特鲁威的解释，萨耳玛西斯的池水使人虚弱是一种寓言，指希腊殖民者对土著部落的文明化。奥维德版本的来源是一系列来自小亚细亚的故事，其中之一与卡里亚的哈利卡耳那索斯（Halicarnassus）附近的一个水池萨耳玛西斯有关。水池旁边有一座献给赫尔墨斯与阿佛洛狄忒的神庙。赫耳玛佛洛狄忒这个名字，最早在公元前320年左右被哲学家泰奥弗拉斯托斯使用：他描述了迷信的男子如何在每个月的第四天和第七天（第四天是赫尔墨斯与阿佛洛狄忒的圣日），"终日向双性人的石像（Hermaphrodites）敬献花环"。此时，赫耳玛佛洛狄忒已被尊为神祇，象征着生殖器勃起的赫尔墨斯与女性生育能力的表现者阿佛洛狄忒的结合。赫耳玛佛洛狄忒在当时是一位次要的生育神。历史学家西西里岛的狄奥多罗斯在公元前1世纪对他的描述是"非常像普里阿波斯"（参见本书第204—205页）。但由于波吕克勒斯（Polycles）[a]的雕像，赫

耳玛佛洛狄忒声名鹊起（据称这座雕像"使他高贵起来"）。然而，奥维德的故事明显聚焦在雄性去势和身体虚弱上，掩盖了赫耳玛佛洛狄忒或曾拥有的神性权威。在罗马，双性人被认为是不祥的预兆，并会被淹死。在希腊神话和哲学中，雌雄同体却是一个重要的概念，正如在自然界中一样。在俄耳甫斯教的颂歌中，原初的造物神法涅斯便是雌雄同体的。在柏拉图的《会饮篇》中，阿里斯托芬则解说了人类如何被宙斯分成三种性别，以及每个个体都在寻找他的另一半（参见本书第217—220页）。这些严肃的宗教和哲学寓言让位于对双性人的偷窥兴趣。这种兴趣在文学中由奥维德的故事助长，在艺术中则由如本书图12.6那种雕塑作品助长。奥维德启发了从埃蒙德·斯宾塞（Edmund Spenser）到阿尔杰农·斯温伯恩（Algernon Swinburne）的诗歌作品，而古代世界有80幅艺术作品流传下来。有关赫耳玛佛洛狄忒的必读作品是艾琳·阿朱欣（Aileen Ajootian）的文章（英文），发表于《古典神话图像辞典》（*Lexikon Iconographicum Mythologiae Classicae*）第1卷，第269—285页。

---

a.　活跃于公元前2世纪中期的古希腊雕刻家。

图12.6　《一个双性人石像》
(*A Hermaphrodite*)

罗马大理石复制品，原作是希腊青铜像，作者为公元前2世纪中期的波吕克勒斯，大理石床垫为贝尔尼尼于1620年添加，长58英寸。双性人像从公元前4世纪起就在希腊世界和（后来的）罗马世界流行。这座雕像在1608年发现于罗马，引发了人们对这一主题的兴趣，并在17世纪和18世纪导致许多复制品的出现。这座雕像是献给红衣主教希皮奥内·博尔盖塞的，贝尔尼尼为他添加了床垫。在博尔盖塞的罗马别墅中，展示这座雕像的房间后来装饰了一幅以萨耳玛西斯与赫耳玛佛洛狄忒的故事为主题的壁画。拿破仑（他的妹夫是博尔盖塞家族的成员）在1807年买下这座塑像。到1811年，它在巴黎展出，并留在了那里。男女两种性别特征在同一个人物身上的出现，一直令观者惊奇。18世纪时，一位玩世不恭的英国游客称这雕像是"她见过的唯一幸福的一对儿"。

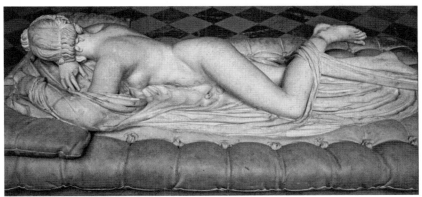

疯狂，几乎不能自已。他敏捷地用空空的掌心碰了碰身体两侧，然后一头扎进池子。他先动起一只胳膊，接着又动着另一只。他在清澈的水里闪闪发光，就像一尊象牙雕像，或透明玻璃中的一枝百合。宁芙叫道："我赢了，他是我的了！"然后她甩掉身上所有的衣服，也跳进水波之中。她抓住了他，而他想要把她推开。她不停地亲吻，而他挣扎起来。她用双手将他逮住，抚摸他的胸膛，从各个方向紧紧缠住这个少年。

最后，在他努力挣脱她想要逃跑时，她抱住了他，好比一只鹰抓住一条蛇并带往高空，而蛇悬在空中时缚住了鹰的头和脚，又用尾巴缠住了鹰展开的双翼，像常春藤似的总是缠绕在高大的树干上，又像深海里的章鱼从各个方位伸出触手，抓住它的敌人并缠得紧紧的。阿特拉斯的后代赫耳玛佛洛狄忒坚持着，拒绝给予宁芙她想要的快乐。她继续努力，她的整个身体缠住了他，两人好像被粘在了一起。她叫道："你可以挣扎，残忍的坏家伙，但你是逃不掉的。愿众神就这么决定了吧，愿我们在未来永不分离，你离不开我，我也离不开你。"众神接纳了她的祈祷。

纠缠之中，两人的身体就连在一起了，看起来两人好像变成了一人，就好像人们在一棵树上嫁接了树枝，看着它们在生长中融合，一起成熟。于是，当他们的肢体连接在亲密的拥抱中时，他们不再是两个人，而是只有一个形体。这个形体不能被称为女孩或男孩：看起来两者都不是，而是既男又女。于是，当他看到清澈的水而跳下去的时候是个男人，现在却被变成了半个男的。在水里，他的四肢变得柔软无力。赫耳玛佛洛狄忒伸开双手，用一种不再是男性的声音祈祷道："父亲母亲，将这个礼物赐予你们的儿子吧。他的名字是从你们二位来的。不论什么男人一旦进入这池水里，请让他在出来时只是半个男人，请让他在接触到这里的水波时突然变得柔软。"

他的父母均被感动了，答应了这个如今已是双重性别的孩子的愿望。他们用这种不洁的力量污染了这里的水。

赫耳玛佛洛狄忒和双性人的雕像在公元前4世纪变得普遍，在之后的希腊化时期亦是如此。在希腊化时期，希腊的大师们努力对现实的、情欲的和不同寻常的事物展开令人惊叹的天才研究，以求更新他们的剧目。

相关著作选读

Delcourt, Marie，《雌雄同体：古典时代的双性人神话及仪式》（*Hermaphrodite; Myths and Rites of the Bisexual Figure in Classical Antiquity*. London: Studio Books, 1961）。

Fowden, Garth，《埃及的赫尔墨斯：从历史角度探索晚期异教时代的心灵》（*The Egyptian Hermes: A Historical Approach to the Late Pagan Mind*. New York: Cambridge University Press, 1986）。

《赫尔墨斯之言：希腊语赫尔墨斯集和拉丁语〈阿斯克勒庇俄斯〉》（*Hermetica: The Greek Corpus Hermeticum and the Latin Asclepius*. New English translation, with notes and introduction by Brian P. Copenhaver. New York: Cambridge University Press, 1992）。

Hyde, Lewis，《骗子创造世界：恶作剧、神话与艺术》（*Trickster Makes This World: Mischief, Myth, and Art*. New York: Farrar, Straus & Giroux, 1998）。这是一部对骗子的比较研究，研究对象有赫尔墨斯、郊狼（Coyote，北美）、厄苏（Eshu，西非）、洛基（Loki，北欧）等。书中还对众多艺术家进行了类比，其中包括毕加索、约翰·凯吉（John Cage）和艾伦·金斯堡（Allen Ginsberg）。

Kerényi, Karl，《灵魂向导赫尔墨斯：雄性生命来源之神话主题》（*Hermes, Guide of Souls: The Mythologem of the Masculine Source of Life*. Translated from German by Murray Stein. Zurich: Spring Publications, 1976）。

Mead, G. R. S.，《赫尔墨斯颂歌》（*Hymns of Hermes*. York Beach, Maine: Red Wheel/Weiser, 2006）。一些关于赫尔墨斯的迷狂颂歌。

主要神话来源文献

本章中引用的文献

荷马体颂歌之4：《致赫尔墨斯》。

荷马体颂歌之18：《致赫尔墨斯》。

奥维德：《变形记》4.285—388。

其他文献

琉善：《诸神对话：赫尔墨斯与迈亚》（*Dialogues of the Gods: Hermes and Maia*）。

以下是关于损毁赫尔姆、亵渎秘仪、对阿尔喀比亚德斯的指控及其他历史事件的古代文献。

安多基德斯（Andocides）：《秘仪》（*On the Mysteries*）。

修昔底德：《伯罗奔尼撒战争史》6.27.1—6.29.3。

补充材料

图书

小说：Nadolny, Sten. *The God of Impertinence*. New York: Viking, 1997。故事的背景是20世纪。赫尔墨斯在被宙斯长期囚禁之后获得了自由，并被一艘路过的游船上的乘客赫尔加（Helga）看到。在长期旅行中，这位天神经历了各种各样的冒险。其中一次使命是将世界从赫淮斯托斯的控制中拯救出来——由于他对技艺的精通，赫淮斯托斯已经成了一位非常强大而堕落的神。

CD

摇滚歌曲："The Fountain of Salmacis", *Nursery Cryme*. Atlantic (reissued on several labels)。一首关于萨耳玛西斯和赫耳玛佛洛狄忒的歌，作者为 Genesis 乐队。

[注释]

[1] 这只活乌龟被认为是对抗伤害和巫术的禁忌之物。

[2] 可能是指位于忒萨利北部的奥林波斯山附近著名的皮厄里亚泉。在从皮厄里亚泉出发的路上，赫尔墨斯途经忒拜和俄耳科墨诺斯之间的翁刻斯托斯，将牛群赶到了位于伯罗奔尼撒西部的奥林匹亚附近的阿尔甫斯河。

[3] 在行走中，赫尔墨斯让牛群倒着走。因此牛群的足迹看起来是朝着草地的方向，而不是离开草地的方向。赫尔墨斯自己的足迹则被他的凉鞋弄得模糊了。

[4] 如我们所见，按照赫西俄德（《神谱》387）的说法，塞勒涅是许珀里翁与忒亚之女，帕拉斯（《神谱》375、377、409）是提坦克里俄斯之子，而他的兄弟珀耳塞斯则是赫卡忒的父亲。墨伽墨德斯在他处未见提及。

[5] 原文在此有缺失。显然赫尔墨斯是用了月桂枝摩擦他手掌中的一块木头，由此通过摩擦取火。

[6] 赫尔墨斯给12位主神中的每一位都献上了一份。根据献祭仪式，他（作为其中之一）不得吃掉自己那份或其他神的祭品，而只能闻一下味道。

[7] 阿波罗可能想用柳条来捆住赫尔墨斯或牛。

[8] 此处将里拉琴描述为一个心爱的伴侣，像女友一样。在接下来的几行中，赫尔墨斯继续使用了这个比喻。这在希腊语中读起来很自然，但很难译成英文。因此"她"将伴随阿波罗去参加宴会和舞会，她会有恋人应有的行为举止——只要她得到正确的对待。

[9] 指牧羊人的芦苇排笛，也被称为牧神笛（panpipe），因为它们通常被认为由潘神发明。赫尔墨斯有时会被视为潘的父亲，与潘有些相似之处。

[10] 指特里埃姐妹（Thriae）。她们的名字的意思是"鹅卵石"，因此她们也成为"卜石"——占卜用的鹅卵石——的命名仙女。她们的外形是长翼的女人，也许她们的头发的确是扑上了一层白面粉。有人认为，她们应该是白发的老妇，或者她们的形象指的是身上覆盖着花粉的蜜蜂。

[11] 在语气和情绪上，这个故事与荷马所讲的阿佛洛狄忒、阿瑞斯和赫淮斯托斯的故事（《奥德赛》8.266—366，译文见本书第5章，第136—137页）颇有相似之处。

[12] Martin P. Nilsson, *A History of Greek Religion*. Translated by F. J. Fielden. 2 d. New York: W. W. Norton, 1952 [1964], pp. 109–110.

[13] 在上下文中，这一段是阿尔喀托厄（Alcithoë）所讲述的她的姐妹们的故事。萨耳玛西斯泉水位于哈利卡耳那索斯。

第13章

狄俄尼索斯、潘、厄科与那喀索斯

对狄俄尼索斯与阿里阿德涅的婚礼的再现

当狄俄尼索斯看到阿里阿德涅（Ariadne）时，他跳着舞走向她，像恋人一样坐在她腿上。他揽她入怀，亲吻她。阿里阿德涅十分羞涩，但她也充满爱意地拥抱了他。当聚会上的客人们看到这一幕时，他们一直鼓掌，并喊道："再来一个！"当狄俄尼索斯站起身并将阿里阿德涅拉起来时，你可以看到一场真正的表演。他们开始亲吻和爱抚对方。观众看到的是一位俊美超凡的狄俄尼索斯和一位光彩照人的阿里阿德涅：他们不是在扮演角色，而是真正地亲吻彼此。看着这两人，观众都非常激动……最后，宴会上的客人们看着这对新人拥抱着走向他们的婚床。于是，未婚的客人发誓要结婚，而那些已婚了的则骑上他们的马，跑去找他们的妻子。

——色诺芬《会饮》9.4—7

狄俄尼索斯的诞生、童年及起源

关于狄俄尼索斯（巴克斯）[1] 诞生的传统故事如同下述。宙斯化身为一个凡人，与卡德摩斯的女儿塞墨勒相爱。赫拉发现这件事之后，妒火中烧让她想法报复。于是，她变成一个老妇人去见自己的情敌塞墨

图13.1 《塞墨勒之死》
（*The Death of Semele*）
板上油画，彼得·保罗·鲁本斯
（Peter Paul Rubens，1577—1640）
画，1636年，10.5英寸×15.5英
寸。塞墨勒与宙斯都呈现出极端
情感：她面临死亡，而他充满怜
悯和惊惧，从她的躺椅上起身，
知道她将面临剧痛。宙斯右手撤
回雷锤，而他的鹰则用喙将雷锤
叼住。

勒，并说服后者应该让爱人现出他完全的神圣光辉。塞墨勒首先劝宙斯发誓将满足她要提出的任何要求，然后说出了她的愿望。宙斯不愿意，却不得不照做。塞墨勒被他身上的光辉和他的闪电之火烧成了灰烬。她腹中尚未出生的婴儿是一位神祇，并没有在大火中毁灭。宙斯从孩子母亲的遗灰中救出了这个儿子，将他缝在自己的大腿之中——狄俄尼索斯在那里待到足月，然后获得新生。[2]

与婴儿狄俄尼索斯有联系的保姆各种各样，其中倪萨山（Nysa）的某些宁芙尤为重要。倪萨山是一座传说中的名山，关于它在古代世界中的位置有不同说法。赫尔墨斯从塞墨勒的灰烬中救出了婴儿狄俄尼索斯，然后带着他去找倪萨山的宁芙。根据传统的说法，塞墨勒的姐姐伊诺（Ino）被挑出来照顾襁褓中的酒神。[3] 狄俄尼索斯成年后，他将人们对自己的崇拜广为传播，为那些倾听他的人带去快乐与繁荣，也给那些敢于对抗他的人带去疯狂和死亡。关于他来到希腊的传统说法强调了他是奥林波斯山万神殿中的晚到者这一点，也指出他的起源在色雷斯，乃至佛律癸亚。[4] 狄俄尼索斯这个名字（显然指的就是这位神）出现在线形文字 B 泥板中，因此对他的崇拜一定早在青铜时代就被引入了希腊。这比学者们之前估计的要早，可能是在迈锡尼时期，也许是在传说中的卡德摩斯时代——如欧里庇得斯所猜想。

欧里庇得斯的《酒神的狂女》

从根本上说，狄俄尼索斯是一位普遍意义上的植物之神，尤其是一位司掌葡萄藤、葡萄及酿酒与饮酒的神祇。但他的形象和教义最终包含了丰富得多的内容。关于酒神崇拜的深刻内涵及其最普遍的含义，最好的文献是欧里庇得斯的《酒神的狂女》。无论人们怎样从字面上看待剧作家描写的仪式，它所传达的精神信息中的那种崇高和恐怖都是无法回避的，也是永恒的。要想理解狄俄尼索斯及酒神崇拜的复杂本质，《酒神的狂女》乃是必由之路。

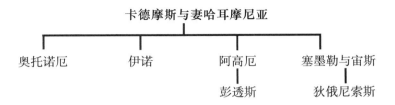

图13.2　卡德摩斯的孩子们
（卡德摩斯家族更完整的族谱见本书第443页）

拉开全剧序幕的是狄俄尼索斯本人——他在愤怒之中来到了忒拜。他母亲的声誉遭到她自己的亲族质疑，而他本人神格的重要性和力量也受到挑战与否定。塞墨勒的姐妹们宣称（并且卡德摩斯之孙、此时的忒拜国王彭透斯也同意她们）：塞墨勒怀孕是因为她与一个凡人同寝，而提出宙斯是她孩子的父亲这种说法的是卡德摩斯，由此宙斯用闪电杀死了她（《酒神的狂女》1—63）：

　　狄俄尼索斯：我，狄俄尼索斯，宙斯之子，来到这片忒拜人的土地。我的母亲，卡德摩斯之女塞墨勒，在猛烈的闪电之中生下了我。我站在狄耳刻（Dirce）泉水[①]与伊斯墨诺斯（Ismenus）的河水旁，不是以神的样子，而是伪装成凡人。我看到宫殿附近那座纪念我母亲的神龛——她被雷电击中而死。由于宙斯的火焰，她家的断壁残垣中仍有未熄的余烬。那是赫拉对我母亲的暴行的永恒证据。我很欣慰，卡德摩斯将此地辟为纪念他女儿的圣地。我以新鲜的绿色葡萄藤环绕着它的四周。

　　我离开吕底亚和佛律癸亚那些出产黄金的肥沃平原，途经烈日高照的波斯高原、四面围墙的巴克特里亚（Bactria），阴冷的墨德斯（Medes），富饶的阿拉比亚（Arabia），以及小亚细亚的整个海岸——那里的希腊人和非希腊人一起住在拥有漂亮高塔的繁荣城市里。我领头跳起酒神之舞，在这些地方建立了我的秘仪，然后我首先来到了这座希腊人的城市。

　　我在忒拜发出酒神的呐喊，给我的信徒们穿上小鹿皮，将酒神杖（thyrsus）——我那常春藤覆盖的神杖——交到她们手中。在全希腊，我最先来到忒拜，因为我母亲的姐妹们宣称（她们最没有资格这样说）：我，狄俄尼索斯，不是宙斯的孩子，而是因为塞墨勒与什么凡人男子同寝而孕育，又因卡德摩斯狡猾的谎言才被归于宙斯。她们幸灾乐祸地宣称，宙斯是因我母亲的欺骗行为才将她击死。

　　所以，我让我母亲的这些姐妹陷入疯狂，将她们驱逐出家门。她们住在喀泰戎山（Cithaeron）上，失去了理智。我迫使她们拿起我的仪仗，还让全忒拜的女人都因为疯狂而离家，一个不剩。她们与卡德摩斯的女儿们一起坐在旷野里，坐在常青树下的石头上。尽管这座城市不愿意这样，但是它必须充分了解它仍未完全接受我的

[①]　以忒拜国王吕科斯之妻狄耳刻的名字命名的泉水。参见本书第17章。

图13.3　《狄俄尼索斯征服印度》（*The Indian Triumph of Dionysus*）

罗马大理石石棺，2世纪中期。不含棺盖宽92英寸，高39英寸；棺盖宽93英寸，高12.5英寸。狄俄尼索斯坐在豹子拉的战车上。他前面是萨提尔、迈那得和西勒诺斯，还有许多动物，其中以大象和狮子最为突出。他从印度而来，给希腊世界带来幸福与丰饶。棺盖上的浮雕描绘了塞墨勒之死、狄俄尼索斯从宙斯大腿中诞生，以及倪萨山的宁芙抚育他长大的故事。赫尔墨斯分别出现在三个场景中：在左边板块中，他从垂死的塞墨勒腹中拯救婴儿；在中间板块中，当狄俄尼索斯从宙斯大腿中生出后，赫尔墨斯带他去找宁芙；在右边板块中，赫尔墨斯用手指着狄俄尼索斯被宁芙抚养的画面。这具石棺是在罗马的卡尔普尔尼亚·比索家族（Calpurnii Pisones）墓地中发现的7具石棺之一。

酒神秘仪。作为我母亲塞墨勒为宙斯所生的神，我必须将自己向凡人显现，以此来捍卫她的名声。

卡德摩斯已将他的王权交给他的外孙彭透斯。这人胆敢与我的神格对抗，在祭祀中将我置于一旁，从未在祈祷中提起我的名字。因此我将向他以及所有忒拜人表明我是一位神。当我在这里办好一切时，我将去往另一个地方向凡人显现。如果忒拜城为此愤怒，企图用暴力将酒神的女信徒赶下山来，我将跟她们一起疯狂，成为她们在战斗中的领袖。这就是我化身为凡人，将自己变成凡人模样的原因。

你们这些女人啊，我把你们当作旅途伴侣，从异域将你们带来此地，将吕底亚的特摩罗斯山远远抛在身后。来吧，敲起小手鼓来，那是伟大的母亲瑞亚和我一起发明的，是佛律癸亚的特产。来吧，包围彭透斯的王宫，大声地喧闹，让卡德摩斯的城市看见。我将前往喀泰戎山的斜坡，来到我的女信徒身边，与她们共舞。

之后，妇女们组成的歌队展现了她们欢喜的情绪，以及她们的酒神秘仪庆典上萦绕着的神秘气息（《酒神的狂女》64—167）：

歌队：离开亚洲与神圣的特摩罗斯山，我们在甜蜜的痛苦与愉快的疲倦中奔跑，发出狂欢的酒神呐喊，紧随在喧闹天神狄俄尼索斯身后。当我们歌唱指定的巴克斯颂歌时，每个人，不论在室内还是户外，都要留出尊重的距离，管住他们的嘴，保持神圣的缄默。

知晓神圣秘仪的人是幸福的。他的生活充满了仪式的纯洁，他的心脏和灵魂都融入狂欢者的神圣群体，而他们在山间用神圣的净化仪式来纪念他们的神巴克斯。他遵循伟大母亲库柏勒亲自制定的秘仪，挥舞酒神杖，跟随他的神狄俄尼索斯。

奔跑，奔跑，酒神的狂女们，带着喧闹的神狄俄尼索斯，神之子，走出佛律癸亚的高山，来到希腊广阔的大街上。

当他母亲怀着他时，雷电从宙斯手中飞出。她早产了，分娩的痛苦过早地强加在她身上，而她在那雷霆一击中献出了生命。克洛诺斯之子宙斯立刻抱起了孩子，将他秘密地隐藏在他的大腿中，用金绑带扎紧，就这样，让他在第二个子宫中躲过了赫拉。当命运做出裁定时，宙斯便生出这位喧闹的神，给他头上戴上一顶蛇冠，因此迈那得们才搜寻捕捉野生的蛇，并将它们缠绕在发间。

忒拜城啊①，戴上常春藤头冠吧，长出繁茂的绿叶和可爱的浆果。戴上橡树或枞树上扯下的树枝，披上带斑纹的小鹿皮斗

图13.4　《狄俄尼索斯的诞生》（*The Birth of Dionysus*）

阿提卡红绘莱基托斯瓶（Lekythos）[a]，阿尔基马科斯画师（Alkimachos painter）[b]制，约公元前460年。狄俄尼索斯的诞生并非古代陶器上的常见题材。创作这件作品的艺术家非常机敏地处理了这一场景。这幅画表现了这位强大的神祇出生的那一刻，而画中的宙斯和赫尔墨斯身上表现出的是安静与一种奇特而超然的好奇心。宙斯头戴桂冠，长发长须，裸坐在一块岩石上，身上盖着他刚脱下的衣服。赫尔墨斯戴着旅者的帽子，脚上穿着带翼的凉鞋，立在一旁等待，专注于分娩。他尽职尽责地一手拿着他父亲的权杖，一手拿着自己的双蛇杖。赫尔墨斯将带着这个孩子去找倪萨山的宁芙抚育。宙斯关注着自己的分娩，此时新生儿正将头伸出父亲的大腿。

————————————

a.　用来盛放油脂或香水的古希腊陶瓶，有细长并优雅地向下收束的瓶身、细长的瓶颈和环形的手柄，通常用于葬礼等宗教场合。许多莱基托斯瓶都出土于墓葬中，瓶上绘画的主题也多为庄严肃穆。

b.　活跃于公元前5世纪中期的古希腊红绘风格陶画师。

————————————

①　原引文如此，T. A. Buckley 英译本及罗念生汉译本此处均用"塞墨勒的保姆"来修饰忒拜城。

图13.5　《狄俄尼索斯的第二次诞生》（*The Second Birth of Dionysus*）

乔治·普拉特·莱恩斯（George Platt Lynes，1907—1955）摄，3.6875英寸×3英寸。摄影师莱恩斯活跃于超现实主义美学领域，在同性态角度对男性裸体表达的发展方面尤具影响力。在早年的国外旅行中，尤其是在法国的侨居时期（20世纪二三十年代），他与许多有影响力的艺术家建立亲密的友谊，如格特鲁德·斯泰因（Gertrude Stein）、让·谷克多（Jean Cocteau）及门罗·惠勒（Monroe Wheeler，供职于纽约的现代艺术博物馆）。在20世纪30年代早期，他在《时尚芭莎》（*Harper's Bazaar*）、《时尚》（*Vogue*）等杂志担任摄影师。他在时尚摄影界的名气，很快让他成为舞蹈团体的纪实摄影师，尤其是乔治·巴兰钦（George Balanchine）的美国芭蕾舞团（即现在的纽约市芭蕾舞团）——芭蕾舞剧《俄耳甫斯》便是他们的作品。从1937年至1940年，莱恩斯开始创作一系列基于希腊神话的作品，题材包括恩底弥翁、那喀索斯、达那厄以及此处的狄俄尼索斯的诞生。在他生命中的最后几年，他开始与著名的性研究者阿尔弗雷德·金赛（Alfred Kinsey）合作。莱恩斯本人担心他的同性态作品——其中包括他的一些最具创意的作品——的公众接受度，因此销毁了其中的许多作品。他死于贫困潦倒，几乎为人遗忘。他死后，他的作品又得到展出，重新确立了他作为20世纪主要摄影家之一的地位。在这幅作品中，通过对光影的使用，以离奇而令人不安的方式聚焦于人物姿态的做法，莱恩斯展现了他的艺术特色。与希腊陶瓶上对狄俄尼索斯诞生之时宙斯的刻画形成对照，此处宙斯的裸体形象充满了情色意味，凝固于生育令他痛不欲生（如果算不上恐惧的话）的那一刻。在这里，生育以一种令人不安的、医学式的现实风格表现出来。

篷，再用一缕缕最纯洁的白色羊毛装饰它，让它变得神圣，然后加入酒神的疯狂。敬重酒神杖那狂野的力量。整片土地上的人很快就将一起舞蹈（任何引领神圣队伍的人都代表着喧闹的神本人），去往山上，那里有一群女人在等待。她们因狄俄尼索斯的刺激而发狂，被迫放下了织机上的劳作。

啊，克里特岛上的秘密处所，宙斯出生的神圣山洞，由库里特们照看着。[5] 在这里，头戴三重盔饰的科律班忒们为我们发明了这紧绷的皮鼓。他们的狂欢，混合着皮鼓激烈的节奏和佛律癸亚长笛那甜美诱人的声音。他们将这鼓交到母亲瑞亚手中，这样她就可以敲打出节奏，应和她那些酒神狂女的呐喊。在狄俄尼索斯喜欢的庆典中，狂欢的萨提尔们从母神手里拿走皮鼓，将鼓声添加到他们跳舞的音乐中。

那时的山间多么令人快乐：喧闹酒神的祭司离开奔跑的人群，倒在地上，寻找鲜血，发出欢乐的叫喊，大口吞下被屠宰的山羊的生肉。这平原流淌着牛奶、美酒及蜜蜂的甘露，但酒神的主祭继续奔跑，挥舞着他的松木火炬。那火焰一路冒着浓烟，像叙利亚的乳香一样好闻。他用喊声催促游荡的队伍，让他们继续疯狂地舞蹈。他秀美的头发随风飘舞。

在狂乱的叫喊中，人们听到他雷鸣般的呐喊："奔跑，奔跑，酒神的狂女们，你们是流淌着金色河水的特摩罗斯山的骄傲。用你们轰隆隆的鼓声歌颂酒神狄俄尼索斯，用佛律癸亚的呐喊和狂喜的声音致敬这位欢乐之神，趁着神圣而悠扬的笛声奏响神

圣的伴奏曲——在你们一起来到山间，来
到山间时。"

　　每个酒神崇拜者都奔跑着，快乐地跳
跃着，就像牧场上那些在母亲身边嬉戏的
小马驹一样。

接下来的场景（《酒神的狂女》170—313）充满
悲剧的幽默和苦涩的讽刺。卡德摩斯（退位国王）和
忒瑞西阿斯（传统宗教的祭司）欢迎新来的神。他
们的心思惊人地表现出明显的实用主义。两人各
自看到了接受新神的仪式对他们个人的好处。这两
位老人，两位阅尽世事的现实主义者，欢乐地再次
焕发青春，为注定失败的彭透斯的出场提供了恰好
的陪衬。彭透斯出于凡人的盲目，胆敢挑战他的表
亲——酒神狄俄尼索斯。

　　忒瑞西阿斯：谁守着大门呢？把阿革
诺耳（Agenor）① 之子卡德摩斯从家中叫来。
他来自西顿（Sidonia）②，建立了坚固的忒拜
城。派一个人去，就说忒瑞西阿斯想要见
他。他已知道我为何而来。我与他有约在
先——尽管我已年老，而他更老——要给
自己做一支酒神杖，穿上小鹿皮，在头上
缠起常春藤。

　　卡德摩斯：我最亲爱的朋友，在王宫
里我就听到你的声音了，也听出来那是
智者的明智言语。我已准备好酒神的行
头。既然狄俄尼索斯向凡人展示了他是一
位神，既然他是我女儿之子，我就必须尽

我所能来颂扬他的伟大。我们该去哪儿加
入其他人的舞蹈，在疯狂中摇晃我们斑白
的头呢？告诉我这个老人吧，忒瑞西阿斯，
你也是已年老且智慧。我将日夜不倦地用
酒神杖敲打地面。能忘记自己已垂垂老矣，
该是多么甜蜜的幸福。

　　忒瑞西阿斯：你跟我的心情一样。我
觉得自己又年轻了，想要尝试跳舞。

　　卡德摩斯：我们坐马车去山里吗？

　　忒瑞西阿斯：不，酒神不会认为这是
合宜之举。

　　卡德摩斯：我可以给你带路。两个老
人一起走。

　　忒瑞西阿斯：酒神会带领我们两个，
丝毫不费力气。

　　卡德摩斯：我们是全城仅有的两个为
致敬巴克斯而跳舞的男子吗？

　　忒瑞西阿斯：我们是仅有的两个明智
的人。其他男人都错了，而且一意孤行。

　　卡德摩斯：我们磨蹭太久了。把你的
手给我。

　　忒瑞西阿斯：这里，抓住我的手。让
我们手牵手。

　　卡德摩斯：我只是个凡人，我可不会
嘲笑众神。

　　忒瑞西阿斯：关于众神，我们无从卖
弄新的聪明念头。我们坚持的乃是祖先传
下来的信仰，跟时间一样古老，任何论争
或是巧思，哪怕出自那些深邃的头脑，也
不能将它们毁掉。人们会问，我已经这把
年纪，却要加入跳舞的行列，头上还戴着
常春藤花环，怎能不感到羞耻？然而，无

---

① 波塞冬之子，腓尼基国王，欧罗巴和卡德摩斯的父亲。参见本书
第17章。

② 即腓尼基古城西多尼亚，希腊人称之为西顿（Sidon）。

论为他跳舞的人是年轻还是年老，酒神都不会区别对待。他希望得到所有人的尊敬，希望他的光荣得到发扬，对所有人一视同仁。

卡德摩斯：你是盲人，忒瑞西阿斯，那就请让我来做你的先知，让我告诉你我眼中所见。厄喀翁（Echion）[1]之子彭透斯——我将忒拜王权交给了他——匆匆来到我的宫殿。他多么激动啊，他有什么消息要告诉我们呢？

彭透斯：尽管我碰巧不在忒拜，但我听说了困扰这座城市的新的邪恶。女人们借口去参加酒神的仪式[2]，抛弃了我们的家庭，在黑暗的山间游荡，用跳舞来尊敬新来的神狄俄尼索斯，不管他是谁。每群人中间都立着酒浆满溢的酒缸。她们一个个溜到僻静处满足男人的欲望。她们假称自己是迈那得，是酒神的女祭司，然而其实将阿佛洛狄忒置于巴克斯之上。那些被我抓住的女人都进了国家的监狱。她们的手被守卫捆住了，不会出乱子。我将出去寻找其他仍然在山间游荡的人，包括我自己的母亲阿高厄，以及她的姐妹伊诺与奥托诺厄——阿克泰翁的母亲。[3]当我用铁链将她们牢牢捆住时，我将很快终结这场邪恶的酒神狂欢。

他们还说，有一位外乡人从吕底亚来到此地，是个什么巫师和魔法师，留着一头香喷喷的金色卷发，眼中有阿佛洛狄忒那像酒一样浓的魅力。他昼夜都有年轻女孩陪伴，用他的酒神秘仪引诱她们。如果我在我的宫殿里抓住他，我会砍下他的头，让他没法再用酒神杖敲击地面，也没法再甩头。那人宣称狄俄尼索斯是神，曾经被缝在宙斯的大腿内，但实际上狄俄尼索斯是与他母亲一起被宙斯的霹雳之火烧死了，因为她撒谎说宙斯是她丈夫。不论这位陌生人是谁，他难道不应该为这样的傲慢而受绞刑吗？

但这里却有另一件怪事——我看见先知忒瑞西阿斯穿着带斑纹的鹿皮，还有我母亲的父亲也是如此，拿着一根茴香秆扮演酒神的信徒，多么好笑啊。老人们，看见你们在老年如此头脑发昏，我可不能袖手旁观。你是我的外祖父啊。快丢掉常春藤头冠，扔掉你手上的酒神杖，行不行？

是你劝服了他吧，忒瑞西阿斯。为什么？难道你向人们介绍这位新的神，是希望他会让你从兆象和祭品中得到额外的收入吗？[4]要不是因为你的头发已经灰白，你难逃和那些酒神狂女一起被捆起来坐牢的命运，因为你们兴起这邪恶教仪。我认为，任何时候，只要女人们的宴席上有了晶莹的美酒，她们的教仪中就没有称得上健康的东西了。

歌队：多么亵渎的话啊，国王陛下！你

---

[1]　卡德摩斯在建立忒拜城时杀死了一条大蛇，将蛇牙播种在地，然后地里便跳出了一群自相残杀的"地生人"（Spartoi）。厄喀翁是最后活下来的5名地生人之一，并娶了卡德摩斯的女儿阿高厄。参见本书第17章。

[2]　原引文如此。T. A. Buckley 英译本和罗念生汉译本分别解作"去参加编造的酒神仪式"和"去参加巴克科斯的虚伪仪式"。

[3]　有的校勘者认为，这两行（原剧第229—230行）系伪作。罗念生汉译本据此将之删去，而 T. A. Buckley 英译本将之用括号标示。

[4]　原引文如此。T. A. Buckley 英译本解作"让你有机会观察飞鸟，从祭品中获得酬报"；罗念生汉译本作"好有更多的机会观察飞鸟，从燔祭里获得酬报"。

不尊敬众神，也不尊敬卡德摩斯吗？他可是播下种子让地生人从大地中长出的那个人。你是厄喀翁的儿子，而厄喀翁也是地生人中的一员。你是要让你的家族蒙羞吗？

忒瑞西阿斯：不论何时，如果一个聪明人选择了一个好的争辩主题，把话说得天花乱坠就算不上什么难事。从你能说会道这点来看，你似乎是个聪明人，但你的话毫无道理。一个既有权势又能言善辩的固执者，不会是个好公民，因为他缺乏智慧。这位你所嘲笑的新神——我甚至难以向你形容，他将来在整个希腊会是何等伟大……[6]

彭透斯，听我说，不要过分相信力量在人类事务中无所不能。当你的态度有问题时，不要认为自己是明智的。将这位神迎进城来，给他奠酒，在你头上戴上头冠，加入对他的崇拜。

忒瑞西阿斯继续争辩说，自律是一个人的本性和性格问题。狄俄尼索斯并非不道德，他无法让一个贞洁的女人堕落，也不能控制住一个淫荡的女人。此外，这位神（正如彭透斯本人一样）乐于接受他的人民的崇拜。

卡德摩斯支持了忒瑞西阿斯的呼请，要求彭透斯保持理智以及自控。他认为，彭透斯一定是病了才会对抗这位神，即使彭透斯是对的，即使狄俄尼索斯真的是冒名者，他也应当愿意妥协和说谎，从而挽救塞墨勒及整个家族的名声。但是，彭透斯年轻而顽固。他指责与其地位相当的人愚蠢而疯狂，命令一名手下去破坏忒瑞西阿斯的占卜所（他认为，反正忒瑞西阿斯自己已玷污了他的祭司职位），又派人去追捕那个女人气的外乡人，因为他已腐化了崇拜的女人们。

一名卫兵将带来新宗教的陌生外乡人带了进来（实际上，他就是狄俄尼索斯本人）。欧里庇得斯在此呈现了这位神与凡人彭透斯之间的三次对话中的第一次。这次对话展现的是两者在地位上的讽刺性逆转。彭透斯认为他自己赢了，却逐渐不可避免地钻进了狄俄尼索斯为他准备的罗网。酒神那镇静而坚定的力量完美地击败了凡人神经质的冲动（《酒神的狂女》434—518）：

卫兵：彭透斯，我们回来了，抓到了你派我们去追捕的猎物，我们的努力没有白费。但我们发现这头野兽很温顺——他没有试图逃跑，而是自愿向我伸出了双手，他甚至脸都没有变苍白，双颊一直带着酒色的红晕。他微笑着吩咐我将他绑起来，带他走。他没有催促，让我的任务变得很容易。我很惊讶，对他说："外乡人啊，我不是出于自己的意愿来抓你的，而是奉派我前来的彭透斯之命。"

至于你抓住、捆绑起来并扔进监狱的那些酒神狂女们，她们已被释放，都去山谷间跳舞，呼唤她们的酒神巴克斯。绳索自动从她们的脚上落下，门上的锁未经凡人触碰就自己开了。这个来到我们崇拜城的人带来了许多奇迹。之后将要发生的事就是该你操心的了，与我无关。

彭透斯：给他松绑。既然他被我逮住了，就休想有本事逃脱。哎，外乡人，你的外形并非不吸引人，至少对女人而言是如此。毕竟你在崇拜的目的就是引诱她们。

你飘扬的长发诱人地从两颊垂下，证明你可不是什么摔跤手。你的皮肤娇嫩，那是由于你总是待在阴凉的地方，避开阳光，这样你才可以用你的美貌引诱阿佛洛狄忒。但是，首先告诉我，你从哪儿来。

狄俄尼索斯：我可以毫不费力地回答你的问题。我想你一定听说过长满鲜花的特摩罗斯山吧。

彭透斯：我听说过。它的山脉包围着撒尔迪斯城。

图13.6　《狄俄尼索斯与迈那得》（*Dionysus and Maenads*）
阿提卡红绘安法拉罐，作者为克勒俄弗拉得斯画师（Kleophrades painter）[a]，公元前490年，高56厘米。画中的狄俄尼索斯留有胡须，长长的卷发垂至脖子。他正在朝右方移动，然而他的头却转向左侧，这也许是为表现醉酒的状态。他右手握一只康塔罗斯杯，左手拿着一根葡萄枝。他肩上围着带斑纹的动物皮，头戴常春藤头冠。狄俄尼索斯的两侧各有一个迈那得遭到萨提尔攻击。两个迈那得都在模仿狄俄尼索斯的姿态，朝着酒神的方向移动，但脸却朝向另一侧。两个迈那得都拿着酒神杖，左方的那一个还握着一条蛇。在瓶颈处，我们可以看见三名运动员手持铁饼和长矛。

---

a.　古风时期最杰出的陶画师之一，公元前6世纪末至前5世纪初活跃于阿提卡。

狄俄尼索斯：我从那儿来。吕底亚是我的故乡。

彭透斯：为什么你要将这些秘仪带到希腊来？

狄俄尼索斯：我是受了宙斯之子狄俄尼索斯的指引。

彭透斯：吕底亚有一位生出新神的宙斯吗？

狄俄尼索斯：不，他就是那个娶了忒拜的塞墨勒的宙斯。

彭透斯：让你为他服务的，是黑夜中的幻影吗？还是你真的亲眼看见过他？

狄俄尼索斯：我们面对面地看到了彼此，他把自己的秘密传授给我。

彭透斯：你的这些秘密是什么样的？

狄俄尼索斯：未入教的人是不能听闻的。

彭透斯：那些入教的人会得到什么好处？

狄俄尼索斯：你不该知道这个，但知道了却大有好处。

彭透斯：你的答案很聪明，设计好了让我想要听得更多。

狄俄尼索斯：不虔诚的人会憎恶这位神和他的秘仪。

彭透斯：你说你清楚地见到了这位神，那么，他长什么样子？

狄俄尼索斯：他想是什么样子就是什么样子，我控制不了他的长相。

彭透斯：你又一次用空洞的答案狡猾地回避了我的问题。

狄俄尼索斯：智者之言在无知者看来是愚蠢的。

彭透斯：你是首先来到此地介绍你的

神吗?

狄俄尼索斯: 每一个异邦人都已在他的仪式中起舞了。

彭透斯: 那是当然, 因为他们比希腊人要低下得多。

狄俄尼索斯: 风俗各有不同, 但在这些仪式中异邦人却高一等。

彭透斯: 你是在夜里还是在白天举行你的圣礼?

狄俄尼索斯: 大多数是在夜里。黑暗让仪式更为庄严。

彭透斯: 对女人而言那是背叛, 是堕落。

狄俄尼索斯: 只要愿意找, 在白天也能发现可耻的行为。

彭透斯: 你一定要为你邪恶的辩术受罚。

狄俄尼索斯: 你也要受罚, 因你的无知和渎神。

彭透斯: 我们的酒神信徒真是胆大呀, 他的反驳多么熟练。

狄俄尼索斯: 我会受到怎样的惩罚? 你要对我做什么可怕的事?

彭透斯: 首先, 我要剪掉你这漂亮的头发。

狄俄尼索斯: 我的头发是神圣的, 它属于神。

彭透斯: 那么, 交出你的酒神杖。

狄俄尼索斯: 你自己来拿吧。我替狄俄尼索斯拿着它, 它实际上属于神。

彭透斯: 我要将你关进牢中。

狄俄尼索斯: 只要我想的时候, 神就会亲自释放我。

彭透斯: 我猜, 是当你站在你那些相信酒神的女人中间呼唤他的时候吧。

狄俄尼索斯: 此刻, 他也在我身边, 看着我所遭受的一切。

彭透斯: 他在哪儿? 我的眼睛看不见他。

狄俄尼索斯: 他与我在一起。但是你这渎神的人是看不见他的。

彭透斯: 卫兵们, 抓住他。他在嘲弄我, 嘲弄整个崇拜。

狄俄尼索斯: 我告诉你, 不要捆绑我。我才是理智的那一个, 而你不是。

彭透斯: 我的命令是把你捆起来。我说了算。

狄俄尼索斯: 你不知道你过的是怎样的生活, 你也不知道你在做什么, 或者你是谁。

彭透斯: 我是彭透斯, 阿高厄之子。我的父亲是厄喀翁。

狄俄尼索斯: 彭透斯, 你的名字意味着悲哀, 很适合你将面临的灾祸。

彭透斯: 滚开——卫兵们, 把他关在旁边的马厩里, 那里有他要的神秘黑暗——你在那儿跳你的秘舞吧。你带来的女人们是邪恶的帮凶, 我要么把她们留下来做奴隶, 做纺织的活儿, 要么把她们卖给别人——这就能让她们的手停下来, 不再敲打手鼓发出嘈杂的声音。

狄俄尼索斯: 我会去的, 因为这不是注定好的事, 我不是注定要受罪的。但是狄俄尼索斯——你说他不存在——将对你的傲慢进行报复, 因为你伤害我, 囚禁我, 就是对他做了同样的事。

彭透斯自信地跟着狄俄尼索斯进了监牢。但是, 在火灾、地震以及整座宫殿被摧毁的过程中, 这位天神奇迹般将自己解放出来。他向歌队解释了他怎样逃脱了彭透斯邪恶的桎梏，同时自始至终保持着他作为神的信徒的虚构身份。狄俄尼索斯在此与动物发生了典型的关联，或者变形成了一只动物（《酒神的狂女》616—636）：

> 狄俄尼索斯：我愚弄了彭透斯——他以为他将我绑起来了，可他根本没有碰到我，只是心怀空洞的希望罢了。在他关押我的那间房子里，他看到的是一头公牛。他气势汹汹，怒火冲天，咬着嘴唇，滴着汗珠，试图捆绑的却是这头动物的膝盖和蹄子，而我静静地坐在他身边看着。巴克斯在这危急关头来了。他使这屋宇震动，让一团火从他母亲的坟墓上升起。当彭透斯看到时，他以为宫殿着火了，于是他东冲西撞，呼唤仆人打水。整个家宅的人都闻风而动，却白费力气。彭透斯以为我逃跑了，便抛下众人，抓起一把黑色的剑，冲进宫殿来追我。
>
> 然后，狄俄尼索斯在庭院中制造了一种幻象（我告诉你们的只是我以为发生的事）。彭透斯冲向它，冲着阳光照耀的空气又刺又砍，想象他在杀我。巴克斯给他准备了比这更严重的羞辱。他将整个宫殿夷为平地，让一切都东倒西歪，好让彭透斯看到囚禁我带来的苦涩后果。彭透斯筋疲力尽，丢下了他的剑。他只是个凡人，却敢与神作对。

狄俄尼索斯镇定地讲完之后，迷惑而愤怒的彭透斯出现了。尽管经历了这些，他仍然残酷而具有攻击性。两人之间简短的对话被一位信使的到来打断。信使汇报了他和其他人所看到的信奉酒神的女人们的行为以及她们在山间的崇拜活动。起初，整个场景安静而平和，充满奇迹；然后，当闯入者被发现时，便是疯狂和流血的局面。这是对彭透斯的结局的可怕预兆（《酒神的狂女》677—774）：

> 信使：当太阳升起来温暖地照耀大地时，我刚刚赶着牛群到达山里。我看到了那些女人。她们分成三组：奥托诺厄领着一组，你母亲阿高厄领着第二组，而伊诺领着第三组。所有人都摊开四肢睡着了。一些人躺在枞树枝叶上，其他人则把头枕在

图13.7　《狄俄尼索斯、迈那得和萨提尔》（*Dionysus, Maenads, and Satyrs*）

阿提卡黑绘基里克斯杯，作者为尼科斯忒涅斯（Nikosthenes）[a]，约公元前520年。狄俄尼索斯坐在右边一张方椅子上，右手握着一只角状杯（rhyton，一种酒具，细的那一端有一个洞，酒从其中流出），头上戴着某种风格化的头冠或花环。杯周有一些迈那得和阴茎勃起的萨提尔在跳舞。狄俄尼索斯左侧萨提尔演奏的双排"笛"（一种芦苇做的乐器）和他右侧的迈那得左手中的酒壶值得留意。整个场景用蔓生的葡萄叶子和一串串的葡萄装饰。杯子中心位置是一个长着翅膀正在奔跑的戈耳工。

---

a.　活跃于公元前6世纪后半叶的古希腊黑绘／红绘风格陶画师。

橡树叶子上。她们随地而卧，却又端庄适度。你说她们被酒和笛子的音乐迷倒，一心在僻静处满足她们的色欲，但她们并不是这样。

你母亲听到我们那些长角的牛发出的叫声，从一堆酒神狂女中站起身来，大声呼喊着将她们唤醒。她们睡意全无，跳起身来——她们不论老少（许多仍未婚）都秩序井然，令人惊讶。她们所做的第一件事是披散头发，让它垂到肩上，然后系紧身上的小鹿皮松开的部分。她们将舔舐自己脸颊的蛇当成腰带，束好身上带斑点的皮衣。一些人怀抱幼兽——小瞪羚或小狼崽。那些将自己新生的婴儿留在家中的，就用饱涨的乳房给这些野兽喂白色的奶水。

接着她们戴上用常春藤、橡树和开花的葡萄藤做的头冠。一个人拿起她的酒神杖敲打一块岩石，那里便有一股纯净的水涌出来。另一个人用她的神杖敲击坚实的地面，神就从那里送来了一泓酒泉。那些渴望牛奶的，用她们的指尖划着地面，那里便有了白色的泉水。每一柄缠绕着常春藤的酒神杖上都滴下甜美的蜂蜜。因此，如果你在场看见这些事情，你会向你现在责备的这位神祈祷的。

我们这些牧牛人和牧羊人聚到一起，讨论这些怪异而奇妙的举动。这群人中有一个总是去城里，并且很会说话。他对我们所有人说："你们这些住在圣山里的人，你们觉得我们把彭透斯的母亲阿高厄抓起来怎么样？我们抓住狂欢中的她，给国王办一件美差。"我们觉得他的话似乎不

错，于是就藏在树叶茂盛的灌木丛中，埋伏起来等待。时间一到，她们开始酒神的狂欢，晃动着酒神杖，呼唤宙斯之子酒神，用同一个声音喊着"伊阿科斯，布洛弥俄斯（Iacchus, Bromius）①"。整座山和山上的动物们都加入她们的狂欢，无不被她们的舞蹈所动。

阿高厄在跳跃和奔跑时恰好来到我近旁。我从藏身的埋伏处跳出来，一心想抓住她。可她大声呼喊："我敏捷的猎犬们啊，这些男人来抓我们了。跟上我，跟上我，手中拿着你们的酒神杖。"

于是，我们逃跑了，没有被这些酒神狂女撕成碎片。但是她们赤手空拳攻击了我们那吃草的牛群。你可以看见，她们中有人将一头哞叫的母牛扯成两半——那母牛的奶子涨得鼓鼓的。其他人将小牛撕碎。你可以看见小牛的肋骨和它们的偶蹄被丢得到处都是。这些碎块挂在松树上，还滴着鲜血。那些公牛之前还傲慢，疯狂地用角抵触，但它们也被年轻女子们的无数双手放倒了，整个地摔倒在地上。它们的肉很快与身体分离，国王啊，比你眨眼都快。

如同高飞疾翔的鸟儿，狂女们跨越了为忒拜人带来丰收的阿索波斯河（Asopus）两岸的整个平原。她们就像一支敌军，降临在喀泰戎山下的许西埃（Hysiae）、厄律特赖（Erythrae）这两个村庄，将它们摧毁。她们从家中抢走孩子，用肩膀扛走所有的

---

① 伊阿科斯最初可能是厄琉西斯秘仪中的呼喊和狂欢之神，常被等同于狄俄尼索斯。布洛弥俄斯是狄俄尼索斯 / 巴克斯的一个特性形容语，意为狂欢喧闹的神。

战利品（包括青铜和铁器）。尽管并没有捆绑好，这些战利品却未掉到地上。她们的头发上带着火，却没有烧起来。村民们被狂女们的抢掠激怒了，奔向他们的武器。

我的国王啊，之后的一幕真是可怕极了。村民们投出的武器没有沾染任何血，但当狂女们掷出手上的酒神杖时，却造成许多人受伤。女人打败了男人——如果没有某位神的力量，这是不可能完成的大事。她们回到出发的地方，回到酒神为她们创造出泉水的地方。她们洗掉手上的鲜血。蛇舔舐掉她们脸颊上的污渍。

所以，我的国王啊，将这位神迎进城里来吧，不管他是谁。他在许多方面都了不起，尤其是他赐予凡人的那件卓越的礼物——我听人说，葡萄是痛苦和悲伤的解药。没有酒，就没有爱情，人类就没有了其他的欢乐。

彭透斯拒绝听信使的话。他下定决心要武装进攻酒神狂女们。不过，外乡人狄俄尼索斯用某种方式抑制住了他，借助彭透斯的本性和心理——大体而言，就是他的压抑之中衍生出来的复杂病态，特别是他那对情欲的荒淫迷恋，以及他对看见群体放荡场面的渴望——他坚持认为那就是正在发生的事（《酒神的狂女》811—861）：

狄俄尼索斯：你想看到女人们在山间成群结队吗？

彭透斯：是的，没错。我愿意为此付出一吨黄金。

狄俄尼索斯：你为什么这么强烈地想看她们呢？

彭透斯：实际上，看到她们喝醉酒会让我难过的。

狄俄尼索斯：然而，你还是很想看到让你难过的事情？

彭透斯：当然——如果我能蹲在枞树底下悄悄地看的话。

狄俄尼索斯：不过，即使你悄悄地去，她们还是会把你找出来的。

彭透斯：那我就大摇大摆地去。你说得对。

狄俄尼索斯：那么你是会去的了？让我带路吧。

彭透斯：来吧，越快越好。这般拖延我烦透了。

狄俄尼索斯：那么，穿上一件上好的亚麻袍子吧。

彭透斯：干吗？我是要男扮女装吗？

狄俄尼索斯：如果你被发现是个男人，她们会杀死你的。

彭透斯：你又说对了。你就像过去的智者一样。

狄俄尼索斯：狄俄尼索斯给我灵感。

彭透斯：照你看来，怎样做才最好呢？

狄俄尼索斯：我会进去给你打扮好。

彭透斯：穿着女人的衣服？但是那太羞耻了，我不想这么穿！

狄俄尼索斯：你不再想看到迈那得们了吗？

彭透斯：你说你会让我穿上什么衣服？

狄俄尼索斯：我将给你戴上长长的假发。

彭透斯：然后，这身装扮的下一样是

什么？

狄俄尼索斯：一件垂到脚上的长袍，
还有头上的发带。

彭透斯：你还要让我带上什么别的？

狄俄尼索斯：手中的一根酒神杖，以
及一件带斑纹的小鹿皮斗篷。

彭透斯：我不能让我自己穿上女人的
衣服。

狄俄尼索斯：不过，如果你在战斗中
攻击狂女们，你就会流血。①

彭透斯：这倒是真的。我必须先去侦
察一番。

狄俄尼索斯：没错，这比以恶制恶明智。

彭透斯：我怎样才能出城而不被人察
觉呢？

狄俄尼索斯：我们走一条废弃的路线。
我会带路。

彭透斯：怎样都行，只要狂女们不嘲
笑我。我要进屋去，做最好的准备。

狄俄尼索斯：就这样吧，我会在你身
边，准备应对一切。

彭透斯：我要进去了。我将带上武器，
要么遵循你的指导。

狄俄尼索斯：女人们，这个男人已经
准备好钻进罗网了。他将去找酒神的狂女，
并为此付出生命的代价。狄俄尼索斯，现
在开始吧，因为你就在不远处。我们将展
开报复。首先我们要使他疯狂，让他失去
理智。在理智中，他可不愿意穿上女人的

衣服；但一旦失去理智，他就会穿上了。我
想要让他成为崇拜人的笑柄，让他们看到
他穿着女人的衣服被领着穿过城市，以此
来报复他之前发出的可怕威胁。我现在去
给彭透斯穿上那件裙子。他将穿着它下到
哈得斯的王国里——由他的母亲亲手杀死。
他将知道，狄俄尼索斯是宙斯之子，而且
狄俄尼索斯本身也是一位神——他是人间
最可怕也最和善的神。

彭透斯穿上酒神狂女的衣袍，这正暗示了庆典
中牺牲品的装扮。通过穿上他的服装的仪式，彭透
斯受到酒神的魔法和力量的影响，并最终成为神的
祭品。歌队歌唱她们的崇拜中的喜悦，歌唱她们战
胜不敬神的人而实现的正义。在她们的歌结束之际，
狄俄尼索斯最后完全控制住了彭透斯。彭透斯此时
已经精神错乱了（《酒神的狂女》912—970）：

狄俄尼索斯：彭透斯，我叫你。你这
个家伙，想看不该看的，急于做不该做的。
从房子里出来吧，让我看看你：你身穿女人
衣裙，打扮成酒神的迈那得的样子，正要
前去监视你母亲和她那群人的举动。

彭透斯：我觉得我看见了两个太阳。
拥有七座城门的崇拜似乎也成了两个。你
带我前行的时候，你看上去像一头公牛，
头上长出了角。你原先是一头野兽吗？现
在，你真的变成了一头公牛。

狄俄尼索斯：神与我们同行。尽管他
之前并不友善，但现在他站在我们这边。
现在你看到了你该看到的。

彭透斯：告诉我，我看起来怎么样？

---

① 此句有两种理解。一种是"你会让人流血"，另一种是"你就会流
血"。罗念生在其汉译本中选择了前一种，但他认为可能是所根
据的抄本有误，因为对本来就打算攻击狂女的彭透斯发出这样的
威胁没有力量。本书英文亦可以两解，故选择后一种。

像不像伊诺或我母亲阿高厄？

狄俄尼索斯：你在我眼中看起来正像是那两个女人。不过，我先前帮你固定在发带下的这绺头发乱了。

彭透斯：我在室内像个酒神狂欢者一样摇头晃脑时把它弄松了。

狄俄尼索斯：我们要做的就是伺候你。让我们把头发弄好。低下头来。

彭透斯：好，你把我打扮好吧。我现在一切听你的。

狄俄尼索斯：你的腰带松了，衣裙的褶子也没有整齐地垂到脚踝。

彭透斯：右脚这边的不直，但是左脚这边裙子垂到了脚后跟。

狄俄尼索斯：我肯定，当你看到狂女们的自我克制超出你的预料时，你会把我当成最好的朋友。

彭透斯：我是不是该更像一个狂女一点儿呢？我该用右手还是左手握酒神杖呢？

狄俄尼索斯：你应该右手握住它，将它和你的右脚同时举起。

彭透斯：我能够把喀泰戎山连带山间四处的狂女全都扛在肩上吗？

狄俄尼索斯：只要你想的话就可以。之前你的头脑不健全，但它现在正是它该有的样子。

彭透斯：我们要带撬棍去吗？还是说我应该将把肩膀或胳膊放在山峰下面，用双手摧毁它们呢？

狄俄尼索斯：不要破坏宁芙们的住所和潘神吹笛的地方。

彭透斯：你说得对。我不该用暴力征服女人，我要藏到枞树林里。

狄俄尼索斯：你会找到藏身之地的，你应该是一个狡猾的密探，偷偷接近那些迈那得。

彭透斯：真的，我仿佛看见了树丛中的她们。她们就像鸟儿一样被甜蜜的爱牢牢捆缚。

狄俄尼索斯：是的，当然，你的使命正是提防这件事。也许你会逮住她们，如果你自己没有先被抓住的话。

彭透斯：带我从忒拜城中穿过，因为我是他们之中唯一敢这么做的男人。

狄俄尼索斯：你一个人为这个城市担当了重任——只有你。因此战斗一定在等着你。跟着我，我将安全地带你到那里去，但另一个人会带你回来。

彭透斯：我母亲。

狄俄尼索斯：那会是所有人都想看到的盛况。

彭透斯：我正是为此而去。

狄俄尼索斯：你会被抬回来的。

彭透斯：你说得多么奢侈啊。

狄俄尼索斯：在你母亲的怀抱中。

彭透斯：你一定要这样纵容我吗？

狄俄尼索斯：也算是纵容吧。

彭透斯：我值得这样的奖赏。我跟着你啦。

　　彭透斯想象他会坐着精美的马车返回，而他的母亲会坐在他身边。这可怕的一幕建立在不止这一处讽刺之上，并且充斥着许多含混之处。男扮女装的彭透斯像个孩子一样想象着母亲慈爱的呵护。彭透斯之前对卡德摩斯、忒瑞西阿斯的嘲弄在此时显得多么苦涩啊！在神志不清的状态中，彭透斯是否真的看见了酒神真实而根本的特征——一头野兽？或者，彭透斯所见的只是来自他自己对酒神崇拜之野蛮本质的扭曲解读？

在很大程度上，含混就是狄俄尼索斯崇拜的一部分。这种含混贯穿整剧。在对酒神狂女们的描绘中，我们听到了两个故事：一个故事关于山间的宁静与祥和——人们在那里与自然和谐共处；另一个故事则有关非自然行为，以及暴力血腥的献祭。狄俄尼索斯本身既温和又可怕，既虚弱又充满力量，既带来欢乐也带来痛苦。当彭透斯在同一个人身上同时看见一头公牛和一个微笑的人的形象时，他的所见是令人困惑的。最终，彭透斯既是猎人也是猎物，既是酒神的对手也是其信徒，一心想着酒神信徒的正确着装和姿态。想看的人终会被人看到。想与神战斗的人终会被神俘获，成为神的牺牲品。

一位信使到来，讲述了彭透斯可怕的死亡（《酒神的狂女》1043—1152）：

> 信使：离开忒拜城，跨过阿索波斯河之后，我们爬上了喀泰戎山的斜坡。一行人包括彭透斯、我（因为我跟着我的主人），还有领我们去那里的外乡人。
>
> 我们首先在一道绿草茵茵的山谷中占据了一处地点。我们蹑手蹑脚，静默不语，这样才能看见对方而不为其察觉。那是一条四面都是峭壁的山谷，泉水流淌，松树遮蔽天日。迈那得们就坐在这里。她们的手里忙活着欢乐的任务。有人给酒神杖的杖头重新编织常春藤，因为原来的失去了一些叶子。另有人就像从精巧的轭下脱身的小母马般欢快，口中的酒神颂歌彼此唱和。

不过，可怜的彭透斯看不见这群女人。他说道："我的朋友，我站立的地方离得太远了，看不清这些伪装的迈那得。不过，如果我爬上山边一棵高高的松树，我就能清楚地看到迈那得的放荡场面。"就在那时，我看见那个异乡人做出了不起的事来。他抓住高耸入天的一棵松树的树梢，将它往下拉，一直拉到黑色的土地里。松树弯得像一张弓，又像车轮的曲线。外乡人就这样用手抓住山松，将它弯到地面上，这是凡人不可能完成的壮举。

他让彭透斯坐在最高的树枝上，然后松了手，让树从他手中滑走，直到它又直立起来。他慢慢地、小心地放手，这样就不会让彭透斯从上面掉下来。松树立起来，直插云霄，而我们的国王坐在树顶上。与其说此时他能看见迈那得们，倒不如说迈那得们看他看得更清楚。他高高地坐在松树顶上，刚被看清，那外乡人就消失不见了。从天上传来一个声音（我猜那是狄俄尼索斯的声音）高叫道："女人们，我带来了这个嘲笑你们、嘲笑我、嘲笑我们的秘仪的男人。现在开始报复他吧。"

就当这声音说这些话时，一道神圣的火光在天地之间亮起。空气都凝住了。在那长满树木的山谷里，每片叶子都静悄悄的，野兽的声音也寂然不闻。女人们还没听清这声音，站起身来四处张望。他再次发出召唤。当卡德摩斯的女儿们理解了酒神那清晰的指令，她们像鸽子一样敏捷出动，开始无情的举动，其中有彭透斯的母亲阿高厄和她的姐妹，还有所有的狂女。

神的气息令她们陷入疯狂，她们在山谷中的溪流上和岩石间奔跑。当她们看见坐在松树上的国王时，她们先是爬上松树对面的峭壁悬崖，而后竭力朝他扔石头，并投掷松树枝。其他人朝彭透斯投掷酒神杖。彭透斯成了一个可怜的靶子。

可她们并没有成功，因为可怜的国王虽然被无助地困在那里，却坐得太高了，即使是对她们的疯狂来说也太高了。最后，她们用闪电般的力量扯下了橡木树枝，想要用它们做杠杆将那松树撬起来。但是这些努力也白费了。于是，阿高厄叫道："来呀，迈那得们，让我们站成一圈围着这棵树。我们一起抓住它，这样才能抓住爬树的野兽，阻止他泄露神的秘仪。"之后，她们用千百只手将那松树从土中拔起。彭透斯从他高高的座位上倏地一下跌落到地面，并且不住发出喊叫，因为他知道自己大祸临头了。

身为女祭司，他的母亲是第一个展开屠杀的人。她扑到他身上。彭透斯扯掉发带，好让可怜的阿高厄有可能认出他来，并且放过他。他抚摸着她的脸颊，叫道："母亲，我是你儿子彭透斯，你在厄喀翁的家中生下了我。饶恕我的罪过吧，别杀我，我是你的儿子。"

但阿高厄神志不清，她口吐白沫，眼珠疯狂地转动，因为酒神巴克斯的力量控制了她。彭透斯无法打动她。她抓住他左下臂，将脚踩在她不幸的儿子的肋骨上，把他的胳膊从肩膀上揪了下来。那不是她自身的力气办到的，而是酒神让她的双手干起这件事来轻轻松松。另一侧，伊诺撕扯着他的肉，而奥托诺厄及全体女人也都朝他扑来。所有人都一起呐喊。他用残存的力气痛苦地呻吟，而她们发出胜利的尖叫。有女人举着一只胳膊，另有女人举着一只脚——那脚上还穿着靴子。他的肋骨都被撕扯得干干净净。她们用鲜血染红的手将彭透斯的肉抛来抛去，像抛一只球。他的残躯散落在各处，有的在岩石下面，有的在阴暗的树林深处，不容易找到。

他的母亲拿着他可怜的头颅，将它固

图13.8　《彭透斯》（*Pentheus*）

阿提卡红绘基里克斯杯，作者为杜里斯（Douris），约公元前480年。这个饮酒杯形象地描绘了彭透斯被肢解的惨状。彭透斯两侧的迈那得们穿着带斑点的兽皮，正在将他撕裂。彭透斯似乎恳求地注视着的那个迈那得被识别为阿高厄。其他几个被识别为奥托诺厄和伊诺。最左方的迈那得举着他的一条腿。画面右方是一个萨提尔。他兴奋地举起双手，正在观看肢解的过程（sparagmos，即在祭祀中将牺牲品肢解）。在杯子的另一边，在两个举着彭透斯的尸体碎片的迈那得中间，用令人紧张的目光直视观者方向的，是端坐着的狄俄尼索斯。他正在另一个萨提尔用双排笛奏出的音乐下享受美酒。杯内圆形画（tondo，位于酒杯内部中心）中是一个摇摇晃晃的迈那得。她一手抓住一头活豹子，一手拿着酒神杖。

定在她的酒神杖的尖头上。她举着它，就像举着一头山间狮子的头颅一样，穿过喀泰戎山的深处，离开了她的姐妹和她们的迈那得队伍。她来到城墙里面，为她那命运悲惨的猎物而兴奋。她呼唤巴克斯，她狩猎过程中的同伴与战友，胜利的保护神。作为奖赏，他给了她眼泪。所以，我现在要走了，在阿高厄抵达王宫之前，我要远离这不幸。我相信，最好是节制欲望以及敬神。对用得上它们的凡人来说，这些美德是最明智的财产。

阿高厄回来了。在与她父亲卡德摩斯之间的可怕一幕中，她从疯狂中清醒过来，认识到自己做了可怕的事：被她抓在手里的是她儿子彭透斯的头，而非山狮的头。这部戏剧的结局确认了狄俄尼索斯的神圣力量。他现在以机械降神的方式，以神的身份出现，对那些否认他的神格、亵渎他的宗教的人

哈里·帕奇的美国版巴克斯的女信徒

美国作曲家哈里·帕奇（Harry Partch）的音乐剧《郡府公园的启示》（*Revelation in the Courthouse Park*，1960）是对欧里庇得斯悲剧的美国化剧场改编。在对这部作品的阐释中，帕奇就狄俄尼索斯崇拜中的种种元素给出了具有启发性的洞见：

> 我先是决定将欧里庇得斯的《酒神的狂女》的故事完全搬到美国背景中。不过，最后更佳的方案似乎是在一个美国郡政府公园和忒拜王宫前这两个地方之间变换场景……我决定让它成为一部关于美国此时此地的戏剧，而可悲的是，它的确是……许多年前，我被欧里庇得斯戏剧中的基本状况和今天美国的至少两种现象之间的一种强烈而奇怪的相似性触动。带有强烈的性意味的宗教仪式，在我们的文化中并不罕见，带有强烈宗教意味的性仪式也同样如此。（我猜想年轻男歌手遭到半歇斯底里的女人团团围困的场景，可以被视为向某种神格致敬的性

> 仪式。）在多年观察这些分离的现象之后，我将它们综合起来，视为一种宗教与性并重、深深植根于进化早期的一种单体仪式……[7]

将猫王（Elvis Presley）偶像化等同于狄俄尼索斯崇拜的做法，已被证明是恰当的，比帕奇可能猜测的还要恰当。对那些虔诚的歌迷来说，猫王要么从未死去，要么已获重生，他仍与我们同在。许多人前往他位于优雅园（Graceland）[a] 的"神庙"朝圣。与流行乐和摇滚乐歌手相关的狄俄尼索斯式体验，跨越了不止一代人。这种体验存在于那些晕倒在弗兰克·西纳特拉（Frank Sinatra）[b] 脚下的时髦少女身上，也存在于对迈克尔·杰克逊（Michael Jackson）以及乔治男孩（Boy George）[c] 的雌雄同体崇拜中，并以同等强烈的情感折磨着男女两性。女歌手麦当娜（Madonna）或摇滚乐队披头士（The Beatles）所激起的狂热让男性和女性同样倾倒，有时因狄俄尼索斯式地使用迷幻药情况更甚（参见本书第810—812页）。每一代人都有自己的新偶像。

---

a. 已故流行音乐歌手猫王（埃尔维斯·普雷斯利）位于美国田纳西州的一栋白色廊柱豪宅。
b. 弗兰克·西纳特拉（1915—1998），美国著名男歌手和演员，常被视为20世纪最优秀的美国流行男歌手之一。
c. 乔治男孩（1961—　　），英国流行乐队"文化俱乐部"（Culture Club）主唱，20世纪80年代英国新浪漫时期的流行偶像，常以女装形象出现。

给予严厉的审判。

彭透斯已因其罪而死。其他主要的罪人则必须被流放。卡德摩斯和哈耳摩尼亚会在他们的流亡中经历许多战争和苦难，将被变成蛇，但最终他们会被阿瑞斯（哈耳摩尼亚之父）拯救，并被送往福人之岛。阿高厄与她的姐妹们必须立刻离开忒拜。在悲伤地与父亲诀别时，阿高厄对其苦涩而悲剧性的狄俄尼索斯宗教体验发表了尖刻的评论（《酒神的狂女》1383—1387）。

> 但愿我能去往这样一个地方：被鲜血染污的喀泰戎山将永远看不见我，而我也再也不见到它；那里的人对关于酒神杖的事情一无所知。让喀泰戎山和酒神杖成为其他酒神狂女们的事，与我无关。

剧本的最后一部分存在严重的文本问题。中世纪的作品《受难的基督》（*Christus Patiens*）借鉴了欧里庇得斯的剧本，对我们不无帮助。这一有趣的事实，令我们的注意力转向狄俄尼索斯与基督之间的相似之处。

彭透斯被屠杀一幕中所表现出的悲怆与恐怖，让一些人提出一种同情的观点，将这位鲁莽的国王视为一位禁欲的殉道者，认为他是在与非理性的宗教狂热的战斗中被杀害的。不过，这个年轻人身上的太多特征表明，他只是一个目光短浅的心理变态者，不能接受人的本性，而且试图愚蠢地压制这种本性。以兽性和崇高为目标的基本冲动，通过令人恐惧而又惊奇的方式发生了关联。毕竟，狄俄尼索斯是一位群体暴怒之神，又是宗教的狂喜之神，也是两者之间的任何角色。对他的崇拜是一种冲破文明桎梏的呼唤吗？是一种自

然的神秘纯洁与充分自由的回归吗？或者，它只是一种欺骗性的借口，只是为了让人自我放纵于无拘无束的激情狂欢呢？

狄俄尼索斯的其他对手

在阿尔戈斯的梯林斯，国王普罗托斯（Proetus）的女儿们抵制狄俄尼索斯。于是狄俄尼索斯让她们在乡间东奔西跑，离家出走并杀死自己的孩子。为得到普罗透斯的半壁江山，著名的先知墨兰波斯——根据希罗多德的记载（《历史》2.29），正是墨兰波斯将狄俄尼索斯的崇拜仪式引进了希腊——用草药和治疗性的舞蹈治愈了普罗托斯的女儿们的疯症。[8] 他和一群身强力壮的年轻人一起表演一种战舞——尽管普罗托斯的一个女儿伊菲诺厄（Iphinoë）死于追逐的过程中。这个故事与阿格里阿尼亚节（Agriania）有关。在阿格里阿尼亚节上，人们在夜间仪式性地追逐女子，并在次日恢复正常的社会秩序。俄耳科墨诺斯和希腊其他的许多地方都庆祝这个节日。

在玻俄提亚城市俄耳科墨诺斯，弥倪阿斯（Minyas）的女儿们拒绝参加酒神崇拜，而是留在家中纺织。狄俄尼索斯乔装成一个女孩，对她们的愚蠢举止发出警告，却未产生效果。于是，酒神令她们疯狂。其中之一的琉喀珀（Leucippe）生下一子，名叫希帕索斯（Hippasus）。他（像彭透斯一样）被撕成了碎片。与普罗托斯的女儿们不同的是，弥倪阿斯的女儿们并未回归正常生活。她们变成了长着翅膀的夜行动物，要么是猫头鹰，要么是蝙蝠。不过，其中一个女儿克吕墨涅先后嫁了五个丈夫，因此她既是伊阿宋的婶婶（由于嫁给菲瑞斯），又是

阿塔兰忒（Atalanta）的母亲（由于嫁给伊阿索斯[Iasus]）。她还被赫利俄斯所爱，由此成为法厄同的母亲。

色雷斯的吕枯耳戈斯（Lycurgus）以一根赶牛棒追逐狄俄尼索斯的保姆们。狄俄尼索斯本人在惊恐之中跳进大海。忒提斯将他救起并安慰他。众神迁怒于吕枯耳戈斯。宙斯使他双目失明，他不久之后就去世了。

狄俄尼索斯的本质、追随者和宗教

关于狄俄尼索斯的诞生，《荷马体颂歌之1——致狄俄尼索斯》（*Homeric Hymn to Dionysus*，1）[9] 给出了不一样的信息，认为他的名字来源于宙斯（Dios）以及倪萨山（Nysa，在这首诗里倪萨山位于埃及），并确定了酒神崇拜的普遍力量（《荷马体颂歌之1——致狄俄尼索斯》1—21）。

> 啊，缝在宙斯大腿中，由神生出的神。[10] 有人说塞墨勒从喜爱闪电的宙斯那里受孕，在德拉卡农（Dracanum）生了你，有人说那发生在多风的伊卡洛斯（Icarus），有人说是在深处流淌着的阿尔甫斯河。[11] 还有人说，神啊，你出生于忒拜。他们都错了。生下你的是众神与凡人之父。他那时远离人群，躲在白臂的赫拉看不见的地方。
>
> 有一座山叫作倪萨山，高耸入云，林木翠绿。它远离腓尼基，临近埃及的河流。[12]
>
> "他们会在神庙中设立许多雕像。凡好事皆为三数，因此各地的凡人总是在每三年一次的节日中，向你献上完美的百牛

祭。"[13] 克洛诺斯之子说着，垂下他漆黑的眉毛，点头示意。我们的众神之王的头发从他不朽的头上垂下，他令奥林波斯山颤抖。说罢，睿智的宙斯点头表示认可。

> 缝在宙斯大腿中的神，请你仁慈。你令女人们陷入疯狂。我们这些诗人在开始和结束歌唱时歌颂你。任何忘记你的人，都完全不可能记住如何唱起神圣的颂歌。
>
> 赞美你，缝在宙斯大腿中的狄俄尼索斯，同时也赞美你的母亲塞墨勒——他们甚至称她为梯俄涅（Thyone）①。

另一首致狄俄尼索斯的《荷马体颂歌》（26），告诉我们关于这位神的更多信息（《荷马体颂歌》[26]1—10）：

> 我开始歌唱那头戴常春藤的、大声喧嚣的狄俄尼索斯——宙斯和著名的塞墨勒的荣耀之子。秀发的宁芙们从他父亲宙斯手里接过他，将他抱在怀中，在倪萨山的山谷中体贴入微地抚养他。受到父亲的恩宠，他在一个馨香缭绕的洞穴中长大，将被认为是不朽的众神中的一员。但是，在女神们将这位常被歌颂的神抚养长大后，他曾四处游历，头戴由常春藤和月桂枝编成的浓密花环，游荡在森林深处。宁芙们跟随其后，以他为领袖。他们的叫喊声响彻广袤的森林。
>
> 赞美你，狄俄尼索斯，被众多葡萄串围绕的神。请你赐福于我们，让我们欢乐

---

① 塞墨勒被狄俄尼索斯从冥界救出之后成为神祇，居住在奥林波斯山。梯俄涅是她的新名字。

图13.9 《狄俄尼索斯与萨提尔》（*Dionysus and Satyrs*）

红绘基里克斯杯，作者为布吕戈斯画师（Brygos painter）[a]，约公元前480年。大约200件陶器被认为出自这位画家的手笔。其作品最著名之处在于人物的生动姿态，以及对人物的精美刻画——尤其是他们的脸部。我们在这里看到一场酒神狂欢。狄俄尼索斯头戴常春藤头冠，演奏里拉琴，忘情地向后仰着头。他的两侧是两位典型的阿提卡风格的萨提尔：秃顶，塌鼻，长着山羊须，却有马的尾巴和耳朵。右边的萨提尔穿着人们熟悉的斑纹豹皮。左边的萨提尔手拿带叶子的葡萄杖，构成背景。两位萨提尔都在围绕着酒神跳舞，并打着响板。

---

a.　Brygos 是公元前6世纪晚期至前5世纪早期的一些希腊红绘陶器上出现的签名。

地度过四季，就这样过上许多年。

狄俄尼索斯宗教的基本特征包括通过音乐和舞蹈达到一种狂喜的、精神上的释放[14]，信徒们被神附体，撕碎祭牲，以及吃生肉（omophagy，一种仪式性的圣餐，因为人们相信神就在祭品之中）。他的教团（即神圣的提阿索斯 [thiasus]）被分成几组。通常每组都有一个男性首领，他扮演着神的角色。又称迈那得的酒神狂女们则是女信徒，是被神附体的凡人女性。在神话中，她们超出了凡人的范畴，与其说是凡人，毋宁说是宁芙。

她们在神话中的男性对应者是萨提尔。与她们一样，萨提尔也是自然精灵，但他们又不是完全的人形，而是半人半兽，具有马或山羊的各种特征，如马的尾巴与耳朵、山羊的胡子与角，尽管后来他们往往被描绘为更像人的精灵。萨提尔跳舞，唱歌，热爱音乐。他们酿酒，饮酒，永远处于一种性兴奋状态。他们最爱的运动之一就是在林间追逐迈那得们。兽皮和花环是酒神狂欢者的传统特征（尽管萨提尔通常是裸体的）。酒神杖则是迈那得们的专属物品，那是一根包裹着常春藤或葡萄叶子的棍子，顶上是尖的，插着一颗松果。正如我们所见，它是一种魔杖，能制造奇迹。如果有必要的话，它也可以变成致命的武器。

西勒诺斯也是狄俄尼索斯的随从，常被人与萨提尔混为一谈，尽管他们中的一些要更为年迈（被称为 papposileni），甚至更加荒淫好色。不过，其他西勒诺斯却年迈而睿智，像狄俄尼索斯的老师西勒诺斯（Silenus）[①] 本人一样。有这样一个故事：有位西勒诺斯因在一处掺了酒的泉水中饮水而醉倒。当他被带到国王弥达斯面前时，这位西勒诺斯用哲理推究说人类最佳的命运是尚未出生，其次便是出生后尽快死去，这是希腊人的悲观主义和智慧的典型例子，让人想起梭伦与希罗多德。[15] 在希腊艺术中，狄俄尼索斯及其随行队伍是人们喜闻乐见的题材。

正如我们所期望的那样，作为一位男性植物之神[②] 的狄俄尼索斯与一位丰饶女神相关联。他的母亲塞墨勒在被希腊化之前本身就是一位成熟的大地

---

①　Sileni 是 Silenus 一词的复数形式。西勒诺斯的名字也被用作类似他而与其他萨提尔不同的一类人物的通称。参见本书第9章脚注。

②　植物之神（god of vegetation、vegetation deity）是一类自然之神，其消失和再出现，或生、死及重生象征着植物的生长周期。在自然崇拜里，植物之神可男可女，但是必须具有再生的能力。

图13.10　《迈那得》（*Maenad*）

阿提卡基里克斯杯内画，作者为布吕戈斯画师，约公元前480年，直径11.25英寸。这幅背景为白色的生动画作（杯上有制陶师布吕戈斯的签名）表现了一名迈那得的暴力举动。她右手握酒神杖，左手抓住一头幼豹。她的裙子上系着一片豹皮，一条盘在头上的蛇是她的头冠。

女神。在宙斯诞生于克里特岛的故事中，随从们用疯狂的音乐盖过了他那婴儿的哭声，暗示混合着狄俄尼索斯式的仪式。当然，欧里庇得斯又将酒神秘仪与瑞亚和库柏勒的仪式崇拜联系在一起。在阿里阿德涅被忒修斯抛弃在纳克索斯岛之后，狄俄尼索斯与她"成婚"，拯救了她（参见本书第637—639页）。这不仅是一个男性与女性的生命之力结合的例子，还说明了酒神的救赎之力。狄俄尼索斯代表着生命之液，代表着血液在血管中的流动，以及性和自然那搏动的兴奋与神秘，因此他是一位狂喜与神秘之神。

作为扎格瑞俄斯的狄俄尼索斯

我们可以在狄俄尼索斯式狂喜的情感环境中发

现希腊戏剧的本质和精神。认为这一艺术形式的起源与狄俄尼索斯有关的理论数不胜数。然而一个事实是，在雅典，悲剧和喜剧是在一个纪念狄俄尼索斯的节日上演。那些认为这一关联纯粹巧合的说法很难让人赞同。亚里士多德从怜悯与恐惧的净化这一角度来论述悲剧的本质，无疑是将本质上是酒神式的情感与兴奋视为理所当然。[16]

另一个有关狄俄尼索斯诞生的故事，甚至更明确地将他确立为神秘之神。宙斯与他的女儿珀耳塞福涅结合。珀耳塞福涅生下一个儿子，名叫扎格瑞俄斯（Zagreus），这是狄俄尼索斯的另一个名字。出于嫉妒，赫拉怂恿提坦们攻击这个孩子。这些巨神在脸上涂了白垩，在婴儿狄俄尼索斯照镜子时攻击了他（在另一个版本中，提坦巨人用玩具引诱他，然后用刀将他砍成碎片）。在谋杀婴儿之后，提坦们吞下了他支离破碎的尸体。[17]但是婴儿的心脏得到拯救，并被雅典娜带给宙斯，于是狄俄尼索斯得以重生——他被宙斯吞下，由塞墨勒生出。宙斯迁怒于提坦们，用雷霆闪电劈死了他们，而人类又诞生于他们的灰烬中。

就其所提供的宗教教义来说，这无疑是最重要的神话故事之一。由此，人类被赋予双重本性：我们的身体是卑下邪恶的（因为我们从提坦族而来），然而我们的灵魂是纯洁神圣的（因为毕竟提坦们吞下了一位神）。罪、永生、死而复生、来世、奖赏，以及惩罚等基本宗教概念由此得到解释（这些概念是所有秘教的根本）。狄俄尼索斯与俄耳甫斯、得墨忒耳以及他们所宣扬的信息发生联系并非偶然。他本人就是一位死而复生之神。有一个故事讲的是他前往死者的国度将他的母亲带了回来。在这个故事里，他母亲通常被冠以梯俄涅这个名字。

狄俄尼索斯、伊卡里俄斯和厄里戈涅

然而，狄俄尼索斯也能在和平与欢乐之中被人接受，虽然这种情况甚至也可能以悲剧收场。在阿提卡，国王潘狄翁统治时期，一个名叫伊卡里俄斯的人对酒神特别热情。作为奖赏，伊卡里俄斯被神赐以酒浆。然而，当人们起初感受到这份馈赠的效果时，他们以为自己中毒了，于是进攻伊卡里俄斯并杀死了他。伊卡里俄斯忠诚的女儿厄里戈涅与她的爱犬迈拉（Maira）一起到处寻找她父亲。找到他之后，厄里戈涅在悲痛中自缢身亡。人们随之遭受了痛苦和瘟疫，直到他们根据阿波罗的建议创立了纪念伊卡里俄斯和厄里戈涅的节日。

狄俄尼索斯给弥达斯的礼物——点金术

我们已了解到贤明的西勒诺斯曾被抓获，并被带到国王弥达斯跟前。[18] 弥达斯认出这个人曾经是狄俄尼索斯的随从，就将他交还给狄俄尼索斯。酒神十分高兴，他给了国王选择自己喜欢的任何礼物的权利。弥达斯愚蠢地请求自己所接触到的任何东西都会变成金子。起初，当他看见自己只要用手一点就能将每样东西变成闪闪发光的财富时，弥达斯很喜欢自己的新能力。但是，这个祝福很快就变成了诅咒，因为他再也不能吃吃喝喝了：任何端到他唇边的食物和饮料都会变成一块金子。弥达斯从贪婪变为憎恶。在一些故事里，甚至他最爱的女儿都被变成了金子。他请求神宽恕他的罪过，免除他那受到诅咒的能力。狄俄尼索斯同情他，吩咐国王在撒尔迪斯附近的帕克托洛斯河里洗净他的罪过的残余痕迹。弥达斯遵令而行，于是将各种东西变成黄

图13.11 《狄俄尼索斯与迈那得斯》（*Dionysus and Maenads*）

黑绘安法拉罐，作者为阿玛西斯画师（Amasis painter）[a]，约公元前530年。狄俄尼索斯身着希顿长袍（一种长衫）和斗篷（himation），拿着一杯酒，向两个迈那得敬酒。两个迈那得均身穿某种带图案的女袍，手挽着手跳舞。她们手拿常春藤的卷须，右边的那一个还拎着一头小鹿的耳朵。

———————————

a.　活跃于公元前6世纪中后期的古希腊陶画师，古风时期最杰出的陶画师之一。

金的能力从他身上转移到了河水中——河边的沙滩永远都是金色的。

狄俄尼索斯与海盗

在《荷马体颂歌之7——致狄俄尼索斯》（*Homeric Hymn to Dionysus*，7）中，酒神被海盗绑架，海盗误以为他是凡人。之后在船上发生的事情，将狄俄尼索斯的神力和威仪表现得淋漓尽致，也让我们想起了他的性格和对他的崇拜中的那些基本元素：奇迹、变成兽形、对敌人的残忍，以及对那些理解者的同情和拯救（《荷马体颂歌之7——致狄俄尼索斯》

1—57）。[19]

　　我将歌唱狄俄尼索斯——光荣的塞墨勒之子——怎样以一个青春少年的模样出现在一片不毛之地的海岬上。他的头发乌黑而秀美，浓密地垂下。他强壮的肩上披着一件紫色斗篷。没过多久，异国的海盗被厄运引领，乘坐一艘装备坚固排桨的船，很快就出现在暗黑如酒色的海上。他们一看到他，就互相点头示意。很快他们就跳出船，立刻抓住他，将他带到船上。海盗们心里很欢喜，因为他们认为他是个受宙斯眷顾的王子。他坐在那里，黑色的眼睛里带着微笑。他们想将他牢牢捆绑起来，绳索却从他的手脚上滑落，捆不住他。

　　当舵手看见这一幕，他大声对同伴们说："疯子们，你们抓住并试图捆绑的是哪一位强大的神啊？连我们的大船都载不住他，那这位要么是宙斯，要么是银弓之神阿波罗，要么就是波塞冬了，因为他不像凡人，而像住在奥林波斯山上的神。来吧，让我们立刻将他释放到黑色的岸边。不要动他一丝一毫，我害怕他会以某种方式发怒，并引来狂风和暴风雨。"

　　他这般说道，船长却不屑一顾，责备他说："你这个疯子，去察看风向吧。干活的时候别忘了转动绞轳，把帆升起来。我打算带他去埃及或塞浦路斯，或是北边的许珀耳玻瑞亚，或者更远的地方。到达目的地时，他终会说出他的朋友是谁，说出他所有的财产和兄弟，因为神的力量将他送到了我们手中。"他说完话，船上的桅杆

和帆都升起来了。风吹到帆的中间，水手们将各处的绳子都牢牢系紧。

　　不过很快，在他们当中就发生了奇妙的事情。先是一种甜美而芬芳的酒流淌在黑色的船上，一种有如仙馔的神圣气息升起来。所有的水手看着这样的景象，惊讶万分。顷刻之间，藤条向各个方向蔓延开来，直到高高的船帆顶端，垂下串串果实。深色的常春藤开满了花，缠绕着桅杆，长出漂亮的果子，而且所有的桨栓都戴上了花环。他们看到这些，连忙命令舵手将船靠岸。但那时酒神变成了一头可怕的狮子，在船的上部大声咆哮。在船的中部他又变出一头鬃毛浓密的熊，就这样显示了他的神性。熊站起身来发脾气，上层甲板上的

图13.12 《狄俄尼索斯》（*Dionysus*）

基里克斯杯，作者为埃克塞基亚斯（Exekias）[a]，大约公元前530年，直径4.5英寸。这一幕描绘了《荷马体颂歌之7——致狄俄尼索斯》中讲述的故事。酒神斜倚在海盗船上。桅杆上缠绕着挂满果实的葡萄藤。船员都跳下了船，被变成了海豚。

――――――――――

a. 古希腊制陶师与陶画师，约活动于公元前6世纪下半叶，与阿玛西斯画师一起被视为公元前6世纪中叶最出色、最具独创性的黑绘陶画师。

狮子则怒目而视，发出怒吼。

水手们逃到船尾，害怕地站在做出了正确判断的舵手身边。狮子突然跳起来抓住船长，但水手们看到这一幕时却逃脱了厄运：他们一起纵身跳进了闪烁的大海，变成了海豚。

酒神怜悯舵手，拯救了他，让他在各方面都快乐和幸运。神说："不要害怕，你已受到我心眷顾。我是喧嚣的天神狄俄尼索斯。我母亲塞墨勒，卡德摩斯之女，在与我父亲宙斯结合之后生下了我。"

赞美你，面容俊美的塞墨勒之子。忘记你的人不可能写出这首优美的歌。

潘

潘神与狄俄尼索斯的萨提尔、西勒诺斯有许多共同点。[20] 他并不完全是人形，而是半人半山羊，长着羊角、羊耳和羊腿。他会加入巴克斯狂欢的队伍，充满活力，性情冲动，又好色多情。关于他的父母有各种说法：他的母亲通常被认为是某位宁芙，他的父亲则往往被认为是赫尔墨斯或阿波罗。像他们一样，潘既是牧羊人之神，也是一位音乐家。

据说潘发明了他自己的乐器——排笛（pan-pipe，或者希腊语中的 syrinx）。奥维德对这个故事的讲述简洁且富于魅力（《变形记》1.689—712）。绪任克斯（Syrinx）曾是一位美丽的宁芙，也是阿耳

诺努斯的《狄俄尼西阿卡》

诺努斯（Nonnus）是一位来自埃及帕诺波利斯（Panopolis）的诗人，在5世纪写成了一部希腊文史诗，共48卷，以狄俄尼索斯及其伟绩为主题。在3卷本洛布版的"神话介绍"部分，H. J. 罗斯以这样一句引人注目的话开篇："《狄俄尼西阿卡》（Dionysiaca）ª 中的神话是富有趣味的，因为，在希腊神话的最后衰落阶段，它是我们所能见到的篇幅最长也最为详尽的一例。"[21] 这部作品饱含学问，的确具有重要性（往往是在学术意义上，而非诗歌意义上）。诺努斯也不愧被誉为"古代最后一位伟大的史诗作者"。

这部史诗第1卷以宙斯拐走欧罗巴开端，在第48卷中以狄俄尼索斯最终返回奥林波斯山作结——狄俄尼索斯在那里给他的爱人阿里阿德涅戴上王冠。在

他那多变而又紧凑、由无数事件组成的画卷中，诺努斯为我们提供了别处找不到的信息，例如狄俄尼索斯与珀耳修斯的战斗，还有柏洛厄（Beroë）的故事——柏洛厄是阿佛洛狄忒的孩子——被创造出来的目的，是为某座著名的罗马法学院的所在地贝吕图斯（Berytus）ᵇ 提供一个建城神话。他在天文、星相学和宗教教义（尤其是俄耳甫斯教教义）方面的丰富学识也值得我们注意。狄俄尼索斯多情的故事似乎数不尽。他的爱人群体都被变形成了各种各样的植物。诺努斯的夸张描写中最有趣且最奇特的，是一个将狄俄尼索斯描述为世界征服者的长篇故事——他的军事胜利显然是受了亚历山大大帝的传奇事迹的启发。《约翰福音》的诗体改写也被人们归功于这位诺努斯。

---

a. 《狄俄尼西阿卡》，又译作《狄奥尼西卡》。

b. 贝吕图斯，即今黎巴嫩首都贝鲁特。贝吕图斯是罗马时代腓尼基行省的首府，当时此地的法学院十分著名。

忒弥斯的追随者，曾经拒绝好色的萨提尔以及林中精灵的追求。潘看见了她。当他追逐她时，她却被变成了一丛沼泽芦苇。风吹过芦苇丛，发出一种悲伤而优美的声音。潘受到启发，砍下两根芦苇，用蜡将它们固定在一起，就这样造出了一支可以演奏的笛子。

潘经常出没在山丘和高山上，尤其是在他的家乡阿耳卡狄亚的山中。他在雅典尤受尊敬。根据希罗多德的记载（《历史》6.106），奔跑中的菲狄皮德斯（Phidippides）曾经路遇潘：在公元前490年，雅典人即将在马拉松与波斯人交战时，菲狄皮德斯被雅典人派往斯巴达请求支援。菲狄皮德斯声称潘神直呼其名，并质问为什么雅典人忽视自己这位对他们很友好的神。雅典人相信了菲狄皮德斯的话，后来为潘神建了一座神坛，每年都用献祭和火炬接力赛来向他致敬。

除去绪任克斯之外，潘还有其他的恋爱故事。[22]他对宁芙厄科的爱情也以悲剧告终。她摆脱他的追求，然而潘在一群牧羊人中散布疯狂以及"恐慌"（panic）（这是他的一大本事），使得他们将厄科撕成了碎片。她留下的只有声音。

关于潘的诞生和狂欢，《荷马体颂歌之19——致潘神》（Homeric Hymn to Pan，19）提供了令人难忘的讲述。在这首诗中，他的父亲是赫尔墨斯，母亲是德律俄普斯（Dryops）之女德律俄珀（Dryope）（《荷马体颂歌之19——致潘神》1—49）。

缪斯女神啊，请向我讲述赫尔墨斯心爱的儿子——长着山羊蹄与两只羊角，热爱铿锵乐音的潘神。他与一群宁芙组成的歌队一起游荡在山间草地上，在峭壁边缘跳舞。她们呼唤潘——了不起的、毛发浓

密的牧羊人之神。每一道冰雪覆盖的山脊，每一座高山之巅和岩石覆盖的顶峰，都是他的领土。他东游西逛，穿过茂密的灌木丛。有时，他被温柔的小溪诱惑，而后他又会再次穿过嶙峋的岩石，登上俯瞰羊群的最高山巅。他常常在山坡上追逐野兽，并且时时准备杀死它们。

然后，只有在夜晚，当他从狩猎中返回时，他才会用排笛演奏美妙的乐曲。就算是那在繁花似锦的春日里用甜美歌声倾泻心中悲伤的花间夜莺，在音乐上也比不过他。与他在一起的，还有歌声清亮的山间宁芙，她们脚步轻盈，在幽暗的泉水旁歌唱，而厄科的哭泣回荡在山顶。潘神每天都随歌队在四处轻快地跳舞，并毫不费

图13.13　《潘追逐一位牧羊人》（Pan Pursuing a Goatherd）

阿提卡红绘调酒缸，作者为潘神画师，约公元前460年，高14.5英寸。画中的潘追逐着一位牧人，可能是赫尔墨斯之子达夫尼斯。潘的意图很明显。岩石遍布的背景中的那座赫尔姆（或者更可能的是普里阿波斯的像）巧妙地反映了他的色欲。这是本书图10.3那件陶器的另一面。正面描绘的是阿克泰翁被女神阿耳忒弥斯惩罚的故事。神的色欲不受惩罚与神因人类犯错而发怒所造成的悲剧后果在此形成对照。

力地加入她们当中。他背上披着带斑点的
猞猁毛皮。在那混杂草间的番红花和芬芳
的风信子恣意开放的柔软草地上，他的心
随着自己那动人的乐声而欢喜跳跃。

他们歌唱万福的众神和高耸的奥林波
斯山，尤其喜欢歌唱幸运之神赫尔墨斯。
他们歌唱他是众神敏捷的信使，歌唱他来
到泉水流淌和羊群遍布的阿耳卡狄亚——
那是他神圣的领地。尽管他是一位神，但
他仍为一位凡人服务，在那里照看毛儿浓
密的绵羊。因为他被一种要熔化自身的热
望揪住，强烈地想要获得德律俄普斯的女
儿的爱。[23]她是一位长着漂亮头发的宁芙。
他最终达成心愿，赢得幸福的婚姻。

德律俄珀在家中给赫尔墨斯生下一个
心爱的儿子。从出生的那一刻起，他就是
一个奇迹——一个长着山羊蹄和两只角的
婴儿，热爱音乐和欢笑。但是他的母亲却
受惊逃走，抛弃了这个孩子，因为她看见
他那粗野的长相和满脸胡子时被吓坏了。
幸运之神赫尔墨斯立刻抱起他，将他紧紧
抱在怀里。这位天神感到无比快乐。他迅
速用厚厚的山兔皮裹住这个孩子，去往众
神之家。他让婴儿坐在宙斯与众神旁边，
给他们看了这个男孩。所有的神都心中欢
喜，尤其是狄俄尼索斯。他们称呼他潘，
因为他让所有人都心中欢喜。[24]

赞美你，潘神。我用歌声向你祈祷。

我将铭记你，并且不忘另一首歌。

厄科与那喀索斯

我们知道，潘因为遭到厄科拒绝而使得她被撕
成碎片，唯有她的声音留了下来。然而，关于厄科还
有一个更为人熟知的故事，讲的是她对那喀索斯的爱
情。奥维德的版本如下（《变形记》3.342—510）：

河神刻菲索斯（Cephisus）曾在他蜿蜒
曲折的河水中拥抱宁芙利里俄珀（Liriope），
将她包裹在波浪中，强暴了她。美丽的利
里俄珀足月分娩，生下一个孩子。尽管他
还是个婴儿，也能让宁芙们坠入爱河。利
里俄珀把他取名为那喀索斯。她问了先知
忒瑞西阿斯，问她儿子是否会拥有漫长的
一生，一直活到老年。先知的回答是："是
的，如果他没有认识他自己的话。"在很长
一段时间，这个答案似乎只是个空洞的预
言。然而，它的真实性最后却被这个男孩
不同寻常的疯狂和死亡证实。

刻菲索斯之子年满十六岁的时候，虽
显青涩，活力四射。许多少男少女都爱慕
他，但是他除了有温柔的美貌，还极为骄
傲，以至于没有人（不论男女）敢去触碰
他。有一天，正当他将胆小的鹿往他的网
子中驱赶时，他被一位多嘴的宁芙看见了。
这位宁芙既不知道当别人说话时要沉默不
语，也不知道怎样首先开口说话——她就
是喜欢模仿的厄科。

那时候的厄科还有形体，而不仅仅是
一个声音；但是与现在一样，她喋喋不休，
会习惯性地用她的声音重复一长串话语的

最后一部分。朱诺使她变成这样。因为朱诺本可以抓住与朱庇特在山上同寝的宁芙，是厄科故意拖延，与自己长时间谈话，直到那些宁芙逃走。当朱诺知道了真相，她叫道："你那舌头欺骗了我，它的能力将受到限制。你对自己声音的运用也会非常短暂。"她兑现了自己的威胁，厄科只能重复她听到的话，而且只能重复最后几个词。

厄科对那喀索斯的爱

而后，她看到那喀索斯在僻静的林间游荡，心中燃起激情，她偷偷跟随着他的脚步。离他越近，她心中的那团烈火燃烧得越厉害，就像涂抹了硫黄的火炬头，在靠近火焰时就会点着并熊熊燃烧。她多次想接近他，想说出甜言蜜语和温柔的请求啊！可她的本性使得这一切不可能成真，因为她不能先开口说话。不过，她准备等他开口，然后用她自己的话来回应他的话——这一点她能做到。

男孩碰巧与他忠实的伙伴们走散了，他叫道："这里有人吗？"厄科回答道："人吗？"他迷惑不解，四处张望，然后全力呼喊道："来吧！"她以同样的话回应他。他环顾四周，但是不见有人走近。"你干吗要离我而去？"他问道。她则用他说出的话来

图13.14 《厄科与那喀索斯》（*Echo and Narcissus*）

布面油画，尼古拉·普桑画，约1630年，29.25英寸×39.5英寸。那喀索斯倒卧在池畔，头边长着一丛因他而生的花。背景中的厄科显得孤苦无依，正在消逝。丘比特手中燃烧的火炬更适合一场葬礼，而非爱的庆典。

回应他。他被这个声音迷住了，坚持呼唤："来这里，让我们在一起吧！"厄科回答道，"让我们在一起吧！"——没有任何其他声音能让她如此愿意回应。她从林中走出来，履行了她所说的话，奔过去手绕心上人的脖子。但是他跑开了，边跑边叫："把你的手拿开。我宁愿死，也不要让你占有我。"她只能回应最后几个字"占有我"。

如此遭到拒绝的厄科躲在林中，树丛遮住了她脸上羞红的样子。从那以后，她就独居在山洞里。不过，她仍为情所困，爱意和被拒之痛与日俱增。因思念而难以入眠，使得她可怜的身体日益消瘦，皮肤也逐渐憔悴。她身上的青春和活力都慢慢消逝在空气中，剩下的只有她的声音和骨头。最后，只有声音留了下来：据说她的骨头都变成了石头。从此，她一直躲藏在林子里。山上再无她的踪影，可是每个人都能听见她说话。她留下的一切就是回声。

那喀索斯如此对待她，就像他之前拒绝其他从波浪中或山中跳出来的宁芙一样，也像他拒绝那些靠近他的男性一样。因此，被拒绝的人中有一个向天空举起双手，叫道："请让他爱上他自己吧，这样他就不能占有他的爱人了！"这个祈祷是正义的，被复仇女神听到了。

那喀索斯爱上自己的倒影

有一处泉源，它清澈的水面像银子一样闪耀，未曾被牧羊人、山中的羊和其他动物沾过，也未曾被鸟兽和掉落的树枝惊动过。有了水的滋养，泉水周遭绿草如茵；

又因为树林的缘故，这一片地方得以免受太阳的炙烤。男孩躺在这里：他由于天热以及追寻猎物而筋疲力尽，又被这一汪池水和此地的美景吸引。他试图饮水止渴，那干渴却一再袭来。他不断喝水，同时被眼中的美丽倒影俘获。

他相信那水中的虚幻影像是真实的肉体，爱上了一个不切实际的希望。他惊奇地注视着自己的影子，为他所看到的影像而发呆，心中一片空白，就像一尊帕罗斯岛大理石做成的石像。从他卧倒在地的位置，他看见自己的双眼像双子星，自己的头发配得上巴克斯和阿波罗的头颅。他看见自己光滑的脸颊、象牙般的脖颈，还有那张秀美的脸——雪白之中一抹绯红。他惊讶于自己身上曾被他人引以为奇的一切。他失去了理智，也忘记了一切，渴望得到他自己。赞美与被赞美的，追求与被追求的，燃烧与被燃烧的，都是同一个人。多少次他徒劳地亲吻这欺骗性的水啊！多少次他将胳膊伸进水中，想要揽住他看见的那个脖颈啊！但是他却无法拥自己入怀。他不理解自己所看见的东西，却被自己所看见的燃起了爱火。撩起他的爱情的，正是这欺骗了他双眼的幻象。

可怜的、上当的男孩，为何你徒劳地想要抓住自己稍纵即逝的倒影呢？你想要得到的并不真实。只要转过身，你就会失去你所爱的。你看到的不过是你自己的倒影。它没有实体，随你而来，随你停留在此。只要你舍得离开，它又会随你而去。男孩不想吃喝，也不在乎休息。这些都不会让他离开他的位置。他只是伸展开四肢卧在阴凉的草地上，贪婪地注视着那虚幻的美景，因为自己的双眼而毁掉自己。他稍稍支起身体，对着周围的树林张开双臂，呼喊道：

"还有人遭遇过比这更残忍的爱情吗？树啊，请告诉我。因为你们曾为无数恋人提供合宜的幽会场所，所以你们知道。在你们所经历的漫长岁月里，你们记得有人像我一样憔悴吗？我看着我的心上人，却不能拥有我的所见和我的所爱。这就是我这单相思的痛苦。将我们分开的并非广袤的海、漫长的路，或是无法攻破的城堡，所以我更加悲惨。只是一片小小的泉水就将我们彼此分开。我的心上人渴望得到拥抱。每一次我弯腰去亲吻这清澈的水时，他也会努力送上他饥渴的双唇。你会以为他是可以触碰到的，就是这样一点微不足道的东西，却阻止了我们的爱情圆满。不管你是谁，出来吧，来到我身边。无人可以媲美的男孩，你为什么要骗我呢？当我追逐你时，你去了哪里？你当然不是因为我的青春美貌而逃离，因为宁芙们也爱过我。你用你同情而友好的眼神，许给我一种希望。当我对你张开双臂时，你也回应同样的举动。我笑，你也笑。当我哭泣时，我也常注意到你用泪水回应。你回应我的每一个动作，每一次点头。你可爱的嘴型让我知道：你用我不曾听到的话语回应着我。我就是你！我意识到了。我的影子没有欺骗我，我心中燃烧着对我自己的爱，我就是那个燃起爱火同时又忍受折磨的人。我该怎么做？我是该发问的人还是该回答的人？我该要求什么？我想要的正与我同在，我拥有的一切使我一无所有。啊，我多希望我能逃离自己的身体！对恋爱中的人来说，这是多么奇怪的祷告：他竟希望远离他所热爱的！现在悲伤消耗着我的力量，我剩下的时间不多了，我的生命将在最美好的时候被扼杀。死亡并不让我担忧，因为死亡将结束我的痛苦。我只希望我珍惜的人能活得久一些。事实上，我们两个活着的时候是同一个人，死也要在一起！"

那喀索斯变形

他在相思之苦中说完了话，再次转身对着自己的影子。他的眼泪扰动了泉水，使水中的倒影不再那么清晰。看见倒影消失时，他大叫道："你要去哪里？留下来，不要抛弃我，你的爱人。我触碰不到你——让我看着你，在我的痛苦与疯狂中，请至少给我这点恩赐吧。"他在悲痛中撕扯着外衣，用大理石般洁白的双手捶打他赤裸的胸膛。他的胸膛因捶打而现出一种玫瑰红的颜色，就像苹果往往白中透红，又像各种葡萄串还未成熟时带着一点紫色。当水面重归平静，他看到自己现在这番模样，再也无法忍受。不过，就像黄蜡接触到火就会熔化，轻柔的霜在太阳的温暖照耀下也会融化一样，他被爱情削弱，被爱情摧毁，逐渐被它隐藏的火焰燃尽了。他不再有白皙而透红的美丽皮肤，不再有年轻的力量，不再有他往昔曾乐于看到的自己所拥有的一切。甚至他的身体，那曾被厄科爱着的身体，也没剩下来。

当厄科看到他变成这番模样，十分伤心，虽然她曾经愤怒怨恨过。每次这可怜的男孩叫道"哎"，她也重复着回一声"哎"。当他用手捶打肩膀时，她也回以同样的声音——那是他的悲哀之声。他注视着熟悉的水面时，发出最后的呼喊："哎呀，可怜那个我徒劳地爱着的男孩！"这片地方便重复这一句话。当他说"再见"时，厄科也重复着"再见"。他疲惫的脑袋松软地靠在绿草地上。黑夜闭上了那一双如此爱慕主人美貌的眼睛。然后，在他被大地之下死亡的国度接收之后，他同样注视着斯堤克斯河水中的自己。他的姐妹那伊阿得们哭了，剪掉她们的头发，将它献给了弟弟；林中宁芙德律阿得们也哭了。厄科回应着她们的哭泣声。她们替他准备火葬堆、光芒流动的火把和尸架，却到处都看不见尸体。她们发现的是一朵花，花心是黄色的，有一圈白色的花瓣。①

----

① 此处讲的是水仙花的来历。原引文作"她们发现了一种黄色的花，中心是一圈白色的花瓣"。不符合常识，应有误。据 Brookes More 英译本和杨周翰汉译本修改。

自恋

这个自恋和自我毁灭的悲剧故事，对后来的文学和思想施加了异常强大的魔力，其中一个重要的原因就是奥维德那敏感而动人的讲述。某个男性恋人祈祷公正的报应并得到神的应答，这一事实定义了那喀索斯的自恋与自我毁灭的同性恋本质。[25]我们确信，奥维德意图让我们领会的是一个男性恋人（aliquis）遭到了拒绝，由此那喀索斯的痛苦才会变得如此讽刺而又如此正义："罚应当其罪。"忒瑞西阿斯的谶语预示了悲剧的发生，并且他的话正是那个最具希腊色彩的主题——"认识你自己"——的一种奇妙变体。这一主题由阿波罗宣扬，并为俄狄浦斯和苏格拉底所熟知。当那喀索斯母亲问儿子是否能活到老年时，先知忒瑞西阿斯的回答是："是的，如果他没有认识他自己的话。"对于奥维德竟能达到这样的深度，我们不应感到惊讶。

自 1914 年弗洛伊德发表论文《论自恋：导论》（"On Narcissism: An Introduction"）以来，"自恋"（narcissism）和"自恋的"（narcissistic）就已成为心理学术语，并成为我们日常词汇的一部分。[26]

相关著作选读

Bloom, Harold，《欧里庇得斯》（*Euripides*. New York: Chelsea House, 2003）。

Carpenter, Thomas，《公元前 5 世纪雅典的狄俄尼索斯形象》（*Dionysian Imagery in Fifth Century Athens*. New York: Oxford University Press, 1997）。

Carpenter, Thomas and C. A. Faraone, eds.，《狄俄尼索斯的面具》（*Masks of Dionysus*. Ithaca: Cornell University Press, 1993）。一部关于狄俄尼索斯及悲剧之影响的论文集。

Dodds, E. R.，《希腊人与非理性》（*The Greeks and the Irrational*. Berkeley: University of California Press, 1951）。

Kerényi, Carl，《狄俄尼索斯：无法摧毁的生命的原型意象》（*Dionysos: Archetypal Image of Indestructible Life*. Translated by Ralph Mannheim. Princeton: Princeton University Press, 1996 [1976]）。

Merivale, Patricia，《羊神潘及现代语境中的潘神话》（*Pan the Goat-God, His Myth in Modern Times.* New York: Cambridge University Press, 1969）。

Otto, Walter F.，《狄俄尼索斯：神话与崇拜》（*Dionysus: Myth and Cult.* Bloomington: Indiana University Press, 1965）。

Seaford, Richard，《狄俄尼索斯》（*Dionysos.* Gods and Heroes of the Ancient World Series. New York: Routledge, 2006）。

主要神话来源文献

本章中引用的文献

欧里庇得斯：《酒神的狂女》。

荷马体颂歌之1：《致狄俄尼索斯》。

荷马体颂歌之7：《致狄俄尼索斯》。

荷马体颂歌之19：《致潘神》。

荷马体颂歌之26：《致狄俄尼索斯》。

奥维德：《变形记》3.342—510。

其他文献

阿波罗多洛斯：《书库》3.4.3—3.5.1。

巴库利德斯：《颂诗》11.39—112，赫拉如何使普罗托斯的女儿们发疯的故事。

欧里庇得斯：《库克罗普斯》，西勒诺斯和他的萨提尔儿子们必须为独目巨人波吕斐摩斯服役的故事。

诺努斯：《狄俄尼西阿卡》。

补充材料

关于忒修斯与阿里阿德涅以及阿里阿德涅被狄俄尼索斯拯救的故事，参见本书第23章。

书籍

小说：Tartt, Donna. *The Secret History.* New York: Knopf, 1992。五个学生和一位古典学教授研究狄俄尼索斯秘仪，遭遇了毁灭性的后果。

中篇小说：Mann, Thomas. *Death in Venice*。小说讲述了迷恋俊美男孩塔齐奥（Tadzio）的著名作家阿申巴赫（Aschen-bach）的故事。此书在形式和思想上都以神话为结构模板，描述创造性艺术家的灵魂中那种节制的阿波罗与激情的狄俄尼索斯之间的尼采式冲突。交织其中的还有类似那些在柏拉图的《会饮篇》中出现的爱与美的主题，也有对疾病、瘟疫和死亡的寓言式描绘——这些可追溯至《伊利亚特》，并在索福克勒斯的《俄狄浦斯王》中成为尤为震撼人心的古典表达。本杰明·布里顿（Benjamin Britten）以《威尼斯之死》（*Death in Venice*）为基础而创作了他的最后一部歌剧。

CD

歌剧：Strauss, Richard (1864–1949). *Die Liebe der Danaë*. Telarc. Flanigan et al., American Symphony orchestra, cond. Leon Botstein。弥达斯的点金术故事以及朱庇特化成一阵金雨得到达那厄的故事在歌剧形式中的混合。

音乐：Partch, Harry (1901–1976). *Revelation in the Courthouse Park*. Music-drama or opera / theater. Tomato. The original Gate 5 version of *Revelation in the Courthouse Park* is found on the album *Enclosure Five: Harry Partch*. Innova, 405。剧情在欧里庇得斯《酒神的狂女》中设定于古忒拜的场景和20世纪50年代一个中西部小镇上郡政府公园里所上演的一出美国戏剧中的平行场景之间切换。摇滚明星迪翁（Dion，一个象征猫王的流行偶像原型）出现在后者的场景中。

音乐：Rorem, Ned (1923–2022). *King Midas*. Cantata for voices and piano on ten poems of Howard Moss. Stuart, Walker, and Schein. Phoenix。关于弥达斯和点金术的故事。

乐器演奏：*Soothing Pan Pipes*. Time Life and Reader's Digest Music. A selection mainly of songs and operatic arias, played by Gheorghe Zamfir and Damian Luca and usually accompanied by various orchestras.

DVD

电影：*The Midas Touch,* with Trevor O'Brian and Ashley Lyn Cafagna, Tango Entertainment。这部电影讲述了一个12岁的男孩实现了拥有点金术的愿望，并将他祖母变成金子的故事。

电影：*The Seven Faces of Dr. Lao*. Warner Brothers。这部奇幻电影由乔治·帕尔（George Pal）执导。主演托尼·兰德尔（Tony Randall）在其中扮演神秘的劳博士（Dr. Lao）。劳博士拥有千变万化的脸，其中包括潘神和美杜莎的形象。

清唱剧 / 歌剧：Handel, George Frideric (1685–1759). *Semele*. Bartoli et al. Scintilla Chamber Orchestra. Cond. Christie. Decca。关于朱庇特追求塞墨勒的故事。

芭蕾：*Afternoon of a Faun,* choreographed by Jerome Robbins with music by Debussy. In *Jacques D'Amboise: Portrait of a Great American Dancer*. VAI. Among the other ballets D'Amboise performs is Apollo. Choreography by George Balanchine, music by Igor Stravinsky.

芭蕾：*Syrinx*. Choreographed originally by Nijinsky to music for the flute by Debussy in *The Glory of the Kirov*, a collection of performances of the great Kirov Ballet. Kultur.

[注释]

[1]　巴克斯，罗马人偏爱的酒神名字，也经常被希腊人使用。

[2]　dithyrambos 一词是狄俄尼索斯的修饰语，也是包括酒神颂歌在内的一类合唱诗的名称。古代人认为这个词在词源学意义上指的是他的二次诞生。

[3]　伊诺的事迹尤为含混不清，因为她的故事有多种版本。她是阿塔玛斯（Athamas，我们将在阿尔戈号远征的故事中再见到他）的第二任妻子。他们育有二子，勒阿耳科斯（Learchus）和墨利刻耳忒斯（Melicertes）。她因照看狄俄尼索斯而激怒赫拉。赫拉让这对夫妻发了疯。阿塔玛斯杀死了自己的儿子勒阿耳科斯，并追逐伊诺。她抱着墨利刻耳忒斯逃走，并从一处悬崖上跳进大海，变成了海中女神琉科忒亚（Leucothea）。墨利刻耳忒斯也成了神，他的新名字是帕莱蒙（Palaemon）。

[4]　俄耳甫斯在色雷斯表现出传教士般的热情。其中的狄俄尼索斯色彩值得留意——它确立了酒神在色雷斯的影响。

[5]　我们已获知库里特是瑞亚的随从，她们掩盖了婴儿宙斯的哭声，以免他被他父亲克洛诺斯察觉（参见本书第75页插文）。在本段中，欧里庇得斯将她们与库柏勒的随从科律班忒们联系在一起。

[6]　忒瑞西阿斯那段关于狄俄尼索斯伟大力量的冗长而博学的说教，我们只译出了它的开头及结尾部分。

[7]　Harry Partch, *Bitter Music, Collected Journals, Essays, Introductions, and Librettos,* ed. Thomas McGeary (Urbana: University of Illinois Press, 1991), pp. 244–246. Reprinted from his Genesis of Music. 2 d ed. (New York: Da Capo Press, 1974 [1949]).

[8]　安菲阿剌俄斯是一位先知，也是攻打忒拜的七将之一。他是墨兰波斯的后代。普罗托斯之妻斯忒涅玻亚（Stheneboea）在柏勒洛丰的故事中很重要（参见本书第592页）。

[9]　开头9行被西西里岛的狄奥多罗斯（3.66.3）引用，可能不是一首独立的颂歌，而应该是以某种方式与这第一首颂歌残缺不全的最后一部分相连。这最后一部分在手稿中可见。

[10]　eiraphiotes 这个特性形容语不确定从何而来。它可能的意思是"缝在里面"，但是也可能指狄俄尼索斯与常春藤、山羊或公牛之间的关联。

[11]　德拉卡农是科斯岛上的一个海角，伊卡洛斯和纳克索斯都是岛屿，阿尔甫斯是厄利斯的一条河流。

[12]　在狄奥多罗斯所引的这几行之后，以及手稿文本的下一部分之前一定有脱漏。

[13]　我们不确定此处提到的三件事是什么，可能指分解祭品的仪式。

[14]　E. R. Dodds 编辑的希腊语《酒神的狂女》文本（第2版，New York: Oxford University Press, 1960）非常有益，其中包括富于启发性的介绍。他指出，狄俄尼索斯宗教中存在着一种普遍存在的信念：音乐节奏和仪式舞蹈可以带来最令人满意的和最高的宗教体验。此外还可参阅 Walter F. Otto, *Dionysus: Myth and Cult* (Bloomington: Indiana University Press, 1965 [1933]), M. Detienne, *Dionysos at Large* (Cambridge: Harvard University Press, 1989 [1986]), Carl Kerényi, *Dionysos: Archetypal Image of Indestructible Life.* Translated from the German by Ralph Mannheim. Bollingen Series LXV. 2 (Princeton: Princeton University Press, 1976)，以及 Thomas H. Carpenter and Christopher A. Faraone, eds., *Masks of Dionysus.* Myth and Poetics Series (Ithaca: Cornell University Press, 1993)，这

是一部关于狄俄尼索斯及其崇拜之各个方面的论文集。

[15] 对这一故事的著名改写出自维吉尔，见于他的《牧歌集》（*Eclogue*）第6首。其中西勒诺斯的演讲充满了天体演化论和神话学的观点。

[16] 对狄俄尼索斯式体验最具想象力和影响力的现代分析出自弗里德里希·尼采，特别是在对其与阿波罗精神之间对照关系的阐述上。还可参阅 M. S. Silk and J. P. Stern, *Nietzsche on Tragedy* (New York: Cambridge University Press, 1981)，这是对尼采的第一部著作《悲剧的诞生》（*The Birth of Tragedy*）的一项研究。

[17] 这个故事的种种变体显然是从原因论上解释了酒神仪式中各种元素的不同尝试。后来的庆典巨细无遗地表现了酒神的激情、死亡和复活。

[18] 奥维德所讲述的弥达斯的故事（《变形记》11.85—145）非常有名。这位弥达斯与那个因为喜欢潘的音乐胜过喜欢阿波罗的音乐而招致耳朵被变成驴耳的弥达斯是同一个人。（参见本书第282—283页。）

[19] 奥维德也讲过相同的故事（《变形记》3.597—691），他为我们提供了一种艺术方法和艺术目的意义上的有趣比较。

[20] 参阅 Philippe Borgeaud, *The Cult of Pan in Ancient Greece* (Chicago: University of Chicago Press, 1988)。这本书研究了有关潘神的不断变化的表现形式。还可参阅 Patricia Merivale, *Pan the Goat-God: His Myth in Modern Times* (Cambridge: Harvard University Press, 1969)。

[21] Nonnos, *Dionysiaca*. Translated by W. H. D. Rouse (New York: Harvard University press, 1934), vol. 1, p. x.

[22] 他所追逐的另一位宁芙，被变成了一株以她名字命名的树——松树（希腊语 Pitys）。

[23] 此处指德律俄珀。奥维德讲述了一个不同版本的故事（《变形记》第9卷第325行起）。

[24] 希腊语中，pan 的意思是"所有"。

[25] 参阅 Louise Vinge, *The Narcissus Theme in Western European Literature Up to the Early 19th Century* (Lund, Sweden: Gleerups, 1967)，以及 Gerasimos Santas, *Plato and Freud: Two Theories of Love* (Oxford: Blackwell, 1988)：弗洛伊德认为（当然许多人不同意）一个人在婴儿期的性发展可能决定他或她成年后对爱的对象和性质的选择，因此自恋理论对他的观念产生了巨大的影响；他认为，对于一些人来说，恋爱中的关系可能并非衍生自他们对母亲的原始依恋，而是来自婴儿期的自恋。

[26] 参阅 *The Standard Edition of the Complete Psychological Works of Sigmund Freud,* edited by James Strachey, vol. 14 (London: Hogarth Press, 1957), pp. 69-129。一部关于心理分析家海因茨·科胡特（Heinz Kohut）的传记甚为有趣：Charles B. Strozier, *Heinz Kohut: The Making of a Psychoanalyst* (New York: Farrar, Straus & Giroux, 2001)。科胡特以其对自恋现象的深刻探讨而闻名。他在这方面的论文有 "Forms and Transformations of Narcissism" (1966) 和 "The Analysis of the Self " (1971)。

第14章

得墨忒耳与厄琉西斯秘仪

> 　　但是，朱庇特在他哥哥和他悲伤的姐姐之间调停，将轮
> 转的一年时间分成相等的两半。现在这位女神的神位便分属
> 两个国度：她与她的母亲在一起度过多少个月，就和与她丈夫
> 在一起度过同样长的时间。突然她的心情和面容都发生了变
> 化。本来她的脸上在朱庇特看来都是悲伤哀悼的表情，现在
> 却光芒四射，正如被乌云遮蔽的太阳破云重现。
>
> 　　　　　　　　　　——奥维德《变形记》5.564—571

得墨忒耳与珀耳塞福涅的神话

　　献给得墨忒耳的《荷马体颂歌》共有两首，其中第13号颂歌是一首
简短的序曲。

> 　　我开始歌唱神圣的、长着秀发的得墨忒耳女神。我要歌唱
> 她和她美丽动人的女儿珀耳塞福涅。万岁，女神。请赐福于这
> 座城市，并让我的歌开始。

　　与之相反，篇幅甚长且富于力量的《荷马体颂歌之2——致得墨忒
耳》(*Homericu Hymn to Demeter*，2) 是极为重要的一首。它从哈得斯
出于宙斯的意愿而绑架珀耳塞福涅开始（《荷马体颂歌之2——致得墨忒

耳》1—495）：

> 我开始歌唱神圣的、长着秀发的得墨忒耳女神。我要歌唱她和她的女儿，足踝美丽的珀耳塞福涅。哈得斯将她抢走。高声打雷、无所不见的宙斯将她赐给了哈得斯。

> 珀耳塞福涅独自一人，远离持金杖的得墨忒耳和上好的谷物，与俄刻阿诺斯那些胸脯丰满的女儿们一起玩耍。她们在一片柔软的草地上采摘鲜花，采的是漂亮的玫瑰、番红花、紫罗兰、鸢尾花和风信子。大地也顺应宙斯的意愿，讨好统领着无数亡灵的哈得斯。大地给这个漂亮的少女设下了一个陷阱，那是一株美妙而明亮的水仙花，是令不朽的神和会死的凡人都惊叹的景象。那花茎上长出一百朵花来，它们的香味无比甜美。上方的宽广天穹、下方的整个大地，还有咸味的大海的波浪都为之展颜。女孩大吃一惊，伸出双手去摘这漂亮而令人欢喜的花。道路宽广的大地在倪萨平原（Nysaean plain）张开了口。统领着无数亡灵、有许多名字的克洛诺斯之子驾驶着他那神马拉的战车，冲向珀耳塞福涅。他将她抱起来，放在他金色的战车里，带走了泪流满面的她。

> 她惊声尖叫，呼唤他的父亲宙斯——克洛诺斯之子，最尊贵、最优秀的神。但是没有神或凡人听见她的声音，就连硕果累累的橄榄树也没有听见。例外的只有珀耳塞俄斯（Persaeus，或珀耳塞斯 [Perses]）的女儿、头发装点得无比灿烂的赫卡忒——正当她心存善念的时候，她从她的洞中听见了——和许珀里翁光荣的儿子赫利俄斯。这两位听到少女呼唤她的父亲，克洛诺斯之子宙斯。但是宙斯坐在很远的地方，远离众神，在他的神庙里，与神庙中的许多恳求者在一起，并接受凡人献上的美丽而神圣的祭品。在宙斯的建议下，他的哥哥——少女的伯父，统领无数亡灵、拥有许多名字的神，克洛诺斯之子哈得斯——违背她的意愿，用他那神马拉的战车将她带走了。

> 只要女神还能看见大地、璀璨的星空、满是鱼儿的深邃大海和太阳的光芒，她就仍然希望还能看见她亲爱的母亲，以及不朽的众神。希望抚慰了她伟大的心灵，尽管她极为不安。高山之巅和大海的深处都回荡着她不朽的声音，而她的女神母亲听到了她这声音。

得墨忒耳的悲伤、愤怒以及报复

得墨忒耳心中涌起锥心的痛苦。她双手撕扯她神圣头发上的头饰，丢掉双肩上黑色的遮盖。她冲出去追赶，像一只飞鸟那样越过大地和水面。但没有人——无论是神还是凡人——想要告诉她到底发生了什么，也没有一只飞鸟来告诉她真相。女神得墨忒耳在大地上游荡了九天，手中举着燃烧的火炬。在悲伤之中她不吃仙馔，不饮甘露，也不曾沐浴。但当黎明带来第十日的阳光时，赫卡忒举着一把火炬来见她，给她带来了一些消息。她叫道："女神得墨忒耳，应季带来美好礼物的神，天上的神或凡人之中是谁拐走了珀耳塞福涅，使你如此忧伤？因为我听到了她的声音，却没有亲眼看见他是谁。我已迅速地将全部事实告诉了你。"

赫卡忒这般说道。秀发瑞亚的女儿未作回答，而是与手中举着燃烧火炬的她一起匆匆离开了。她们来找赫利俄斯，神与凡人的守望者。她们站在他的马前，然后女神中的女神说："赫利俄斯，至少你得尊重我这样一位女神，如果我曾经说过什么话，或做过什么事让你内心欢愉，让你精神抖擞的话。从不结果实的空气中，我听见我所生的那个甜美而光彩照人的女孩高声呼唤，似乎她是被什么人劫走了，但我自己什么都没有看见。你从神圣的高空俯视一切，你的光芒照耀在整个大地和海洋之上，所以请实话告诉我，你是否看见了我亲爱的孩子？是谁在她独自一人时将她抓走，以暴力违背她的意愿，让她远离我，并且逃脱？是神还是凡人？"

她这般说道，而许珀里翁之子回答她："得墨忒耳，秀发瑞亚的尊贵女儿，你会知道真相。我的确非常尊敬你，我也同情你为失去足踝美丽的女儿而陷入悲伤之中。没有其他哪位神该受责备，除了集云者宙斯——他将她送给自己的亲哥哥哈得斯做妻子。哈得斯抓住了她，用马车将她带走，带到地下阴暗的深处，虽然她大声哭喊。但是，女神啊，不要如此悲痛。你不该心怀无情的愤怒，那无济于事。其实，对你的女儿来说，统领无数亡灵的哈得斯并非一位不适合的丈夫。他是你的亲兄弟，你

们血脉相同。至于说荣耀，最初权力分为三份时，他也得了一份，成了围绕在他周围的亡灵的统治者。

他这般说道，接着呼唤他的骏马。听到他的喊声，骏马敏捷地拉着轻快的战车，就像长翅膀的鸟儿一样。不过，一种更可怕的悲痛占据了得墨忒耳的心，从此她愤恨笼罩在云中的克洛诺斯之子宙斯。她远离众神的聚会和高耸的奥林波斯山。很长一段时间里，她在城市间和人类肥沃的田野间游荡，将她美丽的样子隐藏起来。

得墨忒耳来到厄琉西斯，以及刻勒俄斯的宫殿

凡是见到她的男子或胸脯丰满的女子都没认出她来，直到她来到睿智的刻勒俄斯（Celeus）家中。那时候，刻勒俄斯是香气缭绕的厄琉西斯的统治者。得墨忒耳的心中悲痛不已，坐在路边的"少女井"（Maiden Well）旁——那是人们从井中取水的地方。[①] 她所在的地方有一片阴凉，因为一株橄榄树覆盖她的头顶。她的外貌就像一个衰迈的老妇，早过了生育的年龄，也告别了从热爱花环的阿佛洛狄忒那里接受赠礼的岁月。她看起来就像颁布法律的国王的孩子们的保姆，又像他们那些回音缭绕的宫室中的管家。

此地汲水很容易。刻勒俄斯的女儿们来到这里，想要用青铜的罐子将水带回她们的父亲那甜蜜的家里。这时，她们看到

---

① 原引文如此。Hugh G. Evelyn-White 英译本解作"那是当地的女子们取水的地方"。

得墨忒耳坐在那里。刻勒俄斯的女儿共是四位，个个年轻而美丽，有如女神。她们分别是卡利狄刻（Callidice）、克勒伊丝狄刻（Cleisidice）、美丽的得摩（Demo），以及最年长的卡利托厄（Callithoë）。她们不认识得墨忒耳，因为凡人很难认出神来。她们站在她身旁，说出带翼飞翔的话语："老妇人，你是谁？你从哪儿来？你干吗要离开城市，不往那儿的房舍去呢？城里有阴凉的厅堂，里面住着和你一样的女人们，也有更年轻的。她们会用实际言行来欢迎你。"

图14.1　《得墨忒耳》（*Demeter*）

大理石像，公元前4世纪下半叶，高58英寸。这是小亚细亚克尼多斯（Cnidus）的得墨忒耳圣地中的崇拜用神像。得墨忒耳被表现为坐姿，衣袍厚重。她庄重的眼神和主妇装束与《荷马体颂歌》中的得墨忒耳相符。

她们这般说道，而高贵庄严的女神回答："亲爱的孩子们，不论你们是谁，我向你们问好，并将告诉你们我的故事。将事实告诉你们这些开口询问的人没有不适合之处。我的名字是多索（Doso），那是我高贵的母亲所取的名字。听我说，我从大海那边的克里特岛来——并非出于自愿，而是被迫前来，因为海盗强行将我带走。然后他们在托里科斯（Thoricus）进港停泊，男人女人都在那里下了船。他们忙于在船的缆绳旁边进餐，而我对可口的食物兴趣全无。我匆匆离开，穿过黑色的土地，从我蛮横的主人手中逃脱，这样他们就不能卖掉我，从我身上获利了——本来，我也不是他们买来的。就这样，我经过一段时间的流浪后来到此地。我根本不知道这是什么地方，谁住在这里。但是愿所有住在奥林波斯山上的神赐福你们，让你们如你们父母所愿，找到丈夫并生育儿女。但是，亲爱的孩子们，请你们这些姑娘可怜我，关心我，直到我能进到一对夫妇家中，热情地为他们完成适合我这样一个老妇的工作。我可以怀抱新生的婴儿，很好地照看他；我可以在我主人精美的卧室中为他铺床，也可以教会女人们做家务。"

女神这般说道，刻勒俄斯的女儿们中最漂亮的处女卡利狄刻立刻答道："善良的女人，我们凡人即使受苦，也必须承受众神的赐予，因为他们要强大得多。我会帮助你，给你如下建议。我会告诉你哪些人在此地拥有巨大声望和权力。他们是众人中最优秀的，他们提出良策，做出坚决的判断，护卫我们的城墙。他们是：聪明的特里普托勒摩斯（Triptolemus）、狄俄克勒斯（Dioclus）、波吕克塞伊诺斯（Polyxeinus）、高贵的欧摩尔波斯（Eumolpus）、多利科斯（Dolichus），以及我们勇敢的父亲。所有这些人都有妻子照料他们的家室。他们之中没有人会一看到你就侮辱你，或者将你赶出他的房子。他们会欢迎你，因为你的确就像一位神。不过，如果你愿意的话，请留在这里。我们会去我们父亲家里，把整个故事告诉我们的母亲，胸脯高耸的墨塔涅拉（Metaneira）。希望她会让你来我们家，而不去寻找别的家。她在我们精美的家中刚生下她唯一的儿子——他们期待已久的小可爱。如果你能将他养大，等他长成小伙子时，你会轻易地成为所有看到你的女人美慕的对象。这就是对你照看他的巨大奖赏。"

她这般说道，得墨忒耳便点头同意。女孩们将她们锃亮的水罐装满水，快乐地顶着水罐离开。她们很快就来到父亲的宫室里，立刻将她们的所见所闻告诉了母亲。母亲吩咐她们赶快去，无论如何也要把那个老妇人雇来。就像鹿或小母牛在春天吃饱了草后奔跑在草地上一样，她们匆匆跑过空荡荡的马车道。她们手中抓着美丽裙子的褶皱，番红花似的头发在她们肩上飞舞。在之前告别的地方，她们找到了声名显赫的女神，然后领着她来到她们父亲的家中。女神在后面跟着，头上罩着头巾，心中悲伤。黑色的长袍轻擦着女神柔嫩的脚。

很快，她们就到了深受宙斯宠爱的刻勒俄斯的家。她们穿过门廊，来到她们的母亲那里。她们的母亲坐在那支撑着坚固屋顶的柱子旁，抱着其儿子。他还是个婴儿，躺在她怀里。女儿们奔向母亲，但是女神却站在门槛处。女神的头顶着横梁，她令整个门廊都充满了神圣的光辉。于是，墨塔涅拉心生敬畏、尊重和恐惧。她从长椅上跳起来，请她的客人落座。但是，应季带来美好礼物的得墨忒耳不想坐在精美的长椅上。她美丽的双眼低垂，沉默地等待，直到［仆人］伊阿姆柏（Iambe）聪明地给她搬来一把制作精巧的椅子，在上面铺了一张银色的羊毛垫。然后，得墨忒耳才坐下来，双手抓住脸上的面纱。

她久久地就那样坐着，不发一言，心怀悲伤。她没有用言语和行动跟任何人交流，而是面无笑容、不碰吃喝。她憔悴地坐在那里，心中思念她那胸脯高耸的女儿。直到伊阿姆柏聪明地讲了许多笑话，神圣的女神才露出微笑，继而又大笑起来，心中也欢喜了（此后，伊阿姆柏就在她悲伤时逗她开心）。墨塔涅拉斟满一杯酒，那酒如蜂蜜一样甜。她把酒献给女神，但是女神推脱说自己不适合喝红葡萄酒。不过，女神吩咐她们将谷物碾碎的粗粉、水与嫩薄荷混合在一起给自己喝。墨塔涅拉按照女神的吩咐，调制了这神水给她喝。伟大的女神得墨忒耳拿起了杯子，为了神圣的仪式。[1]

得墨忒耳照料得摩丰

身着美丽长袍的墨塔涅拉是她们之中最先说话的："你好啊，夫人。我猜想你的父母并非低贱，而是高贵的。你的眼中清晰地闪烁着庄严和优雅，就好像主持正义的王室成员眼中的光芒一样。不过，我们凡人即使受苦，也必须承受神所赐予的，因为我们的脖颈上套着枷锁。现在既然你来到此地，我所有的一切，皆属于你。请照看这个孩子。众神在我晚年才将他赐予我，让我的渴望和无尽的祈祷成真。如果你将他抚养大，等到他成年时，你会轻易成为任何看到你的女人所羡慕的对象。那是对你的照料的巨大回报。"然后，头戴漂亮头冠的得墨忒耳回答她说："夫人啊，我也真诚地问候你，愿众神仅赐予你福气。我将照你吩咐，高兴地接受并照看这个男孩。我相信他不会被任何邪恶巫术伤害，因为我知道比有害巫术强大得多的治疗方法，也知道有效的解药。"

她这般说道，然后用不朽的双手接过孩子，拥在她芬芳的胸膛上。孩子的母亲心中欢喜。于是，她就在这家里照看睿智的刻勒俄斯那荣耀的儿子得摩丰（Demophoön），得摩丰是身穿美丽长袍的墨塔涅拉所生。他像神一样长大，吃的不是凡人的食物，因为得墨忒耳用仙馔喂他，仿佛他是神的后代。当她将他抱在怀里时，她向他吹出甜蜜的气息。每当入夜，她会将他像一块烙铁一样藏在火的强大力量之中，并且不让他的父母知道。得摩丰成长的速度比任何人都快，这让他们万分惊奇，因为他看起来就像神一样。要是身穿美丽长袍的墨塔涅拉没有从她那香气缭绕的房间里偷看，并且是愚蠢地看到那一切的话，

图14.2 《哈得斯与珀耳塞福涅》（*Hades and Persephone*）

大理石像，吉安－洛伦佐·贝尔尼尼创作于1621—1622年，高87英寸。这座石像系贝尔尼尼为红衣主教博尔盖塞而作，其设计本意为从正面观看，因为它被放在一堵墙前面。哈得斯刚刚抓住珀耳塞福涅，正要进入他的国度。这一点由看门的刻耳柏洛斯表现出来，它位于右下方。珀耳塞福涅扭动身体，呼喊着，徒劳地挣扎，试图逃脱神的掌控。从右边看，这尊雕塑更具戏剧性，因为哈得斯的手指已插入珀耳塞福涅的大腿，而刻耳柏洛斯张开的嘴巴（此处不可见）也让观者在目睹残忍的神施加暴力时更为同情与恐惧。

女神本可以让他获得永生并永不变老。墨塔涅拉十分惊慌，捶着双腿尖叫起来，为她的孩子而感到恐惧。在哀鸣之中她说出带翼飞翔的话语："得摩丰，我的孩子，这个外乡人将你埋在炽热的火中，让我悲伤而又痛苦。"

她悲痛地说着，而女神中的女神、头冠美丽的得墨忒耳听见了，并为此愤怒。她用不朽的双手从火中取回墨塔涅拉所生的心爱的儿子，将他扔在地上，因为要赐福于他是没有希望了。得墨忒耳心中充满可怕的愤怒，对身穿美丽长袍的墨塔涅拉说道："凡人既无知又愚蠢，不能预见未来的命运，不论是好的还是坏的。你就这样出于愚蠢做了一件不能挽回的事情。我请众神凭之起誓的斯提克斯河那无情的河水做见证：我本可以使你的爱子永生，并且一生永不变老；我本可以赐予他不朽的荣耀，但现在事已如此，他将不能躲过死亡，逃脱命运三女神的安排。然而，不朽的荣耀仍将属于他，因为他躺在了我的膝上，睡在了我的怀中。但当时间流逝，待他成年之时，新一代的厄琉西斯人将不断卷入可怕的战争，永不停息。我是得墨忒耳，被尊为给凡人及众神带来最大福分和欢乐的神。听着，让所有人为我建一座伟大的神庙，连带一座祭坛。将它们建在这座城墙陡峭的城市之下，就在卡里科戎井（Kallichoron）[①] 上方升起的山丘上。我将亲自教导我的仪式，这样你们才能满怀敬意

地举行这些仪式，安抚我心。"

女神这般说道，然后丢掉她的老年伪装，改变了她的身形和外貌。她周身焕发光彩，她芬芳的衣裙上飘荡着动人的香味。不朽的女神身上的光辉照到四面八方。她金色的头发倾泻而下，垂在肩上。这座坚固的房子充满了她的光芒，仿佛被闪电照亮。她从房间消失了，而墨塔涅拉一下双膝发软。墨塔涅拉久久不能言语，也想不起要将她新生的儿子从地上抱起。但是孩子的姐姐们听到了他可怜的哭声，于是从她们铺好了被褥的床上跳下来。一个姐姐将孩子抱在怀中，让他靠在她的胸膛上；另一个姐姐拨动了火；第三个姐姐赤着娇嫩的双足，匆忙跑去母亲芬芳的内室，将她唤醒。她们围绕着狂躁中的孩子，充满怜爱地为他洗沐。但他的精神却不能得到安抚，因为现在照看他的人的确是低微的。

一整夜里她们都由于恐惧而颤抖，向光辉的女神祈求不停。天刚破晓，她们就将真相告诉了强大的刻勒俄斯，一如头冠美丽的女神得墨忒耳所命。于是，刻勒俄斯叫来了许多人，举行大会，吩咐他们在那隆起的山丘之上为秀发的得墨忒耳建造一座光辉的神庙和一座祭坛。当他说话的时候，人们都倾听，并且立刻顺从，按照吩咐执行。那个孩子也在神圣的命运之下茁壮成长。

哈得斯和珀耳塞福涅，以及她吃石榴的故事

人们完成了工作，停止劳动，每个人

---

① Kallichoron 意思是"美丽的舞蹈之井"。

都回到家中。但是，金色的得墨忒耳仍坐在那里，远离万福的众神，因思念她胸脯丰满的女儿而憔悴。她给人间的丰饶大地带来了最可怕的灾年。大地长不出一根幼苗，因为头冠美丽的得墨忒耳将种子掩盖了。许多牛拉着弧形犁翻开土地，许多白色的大麦被播进土地，却得不到收成。如果宙斯不曾注意到，并在内心思量的话，她本会用残酷的饥荒毁掉整个人类，剥夺奥林波斯山众神收获人类的礼物和祭品的光荣。宙斯首先吩咐金翼的伊里斯去召唤秀发的、美丽动人的得墨忒耳。

他发出这样的命令，而伊里斯则遵克洛诺斯之子、集云者宙斯之令而行。她踩着轻快的步伐，跨越了两者之间的距离。她来到香气缭绕的厄琉西斯城堡，在神庙之中找到了身着黑袍的得墨忒耳。她对女神说出带翼飞翔的话语："得墨忒耳，拥有不朽智慧的宙斯命令你加入不死的众神之列。来吧，不要让我从宙斯那里带来的话得不到执行。"

她这般请求道，可是得墨忒耳的心不为所动。天父宙斯随即派来所有万福永生的神。他们一个接一个前来，呼唤她的名字，承诺给她许多美丽的礼物，还有众神之中她愿意挑选的任何荣誉。但无人能动摇她的心，无人能让她的心摆脱愤怒。她固执地拒绝了所有请求，坚持说，在亲眼看到她美丽的女儿之前，她将永不踏足香气缭绕的奥林波斯山，也不会让地面上长出果实。

高声鸣雷、洞察一切的宙斯派遣持金杖的阿耳戈斯屠杀者赫尔墨斯前往厄瑞玻斯，命他用温和的话语请求哈得斯，并将贞洁的珀耳塞福涅从阴暗的大地深处带到光明之中，这样她的母亲才会亲眼看见女儿，不再愤怒。赫尔墨斯遵命而行，立刻离开奥林波斯山，飞快地降临大地深处。他在大神哈得斯家中遇到了他——哈得斯正与她端庄的妻子一起坐在长椅上。她很不情愿，因为她思念母亲。身在远方的得墨忒耳则思量着计谋，要挫败万福众神的行动。

强大的阿耳戈斯屠杀者站在近旁，说道："黑发的哈得斯，死者之王，我父亲宙斯命我将庄严的珀耳塞福涅从厄瑞玻斯带到他那里去，这样她母亲才可以亲眼看见她，才会平息怒火，平息她对众神的可怕愤怒。她正谋划一项大计，将种子藏在大地之下，好消灭地上出生的凡人那虚弱的种族，以此毁掉众神得到的光荣。她执着于她可怕的愤怒，不与众神为伍，而是留在厄琉西斯的石头城堡上，独自坐在她香气缭绕的神庙中。"

他这般说道。亡灵之神哈得斯皱起眉，却挤出一丝笑。他并没有违背天父宙斯的旨意，而是立刻命令聪明的珀耳塞福涅："去吧，珀耳塞福涅，去你身穿黑袍的母亲身边，胸怀一颗温柔而有爱的心。不要心烦意乱。在众神之中，我不会是一个配不上你的丈夫，因为我是你父亲宙斯的亲兄长。你在这里同我一起，你将主宰一切生灵，你将在众神之中享有最伟大的荣誉。那些冒犯你，且不用神圣的仪式，不用献

祭和适宜的礼物来抚慰你的人，将受到永
恒的报应。"

他这般说道，于是聪明的珀耳塞福涅
心中欢喜，立刻高兴地跳起来。不过，她
丈夫悄悄给她吃了甜如蜂蜜的石榴果，心
想着她不应该一直与庄严的、身着黑袍的
得墨忒耳住在一起。万灵之主哈得斯将他
的神马套在金色战车前面。珀耳塞福涅坐
了上去。强大的阿耳戈斯屠杀者赫尔墨斯
抓住缰绳和皮鞭，驾着战车飞升，离开了
哈得斯的宫殿。两匹马欢快地疾奔，很快
就走完了漫长的旅程。无论是大海、河流、
绿茵茵的山谷，还是高山之巅，都没有阻
挡神马奔腾。在奔腾中，它们穿过头顶那
深邃的空气。驭手在香气缭绕的神庙前让
神马停了下来。头冠美丽的得墨忒耳在那
里等待着。

得墨忒耳与珀耳塞福涅欣喜若
狂的重聚

一见女儿，她就冲出来，像一个迈
那得冲下林木丛生的高山。另一边的珀耳
塞福涅看见母亲美丽的双眸，也从战车上
跳下来奔上前，伸出双臂搂住母亲的脖子
拥抱在一起。但是，当得墨忒耳怀抱她亲
爱的孩子时，她的心中突然感觉到了什么
诡计。她由于害怕而颤抖，松开了爱的拥
抱，飞快地问道："我的孩子，你在下面的
时候有没有吃任何东西？说出来吧，不要
隐瞒任何事情，这样我们两个都能知道。
如果你没有吃，那么即使你曾经在可恶的
哈得斯身边待过，你也可以跟我和你的父

亲——克洛诺斯之子、集云者宙斯——住
在一起，与众神荣耀地住在一起。但如果
你吃了什么东西，你就会再次回到地下深
处，在那里度过每年三分之一的时间——
另外三分之二的时间你可以与我和其他天
神一起度过。[①] 当春天来临，各种香气甜美
的花儿开放时，你会再次从地下黑暗的地
方升起，那将是令众神和凡人都惊奇的景
象。好了，告诉我，那强大而统领众多亡
灵的神怎样欺骗了你？"

于是，有着超凡美貌的珀耳塞福涅回
答她："当然，母亲，我要告诉你整个实
情。带来好运的迅捷信使赫尔墨斯从我父
亲克洛诺斯之子以及其他天上诸神那里到
来，说我要从厄瑞玻斯上去，这样你才能
亲眼看见我，才能平息你的怒火，平息你
对众神的可怕愤怒。我立刻高兴地跳起来，
可是哈得斯飞快地在我嘴里放了一小块甜
如蜂蜜的石榴果，并迫使我吃下去——违
背我的意愿。我还要告诉你，他是如何按
照我父亲克洛诺斯之子的周密计划现身并
将我带到地下深处的。我会如你要求的讲
明一切。

"那时，我们都在一片可爱的草地上玩
耍，有琉喀珀、淮诺（Phaeno）、厄勒克特
拉、伊安忒（Ianthe）、墨利忒（Melite）、
伊阿刻（Iache）、罗得亚（Rhodeia）、卡
利洛厄、墨洛波西斯（Melobosis）、堤
刻（Tyche）、像花儿一样美丽的俄库洛厄
（Ocyrhoe）、克律塞伊斯（Chryseïs）、伊阿

尼拉（Ianeira）、阿卡斯忒（Acaste）、阿德墨忒（Admete）、罗多珀（Rhodope）、普鲁托（Pluto）、可爱的卡吕普索（Calypso）、斯堤克斯（Styx）、乌拉尼亚（Urania）、迷人的伽拉克索拉（Galaxaura）[2]，还有引起战争的帕拉斯和喜爱弓箭的阿耳忒弥斯。

"我们正在玩耍，摘取可爱的花朵。各种花儿混杂在一起，有悦目的番红花、鸢尾花、风信子、盛开的玫瑰，还有百合，看起来美丽极了。那里还有一株水仙花，

图14.3 《哈得斯与珀耳塞福涅》（Hades and Persephone）陶制饰板，约公元前460年，高10.25英寸。这是一组小型的还愿浮雕中的一幅，发现于洛克里（Locri，位于南部意大利）的珀耳塞福涅圣地。冥界的两位神祇坐在宝座上，手持与他们的崇拜有关的象征物：谷物、香芹、公鸡和碗。他们面前立着一盏灯，上面站着一只极小的公鸡。另一只公鸡站在珀耳塞福涅的宝座之下。

那是宽阔的大地繁育的，颜色像番红花一样黄。我快乐地摘下了它，但是我脚下的地面却裂开了一道巨大的裂缝。强大而统领众多亡灵的神便从那里跳出来，用他的金色战车将我劫走，带到大地之下——尽管我强烈反抗，大声叫喊，发出尖叫。我已将整个实情告诉你，尽管这个故事令我痛苦。"

就这样，在漫长的一整天里，她们在充满爱意而温柔的拥抱中彼此给以慰藉。当她们交流欢乐时，她们的悲伤就减少了。梳发精美的赫卡忒走近她们，屡次拥抱得墨忒耳神圣的女儿。从此，庄严的赫卡忒成了珀耳塞福涅的女官和同伴。

得墨忒耳恢复大地的生育，并建立厄琉西斯秘仪

高声鸣雷的宙斯无所不见。他派秀发的瑞亚作为信使前去引领身着黑袍的得墨忒耳来到众神之列。他保证，在众神之中她可以挑选她想要的荣誉，也同意她的女儿在轮转的一年中只在阴暗的地下度过三分之一的时间，而另外三分之二的时间留在母亲和其他众神身边。他这般吩咐。女神瑞亚遵命而行。她很快飞下奥林波斯山的高峰，来到拉里安平原（Rharian plain）。此地曾经非常肥沃，现在却完全相反，十分贫瘠，寸草不生。因为足踝美丽的得墨忒耳的诡计，白色的种子被藏了起来。但在这之后不久，随着春天生机勃勃的到来，长穗的谷物将会繁盛，地面上肥沃的犁沟将满是谷物，其中一些将会捆成束。

瑞亚从那不结果实的天上首先来到这个地方。女神们高兴地看着彼此，心中欢喜。衣饰华美的瑞亚这样对得墨忒耳说："来吧，我的女儿。高声鸣雷、无所不见的宙斯召唤你加入众神之列。他保证在众神之中让你得到你所选择的荣耀，还同意你女儿在轮转的一年中只在阴暗的地下度过三分之一的时间，另外三分之二的时间留在你和其他神的身边。他所说的都会实现，并已点头同意。来吧，我的孩子，服从吧。不要执着于你对乌云包裹的克洛诺斯之子宙斯的无情愤怒，快点让人间长出众多赋予生命的果实。"

她这般说道，而头冠美丽的得墨忒耳遵从她。很快，她就让肥沃的平原上生出了果实。整个广袤的大地长满了叶子和花朵。她去见了那些主持正义的国王（特里普托勒摩斯、善骑马的狄俄克勒斯[①]、强大的欧摩尔波斯，以及人民的领袖刻勒俄斯），向他们展示她的神圣仪式，并将她的秘仪教会他们所有人，包括特里普托勒摩斯、波吕克塞伊诺斯和狄俄克勒斯在内。任何人都不得以任何方式违背、质疑，或是说出这秘仪，因为对众神的崇高敬意约束了人的声音。

那些在地面上看见这些事情的人有福了。但那些未被引入神圣秘仪、不能参与其中的人，死后在进入地下阴暗的王国之后，注定享受不到这样的幸福。

当女神中的女神吩咐了所有这些事，

图14.4　《珀耳塞福涅、赫尔墨斯和赫卡忒》（*Persephone, Hermes, and Hecate*）

雅典红绘调酒缸，约公元前440年。珀耳塞福涅在灵魂向导赫尔墨斯的保护之下从地府出现。赫尔墨斯目光直视观者，打扮得像个旅人，戴着阔边帽，穿着旅行者的斗篷（chlamys），左手中的双蛇杖指向地面。右方是回头看着珀耳塞福涅的赫卡忒。她两手中各举着一支火炬，照亮道路。

她们就出发去奥林波斯山，位列众神之中。在那里，她们住在乐于打雷的宙斯身边，是庄严而神圣的女神。地上的凡人中得到她们热爱的是多么幸福啊：她们立刻派出给人带去财富的普路托斯，让他作为宾客去往这个人堂皇的家中。

来吧，在香气缭绕的厄琉西斯、大海环绕的帕罗斯以及岩石丛生的安特隆（Antron）掌权的你们，女神、王者、应季带来美好礼物的得墨忒耳，你和你那美丽超凡的女儿珀耳塞福涅。作为对我的歌声的回报，请惠赐我心仪之物。我将铭记你们二位，并且不忘另一首歌。

① Diocles 在前文中作 Dioclus。

图14.5 《特里普托勒摩斯启程》（*The Departure of Triptolemus*）

阿提卡红绘杯，作者为马克龙（Makron）[a]，约公元前480年，高8.25英寸。特里普托勒摩斯左手拿着谷物茎秆，右手拿着一只菲艾勒盆。珀耳塞福涅往盘中倾倒她右手所持罐中的液体，左手举着一根火炬。奠酒是旅途开始之前的必要仪式。得墨忒耳站在左方，举着火炬和谷物茎秆。站在珀耳塞福涅身后的是厄琉西斯的人格化身。特里普托勒摩斯坐在一个类似宝座而带有轮子的车中。车上的两翼象征他旅行的速度和旅程之长，蛇则表明他与盛产谷物的大地之间的联系。

---

a. 活跃于公元前5世纪早期的雅典陶画师。

对颂歌的解读

将植物的死而复生作为灵魂重生的隐喻或寓言，是一再出现的基本主题，而得墨忒耳与珀耳塞福涅的神话就代表了它的另一种变体。在新约（《约翰福音》12：24）中，这种原型有如下表达："一粒麦子不落在地里死了，仍旧是一粒；若是死了，就结出许多籽粒来。"在这首希腊颂歌中，寓言以母女之间的动人情感表现出来。更常见的情况是，这一象征和暗喻会涉及一位生育女神与她的男性伴侣——或是恋人，或是儿子——之间的关系（例如阿佛洛狄忒与阿多尼斯、库柏勒与阿提斯、塞墨勒与狄俄尼索斯）。得墨忒耳往往被想象为成熟谷物的女神，而珀耳塞福涅就是新生幼苗的女神。她们被一起援引为"那两位女神"。珀耳塞福涅（她往往被简单称为科瑞 [Kore]，意思是"女孩"）是得墨忒耳与宙斯之女。两人之间的结合是大地女神与天空之神之间的圣婚的重演。

这首颂歌渗透着情感上的渴望，也充满关于死亡和重生、复活以及救赎的宗教寓言。婴儿得摩丰的故事尤有启迪作用。他受得墨忒耳喂养和喜爱，像神一样成长，自身不纯洁的凡人成分在火中得到清除。要不是因为不理解这仪式的可怜的墨塔涅拉的干预，他本可以获得永生。如果我们像这个孩子一样得到得墨忒耳的真理滋养，并被引入她的秘仪，那我们就会在这位神圣母亲同样的慈爱与虔信中找到救赎、永生和欢乐。沐浴在她的慈爱与虔信中的，不仅有得摩丰，还有她美丽的女儿。

这首《荷马体颂歌——致得墨忒耳》，同时说明了哈得斯在得妻手段上表现出的阴暗性格，同时还为赫卡忒这位冥界女神的显赫地位提供了神话上的解释。在他的王国所在地、他的暴力本性以及他与马的联系中，哈得斯作为一位丰饶之神的基本特征明显地得到了反映。他因而成为一位农业财富之神（参见他的其他名字——普路托 [Pluto] 或罗马人口中的"狄斯"[Dis][①]）。不过，我们不应将他与这首颂歌最后几行所提到的普路托斯（Plutus，即财富）相混淆。后者是另一位司掌农业丰产及繁荣的神祇（因此代表着普遍意义上的财富），是得墨忒耳与伊阿西翁（Iasion）之子。

---

① Pluto 源于表示"赐予财富者"的 Plouton 一词，Dis 在拉丁语中为"财富"之意。

特里普托勒摩斯

特里普托勒摩斯也出现在这首颂歌的结尾处。他通常被描述为得墨忒耳在恢复大地丰饶之时的信使。当时及以后，他是向新的地方传授和扩散得墨忒耳的农耕技艺的人。他经常乘坐一辆由长翼龙拉的魔法车，那是得墨忒耳的礼物。他有时被人与颂歌中的婴儿得摩丰（Demophoön 或拼写作 Demophon）等同起来，有时又被视为他的哥哥。在柏拉图的著作中，特里普托勒摩斯是亡者的判官。

厄琉西斯秘仪

这首得墨忒耳颂歌之所以十分重要，是因为它向我们提供了关于厄琉西斯的得墨忒耳崇拜之本质的最重要证据。厄琉西斯城大约位于雅典城以西14英里。源自对得墨忒耳及其女儿的纪念而成的宗教和庆典的中心就在此地，不过，雅典也与之紧密相关。这一宗教信仰十分特殊，并不是每个人都能享有的权利，而是仅对那些希望入教的人开放。这些信徒要发誓绝对保密，若泄露秘仪就会面临可怕的惩罚。[3] 这并不意味着秘传仅限于少数精英。在早期，成员当然限于厄琉西斯和雅典地区的人，但很快这一秘仪就有了来自希腊世界各地的参与者，后来还有了来自罗马帝国的成员。

得墨忒耳崇拜并不仅限于男子。女人、儿童乃至奴隶都可以参与。由之演变而来的宗教庆典，被恰如其分地称为厄琉西斯秘仪。于是，与其他一些希腊神祇一样，得墨忒耳成为一种被普遍称为秘教的崇拜的灵感来源（可以将之与狄俄尼索斯崇拜中的要素，阿佛洛狄忒和阿多尼斯崇拜，或库柏勒和

阿提斯崇拜中的各个方面进行比较）。俄耳甫斯被认为是秘仪的始创者。关于俄耳甫斯教以及类似秘教的本质，我们将在第16章中探讨。尽管古代世界有目共睹的各种秘教之间一定存在差异（其中一些差异可能还相当显著），我们今天却很难精确地区分它们。似乎可以确定的是，它们主要的共同特征是相信灵魂的不朽以及来生。

厄琉西斯秘仪的秘密被保护得十分成功，以至于学者们根本无法就哪些是可以确定的问题统一意见，这一崇拜中最高深的内容尤其如此。厄琉西斯圣地已得到发掘[4]，与庆典有关的建筑也被发现了。其中最重要的是得墨忒耳神庙——这里是人们所庆祝秘仪得以揭晓的地方。[5] 但是，至今还没有出土证据可以绝对确定地、彻底地驱散迷雾。主持仪式的祭司们可能是以口头方式传达所谓得墨忒耳的教导。

我们甚至无从知道，这一仪式中有多少内容在《荷马体颂歌——致得墨忒耳》中被揭示出来。如果我们想象最深的秘密都已在此呈现，可供所有人阅读，那是太过狂妄了。我们也无法确定，从直接的陈述中可以推测出来多少内容。诗中应该暗示了庆典中的元素，这一点不容否认。但是，这些可能只是被展示给所有人见证的内容，而非仅仅是针对入教者的内容。因此，我们已通过文本确定一些细节，诸如时长九天、斋戒、手持火炬、相互调侃、共同饮用"库克翁"（Kykeon）① 、穿着特殊的衣裙（如得墨忒耳的面纱），我们甚至已确定一些精确的地理标志（如"少女井"和神庙的所在地）。

这首诗的情感基调，抑或是与庆典相关的神秘

---

① Kykeon 字面义为"搅拌、混合"。在厄琉西斯秘仪中，库克翁占据重要地位，有些学者认为，厄琉西斯秘仪的吸引力就来自这种神秘饮料中所含的致幻成分。

仪式的关键。得墨忒耳的悲伤，她的疯狂漫游与寻找，得摩丰那段创伤性插曲，女神奇迹般的变形，母女之间令人激动的重聚，以及植物在不毛大地上的重生——这些都是诗中明显的情感和戏剧性亮点。

大秘仪与小秘仪

基于并不充足的证据，接下来我们要尝试呈现厄琉西斯秘仪大致的基本步骤。其终极启示及意义，仍属飘渺难定的臆测。有两个主要的强制性阶段必须进行：1. 参与小秘仪，其中包含入教的初始步骤；2. 上升至大秘仪，其中包含完整的入教仪式。第三个阶段并非必须，却是可能的，其中包含参与最高级的仪式。[6] 显而易见，这些秘仪从根本上有别于奥林匹亚和德尔斐的泛希腊圣地中所举行的节日庆典：那些是对所有人开放的，不涉及秘密或入教仪式，也不涉及根本的秘教哲学——无论神谕回应的基调和对神的奉献多么具有宗教性。

两大主要的祭司家族与厄琉西斯有关。[7] 在众多重要的祭司职位和助理官员之中，祭司长（Hierophant）拥有最高地位。唯有这位祭司才能向信徒揭示终极秘仪，其中包括展示神圣之物希拉（Hiera）。祭司长这一称号的意思就是"揭示希拉的人"。住在神圣的房子中的得墨忒耳女祭司，也拥有显赫的地位。众多祭司从每位入教者那里收取固定数目的钱财，作为他们的服务费用。入教者会受到一位保护人的资助和指导。[8]

小秘仪在雅典举行，通常是一年一度，时间在早春。精确的细节不为我们所知，但其大体目的无疑是让入教者为后续进入更高阶段做初步准备。庆典或聚焦于仪式性的净化，包括献祭、祈祷、斋戒和以水清洁。

大秘仪在每年的9月和10月举行。此时，人们会宣布神圣的停战，时间是55天。传令官被派往各个城邦发出邀请。雅典和厄琉西斯都会参与到庆典中。在正式节日前一天，希拉会被从厄琉西斯的得墨忒耳神庙中取出并送往雅典。这一天，会有盛大的仪式和庆典。男女祭司们会率领盛大的游行队伍，抬着扎有缎带的神圣柜子中的希拉，在雅典城得到正式迎接，并被郑重地护送到雅典城的得墨忒耳圣地厄琉西尼翁（Eleusinion）。大秘仪的庆祝在次日正式开始，为时8天。庆典在厄琉西斯达到最终的高潮，并在第九天回到雅典。首日，人们聚集到雅典广场的大会上，那些已得到净化并懂希腊文的人会宣告受邀参加秘仪。次日，所有参与者都被要求在大海中清洁自身。第三天是献祭和祷告。第四天，在对医药之神阿斯克勒庇俄斯的纪念中度过。根据传统，阿斯克勒庇俄斯曾是一位晚到的入教者，所以在这一天其他的晚到者也都可以参加。

雅典的庆典在第五天结束，并以一场盛大的游行返回厄琉西斯。祭司和普通信徒都行走在规定的路线上，头戴桃金娘头冠，手持桃金娘神枝，枝头上系着羊毛线。[9] 游行队伍中领头的是伊阿科斯（Iacchus，很可能是狄俄尼索斯的另一个名字）的木雕像，由一辆马车护送。在路上的某些阶段，人们谩骂、嘲笑，以粗鄙的语言相辱。这样做的部分原因，或是为了在人群中注入谦卑。人们吟诵祷词，歌唱颂歌。他们手持火炬，并在夜幕降临时将其点燃。神圣的游行队伍最终抵达厄琉西斯的得墨忒耳圣地。

第六天和第七天，入教者会进入秘仪的秘密中心。我们似乎可以猜想，仪式的大部分内容都是为了纪念《荷马体颂歌——致得墨忒耳》中所描写的情节。因此，仪式中会有斋戒（有的食物，如石榴和豆子都是被禁止的）和守夜。斋戒可能以喝规定的饮品库克翁结束——不论它的重要性何在。

关于揭示的猜想

　　庆典的核心部分发生在得墨忒耳的神庙之中，显然包含三个阶段：戏剧演出、揭示圣物、说出某些话。戏剧演出的主题是什么呢？它或聚焦于得墨忒耳的故事和她的流浪，以及颂歌中所记载的其他情节，一切都为了引起宗教上的净化。有人认为，其中包含有关一位俄耳甫斯式人物的场景，涉及模拟的地府之行。随着情节从地狱（塔耳塔罗斯）上升到天堂（乐土），会有分别代表着恐惧与崇高的假幽灵出现。人们在发掘中并未发现地下室，但它不足以推翻这个理论。我们无从知晓，入教者只是观看戏剧还是亲身参与到演出之中。庆典的高潮是祭司长本人亲自展示令人敬畏的圣物。当他发表神秘的演讲时，这些物品会沐浴在光芒之中。最高阶段包含某种进一步的揭示，并不要求所有入教者参与。庆典在第八天结束。人们在第九天回到雅典，不再有正式的游行。此后一天，雅典议事会（Athenian council）① 将听取关于庆典活动的全面报告。

　　有许多猜想围绕最高秘仪的确切性质而产生。基督教早期教父们的评论也得到参考，但他们的证词自然要受到严重怀疑，因为这些证词很可能源于无知和敌意造成的偏见。他们之中没有一个人曾成为秘仪的入教者。相当令人惊讶的是，那些曾入教后又皈依基督教的人，似乎继续严肃对待他们的秘密宣誓。据说，最终的启示与厄琉西斯平原被变成一片长满金色谷物的田野有关（正如颂歌中所描述），秘仪的中心不过是向信徒们展示一根谷物穗子而已。因此，我们实际上是知道那些秘密的；或者，只要你乐意，也可以说在严肃的宗教思想意义

上，它们并不真正值得知道。不过，归根结底，这根谷物穗子可能还是在事实上和寓言意义上代表了秘仪之谜本身。另有人坚持认为，庆典中会上演一场表演以再现神圣婚姻，并想象祭司长与得墨忒耳的女祭司之间会有真实意义上而非精神意义上的性交。希拉也可能代表着女性生殖器。而且，由于狄俄尼索斯或与得墨忒耳、科瑞相关，希拉同时可能还是男性生殖器的象征。这些圣物被人们见证，甚至在仪式的过程中由入教者操控。但我们缺乏有力证据以确证这些放荡狂欢的流程。正如我们之前所猜想的，希拉可能只是迈锡尼时代传下来的神圣而古老的遗物。

　　我们很难同意那些认为狄俄尼索斯被完全排斥在厄琉西斯的得墨忒耳崇拜之外的说法。伊阿科斯很可能就是狄俄尼索斯。扎格瑞俄斯—狄俄尼索斯的神话为俄耳甫斯教提供了权威说法（参见本书第343、417页），让珀耳塞福涅成为他的母亲。与狄俄尼索斯崇拜一样，厄琉西斯崇拜所传达的任何精神信息中都包含对灵魂永生以及救赎的信仰。若厄琉西斯崇拜中也涉及一种与俄耳甫斯教相似的教义，它也不一定直接来自俄耳甫斯教。混淆的原因在于：所有秘教（不论它们之间确切的关联是什么）[10] 实际上都宣扬某些共同的内容。

　　因得墨忒耳与科瑞而得到神化的植物之死亡与重生，无疑表明了一种对来生的信仰。毕竟，这是颂歌所允诺的："但那些未被引入神圣秘仪、不能参与其中的人，死后在进入地下阴暗的王国之后，注定享受不到这样的幸福。"如果在未来某个时间，基督教弥撒仪式也只有模糊的证据遗留下来，学者们也可能会想象出各种各样的可能性，却完全遗漏仪式所依赖的宗教上和精神上的教义。祭司长说出的话或指出了精神的方向和希望。但是，考虑到得

---

① 雅典议事会为雅典民主政治的核心，职责是落实公民大会的决策。其前身为"四百人会议"，在公元前6世纪末的克里斯提尼（Cleisthenes）改革之后成为"五百人会议"。

地母节

总体而言，女性在古代世界的宗教中占据主导地位。在一些此类仪式的庆典中，只有妇女被允许参与，而被排斥在外的不仅有男人，还有处女和孩童。这些妇女节日中最著名的一个就是地母节，它是全希腊共同的节日。阿里斯托芬的喜剧《庆祝地母节的妇女》以在雅典举行的地母节仪式为主题，其内容则是关于女性参加者的所作所为，以及任何敢于闯入的男性所面临的可怕后果。这个节日在秋季举行，持续5天，其目的在于确保丰产，特别是将要播种的谷物的多产。庆典中重要的一项内容，是将小猪仔扔进地下的深坑。人们在三天之后取出它们的残骸，将之与种子混在一起播种下去，希望以此获得好收成。这一做法的原因论解释来自猪倌欧布琉斯（Eubouleus）的神话：就在珀耳塞福涅被普路托抓走的同时，欧布琉斯同他的猪一起被大地吞没。庆典还包括禁欲、游行、献祭、斋戒和宴饮，甚至粗俗猥亵的玩笑。[11]

墨忒耳的信徒们每年都必须返乡，因此他们没有类似的教会机构。我们也不知道他们是否拥有与俄耳甫斯教中那些类似的神圣文本。乔治·米洛纳斯（George Mylonas）的结论肯定了希腊—罗马世界中的得墨忒耳母系崇拜的普遍力量：

不论秘仪的实质和意义是什么，可确定的是：厄琉西斯崇拜满足了人心最诚挚的渴望和最深的期待。入教者从厄琉西斯的朝圣之旅归来，充满欢喜和幸福感，对死亡的恐惧减少了，对在死后幽暗世界里得到更好生活的希望变得更为强烈："那些在去往哈得斯的国度之前见证过这些仪式的人会得到三倍的高兴，因为只有他们能在那里获得真正的生活。对于余下的人，那里的一切都是邪恶。"索福克勒斯激动地宣告。[1] 对于这一点，品达也同样激动地做出回应："见过这些仪式的人，在去往空旷的地面之下时是欢喜的，因为他知道生命的终点，也知道天赐的生命的开始。"[2] 当我们读到古代世界中那些伟人或近乎伟人者——戏剧家们和思想家们——所写下的这些陈述以及其他类似陈述时，当我们想象那些伟大的政治人物——如庇西特拉图、客蒙（Kimon）[3]、伯里克利（Perikles）、哈德良（Hadrian）、马可·奥勒留（Marcus Aurelius），以及其他人——在厄琉西斯建起庄严的建筑和纪念碑时，我们不禁要相信，厄琉西斯秘仪并非一种由精明的祭司设计、用来愚弄农民和无知者的空洞而幼稚的活动，而是一种拥有实质和意义，并向充满渴望的人的灵魂传授了点滴真理的

---

[1]　索福克勒斯，残篇719。

[2]　品达，残篇102。

[3]　客蒙（约前510—前450），Kimon 亦作 Cimon，公元前5世纪中期雅典的政治家和军人，曾参与希腊人击败波斯海军的萨拉米斯战役。

生活哲学。西塞罗（Cicero）曾经论断：雅典给予世界的一切中，以厄琉西斯秘仪最为优秀或神圣。当我们读到这样的论断，这种信念就更强烈了。让我们再次回想：厄琉西斯仪式举行了约两千年之久，在这两千年中，文明人类从那些仪式中得到滋养，因那些仪式而变得高贵。这样，我们就能领会前基督教时代的厄琉西斯秘仪、得墨忒耳崇拜的意义和重要性。基督教征服地中海世界之后，得墨忒耳仪式也许完成了它的人性使命，走到了终点。卡里科戎井边曾经存在过的希望和鼓舞的"涌动源泉"干涸了，世界转而向其他活的源泉寻求滋养。在如此漫长的时代中启发了世界的崇拜逐渐被遗忘了，它的秘密随着最后一位祭司长的逝去而被埋葬。[12]

最后，我们还要提醒人们当心那些关于古代秘教与国家宗教（参见本书第163—166页）之二分关系的常见笼统概括。它们的论证大致如下：正式的国家宗教毫无生机，或者很快失去了生机，人们的希望与信念只存在于秘教的鲜活体验中。无论这种观点有多少普遍的真实性，我们必须注意的是：至少就古典时代的希腊而言，分界线并不是这么清晰。有关厄琉西斯的得墨忒耳的庆典，与雅典的城邦政策紧密相连。宗教执政官（archon basileus①，一位掌管所有宗教事务的雅典官员）主持得墨忒耳在雅典的庆典。作为一个政治实体，雅典议事会非常关心这个节日。它的盛况和游行，与纪念雅典娜的泛雅典娜节中的游行惊人地相似。不论其精神上的重

———————
① 字面义为"执政官之王"。

要性是什么，它都成了一种市政功能。厄琉西斯的"教会"和雅典城邦在各种意图和目的上是统一的。

母权的胜利

主宰的大地女神和她那处于从属地位的男性情人这一主题的变体，在神话中一再出现。男性情人死后又复生，从而保证农作物的复苏和凡人的灵魂复活。得墨忒耳这个名字的意思可能就是"地母"，但她的故事和珀耳塞福涅的故事，却为这一永恒而普遍的原型引入了一种惊人而激烈的变体。在这个故事中，明显的性色彩被更高尚也更纯洁的母爱概念和母女之爱取代。通过这样的表现形式，高贵而充满人性的母神和母权制得以在古代世界维持其统治地位。

这个神话的细节一再挑战宙斯的父权制。至高天神宙斯许可哈得斯劫走珀耳塞福涅，由此哈得斯可以有妻子，而地府可以有一位王后。这一切，从得墨忒耳的角度来看，没有被描述为一种神圣权利的实现，而是一场野蛮的强暴。得墨忒耳不会接受既成事实，而且她足够强大，可以修正它。通过妥协，宙斯和得墨忒耳双方的意愿都得以达成。得墨忒耳与哈得斯分享了她的女儿以及女儿的爱，哈得斯有了妻子，珀耳塞福涅获得地府王后的荣耀：在一个吸纳了某种具体的母系宗教仪式的神话故事中，神秘的生死轮回得以解释，对此生以及来世的快乐做出许诺。

如我们所见，厄琉西斯秘仪是一种具有启发性的精神力量，在基督教之前成为古代世界唯一具有普遍性的秘教。事实上，母权制在希腊人和罗马人的父权世界里仍然相当盛行。

尼尼翁牌匾与厄琉西斯的秘仪庆典

这块泥板是一块牌匾（pinax，置于圣地中的还愿牌，用以向某位男神或女神致敬）。这块特别的牌匾，在底部铭文中留有敬献它的那名女子的名字——尼尼翁（Niinnion），并表明它的敬献对象是"那两位女神"，即得墨忒耳和珀耳塞福涅。牌匾的形状是一座带有三角墙的神庙。它在1895年发现于厄琉西斯，当时已碎成9片。目前它收藏于雅典国家考古博物馆。

关于这块牌匾意在展示什么，尚有许多疑问：它表现的是秘仪庆典，还是另一个与阿提卡和厄琉西斯相关的节日？上面的具体人物究竟是谁？场景中的其他物品又是什么？它表现的是仪式中一个单独的非连续事件，还是一个组合场景？尽管要做到绝对确定非常困难，但这块牌匾仍是引发思考且引人注目的，提醒我们要解读一件如此间接而富于暗示性的作品是多么困难。

绝大多数学者将这块牌匾理解为对与秘仪相关的场景的表现。左上角的柱子或表明，我们是在一座圣殿内部。一条细细的白线弯曲贯穿于牌匾中心，或表明我们应将人物理解成代表着两组。也许，这一场景是在描绘两个游行队伍：上部的是大秘仪庆典的游行队伍，下部的是小秘仪的游行队伍。

下部场景从左侧开始，其中出现了一名蓄须的成熟男性。他头戴桃金娘枝，肩上扛着一根棍子，上面系着一个口袋。一名女性位于他的前面，一只手拿着一根系着口袋的棍子，另一只手拿着一枝桃金娘。桃金娘与得墨忒耳和狄俄尼索斯的仪式都有神圣的关联。她所做的手势代表了尊敬或崇拜的态度。一些学者将

这位女性识别为尼尼翁本人，认为她正在参加从雅典到厄琉西斯的游行，为大秘仪庆典做准备。她头上顶着厄琉西斯仪式中要用到的克耳诺斯（kernos，用于敬献的圣器）。"头顶克耳诺斯"（Kernophoria）的确是大小秘仪的一部分。她踮起脚尖，看起来像在跳舞。在她前面站着一个人物，其体型似乎表明，他不是凡人而是一位神。他也头戴桃金娘花冠，正引领着两位入教者（mystai）。他手持两支火炬，一支朝天，一支冲地。这或表示珀耳塞福涅分别存在于地上与地下的世界中。这个人物被识别为伊阿科斯，即狄俄尼索斯的化身。他与厄琉西斯秘仪相关联。在前往厄琉西斯的游行中，队伍前列就是伊阿科斯的雕像。入教者会发出"伊阿刻！伊阿刻！"（Iacche！ Iacche！）的呼喊声，以表现他们的兴奋与期待。牌匾下部人物的游行朝向一位坐着的女神行进。这位女神被识别为得墨忒耳。她手持奠酒的器皿（菲艾勒盆）和一根长杖。在伊阿科斯与得墨忒耳之间，是一些与厄琉西斯有关的物品。两根交叉的棍棒或是巴科伊（bacchoi），即前往厄琉西斯的火炬游行队伍所持的神杖。那件白色的半圆形物品较难解释。学者们对之有各种解读：有的认为它是翁法罗斯石（脐石）；有的认为它是"宫殿"（anaktoron，忒勒斯忒里翁神庙内的一座封闭建筑）暴露在外的石头；还有人认为它是"珀拉诺斯"（pelanos，神圣的糕点祭品，用大麦和小麦制成），或者是一只带盖的篮子（kiste），象征仪式中心的秘密。

在牌匾上部，从左侧开始，我们先是看到一名蓄须的男子。他头戴桃金娘花环，手握两枝桃金娘。（也

图14.6　尼尼翁牌匾（Niinion Pinax）

红绘还愿泥板，约公元前370年，高0.44米，宽0.32米。

许与下面那位是同一个人？）一位头戴花环的年轻人一手拿着酒杯，一手拿着棍棒。在这里，还有另一个头顶克耳诺斯的女人。这个女人也被认为是尼尼翁——在此表现的是她出现在仪式中的另一时刻。一个体型大得多的人物——一位女神——走在她前面，手持火炬，两支火炬都朝上。有人把她认作珀耳塞福涅：她正领着入教者走向她的母亲得墨忒耳。后者手持权杖，

正襟危坐。也有人将举火炬的女人识别为赫卡忒——她在这一场景中的出现，自然也不会显得突兀。呈坐姿的女神的色彩有些问题：其他所有女性——无论凡人还是神祇——都被描绘成白色。她或是珀耳塞福涅吗？将她画成暗色，是为了表现她在阴间的存在吗？

三角墙场景中描绘的是"帕倪喀斯"（Pannychis），即在入教者到达厄琉西斯之后的彻夜庆祝。

相关著作选读

Dillon, Matthew，《古典希腊宗教中的女孩与妇女》（*Girls and Women in Classical Greek Religion*. New York: Routledge, 2002）。

Foley, Helene P. , ed.，《荷马体颂歌——致得墨忒耳：译文、评注及阐释文章》（*The Homeric Hymn to Demeter: Translation, Commentary, and Interpretive Essays*. Princeton: Princeton University Press, 1998）。由数位学者所贡献的丰富材料，讨论了与此颂歌相联系的各种主题，如宗教、心理学、政治、该神话故事的变体、原型主题、女性体验，以及它对文学和思想的多种影响。

Hinds, S.，《珀耳塞福涅的变形：奥维德与自觉的缪斯》（*The Metamorphosis of Persephone: Ovid and the Self-Conscious Muse*. New York: Cambridge University Press, 1987）。此书讨论了奥维德在《变形记》第5卷和《岁时记》第4卷中对珀耳塞福涅之劫这一故事的处理。

Jung, C. G. and Kerényi, C.，《关于一种神话科学的文集：圣童神话与厄琉西斯秘仪》（*Essays on a Science of Mythology: The Myth of the Divine Child and the Mysteries of Eleusis*. New York: Princeton University Press, 1963）。荣格对凯雷尼（Kerényi）关于"圣童"和"科瑞"（少女）的论文提供了心理学角度的评论。

Kerényi, C.，《厄琉西斯：母女原型形象》（*Eleusis: Archetypal Image of Mother and Daughter*. New York: Schocken, 1977）。

Mylonas, George E.，《厄琉西斯与厄琉西斯秘仪》（*Eleusis and the Eleusinian Mysteries*. Princeton: Princeton University Press, 1961）。

Spaeth, Barbette Stanley，《罗马女神刻瑞斯》（*The Roman Goddess Ceres*. Austin: University of Texas Press, 1995）。这是对得墨忒耳在罗马神话中的对应者的研究，挑战了将女神理解为女性解放原型的解读。

主要神话来源文献

本章中引用的文献

荷马体颂歌之2：《致得墨忒耳》。
荷马体颂歌之13：《致得墨忒耳》。

其他文献

阿里斯托芬：《庆祝地母节的妇女》。
希罗多德：《历史》8.65.1—6，关于一片神秘的云从厄琉西斯飘来的部分。

奥维德：《变形记》5.341—571。

补充材料

书籍

小说：Orlock, Carol. *The Goddess Letters: The Myth of Demeter and Persephone Retold.* New York: St. Martin's Press, 1987.

CD

歌剧：Bon, André (1946–　). *The Rape of Persephone.* Vassilieva et al. Orchestre de l'Opéra de Nancy, cond. Kaltenbach. Cybelia Musique Française。故事背景设定于当代的阿格里真托（Agrigento）。剧中的得墨忒耳与珀耳塞福涅是一对西西里母女，普路托是一位西西里企业家，雅典娜与阿耳忒弥斯则是珀耳塞福涅的朋友。

音乐：Stravinsky, Igor (1882–1971). *Perséphone.* Italian Symphony Orchestra, cond. Stravinsky. Urania。歌词出自安德烈·纪德（André Gide）所译的《荷马体颂歌——致得墨忒耳》。是集念白、男高音、管弦乐、混声合唱及男童合唱于一体的情节剧，分三个部分：珀耳塞福涅被劫、珀耳塞福涅在地府、珀耳塞福涅被交还给母亲。

DVD

舞蹈：Stravinsky, Igor (1882–1971). *Perséphone.* Production and video release by Teatro Real of Madrid. Directed by Peter Sellars and conducted by Teodor Currentzis。Sellars 一如既往地表现出大胆的想象力，以东方舞蹈而非芭蕾的形式重新塑造了这部舞剧。录音中还包含了柴可夫斯基的歌剧《依俄兰忒》（*Iolanthe*）。

[注释]

[1]　即"开启并遵守神圣的仪式或圣餐"。这句之后似乎有脱漏。此处译作"为了神圣的仪式"的字句令人费解，关于这几个词的确切意思也有争议。它们所指的一定是厄琉西斯秘仪仪式中的重要部分，即饮用一种叫作库克翁的东西。但是这一仪式的性质和重要性不为我们所知：这是某种真实意义上的圣餐分享，是一种充满神秘意义的领圣餐仪式，或者只是一种纪念女神这些神圣行为的象征？

[2]　这些名字中有16个出现在俄刻阿诺斯和忒堤斯所生的女儿的名单中。名单来自赫西俄德（《神谱》346—361）。墨利忒则是一位海仙女。诗人加入的名字是琉喀珀、淮诺、伊阿刻和罗多珀。

[3]   本书第313页插文中所提及的对阿尔喀比亚德斯的指控表明：如果神圣的庆典以任何方式被泄露或亵渎，后果极为严重。

[4]   可特别参考 George E. Mylonas, *Eleusis and the Eleusinian Mysteries* (Princeton: Princeton University Press, 1961)。此书至今仍是对所有证据及其内在的考古学、历史、宗教和哲学难题的最佳概述。关于厄琉西斯的得墨忒耳和科瑞的女祭司，可参阅 Joan Breton Connelly, *Portrait of a Priestess* (Princeton: Princeton University Press, 2007), pp. 64-69。

[5]   作为秘仪庆典之地（希腊语：teletai），得墨忒耳的神庙被称作忒勒斯忒里翁（Telesterion）。

[6]   这一仪式被称为厄波普忒亚（Epopteia）。

[7]   指的是欧摩尔波斯家族（Eumolpids，根据颂歌，他们的祖先欧摩尔波斯从得墨忒耳本人那里接受了秘仪）以及刻律克斯家族（Kerkydes）。

[8]   入教者被称为 mystes，他的保护人被称为 mystagogos。

[9]   阿里斯托芬的《蛙》第340行之后的内容，为我们提供了一些关于这一游行的概念。

[10]   希罗多德（《历史》8.65）讲述了一个故事：一片神秘的云（它随着神秘的伊阿科斯颂歌旋律，从厄琉西斯升起）给出了关于未来事件的真正预兆，上下文中则提及了对母女两位神的崇拜。这一奇迹为得墨忒耳和狄俄尼索斯这两位神的崇拜和神话中的共同元素定下了正确的基调。狄俄尼索斯这位复活之神的激情，在秘仪中扮演某种角色并非不可能。狄俄尼索斯也与戏剧关系密切，而戏剧又是厄琉西斯仪式的情感方面内容的核心。

[11]   另一个向得墨忒耳致敬的重要女性节日是哈罗阿（Haloa），在酿酒的季节庆祝。这个节日也纪念狄俄尼索斯。节日上有丰盛的饮食，信徒们格外喧闹而粗俗。可参阅 Matthew Dillon, *Girls and Women in Classical Greek Religion* (New York: Routledge, 2002)。关于对种种节日的综述，可参阅 H. W. Parke, *Festivals of the Athenians* (Ithaca: Cornell University Press, 1977) 以及 Erika Simon, *Festivals of Attica: An Archaeological Commentary* (Madison: University of Wisconsin Press, 1983)。

[12]   Mylonas, *Eleusis and the Eleusinian Mysteries*, pp. 284-285。略去了原文中的脚注。

第15章

不同的来世观，以及哈得斯的国度

一幅描绘冥界的古画

那水似为河流，显然代表了阿刻戎河（Acheron）。河中长着芦苇，也有游鱼。鱼的形态描绘得十分模糊，让你觉得它们仅仅是阴影而不是鱼本身。河上有一条小舟。掌桨的人便是舟子。

——保萨尼亚斯《希腊志》10.28.1

荷马的"亡者之书"

关于哈得斯的国度，现存最早的记述见于《奥德赛》第11卷。荷马对冥界的地理描述和精神性描述为后世的种种阐发奠定了基础，因此值得在此以较长的篇幅引出。在这一段故事中，奥德修斯正向淮阿喀亚人和他们的国王阿尔喀诺俄斯讲述自己拜访冥界的经历——他必须到那里去向先知忒瑞西阿斯求取如何回到故乡伊塔卡的建议（《奥德赛》11.12—99）：

我们的船来到世界的边缘、幽深的大洋河岸边。那里是辛梅里安人（Cimmerians）① 的国土，笼罩在云雾之中。无论是在升

---

① 历史上的辛梅里安人是一支古老的印欧游牧民族。根据希罗多德《历史》的记载，他们被斯基泰人（Scythians）从黑海大草原驱逐，迁移到小亚细亚。他们在地中海地区被视为典型的野蛮人。此处提到的居住在世界边缘的辛梅里安人不一定指历史上的辛梅里安人。

上繁星密布的天穹还是复归大地之时，光明的赫利俄斯从不向此地投下他的光线。这些可怜的凡人被笼罩在黑暗的永夜之中。我们在此将船泊岸，将牲口卸下，然后便沿河而行，直到喀耳刻向我指示的地方。我的两个手下——珀里墨得斯（Perimedes）和欧律洛科斯（Eurylochus）——将祭牲抓住，我便从腰边抽出利剑，挖出一肘尺①见方的坑来。我在坑周向所有亡者致祭，先用掺了蜜的奶，再用甜酒。随后我用了清水，在上面洒了白色的大麦。接下来我便向那众多虚弱的亡灵发出求告，许诺说一旦我回到伊塔卡，就会在我自己的宫中向他们献祭最上等的、尚未生育的母牛，还要在祭火堆上放置最精美的祭品，并为忒瑞西阿斯单独献祭一头全黑的羊——那将是我的羊群中最好的一头。[1]

向众亡者祈祷求告已毕，我捉住那些祭牲，切断它们的喉管，让它们殷红的血流入坑中。于是那些已故的亡魂纷纷从厄瑞玻斯[2]涌现：其中有新婚的女子，有未婚的少年，有历尽沧桑的老人，也有初尝悲苦的少女，还有许多男子身上带着铜矛造成的创伤，披着染血的甲胄。他们从两边向坑围拢，人数众多，哭号之声让人胆寒。我吓得面如土色，连忙命令我的伙伴将那倒在无情铜刃之下的祭牲剥皮焚献，并向诸神祈祷，向威严的哈得斯和可怕的珀耳塞福涅发出恳求。我自己则从腰旁拔出剑来，站定位置，不让那些虚弱的亡魂在我询问忒瑞西阿斯之前靠近血食。

然而第一个走上来的，是我的伙伴厄尔珀诺耳（Elpenor）的亡魂，因为他还未被安葬于广袤的大地。[3]我们有太多事情要做，将他的尸身留在了喀耳刻的宫中，尚未致悼，尚未掩埋。我一见他便心生怜悯，流下泪来，大声呼唤他的名字，说出带翼飞翔的话语："厄尔珀诺耳啊，你怎么到了这幽暗的阴冥？你的双脚怎么比我的黑船还要快。"

我这般说道，他便悲叹着回答我："莱耳忒斯（Laërtes）高贵的儿子，智慧过人的奥德修斯，杀死我的，是神圣却又不幸的命运，还有太多的酒浆。我在喀耳刻的宫中安眠，醒来后却忘了从长梯上爬下。我从屋顶跌落，摔断了自己的脖子，灵魂便来了哈得斯的国度。[4]我知道你在离开哈得斯的宫殿之后，还要在喀耳刻的埃埃亚岛（Aeaea）将精美的海船系泊，因此我以那些被你留在遥远路途上的人的名义，以你的妻子和将你从小养育的你父亲的名义，以你留在故乡宫室中的独子忒勒玛科斯的名义，请求你在离开那里时，不要让我落个无人哀悼也无人收葬的下场，否则我会成为神明的怒火向你复仇的因由。请将我连同甲胄一起焚化，在邻近苍色大海的岸边为我筑起墓丘，让后人知道那是一个不幸者的坟茔。请为我做这些事，并在坟上插上我的桨——我生前与同伴们共同划船时所用的那一柄。"

他这般说道，我便开口回答他："我不

---

① 原引文作18英寸，不符合古代人的口吻。根据王焕生汉译本、Samuel Butler 英译本及 A. T. Murray 英译本改。1肘尺（cubit）约合18英寸。

幸的朋友，我会完成你的所有心愿。"我们就这样面对着面，满腔悲伤地交谈着。我仍然握剑护住血食，而我伙伴的鬼魂则站在对面，诉说着许多事情。接下来走近的是我死去的母亲的亡魂。她是豪迈的奥托吕科斯（Autolycus）的女儿。当我前去神圣的伊利昂征战时，她还在世。我一见她便痛哭流泪。然而，尽管我心中深深为她悲伤，在问过忒瑞西阿斯之前，我仍旧不让她靠近血食。

下一个走来的便是忒拜人忒瑞西阿斯的亡魂。他手持一根金杖。他认得我，并开口说话："莱耳忒斯高贵的儿子、智慧的奥德修斯、可怜的人，你究竟是为何要离开太阳的光辉，来这阴沉悲苦的亡者之地拜访他们？请从坑边退开，收起你的利剑，好让我享用血食，再告诉你真实的预言。"他这般说道，我便移开我镶银的宝剑，将它插还鞘中。高贵的先知饮了那暗黑的血，又开口向我说话。[5]

接下来，忒瑞西阿斯将奥德修斯未来的命运告诉了他。预言之后，奥德修斯又问这位先知是否能让他的母亲安提克勒亚（Anticlea）认出他来（《奥德赛》11.141—159）：

"我看见我死去的母亲的亡魂也在那边。她靠近着血食，不发一言，不敢与她亲生的儿子对视，也不敢同他说话。王子啊，请告诉我，要怎样才能让她认出我是她的儿子呢？"我这样说道。忒瑞西阿斯立刻就回答了我："我会给你简单的指点，而你必须遵照执行。不论是哪位死者，只要

被你允许临近血食，都可以清晰地与你对答。被你拒绝的便会反身退开。"说完这番话，忒瑞西阿斯王子的亡魂便返回了哈得斯的国度。他已说完了自己的预言。

然而我仍稳稳站定在那里，直到我的母亲走上前来，饮那暗黑的血。然后她立刻便认出了我，说出带翼飞翔的悲伤话语："我的儿子啊，你怎么阳寿未尽就来了此地，来了这活人难得一见的阴森幽冥？阴阳之间被宽广的河流和可怕的水域隔开。第一条便是大洋河。若是没有坚固的舟楫，无人能够徒步涉过。"

安提克勒亚与奥德修斯继续交谈，相互问询。最后，她向儿子吐露了真情：她的死因乃是心痛病和对他的思念。听到这样的话，奥德修斯悲伤得难以自抑（《奥德赛》11.204—234）：

我满心伤悲，想要拥抱我已故母亲的亡魂。我受心中的愿望驱使，试了三次，然而她三次都从我的怀抱中滑走，如同阴影或是梦幻。我心底深处更感痛切，于是我又开口对她说出带翼飞翔的话语："母亲啊，我多想抱一抱你，你为何不能为我留下，好让我们母子二人能够彼此拥抱呢？哪怕在这哈得斯的国度，我们也该在森冷的悲苦中相互慰藉。难道是威严的珀耳塞福涅造出这幻影，好让我的悲苦更加沉痛？"

我这般说道，而我高贵的母亲立刻开口回答我："我可怜的孩子啊，你是凡人中最不幸的人。宙斯之女珀耳塞福涅并未

捉弄你。这只是凡人死后该当的命运。一旦生命的呼吸离开我们白色的骨骼，一旦灵魂像梦一样飘忽飞走，便再没有筋腱连接我们的骨肉。吞噬一切的火焰已经将我们化成飞灰。你尽快回到光明之地吧，但不要忘了这一切，好在将来向你的妻子讲述。"我们就这样对谈，直到别的女人走上前来（威严的珀耳塞福涅迫使她们如此）。

图15.1　《冥界》（*The Underworld*）

阿普利亚红绘调酒缸，作者为"冥界画师"（Underworld painter）[a]，约公元前320年，尺寸未知。这件巨大的陶器展现了众多关于冥界的神话。在画面中间，哈得斯在一座小型的神庙中高居王座，面对着珀耳塞福涅。珀耳塞福涅头戴冠冕，手持权杖，马车车轮（或许是哈得斯劫夺珀耳塞福涅的那辆马车的）挂在棚顶。俄耳甫斯在左边弹奏他的里拉琴，身后可能是墨伽拉和赫拉克勒斯的子嗣。右边是一位复仇女神，站在一名坐着的地府判官身边。后者对面是一位老人的亡魂。在画面的下部，赫拉克勒斯正在拖曳刻耳柏洛斯，而赫尔墨斯正为他指引方向。左边，一位复仇女神抽着西绪福斯。右边则是头戴佛律癸亚帽的坦塔罗斯——他正将手伸向一面突出的悬崖。画面上部所描绘的似乎是秘教传授的场景。陶器颈部所描绘的则是赫利俄斯和塞勒涅的马车。车的下方画着鱼，用以象征两位神祇每天的旅程开始和结束的地方——海洋。

a.　一位活跃于公元前4世纪下半叶的阿普利亚陶画师。

她们都是高贵者的妻子或女儿，此时都聚拢在那暗黑的血旁边。但我思索着要如何与她们一一交谈，终于想出了一个在我看来绝佳的办法。我从我强健的腰旁抽出利剑，不许她们一起饮血。于是她们便逐个走上前来，解说自己的家世来历。我就这样与她们每一个都说了话。

这一群美丽女子所说的内容包含了大量神话和谱系方面的信息，与我们在此要讨论的问题关系不大。最后，珀耳塞福涅将这些家世显赫的女子的亡魂赶开了。接下来便是奥德修斯与阿伽门农之间的长篇对话。阿伽门农讲述了自己惨死在妻子克吕泰涅斯特拉和她的情人埃癸斯托斯（Aegisthus）手上的事。他仍然对一切女子都心怀敌意。之后出现的是阿喀琉斯、帕特罗克洛斯和大埃阿斯的亡魂。下一个与奥德修斯交谈的是阿喀琉斯的鬼魂（帕特罗克洛斯没有说话）。我们必须在此摘录这段谈话中的两部分内容，以更好地确立荷马观念中的基调与人性概念。第一部分内容揭示了阿喀琉斯的绝望（《奥德赛》11.473—491）：

"高贵的莱耳忒斯之子，智慧而又坚韧的奥德修斯，你又用自己的才智想出了什么宏大的图谋？你怎敢来到这哈得斯的国度，来到这阴魂的居所？他们无形无识，只是失去了生命的凡人留下的阴影。"他这般说道。我便回答他："珀琉斯之子阿喀琉斯啊，你是阿开亚人中最勇猛的。我来到这哈得斯的国度，是为了询问先知忒瑞西阿斯，请他为我指引回到山石嶙峋的伊塔卡的道路。因为我尚未靠近过阿开亚，也不曾回到自己的家乡，却一直经历种种苦难。阿喀琉斯，不论是过去还是未来，无人比你更幸运。当你活着的时候，我们阿尔戈斯人给你的荣耀让你堪比天神。就算到了此地，你仍比其他鬼魂要有权势。所以，阿喀琉斯，请不要悲伤，尽管你已经死了。"

我这般说道，而他立刻回答我："光荣的奥德修斯，不要为死亡说好话来安慰我。我宁愿选择给另一个凡人当奴隶，哪怕他没有财产，家道艰难，也不愿在这些失去了生命的死者当中为王。"

阿喀琉斯接下来问起他的儿子涅俄普托勒摩斯（Neoptolemus）。奥德修斯详细地向他讲述了那个男孩已证明自己是与父亲般配的男子汉。骄傲的阿喀琉斯感到一阵喜悦，让自己凄凉的存在有了光彩（《奥德赛》11.538—544）：

> [奥德修斯继续讲述]迅足的阿喀琉斯的灵魂大步跨过那开满阿福花①的原野，心中充满喜悦，因为他听我说其儿子已经长成为著名的英雄。其他亡魂仍旧悲戚地站在那里，各自诉说自己的困苦。只有忒拉蒙之子大埃阿斯的鬼魂不同他们站在一起。

大埃阿斯之所以自杀，是因为获得阿喀琉斯的甲胄的人是奥德修斯而不是他，因此他不愿回答奥德修斯的问题（《奥德赛》11.563—600）：

他却同其他亡魂一起回到了厄瑞玻斯。他本可以和我交谈，或者我来问他也行，不过我心中还想与其他死者的鬼魂相见。

我看见了高贵的宙斯之子米诺斯。他手握金杖，高高坐着，对死者下达宣判。那些亡魂或站或坐，在有着宏伟大门的哈得斯的门庭里问询这位国王的裁决。我接着看到了身材高大的猎手俄里翁。他正在开满阿福花的原野上将自己从前在荒寂山间杀死的野兽成群驱赶，手中握着那根永不弯折的铜棒。我看到了高贵的大地之子提堤俄斯。他躺倒在地，占据了大片地方。两只兀鹫蹲在两边，撕开他的身体，啄食他的肝脏，而他的双手无法将它们赶开。这是因为当宙斯的高贵伴侣勒托路经那拥有美丽舞场的帕诺珀俄斯（Panopeus）前往皮托[6]之时，提堤俄斯竟然对她施暴。

我看见坦塔罗斯（Tantalus）②站在那水面刚好够到他下颔的池水中，忍受着巨大的煎熬。他努力想要一解干渴，却不能得偿所愿。这位老人每次急切地低头饮水，那水面便会退去不见，现出他脚边的黑色泥土。让池水干涸的乃是神力。他头顶的果树高大茂密，垂满丰硕的果实，有梨，有石榴，有苹果，有甜美的无花果，还有橄榄。然而，当他伸出手去摘它们时，风便会将果实吹到阴沉的云里去。[7]

我还看见西绪福斯推动一块巨石，承受着巨大的痛苦。他手脚并用，使尽全身的力气，将那石头推向山巅。然而当他要将石头推过最高点时，那石头便因为自身

---

① 在古希腊人的观念里，冥界中普通人灵魂栖居之地生长的花朵，不一定现现实中被称为 asphodel 的阿福花属（Asphodelus）或日光兰属（Asphodeline）的植物，亦有研究者认为应指水仙花。汉语中对冥界的 asphodel 的译法多种多样，包括阿福花、日光兰、常春花、长春花等。此处选择音译作阿福花。

---

② 宙斯与宁芙普鲁托（Plouto）之子。坦塔罗斯杀害自己的儿子珀罗普斯并献给众神食用，因此在地狱遭受永罚。详见本书第18章。

西绪福斯

埃俄洛斯之子西绪福斯最伟大的功业是以智计战胜死神（塔那托斯）本身。公元前7世纪的诗人勒斯玻斯的阿尔开俄斯（Alcaeus of Lesbos）[a]在其作品中以最简单的形式提到了这桩功业（《残篇》110.5—10）：

> 埃俄洛斯之子西绪福斯同样认为自己的智慧在凡人中无人能及，可以战胜死神。然而，尽管他确实智计百出，两次横渡阿刻戎河［避开了自己的命运］，万神之王、克洛诺斯之子［宙斯］却让他在黑色大地之下的世界里忍受苦役。

西绪福斯向河神阿索波斯（Asopus）说起宙斯拐走他女儿埃癸娜（Aegina）的事，惹恼了宙斯。死神受宙斯的差遣前来捉拿西绪福斯，却被后者用锁链困住。死神被困的时候，凡人就不会死去。最终阿瑞斯解救了死神，又将西绪福斯交给他。然而就在坠入冥界之前，西绪福斯吩咐自己的妻子墨洛珀（Merope）不要在其死后按传统献祭。哈得斯发现西绪福斯没有得到焚献，又打发他回去谴责墨洛珀。他就这样回到了科林斯，然后留在了那里，活到很老的年纪才死去。由于他泄露了宙斯的秘密，他在冥界受罚将一块巨石推上山，而巨石一到山顶又总会滚回地面。

a.　勒斯玻斯的阿尔开俄斯（约前620—前6世纪），古希腊勒斯玻斯岛抒情诗人，据传是阿尔开俄斯诗体（Alcaic stanza）的发明者，其作品仅存残篇。

> 的重量而落下，无情地滚回山下的平原。他不得不再次攒够力气将它推上来。他手脚上汗落如雨，头上覆满尘土。

奥德修斯下一个看到的是赫拉克勒斯的幻影——真正的赫拉克勒斯此时与他的妻子赫柏在一起，位列不朽众神之间。赫拉克勒斯讲述了自己在世时同样遭受不幸的经历——他为一个不如自己的人完成了种种任务。

一大群号叫的亡灵蜂拥上前。惊恐的奥德修斯逃向自己的船，重新开始他的旅程。荷马的"亡者之书"至此而终。

对荷马诗中冥界的不同解读

对荷马的来世观的任何一种解读都会遇到无数困难。其中许多困难与作为一个整体的《奥德赛》的构成以及具体这一卷的构成有关。自相矛盾之处显而易见，而对这些矛盾的解释，最终又不得不依赖于解释者对荷马问题中所涉更广的诸多问题的个人观点。"亡者之书"所反映的是否为不同态度和不同观念在某个或数个作者手中的集合？这种集合过程是一次性的吗？还是经历了许多年，乃至许多个世纪？这一记载的基础也许是某种对死者的崇拜——这种崇拜可以从坑边举行的献祭仪式和对埋葬死者的道德义务的强调上看出来。然而，随着描述的进行，出现了更多令人疑惑的内容。在亡灵们走上前来的时候，奥德修斯显然一直守在自己的位置上。如果是这样，那他又是如何看到罪人们所受的折磨和书中所描述的那些英雄的行为的呢？他看见的是否仅仅是血坑中的幻象？抑或这段插曲是以拙劣的方式从另一个版本的奥德修斯故事中添加进来的，在那个故事中奥德修斯才真正游历了哈得斯的国度？可以确定的是，列举妇女们成群前来的那一部分内容，是以赫西俄德的玻俄提亚史诗风格写成的，明显有一种异质感。在这一卷刚开篇的时候，大洋河是唯一的分隔，但后来安提克勒亚又提到需要渡过其他河流。

因此，荷马的冥界在地理意义上是模糊的。与此类似，对冥界居民的分类也并不清晰——在与后世文学中那种明显的精确性相比时尤其显得如此。厄尔珀诺耳是第一批上前的亡灵之一。他

也许属于某个区域中的某个群体，但我们对此无法确定。阿伽门农和阿喀琉斯这样的英雄是一起出现的，但他们显然也并没有独占一方乐园：他们所栖息的开满阿福花的草地，似乎指的是整个冥界，而非维吉尔诗中所描述的那种乐土。这反而给了我们这样一种感觉：所有凡人最终都会去往同一个终点，彼此并无差别。鉴于奥德修斯认为阿喀琉斯在亡灵中拥有他曾在活人中所拥有过的权力，因此也许亡灵之间也有某种特权分配或是

对冥界的描绘

从荷马直至柏拉图时代，古希腊人观念中的冥界都是一个模糊、幽暗的领域。对其最好的描述均见诸文字。刻画精准的陶画和浮雕十分稀少。我们在本书图15.1所展示的那件"冥界"陶器绘制于柏拉图的《理想国》问世之后50年，它对冥界的精确描绘，堪称异数。这幅画重点刻画了俄耳甫斯、赫拉克勒斯以及那些违逆诸神的罪人。柏拉图的文字描述为荷马式冥界的幽暗赋予了新的定义，让维吉尔式的细致描绘成为可能。直到基督教对古代的正义和惩罚信条进行了扩展，将它们同罪与罚的观念联系起来，艺术家们才得以自由地描绘一个由火与冰、魔鬼与种种精细的惩罚手段主宰的冥界。但丁的《地狱篇》创作于14世纪早期。它将古典神话与中世纪的信条结合起来，永久性地改变了冥界的图像，同时也让对末日审判的种种杰出呈现成为可能——米开朗琪罗的西斯廷礼拜堂天顶画，法国和英国教堂中无数的中世纪花窗玻璃画便是这样的例子。如果这些作品的创造者意识到他们的基督教阐释在根源上竟然是以异教神话为基础的，一定会感到吃惊，说不定还会受到惊吓。

图15.2 《末日审判》（*The Last Judgment*）

壁画。卢卡·西诺莱利（Luca Signorelli，约1445—1523）在奥尔维耶托（Orvieto）大教堂的圣布里奇奥（San Brizio）礼拜堂创作了他的代表作——一组描绘世界末日的壁画。他的作品对米开朗琪罗在西斯廷礼拜堂创作的《末日审判》有着深刻的影响。这组作品的这一部分描绘了一群即将被带入地狱交给恶魔折磨的受谴者。礼拜堂墙壁装饰的下面部分——此类较大壁画之下的部分——包括一些著名诗人的画像，其中有但丁、维吉尔和奥维德。诗人画像周围环绕着纯灰色画（grisaille，采用灰色调创作的单色画）圆窗，用以图解他们作品中涉及冥界的故事，如埃涅阿斯、西比尔和金枝，俄耳甫斯在普路托和普洛塞庇娜（Proserpina）面前弹琴，还有赫拉克勒斯活捉刻耳柏洛斯。当我们以这座礼拜堂为语境时，这些古典诗人以及他们的冥界观似乎就在真正意义上为后世基督教关于来世的思考奠定了基础。

天然的特权。荷马也许暗示了一个为罪人准备的专门的地狱（至少这些罪人被列举为同一群人），但值得注意的是：这些罪人其实都是一些杰出者，都是在神话中的古老时代敢于对诸神犯下重罪的大人物。普通的凡人显然并没有因为他们的罪过而受到惩罚。荷马似乎并未为我们准备一个对凡人进行裁判、奖励和惩罚的来世。米诺斯也许在亡灵中充任了法官之职，对他们之间的争执进行仲裁，一如他在阳世所为。

荷马所描述的来世中的基调和氛围，在大多数情况下则更有一致性。那些模糊、飘忽的亡灵在活着的时候各有追求、情感和偏见，此时却漫无目的地四处飘浮，阴郁寡欢。阳世中的光明、希望和活力在此不见踪影。很快，怀着道德修持与义愤的哲学和宗教思想，就会为这幅画面带来崇高而又令人恐惧的变化。

柏拉图的厄尔神话

柏拉图以厄尔神话为其伟大的对话录《理想国》画上了句号。这个神话是对来世的描绘，其中饱含着各种宗教和哲学观念。尽管他在对这个象征的、精神性的世界的描述中纳入了神话中的人物，但这个世界与荷马史诗中的来世相去甚远。苏格拉底在向格劳孔（Glaucon）的谈话中一开始就明确了这一点（《理想国》614b2—616b1）：

> 我要讲的并非如奥德修斯向阿尔喀诺俄斯所说的故事。我的故事是关于一位勇士，关于潘菲里亚人（Pamphylian）① 阿尔墨

---

① 小亚细亚半岛南部古地名，位于吕喀亚和奇里乞亚（Cilicia）之间。

尼俄斯（Armenius）之子厄尔。他在一场战争中被杀身亡。十天之后，人们来收殓已经腐烂的尸身，发现唯有他的遗体不曾败坏。人们将他带回家，在他死后的第十二天准备安葬，将他放在火葬堆上。然而他却活了过来，并且说出了他在另一个世界里所看到的事。他说，他的灵魂离开躯壳之后，与其他许多灵魂一起来到一个神圣之地。那里的地上有两个并排的洞口，而与地面相对的天空中也有两个并排的洞口。

在这四个洞口之间的空间里，端坐着判决的法官。他们在做出决定之后，将对义人的判决贴在他们胸前，令他们向右边去，进入通向天上的洞口；对不义的人，他们将其罪状贴在后背，令他们向左边去，进入通往地下的洞口。当厄尔走上前去，法官们却说他必须成为向人们传递关于来世的消息的使者，命令他用心聆听、观察这里所发生的一切事情。

当然，他看见那些得到判决的灵魂要么通过洞口走向天堂，要么通过洞口去往地府。但他同时也从另两个洞口看到：一些灵魂从地下钻出来，满身尘土；另一些灵魂从天上的第二个洞口降下，干净而又纯洁。他们不断涌现，而且看上去都很高兴能在漫长的旅途之后回到这个天地之间的地方。他们在这里扎营，似乎要举办一场节庆。相互熟识的灵魂互致问候。从地下来的和从天上来的灵魂相互问询。前一批灵魂在讲述自己的经历时不禁哭泣哀号，因为他们回想起自己在长达千年的地府之行中的所见所闻和所遭受的种种磨难；后一批灵

魂则满心喜悦地讲述自己的幸福快乐和所见到的不可言说之美。

格劳孔啊，讲完这一切要花上许多时间。不过厄尔所说的重点是：每个人都要受到十倍于自己所犯每一桩罪孽的惩罚，为他所伤害的每一个人、所作的每一次恶付出代价。这样一来，他必须在每一百年里（因为一百年算作人的一世）把自己的所有罪孽清偿一次，而十倍就是一千年。举例来说，如果某人害了许多人的性命，或是背叛了城市或军队令其受制于人，或是犯下了其他任何罪行，他们都要为每一件单独的罪行承担十倍的苦难。反过来说，如果他们做过善事，公正虔诚，他们所受的福报也同样是十倍。至于那些早早夭折的人和那些短命的人，厄尔也有其他说法，不过不值得我们提起。

他还描述了敬爱神明和父母者所受的更大福报，以及亵渎神明忤逆父母者和杀人者所受的更大惩罚。他曾说起自己接近过一个灵魂。后者向别的灵魂问起阿尔狄埃俄斯大王（Ardiaeus the Great）的所在。这位阿尔狄埃俄斯是一千年前潘菲里亚城里的一位暴君。据说他曾杀害自己年迈的父母，杀害自己的长兄，还犯下了许多其他亵渎神明的罪恶。对方回答说：阿尔狄埃俄斯还未来到这片平原，也不会来了，因为在我们所见证的众多可怕情景中，下面这一幕是真实不虚的。

在经历一切，终于接近洞口快要出来的时候，我们突然看见了阿尔狄埃俄斯和其他一些人。他们大部分都曾是暴君，也有一些曾经犯下大罪的普通人。他们都以为自己终将上升，然而那洞口却不容他们通过：每当曾经犯下不可救赎之罪或尚未受够惩罚的人接近，那洞口便会发出一声咆哮。那些守在洞口、外形猛恶的野人能听懂这吼声。他们会把其中一些靠近的人抓起来带走，却把阿尔狄埃俄斯和另一些人从头到脚捆绑，扔在地上，然后剥他们的皮。他们沿着洞外的路拖曳这些人，用荆条抽打他们的肉体，就像用梳子梳羊毛一样。他们让经过的人都明白这样惩罚的理由，而且明白这些人会被带去扔进塔耳塔罗斯的深渊。

在他们所见证的各种数不清的吓人情景中，最可怕的莫过于自己有可能在出洞时听到那一声咆哮。如果什么也没有听见，每个人在爬出去时就都满心喜悦。这就是此地的判决：对一些人的惩罚和对另一些人的奖赏都按一定比例而行。

完成了千年轮回的灵魂在这片平原上停留七天，随后便开始下一段旅程。厄尔也陪同着他们。四天之后，他们来到一个地方，在那里看到一道光芒，有如一根贯通天地的柱子。又走了一天之后，他们已经可以看出这道光柱是将整个宇宙连接在一起的纽带或者链条。那代表"必然"的纺锤就连接在这道光柱所形成的链条上，推动着所有天球的运转。这个神话接着对宇宙提出了一种复杂而宏大的解释：固定的恒星和变动不居的行星位于不同层次的圆环上，而地球则位于这些圆环的中心。[8]

如苏格拉底所述，柏拉图的厄尔神话接着描述了各层天球之间的和谐状态（《理想国》617b4—621d3）：

那纺锤在"必然"的膝上转动。每一层圆环上栖息着一个塞壬女妖，她们与环一起转动，各以一个音符发出一个声音。八个音结合起来，便成为和谐的音调。三位女神各自坐在王座上，彼此距离相等。那是命运三女神，也是"必然"之女。她们身穿白袍，头戴花环，名字分别是拉刻西斯、克洛托和阿特罗波斯。三位女神应和塞壬们的音乐歌唱着。拉刻西斯唱的是过去之事，克洛托唱的是现在之事，而阿特罗波斯唱的是未来之事。克洛托用右手触碰纺锤的外环，将它拨动；阿特罗波斯用左手触碰那些内环，也将它们拨动；拉刻西斯则同时触碰内外的圆环，双手交替着拨动它们。

灵魂们甫一抵达，就必须去见拉刻西斯。先是有一位神使出来让他们整饬有序，接着神使从拉刻西斯膝上取下纸阄和各种生活样式，然后登上一座高台，开口宣布："以下是'必然'之女拉刻西斯的言辞：生若蜉蝣的灵魂们，包含死亡的另一轮凡世生命就要开始了。神明不会选择你们，你们要选择自己的神明。[9] 谁抓得第一个号，谁就要上来选择自己的生活，而这生活也将为他注定。美德没有主人。每个人多少自取，全看他看重美德的程度高低。凡有错失，罪责皆归于做出选择的人，神明无咎。"

说完这些话，神使便将纸阄洒向所有灵魂。他们各自拾起落在身旁的一个。唯有厄尔不准抓阄。每个灵魂拾起纸阄之时，便知道了自己抽得的号数。接着神使便将不同样式的生活陈列在他们面前的地上，那总数比灵魂的数量还多得多，包括了所有生灵和所有人类的生活。其中包括了暴君的生活，一些是完整的，另一些却戛然而止，以贫穷、被流放或是困苦告终。显赫者的生活也在其中，他们出名或因形体，或因美貌，或因力量和武勇，或因家世和祖先的美德。同样也有籍籍无名者和名誉扫地者的生活，既有男子的，也有女子的。然而，这些生活中却不包含灵魂的性情，因为他们在选择另一种生活时，性情也必然会变得不同。其他品质则相互掺杂混合着，比如富裕与贫穷、病苦与健康，以及各种中间状况。

重生带来艰难的选择

亲爱的格劳孔，请相信我，一切风险似乎都系于此了。因此我们每个人都应该探寻，找到并理解那关键的知识。只要他有能力听说或发现某个能让他懂得认知的人，就应该去寻找这个人。他必须分辨善恶，将我们所讨论过的一切善加考虑，在任何情况下都从各种可能性中挑选较善的道路。他必须了解这些品质如何影响人一生中的美德——无论它们是单独还是共同发挥影响，了解美貌结合了它所激发的灵魂状态之后再与贫穷或富裕分别搭配时对善恶有何影响，了解出身高低、个人地位、公共职务、力量、弱点、智慧、愚钝等各种无论是先天还是后天得来的品质在相互搭配时能产生什么后果。由此，在深思熟虑之后，他就能在所有这些生活中辨别哪些是善的，哪些是恶的，只需要看它们对自己的灵魂本质会造成何种影响。

所谓恶的生活，我指的是让灵魂变得不正义的那些；所谓善的生活，则是让灵魂变得更加正义的那些。其他因素他都不应考虑，因为我们已经知道：无论在生前还是死后，这都是最重要的抉择。事实上，哪怕一个人已经来到哈得斯的国度，他也必须坚信这一点。这样他才不会在那里像在其他世界里一样被财富或其他类似的恶压倒，才不会屈从于种种类似暴君所为的行径，才不会犯下那些无可挽回的罪恶同时让自己受到更大的罪恶折磨；这样他才会知道如何在类似的情况下选择符合中道的生活并避免两种极端，并且在此生或是所有来生中都尽自己所能这样做。只有这样，一个人才能算得上是最幸运和有福的人。

来自来世的信使厄尔这样如实报告了神使的话："哪怕你最后一个上来挑选，也有良善可欲的生活供你选择，只要你的选择明智，并且毫不畏缩地执行它。第一个选的人切莫大意，最后一个选的人也不要灰心。"神使说完之后，抽到第一个号的人立刻走上前来，挑选了最凶暴的僭主的生活。他做出这样的选择，一是出于愚钝，二是出于贪婪。他没有仔细查看一切，也没有注意到他这一生注定要吃掉自己的孩子并犯下其他罪恶。当他空闲下来仔细检视，他便开始捶打自己的胸膛，痛悔自己没有听从神使的警告。他不愿将这些罪恶归责于自己，却认为那是命运和诸神以及其他各种因素的过错。他是从天上降下来的灵魂中的一个，前生住在一座政治秩序井然的城市里，其美德来自习俗的培养，却不是来自智慧。

总的说来，在那些从天上降下的灵魂中，遇到如此难局的不在少数，因为他们未曾经历过苦难。反而是许多从地下上来的灵魂没有在冲动中做出选择，因为他们自己已经吃过苦头，也见过别人吃苦。由于这样的缘故，也由于抓阄造成的偶然，许多灵魂得以从厄运过渡到好运，也有许多灵魂与他们相反。如果一个灵魂每一次来到人世时都全力追求智慧，而抓阄时又不至于抓到最后的号码，那么根据我们所了解到的情况，他将不仅在人世得到幸福，在死后离开又返回那片平原的旅程中，他也不会去往地下受苦，而是会惬意地升上天堂。

根据厄尔的说法，每个灵魂对生活的选择颇为值得一观。他们的选择要么可怜，要么可笑，要么令人惊叹。大多数时候，他们的选择都基于各自在前世的经历。他看见曾经属于俄耳甫斯的灵魂选择在下一世成为天鹅，因为他前世死在女人手里，从此痛恨她们，不愿再生于女子的身体。他看到塔米拉斯（Thamyras）①的灵魂选择成为夜莺，看到一只天鹅决定在来世做人，也看到其他善歌的生灵做出类似的选择。抽到第二十个号码的灵魂选择下一世成为狮子，那是忒拉蒙之子大埃阿斯。他因为回忆起关于阿喀琉斯甲胄的那场争端而不愿再生为人。在埃阿斯之后做选择的是阿伽门农。他同样因为自己的悲惨遭遇而痛恨人类，于是选择了飞鹰的生活。阿塔兰忒抽到的号码排在中间。

---

① 《伊利亚特》中所提到的一位歌手，他与缪斯比试唱歌，结果失败，被罚成为瞎子，并被剥夺了歌唱的天赋。

她看重男子运动健将一生中将获得的巨大荣誉，便选择了这样的生活，不肯将它错过。在她之后，厄尔看到的是帕诺珀俄斯（Panopeus）之子厄珀俄斯（Epeus）[1]。他选择成为一名手艺妇人。远远排在后面的是可笑的忒耳西忒斯（Thersites）[2]，他为自己选择了身为猿猴的来世。

命中注定抽到最后一号的是奥德修斯的灵魂。他走上前来，还记着自己前世所受的苦楚，不再受到雄心壮志的羁绊。他花了很长时间仔细查看，艰难地找到了一个普通人的平静生活，因为它被抛在角落里，被别人视而不见。奥德修斯一看到它，立刻高兴地做出了选择，声称哪怕自己第一个挑选，也会做出同样的选择。就这样，一些野兽的灵魂选择换一种形态或是成为人类，一些恶人选择成为凶暴的野兽，一些义人选择成为温顺的动物。各种组合变化都发生了。

所有灵魂都选择了自己的生活之后，他们便按自己的号码依次走向拉刻西斯。她为每个灵魂派出他们自己挑选的守护神明（daimon），令这神明陪伴他们终生，帮助他们完成自己的选择。守护神首先把灵魂引向克洛托，来到她那只拨动纺锤令之旋转的手的下方，以核准每个人在抓阄之后选择的命运。守护神会触碰克洛托，然后引着灵魂来到阿特罗波斯旋转纺锤的地方，令其命运之线上的事迹再无更改。从这里，他们不再回头，径直穿过"必然"的

王座，走到另一头。当所有灵魂和守护神都穿过了王座，他们便一起穿过令人窒息的可怕暑热，走向那忘川（Lethe）流淌的平原。此地没有树木和任何地里生长的东西。

此时已经入夜，灵魂们便在忘川的岸上宿营。这河中的水无法用容器盛起。每个灵魂都必须在河里喝定量的水，而又有一些灵魂因为缺乏智慧的约束而过量饮水。随着忘川的水下肚，灵魂们便忘记一切事情。到了午夜，当他们全都睡着时，天上响起雷霆，地面也震动起来。突然，所有灵魂都被抛起来，如流星一般飞往不同方向去投生。厄尔没有被允许喝那河中的水，也不知道自己是从哪里、在何时回到自己身体的。他突然睁开眼睛，发现天已黎明，而自己正躺在火葬堆上。

格劳孔啊，这个神话因此而得以保留，没有亡佚。我们只要认真看待它，就能得到拯救，就可以平安渡过忘川，不让自己的灵魂受到污染。然而，如果我们都同意灵魂不朽并且可以承受一切善恶的说法，我们就应该总是坚持向上的路，每一天都以智慧来追求正义。如此，我们才可以与自己及诸神达成爱的和谐；如此，我们才可以在领取正义的报偿（像竞技会的胜利者收获奖励一样）之时诸事顺遂，无论是在此世还是在我们前面所说的千年旅程之中。

柏拉图的这种来世观念写于公元前4世纪。其取材的来源多种多样，我们只能猜测。此外，我们还必须考虑到柏拉图在他自己的哲学领域中的独创天才。这幅图像中的数字间隔（比如千年之旅）有毕达

---

[1] 特洛伊木马的建造者。参见本书第19章。

[2] 特洛伊战争中希腊一方的参加者，形容和举止都丑陋。

哥拉斯的影子，也让我们想起灵魂轮回的观念。其中的奖励、惩罚和最终的净化等概念则通常被视为是俄耳甫斯主义的。这个关于启示的神话，以对灵魂神圣不朽的证明为《理想国》一书作结，因此关于如何对它进行准确解读便有了许多问题。厄尔的故事中有多少内容是作者希望让我们从字面上去接受的？它是不是一个充斥着深刻象征的寓言？它希望揭示的普遍真理是否隐藏在这些象征背后？

在《斐多篇》中，柏拉图提出了另一种来世观，并用它来解释为何真正的哲学家最终会从重生的轮回中解脱：那些秉持超凡的圣洁而过完一生，又以通过哲学的追求完全净化了自己的人，将会永远以纯粹灵魂的形态居住在难以用言语描述的美好之地（《理想国》114b—114c）。

鉴于我们的目的是描绘出希腊人和罗马人的来世观念的发展轮廓，我们必须强调一点：这种观念为每一个凡人的灵魂清晰地描述了一个天堂和一个地狱。来世除了有向上和向下的必经道路，还必须有专门的施刑者，另外它还为罪大恶极者准备了专门的、永远不得脱离的受刑地（塔耳塔罗斯）。[10] 古代神秘宗教所需要的神话基础和经文基础，便植根于这样一种观念中——无论他们所信奉的神明是得墨忒耳还是狄俄尼索斯，无论他们的先知是俄耳甫斯还是柏拉图。[11] 尽管这种观念与基督教情感之间有着明显的差异，但其中的关联也不难发现。早期基督教信徒们将厄尔视为圣约瑟的祖先。另一个事实是，这些早期基督徒出于对自由意志的推崇，还在谈论拉刻西斯的警告："罪责皆归于做出选择的人，神明无咎。"这两种做法在上述来世观与基督教之间建立了更多特定联系。

维吉尔的"亡者之书"

在《埃涅阿斯纪》第6卷中，维吉尔以一种阴郁的中间色调描绘了一个充斥着悲情与泪水、令人哀伤而又富于预言性的冥界。他的资料来源不拘一格，但他的诗性视角却是个人化的和独特的。尽管中间间隔了几个世纪的口传和书写传统，尽管他的描述中也流露出罗马式的沙文主义，我们仍能时常在维吉尔那里清晰地分辨出来自荷马和柏拉图的元素。在意大利的库迈，埃涅阿斯从阿波罗的女先知西比尔口中得知了自己若想在冥界见到父亲，需要达到哪些要求。他需要取得普洛塞庇娜（即珀耳塞福涅）的圣物金枝，还需要埋葬自己的伙伴弥塞诺斯（Misenus）。下到冥界本身是很容易的，难点在于沿着来路回到人间。只有少数特别的人做到过这一点。当部下为弥塞诺斯准备火葬堆时，埃涅阿斯出发前去寻找金枝（《埃涅阿斯纪》6.186—204）：

> 埃涅阿斯凝视着宽广的树林，不由自主地说出祷言："如果那金枝能在这如此广袤的林中向我显现就好了。毕竟，弥塞诺斯，关于你要被安葬的事，女先知说得分毫不差，真是千真万确。"正在这时，两只鸽子从天上降下，落在青翠的地面上，就在他的眼前。伟大的英雄认出这飞鸟正是他母亲的信使，于是惊喜地祈祷起来："如果前方有路可寻，就请带路吧，带我到有灿烂金枝覆盖着沃土的树林那里去。女神啊，母亲啊，请帮助我平安度过这场劫难。"
>
> 他这般说道，并停下了脚步，观看那两

图15.3　《埃涅阿斯与西比尔在冥界》（*Aeneas and the Sibyl in the Underworld*）（1600）

布面油画，老扬·勃鲁盖尔（Jan Brueghel the Elder, 1568—1625）画，14.25英寸×10.5英寸。画中的埃涅阿斯大步向前，手中握着宝剑（这武器对冥界的力量毫无用处）和他在进入乐土之前必须献给珀耳塞福涅的金枝。他们身后燃烧着可怕的塔耳塔罗斯烈焰，两边都是正在受罚或等待受罚的怪物和罪人。

只鸽子给出的信号和它们飞去的方向。它们有时停下来进食，然后又继续向前飞，却总处于跟随在后的埃涅阿斯视线之内。它们一闻到阿维尔努斯湖（Avernus）①散发出的恶臭，便迅速振翅高飞。两只鸽子在澄澈的空气中滑翔降落，落在埃涅阿斯期待已久的那棵树上。那树上的枝叶间有灿烂的金光闪现。

埃涅阿斯急切地将金枝折下。在弥塞诺斯的葬礼结束之后，他拿着金枝去找西比尔（《埃涅阿斯纪》6.237—332）：

---

① 意大利坎帕尼亚的一个湖泊，以喷发有毒蒸汽闻名。古代的诗人往往将之与地狱联系起来。

那里有一个深邃的石穴，洞口大开，穴外有幽暗的森林和一个黢黑的湖泊。此地没有飞鸟可以鼓翼横渡，因为湖中所散发出的恶臭直冲天庭。希腊人将此地叫作阿维尔努斯，意思是"无鸟之地"。女先知做的第一件事是将四头黑色的小公牛牵来，在它们头顶浇下酒浆。然后她从它们的两角之间剪下鬃毛的尖端，将之作为初献的祭礼投入神圣的火中，并高呼赫卡忒之名，因为她在天上和幽深的厄瑞玻斯同样拥有权柄。侍从们拿刀杀了牛，又用碗接住温热的牛血。埃涅阿斯亲手用剑宰杀一头黑毛的羔羊，献给复仇女神欧墨尼得斯的母亲黑夜女神，以及她伟大的姊妹大地女神。

他为普洛塞庇娜献上的则是一头未育的母牛。接下来他在夜间建起一座献给冥界之王的祭坛，将公牛整个儿放到火焰上，又在它们的腔内浇了浓油。看哪，就在晨光初露之时，大地开始轰隆作响，长满林木的山脊也开始移动。幽暗之中出现了嗥叫的雌犬，女神从地府降临了。

西比尔呼喊起来："退后！退后！你们这些未受福泽的人，从这林中彻底退出去。你，埃涅阿斯，抽出你的剑来，走这条路。这一路上你需要勇气，也需要坚定的心志。"她说完这些话，便飞快地跳入洞穴。无畏的埃涅阿斯紧紧跟着这位向导的脚步。

统御一切鬼魂、无声的幽影、混沌的深渊、佛勒革同河（Phlegethon）以及夜晚和静寂国度的众神，请允许我说出我所听闻的事，请你们神圣的意志准我将这大地深处和幽暗之地的一切公之于世。

他们继续前行，穿过冥神狄斯的空旷国度，在孤寂黑夜的幽影中身形模糊，如同在朱庇特用黑暗遮蔽天空之时，在暗夜夺去一切事物的颜色之时，借着暗淡恍惚的月光穿行于森林之中。那入口之处，那俄尔库斯（Orcus）①的口中，正是"悲哀"与满心忧怨的"忧虑"下榻之地。此处还住着苍白的"疾病"、悲戚的"暮年"，住着"恐惧"、教人作恶的"饥饿"和不当的"需求"，都可怕得令人无法直视。这里还有"死亡"与"劳累"，有"死亡"的兄弟"沉睡"，也有光是想一想就是罪过的"欢愉"。

在门槛对面的是播撒死亡的"战争"、复仇女神的铁室，还有疯狂的"混乱"。她的头上有蛇盘绕如发，用带血的束带捆扎。

位于中央的是一棵遮天蔽日的庞大榆树。它的枝干古老，遮蔽了大片地方。据说空洞的幻梦便密密麻麻地悬挂在那些枝叶中。此地还有各种各样的走兽与怪物。有在门径里出没的马人，有半人半兽的斯库拉，也有长了一百只手的布里阿瑞俄斯。勒耳那沼泽的可怕怪兽②嘶嘶吐信，喀迈拉口吐火焰。此外，还有戈耳工姊妹，有哈耳庇亚，有长着三个身子的革律翁的鬼魂。埃涅阿斯突然受到惊吓，拔出剑来，对那些靠拢来的怪物发出威胁。要不是他那明智的伙伴警告他说这些怪物都没有实体，只有空空的影子随处飘荡，恐怕他已经冲上前去，持兵器在空中乱劈一番。

从此地出发，有一条路通向塔耳塔罗斯的阿刻戎河。那河中的大水如沸腾一般生成巨大的漩涡，搅动浑浊的泥浆，将河中全部的沙土都倾入科库托斯河。[12]看守这些水面的是舟子卡戎。他的形容腌臜可怖，令人生惧。他的下巴上长着浓密而蓬乱的白须，眼中似乎燃烧着两团熊熊的火焰。他肩上披着肮脏的斗篷，打了一个结系住。他用他那老旧的渡船运送灵魂，亲自用一根长篙撑船，还要侍弄船帆。他如今已上了年纪，但对一位神祇来说，老年只意味着活力和青春。一大群灵魂蜂拥而至，冲向河岸。其中有做母亲的，也有男子，还有心志坚毅却丧失了性命的英雄；有

---

① 俄尔库斯在罗马神话中指冥界。这个词有时也被人格化为一位神祇。参见本书第26章。

② 指赫拉克勒斯杀死的勒耳那水蛇。参见本书第22章。

童子，有未曾嫁人的少女，也有在父母眼前被放上火葬堆的青年。他们的数量多如寒潮初至时林中坠落的秋叶，多如寒冬降临时飞过海面前往日暖之地的飞鸟——海上风起云涌之时，它们便纷纷投向陆地。这些灵魂站在那里，纷纷恳求让自己首先渡河。他们伸出手去，渴望到达对岸。那冷酷的舟子在灵魂中这里选上几个，那里选上几个，然后将其余的逐退，让他们远离河边的沙滩。

埃涅阿斯深受这乱象触动，惊奇地发问："童贞的西比尔，请你告诉我，他们为何要这样在河边挤成一团？这些灵魂想要什么？为何其中一些灵魂离开了岸边，另一些却得以渡过这暗黑的水流？"年迈的女先知简短地回答他："安喀塞斯之子，真确无疑的诸神后裔，你眼前的是科库托斯河的深流和名为斯堤克斯的沼泽。连天神也不敢以这河水之名发假誓。这一群灵魂都是穷困而无人收葬的。[13] 那艄公便是卡戎。他所摆渡的那些灵魂在死前都得到了安葬。如果死者的遗骨没有得到应有的葬礼，卡戎就不能让他们渡过这喧腾的水流到达那恐怖的彼岸。他们需要在河岸附近游荡一百年，之后才能被允许回到这令他们渴慕的河岸，踏上渡船。"听了这话，安喀塞斯之子停下了脚步，对这人间的不公心怀悲悯，思绪万千。

图15.4 《刻耳柏洛斯》（*Cerberus*）

木板水彩画（创作于1825—1827年），威廉·布莱克画，9.5英寸×13英寸。布莱克在其生命的最后两年中努力为但丁的《神曲》创作插图，在去世前留下了102幅作品，其中72幅是关于《地狱篇》的。这是他为刻耳柏洛斯所创作的两幅作品中的第一幅。刻耳柏洛斯看守着贪食者所居的地狱第三层，《地狱篇》中的第六篇讲述了它的故事。布莱克画出了但丁所描述的刻耳柏洛斯那像拳头一样、用来抓握罪人的爪子。刻耳柏洛斯的三个脑袋居中那一个望向画面右边的维吉尔。维吉尔身后是但丁的黯淡身影。他正准备将一把泥土洒进怪物口中。

在那些未能得到安葬的灵魂中，埃涅阿斯看到了他的舵手帕里努鲁斯（Palinurus）。在他们从非洲出发的航程中，此人不幸跌落船外。他漂到了意大利海岸，却在登岸之后死在一群土著手中。从人类情感和宗教情绪的角度来看，这场交谈让我们想起奥德修斯与厄尔珀诺耳之间的对话。西比尔安慰帕里努鲁斯说，他将被邻近的另一个部落安葬，书中还讲道（《埃涅阿斯纪》6.384—449）：

> 埃涅阿斯与西比尔继续前行，来到河边。斯堤克斯河上的艄公从他的位置看到这两人从寂静的林中走出，转向河岸，便率先发难："那手持武器到我这河边来的人，无论你是谁，赶快说出你为何前来，但不要再往前跨上一步，就在那里说话。这里是属于幽魂的地方，是沉睡与倦夜的国土。活人不可以登上这斯堤克斯河上的渡船。老实跟你们说，当赫拉克勒斯、忒修斯和庇里托俄斯来这河边的时候，尽管他们是天神的后裔，身怀无穷的力量，我也不乐意让他们上船。赫拉克勒斯徒手捉住了塔耳塔罗斯的看门犬，用锁链将它捆住，从冥王的座前将这浑身颤抖的狗儿拖走。另两人则妄想从狄斯的宫室中劫走冥后。"
>
> 阿波罗的女祭司简短地回答他："我们此来并无恶意，请不要担心忧惧。我们的武器不用来伤人。那看门的大狗尽可以一直嚎叫，吓唬那些没有血色的幽魂。普洛塞庇娜也尽可以安心待在她伯父普路托的宫殿里，不用担心她的贞洁。来人是特洛伊的埃涅阿斯。他的美德和勇气出类拔萃。

他来这幽冥之地是为了寻找他的父亲。如果这样超凡的美德和忠诚仍不能让你动心，那你至少还认得这金枝吧。"

> 她取出自己藏在衣袍之下的树枝。一看到它，卡戎心中涌动的怒火立刻平息下去。他没有再多说一句话，只是惊异于这神圣的、决定命运的树枝——他已经太久没有看到过它。他让那暗黑的渡船掉过头，朝河边驶来，接着又赶开那些坐在长凳上的灵魂，清出一条通道，将高大的埃涅阿斯迎接上船。船只不堪其重，漏水的裂缝吱呀作响，渗进大量河水。卡戎到底还是将先知和英雄安全送达对岸，那里是一片乱糟糟的滩涂和黏滑的苇草。
>
> 巨犬刻耳柏洛斯盘踞在他们对面的一个山洞里。它的三个喉咙一起发出嚎叫，四处都回荡着它的声音。女先知看见它脖子上的蛇鬃耸动，扔给它一块拌了蜜的面饼——那里面下了让它入睡的药。那狗饥不可耐，张开三个喉咙，将面饼吞下。它庞大的身躯变得瘫软，趴在地上，填满了整个空旷的洞穴。哨卫既已沉睡，埃涅阿斯便赶快越过河岸，离开那条没有回头路的河。
>
> 刚刚通过入口，他们便听见一片呼号痛哭之声，其中还有婴儿鬼魂的呜咽——他们还没来得及享受甜美的生活，就遭逢黑色的末日，从母亲的胸脯上被夺下来，坠入痛苦的死亡。他们旁边是受到诬陷的冤死者的鬼魂。可以确定的是，他们的这片居所并非没有指定陪审。那居中裁判的正是法官米诺斯。他摇动一个筹瓮，从中为陪审们抽出签来，又召集起无声的法庭，

审理众人的生平和所受的指控。接下来的一片地方由一群郁郁寡欢者占据。他们并无罪过，却自寻死路，在对阳世的厌恨中放弃了生命。如今他们却无比渴望回到人间，哪怕要忍受贫穷和苦役！然而命运已经确定，那令人怨憎的沼泽用幽暗的水面将他们团团困住，九曲的斯堤克斯河也不容他们脱身。

离此处不远，是向四面八方延展的原野，被称作哀悼之原。此地有那些为无情而残忍的爱情所伤害吞噬的灵魂。他们藏身在爱神树林里的隐秘小径中，痛苦并未随着生命消逝而远离他们。埃涅阿斯在此地看到了淮德拉、普洛克里斯（Procris）[1]，也看到了愁苦的厄里费勒（Eriphyle）[2]——她身上还带着狠心的儿子给她留下的伤痕。他还看到厄瓦德涅（Evadne）[3]、帕西法厄（Pasiphaë）[4]，以及和她们在一起的拉俄达弥亚（Laodamia）[5]和凯纽斯[6]。凯纽斯曾被变成少年，如今又恢复了女子之身。

埃涅阿斯在这里遇到了迦太基女王狄多。她前不久刚刚自杀，原因是她对埃涅阿斯的爱和后者对她的背叛。埃涅阿斯呼唤她，语气中充满了哀伤、怜悯和对她的不理解，然而狄多拒绝回答他，转身追随她的前夫绪开俄斯（Sychaeus）的鬼魂而去。

从这里开始，埃涅阿斯和他的向导走向原野的最远端，遇见了最后一群鬼魂。这片地方属于战争中闻名的勇士。他们命中注定在战场上死去，并在死后深受在世者的悼念。埃涅阿斯在这里见到了堤丢斯（Tydeus）、帕耳忒诺派俄斯（Parthenopaeus）、阿德剌斯托斯[7]和其他许多英雄。特洛伊英雄们的灵魂围拢在他身边，参加了特洛伊战争的希腊勇士的灵魂却惊恐地逃开。埃涅阿斯与普里阿摩斯之子、在帕里斯死后娶了海伦为妻的得伊福玻斯（Deïphobus）交谈。后者向他讲述了自己由于海伦的背叛而被墨涅拉俄斯和奥德修斯杀死的事。西比尔打断了两人的谈话，并抱怨说他们正在浪费宝贵的时间。此时阳世已经过了正午，黑夜就要来临（《埃涅阿斯纪》6.540—543）：

> 道路在此地分叉，通往两个方向。我们的路在右边，它从狄斯的城墙下穿过，直通乐土。左边的路通往塔耳塔罗斯的凶险之地，那里是罪人受罚的地方。

关于地狱和塔耳塔罗斯、至福乐园和乐土（或福地），维吉尔有一套完整而深刻的观念。在此我们必须对之进行一番检视（《埃涅阿斯纪》6.548—579）：

> 埃涅阿斯突然回头望向左边。他看见那边的悬崖下有高峻的堡垒，外面围着三道城墙，墙外奔腾着佛勒革同河。那是塔耳塔罗斯中的激流，水上燃着火焰，水中巨石砰

---

① 刻法罗斯之妻，因怀疑丈夫不忠而在他打猎时跟踪，被他误伤而死。参见本书第23章。

② 攻打忒拜的七将中的安菲阿剌俄斯的妻子，因害死丈夫而被儿子阿耳刻墨翁（Alcmaeon）杀死。参见本书第17章。

③ 攻打忒拜的七将中的卡帕纽斯（Capaneus）的妻子，在丈夫死后自杀。参见本书第17章。

④ 米诺斯的妻子。其故事参见本书第23章。

⑤ 特洛伊战争中第一个跃上滩头的希腊英雄普罗忒西拉俄斯（Protesilaüs）的妻子，因丈夫被赫克托耳杀死而自杀。参见本书第19章。

⑥ 参见本书第5章中的《马人与拉庇泰人》。

---

⑦ 堤丢斯、帕耳忒诺派俄斯、阿德剌斯托斯。攻打忒拜的七将中的三人，其故事参见本书第17章。

司。他看见对面有一道大门，门柱是坚固的磐石，无论是人力还是天神之力都无法将它攻破。门楼由铁铸成，高耸入云。复仇女神中的提西福涅（Tisiphone）身穿血红的袍子，在此守卫着入口，日夜不眠。他听见里面传来呻吟之声、凶狠的鞭打之声，还听见钢铁摩擦和锁链拖动的声音。埃涅阿斯因为惊恐而站立不动，被这些声音吓呆了。"童贞的女先知，请告诉我：他们都犯了什么样的罪？受到什么样的惩罚？那响彻霄汉的哭号都是什么缘故？"

西比尔开口回答他："声名远扬的特洛伊领袖啊，那邪恶之地的门槛是不容纯净的人跨过的。不过，当赫卡忒命我掌管阿维尔努斯之林的时候，她曾亲自向我讲授诸神的刑罚，也领着我走遍了所有地方。克里特的拉达曼堤斯（Rhadamanthus）① 在这无情的国度中执掌权柄。他惩罚罪孽，辨别背叛之行；他强迫每一个罪人吐露他们在人世犯下的恶行。所有那些将罪孽掩盖了很久，直到死前还自以为无人识破的人，在此都要付出代价。那怒怒的复仇女神提西福涅手持鞭子，立即落在罪人身上，抽打着驱使他们。她一边用左手上的凶蛇来恐吓他们，一边召唤由她那些狂暴的姊妹组成的军队。那神圣的大门终于打开了，门轴发出的声音刺耳而又吓人。你可看见那把守入口的哨卫是谁？这道门槛的看守者的形容是什么样子？那盘踞在门里面的，是怪物许德拉（Hydra）。它有50

个黑色的头颅，每一个都张开巨口，比复仇女神更要凶狠。再往里就是幽影中的塔耳塔罗斯。它巨口张开，向下的深度是地面与天空和天神所居的奥林波斯山之间距离的两倍。"

维吉尔将荷马史诗中的罪人提堤俄斯和西绪福斯置于塔耳塔罗斯。在这里的很可能还有坦塔罗斯，但这部分的文本及其解读我们难以确定。三个罪人中唯一被直接提到名字的是地母之子提堤俄斯。以下就是西比尔对其所受惩罚的描述（《埃涅阿斯纪》6.596—600）：

> "他的身躯展开占地整整九亩。一只巨大的兀鹫用它弯曲的尖喙撕扯他永生的肝脏。这肝脏不断复生，只为让他一直受苦。那鹰深深探进他的胸腹，寻找更多美味，片刻不停。每当提堤俄斯的肝脏重新长出，那鹰就立刻将它吞噬。"

维吉尔提到的其他罪人包括两位提坦。他们是阿洛欧斯（Aloeus）② 之子俄托斯和厄菲阿尔忒斯。[14] 这两兄弟妄图进攻天庭活捉朱庇特，被朱庇特用雷电劈入了塔耳塔罗斯的深渊。此外维吉尔提到的还有忒修斯和庇里托俄斯、弗勒古阿斯[15]，也提到了埃俄洛斯之子萨尔摩纽斯。后者离开忒萨利，在厄利斯建立了萨尔墨涅（Salmone）。萨尔摩纽斯打扮成宙斯的模样，驾着一辆安装了铜轮的战车，又投掷燃烧的火把，以模仿这位天神发出的雷声和闪电，

---

① 宙斯与欧罗巴之子，米诺斯的兄弟，曾是克里特国王，在死后与米诺斯、埃阿科斯（Aeacus）都成为冥界的判官。

② 波塞冬与卡那刻（Canace）之子。其妻伊菲墨狄亚（Iphimedia）与波塞冬生下了两个儿子，即俄托斯和厄菲阿尔忒斯。二子因阿洛欧斯而得名阿洛伊代兄弟（Aloadae）。

直到宙斯用雷电将他杀死。西比尔这样描述他的罪过和命运（《埃涅阿斯纪》6.585—594）：

> "我看见萨尔摩纽斯同样在此受到残酷的惩罚。他曾模仿朱庇特的烈焰，模仿奥林波斯山上的鸣雷。他狂妄地驾着驷马战车，穿过希腊诸邦，穿过厄利斯地方的那座城市，并要求人们敬他如神。他丧失了理智，竟然妄图用青铜和马蹄的敲击来模仿那不可模仿的雷云和闪电。然而万能的朱庇特从浓云之间掷下雷电，用猛烈的旋风让他一头栽下了马车。"

维吉尔在这里只是提到伊克西翁的名字。伊克西翁是被罚入塔耳塔罗斯的罪人中较为著名的一个。在其他文献中，他所受的惩罚是被绑在一只疯狂转动、永世不停的车轮上。

维吉尔的塔耳塔罗斯并非只是为远古神话中的英雄式罪人所准备的地狱。一切犯有罪过的人都在此受罚。重要的是，我们应完整地认识到维吉尔所设立的伦理标准。在接下来的谈话中，西比尔清晰地对罪孽的本质做出了总结。善人们在至福乐土中享受福乐所需的道德信念，同样在此得到了清晰的概述（《埃涅阿斯纪》6.608—751）：

> "那些在生前憎恨自己兄弟的，殴打自己父母的，密谋坑害求助者的，还有那些独霸所得财富，不肯与亲人分享的（这些人在此数量最多），以及那些因淫乱被杀的，参加不义的战争的，胆敢违背与主人的誓约的，都在此地关押，等候处罚。至于他们各自犯的都是什么罪，都面临着什么样的命运，正受着何种处罚，还是不要问的好。有人被罚推动巨石；有人被四肢分开绑在车轮的辐条上。忒修斯悲惨地坐在椅子上，永远不能站起来。可怜的弗勒古阿斯在幽魂之间高声呼喊，成为警醒他人的证明：'你们要当心！行事要循正义，不可侮慢神明。'这人为了金子出卖他的祖国，让她沦于暴君之手，无论是制定法律还是废除法律都有价码。那人闯入了自己女儿的闺房，违背了乱伦的禁忌。

> "每个人都胆大妄为，并且也都做成了他们要做的极恶之事。哪怕我有一百张嘴，有一百条舌头，也无法一一讲述他们的种种罪恶，也难以列举此地所有的刑罚。"

福玻斯年迈的女祭司说完这些话，又继续讲道："来吧，继续你的旅程，完成你已领受的使命。我们需要赶快一些。我已经看见对面普路托的宫殿的城楼，那是独眼巨人库克罗普斯们的营造。我还看见那宫殿的拱门，那里正是我们要呈上这件礼物的地方！"西比尔说完之后，他们继续前行，穿过途中的幽暗，快步跨过中间的距离[①]，接近了城门。埃涅阿斯到了门口，在自己身上洒了清水，然后将金枝放在门槛上。

这些事情都做完了，礼物也已献给女神，他们终于来到乐土。这是福林荫蔽的所在，是神佑之人的居所，令人心中畅美。此地空气纯净充盈，覆盖四面的原野，洒下柔和的光线，又有自己的太阳和星辰。

---

① 原引文如此。John Dryden 英译本解作"循着中间的道路"，Theodore C. Williams 英译本和杨周翰汉译本均解作"二人并排前进"。

一些人在长满青草的摔跤场上舒展肢体，一较高下，又在黄沙地上捉对相搏。另一些人结队起舞，吟唱歌谣。色雷斯的祭司俄耳甫斯身穿长袍，用他的七弦里拉琴为他们伴奏，拨弦时一会儿用手指，一会儿用象牙拨子。透克洛斯（Teucer）①一系的特洛伊古老王族也在此地。他们个个形貌俊美、心志高远，见证了黄金的岁月，其中有伊洛斯（Ilus）、阿萨剌科斯（Assaracus）②和特洛伊的创立者达耳达诺斯。

埃涅阿斯为英雄们那无有实体的兵甲和他们停放在近旁的战车而惊叹。③他们的长枪插在地上，马匹在原野上自由地四下奔跑。他们在生前喜爱驾驭战车，穿戴甲胄，照料毛皮光润的马匹，在地底安息之后仍然如此。他看见左右两边都有人在饮宴，在芬芳的月桂树丛中合唱欢快的颂歌。厄里达诺斯河（Eridanus）的浩大河水流经这里的林地，通往人间。[16]

此地有一群人，有的在为祖国而战时负伤，有的是一生圣洁的祭司，有的是虔敬的诗人，说出的话都无愧于他们的神明——福玻斯·阿波罗，有的在艺术和科学上做出重大发现，改善了人们的生活，还有的人因为他们的善行而被人铭记。所有这些人都在额上缠着一圈雪白的束带。他们围拢在西比尔身边，后者向他们开口说话。她的话主要向缪塞俄斯（Musaeus）④而发："幸福的众位灵魂，还有你——光辉的诗人，请告诉我安喀塞斯住在哪一片地区，哪一处地方？我们渡过了厄瑞玻斯的诸条大河，为他而来。"缪塞俄斯用寥寥数语回答她："我们在此都居无定所。我们住在荫凉的林中，住在青翠的草地上，流水淙淙的溪岸是我们栖息之地。不过如果你的愿望就是要找到他，那就翻过这道山冈吧，我会为你们指一条好走的路。"他一边说，一边走在他们前面，指向下方闪光的原野。随后他们便从高处往下走去。

埃涅阿斯的父亲安喀塞斯正专注地检视那些隐藏在一条葱郁山谷深处的灵魂。他们即将去往光明的上界。此时他所检视的正巧是他自己的许多子孙，看见的是他们的命运、品格和他们身为罗马英雄的功业。他看见埃涅阿斯从草地上向他走来，立刻伸出双手，高声呼唤，面颊上流淌着热泪："你终于来了。你对父亲的长久思念终于让你克服了那艰险的路程。我真的可以看见你的脸，听见你的声音，像从前一样和你说话了吗？我一直盼望着你的到来，思索着那会是在什么时候，掐算着时间。我的思念没有白费。在你走过那么多陆地，横越那么多海洋，遭遇那么多危险之后，我终于在这里见到你了！我曾经那样担心那非洲王国的狄多会加害于你！"

埃涅阿斯回答道："你悲愁的样子多

---

① 亦作 Teucrus，河神斯卡曼德之子。达耳达诺斯娶了他的女儿为妻，建起了特洛伊城。

② 伊洛斯、阿萨剌科斯均是达耳达诺斯的孙子。

③ 原引文如此，John Dryden 英译本解作"埃涅阿斯从远处望见他们的战车和闪亮的兵甲"，Theodore C. Williams 英译本解作"埃涅阿斯看到他们的兵甲和幽影一般的战车"，杨周翰汉译本作"埃涅阿斯远远看到他们的甲胄和影子一般的战车感到惊讶"。

④ 古希腊传说中的博学者、诗人和先知。

伊克西翁

弗勒古阿斯之子、拉庇泰国王伊克西翁原本受罚的地方是在天上。他是第一个杀害亲族的人。他邀请岳父埃俄纽斯（Eïoneus）到他家中来取他为自己的新娘狄亚（Dia）所付的聘礼。埃俄纽斯应邀前来，却落入伊克西翁事先挖好并掩盖起来的陷阱。坑中铺满了火红的煤炭。由于这是一项新罪行，没有任何凡人能够为他洗去罪孽，于是宙斯亲自免了他的罪，并邀请他到自己的炉边做客。然而伊克西翁却对宙斯犯下了第二桩罪行：他企图侵犯赫拉。品达描述了宙斯为伊克西翁设下的骗局，以及伊克西翁所受的被绑在车轮上的惩罚（《皮提亚颂诗》2.21—48）：

> 人们传说是诸神下令将伊克西翁绑缚在那旋转不停的带翼车轮上，并命他向凡人说出这样的话："务必以善意的酬谢回报有恩于你的人。"这是他自己的深刻教训。他曾得到在克洛诺斯的子孙中安享福乐的机会，却没能享受得长久，因为他头脑发昏，爱上了赫拉，而赫拉只属于宙斯那无上至乐的婚床。他的狂妄使他犯下傲慢的愚行，并很快自食苦果，得到该当的惩罚。使他永世受苦的是两桩罪孽：第一桩，他是凡人中第一个杀害亲族的英雄，并且为此处心积虑地谋划；第二桩，他潜入了宙斯那藏在深宫中的婚房，企图诱惑其妻子。然而，当他走近那床时，有违天理的淫欲令他坠入无底的邪恶之渊。与他同寝的乃是美丽的幻象，只是一团云雾，而他却毫无觉察，因为那云雾看起来就像是乌拉诺斯之子克洛诺斯的女儿，并且是他诸多女儿中最高贵的那一个。宙斯亲手为他设计了这场骗局，为他的苦难制造了美丽的因由。他被绑在四根辐条上，达成了自己的毁灭。他身陷无法挣脱的桎梏，将自己的教训宣诸世人。她（即涅斐勒，也就是与伊克西翁同寝的那团云雾）独自为他生下了一个未受美惠女神祝福的孩子。那是一个孤零零的怪物，无论在人间还是在神界都不被承认。她养育了这个孩子，称它为肯陶洛斯。它在马格尼西亚（Magnesia）[a]，在珀利翁山脚的小丘与母马交配，由此生下了一个奇特的族群：它们继承了父母双方的样貌，下半身像母亲，上半身像父亲。

图15.5 《伊克西翁》（Ixion）
阿提卡红绘陶器，作者为安菲特里忒画师（Amphitrite painter），约公元前460年。画中的伊克西翁全身赤裸，望向坐在宝座上的赫拉（位于观者的左方）。雅典娜在画面右边，手中握着即将用来绑缚伊克西翁的车轮。伊克西翁的左右手腕分别被赫尔墨斯和阿瑞斯抓住。

---

a.　希腊中部忒萨利地区的东南部分。

次向我显现，让我非来此地不可。我的船如今停泊在意大利海岸了。来，父亲，把你的右手伸过来，不要避让我的拥抱。"他说着话，脸上已是泪水涟涟。他三次试图用手臂搂住父亲的头颈，却三次都落了空——那幽魂就像轻风一样避开他的双手，如同夜间的幻影。[17]此时，埃涅阿斯看见山谷远处有一片僻静的树林，林间的枝叶瑟瑟作响。忘川之水在那里流过一些静谧的居所。无数来自各个部落和民族的灵魂在那里游荡，如同安静的炎夏中的蜜蜂，时而落在草地上的万花丛中，时而涌向白色的百合花。整片原野上回荡着喃喃低语。

埃涅阿斯不解其意，看到这一幕时突然打了一个冷战。他想要知道此地的缘故，便问那远处的河流叫什么名字，住满河岸的又是些什么人。于是他的父亲安喀塞斯回答他："那是即将被命运赋予躯体的灵魂。他们要从忘川之中饮水，以忘却前世的愁怨，忘却一切事情。其实我早就想向你说起这些灵魂的事，让你亲眼看一看他们，让你知道我会有多少子孙。现在你已经找到了意大利，就更应该与我一起高兴。""父亲啊，难道会有灵魂离开此地去往上界，再度投入迟钝的肉身吗？这些灵魂为何如此渴慕天光？这念头有什么好处？""我会告诉你答案，免得你满腹疑虑。"安喀塞斯这样回答他，然后依着次序，一点一点地向他讲解。

"太初之时，一种内禀的精魂支撑着天穹、大地、水域、闪耀的明月，还有太阳

这位提坦和群星。这精魂推动整个宇宙万物的运行，如同意志灌注于肢体，融入庞大的身躯。一切生命都来自这种精魂，无论是凡人、走兽、飞鸟和生活在平静如石的海面之下的种种怪物。这精魂与意志的种子起源于上天，有着烈火一样的能量，只要肉身的肢体和关节不令它们迟钝缓慢，因为后者来自尘土，必有一死，也于灵魂有害。灵魂一旦被关进肉身的幽暗牢笼，就会体验恐惧、欲望、欢乐和悲伤，并且不再能辨认自己来自上天的本性。

"此外，当生命的最后一缕光芒熄灭，各种邪恶、各种肉身的病痛并不会完全离开这些可怜的灵魂。许多病恶由于长时间的盘踞，不可避免地变得根深蒂固，其顽固令人瞠目。灵魂因此而受到惩罚，为自己先前的邪恶付出代价。部分灵魂会被悬挂起来任风吹拂，一些会被投进漩涡以洗净罪恶的污染，另一些则会在火中得到净化。我们每个人都要为自己的幽魂受苦。[18]

"接下来我们便被送往乐土。只有我们少数人能住在这福乐之地，直到时间完成漫长的轮转，移去灵魂中生就的腐坏，只留下纯净空灵的精魂和原初之火。当那些人完成了一千年的循环，神明便会把他们全都召集在忘川之畔。①他首先让他们忘却过往，之后他们才会希望回到肉身，重见天穹。"

---

① 《埃涅阿斯纪》中这一段内容各家解释不一，有人甚至认为是作者未修订完的部分。有的译本理解为所有灵魂在净化之后，其中德行高尚的灵魂被送往乐土，在千年循环之后与其他灵魂一起前往忘川；有人则认为乐土中的灵魂不随其他灵魂在千年循环中受净化，也不会前往忘川。有鉴于此，此处选择根据本书英文直译。

接下来，安喀塞斯领着埃涅阿斯和西比尔走上一座小丘。他们从那里可以看见灵魂走上前来。他满怀深情和骄傲，向他们指出大批即将降世、终将成就伟业和光荣的罗马人。这一卷书以埃涅阿斯与他的向导从象牙之门离开作结。至于维吉尔如此安排的用意为何，没有人能说得清楚（《埃涅阿斯纪》6.893—899）：

> "此地是睡神的两座大门。一座据说是由牛角制成，真正的幻象可以轻易地从此通过。另一座用光洁耀眼的象牙制成，然而幽灵们从这里将假梦送往人间。"安喀塞斯这样说完，便领着他的儿子和西比尔上前，将他们送出象牙之门。埃涅阿斯一路回到自己的船边，与他的伙伴们重新聚首。

维吉尔的来世观

维吉尔创作的时期是在公元前1世纪下半叶。与更早时候的荷马和柏拉图的描述相对比，维吉尔的描述中出现的变化和增添是显而易见的。当然，关于希腊人与罗马人对来世的观念还有许多其他文献，但没有哪一种在完整性和深刻性上比得上这几位作者的代表性看法。要想从精神和物质两个方面洞察古代人的来世观的普遍本质和发展过程，将他们的观念进行对比是最好的办法。

维吉尔对冥界的地理描述相当严谨。他首先为那些夭折的人（婴儿、自杀者和冤死者）留下了一片中立区域，然后描述了付出爱情却得不到回报的受害者和战死者所居住的"哀悼之原"。我们并不清楚他如此安排的逻辑。是否真正进入冥界的必要条件之一是完整地过完一生？接下来他提到了通往塔耳塔罗斯和乐土的岔路口。此处的评判标准相当有趣：

与其他许多虔诚的哲学家和诗人一样，维吉尔也必须根据传统和个人信念来决定谁应当在他的地狱中受罚，谁应当在他的天堂中得到奖赏。其他作者给出的名单与他的并不相同。达那俄斯（Danaüs）① 的49个女儿由于在新婚之夜杀死了她们的丈夫，是被罚入塔耳塔罗斯的名单上的常客。她们所受的惩罚是要用没有罐底的罐子徒劳地打水。一些人评论说塔耳塔罗斯的刑罚往往富于想象力和机智，总与心志与身体上的徒劳和努力受挫有关，因此就其机敏的创造性而言可以说是具有希腊特色的。这话也许不假，然而同样得到描述的也有通过鞭笞和火焰实现的纯粹肉体痛苦。种种寻找罚当其罪逻辑的努力并非总是能够成功，因此便有了提堤俄斯这样的例子：他因企图侵犯勒托而受到肝脏被啄食的刑罚，这是因为人们认为肝脏是司掌激情的器官。

维吉尔笔下的至福乐园在很大程度上是对古希腊和古罗马贤人们的生活的一种理想化描述。对乐园居民的安排所折射出的价值观堪称古代社会伦理的典型：那就是对人类、国家、家庭和众神的奉献。此外，乐土的种种细节还为柏拉图的宗教哲学提供了补充，而这种哲学在一般意义上被认为是神秘的，更具体一点时则被贴上俄耳甫斯主义和毕达哥拉斯主义的标签。人的肉体来自泥土，是丑恶的，并且无法永生；灵魂则来自神圣上天，纯净而不朽。灵魂必须得到净化，去掉污染和罪恶。这再一次让我们想起狄俄尼索斯的神话。这一神话认为人类诞生于吞吃了天神狄俄尼索斯的邪恶提坦们（大地之子）的

---

① 达那俄斯是阿尔戈斯国王、埃及国王柏罗斯（Belus）之子。他有50个女儿，合称达那伊得斯（Danaids）。他的孪生兄弟埃古普托斯（Aegyptus）有50个儿子。埃古普托斯的儿子们来到阿尔戈斯，强迫达那俄斯把女儿嫁给他们。达那俄斯遂命令女儿们在新婚之夜将丈夫杀死。其中只有许珀耳涅斯特拉（Hypermnestra）爱上了丈夫林叩斯（Lynceus），没有从命。参见本书第21章。

骨灰，因而具有双重的本质。也许，在重生与转世的轮回中，那不堪重负的链条终会崩裂，我们也不再重生到这个世界上，而是在上天的纯净精魂中融入神圣的统一体。

哈得斯的国度的传统构成元素

此处我们应该对与冥界有关的不同名词与命名方式进行一些辨认和澄清。作为一个整体的冥界可以被称为"塔耳塔罗斯"或"厄瑞玻斯"，不过这两个名字同样也被用来专指冥界中实施惩罚的部分，与"乐土"或"福地"相对。至福乐园有时又被设定为位于人间的某个遥远地方，比如"福人之岛"。①

人们通常认为冥界中有三名判官，即米诺斯、拉达曼堤斯（Rhadamanthys，或作拉达曼托斯 [Rhadamanthus]）和埃阿科斯。他们的职责各不相同。有时埃阿科斯的职责会被贬低到较为卑微的层次：在喜剧中，他常以看门人的形象出现。冥界的河流数量通常是五条，各有名字：斯堤克斯河（怨憎之河）、阿刻戎河（悲伤之河）、勒忒河（忘川）、科库托斯河（号泣之河）和皮里佛勒革同河（Pyriphlegethon，亦作佛勒革同河 [Phlegethon]，火焰之河），其中阿刻戎河常被用作"地狱"或"死亡"的同义词。在关于来世的哲学和宗教观念中以及对灵魂轮回和重生的信仰中，忘川（勒忒河）有着特别重要的地位。根据传统，人们在安葬死者时会在他口中放一枚钱币，用来支付给艄公卡戎的船费。[19] 赫尔墨斯·普绪喀彭波斯（Hermes Psychopompos）②

---

① 参见本书第3章"克洛诺斯与瑞亚"部分。
② 赫尔墨斯·普绪喀彭波斯即"灵魂向导赫尔墨斯"，参见本书第12章。

经常扮演灵魂从此世前往来世时的引路人。恶犬刻耳柏洛斯则常被描述为拥有三个脑袋，看守着亡者国度的大门（参见本书图15.4）。

冥界之王哈得斯也被称为普路托或狄斯（拉丁语）。后者的意思是"富有者"，这个名字要么指他是一位地神和丰饶之神，要么表示他作为一位神祇拥有大量的臣民。罗马人将他和他的国度称为俄尔库斯（Orcus），意思可能是"囚禁者或囚禁之地"。有时人们不用任何名字称呼哈得斯（Hades 这个词本身的意思可能是"隐身者"），或者使用一些赞美性的称号。这是人们在提及一切可怕的神祇或精灵（包括恶魔在内）时的常见做法。哈得斯和他的国度以及其中的居民通常被冠以"克托尼亚的"（chthonian）这个形容词，意思是"大地的"，与上界中属于奥林波斯众神的光明世界相对。哈得斯本人有时甚至被称为"克托尼亚的宙斯"。他的王后是珀耳塞福涅。

哈得斯的国度中既有天堂（乐土），也有地狱（塔耳塔罗斯）。随着传统的发展，神话中的一些罪人已经成为在地狱中永远受苦的经典角色，如被兀鹫啄食肝脏的提堤俄斯、被绑缚在转动车轮上的伊克西翁、用筛子一样的容器徒劳打水的达那伊得斯、不停将巨石推上山的西绪福斯，还有食物和水就在眼前却永远够不着的坦塔罗斯。小塞涅卡在他的剧作《梯厄斯忒斯》（Thyestes）中对坦塔罗斯的悲惨命运有生动的描述（《梯厄斯忒斯》152—175）。

复仇女神们（厄里倪厄斯）通常以哈得斯的国度为居所。赫卡忒同样如此，并且她的外形和性情有时也会和复仇女神们相似。我们已经了解了赫西俄德所讲述的复仇女神的来历——她们诞生于乌拉诺斯被阉割时滴落在大地上的血液。根据其他作者的说法，她们则是黑夜之神的后代。就她们的职司和能力而言，这两种说法都算得上合适。复仇

希腊与罗马观念的普遍性

如果我们对不同社会和民族在不同时代的来世观做一番考察，定能发现这是一个极有趣味的话题。人皆有一死，而死后到底会发生什么是我们每个人都曾深刻思考过的问题。希腊—罗马式的来世观所包含的主题不仅在西方宗教（如犹太教和基督教）中可以找到参照，在东方宗教中也同样如此（佛教和柏拉图主义就有一些共同的基本概念）。[20] 因此无论我们的信仰为何，希腊—罗马式的来世观都应该被视为在哲学意义上最为深刻、在宗教意义上最为典型的观念之一。对那些将任何有关死亡之后的知识都视为无用的人来说，古代世界留下的艺术遗产可以提供其独有的教益。

在西方文明的艺术和文学中，希腊—罗马来世观念的深刻性和力量体现在各个方面，而维吉尔的作品为这些观念做出了最明晰的描述。他的描述也成为古典时代之后的艺术家和作家们最强大的灵感来源。伟大的意大利诗人但丁（1265—1321）深受维吉尔的光辉影响，又为这种遗产注入了基督教的想象与信念。但丁在《地狱篇》中将维吉尔作为他的向导。我们也能在这部作品中发现许多古典时代的冥界特征。在《地狱篇》的第1篇里，惊慌失措而迷失在荒野中的但丁遇见了维吉尔。后者成为他游历基督教地狱的向导。这一篇的第82—87行表达了但丁对这位罗马诗人的强烈崇拜，而这种崇拜也贯穿于整部诗篇：

> 啊，你是其他所有诗人的火炬与荣耀。
> 愿我对你的巨著长久的学习、热爱和钻研
> 在此可以成为我的助力。
> 你是我的导师，也是我的方向。
> 全凭着学习你的优美诗风
> 我才获得了自己的声名。

我们还可以从但丁的诗篇中寻出许多选段来证明他从《埃涅阿斯纪》中获得的种种养分。《地狱篇》第6篇中对刻耳柏洛斯的刻画便是一个格外著名的例子（参见本书图15.4）。

女神的数量并不固定，但有时也会被缩减到三位有确定名字的女神：阿勒克托（Allecto①）、墨盖拉（Megaera）和提西福涅。在文学和艺术作品中，她们被描述得威严可怕，手中握蛇或头上长着蛇发，并拿着火炬和皮鞭。她们是冷酷而公正的罪行惩罚者，谋杀之罪尤其不能为她们所容。她们最关注的是谋害血亲的罪行，往往会对杀死父母或近亲的罪人展开无情的追索。有一种推测是：复仇女神最初的形象可能是向凶手复仇的受害者亡魂，或者是对罪行的诅咒的实体化。

几乎可以确定的是：复仇女神代表着原始社会框架中古老的正义秩序。在这种秩序中，人们通过为家族或族群实施个人复仇来践行"以眼还眼，以牙还牙"的法则。这也是埃斯库罗斯在其三部曲《俄瑞斯忒亚》中所表现的复仇女神形象。俄瑞斯忒斯在杀死自己的母亲（她谋杀了他的父亲）之后便受到复仇女神的追索。不过她们在剧中的这一角色最终被一种新的法治权力取代：雅典的亚略巴古法庭通过合宜的法律程序对俄瑞斯忒斯的案子做出了裁决。这个故事的重点在于：阿波罗和雅典娜（更先

---

① 亦作 Alecto、Alekto。

进的新一代神祇）与一个发达文明的正义秩序进行了合作。三部曲中的最后一部名为《欧墨尼得斯》（*Eumenides*，意思是"仁慈者"）。复仇女神最终得到安抚，永远平息了怒气，在雅典受到崇拜，而"欧墨尼得斯"便是雅典人给她们起的新名字。她们被称为"欧墨尼得斯"的另一个原因也可能是人们试图用一个委婉的称呼来回避她们的敌意，一如他们对待哈得斯的方式。

我们不应将基督教中的撒旦概念与古代人对哈得斯的表现混淆起来。哈得斯并没有为了争夺我们永生的灵魂而与他的兄弟宙斯相争。我们最终都要去往他的国度。天堂和地狱也都在那里，无论我们是否能去往其中一处。仅有的例外是，那些被拔擢成神的人（如赫拉克勒斯）——他们被允许加入天庭或奥林波斯山众神的行列。哈得斯当然既可怕又严厉无情，但他本身并非邪恶，也不是我们的折磨者。

我们恐惧哈得斯，正如我们恐惧死亡及其可能的后果，而死亡是不可避免的。不过，哈得斯也确实拥有助手，复仇女神便是一例。她们会用恶魔般可怕的折磨手段来惩罚罪人。[21]至于哈得斯的妻子、冥界的王后珀耳塞福涅，我们已在前一章中讨论过。

然而，如果我们得到的印象是所有希腊和罗马文学作品都以如此严肃的态度看待哈得斯的国度和来世，并以此结束我们对冥界的纵览，那未免是一种误会。我们立刻就可以想到阿里斯托芬的戏剧《蛙》。在这部剧中，狄俄尼索斯划船渡过斯堤克斯河，而为他伴奏的歌队发出的是"呱呱"的蛙声。他的冥界之旅与埃涅阿斯所经历的完全不同，时常引人发笑。

琉善的杰出讽刺作品《亡者对话录》（*Dialogues of the Dead*）同样反映了希腊人和罗马人对冥界的其他态度（第18篇和第22篇便是例子）。

相关著作选读

Bernstein, Alan E.，《地狱的形成，古代世界与早期基督教世界中的死亡与报应》（*The Formation of Hell, Death and Retribution in the Ancient and Early Christian Worlds*. Ithaca: Cornell University Press, 1993）。

Bremmer, Jan，《早期希腊的灵魂观念》（*The Early Greek Concept of the Soul*. Princeton: Princeton University Press, 1983）。

Dietrich, B. C.，《死亡、命运与众神：宗教观念在希腊大众信仰及荷马史诗中的发展》（*Death, Fate and the Gods: The Development of a Religious Idea in Greek Popular Belief and in Homer*. London: Athlone Press, 1965）。

Garland, Robert，《希腊人的死亡方式》（*The Greek Way of Death*. London: Duckworth, 1985）。

Nasser, Eugene P.，《图解但丁的〈地狱篇〉》（*Illustrations to Dante's Inferno*. Rutherford, NJ: Fairleigh Dickinson University Press, 1994）。

Russell, Jeffrey Burton，《天堂史》（*The History of Heaven*. Princeton: Princeton University Press, 1997）。

Vermeule, Emily，《早期希腊艺术与诗歌中的死亡》（*Aspects of Death in Early Greek Art and Poetry*. Berkeley: University of California Press, 1979）。此书讨论了文学作品、陶画、神话和墓葬文物中对死亡的描述。

Wright, J. Edward，《天堂的初创》（*The Early History of Heaven*. New York: Oxford University Press, 1999）。此书以希伯来圣经文本及犹太教—基督教信仰发展为语境，研究了天堂概念在埃及、美索不达米亚、波斯、希腊和罗马的发源。

主要神话来源文献

本章中引用的文献

荷马：《奥德赛》第11卷（选段）。

柏拉图：《理想国》10.614b 至结尾，厄尔神话部分。

维吉尔：《埃涅阿斯纪》第6卷。

其他文献

阿里斯托芬：《蛙》。

荷马：《奥德赛》24.1—204，关于珀涅罗珀的求婚者们的鬼魂在冥界的部分。

琉善：《亡者对话录》Loeb vol. 7。

保萨尼亚斯：《希腊志》10.28.1—10.31.12，对波吕格诺托斯 [Polygnotus] 的冥界主题绘画的长篇描绘。

　　　除了厄尔神话，柏拉图还提出过其他几种关于来世的看法，对灵魂不朽的问题也有大量讨论。

柏拉图：《申辩篇》40c 至结尾，《高尔吉亚篇》（Gorgias）522e—527e，《斐多篇》110b—115a，《斐德若篇》245c—257a，《理想国》386a—387d。

补充材料

CD

歌剧：Salieri, Antonio（1750–1825）. Les Danaïds. Caballe et al. Rome RAI Orchestra, cond. Gelmetti。此剧的最后一幕表现了达那伊得斯在冥界受到惩罚的故事。

音乐剧：Sondheim, Stephen（1930–2021）. The Frogs, 2001 Studi Cast, Nathan Lane et al., cond. Gemignani. Nonesuch。这是对阿里斯托芬原著的音乐剧改编。另有百老汇原班人马演出的《蛙》的录音，主演为 Nathan Lane，发行商为 Ps Classics。Lane 改编的这个新版本更为自由，Sondheim 也为之创作了更多音乐和歌词，但它并未在原版的基础上增色多少（也可以说全无增色）。

音乐：Eberwein, Carl（1786–1868）. Proserpina. Monodrama. Text. Kammer and the Wuppertal Symphony Orchestra, cond. Gülke. MDG。其中极富感染力的唱词来自歌德的《地府的普洛塞庇娜》（Proserpina in the Underworld），音乐则从同时代的其他作曲家（如韦伯、格鲁克和莫扎特）那里多有得益。这张专辑中还包含了 Benda 的《阿里阿德涅在纳克索斯》（Ariadne auf Naxos）。

歌　曲：Schubert, Franz（1797–1828）。"Elysium""Fahrt zum Hades" 和 "Gruppe aus dem Tartarus"。Fishcher-Dieskau and Moore. Deutsche Grammophon。这些歌曲描述的是冥界中的天堂和地狱以及我们在那里的游历。

歌曲：Guettel, Adam（1964–　　），"Sisyphus". Rock song. In *Myths and Hymns*. Various Artists. Nonesuch。专辑中还包括 "Saturn Returns with Reprise""Icarus""Pegasus"和"Hero and Leander"。

DVD

歌　剧：Mozart, Wolfgang Amadeus（1756–1791）. *Il Sogno di Scipione*. Nacoski et al. Kärntner Symphonieorchester, cond. Ticciati. Deutsche Grammophon。此剧基于西塞罗的《西庇阿之梦》（*Somnium Scipionis*），即柏拉图在厄尔神话中对来世的描述的罗马改编版本。

歌　剧：Salieri, Antonio（1750–1825）. *Les Danaïds*. Caballe et al. Rome RAI Orchestra, cond. Gelmetti. Dynamic。剧中最后一幕表现了达那伊得斯在冥界受罚的故事。本剧的作曲者与莫扎特同时代，也是莫扎特最主要的对手之一。

[注释]

[1]　忒瑞西阿斯是忒拜传说世系中的著名先知，在亡者世界中拥有特殊的权利。他的智慧未因死亡而受损。亡者之中只有他被珀耳塞福涅保留了理性的能力，其他人都是虚幻的阴影（《奥德赛》10.492—495）。

[2]　Erebus，哈得斯的国度或其中一部分的别名。

[3]　厄尔珀诺耳在饮血之前就能对奥德修斯开口说话，这是因为他的尸体还未被火化。

[4]　我们从《奥德赛》10.551—560已经了解到，厄尔珀诺耳喝醉之后想要透口气，离开了喀耳刻宫中的同伴，在屋顶上睡着了。第二天早晨他猛然惊醒，却忘了自己身在何处。

[5]　忒瑞西阿斯无须饮血就可以说话，然而他需要饮血才能完全发挥自己预言的能力。此外，他饮用血食的原因可能与凡人饮酒作为享受一样。饮血之后，他便能与奥德修斯建立起宾主关系和友谊。

[6]　德尔斐的旧名。

[7]　后世的作家对坦塔罗斯的罪行有不同的说法。无论他的罪行的具体性质，那都是一次忤逆众神的行为。这桩罪行往往被视为对诸神的信任或好意的滥用。"吊胃口"（tantalize）这个动词便是来自他的名字和他所受的惩罚。至于品达对这个故事的描述，参见本书第472页。

[8]　柏拉图所描述的图像是一个一端是柄、另一端是一个飞轮或者说锭盘的纺锤。我们可以将之比作一把打开并倒置的伞，其中被填充了8个同心圆环，每一个都带着上面的恒星和行星运转。

[9]　此处的"守护神明"（daimon）指的是伴随每个灵魂走过其凡间生命的命运，即该灵魂的"守护神"（genius），不论好坏。

[10]　在赫西俄德那里（《神谱》713—814），塔耳塔罗斯是地底深处的幽暗之地，也是宙斯击败提坦们之后将他们投

入其中的地方。那里环绕着一道青铜的城墙，黑夜和她的两个孩子——沉睡与死亡——便在里面栖居。哈得斯和珀耳塞福涅的宫殿由一条恐怖的恶犬看守。塔耳塔罗斯中流淌的河流是斯堤克斯河。诸神在发重誓时都以这条河的河水起誓。如果他们违背了誓言，便会在整整九年时间里遭到可怕的惩罚。

[11] 在南意大利和克里特岛的墓葬中，人们已经发现了一些刻有宗教诗歌的金质薄片，很可能便是用来帮助神秘宗教信仰者在来世获得指引。诗中所表达的一些情绪正反映了柏拉图观念中的末世论，与他关于饮用忘川之水的说法关系尤为紧密。

[12] 冥界各条河流的概念在维吉尔诗中表现得非常不清晰。卡戎摆渡灵魂时穿过的似乎应该是阿刻戎河，然而紧邻的上下文中所提到的却是科库托斯河。维吉尔在后文中又确定了斯堤克斯河的所在。传统中一般认为卡戎横渡的是斯堤克斯河。

[13] 维吉尔在此使用"穷困"一词，意思可能是指无法支付给卡戎的摆渡钱。根据传统，收葬死者时应在死者唇间放置一枚钱币，作在冥界通行之用。

[14] 阿洛伊代兄弟的母亲是伊菲墨狄亚。根据这个神话的希腊版本，她声称兄弟二人真正的父亲是波塞冬。这一对孪生兄弟长成了巨人。他们把俄萨山垒在奥林波斯山上，又将珀利翁山垒在俄萨山上，以此对宙斯展开攻击。由于犯下了这样的不敬之罪，他们年纪轻轻就被阿波罗杀死。

[15] 根据某些版本的说法，弗勒古阿斯是伊克西翁的父亲。由于阿波罗与他的女儿科罗尼斯之间的关系，他放火烧毁了德尔斐的阿波罗神庙。

[16] 波河（Po）源头附近的一段流经地下，因此人们常将它视为传说中的冥界之河厄里达诺斯。

[17] 此处维吉尔模仿了荷马描述奥德修斯尝试拥抱母亲的鬼魂的诗行。

[18] 意思是每个人都有灵魂，而这灵魂必须为其在阳间的作为承担责任。

[19] 关于西方传统中的卡戎形象，可参阅 R. H. Terpening 的著作 *Charon and the Crossing: Ancient, Medieval and Renaissance Transformations of a Myth* (Lewisburg: Bucknell University Press, 1985)。

[20] 关于奖励和惩罚这两种观念的发展过程，可以参阅 Jeffrey Burton Russell 的两部著作：*A History of Heaven* (Princeton: Princeton University Press, 1997) 和 *The Devil: Perceptions of Evil from Antiquity to Primitive Christianity* (Ithaca: Cornell University Press, 1977)，也可以参阅 Alice K. Turner 的 *History of Hell* (Orlando: Harcourt Brace, 1993)。Alan E. Bernstein 的 *The Formation of Hell: Death and Retribution in the Ancient and Early Christian Worlds* (Ithaca: Cornell University Press, 1995) 揭示了基督教在发展其自身的观念时在希腊—罗马观念和犹太教观念提供的两种选项之间所做的选择。这两种观念分别是：所有人在死后无论善恶都过着一样的生活，善人在死后得到奖赏，而恶人在死后受到惩罚。Bernstein 对"基督下到冥界"的讨论切合了书中"地狱磨难"或复生之神和英雄"征服死亡"的主题，而这一主题正是我们早已非常熟悉的一种原型。

[21] 宙斯与其他神祇也会在此世中毁灭人类，惩罚罪恶，有时还会彼此矛盾。奥林波斯众神和命运女神的道德秩序中所体现的正义与哈得斯的国度所奉行的正义是一致的。普罗米修斯代表着作为一个整体的人类对宙斯的敌意的挑战，不过那是另一个故事了。

第16章

俄耳甫斯与俄耳甫斯教，
以及罗马时代的神秘宗教

> 一阵突如其来的疯狂让这不小心的爱人昏了头——如果阴间世界也知道原谅的话，这样的过错本没什么大不了的。他停了下来，情绪失控，忘了自己身在何地，回头望向他的欧律狄刻——这时她的身影刚刚从光明中浮现出来。与冷酷的暴君达成的协议被打破了，而他的一切努力就此付诸东流。破裂之声三次传遍阿维尔努斯之沼……欧律狄刻从他眼前消失，向不同的方向散逸，如同被轻风吹散的烟雾。
>
> ——维吉尔《农事诗》4.488—500

俄耳甫斯与欧律狄刻

奥维德讲述了俄耳甫斯失去自己的新娘欧律狄刻的故事（《变形记》10.1—85，11.1—66）：

婚礼之神许门（Hymen）身披橘红的斗篷，离开了伊菲斯（Iphis）与伊安忒的婚礼，穿过无边的天空，来到色雷斯的喀孔人（Cicones）所在的海岸。他是应俄耳甫斯的召唤而来，但这毫无意义。他的确出席了俄耳甫斯与欧律狄刻的婚礼，却不曾面

图16.1　《春：俄耳甫斯与欧律狄刻》（*Spring: Orpheus and Eurydice*）
布面油画，欧仁·德拉克罗瓦（Eugène Delacroix，1798—1863）画，1863年，78英寸×65.25英寸。一名女伴扶着倒地的欧律狄刻，同时惊恐地看着毒蛇爬进画面右下角的草丛。手持里拉琴的俄耳甫斯正从左面赶来。一位宁芙则在右边旁观，面有惧意，其跪姿与普桑一幅同一主题的画作中的欧律狄刻相似。这幅作品是以神话为题材的四季组画中的一幅，由于作者去世而未画完。

露笑容，不曾祝福新人，也没有说出吉祥的预言。就连他手持的火炬，也只是冒出熏人的浓烟，无论怎么挥舞都没法燃起火苗。婚礼的结束比这不祥的开场还要糟糕。新娘在一群水泽仙女的陪同下在那草地上漫步，却被一条毒蛇咬中脚踝，倒地而亡。

俄耳甫斯下到冥界

色雷斯群山的歌者俄耳甫斯在阳间的风中恸哭，直至哭无可哭。于是他大起胆子，从泰纳洛斯（Taenarus）[1] 附近的一处入口下到斯堤克斯河，想要唤醒阴灵。他从墓穴另一端那些成群的、没有实体的鬼魂中间穿过，来到珀耳塞福涅与她那掌管这阴森幽冥世界的夫君面前，拨动他的里拉琴弦，唱起歌来："神啊，你们统治着这大地之下的国土，每个凡人早晚都要回到此地。如果我说得没错，就请让我讲出实情，而不是遮遮掩掩，虚言巧饰。我来到这里，不是为了游览塔耳塔罗斯的地盘，也不是为了降服那条有着美杜莎血脉、长着三个头颅、头上生满毒蛇的巨犬。我来这里只是为了我的妻子。她踩到一条毒蛇。那蛇的毒液流遍她的脉管，让她夭折在青春年华。我也曾试图让自己默默忍受，并非没有努力尝试，然而我的努力终究抵不过爱神的力量。他是那阳世中人人皆知的神祇，我猜他在此地也同样有名（尽管我不敢肯定）。如果那个很久以前的绑架故事不是虚言，那么你们二位走到一起也是靠了爱神的力量。

以这充满恐惧的世界之名，以这无边的混沌之名，以这寂静广大的国土之名，我请求你们将欧律狄刻被过早剪断的命运之线重新接续！我们愿意为此奉上一切。我们在阳间的生活不过是暂住，早晚都要回到这里。此地是所有人的历程的终点，也是所有人最后的家园，因此你们对凡人的统治最为长久。欧律狄刻也不例外。待她得享天年，度过了她该有的岁月，她也会重归你们的统治。我请求你们将她作为赏赐还给我。如果命运女神拒绝交还我的妻子，那我也不想再回阳世了。我们两人都死了，想必能让你们更加高兴！"

他弹奏着里拉琴，将自己的哀求像歌一样唱出。那些没有血色的鬼魂也黯然泪下。坦塔罗斯不再低头去够那退去的水面，伊克西翁的转轮在惊奇中停止了转动，兀鹫不再去啄食提堤俄斯的肝脏，柏罗斯的孙女们不再往她们的瓮中灌水。哦，西绪福斯，你也在石头上坐了下来。据说就连复仇女神也被他的歌声打动，第一次让泪水打湿了她们的面颊。那统治这冥界的君王和他的王后也无法拒绝他的哀求，无法做出拒绝的决定，将欧律狄刻唤来。她正身处一群新来的鬼魂中间，这时便走上前来。由于脚上有伤，欧律狄刻步履蹒跚。色雷斯人俄耳甫斯牵起她的手，同时也接受了这样一条命令：在离开阿维尔努斯丛林之前他不能回头看，否则这赏赐便要被收回。

俄耳甫斯再次失去欧律狄刻

一片死寂中，两人艰难地穿行在一条陡峭的道路上。路途艰险、幽暗，弥漫着浓黑的雾气。他们距离阳世的边界已经不远，俄耳甫斯却开始害怕欧律狄刻会不舒服，也忍不住想要亲眼看一看她。爱情令他扭过头去看欧律狄刻，而她就在他的注视下滑落，向下坠去。他伸出手臂，努力想要拥抱欧律狄刻，也渴望她的拥抱，但是却不幸地、痛苦地扑了个空，怀中只余一缕飘动不定的轻风。欧律狄刻虽然第二次失去了生命，可她并不责怪她的丈夫，因为他是爱着她的，这有什么可抱怨呢？她最后一次道别的话音几乎没能到达丈夫的耳边，自己就坠入了原来的地方。

图16.2　《俄耳甫斯感动鸟兽》（*Orpheus Charms the Wild Animals*）

安条克（安塔基亚）镶嵌画，2世纪。画中的俄耳甫斯身着色雷斯人的装束，坐在一块石头上，拨动着他的里拉琴。他的音乐让种种凶暴的鸟兽都安静了下来。画面右上角那些形式化的枝叶表明，这个场景发生在森林中。

再次失去妻子的俄耳甫斯呆住了……他恳求摆渡人让他再渡冥河，却只是徒劳，被对方挡了回来。然而他仍在河边坐了整整七天，蓬头垢面，也不进刻瑞斯恩赐的饮食。他为黑暗诸神的冷酷而感到痛苦，忧思、伤痛和泪水成了他的食粮。后来他便回到色雷斯，回到罗多珀山和大风呼啸的海摩斯山（Haemus）里去了。太阳周转了三年，三次经过水象双鱼座，俄耳甫斯却始终拒绝所有女子的爱情，这或许是因为他还沉浸在伤痛之中，或许因为他已许下誓言。无数女子热烈地爱上这位歌者，无数女子痛苦地被他拒绝。他把爱情转移到少年身上，沉醉于他们短暂的青春，占有他们如花的童贞，在色雷斯人中开启了这样的风气。

俄耳甫斯被肢解

色雷斯的歌者引导林木、岩石和走兽的心灵，让它们随他而行。正当他里拉琴弹唱时，那些胸覆兽皮、心中疯狂的喀孔女人从山顶瞧见了他。其中一个女人——她的头发正被轻风吹起——便大喊道："看哪，那个鄙视我们的人就在那里。"随后她便瞄准正在歌唱的阿波罗之子的面门，投出她那缠着树叶的武器。攻击在他脸上留下了印痕，却未造成伤害。另一人的武器是一块石头，它正飞在半空，便被美妙的歌声与琴声俘虏，落在歌者的脚边，仿佛为这愤怒的攻击请求原谅。然而女人们的敌意变得更加汹涌，再无克制，直到疯狂的复仇女神控制了一切。所有的武器本来都应被俄耳甫斯的歌声降服，然而她们的佛律癸亚笛声、号角声①、鼓声、擂地声和疯狂的叫喊造成嘈杂的巨响，盖过了他的琴声。

终于，那些听不见声音的石头被诗人的鲜血染红。在此之前，疯女们先对那仍沉醉在歌声中的鸟群和蛇虫走兽下了手——它们都是他的歌声胜利的见证。接下来她们又将沾满鲜血的手伸向俄耳甫斯本人，好比一只夜枭出现在白昼，必定被成群的雀鸟围困。她们冲到歌手面前，正如群犬在清晨斗兽场的沙地上猎杀一头垂死的雄鹿。她们挥舞起那翠绿的、本非杀人凶器的酒神杖。有人扔出土块，有人投出折下的树枝，还有人用的是石头。

仿佛是为了不让她们的怒火缺少武器，附近正好有牛在犁田，身后拖着犁头，又有健壮的农夫为了收获，满身大汗地锄着干硬的土地。他们看见这群女人便四散奔逃，把劳作的工具丢弃在身后。锄头、十字镐和长长的耙子散落在无人的田地上。疯女们拾起这些工具，撕碎了拿角威胁她

们的耕牛，又冲了回来，要了断诗人的性命。他伸出双手，第一次开口对她们讲话，却没有感动任何一个。在这渎神的暴行中，她们将他毁灭了。诸神在上，那张嘴中曾经发出让顽石点头、让鸟兽感动的歌声，如今却只有一缕游魂从中逃出，随风而去。

唉，俄耳甫斯。连树木也叶落如雨，秃了枝干，为你哀悼。据说河流也因流泪而变得汹涌，水泽仙女和森林仙女也都为你换上黑袍，披散了头发。俄耳甫斯的肢体散落四处。赫布鲁斯河（Hebrus）啊，你得到了他的头颅和里拉琴。正当头颅和琴在河水中漂流时，奇迹出现了——那琴自己奏响了哀悼的乐音，而我却不知何故。那失去生命的蛇头同样念诵着悼词，而河岸则以哀叹相和。它们就此离开故乡色雷斯的河流，漂入大海，直至勒斯玻斯岛上的墨西姆那（Methymna）。它们在那里被冲上异乡的沙滩，头发上湿漉漉的满是泡沫。一条凶蛇游来，要去咬那头颅的嘴。此时福玻斯·阿波罗终于现身，在毒蛇即将要噬咬时把它制止，张开的蛇嘴按其原样变成了石头。

俄耳甫斯的鬼魂直入冥界，认出了每一处他到过的地方。他在那虔敬者的乐土里四处找寻，终于发现欧律狄刻的身影，便迫不及待地将她抱入怀中。他们在此地相依而行，有时他让她走在前面，自己在后跟随，有时他又在前面领路，在回顾他的欧律狄刻时也不再有顾虑。

随着奥维德的继续讲述，我们了解到酒神巴克

---

① 原引文为"带弯管的佛律癸亚笛声"，将号角声和笛声合为了一种。根据拉丁文本和其他译本酌改。

斯也为那曾经歌唱他秘密的诗人的死亡而感到伤心。他惩罚了那些色雷斯女人，将她们变成树木，然后把整个色雷斯完全抛弃。

关于俄耳甫斯与欧律狄刻的故事，古典文学中的另一个主要版本来自维吉尔（《农事诗》4.452—526）。其中大部分细节（并非全部）都与奥维德的相似，然而两个版本的诗歌风格却颇为不同。根据维吉尔的说法，欧律狄刻不喜欢阿波罗与库瑞涅之子阿里斯泰俄斯[2]的求爱，在逃避他时踩到了毒蛇。奥维德和维吉尔由此对俄耳甫斯与欧律狄刻之间的

图16.3 **《俄耳甫斯、欧律狄刻与赫尔墨斯》**（*Orpheus, Eurydice, and Hermes*）

大理石浮雕，公元前5世纪希腊原作的罗马复制品，高46.5英寸。这块浮雕板原系雅典市集（Agora）[a]上十二天神祭坛周边围栏的一部分。它展现了俄耳甫斯回头去看欧律狄刻，导致二人阴阳永隔的那一瞬间。赫尔墨斯·普绪喀彭波斯一只手放在欧律狄刻腰上，准备将她引回冥界。这与欧律狄刻放在丈夫肩上的左手表现出的轻柔形成了令人扼腕的对比。三个人物的名字见于各自上方，其中俄耳甫斯的名字是从右向左书写的。

---

a. 雅典市集为古希腊最著名的市集，位于雅典卫城西北部。

悲剧爱情故事传统做出了表述，让它成为一首对爱人之间、夫妻之间的奉献的颂歌。人们对他们的永恒神话进行了一再的重新创造，为其添加想象力、美与深刻性。格鲁克（Gluck）的歌剧和谷克多[①]的电影便是例证。俄耳甫斯已成为诗人与音乐家形象的原型，也已成为高超和普遍的艺术力量的象征。

有一个问题我们不得不问："俄耳甫斯为何要回头看呢？"如我们所见，奥维德的解释十分明白："[他]害怕欧律狄刻会不舒服，也忍不住想要亲眼看一看她。爱情令他扭过头去看欧律狄刻，而她就在他的注视下滑落，向下坠去。"在维吉尔的诗中（《农事诗》4.486—492），同样也是在两人快要抵达阳间的时候，"一阵突如其来的疯狂让这不小心的爱人昏了头——如果阴间世界也知道原谅的话，这样的过错本没什么大不了的。他停了下来，情绪失控，忘了自己身在何地，回头望向他的欧律狄刻……他的一切努力就此付诸东流"。千百年来，无数艺术家对俄耳甫斯这一悲剧性的决定有着各种各样的解读，对它们的探讨是相当有趣的。在许多后来的版本中，欧律狄刻自己并不知道俄耳甫斯许下的承诺，因此不能理解她亲爱的丈夫为何那样冷酷无情，不肯回头来安慰她，于是对俄耳甫斯发出了绝望的质问和痛苦的哀求。出于对她的同情，俄耳甫斯屈服了。还有一些人认为，就在他回头的那个可怕而无法逆转的瞬间，这位音乐大师失去了对自己的艺术之力的信念。冥府的神祇给他的，会不会是一个他们明知他无法遵守的条件呢？

---

① 德国作曲家格鲁克著有歌剧《俄耳甫斯与欧律狄刻》（*Orfeo ed Euridice*，又译作《奥菲欧与尤丽狄茜》）（1762）；法国电影导演让·谷克多拍有电影《俄耳甫斯》（*Orphée*，又译作《奥菲斯》）（1950）。

俄耳甫斯的一生——宗教诗人及音乐家

　　俄耳甫斯的人格中有着极为重要的另外一面。由于资料不足，关于这一面我们如今只能管窥蠡测。他被视为一种宗教的创立者和一位预言者，与他的祭司和门徒共同写下了神圣的经文，形成了规范教理、仪轨和行为的典籍。这一传统的流变和断裂让我们难以准确了解俄耳甫斯的这一面以及他的宗教。不过，尽管有着种种令人沮丧的矛盾与模糊之处，我们仍然可以识别出它们的大致特征。[3] 从诸多彼此相异的讲述中，我们可以剥离出以下一些重要的"事实"。

　　俄耳甫斯的故乡在色雷斯。他的母亲是缪斯女神中的一位，通常被认为是卡利俄佩。他的父亲则要么是色雷斯河神俄阿格罗斯（Oeagrus），要么是他所跟从的大神阿波罗。他对森林仙女欧律狄刻展开追求，并以他的音乐赢得她的芳心。欧律狄刻死后，他下到冥界，想要将她救回，却没有成功。俄耳甫斯参加过伊阿宋的阿尔戈号远征。[4] 他有一个儿子或是学生，名叫缪塞俄斯（Musaeus），继承了他的许多特征。在关于俄耳甫斯之死的众多说法中，有几种会让那些将他视为历史上的宗教导师的探寻者感兴趣。有一种说法认为他死于宙斯的雷电，因为他通过自己的秘仪传授了未知的知识。另一种说法则认为他死于自己同胞的阴谋，因为他们不愿接受他的教导。

　　最常见的传统（这种传统反映在奥维德和维吉尔的讲述中）将色雷斯女人们视为俄耳甫斯之死的罪魁祸首，但是关于这种敌意的来源仍有各种不同的解释：色雷斯女人们之所以仇视俄耳甫斯，要么是因为他在欧律狄刻死后拒绝了她们，要么是他不

图16.4　《俄耳甫斯在色雷斯人中》（*Orpheus among the Thracians*）

雅典红绘调酒缸，作者为俄耳甫斯画师（Orpheus painter），约公元前440年。画中的俄耳甫斯坐在一块石头上，头戴常春藤编制的花环，一边弹奏他的七弦里拉琴，一边相和而歌。他的听众是四名色雷斯人，身着色雷斯特征的斗篷和狐皮帽，听得如醉如痴。

愿向她们传授自己的秘仪，要么是因为他诱拐了她们的丈夫。有时候这些女人又被视为狄俄尼索斯的追随者，对俄耳甫斯的仇恨来自她们所崇拜的神的明确指引：狄俄尼索斯试图将色雷斯变成自己宗教的地盘，却遇到了俄耳甫斯这个一心追随太阳神阿波罗的对手，因此派出他的狂女们将这位歌者撕成了碎片。还有一些人认为俄耳甫斯尸体的碎片被他的母亲和姊妹等缪斯女神收葬于色雷斯或奥林波斯山一带。他的头颅和里拉琴归于勒斯玻斯（如前所引的奥维德的记述）。那里有一座纪念他的神坛。他的头颅成为神谕的来源，但其预言能力却为阿波罗压制。在他的头颅被埋葬的地方，人们建起了一座巴克斯神庙。[5]

　　在以上种种互相矛盾的猜测中，一种根本的、令人困惑的二重性是显明的。不论以哪种方式，俄

耳甫斯总是与阿波罗和狄俄尼索斯相关的。历史上是否真实存在过一个俄耳甫斯呢？是否真有这样一位遭遇了惨烈死亡的色雷斯传教者？他是作为阿波罗的代表对抗狄俄尼索斯，还是反过来？他是否做出了妥协，在起源于希腊的阿波罗信仰中加入了起源于近东的狄俄尼索斯信仰，从两者中汲取养分，传达了一种新的、至少对某些人来说更有说服力的信念？

无论我们打算怎样解读证据，上面所说的二重性都无法忽视。音乐、魔法和预言元素与对文明的崇尚一样，都指向阿波罗，然而俄耳甫斯关于温顺平和的训谕又与那位善射的神祇身上的暴力特征毫不相关。另外，俄耳甫斯的音乐正是巴克斯所代表的混乱嘈杂的对立面。他厌斥女子的故事则意味着这种宗教在某个时期可能仅限男子加入，这与狄俄尼索斯崇拜对女性的吸引也形成了对比。同时，俄耳甫斯教的传授方式及其秘仪在本质上又是狄俄尼索斯式的。俄耳甫斯传说与狄俄尼索斯传说中的其他一些元素也有惊人的相似性：俄耳甫斯被撕成了碎片，这正是狄俄尼索斯曾经遭遇的经历（凶手是提坦们），同时也是彭透斯的结局——后者也因对抗这位神祇而被追随他的狂女们毁灭。与俄耳甫斯一样，狄俄尼索斯也曾去往冥界，目的则是救回他的母亲塞墨勒。事实上，在一个不那么流行的传说版本中，俄耳甫斯甚至（与狄俄尼索斯一样）成功地救回了欧律狄刻。[6]

永生的艺术家俄耳甫斯

俄耳甫斯代表着艺术家的普遍力量，尤其象征着音乐与诗歌。艺术可以缓解焦虑，赋予生活意义，让生活变得更美好，还能发挥教谕的功能。俄耳甫斯也是宗教导师这一形象的原型，展现了音乐的言辞所具有的无穷力量。他作为一位预言者和救赎者而受难，并殉道而死。他与欧律狄刻的爱情中的永恒元素同样有着撼动人心之力。这是一个感人的悲剧爱情故事。其变体无穷无尽，但永远足以触动任何时代人类的心灵和灵魂。

俄耳甫斯的天赋中有着令人振奋的精神力量，而解释这种力量的原型则包含一种令人惊叹的宗教—音乐二元性。"那么，什么才是音乐？音乐是一种神圣的艺术，能让所有拥有灵魂的生命团结起来，如同聚拢在散发光芒的神座周围的基路伯。这就是为何音乐，具有神性的音乐，是艺术中最神圣者的原因。"[7]

以下这首简单却庄严的短诗出自莎士比亚的《亨利八世》第3幕第3场，同样对俄耳甫斯的精神力量进行了概括。这首诗经常被人们配上音乐，其中威廉·舒曼（William Schuman）的版本相当美妙：

俄耳甫斯在琴声中歌唱，

纵然是树木和积雪的群山，

听到他的歌谣也沉醉低昂。

他的音乐让草木兴发向上，

有如太阳，又如雨露，

留住了来去匆匆的春光。

万物都听到他的曲声悠扬，

就连海中汹涌起伏的巨澜，

一闻此曲也变得平静安详。

甜美乐音中有着魔力无双。

让那愁绪痛创只能沉睡

——它们听此乐音，便要消亡。

然而，另有一种既定传统认为俄耳甫斯在历史上并非神祇，而是一位曾经生活、受难和死亡的英雄。他的坟墓成为圣地，他本人也成为人们崇拜的对象。在这种观点中，俄耳甫斯被视为一位预言者、一位祭司，或者一位圣人（如果你更喜欢这样的说法）。他所信仰的神是阿波罗或狄俄尼索斯，或者二者皆有。这种信念本质上当然是主观的，但是在公元前5世纪，他确实被人们当作一位凡间的宗教导师。他的教义通过神圣文本来传达。这些文本被视为他的作品，而其创作时间可能要早得多。据称人们在色雷斯山中发现了一些刻有他的经文的字板①，内容是强大的魔法、咒语和符咒。到了公元前4世纪，柏拉图还引用过俄耳甫斯的六步格诗行，并且提到过那些传授俄耳甫斯的救赎教义的祭司。更晚些时候，人们又将一些关于众神和万物起源的颂歌归于他的名下。托名俄耳甫斯而流传至今的颂歌取得其目前形式的时间是在本纪元的头几个世纪。[8]事实上，这部《俄耳甫斯颂歌集》可能成文于（而不是成书于）2—3世纪，对重建早期的俄耳甫斯教义没有太大帮助。[9]

在音乐、艺术和诗歌中，俄耳甫斯已经成为万千作品的灵感来源。他的神话涉及几种最深刻的人类关切：音乐对鸟兽、无生命的自然、人类的纷争，乃至死亡本身的影响力，还有我们在失去爱人后所感到的丧亲之痛，以及对重聚的期盼。

---

① 原文为 tablets，指欧里庇得斯在其戏剧《阿尔刻斯提斯》（Alcestis）中所提到的"Thracian tablets"（第968行），材质不明。欧里庇得斯所提到的这些字板应与在南意大利和希腊各地墓葬中发现的所谓"俄耳甫斯教金叶"（Orphic Gold Tablets）不同。后者在20世纪初被认为与俄耳甫斯教有关，但新的研究表明这些金叶可能与对酒神的神秘崇拜有关。

俄耳甫斯教的圣典

狄俄尼索斯在俄耳甫斯教的万神殿中占据统治地位，常被称为"扎格瑞俄斯"。尽管我们知道俄耳甫斯教徒们讲究秘仪传授和合乎仪轨的纯洁生活，但对它们的细节却不得而知。流血和食肉似乎是两种重要的禁忌，源于灵魂轮回和万物生命神圣之类的根本信仰。狄俄尼索斯神话对俄耳甫斯教义极为重要，这让我们得以重建俄耳甫斯教神谱中的一些基本主题。尽管俄耳甫斯教的神谱与赫西俄德的神谱的相似性显而易见，但两者之间仍有一些重要的差异。我们在下文列出俄耳甫斯教神谱中的几个重要阶段，不过这一宗教传统中仍然存在着许多版本和自相矛盾之处。

俄耳甫斯教的第一条教理是柯罗诺斯（Chronus，时间）。他有时被描述为一条巨蛇，拥有一个牛头，一个狮头，中间还有一张神的面孔。柯罗诺斯的伴侣是沉思的阿德剌斯忒亚（即"必然"）。柯罗诺斯创造了埃忒耳、卡俄斯和厄瑞玻斯。他在埃忒耳（意为"光明的上空"）中创造了一个蛋。这个蛋分成两半，产生了众神中的第一位，即万物的创造者法涅斯。法涅斯有许多名字，厄洛斯即是其中之一。[10]他是一位具有两种性别的神祇，长着金色的光明双翼，有四只眼睛，被描述为拥有多种动物的外形。法涅斯生下了一个女儿，即黑夜。她成为法涅斯在创造万物过程中的伙伴，并最终继承了他的力量。黑夜生下了盖亚（大地）和乌拉诺斯（天空）。盖亚和乌拉诺斯生下诸位提坦。克洛诺斯继承了黑夜的统治权，而最终宙斯从其父亲克洛诺斯那里夺得了权力（这部分与赫西俄德的讲述一样）。

接下来宙斯吞噬了法涅斯，同时也吞噬了之前的所有造物（包括黄金时代的一个凡人种族）。然后他在黑夜的帮助下重新创造了万物。身为第二位创造者，宙斯成为一切事物的开端、过程和终结。最后，宙斯与科瑞（珀耳塞福涅）交合，生下狄俄尼索斯。这一狄俄尼索斯降生神话最为强大之处便在于它所支撑的教理，此前我们已经在介绍狄俄尼索斯本人时讲过（参见本书第343页）。该神话最根本的特征在于：这位神祇在襁褓之中就被巨大的提坦撕碎分食，而提坦们随后也受到惩罚，被宙斯的雷电击倒。提坦们的遗灰中生出了凡人，因此凡人有一半邪恶而易朽，也有一半纯净而永恒。这是因为邪恶的提坦吞噬了一位神祇——尽管不是他的全部。狄俄尼索斯的心脏被保存了下来，他也得以重生。

因此，俄耳甫斯教圣典为灵魂不死的信仰提供了神圣的权威性，提出了保持这一灵魂纯洁、免于污染和堕落的必要性，提出了某种形式的原罪概念，提出了灵魂将会进入某种奖励性或惩罚性来世的轮回概念。最后，它还提出了一种经过各种净化阶段之后与天上的神灵结合，成为神祇的可能性。万物的开端都来自法涅斯或者宙斯。众生于一，而又复归于一。

在我们看来，柏拉图所讲述的厄尔神话和维吉尔对死后世界的描述都深受俄耳甫斯教种种观念的影响。我们在本书第15章中给出了两者的译文。要让读者对俄耳甫斯教的基本信条有所了解，这是最简单也是最直接的方式。伟大天神阿波罗的净化仪式与狄俄尼索斯信仰中人类灵魂最终不朽的观念相互交融，从而为酒神神秘仪式中的狂喜激情提供了约束与控制。

俄耳甫斯及其宗教还有一些与萨满和萨满教相似的特征。萨满教是一种极为古老的宗教信仰体系，存在于许多亚洲北方文化和北美土著文化中。萨满指的是专司通灵的人。他需要经过一段时间的独居训练和斋戒，才能成为拥有超自然力量的神秘人物。据称萨满会进入各种恍惚状态，其中包括进行前往灵魂世界的旅程。通过这种与灵魂世界的独特接触，一位萨满便可以声称完成了灵魂之旅，并获得了预测和治愈的能力。他就此成为以宗教诗歌来传达其智慧的明智导师，也成为宣扬教义和崇拜的事神者。俄耳甫斯与传统意义上的萨满有许多共同点，其中包括他的种种特殊能力，如迷惑鸟兽、前往冥界，以及在死后通过自己带有魔法又能歌唱的头颅传达神谕。[11]

神秘宗教是一个长存不衰的主题。它们的精神内核一直以来都与厄洛斯、瑞亚、库柏勒和阿提斯、阿佛洛狄忒和阿多尼斯、狄俄尼索斯、得墨忒耳以及俄耳甫斯有着联系。我们无法完全精确区分古代世界中众多不同的神秘宗教和神秘哲学。例如，我们可以声称得墨忒耳的秘仪所强调的是参与某些戏剧化的仪式，因而缺乏俄耳甫斯教那样的精神深度——后者在强调传授与仪式的同时，也同样强调良善的生活。然而，若要就某位男／女神祇及其宗教更为光辉或薄弱之处与另一位神祇及其宗教进行任何比较或对比，我们就不能忘记这样一个事实：我们实际上对希腊和罗马的秘仪一无所知。与之相较，我们对基督教（尤其是完全成熟的基督教）的了解则要多得多。

基督教与其他古代神秘宗教之间的联系可能比它们之间的差异更加惊人。在本纪元开头的几个世纪里，俄耳甫斯与基督具有一些共同的特征。[12]此外，在所有主要的古神中，与基督这个角色有着最多共同点的是狄俄尼索斯。不过，对早期基督教构成最大威胁的却是阿波罗之子阿斯克勒庇俄斯——

那个好心肠的治疗者和施奇迹者（参见本书第277—280页）。

罗马时代的神秘宗教

事实上，在早期基督教的图像表现中，基督与葡萄藤之间的联系常常会让人们使用狄俄尼索斯的一些特征以及与他有关的神话元素。我们可以从梵蒂冈圣彼得大教堂的地下墓地中一面墙上的镶嵌画（3世纪，图见本书图11.5）上看出这种影响。无论在哪种情况下，作为脱离旧生命进入新生命的象征，狄俄尼索斯的葡萄藤都与基督教的复活概念以及耶稣在《约翰福音》15：1中所说的话——"我是真葡萄树"——有着联系。就在这片墓地中，有一座墓穴里同时埋葬着异教徒和基督徒的尸骨。其中有一具2世纪的石棺，上面有一块装饰浮雕，描绘的是狄俄尼索斯找到阿里阿德涅的故事（参见本书图23.8）。无论石棺的主人是不是基督徒，从睡梦中醒来的阿里阿德涅被一位司掌新生的神祇发现的故事，都可以用来比喻灵魂从死亡中的苏醒，而这个比喻既适用于基督教关于复活的信条，也适用于异教的来世信仰。狄俄尼索斯的秘仪有着广泛的奉行者，而这些教义与基督教所谓"荒渺的言语"（mythoi）[①]之间的相似性让两种信仰之间的综摄（syncretism）变得不可避免。syncretism 这个词字面上的意思就是"合在一起"。在宗教和神话的语境中，它指的是将不同的崇拜体系及各自的神话统合成某种联合体的过程。在本章后文对伊西斯崇拜的讨论中，你可以清晰地看出这样的综摄过程。

在基督纪元的前4个世纪中，各种神秘宗教在罗马帝国内部广泛流传。[13] 与基督教相似，它们都让个体的信徒对在一个不确定的世界中获得更好的生活抱有希望，并且常常让他们期待死后的新生。神秘宗教总是涉及秘密知识的传授，因此我们对它们的了解最多也不过是部分的，并且往往十分欠缺。我们可以确定的是：1. 这些秘仪与对某个团体的归属感有关；2. 信徒可以在启示中获得解放感和幸福感，获得此生和来生中的更好未来，而要想获得启示，必须先接受传授。获传者往往需要服从某种生活戒律的约束，因此道德与宗教之间就产生了紧密的联系。

厄琉西斯的得墨忒耳秘仪（本书第14章中已有详尽讨论）吸引了帝国各地各个阶层的入教者，直至古典时代晚期仍有人信奉。那里的圣地在395年被匈人（Huns）[②] 摧毁，而基督徒则确保了它永远不被重建。

其他神秘宗教

库柏勒与阿提斯。库柏勒与阿提斯的秘仪，在罗马世界各地长期占有重要地位，然而其中的暴力元素——尤其是迦利（Galli [③]，即祭司们）的自残——令其不如其他以复活神话为核心的信仰那样有吸引力（参见本书第733页）。在这类秘教的传授仪式中，让一头公牛流血是最引人注目的特征。这一仪式被称为"牛祭"（taurobolium）。入教者需要站在公牛身下的坑中，让牛血淋在自己身上。[14] 这样的洗礼仪式是一种净化的象征，意味着摆脱过去

[①]《提摩太后书》4：4。

[②] 欧亚大陆上的一个游牧民族，在4世纪西迁并入侵东、西罗马帝国，对欧洲历史产生了深远影响。

[③] Galli 是 Gallus（迦卢斯）一词的复数形式，指库柏勒的祭司们。参见本书第9章"库柏勒与阿提斯"部分。

图16.5　《密特拉斯杀死公牛》（*Mithras Killing the Bull*）
大理石浮雕，2世纪。这是一块双面浮雕中的一面。密特拉斯正将其短剑刺入公牛的咽喉。公牛的尾巴变成了一把麦穗。其身体下方有一只蝎子、一条蛇和一只狗。上方的圆雕则分别是太阳（左侧）和月亮。

的生命，进入新生。新生的概念在喝奶的仪式中得到了进一步的象征，因为奶是新生儿的食物。库柏勒崇拜中所使用的古老乐器，也成为某种圣餐仪式的一部分。他们的一首颂歌中有这样的句子："我已食鼓，我已饮铙，我已成为阿提斯的秘徒。"与厄琉西斯秘仪一样，库柏勒的秘仪也在4世纪之后失去了传承。

卡比里（Cabiri）。种种希腊秘仪中，古老程度仅次于得墨忒耳秘仪的是卡比里秘仪。卡比里崇拜的核心与萨莫色雷斯岛（Samothrace）和别迦摩这座城市有关。卡比里常被称为"大神们"（theoi megaloi）。有时他们被等同于狄俄斯库里兄弟（the Dioscuri）——卡斯托耳（Castor）和波卢克斯（Pollux），由此成为航海

者的保护神。据传，阿尔戈英雄们就曾得到传授。在希腊和罗马世界中更有大量真实的秘传记载，直至4世纪末。[15]

波斯的密特拉斯（Mithras）。希腊和罗马神话体系有时会纳入罗马帝国中广泛受到信奉的三种东方神秘宗教。其中来自波斯的是密特拉斯（或密特拉[Mithra]）秘仪。密特拉斯是光明与真理之神，也是代表良善降服邪恶的正义之神。他的神话包括他从岩石中的奇迹降生，也包括他杀死一头公牛的事迹。公牛的血成为大地丰饶的源头。密特拉斯教的仪式在被称为密特莱乌姆（Mithraeum）的地下教堂中举行。我们在罗马世界各地已经发现了超过400座这样的教堂，遍布于罗马士兵和商人足

迹所到之处。密特莱乌姆中最基本的图像主题是屠牛像（tauroctony），描绘的是密特拉斯与其他人物杀死公牛的画面。屠牛可能是一种仪式性的献祭。这位神祇通过这种仪式来宣示他的善意和他的信徒们的重生。[16]密特拉斯崇拜对军官、士兵和水手尤有吸引力，并且也只有男子才能得到传授。我们对这一传授仪式的细节并不清楚，不过可以确定密特拉斯崇拜中的传授分为7个阶段，也知道这种崇拜对入教者有着很高的自律要求。密特拉斯教曾是基督教的主要对手之一。与上面所提到的其他神秘宗教一样，它也曾获得广泛的信奉，直到4世纪末。

叙利亚女神及其他叙利亚崇拜。第二种来自东方的宗教是对阿塔伽提斯（Atargatis）的崇拜。严格说来它并非一种以秘密性和启示为常见元素的神秘宗教。罗马人将阿塔伽提斯简称为叙利亚女神（Dea Syria）。她最初是类似库柏勒和得墨忒耳的一位地母神。对她的崇拜遍及罗马世界各地，在士兵中尤为盛行。她的神坛在罗马本土以及远至罗马人在英格兰北部修筑的哈德良长城这样的地方都有发现。阿塔伽提斯的伴侣有时名叫"杜木兹"（Tammuz），有时名叫"杜沙拉"（Dushara），但让她与其他天空之神——如叙利亚人的巴力（Baal）①、希腊人的宙斯和罗马人的朱庇特——联系在一起的，是她与闪米特人的雷神哈达德（Hadad）之间的神圣联姻。为她举行的崇拜仪式十分狂野——迷狂的祭司们会在仪式上自我鞭笞。[17]在罗马人中，叙利亚女神的伴侣通常被称为"朱庇特·多利克努斯"（Jupiter Dolichenus），多被刻画为手持斧头和雷电站在一头公牛背上的形象。[18]

埃及的伊西斯。第三种东方神秘宗教是对埃

及女神伊西斯的崇拜。关于这一宗教新入教者的皈依流程，我们有完整的记载。与得墨忒耳、库柏勒一样，伊西斯也是一位丰饶女神，代表着新生与希望。她的神话所涉及的主题是寻找，具体而言，是寻找她的丈夫和兄弟奥西里斯（Osiris，被代表邪恶力量的塞特［Seth］肢解）[19]，以及她的孩子荷鲁斯（Horus，又被称为哈尔珀克拉忒斯［Harpocrates］）。伊西斯的特征包括一件乐器（sistrum，一种摇铃），一件乳房形状、用于盛放乳汁的容器（situla）和一只用来装神圣的尼罗河水的罐子。对她的崇拜总是与神祇塞拉庇斯（Serapis）联系在一起，而后者的来历则相当难以确定。伊西斯和塞拉庇斯的神庙遍布罗马世界各地。然而，作为一位母亲和哺育者，伊西斯本人则吸引了众多男女信徒，因为他们认为她与库柏勒、叙利亚女神比起来没有那么可怕。阿普莱乌斯的小说《变形记》（又名《金驴记》）中的主人公卢西乌斯（Lucius）就曾向伊西斯提出请求，希望她让自己摆脱驴身，变回人形。伊西斯在卢西乌斯的梦中向他显现，吩咐他第二天从一位参与纪念她的游行的祭司那里取得一个玫瑰花环。卢西乌斯照办了，并得以恢复人形。这个奇迹也受到围观人群的欢迎（《变形记》11.16）：

> 威严而全能的女神今日让这名男子恢
> 复人形。此人早年生活纯洁，信仰虔诚，
> 配得上如此光辉的护佑。他可真是幸运，
> 得享三重恩泽。

对各位女神的综摄

当伊西斯首次向卢西乌斯显现，回应他的求告时，她对自己的描述正是"综摄"一词的完美注释。这段描述饱含力量和热情，即使在翻译中仍能窥见

---

① 古代西亚西北部闪语地区的一种称号，多用于神祇。巴力被腓尼基人视为主神。

一二（《变形记》11.5）：

> 睁眼看吧，卢西乌斯。我受你的祈祷感动而来。我是天地万物之母、一切造物之主、时间源头的初生者。我统摄万种神力，是冥府的女主、天上的至尊、男女神明的合体。诸神经我的首肯，才能统治云端光明的天庭、海面苏生的清风和冥界无言的空寂。我的名字有着万千形态，可以化为众名，享受各种祭礼，在全世界为尊。所以最早的先民佛律癸亚人称我为万神之母珀西农提亚（Pessinuntia），土生的阿提卡人称我为刻克洛皮亚的密涅瓦（Cecropian Minerva）①，大海上的塞浦路斯人称我为帕福斯的维纳斯（Paphian Venus）②，善射的克里特人称我为狄克提娜·狄安娜（Dictynna Diana）③，说三种语言的西西里人称我为冥界的普洛塞庇娜（Stygian Proserpina）④，厄琉西斯人将我称为古老的女神刻瑞斯。有人叫我朱诺，有人叫我贝娄娜（Bellona），有人叫我赫卡忒，还有人叫我拉姆努西亚（Rhamnusia，即涅墨西斯）。……埃塞俄比亚人……和埃及人以合宜的典礼崇拜我，呼唤我的真名——天后伊西斯。

---

① 刻克洛皮亚（Cecropia）是雅典初代国王刻克洛普斯为阿提卡起的名字。
② 帕福斯（Paphos）是塞浦路斯古城和阿佛洛狄忒崇拜的中心。
③ 狄克提娜（Dictynna）是克里特岛人所信仰的女猎神。
④ 斯堤克斯河（Styx）是环绕地府的冥河，普洛塞庇娜则是珀耳塞福涅的罗马名字。

库柏勒、雅典娜、阿佛洛狄忒、阿耳忒弥斯、得墨忒耳、珀耳塞福涅、赫拉——天上地下的各位神后都在这里被列出，通过综摄过程被埃及的至尊女神伊西斯吸纳。阿普莱乌斯所提出的这一证据几乎可以确定可靠。它向我们展现了2世纪（阿普莱乌斯生于120年前后）希腊罗马神祇是如何让位于单一神圣力量这一观念的。伊西斯的信徒们体验到的是一种解放感，是希望和幸福。卢西乌斯（阿普莱乌斯显然是在通过这一人物来表述自己的经验）三次获得伊西斯和塞拉庇斯的秘仪传授。他的生命因奉献于伊西斯而获得了神圣化。从这样的体验中，我们可以看出：希腊城邦诸神的神话开始被纳入那些能够为个体信仰者带来救赎希望的秘仪。卢西乌斯的描述便揭示了这种体验的威力，因此我们便用它来结束我们对神秘宗教的概述（《变形记》11.23）：

> 或许好学的读者会提问：那时都说了些什么？都做了些什么？如果我有资格开口，我便会告诉你们；如果你们有资格倾听，你们也就会知道……我不想让你们……受这长久等待的煎熬。那么就请听吧，但也要相信，因为这些事都是真的。我去往了死亡之界，踏入了普洛塞庇娜的门庭，又在克服万千艰险之后归来。我在午夜见到太阳散发光芒，我来到天上地下众神的面前，从近处对他们顶礼膜拜。看哪，我已向你说出这一切，你也已经听见，却必定仍是一无所知。

相关著作选读

关于俄耳甫斯

Athanassakis, Apostolos N.，《俄耳甫斯颂歌集》（*The Orphic Hymns*. Atlanta: Scholars Press, 1977）。包含文本、译文和注释。

Bernstock, Judith E.，《俄耳甫斯的魔力：一个神话在20世纪艺术中的延续》（*Under the Spell of Orpheus: The Persistence of a Myth in Twentieth-Century Art*. Carbondale and Edwardsville: Southern Illinois University Press, 1991）。俄耳甫斯神话有着互相矛盾的不同方面。这本书的三个部分对各位艺术家在自身与这些方面之间建立联系的不同方式分别进行了探讨：1. 保罗·克莱（Paul Klee）、卡尔·米勒斯（Carl Milles）和芭芭拉·赫普沃斯（Barbara Hepworth）；2. 马克斯·贝希曼（Max Bechmann）、奥斯卡·科科施卡（Oskar Kokoschka）和野口勇（Isamu Noguchi）；3. 巴勃罗·毕加索（Pablo Picasso）、雅克·利普希茨（Jacques Lipchitz）、埃特尔·施瓦巴赫（Ethel Schwabacher）和赛·通布利（Cy Twombly）。

Detienne, Marcel，《关于俄耳甫斯的写作：文化语境中的希腊神话》（*The Writing of Orpheus: Greek Myth in Cultural Context*. Translated by Janet Lloyd. Baltimore: Johns Hopkins University Press, 2002）。这本书研究了俄耳甫斯神话的深远影响。

Friedman, John Block，《俄耳甫斯在中世纪》（*Orpheus in the Middle Ages*. Cambridge: Harvard Univerisy Press, 1970）。

Graf, Fritz, and Sarah Iles Johnston，《关于来世的仪式文本：俄耳甫斯与金叶》（*Ritual Texts for the Afterlife: Orpheus and the Gold Tablets*. New York: Routledge, 2007）。人们在墓葬中发现了一些小片金叶（年代在公元前5世纪到公元2世纪之间），上面所记录的文字提供了关于对死后生命的信仰的信息。

Guthrie, W. K. C.，《俄耳甫斯与希腊宗教：关于俄耳甫斯教运动的研究》（*Orpheus and Greek Religion: A Study in the Orphic Movement*. Princeton: Princeton University Press, 1993 [1966]）。一部最好的入门性概览著作。

Segal, Charles，《俄耳甫斯：诗人的神话》（*Orpheus: The Myth of the Poet*. Baltimore and London: Johns Hopkins University Press, 1989）。此书各章分别对这一主题的不同方面进行了讨论。维吉尔、奥维德、小塞涅卡、希尔达·杜利特尔（H. D.）、鲁凯泽（Rukeyser）、里奇（Rich）、阿什伯里（Ashbery）和里尔克都在讨论之列。此书的最后一章题为《从古典时代到今天》（"Orpheus from Antiquity to Today"）。

Warden, J., ed.，《俄耳甫斯：一种神话的变形》（*Orpheus: The Metamorphoses of a Myth*. Toronto: University of Toronto Press, 1985）。

West, M. L.，《俄耳甫斯之诗》（*The Orphic Poems*. New York: Oxford University Press, 1983）。

关于神秘宗教

Burkert, Walter，《古代的神秘崇拜》（*Ancient Mystery Cults*. Cambridge: Harvard University Press, 1987）。

Clauss, Manfred，《罗马的密特拉斯崇拜》（*The Roman Cult of Mithras: The God and His Mysteries*. New York: Routledge,

2001）。

Cole, Susan,《伟大众神：萨莫色雷斯的大神崇拜》（*Theoi Megaloi: The Cult of the Great Gods of Samothrace*. Leiden:
　　Brill, 1984）。

Cosmopoulos, Michael R.,《希腊秘仪：关于古希腊秘密崇拜的考古学》（*Greek Mysteries: The Archaeology of Ancient
　　Greek Secret Cults*. New York: Routledge, 2003）。这部论文集讨论了从青铜时代到罗马帝国时代流行于希腊和小
　　亚细亚的各种主要神秘崇拜。

Ferguson, John,《罗马帝国的宗教》（*The Religions of the Roman Empire*. Ithaca: Cornell University Press, 1970）。书中第
　　7章尤其值得关注。

Godwin, Joscelyn,《古代世界的神秘宗教》（*Mystery Religions in the Ancient World*. Ithaca: Cornell University Press, 1971）。

Meyer, Marvin W., ed.,《神秘宗教的神圣文本汇编》（*Sacred Texts of the Mystery Religions: A Sourcebook*. Philadelphia:
　　University of Pennsylvania Press, 1999 [1987]）。书中的译文与下列人物的秘仪有关：母女谷神、墨塞尼亚的安
　　达尼亚（Andania in Messenia）、狄俄尼索斯、大母神和她的爱人以及叙利亚女神、伊西斯和奥西里斯、密特拉
　　斯，以及那些犹太教和基督教范畴内的人物。

Mojsov, Bojana,《奥西里斯》（*Osiris*. Malden, Mass.: Blackwell, 2005）。此书考察了奥西里斯崇拜的发展历程及其对
　　基督教和西方神秘传统（如炼金术士、玫瑰十字会[Rosicrucians]和共济会等）的影响。

Mylonas, George E.,《厄琉西斯与厄琉西斯秘仪》（*Eleusis and the Eleusinian Mysteries*. Princeton: Princeton University
　　Press, 1961）。

Nabarz, Payam,《密特拉斯秘仪》（*The Mysteries of Mithras: The Pagan Belief that Shaped the Christian World*. Rochester,
　　VT: Inner Traditions, 2005）。这是一部关于密特拉斯教的历史，其中也讨论了密特拉斯教与伊斯兰、共济会和
　　现代新异教现象之间的关系。

Rahner, Hugo,《希腊神话与基督教秘仪》（*Greek Myths and Christian Mystery*. Foreword by E. O. James. New York: Harper
　　& Row, 1963）。

Schroeder, John, and Michael Jordan,《神秘崇拜——从巴克斯到天堂之门》（*Cults, from Bacchus to Heaven's Gate*. London:
　　Carlton, 2002）。这是一部对古代和现代种种神秘崇拜的概览之作，虽然简短，却对了解我们这个时代的宗教狂
　　热倾向提供了有用的信息。

Turcan, Robert,《罗马帝国的神秘崇拜》（*The Cults of the Roman Empire*. Translated by Antonia Nevill. Oxford and Cambridge,
　　MA: Blackwell, 1996 [1989]）。

Ulansey, David,《密特拉斯秘仪的起源：古代世界的宇宙论与救赎》（*The Origins of the Mithraic Mysteries: Cosmology
　　and Salvation in the Ancient World*. New York: Oxford University Press, 1989）。

Vermaseren, Maarten J.,《库柏勒与阿提斯：神话与崇拜》（*Cybele and Attis: The Myth and the Cult*. London: Thames &
　　Hudson, 1977）。

主要神话来源文献

本章中引用的文献

奥维德：《变形记》10.1—85，11.1—66。

其他文献

保萨尼亚斯：《希腊志》9.30.4—12。

斯特拉波：《地理学》10.3.1—10.3.23，其中包含对库里特和各种神秘宗教的长篇讨论。

维吉尔：《农事诗》4.315—566，阿里斯泰俄斯和他的蜜蜂。

补充材料

图书

小说：Rushdie, Salman. *The Ground Beneath Her Feet*. New York: Henry Holt, 1999。这本书以俄耳甫斯和欧律狄刻的故事为主题。

戏剧：Barfield, Owen. *Orpheus: A Poetic Drama*. Stockbridge, MA: Lindisfarne Press, 1983。这位英国哲学家和批评家在 C. S. Lewis 的建议下于20世纪30年代创作了这部戏剧。John Ulriech, Jr. 创作的不吝赞美而又颇有教益的序言则让这部作品重获新生。

CD

歌剧：Peri, Jacopo (1561–1633). *L'Euridice*. Ensemble Arpeggio, cond. De Caro. Arts. Pozzer, Dordolo, et al. La Campagnia dei Febi Armonica Ensemble Albalogna, cond. Cetrangelo. Pavane Records ADW 7322/3。这是完整流传至今的最早一部歌剧。

歌剧：Gluck, Christoph Willibald (1714–1787). *Orpheus and Eurydice* (*Orphée et Eurydice*). Simoneau, Danco et al. Orchestre des Concerts Lamoureux, cond. Rosbaud, Unabridged original French version for tenor。这是一部美妙的作品，也是歌剧史上的里程碑之作。这个版本在众多可以找到的演出录音中堪称优秀，包含了这部歌剧的其他版本配乐。它也是第一个进入标准剧目的版本。参见 DVD 部分和本书第794—795页。

摇滚歌剧：Zhurbin, Alexander (1945-). *Orpheus and Eurydice*. Assadulin and Ponarovskaya et al., Poyushchiye Guitary (The Singing Guitars). Albany Records TROY。这是一部俄语版的摇滚歌剧，堪称毁誉参半。Zhurbin 是一位著名的高产作曲家，擅长各种音乐门类的创作——包括古典音乐在内。

音乐：Carter, Elliott (1908-2012). *Syringa*. DeGaetani et al. American Masters CRI。这件富于原创性和吸引力的音乐作品的作者是一位获奖的著名美国作曲家。CD 中包含了 John Ashbery 创作的一首关于俄耳甫斯的诗，并添加了一些希腊文内容，以希腊语演唱。参见本书第813页。

音乐：Birtwistle, Harrion (1934-2022). *Nenia: The Death of Orpheus*. Manning. London Sinfonietta, cond. Atherton. Lyrita。Nenia 是一种古老的罗马挽歌形式。在这一惊人的现代版本中，女高音表现了各种令人震撼的声乐技巧。晚些时候 Birtwistle 还完成了一部重要而复杂的歌剧：*The Mask of Orpheus*. Manning et al. BBC Symphony Orchestra, cond. Davis. NMC.

音乐：Liszt, Franz (1811-1886). *Orpheus*. Supraphonet. Czech Philharmonic Orchestra, cond. Kosler。这是一部美好的交响诗，其崇高而顺从的精神性并非总是李斯特的特点。CD 中还包括《普罗米修斯》（*Prometheus*）。

歌曲：Schuman, William (1910-1992). "Orpheus with His Lute." *Sure on This Shining Night: 20th Century Romantic Songs of America*. White and Sanders, Hyperion。这首歌是由多名作曲家将莎士比亚（《亨利八世》第3幕第3场）的一首诗配乐而成，通常以钢琴伴奏声乐。

DVD

电影：*The Fugitive Kind*。这是一部由一个天才班底对俄耳甫斯神话所改编的作品，颇具挑战性，也十分出色。参加演出的有 Marlon Brando、Anna Magnani 和 Joanne Woodward。剧本取自 Tennessee Williams 的剧作 *Orpheus Descending*. MGM。另有 The Criterion Collection 发行的版本。

电影：*The Blood of a Poet*。这是让·谷克多的电影处女作，以梦境般的图像呈现顺序，对艺术创造、诗歌、死亡和重生等主题进行了探索。*The Blood of a Poet*、*Orpheus* 和 *Testament of Orpheus* 这三部电影组成了所谓的谷克多《俄耳甫斯》三部曲。这组三部曲的 DVD 版本（The Criterion Collection 发行）包含了众多宝贵的赠品，其中包括谷克多为每部电影所写的深刻文章的副本和两部颇具启发性的纪录片。镜子是电影中一再出现的形象。它既让我们从中看见时间对生命的摧残和死亡的悄悄临近，也反映了作者对死亡和梦境与现实之间的纠缠这两个主题的着迷。三部电影可以分别购买。参见本书第839—841页。

电影：*Orpheus*, starring Jean Marais, wirrten and directed by Jean Cocteau, The Criterion Collection。谷克多的声名最初来自他的剧作《俄耳甫斯》（*Orpheus*）。这部戏剧虽然精彩，较之他后来超凡的电影杰作却仅仅是不成熟的雏形。

电影：*Black Orpheus*. Award-winning re-creation, set in Rio at carnival time, starring Breno Melo and Marpessa Dawn. The Criterion Collection。这部电影基于 Vinicius de Moraes 的剧作。从同一部戏剧衍生出来的另一部电影是 New Yorker Video 发行的 *Orfeu*，故事背景设定是缉毒行动与执行私刑的暴力团伙，与前面这部更富于诗意的《黑色俄耳甫斯》（*Black Orpheus*）迥然不同。

电影：*Orpheus Descending*, directed by Peter Hall. Turner Home Entertainment。这是根据 Tennessee Williams 的戏剧创作的电视剧版本。其演出人员选择不尽如人意，包括角色错位的 Vanessa Redgrave 和表演缺乏说服力的 Kevin Anderson。这部剧作颇为有趣但也有缺陷。对其更好的改编可能是电影 *The Fugitive Kind*。

歌剧：Monteverdi, Claudio（1567−1643）. *L'Orfeo*. Huttenlocher et al. Deutsche Grammophon。这是歌剧早期发展史中的一部重要杰作。

歌剧：Gluck, Christoph Willibald（1714−1787）. *Orfeo ed Euridice*. Janet Baker, Elizabeth Speiser, et al. Glyndebourne Festival Opera. Production by Peter Hall. London Philharmonic Orchestra, cond. Raymond Leppard. Kultur。这是一部精美的传统制作。当然，我们也能找到这部歌剧的其他演绎版本，有好有坏。

轻歌剧：Offenbach, Jacques（1819−1880）. *Orphée aux Enfers*（*Orpheus in the Underworld*）. Opéra-bouffe. Marshner et al. Hamburg Philharmonic Orchestra, cond. Janowski. Arthaus Musik。绝对的惊喜之作。Offenbach 通过这部作品令康康舞成为不朽的艺术。

[注释]

[1]　有不少地方被认为是通往冥界的入口，拉科尼亚城镇泰纳洛斯附近的一个山洞便是其中之一。

[2]　阿波罗与库瑞涅之子阿里斯泰俄斯，是传统中司掌农事尤其是养蜂的英雄或神祇。欧律狄刻死后，她的森林仙女姊妹们因为哀痛和愤怒，让阿里斯泰俄斯的蜂群全部死去了。受到此事的折磨，阿里斯泰俄斯最后向海中的智慧长者普罗透斯求取了建议。他平息了宁芙们的怒意，获得了新的蜂群。通过阿里斯泰俄斯这个角色，维吉尔在他这部关于农事的教谕诗的最后一卷中巧妙地引入了关于俄耳甫斯和欧律狄刻的动人故事。

[3]　普通读者要想了解对这一整个问题的学术检视，有一部重要的综述性著作可供参考：W. K. C. Guthrie, *Orpheus and Greek Religion: A Study of the Orphic Movement*（New York: Norton, 1966）。

[4]　俄耳甫斯看起来并非真正属于阿尔戈英雄，但这位温和的诗人仍然以其声望和其歌声的魔力在那些蛮勇的英雄中获得了一席之地。他的歌不止一次帮助全船人脱离危险。作为宗教事务方面的领袖，俄耳甫斯算得上是实至名归。此外，如果一定要将历史上的俄耳甫斯置于英雄纪元中特洛伊战争之前那一代人里的话，我们似乎还会遇到年代学上的问题。

[5]　俄耳甫斯传说的年代学传统同样混乱不堪。最为可信的是那些将他的年代与荷马所处时代联系起来的说法。如此一来，他可能正是写作的发明者，其作品刚好出现在荷马史诗问世之前。另一种可能则是：荷马是历史上第一位诗人，而俄耳甫斯紧随其后。

[6]　这样的联系也许意味着俄耳甫斯是另一位司掌植物生死的神祇（尽管这种身份已经褪色了）。同样地，欧律狄刻也具有塞墨勒和珀耳塞福涅的某些与冥界相关的特征。这些相似性很可能同样被编织进某位历史先知渐次丰满的传说脉络中。俄耳甫斯传说中的部分主题与民间故事中的常见母题也有相似性，如对婚姻的忠诚、冥界之旅和对回头的禁忌。

[7] 这是理查德·施特劳斯（Richard Strauss）和胡戈·冯·霍夫曼斯塔尔（Hugo von Hofmannsthal）的歌剧《阿里阿德涅在纳克索斯》（*Ariadne auf Naxos*）中的作曲家（相当于另一位俄耳甫斯）所说的话（*Musik ist eine heilige Kunst...*）。这段话将俄耳甫斯的艺术的深度浓缩为一切音乐母题中最美者之一。

[8] 这些颂歌的形成日期和作者身份仍未完全确定。也许至少其中一部分的年代要更早。参见 Apostolos N. Athanassakis, *The Orphic Hymns*, text, translation, and notes (Atlanta: Scholars Press, 1977); Athanassakis (pp. viii–ix) 倾向于接受 Otto Kern 的理论，即俄耳甫斯颂歌来自3世纪的别迦摩，在歌颂狄俄尼索斯秘仪时使用。

[9] 一篇有趣的论文声称：被归于这位传说中的音乐家的这种宗教，大部分是由公元前6世纪南意大利和西西里岛（尽管并非完全局限于这些地区）的哲学家们创造的。这让我们得以解释恩培多克勒哲学中和毕达哥拉斯教派中出现的俄耳甫斯教元素，并因此对柏拉图记述的俄耳甫斯—毕达哥拉斯思想做出解释。

[10] 参见我们在本书第64页所给出的阿里斯托芬戏仿剧作的译文。

[11] 参见 E. R. Dodds, *The Greeks and the Irrational* (Berkeley: University of California Press, 1951) and I. Lewis, *Ecstatic Religion, a Study of Shamanism and Spirit Possession*, 3 d ed. (New York: Routledge, 2003 [1971])。

[12] 关于原初的俄耳甫斯以及后来的种种母题，包括"好牧羊人"母题在内，可参阅 John Block Friedman 的著作 *Orpheus in the Middle Ages* (Cambridge: Harvard University Press, 1970)。

[13] 罗马皇帝奥古斯都本人也得到神秘宗教的传授。而根据尼禄的传记作者苏埃托尼乌斯（Suetonius）的说法，尼禄因为对自己罪恶的内疚而不敢接受秘传。3世纪，加里恩努斯（Gallienus，253—268年在位）为庆祝自己得到秘传，还发行了一枚刻有自己名字和称号的阴性形式（Galliena Augusta）的硬币，以纪念女神。

[14] 4世纪的基督教诗人普鲁登提乌斯（Prudentius）在其第10首《殉教者的王冠》（*Peri Stephanon*）中对"牛祭"有详尽的描述。John Ferguson 的 *Religions of the Roman Empire* (Ithaca: Cornell University Press, 1970) 在第104—105页给出了其中最生动的细节描写的译文。许多铭文都提到过牛祭。其中最早的一次在105年由密特拉斯教乃至得墨忒耳教的入教者举行。要了解弗雷泽对与阿提斯崇拜相关的牛祭的描述，可参阅该书的第203—204页。

[15] Susan Cole, *Theoi Megaloi: The Cult of the Great Gods of Samothrace* (Leiden: Brill, 1984).

[16] 这种解读由 Franz Cumont 提出（*The Mysteries of Mithra* [New York: Dover, 1956 (1903)]），但已受到挑战。David Ulansey 在其著作 *The Origins of the Mithraic Mysteries* (New York: Oxford University Press, 1989) 中继承了那些认为屠牛像代表着一系列恒星和星座的学者的看法。在这种星图中，密特拉斯的形象被等同于希腊和罗马神话中的珀耳修斯。

[17] 阿普莱乌斯对这种仪式有生动的描述，参见他的《变形记》8.27—29。

[18] 罗马人将巴勒贝克（Baalbek，位于今黎巴嫩）宏伟的巴力神庙也归于这位朱庇特名下。其中一座常被称为朱庇特神庙，另一座被称为巴尔米拉的贝尔神庙（temple of Bel of Palmyra）。

[19] 参见 R. E. Witt, *Isis in the Greek and Roman World* (Baltimore: Johns Hopkins University Press, 1997 [1971])。关于后来被当作伊西斯崇拜的伊俄，可参阅该书的第100—101、555—556页。

第二部分
希腊英雄传说

安条克镶嵌画《帕里斯的裁判》

希腊英雄传说^①导论

希腊诸神的神话中有一些普遍而恒常的主题。在这些主题中以原型形态呈现的，既有人类的一些根本特征（诸如情感、心理，当然还有凡人的道德观），也有基本的家庭关系、社会关系，以及政治追求。这些反复出现的主题有着种种变体，在传奇（或传说）和民间故事中表现得同样显著。关于神话的这些分类，我们在本书第1章（第4页）中已经有所讨论。本部分各章则将主要对传奇进行讨论。传奇与历史不无关联（无论这种联系多么单薄），但往往又包含着其他传说中常见的民间故事元素，传奇中的英雄都是神祇的后裔，并通常与神祇有着种种联系。对某位或多位英雄的行迹的关注正是传奇的定义性特征之一。

传奇与民间故事中的男女英雄

俄国学者弗拉基米尔·普罗普证明了一种特定类型的民间故事（如"冒险"型）如何拥有一个普遍的结构。我们对这一点已经有所了解（参见本书第13—14页）。在希腊的英雄传说和民间故事中，我们能够发现许多重复出现的母题——尽管这种发现并非如普罗普的结构主义理论中所描述的那样容易预见。频繁出现的母题共有10种：1.英雄的出生和童年总与一些异于寻常的元素关联；2.英雄不可避免地从一开始就面对着某种敌对力量，因此必须通过克服种种挑战以证明自身的内在价值；3.英雄的敌人（们）通常也是鼓动英雄去完成功业的人；4.英雄至少拥有一名盟友，可能是神祇，也可能是凡人；5.英雄会遭

---

① "英雄传说"原文为 sagas。当 saga 与 legend 一起出现时，我们均将前者译作"传奇"，以示区别。

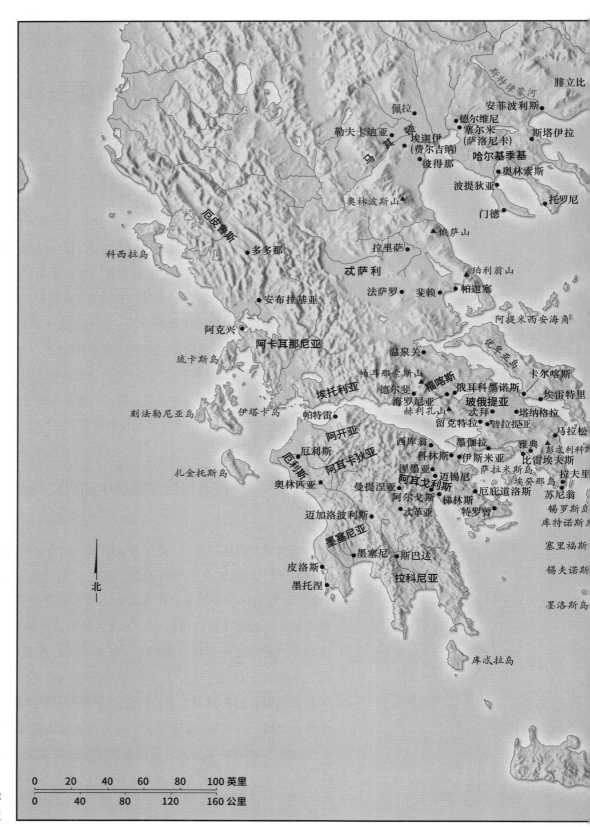

地图2
希腊与小亚细亚

遇一些看似不可能战胜的困难，通常是某项必须完成的劳作或是冒险；6. 冒险中的英雄会与神祇、凡人或是怪兽等敌人发生冲突，而这些冲突可能在物理、性和精神等方面对英雄构成挑战；7. 英雄可能必须服从某些禁令，比如不得向后看，不得食用某种禁果，或是不得太过好奇；8. 对英雄的终极挑战是死亡本身，要完成这项功业，英雄往往需要前往冥界然后从那里返回；9. 英雄成功的回报可能是婚姻，可能是政治安全，也可能是财富和权力；10. 英雄的另一部分收获则是从磨难中获得的知识和更为长久的精神启示（可能是实在的，也可能是象征意义上的）——如伴随成功而来的净化、新生、救赎乃至神化。以上以及其他一些母题反复出现，有着看似无穷的变体。并且，只要人性保持不变，这些母题就会永远重复下去。经过艺术经验的提炼，它们就可以为人带来鼓舞，带来教益，同时也触及人类灵魂的最深处。

在那些兴趣在于结构分析和比较神话学中的模式类同的科学派神话研究者看来，普罗普对结构的分析是非常有帮助的。然而，在各个神话创造时期中，母题的处理方式有着微妙差异，英雄的塑造方式也有不同。对于那些兴趣在于这些差异的研究者来说，结构分析则可能具有相当大的误导性。仅以珀耳修斯、奥德修斯和埃涅阿斯三位英雄为例：三人的冒险在某种程度上是相似的，但使得这些故事更加引人神往的，却是它们之间的差异。在面对英雄的美德这一主题性原则时，阿喀琉斯和埃阿斯各自的反应显示出他们截然不同的人格。赫克托耳和帕里斯也不仅简单反映了兄弟间的和而不同这一模式。相反，二人在情感上和心理上的表现天差地远，在关于战争、生死和婚姻爱情的想法上的对立也极为复杂难解。在对英雄形象的刻画中，种种关于复

杂性和深刻性的例子既丰富，又极具启发性，构成了本书这一部分文本的主要内容。

一些英雄并非时刻都以光辉的形象示人，反而会暴露出他们的致命缺陷。而且，可以肯定的是，并非每位英雄都有一个圆满的结局。其中一些人甚至毁灭在与他们有关的女英雄手中。伊阿宋的一生和屈辱的死亡就是一例。赫拉克勒斯之死既光荣也令人感到痛苦。忒修斯则作为一名耻辱的被流放者走上了悲惨末路。

与男英雄们相比，女英雄们的故事中所呈现的母题同样变化多端，引人入胜。她们通常拥有王室或神祇的身份，有着惊人的美貌，掌握强大的力量，并且往往会生下男性英雄。与普罗普对英雄的分析类似，伯克特将各个女英雄的不同生平精简为由5种功能构成的清晰序列（如我们在本书第14—15页所见）：1. 少女离开故乡；2. 少女隐居（地点可以是河畔、塔上、森林中，等等）；3. 一位神祇使她受孕；4. 她遭遇惩罚、驱逐或是类似的不幸后果；5. 她获得拯救，并生下儿子。然而，与男性英雄们的情况一样，女英雄的生平故事表现出惊人的复杂性与多样性，令人难以概括。

身为男英雄的爱人或是妻子，女英雄们因她们热情的奉献而能成就巨大的功业。阿里阿德涅帮助忒修斯杀死了弥诺陶；没有美狄亚，伊阿宋就不可能取得金羊毛。当女英雄遭到遗弃或者背叛时，她们出于绝望和仇恨，能够实施恐怖的报复，也能寻得救赎——就像阿里阿德涅那样。男英雄则可能因女英雄的智计或欺骗而遭到毁灭，正如阿伽门农死于克吕泰涅斯特拉之手，而伊阿宋则被美狄亚送上了末路。

特洛伊的海伦因其多重的特质而令人倾倒，成为一个原型形象。与之相对，安提戈涅既是忠诚的

女儿，也是友爱的姐姐，是以勇气和正义反抗暴君的永恒典范。作为妻子与母亲的珀涅罗珀则为我们树立起智慧、正直和忠诚的榜样——她的美德既是其夫奥德修斯之美德的衬托，又毫不逊色。此外，还有在美德上与男性毫无差别的阿玛宗女战士们：她们在战争中的勇武和无畏足以令她们被称为"英雄"，而不仅是"女英雄"。

迈锡尼世界与希腊传说

希腊英雄传说的故事系（cycles）绝大部分与青铜时代晚期（约前16世纪—前11世纪）的重要城市和地区有关。这些城市中以迈锡尼最为富庶，迈锡尼时期就因它而得名。迈锡尼国王还领导了希腊人的诸多远征中最伟大的特洛伊战争。英雄传说的故事系可以从地理上划分为三个主要群组。第一个是伯罗奔尼撒半岛诸城，包含了迈锡尼、梯林斯、阿尔戈斯和斯巴达等城市及其周边农业地区。第二个是希腊本土其余地区诸城及其周边地区，包括阿提卡地区的雅典、玻俄提亚地区的忒拜和俄耳科墨诺斯，还有忒萨利地区的伊俄尔科斯。最后一个则是位于小亚细亚的特洛伊——此地与迈锡尼时期诸城可能有着广泛的联系。在上述三个故事系之外，还有一些与克里特岛有关的传说：克里特岛上的米诺斯文明主宰着迈锡尼人之前的爱琴海世界，直至其于公元前15世纪末衰亡。最后，还有关于奥德修斯的故事：尽管这个故事基于迈锡尼世界，但其内容却远远超出迈锡尼世界的范围，并将众多民间故事吸纳进来。

在希腊传说中，存在着一个已由考古发现所证实的历史维度。因此我们不应忘记第二章中关于历史背景的评述。人们已经发掘或正在发掘的米诺斯文明和迈锡尼文明遗址中，有许多都可以与希腊神话和罗马神话中的男女英雄传说联系起来。克诺索斯、特洛伊、迈锡尼、梯林斯、皮洛斯、忒拜和雅典即是其中较为重要的几处。如何区别历史事实和浪漫虚构？因这个问题而产生的争论永无休止，却又激动人心。

本部分中希腊英雄传说各章的顺序安排乃是有意为之。我们将从忒拜和俄狄浦斯开始讲述，这是因为索福克勒斯对这些故事的处理独一无二，极富宗教性，理应紧接在对神祇的考察之后。《俄狄浦斯在科罗诺斯》（*Oedipus at Colonus*）即是一例。这部悲剧表现出了强烈的信仰色彩，确凿而庄严地向我们证明：希腊人的确会将神话用于道德启迪。索福克勒斯也让我们更清晰地认识到：希腊人真的可能将神话当作真实或是寓言来信仰。从这一前提出发，迈锡尼的传说自然应该紧随其后，而特洛伊战争的故事又是迈锡尼传说的直接后续。也许看起来更符合逻辑的做法是，根据传说中的时间线来为这些章节安排另一种顺序。我们很清楚这一点，然而，这些章节的编写方式旨在让读者能以自己所偏爱的任意顺序进行阅读，并从中获益。

相关著作选读

Campbell, Joseph，《英雄的一千张面孔》（*The Hero with a Thousand Faces*. Princeton: Princeton University Press, 1949）。
这是一部关于神话的经典概述，将英雄的原型视为一种基本要素。

Kerényi, C.，《希腊人的英雄》（*The Heroes of the Greeks*. New York: Grove Press, 1960）。

Larson, Jennifer，《希腊人的女英雄崇拜》（*Greek Heroine Cults*. Madison: University of Wisconsin Press, 1995）。这是一部与男性英雄崇拜研究相对应的著作。

Lyons, Deborah，《性别与永生：古代希腊神话与崇拜中的女英雄》（*Gender and Immortality: Heroines in Ancient Greek Myth and Cult*. Princeton: Princeton University Press, 1997）。关于女性英雄的多面性，这部著作进行了广泛而深入的探索。

Miller, Dean A.，《史诗英雄》（*The Epic Hero*. Baltimore: Johns Hopkins University Press, 2000）。这本书的研究向我们解释了为何史诗这种文体所展示的英雄形象如此震撼人心。

Segal, Robert A. ed.，《探寻英雄》（*In Quest of the Hero*. Princeton: Princeton University Press, 1990）。这部集子收录了 Otto Rank、Lord Raglan 和 Alan Dundes 关于英雄神话的文章。

第17章

忒拜英雄传说

我看见，在拉布达科斯（Labdacus）的家族中，前人遭遇的古老不幸反复降临在后人头上。没有哪一代能让下一代得到解脱。他们无可逃避，总是毁灭于一位神明之手。

——索福克勒斯《安提戈涅》594—598

忒拜的建立

历史上的忒拜是玻俄提亚最大的城市。玻俄提亚是希腊中部的一片平原，被帕尔尼萨（Parnes）①、喀泰戎、赫利孔和帕耳那索斯等山脉环绕，东临优卑亚海峡。一道低矮的山脉将玻俄提亚的两个主要平原地区分隔开来，而忒拜就坐落在这片山地之上。忒拜的主堡被称为卡德墨亚（Cadmeia），其名得自传说中这座城市的创立者卡德摩斯。卡德摩斯是提尔国王阿革诺耳之子，是欧罗巴的兄弟。阿革诺耳派他前去寻找从提尔被掳走的欧罗巴。有好几个神话都包含某个女子被强行从亚洲掳往欧洲或是从欧洲被掳往亚洲的内容，欧罗巴的故事即是其一。希罗多德在其《历史》的开篇中就讲述了这些传说，以明确神话与历史之间的差异。在这些神话中，希腊人与亚洲世界之间的对立始于腓尼基商人绑架阿尔戈斯公主伊俄并将她带到埃及。这种对立最终在历史上以希波战争

---

① 希腊雅典以北的一道山脉，今写作 Parnitha。

（前494—前479）的形式达到顶点。作为报复，希腊人（希罗多德将他们称为"克里特人"）则将腓尼基人的公主欧罗巴劫往克里特。此后，这一模式发生了逆转：希腊人从科尔喀斯（Colchis）带走了美狄亚，而特洛伊王子亚历山大（即帕里斯）以牙还牙，从斯巴达偷走了海伦。希罗多德解释说：波斯人根据这些神话做出推断，认为欧洲与亚洲之间的敌意将永远存在下去，永无携手之日。由于无法担保这些故事的真实性，身为一名历史学家的希罗多德对它们持怀疑态度，但是他可以讲述那些他所了解的事情："关于这些事件的真实情况到底如何，我不会冒昧地做出结论。但是我知道这么一个人——他是那些针对希腊人的不义行为的始作俑者。我会将他指出，然后继续讲述我的故事……"（希罗多德《历史》1.5）因此，对于这位研究波斯战争的希腊历史学家，神话与历史之间无疑是泾渭分明的。

欧罗巴

欧罗巴的故事是欧罗巴这一亚洲形象进入希腊世界的开端。与希罗多德的怀疑主义叙述不同，在这个神话的常见版本中，宙斯伪装成一头公牛，将欧罗巴带到了克里特岛。我们在下文给出奥维德对这次劫持事件的描述（《变形记》2.846—3.2）。读者应将这段描述与附近的插图进行比较。

> 威仪和爱情本是难以相容的，不能和平共处。因此，众神之父、众神之主这时就把天庭的尊严抛开，变成了一头俊美的公牛，在嫩草上走来走去。阿革诺耳的女儿［欧罗巴］震惊于这公牛的美丽，又欣喜

于他的和善。尽管他好像很温顺，她刚开始还不敢去碰他。不一会儿，她就向他身边挪近，把鲜花送到他雪白的面庞边。年轻的公主胆子大了，居然骑到了牛背上。随后，这位神祇就悄悄地一点点溜开，离开了陆地，进入了海水。后来他走得更远，带着他的猎物飞过了大海的中央。在抵达克里特海岸之后，他终于卸去了那欺人的公牛伪装，显出他的本来面目。①

在克里特岛上，欧罗巴受孕于宙斯，成为米诺斯的母亲。

忒拜的建立者卡德摩斯

与此同时，欧罗巴的兄弟卡德摩斯开始寻找她。他来到德尔斐，希望从预言中得到建议。阿波罗告诉他不必再为欧罗巴担忧，而是应该跟随一头母牛，直至它因疲惫而躺下，并在母牛躺下之处建立一座城市。卡德摩斯在福喀斯（希腊的一个地区，德尔斐即位于此地）寻得了这头母牛，并被它带到了玻俄提亚。他在此建立起自己的城市卡德墨亚。这座城市后来被称为忒拜。至于神明送来的那头母牛，它被卡德摩斯用于献祭。为了举行献祭仪式，他需要水，因此他派出同伴到附近的一处泉水取水。这处泉水乃是战神阿瑞斯的圣泉，由一条大蛇（阿瑞斯的子嗣之一）看守。大蛇杀死了卡德摩斯的大部分手下，却为卡德摩斯所杀。根据奥维德的记述，卡德摩斯随后听到了一个声音："阿革诺耳之子，你

---

① 原引文如此，对《变形记》的引文有省略。

为何注视那死蛇？你也将变成众人眼中的蛇。"这是一句谶语，将在卡德摩斯生命的最后阶段应验。

　　卡德摩斯将母牛献祭给雅典娜。在雅典娜的指引下，卡德摩斯将蛇牙拔下，种在地里。地里随即长出了一群披坚执锐的武士。这些武士彼此争斗，自相残杀，最后只剩下了5个人。这5个人被称为斯帕耳托（Spartoi，意为"地生人"），是忒拜贵族的始祖。

　　忒拜诸王包括卡德摩斯、彭透斯、拉布达科斯、吕科斯（Lycus）、仄托斯和安菲翁（Zethus and Amphion）兄弟、拉伊俄斯、俄狄浦斯、厄忒俄克勒斯、克瑞翁（Creon）、拉俄达玛斯（Laodamas）。（另据索福克勒斯记载，彭透斯之后的忒拜国王是波吕多洛斯 [Polydorus]。参见本书第443页的忒拜王朝世系表。）

　　关于卡德摩斯的功业，欧里庇得斯讲述如下（《腓尼基妇女》[*The Phoenician Women*] 639—675）：

图17.1　《克律西波斯之劫》（*The Abduction of Chrysippus*）

这是阿普利亚出土的一个钟形调酒缸上的图案，作者为大流士画师，约公元前340年。这一图案描述了欧里庇得斯的已佚悲剧《克律西波斯》（*Chrysippus*）中的一个场景（很可能正是剧中信使发言中的一部分）。在画面下方，拉伊俄斯正带着克律西波斯，驾着他的驷马车离开。克律西波斯则向他的父亲珀罗普斯伸手求助。珀罗普斯身着东方风格的服饰，徒劳地伸出右手。画面左侧有两名持矛的裸体男子（很可能是阿特柔斯和梯厄斯忒斯兄弟二人），似乎正在打算拦阻马车。画面上方坐着四名神祇，从左至右分别是潘、阿波罗、雅典娜和阿佛洛狄忒。阿佛洛狄忒身旁还伴着一个生着双翼的厄洛斯。右方则是一名老者，那是克律西波斯的傅保（Paidagogos）[a]。

---

a.　在古希腊和古罗马家庭中为男孩担任家庭教师的奴隶。

提尔人卡德摩斯来到这母牛四足跪倒之地，确凿无疑地实现了神对他的预言：他将以这片富饶的平原为家。美丽的狄耳刻泉水浇灌着此地肥沃青翠的原野……阿瑞斯那条嗜血的大蛇凶暴地看守着清澈的流水。它的眼光灵活而锐利，看得又远又广。卡德摩斯来到泉边，以双臂之力举起一块石头，不断猛击这怪物的头部，将它杀死。在帕拉斯·雅典娜的吩咐下，卡德摩斯将蛇牙播种在肥沃的土地中。在他种下蛇牙的地方，地里冒出了一群身披盔甲的战士。这些人彼此残杀，毫无怜悯，最终重归大地的怀抱。大地曾将他们送上空气清澈的地面，此时却被他们的鲜血浸透。

由于杀死了大蛇，卡德摩斯不得不平息阿瑞斯的怒火。他成为阿瑞斯的奴隶，为期1年（相当于凡人的8年）。期满之后，阿瑞斯赐他以自由，并将自己和阿佛洛狄忒的女儿哈耳摩尼亚许给他为妻。婚礼庆典在卡德墨亚举行，诸神都前来做客。新娘收到的礼物中有她丈夫所送的一件袍子和一条项链。项链是赫淮斯托斯打造并送给卡德摩斯的，它将在忒拜传说中扮演重要的角色。卡德摩斯和哈耳摩尼亚生了四个女儿：伊诺、塞墨勒、奥托诺厄和阿高厄。我们已在本书第10章和第13章中讲述过她们以及她们的丈夫和儿子们的故事。

尽管卡德摩斯和哈耳摩尼亚的女儿们命运悲惨，但他们夫妇二人却统治了很长时间，教化了他们的人民，并教他们学习书写。他们后来去往希腊西北部。卡德摩斯在那里成为伊利里亚（Illyria）国王。在他们生命的最后，二人都变成了无害的巨蛇（这是根据欧里庇得斯和奥维德的记载。阿波罗多洛斯的说法则是宙斯将卡德摩斯夫妇送去了乐土）。卡德摩斯夫妇深受其后代敬仰。他们离开卡德墨亚也并非因为某种恶行或是不幸，而是他们从凡人晋升为英雄乃至神祇的标志。

拉布达科斯和吕科斯的家族

继卡德摩斯之后成为国王的，是他的外孙彭透斯，即阿高厄的儿子。我们已在本书第13章中讲述了彭透斯的不幸命运。彭透斯死后，拉布达科斯（他很可能是卡德摩斯的孙子）建立了一个新的王朝。据说他效仿了彭透斯的做法，招致自己的灭亡。他尚在襁褓中的儿子拉伊俄斯成为他的继承者。拉伊俄斯的曾叔祖吕科斯先是担任摄政，后来又自立为王，并统治了20年。吕科斯的父亲是五个地生人之一，名叫克托尼俄斯（Chthonius）。关于吕科斯的家族，有一个重要的传说。他兄弟的女儿安提俄珀为宙斯所爱慕。为了躲开父亲倪克透斯（Nycteus）的怒火，她在怀孕期间逃到了西库翁（Sicyon，伯罗奔尼撒北部城市）。倪克透斯在绝望中自杀，随后他的兄弟吕科斯攻打了西库翁并夺回了安提俄珀。

安提俄珀在玻俄提亚的某个地方生下了一对双胞胎儿子。他们被抛弃在那里等死。一名牧人发现了这两个孩子，给他们分别起名叫安菲翁和仄托斯。仄托斯成了一名老练的牧人，而安菲翁则是一名乐手，弹奏神祇赫尔墨斯送给他的一把里拉琴。多年之后，安菲翁、仄托斯与他们的母亲相逢并认出了她。安提俄珀先前被吕科斯和他的妻子狄耳刻囚禁，此时已从牢笼中逃脱。两兄弟杀死了吕科斯，并将狄耳刻绑在一头公牛的双角上，让她被公牛拖死，为安提俄珀报了仇。狄耳刻的鲜血洒落的地方冒出了泉水。这处泉水位于忒拜，以狄耳刻的名字命名。

此后，安菲翁和仄托斯成为卡德墨亚的统治者，并放逐了拉伊俄斯。他们还为这座城市建起了城墙。安菲翁用他的里拉琴奏出音乐，令砌墙用的石头自己移动到位。安菲翁娶尼俄柏为妻（我们在本书第238页讲述了她的故事），仄托斯则娶了忒柏（Thebe）。这座新筑城墙的城市也由此被改名为忒拜。

吕科斯家族的故事重复了卡德摩斯故事中的母题。为卡德墨亚筑墙并重新命名它，这正呼应着卡德摩斯对这座城市的创建。此外，正如卡德摩斯与哈耳摩尼亚对他们的子民实施教化，安菲翁的音乐也展现了美与和谐对没有生命的散乱石块的征服之力。

拉伊俄斯

安菲翁和仄托斯在统治忒拜多年之后去世。被放逐的拉伊俄斯归来，夺回了他在襁褓中失去的王位。在被放逐期间，他受到厄利斯国王珀罗普斯的热情款待。在那个世界里，宾主关系是人们之间最神圣的关系之一。拉伊俄斯却爱上并劫走了珀罗普斯之子克律西波斯，由此为他自己和他的后裔招来了诅咒。在他的已佚悲剧《克律西波斯》中，欧里庇得斯将拉伊俄斯称为"第一个爱上同性的希腊男子"。在欧里庇得斯时代的雅典男子中，这种同性恋爱行为则是可以接受的。大流士画师在那个双耳瓮上描画的场景，正表现了拉伊俄斯的粗暴和珀罗普斯、克律西波斯父子的悲哀。在被劫走之后，克律西波斯选择了自杀。当拉伊俄斯为他和妻子伊俄卡斯忒将来的孩子求取德尔斐神谕时，阿波罗就预言了诅咒将如何在拉伊俄斯家族的第一代中变成现实。

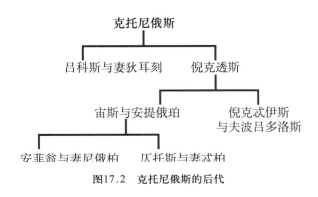

图17.2　克托尼俄斯的后代

以下就是神谕给出的回答（索福克勒斯《俄狄浦斯王》剧情梗概）：

> 我将许你一个儿子，但你注定被他杀死。这是宙斯的意志。你劫走了珀罗普斯的儿子，令他遭遇苦难。这就是你的报应。正是珀罗普斯祈求这一切发生在你的身上。

拉伊俄斯和伊俄卡斯忒之子俄狄浦斯

在儿子出生之后，拉伊俄斯试图避开神谕所预言的命运，下令用长矛贯穿婴儿的足踝，并将他抛弃在喀泰戎山上。领受任务的仆人却怜悯这个婴儿，将他托付给一名科林斯牧人（因为忒拜和科林斯两城的夏牧场以喀泰戎山为界）。牧人又将婴儿带给他的主人、科林斯国王波吕玻斯（Polybus）。波吕玻斯和他的王后墨洛珀（Merope）将这个孩子当作自己的儿子养大。由于足踝受伤的缘故，他被称为俄狄浦斯（意思是"肿脚"）。

多年之后，在科林斯的一次宴会上，一名喝醉酒的伙伴嘲笑俄狄浦斯，说他不是波吕玻斯的亲生儿子。这一羞辱很快传遍全城。在恐惧和耻辱中，俄狄浦斯离开了科林斯，前往德尔斐求助于神谕，

图17.3　《俄狄浦斯和斯芬克斯》（*Oedipus and the Sphinx*）
一个阿提卡红绘杯的内部图案，作者为俄狄浦斯画师（Oedipus painter），约公元前470年。图中俄狄浦斯穿着旅者的装束，正在思索斯芬克斯的谜语。斯芬克斯蹲在爱奥尼亚立柱上，长着双翼，有着女人的头部和狮子的躯干及尾巴。

问询他的父母是谁。神谕在回答中警告他要远离自己的故土，因为他必将杀死自己的父亲，并娶母亲为妻。于是，俄狄浦斯决定不再回到科林斯，而踏上了从德尔斐通往忒拜的道路。在与伊俄卡斯忒的对话中，他亲口讲述了随后发生的事情（索福克勒斯《俄狄浦斯王》[*Oedipus Tyrannus*] 800—813）：

> 我在旅行中来到一个三岔路口。一名信使和一个坐马车的人（此人形象正似你所说的）阻住了我的去路。他们粗暴地把我赶到路边。我在气愤中打了那个要将我推开的驾车人。那老人见我从他身边经过，便用两个尖头的刺棍打我。可是他

为此付出了代价，立刻挨了我这只手中的棍子，很快就从车上滚下来。我把他们全部杀死。[1]

那个俄狄浦斯没有认出的老人正是拉伊俄斯。珀罗普斯的诅咒应验了。

俄狄浦斯和斯芬克斯

就这样，俄狄浦斯来到了忒拜。这座城市此时正陷于灾难之中，这不光是因为国王的死，还因为赫拉派来的一头名叫斯芬克斯（Sphinx，意为"扼杀者"）的怪物。这怪物生有女子的面容和狮子的身躯，还有飞鸟的双翼。它从缪斯那里学到了一个谜语，用来考问忒拜人。无法猜对谜底的人统统被它吞吃。预言宣称只有当谜题被人解开，忒拜才能摆脱斯芬克斯的魔爪。谜语是这样的："什么东西只有一个名字，却有时四条腿，有时三条腿，有时两条腿？"[2]没有一个忒拜人能猜中谜底。绝望中的摄政王克瑞翁（墨诺叩斯[Menoeceus]①之子，伊俄卡斯忒的哥哥）宣布能解开谜题的人可以获得忒拜王位，并能娶他的妹妹为妻。俄狄浦斯成功了。他给出的回答是："谜底就是人，因为人在婴儿时四足爬行，在壮年时两足行走，在垂暮时将拐杖当作第三条腿。"听到答案的斯芬克斯纵身跳下了忒拜的卫城。俄狄浦斯成为忒拜国王，并迎娶了孀居的王后，也就是他的母亲。

---

① 指墨诺叩斯一世。克瑞翁的儿子也叫墨诺叩斯，在七将攻忒拜期间为保住忒拜城而献祭自杀。

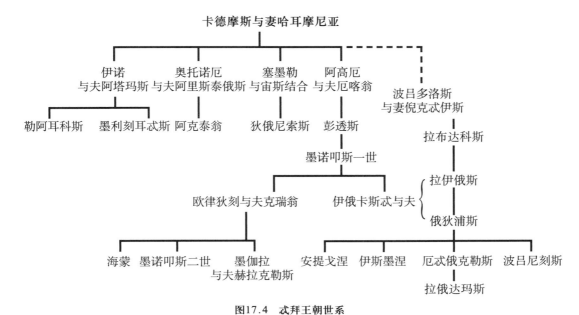

图17.4　忒拜王朝世系

俄狄浦斯身份的公开

　　阿波罗的预言由此得到应验，接下来就只待真相大白于天下。关于俄狄浦斯的命运，一共有三个版本，其中两个来自荷马，一个来自索福克勒斯。根据荷马的讲述，厄庇卡斯忒（Epicasta，荷马对伊俄卡斯忒的称呼）同自己的儿子结婚，随后"众神很快让凡人们知晓了这一切。俄狄浦斯在忒拜郁郁地继续自己的统治，厄庇卡斯忒则坠入哈得斯的冥界，被一根吊索悬在高峻大殿的屋顶上"（《奥德赛》11.271）。《伊利亚特》中则提到俄狄浦斯死于战场，而替他生育儿女的，是另一个妻子。

　　然而，最为广泛接受的故事则是后来索福克勒斯的版本。在这个版本中，俄狄浦斯和伊俄卡斯忒幸福地生活在一起，伊俄卡斯忒还为他生育了两儿两女，儿子们分别名叫波吕尼刻斯和厄忒俄克勒斯，女儿则是安提戈涅和伊斯墨涅。许多年之后，

一场瘟疫降临在忒拜。来自阿波罗的神谕告知忒拜人：是他们国家的不洁带来了这场瘟疫，因为杀害拉伊俄斯的凶手还在他们中间。正当此时，波吕玻斯去世了，将消息带到忒拜的信使同时也带来了科林斯人的邀请：他们希望俄狄浦斯成为科林斯国王。俄狄浦斯此时仍相信墨洛珀是他的母亲，拒绝回到科林斯。然而这名信使正是当年喀泰戎山上那个牧人。当襁褓中的俄狄浦斯被遗弃在山上时，正是他接受了俄狄浦斯。信使尝试说服俄狄浦斯，说俄狄浦斯实际上并非墨洛珀和波吕玻斯的儿子。于是俄狄浦斯派出人去，找来了当年奉拉伊俄斯之命将他初生的儿子遗弃在喀泰戎山的那个仆人。这个仆人正好也是拉伊俄斯被杀时现场唯一的幸存者。真相由此被揭开。下面是索福克勒斯对俄狄浦斯发现真相那一幕的描述。在对话中，他当着信使的面，正在诘问已经知道真相的仆人（《俄狄浦斯王》1164—1185）：

图17.5 《俄狄浦斯与斯芬克斯》（*Oedipus and the Sphinx*）

布面油画，居斯塔夫·莫罗（Gustave Moreau）[a]画，81.25英寸×4.25英寸，1864年。画中的斯芬克斯抓住了俄狄浦斯，准备把他撕成碎片（如同在俄狄浦斯之前遇到斯芬克斯的那些人的命运。画面前景中正是这些人的遗骸），而俄狄浦斯紧张地注视着她。与安格尔作于1808年的那幅《俄狄浦斯与斯芬克斯》一样，莫罗的作品也将场景设置在忒拜城外的山间（两幅画的背景中都可以隐约看到忒拜城），但莫罗画出了怪物的整个躯干，还画出了一个盘着毒蛇的柱子。柱子顶部是一个用格里芬（griffin）[b]头部形象装饰的古瓶。瓶子的造型取自皮拉内西（Piranesi）[c]的雕刻作品。画中人与怪物的紧密身体接触使得俄狄浦斯的遭遇更富于紧张感。这幅画是莫罗最著名的作品，不论是赞扬者还是批评者都无法忽视。它甚至引起了讽刺漫画家的注意（参见杜米埃[Daumier][d]对这幅画的解说中的一句话："一只赤着两肩的猫咪，加上一个女人的脑袋。这就是斯芬克斯吗？"）。

---

a. 居斯塔夫·莫罗（1826—1898），法国象征主义画家。

b. griffin，亦作 griffon 或 gryphon，希腊神话中的狮鹫，有狮子的身体和鹰的头、喙和翅膀。

c. 皮拉内西（1720—1778），意大利雕刻家和建筑师。

d. 杜米埃（1808—1879），法国画家、讽刺漫画家、雕塑家和版画家。

俄狄浦斯：[将孩子交给你的]是这些公民中的哪一个？[那孩子]又是哪一家的？

仆人：诸神在上，请不要再逼问我了。

俄狄浦斯：你若让我再多问一遍，你的命就保不住了。

仆人：那好吧。那孩子是拉伊俄斯家的。

俄狄浦斯：是他的奴隶？还是他自己的孩子？

仆人：天哪，我就要讲出那可怕的秘密了！

俄狄浦斯：我就要听到这秘密了，而我不得不如此。

仆人：是这样的，人们说他是拉伊俄斯的儿子。但是宫里的那位夫人——你的妻子——最知道这是怎么一回事。

俄狄浦斯：那么，是她将那孩子交给你的了？

仆人：没错，我的主上。

俄狄浦斯：她为何要这样做？

仆人：好让我杀了这孩子。

俄狄浦斯：这愁苦①的女人为何如此？她不是这孩子的母亲吗？

仆人：没错，但她害怕那神谕所预言的坏事。

俄狄浦斯：那神谕预言了什么？

仆人：预言说这孩子会杀死他的父母。

俄狄浦斯：那你为何又将那孩子交给了这位老人？怎么回事？

仆人：我怜悯这孩子，主上。我以为这人会将他带去异邦，带去自己的家乡。但是这人救了他，反而让这坏事变得更坏

了。因为，如果你就是这人口中所说的人，那我得说，你生来就是注定的苦命。

俄狄浦斯：天哪！天哪！真相大白了。光明啊，我最后再看你一眼。我生于不应当生我的父母之家，娶了我不应当娶的人，还杀害了我不应当杀的人！

　　俄狄浦斯陷入的可怕困境，在这残酷的对话中得到了有力的展现。因此，索福克勒斯的版本也理所当然地胜过其他所有说法。[3] 当俄狄浦斯询问仆人之时，知道了真相的伊俄卡斯忒早已走进王宫，自缢身亡。俄狄浦斯奔回宫中，看到伊俄卡斯忒的尸身，于是用她袍子上的别针刺瞎了自己的双眼。克瑞翁再次成为摄政王，而俄狄浦斯则遭到放逐。这正应验了他早先（还不知情时）对杀死拉伊俄斯的凶手所发出的诅咒，也遵从了阿波罗的神谕。

《俄狄浦斯王》的尾声

　　在索福克勒斯的悲剧中，双眼已盲的俄狄浦斯上场之后还有234行（占全剧的15%）。现代读者和观众很可能会觉得：既然他的身份已经揭晓，这234行就显得画蛇添足了。然而这种印象并不正确。在他的哀悼中，在他与歌队、克瑞翁的对话中，俄狄浦斯才真正确立了自己英雄形象的高度。这部悲剧最重大的主题就在于人与神之间的关系，以及随之而来的人应当如何面对或把握神明意志所促成的事件的问题。早在俄狄浦斯发现真相之前，观众就已经知晓他寻找凶手的最终结果。悬念的一部分在于，我们并不知道他会如何面对这一发现。他自刺双目的举动并不能成为故事的结局：索福克勒斯转而展

---

① 原引文如此。其他译本多解作"狠心"。

示这一举动如何开启了这位英雄的下一段生涯。在新的旅程中，他接受了神明的意志，同时又不放弃自己的尊严和独立，证明了自己作为人的价值。他对歌队这样呼喊道（《俄狄浦斯王》1329—1335）：

> 是阿波罗，是阿波罗使我遭受这不幸。
> 但刺瞎我［双眼］的不是别人，是悲苦的
> 我自己。这世上再没有美好的东西给我看，
> 我要这双眼又有何用？

俄狄浦斯承认了神的力量，也接受了神的意志无可逃避的事实。但他同时也没有忘记自己的责任：违背神圣律法而犯下罪孽的，是他本人；刺瞎他的，也是他本人。此外，尽管此时处境悲惨，他仍没有忘记命令克瑞翁（见第1446行："这是我对你的命令……"）掩埋伊俄卡斯忒，将自己从忒拜放逐（他决定自己不应被葬在忒拜），并让他与女儿安提戈涅、伊斯墨涅相见。在此剧的最后，当俄狄浦斯被人引回宫中时，两个女儿又被从他身边带走。

要理解索福克勒斯对这个故事的解读是何等崇高，我们可以回顾剧中伊俄卡斯忒否定阿波罗的预言的段落。她以为，俄狄浦斯所讲述的拉伊俄斯之死的细节证明了神谕并不正确（《俄狄浦斯王》857—858）：

> 今后我再不为神谕的指示而左顾右盼了。

代表着忒拜（或任何信奉神明的希腊城市）普通公民声音的歌队受到了惊吓。他们（确定地）表明自己不会抵抗注定的命运，因为命运的律法是宙斯所立，永不会消亡，而凡人却会衰老，会死去。拒绝宙斯的律法就是犯下傲慢之罪（这傲慢将带来骇人的暴力），并成为暴君。他所在世界中凡间和神圣事物的正当秩序就将陷入混乱。于是，歌队唱道：他们永不会为表现这样的罪行而歌。剧中歌队所得出的结论广为传颂（《俄狄浦斯王》893—896）：

> 一个人若做出这样的事［即无视神明的律法］，他如何能让自己的灵魂躲过［宙斯的］箭镞？如果这样的作为竟值得赞颂，我又何必在这队中歌舞？

唱出这些诗行之后，歌队祈求宙斯展现自己的神力——如果阿波罗的预言都得不到尊重，那宗教（以及诸神的力量）就再无意义。

在歌队合唱之后，索福克勒斯带来了精彩的戏剧性转折：他立即让此前宣称阿波罗的预言毫无用处的伊俄卡斯忒上场。伊俄卡斯忒仍旧信奉这位神祇，但不再相信那些预言，因为她相信，这些预言是由他那些虚妄的预言者所传达。伊俄卡斯忒在阿波罗的神坛献祭，却毫无用处。令人讽刺的是，她的祈求很快得到了回应，那就是科林斯信使到来的消息。这位信使引发了此后的各种事件，并最终导致伊俄卡斯忒的死亡。俄狄浦斯身份揭晓的过程不可阻挡，直至它注定的高潮。

现在再回到悲剧的最后场景，我们可以看到：宙斯的力量得到了验证，但随之而来的，还有英雄在面对宙斯意志所能带来的最坏命运时仍然保留自己尊严的可能。在戏剧的最后几行，歌队唱出了索福克勒斯作品中一再出现的诗句（《俄狄浦斯王》1528—1530。此外，希罗多德在克洛俄索斯的故事中也有这样的话，参见本书第6章）：

> 不要说一个人是幸福的，除非他毫不受苦地走到生命尽头。

正如阿波罗在德尔斐所预言的，宙斯的意志胜利了。然而俄狄浦斯也没有失败。他证明了自己身为凡人的伟大，也没有在绝望中放弃。

索福克勒斯的《俄狄浦斯在科罗诺斯》

索福克勒斯在公元前406—前405年间去世，享年约90岁。公元前401年，他的最后一部剧作《俄狄浦斯在科罗诺斯》由他的孙子搬上了雅典的舞台。[4]《俄狄浦斯在科罗诺斯》是索福克勒斯作品中篇幅最长的一部，也是一次深刻的沉思。沉思的对象则是暮年人在历经成功与失败、苦难与幸福之后，从一生际遇中获得的智慧。这部新剧进一步发展了上演于公元前428年左右的《俄狄浦斯王》中的主题：它让英雄俄狄浦斯在科罗诺斯这个村庄附近走向他神秘而光辉的生命终点，而科罗诺斯正是索福克勒斯本人的出生地。

作为被放逐者和乞丐流浪多年之后，俄狄浦斯在安提戈涅的陪伴下来到科罗诺斯，拉开了这部悲剧的序幕。他被一个科罗诺斯村民告知：这里是大地与黑暗的女儿、复仇三女神欧墨尼得斯的圣地，也是波塞冬和普罗米修斯的神坛所在。这个村民离开俄狄浦斯去找雅典的国王忒修斯。俄狄浦斯则向欧墨尼得斯祈祷，希望她们结束他的流浪和他的生命。这样的结局已为阿波罗所预言，在《俄狄浦斯王》尾声部分俄狄浦斯与克瑞翁的对话里也有暗示。由此，索福克勒斯以这一宏大的开场设定全剧的基本情节：剧情高潮将出现在英雄的生命结束之际。

由科罗诺斯的老人们组成的歌队上场了，并了解到这名外乡人的身份。他们自然认为这人将给他们的家园带来灾祸。在接下来的场景中，俄狄浦斯

从漫长一生的尽头回顾了自己的罪孽。他说道（《俄狄浦斯在科罗诺斯》265—274）：

> 我的身体[的状况]和我的作为都非我所有。[1] 只要我提起发生在我父母身上的事，你们就会知道：我是自己过失的受害者，而非害人者。我很清楚，你们就是因为这些事而害怕我。然而，我是先受害，再回击的，这如何能证明我的天性是坏的呢？即使我是明知而为，我也不能算是作恶者。[2] 何况事实是：我并不知道我所到的是什么地方，而那些害我并要毁灭我的却一清二楚[指诸神]。

由此，关于俄狄浦斯是有罪还是无辜的难题，索福克勒斯在此剧中进行了比在《俄狄浦斯王》中更深入的探讨。通过确立俄狄浦斯的无辜形象，他着手在俄狄浦斯生命的终点赋予他（宗教意义上的）英雄地位，同时又并未弱化他的弑父和乱伦罪过给我们（由科罗诺斯村民们组成的歌队所代表）带来的恐惧。欧墨尼得斯在此剧中的出现，让索福克勒斯的解决办法显得更加有力，因为她们正是那可怕的复仇女神厄里倪厄斯，专司追索和惩罚那些对自己亲族犯下罪行的人。[5] 复仇正好发生在她们的圣地。俄狄浦斯在歌队上场之前就向她们祷告，此后又听从歌队的教导再次祈祷（《俄狄浦斯在科罗诺斯》486—487）：

> 既然我们称她们为慈悲女神，你便祈祷她们慈悲为怀，做你这衰告者的救星。

---

① 原引文如此。Sir Richard C. Jebb 英译本和罗念生汉译本此句均解作"其实你们并不害怕我这人和我的行为"。

② 指俄狄浦斯在三岔路口遇到拉伊俄斯，在反击中将对方杀死的事。

戏剧的情节因此与俄狄浦斯罪孽的解除交织在一起。这使他最终得到了公正的评判，使他在奇迹般从凡间消失之前得以掌握自己生命的最后一幕。

忒拜国王克瑞翁带着武装的侍从出现。他先是劝说，后来又试图用武力迫使俄狄浦斯回到忒拜。为了制服俄狄浦斯，他甚至劫持了安提戈涅和伊斯墨涅。但在克瑞翁出现之前，雅典国王忒修斯早已允诺为俄狄浦斯提供保护，因此俄狄浦斯安然无恙。忒修斯出场之时，两名女子刚刚被带走，然而他又派出士兵将她们夺回。与此同时，克瑞翁试图在忒修斯、歌队和俄狄浦斯面前为自己辩解。作为回答，俄狄浦斯发表了雄伟的演说，堪称对自己行为最详细的辩护。我们在这里翻译了大部分内容（《俄狄浦斯在科罗诺斯》962—1002）：

> 谋杀、乱伦、灾祸，这些指控从你口中抛出。而我并非情愿遭逢这些事，因为它们都是神明的意志，而神明对我家族的怒火或许早在几代人之前就开始了。至于我自己，我虽对自己和我的家人做下恶事，你却永不能归罪于我。你来告诉我，若是神谕预言说 [我的] 父亲必被他的孩子杀死，你有什么理由称我有罪呢？其时我母亲尚未从我父亲那里受孕，我尚未生在娘胎里。何况，如果我是一个生而不幸的苦人（而这千真万确），当我与我父亲争斗并将他杀死，却不知道自己做了什么，也不知道我所杀死的人是谁，你又有什么理由谴责这非出本心的作为？
>
> 再者，你这卑鄙的人逼我提起我母亲（也就是你妹妹）的婚事，竟不觉得羞耻！我要说，我不会闭口不言……她生了我。

没错，她让我这苦命的人降世。我是她的儿子，她不知道，我也不知道。她生了我，又给我生下孩子，给自己带来耻辱。但是我知道一件事：你声称我是有意做出这些事，以中伤她，也中伤我 [①]；而我娶她时却不知情，在此说起这些事也不是出自本意。你找不到我的过错，不论在这桩婚事上，还是在我杀害父亲的事上——虽然你不断提起它，发出恶毒的指控。我只问你一个问题：如果你是一个正直的人，而有人走过来要杀你，你会问这杀人者他是不是你的父亲吗？还是会立即对他还击？在我看来，如果你爱惜自己的性命，你会向这罪犯还击，而不会问这行动合不合法。

这就是我在神明的操纵下走上的路。就算我父亲复生，我想他也不会不同意我的话。但你却不是一个正直的人。你以为一切都可以拿出来谈论，无论是那该说的还是那不该说的，又当着这些人的面对我提出这些指控。

在发言的最后，俄狄浦斯请求欧墨尼得斯站在他和他的保护者忒修斯一边（《俄狄浦斯在科罗诺斯》1010—1013）：

> 我呼唤这些女神，我以祈祷恳求她们前来帮助我，保护我，好让你 [克瑞翁] 知道保卫这城邦 [雅典] 的，都是什么人。

克瑞翁离开了。忒修斯的士兵们带回了安提戈

---

① 原引文如此。Sir Richard C. Jebb 译本和罗念生译本此句均解作："你是有意中伤她，也中伤我。"

涅和伊斯墨涅。但此时俄狄浦斯又面临着另一个威胁：他的长子波吕尼刻斯从阿尔戈斯到来，打算和六个勇猛的盟友去夺回忒拜的王位，请求父亲祝福并一道前往。在波吕尼刻斯出现之前，忒修斯已经允诺绝不让任何人强迫俄狄浦斯离开，因此我们知道波吕尼刻斯无法如愿。发生在波吕尼刻斯和俄狄浦斯之间的这一幕富有震撼人心的力量。尽管俄狄浦斯双目已盲，只是一个流浪的乞丐，但他仍是一位父亲，拥有祝福或是诅咒儿子的权威。

波吕尼刻斯做了一篇自私的长篇大论，描述了自己即将对母邦进行的征伐。[6] 他知道，俄狄浦斯站在哪一边，哪一边就能获胜。因此，他许诺让俄狄浦斯重归忒拜。俄狄浦斯的答复则是申斥与责骂中的杰作。他指出了谁才是真正违反家族中不成文法律的罪人，而这一指控正是他对克瑞翁发表的演说中所回应的。他这样说道（《俄狄浦斯在科罗诺斯》1354—1364）：

> 当初你执掌权力统治忒拜，正如你的
> 兄弟现在一样。正是你将我，你的父亲，
> 赶了出来，使我成了流落他乡的人，使我
> 穿上这些你现在看着也会流泪的破衣。如
> 今你也和我一样陷入困境，遭遇灾祸。它
> 们不能让我流泪，我活一天就要忍耐一天，
> 同时也不会忘记你正是毁灭我的凶手。你
> 让我在苦难中度日，将我赶出了家门；你让
> 我四处流浪，靠着每日乞讨才能果腹。

俄狄浦斯与两个儿子断绝了关系，将他们与真心忠诚于他的安提戈涅和伊斯墨涅做对比。他提醒波吕尼刻斯，自己多年前就已经诅咒过他，并预言波吕尼刻斯对忒拜的进攻将会失败。俄狄浦斯再一次发出了他的诅咒（《俄狄浦斯在科罗诺斯》1383—1396）：

> 滚开吧，你这令我厌弃的东西！你不
> 是我的儿子，你是坏人中最坏的。带着我为
> 你召请的这些诅咒走吧。你永远不会靠着武
> 力征服你的故乡，也永不能回到阿尔戈斯的
> 山谷。愿你死于你的兄弟之手，但也将这驱
> 逐你的人 [你的兄弟] 杀死！这就是我的诅
> 咒。愿你坠入那黑暗可怕的塔耳塔罗斯，我
> 的先祖们所去的地方，而不是你的家邦。我
> 要请这几位女神 [指欧墨尼得斯] 助我，请
> 那曾在你们二人间激起深仇大恨的战神助
> 我。听完这些话就滚吧！告诉所有忒拜人，
> 也告诉你那些忠诚的盟友：俄狄浦斯给他的
> 儿子们留下的东西就是这些。

在离开之前，波吕尼刻斯拒绝听从安提戈涅让他放弃出征的请求。通过安提戈涅的感人言辞，索福克勒斯暗示了她的命运：她将遵从宙斯的不成文律法去埋葬她的兄弟，从而被迫违反人间的法律，并因此而死。这正是索福克勒斯的悲剧《安提戈涅》中的情节。

俄狄浦斯的结局

《俄狄浦斯在科罗诺斯》回顾了俄狄浦斯的罪过，并证明了他对自己亲人所犯下的罪并非出于故意。这部悲剧还让人们看到，他的两个儿子之间那将导致他们毁灭的仇恨，并预示了安提戈涅悲剧性的自我牺牲。俄狄浦斯在这部剧中来到科罗诺斯，并受到国王

忒修斯的世俗权力和欧墨尼得斯的神圣权力的双重保护。然而，还有一件事仍待解决，那就是俄狄浦斯在人间的生命终点。雷声在波吕尼刻斯离开之际响起。俄狄浦斯知道这意味着他自己的结局来临了。忒修斯再度上场。俄狄浦斯此时清楚地知道自己身处何地，掌握了主动，而他的内心也已归于平静。他领着忒修斯和两个年轻的女子走向他的生命即将终结的地方，祝福了忒修斯和雅典城，只对忒修斯提出了一个请求：不要告诉旁人他从何处消失。

　　一名作为见证人的信使讲述了接下来发生的事。这一段话清楚地显示了索福克勒斯如何看待凡人俄狄浦斯与英雄俄狄浦斯之间的关系，因此我们在此给出完整的段落。诗人对事件发生的地点进行了细致的描述，这是因为一位英雄总要和一处确定的地方联系在一起。他将俄狄浦斯的离世归因于来自地下的力量（此处他使用"克托尼俄斯"［Chthonius］这一称号来称呼宙斯，意思是"地下的宙斯"）。然而在这奇迹之后，忒修斯仍恰如其分地对地下和天上的神力都表达了他的崇拜。这是因为英雄也是希腊神祇行列中的一员，而这个行列中既有天神，也有来自地下的神。俄狄浦斯的离世并不令人悲伤，而是一个奇迹。这个奇迹象征着他将以善意回报这个自己从凡人眼中消失的地方，将以英雄的力量对那些崇拜他的人呈现奇迹。下面就是索福克勒斯的描述（《俄狄浦斯在科罗诺斯》1587—1665）：

　　　　你知道，他离开这里时不但不要朋友领路，反而给所有人领路。那处沟壑深陷在地里，有着铜质的阶梯，还有许多条岔道。他来到沟壑的崖边，停在其中一条路上。那里靠近一个凹坑，忒修斯和庇里托俄斯订立的盟约就永远保留在那坑里。他

的周围是托里科斯①岩石、中空的野梨树和一座石墓。他在这里坐下来，脱去他覆满尘土的衣袍，然后呼唤他的女儿们，吩咐她们从溪流中打水给他，做沐浴和祭拜之用。于是她们前往旁边那高出此地的山冈——这山属于给大地带来青翠的神祇得墨忒耳，并很快带回她们的父亲所索求的水。随后她们就照着礼俗为他洗沐，给他穿上衣袍。他对她们的效劳无不满意；他的心愿都得到满足。这时地下的宙斯就发出雷声。两个姑娘听见这雷，吓得发抖。她们抱住父亲的双膝哭泣，不断捶打胸膛，哀号悲叹。他听到这样的悲啼，立即伸出双臂抱住她们，说道："我的孩子，今天你们的父亲就要去了。所有属于我的东西都走到了尽头。你们不必再为供养我而劳作。我知道那是辛苦的事。然而只要一个字就可以消除这全部的辛劳，那就是爱。没有人比我更爱你们。从今往后，你们就要过没有我的日子了。

　　他们就这样紧抱在一起，同声哭泣。等他们哭够了，安静下来，突然有一个声音呼唤他。所有人都感到害怕，毛发都竖起来。那是神一再召唤他。"俄狄浦斯，俄狄浦斯，"那声音说，"我们为什么还不走？你已经耽搁得太久了。"俄狄浦斯知道这是神的召唤，于是他将国王忒修斯叫过来。当忒修斯走近他身边，俄狄浦斯说："亲爱的朋友，请你向我的孩子们伸出手

---

① 当地一个乡区的名字，也是得墨忒耳在伪装成老妇人时提到的自己的登陆地。参见本书第14章。

来，郑重地起誓。孩子们，你们也把手伸
给他。忒修斯，请你发誓绝不故意背弃这
两个女子，只做对她们有益的事。"忒修斯
是一个高贵的人，对此毫无怨言，起誓答
应了友人的请求。

在这之后，盲眼的俄狄浦斯便用双手
摸着他的孩子们，说道："我的女儿，你们
必须果断地离开这里，不要请求目睹不该
你们看的，听到不该你们听的。快走吧，
我只要忒修斯国王一个人留下来，见证将
要发生的事。"

我们所有人都听到他的话，流着眼泪，
在悲泣中同两个姑娘一起离开。我们在启
程之后回头看，俄狄浦斯已经不在那里了。
我们只看到忒修斯用手捂住眼睛，好像看
到什么不忍目睹的可怕景象。不过很快我
们就看到他开始敬拜大地和众神所居的奥
林波斯山，用同样的话发出祷告。

俄狄浦斯是怎样死的，除了忒修斯，
没有一个人知道。让他消失的，既不是神
明发出的霹雳，也不是海上来的旋风。也
许是诸神的信使带走了他，也许是深广的
大地开了裂缝，仁慈地让他无痛而终。他
离去时没有悲伤，没有病痛的折磨。这不
是凡人的死，而是一个奇迹。

就这样，俄狄浦斯变成了一位英雄，为他最后
所在的国家带来祝福。通过这种方式讲述俄狄浦斯
生命的结束，索福克勒斯也为雅典和他自己的故乡
科罗诺斯带来了荣耀。

俄狄浦斯神话的其他版本

不过，俄狄浦斯的神话仍有其他版本。在本书
第443页我们已经说到过：在荷马的故事里，伊俄卡
斯忒并非俄狄浦斯的子女们的母亲，而俄狄浦斯本
人明显也是战死的。欧里庇得斯的剧作《俄狄浦斯》
保留下来的内容很少，但其中曾提到拉伊俄斯的仆
人们夸口是他们弄瞎了俄狄浦斯。"我们将波吕玻斯
的儿子推倒在地，"他们这样说道，"我们毁掉他的
眼睛，让他变成一个瞎子。"（欧里庇得斯《俄狄浦
斯》残篇541）在索福克勒斯的《俄狄浦斯王》的尾
声，俄狄浦斯被人领进宫中，而在前文中（《俄狄浦
斯王》1446—1454），剧作家又曾暗示俄狄浦斯将
被逐出城外开始流浪，并最终死在喀泰戎山上，就
是他在襁褓中被遗弃的地方。欧里庇得斯的《腓尼
基妇女》（Phoenissae，上演的时间比《俄狄浦斯在
科罗诺斯》早10年左右）中写到当七将攻忒拜发生
之时，俄狄浦斯仍在忒拜宫中，而伊俄卡斯忒也还
在世。在这部剧中，直到俄狄浦斯的两个儿子同归
于尽，而伊俄卡斯忒也扑在他们身上自杀身亡之后，
俄狄浦斯才第一次上场，并被克瑞翁放逐。在尾声
部分，他在安提戈涅的陪伴下离开忒拜，并预言说
他将去往科罗诺斯。从这个意义上说，欧里庇得斯
的版本与索福克勒斯的版本是一致的。俄狄浦斯在
《腓尼基妇女》中的最后陈词里回顾了自己悲惨的一
生（《腓尼基妇女》1758—1763）：

我的光辉家国的人民，你们睁眼看
吧！我俄狄浦斯就在这里。我就是那个解
开难题的俄狄浦斯，曾是人中之雄。我一
个人终结了那凶恶的斯芬克斯的暴行。就

是这个俄狄浦斯，现在却陷入凄凉，要被
剥夺权利，逐出自己的故土。然而何必为
这样的事哀叹？何必徒劳饮泣？凡人总要
忍受诸神强加于他的苦难。

俄狄浦斯神话与精神分析理论

俄狄浦斯的故事是最著名的古典传说之一，这
在很大程度上是因为精神分析学家们对它的运用。
这种运用始于西格蒙德·弗洛伊德在1910年所提
出的"俄狄浦斯情结"。在本书第1章（第8页）中，

我们已经对弗洛伊德的俄狄浦斯神话解读有所节
录。这一解读是所有精神分析方法的基础。至少
在某种程度上，索福克勒斯本人也意识到了俄狄
浦斯情结的存在。剧中的伊俄卡斯忒就曾这样说：
"许多男子都曾在梦中与他们的母亲同寝。"（《俄
狄浦斯王》981）。而我们也已经注意到，希腊的
创世神话中充斥着母子性关系和父子冲突的概念。
索福克勒斯与他的前辈们所关注的是这个神话的
历史、神学以及其他方面的问题。因此，面对那
种将俄狄浦斯传说完全局限在心理学范畴内的做
法，我们应该慎之又慎。当然，精神分析批评也
在许多方面具有深刻的见解。

英雄俄狄浦斯

总体而论，俄狄浦斯是一位典型的希腊英雄。他
的传奇符合本章开初所提出的标准，也符合普罗普对
神话的结构化表述（参见本书第1章，第13—14页）。
《奥德赛》中所讲述的俄狄浦斯故事，重点在于他的君
主身份：他杀死了身为忒拜国王的父亲，继承了父亲
的王位和妻子；在伊俄卡斯忒自杀之后，他继续统治
忒拜，直到战死沙场，正如国王们通常的命运（《伊利
亚特》中提到俄狄浦斯之死时给出的，也许是同样的
暗示）。与厄庇卡斯忒/伊俄卡斯忒的故事不同，早
期俄狄浦斯神话的重点在于他的君主身份，而非他的
乱伦。索福克勒斯似乎突出了乱伦这一主题，由此让
这个神话超越了英雄故事的传统结局——赢得一位新
娘。我们在此处和本书第1章中所讨论的精神分析理论
正是起源于索福克勒斯的伟大悲剧。

在君主身份和家庭关系之外，俄狄浦斯神话同样
突出地表现了英雄的智慧和他对社会产生的影响。在

准备创作他的画时（参见本书图17.5），居斯塔夫·莫
罗曾评论说俄狄浦斯"是一个与无常命运搏斗的成熟
男子"，并以这一主题（而不是弑父和乱伦）作为他在
表现这一神话时关注的焦点。对列维－斯特劳斯和结
构主义者们而言，这个神话则是对各种极端家庭关系
的调和——若非如此，这些关系就难以令人容忍。还
有一些人吸收了结构主义的方法，将神话中的所有变
量都纳入他们的语境。扬·布雷默（Jan Bremmer）就
是一例。他接受了弗洛伊德主义的父子对立概念，将
这个希腊神话视为"对下一代的警示"——警示他们
要尊重自己将要继承的父辈。对弗洛伊德解读的各种
现代想象也许相当有力，也许不无道理，但它们不应
埋没前古典时代希腊社会中的王权对俄狄浦斯神话起
源的影响，也不应无视这一事实：我们现在所知的俄
狄浦斯神话的构成元素来自各种各样的希腊（以及非
希腊）社会。

从表面上看，这部悲剧的情节似乎太过离奇。在被神告知他注定要弑父娶母之后，以王子身份成长起来的俄狄浦斯选择了逃避自己的命运。到他真的杀死了一位老得足够做他父亲的国王，娶了一位老得足够做他母亲、丈夫还刚刚遇害的王后为妻的时候，我们一开始很可能会满腹狐疑，忍不住要提出一个十分肤浅的问题：为什么这个以智慧著称的人却不能得出一些可怕却又显而易见的结论？在尝试回答这个问题的时候，我们会发现那些神秘而普遍的人性真相开始浮现。这是索福克勒斯的艺术所展现的真相，其真实性将渐渐消除我们的怀疑。为了达成他追求光荣、财富和权力的目标，年轻而又冲动的俄狄浦斯相信那些他想要相信，也需要相信的东西。他坚定地相信科林斯的波吕玻斯和墨洛珀是他的父母。这种信念让他确信：那个因为阻拦他而被他杀死的、父亲式的长者不可能是他的父亲，因此他无须追问拉伊俄斯被害的真相。他对于伊俄卡斯忒似夫实子，而伊俄卡斯忒对于他似妻实母。这样的相互吸引变成了一种深厚的爱，既让人震惊，又奇特地令人感到安慰。心理上的升华与压抑让他得以摆脱任何对自己罪行的疑虑。无法辩驳的现实让先前被压抑、被埋藏在潜意识中的东西进入他的意识，迫使他逐渐发现了真相。在真正的精神分析大师索福克勒斯笔下，这一发现的过程具有令人震撼的美。

面对过去与当下，认识到何为自我，勇敢承认自己的真实身份并接受它——这样的力量和坚强是精神分析疗法的基石所在。因此，通过自己的抗争与胜利，俄狄浦斯为每个人树立了一个典范。他在苦难中认识到自我，并获得了肉体上的和灵魂上的救赎。伊俄卡斯忒则无法面对认识自我的后果。死亡成了她结束自己的罪过和苦难的唯一选择。[7]

七将攻忒拜

七将攻忒拜故事的先声

在《俄狄浦斯在科罗诺斯》（1375）中，俄狄浦斯诅咒了波吕尼刻斯。在这篇发言中，他提到了自己早先对厄忒俄克勒斯和波吕尼刻斯这两个儿子的另一个诅咒。根据今已亡佚的早期史诗，当俄狄浦斯被幽禁在宫中时，他的两个儿子有一次为他提供餐食，使用了属于拉伊俄斯的金杯和银桌，从而违背了他的命令。他因此诅咒了他们。后来又有一次，他们分给俄狄浦斯的肉少于一位国王应得的分量。他再次对两个儿子发出诅咒。他的诅咒是：厄忒俄克勒斯和波吕尼刻斯将分割忒拜的国土，将"互相攻伐，无休无止"，最后还要同归于尽。[8] 因此，他在《俄狄浦斯在科罗诺斯》中所发出的，是他对儿子的第三个诅咒。

这些诅咒应验于俄狄浦斯死后或他在世之时（如欧里庇得斯的《腓尼基妇女》中所述）。厄忒俄克勒斯和波吕尼刻斯为忒拜的王位发生了争吵。两人达成的协议是：轮流统治，每人一年；一个人执政期间，另一个人就去流亡。第一年的统治者是厄忒俄克勒斯，而波吕尼刻斯则前往阿尔戈斯，还带走了哈耳摩尼亚的项链和袍子。波吕尼刻斯和另一名流亡者——阿耳卡狄亚的堤丢斯——各自娶了阿尔戈斯国王阿德剌斯托斯（Adrastus）①的一个女儿为妻。阿德剌斯托斯许诺将帮助他们回到自己的国家夺回王位，并决定首先攻打忒拜。这场战争及其后果就是七将攻忒拜这一传说的主题。埃斯库罗斯的一部悲剧也以《七将攻忒拜》为名。

---

① 与第6章中"克洛俄索斯的悲剧"部分提到的阿德剌斯托斯不是同一个人。

其他几部戏剧也讲述了七将攻忒拜的传说，其中包括两部名为《腓尼基妇女》的作品，作者分别是欧里庇得斯和罗马的小塞涅卡。欧里庇得斯的《祈援女》（*Suppliant Women*）和索福克勒斯的《安提戈涅》则讲述了这场战争的后果。关于七将攻忒拜的传说，最完整的描述是罗马诗人斯塔提乌斯的史诗《忒拜战记》。这部史诗创作于 90 年左右，在中世纪和文艺复兴时期的欧洲被广为阅读。

阿尔戈斯军队有七名统帅，除了阿德剌斯托斯、波吕尼刻斯和堤丢斯，还有卡帕纽斯、希波墨冬（Hippomedon）、帕耳忒诺派俄斯和安菲阿剌俄斯。安菲阿剌俄斯拥有预言的天赋，知道七人中只有阿德剌斯托斯能够生还，因此反对这次出征。但波吕尼刻斯却用哈耳摩尼亚的项链贿赂了安菲阿剌俄斯的妻子厄里费勒，让她劝说丈夫改变主意。在出发前，安菲阿剌俄斯嘱咐自己的儿子们为自己的死向他们的母亲复仇，并在七将失败之后再次征讨忒拜。

从阿尔戈斯到忒拜途中发生的事件

在七将的军队抵达忒拜之前，发生了两件事。他们在涅墨亚（距科林斯地峡不远）被许普西皮勒（Hypsipyle）带到一处泉水边。许普西皮勒是当地国王吕枯耳戈斯的幼子俄斐尔忒斯（Opheltes）的保姆（关于许普西皮勒早年和她在伊阿宋传说中的角色，参见本书第 655—656 页）。她将婴儿放在地上，去给阿尔戈斯军队领路，导致婴儿丧生于一条大蛇之口。在欧里庇得斯的悲剧《许普西皮勒》中，吕枯耳戈斯的妻子欧律狄刻想要杀死许普西皮勒，却被安菲阿剌俄斯阻止。后者将许普西皮勒托付给她和伊阿宋的孩子托阿斯（Thoas）、欧内俄斯（Euneos）——这两人刚刚为寻找他们的母亲来到涅墨亚。他们将许普西皮勒带回了楞诺斯岛。七将则

图17.6 《卡帕纽斯》（*Capaneus*）

坎帕尼亚红绘瓶，约公元前 350 年。在画面左侧，卡帕纽斯以左手持火把，右手水平持斧，正在登梯。作者在卡帕纽斯左上方的方格里画出了将毁灭他的雷电。雷电的右侧是两名防守者。右上方的方格中，一名老者手持节杖。老者下方是一个生着双翼的女子，类似伊特鲁斯坎（Etruscan）[a] 神话中的阴间使者万特（Vanth，参见本书图 17.7）。在画面下方，一驾驷马车正从右方驶来。

---

a. 亚平宁半岛伊特鲁里亚地区（Etruria，今意大利中部）的古代文明，约始于公元前 8 世纪，在罗马共和国时期逐渐被罗马人同化。详见本书第 25 章。

杀死了大蛇，并为纪念死去的婴儿举行了竞技会，这就是涅墨亚竞技会（Nemean Games）①的来历。安菲阿剌俄斯将婴儿的名字从俄斐尔忒斯（Opheltes，意为"蛇子"）改为阿耳刻墨罗斯（Archemorus，意为"死亡的引路人"），以此作为他们将来命运的预兆。

在第二次事件中，堤丢斯作为使者被派往忒拜，要求厄忒俄克勒斯遵从他与波吕尼刻斯的协定放弃王位。在忒拜期间，他参加了一次竞技会，并以他的胜利让忒拜人蒙羞。忒拜人在堤丢斯返回阿尔戈斯军队的途中对他发动了伏击。堤丢斯杀死了50名伏击者，只放走一个人，让他回忒拜去报信。

攻打忒拜的失败

阿尔戈斯军队到达忒拜之后，每位统帅各自负责攻打忒拜的七座城门之一。埃斯库罗斯的悲剧《七将攻忒拜》的主体部分，由信使与厄忒俄克勒斯之间的对话构成：信使一一描述七将，厄忒俄克勒斯则一一回答。厄忒俄克勒斯在每座城门也各派遣了一名忒拜英雄防守。在信使的发言中，每个阿尔戈斯英雄的能力都得到鲜活地描述（节选自埃斯库罗斯《七将攻忒拜》375—685）[9]：

> 性如烈火的堤丢斯……发出的咆哮像巨龙在正午嘶吼……他的盾牌纹饰骄狂，是群星照耀下的夜空。盾牌的中间光芒灿烂，有明亮的满月，有最古的星辰，还有黑夜的眼睛……
>
> 卡帕纽斯……是另一个巨人，比刚才说到那个还要高大……他威胁说无论天神是否愿意，他都要攻破这城……他盾牌上

的纹饰是一个赤身的人，只拿着一支熊熊燃烧的火把。这人说出的话被刻成金字，说的是："我必烧此城。"

> 希波墨冬立在雅典娜城门前……他盾牌上的纹饰绝非庸手制成，那是一个堤丰，口中喷出带火的浓烟。盾牌边缘的凹处则缠满了毒蛇……
>
> [阿耳卡狄亚的帕耳忒诺派俄斯]发誓说……他要洗劫这卡德墨亚城……他手持的铜盾上雕着的，是那吃人的斯芬克斯。他用这纹饰来羞辱我们的城市……
>
> 我要说，第六个人是他们中最有德行的一个。他是强壮的安菲阿剌俄斯，最有勇力的先知……他的盾上没有纹饰，因他不想装模作样，只愿真正强大……要对付这个人，我劝你派出一位智勇双全的防御者，因为敬神的人最为可怕。

信使最后描述的是波吕尼刻斯。波吕尼刻斯对他的兄弟发出的威胁最令人畏惧。他的盾上是一个双重的纹饰：一名女子引着一名武士前行（《七将攻忒拜》646—648）：

> 那铭文上说这女子是正义女神，又说："我将使这人回来。他将拥有他父亲的城市，将在这城的宫室中行走。"

通过这样的描写，埃斯库罗斯令人叹服地呈现了七将的英雄形象。七个人的个性都在对他们的盾饰的描写中得到刻画。厄忒俄克勒斯没有被吓倒，也不承认正义女神站在波吕尼刻斯一边，而是披甲准备上阵。他知道他必须杀死自己的兄弟，也知道

这样做就会让俄狄浦斯的诅咒得到应验。当歌队问他是否想要杀死波吕尼刻斯时，他回答道："如果天神要降下灾祸，凡人无处可逃。"

这就是七将开始攻城前厄忒俄克勒斯的最后陈词，它表明诅咒将不可避免地降临在俄狄浦斯的儿子们身上。忒拜的先知忒瑞西阿斯已经预见了七将的失败。他预言说：只要有一个地生人牺牲自己，忒拜城就可以偿还因杀死阿瑞斯的神蛇而欠下的血债，并能因此得到保全。以下是欧里庇得斯所述的忒瑞西阿斯预言中的一部分（《腓尼基妇女》931—941）：

> 这人［指墨诺叩斯］要在那看守狄耳刻泉水的地生大蛇的巢穴处被杀死。[①]他要用自己的血浇灌大地，偿还卡德摩斯取去的水。这是因为阿瑞斯的古老怒火，他要为那地生大蛇的死复仇。如果你们［指克瑞翁和其他忒拜人］这样做了，阿瑞斯就会是你的盟军。如果大地取去你们的果实来偿还她的果实，取去凡人的血来偿还她的血，她就会站在你们一边，因她曾让那些头戴金盔的人从地下长出［指地生人］。这些地生人的后代中必有一人要死。这人乃是那大蛇的子孙。

克瑞翁的儿子墨诺叩斯正是地生人的后代。他自愿为忒拜城付出自己的性命。在欧里庇得斯的剧

中，信使这样描述："他要拯救这个地方，站在城墙的顶上，将黑鞘长剑刺入自己的咽喉，为这座城而死。"（《腓尼基妇女》1090—1092）。墨诺叩斯随后跌下城头，落入大蛇的巢穴。其后战斗中，只有卡帕纽斯成功登上了城墙。他刚刚到达城墙顶端，就开始夸口说就算宙斯也不能阻止他。索福克勒斯有这样的描述：由于卡帕纽斯的渎神言辞，"当他立在护墙上发出胜利的咆哮时，宙斯从天上降下火焰，将他从城头抛下。他在暴怒的攻击中发出疯狂的怒吼，却从空中飞落，落在坚硬的地面"（《安提戈涅》131—137）。

厄忒俄克勒斯和波吕尼刻斯在一对一的决斗中同归于尽。斯塔提乌斯在其史诗《忒拜战记》的第11卷中详细地讲述了这一场战斗。即使双双战死，两人的仇怨仍未了结。在斯塔提乌斯的想象中，战斗结束后，安提戈涅想要在火化厄忒俄克勒斯的同一地点焚烧波吕尼刻斯的尸身，然而她点起的火焰却分成两股，令她在恐惧中哭喊起来。这一幕象征了兄弟二人之间不解的仇恨。

至于七将中的其他英雄，希波墨冬、帕耳忒诺派俄斯和堤丢斯都死在了战场上。（堤丢斯受到雅典娜的眷顾，本来可以永生。但他却生吃让他受了致命伤的敌人的脑浆，这让女神收回了自己的恩赐。）

根据欧里庇得斯的悲剧《祈援女》中的情节，阿德剌斯托斯和七将的母亲们前往厄琉西斯（位于阿提卡）请愿。在忒修斯的母亲埃特拉（Aethra）的帮助下，他们说服忒修斯进攻忒拜，并为死去的阿尔戈斯人举行光荣的葬礼。忒修斯凯旋，带回了波吕尼刻斯、安菲阿剌俄斯和阿德剌斯托斯之外其他几位英雄的尸身，并主持了他们的葬礼。卡帕纽斯一人独享一座火堆，他的妻子厄瓦德涅则投身烈焰之中。

---

① 包括欧里庇得斯在内的一些作者将狄耳刻泉水与阿瑞斯的大蛇所看守的泉水视为同一处。然而按照本章前文中"拉布达科斯和吕科斯的家族"部分的描述，狄耳刻泉水的出现是卡德摩斯杀死大蛇之后的事。参见 Daniel W. Berman. *Myth, Literature, and the Creation of the Topography of Thebes*. Cambridge University Press, 2015, pp. 19。

图17.7　《厄忒俄克勒斯与波吕尼刻斯之死》（*Death of Eteocles and Polyneices*）

图中是一个伊特鲁斯坎式的墓葬骨灰罐（前3世纪—前2世纪），刻画了两位英雄在死斗中陨落的情景。画面两侧各有两名帮手扶助英雄。位于他们中间的是生着双翼的万特——一位与死亡有关的女魔。她的右手拿着一支火炬。

安菲阿剌俄斯

只有安菲阿剌俄斯和阿德剌斯托斯从战场上逃脱。阿德剌斯托斯靠着他的神马阿里翁（Arion）的速度得以活命，回到阿尔戈斯。安菲阿剌俄斯沿着忒拜的伊斯墨诺斯河逃跑，却与他的战车和御者一同被大地吞没。这一幕在斯塔提乌斯笔下得到了精彩的描述（《忒拜战记》7.816—820）：

> 大地裂开来。那裂缝陡峭如壁，深不见底。天上的群星和地下的亡者都为之恐惧战栗。安菲阿剌俄斯和他的马想要越过去，却被巨大的深渊吞没。他没有松开手中的武器，也没有松开缰绳，就这样将他

的战车驶进了塔耳塔罗斯。

安菲阿剌俄斯成为一位重要的英雄。不少地方都出现了对他的幽冥崇拜（指以大地和冥界神祇为对象的崇拜）。他在伊斯墨诺斯河畔（传说中他陷入大地之处）受到人们的祭拜。最著名的安菲阿剌俄斯崇拜出现在奥罗波斯（阿提卡东北部近玻俄提亚的城市）。公元前5世纪，那里建起了一个精美的神坛，名为安菲阿剌翁（Amphiaraüm，参见本书图11.3）。在希腊神话中，英雄往往与传说中他的殒命之地（有时还不止一个地方）联系在一起。安菲阿剌俄斯就是一个典型的例子。与在科罗诺斯的俄狄浦斯一样，安菲阿剌俄斯也遭遇了神秘的死亡，为他消失的地方赋予了神圣性。

安提戈涅

厄忒俄克勒斯和波吕尼刻斯的死，造成了宗教上和政治上的困境。这种困境在索福克勒斯的悲剧《安提戈涅》中呈现出来。俄狄浦斯和伊俄卡斯忒的四个子女是安提戈涅、伊斯墨涅、厄忒俄克勒斯和波吕尼刻斯。在厄忒俄克勒斯死后，安提戈涅的叔父克瑞翁再度成为忒拜国王。他下令不得安葬波吕尼刻斯的尸身，因为波吕尼刻斯是攻打自己母邦的叛国者。然而，虔敬地安葬死者是死者亲属的宗教义务，让死者暴尸荒野则是渎神的行为。作为厄忒俄克勒斯和波吕尼刻斯的姐妹，安提戈涅有责任为她的兄弟举行葬礼，尽管一旦埋葬波吕尼刻斯就会违反克瑞翁的谕令。由于伊斯墨涅拒绝和她一同违命，安提戈涅独自在波吕尼刻斯的尸身上洒了三抔土，算是一个象征性的葬礼。为此克瑞翁判决将安提戈涅活埋。安提戈涅则表达了她对克瑞翁的蔑视。她的答复充满力量，堪称不朽（索福克勒斯《安提戈涅》441—455）：

> 克瑞翁：你是否承认做了这事？
>
> 安提戈涅：我承认做了这事，并不否认。
>
> 克瑞翁：你可知道我是下令禁止这事的？
>
> 安提戈涅：我知道。这是人人知道的明令。
>
> 克瑞翁：那你仍然大胆违命？
>
> 安提戈涅：没错，因为这命令不是宙斯发出的。陪伴着下界神明的正义女神也没有为凡人定出这样的法律。我不认为你这一介凡人的谕令可以推翻那不成文的、神明立下的永恒律令。

安提戈涅是对的。克瑞翁的命令违背了众神的律法。他也很快因此遭到报应。他的儿子海蒙（Haemon）是安提戈涅的未婚夫，打算挽救安提戈涅的性命，却发现安提戈涅已在墓中自缢身亡。海蒙为此举剑自杀。克瑞翁的妻子欧律狄刻听闻儿子的死讯，也自杀身亡。克瑞翁曾得到忒瑞西阿斯的警告，却悔之已晚。

和他的《俄狄浦斯王》一样，索福克勒斯的《安提戈涅》表现了凡人何以不能无视众神的要求。安提戈涅宁可独身赴死，也不愿因服从国王的命令而亵渎神明，由此成为一位女英雄。[10]

通过对安提戈涅这一形象的光辉塑造，索福克勒斯对永恒的政治、哲学和道德问题的戏剧化处理变得更为有力。一些人将安提戈涅视为一位浪漫的女英雄，却难以从文本中为这个观点找到支撑。整部剧中，她没有一处提到她的未婚夫海蒙。在被当作犯人带到克瑞翁面前之后，安提戈涅痛斥伊斯墨涅不愿加入她的行动，并轻蔑地拒绝了伊斯墨涅和她一同赴死的请求。伊斯墨涅问克瑞翁是否忍心处死自己儿子的未婚妻（《安提戈涅》569）。克瑞翁的回答是他不会改变主意，因为他不愿看到海蒙迎娶一名罪恶的妻子。听到这话，伊斯墨涅大声说道："亲爱的海蒙啊，你的父亲竟让你如此蒙羞！"那些找不到安提戈涅对海蒙的直接情感表达就不能罢休的人，会把剧本的这一行归于安提戈涅之口，而不顾这将与我们的手稿传统相抵牾。

索福克勒斯只在海蒙对安提戈涅的爱上着力，这并非无意之举。与克瑞翁对质之后，海蒙在愤怒中离去。此时，歌队开始歌颂爱神（厄洛斯和阿佛洛狄忒）那不可抵抗的神力。正是爱神之力造成了这对父子之间的激烈冲突，而这爱又是未婚妻柔软的面颊和美丽的眼睛在海蒙心中所激起的欲望带来

图17.8　《安提戈涅被带到克瑞翁面前》（*Antigone is Brought before Creon*）

这是卢卡尼亚（Lucanian，位于南意大利）出土的一个涅斯托里陶罐（Nestoris）上的图案，约公元前380年。作者为多隆画师（Dolon painter）[a]。涅斯托里陶罐是公元前4世纪中在意大利南部出现的一种大型陶器，其特点是鼓腹，底部和口部较小，有两对把手，一对水平，一对竖直。每对把手中各有一个的基部可以在本图画面右侧看到。这是安提戈涅被带到克瑞翁面前的场景。画中的克瑞翁坐在左侧的椅子上，头戴王冠和东方风格的头巾。两名卫兵押送着安提戈涅，其中一人正在向克瑞翁说话。安提戈涅将她的斗篷拉起盖住了头部，右手藏在斗篷之中，左手则有所动作，似乎正要发言。这幅画表现出了一种戏剧效果，而非仅仅忠实地呈现索福克勒斯的文本。

a.　古希腊陶画师，其命名作品是一件描述特洛伊战争中奥德修斯和狄俄墨得斯伏击特洛伊间谍多隆（Dolon）场景的调酒缸。

的。安提戈涅在墓中自杀，剥夺了克瑞翁挽救她并救赎自己的可能性。当信使描述那里发生的可怕场景时，海蒙对安提戈涅的爱就成为一个焦点。

　　墓室被打开之后，克瑞翁看见自缢的安提戈涅悬在那里，而海蒙双臂抱着她的腰，为他的新娘的死、他父亲对她的加害和他的婚事的破灭而恸哭。克瑞翁呼唤儿子，让他从墓里出来。海蒙没有回答，只是愤怒地注视克瑞翁，并朝他脸上吐唾沫。随后海蒙拔出自己的剑，攻击他的父亲。克瑞翁躲过了这一击。海蒙因失手而怨愤自己，一剑刺进自己胁下。在断气之前，他紧紧抱住他的爱人，让鲜血沾

染上她雪白的面颊。海蒙和安提戈涅就这样躺在墓中，尸身抱在一起。这就是他的婚礼，在哈得斯主宰的冥土中得以完成。

　　我们永远无从知道安提戈涅对这桩与克瑞翁之子的婚事的真实感受。她无疑是憎恨克瑞翁的，在埋葬波吕尼刻斯之前就是如此，因为她在陪伴父亲俄狄浦斯时就受到克瑞翁的迫害。（我们也许有理由怀疑，这桩婚事是克瑞翁促成的：他是伊俄卡斯忒的哥哥，这样做有助于加强他与拉布达科斯家族之间的关系，从而确保他刚刚获得的忒拜统治权。）无论如何，对安提戈涅而言，冥王才是她的新郎，而

那座坟墓才是她的婚房。在她心中，众神的律法高过人间的律法，她热烈地愿意为之献身。这样的情感，最后还有她对兄弟的爱，让她不愿放弃虔诚殉难这一选择。

在全剧的第一部分，安提戈涅表现出一种英雄性格。正如歌队所观察到的，她像她父亲一样性如烈火，抵抗姿态十分决绝（《安提戈涅》471—472）。然而，当她被带走，独自一人面对她的行为所造成的后果，面对被活埋这一可怕现实时，安提戈涅表现出了她内心的矛盾和悔恨。她哀叹她的家族和父亲的命运，哀叹父亲与她那不幸的母亲之间违背伦常的结合。她的兄弟波吕尼刻斯葬送了自己的性命，也让她的生命走到尽头。她如今背负诅咒，尚未婚配，也没有子息，一步步走向这些已逝亲人的世界，深信自己将在阴间得到他们的爱与欢迎。然而，她并没有表达出对失去海蒙的惋惜。

就在被埋入墓中之前，悲痛中的安提戈涅对自己的行为进行了绝望的声辩，向正义，向众神，向她被迫付出的代价发出了痛苦而震撼人心的质问（《安提戈涅》905—928）：

> 波吕尼刻斯啊，在明智的人看来，我向你致礼并没有什么不对。如果死的是我亲生的孩子，或者是我的丈夫，如果他们尸身腐烂，无人收葬，我也不会负起这对抗城邦的重担。我这样说，是根据哪一条律法呢？如果我的丈夫死了，我可以再嫁一个；如果我的头生子殁了，我可以同别的男子再生一个。然而我的父母都已经被哈得斯的国度吞没，我上哪里去再得一个活着的兄弟呢？这就是向你致礼所遵从的律法。但是我亲爱的兄弟啊，克瑞翁却认

为我胆敢犯下重罪……我究竟犯了哪一条神律呢？我如今落到这样下场，为何还要期待神明的援手？我能指望谁来站在我一边？我虔敬地行事，却得了不虔敬的罪名。如果在神明眼里这是对的，那我情愿不因我的苦难而怪罪他们，因为我的确做了错事。如果错的不是我，而是别人，那我愿他们所受的罪恰等于他们施于我的不公正惩罚。

在前面这些诗行中，安提戈涅信念的根本依据是她再也无法拥有一个兄弟。[11] 关于这部分内容的真伪之争论经久不衰。从未有过有力的证据证明它们是伪造的，但仍有一些人出于情感的解读，拒绝承认它们的可靠性。这些人无法接受，他们心目中的安提戈涅用这样一种理由来为自己声辩。然而，仍有许多人（尤其是当代人）在安提戈涅的话中发现了她的情感复杂性，也就是她的内心世界。这是人物塑造大师索福克勒斯以他的洞察力向我们揭示出来的。安提戈涅的选择有着复杂的动机。在她身上，我们既能看到一个崇高的、精神性的理想主义者，也能看到一个因悲痛而陷入疯狂的凡人。

与索福克勒斯一样，欧里庇得斯也以忒拜传说为题材创作戏剧。其中《俄狄浦斯》和《安提戈涅》这两部戏剧已佚，各自只有约30行留存至今。但这些内容已经足以让我们知道：在这两部创作时间晚于索福克勒斯同名作品的戏剧中，欧里庇得斯对传说进行了改写。在《俄狄浦斯》中，拉伊俄斯的仆人声称自己在俄狄浦斯与拉伊俄斯的遭遇中弄瞎了俄狄浦斯的双眼（参见本书第451页）。在《安提戈涅》中，欧里庇得斯则创造（或引入）了一个与索福

克勒斯版本迥异的传说。安提戈涅与波吕尼刻斯的
孀妻阿耳癸亚（Argia）一道，将波吕尼刻斯的尸身
放到厄忒俄克勒斯的火葬堆上。在被捉住之后，阿
耳癸亚逃跑了，安提戈涅却被带到克瑞翁面前，并
被克瑞翁交由海蒙处死（其时，海蒙与安提戈涅已
有婚约，安提戈涅也有了身孕）。海蒙违背了父亲
的命令，将安提戈涅交给一些牧人照看，并向克瑞
翁回报说他已经遵命将她杀死。安提戈涅生下了一
个儿子，名叫迈翁（Maeon）。迈翁在多年之后回到
忒拜，被克瑞翁认了出来。此时克瑞翁已经知道了
海蒙违命的事，不顾赫拉克勒斯的阻拦，下令将那
一对爱人处死。然而他没有如愿：海蒙和安提戈涅
选择了自杀。一些学者还猜测，狄俄尼索斯可能在
此以机械降神的方式出场。即使是在这种对欧里庇
得斯版本悲剧情节的想象性重构中，我们也不难看
出，欧里庇得斯与索福克勒斯一样，将海蒙对安提
戈涅的爱作为一个重点。但是，欧里庇得斯选择了
延长安提戈涅的"罪"与死之间的时间距离，从而
消解了索福克勒斯塑造的女英雄形象中所蕴含的强
大感染力。

此外，在欧里庇得斯流传至今的《腓尼基妇女》
中，俄狄浦斯在七将攻忒拜时仍住在忒拜宫中，而
伊俄卡斯忒也还在世。在这部剧的尾声，安提戈涅
拒绝了克瑞翁的命令，发誓说她将亲手掩埋波吕尼
刻斯，并杀死海蒙——如果克瑞翁强迫她嫁给海蒙
的话。克瑞翁面对她的违抗退缩了，让她与俄狄浦
斯一同踏上了流亡之路。

"后辈英雄"——七将的儿子们

安菲阿剌俄斯曾要求他的儿子们重征忒拜，并

惩罚他们的母亲厄里费勒，因为她接受了波吕尼刻
斯送出的贿赂——哈耳摩尼亚的项链，背叛了他。
10年之后，安菲阿剌俄斯的儿子之一阿耳刻墨翁
执行了父亲的命令。他和七将中其他人的儿子们一
道（他们被共同称为厄庇戈尼 [Epigoni]，意为"后
辈"），对忒拜发动了一次成功的远征，并摧毁了这
座城市。其时，忒拜人已在忒瑞西阿斯的建议下放
弃了它。到了这里，传说开始与历史发生交汇：据
称，"后辈英雄"们的这场战争发生在特洛伊战争之
前不久，而《伊利亚特》中给出了一份战船名录（这
份名录无疑具有历史的性质），其中只提到了"下忒
拜"（Hypothebae），这意味着古城忒拜和它的城堡
在当时已经被遗弃了。

阿耳刻墨翁、厄里费勒和哈耳摩尼亚的项链

受到阿波罗神谕的鼓励，阿耳刻墨翁杀死了厄
里费勒，为他的父亲报了仇。他因弑母而受到复仇
女神的追杀，一直逃到阿耳卡狄亚才暂时获得庇护。
他在阿耳卡狄亚娶了斐勾斯（Phegeus）的女儿，并
将哈耳摩尼亚的项链送给了她。然而饥荒很快就降
临在阿耳卡狄亚，这是犯下弑母之罪的阿耳刻墨翁
所带来的灾祸。阿耳刻墨翁听从另一个神谕，开始
寻找一个在他弑母之时还不曾被太阳照耀过的地方。
他在希腊西部的阿克洛俄斯（Acheloüs）河口如愿以
偿，因为这里是河水泥沙淤积新近造成的一片土地。
在这里安定下来之后，阿耳刻墨翁娶了河神的女儿
卡利洛厄（Callirhoë）为妻，河神则洗去了他的罪
孽。然而，由于他盗走了哈耳摩尼亚的项链，将它
送给卡利洛厄，不久之后他就被斐勾斯的儿子们杀
死。这条项链最终由卡利洛厄和阿耳刻墨翁的儿子
们献给了德尔斐。他们成了希腊西部阿卡耳那尼亚
（Acarnania）地区的开创者。

忒瑞西阿斯

　　盲眼的预言者忒瑞西阿斯是忒拜传说中反复出现的一个人物。他是五个地生人之一的后代。他的母亲是雅典娜的侍女卡里克洛，是一位宁芙，而他的父亲是忒拜贵族欧厄瑞斯（Eueres）。在欧里庇得斯的《酒神的狂女》中，忒瑞西阿斯和卡德摩斯一起祭拜了酒神（参见本书第327—329页）。品达则将他描述为"宙斯的出色预言者"（《涅墨亚颂诗》[Nemean Odes] 1.60—69），并提到安菲特律翁（Amphitryon）曾召他来解释摇篮中的赫拉克勒斯何以能杀死毒蛇（我们在本书的第599页将这一段译出）。忒瑞西阿斯正是在此时预言了赫拉克勒斯的十二伟业和他将在奥林波斯众神击败巨人的战争中所扮演的角色（参见本书第89页）。这样看来，忒瑞西阿斯十分长寿。根据赫西俄德的说法，他活了整整七代人的时间，而且在死后仍有预言的能力。冥界中的亡者阴魂都没有实体，虚幻缥缈，只有忒瑞西阿斯保住了他全部的智力。同样，荷马在描写奥德修斯向亡者问询时，也安排忒瑞西阿斯来做他的建议者。忒瑞西阿斯预言奥德修斯的漂流终将结束，也预言了奥德修斯将如何离世。

　　瞽目是希腊文学中众多预言者和诗人的共同特征。关于忒瑞西阿斯眼盲的原因，有各种不同的说法。奥维德在《变形记》中完整地讲述了这个故事（《变形记》3.318—338）：

　　　　传说朱庇特在用甘露驱散了萦怀的烦恼之后，同朱诺开起了玩笑，说："我敢肯定，你们女子的快乐远较男子的为多。"朱诺并不同意。他们决定去问询忒瑞西阿斯

的意见，因为他曾以两种性别体验过男女之爱，经历最为丰富。他曾在青翠的树林中用手杖击打两条正在交合的大蛇，然后奇迹般地被变成女子，度过七年时光。第八年，他又看到同样的两条蛇。于是他说："如果打了你们就会被改变性别，那我要再打你们一次。"他再次击打两条蛇，果然他的身体又变了回来，恢复了从前的特征。在成为两位天神之间玩闹的裁判之后，他选择站在朱庇特一边。据说朱诺的怒火超出了合宜的限度，罚这位裁判[忒瑞西阿斯]永远成为盲人。然而，全能的万神之父[朱庇特]对他的眼盲做出了补偿，赐予他预言未来的能力。

　　两条大蛇在交合中相互纠缠的情景无疑是神秘而令人震撼的，因此任何侵犯这两条蛇的人都很容易被视为违抗了某种神力。关于忒瑞西阿斯眼盲原因的第二个传说清晰地向我们呈现了侵犯神权的后果，这与另一位忒拜英雄阿克泰翁（参见本书第238—240页）的传说类似。根据公元前3世纪亚历山大学派诗人卡利马科斯所讲述的版本，雅典娜和卡里克洛在赫利孔山坡上的马泉沐浴之时被忒瑞西阿斯撞见。他因为看见了凡人不该看见的东西而受到惩罚，被雅典娜剥夺了视力，代之以预言的能力。卡利马科斯这样描述雅典娜对卡里克洛所说的话（《颂歌》5.121—30）：

　　　　我的伙伴，你不用伤心。由于你的缘故，我会赐给他许多其他光荣。我将让他成为预言者。他会比其他任何预言者都要伟大得多，后世的歌谣也将传颂他的声名。

他将通晓鸟类，知道哪些鸟类的飞翔带来吉兆，哪些预示着不幸。他将对玻俄提亚人、卡德摩斯以及拉布达科斯家族发出众多预言。我将赐给他一根不凡的手杖，让他在行路时有所依凭。我还将让他长寿，活过许多世代。在死之后，他将在众多亡灵中独享智识，并从伟大的凡人刈割者［指哈得斯］那里获得荣耀。

在俄狄浦斯的故事中，早在俄狄浦斯和其他忒拜人能够理解之前，忒瑞西阿斯就已向他们揭示了真相（索福克勒斯《俄狄浦斯王》350—367）：

> 忒瑞西阿斯：我劝你遵守自己宣布的命令，从此不要再和这些人说话，也不要再和我说话，因为你就是为这片土地带来不洁的人。
>
> …………
>
> 俄狄浦斯：你再说一遍，我也许会更明白。
>
> …………
>
> 忒瑞西阿斯：我是说你就是那杀害拉伊俄斯的凶手。你可耻地和你最亲的亲人同卧一室，自己却不知晓。你也看不到自己在灾祸的路上已经走了多远。①

---

① 原引文有省略，译文中以省略号表示。

俄狄浦斯仍旧不愿相信忒瑞西阿斯，逼迫他说出更可怕的真相（《俄狄浦斯王》412—419）：

> 忒瑞西阿斯：既然你用我眼盲的事来责备我，下面就是我要说的：你徒生双眼，却看不到自己的灾祸，也看不见自己住在哪里，和什么人同居。你知道自己的父母是谁吗？你不知道你活着和死去的亲人都是你的仇敌，不知道来自你父母的双重诅咒将永远纠缠你，将你逐出这片土地。你现在双眼明亮，到那时眼前却只有黑暗。

忒瑞西阿斯的话有力地展现了俄狄浦斯的罪孽是多么可怕。通过对明眼和盲目两种情景的比较，他让我们看到了神罚的无可逃避。

在索福克勒斯的《安提戈涅》中，忒瑞西阿斯同样警告克瑞翁他正在犯下大错。但当克瑞翁醒悟过来时，为时已晚。最后，在"后辈英雄"们进攻忒拜之前，忒瑞西阿斯又建议忒拜人弃城迁居，另建新城赫斯提埃亚（Hestiaea）。忒瑞西阿斯未能抵达这座新城：他在途中饮用了忒尔孚萨泉水，立刻死去。

奥维德及欧罗巴之劫的图像表达

　　她在被驮走时十分害怕，回头张望着越来越远的陆地。她右手握紧一只牛角，左手扶着牛背。她的衣裙在风中飘舞。

　　　　　　　　　　　——《变形记》2.872—875

　　她右手握住他的鬃毛，左手抓住自己的衣裙。她的恐惧更令她增色。

　　　　　　　　　　　——《岁时记》5.607—608

图17.9　《欧罗巴之劫》（*The Rape of Europa*）
塞利努斯的柱间壁浮雕，约公元前540年，高58英寸。画面中欧罗巴骑牛飞过由海豚表现的大海。公牛的目光面对观者。这块浮雕所表现出的严谨和克制与提香绘画中令人眩晕的运动形象形成了对比。

　　欧罗巴之劫的图像表达有着悠久的传统——从塞利努斯的柱间壁浮雕（这是关于欧罗巴之劫的最早图像之一），到奥维德在《变形记》和《岁时记》中对这个故事的描述，直到提香的杰作。无论是古代还是更晚近的时期，对欧罗巴之劫的艺术表现都特别选择了故事中的两个时刻之一：要么描绘在女伴们伴随下的欧罗巴走向公牛，并在它头上戴花环的场景，要么描绘她骑在公牛背上飞过海面的场景。在塞利努斯浮雕上，欧罗巴侧身坐在牛背，左手握住一只牛角——这似乎是一个当然的选择，因为在大部分对这个故事的视觉表现里，公牛一般都是从左向右运动。画面中欧罗巴右手置于牛背上，让自己坐稳，看起来表情平静。对公牛前蹄的处理以及下方出现的海豚，暗示了公牛正在飞越海面。公牛的眼睛朝向正面（这是古希腊艺术中的典型手法），似乎意味着公牛的真身并非如它的表象所呈现。

　　在奥维德的《变形记》中，欧罗巴双手的位置被颠倒过来，但她的衣裙和恐惧得到了着重描绘。事实上，衣裙的摆动（tremulae vestes）正反映了她的动作、目光和精神状态。她心中充满无法平息的恐慌。诗人将表达的重点首先放在她被公牛带走这一事件上，然后又描述她回望越来越远的海岸，从而将这种恐慌的效果放大。在《岁时记》中，奥维德改变了一个细节：他令欧罗巴的一只手抓住衣裙，并将她的恐惧描述为一种美，进一步强化这种恐惧与衣裙之间的联系。

　　提香对这个故事的表现来自他的"诗歌"系列中

图17.10　《欧罗巴之劫》（*The Rape of Europa*）

布面油画，提香画，1559—1562年间，73英寸×81英寸。提香的创作依据的是奥维德的描述（《岁时记》5.605—614和
《变形记》2.843—875）。与塞利努斯柱间壁浮雕上一样，公牛的下方有海豚（一条在画面右侧的前景中，另一条则背
负着一个丘比特）。画中的欧罗巴紧握公牛的角。她飞舞的衣裙、绝望的姿态，以及空中飞舞的丘比特传递了一种不安
的运动气氛，正切合了画面表达的复杂情绪——既有恐惧，也有期待。在远方背景中，欧罗巴的女伴们徒劳地呼唤她
回到海岸上来。

献给西班牙国王腓力二世（Philip II）的一幅。这个系
列如此命名，是因为它们所描绘的情欲主题神话都出
自奥维德的《变形记》。塞利努斯浮雕和奥维德的描
绘中的一些特征在这幅画中都有所体现。画面中，公
牛已经飞到海面上空，其眼神如浮雕上一样正对观
者。它头上的花环暗示了此前发生在海岸上的事件。
画中的运动方向仍然是从左至右。欧罗巴的一只手
（左手）握住牛角，另一只手则如奥维德《岁时记》中
所描述的那样，抓住了飞舞的衣裙。与奥维德一样，
提香也着重描绘了她的恐慌。沿画面对角线方向的运
动让公牛和欧罗巴显得距离观者更近，令人不安。远
方的海岸看起来邈远不可及，而欧罗巴目光与公牛目
光之间的反差，则精妙地表现出了奥维德描述中那种
运动张力。（《变形记》2.872）

相关著作选读

Bloom, Harold, ed.，《索福克勒斯》（*Sophocles*. New York: Chelsea House, 2003）。

Bremmer, Jan，《俄狄浦斯与希腊人的俄狄浦斯情结》（"Oedipus and the Greek Oedipus Complex," in J. Bremmer, ed., *Interpretations of Greek Mythology*. New York: Routledge, 1988）。

Butler, Judith P.，《安提戈涅的主张：生死之间的亲缘》（*Antigone's Claim: Kinship Between Life and Death*. New York: Columbia University Press, 2000）。其中三篇文章探讨了安提戈涅所体现出的那种尚显模糊的女性主义原型。

Daniels, Charles B., and Sam Scully，《索福克勒斯的忒拜剧作中到底发生了什么》（*What Really Goes on in Sophocles' Theban Plays*. Lanham, MD: University Press of America, 1996）。这部著作以《俄狄浦斯王》和《安提戈涅》的情节发展为背景，对俄狄浦斯、安提戈涅和克瑞翁的人物塑造进行了探讨。

Dawe, R. D., ed.，《索福克勒斯——古典遗产》（*Sophocles; The Classical Heritage*. New York: Garland, 1996）。这是一部选集，收录了来自意大利、德国、法国和各英语国家的一系列关于索福克勒斯深远影响的文章。

Edmund, Lowell，《俄狄浦斯》（*Oedipus. Gods and Heroes of the Ancient World Series*. New York: Routledge, 2006）。

Edmund, Lowell，《俄狄浦斯：古代传说及其在后世的对应》（*Oedipus: The Ancient Legend and Its Later Analogues*. Baltimore: Johns Hopkins University Press, 1985）。

Goldhill, Simon，《阅读希腊悲剧》（*Reading Greek Tragedy*. New York: Cambridge University Press, 1986）。这是一部为不懂希腊语的读者而准备的导读作品，但同样不乏深刻而广博的批评洞见。

Goux, Jean-Joseph，《哲学家俄狄浦斯》（*Oedipus, Philosopher*. Translated from the French by Catherine Porter. Palo Alto, CA, and Chicago: Stanford University Press, 1993）。一部索福克勒斯研究著作，重心在于弗洛伊德对俄狄浦斯情结的识别。

Johnson, Allen W., and Douglass Richard Price-Williams，《无所不在的俄狄浦斯：世界文学中的家庭情结》（*Oedipus Ubiquitous, The Family Complex in World Literature*. Stanford: Stanford University Press, 1996）。这部研究著作对 139 篇来自欧洲和欧裔美洲（Euro-America）族群的民间故事进行了讨论。

Loraux, Nicole，《忒瑞西阿斯的体验：女性与希腊男子》（*The Experience of Tiresias: The Feminine and the Greek Man*. Translated from the French by Paula Wissing. Princeton: Princeton University Press, 1998 [1995]）。延伸探讨中包括一篇对苏格拉底、赫拉克勒斯、海伦和雅典娜的讨论。

Mullahy, Patrick，《俄狄浦斯——神话与情结》（*Oedipus, Myth and Complex: A Review of Psychoanalytic Theory*. New York: Grove Press, 1955）。这是一部出色的综述性著作。

Steiner, George，《安提戈涅》（*Antigones*. Oxford: Oxford University Press, 1984）。这部作品讨论了对安提戈涅传说的众多新解读。

Story, Ian Christopher, and Arlene Allen，《希腊戏剧指南》（*A Guide to Greek Drama*. London: Blackwell, 2005）。一部关于希腊戏剧和戏剧家的介绍性作品，对本科生不无裨益。

Trendall, A. D., and T. B. L. Webster，《图解希腊戏剧》（*Illustrations of Greek Drama.* New York: Phaidon Press, 1971）。这部著作包含了对诸多希腊戏剧场景的图解和评论，以种类和作者排序。它对公元前4世纪意大利南部陶画的研究者尤有参考价值。

主要神话来源文献

本章中引用的文献

埃斯库罗斯：《七将攻忒拜》375—685。

卡利马科斯：《雅典娜的沐浴》颂歌之5，121—130。

欧里庇得斯：《残篇》, edited by C. Collard & M. Cropp, 2 vols. Cambridge, MA:　Harvard University Press, 2008 (Loeb Classical Library, 504，506)。欧里庇得斯已佚剧作残篇，附有英文翻译及对每部作品的介绍信息，是一部富有价值的关于所有希腊传说的参考资料。《腓尼基妇女》639—675，931—941，1758—1763。

奥维德：《变形记》2.846—3.2，3.318—338。

索福克勒斯：《安提戈涅》441—455，905—928。《俄狄浦斯在科罗诺斯》选段。《俄狄浦斯王》选段。

斯塔提乌斯：《忒拜战记》7.816—820。

其他文献

阿波罗多洛斯：《书库》3.5.4—3.7.7，从卡德摩斯与哈耳摩尼亚到阿耳刻墨翁的忒拜传说。要了解堤丢斯和狄俄墨得斯的家族及其传说的更多内容，可参阅1.8.4—6。

欧里庇得斯：《祈援女》。

小塞涅卡：《俄狄浦斯》（*Oedipus*），《腓尼基妇女》。

补充材料

图书

小说：Bauchau, Henry. *Oedipus on the Road.* New York: Arcade Publishing, 1994。这本书讲述了盲眼的俄狄浦斯和忠诚的安提戈涅从忒拜到科罗诺斯的流浪历程，同时也深刻地映射了当代的政治问题和社会问题。

小说：Guterson, David. *Ed King.* New York: Knopf, 2011。这是《俄狄浦斯王》的现代版本，故事背景设定在我们所处

的这个技术时代。作者另著有 *Snow Falling on Cedars*。

戏剧：Cocteau, Jean. *The Infernal Machine (La Machine Infernale)*。收录在 *The Infernal Machine and Other Plays*（New York: New Directions, 1963.）一书中。这是一个杰出的现代版俄狄浦斯故事。书中还收录了 *Orpheus* 和 *Bacchus* 等剧本以及作者为斯特拉文斯基 (Stravinsky) 的歌剧—清唱剧 *Oedipus Rex* 而创作的旁白部分（*The Speaker's Text of Oedipus Rex*）。

戏剧：Heaney, Seamus. *The Burial at Thebes: A Version of Sophocles' "Antigone."* New York: Farrar, Straus, and Giroux, 2004.

戏剧：Valency, Maurice. *Conversation with a Sphinx, in One Act*。这位著名的美国剧作家还著有关于阿尔刻斯提斯和阿德墨托斯的 *The Thracian Horses*，以及 *Regarding Electra*。这三部作品都可以在"剧作家作品机构"找到。

CD

音乐：Bach, P. D. Q. (Peter Schickele, 1935–2024). *Oedipus Tex*. Dramatic oratorio for soloists, chorus, and orchestra. The Greater Hoople Area Off-Season Philharmonic and Okay Chorale, cond. Wayland. Telarc。这张 CD 将俄狄浦斯的传奇故事置于美国老西部背景下，是一部相当有趣的改编作品。

歌剧：Sacchini, Antonio (1730–1786). *Oedipe à Colone*. Loup and Palin et al. Opera Layfayette, cond. Brown. Naxos。柏辽兹非常喜爱萨基尼（Sacchini，格鲁克的追随者）的这部作品，并撰文评论了其中他认为尤为才华横溢的部分。

歌剧：Picker, Tobias (1954–). *Emmeline*. Racette et al. The Santa Fe Opera Orchestra, cond. Manahan. Albany Records。这部作品改编自 Judith Rossner 的小说，将俄狄浦斯故事的背景置于19世纪中叶的美国东部，是对俄狄浦斯传奇的有力重述。

歌曲：Lehrer, Tom (1928–). "Oedipus Rex." Reprise Records。一首关于俄狄浦斯情节的幽默歌曲。

摇滚歌曲：Jim Morrison and the Doors. "The End." Elektra。这是一首不容忽视的、以俄狄浦斯为题材的歌曲。它还有一个现场表演的视频版本，值得找来一看。

DVD

电影：*Oedipus Rex*. A brilliant movie written and directed by Pier Paolo Pasolini. Original uncut version. Waterbearer Films.

电影：*Oedipus Rex*. Directed by Tyrone Guthrie. Image Entertainment. 此片在表演中使用了面具以及 W. B. 叶芝对索福克勒斯的翻译。

电影：*Oedipus Wrecks*. One of three short films (included in the movie *New York Stories*) directed by and starring Woody Allen. Touchstone Pictures。此片讲述了一名神经过敏的50岁律师饱受其唠叨母亲的鬼魂折磨的故事。

歌剧：Turnage, Mark-Anthony (1960–). *Greek*. Hayes et al. The Almeida Ensemble, cond. Bernas. Arthous Musik。此剧

根据 Steven Berkoff 的戏剧改编，将俄狄浦斯神话的背景置于20世纪80年代破败的伦敦东区。

歌剧—清唱剧：Stravinsky, Igor (1882–1971). *Oedipus Rex*. Langridge, Norman, and Terfel. Saito Kinen Orchestra, cond. Ozawa. Philips。由 Jean Couteau 改编自索福克勒斯剧本。此剧没有常见的《俄狄浦斯王》版本中那种严肃的布置和表演，但 Julie Taymor 的执导富有想象力。她因执导 *The Lion King* 和大都会歌剧院版本的 *The Magic Flute* 而闻名。

舞蹈：*Night Journey*. Choreographed and danced by Martha Graham. Music by William Schuman. In *Martha Graham in Performance* (including *A Dancer's World* and *Appalachian Spring*). Kultur. Reissued in a special edition two-disc set, with added special features. The Criterian Collection。这一表演是对俄狄浦斯神话的杰出再创作。Graham 对伊俄卡斯忒的演绎堪称她的巅峰之作。

音乐剧：Telson, Bob. *Gospel at Colonus*. Lyrics by Lee Breuer and Bob Telson. Five Blind Boys of Alabama et al. New Video。这是一部富有原创性而又感人的作品，也是对索福克勒斯剧作的忠实改编。作品的背景是一次激动人心的黑人福音传播会。牧师由 Morgan Freeman 饰演。这部剧的原声 CD（Electra/Nonesuch 发行）同样出色，但它除了值得一听之外，还值得一看。参见本书第819页。

[注释]

[1] 拉伊俄斯的一名扈从逃脱了性命。在索福克勒斯剧中，他就是那个最初没能认出俄狄浦斯的仆人，而他所讲述的故事也最终导致俄狄浦斯的真实身份被揭露。

[2] 这个谜语和它的谜底有多种不同版本。我们在这里只给出了最短的一个（见阿波罗多洛斯《书库》3.53—54）。

[3] 参见洛厄尔·埃德蒙兹（Lowell Edmunds）的著作 *Oedipus: The Ancient Legend and Its Later Analogues*（Baltimore: Johns Hopkins University Press, 1985）。这本书探讨了俄狄浦斯神话的多种版本。另有两本现代小说也颇有价值。一本是亨利·伯修（Henry Bauchau）的 *Oedipus on the Road*（1990），原文是法文，讲述了瞽目负伤的俄狄浦斯离开忒拜后的旅程。他在女儿安提戈涅和一个名叫克利俄斯（Clius）的牧人兼强盗的陪伴下，穿越了幻想中的地理世界和灵魂世界。另一本是朱迪思·罗斯纳（Judith Rossner）的 *Emmeline*（1980）。这本书将故事背景置于19世纪中叶的美国东部，是对俄狄浦斯传奇的一次精彩重述。

[4] 伯罗奔尼撒战争结束于这四年间。到《俄狄浦斯在科罗诺斯》上演时，雅典已向斯巴达及其盟邦投降。连接雅典城及其港口的"长墙"已被拆除。雅典的民主制也已被"三十人僭主集团"领导的寡头统治取代。不过寡头统治没有多久就垮了台，民主制得到恢复。

[5] 复仇女神从厄里倪厄斯（意为"愤怒者"）向欧墨尼得斯（意为"仁慈者"）的转变是埃斯库罗斯的三部曲《俄瑞斯忒亚》的最高主题（参见本书第478页）。埃斯库罗斯让这三位女神来到雅典，并将雅典作为她们新的居留之地。

[6] 从第1284行到第1345行，波吕尼刻斯在演说中列出了将攻打忒拜的这七个人。我们在本书第455页译出了一段类似的内容，出自埃斯库罗斯的《七将攻忒拜》。欧里庇得斯在《腓尼基妇女》中写到信使报告攻打忒拜失败的消

息时，也给出了一份名单（《腓尼基妇女》1090—1199）。

[7]　要了解俄狄浦斯故事的精神分析解读，Patrick Mullahy 的 *Oedipus: Myth and Complex*：*A Review of Psychoanalytic Theory* 是一个很好的起点（参见本章参考书目部分）。Mullahy 在书中对西格蒙德·弗洛伊德、阿尔弗雷德·阿德勒（Alfred Adler）、卡尔·荣格、奥托·兰克（Otto Rank）、卡伦·霍尼（Karen Horney）、埃里克·弗洛姆（Eric Fromm）和哈利·斯塔克·沙利文（Harry Stack Sullivan）等人的理论进行了探讨。另一本与此相关的书籍是 Lillian Feder 的 *Ancient Myth and Modern Poetry*（Princeton: Princeton University Press, 1971）。这本书研究的是威廉·巴特勒·叶芝（William Butler Yeats）、埃兹拉·庞德（Ezra Pound）、T. S. 艾略特（T. S. Eliot）和 W. H. 奥登（W. H. Auden）等人在作品中对神话的使用，并着重强调了精神分析式的解读。

[8]　G. A. Huxley 在 *Greek Epic Poetry*（Cambridge, MA: Harvard University Press, 1969）的第三章中讨论了两部散佚史诗（名为《俄狄浦斯之歌》[*Oedipodea*] 和《忒拜之歌》[*Thebais*]）中包含的传说。

[9]　此处略去了信使对伊菲斯（Iphis）之子厄忒俄克洛斯（Eteoclus）的描述。厄忒俄克洛斯是埃斯库罗斯版本中的第三位英雄，用以代替阿德剌斯托斯。关于欧里庇得斯和索福克勒斯作品中七将名单的其他版本，参见本章尾注 [6]。

[10]　作为个人良心对抗不义国法的象征，安提戈涅的形象启发了众多文学作品和音乐作品。参见 George Steiner 的著作 *Antigones*（Oxford: Oxford University Press, 1984）。

[11]　亚里士多德在《修辞学》（3.16.9）中引用了这一段内容，因此他必定熟悉我们所看到的这个文本。希罗多德在《历史》（3.119）中讲述了一个关于音塔普列涅司（Intaphernes）之妻的故事，证明安提戈涅的情感并非独一无二：音塔普列涅司的妻子做出了与安提戈涅一样的决定，选择挽救她兄弟的性命，理由是她无法再有另一个兄弟。卡尔·赖因哈特（Karl Reinhardt）在其著作《索福克勒斯》（*Sophocles*, translated from the German by Hazel and David Harvey. New York. Barnes & Noble, 1979）中的论断可以为这一争论一锤定音："正如她服从神的律法和自己的天性一样，安提戈涅也遵从爱她的兄弟这一律令（nomos）的要求。在索福克勒斯看来，这两者是相辅相成的。"（第84页）

第18章

迈锡尼英雄传说

> 这疯狂的力量（ate）^① 何时能够止息?
>
> ——埃斯库罗斯《奠酒人》(*Choephori*) 1075—1076

迈锡尼英雄传说主要关于阿特柔斯家族及这一家族中最伟大的王子——领导阿开亚人攻打特洛伊的统帅阿伽门农。关于特洛伊战争，我们将在后文中讲述。在这一章中，我们主要讨论阿特柔斯家族在希腊的发展及其命运。

坦塔罗斯和珀罗普斯

阿特柔斯家族的先祖是坦塔罗斯之子珀罗普斯。他为了追求皮萨(Pisa)国王俄诺玛俄斯的女儿希波达弥亚，从小亚细亚来到希腊。俄诺玛俄斯的国土包括奥林匹亚。这也是珀罗普斯在奥林匹亚的宗教崇拜中占有重要地位的原因。从迈锡尼时代末期开始，皮萨和奥林匹亚在大部分时间里都被厄利斯控制。

在坦塔罗斯和珀罗普斯的时代，神与人之间的交流十分寻常，而坦塔罗斯则以某种方式滥用了他与众神一同饮宴的特权。在流传最广的一

---

① Ate，希腊神话中代表邪恶和谬误的女神阿忒；ate 指致人毁灭的愚行。

个神话版本中，坦塔罗斯邀请众神赴宴，并将自己的儿子珀罗普斯宰杀后放在大锅里烹煮，在宴会上献给众神享用。品达不愿相信这个故事，但他仍旧将它讲了出来（品达，《奥林匹亚颂诗》1.47—58）：

> 一个心怀妒忌的邻人悄悄传言：他们用刀切掉你的四肢，[将它们]扔进在火上烹煮的水中，当作第二道肉菜，在桌上将你分食。我不能相信哪位光辉的神明竟会如此性如饕餮，只能不做评判……如果奥林波斯山上的守护者要荣耀一个人，这人就必定是坦塔罗斯。然而他竟无法消受这无上的幸运，反因傲慢而招来巨大祸患。众神之父[宙斯]因此将一块巨石悬在他头顶。他终日只想让这巨石移开，从此与欢乐无缘。

关于坦塔罗斯所受的惩罚，我们最熟悉的版本是他被罚在冥界中永受饥渴之苦。在本书第15章中，我们已经给出了荷马的说法（《奥德赛》11.582—592）。另外两个希腊神话也讲到了食人的事，且来源地区都与厄利斯有关。其中一个是奥维德所讲述的阿耳卡狄亚国王吕卡翁的故事（《变形记》1.211—243）。另一个则是梯厄斯忒斯之宴的故事，我们将在本章稍后部分讲到。这些神话的存在足以证明，远古的献祭仪式背后隐藏着某种形式的食人习俗。[1]

在这个神话的流行版本中，众神觉察了坦塔罗斯的欺骗行为。除了得墨忒耳之外，其他诸神都拒绝进食。据说得墨忒耳吃掉了珀罗普斯肩膀上的肉，因此众神在复活珀罗普斯并恢复他的身体时，不得不以象牙制成的肩膀作为替代。品达则为珀罗普斯的失踪给出了不同的解释，称是波塞冬爱上了他，

将他带往奥林波斯山，正如宙斯带走了伽倪墨得斯。无论如何，根据品达的描述，"永生的众神将[坦塔罗斯的]男孩送回了难逃死亡的凡人之中"。至于珀罗普斯作为希波达弥亚的求婚者前往希腊，则是在这之后的事。

在奥林匹亚地区，珀罗普斯成了一位受到崇拜的重要英雄。他的神坛珀罗匹翁（Pelopion）就位于宙斯神庙旁边。品达这样歌颂他（《奥林匹亚颂诗》1.90—93）：

> 如今他就长眠在阿尔甫斯河的渡口旁，在节日得享鲜血的祭礼。他的坟墓紧邻万人瞻仰的[宙斯]祭坛，来往的人络绎不绝。

的确如此，对宙斯和珀罗普斯的献祭正是奥林匹克竞技会仪式的主要内容。在每次向宙斯献祭之前，人们都要向珀罗普斯献上一份祭礼（通常是一头黑色的公羊）。不仅希腊本土南部的伯罗奔尼撒（Peloponnese，意为"珀罗普斯之岛"）因他而得名，他还在最盛大的泛希腊节日中得享荣耀。宏伟的宙斯神庙在公元前460年左右建立起来，以容纳菲狄亚斯用黄金和象牙建造的神像——安坐于神座之上的宙斯。神庙东侧①三角墙上的雕塑就表现了珀罗普斯与俄诺玛俄斯的比赛开始前一刻的情景（我们在本书第125—127页对这座神庙已有描述）。

正是这次比赛为珀罗普斯的子孙们带来了诅咒。为了赢得希波达弥亚，求婚者必须先在从皮萨到科林斯地峡的马车竞赛中胜过俄诺玛俄斯。求婚者要用自己的马车载上希波达弥亚，并提前出发，而俄诺玛俄斯则在后追赶。如果求婚者被俄诺玛俄斯追

① 原文此处作"西侧"，与第5章中的说法矛盾且有误。

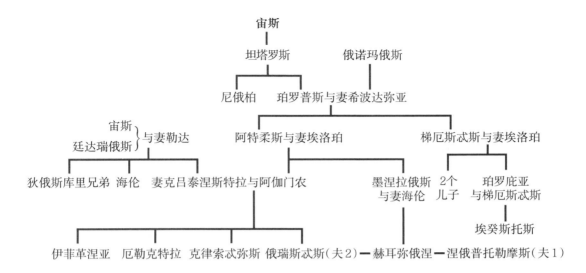

图18.1　阿特柔斯家族

上，就会被他杀死。在珀罗普斯之前，已经有13名求婚者失败了。他们的头颅变成了俄诺玛俄斯宫中的装饰品。

　　根据品达的说法，珀罗普斯在比赛开始前向他的情人波塞冬祷告。祷告的内容正解释了珀罗普斯的英雄地位（《奥林匹亚颂诗》1.75—89）：

　　　　[珀罗普斯说:]"波塞冬啊，如果宝贵的爱情还能让你心存谢意，就请截住俄诺玛俄斯的铜矛，让我的战车以最快的速度去往厄利斯，再赐给我力量。他已经杀了十三个求婚者，一直拖延他女儿的婚礼。然而巨大的危险正是为勇敢者而生的。人皆有一死，那么为何要远离荣耀，一事无成，在黑暗中坐等暮年降临？比赛马上就要开始，请你赐下我所最需要的帮助。"这就是他的话，而这些话并非徒劳。神明将荣耀加于他，赐给他黄金的战车和生着双翼、不知疲倦的骏马。他制服了俄

诺玛俄斯的暴力，赢得那位姑娘为妻。她为他生下了六位王子。六人都一心追求不朽的声名。

　　品达讲述的这个版本更加简单，也许还年代更早。更为人熟知的说法是：珀罗普斯贿赂了俄诺玛俄斯的御者密耳提罗斯（Myrtilus，天神赫尔墨斯之子），让他拆掉了俄诺玛俄斯车上的车辖，导致俄诺玛俄斯在追逐中车毁人亡。

　　珀罗普斯就这样赢得了希波达弥亚，并带着她驾车离开。密耳提罗斯与他们一起上路，并希望珀罗普斯用希波达弥亚的初夜来回报他。当他们在旅途中休憩的时候，密耳提罗斯试图侵犯希波达弥亚。珀罗普斯发现之后，将他从山崖上扔进了大海。坠落中的密耳提罗斯向珀罗普斯和他的子孙发出诅咒。这个诅咒，再加上杀害密耳提罗斯的罪行，就是阿特柔斯家族屡遭不幸的原因。不过，在讲述这一主题的古典戏剧作品中，只有小塞涅卡的悲剧《梯厄斯忒斯》得以流传至今。小塞涅卡在剧中将这次

谋杀与坦塔罗斯的罪孽联系了起来（《梯厄斯忒斯》138—148）：

> 正义未彰，同谋之恶亦未得逞。密耳提罗斯的主人 [俄诺玛俄斯] 遭到背叛，丢掉了性命。密耳提罗斯 [从珀罗普斯那里] 得到的忠诚正和他施予 [俄诺玛俄斯] 的一样：那片大海 [米尔托翁海（Myrtoan Sea）①] 因他而名声远扬……幼童珀罗普斯奔去亲吻他的父亲，却迎上父亲罪恶的刀剑，小小年纪就死在炉台旁。坦塔罗斯，是你将他切成碎片，好用来招待众神——你的宾客。

阿特柔斯和梯厄斯忒斯

珀罗普斯回到皮萨，代替俄诺玛俄斯做了国王。他的两个儿子——梯厄斯忒斯和阿特柔斯——就谁应统治迈锡尼而发生了争吵，因为根据神谕，迈锡尼应该属于"珀罗普斯的一个儿子"。两人达成的协议是：谁取得那头长金毛的公羊，谁就该成为国王。根据欧里庇得斯的说法，潘神将长金毛的公羊交给了阿特柔斯，而迈锡尼人庆祝他登上王位（《厄勒克特拉》698—725）：

> 金香炉已经摆好，神坛的烟火遍布全城。笛子——缪斯的忠仆——奏响起来，旋律多么悠扬。四处的人们跳起美丽的舞蹈，向那头金色的公羊致敬。它属于梯厄

图18.2　《阿德剌斯托斯与梯厄斯忒斯在西库翁》（*Adrastus and Thyestes at Sicyon*）

阿普利亚出土的红绘调酒缸，约公元前325年，高25.25英寸。作者为大流士画师。这幅图案取材自索福克勒斯的已佚悲剧《梯厄斯忒斯在西库翁》（*Thyestes at Sicyon*）。图案下方中部的人物是西库翁国王阿德剌斯托斯。他命令梯厄斯忒斯（戴帽者）将襁褓中的埃癸斯托斯交给最左下方的猎人，好让猎人将这孩子抛弃。在右下方，西库翁的王后安菲忒亚（Amphithea）正在安慰婴儿的母亲珀罗庇亚（Pelopia）。在图案的上半部分，阿波罗（身边有一只天鹅和一头豹子）坐在正中，面对一位复仇女神（右二）。他对梯厄斯忒斯的乱伦行为做出了裁判，而复仇女神的形象则预示：如果埃癸斯托斯活了下来，那个对阿特柔斯家族的诅咒就将应验。右一是西库翁本人，象征着那座以他的名字命名的城市。左边则是幼童的保护者阿耳忒弥斯。她命令潘去挽救埃癸斯托斯的性命，也许是要用一头母羊给他喂奶（与幼年宙斯在克里特岛上的经历一样）。这件陶器表明：除了埃斯库罗斯的讲述之外，还存在过其他关于梯厄斯忒斯和阿德剌斯托斯的神话传统。此处的阿德剌斯托斯已经逃离了阿尔戈斯，并成为西库翁的统治者。在阿尔戈斯的"梯厄斯忒斯之宴"过后，珀罗庇亚被送到西库翁避难，因此埃癸斯托斯出生在西库翁。

斯忒斯，因为梯厄斯忒斯引诱了阿特柔斯的妻子 [埃洛珀（Aërope）]，又将这宝物带进了自己家门。随后他来到人们欢聚之处，高呼那带角的金羊正在他家。

---

① 地中海的一部分，位于基克拉泽斯群岛和伯罗奔尼撒之间的爱琴海西南部，其名来自传说中在此淹死的密耳提罗斯。

欧里庇得斯之后还提到宙斯因梯厄斯忒斯的欺骗行为而愤怒，让太阳调转方向，从西向东运行。就这样，梯厄斯忒斯暂时从他的奸情中得益，并放逐了阿特柔斯。后来阿特柔斯又回到迈锡尼成为国王，反过来将梯厄斯忒斯放逐，直到打算报复他引诱埃洛珀的行为时，才给予召回。阿特柔斯假装与梯厄斯忒斯和好，邀请他来参加宴会，握手言欢。他将梯厄斯忒斯的儿子们杀死，并做成菜肴让梯厄斯忒斯吃下。小塞涅卡在《梯厄斯忒斯》中两度描写了这场宴会。第一次是通过信使之口；第二次则从阿特柔斯的视角出发，表现了这骇人的恐怖一幕。他让阿特柔斯像剧场中的观众一样，观看梯厄斯忒斯吃下亲生儿子的肉。梯厄斯忒斯发觉了他吃的是什么，但为时已晚。此时整个天空黑暗下来，连太阳也不忍目睹这场罪行。梯厄斯忒斯对阿特柔斯发出诅咒，重新开始流亡。

阿伽门农、克吕泰涅斯特拉和埃癸斯托斯

因此，珀罗普斯的第一代后裔已经受到密耳提罗斯诅咒的影响。梯厄斯忒斯与阿特柔斯的儿子们又继续他们之间的争斗。在第二次流亡期间，梯厄斯忒斯在一个神谕的驱使下，同自己的女儿珀罗庇亚结合，成为埃癸斯托斯的父亲，而埃癸斯托斯则成为下一代的复仇者。阿特柔斯之子阿伽门农继其父成为迈锡尼国王，娶克吕泰涅斯特拉为妻。他们的子女包括伊菲革涅亚、厄勒克特拉和俄瑞斯忒斯。两人的第三个女儿克律索忒弥斯（Chrysothemis）则不甚重要，只在索福克勒斯的戏剧中作为衬托厄勒克特拉的形象出现（见本章末的"补充阅读"部分）。

阿伽门农同样对自己的一个孩子犯下了无可言状的大罪。在远征特洛伊之前，他为了取悦阿耳忒弥斯，将自己的女儿伊菲革涅亚献祭，以求得从希腊顺风启航。这是希腊神话中最具影响、流传甚广的故事之一，在文学和艺术作品中得到大量表现。在埃斯库罗斯的悲剧《阿伽门农》（184—249）中，这个故事是确定全剧事件背景的核心神话。欧里庇得斯的最后一部悲剧《伊菲革涅亚在奥利斯》（*Iphigenia in Aulis*）则以这个故事为全剧的主题（参见雅克-路易·大卫的画作，本书图19.8）。罗马诗人卢克莱修对伊菲革涅亚故事有一段动人的讲述，我们在本书第522页给出了译文。

阿伽门农的罪行在他的妻子克吕泰涅斯特拉心中激起了难以消弭的仇恨。在他离家前往特洛伊期间，克吕泰涅斯特拉开始与埃癸斯托斯通奸。与她勾结的埃癸斯托斯则有自己的算盘——他要谋划对阿伽门农的复仇。阿伽门农带着他的战利品——特洛伊公主卡桑德拉——回到家乡，却被骗入宫中，死在克吕泰涅斯特拉和埃癸斯托斯手下。在埃斯库罗斯的《阿伽门农》中，这一幕虽然没有在台上发生，却是全剧的核心事件。在杀死阿伽门农之后，克吕泰涅斯特拉为自己的行为做出了辩护。我们会在本章后文中将她的辩词译出（埃斯库罗斯《阿伽门农》1372—1398）。埃癸斯托斯也没有逃避罪责：他将这视为一次正义的复仇，因为阿伽门农是他父亲梯厄斯忒斯的敌人阿特柔斯的儿子。

在《奥德赛》中，阿伽门农的鬼魂向奥德修斯讲述了他和卡桑德拉被害的经过（荷马《奥德赛》11.408—426）：

> 杀死我的并非陆上的歹人，是埃癸斯
> 托斯伙同我那该死的妻子将我谋害。他们

为我安排好厄运和死亡，邀请我去宫中赴
宴，再将我屠戮，如同在槽边宰杀公牛。
我就这样可悲地死去。他们还残忍地将我
身边的随从们宰杀，如同宰杀长牙的肥
猪……你也曾见过无数人的死亡，但若是
你目睹这场屠杀，看到我们躺在这美酒盈
樽、佳肴满桌的殿宇中，看到遍地流淌的
鲜血，你也会悲悯不已。我听见卡桑德拉
的惨叫，最让人惨不忍闻。她是普里阿摩
斯的女儿。狠毒的克吕泰涅斯特拉将她和
我一同杀害。我举起手来［想要恳求］，却

死在剑下。我的手也落回地面。我向哈得
斯的冥土坠落，我那无耻的妻子却转过身
去，不敢用手来合上我张开的嘴巴和眼睛。

在这个版本中，阿伽门农是在庆祝他凯旋的宴
会上被埃癸斯托斯和克吕泰涅斯特拉杀害的。流传
更广的则是埃斯库罗斯的说法：克吕泰涅斯特拉在
阿伽门农洗澡时用袍子缚住他，再用刀将他刺死。
在埃斯库罗斯的讲述中，卡桑德拉在入宫前有一次
戏剧性的预言，预见了这次谋杀和她自己的死亡。
她描述了即将发生的一切，如同她眼前亲见，并将
阿伽门农之死同梯厄斯忒斯之宴联系了起来（《阿伽
门农》1095—1129）：

是呀，我相信我眼前看到的证据。我
为那被杀害的孩童哭泣[1]——他们的肉被
烹煮，又被他们的父亲吃下肚去……一桩
新的惨事又要来临？这宫殿里藏着巨大的、
令亲友们难以容忍的恶谋，无法挽回，也
无人能够搭救……天哪，你这阴毒的妇
人，这就是你要做的事吗？你要为与你同
床的丈夫沐浴……我如何能讲得出这结
局？……我又看到了什么？是哈得斯的罗
网吗？不是，这罗网就是她，是那要行谋
杀的妇人……啊呀！啊呀！不要让那公牛
靠近那母牛！她要用袍子笼住他，再用那
黑角的凶器击打。[2]他倒在盛满水的浴盆
中。我告诉你们，正是沐浴招致厄运：一场
精心策划的背信弑杀。

图18.3 《阿伽门农之死》（*The Death of Agamemnon*）
阿提卡红绘调酒缸，约公元前470年，高20.5英寸，作者
为多喀马希亚画师（Dokimasia painter）[a]。图中的埃癸斯托
斯揪住阿伽门农的头发，手中的剑已经刺中了阿伽门农
的身体。阿伽门农被困在一张网里，倒向地面。画面左
侧是持斧奔来的克吕泰涅斯特拉和另一名试图保护阿伽
门农的女子（可能是厄勒克特拉）。这个器皿的另一侧则
描绘了埃癸斯托斯之死。

---

a. 活跃于公元前480—前460年间的雅典陶画师。多喀马希
亚指雅典人对公民的公共事务任职资格审查。画师的名
称来自他的一件表现多喀马希亚节日上巡阅马匹场景的
作品。

---

① 原引文如此，Herbert Weir Smyth 英译本、Robert Browning 英译本
和罗念生汉译本均解作"被杀害的孩童们为他们自己哭泣"。

这位受感召的牺牲者哭喊出预言，淋漓尽致地描述了阿伽门农的死亡，如同亲眼看见，而她自己很快就要和阿伽门农一同赴死。当阿伽门农和卡桑德拉的尸身已躺在自己脚下，克吕泰涅斯特拉为自己的行为进行了辩护，并以一个可怖的景象作结：她将自己描述为承受天神雨露而获得新生的地母，而这雨露实际指的是从她被谋杀的丈夫身上喷出的鲜血。在所有对神圣婚姻这一原始意象的表现中，从未有其他作品表现出如此巨大的诗学力量（埃斯库罗斯《阿伽门农》1372—1398）：

> 我刚才为达到目的，说了许多话。现在我要说的与那些话全都相反，而我不会以此为耻。不这样做，如何能向一个貌似亲近的敌人复仇？如何能为他织出难以逃脱的厄运之网？我要说：这场缘于旧日仇怨的决战我已经谋划了很久，终于得以进行。我就站在这将他击倒的地方，我要做的事已经完成。为了不让他逃脱或抵御厄运，我就是这样做的，对此我绝不否认。我用这美丽而致命的袍子将他罩住，又用巨网将他像鱼一样缠紧。我击打他两下。他发出两声惨叫，随后手脚就变得疲软无力。我又补上了第三下，这是献给地下的宙斯——死人的守护者——的祭礼。他就这样倒下，呼出最后一口气。在断气之时，他身上喷出汹涌的鲜血，像黑红色的雨点落在我的身上，而我则畅快无比，就像已耕的土地承接宙斯为让花蕾绽放而降下的甘露。我要说的话就是这些。聚在此地的阿尔戈斯长老们，只要你们愿意，也可以同样欢庆。至于我自己，当然是为我的诅咒而欢喜雀跃。如果要按照规矩给这死人致奠，我会将诅咒、酒浆，还有正义调在一起①，还不止是正义。这家中的酒杯被他灌满了无尽可诅咒的灾祸。如今他回来了，却将这酒喝得一干二净。

值得注意的是，在阿特柔斯的儿子们中，只有阿伽门农受到了密耳提罗斯的诅咒的影响。墨涅拉俄斯有他自己的不幸：他的妻子海伦与人通奸，并弃他而去，还引发了特洛伊战争。在悲剧《俄瑞斯忒斯》（*Orestes*）中，欧里庇得斯以轻蔑的口吻刻画了墨涅拉俄斯的形象。该剧剧情就发生在俄瑞斯忒斯杀死克吕泰涅斯特拉之后不久。在《安德洛玛刻》（*Andromache*，剧情将在本章后文中讲到）和《特洛伊妇女》（*Trojan Women*，讲述的是特洛伊城刚刚陷落时发生的事）中，墨涅拉俄斯的形象也没有好到哪里去。在讲述关于阿特柔斯家族的诅咒如何应验时，各种表现这一神话的文学作品，都将重点放在阿伽门农一家身上。继承诅咒后果的也是阿伽门农之子俄瑞斯忒斯。

俄瑞斯忒斯和厄勒克特拉

根据埃斯库罗斯的说法，阿伽门农遇害之时，俄瑞斯忒斯并不在迈锡尼。克吕泰涅斯特拉和埃癸斯托斯篡夺了王位，俄瑞斯忒斯却以流亡者的身份在福喀斯国王斯特洛菲俄斯（Strophius）的宫廷中成

---

① 原引文如此，Herbert Weir Smyth 英译本、Robert Browning 英译本和罗念生汉译本中均无"将诅咒、酒浆，还有正义调在一起"的内容，均解作"如果我可以给死者致奠，我这样奠酒是很正当的，十分正当呢"（罗念生译文）。

年。此时为父报仇的责任便落在了他的肩膀上，尽管杀父仇人之一正是他自己的母亲。阿波罗还是命令他履行自己的责任。于是，俄瑞斯忒斯回到迈锡尼，并在姐姐厄勒克特拉的鼓励下杀死了克吕泰涅斯特拉和埃癸斯托斯。荷马在《奥德赛》中借宙斯之口赞扬了俄瑞斯忒斯对其亡父的忠诚。古希腊三大悲剧作家各自创作了一部关于克吕泰涅斯特拉之死的剧作，其中索福克勒斯的立场最为中立，而埃斯库罗斯和欧里庇得斯作品中的情感基调都是对弑母行为的厌恶。在这样的神话传统中，俄瑞斯忒斯受到了专司为被害者复仇的古老神祇厄里倪厄斯（复仇女神）的追索。在欧里庇得斯的《厄勒克特拉》的结尾，狄俄斯库里兄弟预言，俄瑞斯忒斯必须在复仇女神的追逐下开始流亡，又预言他最后将向雅典娜求助，并在雅典的亚略巴古法庭被洗去弑母的罪名。

以上事件正是埃斯库罗斯的《俄瑞斯忒亚》三部曲中最后一部《欧墨尼得斯》的主题。俄瑞斯忒斯在复仇女神的追索下来到德尔斐，拉开了全剧的序幕。阿波罗命令俄瑞斯忒斯前往雅典，并承诺为他提供保护。来到雅典之后，俄瑞斯忒斯向亚略巴古法庭提出了申诉。这所法庭的成员都是雅典公民，案件的陪审团即由他们组成。[3] 阿波罗为俄瑞斯忒斯辩护，雅典娜主持审理，而厄里倪厄斯则主张她们的惩罚的正义性。最终陪审团投票的结果是平局，而雅典娜则投下自己的一票，支持洗去俄瑞斯忒斯的罪名。她的根据是，弑母的罪过并不大过杀夫或弑父的罪过，而儿子对父亲的责任则超过其他家庭关系。阿特柔斯家族背负的诅咒由此终于得到解除。厄里倪厄斯的怒火得到平息，并被赋予新的名字——欧墨尼得斯（意为"仁慈者"），从此在雅典受到崇拜。

在俄瑞斯忒斯神话的这一版本中，故事的核心是法律取代古老的杀人与复仇传统（由厄里倪厄斯代表），成为实现正义的手段。然而，雅典娜所提出的论据却难以令人信服。这不免让我们怀疑，埃斯库罗斯本人是否相信这些论据站得住脚。而且这一点与下面的事实相较，也就显得不那么重要了：宙斯的意志早已决定俄瑞斯忒斯将会被免罪。[4] 事实上，对埃斯库罗斯以及后世的许多作家、剧作家和诗人（包括20世纪的尤金·奥尼尔和 T. S. 艾略特在内）来说，俄瑞斯忒斯传说的重要性在于它所引入的道德和宗教原则。在这个传说的最初形态中，阿特柔斯家族的故事就是一代又一代人的流血故事。阿伽门农之死是一场复仇。这一事实在整个神话中的重要性，超过了阿伽门农在死前所表现出的悲剧性的骄傲（或狂妄），也超过了克吕泰涅斯特拉对卡桑德拉的嫉妒。同样，俄瑞斯忒斯的行动源自他为父亲之死复仇的虔诚信念，而他有"罪"则是一种后来的理解，虽然可能是一种更人性化的理解。这种解读实际上并不符合逻辑，因为它忽略了阿波罗命令俄瑞斯忒斯杀死克吕泰涅斯特拉这一事实。埃斯库罗斯以其天赋才华对这个原始神话进行了改造，以理性与法治取代了杀人和复仇这样的古老原则。

埃斯库罗斯的《俄瑞斯忒亚》三部曲由《阿伽门农》《奠酒人》和《欧墨尼得斯》组成，为我们呈现了一个不朽的悲剧版本。厄勒克特拉、俄瑞斯忒斯的归来以及克吕泰涅斯特拉与埃癸斯托斯之死都是同一个传说的组成事件。幸运的是，埃斯库罗斯、索福克勒斯和欧里庇得斯这三大悲剧家为这一传说而创作的戏剧都流传了下来。埃斯库罗斯三部曲中的第二部（《奠酒人》）、索福克勒斯的《厄勒克特拉》和欧里庇得斯的《厄勒克特拉》都以上述事件为主题。我们因此得以从一个得天独厚的视角比较三

图18.4　《俄瑞斯忒斯在德尔斐》（*Orestes at Delphi*）

阿普利亚红绘调酒缸，约公元前370年，高35.5英寸。画中的俄瑞斯忒斯紧紧抱住阿波罗神庙中的翁法罗斯石，而阿波罗则举手挡开一位从左上方飞来的复仇女神。皮提亚惊恐地逃离她的三足鼎（位于阿波罗两腿之间）。阿耳忒弥斯位于图案右侧，正带着她的猎犬在天空中搜寻其他飞翔的复仇女神。神庙这一场景设定在各种其他细节中得到了进一步强化：图中有三根爱奥尼亚柱，在左侧有第二个三足鼎，还有正从皮提亚手中掉落的神庙钥匙，以及上方中部的各种祭品（战车车轮和头盔）。

大戏剧家对同一情节的处理方式。每位作者的作品都是杰作，同时又带有他们各自的烙印，表现出他们对人物动机、人物性格和宗教的不同观念。这三部戏剧处理的是同一主题，但无论是在个人立场上，还是在普遍寓意上，它们都表现出莫大的差异。

索福克勒斯剧中的中心人物是厄勒克特拉。尽管杀死二人母亲的是俄瑞斯忒斯，但我们在宫外看到的，却是高呼"再给她一下"的厄勒克特拉。此外，在索福克勒斯精巧的反讽描写中，也正是厄勒克特拉的奚落将埃癸斯托斯诱入圈套，让他死于俄瑞斯忒斯之手。索福克勒斯承认这样一个事实：俄

瑞斯忒斯的行为是正当的，他遵从的是阿波罗的命令。他还为我们刻画了一个震撼人心的厄勒克特拉形象：她对被害的父亲怀有热烈的忠诚，因而对母亲克吕泰涅斯特拉及其情人埃癸斯托斯满怀仇恨。支撑她活下去的希望，就是俄瑞斯忒斯将会归来，并实现正义和复仇。索福克勒斯对这个故事的表现精彩纷呈，其中有母女之间的戏剧冲突，也有充满情感张力的姐弟相认。他向我们展示了愤怒、挫折和渴望等情感可以如何影响一名年轻女子的心灵。

欧里庇得斯对厄勒克特拉的描绘更为冷酷，带有一种恐怖、现实和世俗的色彩，自有其悲悯与敬畏。单就厄勒克特拉的复仇动机而论，其中发自情欲的嫉妒产生的作用，毫不逊于任何崇高的绝对正义感。面对埃癸斯托斯的头颅，厄勒克特拉的一段独白堪称恐怖的范本。随后姐弟二人又合力将他们的母亲杀死。此时，卡斯托耳以机械降神的方式出现，并以欧里庇得斯独有的、模棱两可的哲理式表达告诉我们：阿波罗虽然明智，但他对俄瑞斯忒斯的命令却有失鲁莽。

关于埃斯库罗斯的《奠酒人》、索福克勒斯的《厄勒克特拉》和欧里庇得斯的《厄勒克特拉》，本章末尾的"补充阅读"部分中有一篇更长的分析，并附有相应的原著片段，可供参考。

俄瑞斯忒斯的故事还有其他版本，这并不出奇。在这些讲述中，俄瑞斯忒斯得以通过某种仪式或完成某种赎罪行为来洗脱他的杀人罪，而无须经历审判和开释的过程。在欧里庇得斯的戏剧《伊菲革涅亚在陶里斯》中，三位复仇女神并非都接受了雅典娜的裁判：她们中仍有人对俄瑞斯忒斯进行追猎。于是，俄瑞斯忒斯再次来到德尔斐。阿波罗让他前往陶里人（Tauri）的地方（即今克里米亚）取得一座木制的阿耳忒弥斯神像。陶里人有将外乡人带到阿

传说的变形

《俄瑞斯忒亚》中的传说启发了无数文学作品。其中尤为值得铭记的20世纪作品包括尤金·奥尼尔的三部曲《厄勒克特拉服丧》(*Mourning Becomes Electra*, 1931) 和 T. S. 艾略特的《家庭团聚》(*The Family Reunion*, 1939)。前者是一部发生于19世纪新英格兰的传奇；后者的场景设定则是一个英国家庭的住所。此外，约翰·巴顿 (John Barton) 用10部剧作组成了宏大的系列剧《坦塔罗斯：一个为新千年讲述的古代神话》(*Tantalus: An Ancient Myth for a New Millenium*，出版于2000年，是其先前作品《希腊人》[*The Greeks*] 的续作)。这个系列以迈锡尼传说和特洛伊战争为题材。法国出版的作品则包括让·季洛杜 (Jean Giraudoux) 的《厄勒克特拉》(*Electra*, 1937) 和让-保罗·萨特 (Jean-Paul Sartre) 的《苍蝇》(*The Flies*)。保罗·萨特让俄瑞斯忒斯进入了某种存在主义的状态。同样值得一提的还有美国剧作家杰克·理查森 (Jack Richardson) 的作品《浪子》(*The Prodigal*, 1960)。

美国作家乔伊斯·卡罗尔·欧茨 (Joyce Carol Oates) 的小说《光之天使》(*Angel of Light*, 2004) 堪称独特。俄瑞斯忒斯和厄勒克特拉在这部小说中变成了两个身在华盛顿的学生，并且是废奴主义烈士约翰·布朗 (John Browm) 的后代。他们的父亲是司法部的一名主管。姐弟两人相信父亲遭到了母亲的谋杀。在小说的结尾，弟弟欧文 (俄瑞斯忒斯) 变成了一名恐怖分子。

耳忒弥斯神庙祭献的传统，俄瑞斯忒斯和他的伙伴皮拉得斯 (此时已是厄勒克特拉的丈夫) 被带到了阿耳忒弥斯的女祭司面前。这个女祭司不是别人，正是俄瑞斯忒斯的姐姐伊菲革涅亚。她向这两名来自希腊的外乡人询问在阿尔戈斯和迈锡尼发生的事情，随后便向俄瑞斯忒斯说出了自己的真实身份，以及阿耳忒弥斯如何奇迹般地在奥利斯搭救了她并将她带到陶里人的国度。在认出俄瑞斯忒斯之后，他们合谋欺骗了陶里人的国王托阿斯 (Thoas)。托阿斯允许他们将阿耳忒弥斯神像带到大海中，以清洗弑母者俄瑞斯忒斯带来的污染。三人登上俄瑞斯忒斯的船，扬帆出航，却被逆风和海流送回陆地。在他们被托阿斯抓住之前，雅典娜出现了，并要求托阿斯放走他们。于是，俄瑞斯忒斯和伊菲革涅亚得以返回希腊，并将陶里人的阿耳忒弥斯神像供奉在阿提卡的哈立 (Halae)。俄瑞斯忒斯随后回到了迈锡尼。伊菲革涅亚则留在阿提卡，在布劳戎担任阿耳忒弥斯的女祭司，度过余生。

欧里庇得斯在另外两部悲剧中继续讲述俄瑞斯忒斯后来的故事。这两部剧作的情节相当复杂，有时甚至离奇到令人难以置信，但在古典时代仍然受到人们欢迎。《安德洛玛刻》是较早的一部，上演于公元前425年左右。在这部剧中，斯巴达国王墨涅拉俄斯及其女儿赫耳弥俄涅 (Hermione) 是两个毫无同情心的人物。剧中故事发生在佛提亚 (Phthia)，阿喀琉斯的父亲珀琉斯是此地的国王。在特洛伊城陷落后，安德洛玛刻被当作奴隶送给阿喀琉斯之子涅俄普托勒摩斯，并为他生下一个儿子。涅俄普托勒摩斯的妻子赫耳弥俄涅却没有生育子女。在墨涅拉俄斯的帮助下，她打算趁涅俄普托勒摩斯离家前往德尔斐的机会杀死安德洛玛刻。然而珀琉斯意外出现，将安德洛玛刻救下。墨涅拉俄斯脸面失尽，只能离开。俄瑞斯忒斯就在此时上场，并宣布他与赫耳弥俄涅已有合法的婚约，随后将她带回阿尔戈斯做自己的妻子。原来，此前俄瑞斯忒斯在德尔斐设计杀害了涅俄普托勒摩斯，而一名信使也带来了后者的死讯。

涅俄普托勒摩斯的尸身很快被送回来。就在珀琉斯打算安葬自己的孙子的时候，忒提斯以机械降神的方式出现，宣布涅俄普托勒摩斯将被安葬在德尔斐的阿波罗圣地（并被赐予英雄的荣耀），而安德洛玛刻要和她的儿子一起去往摩洛希亚（Molossia，位于希腊西北面），在那里同幸存的特洛伊人赫勒诺斯结合。维吉尔在《埃涅阿斯纪》第3卷中便是让埃涅阿斯来到此地——埃涅阿斯在这里受到安德洛玛刻的欢迎，并聆听了赫勒诺斯对他的未来做出的预言（参见本书第736页）。至于珀琉斯本人，忒提斯要他在海边等候：她会带着50名海仙女归来，并将赐予珀琉斯永生，让他和自己永不分离。她还声称珀琉斯将与阿喀琉斯重逢，因为阿喀琉斯并没有去往冥界，而是在琉刻岛（Leuke）[1]上。

关于涅俄普托勒摩斯之死，品达讲述了一个不同的故事（参见《涅墨亚颂诗》7.33—47，并参见《阿波罗颂歌》[Paean] 6.98—120）：

> 大地胸怀广阔，而涅俄普托勒摩斯是
> 作为大地中心的守护者而来。他已攻陷了
> 普里阿摩斯那座让达那安人（Danaäns）[2]为
> 之苦战的城市。他从特洛伊扬帆出发，错
> 过了斯库罗斯岛，在流浪中来到厄费拉
> （Ephyra，即科林斯）。有一小段时间他在
> 摩洛希亚为王，他的后代也一直得享此位。

但他本人却来寻找天神［阿波罗］，还带来了特洛伊首批战利品。然而就在那里，一个人为争夺祭肉，用匕首将他杀死。

欧里庇得斯在较晚的一部悲剧《俄瑞斯忒斯》中，进一步讲述了俄瑞斯忒斯的传说。这部剧上演于公元前408年。剧中故事发生在阿尔戈斯王宫外，时间则是在克吕泰涅斯特拉死后。俄瑞斯忒斯受到复仇女神幻象的折磨，躺在王宫门前，照顾他的是厄勒克特拉。阿尔戈斯人要在这一天集会，对他们二人的行为做出审判。如果他们被判谋杀罪名成立，就将被处死。此时，墨涅拉俄斯和海伦带着赫耳弥俄涅登场。在来自斯巴达的廷达瑞俄斯（Tyndareus，海伦和克吕泰涅斯特拉的母亲勒达之丈夫）的劝说下，墨涅拉俄斯拒绝向俄瑞斯忒斯伸出援手。二人被判有罪的消息传到了厄勒克特拉耳中（俄瑞斯忒斯本人在大会上为自己进行了辩护），于是，她、俄瑞斯忒斯与皮拉得斯（皮拉得斯前来是为了和朋友同生共死）首先密谋杀死海伦和赫耳弥俄涅，以报复墨涅拉俄斯。海伦奇迹般地逃脱了。随后俄瑞斯忒斯和厄勒克特拉带着赫耳弥俄涅出现在王宫屋顶，俄瑞斯忒斯手中的剑则架在赫耳弥俄涅的脖子上。被关在宫门之外的墨涅拉俄斯只能向他们怒声喝骂。俄瑞斯忒斯开始点火焚烧王宫。就在这一片混乱中，阿波罗以机械降神的方式出现，说出了他对这一难题的解决办法。他宣布海伦已升为永生的女神，并被送去与她的兄弟（卡斯托耳和波吕丢刻斯［Polydeuces］）相聚；俄瑞斯忒斯要前往雅典，在亚略巴古法庭受审并洗清罪名，还要与赫耳弥俄涅成婚（尽管他曾经打算杀死她）；皮拉得斯则要娶厄勒克特拉为妻。

欧里庇得斯以这种方式为阿特柔斯家族的传说

---

[1]　Leuke 亦作 Leuce，意为"白色"，位于黑海。
[2]　荷马史诗中对希腊军队的集体称谓，同阿开亚人和阿尔戈斯人（Argives）。

和他们背负的诅咒画上了句号。年轻一代（即俄瑞斯忒斯和厄勒克特拉这一代）被巧妙地配双成对。道德、政治和社会的秩序，也在曾命令俄瑞斯忒斯为父亲之死复仇的天神阿波罗的手中恢复过来。然而，这个版本与埃斯库罗斯和索福克勒斯所提出的解决方案大相径庭，其中各个人物身上都未能表现出英雄的尊严，令人困惑。古代批评家、拜占庭的阿里斯托芬（Aristophanes of Byzantium）① 评论道："这结局近乎喜剧……剧中人物个个出身高贵，但全剧所表现出的道德水平却极为卑下——所有角色（皮拉得斯除外）都毫无悲悯之心。"与在《厄勒克特拉》中一样，欧里庇得斯为这些神话人物涂上了一层非英雄的色彩，迫使我们认识到他们的道德困境正对应着平凡世界的肮脏现实。

俄瑞斯忒斯的神话结束于他在阿尔戈斯、迈锡尼和斯巴达（通过与赫耳弥俄涅的婚姻实现）的统治。在他死后，他的骸骨被葬在忒革亚（Tegea）。这座城市距斯巴达不远，在历史上曾是斯巴达的对手。根据希罗多德的讲述，斯巴达人掘出了俄瑞斯忒斯的骸骨，从此对忒革亚人战无不胜。俄瑞斯忒斯与赫耳弥俄涅的儿子提萨墨诺斯（Tisamenus）则在领导阿开亚人抵抗赫拉克勒斯族人时战死。

补充阅读：
俄瑞斯忒斯与三个版本的厄勒克特拉

埃斯库罗斯的《俄瑞斯忒亚》首演于公元前458

年。三部曲中的第二部《奠酒人》讲述了俄瑞斯忒斯返回家乡、与姐姐厄勒克特拉重逢，以及他们杀死母亲克吕泰涅斯特拉及其情人／丈夫埃癸斯托斯的故事。正如本章前文中述及，索福克勒斯和欧里庇得斯也就同一个主题各自创作了他们的戏剧作品。这为我们提供了一个难得的机会，让我们可以对三位戏剧大师的手法和目的进行比较与对照。以下就是我们对这三部剧作的解读性评论和相关的剧本译文节选。

埃斯库罗斯的《奠酒人》

该剧开场时，俄瑞斯忒斯已经在伙伴皮拉得斯的陪同下回到了阿尔戈斯。他向赫尔墨斯祷告着，同时剪下两绺头发放在父亲阿伽门农墓前。当厄勒克特拉在一支女子歌队伴随下上场带着祭品来到坟墓前时，两个年轻人退开了。厄勒克特拉为父亲奠酒，诉说自己的不幸。她在此时发现了俄瑞斯忒斯所剪下的头发，并立刻认出了这些头发属于谁，因为它们和她自己的头发一样。同样地，她从地上的脚印判断出俄瑞斯忒斯已经归来，因为这些脚印也和她自己的吻合。在当代读者看来，这些辨认的凭据未免可疑，甚至过于奇特，但上古的人们似乎真的会采用这种办法。[5]

此时，俄瑞斯忒斯揭晓了自己的身份：他向厄勒克特拉展示自己衣袍上织有的一处动物纹样，唤起了姐姐的记忆。姐弟相认的场景短促，却充满了喜悦。对厄勒克特拉而言，她的弟弟为她带来了光明和救赎的希望。她失去了四位亲人的爱——她的父亲、母亲、被献祭的姐姐，还有俄瑞斯忒斯本人，而此时这些爱全在俄瑞斯忒斯一个人身上复苏。在接下来绵长的哀歌中，俄瑞斯忒斯、厄勒克特拉以及歌队转而对正义复仇这一主题给以详尽表现，呼唤阿伽门农，并向宙斯和阿波罗祷告。俄瑞斯忒斯

---

① 拜占庭的阿里斯托芬（约前257—前180），希腊化时代的学者、文学批评家和语法学家，生于古希腊城邦拜占庭，曾担任亚历山大图书馆馆长。他以对荷马、品达和赫西俄德等古典作者作品的研究而著名。

完全掌握了主导地位。他将谋杀埃癸斯托斯和克吕泰涅斯特拉的计划和盘托出，并就厄勒克特拉在计谋中的有限角色进行了解说。俄瑞斯忒斯将被准许入宫，并向克吕泰涅斯特拉传达他自己已经死去的假讯（他会假称是从斯特洛菲俄斯［年幼的俄瑞斯忒斯的收养者］那里得到了消息）。

此时，俄瑞斯忒斯已说出阿波罗神谕的可怕预言以及神谕所包含的毁灭性力量。如果不去杀人为阿伽门农报仇，他的一生都将在悲惨中度过：可怕的复仇女神将会为了他的父亲而无休止地追杀他；他还会全身长满脓疮，并染上麻风病，会成为无家可归的贱民和流亡者，直到凄惨地死去。俄瑞斯忒斯害怕这样的惩罚，怜悯自己的父亲，渴望他应得的继承权，并对那些随他父亲从特洛伊凯旋的英雄们如今却臣服于两名"妇人"（克吕泰涅斯特拉和懦弱的埃癸斯托斯）的现实而感到失望，这让俄瑞斯忒斯获得了力量。

克吕泰涅斯特拉在宫中接见了俄瑞斯忒斯和皮拉得斯。她带着激烈而又复杂的情绪接受了儿子的死讯，并命令仆人喀利萨（Cilissa）前去告知不在家的埃癸斯托斯。此时，我们得知这个喀利萨正是俄瑞斯忒斯幼时的保姆，也正是她在阿伽门农遇害之后让俄瑞斯忒斯得以安全地被送走。

埃癸斯托斯赶回来确认喜讯。他刚刚踏进宫中，就被俄瑞斯忒斯杀死。克吕泰涅斯特拉则是下一个被杀的。她此前做了一个噩梦，梦见自己生下一条蛇，还用被子将它盖住，哄它入睡。她在梦中让这个小怪物吮吸她的乳汁，蛇却在吃奶时撕扯她的乳头，吞下混合着鲜血的奶水，让她在惊吓和疼痛中大声叫喊。因此，她还特意派遣了妇人们前去阿伽门农墓前奠酒。这条蛇正是俄瑞斯忒斯的象征。他的到来让克吕泰涅斯特拉的噩梦变成了

图18.5　《厄勒克特拉在阿伽门农墓前》（*Electra at the Tomb of Agamemnon*）

卢卡尼亚皮莱克罐（pelike，一种大型的双耳酒器），作者为奠酒人画师（Choephori painter），约公元前350年。在这幅取材自埃斯库罗斯《奠酒人》的画面中，厄勒克特拉在她被谋杀的父亲墓前哀悼。她坐在墓基的台阶顶端。俄瑞斯忒斯从左侧向她走近，正准备奠酒。右边的是手持花环的赫尔墨斯。厄勒克特拉身后有一根建于阶梯状墓基上的立柱，柱顶是一个卡里克斯调酒缸（kalyx krater）[a]。图中的其他器皿（如阶梯顶端的提水罐、第二层阶梯上和最下一层阶梯旁边的莱基托斯瓶）则显示了厄勒克特拉经常来此祭奠。她沮丧的神态说明了她的奠酒没有一次成功。图案中还出现了她在祭奠时所使用的其他物品，如中层阶梯上的鸡蛋和石榴、系在柱上和被扔在地面的带子（fillet），此外柱子上还有第三条带子和一个三足鼎。这些器皿及其他物品是表现厄勒克特拉奠酒失败的重要提示物，而赫尔墨斯的花环则预示着俄瑞斯忒斯将会奠酒成功。

---

a.　kalyx krater 亦作 calyx krater，指一种形状向外伸展如杯状或花萼状的调酒缸。kalyx 一词意为"花萼"。

现实。

看到埃癸斯托斯被杀，一名仆人大声喊叫起来，向克吕泰涅斯特拉发出警报说屠刀就要落到她的头上。克吕泰涅斯特拉意识到俄瑞斯忒斯并没有死——他不仅还活着，而且要来杀她（《奠酒人》885—930）：

克吕泰涅斯特拉：怎么回事？为何在这宫中大呼小叫？

仆人：我是要说那人并没有死，却要来取活人的性命。

克吕泰涅斯特拉：天哪！我听懂你这谜语了。我们因背叛害人，今天也要因背叛而死。来人啊，给我一把斧头，我要杀一个人。让我们来看看到底鹿死谁手。这场劫难已经到了你死我活的时候。

俄瑞斯忒斯在此时现身。他身边站着皮拉得斯，脚下则是埃癸斯托斯的尸身（《奠酒人》894—930）：

俄瑞斯忒斯：我正要找你。这个人我已经料理完了。

克吕泰涅斯特拉：我的老天！骁勇的埃癸斯托斯，我亲爱的，你还活着吗？

俄瑞斯忒斯：你爱这个人，对吗？那正好，因为你们就要分享同一座坟墓。他已经死了，你再也不会背叛他。

克吕泰涅斯特拉：住口，我的儿子。你难道对你母亲的胸乳没有丝毫敬意？当年你还没有牙齿只有牙床，多少次睡眼惺忪地从这乳房中吮吸了滋养你的乳汁。

俄瑞斯忒斯：皮拉得斯，我该怎么办？如何对我的亲生母亲下手？

皮拉得斯：那阿波罗经由他的神圣祭司发出的神谕又该怎么办？你不怕遭报应，不怕渎神吗？你已经虔诚地发下了必须履行的誓言。宁可与凡人为敌，也不可忤逆天神。

俄瑞斯忒斯：你说得很对，让我不再

害怕了。来吧，母亲。我要在埃癸斯托斯身边将你杀死。他还活着的时候，你以为他胜过我的父亲。既然你爱他，却恨那你本该爱的人，现在就和他一同长眠吧。

克吕泰涅斯特拉：是我给了你生命。我想在你的陪伴下进入暮年。

俄瑞斯忒斯：你杀了我的父亲，如今却要和我同住？

克吕泰涅斯特拉：我的儿啊。这事也有命运的原因。

俄瑞斯忒斯：那好，命运已经决定了我现在要做的事。

克吕泰涅斯特拉：你就不怕来自母亲的诅咒吗？我的儿子。

俄瑞斯忒斯：你算什么母亲？你将我生下来，却将我抛弃，让我受苦。

克吕泰涅斯特拉：我并没有抛弃你，只是将你送给朋友照看。

俄瑞斯忒斯：我生下来是自由的人，却被可耻地卖给别人。你背叛了我，又夺走了属于我的东西。

克吕泰涅斯特拉：那你倒是说，我出卖你得了什么好处？

俄瑞斯忒斯：要我将这些可耻的事一一数来，我也替你脸红。

克吕泰涅斯特拉：你也该数数你父亲所犯下的罪孽，而不光是记着我的。

俄瑞斯忒斯：不要中伤他。他吃了那么多苦，你却在这家中安居。

克吕泰涅斯特拉：我的儿子啊。你可知道女人独守空房的日子多么凄凉？

俄瑞斯忒斯：然而丈夫在外辛苦，才

保证得了在家的妻子安全。

克吕泰涅斯特拉：我的儿子，你真要杀害你的亲生母亲吗？

俄瑞斯忒斯：杀死你的是你自己，不是我。

克吕泰涅斯特拉：那你要当心了。一位母亲发出诅咒，复仇女神就会像猎犬一样来寻你。

俄瑞斯忒斯：我若不下手，又如何能逃脱父亲的诅咒？

克吕泰涅斯特拉：我如此求饶，却像是对着一个墓中的死人说话。一切都是徒劳。

俄瑞斯忒斯：你的命运早已被父亲的命运注定了。

克吕泰涅斯特拉：天哪。这就是我生下来又哺育长大的那条蛇。

俄瑞斯忒斯：你的噩梦就是现实的预言。你当初不该谋害性命。现在就要血债血还。

歌队对这一连串可怕的事件进行了评说，并重申了关于复仇、正义和神旨的主题。随后俄瑞斯忒斯再度上场，宣布自己已经实现了正义，而埃癸斯托斯和克吕泰涅斯特拉的尸身就躺在他脚下。这一幕包含着大量关于陷阱、纠缠和罗网的深刻意象，恰与《阿伽门农》中克吕泰涅斯特拉杀死卡桑德拉和阿伽门农后的那一幕形成呼应：在《阿伽门农》中，克吕泰涅斯特拉同样与受害者一同出现，并声称自己的行动出于正义（参见本书第477页）。此时俄瑞斯忒斯手中握着的，正是当年束缚阿伽门农，让他惨遭屠戮的那件袍子（《阿伽门农》973—1006）：

俄瑞斯忒斯：看哪，这两个人，这两个篡夺者。他们谋害了我的父亲，又糟蹋他的遗产，骄狂地窃据高贵的王位。他们曾经是一对情人，现在仍然是。这一点想必你也能从他们的下场中看出来。这两人信守了对彼此的诺言：他们曾立誓杀害我可怜的父亲，又立誓同生共死。他们所有的誓愿如今都已完全实现。

请你一边听我将他们的恶行道来，一边看这件袍子。这是一张罗网，被他们用来束缚我可怜父亲的手和脚。来，将这网张开，在它周围站成一圈，将她用来陷害丈夫的这圈套呈给一位父亲看，让他知晓我母亲所犯下的逆天大罪——不是我的父亲，而是看尽世间诸事的太阳之神赫利俄斯——好让他在审判之时为我做证：是我决定了我母亲的命运，但我的行为却是出于正义。至于埃癸斯托斯就更不用说。作为一名通奸者，他已受到合乎法律的公正裁决。这妇人曾怀过她丈夫的孩子，却对他犯下可怕的罪行。她也曾爱过为他所生的孩子，但此时一切都已明了——这些孩子已经成为她不共戴天的仇人。我会告诉你们她是怎样一个人：如果她生来是一条毒蛇，一条蝰蛇，她甚至都不需要用毒牙咬人，只要轻轻一触，便能让人中毒，因为她天生就是这样恶毒，这样凶残。

这件袍子，我该叫它什么好？我已经想不出合适的语言。它是捕捉猛兽的陷阱，是包裹死人的尸布，还是浴后用来裹身的衣物？也许可以说它是用来捕鱼捕兽的网，用来缠住人脚的布。这是强盗该有的

东西——他可以用它来诱捕旅人，将他们
洗劫。他用这恶毒的工具可以杀死许多人，
劫到无数钱财，好让自己餍足。

　　但愿我永不会娶到这样的女人为妻。
若不然，众神在上，我宁可没有子嗣，只
求一死。

在全剧的尾声，俄瑞斯忒斯在复仇女神的追
索下逃出宫廷。她们有着戈耳工的面容，头发是一
条条毒蛇，令人恐怖。如我们所知，在第三部剧即
《欧墨尼得斯》中，俄瑞斯忒斯将在阿波罗、雅典娜
和一个公民法庭 ① 的调解下得到救赎。宙斯公正的意
志最终将得到实现。

在埃斯库罗斯的《奠酒人》中，俄瑞斯忒斯始
终是全剧的中心人物，决定着整个故事的发展。的
确，厄勒克特拉已经以鲜明而令人不安的形象出现，
展现出预示未来发展的巨大潜力。但在俄瑞斯忒斯
和皮拉得斯入宫之前，她就从剧中消失了，因此并
未冲淡俄瑞斯忒斯在阿波罗命令下展现出的复仇的
力量。对题为《俄瑞斯忒亚》的三部曲来说，这样的
安排正适合处于中间位置的那一部。

索福克勒斯的《厄勒克特拉》

接下来的两部《厄勒克特拉》是多么彼此迥异
啊！我们并不知道索福克勒斯创作《厄勒克特拉》是
在欧里庇得斯之前还是之后：索福克勒斯的《厄勒克
特拉》问世的时间不为人知，而欧里庇得斯版问世
于公元前416年的说法也只是一种猜测。考虑到主旨

---

① 　原文作 civil court of law，指亚略巴古法庭，参见本章尾注 [3]。
亚略巴古在古典时代之前是城邦中的长者组成的委员会，在古典
时代成为审判杀人罪的法庭，而俄瑞斯忒斯所犯的也是杀人罪。
故此处权译作"公民法庭"而非"民事法庭"。

和人物形象发展的特点，以及宗教情绪和哲学情绪
上的剧烈转变，我们也许应该把欧里庇得斯的作品
视为较晚的一部。

俄瑞斯忒斯在他导师以及友人皮拉得斯的陪伴
下回到迈锡尼，这是索福克勒斯的《厄勒克特拉》的
开场。他已经准备将针对埃癸斯托斯和克吕泰涅斯
特拉（杀害他父亲阿伽门农的凶手）的复仇计划付诸
实施。在索福克勒斯剧中，两人同为凶手，这与埃
斯库罗斯的版本不同：在埃斯库罗斯剧中，克吕泰
涅斯特拉是独力下手杀死了阿伽门农。俄瑞斯忒斯
认为他的行动的正义性来自天神，并对此进行了简
明的强调（《厄勒克特拉》32—37）：

> 俄瑞斯忒斯：当初我为了让正义降临
> 在杀我父亲的凶手头上，去皮提亚那里求
> 取神谕。福玻斯·阿波罗回答了我，而我现
> 在就把这神谕说给你听。他说我应使用计
> 谋，不携勇士，独自一人为他们送去正义
> 的死亡。

此时，悲痛的厄勒克特拉的哀哭声从宫中传出。
在导师的鼓动下，三人离开了，准备去将阿波罗的
命令付诸实施。姐弟相认的一幕因此被延后，将在
晚些时候发挥出它完全的力量。

厄勒克特拉与由一群同情她的女人所组成的歌
队进行了长篇对话，说出了自己的不幸遭遇。她的母
亲及其情人一起用斧头劈开了她父亲的头颅，就像伐
木人砍倒高大威严的橡树，这是她无法忘怀的事。她
敬爱她的父亲，对他的哀悼永无休止，对杀害他的凶
手怀着满腔仇恨。唯一支撑厄勒克特拉活下来的，是
对她的弟弟回来复仇的希望。她无家无室，孑然一
身，已成为她父亲宫中的一名奴隶，像乞丐一样靠着

施舍为生。在令人绝望的孤独中，她仍旧等待着弟弟的归来——他将是她的解放者和救赎者。在下面这篇总结性的陈词中，厄勒克特拉对自己的灵魂和心理进行了剖白（《厄勒克特拉》254—309）：

厄勒克特拉：妇人们，如果你们觉得我太过沉湎于自己的不幸，倒了太多苦水，我为此感到羞愧。请原谅我，因为我没有别的选择。只要亲眼看到我所见的一切，看到发生在我父亲宫中的巨大灾祸，看到那无休无止、绵绵不绝的惨事，任何一个品行高洁的女子都会像我一样悲叹。

首先，我与那生养我的母亲已经势如水火。再者，我与谋害父亲的凶手在自己家中同住，还要听命于他们，每天的衣食给不给都随他们的意。还有，你们可知道，埃癸斯托斯就坐在我父亲的王位上，与我父亲穿同样的衣袍，在他杀害我父亲的炉边斟酒，而我天天都要目睹这一切。这是什么样的一种日子？我还要看到这凶手的弥天骄狂：他竟与我那可憎的母亲同寝在我父亲床上——如果我还能将这个女人称为母亲的话。她是如此厚颜无耻，与那卑鄙的罪犯一同起居，丝毫不怕复仇女神所带来的报应。不仅如此，她似乎是要特意炫耀自己的恶行，竟将她用诡计杀害我父亲的日子定为节日，每个月的这一天都要召集歌队，举行祭祀，作为对那些保她平安的神祇的谢意。

看到这邪恶的仪式以我父亲的名义在这宫室中进行，不幸的我却无法向人诉说，只能独自哀悼，向隅而泣，日渐憔悴。我甚至不能全心地沉浸在哀痛中，因为这满口谎言的王后会发出恶毒的咒骂："你这该死的可恶东西，难道天下只有你死了父亲吗？就没有别人哀悼过死者吗？你最好让地底下的神祇收了去，让你永世不得从哀苦中脱身。"

她就这样对我谩骂不休，除非她听到俄瑞斯忒斯已经回来的传言。那时候她就会怒火冲天，冲到我面前大喊大叫："这难道不都是你的错吗？难道当初不是你将俄瑞斯忒斯从我怀中盗走，保住了他的性命？你要晓得，总有一天我要同你算算这笔欠账。"这就是她尖声对我喊出的话。而她那个臭名昭著的新夫总是站在她身边，对我同样地斥骂，给她助威。这人既卑鄙，又懦弱得不成样子。他的战斗没有一次不是躲在妇人裙后进行。

不幸的我啊，就这样一天天憔悴，只有盼望俄瑞斯忒斯回来结束这样的苦难。我满心期待，以为他就要来做这件大事，就这样渐渐失去了对他归来的所有希望。亲爱的妇人们，在这样的处境里，我如何能保持虔敬的节制呢？我已经被邪恶的事包围起来，只能走上一条可怕的道路。

在埃斯库罗斯的版本中，是仆人喀利萨在阿伽门农被杀后将襁褓中的俄瑞斯忒斯送走。然而索福克勒斯有意改变了埃斯库罗斯的说法，用意在于将厄勒克特拉塑造成照顾了弟弟俄瑞斯忒斯的"母亲形象"。

在接下来的一幕中，厄勒克特拉遇见了她的妹妹克律索忒弥斯。我们由此知道，克律索忒弥斯主动服从了克吕泰涅斯特拉和埃癸斯托斯，并得以在宫中和他们一起自由地正常生活。对于厄勒克特拉来说，这样的妥协是无法理解也不可接受的。克律索忒弥斯对姐姐发出警告：如果她再这样下去，就会在埃癸斯托斯回家之时遭到审判，并被关进地牢，一直到死。我们还了解到，此前克律索忒弥斯正是奉了克吕泰涅斯特拉之命，前去阿伽门农墓前奠酒。这是因为一个含混的梦境折磨着克吕泰涅斯特拉，它可能预示着俄瑞斯忒斯的复仇：她在梦中看到了阿伽门农的复活，阿伽门农夺回了如今把持在埃癸斯托斯手中的王杖，将它插在自己的国土上，王杖上长出繁茂的枝叶，笼罩了整个迈锡尼。

克律索忒弥斯唯一的重要性，就在于她在索福克勒斯剧中的角色。索福克勒斯让她成为厄勒克特拉的陪衬，正如他用伊斯墨涅来衬托安提戈涅，让后者的形象在反差中变得更加令人瞩目。由于其尖锐程度和对真相的揭露，母女之间的一场对抗成为索福克勒斯这部作品的重心（《厄勒克特拉》516—609）。这样的场景不见于埃斯库罗斯剧中。在这一幕中，克吕泰涅斯特拉辩解说阿伽门农不应该将他们的女儿伊菲革涅亚献祭，在奥利斯被送上祭台的应该是墨涅拉俄斯和海伦的一个孩子，因为特洛伊王子帕里斯所拐走的海伦是墨涅拉俄斯的妻子，而希腊人对特洛伊的远征正是出于为其复仇的名义。对此，厄勒克特拉为父亲做出了激烈的声辩：

　　克吕泰涅斯特拉：看起来，你又自己从宫中跑了出去，毫无顾忌地辱没你的亲友，这不过是因为平常阻止你的埃癸斯托斯不在这里。他一出门，你就对我毫无礼数。许多人都一再听到你公开指责我的统治，说我既无廉耻，又不公正，说我对待你和你所珍爱的东西太过粗暴。然而你不能给我加上这傲慢的罪名。我骂你只是因为你时常对我无礼。

　　你父亲死在我手中，你总是拿这事来做借口，除此之外再无理由。没错，我是杀了他，这一点我很清楚，也不会否认。但是下手的不是我一个人，还有正义。只要你还有一点头脑，就会知道该站在正义一边。这是因为，整个希腊只有那个你时常哀悼的父亲如此毒辣，将自己的女儿杀来祭神。他杀的就是你的姐姐伊菲革涅亚。当然，他要得到这个女儿全不费力，而我在生她时却受尽苦楚。那好吧！你来告诉我：他是为什么要杀她？是为了谁的缘故？也许你会说他是为了全体希腊人。但是他们又哪来的权利杀死我的女儿？如果说他是为了自己的兄弟墨涅拉俄斯，那他不该为杀死我的孩子而受公正的惩罚吗？墨涅拉俄斯自己就有两个孩子。希腊人去攻打特洛伊，不是为了这两个孩子的父母吗？难道死的不该是他们，倒是我的女儿？难道哈得斯想要的不是海伦的孩子的性命，倒是我孩子的性命？你那该死的父亲爱的难道是墨涅拉俄斯的孩子，而不是我为他生的孩子？多么恶毒，多么愚蠢，多么无法无天的父亲才会做出这样的事？也许你不这样想，但我就是这么认为的。惨死的伊菲革涅亚如果能够开口说话，也不会不同意我。我对我所做下的事问心无愧。如果你觉得我这样的想法是一种邪恶，那在指责他人之前，你最好祈求正义站在你那一边。

厄勒克特拉：这一次你可不能说是我挑起了这令人痛苦的争执，也不能说你只是在回应我的指责。如果你不反对，我要为我死去的父亲和姐姐做一次合情合理的辩护。

克吕泰涅斯特拉：我准你了，你说吧。如果你每次说话前都这样讲究礼数，你的话也不会如此令人头疼。

厄勒克特拉：那我就要说了。你说是你杀了我的父亲。不管你杀得正当不正当，还有什么样的坦白比这话更加可耻？我告诉你，你杀他并非出于正义，而是因为你受了那个如今与你同床共枕的恶人的引诱。你不妨去问猎神阿耳忒弥斯，问她是为了索求什么，才在奥利斯阻住了那些风。不过我们也无法从她那儿知道答案，就让我来告诉你我所听到的说法。我的父亲有一天在这位女神的禁苑中狩猎，他的脚步声惊起了一头长角的梅花鹿。他将这鹿杀死，不巧又向人夸口炫耀。勒托的女儿为此发起怒来，将阿开亚人滞留在奥利斯，要我父亲献祭自己的女儿来赔偿那野兽的性命。伊菲革涅亚就是这样才被送上祭台。我父亲别无选择。无论是要让全军返回家乡还是前往特洛伊，他都只能这样做。将姐姐献祭并非为了墨涅拉俄斯。这不是他的本意，他也曾努力拒绝。就算如你所说，他献祭是为了帮助墨涅拉俄斯。难道他就该为此死在你的手上吗？你根据的是什么法律？你若要为凡人立下这样的法律，那可要当心了，因为这也会给你自己招来灾祸。如果需要以血还血，那

你就是第一个该死的。这才是你该领受的正义。不过，我们还该看看你是不是为了替自己辩解而编出了这样一个虚假的理由。

如果你不反对，那就告诉我：你为何要做下那最可耻的事，为何要和那助你杀害我父亲的凶手同床共枕？你为这人生下孩子，又把你在神圣的婚姻中所生下的合法子女无情抛弃。[6]我如何能容忍这样的作为？难道你又要说自己做下这些事也是为了替女儿报仇？如果你真的这样辩解，那实在是自取其辱。为了自己的女儿而嫁给仇人埃癸斯托斯，这难道是正确的事？不过你也听不进善意的劝说，只会终日斥骂我们，说我们诽谤自己的母亲。对我来说，你算不得什么母亲，倒是一个暴君。我的处境如此悲惨，受尽你和你那情人的折磨。你的另一个孩子，可怜的俄瑞斯忒斯，也险些没能逃出你的手心。如今他在异乡飘零，过着不幸的日子。你无数次谴责我把他养大，好来向你寻仇。那我要告诉你：如果我能这样做，就一定会这样做。你就是为了这样的缘故，在众人面前斥骂我，说我恶毒，说我多嘴，说我毫无廉耻。如果我真的有能耐做出这样的事，那也只能说明，我丝毫没有辱没和你一样的本性。

母女二人就这样争辩着。在这一幕的最后，克吕泰涅斯特拉向阿波罗祈求，请他保证她的梦境并非恶兆，让她健康长寿，平安幸福。俄瑞斯忒斯的导师在这场祷告之后到来，宣布了俄瑞斯忒斯已死的假讯，由此展开了那以克吕泰涅斯特拉和埃癸斯托斯丧命而告终的剧情。在《俄狄浦斯王》中，索福

克勒斯也用了同样的戏剧性反讽手段：伊俄卡斯忒刚刚向阿波罗祈求救赎，科林斯信使就到来了，并成为推动她走向末路的各种事件的开端。

克吕泰涅斯特拉相信了俄瑞斯忒斯已死的消息。在宽慰和高兴之外，她也感到了痛切的悲伤。厄勒克特拉则完全陷入悲痛之中。在她与克律索忒弥斯的第二次冲突中，我们发现她已经准备好独自向埃癸斯托斯行刺。不过，索福克勒斯版本的厄勒克特拉丝毫也没有考虑弑母的可能性。

俄瑞斯忒斯和皮拉得斯带来了一个据称装着俄瑞斯忒斯骨灰的罐子。厄勒克特拉将它接过来，说出的话令人心碎（《厄勒克特拉》1126—1170）：

厄勒克特拉：这个罐子是对俄瑞斯忒斯一生的纪念。他是我最亲爱的人，如今却仅余遗灰。我的弟弟啊。我当初将你送走，满怀希望。如今你回到我身边，那希望却早已零落成尘。我将你捧在手心里，你却已化为乌有。当我救你出宫时，你还是那样鲜活。

我多么希望：在用这双手将你盗出，将你送往他乡以免遭毒手之前，我就已经丧命。如果我没有那样做，你在那天就已经和父亲一样死在这里，也好和他同享一座坟墓。如今的你却见不到姐姐一面，远离故乡，流落异邦，悲惨地丧命。我是多么不幸啊！我没能用这双爱你的手为你清洗遗体，也没能亲手将你的骨灰从燃烧的火葬堆里拣出来。那本是我该做的事。我可怜的弟弟，如今你的葬礼却是由外乡人代劳，你回到我身边时，已经成了这小小罐子里的一抔灰。唉，这叫我如何能不伤心。从前我对你的照料虽然辛苦，却是甜蜜，如今都成了徒劳。你对我的敬爱超过你对母亲的爱。[①]这座宫室中只有我是你的保姆。而我不光是你的保姆和母亲，你该将我唤作姐姐。如今你却这样死了，像一场旋风，一日之间带走了一切。父亲已经不在了，如今你也不在了，而你的夭亡又让我心如死灰。我们的仇人正在欢笑，我们的母亲高兴得发狂。她算得上什么母亲？在她眼里你就是一个要来复仇的人，正如你多少次在给我的密信里所说的那样。然而你我的不幸命运让这一切都落了空，却将这化成灰烬的你带回给我。它只是一团毫无用处的残影，不是我那个亲爱的、活生生的弟弟。

啊，不幸的我，如同一具行尸！你就这样被送上了一条最可怕的不归路。不如将我，你的姐姐，也接到你这罐子里去吧，反正我已经教你害死了，不过是从一个一无所有到另一个一无所有。这样我也好从此和你在阴间同住。当我还在人间，我曾和你分享一切，如今在阴间我也愿分享你的坟墓。在我看来，人一死，就结束了所有痛苦。

接下来，就是姐弟相认的一幕。陷入狂喜的厄勒克特拉投进了弟弟的怀抱。让她最终确认俄瑞斯忒斯身份的，是他拿出的一枚属于他父亲的印鉴。较之埃斯库罗斯的版本，这样的证据即使算不上无可辩驳，至少也更加实在！俄瑞斯忒斯曾被她用来

---

① 原引文如此，Sir Richard Jebb 英译本解作"你的母亲从未如我一样视你为珍宝"。

代替父母的形象，如今在某种意义上成为她的爱人的化身，更无疑成了她真正的拯救者。

阿波罗应许了厄勒克特拉为成功而做的祈祷。在俄瑞斯忒斯杀死克吕泰涅斯特拉和埃癸斯托斯的时候，厄勒克特拉一直留在舞台中心。索福克勒斯更换了两人被杀的顺序，这一安排产生了显著的效果。以下是他的剧本的尾声部分（《厄勒克特拉》1398—1510）：

厄勒克特拉：亲爱的妇人们。这些男人很快就要完成他们的使命。我们只要安静等待就好。

歌队：现在怎么样了？他们在里面做什么？

厄勒克特拉：她在准备将骨灰罐安葬，而那两人就站在她身旁。

歌队：你为何急匆匆从宫中出来？

厄勒克特拉：我要在这里守望，在埃癸斯托斯回来时才能知道。

克吕泰涅斯特拉：（声音从宫中传出）啊，这宫里没有一个友人，个个都是刽子手。

厄勒克特拉：有人在里面呼叫。你们听见了吗，我的朋友们？

歌队：我听到一声令我不寒而栗的尖叫。

克吕泰涅斯特拉：苦命的我啊。天哪，埃癸斯托斯，你到底在哪里？

厄勒克特拉：听，又有人在叫了。

克吕泰涅斯特拉：我的孩子，我的孩子啊！可怜可怜这生养你的母亲吧！

厄勒克特拉：但你何曾怜悯过他？何曾怜悯过他的父亲，那令他得以孕育的人？

歌队：这座城市是何等不幸！这一家人是多么悲惨！那曾经日日护佑你的命运如今就要消失了。

克吕泰涅斯特拉：啊！我中剑了！

厄勒克特拉：再给她一下。用你全身的力气，刺得再深一点。

克吕泰涅斯特拉：啊！又是一剑！

厄勒克特拉：我只盼着埃癸斯托斯也在那里面！

歌队：诅咒正在应验。埋在地下的人活过来了。曾经的死人正在让杀人凶手流血，让他们遭到报应。看哪，他们就在我们眼前。那只手上沾满鲜血，那是献给阿瑞斯的祭品身上流出来的。这一切无可挑剔。

厄勒克特拉：俄瑞斯忒斯，怎么样了？

俄瑞斯忒斯：如果阿波罗的预言没有差错，宫里的事都办妥了。

厄勒克特拉：那可恨的女人死了吗？

俄瑞斯忒斯：你再也不用担心骄狂的母亲会再次羞辱你了。

歌队：噤声！我看到埃癸斯托斯过来了。

厄勒克特拉：俄瑞斯忒斯，皮拉得斯，快进去！

俄瑞斯忒斯：你看到那人在哪里？

厄勒克特拉：他正从城外朝我们过来，脸上还带着笑容。

歌队：赶紧回到宫里去，这样才能万无一失，就像刚才那样。

俄瑞斯忒斯：放心吧，我们会进去的。

厄勒克特拉：快，现在就进去！

俄瑞斯忒斯：好，我进去了。

厄勒克特拉：外面就让我来对付好了。

歌队：你最好说些好话让他安心，这样他才会全无疑心，冒冒失失闯进去，掉进那正义的陷阱。

埃癸斯托斯：你们有谁知道那些福喀斯来的外乡人在哪里？我听说他们来报信说俄瑞斯忒斯车毁人亡。我在问你！没错，就是你，你这个素来无礼的人。我相信他的死尤其让你伤心。你最知道这是怎么回事，能够告诉我答案。

厄勒克特拉：（在回答埃癸斯托斯时语气充满戏剧性反讽）我知道这事。这是发生在我最爱的人身上的祸事，人们怎么会不来告诉我，我如何能一无所知？

埃癸斯托斯：那好。那两个外乡人在哪里？快告诉我。

厄勒克特拉：他们就在宫里，已经向仁爱的女主人表达了问候。

埃癸斯托斯：他们真的报信说俄瑞斯忒斯死了吗？万无一失吗？

厄勒克特拉：丝毫不假。他们带来的不仅是音讯，还有凭据。

埃癸斯托斯：我们能将这凭据看个分明吗？

厄勒克特拉：当然可以，只是它并不好看。

埃癸斯托斯：你的话真让我开心。这不同寻常！

厄勒克特拉：愿你称心如意，如果这就是你乐意看到的。

埃癸斯托斯：我要下令打开宫门，把他的尸身向全体迈锡尼人和阿尔戈斯人展示。要是他们中有人曾经对这人抱有幻想，

如今看到他一命呜呼，也许这些人就会服从我的统治，学乖一点，免得我用武力去教训他们。

厄勒克特拉：没错。我已经学会了这一点。我已经清醒过来了，要服从强者的意志。

埃癸斯托斯：（看到了尸身）啊！宙斯在上！我眼前这分明是诸神出于恶意降下的预兆。我不知道这会不会招来公正的报应。快揭开那盖住他眼睛的蒙布，我好为这位亲属致以合礼的哀悼。

俄瑞斯忒斯：你自己去揭好了，看看那张脸，说上几句悲伤的话。这是你的事，不是我的。

埃癸斯托斯：你说得很对，我听从你的意见。而你，快去把克吕泰涅斯特拉叫来，如果她在宫中的话。

俄瑞斯忒斯：她就在你身边，不用向别处去找。

埃癸斯托斯：天哪！我看到了什么？

俄瑞斯忒斯：这张脸吓到你了吗？难道你认不出那是谁？

埃癸斯托斯：我真不幸，这是踏进了什么人布下的陷阱？

俄瑞斯忒斯：难道你刚才没有发现你这个活人正当面同一个死人谈话吗？

埃癸斯托斯：我明白你的意思了。这是唯一的可能。同我说话的这人定然是俄瑞斯忒斯。

俄瑞斯忒斯：你不是最好的预言者吗？怎么被愚弄了这么久？

埃癸斯托斯：可怜的我，已经没有希

望了。请让我再说一句话。

厄勒克特拉：弟弟，不要让他再开口。神明在上，不要让这对话拖延时间。当凡人陷入祸事，再让这将死之人多活上片刻又有何用？快杀了他，一刻也不要耽搁。在他死后把他的尸身丢给鸟兽，远离我们的视线。那才是他应得的葬仪。在我看来，只有这样才能弥补他的罪恶。

俄瑞斯忒斯：快进去，不要磨磨蹭蹭。现在不是费口舌的时候，而是要你的命。

埃癸斯托斯：你为何要将我赶进宫里？如果你的行为正当，为何要在暗中进行，而不在这朗朗晴空下杀了我？

俄瑞斯忒斯：你休要发号施令。赶紧进去，到你杀死我父亲的那里，好教你死在同一个地方。

埃癸斯托斯：这座宫室已经见证了珀罗普斯一家遭遇的所有灾祸，为何还要让这宫室见证更多？

俄瑞斯忒斯：我敢保证，它至少会见证你的灾祸。关于这一点，我这个预言者不会错。

埃癸斯托斯：你这是在夸口。你并未从你父亲那里得到过这样的本事。

俄瑞斯忒斯：你已经说得太多了，把这短短的几步路拖得太长。快走吧。

埃癸斯托斯：你走前面。

俄瑞斯忒斯：走前面的只能是你。

埃癸斯托斯：这是怕我逃脱吗？

俄瑞斯忒斯：并非如此。我只是不想让你选择自己的死地，必须确保这死亡令你痛苦。所有胆敢违背法律的人都要遭遇

这雷霆般的正义，也就是死亡。这样才能让罪恶消失无踪。

歌队：阿特柔斯的家族啊，你经历了多少磨难，才最终得到了解脱。今日这桩勇敢的事便是解脱的明证。

阿波罗的意志得到了执行，宙斯的正义也得到了实现。这部杰作塑造了一个悲剧性的、令人恐惧又引人怜悯的厄勒克特拉形象，并对她的内心和灵魂进行了深刻的检视，剧中却无负罪的俄瑞斯忒斯被复仇女神追索不舍的内容。

欧里庇得斯的《厄勒克特拉》

通过对情节的精心编织，欧里庇得斯在对人物及其动机的解读上有着不同的侧重，并由此对正义的性质，对关于正当和错误行为的宗教哲学信条都提出了严肃的质疑。他将剧中故事的发生地置于一座农夫的小屋中。这个农夫是厄勒克特拉的丈夫。在开场白中，农夫道出了剧中情节的主要背景，剧情有着许多不易察觉的欧里庇得斯式反转，我们在这篇简短的概述中只能谈及其中几个。最为重要的是，埃癸斯托斯将厄勒克特拉嫁给了这名穷困而善良的男子，认为这样的婚姻不会给他带来任何威胁；而厄勒克特拉事实上并未与这位品行高洁可敬的丈夫发生性关系，一直保持着处女之身。

在阿波罗的谕令下，俄瑞斯忒斯和皮拉得斯一同归来，并遇见了厄勒克特拉。姐弟相认的一幕以一种极为现实主义的方式得到实现。一名仆人当年曾经搭救婴儿俄瑞斯忒斯，如今已是一名老者。他向厄勒克特拉指出了俄瑞斯忒斯身上的一道伤疤，由此证实了俄瑞斯忒斯的身份。这是因为厄勒克特拉清楚地表明：无论是头发和足印上的相似，还是

图18.6　《埃癸斯托斯之死》（*The Death of Aegisthus*）

雅典调酒缸，作者为多喀马希亚画师（Dokimasia painter），约公元前470年。图中的俄瑞斯忒斯披甲持剑，一手抓住埃癸斯托斯的头发，准备将剑再次刺入他的身体（因为第一剑已经让埃癸斯托斯流了血）。克吕泰涅斯特拉从左侧走来，手中持斧。厄勒克特拉则伸出右手，从右侧奔入。埃癸斯托斯从椅子上滑落，左手中的里拉琴也掉在地上。他伸出右手乞求宽恕。这个器皿的背面图案描述了阿伽门农之死，参见本书图18.3。

一块织物上的纹样，都不足以作为确证。

接下来，俄瑞斯忒斯就可以开始准备他的复仇。在他针对埃癸斯托斯的计划中，那位老仆为他提供了许多帮助。厄勒克特拉则要亲自给她的母亲克吕泰涅斯特拉设下死亡陷阱。她为这狠毒的报复感到格外兴奋。和埃斯库罗斯一样，欧里庇得斯也将杀死克吕泰涅斯特拉放在最后，为的是达到他想要的阴森恐怖的效果。

埃癸斯托斯之死的环境和宗教设定让他也有了一丝令人同情的意味。这一幕由一名信使向沉浸在欣喜中的厄勒克特拉讲出。当俄瑞斯忒斯和皮拉得斯向埃癸斯托斯靠近时，埃癸斯托斯正在准备向宁芙们献祭。他热情地欢迎了这两名陌生人，将他们看作宾客和朋友。他宰杀了用来献祭的公牛，然后

弯腰检查分开的牛尸是否显示了恶兆，却被俄瑞斯忒斯用剑凶狠地从背后刺入。随后俄瑞斯忒斯将他的尸身和割下的首级交给了自己的姐姐。面对她最大仇敌的尸身，厄勒克特拉的心中交织着痛苦和满足，发出了这样的呼告（《厄勒克特拉》907—961）：

> 厄勒克特拉：啊，我该从哪里开始控诉你的种种罪恶？该把哪一条放在最后？又该把哪些放在中间？要知道，我有许多话，要在摆脱往日恐惧之后说给你听，我每天从黎明开始演练这些话，不曾中断。现在我们终于自由了。我就把这篇关于罪恶的悼词送给你。这些话本该在你还活着的时候当面来说。
>
> 你毁了我，夺走了我和俄瑞斯忒斯亲爱的父亲，尽管我们从未让你蒙冤受屈。你杀害了我母亲的丈夫，又无耻地娶她为妻。被你杀害的人曾统帅希腊人远征特洛伊，而你只会龟缩在家。你无知透顶，竟会以为玷污了我父亲的枕席，娶了我的母亲，还不会因她而得谴。若是有人在背后引诱他人妻子，事后不得不与她成婚，同时还以为这背叛了前一个丈夫的妇人会对他保持忠贞，那我要说他一定是个可怜的蠢货。你的一生都在卑污中度过，全然不知这样的生活多么罪恶。然而你却知道这桩婚事是天理不容，我母亲也知道自己觅得了一个不敬神的丈夫。你们两人都卑鄙无耻，也就无法摆脱彼此的可怕命运：她是你命定的劫难，你是她难逃的诅咒。在整个阿尔戈斯，没有人将克吕泰涅斯特拉称作"埃癸斯托斯的妻子"，倒是都将你蔑称

作"克吕泰涅斯特拉的丈夫"。

一家人里，若是女人代替男人来掌事，那实在算不得光彩。这城里的孩子若是被看成他们母亲的而不是父亲的后代，也会令我感到厌憎。一个男子若是娶了远比他更显赫的妻子，那妇人便会受到众人瞩目，而这男子却要被人遗忘。然而你却不明白这样的道理，上当受骗。你夸耀说是你的财富让你举足轻重，殊不知钱财本是一场空，不能伴人始终。能够长久的，不是钱财，而是我们的天性，是良好的品行。它的陪伴长久不渝，让我们免去灾祸。钱财却是蠢人的恶友，只能煊赫一时，很快让你两手空空。

至于你和女人们之间的事，我不准备评说。这些话不该从一个处女的口中讲出，所以我只会小心地暗示。尽管你出身王族，外貌俊美，但你的举止实在是乖张狂悖。要我来说，我可不会嫁给一个长着女人脸的家伙，只会选择有男子气的人做丈夫。这样的男子才会有阿瑞斯一样的孩子。空有一张俊脸的话，舞场才是你的用武之地。

你可算是死了，到死也不知道时间终于让你为自己的罪过付出了代价。像你这样的恶人可不要以为：若是自己在头一段路上占了优势，就一定会逃脱正义的裁判，直到最后一程，直到生命尽头。

歌队：这人做了可怕的恶事，也遭到了你和俄瑞斯忒斯的可怕报复。这都是因为正义的力量。

厄勒克特拉：好了。仆役们，你们须

将这尸首搬进门去，藏在暗处，免得我母亲来这里受死时看见它。

克吕泰涅斯特拉在此时上场。她被厄勒克特拉新近产子的假讯骗来，正如厄勒克特拉计划的那样。与埃癸斯托斯的遭遇一样，克吕泰涅斯特拉踏进陷阱的一幕同样可怖。在这场交锋中，母女二人在索福克勒斯版本中所争论过的问题再度出现，但欧里庇得斯在其中添加了一些关键元素，让人物的动机出现了令人不安的变化。这场冲突由此深深地染上了新的色彩，即情欲意义上的对立和妒忌，以及心理意义上的变态。当克吕泰涅斯特拉声称她这个女儿天性就更爱自己的父亲而不是母亲时，我们甚至可以认为，她已经非常清楚厄勒克特拉心中情结的性质。

在这个版本中，俄瑞斯忒斯形象比我们在前文中看到的都要暗淡得多。只有在姐姐的刺激和驱动下，他才敢动手谋杀两人的母亲。怀着满腔仇恨的厄勒克特拉则积极地参与到杀人的行动之中（《厄勒克特拉》962—1176）。

厄勒克特拉：先停一停。我们还要做另一个决定。

俄瑞斯忒斯：还有什么事？你看到有军队从迈锡尼开过来了吗？

厄勒克特拉：没有。我只看到那生我的母亲过来了。

俄瑞斯忒斯：好极了！她这是自投罗网。

厄勒克特拉：她坐着高车，身着华服，看起来真是光彩照人。

俄瑞斯忒斯：我们现在要怎么做？要杀了我们的母亲吗？

厄勒克特拉：你亲眼看到自己的母亲，就心软了？

俄瑞斯忒斯：我如何能下得了手呢？她是生养我的人。

厄勒克特拉：她也是残害了你我的父亲的人。

俄瑞斯忒斯：福玻斯啊！你的预言真是荒唐。

厄勒克特拉：如果阿波罗竟是愚蠢的，还有谁算得上明智呢？

俄瑞斯忒斯：就是你，福玻斯，是你要让我杀了自己的母亲。我本不该做这样的错事。

厄勒克特拉：你是在为自己的父亲复仇，哪有什么错处呢？

俄瑞斯忒斯：我现在还没有罪，但待我那样做了，就成了杀害母亲的罪人。

厄勒克特拉：如果你不为父亲复仇，那便是犯了不敬天神的罪过。

俄瑞斯忒斯：若是我杀了母亲，定然会有天谴。

厄勒克特拉：你不为父亲报仇，难道便没有天谴了吗？

俄瑞斯忒斯：或许是什么恶魔扮成天神的模样，给我下了这样的命令。

厄勒克特拉：哪个恶魔敢坐在那神圣的三足鼎上呢？我可不这样认为。

俄瑞斯忒斯：这神谕真是对的吗？我难以相信。

厄勒克特拉：你难道要做一个懦夫，一个弱者？

俄瑞斯忒斯：我要对她用一样的计谋吗？

厄勒克特拉：没错，就用你杀死她丈夫埃癸斯托斯时所用的办法。

俄瑞斯忒斯：我就要进去执行这可怕的计划，就要做下可怕的事了。如果这是天神的意思，那好吧。这样的考验让我感到既痛苦，又欢欣。

歌队：你是阿尔戈斯的女主人和王后，是廷达瑞俄斯的女儿；你是那一对高贵的双生子的姊妹，而他们是宙斯的儿子，住在光明的天上，住在群星之间，是在海上遭遇风暴的凡人的保护者，受到凡人敬仰。祝你一切安康。你巨大的财富和神佑的福泽让你和天神共享荣耀。这正是我们为你的好运效劳的时候。欢呼吧，王后陛下驾到了！

克吕泰涅斯特拉：特洛伊的妇人们，下车吧。扶着我的手，好让我下来。来自特洛伊的战利品装点了诸神的庙堂。这些特洛伊妇人则是我为自己的宫殿挑选的，一点聊胜于无的可爱装饰，算是对我失去女儿的补偿。

厄勒克特拉：母亲，请允许我扶住你尊贵而受神庇佑的手。既然我被赶出了自己祖先的居所，在这破屋中苟活，我也是你的奴隶。

克吕泰涅斯特拉：我有这些奴仆效劳，你不必为我费事。

厄勒克特拉：难道我和这些妇人有什么不同吗？我家的宫殿沦落时我也成了阶下囚，失去了父亲，又被赶出家门。

克吕泰涅斯特拉：这都怪你父亲。他对他本该爱护的人做了恶事。我会向你解释。我知道，如果一个女人落下了恶名，她的言辞就难免尖酸刻薄。我俩都是这样的情形，而这并不公平。如果在得知真相之后，你找到了仇恨我的正当理由，那就仇恨好了；但若是没有理由，又为何还要怀有怨愤呢？

廷达瑞俄斯将我嫁给你的父亲。这桩婚姻本不是为了要害谁的性命，无论是他，是我，还是我所生下的孩子。然而阿伽门农这个男人竟假托要和阿喀琉斯联姻，将我的女儿从家中带走，带到了希腊舰队的滞留之地奥利斯。他将伊菲革涅亚放在高高的祭台上，割开了她白皙的脖颈。如果他是为了让自己的城市免于陷落，为了家族或其他孩子的利益而杀死我的女儿，是杀一人而利众人，那还犹有可恕。但他这样做，却是为了海伦那个贪得无厌的贱人，为了她的丈夫墨涅拉俄斯——那人连该怎么管束自己淫荡的老婆都不知道。就是因为这样的缘故，阿伽门农竟将我的女儿杀害。即便如此，即便我受了这样的委屈，我本也不打算像个野蛮人一样杀死我的丈夫。但他回到我身边时，竟然还带来了卡桑德拉，那个疯疯癫癫、被神附体的少女。他将她带到我们的婚床上，让这一室之内有了两个妻子！

女人真是愚蠢而又可怜的东西，这一点我并不否认。丈夫可以一次又一次为了新欢而不公平地冷落自己的婚床，人们却只当是寻常事。如果他家里的妻子效仿他的模样给自己找个情人，必要受到众口斥责，那本该为此负责的丈夫却不会受到一句批评。如果从家中被悄悄劫走的人不是我妹妹海伦，而是她的丈夫墨涅拉俄斯，为了救他，我是不是该杀了俄瑞斯忒斯？你那父亲能容忍我这样的罪过？他只会因我杀了他的儿子而亲手将我处死。难道他不该为杀害我的女儿而丧命吗？没错，我就是因为这样的缘故才杀了他，投入他的敌人的怀抱。我没有别的选择，因为你父亲的朋友不会和我一起谋害他。只要你乐意，就尽管开口驳斥我好了，不妨说说你父亲哪里死得冤枉。

歌队：你的辩词听起来很公正，但这公正中却带着不知廉耻。你若是一个头脑清醒的女人，就该一切都听从丈夫。若是哪个女人不同意这一点，我的话便不是为她而发。

厄勒克特拉：母亲，你刚才最后说过我可以开口，不必有所顾忌。你可不要忘了。

克吕泰涅斯特拉：没错，我的孩子。我的确说过，也不会反悔。

厄勒克特拉：你听了我要说的话，会责罚我吗？

克吕泰涅斯特拉：不必担心，我不会怪罪你。

厄勒克特拉：那我就说了。我的话这样起头：你是赐给我生命的母亲，我愿你有更清明的头脑，更高尚的品行。你和海伦是嫡亲的姐妹，你们二人的美貌我怎么赞美都不过分。你们却又都是品德败坏的荡妇，和你们高贵的兄弟卡斯托耳全不相称。海伦心甘情愿地被人拐走，最终咎由自取；你则杀害了希腊最勇武的男子，还借口说杀夫是为了自己的女儿。有人相信你的话，那只是因为他们不如我那样了解你。

　　那时你的丈夫离家不久，你的女儿还没有被献祭，你就在镜前梳妆打扮，装点自己金色的发辫。丈夫不在家，妻子却一心修饰自己的容貌，在我看来她就不是什么正经女人。若是不想灾祸找上门来，她就不该在大庭广众之下卖弄美貌。我千真万确地知道，所有希腊妇人里，只有你一听到特洛伊人战况顺利就欢欣鼓舞；一听到他们受挫，你就愁容满面，因为你不想阿伽门农从特洛伊返回。然而你本该行止端淑。希腊人都选你的丈夫做他们的统帅，他哪一点不如埃癸斯托斯？再者，与你那做下许多恶事的妹妹海伦不同，你本可以赢得令名，因为恶行总是美德的衬托，让人们把后者看得更清。

　　就算如你所说，我父亲杀害了你的女儿，但我和我的弟弟又有哪点对不起你呢？杀死父亲之后，你为何将我们逐出祖先的家门？你转而将不属于自己的东西当作嫁妆，送给你的情人，与他置办你们的婚礼。你丈夫埃癸斯托斯没有因为你儿子俄瑞斯忒斯的缘故被赶走，也没有因为我的缘故而送命，尽管他让我过着生不如死的日子，让我的痛苦比惨死的伊菲革涅亚还要多出一倍。如果以血还血是正当的惩罚，那我和你的儿子俄瑞斯忒斯就该杀死你，为我们的父亲报仇。如果你的行为合乎正义，那我们的也没有两样。

　　克吕泰涅斯特拉：我的孩子，挚爱父亲永远是你的天性。世事就是如此：有的人更依恋父亲，有的人则更爱母亲一些。我

不会怪罪于你，我的女儿，因为说实话，我也没有为自己所做下的事感到多么得意。你看起来这样邋遢，衣衫不整，是因为刚刚生了孩子，成为母亲吗？唉，不幸的我啊！对丈夫的怒火让我失去了控制，超过了应有的限度。

　　厄勒克特拉：这一刻再来哀号未免太晚，也无济于事。我父亲已经死了，你为何不将流浪他乡的儿子召回来呢？

　　克吕泰涅斯特拉：我不敢那样做。我得考虑自己的安全，而不是他的。听说他为他父亲的死而愤怒。

　　厄勒克特拉：你为何纵容你丈夫埃癸斯托斯对我这般残酷？

　　克吕泰涅斯特拉：那是他的性子，而你也是生来倔强。

　　厄勒克特拉：吃苦的是我，但我还是要将这怒火平抑下来。

　　克吕泰涅斯特拉：那样他就不会再迫害你了。

　　厄勒克特拉：他如此骄狂，不过是因为占据了我的家。

　　克吕泰涅斯特拉：你看，你又来了，又要挑起一场新的让人恼怒的争吵。

　　厄勒克特拉：那我闭嘴好了。他让我害怕，害怕极了！

　　克吕泰涅斯特拉：不要再说这样的话。你是为了什么事叫我过来，我的孩子？

　　厄勒克特拉：我知道你也听说了我生了个孩子。请为我安排合适的祭礼，就像别人家新生了儿子之后该做的那样，因为我自己不知道怎样操办。这些事我没有丝

毫经验，因为我之前没有生过孩子。

克吕泰涅斯特拉：这不该是我的责任，是接生婆的事。

厄勒克特拉：我生他时身边没有人，自己接的生。

克吕泰涅斯特拉：你家竟连一个友善的邻居也没有吗？

厄勒克特拉：没有人愿意和穷人做朋友。

克吕泰涅斯特拉：这孩子既生下来了，我会去按合宜的规矩向诸神献祭。待我满足了你的心愿，我要到乡下去。我丈夫正在那里祭祀宁芙。来人啊，将这些马带去吃草，到你们觉得我祭拜诸神完毕之后再回这里来，因为我必须得让我丈夫高兴。

厄勒克特拉：请进我这破屋里来吧，可要当心，别让屋里的柴灰弄脏了你的袍子。你还要向诸神献上他们应得的祭品呢。一切都备好了，公牛已经用磨快的刀子杀掉。很快你也要倒在它的身旁，变成一具尸首。你在世时和那人同寝，到了哈得斯那里也要和他做夫妻。这是我该为你做的善事，而你要回报我，还我父亲以公平。

歌队：邪恶终得惩罚。复仇的狂风变了方向，吹过宫室。我原先的国王在沐浴中遇害。那石墙和屋顶都在尖鸣，回荡着他的嘶喊："你这恶毒妇人，我的妻子，我十年之后才回到这心爱的家园，你却要杀我？"报应不爽，这狠心的妇人与人勾搭成奸，到头还是难逃正义索命。她的丈夫多年之后终于回家，回到这独眼巨人砌成的巍巍城堡，她却亲手用磨利的斧头将他砍杀。这可怜的丈夫受尽了痛苦。不知他那怨毒的妻子中了什么邪。她像一头在山林中游荡觅食的母狮那样，做下了这样的事。

克吕泰涅斯特拉：（声音从屋中传出）天哪！我的孩子们。看在诸神面上，不要杀害你们的母亲。

歌队：你听到她在里面呼喊了吗？

克吕泰涅斯特拉：啊！我是多么不幸！

歌队：我不禁怜悯这妇人。她的儿女战胜了她，将她杀死了。正义的裁判来自天神，早晚总要到来。你虽然下场悲惨可悯，但也是咎由自取，因为你曾对自己的丈夫犯下可怕的罪行。看哪，他们从屋里出来了，身上沾满母亲所洒出的鲜血。这是他们已经结束她的痛苦叫喊的明证。还有哪一家人比坦塔罗斯这一家更可悯呢？

俄瑞斯忒斯和厄勒克特拉再度上场。埃癸斯托斯和克吕泰涅斯特拉的尸身则躺在他们的脚边。在完成杀害母亲的恐怖行动之后，二人已经心胆俱丧。待到完全意识到自己做了什么时，他们因悔恨变得畏畏缩缩。这是一种既引人怜悯又令人厌憎的悔恨。厄勒克特拉要为和俄瑞斯忒斯一同犯下弑母之罪负全部责任。姐弟二人在悲哀和懊悔中发现：尽管报仇的欲望是出于天神命令的驱使，它却难以在情感上和心理上与弑母行为所造成的真正创伤相提并论（《厄勒克特拉》1177—1231）。

俄瑞斯忒斯：明察凡间万事的大地和宙斯啊！看一看这些血淋淋的可怕谋杀吧。这地上躺着两具尸首。我为了补偿自己所受的苦难，将他们亲手杀死。

厄勒克特拉：我的弟弟啊，我们都痛哭流泪。这事全因我而起。我出于怒火，竟杀害了这生我的母亲。我这样的女儿真是可怜又可恨。

歌队：哎，这厄运，你的厄运，真令人悲叹。你是生养他们的母亲，却在自己儿女手中受了难以尽说的痛苦。这是你为杀害他们的父亲而付出的正当代价。

俄瑞斯忒斯：福玻斯在上。你所预言的正义我先前无法看见，但如今你所造成的灾难我却看得一清二楚。你曾判定我的命运就是成为一个谋杀者，要被逐出希腊人的土地。但我应该往哪座城去？我是一个弑母的罪人，哪个朋友，哪个敬神的人会正眼看我呢？

厄勒克特拉：哎，我也是这样悲惨啊！我又该往哪里去？何人能容我和他们一起跳舞？我能得到什么样的婚姻？还有谁敢做我的丈夫，让我到他的婚床上去？

歌队：你的念头又改回来了，总算回到了正路上。现在你心里所想的都是神圣的事，刚才可不是这样。尽管你的弟弟不想下手，你却迫他做下了可怕的事。

俄瑞斯忒斯：当我杀那可怜的妇人时，你看到她如何解开衣袍，向我袒露胸怀了吗？天哪，我却抓住她的头发，任由这生育我的躯体瘫落在地。

歌队：我清楚地知道，当你听到生养你的母亲发出嘶喊，你的心里多么痛苦。

俄瑞斯忒斯：她用手触碰我的脸颊时，是这样叫喊的："我的孩子啊，我求求你。"然后她紧紧抱住我，让我握不住手中的剑。

歌队：这可怜的女人！你如何能眼睁睁看着你的母亲断气？

俄瑞斯忒斯：我先用斗篷遮住了眼睛，才将剑刺入我母亲的身体，开始这场献祭。

厄勒克特拉：剑是我们一起握住的，也是我命令你这样做的。

歌队：你做了一件多么可怕的事。

俄瑞斯忒斯：来吧，帮我盖住我们母亲的肢体和伤口，就用她的衣袍。是你生下了我们这一对凶手。

厄勒克特拉：你能看见吗？我们把你盖起来了。你这让我们既眷恋又痛恨的女人。

狄俄斯库里兄弟在全剧最后出场，其中扮演机械降神角色的是卡斯托耳。就俄瑞斯忒斯因恐惧而犹疑，他的姐姐却催促两人一同弑母，他重申宗教和哲学问题：弑母是可怕的罪行，无论它是否出自天神的命令，都会带来毁灭性的后果（《厄勒克特拉》1232—1248）。

歌队：这家人的苦难终告结束了。但是你们看哪，那两个高高立在房顶之上的是谁？是神圣的精魂，还是天上的神明？凡人不会这样凭空出现。他们为何要这样让凡人看个清楚？

狄俄斯库里：（两人由卡斯托耳代言）阿伽门农之子，你听好了。对你说话的是卡斯托耳和波吕丢刻斯，宙斯的双生子，你们母亲的兄弟。我们刚刚平息了一场海上的风暴，然后又赶来阿尔戈斯，在这里见证你们的母亲、我们的姊妹遇害的事。她遭到了正义的报应，但你们的做法却难言正义。还有福玻斯，福玻斯也——但他是我的主人，所以我只能闭口不言。他虽然明智，在预言中却未将明智的事示你。这一切都将受到裁判，而你必须按命运和宙斯的命令行事。

接下来，卡斯托耳详细地预言了将来种种事件的走向，其中包括复仇女神对俄瑞斯忒斯的追杀，以及他将如何在雅典的亚略巴古法庭得到开释。他还预言了皮拉得斯将娶厄勒克特拉为妻。

相关著作选读

Bloom, Harold, ed.，《埃斯库罗斯》（*Aeschylus*. New York: Chelsea House, 2002）。

Goldhill, S.，《埃斯库罗斯的〈俄瑞斯忒亚〉》（*Aeschylus: The Oresteia*. New York: Cambridge University Press, 1992）。

Herington, C. J.，《埃斯库罗斯》（*Aeschylus*. New Haven: Yale University Press, 1986）。

Llyod-Jones, H.，《宙斯的正义》（*The Justice of Zeus*. 2 d ed. Berkeley: University of California Press, 1983）。

Simon, Bennett，《悲剧与家庭：从埃斯库罗斯到贝克特的精神分析研究》（*The Tragic Drama and the Family: Psychoanalytic Studies from Aeschylus to Beckett*. New Haven: Yale University Press, 1988）。书中所选用的希腊戏剧包括《俄瑞斯忒亚》和《美狄亚》。

Vermeule, Emily，《婴儿埃癸斯托斯与青铜时代》（"Baby Aegisthus and the Bronze Age." *Proceedings of the Cambridge Philological Society* 38 [1987]），第122—152页。

主要神话来源文献

本章中引用的文献

埃斯库罗斯：《阿伽门农》1095—1129，1372—1398。《奠酒人》885—930，973—1006。

欧里庇得斯：《厄勒克特拉》698—725，907—1248。

荷马：《奥德赛》11.408—426。

品达：《涅墨亚颂诗》7.33—47。《奥林匹亚颂诗》1.47—58、175—193。

小塞涅卡：《梯厄斯忒斯》138—148。

索福克勒斯：《厄勒克特拉》节选。

其他文献

埃斯库罗斯：《欧墨尼得斯》。

欧里庇得斯：《伊菲革涅亚在奥利斯》，《伊菲革涅亚在陶里斯》，《俄瑞斯忒斯》。

希罗多德：《历史》1.67.1—1.68.6，关于俄瑞斯忒斯遗骨的部分。

小塞涅卡：《阿伽门农》。

补充材料

图书

小说：Oates, Joyce Carol. *Angel of Light*. New York: Dutton, 1981。一部现代美国版本的《俄瑞斯忒亚》故事，十分引人入胜。作者是一位著名的高产作家。

小说：Unsworth, Barry. *The Song of Songs*. New York: Doubleday, 2003。通过对伊菲革涅亚被献祭故事的修正性重述，这部作品描述了那些政治化的、非英雄的故事主角的行为，并对他们进行了现实主义的无情剖析。作品采用了当代语言，并引入了作为类比的当代事件。

戏剧：Valency, Maurice. *Regarding Electra*。这是一部独幕或双幕剧。作为著名的美国剧作家，作者还著有 *The Thracian Horses* 一剧，讲述阿尔刻斯提斯和阿德墨托斯的故事，以及关于俄狄浦斯传说的剧作 *Conversation with a Sphinx*。这三部作品都可以在"剧作家作品机构"找到。

CD

歌剧：Gluck, Christoph Willibald (1714–1787). *Iphigenia in Tauris*. Montague et al. Orchestre de l'Opéra de Lyon, cond. Gardiner。一部激情洋溢、美轮美奂的歌剧，故事基于欧里庇得斯的原著。此剧还有其他几种演出录音，其中之一是 Maria Callas 等人的现场演出。La Scala Orchestra, cond. Sanzogno. Melodram。

歌剧：Taneiev (Taneyev), Sergei (1856–1915). *The Oresteia*. Chernobayev et al. Chorus and Orchestra of the Belorussian State Opera, cond. Kolomizheva. Olympia。一部口碑甚佳的剧场作品，故事基于埃斯库罗斯的原著，很少上演。

音乐：Bach, P. D. Q. (Peter Schickele, 1935–2024). *Iphigenia in Brooklyn*. In *The Wurst of P. D. Q. Bach*. Ferrante et al. Chamber Orchestra, cond. Mester. Vanguard。一部幽默的康塔塔。

DVD

电影：*Iphigenia*. MGM。这部作品改编自欧里庇得斯的《伊菲革涅亚在奥利斯》，堪称电影艺术的杰作。导演：Michael Cacoyannis。此片选用了一批出色的希腊演员，其中包括 Irene Papas。她饰演的克吕泰涅斯特拉一角可谓举世无双。

电影：*Electra*. MGM。导演 Michael Cacoyannis 对欧里庇得斯剧作的另一成功改编。剧中的厄勒克特拉由 Irene Papas

出演。

电影：*Mourning Becomes Electra*. Image Entertainment。此片基于尤金·奥尼尔的剧作改编，虽有瑕疵，但仍震撼人心，这尤其缘于 Katina Paxinou、Michael Redgrave 乃至选角不当的 Rosalind Russell 在片中的出色表演。

歌剧：Gluck, Christoph Willibald (1714–1787). *Iphigénie en Tauride*. Galstian, Gilfry, et al. Deon Zurich Opera's Orchestra La Scintilla, cond. Christie. Kultur.

歌剧：Strauss, Richard (1864–1949). *Electra*. Nilsson, Rysanek, et al. Metropolitan Opera Orchestra, cond. Levine. Deutsche Grammophon and Pioneer Classics。一部歌剧艺术杰作。剧本作者胡戈·冯·霍夫曼斯塔尔对索福克勒斯的原著进行了出色的改编。参见本书第800页。

[注释]

[1] 沃尔特·伯克特对这些故事有精彩的探讨，参见他的著作 *Homo Necans*（Berkeley: University of California Press, 1983）第83—109页。这一章的标题是"三足鼎边的狼人们"（"Werewolves around the Tripod Kettle"）。

[2] 此处的希腊原文意思含混。卡桑德拉指的是谋杀所用的凶器，可能是剑，也可能是斧头。两者在不同的诗歌描述中和陶画上都出现过。

[3] 亚略巴古是雅典人审理杀人案件的法庭。其成员曾担任雅典的执政官，也就是国家官员。在埃斯库罗斯创作这部悲剧之前不久，亚略巴古法庭曾成为一场政治斗争的焦点。

[4] 阿波罗的辩护是：父亲才是孩子的创造者，母亲则不是，因为她们只不过是父亲播下的种子的看护者。但我们不必将这一辩护理解为古希腊人厌女传统的证据。关于这一问题，Mary R. Lefkowitz 在 *Women in Greek Myth* （Baltimore: Johns Hopkins University Press, 1986）一书中有清晰的阐述："[阿波罗] 的角色是弑母者的辩护人。假如俄瑞斯忒斯被控的罪名是为母亲复仇而杀死父亲，阿波罗就很可能会说出埃斯库罗斯借厄里倪厄斯之口所表达的观点：血亲关系中以母子关系为优先。当然，那个时代的人们对女性在受孕中的角色并没有清晰的理解。关于月事中的女性种子是否会影响孩子的外形和性格的问题，当时存在着各种各样的观点……但是雅典人不会认为阿波罗的观点就是正确的结论……事实上，在埃斯库罗斯剧中，陪审团里支持阿波罗和支持厄里倪厄斯的人各占一半。俄瑞斯忒斯之所以被免罪，只是因为雅典娜投票支持阿波罗，而雅典娜却是一位没有母亲，只由父亲宙斯生出的神祇。"（第122—123页）

[5] 要了解其他例子，可以参阅 George Thomson 的著作：*Aeschylus and Athens*. 3 d ed. (London: Lawrence & Wishart, 1996), p. 449。

[6] 克吕泰涅斯特拉和埃癸斯托斯的孩子名叫厄里戈涅（Erigone）。早期史诗诗人喀奈同（Cinaethon）曾经提到她。索福克勒斯的一部已佚剧作也以她的故事为主题。

第19章

特洛伊英雄传说和《伊利亚特》

> 腰股内一阵颤栗，竟从中生出
>
> 断垣残壁，城楼上的浓烟烈焰
>
> 和阿伽门农之死。[①]
>
> ——威廉·巴特勒·叶芝《勒达与天鹅》（*Leda and the Swan*）

　　勒达是斯巴达国王廷达瑞俄斯的妻子。宙斯化身成天鹅临幸了她，让她生下了四个孩子。这四个孩子初生时身处两个蛋中。从其中一个蛋里破壳而出的是波吕丢刻斯和海伦，另一个蛋则属于卡斯托耳和克吕泰涅斯特拉。

狄俄斯库里兄弟

　　狄俄斯库里（意为"宙斯之子"）兄弟卡斯托耳和波吕丢刻斯（他的罗马名字是波卢克斯）并非特洛伊战争传说的一部分。卡斯托耳以善于驯马著称，而波吕丢刻斯长于拳击。波吕丢刻斯是宙斯的儿子，拥有不死之身；卡斯托耳则是凡人，是廷达瑞俄斯的血脉，不过他最终和他的兄弟一样获得永生。二人最初可能是一对凡人英雄，在后来才作为神

[①] 本处采用飞白的译文。

祇受到崇拜。根据品达的说法，在一次出猎之后，狄俄斯库里兄弟与阿法柔斯（Aphareus）的两个儿子伊达斯和林叩斯（Lynceus）就如何分配所猎获的牛起了争斗。林叩斯和卡斯托耳在争斗中被杀，伊达斯则死于宙斯的雷电之下。卡斯托耳临死之际，波吕丢刻斯向宙斯祷告，希望和兄弟一同死去。宙斯给了他一个选择：要么他让卡斯托耳死去，自己获得永生，要么他和卡斯托耳一起，每在奥林波斯山上度过一日，就要在冥界度过一日。波吕丢刻斯选择了后者。狄俄斯库里兄弟由此得以共享永生与死亡。[1]

身为神祇，卡斯托耳、波吕丢刻斯与航海者之间的联系尤为紧密，会在圣艾尔摩之火（St. Elmo's fire）① 中向他们现身。[2] 他们在斯巴达最受人们崇拜。这种崇拜在公元前5世纪早期扩散到罗马。[3] 罗马广场（the Forum at Rome）② 中最显著的建筑之一就是卡斯托耳神庙。

在两首献给狄俄斯库里兄弟的《荷马体颂歌》中，这两兄弟被称为廷达瑞代（Tyndaridae）。这是因为他们的母亲勒达是廷达瑞俄斯的妻子。其中第17号颂歌篇幅较短，主要描述了两兄弟的受孕和诞生：

> 声音清亮的缪斯啊，请歌唱廷达瑞代兄弟——卡斯托耳和波吕丢刻斯。他们是奥林波斯山上的宙斯的血脉。乌云中的克洛诺斯之子悄悄引诱了王后勒达，使她在塔宇革忒（Taÿgetus）山脚将他们生下。

第33号颂歌则描述了狄俄斯库里兄弟作为水手和航海者重要保护神的形象：

> 眼睛明亮的缪斯女神们，请歌唱宙斯之子廷达瑞代兄弟的故事。他们容光焕发，由拥有美丽脚踝的勒达所生。一个是驯马者卡斯托耳，另一个是完美无瑕的波吕丢刻斯。乌云中的宙斯——克洛诺斯之子——与勒达结合，使她在高耸的塔宇革忒山下生下这两个孩子。他们是人们在陆地上的保护神，而当寒风搅动怒海时，他们也保护疾驰的船只。船上的人登上船尾的最高处，向伟大的宙斯祈求，并承诺献上洁白的羔羊。大风和狂涛让船只被水面吞没，但廷达瑞代兄弟一闪而现，鼓动黄褐色的双翼，在空中如风穿梭。他们一瞬间就让怒号的狂风安静下来，并让白浪滔天的海面上波涛平息。逃脱苦痛和艰难的人们将会欢呼，因为他们见证了这两位救难者的美丽形象。
>
> 赞美廷达瑞代兄弟——骏马上的骑士！我将铭记你们，并且不忘另一首歌。

海伦

宙斯与勒达的两个女儿是克吕泰涅斯特拉和海伦。克吕泰涅斯特拉后来成为阿伽门农的妻子，我们此前已经讲述了迈锡尼传说中关于她的故事（参见本书第18章）。海伦长大后成为最美的女子。众多希腊王子（包括忒修斯和奥德修斯）都是她的追求者，而她的选择是后来成为斯巴达国王的墨涅拉俄斯。被拒绝的其他求婚者发誓尊重她的选择，承诺

---

① 圣艾尔摩之火是一种自然现象，常发生于雷雨中，表现为桅杆顶端等尖状物上产生的蓝白色闪光，系雷雨中的电场造成空气离子化所致。其名得自3世纪的圣伊拉斯莫（St. Erasmus of Formia，又称圣艾尔摩 [St. Elmo]）。
② 位于意大利罗马城中的帕拉蒂诺山和卡比托利欧山之间，是古罗马时代的城市中心，包括了一些罗马最古老与最重要的建筑。

在墨涅拉俄斯有需要时施以援手。

海伦在斯巴达生活了一些年头，并为墨涅拉俄斯生下了女儿赫耳弥俄涅。然而，普里阿摩斯和赫卡柏的儿子、特洛伊王子帕里斯（又名亚历山大[Alexander]）终于来到了斯巴达，适逢墨涅拉俄斯远在克里特岛，不在家中。帕里斯引诱了海伦，将她带回特洛伊。为了夺回海伦，维护墨涅拉俄斯的权益，阿开亚人（即迈锡尼的希腊人）在墨涅拉俄斯的哥哥阿伽门农的率领下，发起了对特洛伊的远征。

公元前7世纪的诗人斯忒西克罗斯（Stesichorus）[①]虚构了另一个版本的海伦故事。他在其作品《悔过颂》（Palinode）中讲道：

> 那并非事实。你并未登上那些装备排桨的海船，也没有前往特洛伊的城楼。

在斯忒西克罗斯的版本中，海伦最远只到达了埃及，并被那里的国王普罗透斯扣留，直到墨涅拉俄斯在特洛伊战争之后将她带回斯巴达。陪伴帕里斯回到特洛伊的只是海伦的一个幻影，而这已经足够成为战争的理由：宙斯早已决定要通过这场战争来削减大地上的人口。[4]

帕里斯的裁判

奥林波斯众神作为宾客出席了珀琉斯和忒提斯的婚宴。未受邀请的不和女神厄里斯（Eris）往宴桌上扔下了一个苹果，上面镌刻着"献给最美者"的字样。赫拉、雅典娜和阿佛洛狄忒都声称这个苹果属于自己，而宙斯则决定让帕里斯来做这场争执的裁判人。

帕里斯在襁褓之中就曾被遗弃。这是因为他的母亲赫卡柏（其名 Hecuba 希腊人写作 Hekabe）在生下他之前做了一个梦。她梦见自己生下了一支火把，而这支火把最终吞噬了整个特洛伊。此外，一名卜者[5]也曾预言她的这个孩子将给特洛伊城带来毁灭。于是，襁褓中的帕里斯被遗弃在伊达山上，却因一头熊为他哺乳而活命。一名牧人发现了他，将他抚养长大。赫尔墨斯将三位女神引到帕里斯面前。三位女神各自将自己最好的礼物许给帕里斯，以求他做出对自己有利的裁判。赫拉承诺让他成为王者，雅典娜承诺让他战无不胜，阿佛洛狄忒则许诺让他娶得海伦为妻。最终帕里斯的选择是阿佛洛狄忒。这个选择引起了一系列连锁反应，最终导致了特洛伊战争的爆发。赫拉和雅典娜在这场战争中都站在了特洛伊人的对立面。

关于帕里斯的裁判，琉善讲述了一个颇具嘲讽意味的版本（参见琉善《诸神对话》20，洛布版第3卷，第383—409页，"对女神们的裁判"），在笔调上与克拉纳赫（Cranach）的画作（参见本书图19.1）不乏相似之处。他的描述机智而辛辣，精彩地呈现了各个人物不顾后果的野心、不负责任的激情，以及她们之间的激烈对立。这些人物的行为，让随后将要发生的一系列悲剧事件变得更加可怕。帕里斯对雅典娜的回答是多么苦涩的讽刺啊："征战于我毫无意义。如你所见，从佛律癸亚到吕底亚，乃至我父亲的整个王国，无不处于和平之中。"整个讽刺故事的开端是宙斯将金苹果交给赫尔墨斯，并吩咐他将苹果和女神们带到正在伊达山上放羊的帕里斯那里。赫尔墨斯将会

---

① 斯忒西克罗斯（约前630—约前555），古希腊抒情诗人，以其史诗题材的合唱抒情诗著称，其作品今仅存残篇，其中最著名的是《悔过颂》。传说他因在一首诗中谴责海伦引起特洛伊战争而双目失明，之后重作颂诗，得以复明。

图19.1　《帕里斯的裁判》（*The Judgment of Paris*）

布面油画，老卢卡斯·克拉纳赫（Lucas Cranach the Elder, 1472—1553）画，约1528年，40.125英寸×28英寸。这幅画机敏地表现了故事中的不协调元素：三位伟大的女神赤身裸体地站在一个牧人面前。画中的帕里斯是一个文艺复兴时期的骑士形象，身材臃肿，甲胄在身，还戴着一顶夸张浮华的帽子。赫尔墨斯被表现为一位老人，神态严峻，衬托着女神们的性感。阿佛洛狄忒正面朝向观者；雅典娜则直视帕里斯，并用手指向他。背景中可以看到特洛伊的城楼和尖塔。丘比特飞在空中，张开他的弓。画面左侧的马则似乎对这场较量有着自己的看法。罗马雷·比尔登（Romare Bearden）在其作品《特洛伊序曲2号》（*Prologue to Troy No. 2*）中略去了这匹马（我们没有在《古典神话》的这一版中收入这幅画）。比尔登"将克拉纳赫的作品转置于一个黑人环境之中"（也就是说画中的帕里斯和几位神祇都被表现为黑人）。他还补充说："我画中的帕里斯不需要背景中那匹种马。"

告诉帕里斯：他之所以被选为裁判，是因为他俊美无双，又通晓情爱之事。宙斯没有让自己成为裁判，理由是他对三位女神的爱一样多，如果将苹果赐给其中一位，将会招致另外两位的嫉恨。女神们同意了宙斯的方案，在赫尔墨斯的引领下飞向伊达山。她们在途中各自索求裁判帕里斯的相关信息。在接近伊达山之际，赫尔墨斯认为大家应当提前落地，和蔼地步行到帕里斯那里去，而不应该从天而降，吓坏了他。赫尔墨斯向不知所措的帕里斯解释了一切，并将刻着字的金苹果交到他手中（《诸神对话》20.7—9）：

> 帕里斯：好吧，看看这苹果上是怎么写的："我属于最美的那一位。"赫尔墨斯大人，我只是一介乡野凡人，如何能在这奇观中胜任裁判呢？这对一个牧人来说，责任未免太过重大。要在这样的事情上做出

图19.2 《帕里斯的裁判》（*The Judgment of Paris*）

安条克镶嵌画，2世纪早期，73.25英寸×73.25英寸。这幅镶嵌画位于安条克遗址的中庭宅院（Atrium House），是一间餐厅整块镶嵌而成的地板的中央部分。画中的三位女神站在一座石山上，各自手握节杖。赫拉居中，坐在王位上；雅典娜从观者的角度看位于左侧；阿佛洛狄忒则站在右侧。画面左下方是身着佛律癸亚服饰的帕里斯。他正转头与赫尔墨斯谈话。帕里斯正在放牧的是一个由牛、绵羊和山羊组成的混合畜群。这三种牲畜各有一头出现在画中，其中的山羊正从一个池中饮水。画面中部有一棵树和一根石柱。柱顶是一个金色的罐子。普绪喀（特征是身上的蝴蝶翅膀）站在画面左侧的一块岩石上。右边与她对称的则是生着双翼、站在一根石柱顶端的丘比特。他正期待着阿佛洛狄忒在较量中获胜。围绕这块嵌板的是一圈精美繁复的葡萄藤图样，枝叶中栖息着各种飞鸟、爬虫和昆虫，还有一男一女两个面具。

决断，非得一位城里来的智者不可。我的能力大概只够判断两头母羊或两头母牛中哪一头更漂亮，而诸位女神在我眼中都是同样美丽。她们的美貌将我团团包围，几乎要将我淹没了。我只恨自己不是百眼巨人阿耳戈斯，不能全身长满眼睛来欣赏她们的容貌。对我来说，最好的选择似乎是将苹果送给全部三位女神。这是因为——其他姑且不论——她们中一位是宙斯的姐妹和妻子，另两位又是宙斯的女儿。这样的事实不是让这评判变得难上加难吗？

赫尔墨斯：我也说不上来。但宙斯的旨意岂可逃避？

帕里斯：我只有一个请求，赫尔墨斯。请劝说她们——我是说两位未被选中的女神——不要将她们的失利归咎于我，要明白那只是因为我的眼睛出了问题。

赫尔墨斯：她们同意不会怪罪于你，不过现在是时候让较量开始了。

帕里斯：我尽力而为。身为凡人，我能有什么办法呢？首先，我想知道：我只需要看看她们现在的模样就够了吗？还是有必要请她们宽衣，让我能看个清楚？

赫尔墨斯：你是裁判，此事由你一言而决。你想怎么进行都可以。

帕里斯：我怎么想都行？那我希望看一看她们的裸体。

赫尔墨斯：喂，女神们，宽衣吧！你，帕里斯，你可要看个分明。我已经转过身去了。

女神们开始褪去身上的衣裳。帕里斯看得目瞪口呆（《诸神对话》20.11—16）：

帕里斯：万能的宙斯在上！竟教我有这样的眼福！看到如此的美貌，得享如此的快乐！处女雅典娜真令我目不转睛！赫拉的灿烂容光是何等堂皇高贵——不愧是宙斯的妻子！阿佛洛狄忒的眼神多么柔美可爱，而她对我的微笑又是多么摄人心魄。这样巨大的幸福已经要将我压垮了。不过，如果你们不反对的话，我还想对三位分别审视，因为此时此刻让我无法应付。

阿佛洛狄忒：我们就照他的意思办。

帕里斯：那请二位先离开吧。赫拉，请你留下来。

赫拉：好，我留在这里。你先把我看个仔细，然后就该想想其他东西是不是也足够美丽了。我是说你将获得的那些赠礼——如果你选择我的话。帕里斯，只要你宣布我是最美的，我就会让你成为亚细亚的主人。

帕里斯：我的裁判不由赠礼决定。你可以离开了。雅典娜，请上前来。

雅典娜：我就在你身边。帕里斯，如果你判定我是最美的，你将从此战无不胜，再也尝不到失败的滋味。我将让你变成一位勇士，一位能征善战的英雄。

帕里斯：征战于我毫无意义。如你所见，从佛律癸亚到吕底亚，乃至我父亲的整个王国，无不处于和平之中。不过请不要灰心！就算我不根据赠礼来下判断，也不会对你不利。现在请穿上衣裳，戴上你

的战盔，因为我已经看完了。是时候请阿佛洛狄忒上前来了。

阿佛洛狄忒：不必慌忙！我来了，就在你身旁。看个仔细吧，一丁点儿也不要放过。我身体的每一寸地方你都可以慢慢地看。英俊的年轻人，你在看我的时候，也请听一听我要说的话。我看见你的第一眼，就注意到了你的青春和美貌。我不知道整个特洛伊还有哪位年轻人的相貌及得上你。我要恭喜你拥有这样的容颜，但一想到你竟在这山岩间过活，却不往城市中去，我就为你心痛。你可知道，在这穷乡僻壤中你的美貌尽付虚掷。群山之中能有什么快乐可言呢？你的容颜再美，难道这些母牛能够欣赏？你已经到了该成婚的年纪，但你岂能娶这伊达山中的女子，娶个乡巴佬为妻呢？你的妻子应该来自希腊。她应该是阿尔戈斯人或科林斯人，或者像海伦那样的斯巴达人。她应当拥有和我一样的青春美貌，且更要多情。我敢说，只要她向你望上一眼，就会抛下一切，投入你的怀抱。她会心甘情愿地跟你回家，成为你的妻子。当然，我想你应该已经听说过她啦？

帕里斯：阿佛洛狄忒啊，我对她闻所未闻。不过请你详细告诉我关于她的事，我很乐意听。

阿佛洛狄忒：她的母亲是美貌的勒达。宙斯化身成一只天鹅，飞落到勒达身边，将她引诱了。

帕里斯：她是什么模样？

阿佛洛狄忒：她的美貌符合你对天鹅之

女的一切想象。她是从一个蛋里生出来的，因此娇柔纤美，却又不乏敏捷强健。追求她的人数不胜数，甚至已经导致了一场真正的战争。在她年纪还小的时候，忒修斯就曾将她劫走。到她长成现在这样的美貌之后，所有最优秀的阿开亚人都来向她求婚。珀罗普斯家族的墨涅拉俄斯最终雀屏中选。要是你愿意，我可以让她和你成婚。

帕里斯：你说什么？让我和一位有夫之妇成婚吗？

阿佛洛狄忒：你还年轻，什么都不明白。我知道这样的事该怎样安排。

帕里斯：要怎样做？我也想知道。

阿佛洛狄忒：你要启程，假装环游希腊。当你到了斯巴达之后，海伦就会看到你。到那时候，我自然会让她爱上你，跟你回家。

帕里斯：这正是我想不明白的地方。她竟会抛弃自己的丈夫，同一个陌生的外邦人远走高飞吗？

阿佛洛狄忒：你不必为此烦恼。我有两个俊美的孩子，一个是欲望（希莫洛斯[Himeros]），一个是爱情（厄洛斯）。在你的旅程中，我会让他们指引你。爱情会完全占据这个女人，驱使她爱上你。欲望会用自己将你浸透，让你变得魅力无双，无可抗拒。我也会亲自到场，还会带上美惠三女神。我们会一同出力，用这样的办法让她倾心于你。

帕里斯：阿佛洛狄忒啊，这样如何能够成功，我仍是毫无头绪。不过我已经爱上海伦了。她似乎就站在我的眼前。我要乘船往希腊去，我要拜访斯巴达。我要抱

着这位女子踏上回家的旅程！我此时竟还没有去做这件事，这已经让我烦恼不安。

阿佛洛狄忒：不要心急，帕里斯！等你在裁判中回报了我，再陷入爱河不迟。我会是将这新娘交到你手中的红娘。赢得较量的人应当是帮助你的人，这才是合宜的事。我们可以同时欢庆你的喜事和我的胜利。一切都取决于你。只要付出这只苹果，你就能收获一切，收获爱情、美人和婚姻。

帕里斯：我担心你在我做出决断之后，就将我忘了。

阿佛洛狄忒：你是要我发个誓吗？

帕里斯：我不是这个意思，只要再向我承诺一次就好。

阿佛洛狄忒：我承诺让海伦成为你的妻子，承诺她会追随你，和你一同回归你在特洛伊的亲族。我会亲自陪伴你左右，助你成就这一切。

帕里斯：爱情、欲望和美惠三女神也会与你一起吗？

阿佛洛狄忒：你无须担心。我还会带上激情、渴望和婚礼之神许门。

赫尔墨斯：为你做出的这些承诺，我现在将这苹果交给你。拿去吧。

荷马从未提及这个故事。根据他的说法（《伊利亚特》24.25—30），赫拉、雅典娜在拜访帕里斯时受到羞辱，而阿佛洛狄忒却得到他的赞美，并赐给他令女性无法抗拒的魅力。关于帕里斯的裁判，这个简短的版本显然早于那个更有名、更富于文学性的故事，但在传统中占据了统治地位，令一代又一代诗人和艺术家心驰神往的，却是后者。

特洛伊及其领袖

达耳达诺斯

阿特拉斯之女厄勒克特拉为宙斯生下了两个儿子：伊阿西翁和达耳达诺斯。伊阿西翁死在萨莫色雷斯岛之后，达耳达诺斯启航前往特洛阿德。特洛阿德的国王是河神斯卡曼德之子透克洛斯。达耳达诺斯在这里娶国王之女为妻，建起一座城市，并以自己的名字命名。透克洛斯死后，这片土地就被称作达耳达尼亚（Dardania），其居民则被称为达耳达尼亚人（Dardani，如荷马史诗中的称谓）。达耳达诺斯是特洛伊王族的始祖。

拉俄墨冬

伪装成凡人的阿波罗和波塞冬帮助特洛伊国王拉俄墨冬修筑了特洛伊城墙。城墙修好之后，拉俄墨冬却赖掉了给他们的酬劳。[6] 作为惩罚，阿波罗向特洛伊人降下了一场瘟疫，波塞冬则派出一头海怪攻击他们。特洛伊人从神谕中得知，要赶走海怪，他们必须将拉俄墨冬的女儿赫西俄涅（Hesione）抛弃，让海怪吃掉她。此时，赫拉克勒斯来到了特洛伊（参见本书第604页）。他答应杀死海怪救出赫西俄涅，索要的报酬则是宙斯所赐的不死神马。[7] 然而拉俄墨冬再一次欺骗了自己的恩人。赫拉克勒斯为此率军返回，攻陷了特洛伊，并将赫西俄涅许配给他的勇士忒拉蒙。赫西俄涅为忒拉蒙生下了儿子透克洛斯（Teucer）①。赫拉克勒斯杀死了拉俄墨冬，却饶过了拉俄墨冬的幼子波达耳刻斯（Podarces）。波达耳刻斯成为已被夷为平地的特洛伊的国王，并将自己的名字改成普里阿摩斯。

---

① 与上文提及的河神斯卡曼德之子同名。

普里阿摩斯和赫卡柏

普里阿摩斯国王有50个儿子和12个女儿（一说50个女儿）。其中19个子女是他的第二任妻子赫卡柏所生（他的第一任妻子阿里斯巴 [Arisba] 在传说中无足轻重）。在《伊利亚特》中，赫卡柏被表现为一个悲剧性的角色，其儿子们和丈夫都厄运难逃。关于她的最著名的传说发生在特洛伊陷落之后（参见本书第544页）。

帕里斯（亚历山大）

普里阿摩斯和赫卡柏的诸子中，最重要的是帕里斯和赫克托耳。当帕里斯还是伊达山上的一名牧人时，他曾经爱上拥有治疗神力的宁芙俄诺涅（Oenone）。帕里斯最终为了海伦而离开了俄诺涅。多年之后，帕里斯为菲罗克忒忒斯（Philoctetes）所伤。俄诺涅拒绝为他治疗，却在他死后因悔恨而自杀。帕里斯在年轻时回到特洛伊宫廷，并被普里阿摩斯承认为自己的儿子。我们已经知道，他的一系列举动最终导致了特洛伊战争的爆发。在战争中，帕里斯虽然溺爱妻子，但表现英勇。他受到阿佛洛狄忒的偏爱，靠着阿佛洛狄忒的帮助，在与墨涅拉俄斯的对决中活了下来。帕里斯生性虚荣，耽于淫乐，与之形成对比的则是赫克托耳的庄重和勇气。阿喀琉斯所受的致命伤正是来自帕里斯射出的一箭。

赫克托耳、安德洛玛刻和阿斯堤阿那克斯

帕里斯的哥哥赫克托耳是特洛伊人中的第一勇士。他作战英勇，品行高贵，是仅次于阿喀琉斯的出色战士，并在单独对决中死于阿喀琉斯之手。当阿喀琉斯没有出战时，赫克托耳所向披靡。他战死之后，特洛伊人便知道自己厄运难逃。赫克托耳的妻子是厄厄提翁（Eëtion，特洛伊人的盟友，为阿喀琉斯所杀）的女儿安德洛玛刻。二人的儿子是阿斯

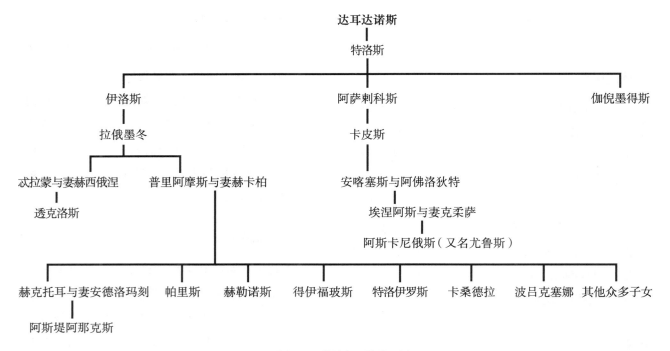

图19.3　特洛伊王族世系图

堤阿那克斯（Astyanax）。在《伊利亚特》中，荷马对帕里斯/海伦和赫克托耳/安德洛玛刻这两对夫妻的刻画令人难忘：他将他们的性格和相互关系进行并置对比，创造出众多具有普遍感染力的动人片段。

赫勒诺斯、得伊福玻斯和特洛伊罗斯

普里阿摩斯的儿子赫勒诺斯在幼时曾被毒蛇舔舐双耳，从此拥有了预言之力。在战争的最后一年，先知卡尔卡斯建议希腊人将赫勒诺斯捉来，因为只有赫勒诺斯知道要怎样才能结束这场战争。赫勒诺斯为奥德修斯所俘，受到善待，因此也成为普里阿摩斯诸子中唯一在战争中活下来的人。他最终娶了安德洛玛刻为妻，并成为厄皮鲁斯（Epirus）的统治者。身为一名先知，赫勒诺斯最后一次现身是在《埃涅阿斯纪》中。他对埃涅阿斯未来的流浪历程做出了预言（参见本书第736页）。

在普里阿摩斯的其他儿子中，得伊福玻斯在帕里斯死后娶了海伦。埃涅阿斯后来在冥界曾与他的鬼魂交谈。特洛伊罗斯（Troïlus）死于阿喀琉斯之手，并在后世获得了更重要的地位。[8]

卡桑德拉和波吕克塞娜

卡桑德拉和波吕克塞娜（Polyxena）是普里阿摩斯最重要的两个女儿。阿波罗曾经爱上卡桑德拉，并赐予她预言之力。在遭到拒绝之后，阿波罗在赠礼之外又为卡桑德拉加上了一种厄运：没有人会相信她。因此，尽管卡桑德拉预言了特洛伊的陷落，并警告特洛伊人提防特洛伊木马，却没有起到丝毫作用。我们会在本章稍后部分讲到特洛伊陷落之后卡桑德拉的命运。另外我们已经知道，她将死在迈锡尼，死于克吕泰涅斯特拉之手。

波吕克塞娜将被作为阿喀琉斯分得的战利品，

在他的墓前被献祭。我们也会在本章稍后部分讲到这个故事。

埃涅阿斯

在普里阿摩斯的直系亲属之外，最引人注目的特洛伊领袖是埃涅阿斯。他来自特洛伊王族的另一支。虽然埃涅阿斯是安喀塞斯和阿佛洛狄忒的儿子，但他的威望不及普里阿摩斯，作为一名战士也不及赫克托耳。在《伊利亚特》中，埃涅阿斯曾与阿喀琉斯单独对决，但靠着波塞冬的帮助才逃脱性命——后者奇迹般地将他移出了战场。由于宙斯不再眷顾普里阿摩斯的家族，波塞冬发出预言：埃涅阿斯和他的子孙将会成为特洛伊未来的统治者。至于维吉尔所描述的埃涅阿斯后来的光辉事迹，我们将在本书第26章进行讨论。

安忒诺耳

安忒诺耳（Antenor）是赫卡柏的兄弟，也是战争反对者中的显赫人物，曾建议将海伦归还给希腊人。在希腊人首次登陆之后，安忒诺耳还保护了希腊人派来的信使，使他们免遭特洛伊人杀害。在战争的最后一年，他抗议了特洛伊人破坏停战的举动，并继续提议主动归还海伦。在破城之后，希腊人饶恕了安忒诺耳。他和他的妻子——雅典娜的女祭司忒阿诺（Theano）——被允许乘船离开。他们最终抵达了意大利，在那里建起了帕塔维乌姆（Patavium，即今帕多瓦 [Padua]）。

格劳科斯

在《伊利亚特》提到的特洛伊人的盟友中，最重要的是由格劳科斯（Glaucus）和萨耳珀冬（Sarpe-don）率领的吕喀亚人。当格劳科斯和希腊英雄狄俄墨得斯正要交手之时，他们发现彼此乃是世交（意思是二人的祖先曾经彼此款待，并交换礼物）。于是两人放弃战斗，交换了盔甲，然后友好道别。格劳科斯的盔甲是黄金制成，而狄俄墨得斯的盔甲是青铜制成，因此狄俄墨得斯在交换中占了便宜，如荷马所述（《伊利亚特》6.234—236）：

> 宙斯让格劳科斯头脑发昏，用自己
> 的金甲换来狄俄墨得斯的铜甲。前者值得
> 一百头牛，后者却只值九头。

后来，在争夺阿喀琉斯遗体的战斗中，格劳科斯最终为忒拉蒙之子大埃阿斯所杀。

萨耳珀冬

萨耳珀冬是宙斯与吕喀亚公主、柏勒洛丰之女拉俄达弥亚（Laodamia）所生的儿子。宙斯预见了萨耳珀冬的死亡，却无法在不破坏现有秩序的前提下改变他的命运。因此他不得不在灾难发生之前向大地降下血雨，以哀悼自己的儿子，并在萨耳珀冬死后保住了他的遗体。萨耳珀冬被帕特罗克洛斯杀死之后，宙斯吩咐阿波罗去抢回他的尸身。以下就是荷马对这一幕的描述（《伊利亚特》16.676—683）：

> 于是 [宙斯] 这般说道，而阿波罗也遵
> 父命而行。他从伊达山顶出发，降落在满
> 目疮痍的战场上，飞快地将神一样的萨耳
> 珀冬带离了矢石所及的范围，带着他远走
> 高飞。阿波罗用河中的流水为他洗沐，为
> 他涂抹脂膏，又为他穿上不朽的衣衫。随
> 后阿波罗将萨耳珀冬交给两位迅足的护
> 卫——睡眠和死亡这对孪生兄弟。他们很

快将他送往广阔的吕喀亚沃野。

萨耳珀冬是特洛伊一方除赫克托耳之外最高贵的英雄。在《伊利亚特》第12卷中，当特洛伊人对希腊人的营墙发动进攻时，萨耳珀冬对格劳科斯表达了他对英雄的美德和尊严的看法。这番话与第9卷中阿喀琉斯的发言（见本书第528—529页）一样令人难忘。与阿喀琉斯不同的是，萨耳珀冬的发言是出于一位群体领袖的立场（《伊利亚特》12.310—328）：

> 格劳科斯，为何你我在吕喀亚分外受人敬重？为何我们得享高位和更多的酒肉，还被众人目为神明？为何他们将克珊托斯河（Xanthus）两岸的大片沃土分给我们——这些土地用来栽种葡萄和谷物都再好不过？正是如此，我们此时才要站在吕喀亚人的前列，直面激烈的战斗。这样，某个身披重甲的吕喀亚战士才会说："我们的君王得以统治吕喀亚，得以享用肥美的羔羊、畅饮精酿的蜜酒，确是实至名归。他们与吕喀亚的首领们共同奋战，足证他们武勇过人。"我的朋友，如果我们要逃避这场战争，去尽享无穷而不老的生命，那我既不会与这些首领们一同奋战，也不会让你身处这吞噬生命的战场。好了，事已至此，向前冲锋。死亡的厄运有千万化身，已经降临在我们头上。

瑞索斯

其他来到特洛伊助战的盟军部队，还有阿玛宗人、埃塞俄比亚人，以及瑞索斯（Rhesus）率领的色雷斯人。他们抵达之时，正值狄俄墨得斯和奥德修

图19.4 《萨耳珀冬之死》（*The Death of Sarpedon*）

雅典红绘调酒缸，作者为欧弗洛尼奥斯（Euphronios）[a]，约公元前510年，高18英寸。生着双翼的两位神祇——左边的睡神（许普诺斯［Hypnos］）和右边的死神（塔那托斯）——在赫尔墨斯的指引和两名希腊战士的旁观下，将尸体带离战场。两位神祇都身披甲胄（如塔那托斯身上的锁甲），但萨耳珀冬尸体上的甲胄已经被剥除。这个调酒缸是雅典陶画中的杰作。

---

a. 欧弗洛尼奥斯（约前6世纪），古希腊陶工，最优秀的红绘陶画师之一。

斯的一次巡夜。二人在巡逻中捉住并杀死了特洛伊间谍多隆。从多隆口中，他们第一个得知了色雷斯人的到来。于是二人继续行动，杀死了瑞索斯和他的12个手下，并缴获了瑞索斯的白马。瑞索斯是一位缪斯女神的儿子，在色雷斯被视为一位英雄而受到崇拜。

阿开亚人阵营的领袖

希腊人军队的组织方式与特洛伊人的有所不同。特洛伊是一座大城，由一位强大的国王统治，并在战争中得到独立盟军的援助。我们此前已经知道，海伦的求婚者们曾发誓在墨涅拉俄斯发出召唤时施以援手，并团结在迈锡尼国王阿伽门农麾下。尽管阿伽门农的统帅地位无人质疑，但每一位希腊君主

各自统领着自己的部队，并且有权在任何时候退出。阿喀琉斯正是这样做的。

阿伽门农

阿伽门农被称为"人间的王者"。在希腊人中，他既不是最强的战士，也不是最富智谋的人，却拥有最高的威望。阿伽门农的地位在《伊利亚特》第3卷中得以显示。在这个场景中，普里阿摩斯站在特洛伊城头瞭望敌军（因此这一幕也被称为"城头的瞭望"[teichoskopia]）。他指向一名希腊勇士，海伦则说出了这名勇士的名字。普里阿摩斯首先发问（《伊利亚特》3.166—190）：

> "告诉我这位勇士的姓名。这个英武而伟岸的希腊人，他到底是谁……"
>
> 于是那女神一般的妇人海伦开口答道："……此人是阿特柔斯之子阿伽门农。他统治着广大的王国，是一位高贵的国王，也是一名强大的战士。他是我丈夫的兄长。"她如此言罢，让老人心中充满惊奇，赞叹道："好运的阿特柔斯之子啊。你是命运的宠儿，又受上天的眷顾。众多阿开亚男儿都听命于你。多年前我曾去过那遍布葡萄园的佛律癸亚，亲眼见过无数骑着骏马驰骋的佛律癸亚战士……但即使是他们的数量，也不及这些眼神锐利的阿开亚人那样多。"

在第11卷（36—40）中，阿伽门农的盾牌和盾牌背带上的图案，将作为一名战士的阿伽门农的形象表现得更为可怕："戈耳工的表情狰狞，眼中发出令人恐怖的凶光。她的周围则环绕着'恐惧'和'惊惶'。盾牌的背带上盘着一条黑色的大蛇，其脖子上生出三个蛇头，监看着所有方向。"不过，尽管阿伽门农堪称杰出的勇士，与阿喀琉斯相比，他仍是一位次要的英雄。

墨涅拉俄斯

我们已经知道斯巴达国王墨涅拉俄斯和他的妻子海伦与这场战争的肇因之间的关系。在战争过程中，墨涅拉俄斯曾与帕里斯单独对决。就在帕里斯将要被墨涅拉俄斯杀死的时候，阿佛洛狄忒救了帕里斯的命。关于墨涅拉俄斯在特洛伊陷落之后的冒险旅程，可参见本书第557页。在欧里庇得斯所讲述的俄瑞斯忒斯和涅俄普托勒摩斯的故事中，墨涅拉俄斯也曾经出场，具体可参见本书第480—481页。

狄俄墨得斯

阿尔戈斯国王狄俄墨得斯是远比墨涅拉俄斯更强大的战士。他是堤丢斯之子，在权力和威望上仅次于阿伽门农，同时还是一位明智的谋士。狄俄墨得斯受到雅典娜的垂青。由于这位女神的帮助，他甚至能在战场上与神祇一较高低：阿瑞斯和阿佛洛狄忒都曾伤在他的剑下。他与奥德修斯的关系尤为密切。两人合力在斯库罗斯岛劝说阿喀琉斯加入，后来又从楞诺斯岛带来了菲罗克忒忒斯。在那次杀死多隆和瑞索斯的夜巡中，以及从特洛伊城盗出帕拉迪乌姆的冒险中，陪同他的仍然是奥德修斯。帕拉迪乌姆（意为"帕拉斯的神像"，由雅典娜制成，并由宙斯从天庭掷入特洛伊）在特洛伊深受崇拜，并被视为让这座城市得以生存的护符。神像既然被奥德修斯和狄俄墨得斯盗走，特洛伊覆灭的厄运便注定了。我们此前已经讲过了狄俄墨得斯与格劳科斯的会面。至于狄俄墨得斯在战争之后的冒险历程，我们将在本书第557页述及。

图19.5　《狄俄墨得斯和奥德修斯从特洛伊盗走帕拉迪乌姆[a]》（*Diomedes and Odysseus Stealing the Palladium from Troy*）

阿提卡红绘安法拉罐细部，作者为蒂什凯维奇画师（Tyszkiewicz painter）[b]，公元前5世纪早期。图中的狄俄墨得斯右手拿着帕拉迪乌姆。

---

a.　即雅典娜在帕拉斯死后按帕拉斯形象所制的木质雕像，参见本书第8章。它有时又被视为雅典娜本人的神像。

b.　活跃于公元前5世纪早期的雅典红绘陶画师。其命名作品是一件卡里克斯调酒缸，曾是波兰—立陶宛埃及学家和收藏家米哈尔·蒂什凯维奇（Michał Tyszkiewicz）的藏品，故名。

涅斯托耳

　　涅斯托耳是涅琉斯之子，皮洛斯的国王。他是希腊众领袖中年纪最长也最睿智的人。与普里阿摩斯一样，涅斯托耳也是在自己的城市被赫拉克勒斯攻陷后才成为国王：除涅斯托耳之外，涅琉斯的所有其他儿子和他本人都在城破之际被杀。在特

洛伊战场上的涅斯托耳是一位受人尊敬的谋士。他时常在演说中提及旧事，与年轻一代希腊君王的鲁莽冲动形成了对比。涅斯托耳本人得以在战争中幸存，但他的儿子安提洛科斯（Antilochus）死于门农（Memnon）之手。至于涅斯托耳的死则并无传说述及。

忒拉蒙之子、萨拉米斯岛的大埃阿斯

　　忒拉蒙之子埃阿斯的武勇仅次于阿喀琉斯。[9]他被称为大埃阿斯，以与俄琉斯（Oïleus）之子小埃阿斯相区别。在那场发生于希腊舰队前方的战斗中（《伊利亚特》13—15），大埃阿斯是最坚定的守将，自始至终英勇无惧，最后一个放弃阵地。在第17卷所描述的对帕特罗克洛斯尸身的争夺中，大埃阿斯也是希腊人中的冠军：正是靠着他的掩护，墨涅拉俄斯和墨里俄涅斯（Meriones）才抢回了遗体。在战斗最激烈的时候，他祈求宙斯驱散战场上的雾气，让他能死于明亮的阳光之下。这是令人震撼的一幕：阳光瞬间从天空洒下，视野变得清晰起来，似乎与这位率直的勇士分外相称。在"城头的瞭望"部分，普里阿摩斯曾向海伦发问（《伊利亚特》3.226—229）：

> "那另一位英武又伟岸的阿开亚战士又
> 是谁？他比其他阿开亚人高出整整一个头，
> 外加一副宽阔的肩膀。"[海伦答道：]"那是
> 巨人大埃阿斯，阿开亚人的坚强壁垒。"

　　大埃阿斯既是奥德修斯的衬托，也是他的对头。他在为阿喀琉斯而派出的使团中（后文将会述及此事）所做的发言既简短又粗野，与长袖善舞的奥德修斯的精巧言辞形成了对比。在第23卷中，二人在

葬礼竞技会的摔跤比赛中角力，大埃阿斯败北。这预示着他将在和奥德修斯为阿喀琉斯的铠甲而展开的竞争中遭遇更悲剧性的失败。我们将在本章稍后部分讲到这场竞争。

小埃阿斯

俄琉斯之子埃阿斯是洛克里斯人（Locrians）的国王。荷马将他称为小埃阿斯。相较于与其同名的英雄大埃阿斯，小埃阿斯是一个缺乏魅力的人物。他率领着一支庞大的军队，在战斗中也表现出色，但他在攻陷特洛伊后却做出渎神的事，侵犯了卡桑德拉，这降低了他的地位，并最终导致他在返回希腊的航程中丧生（参见本书第556页）。

伊多墨纽斯

另一位统率大军的重要战士是丢卡利翁之子、克里特人的统帅伊多墨纽斯（Idomeneus）。他跟阿伽门农之间的联系，与其他大多数统帅不同——他是主动率军前来助战的。他与墨涅拉俄斯相交多年，也极受阿伽门农尊重。在《伊利亚特》第13卷中，他英勇地守住了希腊人的营地，并杀死了许多卓越的特洛伊战士。伊多墨纽斯在特洛伊战场上是一名优秀的战士和谋士，不过关于他最重要的传说讲述的却是他的归程（参见本书第557页）。[10]

奥德修斯

墨涅拉俄斯和阿伽门农曾向希腊本土各地及诸岛派出信使，召集希腊统帅和他们的军队前来参战。然而，并非所有希腊英雄都自愿前来。最重要的两位英雄——奥德修斯和阿喀琉斯——都曾尝试用耍花招来逃避战争。

伊塔卡国王奥德修斯的办法是装疯。当阿伽门农的使团到来时，奥德修斯同时驾上一头牛和一头驴去犁地，并在犁沟里播种盐粒。使者之一帕拉墨得斯（Palamedes）将奥德修斯尚在襁褓中的儿子忒勒玛科斯从他母亲珀涅罗珀手中夺过来，放在犁头要经过的路上。结果证明奥德修斯神志足够清醒，让犁头绕过了忒勒玛科斯。他的伪装也因此败露，只好加入远征。[11]

奥德修斯在希腊人中最为足智多谋，同时还是一名英勇的战士。他在建言献策时的表现无人能及。在《伊利亚特》第2卷中，奥德修斯强有力的演说结

图19.6　《阿喀琉斯和埃阿斯的对弈》（*Achilles and Ajax Playing a Board Game*）

阿提卡安法拉罐，画师和制陶师的签名都是"埃克塞基亚斯"，约公元前535年，高24.5英寸。这一画面没有任何文字记载，却出现在150多件陶画上。部分版本中还画有身披铠甲的雅典娜。画中的阿喀琉斯（观者视角的左侧）和埃阿斯都穿着部分甲胄。他们的盾竖在各自身后，其中埃阿斯的头盔放在了他的盾牌顶端。二人俯身望着一个被当作棋盘的树桩，正在计算各自得到的分数。得分数字也显示在画面上（阿喀琉斯4分，埃阿斯3分）。这幅画的主题是两位英雄在战斗间隙的休憩。二人装饰华丽的斗篷进一步突出了这个主题：它们几乎称不上是战士们在战场上的装束。

束了争议，使希腊人决定留在特洛伊将这场战争打完。他攻击了既缺乏魅力又语带讥刺的忒耳西忒斯，因其在这场只有君王才能发言的辩论中插话。这让奥德修斯在希腊人中大受尊重。在第9卷中，奥德修斯是前去拜访阿喀琉斯的使团中的主要发言人。除了那次危险的夜间任务之外，奥德修斯还和狄俄墨得斯一起执行了我们已提及的其他一些行动。奥德修斯首先是一名高超的演说者。这一点在"城头的瞭望"（《伊利亚特》中讲述海伦为普里阿摩斯逐一辨认各位希腊统帅那部分内容的名称）中即已得到了体现（《伊利亚特》3.191—224）：

> 其后老人［普里阿摩斯］问及奥德修斯："亲爱的孩子，请再给我讲讲这个人是谁。他比阿特柔斯之子阿伽门农要矮上一头，却有更宽阔的肩胸。他的武器放置在肥沃的土地上，他本人则像一头公羊，在战士们的队列中来回巡视。在我看来，他是一头毛层厚实的公羊，穿行在许多白毛羊组成的羊群中。"宙斯之女海伦随即答道："此人是莱耳忒斯之子、足智多谋的奥德修斯。他生长在伊塔卡岛上，尽管那里岩石嶙峋。他懂得各种计谋和高超的韬略。"
>
> 睿智的安忒诺耳开口向海伦说道："夫人，你的话千真万确。有如神祇的奥德修斯此前曾与阿瑞斯的宠儿墨涅拉俄斯一同来此，探问你的消息。我在自己家里做东，将他们款待，也晓得他们的外貌和智谋。当两人加入特洛伊人的集会，站在一起时，墨涅拉俄斯宽阔的双肩［和头颅］高出奥德修斯；但当两人一同坐下时，奥德修斯却更显高贵。当他们在众人面前缀字成篇，发表见解时，墨涅拉俄斯言辞流利，声音清晰，却不多话，因为他不喜长篇大论，也不爱说不相干的事，而且他的岁数也不如奥德修斯那样大。睿智的奥德修斯站起来开口说话时则会站直身躯，目光盯住地面。他不会在身前身后挥舞他的节杖，而是像个生手那样将它牢牢握紧。也许你会说他心怀愤恨又头脑昏聩，但是一旦奥德修斯从胸膛中发出他洪亮的声音，吐出的言辞像冬雪那样纷飞飘落，就不再有哪个凡人能和他相比。那时我们也就不再惊异于他的外表。"

此处，荷马对睿智的演说家和言辞流利的年轻国王所做的双重刻画，生动地向我们呈现出英雄气质的两个不同方面，也让我们得以一瞥奥德修斯在其从特洛伊返回家乡的传说中将表现出的复杂性。

阿喀琉斯、其父母珀琉斯和忒提斯，以及其子涅俄普托勒摩斯（皮洛斯）

另一个试图逃避战争的希腊领袖是密耳弥冬人（Myrmidons，佛提亚的一个部族，生活在希腊北部忒萨利地区南疆）的王子阿喀琉斯。他是希腊人中的第一勇士，也最为敏捷和俊美。阿喀琉斯是珀琉斯和忒提斯的儿子。忒提斯是一位海中女神，也是涅柔斯的女儿。宙斯曾经放弃追求忒提斯，因为他得知了一个此前只有普罗米修斯和忒弥斯知道的秘密——忒提斯之子将比他的父亲更强大。[12] 阿喀琉斯后来也确实胜过了自己的父亲。

珀琉斯是埃癸那国王埃阿科斯的儿子、忒拉蒙的兄弟。由于杀死了他的异母兄弟福科斯（Phocus），珀琉斯被迫离开埃癸那，来到了佛提亚的欧律提翁

（Eurytion）那里。欧律提翁洗去了珀琉斯的罪行，并将自己的王国分给他一部分。珀琉斯陪同欧律提翁前去猎杀卡吕冬野猪，却在向野猪投出标枪时误杀了欧律提翁。他再次开始流亡，随后又被珀利阿斯之子、伊俄尔科斯国王阿卡斯托斯（Acastus）洗去了他的罪。

阿卡斯托斯的妻子阿斯梯达弥亚（Astydamia，又被品达称为希波吕忒［Hippolyta]）爱上了珀琉斯。珀琉斯拒绝她的求爱之后，阿斯梯达弥亚反而向丈夫控告珀琉斯试图引诱她。[13] 阿卡斯托斯并没有杀死自己的客人，而是带他前去珀利翁山狩猎。趁珀琉斯睡着之际，阿卡斯托斯将珀琉斯的剑（赫淮斯托斯的赠礼）藏在一堆粪便中，然后离开了他。珀琉斯醒来后，发现自己身处野兽和马人的包围之中。若非喀戎出手相助并归还他的剑，他早已命丧当场。

由于忒提斯的儿子注定要比他的父亲更强大，宙斯放弃了与忒提斯的结合。忒提斯转而被许配给珀琉斯，因为他身具美德。他们的婚宴在珀利翁山上举行。各路男女神祇都成为宴会上的宾客。我们此前已经提到，未获邀请的不和女神厄里斯也来到了现场。正是她带来的苹果最终导致了帕里斯的裁判和特洛伊战争。婚后的珀琉斯回到了佛提亚，并成为阿喀琉斯的父亲。忒提斯不久之后就在愤怒中离开了珀琉斯，因为其打断了她让阿喀琉斯拥有不死之身的仪式。

忒提斯就这样下嫁了一位凡人——佛提亚国王珀琉斯。珀琉斯参加过阿尔戈号的远征，也参与了猎杀卡吕冬野猪，但他终究只是一个凡人，难与忒提斯相配。他娶得忒提斯的过程也充满了波折，因为忒提斯可以变化成各种形状从他身边逃走。尽管他们的婚宴有诸神出席，忒提斯仍在阿喀琉斯出生后不久就离开了珀琉斯。她尝试过让阿喀琉斯拥有不死之身，所使用的办法可能是在夜间将他放在

图19.7　《珀琉斯与忒提斯摔跤》（*Peleus Wrestles with Thetis*）一个红绘基里克斯陶杯上的图案，作者为珀伊提诺斯画师（Peithinos painter），约公元前510年。图中珀琉斯抱住忒提斯的身体，忒提斯则变化成各种走兽的形状。图中的狮子和三条蛇（分别位于珀琉斯的右前臂、双脚和忒提斯的左臂上）代表了忒提斯的变形。图中的铭文提到了珀琉斯和忒提斯的名字，还包括了珀伊提诺斯致自己的爱人阿忒诺多德（Athenodotus）的一句献词。

火上炙烤，可能是在白天用神圣的脂膏涂抹他的身躯[14]，也可能是将他浸入斯堤克斯河的水中。根据最后一种说法，阿喀琉斯全身上下凡是浸入过河水的部位都变得坚不可摧。然而，他的脚踵是忒提斯的手握住的地方，因此仍旧脆弱。后来他也正是在脚踵上受到了致命的箭伤。

忒提斯离开珀琉斯之后，阿喀琉斯被送到马人喀戎那里接受教育，并从那里学会了音乐和其他诸般技艺。当他还在喀戎身边时，忒提斯得知希腊人没有阿喀琉斯就无法攻陷特洛伊。她还知道阿喀琉斯要么会拥有长寿却平凡的一生，要么会年纪轻轻就战死在特洛伊，但是得享荣耀。为了避免他的早逝，忒提斯尝试阻止他前往特洛伊，将他打扮成一

个女孩，带到了斯库罗斯岛上。阿喀琉斯在这里和斯库罗斯国王吕科墨得斯（Lycomedes）的女儿们一起长大。吕科墨得斯有一个女儿名叫得伊达弥亚（Deïdamia）。阿喀琉斯爱上了她。两人的孩子涅俄普托勒摩斯（又被称作皮洛斯 [Pyrrhus]，意思是"红头发"）出生于阿喀琉斯离开斯库罗斯岛之后，并在父亲死后参加了攻陷特洛伊城的战斗。阿喀琉斯的伪装被奥德修斯和狄俄墨得斯揭穿。两人给吕科墨得斯的女儿们带来了礼物，其中包括武器和甲胄。只有阿喀琉斯对这两种东西表现出了兴趣。在女孩们挑选礼物时，奥德修斯令人吹起战号。女孩们以为战斗来临，吓得四散奔逃，阿喀琉斯却脱去伪装，穿上了盔甲。罗马诗人斯塔提乌斯描述了狄俄墨得斯将礼物铺陈开来之后所发生的事情（《阿喀琉斯纪》1.852—884）：

> 吕科墨得斯的女儿们看到这些兵甲，以为是送给她们勇武的父亲的礼物。然而凶猛的阿喀琉斯却走到近前，观看那面闪光的盾牌。这盾牌横倒在战矛旁边，上面描绘了战争的情景。阿喀琉斯变得狂暴起来……一心只想着特洛伊的事……当他从这金色的盾牌中看到自己的倒影，不禁浑身发颤，羞愧报颜。目光如炬的奥德修斯站在他近旁，对他低语："你为何如此踌躇？我们知道你是马人喀戎的弟子，是天空和大海 [诸神] 的后裔。希腊的舰队正在等你出发。没有你，希腊的军队不会扬起旗帜，特洛伊的城墙也只待你去踏破。赶快行动起来，不要再三拖延！"……此时阿喀琉斯已经准备脱下女子的衣衫。阿古耳忒斯（Agyrtes）早得 [奥德修斯] 吩咐，猛力吹响了战号。女孩们四散奔逃，将礼物洒了一地……阿喀琉斯的衣裳却自行从他的胸前滑落。他迅猛地抓住了盾牌和短矛。此时的他看上去比奥德修斯和狄俄墨得斯高出整整一头一肩，有如神迹……他迈步上前，赫然便是一位英雄。

阿喀琉斯就这样暴露了身份，并踏上了征程。特洛伊发生的一切证明他是交战双方最强大的勇士，也是一位情感丰沛的英雄。

福尼克斯和帕特罗克洛斯

阿喀琉斯有两个重要的伙伴——福尼克斯（Phoenix）和帕特罗克洛斯。受其母亲的唆使，福尼克斯与父亲的情人通奸。他的父亲因此诅咒他终身没有子嗣。为了逃避父亲的怒火，福尼克斯来到珀琉斯那里寻求庇护。珀琉斯让他成为阿喀琉斯的导师和伴当。从佛提亚到特洛伊，他一直陪伴阿喀琉斯。

帕特罗克洛斯是一名杰出的战士。在年纪还很小的时候，他曾因为一次掷骰游戏而发怒，杀死了自己的对手。珀琉斯收留了他，将他作为阿喀琉斯的伴当养大。阿喀琉斯和帕特罗克洛斯成为不渝的挚友，很可能还是一对恋人。两人的关系也是《伊利亚特》中的一个重要主题。[15]

远征军在奥利斯的会合

墨涅拉俄斯与阿伽门农向希腊本土各地和诸岛派出了信使，召集希腊统帅和他们的军队前来参战。远征军在奥利斯（位于玻俄提亚海滨，优卑亚岛对岸）会合，共有近两百条满载着水手和战士的

图19.8 《阿喀琉斯之怒》（*The Anger of Achilles*）

布面油画，雅克－路易·大卫画于1819年，41.5英寸×57.25英寸。画中的伊菲革涅亚被带到了奥利斯，借口是为了让她嫁给阿喀琉斯。大卫在这幅画中表现了阿伽门农向阿喀琉斯揭晓自己的真实意图时的情景。画中的阿喀琉斯发怒拔剑，准备攻击阿伽门农。两名男子的怒火与伊菲革涅亚、克吕泰涅斯特拉的哀伤形成了对比。伊菲革涅亚已经得知自己将被献祭。克吕泰涅斯特拉将手放在女儿肩上，眼睛望向阿喀琉斯。这幅画取材于欧里庇得斯的悲剧《伊菲革涅亚在奥利斯》。

战船。[16]

伊菲革涅亚的牺牲

　　希腊舰队在启航前受到了阻滞，因为风向一直与他们的航向相反。绝望中的阿伽门农向预言者卡尔卡斯征求建议。卡尔卡斯知道是阿耳忒弥斯让天气不利于希腊人，因为阿伽门农曾经得罪过她。[17]要博得阿耳忒弥斯的欢心只有一个办法：阿伽门农将自己的女儿伊菲革涅亚献祭。因此，阿伽门农派人前往迈锡尼将伊菲革涅亚带来（借口是让她嫁给阿喀琉斯），并送上了祭台。不过，在另一个故事版本中，阿耳忒弥斯在最后一刻救下了伊菲革涅亚，代之以一头雄鹿，并将伊菲革涅亚带往陶里人的地方（即现代的克里米亚），让她成为自己的女祭司。[18]

　　罗马诗人卢克莱修（约前55）沉痛地讲述了伊菲革涅亚的故事。其目的在于表现打着宗教旗号的男人们可以做出多么可怕的事（《物性论》1.84—101）：

看哪，那些希腊人公推的首领，那些人中之杰，是如何在奥利斯残忍地用伊菲革涅亚的鲜血亵渎了处女阿耳忒弥斯的神坛。他们将头带束在这少女的发上，让带尾垂下，与她的双颊齐平。这时她突然看见她的父亲。他站在神坛之前，满面愁容，身边立着暗藏利刃的大臣。众人看着她，个个潸然泪下。她被恐惧惊得说不出话，跪倒在地上。此时的她困苦万分，却无人援手，尽管她是他的第一个孩子，让他第一次得享父亲之名。她浑身颤抖，被男人们带到祭坛上，却不是要伴着婚礼之神许门的清明咏唱来行庄严的仪式，而是在这本该是婚礼之时成为悲苦无辜的祭品，被亲生父亲罪恶地屠杀。一切都是为了能让舰队有一个平安吉祥的启航。这就是宗教所能造成的可怕罪恶。

卡尔卡斯的预言

预言者卡尔卡斯是希腊远征军中的重要角色，在军心不定或陷入混乱时尤其如此。我们将在后文中看到，在抵达特洛伊之后，正是卡尔卡斯解释了阿波罗的愤怒，并建议让克律塞伊斯（Chryseïs）回到她父亲那里去。在奥利斯显现的一个著名恶兆，也在卡尔卡斯那里得到了解答：人们看到一条蛇爬上一棵树，吞掉了高挂在树枝上的鸟窝里的八只幼鸟，又吃掉了母鸟，随后它自己也被宙斯变成了石头。卡尔卡斯对此做出了正确解释：希腊人在特洛伊的前九年战斗都将徒劳无功，到第十年才能攻陷这座城市。[19]

抵达特洛伊

菲罗克忒忒斯

远征军最终得以从奥利斯出发，却并未直接航向特洛伊。在波伊阿斯（Poeas）之子菲罗克忒忒斯的指引下，他们来到了克律塞岛（Chryse），向这里的女神献祭。菲罗克忒忒斯在岛上被一条毒蛇咬中了一只脚。在接下来的航程中，他的伤口发出令人作呕的恶臭，以至于他被希腊人抛弃在楞诺斯岛上。菲罗克忒忒斯在岛上孤苦无依，熬过了近十年时间。他的父亲波伊阿斯曾为赫拉克勒斯的葬礼点燃火堆，并因此得到了赫拉克勒斯的弓和箭。后来这张弓箭又传到了菲罗克忒忒斯手中。在战争的最后一年，希腊人俘虏了普里阿摩斯的儿子赫勒诺斯。赫勒诺斯预言说，只有得到赫拉克勒斯的弓箭才能攻陷特洛伊。于是，奥德修斯和狄俄墨得斯前往楞诺斯岛，将菲罗克忒忒斯带了回来。医神阿斯克勒庇俄斯的两个儿子波达利瑞俄斯和玛卡翁治好了他的脚伤。随后菲罗克忒忒斯便用赫拉克勒斯的箭射死了帕里斯，从而除掉了特洛伊残存勇士中最强大的一位。[20]

阿喀琉斯治愈忒勒福斯

前往特洛伊途中，希腊军队曾在小亚细亚的密西亚（Mysia）登陆。阿喀琉斯在与密西亚人的战斗中刺伤了赫拉克勒斯之子、密西亚人忒勒福斯。由于伤口一直难以痊愈，忒勒福斯绝望地求助于德尔斐神谕。他被神谕告知："唯有造成这伤的人才能将它治好。"于是他化装成一名乞丐来到希腊军中，并请求阿喀琉斯为他治伤。阿喀琉斯称自己不是医生，对此无能为力，但奥德修斯指出那伤口正是阿喀琉

图19.9　《菲罗克忒忒斯在楞诺斯岛上》(*Philoctetes on Lemnos*)

红绘莱基托斯瓶，约公元前430年。莱基托斯瓶是用来盛放油脂或香料的陶瓶，通常用于葬礼等宗教场合。许多莱基托斯瓶都出土于墓葬中，瓶上绘画的主题也多为庄严肃穆。关于这个故事的绘画主要表现两个场景：一是菲罗克忒忒斯在楞诺斯岛上深陷绝望；二是希腊远征军前往楞诺斯岛搭救这位杰出的英雄。在这幅画中，菲罗克忒忒斯独自坐在荒岛上。他的左脚放在一块石头上，缠着绷带。他的身边就是赫拉克勒斯那张百发百中的神弓。

斯的长矛造成的。于是，他们将阿喀琉斯矛上刮下的碎屑敷在忒勒福斯的伤口上。伤口果然痊愈了。忒勒福斯的神话在别迦摩的大祭坛上占有重要的位置（参见本书第88页）。

普罗忒西拉俄斯和拉俄达弥亚

　　希腊军队抵达特洛伊之后，第一个跃上滩头的人是普罗忒西拉俄斯，但他很快就被赫克托耳杀死。他的妻子拉俄达弥亚悲伤不已。出于对她的同情，赫尔墨斯将普罗忒西拉俄斯从冥界带了回

来，不过只有短短几个时辰。当普罗忒西拉俄斯再次被带回冥界，拉俄达弥亚也自杀身亡。这个故事及其主题——亡者复生和妻子之爱——在欧里庇得斯的悲剧《普罗忒西拉俄斯》(*Protesilaus*，大部分已亡佚)中得到了进一步发展。另一个在两军初次交锋中死去的人是波塞冬之子、特洛伊人库克诺斯(Cycnus)。他在死后变成了一只天鹅。希腊人成功地构筑起一座滩头堡，并将他们的战船拖上海滩，形成一个永久性营地，从此站稳了脚跟，开始对特洛伊的围困。

《伊利亚特》

　　战争前九年中所发生的故事只有模糊的记载（因为描述这段时间的那些史诗只留下了散文体的简介）。然而，战争第十年中所发生的部分事件却在《伊利亚特》中得到了精彩的描绘。不过，《伊利亚特》也只讲述了从阿喀琉斯与阿伽门农之争爆发到赫克托耳的遗体被赎回并得到安葬之间所发生的故事。

　　对特洛伊的九年围困徒劳无功。其间发生的变化只有各种失败的外交行动和对特洛伊盟邦的多次进攻。对这些城市所获的战利品分配，导致阿伽门农和阿喀琉斯反目。阿伽门农分得了阿波罗的祭司克律塞斯之女克律塞伊斯，却又不得不将她送回去（我们将在后文中知道原因）。因此，他抢走了原本分配给阿喀琉斯，并且已被阿喀琉斯深深爱上的布里塞伊斯。作为《伊利亚特》中最重要的主题，阿喀琉斯的怒火在这部史诗开篇就得到了表现（《伊利亚特》1.1—7）：

歌唱吧，女神。歌唱珀琉斯之子阿喀

琉斯的毁灭之怒。它给阿开亚人带来了无穷的痛苦，让无数英雄的强大魂魄坠入冥界，让他们的躯壳成为犬禽口中的美餐。从阿伽门农和阿喀琉斯开始视彼此为敌，宙斯的意志就得到了实现。

《伊利亚特》以"怒火"一词开篇。"怒火"这一充溢着热情的主题也决定了全诗的情感强度以及全诗故事的形式和视野。诗中的篇章有着明晰的听觉和视觉效果，并且看似简单，实则深邃。正是在这样的篇章中，通过一幕幕具有强大戏剧感染力的场景，《伊利亚特》的整个故事得以向我们逐步展开。已经获得克律塞伊斯的阿伽门农拒绝克律塞斯赎回自己的女儿。因此克律塞斯向阿波罗祷告，祈求他惩罚希腊人。描述阿波罗答复祈祷者的精彩诗行如下（《伊利亚特》1.43—52）：

> 克律塞斯如此祈求。福玻斯·阿波罗
> 听见了他的祷告。太阳神怒火填膺，将他
> 的神弓和箭囊背负在肩，从奥林波斯山顶
> 飞奔而下。他携怒而行，犹如黑夜的降临。
> 箭枝在他肩上相互撞击，声若雷霆。他在
> 离船尚远的地方坐下来，射出一箭。银弓
> 铿然巨响，令人胆寒。他首先射死那些骡
> 马和敏捷的奔犬，然后就向人群射出他的
> 利箭。焚尸的大火数之不尽，经久不灭。①

这是神祇在《伊利亚特》中的第一次登场。它也表明诸神是如何参与到特洛伊故事中的，其中阿波罗从始至终都站在特洛伊人一边。卡尔卡斯提出

---

① 因原文英译不同，这一段引文与第11章中引用的同一段在细节上有差异。

建议：只有将克律塞伊斯归还并不求赎金，才能消弭这场灾祸。于是克律塞伊斯被送走了，但这就让阿伽门农陷入了没有战利品的境地。身为希腊最伟大的国王，这对阿伽门农来说无疑是一种耻辱。因此，他从阿喀琉斯那里抢走了布里塞伊斯。而阿喀琉斯率领其部密耳弥冬人撤出了战场，以报复这一不义之举。

阿喀琉斯是英雄的美德（arete）的化身。关于 arete 这一概念，重要的一点是一个人在他人眼中的地位。这样的地位不仅来自他的言行，也来自他所得的赠礼、战利品与他人所得之间的比较。因此，阿伽门农夺走布里塞伊斯的举动侮辱了阿喀琉斯的荣誉，这让他有足够的理由退出战场，即便这样做会导致希腊人陷入灾难。在荷马对这场激烈争执的描述中，雅典娜始终限制着阿喀琉斯，不让他对阿伽门农发起攻击。此外，荷马还描述了阿喀琉斯撤离战场时所发出的预言（《伊利亚特》1.234—246）[21]：

> "我以这伐自山中，再也不会长出绿叶
> 和根须的节杖起誓……如今阿开亚人的后
> 代们将它握在手中，将赏罚执掌，因他们
> 以宙斯之名维护着正义。我要发的乃是重
> 誓：所有阿开亚人的子孙终将盼望阿喀琉
> 斯的归来，而那时候尽管你[阿伽门农]心
> 有不甘，却对此无能为力，因为众多勇士
> 都会倒在杀戮者赫克托耳的剑下。那时你
> 只能悲痛欲绝，恼恨自己未能尊重阿开亚
> 人中的最强者。"珀琉斯之子如此说道，随
> 后便将那镶金的节杖掷于尘土，坐了下来。

受到伤害的阿喀琉斯怒火中烧，心怀愤恨。他的母亲忒提斯则给他带来了慰藉。母子之间的关系

感人至深，又令人哀伤，因为我们知道阿喀琉斯最终选择了来到特洛伊，选择在盛年光荣战死，而非在家中安度长寿却平庸的一生。忒提斯答应向宙斯求助，并从这位万神之王那里得到承诺：尽管她的儿子受到阿伽门农的侮辱，宙斯却会赐予他光荣，令特洛伊人在阿喀琉斯不在战场时取得成功——这样才会让希腊人为阿伽门农的作为感到悔恨，从而倍增阿喀琉斯的荣耀。

截至第1卷结束，我们很难不将阿伽门农视为过错一方和傲慢的罪人：他先是冒犯了阿波罗和他的祭司，后来又冒犯了阿喀琉斯。与阿波罗的神箭一样，阿喀琉斯的撤退造成了悲剧，将造成他无数希腊同伴的死亡。阿喀琉斯也会因其自私、残忍和冷漠的行为受到谴责。然而，阿波罗的怒火在得到平息之前，也是同样无情和恣意，并且同样具有毁灭性，造成了无数的死亡，而这怒火也是阿伽门农的傲慢所带来的。荷马在史诗的开篇将阿喀琉斯和阿波罗的怒火并置。那我们是否应该对天神和凡间半神的作为采用双重标准？

在第3卷中，战争双方达成了一次停战协议，好让墨涅拉俄斯与帕里斯单独对决，决定海伦的命运并了结她所带来的麻烦。墨涅拉俄斯在决斗中胜过了帕里斯。他抓住帕里斯的头盔，将他甩了起来。帕里斯因此被自己的颈带勒住了脖子。阿佛洛狄忒看到帕里斯的失败，立刻施展神力，轻松地将她的这位宠儿夺走，并将他送回馨香的卧房。接下来她前去召唤海伦。其时海伦已经在特洛伊的高塔上目睹了丈夫所遭受的羞辱。尽管阿佛洛狄忒伪装成一名老妇，海伦仍旧认出了对方那美丽的胸脯和明亮的眼眸——那就是她自己的镜像。怀着这种自我意识，海伦表现出了叛逆。

在这一场景接下来的内容中，通过对女神阿佛洛狄忒的准确描述，海伦袒露了自己的内心感受。她质问代表着美丽与情感的阿佛洛狄忒到底要将她引向何方。在愤怒中，她请求这位女神离开奥林波斯山，亲自前去侍奉帕里斯，直到变成他的妻子乃至奴仆。在特洛伊妇女们的目光注视下，海伦自己羞愧难当，无颜回到帕里斯的床边。阿佛洛狄忒被海伦的话激怒，威胁说要成为她的敌人。海伦屈服了，返回自己的卧房，回到帕里斯身边。此时阿佛洛狄忒已经将满身污泥的失败者帕里斯重新变回了一个俊美的男子。然而海伦不再对他抱有幻想，用如下贬损的话语问候了她的爱人（《伊利亚特》3.428—436）：

> 你竟从战场上回来了？你在那里被比你更强的男子，被我原先的丈夫击败，难道不应该死在那里吗？你难道不曾夸口说无论是徒手还是用剑，好战的墨涅拉俄斯都不及你勇猛吗？那你为何不出去重新挑战那个为战斗而生的人，让他与你再战一场？算了，我劝你还是罢手，不要再犯傻，在战场上面对金发的墨涅拉俄斯，否则你必然早早倒在他的矛下。

帕里斯以其特有的轻描淡写回应了海伦。爱神阿佛洛狄忒再次取得了胜利（《伊利亚特》3.438—447）：

> "我的夫人啊，请别再用冷酷的言辞来斥责我。墨涅拉俄斯有雅典娜帮手，赢了这一仗。下一次我定然要胜过他，因为我们也不乏神祇相助。来吧，让我们共赴枕席，寻欢一场。我的头脑从未像现在这样被情欲笼罩，哪怕当初我将你从美丽的斯

巴达偷走，乘船远走高飞，又在克拉奈岛（Cranaë）上与你初尝云雨之时，也难与此刻相比。我现在就是这样爱你。甜蜜的情欲让我不能自己。"他这样说着，将她引向床边，而他的妻子也跟上前来。

在第6卷中，帕里斯英勇的兄长赫克托耳前去寻找自己的妻子安德洛玛刻，要在回到战场之前向她告别。他在途中顺道拜访了正在家中与海伦消磨时间的帕里斯。在被墨涅拉俄斯击败，又与海伦做爱之后，帕里斯正面带愁容地擦拭自己的甲胄。赫克托耳很可能打断了这对夫妻的另一次争吵。帕里斯告诉哥哥：海伦刚刚又催着他出去打仗，而他也同意他们两人的意见——他是时候回到战场上去了。怀着哀苦与自责，海伦向赫克托耳这样说道（《伊利亚特》6.344—358）：

　　"亲爱的夫兄啊。我真是一个歹毒又无情的贱人。我真希望自己在出生那一天就死掉，让可怕的狂风将我吹落山谷，或是吹落汹涌的海面，让我被波涛卷走，好教这一切都不用发生。然而，既然诸神已经决定要有这些祸事，我宁愿自己嫁了一个更好的男子，一个在面对众人时还知道罪过和羞耻为何物的人。但是他的秉性却不依这样的美德，而且永远不会改变。所以，我猜他总有一天要自食其果。夫兄你请过来，坐到这张椅子上来。战争的重担你背负得最多，而这一切都是因我这个不知羞耻的女人而起，都是帕里斯的过错所带来的恶果。宙斯已为我们两人安排了可怕的命运，会让我们在后世的歌咏中成为笑柄。"

赫克托耳告诉海伦他必须离开了。他发现自己的妻子、他的儿子阿斯堤阿那克斯，还有孩子的保姆都不在家中，而是正站在城墙上焦急张望，一心关切他的命运。赫克托耳夫妇二人哀伤道别。安德洛玛刻请求赫克托耳不要回到战场上去，以免她成为寡妇，他的儿子成为无父的孤儿。阿喀琉斯已经杀死了她的父亲和七个兄弟，又俘虏了她的母亲。尽管阿喀琉斯同意接受赎金，将她放回，她仍旧没有活下来。对安德洛玛刻来说，现在赫克托耳除了是她亲爱的丈夫，还是她的父亲、母亲和兄弟。赫克托耳的回答充满爱意，同时又信念坚定（《伊利亚特》6.441—484）：

　　"老实说，这些事同样萦绕我的心灵。但是如果怯懦避战，在那些身着长裙的特洛伊妇女面前，我如何能摆脱啮心的羞耻？我的心灵也不容许我那样做，因为我早已知道自己必须保持英勇，奋战在特洛伊人的前阵，为我自己和我的父亲赢得巨大的光荣。我从心底，从灵魂里知道这一点。特洛伊总有一天会覆灭，普里阿摩斯和他那些手持梣木矛杆的勇士也是一样。特洛伊人——无论是赫卡柏、普里阿摩斯，还是我那些将倒在敌人刀剑之下的兄弟——将遭遇的苦难会让我痛苦，但这也无法与你的悲惨命运让我所感到的痛苦相提并论。某个身穿铜甲的阿开亚人将会结束你的自由，将哀哭的你带走。在希腊，在另一个人的命令下，你会在织机上劳作，从拉科尼亚或是忒萨利的泉中汲水，终日操劳，不由自主。那时若有人见你流泪，便会说：'这是赫克托耳的妻子。在善驯马的特洛伊人为伊利昂奋战的时候，他的英勇无人可比。'总有人会在某时这样说。那时你的悲苦便会被再次唤醒，因为你再也没有一个这样能让你摆脱奴役的丈夫。但是，我宁可早早死去，在坟丘之下长眠，也不愿意听到你在被人当成俘虏拖走时的痛哭。"

光辉的赫克托耳这般说道，然后将手伸向他的儿子。婴儿看到父亲，却缩进那腰身纤美的保姆怀中，惶然啼哭，因为父亲头盔上的铜脊和那上面摇动着的可怕羽鬃让他惊恐。他的慈父哈哈大笑，连他的母亲也笑起来。赫克托耳立刻脱下光芒夺目的头盔，将它放在地上。随后他亲吻了心爱的儿子，将他抱在怀中抚摸，并向宙斯和诸神祝祷：

"宙斯和诸神在上，请让我的这个儿子与我一样，成为特洛伊人中的翘楚，让他拥有勇力，成为伊利昂的强大君主。将来当他从战场凯旋，请让人们称道这个男孩远远胜过他的父亲。当他杀死仇敌，请让他将染血的战利品带回家，让他的母亲心中充满喜悦。"祷告已毕，赫克托耳将儿子交还到心爱的妻子手中。母亲将孩子紧抱在自己芬芳的胸前，眼含热泪，却也露出笑容。

安德洛玛刻另有两次预见到自己、儿子和特洛伊城的命运。两次都是在对赫克托耳的尸身诉说之时。以下就是她对他说出的永别（《伊利亚特》24.725—738）：

"亲爱的夫君，你这般年轻就死了，让我成了这深宫中的寡妇。这男孩，厄运难逃的你我的儿子，还是待哺的婴孩。我恐怕他难以长到成年，因为在那之前，这城市就会被夷为平地。你——这城市的守护者——已经死了。你曾经保卫着这城，保卫着这城中忠贞的妇女和弱小的孩童。他们将会被送到那些中空的船上，我也要被一起带走。而你，我的孩子，要么随我而去，从此做着下贱的工作，为残忍的主人卖命，要么会被某个愤怒的阿开亚人从我怀中夺走，从高高的塔上扔下，悲惨地死去——因为或许这人有父兄子弟死于赫克托耳之手。"

特洛伊陷落之后，安德洛玛刻果然沦为了涅俄普托勒摩斯的奴隶，而她的幼子阿斯堤阿那克斯也的确被人从城墙上扔了下去。

在第9卷中，阿喀琉斯之怒这一主题得到了重大的推进。在阿伽门农同意归还布里塞伊斯并又奉上许多珍贵的赠礼之后，阿喀琉斯的怒火是否会平息下来？前来邀请他的使者是奥德修斯、福尼克斯和忒拉蒙之子大埃阿斯。然而，出于他敏感而热烈的天性，阿喀琉斯拒绝了这个条件。

奥德修斯对阿喀琉斯的演说，大多是传达了阿伽门农所嘱咐的意思，但其开头和结尾部分却更为委婉得体，具有说服力。在对特洛伊人所取得战果的描述中，奥德修斯着重强调了阿喀琉斯所面临的危险以及消灭赫克托耳的机会：盛怒之中的赫克托耳已经急于要摧毁希腊人的战船。随后他又列出了阿喀琉斯回归之后将会收到的馈赠：7个三足鼎、10塔兰同（talent）①的黄金、20口锃亮的大锅、12匹能

————————

① 塔兰同是古代中东和希腊—罗马世界使用的质量和货币单位。希腊塔兰同的质量约相当于26千克。

赢得赛会的骏马、7 名既美貌又能干的勒斯玻斯女子（这些女子都是阿喀琉斯在攻下勒斯玻斯后为自己挑选的战利品），还有布里塞伊斯本人——阿伽门农庄严发誓他尚未对她染指。此外，如果诸神庇佑，让希腊人攻破普里阿摩斯的城市，阿喀琉斯还可以将他的战船装满黄金和青铜，并为自己挑选 20 名海伦以外最美貌的特洛伊女子。除此之外，阿伽门农还承诺：如果他们能平安回到希腊，他会让阿喀琉斯成为自己的女婿，送上前所未有的丰厚嫁妆，外加一个拥有七座繁盛大城的王国，让他像天神一样统治。

在演说的尾声，奥德修斯十分谨慎，没有重复阿伽门农的最后指示："让他顺服于我。神与人中最受人痛恨的就是哈得斯，就因为他从不容情，从不变通。让阿喀琉斯向我低头，因为我是比他更尊贵的君王，也比他更为年长。"（《伊利亚特》9.158—161）。奥德修斯没有说这番话，而是更为委婉而睿智地恳求阿喀琉斯：即便他对阿伽门农的怒意和仇恨大到无法原谅对方，他至少也应该对其他希腊人怀有悲悯，因为他们已经被战斗消磨得精疲力竭；只要阿喀琉斯肯回来，他们就会将他视若神明。最后，奥德修斯尝试利用阿喀琉斯对赫克托耳的骄人战功的嫉妒心理，暗示说如果阿喀琉斯想要击败赫克托耳，满足自己对荣耀的渴望，现在正是时候，因为赫克托耳认为希腊人中无人能与自己匹敌。阿喀琉斯在回答中对奥德修斯的部分观点发出了质疑，同时也让我们了解到：阿喀琉斯之所以独一无二，正在于他的感性与内省（《伊利亚特》9.309—345）：

> "我必须直截了当地答复你的发言，把我的想法和我的选择告诉你，绝无欺瞒，免得你们这些信使一个又一个，来对我花

言巧语。我痛恨那些心口不一的人，正如我痛恨哈得斯和他的国度。因此，对于在我看来最妥当的事，我会实话实说。我不相信阿特柔斯之子阿伽门农能够说服我，其他希腊人同样不行。在战场上无情杀敌，片刻不歇，这并不能让我内心愉悦。懦夫与亲蹈战火的勇士分享着同样的荣耀，也分享着同样的命运：袖手旁观者和肩扛重担者最后的归宿都是死亡。我历尽艰难，在战场上出生入死，不得休息，却得不到任何好处。鸟儿为了给它的雏鸟觅食，不辞千辛万苦。我也是一样，熬过了多少不眠的夜晚，多少个浴血奋战的白昼，只为击退那些为了保卫自己的妻子不惜一战的敌人。

老实告诉你，我曾经乘船攻掠十二座繁盛的大城，在陆上又攻打了另外十一座。每一次我都收获了众多璀璨的珍宝，将它们带回去交给阿特柔斯之子阿伽门农。他安坐在后方自己的快船上，坐收其成，分出一些东西，却把大部分留给自己。那些君王贵人从他那里分得的战利品都安然无恙。希腊人中只有我一个被他劫夺。他已经有了一个心爱的床伴①，就让他与她同寝寻乐吧。希腊人为何要与特洛伊人作战？阿特柔斯之子为何要召集大军前来此地？难道不是为了长发秀美的海伦？难道世人中只有阿特柔斯的儿子们才爱惜自己的妻

---

① 原引文解作"他已经有了一个心爱的妻子"，但应指被阿伽门农夺走的女奴布里塞伊斯。因此从陈中梅汉译本将妻子改作"床伴"。A. T. Murray 英译本解作"他已经拥有了我心爱的妻子"，Samuel Butler 英译本则解作"他已经夺走了我心爱的女人"。

子吗？要知道，任何体面而又负责任的男子都会爱惜和照顾他们的妻子，正如我从心底爱着布里塞伊斯——尽管她只是我凭着战矛抢来的俘虏。事已至此，他从我手中夺走我的战获，将我欺瞒，那就请他不要再来尝试。他是无法说服我的，我很了解他。"

阿喀琉斯的回答并未就此结束。随后他表明，自己鄙视阿伽门农送出的礼物，无论它们多么丰厚，而他也无须并且无意成为阿伽门农的女婿。显然阿伽门农能找到一个更高贵、更值得他尊重的人！不知羞耻的阿伽门农，"不过是一条狗，岂敢与我对面而视"！阿伽门农的赠礼慷慨得超出常理，但阿喀琉斯却看透了他的真面目。这样的馈赠并非为了和解，而是一种贿赂。许多批评者认为阿喀琉斯拒绝这些馈赠是在骄傲的道路上走得太远了，犯下了傲慢的罪过。这样的看法也不是全无道理。他们认为，阿喀琉斯应该明白阿伽门农不可能像对待一位天神那样，屈尊前来向他道歉。然而，要求一位明君亲口承认自己的过失真的是一件过分的事吗？阿伽门农所表现出的君王傲慢与阿喀琉斯的一样有错，甚至更多，因为他是全军的统帅，对所有本可以避免的杀戮和灾难负有最终的责任。

因此，阿伽门农尝试劝返阿喀琉斯的举动失败了。阿喀琉斯的年长导师福尼克斯也尝试说服他，同样没有成功。福尼克斯在他的发言中将阿喀琉斯与愚蠢地拒绝了赠礼的英雄墨勒阿革耳进行对比（参见本章"附录"）。最后，第三名使者、勇武的忒拉蒙之子大埃阿斯以他粗鲁的发言结束了这次使命（《伊利亚特》9.628—638）：

"阿喀琉斯胸中只有狂悖而又傲慢的灵魂。他执拗无情，将朋友们的爱护置之不理。我们敬他比这战船边其他人都多，尽管他毫无怜悯。换作他人，哪怕是死了兄弟或是儿子，也会收下这样的补偿……诸神却让你的心变得如此坚硬，不肯容情，而这一切仅仅是为了一个女子。"

失去阿喀琉斯的希腊军队在特洛伊人面前节节败退，直至赫克托耳对希腊人的战船放起火来。根据荷马的说法，这一切都是出于宙斯的意志（《伊利亚特》1.5），因为忒提斯曾请求他惩罚阿伽门农的过错，以让阿喀琉斯得到荣耀，而宙斯也答应了她。

赫克托耳杀到了希腊人的战船前。阿喀琉斯终于同意让他的朋友和伴当帕特罗克洛斯穿上自己的盔甲，前去抵抗赫克托耳和特洛伊人。帕特罗克洛斯在一段时间内所向披靡，甚至杀死了宙斯之子萨耳珀冬，然而在怒火支配之下的他走得太远了。荷马描述了接下来发生的事（《伊利亚特》16.786—867）：阿波罗成了帕特罗克洛斯在战场上的敌人，他伸手在背后击打了帕特罗克洛斯。帕特罗克洛斯在重击下晕头转向，而特洛伊人欧福耳玻斯（Euphorbus）用矛将他刺伤。最终是赫克托耳给了已虚弱无力、不能动弹的帕特罗克洛斯致命一击。

帕特罗克洛斯之死成为整部史诗的转折点。阿喀琉斯被悲痛、自责和悔恨击垮了。他的痛苦程度之剧甚至让战友们担心他会自杀。然而，重归战场为帕特罗克洛斯报仇也意味着为他自己的命运敲上最后的封印。就在阿喀琉斯决意做出这个悲剧性的抉择之际，他的母亲忒提斯再次安慰了他。在第18卷的开头，涅斯托耳之子安提洛科斯为阿喀琉斯带来帕特罗克洛斯的死讯，发现阿喀琉斯正忧心如焚，害怕帕特罗克洛斯已经将他的警告抛在脑后，前去与赫克托耳对阵，并送掉了性命。安提洛科斯泪流满面，向阿喀琉斯报告了消息（《伊利亚特》18.18—38）：

"啊，勇士珀琉斯之子，我不得不将这噩耗告诉你。我多么希望这一切没有发生，然而帕特罗克洛斯已经倒下。他们正在争夺他赤裸的遗体，因为那战盔闪亮的赫克托耳剥去了他的盔甲。"

话音刚落，阿喀琉斯顿时被悲痛的阴云笼罩。他用双手抓起地上的黑土，洒落在自己头顶，脏污了他俊美的面容，也脏污了他永不朽坏的衣衫。这个伟岸的人重重扑倒在地，撕扯着自己的头发，让它沾满土灰。

阿喀琉斯和帕特罗克洛斯俘获的女子也都悲伤欲绝，大声哭喊。她们奔了出来，围着强大的阿喀琉斯，捶打自己的胸膛，个个腿脚酥软。安提洛科斯也站在他的身边垂泪哀悼，并抓住阿喀琉斯的双手，因为他骄傲的心胸已被悲伤征服，让安提洛科斯害怕他拔剑自尽。阿喀琉斯发出震耳的悲号，让他身为神祇的母亲也听见了，并报以泣鸣——其时她正在大海深处，陪坐在她年迈的父亲涅柔斯身边。这位女神将大海深处她所有的海仙女姐妹都召集了起来。

随后荷马一一列出了所有海仙女的名字，让这一段内容看起来非常类似一份出于赫西俄德笔下的列表。随后他继续讲述接下来发生的事（《伊利亚特》18.50—126）：

所有的海仙女都一起捶打自己的胸脯，而忒提斯开始她的哀悼：

"姐妹们，涅柔斯的女儿们，请听我诉说。听完之后，你们才能明白我心中充溢的痛苦。我的儿子无人能及，却又厄运难逃，让我这个母亲多么不幸。我生下的这个孩子完美无缺，强健彪悍，胜过所有英雄。在我的养育下，他像一株树苗那样飞快成长，最终长成为一棵茁壮的大树，枝叶繁茂，是园中的骄傲。然而我竟派遣他随着那逶迤战船前往伊利昂与特洛伊人作战。他再也不能回家，回到珀琉斯的王庭，也不能回到我的身旁。他在活着的时候，在还能看见天光的时候，却受痛苦的折磨，即使我亲自前往，也无济于事。不过我还是要去一趟，去看望我心爱的儿子，在他没有投身战场时倾听他的忧伤诉说。"

哀言已毕，忒提斯眼含热泪，和姐妹们一道离开了她的洞府。海中的波涛退避开来，为她们分出一条道路。她们来到富饶的特洛伊，依次登上海岸，抵达那些紧邻着迅足的阿喀琉斯而停泊的密耳弥冬战船。身为神祇的母亲站在阿喀琉斯面前，深沉叹息，又抱住儿子的头，发出尖利的哭喊声。她在悲伤中开口，说出带翼飞翔的话语："我的儿子啊，你为何悲泣？什么样的哀痛触动了你的心灵？开口告诉我，不要将它藏在自己心里。这一切的发生都是因为宙斯的意志，正如你曾经的心愿。你曾举起双手，祈祷当你不在战场的时候，所有阿开亚人之子都被逼迫到他们的船头，遭受可怕的暴行。"

迅足的阿喀琉斯深深地叹息道:"母亲啊,奥林波斯山上的宙斯的确为我这样做了,然而此刻我哪里能从中感到欢欣呢?我亲爱的朋友帕特罗克洛斯已经战死了。在所有的战友中我最爱他,如同自己的生命。如今我已经失去他了。赫克托耳将他杀死,剥去了他身上所穿的那副盔甲。那盔甲本是我的,光彩夺目,又坚固无匹。那是诸神赐给珀琉斯的精美礼物——就在他们将你送上这位凡人的婚床那一天。我多么希望你当初继续与那些永生的海中女神为伴,让珀琉斯去娶一个凡间的妻子!然而事已至此,你的心胸必然要为儿子的死而伤痛绵绵,因为你再也看不到他归来,再也不能在家门迎候他。如今我已决意一死,不过我要先看到赫克托耳倒在我的矛下,丢掉性命,为他从墨诺提俄斯之子帕特罗克洛斯身上剥走我的盔甲而付出代价。"

忒提斯泪如雨下,回答阿喀琉斯:"我的儿子啊。如你所说,你已命不久长。在赫克托耳倒下之后,你就要面临自己的死亡。"

迅足的阿喀琉斯心中愁烦不已,开口答道:"早早死了也好,反正命中注定我无法救回战友的性命。他在这异乡惨死,就因为缺少了我的勇力保护,就因为我没有站在他身旁。如今我再也不会回到故乡,我也没有成为帕特罗克洛斯和其他战友的救护之光。他们中许多人都被强大的赫克托耳杀害了。尽管有的人在议事的言辞上胜过我,在战场上却没有哪个身着铜甲的阿开亚人及得上我的骁勇。然而我却只是坐在自己的战船旁,毫无用处,徒为这大地上的累赘。我希望诸神与世人彼此都不再争斗,希望那让最明智的人也陷入狂暴的怒火消失无踪——它比蜜露还要甜,像烟幕一样笼罩人们的心胸。人间的王者阿伽门农就是这样激怒了我,然而过去的就让它过去吧。我心头仍旧燃着怒火,但我还是要将它压住,因为这是我该做的事。现在我将要回到战场,寻出那杀害我挚友的凶手赫克托耳。无论宙斯或是其他永生的神祇打算在何时结束我的生命,我都会坦然接受。赫拉克勒斯那般强横,最后也难逃一死。他虽是克洛诺斯之子宙斯的宠儿,在命运和赫拉的盛怒面前也一败涂地。如果同样的命运等待着我,我也会欣然领受,坐等死亡的降临。然而此时我先要赢取声名,让某个特洛伊女子或腰肢紧束的达耳达尼亚女子遽然大悲,用双手抹拭她娇嫩面颊上的泪水。这样她们才会明白我已经有多久不在战场上了。无论你多么爱我,请不要阻止我投身战斗,因为你的劝说也不会让我改变主意。"

忒提斯悲痛地认同了阿喀琉斯所做出的悲剧性抉择:为帕特罗克洛斯复仇,同时亲手选择自己的死亡。她告诉阿喀琉斯:她会去往赫淮斯托斯那里,为他索求一副新的甲胄。

帕特罗克洛斯之死所带来的哀痛促使阿喀琉斯放下自己与阿伽门农之间的争执,回到战场上,而他回到战场的目标只有一个,那就是杀死赫克托耳。因此布里塞伊斯被送回了他身边,随她而来的还有丰厚的赠礼。归来的布里塞伊斯在帕特罗克洛斯的遗体前为他致哀（《伊利亚特》19.287—300）：

> "帕特罗克洛斯，我忧伤的心中最亲爱
> 的人。他们将我从这营房中带走时，你还
> 活着。如今我回来了，而身为部众之首的
> 你却已长眠。降临在我头上的，除了不幸
> 还是不幸。我曾看到我的丈夫——那个我
> 父亲与高贵的母亲将我许配之人——被一
> 支锋利的长矛穿透在他的城前。我的三个
> 心爱的兄弟，与我一母亲生的同胞，也在
> 同一天被可怕的死亡攫取。当迅足的阿喀
> 琉斯杀死我的丈夫，攻破有如天神的米涅
> 斯（Mynes）①的城堡，你不让我哭泣，说我
> 会成为神一样的阿喀琉斯明媒正娶的妻子，
> 又说我会乘他的船回到佛提亚，在密耳弥
> 冬人中与他成婚。因此我为你哀痛，无法
> 止歇，因为你总是那么和善可亲。"

忒提斯为他的儿子带回了赫淮斯托斯制成的新甲胄。荷马详细地描述了阿喀琉斯的盾牌。这面盾牌上的纹样展现了迈锡尼人的人间世界：其中有的城邦陷于战火，有的城邦安享和平。耕种以及其他和平时期的人类活动（例如诉讼、婚礼、舞蹈和音乐，等等）的景象也在这面盾牌上得到呈现。

与此同时，赫克托耳已经从帕特罗克洛斯尸身上夺得了阿喀琉斯的甲胄，并穿戴在自己身上。宙斯在赫克托耳换甲的时候观察着他，并预言了他的末日（《伊利亚特》17.194—208）：

> 他将珀琉斯之子阿喀琉斯的不朽甲胄

---

① 米涅斯是布里塞伊斯的丈夫。

披挂在身。那是众神送给珀琉斯的赠礼，珀琉斯又在暮年将它传给儿子阿喀琉斯，但他的儿子无法穿着这身盔甲活到老年。当赫克托耳用那天神一样的珀琉斯之子的甲胄将自己武装起来，集云者宙斯从远处瞧见了，并自言自语："唉，可悲的人啊！此刻你竟一点也不知道死亡就要降临在你头上。你所披挂的不朽甲胄属于凡人中的翘楚，其他所有人见了他都要战栗。你杀了这人和善而又骁勇的朋友，还从他的头上和身上剥去了盔甲，这不是你该做的事。我还是会赐予你勇力，但作为代价，当你从战场上归来时，安德洛玛刻再也不能从你手中接过珀琉斯之子的光辉甲胄。"

阿喀琉斯回到了战场，将特洛伊人赶回城中。他在盛怒之下甚至不惜与河神斯卡曼德作战，并让特洛伊人的尸体充塞了这条河流。他最终将特洛伊人赶进了城门。只有赫克托耳一人留在城墙之外。赫克托耳与阿喀琉斯之间的决斗是《伊利亚特》全诗的高潮。在阿喀琉斯的追赶下，赫克托耳围着特洛伊城墙跑了三圈。"如同梦中的追逐者无法赶上逃跑者一样，在前奔逃的无法脱身，在后追赶的无法赶上。"（《伊利亚特》22.199—200）最后，宙斯终于同意让赫克托耳死去（《伊利亚特》22.209—214）：

> 万神之父拿起黄金的天平，将两人惨
> 死的命运放置其上，其中一个属于阿喀琉
> 斯，另一个属于驯马者赫克托耳。随后他
> 从中间提起天平。赫克托耳的末日那一边
> 向哈得斯的冥府沉降下去。于是福玻斯·阿
> 波罗离开了赫克托耳，而灰眼的女神雅典

娜降临在珀琉斯之子身旁。

雅典娜向阿喀琉斯伸出援手。她使用诡计，化身成赫克托耳的兄弟得伊福玻斯的模样，将赫克托耳引向死亡。赫克托耳全无防备，将最后的希望寄托在得伊福玻斯身上（《伊利亚特》22.294—301）：

> 他向手持白盾的得伊福玻斯大声喊叫，索求一支长矛。然而得伊福玻斯却不在他身旁。赫克托耳心中知道了真相，开口说道："天哪！必定是众神要取我的性命了。我以为英雄得伊福玻斯在我身边，可他其实是在城墙里，是雅典娜欺骗了我。可怕的末日已近，就在眼前，我已无处可逃。"

被众神抛弃又被雅典娜欺骗的赫克托耳，终于死在阿喀琉斯手下。阿喀琉斯毫不心慈手软，并用战车将赫克托耳的尸身拖回他的营帐。后来阿喀琉斯为帕特罗克洛斯举行葬礼，在火葬堆上献祭了12名特洛伊俘虏。他还举办了一场竞技会来纪念帕特罗克洛斯，亲自主持赛会，向优胜者颁发丰厚的奖品。即便如此，他对赫克托耳的怒意仍无减退，连续12天，每天都用战车拖拽赫克托耳的尸身绕着帕特罗克洛斯的坟墓飞奔。阿波罗则每天都将赫克托耳的残损躯体恢复原状。直到忒提斯带来宙斯的口信，阿喀琉斯才平息了怒火。在赫尔墨斯的帮助下，普里阿摩斯亲自来到阿喀琉斯的营帐，赎回了儿子的遗体。老人在杀害他众多儿子的凶手面前下跪的那一幕，堪称所有希腊英雄传说中最感人的场景之一（《伊利亚特》24.477—484）：

> 高贵的普里阿摩斯走进帐来，站在阿

喀琉斯近旁，没有被阿喀琉斯的伴当们瞧见。他伸出手来，抱住阿喀琉斯的双膝，又亲吻他的双手——这可怕的杀人之手曾杀死普里阿摩斯家的众多儿郎……阿喀琉

图19.10　《普里阿摩斯与阿喀琉斯》（*Priam and Achilles*）

红绘斯库佛司杯（Skyphos）[a]，作者为布吕戈斯画师，约公元前490年。在所有表现普里阿摩斯为赫克托耳赎尸的艺术作品中，这是其中最为精美也最引人注目的一件。白发苍苍的普里阿摩斯手持拐杖，从左侧走向阿喀琉斯。他身后是四个携带赎礼的随从，其中两名男子走在前面（画中可见），两名女子跟在后面。阿喀琉斯斜倚在宴榻上。榻边是一张宴桌，上面还放满肴馔。榻上铺设着褥子和毯子，做工精美，装饰华丽。阿喀琉斯正转头吩咐一名男仆，左手放在两块大软垫上，手中还拿着一块肉。他的右手则握着一柄短剑，正送食到嘴边。此时他尚未注意到普里阿摩斯的到来。赫克托耳伤痕累累的尸身就在榻下，被完整而清晰地表现了出来。尽管这一细节与荷马的故事并不相符，但陶画师们往往会将赫克托耳的尸身加入画面，以增加戏剧效果。画师添加的另一个内容是墙上那些赫克托耳（从前属于阿喀琉斯）的甲胄和一面带有戈耳工头像饰（对戈耳工颅的一种风格化表现）的盾牌。在这一场景的时间顺序上，艺术家也进行了自由创作：在荷马诗中，当普里阿摩斯走进营帐时，阿喀琉斯刚刚吃完饭。这幅画中的小小改动则造成了一种格外可怕的残酷对比：阿喀琉斯在尸体上方吃着肉，食物里的油脂滴落在血淋淋的尸体上。阿喀琉斯曾发誓说在为帕特罗克洛斯报仇之前绝不进食，又在杀死赫克托耳之前发出威胁：如果他有勇气的话，他甚至会撕开赫克托耳的躯体，生吃他的肉。如果我们想起这两个片段，就能完全地体会到画中这一幕的恐怖。

---

a.　一种较深的双耳酒杯。

图19.11　《赫克托耳之死》（*The Death of Hector*）

彼得·保罗·鲁本斯画，43英寸×50英寸。这是一幅小样（modello），即壁毯图样设计中的第二阶段，介于尺寸更小的油画草图（sketch）和更大的大样（cartoon）之间。鲁本斯曾设计一组八幅挂毯来表现"阿喀琉斯的一生"这一主题。《赫克托耳之死》是其中的第七幅。由于挂毯织工在织料背面工作，因此小样中的人物看起来都是左撇子。这幅画描绘了阿喀琉斯用长矛（这根长矛第一次掷偏了，却被雅典娜交还给阿喀琉斯）向赫克托耳的咽喉刺出的致命一击（《伊利亚特》22.326—329）。赫克托耳的唯一武器是一把剑（他投出的长矛同样错失了目标，却没有一位女神交还给他）。他望着阿喀琉斯，还能开口请求得到一个体面的葬礼。然而他的请求将被拒绝。画面背景左侧的马匹将围绕特洛伊的城墙拖曳他的尸体（背景右侧展示了城门塔楼前和城墙上焦急的特洛伊人群）。雅典娜身边伴着她的猫头鹰，左手持矛，在空中飞翔，为阿喀琉斯助威。阿喀琉斯的盾牌位于画面正中，格外引人注目。《伊利亚特》第18卷用大量篇幅对这面盾牌进行了描述。盾牌后方是斯卡曼德河。画面左侧的头像方碑（herm，一种上立神像的石柱 [a]）表现的是先前攻陷过特洛伊的赫拉克勒斯（参见本书第604页）：他的棍棒就倚在这座方碑上。右侧的方碑代表着阿瑞斯：他的脸已从赫克托耳的方向转开。画面上方的两个普托抱着一组曲线纹饰（cartouche）。壁毯上的一句拉丁语韵文就在这个位置。画面底部是一个祭坛，上面放着两只丰饶角（cornucopia），里面装满献给胜利者的棕榈叶。祭坛中央则是两只相斗的公鸡。

---

a.　参见本书第12章中对赫尔姆的介绍。

斯看到这神一样的普里阿摩斯，心中充满惊奇。其他人也感到诧异，面面相觑。

普里阿摩斯向阿喀琉斯提出了请求。两人各自回想起自己的伤痛，也都尽了他们的哀悼之情。接下来阿喀琉斯对凡人的悲惨命运做出了最终的解释（《伊利亚特》24.524—532）：

> "［凡人］没有一样行为不让人哀痛心寒，因为众神自己无忧无虑，却为可悯的凡人织就了悲苦苟活的宿命。宙斯的门槛上放着两只瓦罐，里面盛着他赐下的礼物。一只里面装着灾祸，另一只里面装着福佑。当以雷霆为乐的宙斯从两只罐中各取一点，将好事坏事混在一起，一个凡人就会时而遭遇祸殃，时而碰上好运。若是宙斯只从那愁苦的罐中取物赐给某人，这人便成了他凌辱的对象，只会被残酷的苦难驱赶，在这神圣的大地上流浪。"

阿喀琉斯最终从伤痛中领悟到真正的悲悯。希腊人的悲剧生命观正是以他这种对人类生存的悲观态度为核心。这种态度在希罗多德那里表现为一种哀伤之美（如我们在本书第6章中所见），又在悲剧作者群体中一再发出回响。曾经享受荣耀和福佑者的壮烈陨落正是这些作者们最爱的题材："不要说一个人是幸福的，除非他已走到生命尽头。"

就这样，普里阿摩斯赎回了赫克托耳的遗体并返回特洛伊。《伊利亚特》全诗便以赫克托耳的葬礼作结。安德洛玛刻、赫卡柏还有海伦都来到赫克托耳的遗体前致奠。特洛伊人用了整整九天来哀悼赫克托耳，因为他的死也决定了他们自己的命运。

阿喀琉斯并非只受制于激烈的情感。所有希腊人中只有他清楚地了解自己的命运。在听到前来出使的奥德修斯的演说之后，阿喀琉斯曾如此作答（《伊利亚特》9.410—416）：

> 我的母亲——银足的忒提斯——曾对我说：在前往死亡终点的路上，我有两种命运。如果我留在这里，在特洛伊人的城下战斗，我将难以再见家园，却能拥有不朽的荣耀。如果我回到自己热爱的故土，就能安享长寿，但荣耀也会离我而去。

这些话完美地表现了阿喀琉斯的性格。当他的战马克珊托斯（Xanthus）预言他的死亡时（《伊利亚特》19.404—417），阿喀琉斯答道（《伊利亚特》19.421—423）：

> 我很明白我的宿命，那就是与我亲爱的父母远离，在这里丧命。即便如此，我仍不会罢手。在让特洛伊人饱受我的攻掠之前，我将战斗不休。

当垂死的赫克托耳再次预言阿喀琉斯的死亡时，阿喀琉斯毅然接受了自己的命运。他也并非总是性如烈火。他主持了为帕特罗克洛斯举行的葬礼竞技会，并表现出王者的高贵风度，甚至为暴烈的竞争者化解争斗。此外，我们也已经看到了他是如何放下了对赫克托耳的仇恨，并待普里阿摩斯以宽厚和尊严。阿喀琉斯是一位光辉而复杂的英雄，是特洛伊传说中最伟大的形象，无人可与其比肩。

图19.12 《帕特罗克洛斯的葬礼》（*The Funeral of Patroclus*）

阿普利亚红绘调酒缸，作者为大流士画师，约公元前330年，高56英寸。位于图案中部的是火葬堆，上面放着赫克托耳的战利品（即原属阿喀琉斯，后来为帕特罗克洛斯所披挂的甲胄）。火葬堆左边是阿喀琉斯。他一手抓住一名特洛伊俘虏的头发，正准备用剑将她刺穿。另外三名俘虏被捆绑在左边，等待同样的命运。火葬堆右边是正在奠酒的阿伽门农。画面下方是阿喀琉斯的御者奥托墨冬（Automedon）。他正准备用驷马车拖拽着赫克托耳的尸身在帕特罗克洛斯的墓周绕行。在画面中部的上方，涅斯托耳（坐者）和福尼克斯这两位年长的勇士正坐在一顶帐下交谈。

战争中的奥林波斯众神

神祇介入特洛伊战争中，并且是极为重要的参与者。在本书第5章中（第132—135页），我们已经看到在《伊利亚特》第1卷的末尾赫淮斯托斯如何平息了宙斯与赫拉之间的争吵。这一插曲生动地表现了凡人与天神在情感上的鸿沟。第1卷还向我们呈现了阿伽门农和阿喀琉斯之间的争执。如诗人在全诗第2行所言，这场争执让无数人丧失了生命。相较之下，宙斯与赫拉之间的争吵却在笑声和情爱中结束。我们在本书第5章中（第123页）还讨论了《伊利亚特》第14卷所描述的宙斯与赫拉之间的神圣婚姻——那是一位天神与一位大地女神的结合。通常情况下，对凡人之间的战争，神祇只会远远旁观——尽管那仍然与他们切身相关。不过，个别男女神祇有时也会加入战斗，对他们各自的宠儿施以援手或庇护。

然而，神祇也曾有两次在战场上彼此对抗（这被称为"神战"［theomachies］）。在第一个插曲中，雅典娜与赫拉同乘战车降临到战场上。我们在这里译出了荷马对雅典娜的甲胄的描述（《伊利亚特》5.736—747）：

雅典娜披上短袍，穿戴上集云者宙斯的甲胄，准备投身惨烈的战场。她在肩上披的是带穗的埃吉斯。它周边的纹样是"恐惧"，让人睹之丧胆。中间的是"争斗""勇力"和令人战栗的"攻伐"，还有怪物戈耳工的可怕头颅——它样貌森然可怖，让人知道这器物属于持埃吉斯的宙斯。她头上戴的是双脊的金盔，上有四块金属的甲片，纹刻着守御百城的勇士。她登上烈火翻卷的战车，抓起沉重修长的战枪。她是大能的万神之父的女儿，要用这枪荡平令她发怒的凡人的军阵。

雅典娜出手帮助了狄俄墨得斯，并亲自投入战斗。阿佛洛狄忒也进入了战场，并被狄俄墨得斯击伤——一名凡人竟对不朽的神祇造成了伤害。阿佛洛狄忒返回了奥林波斯山。她的母亲狄俄涅安慰了她（《伊利亚特》5.382—384）：

《伊利亚特》的普遍性

自《伊利亚特》开始（若非更早的话），战争就是所有文学作品中最重要的主题之一。它是一种普遍的人类经验，将人类性格与情感的各种极端袒露出来，并以可怕的力量穷尽着人类关系所能达到的高度与深度。尽管战争受到种种谴责，但这一普遍而持久的灾疫在哪一个时代也不曾缺席。无论男女，哪个人不在意自己在他人眼中的形象？谁不曾让怒火支配自己的行为？谁不曾被迫面对冲突，并在恐惧中退缩？谁不曾感到自己被某种更强的、对人类命运漠不关心的力量支配？谁不曾对种种道德行为标准感到怀疑，或是得出结论，认为我们都不过是些牺牲品，而人类行为背后的根源往往是不公？特洛伊战争是战争的典型，是一面镜子，让我们能够永远从中照见战争的形象。我们从中看到的不仅有战争那噬人的恐怖和野蛮，还有人类在战争激发之下，在生死之际所能达成的崇高伟业。我们在战争中看到男人和女人、丈夫和妻子、兄弟和姊妹经受最惨痛的磨难。他们的勇毅和懦弱、爱和背叛、自私和忠诚，都要在战争中受到考验，并被分辨出来。《伊利亚特》中伟大的男女英雄群体涵盖广阔，类型多样，超越了他们所处时空的道德观念，成为所有人类的缩影。由于《伊利亚特》对个体的刻画所达到的深度和高度，从中我们不仅可以辨识出种种男性原型，也可以轻易地辨识出许多女性原型。安德洛玛刻深沉地爱着自己的丈夫赫克托耳和儿子阿斯堤阿那克斯。年迈而威严的王后赫卡柏同时也是一位

深情的妻子和母亲，她目睹儿子赫克托耳被杀，最后还要失去丈夫和所有的孩子，陷入痛苦的深渊。海伦亲口承认自己陷于激情无法自拔，在两种对立的力量之间进退两难。她既是一名高贵的女子，又是整个争端的焦点。从荷马时代直到当代，人们对海伦性格做出的再解读已经卷帙浩繁，有人认为她是身负罪责的淫妇，也有人认为她不过是无辜的受害者。[22] 海伦的美貌也成为无数诗歌的灵感来源。克里斯托弗·马洛（Christopher Marlowe）在《浮士德博士》（Dr. Faustus）中将海伦描述为情欲的对象。他的描述这样开头："这岂非就是那让千艘战船扬帆出海，/ 让伊利昂高耸入云的城楼化为瓦砾的面容？"在歌德的《浮士德》（Faust，第2部第3幕）中，海伦则是一切古典之美的象征（参见本书第778页）。

乔纳森·谢伊（Jonathan Shay）在他的一部著作中通过对《伊利亚特》的研究来阐释越战老兵的经验和苦难，并着重讨论了阿喀琉斯的性格与情感。[23]《伊利亚特》的普遍性及荷马对战争和战争英雄阿喀琉斯的描述中所蕴含的可怕真相，在这部著作中得到了特别而强有力的确认。谢伊是一位重视荷马的当代价值的精神病学家，发掘出了以下种种平行的主题：指挥官对"正义"的背叛、社会视野与道德视野的萎缩、紧密的战友关系向寥寥几个朋友的收缩、特别战友之一的死亡、这种死亡造成的悲痛与自责心理以及随之而来的狂怒。

休要焦躁，我的孩子。尽管你身受创痛，也要忍耐些。我们虽然安居在奥林波斯山上的宫室，也有许多受过凡人的磨难，彼此造成巨大的苦痛。

狄俄涅随后一一列举了那些曾被凡人伤害的神祇。接着，得到雅典娜和赫拉报信的宙斯对阿佛洛狄忒这般说道（《伊利亚特》5.428—430）：

我的孩子，沙场杀伐非你所长。你还是去操持情爱之事，把这件事留给迅足的阿瑞斯和雅典娜就好。

就连战神阿瑞斯本人也在狄俄墨得斯手下受了伤。他向宙斯抱怨，却没有得到多少同情（参见本书第138页）。

第二次"神战"见于第20卷和第21卷。在第20卷开头，宙斯在众神的议事会上对神祇们加入战场的行为表示了许可，尽管他自己仍旧保持超然（《伊利亚特》20.22—25）：

我会留在这奥林波斯的山脊上，从我的王座上旁观，愉悦我的心灵。你们其他诸神可以去往特洛伊人和阿开亚人中间帮忙，选哪一边都随你们的心意。

诸神向英雄们心中灌注战意，自己也亲身参战。战斗因此变得更加激烈。人类苦难的现实性与神祇所受创伤的微不足道再次构成了对比。凡人必须战斗，必须面对死亡，而永生者们的创伤很快就会痊愈。

并非所有身处战场的神祇都参与了战斗。波塞冬向阿波罗发出挑战，而阿波罗回答道（《伊利亚特》21.462—467）：

大地的撼撼者，我若为了可悲的凡人而与你战斗，未免要被你说成不智。凡人就像鲜艳繁茂的树叶，享用大地的果实只在一时。他们很快就会枯萎凋零，归于尘土。你我且就此罢战，让凡人去拼个你死我活。

"神战"向我们呈现的，是凡人与神祇之间不可逾越的鸿沟。它们表明要让诸神像凡人一样搏杀是荒谬的，但我们也能从中看出人类的战争也是奥林波斯众神的关注问题。"神战"承认神祇所受创痛的微不足道，并因此成为人类苦难的注解。对待这些插曲我们不应花费太多精力。在此我们以荷马对赫拉攻击阿耳忒弥斯一幕的描述为这部分讨论作结（《伊利亚特》21.489—496）：

赫拉言罢，用左手捉住阿耳忒弥斯的双腕，右手从阿耳忒弥斯肩上卸下她的弓和箭。赫拉面带微笑，给了阿耳忒弥斯一记耳光，扇得她晕头转向。箭矢也从箭囊中纷纷坠落。女神 [阿耳忒弥斯] 泪流满面，脱身逃走，像一只鸽子在鹰隼追赶下飞进山洞（因为这鸽子命中注定不会丧生于鹰喙）。虽然如此，她在逃跑时仍旧仓皇落泪，连她的弓箭也弃之不顾。

特洛伊的陷落

与《伊利亚特》的光辉相比，其他关于特洛伊战争的传说都黯然失色。已佚史诗的概要，戏剧，众多陶画以及维吉尔的《埃涅阿斯纪》中记录了一些情节，让我们得以了解这场战争剩下的时间中所发生的故事。

阿喀琉斯与彭忒西勒亚

赫克托耳的葬礼之后，战鼓再次擂响。阿喀琉斯又杀死了两名率军远道而来援助特洛伊的首领。来自北方的援军是阿玛宗人，即传说中的女战士们。她们的首领彭忒西勒亚（Penthesilea）死于阿喀琉斯之手。根据某些版本的说法，就在阿喀琉斯刺出致命一击之际，他的眼神与彭忒西勒亚相对，并爱上了她。[24] 他为彭忒西勒亚的死和美貌而哀痛，并杀死了嘲笑他的忒耳西忒斯。[25] 因为杀了人，阿喀琉斯不得不将自己的军队暂时撤退到勒斯玻斯。在那里他被奥德修斯洗去了这桩罪过。

阿喀琉斯与门农

另一支从远方前来援助特洛伊的军队是来自南方的埃塞俄比亚人。他们的首领是黎明女神厄俄斯（奥罗拉）和提托诺斯（普里阿摩斯的一个兄弟）①的儿子门农。门农死后，他的部众变成了在他坟墓周围相互争斗的飞鸟。在这几次胜利之后，阿喀琉斯并没有活上多长时间。

阿喀琉斯之死

在将特洛伊人逐回他们的城市之时，阿喀琉斯的脚踵被得到阿波罗帮助的帕里斯一箭射中，受了致命伤。经过激烈的战斗，阿喀琉斯的遗体被忒拉蒙之子大埃阿斯夺回，并被安葬在特洛伊附近的西革翁（Sigeum）海岬。阿伽门农的亡灵向阿喀琉斯的亡灵讲述了这场争夺遗体的战斗以及他的盛大葬礼。希腊人剃掉自己的头发，准备将阿喀琉斯的遗体火化。忒提斯带着她的海仙女们亲自从海中赶来，并与缪斯一起，恸哭着唱起哀歌悼念阿喀琉斯。一旁的希腊人都心酸流泪（《奥德赛》24.63—70）：

> 一连十七天，神祇和凡人一起为你哀哭。到了第十八天，我们将你付诸烈火，并用成群的肥羊陪葬。你身上穿着神祇的衣袍，涂抹了脂膏和甘蜜，在火中化成灰烬。众多阿开亚英雄身披甲胄，在火堆周围行进。有人徒步，有人骑马，造成一片喧哗。

阿伽门农还讲述了忒提斯如何将阿喀琉斯的骨灰放进一只金瓮，与帕特罗克洛斯的骨灰混在一起。随后人们建起一座宏伟的陵墓。忒提斯又为荣耀其亡子而举行了一场葬礼竞技会。就这样，希腊英雄中最伟大的阿喀琉斯得到了安葬。这样的火化和下葬仪式足以让他的声名永垂后世。[26]（参见本书图19.12《帕特罗克洛斯的葬礼》。）

在特洛伊陷落之后，阿喀琉斯的亡灵曾向希腊人显现，并要求他们将普里阿摩斯和赫卡柏的女儿波吕克塞娜献祭在他墓前。波吕克塞娜的献祭是欧里庇得斯的悲剧《赫卡柏》（Hecuba）中最重要的主题之一。在这部剧中，波吕克塞娜的尊贵和美德与年轻的希腊人及其首领们所表现出的暴力形成了惊人的对比。如此一来，与战前伊菲革涅亚的遭遇一样，战后同样包含了一名少女在希腊军前被献祭的情节。根据中世纪传说中特别流行的一个版本，阿喀琉斯爱上了波吕克塞娜，而且他正是在与她相会时遭到帕里斯的伏击，并被后者杀死。

---

① 关于厄俄斯和提托诺斯的故事，参见本书第9章。

奥德修斯和大埃阿斯争夺阿喀琉斯的盔甲

作为希腊人一方幸存勇士中的佼佼者，奥德修斯和忒拉蒙之子大埃阿斯都声称有权得到阿喀琉斯的甲胄。两人各自在由雅典娜主持的希腊人议事会上发表了演说。特洛伊俘虏们证明奥德修斯比大埃阿斯对特洛伊造成了更多伤害，因此这副甲胄①被授予奥德修斯。失败的耻辱让大埃阿斯发了疯。他将一群绵羊当作敌人，将它们杀死。在清醒过来之后，大埃阿斯在羞愤中伏剑自杀。他鲜血浸染的地方长出了一种花（可能是某种风信子），花瓣上还有如他名字缩写的纹样（即 AI-AI 字样）。[27]

以这个传说为题材，索福克勒斯创作了悲剧《埃阿斯》。剧中雅典娜对大埃阿斯的敌视与奥德修斯对人类困境的理解形成了对比。雅典娜问奥德修斯是否知道比大埃阿斯更强的英雄，而奥德修斯的回答为《伊利亚特》中的英雄悲剧做出了一锤定音的评论（索福克勒斯《埃阿斯》121—133）：

> 奥德修斯：我并不知道 [还有哪个英雄更强]。尽管他是我的敌人，我仍旧怜悯他的厄运，因为可怕的疯狂（ate）让他沦为奴仆。我不认为我的灾祸比他的更小，因为在我看来，世间凡人都不过是些幽灵和无足轻重的幻影。
>
> 雅典娜：既然你眼见了这样的事，就不要再对神祇口出悖逆之语，也不要夸下海口，哪怕你手中战果累累，或是掌握取之不尽的财富。因为时间会让凡间的一切归于尘土，又从死灰中复生。诸神钟爱谦

卑的人（sophrones），憎恨狂悖之徒。

希腊人用神话来抒发他们对人类生活的最深切理解。就这种方式而言，我们很难找到比上文更为恰切的表达。

罗马诗人奥维德详细讲述了大埃阿斯与阿喀琉斯的甲胄的故事。以下就是他对故事结局的描述（《变形记》13.382—398）：

> 希腊众首领深受 [奥德修斯的发言] 打动。雄辩的力量也在结果中得到了证明：善言者得到了勇士的甲胄。埃阿斯曾多次力抗赫克托耳，曾冒着战火和铁箭前进，不惜对抗朱庇特意志，此时却无力抗拒一样东西，那就是他自己的怒火。耻辱压垮了这位打不倒的英雄。他拔出剑来，将杀人的锋刃插入自己从未负伤的胸膛。地面被他的鲜血染红，从绿草中长出紫色的花来。那是曾从许阿铿托斯的伤口中长出的花朵，花瓣上的字样既为英雄，也为少年而生：它代表着英雄的姓名，又代表着少年的哀哭。

帕里斯和普里阿摩斯之死

阿喀琉斯死后，奥德修斯俘虏了赫勒诺斯。赫勒诺斯将攻破特洛伊所需的各种先决条件告诉了希腊人。条件之一是他们必须招来两位尚未参战的英雄，一个是涅俄普托勒摩斯（皮洛斯），另一个是菲罗克忒忒斯。正如我们已经说过的，奥德修斯从楞诺斯岛找来了菲罗克忒忒斯，治好了他的蛇伤。随后菲罗克忒忒斯用他那副必不可少的弓箭射死了帕里斯。阿喀琉斯之子涅俄普托勒摩斯（这个名字的意思是"新兵"）则被证明是一名残暴的勇士。特

---

① 原文此处将 armor（盔甲）写作 arms（武器），译者根据上下文及各种英汉译本译作"甲胄"（盔甲）。

洛伊陷落之后，他在神坛前杀死了普里阿摩斯。这是《埃涅阿斯纪》中最催人泪下的场景。维吉尔对普里阿摩斯的残骸的描述表现了一个我们熟悉的主题：一位曾经强大的国王"倒下了。他的身躯伟岸，却残破不堪，头颅也与肩膀分离，只是海滩上的一具无名尸体"（《埃涅阿斯纪》2.557—558）。

木马计

希腊人最终用诡计攻下了特洛伊城。他们中的厄珀俄斯建造了一匹巨大而中空的木马，让最强悍的一批希腊勇士藏身其内。特洛伊木马并未在《伊利亚特》中出现，却在《奥德赛》中被一再提及。在

《奥德赛》第8卷中，吟游诗人得摩多科斯在奥德修斯的请求下唱了第二首歌，其时奥德修斯的真实身份尚未暴露（《奥德赛》8.487—495）：

[奥德修斯说道：]"得摩多科斯，世间凡人中我最敬重你。你的老师要么是宙斯的女儿缪斯中的一位，要么就是阿波罗。你恰如其分地唱出了希腊人的哀伤，唱出了他们的功业、磨难和辛劳，就像你当时身临其境或是亲耳听人讲过一样。请再唱一首歌吧，唱一唱厄珀俄斯在雅典娜的帮助下造出的木马。正是那奥德修斯运用巧

图19.13　《建造特洛伊木马》（*The Building of the Trojan Horse*）

布面油画，乔瓦尼·多梅尼科·提埃坡罗（Giovanni Domenico Tiepolo，1727—1804）画，1773年，76英寸×141英寸。组画《特洛伊的陷落》的三张油画草图都留存至今，但定稿中仅存的就是这一幅巨画。画中巨大的木马统摄着整个构图。手持工具爬上梯子的工匠则蜂聚在木马周围。画面左侧有两个人物站在特洛伊城墙外的一块岩石上。其中之一（做手势者）可能就是厄珀俄斯，他身后则可能是用头巾和不合身的斗篷掩盖身份的奥德修斯。背景中是特洛伊的城墙。城墙前有一名战士、一名怀抱婴儿的女子，还有一名仆人（有可能是赫克托耳一家，虽然不能说有很大可能）正在观察木马的建造。其他特洛伊人则在画面左侧的城楼上向下观察。

计，将这木马腹中装满破城的勇士，送进了［特洛伊的］卫城。"

于是得摩多科斯又讲述了特洛伊木马的故事。在这个故事中，奥德修斯是最重要的角色（《奥德赛》8.502—515）：

他们［希腊众英雄］藏身木马腹中，围坐在显赫的奥德修斯身旁。此刻他们身处特洛伊城中央，因为特洛伊人自己将木马拖进了他们的卫城。那木马在城中伫立，而特洛伊人围坐在它四周，争辩不休。他们提出了三个办法。第一个是用锋锐的青铜［长矛］刺穿木马中空的肚腹；第二个是将它拖到悬崖边上，将它摔碎在石头上；第三个则是留下这木马，当作取悦众神的宏伟奉献。第三个办法将是他们最后的选择，因为命中注定一旦特洛伊人将这匹巨大的木马收入城中，就会遭到毁灭：那木马腹中藏着阿开亚人的精锐，要让屠戮和厄运降临到特洛伊人头上。他还在歌中唱到了阿开亚儿郎们如何从他们暗藏的地方，从木马的空腹中蜂拥而出，将这座城市大肆洗劫。

"这就是那位诗人的咏唱。"荷马以此结束了得摩多科斯之歌。奥德修斯听到这支歌，不禁潸然泪下，如同一名妇人为自己死于战场的丈夫哭泣——而这正是奥德修斯本人给特洛伊人造成的苦难。维吉尔在《埃涅阿斯纪》第2卷中详尽描述了特洛伊的陷落，而这一描述正是基于得摩多科斯之歌。奥德修斯在阴间向阿喀琉斯的亡灵讲述了木马的故事，

并提到当身处木马腹中之时，其他希腊英雄都流泪哭泣，双膝也因为恐惧而酥软，唯有阿喀琉斯之子涅俄普托勒摩斯毫无畏惧，一心求战。在以上两个关于特洛伊木马的叙述中，奥德修斯都被表现为木马腹内的希腊人中的领袖。

希腊人将木马留在特洛伊城外，还留下了一个名叫西农（Sinon）的人，其他人则将战船驶向忒涅多斯岛。特洛伊人以为灾难已经过去，便拥出城来，俘虏了西农。西农谎称自己是奥德修斯和其他希腊人的死敌，并告诉特洛伊人说这木马是对雅典娜的奉献，而希腊人特意将它造得如此巨大，让它无法进入城墙，这是因为一旦木马进城，特洛伊就永远不会陷落。并非所有特洛伊人都相信西农的话。普里阿摩斯那个拥有预卜之力的女儿卡桑德拉便预言了真相。阿波罗的祭司、安忒诺耳之子拉奥孔（Laocoön）还投出长矛，刺穿了马腹，并表示他们应将木马摧毁。然而特洛伊人无视了卡桑德拉的预言，也没能听见木马被拉奥孔的长矛击中时腹中传出的盔甲撞击之声。就在拉奥孔向阿波罗献祭之时，海面上有两条巨蛇从忒涅多斯岛方向游来，绞杀了拉奥孔和他的两个儿子。这一幕似乎证明了其他特洛伊人的判断才是正确的。

特洛伊之劫

特洛伊人拆掉了一部分城墙，将木马拖进城中。海伦围绕木马走动，并模仿每个希腊首领的妻子的声音，呼唤他们的名字。然而，在奥德修斯的约束下，希腊人没有出声回答。[28] 木马计因此得售。那天晚上，特洛伊人庆祝了战争的结束，然后各自睡去。西农打开了木马，放出了里面藏着的希腊人。其他希腊人则从忒涅多斯岛返航，攻入城中。特洛伊人引颈就戮，城市也毁于火海。

图19.14　《特洛伊之劫》（*The Sack of Troy*）

阿提卡红绘三耳水罐，作者为克勒俄弗拉得斯画师，约公元前480年，罐高16.5英寸，画高6.5英寸。在上图中，普里阿摩斯坐在祭坛上。他的膝上是身躯残破、已经死去的阿斯堤阿那克斯。涅俄普托勒摩斯则正冲上前去准备将他杀死。涅俄普托勒摩斯身后有一名特洛伊女子，手持一根棍棒式样的工具发起攻击。下图中，画面左侧是为埃涅阿斯引路的阿斯卡尼俄斯（戴头盔者）。埃涅阿斯则背负着正回头向画面中部张望的安喀塞斯。在画面中部，俄琉斯之子小埃阿斯粗暴地抓住卡桑德拉的头发，将她从雅典娜的神像前拖走。神像的威胁姿态则预示了小埃阿斯的命运。在神像与一株棕榈树之间，是三名为即将到来的厄运而哀痛的特洛伊妇女。

希腊人放过了安忒诺耳。其他特洛伊首领中，只有埃涅阿斯带着自己的儿子阿斯卡尼俄斯（Ascanius）和父亲安喀塞斯逃脱。普里阿摩斯和其余首领都被杀死。赫克托耳尚在襁褓中的幼子阿斯堤阿那克斯被人从城墙上扔下。他的媚妻安德洛玛刻则与赫卡柏和其他特洛伊妇女一样，沦为希腊首领们的奴隶。涅俄普托勒摩斯分得的战利品中就包括安德洛玛刻。不过她最终嫁给了赫勒诺斯，并成为摩洛希亚王族的始祖。安德洛玛刻和赫勒诺斯是《埃涅阿斯纪》第3卷中的重要人物。此外，安德洛玛刻还是唯一一个在特洛伊失陷之后重新获得某种程度上的独立地位的特洛伊女子。

特洛伊遭到洗劫之际，卡桑德拉躲进雅典娜神庙寻求庇护，却被俄琉斯之子、洛克里斯人小埃阿斯从这个避难所拖了出来。小埃阿斯为此在返乡的途中被神祇杀死。[29]卡桑德拉沦为阿伽门农的奴隶和侍妾，并被他带回迈锡尼。她在那里与阿伽门农一起遭到克吕泰涅斯特拉的谋杀。在埃斯库罗斯的戏剧《阿伽门农》中，卡桑德拉预见自己死亡的一幕感人肺腑（参见本书第476页），但她的听众——剧中的歌队——却不相信她。她到死也没能摆脱阿波罗的诅咒。

作为奥德修斯分得的战利品的一部分，赫卡柏乘船与奥德修斯一同返回希腊。在色雷斯登陆之时，她认出了她的儿子波吕多洛斯被冲上海滩的尸体。他在战争期间被送到当地的国王波吕墨斯托耳（Polymestor）那里避难，却因为他所携带的财宝而被后者谋杀。赫卡柏利用波吕墨斯托耳的贪婪，谎称自己知道特洛伊何处埋藏着财宝，并假装对波吕多洛斯的死毫不知情，将波吕墨斯托耳和他的孩子们诱入自己的营帐。他们一走进帐来，赫卡柏手下的女人们就当着波吕墨斯托耳的面杀死了他的孩子，然后又用胸针刺瞎了他的眼睛。随后赫卡柏被变成了一条母狗，死后被埋葬在色雷斯。她下葬的地方被称为库诺塞玛（Cynossema），意思是"狗的墓"。

欧里庇得斯的《特洛伊妇女》

在欧里庇得斯的悲剧《特洛伊妇女》中，城市的陷落以赫卡柏、卡桑德拉和安德洛玛刻的视角向观众呈现。阿斯堤阿那克斯的死是全剧的中心事件之一。他被人从母亲的怀抱中夺走，扔下了城墙。后来他的尸体被重新带上了舞台，由赫卡柏放在赫克托耳的盾牌上。这一幕象征着特洛伊城在它最强的勇士死后便失去了倚仗。由特洛伊俘虏们组成的歌队回忆起木马进城时的情景（《特洛伊妇女》515—541）：

> 现在我要歌唱特洛伊，讲一讲希腊人如何用那四轮的设计将我毁灭，让我沦为他们的奴隶。当日他们将木马留在城门外。马腹中甲兵之声响彻云霄，马身上还披着黄金的马衣。它立在特洛伊的岩石上，而特洛伊

人齐声欢呼①："来吧，战争已经结束！让我们将这木马弄进城，当作神圣的祭礼送给宙斯的女儿、特洛伊的守护神！"当时哪一个年轻女子没有奋勇上前？哪一个老人留在了家中？人们唱起欢歌，接受了这件毁灭他们的诡诈凶器。所有佛律癸亚人都聚集在城门口，用亚麻的绳索拖曳这木马，就像拖曳一条黑船。他们将这木马拖到女神帕拉斯的神庙的石头地上，给这座城市带来了死亡。

《埃涅阿斯纪》中讲述的特洛伊之劫

关于特洛伊的陷落，大部分材料都来自《埃涅阿斯纪》的第 2 卷。维吉尔通过埃涅阿斯的视角，描述了这座失去了神祇护佑的城市的末日惨景。在母亲维纳斯的帮助下，埃涅阿斯一度得到通神的洞察力，见证了特洛伊陷落过程中最危急的时刻（《埃涅阿斯纪》2.602—606、608—625）[30]：

> [埃涅阿斯回想起维纳斯的话语：]"这是无情的天神做下的事。他们要毁灭特洛伊的财富，将这城池夷为平地。睁眼看吧，我会为你拨开遮挡你凡胎肉眼的荫翳……看这边，你会看到高塔巨石都化为齑粉，尘烟遮天蔽日，那是海神尼普顿在摇撼城墙，用他的三叉戟晃动这城市的基石，要将它连根拔起。再看这里，铁石心肠的朱诺领着其他人夺取了斯开亚（Scaean）门。她身穿铁甲，怒火冲天，正召唤从船上下来的希腊人。再看那边，特里同的帕拉斯

---

① 原引文如此，E. P. Coleridge 英译本此处解作"特洛伊人站在岩石的城垒上齐声欢呼"，而罗念生译本作"特洛亚人站在那岩石上大声喊叫"。

（Tritonian Pallas）[1]已经占据了特洛伊城堡的峰巅，被她盾牌上凶恶的戈耳工和可怕的雷云照亮！万神之父也让勇气和凶心充塞希腊人的胸膛，亲自鼓舞他们作战……"

我看到这灭亡的景象，看到与特洛伊为敌的众神的巨大力量。随后，我真切看到整个伊利昂陷入火海。尼普顿建造的特洛伊已从它的基石上倾圮。

然而埃涅阿斯终究逃脱了性命，还带走了他的

---

[1]　即雅典娜，参见本书第8章开头的脚注。

图19.15　《埃涅阿斯逃离特洛伊》（*The Flight of Aeneas from Troy*）

布面油画，费德里科·巴罗奇（Federico Barocci，1535—1612）画，1598年，70.5英寸×101英寸。巴罗奇忠实地呈现了维吉尔的记述。画中的一组主要人物是埃涅阿斯、阿斯卡尼俄斯和安喀塞斯（他手中抓着特洛伊城家神的神像）。他们与落在后面的克柔萨分开了。画面前景中是埃涅阿斯的盾和长矛，此时已经毫无用处。背景中则是一座圆形的神庙，形制与蒙托里奥圣伯多禄堂（San Pietro in Montorio）[a]中的坦比哀多（Tempietto）相同。神庙的柱廊中和楼上还有人在战斗。神庙旁边是马可·奥勒留圆柱（Column of Marcus Aurelius）[b]。圆柱后方则是与特洛伊人为敌的诸神的形象。巴罗奇的签名位于画面左侧的楼梯下端立柱的基座上。

---

a.　位于罗马的蒙托里奥，是意大利文艺复兴时期的著名建筑。其坐落处是圣彼得（天主教称圣伯多禄）的殉教地。教堂庭院中有一座纪念祠堂，被称为坦比哀多（意大利语 Tempietto，原指较小的礼拜堂），由著名建筑师多纳托·伯拉孟特（Donato Bramante，约1444—1514）设计。

b.　位于罗马圆柱广场的多利亚柱式圆柱，为纪念罗马皇帝马可·奥勒留而建。

图19.16　《逃离特洛伊》（*Flight from Troy*）

吉安－洛伦佐·贝尔尼尼于1618—1619年间创作的大理石雕像细部，高86.5英寸。这是贝尔尼尼的第一件大型作品，创作于他20岁的时候。与巴罗奇的做法不同，贝尔尼尼将注意力集中在严肃、年轻而又强健的埃涅阿斯身上——他是逃亡行动的中心人物。此处的安喀塞斯紧紧抓住自己的儿子，双眼凝然圆睁，向我们传达了特洛伊已经毁灭的暗示。最后一样特征是特洛伊城的守护神。它得以保存，因此最终会有另一座特洛伊城在另一片土地上崛起。这幅细部画面中没有包括阿斯卡尼俄斯（尤鲁斯）——他步履踉跄地跟在埃涅阿斯的左腿边。

父亲安喀塞斯（安喀塞斯手中还拿着特洛伊守护神的神像）和他的儿子阿斯卡尼俄斯（又被称作尤鲁斯[Iulus]）。他的妻子克柔萨（Creusa）随他出发，却从埃涅阿斯的视线中消失了。他再次看到的只是克柔萨的鬼魂。鬼魂向埃涅阿斯预言了他的命运，并鼓励他前往一个新世界。埃涅阿斯逃离特洛伊的情景含有浓厚的象征意味：他背负着过去，心中怀着

对未来的希望，离开了这座注定毁灭的城市（《埃涅阿斯纪》2.707—711、721—724）：

> "来吧，亲爱的父亲，坐到我的肩上。我会背着你走，这点重量压不倒我。虽然命运吉凶难卜，我们也要一同分担。让小尤鲁斯走在我身边，让我妻子紧跟在后……"说完这些话，我将一件斗篷和一张黄褐色的狮皮铺在自己肩颈上，将重担负起。小尤鲁斯拉着我的右手，步履踉跄，走在他的父亲身旁。

附录：墨勒阿革耳和卡吕冬野猪狩猎

我们已经知道，在《伊利亚特》中，阿伽门农曾派遣福尼克斯等三名使者前去拜访阿喀琉斯，以求平息他的怒火。福尼克斯是阿喀琉斯的导师和朋友，在特洛伊还充当了阿喀琉斯的父亲的角色。他耐心地劝说阿喀琉斯，鼓励他克服自己固执的骄傲，平抑怒气。福尼克斯讲述了墨勒阿革耳的故事，将之作为一个教训，这是他这篇演说的核心（《伊利亚特》9.524—599）。

在著名的卡吕冬野猪狩猎之后，墨勒阿革耳与他母亲阿尔泰亚（Althaea）的兄弟（或兄弟们）为猎物的分配问题发生了争吵，并将对方杀死。阿尔泰亚陷入了巨大的悲痛，向天神祈求让她的儿子死去。保卫卡吕冬城的埃托利亚人（Aetolians）与围困这座城市的库瑞忒斯人（Curetes）之间发生了战争。只要墨勒阿革耳站在埃托利亚人一边，他们就节节胜利。然而，对母亲的仇恨让墨勒阿革耳变得盲目。他感情淹没理智，退出了战斗。

库瑞忒斯人逼近了卡吕冬城门。绝望的埃托利

亚人恳求墨勒阿革耳返回战场，并许以厚礼，却遭到墨勒阿革耳拒绝。城市遭到了库瑞忒斯人的洗劫。墨勒阿革耳的妻子克勒俄帕特拉（Cleopatra）流泪乞求丈夫向埃托利亚人伸出援手。他终于被妻子的恳求打动了。在良心的驱使下，墨勒阿革耳拯救了卡吕冬城及其子民，却没有得到埃托利亚人许诺回报给他的丰厚馈赠。

通过这个故事，福尼克斯劝诫阿喀琉斯不要像墨勒阿革耳一样，而是应该立刻收下阿伽门农所承诺的厚礼，回到战场上去。

墨勒阿革耳与卡吕冬野猪狩猎的传说十分重要，但我们却难以给出一个前后一致的单个故事，因为这个传说有着互相矛盾的不同版本。这一点我们会在下文的概述中看到。就连荷马本人的叙述中也有含混不清的地方。

作为本章的最后一幅插图，弗朗索瓦陶缸是非常合适的选择。它不仅描绘了墨勒阿革耳和阿喀琉斯之父珀琉斯参加的卡吕冬野猪狩猎，还包含了特洛伊战争的场景。

卡吕冬国王俄纽斯（Oeneus）是埃俄洛斯的后裔，也是赫拉克勒斯之妻得伊阿尼拉的父亲。墨勒阿革耳正是他的儿子。墨勒阿革耳出生之后不久，命运三女神在他的母亲阿尔泰亚面前现身，并告诉她：炉中的一根木柴燃尽之时，墨勒阿革耳就会丧命。于是阿尔泰亚将木柴从火中取出，灭掉上面的火，把它放进柜子里。多年之后，墨勒阿革耳长成为青年。这时俄纽斯得罪了阿耳忒弥斯，因为他没有将第一批收获的果实奉献给这位女神。阿耳忒弥斯派出了一头巨大的野猪，任其荼毒卡吕冬的国土。

墨勒阿革耳召集起众多最高贵的希腊英雄，前来狩猎这头野猪。玻俄提亚国王斯科纽斯（Schoeneus）的女儿阿塔兰忒也随他们一起出发。[31] 多名

图19.17　弗朗索瓦陶缸

阿提卡黑绘调酒缸，作者为制陶师俄耳戈提莫斯、画师克利提亚斯[a]，约公元前575年，高30英寸。陶缸上有四条描述神话场景的环带，器足处的第五条环带则表现了动植物图案以及一场小矮人与鹤之间的战争。此外陶缸的把手上还有更多图案，其中包括大埃阿斯背负阿喀琉斯的尸身的情景。全图下方的细节图显示了最上层环带的一侧。图中的墨勒阿革耳和珀琉斯正用长矛刺向卡吕冬野猪。他们身后是阿塔兰忒和墨拉尼翁（Milanion）。一条死去的猎犬和一名死去的猎人躺在地面上，其他猎人（各有姓名标注）也正在或正准备攻击那头野兽。下面的一条环带则表现了帕特罗克洛斯葬礼上的战车竞赛：狄俄墨得斯正领先于达玛斯波斯（Damasippus），而作为奖品的一尊三足鼎则位于图案左下方。全图中的第三条环带表现了珀琉斯与忒提斯的婚礼场景：夫妇二人坐在图案左侧的马车上。在接下来的一条环带中，阿喀琉斯正在追赶特洛伊罗斯。图案左侧是波吕克塞娜（特洛伊罗斯的姐妹）取水的井房。井房右边是一名举手示警的特洛伊妇女，而站在她身边的依次是忒提斯、赫尔墨斯和雅典娜。后者正在鼓舞阿喀琉斯（阿喀琉斯的上半身已磨灭不见）。特洛伊罗斯骑在马上，身边还有一匹无人骑乘的马。马的下方是波吕克塞娜在逃奔中丢下的安法拉罐。她位于特洛伊罗斯的前方（上半身已经磨灭），正奔向特洛伊的城墙。两名全副武装的战士——赫克托耳和波利忒斯（Polites）——刚刚出现在城墙上。坐在特洛伊城前的则是普里阿摩斯。他正从安忒诺耳那里得知特洛伊罗斯遭遇的危险。

a.　参见本书第10章关于弗朗索瓦陶缸的插图及注释。

英雄在狩猎中被野猪杀死，随后阿塔兰忒第一个击伤了野猪。最终，墨勒阿革耳给了野猪致命一击，并因此得到了野猪皮。他将猪皮献给了阿塔兰忒，却因此羞辱了他的舅舅们（即阿尔泰亚的兄弟们），因为后者得到的荣誉不如阿塔兰忒。墨勒阿革耳在接下来的争斗中将他的舅舅们杀死。由于兄弟们的死，阿尔泰亚陷入悲痛和愤怒之中。她从柜中取出那段尚未烧尽的木柴，将它投入火中。随着木柴燃尽，墨勒阿革耳的生命也离他而去。阿尔泰亚和墨勒阿革耳的妻子克勒俄帕特拉都悬梁自尽，而那些在墨勒阿革耳的葬礼上为他哀悼的女人都变成了山鸡。这种鸟又被希腊人称作墨勒阿格里得斯（meleagrides）。

以上是奥维德对卡吕冬野猪狩猎的讲述。根据荷马的说法（《伊利亚特》9.553—572），阿耳忒弥斯派出野猪是在卡吕冬人与库瑞忒斯人之间的一场战争期间。墨勒阿革耳杀死了野猪，并在战场上率领卡吕冬人与库瑞忒斯人对野猪的尸体展开争夺。然而阿尔泰亚诅咒了自己的儿子，因为他"杀害了她的兄弟"，并呼唤哈得斯将墨勒阿革耳杀死。墨勒阿革耳在愤怒中退出了战斗，后来又感到后悔，并回到战场上，拯救了卡吕冬。荷马提到卡吕冬人并没有依诺回报墨勒阿革耳，并暗示墨勒阿革耳因阿尔泰亚的诅咒而死。

墨勒阿革耳的亡灵在阴间曾与赫拉克勒斯交谈。在巴库利德斯的第5首《胜利曲》（Epinician Ode）93—154[①] 中，墨勒阿革耳向赫拉克勒斯讲述了自己的故事。荷马所描述的卡吕冬野猪的细节，以及墨勒阿革耳与库瑞忒斯人的战斗在这个版本中和那根燃烧的木柴结合了起来：

[①] 《胜利曲》又译作《伊庇尼西亚颂诗》，是用来赞颂各种竞赛胜利者的诗歌。

　　我在那里［指在与库瑞忒斯人的战斗中］杀死了很多人，其中有我母亲的兄弟，迅足的伊菲克洛斯（Iphiclus）和阿法瑞斯（Aphares）。这是因为勇武的阿瑞斯在战场上不辨敌友，而战士手中投出的武器也不长眼睛。那个既勇敢又不幸的女子——我的母亲——谋划了我的死亡。她将木柴从巧制的柜中取出，烧成灰烬，让我的末日提前到来。那木柴上带着命运（即分配好的部分），注定了我生命的短长。甜美的生命就那样离我而去，而我眼睁睁看着自己的力量流失。哀哉！我就这样在愁苦中吐出最后一口气，告别了美好的青春。

在这个版本中，墨勒阿革耳在战场上杀死他的舅舅乃是无心之举，但死者的姐妹仍然为他们复仇，这是因为较之与儿子的关系，她与父族的关系更加紧密。此外，根据巴库利德斯的说法，作为对墨勒阿革耳故事的回应，赫拉克勒斯许下承诺：他会在返回阳间之后娶墨勒阿革耳的妹妹得伊阿尼拉为妻（参见本书第607页）。

荷马和巴库利德斯的故事中都没有提到阿塔兰忒。在奥维德之前，关于阿塔兰忒在这个传说中所扮演的角色，没有任何完整的讲述。她出现在弗朗索瓦陶缸上，而这个陶缸的制作年代是公元前575年左右，比巴库利德斯诗歌的创作年代还早一个世纪。大约165年之后，即公元前411—前410年之间，欧里庇得斯在他的剧作《腓尼基妇女》（1104—1109）中提到了阿塔兰忒的儿子帕耳忒诺派俄斯——攻打忒拜的七名英雄之一。剧中描述了帕耳忒诺派俄斯的盾牌上的纹样："阿塔兰忒从远处发出箭矢，射倒了埃托利亚的野猪。"然而在弗朗索瓦陶缸上，阿塔兰忒却挥舞着猎矛，在行进中身居第二排，紧跟在墨勒阿革耳和珀琉斯之后。最后，在陶缸上她的同伴的名字是墨拉尼翁。后者在另一个故事中赢得阿耳卡狄亚的阿塔兰忒为妻。

根据以上的材料，我们可以得出一个结论：围绕墨勒阿革耳和阿塔兰忒交织着多个传说，而他们的神话背景原本是相互独立的。奥维德将这些不同的元素结合起来，创造了一个统一的叙事。

相关著作选读

Anderson, M. J.，《特洛伊的陷落在早期希腊艺术中的呈现》（*The Fall of Troy in Early Greek Art*. Oxford: Clarendon Press, 1997）。

Bothmer, D. von，《希腊艺术中的阿玛宗人》（*Amazons in Greek Art*. New York: Oxford University Press, 1957）。

Burgess, Jonathan S.，《阿喀琉斯的死亡与来世》（*The Death and Afterlife of Achilles*. Baltimore: Johns Hopkins University Press, 2009）。此书对阿喀琉斯故事的讲述基于文学、图像和考古方面的材料。

Burgess, Jonathan S.，《荷马与史诗系中的特洛伊战争传统》（*Tradition of the Trojan War in Homer and the Epic Cycle*. Baltimore: Johns Hopkins University Press, 2004）。此书对古风时期史诗这一更广大的语境进行了研究，进而对《伊利亚特》和《奥德赛》的权威性提出了挑战。

Dalby, Andrew，《重新发现荷马：史诗起源一探》（*Rediscovering Homer: Inside the Origins of the Epic*. New York: Norton, 2006）。此书讨论了特洛伊传说的发展、各种不同的版本以及从口传形式到文字形式的转变。

Griffin, Jasper，《荷马》（*Homer*. New York: Hill and Wang, 1980）。

Griffin, Jasper，《荷马史诗中的生与死》（*Homer on Life and Death*. New York: Oxford University Press, 1980）。

Gumpert, Matthew，《海伦故事的嫁接：古代的劫持故事》（*Grafting Helen: The Abduction of the Classical Past*. Madison: University of Wisconsin Press, 2002）。此书对海伦的神话进行了从古代到现代的梳理。

Louden, Bruce，《〈伊利亚特〉：结构、神话与意义》（*"The Iliad": Structure, Myth, and Meaning*. Baltimore: Johns Hopkins University Press, 2006）。此书分析了《伊利亚特》与近东神话之间的联系。

Lowenstam, Steven，《如图所见：希腊艺术与伊特鲁斯坎艺术中的特洛伊战争》（*As Witnessed by Images: The Trojan War Tradition in Greek and Etruscan Art*. Baltimore: Johns Hopkins University Press, 2008）。此书研究了约公元前650—前300年间对特洛伊战争的各种视觉表现。

Maguire, Laurie，《特洛伊的海伦：从荷马到好莱坞》（*Helen of Troy: From Homer to Hollywood*. New York: Wiley-Blackwell, 2009）。此书不仅讨论了海伦形象在电影中的转变，还是对海伦在文学中的继续存在的一次广泛而有价值的探索。

Manguel, Alberto，《荷马的〈伊利亚特〉与〈奥德赛〉的流传》（*Homer's "The Iliad" and "The Odyssey": A Biography*. New York: Atlantic Monthly Press, 2007）。对两部荷马史诗的后世处境的纵览。

McAuslan, Ian, and Peter Walcott, eds.，《荷马》（*Homer*. Greece and Rome Studies, vol. 1 V. New York: Oxford University

Press, 1998）。一部学术文章合集。

McCarty, Nick,《史诗传说背后的神话与现实》(*The Myth and Reality behind the Epic Legend*. New York: Barnes & Noble, 2004）。主题是戏剧、诗歌和电影对传说的表达。

Powell, B. B., and I. Morris, eds.,《新荷马指南》(*A New Companion to Homer*. Leiden: Mnemosyne, Bibliotheca Classica Batava. Supplementum 163, 1997）。

Redfield, James M.,《〈伊利亚特〉中的自然与文化》(*Nature and Culture in "The Iliad": The Tragedy of Hector*. Chapel Hill: Duke University Press, 1993 [1975]）。

Rutherford, Richard,《荷马》(*Homer*. Greece and Rome. New Surveys in the Classics, 26. New York: Oxford University Press, 1996）。一部杰出的概述性著作，附有参考文献。

Schein, S.,《人间英雄：荷马史诗〈伊利亚特〉导读》(*The Mortal Hero: An Introduction to Homer's Iliad*. Berkeley: University of California Press, 1984）。

Shay, Jonathan,《越南的阿喀琉斯》(*Achilles in Vietnam*. New York: Atheneum, 1994）。

Silver, Vernon,《失落的圣杯：对一件无价之宝的传奇寻求》(*The Lost Chalice: The Epic Hunt for a Priceless Masterpiece*. New York: HarperCollins, 2009）。此书讲述了欧弗洛尼奥斯著名的红绘调酒缸"萨耳珀冬之死"的精彩历史。这件调酒缸先是被一位好莱坞制片人收藏，最后被大都会艺术博物馆购得，现藏于意大利。

Tyrrell, W. B.,《阿玛宗人：雅典人的神话创造一探》(*Amazons: A Study in Athenian Mythmaking*. Baltimore: Johns Hopkins University Press, 1984）。

Wilde, Lyn Webster,《追寻女战士的足迹：神话与历史中的阿玛宗人》(*On the Trail of the Women Warriors, The Amazons in Myth and History*. New York: St. Martin's Press, 2000）。此书通过对证据的筛选和分析来证明阿玛宗人的历史真实性。

Winkler, Martin M., ed.,《特洛伊：从荷马的〈伊利亚特〉到史诗电影》(*Troy: From Homer's "Iliad" to Film Epic*. Malden, MA: Blackwell, 2006）。此书包括了一份关于特洛伊战争的电影作品（也包括电视作品）列表，并附有注释和插图。

Woodford, Susan,《古代艺术中的特洛伊战争》(*The Trojan War in Ancient Art*. Ithaca: Cornell University Press, 1993）。一部有用的概述性著作。

Zanker, Graham,《阿喀琉斯之心：〈伊利亚特〉中的人物塑造与个人伦理》(*The Heart of Achilles: Characterization and Personal Ethics in the Iliad*. Ann Arbor: University of Michigan Press, 1994）。

主要神话来源文献

本章中引用的文献

巴库利德斯：《胜利曲》5.93—154。

欧里庇得斯:《特洛伊妇女》515—541。

荷马:《伊利亚特》选段。《奥德赛》8.487—495、502—515,24.63—70。

荷马体颂歌之17:《致狄俄斯库里兄弟》。

荷马体颂歌之33:《致狄俄斯库里兄弟》。

琉善:《诸神对话:对女神们的评判》(*Dialogues of the Gods: The Judgment of the Goddesses*) 7—16。

卢克莱修:《物性论》1.84—101,伊菲革涅亚的献祭。

奥维德:《变形记》13.382—398。

索福克勒斯:《埃阿斯》121—133。

斯塔提乌斯:《阿喀琉斯纪》1.852—884。

维吉尔:《埃涅阿斯纪》2.602—606、608—625、707—711、721—724。

其他文献

欧里庇得斯:《安德洛玛刻》,《赫卡柏》,《海伦》(*Helen*),《瑞索斯》(*Rhesus*)。

奥维德:《女杰书简》。

柏拉图:《小西庇阿篇》(*Hippias Minor*) 363a—365c,对《伊利亚特》和《奥德赛》的比较;369a—372e,对阿喀琉斯和奥德修斯的比较。

小塞涅卡:《特洛伊妇女》。

索福克勒斯:《菲罗克忒忒斯》(*Philoctetes*)。

补充材料

图书

小说:Cook, Elizabeth. *Achilles*. New York: Picador USA, 2002。一部短小而有力而又富有诗意的作品,对阿喀琉斯这位充满激情而性格敏感的英雄进行了再创造。

小说:George, Margaret. *Helen of Troy*. New York: Penguin, 2006。此书作者是一位历史传记类的畅销作家。

诗歌:H. D. (Hilda Doolittle). *Helen in Egypt*. New York: New Directions, 1961。一部关于海伦的长诗,长度足以成书。

戏剧:Heaney, Seamus. *The Cure at Troy: A Version of Sophocles' Philoctetes*. New York: Farrar, Straus and Giroux, 1991.

小说:Gemmell, David. *Troy, a trilogy made up of Lord of the Silver Bow, Shield of Thunder, and Fall of Kings*. New York: Ballantine Books, 2006-2008。此书对特洛伊战争的重述广受赞誉。

小说:Malouf, David. *Ransom*. New York: Random House, 2009。作者是一位著名的澳大利亚作家。这部小说的创作受

到《伊利亚特》的启发，并得到批评界的好评。

小说：Miller, Madeline. *The Song of Achilles*. New York: HarperCollins, 2012。一部由帕特罗克洛斯讲述的自传，主要以令人心醉神迷的情欲描写表现他与阿喀琉斯之间浪漫的性关系，是一名为爱人神魂颠倒的情人（参见本章尾注 [15]）对感情的抒发。这部出自一名年轻古典学者笔下的小说令人看到了一些希望，但也受到了因过多而显得夸张的赞誉。书中的一些场景和人物塑造极富想象力，并让人产生真实的感觉，但其他一些内容则让人难以想象会出现在荷马的时代，或是暴露出在本该把握的机会上的疏失。我们相信米勒会更好地发展和利用她的杰出天分。此时将她的成就与玛丽·雷诺的作品放在一起比较未免过早。关于米勒作品中的成功之处和败笔，丹尼尔·门德尔松（Daniel Mendelsohn）有一篇渊博、智慧而又敏锐的批评（参见 *New York Times Book Review*, April 27, 2012）。

悬疑小说：Christie, Agatha. *The Labors of Hercules*. New York: Harper, 2011 [1947]。书中的赫尔克里·波洛（Hercule Poirot）决定在退休之前只承接12个案件，并且只根据案件与海格力斯——与他本人同名的古代英雄——之间的特别联系来挑选。为了弥补自己在古典教育上的欠缺，他进行了一些研究，最后得出结论：作为一名现代的海格力斯，他与那位古希腊英雄之间只有一个共同点，即他们都通过为各自的社会除害来对世界做出贡献。全书一共12章，以案件"涅墨亚狮子"开篇，以"捕捉刻耳柏洛斯"作结。

CD

歌剧：Strauss, Richard (1864–1949). *Die ägyptische Helena*. Voight, American Symphony Orchestra, cond. Botstein. Telarc。此剧讲述了海伦在埃及的故事，具有哲学上的复杂性，但是音乐引人入胜。

歌剧：Sarro, Domenico (1679–1744). *Achille in Sciro*. Martellacci, Martorana et al. Orchestra Internationale d'Italia, cond. Sardelli. Dynamic。此剧讲述了阿喀琉斯和得伊达弥亚在斯库罗斯岛上的故事。

歌剧：Schoeck, Othmar (1886–1957). *Penthesilea*. Dernesch, Marsh et al. Austrian Radio Chorus and Symphony Orchestra, cond. Albrecht. Orfeo。本剧基于克莱斯特的剧作《彭忒西勒亚》，是一部催人泪下的歌剧杰作，堪与施特劳斯的《厄勒克特拉》相媲美。

音乐：Barber, Samuel (1910–1981). *Andromache's Farewell*, for soprano and orchestra. Arroyo. The New York Philharmonic, cond. Schippers. Sony。一部基于欧里庇得斯《特洛伊妇女》英译本的精彩演绎。

音乐："Achilles' Last Stand." Rock song. Led Zeppelin. Presence. Atlantic Records.

音乐：Bliss, Arthur (1891–1975). *Morning Heroes*. Royal Liverpool Philharmonic Orchestra. Cond. Groves. EMI。一部朗诵及合唱交响作品，其中包括一段对《伊利亚特》第6卷中赫克托耳和安德洛玛刻永别场景的念白，令人震撼。

音乐：Eaton, John (1935– 2015). *Ajax*. for bass-baritone and ensemble. Garvin. Indiana New Music Ensemble, cond. Baker. Indiana School of Music。由 Eaton 配乐的诗歌，以大埃阿斯的疯狂与清醒为题材，旨在反映美国在越南战争后的地位。唱片中的其他作品包括 *The Cry of Clytemnestra*（取自他的歌剧作品中的咏叹调和场景），*From the Cave of the Sybil* 和 *A Greek Vision*。

音乐剧：Moross, Jerome. *The Golden Apple*. Original Broadway cast recording. RCA Victor。关于特洛伊传说的美国音乐

剧版本，结合了《伊利亚特》与《奥德赛》的内容，广受赞誉。

DVD

电影：*Troy*, starring Brad Pitt. Warner Brothers, also with an Ultimate Collector's Edition。这是一部场面宏伟的大片，但并不忠于荷马的经典巨著。

歌剧：Berlioz, Hector (1803-1869). *Les Troyens*. Domingo, Norman, Troyanos, et al. The Metropolitan Opera Production, cond. James Levine. Deutsche Grammophon。其中 Placido Domingo 扮演的英雄埃涅阿斯和 Jessye Norman 对卡桑德拉的有力演绎尤为值得一提。这是一部重要的歌剧杰作，基于维吉尔的《埃涅阿斯纪》第4卷（《特洛伊的陷落》）和第6卷（《狄多与埃涅阿斯》）。

歌剧：Rameau, Jean-Phillipe (1683-1764). *Castor et Pollux*. Panzarella, Gens, et al. De Nederlandse Opera, cond. Rousset. Kultur.

轻歌剧：Offenbach, Jacques (1819-1880). *La Belle Hélène*. Opéra-bouffe. Kasarova, Deon van der Walt, et al. Orchestra of the Zurich Opera House, cond. Harnoncourt. Image Entertainment。这部出色的滑稽轻歌剧讲述了帕里斯对海伦的追求，令人解颐。

舞蹈：*Cortege of Eagles*. Choreographed by Martha Graham. *3 by Martha Graham*. Pyramid Home Video。Graham 扮演赫卡柏，通过一系列的闪回场景复活了赫卡柏对特洛伊战争的可怕回忆。另外两张 DVD 分别是 *Seraphic Dialogue*（关于圣女贞德）和 *Acrobats of God*（对这位舞蹈家的艺术的介绍）。

纪录片：*Helen of Troy*. PBS Home Video。内容是 Bettany Hughes 为探索海伦传说的历史真实而在斯巴达和特洛伊进行的漫游。

其他特洛伊遗址发掘的纪录片参见本书第2章。

[注释]

[1] 品达：《涅墨亚颂诗》10。在忒奥克里托斯的《牧歌集》22中，这场争斗的起因则是狄俄斯库里兄弟抢走了琉齐波斯的两个女儿——她们的未婚夫分别是伊达斯和林叩斯。"琉齐波斯之女被劫"是古代艺术中的一个常见主题。关于狄俄斯库里兄弟还有另一种说法：这对神圣双生子一个生活在天堂，另一个生活在冥界，并每天轮换。

[2] 在其剧作《厄勒克特拉》的尾声，欧里庇得斯以戏剧性的方式让狄俄斯库里兄弟出场。他们在这里不仅是水手的保护者，也是一种道德观的化身。这种道德观要高于阿波罗所代表的另一种道德观（参见本书第500—501页）。

[3] 在公元前496年的雷吉路斯湖（Lake Regillus）之战中，两兄弟骑着白色的战马在战场上现身，让罗马人取得一场大胜。

[4] 据传是阿佛洛狄忒让海伦变得不忠（斯忒西克罗斯也持这样的说法）。她这样做是为了惩罚海伦的父亲廷达瑞俄

斯，因为后者曾经错过对她的献祭。关于海伦在埃及的故事，参见希罗多德《历史》2.112—120和欧里庇得斯的《海伦》。

[5]　即赫卡柏的继子埃萨科斯（Aesacus）。

[6]　关于特洛伊城和特洛伊战争的一些史实，参见本书第47—52页。

[7]　拉俄墨冬是伽倪墨得斯的侄子。宙斯将伽倪墨得斯掠往奥林波斯山，让他做了诸神的斟酒人（参见本书第129页）。作为补偿，宙斯将神马赐给了伽倪墨得斯的父亲特洛斯。拉俄墨冬继承了这些神马，却拒绝将它们送给赫拉克勒斯。

[8]　特洛伊罗斯与克瑞西达（在这个故事版本中，克瑞西达是卡尔卡斯的女儿）的爱情故事是中世纪的创造。薄伽丘和乔叟的创作都取材自圣莫赫的本努瓦（Benoît de Ste. Maure）的《特洛伊传奇》（Roman de Troie），而莎士比亚的戏剧则是这个故事的又一个变体。

[9]　伊塔卡国王奥德修斯和萨拉米斯国王大埃阿斯带来的人马各自只有12条船，都是希腊军中规模最小的部队之一，但二人的骁勇为自己带来了突出的地位。

[10]　《伊利亚特》第2卷中有一份"列表"，记述了诸位希腊统帅各自带来的军队的规模。我们或许可以将这作为判断他们的地位差异的依据。阿伽门农带来了100条船，涅斯托耳90条，狄俄墨得斯和伊多墨纽斯各80条，墨涅拉俄斯60条，阿喀琉斯60条，小埃阿斯40条，奥德修斯和忒拉蒙之子大埃阿斯各12条。

[11]　瑙普利俄斯（Nauplius）之子帕拉墨得斯是希腊人中仅次于奥德修斯的智者。人们将许多种发明归功于他。他揭穿了奥德修斯装疯，也因此导致了奥德修斯对他的敌意。后者最终设计将帕拉墨得斯害死。

[12]　关于这个秘密在普罗米修斯的故事中所起到的作用，参见本书第97页；关于忒提斯为阿喀琉斯而向宙斯提出的请求，参见本书第132页。

[13]　与此相似的还有淮德拉和希波吕托斯的故事、柏勒洛丰和斯忒涅玻亚的故事，以及《圣经》中约瑟与波提乏之妻的故事（《创世纪》39）。

[14]　得墨忒耳在厄琉西斯对得摩丰使用过类似的法术（参见本书第362页）。

[15]　荷马从未提及阿喀琉斯和帕特克洛斯之间的肉体关系。在柏拉图的《会饮篇》中，斐德若曾提到帕特罗克洛斯是阿喀琉斯的情人，比阿喀琉斯年纪要大，容貌也不如后者俊美，而且他的话很可能并非只是述及精神的层面。这与埃斯库罗斯的说法不同。埃斯库罗斯在其一部（已佚）剧作中将阿喀琉斯当作帕特罗克洛斯的情人而非爱人（beloved）。

[16]　这个数字来自《伊利亚特》第2卷的"列表"。尽管这份资料十分古老，其在历史上的重要性也无与伦比，但这个数字无疑是夸大了。

[17]　关于阿伽门农的过错，最常见的说法是他杀死了这位女神的一头神鹿。也有人认为阿耳忒弥斯让所有的风都平息了下来。

[18]　这个版本成为欧里庇得斯的悲剧《伊菲革涅亚在陶里斯》的背景（参见本书第479页）。

[19]　特洛伊战争之后，卡尔卡斯向先知摩普索斯发出挑战，要求对方答出附近的一棵树上有多少枚尚未成熟的无花果。摩普索斯给出了正确的答案。卡尔卡斯随即死去，因为他命中注定要死在遇见比自己更聪明的预言者之时。

[20]　在一些版本中，做出预言的是卡尔卡斯，陪同奥德修斯前往楞诺斯岛的则是涅俄普托勒摩斯。埃斯库罗斯、索福克勒斯和欧里庇得斯都曾创作过关于菲罗克忒忒斯的悲剧，其中索福克勒斯的作品流传了下来。

[21]　我们在本书第780—781页给出了蒲柏（Pope）对这一片段的译文。

[22]　今天人们往往为海伦辩护，将她视为无辜的受害者。Mihoko Suzuki 的著作 *Metamorphoses of Helen* (Ithaca: Carnell University Press, 1989) 就是一例。学者们运用牺牲、替罪羊、男权立场与受害的女性之间的冲突等种种观点，对荷马、维吉尔、斯宾塞（《仙后》）和莎士比亚（《特洛伊罗斯与克瑞西达》）中对海伦的描述加以研究。

[23]　Jonathan Shay, *Achilles in Vietnam* (New York: Atheneum, 1994).

[24]　关于这个故事，著名德国剧作家海因里希·冯·克莱斯特（Heinrich von Kleist）的作品《彭忒西勒亚》（*Penthesilea*, New York: HarperCollins, 1998）值得一读。这部剧作由 Joel Agee 译成英文，并配有 Maurice Sendak 的插图。

[25]　就是《伊利亚特》第2卷中那个在希腊人的议事会上插话的忒耳西忒斯。

[26]　在另一个版本中，忒提斯将阿喀琉斯的尸身带去了琉刻岛（位于黑海），并将之复活。在《奥德赛》第11卷中，阿喀琉斯的亡灵曾与奥德修斯交谈，并激烈地抱怨他在阴间的命运。

[27]　Ajax 是希腊文 Aias 的拉丁文写法。关于许阿铿托斯变成风信子花的故事，参见本书第277页。

[28]　在《奥德赛》第4卷中，墨涅拉俄斯向奥德修斯的儿子忒勒玛科斯讲述了这个插曲。

[29]　小埃阿斯的冒渎行为造成了一个奇特的历史后果：在长达千年的时间里，洛克里斯人每年都会挑出两个贵族家庭中的女儿，送往特洛伊（在普里阿摩斯的特洛伊覆灭之后建起的历代新城市）的雅典娜神庙担任侍役，以补偿小埃阿斯所犯的罪行。如果这些女子在到达神庙之前被特洛伊人抓住，就会被处死。这一补偿行为一直延续到公元后100年前不久。此外，俄琉斯这个名字也与希腊人对特洛伊的称呼"伊利昂"有一定关系。

[30]　此处的神祇们都以他们的拉丁文名字称呼。

[31]　斯科纽斯之女阿塔兰忒很容易与阿耳卡狄亚的阿塔兰忒混淆。后者也是一名处女猎手，同样加入了卡吕冬野猪狩猎。她曾打算加入阿尔戈英雄们的远征，却遭到伊阿宋拒绝：伊阿宋认为一名美貌的女子单独身处一船男子中间会带来麻烦。关于阿耳卡狄亚的阿塔兰忒，最著名的故事是她与墨拉尼翁（又被称作希波墨涅斯 [Hippomenes]）的赛跑（参见本书第707—708页）。

第20章
希腊人的归程和《奥德赛》

> 我是我所见之一切的一部分。
>
> —— 丁尼生《尤利西斯》（Tennyson, *Ulysses*）

关于希腊人归程的传说

史诗《诺斯托伊》（*Nostoi*，意为"返乡"①）讲述了希腊首领们从特洛伊归来的故事。这部作品仅有一篇短短的散文体摘要和三行诗歌存世。[1]《诺斯托伊》中不包括奥德修斯的故事，那是荷马的《奥德赛》的主题。

阿伽门农、墨涅拉俄斯和涅斯托耳

阿伽门农与墨涅拉俄斯在离开特洛伊之际发生争执，由此分道扬镳。阿伽门农率领包括洛克里斯人军队在内的部分舰队航向希腊。当他们接近米科诺斯岛（Mykonos）时，雅典娜出于对洛克里斯人首领小埃阿斯在特洛伊所犯下的渎神之罪（参见本书第517页）的愤怒，掀起一场风暴，令许多希腊人的战船葬身海底。小埃阿斯游到了不远处的一块礁石上，并夸口说即便是神祇也无法阻止他逃脱大海的险境。听到他的妄言，波塞冬用他的三叉戟击中了这块礁石。小埃阿斯被抛回海中，溺水而死。

---

① 参见本书第1章"附录""古典神话的来源"中的脚注。

阿伽门农的舰队在优卑亚岛的卡法琉斯角（Cape Caphareus）遭遇了第二次风暴。为了给儿子帕拉墨得斯报仇，瑙普利俄斯用一座假灯塔将许多希腊船只诱入了礁石区域。阿伽门农最终回到了迈锡尼，旋即死于埃癸斯托斯和克吕泰涅斯特拉的谋杀。

与此同时，墨涅拉俄斯、涅斯托耳和狄俄墨得斯一同从特洛伊启航。涅斯托耳安全地回到了皮洛斯。在《奥德赛》中，涅斯托耳向忒勒玛科斯提到墨涅拉俄斯在克里特岛附近遇上风暴，只有5条船幸免于难，最后抵达了埃及。根据海仙女厄多忒亚的建议，墨涅拉俄斯威胁厄多忒亚的父亲普罗透斯告诉自己如何才能取悦神祇，安然返乡。7年之后，他和海伦终于回到了斯巴达，恢复他们的统治。[2]也许是为了迎合雅典观众在伯罗奔尼撒战争期间（前432—前404）的反斯巴达情绪，欧里庇得斯在他的悲剧《安德洛玛刻》（上演于公元前425年）和《俄瑞斯忒斯》（上演于公元前408年）中，将墨涅拉俄斯描述为一个言辞浮夸又能力平平的角色。在《俄瑞斯忒斯》中，海伦奇迹般地未被俄瑞斯忒斯和厄勒克特拉杀死。随后阿波罗又宣布她已成为一名女神——航海者的保护神，与她的兄弟（卡斯托耳和波吕丢刻斯）同列（参见本书第481页）。在他生命的最后时刻，由于拥有海伦丈夫和宙斯女婿的身份，墨涅拉俄斯被送往乐土，躲过了坠入冥界的常见命运。

狄俄墨得斯

狄俄墨得斯很快就回到了阿尔戈斯，却发现妻子埃癸阿勒亚（Aegialia，阿德剌斯托斯之女）对他不忠。促成她的奸情的是阿佛洛狄忒：这位女神在特洛伊曾被狄俄墨得斯击伤，因此怒火难平。狄俄墨得斯离开阿尔戈斯，来到意大利。那里的阿普利

亚国王达乌努斯（Daunus）给了他一片土地。狄俄墨得斯在意大利建立多座城市，却拒绝帮助国王拉提努斯（Latinus）抵抗埃涅阿斯。狄俄墨得斯死后，意大利的许多地方都视他为英雄，加以崇拜。另有一个故事称雅典娜让狄俄墨得斯成为不朽的神祇。[3]他的追随者们则变成了飞鸟。[4]

伊多墨纽斯

伊多墨纽斯回到克里特岛，发现他的妻子墨达（Meda）曾与琉叩斯（Leucus）通奸，而且墨达和女儿已被琉叩斯杀害。琉叩斯已经自立为王，统治着克里特岛上的10座城市。伊多墨纽斯遭到琉叩斯的驱逐，来到了意大利南部的卡拉布里亚（Calabria）。他在死后被这里的人们视为英雄而受到崇拜。[5]

维吉尔古代的注释者塞尔维乌斯（Servius）①讲述了一个与《圣经》中耶弗他的许愿（Jephthath's vow，《士师记》11:30—11:40）②相似的故事。根据这个故事，伊多墨纽斯在归程中遭遇了风暴，他发誓说如果能得救，就将向波塞冬献上他遇上的第一个生灵。到家之后，他的儿子第一个出门来迎接他。伊多墨纽斯履行了誓言，随后一场瘟疫降临在克里特人头上。人们认为这是神祇对伊多墨纽斯的行为的惩罚，放逐了他。

菲罗克忒忒斯

菲罗克忒忒斯回到了忒萨利，却被他的同胞赶了出来。他来到意大利南部，建立了许多城市，并

---

① 4世纪左右的古罗马语法学家、注释者和教师。
② 耶弗他是《旧约·士师记》中的人物，曾领导以色列人击败亚扪人。在战事之前，耶弗他向耶和华许愿：若他能平安归来，就将最先出来迎接他的人归于耶和华，献为燔祭。得胜之后，耶弗他回到家中。他的独生女儿最先走出来迎接他。耶弗他在女儿的劝说下履行了誓言，同意她终身侍奉耶和华。

在死后被视为英雄而受到崇拜。

狄俄墨得斯、伊多墨纽斯和菲罗克忒忒斯的故事似乎反映了希腊殖民地从公元前8世纪开始在意大利南部的建立过程。三个人在死后都受到英雄崇拜。

涅俄普托勒摩斯

忒提斯警告阿喀琉斯之子涅俄普托勒摩斯不要从海路返乡，于是涅俄普托勒摩斯带着赫勒诺斯和安德洛玛刻，从陆路回到希腊。涅俄普托勒摩斯和这两个人以及他的妻子赫耳弥俄涅（墨涅拉俄斯的女儿）一起离开了家乡佛提亚，来到厄皮鲁斯的摩洛希亚，成为摩洛希亚人的统治者。涅俄普托勒摩斯在德尔斐被杀，并在那里被视为英雄，拥有自己的信仰者（参见本书第481页）。

奥德修斯的归程

奥德修斯返乡的故事自成一则英雄传说，并成为众多民间故事的源头。以下是亚里士多德在其《诗学》中对《奥德赛》所做的总结（《诗学》17.10）：

> 《奥德赛》的故事并不长：一个人离家多年，孤身一人；波塞冬始终一心要毁灭他；求婚者在他的家中消耗他的财产，又设计谋害他的儿子；历经风雨之后，他终于回到家里；他揭晓自己的身份，对敌人发起攻击，将他们消灭，保全了自己。这就是整个事件的核心，其余的是些插曲。

人们有时将奥德修斯的历险视为象征（例如他在造访冥界时战胜死亡），有时则将其与希腊人在贸易扩张和殖民扩张中所了解到的真实地方联系起来。然而，在大部分意义上，他的历险都是一些浪漫的传说和民间故事。这些故事被设定为发生于想象中的地方，并被嫁接到历史上某位离家多年的君王的回归传奇上。[6]

在特洛伊战争期间，奥德修斯是希腊英雄中最睿智的人物，也是一名勇敢的战士，并在阿喀琉斯死后继承了他的神甲。在《奥德赛》中，奥德修斯遭遇了许多危险，并往往靠他的智慧和勇气脱身。他在旅程中遇见了众多男男女女、神祇和怪物，并始终对妻子珀涅罗珀忠贞不贰——他将她和儿子忒勒玛科斯一起留在了伊塔卡岛。[7] 以他惯有的敏锐与技巧，荷马为奥德修斯设计了巧妙的出场方式，从而建立起我们对他的信任。读者在第5卷才首次看到主人公出场，而此时的奥德修斯作为美丽的宁芙卡吕普索的囚徒，已在俄古癸亚岛（Ogygia）上滞留了7年。卡吕普索在海岸上找到了忧郁的奥德修斯。这名囚徒因为思乡而形容憔悴（《奥德赛》151—158）：

> 卡吕普索发现奥德修斯正坐在海岸边。他的双眼泪流不止。美好的生命不断流逝，他却只能为无法回家而悲叹，因为这位宁芙已经不再能让他快乐。每天晚上他都被迫与卡吕普索在她的洞府中同寝。他当然不想如此，但她却心甘情愿。每个白昼他都在海岸的岩石上度过。他在哭泣中望向空空荡荡的大海。他的心受到泪水、哀叹和痛苦的折磨。

图20.1 《卡吕普索与尤利西斯》(*Calypso and Ulysses*)

纸上水彩画,艾米丽·马歇尔(Emily Marshall)画,1820—1835年,19英寸×24英寸。画中的卡吕普索身着19世纪初女性所穿的长裙,试图安慰奥德修斯。奥德修斯望向大海,心中思念珀涅罗珀。卡吕普索的左手放在奥德修斯的肩上。背景中是一片河景,还有一株棕榈树,用来表现与故事相适的异域情调。关于这幅画的作者我们一无所知。其风格故作稚嫩,却捕捉到了画中女神和英雄所处境地的忧伤情绪。

《奥德赛》的故事

在全诗的开篇,奥德修斯仍在漂泊冒险。第1卷到第4卷讲述的都是伊塔卡岛上的事情。由于奥德修斯不在家,珀涅罗珀被求婚者们重重包围:他们想要娶她为妻,并借此得到她的王国。如前所述,奥德修斯的首次出场是在第5卷,其时他还被扣留在宁芙卡吕普索的俄古癸亚岛上。离开这座岛之后,他的木筏毁于海中。随后奥德修斯向他的救援者说了他抵达俄古癸亚岛之前所发生的事。史诗接着讲述了奥德修斯回到伊塔卡,向珀涅罗珀的求婚者们复仇,最终与珀涅罗珀相认并团聚的故事。

奥德修斯的智慧主宰着整个故事,但神祇也扮演了重要的角色,其中以敌视这位英雄的波塞冬和守护他的雅典娜为最。荷马在《奥德赛》的开篇中这般介绍奥德修斯(《奥德赛》1.1—21):

缪斯啊,在众多英雄中,请向我讲述那个足智多谋的人。[8] 他在攻陷神圣之城特洛伊后浪迹天涯。他游历诸多城市,看尽世人的心肠。为了自己和同伴能返回家园，他在大海上历尽辛苦，他的心灵也被悲伤摧折。尽管一心希望，他仍没能保全同伴。那些人死于自己的愚行：他们头脑发昏，将许珀里翁之子、太阳神赫利俄斯的牛当作美餐，被天神剥夺了他们归家的希望。女神啊，宙斯的女儿，请你讲一讲这些事，随便从哪里开始。

此时，其他所有逃过可怕死亡的英雄都已返回家乡，远离战争和大海的威胁。只有这个人仍在苦苦期盼回家的那一天，想念他的妻子。仙女卡吕普索将他留在自己空旷的洞府，要他做自己的丈夫。岁月流逝，终于到了这一天：众神决定要让这人返回伊塔卡。哪怕到了那时，他仍不能免于辛苦，身边也没有同伴。[①] 然而众神仍垂怜他，只有波塞冬除外。波塞冬一心与神一样的奥德修斯为敌，直到他回到自己的家园。

喀孔人与食忘忧果者

奥德修斯花了 10 年时间才回到家乡。他与部众离开特洛伊之后来到色雷斯的城市伊斯玛洛斯（Ismarus）。这里是喀孔人居住的地方。在被赶走之前，奥德修斯率军洗劫了这座城市。他们在攻城时饶过了阿波罗的祭司玛戎（Maron）。作为回报，玛戎送给他们 12 坛芬芳馥郁的红酒。这些酒的作用将在后来体现。奥德修斯等人被风暴刮向南方，来到食忘忧果者居住的岛上。他们在这里受到欢迎，遭遇的危险却不比从前更小：凡是吃了忘忧果的，都会忘记一切事情，只想留下来继续吃这种果子。奥德修斯最终还是让他的同伴们离开了，尽管其中有

的人已经吃下了忘忧果。他们继续航行，来到库克罗普斯的地盘。

库克罗普斯

库克罗普斯是一些独眼巨人 [②]，各自居住在洞穴里，以放牧为生。其中之一是波塞冬之子波吕斐摩斯（Polyphemus）。奥德修斯和他挑选出的 12 名同伴闯进了波吕斐摩斯的洞穴。洞中有绵羊、羊羔、奶酪和其他食物。奥德修斯等人一边享用，一边等待洞穴主人归来。波吕斐摩斯赶着羊群回到家里，用一块巨石堵上了洞口，随后发现了这些访客。他把其中两个人当作晚餐吃掉，第二天早上拿两个人当早点，傍晚回家后又吃了两个人。

此时，奥德修斯身上带着一些玛戎送的酒。他用这些酒将波吕斐摩斯灌醉，告诉这位巨人自己的名字叫"无人"（Outis）。作为对美酒的回报，巨人承诺他会把"无人"留到最后吃掉，然后便进入了梦乡。奥德修斯削尖一根木棍，用火将它烧烫，然后和其他幸存的人一道把木棍插进睡着的巨人的独眼。巨人痛苦地大吼。其他库克罗普斯纷纷赶到洞口，却只听见他喊的是"'无人'要杀我！"于是他们认为没出什么大事，不再理会波吕斐摩斯。

第二天早上，瞎了眼睛的波吕斐摩斯搬开洞口的巨石，放出羊群，并在它们通过时用手摸每一只羊。然而奥德修斯已经在每三头羊肚子下面绑了一个同伴，他自己则悬挂在最大的一头公羊身下，就这样和同伴们逃了出来。乘船离开的时候，奥德修斯大声将自己的真名告诉了库克罗普斯们。巨人们将一座山峰的峰尖向他抛来，险些击沉他的船。波

---

① 原引文如此，A. T. Murray 英译本、Samuel Butler 英译本和王焕生汉译本均解作"奥德修斯在回到亲人中间时仍要面对考验"。

② 这些独眼巨人是波塞冬的后代，与乌拉诺斯和盖亚生下的三个独眼巨人（赫淮斯托斯的助手）不同，但都被称为库克罗普斯。参见本书第 3 章。

吕斐摩斯在很久以前就曾得到警告要当心奥德修斯。回想起这个名字之后，他向父亲波塞冬祈祷（《奥德赛》9.530—536）：

> 请不要让奥德修斯回到家乡。如果命运注定他要回到他的家国，再次见到他所爱的人，那也要让他先漂泊多年，失去所有同伴，最后乘坐别人的船，在困苦中到达，而他在回家之后也要遭遇磨难……波塞冬听到了他的请求。

独眼巨人的故事是世界上最常见的民间故事之一，而《一千零一夜》中所讲述的辛巴达漂泊故事与荷马的版本尤为相近。

埃俄洛斯和莱斯特律戈涅斯人

奥德修斯与舰队其余船只会合，来到了风神埃俄洛斯的浮岛。埃俄洛斯和他的6个儿子住在这里，每个儿子又各以他的一个女儿为妻。[9]埃俄洛斯款待了奥德修斯，送给他一只装着各种方向的风的皮袋作为临别赠礼，并向他展示了应该从袋中放出哪些风来才能让自己回到家乡。借着风力，奥德修斯航向了伊塔卡，却在快要抵达陆地的时候睡着了。他的同伴以为袋中装着奥德修斯独吞的金子，于是打开了袋子。所有的风都跑了出来，将船吹回了埃俄洛斯的岛。埃俄洛斯认为这些人一定受到诸神的厌憎，拒绝再次帮助他们。奥德修斯和同伴们继续航行，来到莱斯特律戈涅斯人（Laestrygonians）的地方。这些人弄沉了奥德修斯的船只，只留下他本人乘坐的那一条，又吃掉了他的船员。波吕斐摩斯的诅咒就这样应验了。奥德修斯只好带着最后一条船驶离。

喀耳刻

奥德修斯来到太阳神的女儿、女巫喀耳刻居住的埃埃亚岛上。他将手下人分成两队，自己在后留守，让另一队总共23人前去拜访岛屿的主人。这些人发现喀耳刻身边围绕着各种各样的动物，而他们自己也在吃了她的食物之后变成了猪（只有将消息带回给奥德修斯的欧律洛科斯例外），无论外形还是声音都

图20.2　《刺瞎波吕斐摩斯》（*The Blinding of Polyphemus*）
厄琉西斯出土的原始阿提卡风格（Proto-Attic）[a]陶瓶，公元前7世纪中期，瓶高56英寸，瓶颈高15英寸。图中的奥德修斯（白色人像）正与同伴一道将一根长木棍刺入库克罗普斯的眼睛，而那个库克罗普斯手中握着一杯让他沉醉的酒。这一暴力的画面是几何陶时期（the Geometric period）[b]之后最早的"自由风格"陶画作品之一。

---

a.　指前8世纪后期—前7世纪后期中受到东方影响的雅典陶器风格。
b.　约前900—前700年，因这一时期的陶器装饰者惯用精细的几何图案装饰陶器而得名。

和猪一样，只是仍然保留了人的头脑。[10] 奥德修斯前去救援他的部下，却遇见了天神赫尔墨斯。赫尔墨斯告诉他应该如何抵挡喀耳刻的魔力，并给了他解毒的魔草摩吕（moly）。这种草有着"黑色的根和白如牛奶的花"。奥德修斯吃了喀耳刻的食物，却毫发无伤，并在喀耳刻试图将他也变成猪的时候拔剑威胁她。喀耳刻认出了奥德修斯的身份，转而向他求爱。她为奥德修斯摆起宴席，奥德修斯却不肯进食，直到迫使喀耳刻将他的手下变回人形。奥德修斯与喀耳刻共同生活了一年，并和她生了儿子忒勒戈诺斯（Telegonus）。一年过后，奥德修斯在同伴的催促下请求喀耳刻放他回家。喀耳刻同意了，又告诉奥德

图20.3　《奥德修斯威胁喀耳刻》（*Odysseus Threatens Circe*）
阿提卡红绘卡里克斯调酒缸，作者为珀耳塞福涅画师（Persephone Painter）[a]，公元前440年。在陶画的上半区，喀耳刻正起身从旅人装束的奥德修斯身边逃走。奥德修斯则正用剑威胁她。喀耳刻的魔杖和她用来混合魔药的碗都掉在地上。画面左侧是奥德修斯的两个同伴。两人举止不安，一个被变成野猪，另一个被变成毛驴，但腿和手臂都还是人的形状。下半区表现的是一名年轻男子和两名女子相互追逐的情景。我们无法确定这个画面是否与神话有关。

------

a.　活跃于公元前5世纪中叶的一位阿提卡陶画师。其命名作品是一件描绘珀耳塞福涅离开冥界场景的调酒缸。

修斯：他必须先到阴间去，在那里向预言者忒瑞西阿斯问询回家的路途。

"招魂"

《奥德赛》第11卷讲述了奥德修斯在冥界的经历，通常被称为"亡者之书"或"招魂"（Nekuia）——人们为召唤鬼魂向他们提问而举行的仪式。奥德修斯的冥界之行是对死亡的征服，也是英雄所能面对的最大挑战。若是一位英雄能活着从哈得斯的国度返回，他便成就了凡人所能达成的一切功业。对奥德修斯的"招魂"最著名的效仿是《埃涅阿斯纪》中的冥界之旅，然而奥德修斯的"招魂"与后者有一个重要的不同：埃涅阿斯亲身下到冥界并穿越了它（参见本书第391—402页），而奥德修斯去的却是冥界的入口。他在那里举行祭礼，召来亡者的阴魂。在本书第15章开篇，我们已详尽译出那些描述奥德修斯从埃埃亚岛前往冥界的旅程、他举行的祭礼以及他与众多亡灵的对话的段落，所以在此只对他的冥界之行进行概述。

在喀耳刻的指引下，奥德修斯和同伴们向西航至世界的尽头，并在冥界的入口举行祭礼。许多亡灵都应召前来。忒瑞西阿斯也在其中，并预言了奥德修斯在未来旅程中将遭遇的灾难。根据预言，奥德修斯终会返回家乡，但那将是多年之后，并且他那时已是孑然一身。回到伊塔卡之后，他会发现骄狂的求婚者们正对珀涅罗珀苦苦相逼，并靡费他的家财。他会将这些人全部杀死，也会在去世前经历更多漂泊。

奥德修斯还从忒瑞西阿斯那里得知：他若是想和某个亡灵说话，就必须让这个亡灵喝到祭牲的鲜血，同时要用剑逼退其他亡灵。在现身并与奥德修斯交谈的亡灵中，有他的母亲安提克勒亚、阿伽门

农、阿喀琉斯和忒拉蒙之子大埃阿斯。阿喀琉斯说
他"宁愿在阳间的穷苦人家为奴，也不愿在冥界称
王"。大埃阿斯则一字不吐，因为他仍为输掉对阿喀
琉斯甲胄的竞争而感到痛心。

由于担心戈耳工的头颅（它会把它看到的人都
变成石头①）出现，奥德修斯最终离开了哈得斯的国
度，与同伴们会合，并返回埃埃亚岛。

塞壬、普兰克泰浮岩、卡律布狄斯和斯库拉

喀耳刻送别了奥德修斯，并提醒他前方还有危
险。他首先会遇上塞壬（荷马称塞壬只有两个，但
其他作者提到的数量更多）。荷马认为塞壬拥有人的
外形，但传统中更多人认为，它们长着女人的头和
鸟类的身体。它们会在自己所居小岛的草地上引诱
过往的水手，让他们撞上礁石。它们的身边堆满受
害者的累累白骨。然而奥德修斯平安地从塞壬们身
边经过：他用蜡堵住了同伴们的耳朵，又把自己捆
在桅杆上，以免屈从于塞壬歌声中极为诱人的魔力。
塞壬们在歌声中向奥德修斯许愿说让他拥有更多的
智慧，让身为凡人中最聪明者的奥德修斯也受到引
诱（《奥德赛》12.184—191）：

　　　　"到这里来吧，阿开亚人的骄傲，举世
闻名的奥德修斯！停下你的船，倾听我们
的歌。从未有人驾着黑船，不听一听我们
美妙的歌声就从这里经过。听完再走，他
就能拥有更多的知识，满心欢喜。因为我
们了解阿开亚人和特洛伊人在广大的特洛
伊原野上因诸神的意志而受的磨难，也知
道这丰饶大地上所发生的一切事情。"

---

① 原文如此，应有误。根据本书第21章中关于珀耳修斯斩杀美杜莎
的传说，应是"看到戈耳工面容的人都会被变成石头"。

图20.4　《奥德修斯与塞壬》（*Odysseus and the Sirens*）

雅典红绘酒坛（Stamnos）[a]，约公元前450年，高13.75英寸。画中
的奥德修斯被捆在桅杆上，安全地听到了塞壬的歌声。他的同伴
们用蜡堵住耳朵，划船而过。两个塞壬（长着人头和翅膀的生物）
站在悬崖边，另一个向海面俯冲。艺术家让奥德修斯的头部呈现
戏剧化的角度，以表达这位英雄挣脱束缚的愿望。右方桨手转向
左侧的头，以及舵手的姿势更增加了这一场景的张力。

---

[a]　一种用于贮存液体或调酒的希腊陶器，形状较双耳细颈的安法拉罐
　　（amphora）为扁，两个短耳位于瓶身较高位置。

下一个危险是两块漂移的巨石（普兰克泰浮岩
[Planctae]）。除了阿尔戈号之外，从未有船能从它
们中间安全通过。奥德修斯让船紧靠着两座高崖航
行，从而避开了浮岩。较矮的一座高崖上住着卡律
布狄斯（荷马没有提到她）。她会每天三次从海峡中
吸水，向上喷出。靠近她这一边航行就意味着船毁
人亡。因此奥德修斯选择了较高而危险较小的那一
边——那里有海神福耳库斯之女斯库拉的洞穴。斯
库拉本是一位海仙女，却因受到波塞冬的妻子安菲特
里忒的妒忌而被变成了一头怪兽，6个脑袋围成一圈，
还有12只爪子。她用这些爪子从经过的船上攫取水
手。斯库拉从奥德修斯船上抓走了6个人，在洞里吃

掉了他们。奥德修斯和剩下的船员则平安通过。[①]

太阳神的牛群

喀耳刻最后向奥德修斯提到的是特里那喀亚岛（Thrinacia）。那是赫利俄斯（太阳神）放牧牛羊的地方。她特别警告奥德修斯：如果他和同伴想要返回伊塔卡，就不能动岛上的牛羊。然而，因为逆风而在岛上滞留多日之后，奥德修斯的同伴无法忍耐，趁奥德修斯睡着之时杀了一些牛来充饥。赫利俄斯为此向宙斯抱怨。为了惩罚杀害神牛的渎神行为，宙斯在奥德修斯的船启航时掀起一场风暴，并降下雷电。船被海水吞没了，其他人全都淹死，只有奥德修斯靠着桅杆和半截龙骨漂浮，逃得了性命。

船沉之后，奥德修斯漂回了卡律布狄斯的地方。他紧紧抱住悬崖上的一棵树得以保命，直到漩涡将吸入的桅杆重新喷出水面。

卡吕普索

奥德修斯从海上漂流到阿特拉斯之女卡吕普索居住的俄古癸亚岛，并在岛上同她生活了7年。卡吕普索爱上了奥德修斯，许诺要让他永生，但奥德修斯无法忘记珀涅罗珀。最后，直到赫尔墨斯带来宙斯的明令，卡吕普索才帮助奥德修斯扎了一条木筏，放他离开。

淮阿喀亚人

此时奥德修斯仍未历尽他的灾难。就在他接近斯刻里亚岛（淮阿喀亚人居住的岛屿）时，波塞冬发现了他，并掀起风暴摧毁了他的木筏。两天两夜之后，奥德修斯在海中女神琉科忒亚（从前是一名凡人，名叫伊诺，是卡德摩斯的女儿[②]）和雅典娜的帮助下，终于登上了陆地。此时他赤身裸体，精疲力竭，孤身一人。

淮阿喀亚人的国王是阿尔喀诺俄斯。他的女儿名叫瑙西卡（Nausicaä）。奥德修斯登岸之后第二天，瑙西卡来到海岸附近浣衣，与奥德修斯正面相遇。她对奥德修斯提供保护，将他带回宫中。奥德修斯在这里受到阿尔喀诺俄斯和王后阿瑞忒（Arete）的款待，并向他们讲述了自己的历险。淮阿喀亚人送给奥德修斯一份厚礼，又在一天之后用一条船将沉睡中的奥德修斯送回伊塔卡。就这样，奥德修斯在特洛伊陷落10年之后终于返回伊塔卡，乘的是别人的船，并且孑然一身，正和波吕斐摩斯所祈祷的一样。到了此时，波塞冬仍不肯放下对奥德修斯的敌意。淮阿喀亚人的船在返程中刚刚进入斯刻里亚的港口，波塞冬就把整条船和上面的船员变成了石头。这是为了惩罚淮阿喀亚人在大海上运送陌生人，尤其是受到波塞冬仇恨的陌生人。

伊塔卡

在伊塔卡岛上，追求珀涅罗珀的求婚者有一百多人（都是来自伊塔卡和附近岛屿的年轻贵族）。他们希望成为珀涅罗珀的丈夫，从而取代奥德修斯的地位，当上伊塔卡的国王（此时，人们认为奥德修斯和珀涅罗珀的儿子忒勒玛科斯年纪尚幼，不适合继承王位）。他们在奥德修斯的宫廷里日复一日地饮宴，靡费他的家财。然而，尽管奥德修斯似乎已经不在人世，珀涅罗珀仍对他忠贞不贰。她向求婚者们发出承诺：她要先为奥德修斯的父亲莱耳忒斯织出一件华贵的斗篷来做葬衣，然后再从他们中挑

[①]　参见本书第7章中"斯库拉与卡律布狄斯"部分。

[②]　参见本书第13章尾注 [3]。

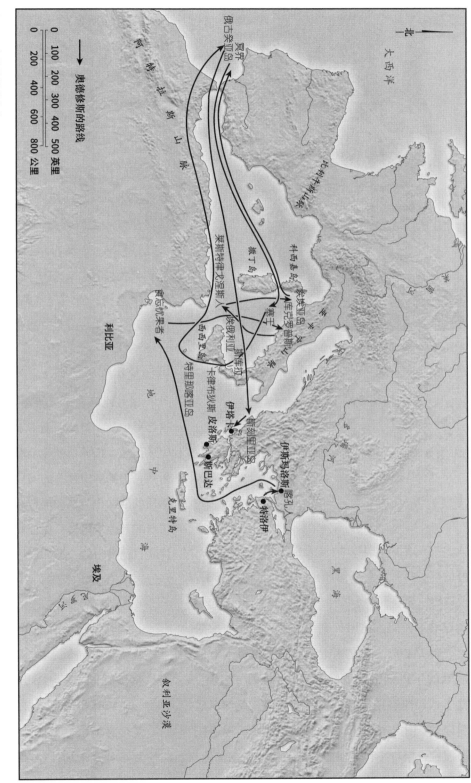

地图 3　奥德修斯的归程

要将传说轻易地置于真实地理之中无疑是困难的。这张地图就表明了精确定位的不确定性。尽管人们从未停止过各种巧妙揣测,奥德修斯造访的大多数地方仍然无法定位。1 世纪地理学家斯特拉波著有《地理学》一书。要了解荷马时代的地理和斯特拉波时代的地理观念,这本书的第一章大为有益。

古代就有许多人认为奥德修斯漂泊的重点区域是在地中海西部,伊阿宋最著名的冒险(事实上可能早于奥德修斯的旅程)则发生在黑海及其周边地区。

图20.5 《奥德修斯与瑙西卡》（*Odysseus and Nausicaä*）

红绘安法拉罐，约公元前440年。奥德修斯位于画面左侧，手持两根橄榄树枝（表明自己是求助者）。雅典娜站在他和瑙西卡（画面右侧）之间，头朝向他。在雅典娜的鼓励下，瑙西卡不再逃跑，并转向奥德修斯。奥德修斯身后的树上晾晒着一些衣裳。

选一人。在三年时间里，她每天白天织袍，晚上就将织好的部分拆散。到了第四年，她的计谋暴露了，被迫要做出决定。

奥德修斯正是在这时回到了家乡。在雅典娜的帮助下，他乔装成一名乞丐混进宫中，住进了对他忠心耿耿的年迈猪倌欧迈俄斯（Eumaeus）的小屋，并向儿子忒勒玛科斯揭晓了自己的身份。此前，忒勒玛科斯曾前往皮洛斯和斯巴达旅行，并从涅斯托耳和墨涅拉俄斯口中得知他的父亲还活着。在宫外，奥德修斯的老猎犬阿尔戈斯（Argus）也认出了离开

19年的主人，随后死去。

奥德修斯在宫中遭到求婚者们和另一名乞丐伊洛斯（Irus）的羞辱，并在一场斗殴中将伊洛斯打倒。仍在伪装中的他向珀涅罗珀精确地描述了奥德修斯及其曾佩戴过的一枚奇巧胸针。因此珀涅罗珀向他透露了自己的计划：第二天若有哪个求婚者能给奥德修斯用过的巨弓上弦，并一箭连穿12柄斧头的柄眼，她就要嫁给这个人。此时，奥德修斯的老保姆欧律克勒亚（Euryclea）也知道了他的身份，因为她认出了奥德修斯大腿上的一道伤疤。那是他在与外祖父奥托吕科斯在狩猎野猪时所受的伤。至此万事俱备，只待奥德修斯在荣耀中回归。他的儿子和忠仆已经知道了真相，而珀涅罗珀也受到新的鼓舞，这让她能够面对与丈夫的最终相认。

试弓及杀死求婚者

试弓比赛在第二天举行。没有一个求婚者能给这张弓上弦，奥德修斯请求让他一试。他毫不费力地完成了这个任务，并一箭射穿了所有斧眼。接着，他射死了求婚者中领头的安提诺俄斯（Antinoüs），并在随后的战斗中与忒勒玛科斯以及两名忠仆一起，杀死了所有其他求婚者。奥德修斯绑上弓弦并向求婚者们揭晓自己身份的一幕，堪称所有史诗中最具戏剧化的场景之一（《奥德赛》21.404—423, 22.1—8）：

> 然而多谋的奥德修斯伸手取过那张大弓，对它上下端详。一个娴于弹奏里拉琴和歌唱的人会将精心绞缠的羊肠绕在新琴钮上，轻松地将琴弦绷好，而奥德修斯也是这样毫不费力地为这巨弓拉上了弦。他右手持弓，试弹弓弦。弓弦在他手中发出悦耳的声音，有如燕鸣。求婚者们极为沮

裹，个个面容改色。宙斯发出轰然的雷声
以示预兆。有如天神而又善于忍耐的奥德
修斯欢欣鼓舞，因为多智的克洛诺斯之子
降下了吉兆。一支利箭正放在他身边的案
几上，没有遮挡，被他伸手拿起。其他箭
枝尚在囊中，不过这些阿开亚人很快就要
尝到它们的滋味。奥德修斯拿起这支箭，
将它搭好，拉起弦，人却还坐在原先的凳
子上。然后他将瞄准的箭向前射出。那箭
带着沉重的铜镞，笔直向前疾射，从头到
尾没有错过一把斧头的柄眼……

　　狡诈的奥德修斯脱去身上的破烂衣衫，
手中握着弓和满囊的箭，跳上高大的门槛。
然后他将箭枝倾倒在自己脚下，向求婚者们
发话：“我已完成这艰难的任务。现在我就
要瞄准另一个从未有人射中的目标。愿阿
波罗应许我的祈祷，让我一箭中的。”言毕，
他便向安提诺俄斯发出一支索命的利箭。

所有求婚者都被杀死。只有信使墨冬（Medon）
和吟游诗人斐弥俄斯被饶过了性命。奥德修斯又
命欧律克勒亚将12个曾侮辱他并与求婚者私通的
仆妇指认出来。他迫使她们清洗殿堂，然后又无
情地将她们绞死。背叛主人的牧羊奴墨兰提俄斯
（Melanthius）则被砍手断脚而处死。这场大厅中的
战斗后果令人恐惧，它警醒世人：奥德修斯是一名
勇士，曾经参与洗劫特洛伊，对敌人冷酷无情。

奥德修斯的父亲

莱耳忒斯通常被视为奥德修斯的父亲。在《奥
德赛》最后一卷的感人一幕中，奥德修斯在返回伊
塔卡后向父亲莱耳忒斯揭晓了自己的身份。

然而，有一个故事却认为，埃俄洛斯之子西绪福
斯才是奥德修斯的父亲，他在奥德修斯之母安提克勒
亚嫁给莱耳忒斯之前引诱了她。安提克勒亚的父亲是
赫尔墨斯之子、大盗奥托吕科斯。赫尔墨斯赋予他拥
有神不知鬼不觉偷得自己所想要的任何东西的能力。
很长时间里，奥托吕科斯一直偷取西绪福斯的牛。最
后西绪福斯在牛的蹄上烙上印记，从而轻易地认出并
追回了奥托吕科斯所偷的牛。两位英雄成了朋友。奥
托吕科斯还允许西绪福斯与安提克勒亚同寝。因此，
冥界中的罪人（参见本书第384页）、骗子西绪福斯
（在这个版本中）成了奥德修斯的生父，而奥德修斯
则继承了他的狡诈习性。

忒勒玛科斯

就对一位英雄的年轻时代的刻画而言，《奥德
赛》对奥德修斯和珀涅罗珀之子忒勒玛科斯的描绘堪
称杰作。在第1卷中甫一登场，忒勒玛科斯的个性就
在明确而微妙的简洁描述中得以确立。其时忒勒玛
科斯实质上还只是一个小男孩，但雅典娜从奥林波
斯山上降临，让他鼓起勇气，采取行动。我们第一
次见到忒勒玛科斯是在宫中。他无助地目睹求婚者
们的肆意和傲慢，既愁苦又灰心丧气，坐在地上做
起了白日梦。他梦想父亲已经归来，将求婚者赶了
出去，让自己免于他们的无礼羞辱。在这纵酒狂欢
的人群中，只有他注意到伪装成门忒斯（Mentes）[①]的
雅典娜在门槛边等候，也只有他一个人站起来，遵
照神圣的宾主关系所规定的礼节招呼她。在寥寥数
行中，我们就可以判断出忒勒玛科斯是配得上他的
英雄父亲的好儿子，并期待着他的可喜成长。在第
1卷的末尾，忒勒玛科斯将会勇敢地直面他的母亲，

----

① 荷马时代居住在希腊西北部塔福斯（Taphos）诸岛上的塔菲人的
国王。

令其惊讶于他努力摆脱母爱羁绊所表现出来的男子汉气概。他将会开始一次自己的漫游（当然，更恰当地说，是一次"迷你"漫游），前往皮洛斯和斯巴达，向涅斯托耳、墨涅拉俄斯和海伦探听奥德修斯的消息。奥德修斯真的归来之后，忒勒玛科斯只差一点就为父亲的弓拉上了弦。要是父亲允许他尝试第四次，他就会真的成功。在全诗的高潮部分，父子二人并肩作战，杀死了那些求婚者。

珀涅罗珀

我们在前文中曾说过奥德修斯"对珀涅罗珀忠贞不贰"，整部史诗也是旨在让奥德修斯与妻子得以重聚。珀涅罗珀并非一个被动型的人物。无论是在智力上还是在忠诚上，她都足以与奥德修斯比肩。她在推拒求婚者这件事上表现得足智多谋，而她在与奥德修斯相认的时机和方法的选择上也同样重要。当珀涅罗珀最终认出丈夫时，诗人对她的描述是"令他称心"（thymares），意思是：他是一个"足智多谋者"（polytropos，全诗第一行赋予奥德修斯的修饰语），是希腊人中最聪明的人，而珀涅罗珀与他完美般配。

珀涅罗珀的常见修饰语是"考虑周密的"（periphron），意思是指她谨慎而多谋，总能以她的智慧将求婚者拒之门外。她在与奥德修斯首次相会时（第19卷）曾说"我吐露我的计谋"，将自己编织莱耳忒斯的葬袍又将它拆掉的事告诉了奥德修斯。她还用自己的性魅力弱化求婚者。当在求婚者面前亮相时，她常被比作阿佛洛狄忒和阿耳忒弥斯："求婚者们双膝酸软。他们的心智被她的情欲迷惑，个个一心只想与她同床共枕。"（《奥德赛》18.212—214）她不仅让他们献上礼物（假扮乞丐的奥德修斯在堂上看到了这一幕，满心欢喜），而当从求婚者中挑选一个

的难局看似不可避免时，她又想出了用那把弓来比赛的办法。最后，她还坚持让那个外乡人（即奥德修斯——我们在前文中已知道她曾经与他交谈）也有权参加比赛。然而，就在奥德修斯真的为弓上好弦之前，忒勒玛科斯却让她上楼去（此时忒勒玛科斯第一次将自己视为父亲的法定继承人和家主）。因此她没有看到奥德修斯成功为弓上弦，没有看到厅堂中的战斗和清洗过程，也没有看到对仆役的屠戮。可以说，珀涅罗珀和奥德修斯之间的高潮场景已经准备就绪，接着便是两人的相认与重聚。

在他们的首次相会中（第19卷），珀涅罗珀曾向这位外乡人问起他的身份。在其答复的开场白中，奥德修斯将她比作一位统治一个公正而繁荣的城邦的国王。换言之，他将自己的妻子比作他自己——伊塔卡国王。随后（她对他的身份了解了多少仍不得而知），她向他说起了自己的一个梦：一只鹰杀死了她的20只鹅。他则同意她的想法：这是奥德修斯归来的征兆。珀涅罗珀的话语中包含着大量心理信息。她开始向奥德修斯吐露心声，说起自己每夜都陷入焦虑，无法入眠，因为犹豫不决而痛苦（《奥德赛》19.525—534）：

> 我是应该留在这里，留在我的儿子
> 身边，看守好我的财物、奴隶以及壮丽堂
> 皇的王宫，尊重我丈夫的床榻和众人的议
> 论，还是应该从这些追求我，向我赠送厚
> 礼的阿开亚人中选出一个最好的，与他远
> 走高飞？说到我的儿子，只要他还年少无
> 知，就不会容许我离开这座宫殿，另嫁他
> 人。但他现在已经长大成人，也恳求我从
> 这里离开，因为那些阿开亚人靡费他的家
> 财，让他忧心如焚。

珀涅罗珀接着讲述她的梦境（《奥德赛》19.535—553）：

> 　　现在，我要请你听一听我所梦见的事，然后为我解答。我梦见家中的二十只鹅从水槽中出来吃谷物，让我看着心生喜爱。但一只喙如弯钩的巨鹰从山上俯冲而下，折断这些鹅的脖颈，将它们全部杀死。这鹰振翅高飞，直入云霄，只在我家中留下一地鹅尸。虽然这只是一个梦，我还是啼哭起来，为鹰杀死我的鹅而悲痛万分。秀发的阿开亚女人们也围在我身边。这时那鹰又飞了回来，停在屋顶突出的横梁上，口吐人言，让我不要哭泣："不要哭了，显赫的伊卡里俄斯的女儿。这不是梦，而是真事，是即将到来的好事的征兆。那些鹅是你的求婚者，而我在梦里虽是一只鹰，在归来时却是你的丈夫，要让你那些求婚者个个遭遇厄运。"它的话说完，我也从甜美的梦乡中醒来。我向四周张望，看到我的鹅还在院中的槽边啄食谷粒，跟先前没有两样。

外乡人的回答很简洁，让珀涅罗珀确信她的梦只有一个解释：求婚者个个在劫难逃，面临死亡。珀涅罗珀坦承了她对鹅的情感，这让我们好奇奥德修斯对此有什么样的感受，也叹服荷马对一个内心复杂的女人的微妙刻画：她既忠于自己的丈夫，也为自己的未来担忧，却不为那群追求者的爱慕和馈赠打动，也没有为此变得飘飘然。她是否有意在引导这个外乡人呢？

在大厅中的战斗之后，珀涅罗珀被欧律克勒亚

唤醒，却拒绝承认那个外乡人就是奥德修斯（至于她心中是否如此认为，我们不得而知）。她走下楼来，与奥德修斯对面而坐。当忒勒玛科斯指责她为何不上去拥抱奥德修斯时，她回答说：如果外乡人真的是奥德修斯，那么"更好的办法是让我们从彼此口中得知真相，因为有一些暗号我们二人知道，外人却不知道"。随后她命令欧律克勒亚将奥德修斯亲手打造的床从他们的婚房中搬出来，让他睡在外面。

奥德修斯听说有人要搬动他的床，勃然大怒。因为他在造床时用了一棵活的橡树做其中一根床柱，然后才在这张床周围建造了婚房。他把秘密说了出来。珀涅罗珀也就知道他就是奥德修斯。[11]直到此时，珀涅罗珀才放下防备，拥抱了离家廿载的丈夫。在这里，诗人再次使用明喻的手法，将珀涅罗珀与奥德修斯做了类比（《奥德赛》23.232—240）：

图20.6　《保姆为奥德修斯洗脚》（*The Washing of Odysseus' Feet*）
阿提卡红绘斯库佛司杯，约公元前440年，高8英寸，直径6.2英寸。图中欧律克勒亚（陶器上标注的名字是安提法塔［Antiphata］）通过伤疤认出奥德修斯后抬头望向他，张开了嘴。画面右侧是欧迈俄斯的手，显然是在向奥德修斯送上礼物。奥德修斯头戴旅者的帽子，肩上扛着乞丐用的木棍和篮子。在这件陶器另一侧的画面上，珀涅罗珀忧心忡忡地坐在织机前，与忒勒玛科斯交谈。

他抱住令他称心的妻子，流泪哭泣。

这就好比沉船的水手看到陆地那样欣喜：
他们精心打造的船在海上被波塞冬用风浪
打得粉碎，没有几个人从沧海中逃回陆地，
他们的皮肤上也结了盐壳，但终究躲过了
毁灭，在大地上欢欣站立。她看着丈夫之
时就是这般欢愉。她白皙的双臂紧紧搂着
他的脖子，不肯松手。

从某种意义上说，珀涅罗珀就是奥德修斯，就
是那个被波塞冬弄沉了船，最终仍然登上陆地的水
手。就这样，通过国王与水手的明喻，也通过她机
智的耐心和对外乡人的有意考验，珀涅罗珀终于让
奥德修斯揭晓了身份，也证明了自己乃是他的良配。

诗人以微妙而富于技巧的笔触描述了奥德修斯
所受磨难的尾声，同时又让奥德修斯回忆起自己的
历险（《奥德赛》23.300—343）：

奥德修斯的命名

在欧律克勒亚从奥德修斯大腿上的伤疤认出他
之后，荷马讲述了奥德修斯得名的由来。他的外祖父
奥托吕科斯（奥德修斯之母安提克勒亚的父亲）受邀
为初生的奥德修斯取名，而将婴儿放在他膝上的正
是欧律克勒亚。"我会为他起名叫奥德修斯，"他说，
"因为我来时让丰饶大地上的众多男女愤恨（希腊语：
odyssamenos）。"这个希腊语词是中间语态，也就是
说它的主语"既可以是愤恨的施者，也可以是愤恨
的受者"（B. 诺克斯［B. Knox 语］）。乔治·迪莫克
（George Dimock）建议将它译作"苦痛之人"（man
of pain），从而同时表明这位英雄本人所遭受的痛苦
以及他施于他人的痛苦。

奥德修斯的无名特征，或者说他被命名为奥德
修斯这一事实，是他的故事中的一个重要元素。他
在《奥德赛》的第一行中仅仅被称为"（那个）人"。
这与《伊利亚特》的第一行形成了反差：后者提到
了英雄阿喀琉斯的名字。根据英雄时代的宾主关系
传统，客人在主人家的餐桌上享用食物之后，主
人就可以询问客人的名字。因此，阿尔喀诺俄斯 a

才会发问："告诉我，你的父母（在家乡）如何称
呼你？"奥德修斯也只是在此时才做出回答（《奥德
赛》9.19）："我是莱耳忒斯之子奥德修斯。"奥德
修斯严防自己名字被暴露。例如，在第 16 卷中，他
在雅典娜的催促下才确定了何时向忒勒玛科斯揭晓
自己的身份。而当他被欧律克勒亚认出时惊慌失措，
他的反应是威胁欧律克勒亚：一旦她把秘密告诉他
人，他就会杀了她。当独眼巨人问起他的名字，他
的回答是"Outis"（"无人"）。在回到伊塔卡之后，
奥德修斯曾告诉雅典娜自己是一个克里特人。珀涅
罗珀在与他第一次见面时的第一个问题是（《奥德
赛》19.105）："告诉我，你是来自哪一族？你的故
国和你的父母都在何方？"而奥德修斯则回答说自
己是克里特人，名叫埃同（Aethon，意思是"闪光
的"，类似克里特王后的修饰语 Phaedra，即"明亮
的"）。直到用婚床之验智取他之后，珀涅罗珀才
最终让这位英雄自己揭晓身份。奥德修斯，或者说
"苦痛之人"，既是"无人"，也是普遍意义上的英
雄。[12]

<hr />

a. 　原文作安提诺俄斯（Antinoüs），有误。安提诺俄斯是珀涅罗珀的一位求婚者，参见前文。

他们〔奥德修斯和珀涅罗珀〕在欢好之后，又在言辞中觅得欢愉，相互倾诉。女神一样的珀涅罗珀尽情倾诉她在看到厅堂里那群可厌的求婚者时所感到的痛苦。这些人为了她的缘故，杀了很多牛和肥羊，喝了很多坛酒。轮到他时，天神一样的奥德修斯也把他带给别人的灾祸以及自己所遭受的痛苦磨难尽数道来。她听着他的故事，满心欢喜，在他未讲完前全无睡意。

他先是说起自己如何打败喀孔人，又来到食忘忧果者所居的沃土。接着他讲到库克罗普斯的事，以及自己怎样为那些被库克罗普斯无情吞吃的勇敢同伴报了仇。他又讲起自己如何来到埃俄洛斯的国度，埃俄洛斯如何款待他，又给他饯行，他却命中注定还不能回到心爱的家园，他被卷入另一场风暴，在满是鱼虾的大海中漂浮，长声悲鸣。他又说起自己来到忒勒皮洛斯（Telepylus），莱斯特律戈涅斯人的地方。这些人摧毁他的船只，杀死他那些披甲的同伴。他讲了喀耳刻的欺骗和诡计，又讲了他如何乘着装备排桨的船去往哈得斯的幽暗国度，索取忒拜人忒瑞西阿斯的建议。他在那里看到他的同伴们，也看到将他生下又将他养育成人的母亲。

他说起自己如何亲聆了塞壬的美妙歌声，又如何来到漂流的普兰克泰浮岩，还说起可怕的卡律布狄斯和斯库拉——从未有人从他们那里逃生。他讲到同伴们如何屠宰了赫利俄斯的牛，而在重天之上发出雷鸣的宙斯又如何用烟雾缭绕的霹雳击沉他的快船，杀光他的同伴，只让他一个人

逃脱可怕的死亡。他说起自己如何来到俄古癸亚岛，宁芙卡吕普索的地方，也说了卡吕普索为了让他做自己的丈夫，如何将他留在洞府：她供养他，又许诺让他永生，而且永不衰老，却未能让他心悦诚服。他还讲到自己在无数磨难之后如何来到淮阿喀亚人的地方：淮阿喀亚人视他有如神祇，用船将他送回他心爱的故乡，还送给他许多青铜、黄金和衣袍做赠礼。

这是他讲的最后一个故事。随后甜美的睡梦降临，让人肢体放松，心无思虑。

《奥德赛》的尾声

在《奥德赛》末卷开头，赫尔墨斯护送求婚者们的鬼魂前往哈得斯国度。他们将在这里与阿伽门农、阿喀琉斯的鬼魂交谈。安菲墨冬（Amphimedon，领头的求婚者之一）的鬼魂向阿伽门农的鬼魂说起了珀涅罗珀的织机、巨弓比试以及求婚者们所遭到的屠杀。阿伽门农的鬼魂答复（《奥德赛》24.192—200）：

> 幸福的莱耳忒斯之子、足智多谋的奥德修斯！你的妻子竟有这样出色的美德！伊卡里俄斯的女儿、无双的珀涅罗珀，她的心思多么纯洁。她一刻不忘她的丈夫奥德修斯。这样的美德将名垂千古，而永生的众神也会为凡人作歌，让他们铭记心思缜密的珀涅罗珀。她不曾密谋犯下廷达瑞俄斯之女的罪行——杀害她的亲夫。

《奥德赛》多次将珀涅罗珀拿来与克吕泰涅斯特拉做对比，其中以阿伽门农的亲述之词最富有表现

力。[13]与此同时，奥德修斯离开了自己的宫廷，前去寻找他在城外当农夫的父亲莱耳忒斯。他一开始隐瞒了身份，但很快就把真相告诉了老人。当两人正在莱耳忒斯的农舍里进餐时，有人来报信说求婚者的亲戚们正在赶来，要为死者报仇。奥德修斯不得不再次投入战斗，并得到雅典娜的帮助。而莱耳忒斯也奇迹般地受到女神的鼓舞，杀死了安提诺俄斯的父亲欧佩忒斯（Eupeithes）。此时雅典娜命令众人罢战，而宙斯也将雷电掷在她的脚下，确认了她的命令。随后雅典娜让奥德修斯与各个求婚者家族订下和约。全诗至此而终。

奥德修斯与雅典娜

奥德修斯从女神雅典娜处得助甚多。雅典娜所具有的智慧和勇气这两种特质，也与他自己的天赋相配。诗人讲述了安睡中的奥德修斯被淮阿喀亚人放在伊塔卡海岸上之后的一幕，这是对女神和英雄之间的联系最精彩的刻画。其时，奥德修斯醒了过来，不知道自己身处何地。雅典娜伪装成一个年轻的牧人，告诉奥德修斯他已经到了伊塔卡（《奥德赛》13.250—255、287—301）：

> 她这样说道。心志坚韧、有如天神的奥德修斯便高兴起来，为回到故乡而欢欣鼓舞，因为持埃吉斯的宙斯之女帕拉斯·雅典娜就是这样告诉他的。他闪烁其词地回答她。他并没有向她说出真相，反而将它隐瞒起来，因为他心中总是盘算着要占上风。〔于是奥德修斯编造了一个故事，但他没能骗过这位女神。〕

> 他话音刚落，灰眼的女神雅典娜笑起来，伸手拍打他。她的形象变成了一个美

丽高大、精于技艺的女子。她用带翼飞翔的话语跟他说：

> "谁要是能在每个花招上胜过你，他一定算是狡计多端了，哪怕他是一位天神。你这个满腹诡诈的家伙，从来不肯停止欺骗。哪怕回到了日夜想念的故乡，你还是忘不了骗人说谎。不过，我们还是不要这样说下去了，因为我和你一样懂得如何占取上风。你在凡人中最足智多谋、巧言善辩，远胜他人，而我在众神中也以智计著称。你难道还认不出宙斯之女帕拉斯·雅典娜吗？你经历哪一场磨难时没有我在身边保护？"

奥德修斯的归宿

通过忒瑞西阿斯的预言，荷马讲述了奥德修斯后来的故事（《奥德赛》11.119—137）：

> 在自己宫中杀死那些求婚者之后……你必须离开，还要带上一支制作精良的船桨。你要前往那些从没听说过大海，也不在食物中放盐的人的地方。这些人不曾见过红漆的船，也不曾见过船上那些如羽翼般的船桨。如果另有一个旅人遇见你，并说你壮健肩膀上扛的桨是一个簸箕的时候，那就是一个明显的征兆，你一定不会错过。这时你就要把那精美的桨插在地上，然后向波塞冬献祭……还要向所有不朽的神祇献祭。你的死亡不会有痛苦。它会从海上来。那时你在度过舒适的晚年后而感到疲倦，你身边的子民也都繁荣幸福。

奥德修斯按照忒瑞西阿斯所预言的方式平息了

波塞冬的愤怒，在插桨的地方为波塞冬建了一座神坛，随后返回了伊塔卡。多年之后，随母亲喀耳刻在她的岛上长大的忒勒戈诺斯，为寻找父亲来到伊塔卡。忒勒戈诺斯在伊塔卡岛上大肆掠夺，并杀死了守护家业的奥德修斯，却不知道对方就是自己的父亲。[14]

《奥德赛》的普遍性

《奥德赛》是一个兼具愉悦和教诲作用的极佳混合体，包含了"真正神话"（关于神祇的故事）、传说（主要反映现实世界中男女英雄的历史）、民间故事、童话及其他类型的故事。神话是传奇"冒险"故事中经久不衰的主题，而《奥德赛》很可能是表现这一主题的最佳典范。就奥德修斯而言，他个人的历险让自己克服了旅程中的所有障碍，返回家园，并惩罚了恶人，赢回了自己的妻子、儿子和王国。在后世的文学中，他则被塑造成一个普通人。当然，对罗马人来说，奥德修斯（尤利西斯）代表着心志坚韧这一美德，而他对逆境的耐受则让自己成了一个典范——对斯多葛派来说尤其如此。在《理想国》的最后，柏拉图用厄尔的神话表现了身在阴间的奥德修斯：由于对各种困苦的记忆，奥德修斯在挑选来生时，选择了做一个无名的普通人（参见本书第390页）。

因此，奥德修斯可能比其他任何人都有资格被称为一位原型英雄，正如珀涅罗珀也是一位最优秀的原型女英雄。二人都出色地表现了一种属于榜样人物和英雄的美德。近年来，珀涅罗珀的个性和行为动机受到人们的特别关注。在对求婚者长期围困的抵抗中，在与奥德修斯相认时的审慎中，她都表现出了智慧和坚韧的品质，并在这两方面被视为堪与奥德修斯比肩的人物。珀涅罗珀在承认奥德修斯身份时所表现出来的犹豫，人们越来越将其解读为她智慧与自制力的体现，而这也是她丈夫最突出的两项品质。他们都了解那张不可移动的婚床的坚固结构。正是靠着关于这一共同认知的插曲，夫妻二人才得以最终重逢。有一条床腿是一棵橡树，这强烈地象征了他们的肉体之爱和精神之爱的执着与坚守。

对我们来说，无论是年轻人还是老人，是儿童还是哲学家，荷马的伟大史诗都有着独特而普遍的魅力。我们可以只把它当作一部饶有趣味、插曲精彩多样、层出不穷的旅行和历险故事来阅读，也可以将它视为一个结局圆满的、关于历久弥坚爱情的故事，其中善良公正地战胜了邪恶。艺术家和智者则可以在这部史诗中发现有关男人和女人、神明与命运，以及人类存在意义的最深刻哲理。"奥德赛"这个词本身就已经进入了我们的语言，成为"旅程"和"历险"的同义词，而《奥德赛》最后数卷"返乡"一词所带来的愉悦共鸣和深刻意蕴，也非其他作品所能企及的。[15]

两幅不同的《奥德修斯的归来》

贝尔纳多·迪·贝托（Bernardino di Betto）是个小个子，因此又名平图里基奥（Pinturicchio，意思是"小画师"）。他于1454年左右生于佩鲁贾（Perugia），1513年死于锡耶纳（Siena）。我们对他的早年经历细节知之甚少，但他曾与佩鲁吉诺（Perugino）① 一同创作西斯廷教堂的壁画。平图里基奥因其众多壁画作品而闻名：他曾受教皇亚历山大六世（Alexander VI）之托为梵蒂冈的寓所绘制壁画，也是锡耶纳大教堂皮科洛米尼图书馆（Piccolomini Library）壁画的作者。从平图里基奥的著名壁画转摹的布面油画《珀涅罗珀与求婚者们》藏于伦敦国家美术馆。这幅壁画是平图里基奥受潘多尔福·彼得鲁奇（Pandolfo Petrucci）② 之托，为其子博尔盖塞·彼得鲁奇（Borghese Petrucci）于1509年举行的婚礼而作。1512年，博尔盖塞·彼得鲁奇成为锡耶纳的统治者。③

当时的意大利分布着众多小公国和城邦。它们长期彼此倾轧，力图控制对手。锡耶纳城中也发生了不同派别之间的血腥斗争。奥德修斯归来、杀死求婚者以及与妻子重聚的故事正意在强调维护国家权力所必需的权谋和野蛮手段。尽管如此，关于壁画中的中心人物到底是谁仍然存在争议。如我们在图片说明中的描述，中心人物很可能是忒勒玛科斯：他冲进房间，

---

① 佩鲁吉诺（约1446—1523），意大利文艺复兴时期的画家。拉斐尔是他的弟子之一。
② 潘多尔福·彼得鲁奇（1452—1512），文艺复兴时期意大利锡耶纳共和国的统治者。
③ 潘多尔福·彼得鲁奇在1497年成为锡耶纳统治者，并死于1512年，其职位由其子博尔盖塞·彼得鲁奇（1490—1526）继承。根据伦敦国家美术馆资料，1509年，为了庆祝博尔盖塞的婚礼，潘多尔福·彼得鲁奇在其府邸"伟大宫殿"（Palazzo del Magnifico）中新建了七个奢华的房间。《珀涅罗珀与求婚者们》是这些房间中的壁画之一。

为了将父亲归来和求婚者们已经死去的消息告诉母亲珀涅罗珀。若果真如此，那平图里基奥就在叙事上做了一些自由发挥。在《奥德赛》中，是保姆欧律克勒亚冲上楼去，将睡梦中的珀涅罗珀唤醒，告诉珀涅罗珀她的丈夫已经归来，而求婚者也都被杀死。珀涅罗珀不无尖刻地回答，自奥德修斯扬帆出征那一天起自己从未睡得如此香甜，而一开始她不相信保姆带来的消息。珀涅罗珀走下楼去，亲眼看到了发生的一切，并发现奥德修斯坐在那里，背靠一根大柱，眼睛盯着地面，只等她开口说话。珀涅罗珀仍然心存狐疑。在场的忒勒玛科斯开始指责她的固执。奥德修斯支开了忒勒玛科斯，好让珀涅罗珀自己来询问丈夫。另一种解读则认为，画中的中心人物不过是求婚者之一。这个画面表现的可能是珀涅罗珀在织机上所做的手脚被识破的那一幕。

罗马雷·比尔登（1911—1988）是20世纪最负盛名的艺术家之一。他生于北卡罗来纳州夏洛特（Charlotte），后来在纽约定居。"哈莱姆文艺复兴"（The Harlem Renaissance，20世纪20年代的非裔美国人文化繁荣）对早年的比尔登有着重大影响。在其生涯中，比尔登使用多种媒介创作，并产生了许多文化影响。拼贴画也许是他最著名的领域。他从欧洲艺术传统中的一些大师——如乔托（Giotto）、毕加索，当然还有平图里基奥——那里汲取营养。对协同创作，对那种能反映作者在将分散元素进行创造性组合时所达成的和谐统一的艺术，比尔登有着敏锐的感觉，而拼贴画就是他用来表达这种敏感的方式。无论在形式上还是在内容上，拼贴画都是比尔登用以将艺术和他对种族平等的

图20.7 《奥德修斯的归来》（*The Return of Odysseus*）

转摹自壁画的布面油画，平图里基奥（即贝尔纳多·迪·贝托）画，1509年，50英寸×60英寸。珀涅罗珀位于画面左侧，坐在织机前。奥德修斯的弓和箭囊悬在她的头上。忒勒玛科斯奔向母亲，向她表示问候。他身后是一名年轻的求婚者（手腕上架着一只猎鹰）、先知忒俄克吕墨诺斯以及欧迈俄斯。伪装成乞丐的奥德修斯正从右侧走进门来。背景中是淮阿喀亚人的船。这条船的左边是奥德修斯乘坐的小艇，正被波塞冬摧毁。在更远处有树木茂盛的景观，那是奥德修斯与喀耳刻相会的地方，他那些被变成猪的同伴正在地上到处翻拱。这幅壁画原来画在锡耶纳的公爵府内一个房间的墙上。

关切结合起来的手段。通过对碎片、断裂的视角和尖锐的并置等手段的使用，拼贴画这一媒介还反映了非裔美国人经验中的粗粝感。

1977年，比尔登基于荷马的《奥德赛》中的故事创作了一系列拼贴画，题为《黑色奥德赛》（*Black Odyssey*）。在其拼贴画作品《奥德修斯的回归（致敬平图里基奥和贝宁）》（*The Return of Odysseus [Homage to Pinturicchio and Benin]*）中，比尔登有意将这种当代艺术形式与古典故事并置，将奥德修斯的神话、苦难和最后的胜利与非裔美国人的体验联系起来。他同时也向来自欧洲和非洲传统的影响致敬。画中得益于平图里基奥的成分显著地表现出来自欧洲的影响，而非洲影响则体现在他对黑皮肤人物的运用上——这些人物让人想起14—17世纪之间非洲王国贝宁的雕塑。

相关著作选读

Boitani, Piero，《尤利西斯的阴影：一种神话中的人物》（*The Shadow of Ulysses: Figures of a Myth*. Translated by Anita Weston. Oxford: Clarendon Press, 1994）。

Buitron, Diana，《古代艺术中的〈奥德赛〉：词语与图像中的史诗》（*The Odyssey in Ancient Art: An Epic in Word and Image*. New York: David Brown, 1992）。此书包括14篇文章，讨论了《奥德赛》对文学和艺术（陶器、雕塑和首饰）的影响。

Clay, Jenny Strauss，《雅典娜之怒：〈奥德赛〉中的神与人》（*The Wrath of Athena: Gods and Men in the Odyssey*. Princeton: Princeton Univeristy Press, 1983）。

Cohen, B. ed.，《纺车这一边：荷马的〈奥德赛〉中的女性》（*The Distaff Side: Representing the Female in Homer's Odyssey*. New York: Oxford University Press, 1995）。

Dimock, G.，《〈奥德赛〉中的统一性》（*The Unity of the Odyssey*. Amherst: University of Massachusetts Press, 1989）。

Doherty, L. E.，《塞壬之歌：〈奥德赛〉中的性别、受众与叙事者》（*Siren Songs: Gender, Audience, and Narrators in the Odyssey*. Ann Arbor: University of Michigan Press, 1995）。

Griffin, Jasper，《荷马的〈奥德赛〉》（*Homer: The Odyssey*. New York: Cambridge University Press, 1987）。

Hall, Edith，《尤利西斯的归来：荷马史诗〈奥德赛〉的文化史》（*The Return of Ulysses: A Cultural History of Homer's Odyssey*. Baltimore: Johns Hopkins University Press, 1999）。

Louden, Bruce，《〈奥德赛〉的结构、叙事与意义》（*"The Odyssey": Structure, Narration, and Meaning*. Baltimore: Johns Hopkins University Press, 1999）。

Malkin, I.，《奥德修斯的归来：殖民与族群》（*The Returns of Odysseus: Colonization and Ethnicity*. Berkeley: University of California Press, 1998）。

Murnaghan, S.，《〈奥德赛〉中的伪装与相认》（*Disguise and Recognition in the Odyssey*. Ewing, NJ: Princeton University Press, 1987）。

Page, Denys，《荷马史诗〈奥德赛〉中的民间故事》（*Folktales in Homer's Odyssey*. Cambridge, MA: Harvard University Press, 1973）。

Peradotto, J. J.，《中间语态中的男性：〈奥德赛〉中的人名与叙事》（*Man in the Middle Voice: Name and Narration in the Odyssey*. Princeton: Princeton University Press, 1990），尤其是第5章和第6章。

Schein, Seth L., ed.，《阅读〈奥德赛〉：阐释文章选集》（*Reading the Odyssey: Selected Interpretative Essays*. Princeton: Princeton University Press, 1996）。此书由10篇文章组成，作者包括 Pierre Vidal-Naquet、Jean-Pierre Vernant、Pietro Pucci 和 Charles P. Segal 等重要批评家。

Shay, Jonathan，《奥德修斯在美国：战场创伤与归家的考验》（*Odysseus in America: Combat Trauma and the Trials of Homecoming*. New York: Scribner, 2002）。谢伊是《越南的阿喀琉斯》（*Achilles in Vietnam*）一书的作者，而在此书中他又将《奥德赛》作为研究对象：《奥德赛》可以被解读为一种隐喻，表现了从战场上归来的老兵所遭遇的问题。参议员 John McCain 和前参议员 Max Cleland 为此书写了简短的前言。

Stanford, W. B.,《尤利西斯主题：传统英雄的适应性研究》(*The Ulysses Theme: A Study in the Adaptability of a Traditional Hero*. Ann Arbor: University of Michigan Press, 1968)。

Tracy, Stephen V.,《〈奥德赛〉的故事》(*The Story of the Odyssey*. Princeton: Princeton University Press, 1990)。

主要神话来源文献

本章中引用的文献

亚里士多德：《诗学》17.10。

荷马：《奥德赛》选段。

其他文献

阿波罗多洛斯：《书库》摘要1—6.29，英雄们的回归；7.1—7.40，奥德修斯的回归。

史诗系：《诺斯托伊》(亦译作《返乡》)。

欧里庇得斯：《库克罗普斯》。

补充材料

图书

小说：Atwood, Margaret. *Penelopiad: The Myth of Penelope and Odysseus*. Edinburgh: Canongate Books, 2005。在该书中，这位杰出的加拿大小说家以珀涅罗珀的视角，以及由12名因与求婚者通奸而被绞死的侍女所组成的歌队的视角重新讲述了这个传奇。

小说：Mason, Zachary. *The Lost Books of the Odyssey: A Novel*. New York: Farrar, Straus and Giroux, 2010。这个故事讲述了一场穿越平行宇宙的狂野冒险之旅，引人入胜。

CD

歌剧：Glanville-Hicks, Peggy (1912–1990), *Nausicaa*. Scenes from the opera. Stratas et al. The Athens Symphony Orchestra, cond. Surinach. CRI。剧中独唱角色使用英语，合唱部分故事使用希腊语。剧中配乐吸收了一些希腊民间音乐元素。剧本基于 Robert Graves 的小说 *Homer's Daughter*，而后者深受 Samuel Butler 的著作 *The Authoress of* the Odyssey 的影响。Samuel Butler 著作的观点是：瑙西卡（而非荷马）才是《奥德赛》的作者。

音乐："Tales of Brave Ulysses." Cream 乐团（Clapton and Sharp）的摇滚歌曲，见诸该乐团多张重新发行的歌曲专辑。

戏剧：*The Odyssey*。一部机智而令人愉悦的作品，由 BBC Radio 制作，并由英国桂冠诗人 Simon Armitage 改编为戏剧。共3张 CD。发行商：BBC Audiobooks America。

声乐套曲：Snider, Sarah Kirkland. *Penelope*. New Amsterdam Records。这部套曲原本是剧作家 Ellen McLaughlin 和 Sara Kirkland Snider 的剧场作品，后来（2010年）由歌手 Shara Worden 和 Signal 室内乐团改编成套曲。作品由14首歌组成，描述《奥德赛》中的场景、任务和情感，涵盖了浪漫主义、民谣和独立摇滚等多种不同风格，使用的设备包括小提琴、电吉他和笔记本电脑。各个时代的战争是这些歌曲的共同主题。

音乐：Stravinsky, Igor (1882–1971). *Perséphone*. Wunderlich and Schade. Sinfonie-Orchesters des Hessischen Rundfunks, cond. Dixon. Audite。安德烈·纪德基于荷马体颂歌为这部"情节剧"作词。整部作品分为3个部分："珀耳塞福涅之劫""珀耳塞福涅在冥界"和"珀耳塞福涅的重生"。剧中角色包括一名讲述者（珀耳塞福涅）和一名男高音（祭司欧摩尔波斯）。

音乐：Parry, Hubert (1848–1918). *The Lotos Eaters*. Setting of Tennyson's poem for soprano, chorus, and orchestra. Jones. London Philharmonic Chorus and Orchestra, cond. Bamert. Chandos.

摇滚歌曲：Clapton, Eric, and Martin Sharp. "Tales of Brave Ulysses." *Live Cream*, vol. 2. GEMA.

清唱剧：Bruch, Max (1838–1920). *Odysseus*. Scenes from the Odyssey for choir, soloists, and orchestra. Kneebone, Maultsby et al. Radio-Philharmonie Hannover, cond. Botstein. Koch Schwann.

DVD

电影：*Ulysses*. Starring Kirk Douglas and Anthony Quinn. Fox Lorber Films (dist. by WinStar)。这是一部有趣的电影。每次毫无必要地过于偏离荷马的杰作时都显得荒唐可笑。

电影：*O, Brother, Where Art Thou?* 导演：Coen 兄弟。主演：George Clooney. Touchstone。一部创意来自《奥德赛》的轻松喜剧。

歌剧：Monteverdi, Claudio (1567–1643). *Il Ritorno d'Ulisse in Patria*. Baker, Luxon, et al. Glyndebourne Festival Opera, cond. Leppard. Naxos.

歌剧：Rossini, Gioacchino (1792–1868). *Ermione*. Glynbourne Festival Opera. Antonacci et al. The London Philharmonic, cond. Davis. Kultur。此剧改编自让·拉辛的《安德洛玛刻》。

歌剧：Mozart, Wolfgang Amadeus (1756–1791). *Idomeneo*. Domingo, Bartoli, et al. The Metropolitan Orchestra, cond. Levine. Deutsche Grammophon.

[注释]

[1]　这篇简介被归为5世纪学者普罗克洛（Proclus）的作品。他认为《诺斯托伊》的作者是特罗曾的阿基亚斯（Agias of Troezen）。关于这一问题，G. L. Huxley 在其著作 *Greek Epic Poetry*（Cambridge, MA: Harvard University Press, 1969）第12章中进行了有益的讨论。

[2]　关于特洛伊战争期间海伦在埃及的故事，参见本书第506页。

[3]　见品达的《涅墨亚颂诗》10.7。讲述狄俄墨得斯传说的作者很多，其中包括维吉尔（《埃涅阿斯纪》11.243—295）和奥维德（《变形记》14.460—511）。

[4]　根据奥维德的说法，他们"形似天鹅"。至于他们到底变成了哪种飞鸟，我们只能猜测。

[5]　伊多墨纽斯与小亚细亚的科洛丰（Colophon）也有关系。

[6]　为了再现奥德修斯的漫游路线，人们做了许多努力。可参阅 T. Severin 的著作 *The Ulysses Voyage: Sea Search for the Odyssey*（London: Hutchinson, 1987），并与他的另一本著作 *The Jason Voyage: The Quest for the Golden Fleece*（New York: Simon & Schuster, 1985）相比较。

[7]　按照荷马时代的社会习俗，奥德修斯与卡吕普索、喀耳刻之间的关系并不影响他的忠贞。参见 Mary R. Lefkowitz, *Women in Greek Myth*（London: Duckworth, 1986）第64页："[珀涅罗珀] 并不要求绝对的忠诚。她和海伦都不反对丈夫与其他女子的关系，只要这种关系是暂时性的。"Sarah Pomeroy 在 *Goddesses, Whores, Wives and Slaves*（New York: Schocken, 1975）的第26—27页，Marilyn Katz 在 *Penelope's Renown*（Princeton: Princeton University Press, 1991）的第13页也提出了类似的观点。

[8]　希腊语单词 polytropos（足智多谋）兼具复杂、智慧和见多识广的含义。

[9]　埃俄洛斯的一个儿子玛卡瑞俄斯（Macareus）住在勒斯玻斯岛上。欧里庇得斯在其已佚剧作《埃俄洛斯》（*Aeolus*）中讲述了他的故事。玛卡瑞俄斯爱上了自己的姐妹卡那刻（Canace），并同她生下了一个孩子。埃俄洛斯发现了真相，给了卡那刻一把剑让她自尽。玛卡瑞俄斯也自杀身亡。

[10]　詹姆斯·乔伊斯在《尤利西斯》有关喀耳刻的片段中有力地改写了这个传说。

[11]　在精神分析式的解读中，这棵活橡树和婚床是一种强烈的性象征。

[12]　G. Dimock, "The Name of Odysseus." *Hudson Review* 9（1956）, pp. 52–70.

[13]　在第一个冥界场景中，阿伽门农的鬼魂就描述了自己被谋杀的经过（《奥德赛》11.405—456）。《奥德赛》主要关注的是克吕泰涅斯特拉的行动，而非阿伽门农那促使她向他复仇的行为——杀害自己的女儿伊菲革涅亚。

[14]　昔兰尼的欧伽蒙（Eugammon of Cyrene）所作的已佚史诗《忒勒戈尼亚》（*Telegonia*）讲述了奥德修斯在《奥德赛》之后的历险。在这部史诗的结尾，忒勒戈诺斯与珀涅罗珀、忒勒玛科斯一起将奥德修斯的遗体送到喀耳刻那里。喀耳刻让他们得到永生。随后忒勒戈诺斯娶了珀涅罗珀为妻，喀耳刻则嫁给了忒勒玛科斯。

[15]　对奥德修斯神话最有力的改写出于但丁（相关讨论参见本书第767—768页）。关于中世纪、文艺复兴时期和现代的作者们对奥德修斯的众多吸收利用，可参阅本章参考书目中 Boitani 和 Stanford 的著作。

第21章
珀耳修斯和阿尔戈斯的传说

> 那时候，在今天被称为希腊的地方，阿尔戈斯胜过其他所有城邦。
>
> ——希罗多德《历史》1.1

阿尔戈斯的赫拉

无论是在历史上还是在传说中，阿尔戈斯都与科林斯、忒拜联系在一起。阿尔戈斯传说还表明阿尔戈斯与地中海东部地区——尤其是黎凡特（Levant）①和埃及——有许多往来。尽管一些传说中的英雄与迈锡尼时代阿尔戈利斯（Argolid）②地区的某个特定城市关系紧密（例如赫拉克勒斯与梯林斯、狄俄墨得斯与阿尔戈斯、珀耳修斯与迈锡尼），但要区分这些不同的城市往往相当困难。我们一般就使用"阿尔戈斯"（Argos）一词来指称整个阿尔戈利斯地区及其城市。

在希腊，阿尔戈斯是赫拉崇拜最重要的中心，而赫拉神庙山（Heraeum，即赫拉圣地所在的那座小山）则是整个地区的宗教中心。根据阿尔戈斯传说，福罗纽斯（Phoroneus）是人类的先祖。他建立了阿尔戈斯王国，

---

① 历史地理名词，广义上指地中海东岸托鲁斯山脉以南，阿拉伯沙漠以北，上美索不达米亚以西的地区。

② Argolid 亦作 Argolis，伯罗奔尼撒半岛东部的一个地区。

并在波塞冬和赫拉对这片土地的争夺中站在赫拉一
边。波塞冬愤怒之中让阿尔戈斯的河流干涸。其中
一条河叫作伊那科斯（Inachus），河神是福罗纽斯的
父亲。从那以后，阿尔戈斯地区的河流就一直缺水。

　　从品达的《涅墨亚颂诗》（10）的开头数行中，
我们就能看出阿尔戈斯传说的丰富程度（《涅墨亚颂
诗》10.1—11）：

> 　　歌唱吧，美惠的女神们，歌唱阿尔戈
> 斯。达那俄斯和他的五十个女儿①在这里
> 的王位上高坐。它配得上做天神的宫室，
> 它是赫拉的居所。这里发生过的壮举数
> 之不尽，光耀天地。珀耳修斯与戈耳工美
> 杜莎的故事难以尽说；厄帕福斯②的智慧
> 造就了埃及众城；许珀耳涅斯特拉忠贞一
> 心，唯有她不曾拔剑伤人。公正的雅典娜
> 让狄俄墨得斯得以不朽。崇拜的大地在宙
> 斯的雷电下开裂，吞没了先知、战争暴风
> 云安菲阿剌俄斯。阿尔戈斯女子的美貌由
> 来已久，宙斯也曾临幸阿耳刻墨涅和达那
> 厄就是证明。

珀耳修斯的传说

达那厄与阿克里西俄斯

　　在阿尔戈斯诸英雄中，珀耳修斯不是最早的
一位，却是最重要的一位。他的外曾祖父阿巴斯
（Abas）有一对孪生儿子，一个是普罗托斯，一个是

---

① 关于达那俄斯的女儿们的故事，参见本章"其他阿尔戈斯传说"
　部分。

② 宙斯与伊俄之子，埃及国王、利比亚之父、孟菲斯城的建立者。

图21.1　《达那厄与铜塔》（*Danaë and the Brazen Tower*）

布面油画。爱德华·伯恩－琼斯画，1888年，94英寸×44.5英
寸。画中位于前景的达那厄正在观看她未来的监牢的修建工作。
她孤单而美丽的姿态与远处缩小的工匠以及正与阿克里西俄斯
（Acrisius）交谈的士兵和朝臣形成了对比。画面中长着美丽花朵
的庭院和王宫内院之间的张力增强了达那厄即将面临监禁这一事
件的悲剧性：她很快就要穿过那扇嵌着铁门钉的内院大门，走向
失去自由和陪伴的生活。

阿克里西俄斯。两人的不和早在他们降生之前就开始了。[1] 阿克里西俄斯继承了阿尔戈斯的王位，而普罗托斯则成为梯林斯国王。阿克里西俄斯膝下没有儿子，只有一个女儿达那厄。根据预言，阿克里西俄斯将会被达那厄的儿子杀死。为了避免达那厄产子，阿克里西俄斯将她关在他宫殿地下的一个铜屋里。然而宙斯爱上了达那厄，化作一阵金雨进入了房间，与她同寝。[2] 他们的儿子就是珀耳修斯。为了不让阿克里西俄斯知道，达那厄将珀耳修斯藏在铜屋内长达 4 年。然而，由于珀耳修斯在玩耍时发出响声，阿克里西俄斯还是发现了这个秘密。他不愿相信这个孩子的父亲是宙斯，将母子二人关进一个箱子，抛弃在海面上。箱子漂到了塞里福斯岛（Seriphos），被渔夫狄克堤斯（Dictys，意思是"网"）发现。他将达那厄和珀耳修斯救了起来，收留在自己家里。

波吕得克忒斯

此时，塞里福斯的国王是狄克堤斯的兄弟波吕得克忒斯（Polydectes）。在珀耳修斯长大成人的同时，波吕得克忒斯爱上了达那厄，却遭到拒绝。随后波吕得克忒斯召集全岛的首领前来宴饮，并要求他们每人送他一匹马作为礼物。珀耳修斯夸下海口，说波吕得克忒斯就算是要戈耳工的头，他也能轻易办到。波吕得克忒斯急于除掉珀耳修斯这个眼中钉，就拿他的话当真，命令他完成这个任务。绝望的珀耳修斯开始流浪，来到塞里福斯的一处偏僻地方。赫尔墨斯和雅典娜在这里施以援手，为他提供建议。珀耳修斯得到两位神祇助力这一事实本身就不同寻常：比起雅典娜，赫尔墨斯与伯罗奔尼撒半岛的关系更紧密，因此最早向英雄提供帮助的超自然力量很可能只有他一个。雅典娜的埃吉斯以戈耳工的头颅为标志，因此她可能也在很早就与这个传说产生了联系，大部分的文学传承都掌握在雅典人手中。[3] 活动于公元前 5 世纪上半叶的品达更是将雅典娜作为唯一帮助珀耳修斯的神祇："达那厄之子胸中勇气沛然，跻身神佑之人的行列。为他引路的是雅典娜。"（《皮提亚颂诗》10.44—46）

两个浪漫的理想主义者

居斯塔夫·莫罗和爱德华·伯恩－琼斯都深受古典神话启发。他们的艺术也远远超出众多同代艺术家的道德观念和象征主义所涵盖的范畴。莫罗的杰作《普罗米修斯》《俄狄浦斯》和《赫拉克勒斯》对古典文本中的意义进行了探索，并表达了一种英雄式的人文主义观念。这种观念正切合了他所处时代所面临的挑战。英国的伯恩－琼斯则与威廉·莫里斯一样秉持拉斐尔前派的理念，为了实现他对往昔的纯净和美丽的探寻，一再回到古典神话中。在《达那厄与铜塔》（1888）这幅作品中，伯恩－琼斯将关注的重点放在达那厄在铜塔修建时的内心情感上，而非宙斯的情欲和阿克里西俄斯的怒火上。在《皮革马利翁组画》（Pygmalion Series, 1878）和《珀耳修斯组画》（Perseus Series, 1887）中，他也没有去表现神祇的怒火和英雄的暴力，而是表现了虔诚、骑士精神和忠贞的爱情之类的理念。然而，这些理念也正与同时代的弗洛伊德刚刚开始探索的心理和性欲张力有关。

格赖埃

在赫尔墨斯和雅典娜的建议下，珀耳修斯踏上了寻找福耳库斯的三个女儿格赖埃的征途。她们是戈耳工的姐妹，一生下来就是三个老妇人（希腊语：Graiai）。要想完成任务，珀耳修斯需要几件法宝，而只有格赖埃能告诉他怎样找到拥有这些物品的宁芙。格赖埃在珀耳修斯的威逼下才吐露了秘密。她们三人共有一只眼睛和一颗牙齿，轮流传递使用，而珀耳修斯夺走了她们的眼睛和牙齿，在她们说出宁芙的所在之后才归还。他从宁芙们那里得到了三样东西：一件隐身斗篷、一双带翼飞鞋，还有一个神袋（kibisis[4]）。赫尔墨斯则给了他一柄弯刀——这是他唯一一件直接得自赫尔墨斯的物品。[5]

戈耳工

随后珀耳修斯便飞向戈耳工们。她们的居所位于世界边缘的某个地方，通常被定位在北非。[6] 品达则认为珀耳修斯去了极北之地，并以优美的笔触描写了许珀耳玻瑞亚人的完美生活。在存世的古典希腊文学作品中，以连贯的篇幅讲述珀耳修斯传说的并不多，而品达的作品是其中一种（《皮提亚颂诗》10.29—48）：

图21.2　《美杜莎》（*Medusa*）

覆在一面木盾上的布面油画，卡拉瓦乔画，约1598年。根据传记作者瓦萨里（Vasari）的记载，列奥纳多·达·芬奇年轻时曾在盾牌上画过一个怪物。达·芬奇的作品没有流传下来，但此处这幅受红衣主教弗朗西斯科·马里亚·德尔·蒙特（Francesco Maria del Monte）之托所作的画却被视为卡拉瓦乔的争雄之作——其竞争对象正是伟大的列奥纳多的遗产。它是一幅杰作。尽管画在盾牌的凸面上，画中的形象看起来却构成了一个凹陷的空间。这个形象是想象性的，画家却以惊人的现实主义手法来表现它。画中的戈耳工美杜莎刚刚被英雄珀耳修斯砍下头颅，伤口仍在喷射鲜血。头上的蛇发画得也极为精细。美杜莎脸上的表情凝固在她刚刚意识到发生了什么的那一刻。她眼神中的恐怖也是意义双关的：朝下看着自己残缺的身躯，既灌注了使人石化的惊悚，自身又受困于一种惊骇的认识之中。

　　　　要想找到那条神奇的路，前往许珀耳玻瑞亚人聚集的地方，你不能乘船，也不能靠双脚走。王者珀耳修斯曾经进入他们的宫殿，与他们一起宴饮。他看到这些人虔诚地向他们的神祇献祭，祭品是一百头驴子。阿波罗尤其钟爱他们终日的宴席和他们的颂歌，并且看到那些躁动发情的牲畜就哈哈大笑。缪斯也常与他们相伴，由来已久：到处都能看到少女的舞蹈，到处都能听到里拉琴的乐调和悠扬的笛声。他们用金色的月桂花环束发，享乐欢宴。这个神圣的种族不会生病，也不会衰老。他们的生活中没有劳作，没有战争，也不必面对严厉的天谴。达那厄之子胸中勇气沛然，跻身神佑之人的行列。为他引路的是雅典娜。他杀死了戈耳工，带回她长着蛇发的头颅，将那些岛民① 变成石头。

---

① 指塞里福斯人。

三位戈耳工中唯有美杜莎没有不死之身。她们面容可怖，能让看到她们的人变成石头。[7] 珀耳修斯找到她们时，她们正在睡觉。在雅典娜的指引下，珀耳修斯只看着他的铜盾上倒映出的戈耳工们的影像，并砍下美杜莎的头，将它放进神袋。美杜莎被斩首之后，她的躯干里跃出克律萨俄耳（意为"持金剑者"）和飞马珀伽索斯。他们的父亲是波塞冬。克律萨俄耳成为怪物革律翁的父亲，珀伽索斯则在柏勒洛丰的故事中有着重要地位。根据奥维德的说法，珀伽索斯蹄踢赫利孔山，让山上的马泉喷出水来。从此这处泉水便成为缪斯们钟爱的地方，并与诗歌中的灵感联系在一起。

这并非美杜莎的传说与音乐、诗歌发生联系的唯一例子。在赞颂皮提亚竞技会上的笛子演奏优胜者、阿克拉迦斯的弥达斯（Midas of Akragas）时，品达就讲述了雅典娜模仿戈耳工们为美杜莎之死所唱的哀歌而发明笛子演奏的故事（《皮提亚颂诗》12.5—23）：

> 请收下这来自德尔斐、奖给光荣的弥达斯的花环。帕拉斯·雅典娜从鲁莽的戈耳工的死亡哀歌中发明了这门技艺，而弥达斯以它冠绝全希腊。珀耳修斯曾听到那些长着蛇发、人不敢近的头颅唱出这哀歌。他历尽辛苦，杀死了戈耳工姐妹中的第三个，并将死亡带给四面环海的塞里福斯岛和岛上的居民。是他为福耳库斯的孩子、神祇所生的戈耳工们带来了死亡的黑暗深渊，这毫无疑问。达那厄之子让波吕得克忒斯的欢宴变成了愁云，为他母亲多年的囚禁和被迫的婚事报了仇。美杜莎容颜美丽，她的头却成了珀耳修斯的斩获。人们都说他的降世是因为一

图21.3 《达那厄与箱子》（*Danaë and the Chest*）阿提卡红绘莱基托斯瓶，约公元前470年，高16英寸。画中的婴儿珀耳修斯已被放进箱子，小手伸向不愿进箱的母亲。阿克里西俄斯命令达那厄到箱子里去，手势很不耐烦。达那厄的左手拿着一只香水罐。

场金雨。然而，当处女雅典娜让她所宠爱的这位英雄从这些劳苦中解脱后，她发明出笛子演奏这种韵律多变的音乐，好用乐器来模仿欧律阿勒[8]那开合的口中发出的高声哀鸣。这位女神发明了它，却将它交给凡人，并称它为"众人之乐"。

由于身穿隐身斗篷，珀耳修斯得以毫发无伤地从美杜莎的姐妹们身边飞走。在这个传说的最初版本中，他很可能直接回到了塞里福斯去对付波吕得克忒斯。

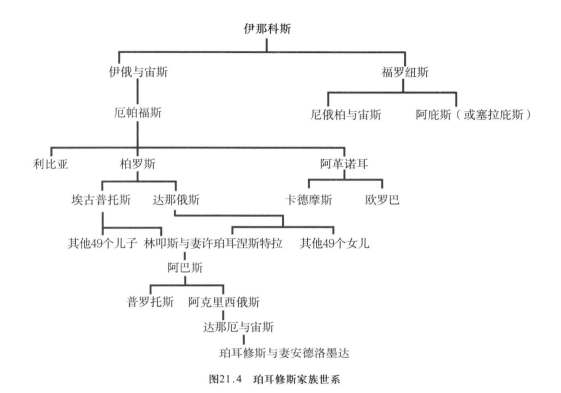

图21.4　珀耳修斯家族世系

安德洛墨达

安德洛墨达（Andromeda）的传说很早就被添加到珀耳修斯归程的故事中。安德洛墨达是国王刻甫斯（Cepheus）和王后卡西俄珀亚（Cassiepea）的女儿。他们的王国有位于埃塞俄比亚和位于黎凡特等不同说法。[9]

卡西俄珀亚曾夸口说自己比海中仙女更美丽。作为对她的惩罚，波塞冬让刻甫斯的王国洪水泛滥，并派出一头海怪到陆地上肆虐。刻甫斯向宙斯·阿蒙（Zeus Ammon）① 求取神谕，得知他必须将安德洛墨达锁在一块岩石上向海怪献祭，才能让海怪满足。刻甫斯遵从了神谕。此时珀耳修斯来到这里，承诺说如果同意他娶安德洛墨达为妻，他就会杀死

海怪。在他的飞鞋和斗篷的帮助下，珀耳修斯用赫尔墨斯的弯刀杀死了海怪，救出了安德洛墨达，并与她成婚。此前安德洛墨达已经被许配给刻甫斯的兄弟菲纽斯（Phineus），因此菲纽斯反对这门婚事，然而珀耳修斯用戈耳工的头颅解决了他。在他们的儿子珀耳塞斯（Perses）出生之后，珀耳修斯和安德洛墨达飞回塞里福斯岛，留下珀耳塞斯继承刻甫斯的王国。

利比亚蛇、阿特拉斯山脉和珊瑚的起源

关于珀耳修斯带着戈耳工头颅的飞行，故事已经在其最初版本上添加了众多其他细节。据说在珀耳修斯飞过利比亚上空之时，戈耳工的血从神袋上滴落。血落地的地方生出了无数毒蛇。（古人相信）

———————————————

① 即古埃及人的主神阿蒙（Amun），对应希腊神话中的宙斯。

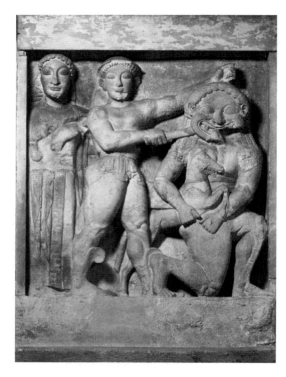

图21.5 《珀耳修斯斩下美杜莎的头》（*Perseus Beheads Medusa*）

塞利努斯的石灰石柱间壁浮雕，约公元前540年，高58英寸。图中站立在左侧的是身穿女式长袍的雅典娜。长着翅膀的飞马珀伽索斯正从美杜莎的身体里跃出。图案中的人物都正面朝向观者，迫使观者直接面对美杜莎的恐怖面容，这也是珀耳修斯避开美杜莎目光所需要的。

这些毒蛇布满了利比亚沙漠。天庭的支柱、巨人阿特拉斯拒绝欢迎珀耳修斯，因此珀耳修斯用戈耳工的头把他变成了石头。他的头和躯干变成一座山脉，头发则变成山上的森林。我们在此摘录了奥维德关于珊瑚来历的叙述（《变形记》4.740—752），作为对这个传说的众多创造性内容增补之一例：

> 在斩杀怪物时，珀耳修斯的手沾染上
> 了鲜血，于是他来到海中洗手。为了不让
> 坚硬的砂砾弄坏那生着蛇发的首级，他先

在地面上铺了一块软垫，用的是生长在海面下的柔软枝叶，然后再将福耳库斯之女美杜莎的头放在上面。那些刚刚还饱含生命气息的新鲜枝条吸收了怪物的魔力。碰到头颅之后，枝上的茎叶都变得僵硬。海仙女们又用其他枝条来检验这奇妙的变化。同样的事情发生了，这让她们很是高兴。直到今天，珊瑚仍然保留着这种性状：一和空气接触，它就变硬；在水里还是柔软的，一出水面就变成石头。

波吕得克忒斯，以及珀耳修斯回到阿尔戈斯后的故事

珀耳修斯和安德洛墨达刚抵达塞里福斯岛，就发现达那厄和狄克堤斯为躲避波吕得克忒斯的迫害躲进神坛之中。珀耳修斯在波吕得克忒斯及其随从前面亮出了戈耳工的头颅，将他们全都变成了石头。达那厄得以解救，并与珀耳修斯、安德洛墨达一起回到阿尔戈斯。珀耳修斯让狄克堤斯成为塞里福斯岛的国王，把三件法宝——飞鞋、神袋和斗篷——还给赫尔墨斯（赫尔墨斯将它们交还给几位宁芙），又把戈耳工的头颅交给雅典娜。雅典娜将它置于自己的盾牌中央。

阿克里西俄斯之死

听说达那厄的儿子仍然在世并且正返回阿尔戈斯的消息，阿克里西俄斯离开了自己的城市，来到忒萨利的拉里萨，然而珀耳修斯也追踪而至。阿克里西俄斯在这里与预言中的死亡相遇。为了纪念自己亡故的父亲，拉里萨国王举行了一场竞技会。珀耳修斯参加了赛会，而他投出的铁饼意外地杀死了阿克里西俄斯。阿克里西俄斯被安葬在拉里萨城外，

并被尊为英雄。由于杀害了亲族，珀耳修斯没有返回阿尔戈斯，而是去了梯林斯。梯林斯国王、普罗托斯之子墨伽彭忒斯（Megapenthes）与他交换了王国。作为梯林斯国王，珀耳修斯建立了迈锡尼，也在古时候被迈锡尼人视为英雄加以崇拜。珀耳修斯与安德洛墨达的孩子们成了迈锡尼的国王。他们的后代包括赫拉克勒斯和欧律斯透斯（Eurystheus）。

传奇与民间故事

　　珀耳修斯传奇的一个有趣之处在于，它包含了比其他任何希腊传奇更多的民间故事母题：英雄在身为公主的母亲体内的神奇受孕；英雄在孩提时因玩耍时弄出声响而被发现；一位邪恶的国王与他善良而卑微的兄弟；英雄做出轻率诺言，又在超自然力量和法宝的帮助下完成任务；必须向三位老妇人征求意见；凶猛、丑恶的虚构怪物戈耳工；最后还有英雄最终证明了自己，而坏人受到惩罚。欧里庇得斯从这些故事中为他的两部悲剧——《达那厄》（Danaë）和《狄克堤斯》（Dictys）——找到了素材，不过如今这两部剧作的大部分内容都亡佚了。

图21.6　《珀耳修斯与安德洛墨达》（*Perseus and Andromeda*）

布面油画，提香画，1554—1556年，70.5英寸×77.75英寸。在长达6个世纪的时间里，安德洛墨达的故事都是画家们在表现"美女与野兽"这个主题时最喜爱的题材。此处提香正确地给珀耳修斯穿上了一双带翅膀的飞鞋，还让他拿上了弯刀。许多表现珀耳修斯故事的艺术作品都将珀耳修斯和柏勒洛丰混淆起来，让他骑上长着双翼的飞马珀伽索斯。

图21.7　珀耳修斯攻击海怪（*Perseus Attacks the Sea-Monster*）

伊特鲁斯坎黑绘三耳水罐，卡埃里（今切尔韦泰里）出土，约公元前530年，高15.75英寸。图中的珀耳修斯右手握着一块石头，左手中是赫尔墨斯给他的弯刀。海豹、章鱼和海豚则向观者表明这个故事发生在海上。图中安德洛墨达的缺席反映出艺术家的叙事偏向。还有人提出图中的英雄不是珀耳修斯，而是赫拉克勒斯。

图21.8　《珀耳修斯》（*Perseus*）

作者为本韦努托·切利尼（Benvenuto Cellini）[a]，1545—1553年。切利尼是佛罗伦萨的一名金匠和雕塑家。这件作品被安放在佛罗伦萨共和国的心脏领主广场（Piazza della Signoria）的佣兵凉廊（Loggia dei Lanzi）中（至今仍然矗立在那里），是艺术家成熟期的作品，也被视为他的代表作。雕塑的创作系受佛罗伦萨公爵科西莫·德·美第奇（Cosimo de' Medici）[b]（1537—1574年在位）之托。在此之前，美第奇家族曾被共和国政府逐出佛罗伦萨，然而最终还是回来重掌权力。科西莫希望通过这件雕塑来庆祝美第奇家族的胜利，同时以他们的敌人将要面临的命运来表达一种强烈威慑。珀耳修斯在此被表现为一位无敌的英雄，刚刚斩下美杜莎的头颅。他手持一柄得自赫尔墨斯的弯剑或弯刀，穿着得自格赖埃[c]的带翼飞鞋和隐身斗篷（斗篷上面也有一双翅膀，可能是为了模仿赫尔墨斯本人的斗篷）。英雄形象沐浴在胜利的荣耀中，然而他的头和双眼却朝向下方。这样做一是为了避免让他直视美杜莎的头颅，二是为了表达一种身处胜利巅峰时的谦卑。对珀耳修斯身体的塑造以及（同为精美艺术品的）雕塑底座装饰都展现出这位铜匠已臻完美的技艺。

a. 本韦努托·切利尼（1500—1571），意大利文艺复兴时期的金匠、画家、雕塑家、战士和音乐家。

b. 科西莫·德·美第奇（1519—1574），佛罗伦萨公爵、第一代托斯卡纳大公。

c. 原文如此，与前文有矛盾（前文说飞鞋、斗篷和神袋得自几位宁芙；格赖埃只是将宁芙的下落告知珀耳修斯）。

其他阿尔戈斯传说

伊那科斯家族

　　伊那科斯家族的故事是最早的阿尔戈斯传说之一。伊那科斯的女儿是伊俄。关于她的故事，我们在本书第99—101页介绍埃斯库罗斯的《被缚的普罗米修斯》时已经讲了不少。由于伊俄受到宙斯的爱慕，妒忌的赫拉将她变成了一头白色母牛，交给无所不见的巨人阿耳戈斯来看守。宙斯派出赫尔墨斯来营救她，并砍下了阿耳戈斯的头。接着赫拉又派出一只牛虻来，让她疯狂奔走。在漫游大地之后，伊俄最终来到了埃及，并在这里被宙斯变回人形。她在埃及生下了儿子厄帕福斯。这个孩子注定要成为英雄赫拉克勒斯的先祖。

　　根据其他一些资料，我们还了解到埃及人将厄帕福斯与神牛阿庇斯视为一体，而他的降生也并没有成为伊俄流浪的终点。赫拉绑架了厄帕福斯，于是伊俄出发去寻找他，最终在叙利亚将他找到。此后她回到埃及，并被当作伊西斯而受到崇拜。

　　伊俄的故事中包含了许多令人困惑的元素。据传，福罗纽斯有一个儿子叫阿庇斯，而且是伯罗奔尼撒半岛的古名阿庇亚（Apia）的来源。他在死后被等同于塞拉庇斯，也就是埃及人的牛神阿庇斯。伊俄最初是一位女神，很可能还是赫拉本人的一种变体。希罗多德曾亲自到过埃及。他称埃及人将伊西斯与得墨忒耳视为一体，而得墨忒耳的形象正是由伊俄带到埃及的。希罗多德还称埃及人总是将伊西斯表现为一名头生牛角的女子（这又与腓尼基人重要的月亮女神阿斯塔尔忒相似）。伊俄传说的版本变化多端。关于她离家和变成牛的原因，埃斯库罗斯在他的两部剧作《祈援女》和《被缚的普罗米修斯》中给出了不同的解释。伊俄最初是一位神祇而非凡

人，在希腊人与东方（尤其是埃及）的接触中被纳入了埃及人的神话系统。

伊俄的后裔

　　由于生下了厄帕福斯，伊俄成为埃及和阿尔戈斯两地王族的创立者。此外腓尼基、忒拜和克里特王族也由她而始。据传厄帕福斯本人在埃及建立了许多城市，其中包括王城孟菲斯（Memphis）。他的女儿名叫利比亚（Libya），成为北非一片地区名字的由来。他还有一对双胞胎儿子——阿革诺耳和柏罗斯。阿革诺耳成为腓尼基国王，也是卡德摩斯（忒拜建立者）和欧罗巴（克里特国王米诺斯之母）的父亲。柏罗斯留在了埃及，也生下了一对双胞胎儿子——埃古普托斯和达那俄斯。与他们的后代普罗托斯和阿克里西俄斯一样，这两兄弟也是一对水火不容的仇敌。

达那俄斯的女儿们

　　埃古普托斯和达那俄斯为王国展开了争斗。达那俄斯被迫离开了埃及。他带着他的50个女儿（她们被合称为"达那伊得斯"[Danaïds]），途经罗得斯岛来到阿尔戈斯，并以和平的方式在此成为国王。（依照他的名字，达那俄斯的子民被称为达奈人[Danaï]。荷马通常用这个词指代希腊人。）埃古普托斯则有50个儿子。他们声称自己作为近亲，有资格娶他们的堂妹们为妻，并一直追到了阿尔戈斯。达那俄斯同意将女儿嫁给他们，却又给了每个女儿一柄短剑，命令她们在新婚之夜将丈夫杀死。除了一个之外，他的女儿们都听从了命令。只有许珀耳涅斯特拉放过了她的丈夫林叩斯，并把他藏了起来。关于此事的后续有不同的说法。根据其中最为流行的一种，那49个听从父亲命令的女儿都在冥界受到

图21.9　《可怕的头颅》（*The Baleful Head*）

布面油画，爱德华·伯恩－琼斯画，1887年，60.5英寸×50.75英寸。这是伯恩－琼斯的《珀耳修斯组画》中的最后一幅。该组画系受阿瑟·鲍尔弗（Arthur Balfour）之托而作，始于1875年，内容基于威廉·莫里斯的史诗《尘世天堂》中的诗歌《阿克里西俄斯之陨》（"The Doom of Acrisius"）。伯恩－琼斯完成了整个组画的10幅全尺寸水彩大样（今藏于英格兰南安普敦）和4幅油画（今藏于德国斯图加特）。在这幅画中，伯恩－琼斯将珀耳修斯和安德洛墨达这对恋人置于一个封闭的花园中。两人在一口井边望向水面，观看珀耳修斯一手举起的戈耳工头颅的倒影。井口以大理石镶嵌。安德洛墨达的明眸与美杜莎阖上的眼睛形成一种戏剧性对比。这一场景表现了珀耳修斯风波不断的历险过程中一个紧张却又安宁的时刻。在此之后，珀耳修斯还要面对与菲纽斯的战斗。

惩罚，被迫永无止境地往漏水的水罐中灌水。然而，根据品达的说法，达那俄斯将女儿们嫁给了一次竞技会的优胜者。在被达那俄斯关押了一段时间之后，许珀耳涅斯特拉得以与林叩斯团聚，并生下了阿巴斯。普罗托斯和阿克里西俄斯则是阿巴斯的儿子。这样一来，从伊那科斯到赫拉克勒斯，阿尔戈斯王族的世系始终延续，未曾中断。

阿密墨涅

达那伊得斯之一的阿密墨涅（Amymone）被父亲派出去取水，在途中遭遇了一个萨提尔，并受到他的引诱。波塞冬救下了阿密墨涅，自己却与她同寝。作为回报，波塞冬用他的三叉戟敲击了一块岩石，让石头中冒出泉水来。古时候，人们在阿尔戈斯附近仍能看到这眼名为阿密墨涅的泉水。

其他阿尔戈斯英雄

先知墨兰波斯（参见本书第128页）和参加七将攻忒拜远征的英雄们都是重要的阿尔戈斯英雄。堤丢斯就是其中的一个。他的儿子狄俄墨得斯是特洛伊战争中最杰出的希腊英雄之一，也是阿尔戈斯王族中最后一名重要的神话人物，在死后被广泛地视为英雄而受到崇拜。根据品达的说法，雅典娜拒绝让堤丢斯永生，却将永生赐予了狄俄墨得斯。

附录：柏勒洛丰和喀迈拉

著名的神马珀伽索斯往往与珀耳修斯联系在一起，但它实际上属于柏勒洛丰。以下就是关于柏勒洛丰的传说。这个传说讲述了他如何获得、驯服、骑上珀伽索斯并完成伟大功业的故事。

柏勒洛丰是西绪福斯的孙子，也是科林斯英雄中的最杰出者。荷马通过吕喀亚人首领格劳科斯之口讲述了他的传说——狄俄墨得斯在战场上遇见格劳科斯时，格劳科斯说出了这个故事。柏勒洛丰故事的背景有时被放在阿尔戈利斯，有时被放在小亚细亚。他甚至有可能是从东方被引入希腊传说的。

科林斯是一个重要的城邦，而柏勒洛丰仅仅是与科林斯有关的几位主要英雄之一。科林斯诗人欧墨洛斯（Eumelos）认为，荷马史诗中提到的厄费拉就是科林斯。荷马的描述如下（《伊利亚特》6.152—159）：

> 在骏马奔腾的阿尔戈斯的一角有一座
> 城市，名叫厄费拉。那里住着凡人中最为
> 机智的西绪福斯。他是埃俄洛斯之子，又
> 是格劳科斯的父亲。格劳科斯的儿子则是
> 高贵的柏勒洛丰——诸神赐他以英俊的容
> 颜和男子汉的美好气度。然而普罗托斯却
> 对柏勒洛丰设下奸谋，将他从阿尔戈斯人
> 中赶走，因为柏勒洛丰比他更强，而宙斯
> 让他成为柏勒洛丰的君王。[①]

最初厄费拉不过是阿尔戈斯王国（包括通常被视为普罗托斯治下城市的梯林斯在内）中的一座小城。厄费拉的统治者，如西绪福斯和他的孙子柏勒洛丰，只是臣服于阿尔戈斯国王的小首领。欧墨洛斯将厄费拉和科林斯等同起来，提高了这座城市及其统治者的地位。根据他的说法，西绪福斯在美狄亚离开后成为科林斯（由赫利俄斯之子埃厄忒斯[Aeëtes]建立）的国王。其他人则将西绪福斯视为

---

① 原引文如此。Samuel Butler 英译本、A. T. Murray 英译本和陈中梅汉译本此处均解作"而宙斯令他做阿尔戈斯人的君王"。

图21.10 《柏勒洛丰与喀迈拉》（*Bellerophon and the Chimera*）
拜占庭象牙饰板，5世纪，8.5英寸×3.5英寸。柏勒洛丰骑在马
首朝右的飞马珀伽索斯上，长矛刺入狮嘴。怪兽则以前爪跪地的
姿势瘫倒。它的蛇尾缠在用来表现场景的三棵树的其中一棵上。
它身上的羊头与狮头生在一起。

科林斯的创立者。英雄柏勒洛丰及其战果由此获得
了声名。

柏勒洛丰生于科林斯，后离家出走。这可能是
因为他无意中杀害了一个兄弟，犯下了杀人罪。他
来到梯林斯国王普罗托斯的宫廷，而普罗托斯洗去
了他的罪名。普罗托斯的妻子斯忒涅玻亚（荷马则
称她为安忒亚 [Antea]）爱上了柏勒洛丰。在遭到柏
勒洛丰的拒绝之后，斯忒涅玻亚向普罗托斯诬告说，
柏勒洛丰试图引诱自己。于是普罗托斯叫柏勒洛丰
前往他岳父、吕喀亚国王伊俄巴忒斯（Iobates）那
里，并附上了一封密信。他在信中讲述了斯忒涅玻
亚控告之事，并请求伊俄巴忒斯害死柏勒洛丰。随
之，伊俄巴忒斯打发了这位英雄，让他历经各种磨
难（荷马《伊利亚特》6.179—193）：

> 他先是要求他去杀死可怕的喀迈拉。
> 喀迈拉并非凡间之物，而是神灵品种。它
> 前半身像狮子，长着蛇的尾巴，又有山羊
> 的躯干。它的喉中喷出的是烈火。柏勒洛
> 丰依凭天神给出的征兆将它杀死。他又与
> 强大的索吕弥人（Solymi）相争，这是他与
> 凡人之间最酷烈的战斗。接下来他杀死了
> 阿玛宗族的战士。返回之后，国王又设新
> 计来谋害他，从吕喀亚人中挑选出最强的
> 勇士，让他们伏击柏勒洛丰。这些勇士无
> 一生还，因为英勇的柏勒洛丰将他们斩尽
> 杀绝。
>
> 国王终于知道柏勒洛丰乃是天神的血
> 脉，于是将他留在吕喀亚，将自己的女儿
> 嫁与他为妻，并分了一半王国给他。

柏勒洛丰的儿子是希波洛科斯（Hippolochus，

格劳科斯之父）和伊珊德洛斯（Isandrus）。伊珊德洛斯在与索吕弥人的战斗中被杀。他还有一个女儿拉俄达弥亚。宙斯爱上了她，与她生有萨耳珀冬。萨耳珀冬在特洛伊被帕特罗克洛斯杀死。拉俄达弥亚本人则"死于愤怒的阿耳忒弥斯之手"。柏勒洛丰晚年在凄苦中度过。他"受到众神的厌憎，孤身一人流浪在阿雷俄斯平原（Alean plain），伤心欲绝，远离常人出没的路径"（荷马《伊利亚特》6.200—202）。

在荷马那里，柏勒洛丰是一位完成了功业，又赢得了王国和公主的英雄。关于他的悲剧结局，荷马语焉不详，但欧里庇得斯却将之作为其悲剧《柏勒洛丰》的主题。在这部悲剧中，柏勒洛丰试图登上天庭，却未能如愿。

在讲述柏勒洛丰的神话时，欧里庇得斯和品达都提到了飞马珀伽索斯。波塞冬将这匹站在科林斯的佩瑞涅泉（Pirene）边的神马送给柏勒洛丰，但柏勒洛丰却无法将它驯服，直到雅典娜在他的梦中显现，并赐给他一套金饰的神奇辔头（品达《奥林匹亚颂诗》13.63—92）：

> 他在那泉水边吃尽苦头，想要驯服这蛇发的戈耳工的后裔，直到处女帕拉斯为他送来金饰的辔头。他的梦境旋即变成了真实。"埃俄洛斯的后裔，凡人的君王，你是睡着了吗？"女神对他说，"来，用这法宝让马平静下来，再向你的祖先、驯马者波塞冬献祭一头白牛。"

> 那身披黑色埃吉斯的处女神似乎在他的梦中说了这些话。他立刻跳起来，拿起放在他身边的那件神物。强大的柏勒洛丰使尽浑身解数，将法宝笼在那带翼的飞马嘴上，把它捉住。然后他立刻披挂铜甲，跳上马背，挥起武器。他从杳无人迹的寒冷高空飞下，用他的武器杀死了阿玛宗人的女弓手，杀死了喷火的喀迈拉，又杀死了索吕弥人。关于他的结局我不能言说。我只知道那飞马进了宙斯的古老马厩，归于奥林波斯山。

后来，柏勒洛丰因为飞得太高而丢了性命。欧里庇得斯《柏勒洛丰》中的这一主题在品达那里同样得到了体现（《伊斯米亚颂诗》[Isthmian Odes] 7.60—68）：

> 一个凡人就算看得再远，他也不能抵达诸神用黄铜铺地的家园。生着双翼的珀伽索斯将骑在它背上的柏勒洛丰摔了下来，就因为他想要升上天庭，与宙斯同列。

欧里庇得斯根据柏勒洛丰的传说创作了两部悲剧。其中《柏勒洛丰》讲述了英雄从天上的坠落，并以珀伽索斯"被套在宙斯用来装载闪电的战车上"这一宣告作结。[10] 他还写了一部《斯忒涅玻亚》（Stheneboea，今已大部分亡佚）。在这部剧中，柏勒洛丰完成在吕喀亚的考验之后回到了梯林斯。他诱骗斯忒涅玻亚骑上珀伽索斯，并在他们在海面上高飞时将她扔下，杀死了她。在欧里庇得斯那里，柏勒洛丰的结局是一个凡人在高远的追求中失败的故事。然而，在这个故事的最初版本中，柏勒洛丰无疑与坦塔罗斯和伊克西翁一样受到了惩罚，因为他在与神祇之间的友好关系中超越了界线。

相关著作选读

Dobrov, Gregory W.，《戏剧的形象：希腊戏剧与超虚构诗学》（*Figures of Play: Greek Drama and Metafictional Poetics.*
    New York: Oxford University Press, 2001）。（译者按：Dobrov 此书中"Figures of Play"概念有多重含义，一指戏
    剧中的一些反身结构特征，一指戏剧中的人物形象。此处的译名只能粗略达意。）

Ogden, Daniel，《珀耳修斯》（*Perseus.* New York: Routeledge, 2008. Gods and Heroes of the Ancient World Series）。

Wilk, Stephen R.，《解密戈耳工》（*Solving the Mystery of the Gorgon.* New York: Oxford University Press, 2000）。此书对
    戈耳工传说以及戈耳工在古代和现代的图像表现的各个方面进行了探索，并附有插图。

Wooward, Jocelyn，《珀耳修斯：希腊艺术与传说研究》（*Perseus: A Study in Greek Art and Legend.* New York: Cambridge
    University Press, 1976 [1937]）。

主要神话来源文献

本章中引用的文献

荷马：《伊利亚特》6.152—159、179—193，柏勒洛丰。

品达：《伊斯米亚颂诗》7.60—68。《涅墨亚颂诗》10.1—11。《奥林匹亚颂诗》13.63—92。《皮提亚颂诗》10.29—
    48，12.5—23。

奥维德：《变形记》4.740—752。

其他文献

埃斯库罗斯：《祈援女》，达那俄斯的女儿们的传说。

阿波罗多洛斯：《书库》2.4.1—2.4.5。

希罗多德：《历史》2.91。

补充材料

CD

歌剧：Haydn, Michael（1737–1806）. *Andromeda e Perseo.* Fodor et al. Savaria Symphony Orchestra, cond. Pál. Bongiovan-
    ni。此剧故事基于高乃依的悲剧《安德洛墨达》（*Andromède*）和奥维德的《变形记》，却有一个皆大欢喜的结局：
    珀耳修斯原谅了他的仇敌菲纽斯。

歌剧：Strauss, Richard (1864–1949). *Die Liebe der Danaë*. Flanigan, Wright, et al. American Symphony Orchestra, cond. Botstein. Telarc。一个编曲优美、表演精湛的版本。参见 DVD 列表部分。

康塔塔：Lekeu, Guillaume (1870–1894). *Andromède*. Bryant et al. Orchestre Philharmonique de Liège, cond. Bartholomée. Ricercar。一部为独唱、合唱和管弦乐团而作的抒情诗，内容是珀耳修斯救出安德洛墨达的故事。

音乐：Vivaldi, Antonio (1678–1741). *Andromeda Liberata*. Kermes et al. Venice Baroque Orchestra, cond. Marcon. Arkiv Production。除了维瓦尔第（Vivaldi）之外，可能还有其他人参与了这部威尼斯小夜曲（serenata）的作曲。

歌曲：Guettel, Adam. "Pegasus." Rock Song. In *Myths and Hymns*. Various artists. Nonesuch. 专辑中还包括 "Saturn Returns with Reprise" "Icarus" "Hero and Leander" 和 "Sisyphus"。Guettel 也是享有盛誉的音乐剧 *Light in the Piazza* 的作曲者。

DVD

电影：*Clash of Titans* (1981). Warner Brothers. Harry Hamlin and Burgess Meredith among a stellar cast (including Laurence Olivier as Zeus). Special effects by Ray Harryhausen. Warner Home Video。此片是古典神话最优秀的电影改编作品之一。参见本书第841页。

电影：*Clash of the Titans* (2010)。此片与原版的《诸神之战》有部分相似情节，但并非对原版的重新制作。这一版使用了新的剧本，但质量不如原版。山姆·沃辛顿（Sam Worthington，《阿凡达》中的男主角）并非扮演希腊传说中的珀耳修斯的最佳人选。利亚姆·尼森（Liam Neeson）在片中扮演宙斯。拉尔夫·费因斯（Ralph Fiennes）扮演哈得斯。这两个角色在这一版中的戏份大大增加了。很可能有很多人会为了欣赏奇观前去观看这部电影，并且也许不会感到失望。片中的一些场景——如关于美杜莎的那一幕——并非全无冲击力，但有太多内容几乎达到了可笑的程度。总体而言，这部电影虽然特效不断，震耳欲聋，却是一部无趣的作品，显得拖沓冗长。它的续集《诸神之怒》（*Wrath of the Titans*）则更为糟糕。

歌剧：Strauss, Richard (1864–1949). *Die Liebe der Danaë*. Libretto by Gregor. Uhl, Delevan, et al. Orchestra of the Deutsche Oper Berlin, cond. Litton. Arthaus Music。此剧将点石成金的弥达斯的故事和朱庇特化作金雨向达那厄求爱的故事结合了起来。施特劳斯的这部杰作并未获得它应有的成功。这是此剧的第一版 DVD，记录的是一个现代演绎版本，但仍然值得一观。

[注释]

[1]　关于普罗托斯和柏勒洛丰的故事，参见本章"附录"。

[2]　罗马诗人贺拉斯将达那厄的牢房改成了一座铜塔（《颂诗》3.16）。他的这种说法在后来成为传统版本。

[3]　雅典历史学家斐瑞居德斯（Pherecydes，公元前5世纪早期）是这个传说的早期权威之一。

[4]   kibisis 并非希腊语词汇。在古代人们认为它来自塞浦路斯语。

[5]   赫尔墨斯在巨人之战中戴着暗影之帽，并常被表现为脚穿带翼的飞鞋。雅典娜则在特洛伊戴过隐身帽（《伊利亚特》5.844—845）。

[6]   有人认为戈耳工们住在极北之地许珀耳玻瑞亚人的地方，也有人认为她们住在极南的埃塞俄比亚人的地方。

[7]   关于戈耳工的来历，参见本书第179页。

[8]   为死去的妹妹美杜莎哀悼的戈耳工之一。

[9]   迟至1世纪，约帕（Joppa。译者按：即今以色列城市雅法）附近的岩石上仍能看到安德洛墨达的镣铐所留下的印痕。

[10]   此处欧里庇得斯采用了赫西俄德的说法（参见《神谱》285—286）。

第22章

赫拉克勒斯

赫拉克勒斯的声名正来自他所受的重重磨难。

——波埃修（Boethius）[1]《论哲学的慰藉》

（*Consolation of Philosophy*）4.7.13

希腊英雄中最伟大的一位是赫拉克勒斯。[1] 有关他的传说中既有英雄传说的成分，也有民间故事的要素，而他的各种身份——凡人、英雄和神祇——也相互冲突。在希腊人眼中，他与阿尔戈斯周边地区，与忒拜（他的出生地）、特剌喀斯（Trachis）以及忒萨利南部的俄塔山（Mt. Oeta，他去世和被尊奉为神的地方）的关系尤为紧密。

安菲特律翁和阿耳刻墨涅

赫拉克勒斯的父亲是阿尔开俄斯（Alcaeus）之子安菲特律翁。安菲特律翁是迈锡尼国王厄勒克特律翁（Electryon）的兄弟，并娶了后者的女儿阿耳刻墨涅为妻。安菲特律翁失手杀死了厄勒克特律翁，因此被逐出迈锡尼，和阿耳刻墨涅一起来到忒拜。他在那里被忒拜国王克瑞翁洗去了罪过，又出发去攻打希腊西部的部族忒勒玻阿人（Teleboans）。忒

---

① 波埃修（约480—约524），6世纪早期的罗马哲学家。

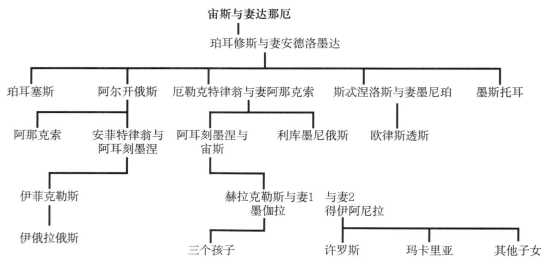

图22.1　赫拉克勒斯家族世系

勒玻阿人曾经进攻迈锡尼的厄勒克特律翁，厄勒克特律翁的儿子除了一人之外全部遇害。[2] 由于忒勒玻阿国王普忒瑞劳斯（Pterelaüs）之女科迈托（Comaetho）的背叛，这次出征获得成功。科迈托爱上了安菲特律翁，将父亲头上那根令自己永生、忒勒玻阿人所向披靡的金发拔了下来。普忒瑞劳斯因此战死，而安菲特律翁取得胜利。安菲特律翁杀死科迈托，返回忒拜。[3]

　　安菲特律翁打算与阿耳刻墨涅同寝，却不知道宙斯在前一天晚上已经化作他的形象拜访了阿耳刻墨涅。宙斯将那一夜延长了三倍时间，又向阿耳刻墨涅讲述了攻打忒勒玻阿人的全部经过。直到忒瑞西阿斯揭露真相之后，阿耳刻墨涅才接受了安菲特律翁。于是安菲特律翁"终夜与他可敬的妻子同寝，享用来自金色的阿佛洛狄忒的赠礼"（赫西俄德《赫拉克勒斯之盾》[①]46—47）。（据传）阿耳刻墨涅怀上了一对双胞胎，其中在前一夜受孕的是宙斯之子赫拉克勒斯，而后一个是安菲特律翁之子伊菲克勒斯

（Iphicles）。

　　在罗马剧作家普劳图斯（Plautus）[②] 的作品《安菲特律翁》（Amphitruo）中，朱庇特（宙斯）和墨丘利（赫尔墨斯）分别化作了安菲特律翁和他的仆人索西亚（Sosia）。安菲特律翁回家时，朱庇特刚刚从阿耳刻墨涅身边离开，这让她困惑不已。她生下了一对双胞胎，其中一个比另一个更强壮，刚生下来就扼死了朱诺（赫拉）派来杀他的两条毒蛇。就在阿耳刻墨涅的女仆布洛弥亚（Bromia）描述这一幕的时候，朱庇特亲自现身，将真相告知了阿耳刻墨涅。在普劳图斯的存世剧作中，只有这一部取材于神话。

赫拉克勒斯的降生和他早年的功业

　　赫拉克勒斯甫一降生，就遭遇了赫拉的敌意。这一敌意在赫拉克勒斯的故事中贯穿始终。赫拉克

---

① 伪托赫西俄德的作品，参见本书第3章。

② 普劳图斯（约前254—前184），古罗马剧作家。拉丁语罗马戏剧的开创者，其喜剧也是至今仍完整存世的拉丁语文学中最早的作品，现存21部。

勒斯诞生之日，宙斯在奥林波斯山上夸起口来，说道（荷马《伊利亚特》19.103—105）：

> 助产者厄勒梯亚将为人间带来一个男子。此人是我的血脉，要统治他身边的万民。

此时，斯忒涅洛斯（Sthenelus，迈锡尼国王）的妻子怀孕才七个月，但赫拉让他的孩子提早降世，又派厄勒梯亚去推迟阿耳刻墨涅的儿子们的出生，以此欺骗宙斯。[4] 斯忒涅洛斯是宙斯的孙子，因此宙斯的夸耀应验在他的儿子而不是阿耳刻墨涅的儿子身上。斯忒涅洛斯之子是欧律斯透斯，也就是赫拉克勒斯为之完成十二项功业的那个人。

根据品达的说法，由于没能阻止赫拉克勒斯的降生，赫拉又派出两条蛇前去杀害襁褓中的赫拉克勒斯（前文关于普劳图斯的《安菲特律翁》的部分，已经提到了这个故事）。在这篇颂诗的结尾，忒瑞西阿斯预言这位英雄将在诸神与巨人的战争中发挥作用，并将最终跻身神祇的行列（《涅墨亚颂诗》1.33—72）：

> 我满怀喜悦，一心想要说那高在德行之巅的赫拉克勒斯，将一个古老故事重新讲出。当宙斯之子和他的孪生兄弟一起熬过母难的阵痛，见到天光，他被包裹在黄布的襁褓里。金座上的赫拉看见他，勃然而怒。众神之后派出了毒蛇。它们爬进敞开的门，来到广室深处，急欲用利牙咬那两个孩子。然而赫拉克勒斯抬起头来，完成了战斗对他的第一次考验。他伸出无人可敌的双手，握住毒蛇的颈，将这两条庞

然怪兽扼死。

为阿耳刻墨涅助产的妇人们大受惊吓。阿耳刻墨涅本人没有着衣，却也从床榻上跳起身来，想保护婴儿不受怪兽攻击。忒拜人的首领们都发足狂奔，手持武器集合起来。安菲特律翁也拔剑挥舞着赶来，忧心如焚……然而当他看见自己儿子无尽的勇气和力量时，却是又惊又喜。靠着众神之力，报信人的话果然没有成真。于是，他唤来他的邻人、最能传达至高者宙斯旨意的忒瑞西阿斯。面对安菲特律翁及其手持刀剑的部下，忒瑞西阿斯预言了赫拉克勒斯将是什么命运。他预言，赫拉克勒斯将在海上和陆上杀死多少凶暴的野兽，他将让那邪恶狂悖、最为可厌的人遭逢厄运。① 他预言当诸神与巨人在佛勒格拉（Phlegra）平原大战时，赫拉克勒斯投出的矢石将让敌人闪亮的发辫坠入尘土。至于赫拉克勒斯本人，他将在完成伟业之后得享永恒无尽的安宁。他将在神佑的宫殿中迎娶娇妻赫柏，将在婚礼上与克洛诺斯之子宙斯同席欢宴，并称颂天神所定法则的光荣。

赫拉克勒斯就这样度过一场劫难。在成长的过程中，他向安菲特律翁学习驾车，向奥托吕科斯学习摔跤，向欧律托斯（Eurytus）学习箭术，又向利诺斯（Linus）学习音乐。[5] 利诺斯是阿波罗的儿子，赫拉克勒斯用自己的里拉琴砸死了利诺斯。为此赫拉克勒斯被送到喀泰戎山，在忒拜人的草地上放牧，并在这里成就了许多功业。他杀死了一头捕食安菲

---

① 指巨人安泰俄斯。

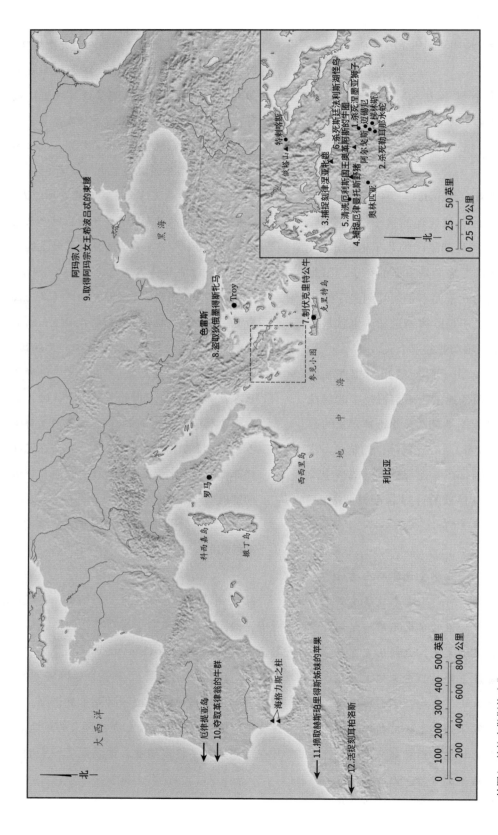

地图4　赫拉克勒斯的功业

特律翁和忒斯庇俄斯（Thespius）的牛群的狮子。忒斯庇俄斯是玻俄提亚城市忒斯庇埃（Thespiae）的国王。在猎杀狮子期间，赫拉克勒斯受到忒斯庇俄斯长达50天的款待，每一天晚上都和主人的50个女儿之一同寝（另一种说法是他在同一天夜里和这50个女儿同寝）。他还在战争中亲自率领忒拜军队，使得忒拜人不再向俄耳科墨诺斯的弥倪亚人（Minyans）纳贡。作为回报，克瑞翁把自己的女儿墨伽拉（Megara）嫁给他。墨伽拉为赫拉克勒斯生了三个孩子。

赫拉克勒斯的疯狂

　　一段时间之后，赫拉让赫拉克勒斯发了疯。他在疯狂中杀死了墨伽拉和她的孩子。恢复理智后，赫拉克勒斯离开了忒拜。他先去了忒斯庇埃，在那里让忒斯庇俄斯洗去了他的罪过，然后又前往德尔斐寻求更多的指引。在德尔斐，阿波罗的女祭司将他称作赫拉克勒斯，这是他第一次被如此称呼（此前他一直以阿尔喀得斯［Alcides］之名为人所知）。女祭司建议他前往梯林斯，在那里为欧律斯透斯效力12年，完成欧律斯透斯交给他的任务。女祭司还告诉他：如果他完成了这些任务，就能获得永生。

　　这是关于赫拉克勒斯十二功业来历的最简单的一种说法。然而，赫拉克勒斯传说的年表中有许多混淆不清的地方。欧里庇得斯在他的作品《赫拉克勒斯》（Heracles）中，将赫拉克勒斯杀害墨伽拉及其孩子们的故事置于十二功业之后。索福克勒斯在《特剌喀斯少女》（Trachiniae）中称赫拉克勒斯在完成功业之前就娶了第二任妻子得伊阿尼拉，而阿波罗多洛斯将这桩婚事放在他完成功业之后。赫拉克

勒斯为欧律斯透斯效力多年则是各种说法的共同之处。赫拉克勒斯的鬼魂曾对奥德修斯如此说道：“我是宙斯之子，却要受这永恒的折磨，因为我曾在一个远比我卑微的凡人手下为奴。他让我服了艰苦的劳役。”（荷马《奥德赛》11.620—622）

十二功业

　　“功业”（labors）一词在希腊语中是 athloi，其真正的含义是指为奖赏而进行的竞赛。在赫拉克勒斯的故事里，这个奖赏就是永生，而他的功业中至少有三项的确是对死亡的征服。[6] 在完成这些功业时，赫拉克勒斯并非总是孤身一人。他有时得到雅典娜的帮助，有时又得到自己的侄子伊俄拉俄斯（Iolaüs）的帮助。前六项功业全都在伯罗奔尼撒北部完成，后六项则发生在世界各地。通过这些功业，赫拉克勒斯从一位地方意义上的英雄升级为整个人类的保护者。关于他完成的功业，各种说法不尽相同，但这里所列出的12项是传统的版本，并且出现在奥林匹亚的宙斯神殿的柱间壁上（参见本书第620—621页）。

在伯罗奔尼撒完成的功业

　　杀死涅墨亚狮子。赫拉克勒斯受命将涅墨亚狮子的皮带回给欧律斯透斯。他用一根自己削成的棍棒将狮子杀死。根据忒奥克里托斯的说法，这头狮子刀枪不入，因此赫拉克勒斯不得不将它扼死，并用它自己的爪子剥下它的皮（参见忒奥克里托斯的《牧歌集》之25）。棍子和狮皮此后成为赫拉克勒斯的武器和衣袍，并在艺术和文学作品中成为赫拉克勒斯的特征。

杀死勒耳那水蛇①。这条蛇生活在阿尔戈斯附近的勒耳那沼泽中，有九个头，其中八个头是肉身，第九个头则无法被杀死。每次赫拉克勒斯用棍敲下一个蛇头，那断颈上就长出两个新头。赫拉又派出一只巨蟹来帮助水蛇，让这件功业变得更加艰难。赫拉克勒斯先是杀死了巨蟹，接下来又在他的侄子、伊菲克勒斯之子伊俄拉俄斯的帮助下杀死了九头蛇。每次他击落一个蛇头，伊俄拉俄斯就用火炬烧灼断颈，让新头无法长出。最后，赫拉克勒斯用一块巨石压住了无法杀死的第九个蛇头。之后他在自己的箭上蘸了九头蛇的毒。至于那只巨蟹，赫拉将它收了回去，把它变成了天上的巨蟹座（Cancer）。

捕捉刻律涅亚牝鹿。这头牝鹿头上生着金角，它是阿耳忒弥斯的神兽，名字得自阿耳卡狄亚的刻律涅亚山（Mt. Cerynea）。[7] 它并不伤人，而伤害它必定会激怒阿耳忒弥斯。赫拉克勒斯花了一年时间追逐这头鹿，最后在拉冬河（Ladon）边将它捉住，带回给欧律斯透斯。他在归途中遇见了阿耳忒弥斯。阿耳忒弥斯要求索回她的神兽。赫拉克勒斯将罪过推给欧律斯透斯，平息了她的愤怒。

在这个版本中，故事的发生地被完全设定在伯罗奔尼撒。然而，品达在其优美的《奥林匹亚颂诗》中给出了另一种说法。在《奥林匹亚颂诗》中，牝鹿的金角上被阿特拉斯的一个女儿、宁芙塔宇革忒（Taÿgete）刻上了阿耳忒弥斯的名字。[8] 赫拉克勒斯为了寻找它，来到许珀耳玻瑞亚人居住的极北之地。品达的讲述让我们将这一项功业与另一项——摘取赫斯珀里得斯姊妹的苹果——联系了起来。在后一个故事中，赫拉克勒斯为了寻找一样神奇的金色珍宝来到世界的边缘，而拉冬（以一条龙的形态）和阿特拉斯在这里再次出现。[9] 摘取赫斯珀里得斯姊妹的苹果这项功业是对死亡的征服，而捕捉刻律涅亚牝鹿的故事似乎是表达同一主题的另一个版本。

捕捉厄律曼托斯野猪。要完成这项任务，就必须从厄律曼托斯山上将那头肆虐横行的野兽活捉回来。赫拉克勒斯将野猪驱赶到厚厚的积雪中，用网子将它捉住，并将它带回给欧律斯透斯。欧律斯透斯惊恐得躲进了一只大缸里。

这件功业还引发了另一次冒险插曲（parergon）。[10] 在前去追猎野猪的路上，赫拉克勒斯受到马人福洛斯（Pholus）的款待。福洛斯在赫拉克勒斯面前放了一大缸酒，而这酒本是全体马人共同所有。酒缸一经启封，其他马人便循香而来，对赫拉克勒斯发起攻击。赫拉克勒斯将这些马人打退，并追赶他们。大多数马人逃散到整个希腊，然而喀戎却为赫拉克勒斯的毒箭所伤。他拥有不死之身，无法死去，因无法治愈的伤痛而饱受折磨，直到普罗米修斯向宙斯求情，将喀戎的永生转移给了自己。福洛斯也未能保住性命——他不小心让一支毒箭落在了自己脚上。

清洗奥革阿斯的牛圈。赫利俄斯（太阳）之子、厄利斯国王奥革阿斯拥有庞大的牛群，而其牛圈却从未清洗过。欧律斯透斯命令赫拉克勒斯前去执行这项任务。赫拉克勒斯将阿尔甫斯河和佩纽斯河（Peneus）改道，让河水流过牛圈，在一天之内就完成了任务。奥革阿斯答应将十分之一的牛群作为回报给赫拉克勒斯，却不愿履行诺言，并将赫拉克勒斯和他自己的儿子斐琉斯（Phyleus）一同驱逐（因为斐琉斯在争执中站在了赫拉克勒斯一边）。附近的一位国王得克萨墨诺斯（Dexamenus，这个名字的本义

---

① 勒耳那水蛇（Lerna Hydra），克律萨俄耳与卡利洛厄所生的怪物之一。Hydra 一词意为"水蛇"，亦有译作"九头蛇"（但在不同的神话中其头颅个数不同）或"许德拉"者。在维吉尔的《埃涅阿斯纪》中，冥界里塔耳塔罗斯的守门怪物也是 Hydra，有50个头，在那里我们将之译作"许德拉"。参见本书第7章和第15章。

图22.2　《赫拉克勒斯与勒耳那水蛇》

(*Hercules and the Lernaean Hydra*)

布面油画，居斯塔夫·莫罗画，1869—1876年，70.5英寸×60.25英寸。莫罗曾以赫拉克勒斯的功业为主题创作过数幅作品，在这幅画中用力尤甚。画中的赫拉克勒斯是一个青年，在体型与解剖比例上只是普通人。他采用了《观景殿的阿波罗》（参见本书图11.7）的站姿（双腿的前后相反），身上带着标志性的狮皮、弓（阿波罗的武器也是弓）和棍棒。有七个头的水蛇耸立在英雄面前。在它跟前躺着遇害者的遗体。高耸的山崖增强了画面的戏剧性，是表现这位无畏英雄的恰当背景。长久以来，征服勒耳那水蛇都被视作一则善政战胜无序的寓言，然而莫罗的关注点却在英雄的道德高度，而非政治隐喻。

是"接纳者"）接纳了赫拉克勒斯，而赫拉克勒斯则从马人欧律提翁（Eurytion）手中救回了国王的女儿。在完成他的诸多功业之后，赫拉克勒斯领军返回厄利斯，攻下这座城市，又将奥革阿斯杀死，让斐琉斯取代他成为国王。

据传，赫拉克勒斯正是在这次出征之后创办了希腊最盛大的节日——奥林匹克竞技会。盛会每四年举办一次，用以祭祀宙斯。赫拉克勒斯亲自用脚步丈量出竞技场界线，并且从许珀耳玻瑞亚人的地方取来一株橄榄树，作为——正如品达所描述的——"这神圣之地上的荫凉和凡人的荣耀之冠"（《奥林匹亚颂诗》3.16—18）。这是因为当时奥林匹亚这块地方没有树木，而橄榄树叶编成的花环是赛会优胜者的奖品。[11]

杀死斯廷法利斯湖（Stymphalus）怪鸟。 这群怪鸟聚集在阿耳卡狄亚的斯廷法利斯湖边的一座森林里。赫拉克勒斯受命射杀它们。他敲响雅典娜送给他的铜响板，将怪鸟赶出森林，然后将它们射了下来。[12]

伯罗奔尼撒地区之外的功业

制伏克里特公牛。 米诺斯曾拒绝将这头公牛献祭给波塞冬。赫拉克勒斯活捉了它，将它带回欧律斯透斯那里。随后他们放跑了这头公牛。它最终来到马拉松，在那里被忒修斯捉住并献祭。

盗取狄俄墨得斯牝马。 阿瑞斯之子、色雷斯国王狄俄墨得斯（Diomedes）拥有一群以人肉为食的母马。赫拉克勒斯——可能是只身一人，也可能是率领一支军队——夺取了马群，并用狄俄墨得斯本人的肉喂食它们，将它们驯服。他将马群带回阿尔戈斯。欧律斯透斯释放了它们，将它们献给赫拉。在前往色雷斯的途中，赫拉克勒斯受到斐赖国王阿德墨托斯的款待。此时，阿德墨托斯的妻子阿尔刻斯提斯亡故不久，他却掩饰着自己的悲痛。赫拉克勒斯知道真相后，亲自前去与塔那托斯（死神）摔跤，迫使死神释放了阿尔刻斯提斯，将她交还给她的丈夫（参见本书第283页）。

取得希波吕忒的束腰。 希波吕忒（Hippolyta）是居住在世界北方边缘的阿玛宗女战士们的女王。赫拉克勒斯的任务是取得她的魔法束腰。他在战斗中将希波吕忒杀死，得到了她的束腰。这件束腰在古时候曾在阿尔戈斯展示。

在完成这项使命后的归途中，赫拉克勒斯经过特洛伊，并从海怪口中救下了赫西俄涅（参见本书第511页）。随后他受到国王拉俄墨冬的欺骗，没能得到对方许下的报偿。后来（在当过翁法勒的仆役之后），赫拉克勒斯率军返回特洛伊，攻下了这座城市。他将赫西俄涅送给自己的盟友忒拉蒙，又让波达耳刻斯（普里阿摩斯）登上了劫后的特洛伊的王位。

夺取革律翁的牛群。 赫拉克勒斯的最后三项功业是最为明显的征服死亡主题，其中又以活捉刻耳柏洛斯为著。革律翁居住在极西之地的厄律提亚岛上，是一个有着三个身体的怪物，也是大洋仙女卡利洛厄和克律萨俄耳的后代。他在巨人牧者欧律提翁和双头犬俄耳托斯（又名俄耳忒鲁斯 [Orthrus]）的协助下放牧一群牛。赫拉克勒斯的任务是将这群牛带回给欧律斯透斯。他在赫利俄斯（太阳）的帮助下来到了厄律提亚：赫利俄斯给了他一个金杯，使他坐在其中能够在环绕整个世界的大洋河（River of Ocean）上航行。他杀死了俄耳托斯、欧律提翁和革律翁，和牛群一起乘坐金杯返回塔耳忒索斯（Tartessus，即西班牙）。他将金杯还给赫利俄斯，然后开始将牛群赶回希腊。

为了纪念自己来到世界极西边缘的旅程，赫拉克勒斯在地中海的大西洋入口竖起了赫拉克勒斯之柱。有时候人们将赫拉克勒斯之柱等同为分布于直布罗陀海峡两侧的卡尔佩（Calpe，位于直布罗陀）巨石和阿比拉（Abyla，位于休达 [Ceuta]）巨石。在 16—17世纪，这些石柱成为西班牙君权政治图景中的一个重要部分，象征着西班牙探险家和商人穿越大西洋——这些人带回了美洲的财富，增加君主的荣耀。由于这个缘故，查理五世（Charles V）[①] 早在1526年就采纳这些石柱作为自己的象征，并以"无远弗届"（Plus Ultra）作为自己的箴言。他在那一年以胜利者的姿态进入塞维利亚，受到的称颂是"再世的赫拉克勒斯——如赫拉克勒斯为古代世界确定边界一样，确定了新世界的边界"。对这些石柱的此类图像呈现在17世纪仍然延续不绝。例如，西班牙大公斐迪南（Ferdinand）[②] 于1635年[③]进入安特卫普（Antwerp），而在彼得·保罗·鲁本斯为这一"入城庆典"而设计的铸币厂拱门（Arch of the Mint）上，赫拉克勒斯之柱就占据了显赫的位置。[13]

赫拉克勒斯回归希腊的旅程中也有许多冒险插曲。

---

① 　查理五世（1500—1558），神圣罗马帝国皇帝查理五世（1519—1556年在位），即西班牙国王卡洛斯一世（1516—1556年在位）。

② 　指西班牙的红衣主教—亲王斐迪南（1609/1610—1641），他在1619—1641年间为奥地利大公，1633—1641年间为西属尼德兰总督。

③ 　原文作1535年，有误。

在穿越法国南部时，他遭到利古里亚人（Ligurians）部落的攻击，并在防守中耗尽了箭枝。他向宙斯祷告求援，而宙斯则降下一场石雨，给赫拉克勒斯送来了赶走攻击者所需的弹药。之后他翻越阿尔卑斯山，横穿意大利。据传他在意大利建立了数座城市。[14] 当他在意大利停留的时候，意大利人的火神卡库斯（Cacus）盗走了革律翁的牛群。赫拉克勒斯杀死了这个盗贼，将牛群夺回。（要了解这一故事的维吉尔版本，参见本书第722页。维吉尔将故事的发生地设定在罗马。）

在意大利的漫游中，赫拉克勒斯还渡过了海峡，来到西西里岛。他在这里与厄律克斯（Eryx，西西里岛西端一座与其同名的大山的国王）摔跤，并杀死了厄律克斯。他沿着亚得里亚海的顶部航行，途经达尔马提亚（Dalmatia）返回希腊，并在科林斯地峡杀死了巨人强盗阿尔库俄纽斯。至于那群牛，欧律斯透斯将它们献祭给了赫拉。

关于革律翁的传说，希罗多德讲述了一个颇为不同的版本。在这个故事中，赫拉克勒斯远航到多瑙河以北的苦寒地带，在那里与半人半蛇的怪物厄喀德娜（蛇女）同寝。厄喀德娜为他生下了三个儿子：阿伽泰尔索斯（Agathyrsus）、革伦诺斯（Gelonus）和斯库忒斯（Scythes）。三个儿子长大之后，只有斯库忒斯一人可以张弓并穿上赫拉克勒斯留下的腰带。另两个儿子被厄喀德娜赶走，斯库忒斯则成为斯基泰人

墨兰波斯和菲拉科斯的牛群

墨兰波斯的神话与赫拉克勒斯的第十项功业类似。他必须从一个遥远而由一条狗看守着的地方（正如革律翁的厄律提亚岛或是冥界那样）带回牛群。与赫拉克勒斯一样，墨兰波斯也将牛群带回，甚至也征服了死亡本身。[15]

阿密塔翁（Amythaon）之子比阿斯是涅琉斯的女儿佩洛（Pero）的追求者。想要娶得佩洛，聘礼是费拉刻（Phylace，位于佛提亚）国王菲拉科斯（Phylacus）的牛群。比阿斯向他的哥哥墨兰波斯求助。墨兰波斯答应为他取得牛群，尽管他知道自己为此必须在费拉刻的牢狱中囚禁一年。牛群由一条巨犬看守。墨兰波斯在下手盗窃时被捉了个现行，并被送进牢狱。将近一年之后，他听到两条蛀木虫彼此交谈，说它们已经快要将牢房的屋梁咬穿。墨兰波斯坚持要求换到另一间牢房。不久之后，前一间牢房就坍塌了。于是菲拉科斯释放了墨兰波斯，并向他咨询该如何治好自己的儿子伊菲克洛斯（Iphiclus）的阳痿。墨兰波斯同意为他解答，提出的交换条件是他得到牛群。他献祭了一对公牛，并从一头前来食用牛肉的兀鹫那里得知：伊菲克洛斯体虚的原因是他小时候在观看父亲阉割公羊时受到了惊吓。当时，菲拉科斯将带血的阉羊刀插进了一棵橡树，而如今刀已被树皮覆盖。如果能找回这把刀，并从刀刃上刮下铁锈放到伊菲克洛斯的酒里，让他连喝十天，他的阳痿就会痊愈。这一切都应验了，而伊菲克洛斯也成为两个儿子——波达耳刻斯（Podarces）和普罗忒西拉俄斯（Protesilaüs）——的父亲。墨兰波斯得到了牛群。他将它们赶回皮洛斯，交给涅琉斯。作为回报，他得到了佩洛，并将她交给比阿斯。关于这个故事，还可参见本书第125页的插文。

（Scythians）①的国王和先祖。[16]

赫斯珀里得斯姊妹的苹果。 赫斯珀里得斯姊妹是黑夜的三个女儿，住在极西之地，看守着一棵结着金苹果的树。她们的帮手是盘在树身上的大蛇拉冬。这些苹果原先是盖亚在赫拉与宙斯成婚时送给新娘的礼物，由盖亚放在了赫斯珀里得斯姊妹的花园里。赫拉克勒斯首先必须找到海神涅柔斯，从他那里得知花园的所在。涅柔斯变化成许多形象，却总是逃不出赫拉克勒斯的手心，之后才向他吐露了答案。根据欧里庇得斯的版本，赫拉克勒斯在花园里杀死了拉冬，并亲手摘下苹果。然而，在以奥林匹亚的柱间壁浮雕为代表的传统版本中，赫拉克勒斯得到擎天提坦阿特拉斯的援手。在阿特拉斯去摘取苹果的时候，赫拉克勒斯在雅典娜的帮助下用自己的双肩撑起天穹。随后他将重担交还到阿特拉斯肩上，将苹果带回给欧律斯透斯。据说后来雅典娜又将苹果送回了赫斯珀里得斯姊妹的果园。

这项功业是一次对死亡的征服。那些苹果是永生的象征，而赫斯珀里得斯姊妹花园中的那棵树则是一种生命之树。与取得革律翁牛群的功业一样，前往极西的神秘之地的旅程其实就是一次前往死亡领域的旅程。

在前往赫斯珀里得斯姊妹花园的行程中，赫拉克勒斯杀死了埃及国王部西里斯（Busiris）——此人会把所有外乡人都献祭给宙斯。[17]在利比亚，他击败了盖亚与波塞冬之子巨人安泰俄斯。安泰俄斯会和来到他的王国的人摔跤，并且不可战胜：每当他被对手摔倒，他就会接触到自己的母亲（即大地），从而获得新的力量，重新站起。他因此杀死了每一个来客，并用他们的头骨为他的父亲波塞冬建起一

座神庙。然而赫拉克勒斯将安泰俄斯高高举起，随后压死了他。

在这个故事的某些版本中，赫拉克勒斯还去过高加索山区。在那里，赫拉克勒斯碰到被铁链锁在岩石上的普罗米修斯。赫拉克勒斯射杀那只折磨普罗米修斯的鹰（参见本书第93页），将其解救下来。普罗米修斯建议赫拉克勒斯利用阿特拉斯来取得苹果，并预言了他与利古里亚人的战斗。也正是此时，普罗米修斯接收喀戎的永生，让喀戎代自己而死，从而平息了宙斯的怒火。

刻耳柏洛斯。 赫拉克勒斯的最后一项功业，是将哈得斯的三头犬刻耳柏洛斯带回。这项功业毫无疑问是一次对死亡的征服。赫拉克勒斯也亲口说过（《奥德赛》2.617—626）这是他最艰难的一项功业，若非靠着赫尔墨斯和雅典娜的帮助，他也不能成功。

图22.3　《赫拉克勒斯向欧律斯透斯展示刻耳柏洛斯》（Heracles Shows Cerberus to Eurystheus）

伊特鲁斯坎三耳水罐，卡埃里出土，约公元前530年，高17英寸。画中惊恐的欧律斯透斯为了躲避哈得斯的巨犬，跳进一个储物缸，而刻耳柏洛斯露出三排利齿，身上的毒蛇也凶暴地向他嘶鸣。手持棍棒、身穿狮皮的赫拉克勒斯则用一条狗绳牵着刻耳柏洛斯，自信满满地迈步向前。这个精美的陶罐在此表现出的幽默堪称非凡。我们可以将它与布莱克的《刻耳柏洛斯》进行比较，参见本书图15.4。

---

① 古典时代活动于欧洲东北部、东欧大草原至中亚一带的游牧民族。

赫拉克勒斯在冥界与刻耳柏洛斯搏斗，把它带回到欧律斯透斯那里，随后又交还哈得斯。

赫拉克勒斯在哈得斯的国度见到了忒修斯和庇里托俄斯。因为企图偷走珀耳塞福涅，他们被镣铐紧紧束缚。赫拉克勒斯设法解救了忒修斯。忒修斯出于谢意，在赫拉克勒斯发疯并杀死墨伽拉之后为他提供了庇护。赫拉克勒斯还见到了墨勒阿革耳的鬼魂，并向对方提出：如果墨勒阿革耳还有某个姊妹在世，他愿意娶她为妻。墨勒阿革耳提到了得伊阿尼拉的名字："青春仍旧留驻在她的脖颈上，而对颠倒众生的阿佛洛狄忒的那些做派，她还一无所知。"（巴库利德斯《胜利曲》5.172—175）一连串事件由此发生，最终导致赫拉克勒斯死亡。

作为这一部分的结尾，我们在此译出了欧里庇得斯的《赫拉克勒斯》中讲述这位伟大英雄功业的一段合唱。这篇合唱的颂诗同时也展现了此书有关希腊传说来源文献的品性。在这些文献中，干瘪的事件因诗意的表达而变得鲜活灵动（欧里庇得斯《赫拉克勒斯》352—427）：

> 我要用歌声赞颂那降临到阴影笼罩的
> 幽暗国度的人——无论我是该称他为宙斯
> 之子，还是安菲特律翁之子——以此为他
> 的功业献上荣耀的冠冕。因为，让崇高的
> 壮举流芳百世，才能宽慰逝者的心灵。他
> 首先将宙斯的圣林中的狮子消灭，将黄褐
> 色的狮皮披挂在肩，又用那野兽的骇人巨
> 口围护自己的俊美容颜。
>
> 他用致命的箭矢击败了山中野蛮的马
> 人族。他的箭如有羽翼，夺走他们的性命。
> 美丽的佩纽斯河、荒芜的旷野、珀利翁山
> 的谷地和霍摩勒（Homole）深峡中的各处

所在都是见证。马人们曾在这些地方游荡。他们手持松木做成的武器，如同马匹一样奔腾，让恐惧降临在忒萨利人的国土。

…………

他杀死了那披着斑纹、头生金角的牝鹿，将这凶暴的肆虐者献给奥埃诺（Oenoë）[1] 的猎神阿耳忒弥斯。

他登上狄俄墨得斯的战车，用衔铁制服了四匹母马。这些母马在血染的马厩中无所羁绊。它们的欢宴骇人听闻：那些血盆大口嚼食的，乃是人的血肉。

在那桩为迈锡尼国王而行的功业中，他横渡银波荡漾的赫布鲁斯河，在临海的珀利翁山崖上，在阿瑙洛斯河（Anaurus）[2] 畔，用他的弓箭杀死了独居在安法尼亚（Amphanaea）的宾客谋害者库克诺斯（Cycnus）。

…………

他来到西方那些歌女的家园，从金叶之间摘下苹果。那条在树上盘绕守卫的凶龙还未及近身，就被他杀死。

他远涉大海的尽头，让海波不再威胁摇桨的舟子。

…………

他来到阿特拉斯的居所，伸手撑住天穹，以伟力托起群星闪耀的众神家园。

他穿越尤克辛海（Euxine Sea）[3] 的波涛，来到阿玛宗人的大地。此地众河汇入

---

[1] 阿尔戈利斯古城，是阿耳忒弥斯的神庙所在地。
[2] 希腊神话中珀利翁山附近的一条小溪。原文作 Amaurus，有误。
[3] 黑海古称。

迈俄提斯湖（Lake Maeotis）[①]，成群的阿玛宗人纵马驰奔。他召集来自希腊的战友，让那位女战士身上以黄金包裹的饰物——那条引人送命的束腰——成为自己的战获。而这外族女王所掠的辉煌珍宝也归希腊人所有，至今仍安放在迈锡尼。

…………

他斩下了夺命怪兽勒耳那水蛇的众多头颅，又用箭蘸上它的毒液，射杀了有三个身体的厄律提亚牧人革律翁。

他因这些以及其他功业而赢得荣耀的冠冕。他还曾航向那令人悲叹的哈得斯的国土。那是他的最后一项功业。

赫拉克勒斯的其他作为

库克诺斯、绪琉斯和刻耳科珀斯兄弟

赫拉克勒斯与众多害人的怪物作战，并将他们杀死。阿瑞斯之子库克诺斯一直劫夺那些途经忒萨利前往德尔斐的旅人。赫拉克勒斯以伊俄拉俄斯为御者，在雅典娜的帮助下杀死库克诺斯，并击伤了阿瑞斯。[18]另一个强盗，是盘踞在优卑亚海峡附近、强迫旅人在其葡萄园中劳作的绪琉斯（Syleus）。赫拉克勒斯捣毁了绪琉斯的葡萄园，随后又将他杀死。

赫拉克勒斯与刻耳科珀斯兄弟（Cercopes）的遭遇更近于民间故事而非神话。关于刻耳科珀斯兄弟的居所，有位于希腊或小亚细亚不同地区的种种说法。他们是一对侏儒，终日对人耍弄诡计。两人的

母亲曾经警告他们"要提防那个黑臀的人"。当赫拉克勒斯在一棵树下睡着时，刻耳科珀斯兄弟企图偷走他的武器。而赫拉克勒斯捉住他们，将他们倒吊在自己肩扛的一根棍子上。从而他们对赫拉克勒斯的背后看得一清二楚：臀部由于没有狮皮遮盖，被太阳晒成了黑色。刻耳科珀斯兄弟为此大肆开起玩笑。赫拉克勒斯本人也忍俊不禁，将二人放走了。后来这两兄弟又企图对宙斯耍弄诡计，受到惩罚，被变成了猿猴或是石头。

许拉斯

赫拉克勒斯也是阿尔戈号上的英雄之一，但他的地位太过重要，无法屈居于这一传奇中的其他英雄之下，所以他很快就退出了这次远征。在某个版本中，赫拉克勒斯离船是为了寻找他爱慕的少年许拉斯。当阿尔戈号系泊在喀俄斯（Cios，位于小亚细亚）时，许拉斯去往附近的一处泉眼取水。水泽仙女们深深迷恋于他的俊美，竟将他拖进水里，好让他和她们长久相伴。赫拉克勒斯寻找了太长时间，以至于其他阿尔戈英雄没有等到他回来就起航出发了。他在喀俄斯开创了对许拉斯的崇拜，然后独自回到阿尔戈斯。在古典时代晚期，当地的人们依旧每年都会寻找许拉斯，并大声呼唤他的名字。[19]

军事征战

赫拉克勒斯参与了宙斯对巨人们的战争，并在战斗中杀死了可怕的阿尔库俄纽斯。他攻打了特洛伊国王拉俄墨冬和厄利斯国王奥革阿斯，这两人都曾欺骗他。他还对皮洛斯国王涅琉斯发起远征，因为涅琉斯在伊菲托斯（Iphitus）被杀后拒绝免去赫拉克勒斯的罪。他杀死了涅琉斯12个儿子中的11个。第12个儿子涅斯托耳后来成为皮洛

---

① 即亚速海。

图22.4　《许拉斯与宁芙》（*Hylas and the Nymphs*）

布面油画，J. W. 沃特豪斯（J. W. Waterhouse，1849—1917）画，1896年，38英寸× 63英寸。年轻的许拉斯在7名水泽仙女的诱惑之下走向宿命。画作既有英国维多利亚时代有关女性美和风景（后者以绝美的色彩表现）的理念，又兼具先于弗洛伊德的心理洞察力，艺术家出色地将两者结合在一起。

斯国王，并参加了特洛伊战争。根据赫西俄德的说法，涅琉斯的儿子中有一个叫珀里克吕墨诺斯（Periclymenus），波塞冬赐予他拥有变成每一种飞鸟、走兽和虫豸的能力。在雅典娜的帮助下，赫拉克勒斯认出了变成蜜蜂停在马车车轭上的珀里克吕墨诺斯，用箭射杀了他。

根据荷马的说法，赫拉克勒斯还在这次征战中，"在皮洛斯的死人堆里"（《伊利亚特》5.395—397）击伤了神祇哈得斯，使得这次征战像是对死亡的另一次征服。荷马还提到赫拉克勒斯曾击伤赫拉，并声称这是赫拉克勒斯之凶暴的另一例证："此人凶横暴烈，不惮做下恶事，以其箭矢将奥林波斯山上的众神击伤。"（《伊利亚特》5.403—404）这是关于赫拉克勒斯的较早一种看法，较之品达的描述，可能更能代表这位神话英雄的原初性格。对此，品达表达了以下的不同意见（《奥林匹亚颂诗》9.29—36）：

当波塞冬为保卫皮洛斯而将他挡回，
而阿波罗也摇撼他，用其银弓将他逐退，
赫拉克勒斯如何能挥舞棍棒将那三叉戟抵挡？何况，哈得斯也不曾将他那驱赶凡人之躯走上幽冥路的长杖挂地不动。我的唇舌，请将这样的故事远远抛开！

我们可以看出，到了品达的时代（公元前 5 世纪上半叶），赫拉克勒斯的形象已经有了很大的变化：从一个野蛮的强人变成了美德的典范。赫拉克勒斯还曾攻打向涅琉斯提供援助的斯巴达国王希波孔（Hippocoön）及其儿子们。伊菲克勒斯便死于这次征战。在从斯巴达返乡的路上，赫拉克勒斯曾在忒革亚与奥革（Auge）同寝。有预言说奥革的兄弟们将死于她的儿子之手。由于对这预言的担忧，奥革的父亲让她成为雅典娜的女祭司。她所怀的儿子是忒勒福斯。母子二人乘坐一只木柜横渡大海，来到小亚细亚。忒勒福斯后来在那里成为密西亚人的国王。[20]

在忒萨利，赫拉克勒斯似乎是多利亚人国王埃癸弥俄斯（Aegimius）的盟友，助他抵挡了其邻邦拉庇泰人和德律俄普人（Dryopes）的进攻。这一传说将赫拉克勒斯带回了希腊中部，也就是他生命最后阶段那一系列传说的发生地。

赫拉克勒斯、得伊阿尼拉和伊俄勒

与得伊阿尼拉的婚姻

在完成其十二功业之后的某个时间，赫拉克勒斯兑现了他对墨勒阿革耳的鬼魂所许的诺言，娶了墨勒阿革耳的妹妹、卡吕冬国王俄纽斯的女儿得伊阿尼拉为妻。为了赢得她，赫拉克勒斯不得不与河神阿克洛俄斯角力。阿克洛俄斯长着公牛的角，能够变化成各种形状。关于这一场景，索福克勒斯有如下描述（《特剌喀斯少女》513—525）：

> 他们同为求婚而来。婚事的撮合者阿
> 佛洛狄忒独自担任他们的裁判。随后各种
> 声响并起：拳头挥舞、弓弦铮鸣、牛角冲
> 撞。二人扭作一团，头颅相击，各自呼痛。
> 而她，身为胜者的奖赏，秀美纤然，远远
> 坐在山丘上，静候那将成为她丈夫的人。

赫拉克勒斯在战斗中拗断了阿克洛俄斯的角，又在获胜之后将角还给对方。作为回礼，阿克洛俄斯将神奇的阿玛尔忒亚之角送给了他。这角可以变出食物和酒水，任由主人取用。[21] 赫拉克勒斯与得伊阿尼拉一同回到梯林斯。在旅途中，马人涅索斯（Nessus）曾驮着得伊阿尼拉渡过埃维诺斯河（Evenus）。他企图侵犯得伊阿尼拉，却被赫拉克勒斯用箭射中。临死的涅索斯让得伊阿尼拉收集一些从他伤口流出的血——造成这伤口的箭曾蘸过勒耳那水蛇的毒液。涅索斯声称这血可以令赫拉克勒斯对其他女子的爱无法胜过对她的爱。于是得伊阿尼拉将血留了下来。她和赫拉克勒斯在梯林斯生活多年，并在那里为他生了孩子，其中包括儿子许罗斯（Hyllus）和女儿玛卡里亚（Macaria）。

伊俄勒

然而，赫拉克勒斯爱上了伊俄勒（Iole）。她是曾教过赫拉克勒斯箭术的俄卡利亚（Oechalia）国王欧律托斯的女儿。尽管赫拉克勒斯在比武招亲的箭术比赛中获胜，欧律托斯仍旧拒绝把伊俄勒交给他。赫拉克勒斯怀着受辱之痛回到了梯林斯。当伊俄勒的兄弟伊菲托斯为寻找走失的母马来到梯林斯时，赫拉克勒斯把他从城堡上扔下摔死。由于这桩凶杀，赫拉克勒斯被迫离开了梯林斯。他先是来到皮洛斯，然而那里的涅琉斯拒绝洗去他的罪过。他在阿穆克莱得以洗罪，然后前往德尔斐，问询自己还应该做些什么才能治好那驱使他杀害伊菲托斯的疯狂。皮

提亚没有回答他，于是他试图将神圣的三足鼎搬走，用来建立自己的神谕之地（参见本书图22.6）。阿波罗为了阻止他，亲自出手和他摔跤。直到宙斯在他们之间劈下一道雷电，两人方才罢手。最终赫拉克勒斯得到了他所求取的建议：他必须作为奴隶被卖掉，服一年的劳役。

翁法勒

因此，赫拉克勒斯被赫尔墨斯带到拍卖场上，并在那里被吕底亚女王翁法勒买下。他为翁法勒服役一年，为她完成了各种与自己的英雄品格相称的任务。然而，较晚的版本声称赫拉克勒斯为女王完成的是女人的工作，并描述了他身穿女子装束纺羊毛的情景。一年苦役结束之后，赫拉克勒斯发起了对特洛伊的征战，随后回到希腊，决意要惩罚欧律托斯，赢得伊俄勒。

赫拉克勒斯之死

与此同时，得伊阿尼拉则居住在特剌喀斯。这里的国王刻宇克斯（Ceyx）在她和赫拉克勒斯离开伯罗奔尼撒之后收留了他们。关于赫拉克勒斯生命的最后阶段，索福克勒斯的《特剌喀斯少女》是最重要的资料来源。根据索福克勒斯的说法，得伊阿尼拉对俄卡利亚和伊俄勒的事一无所知，直到信使利卡斯（Lichas）带来了俄卡利亚陷落的消息。从赫拉克勒斯为翁法勒服役开始，得伊阿尼拉已有15个月没有见到他。在这个版本中，赫拉克勒斯在从亚洲返回的路上杀死欧律托斯，洗劫了俄卡利亚，并让利卡斯将伊俄勒和其他俘获的女子带回特剌喀斯。得伊阿尼拉意识到赫拉克勒斯爱上了伊俄勒。为了赢回他的心，她用涅索斯的血浸染了一件礼袍，经利卡斯之手将它交给赫拉克勒斯，以在向宙斯感恩

献祭时穿着。

祭礼上的火焰炙热了毒血，礼袍紧紧缠住赫拉克勒斯，灼烧他的身躯，造成难以承受的痛苦。赫拉克勒斯痛苦万分，将利卡斯投进大海淹死，然后让人将自己带回特剌喀斯。人们在俄塔山上为他建起一个巨大的火葬堆。在意识到自己的所作所为后，得伊阿尼拉伏剑自杀，而许罗斯则陪同父亲前往俄塔山。赫拉克勒斯在山上嘱咐许罗斯在他死后娶伊俄勒为妻，又将自己的弓交给牧羊人波伊阿斯（菲罗克忒忒斯之父），因为只有波伊阿斯敢于为他点燃火堆。赫拉克勒斯的凡人之躯就此灰飞烟灭，而他也获得永生，升上了奥林波斯山，并在那里与赫拉和解，娶了她的女儿赫柏。这是品达所讲述的版本（《伊斯米亚颂诗》4.61—67）：

> 在走遍每一寸大地，航遍悬崖环峙、波浪翻卷的海面，为水手们平息海峡的波澜之后，阿耳刻墨涅之子升上了奥林波斯山。此时他与宙斯同席，安享至乐。永生者们都喜爱他，使他荣耀。他娶了赫柏为妻，成为一座黄金宫殿的主人，成为赫拉之女的丈夫。

在索福克勒斯的《特剌喀斯少女》的尾声，苦痛中的赫拉克勒斯被抬离他的宫殿，送往俄塔山上的火葬堆。许罗斯在这一幕中说道："无人能预见未来之事"（第1270行），由此让赫拉克勒斯的命运成为含混的谜团。奥维德则给出了清晰的描述（《变形记》9.239—272）：

> 于是……火苗吞噬着那对它们丝毫无惧的肢体，吞噬着那曾视它们为无物的英

图22.5　《涅索斯与得伊阿尼拉》（*Nessus and Deïdamia*）

布面油画，圭多·雷尼画，1623年，104英寸×77英寸。受曼图亚（Mantua）公爵费尔迪南多·贡萨加（Ferdinan-do Gonzaga）之托，雷尼在1621年创作了一组四幅油画，描述了赫拉克勒斯的生平和死亡。在查理五世的军队洗劫曼图亚期间，原版的《涅索斯与得伊阿尼拉》被搬到了布拉格（至今仍然留在那里），于是雷尼以这一幅代替了原版，对涅索斯和得伊阿尼拉神话做出了精彩而浪漫的诠释。画中年轻的马人背负着得伊阿尼拉，为自己的斩获而得意扬扬，而得伊阿尼拉则扭头向后，意识到自己遭遇了什么样的命运。背景中是追赶而来的赫拉克勒斯，他正从箭袋中取出一支箭。雷尼将关注的重心置于马人的兴奋之情上，而这兴奋很快就会变成马人自己、得伊阿尼拉以及赫拉克勒斯的悲剧。这幅画与公元前7世纪那位阿提卡艺术家在陶画（参见本书图22.7）上所表现出的冷峻的现实主义形成了对比，而这一对比正是同一个神话何以激发不同情感的鲜明例证。

雄。众神为地上最强大的勇士[赫拉克勒斯]感到忧心，而朱庇特……却满心欢喜，对他们说道："众神啊，你们的忧惧正是我的欢欣所在……尽管俄塔山上燃起了大火，也不要让你们的心灵为无谓的恐惧而颤抖！那人征服了一切，也将征服你们所见的火焰。在他身上，只有来自母亲的那部分能感受到伏尔甘[即火焰]的力量。来自我的那部分是不朽的，无惧死亡，也无惧火焰。当这一部分在地面上的事情了结，我将在天庭迎接它的归来……"众神均无异议。与此同时，伏尔甘已经烧尽了火焰所能吞噬的一切，赫拉克勒斯为人所知的

形象不复再见。来自母亲的那一部分他毫无保留，只留下了来自朱庇特的样貌……因此，这位梯林斯英雄的凡躯虽然不存，他更好的那部分却依然鲜活。他看上去变得更加伟岸，高贵的雄姿令人畏服赞叹。他乘坐驷马车升入云层。全能的天父接纳了他，将他列为闪耀的星座之一。

赫拉克勒斯：凡人、英雄与神祇

奥德修斯曾这样描述他与赫拉克勒斯的鬼魂的会面情形（荷马《奥德赛》11.601—603）：

> 然后，我看见了强大的赫拉克勒斯——那只是他的鬼魂。他本人正与永生的神祇一道安享宴乐，以白皙足踝的赫柏为妻。

这段相当早期的描述已经明显表现了赫拉克勒斯在凡人和神祇之间的模糊定位。他在成为神祇之前首先是一名凡人，这一点从他的名字（意思是"赫拉之光"）上可以看出，因为希腊神祇不会用其他神祇的名字复合成自己的名字。当然，在欧里庇得斯的悲剧《阿尔刻斯提斯》和《赫拉克勒斯》中，赫拉克勒斯的形象更像是一名凡人而非神祇。《赫拉克勒斯》中的一幕就可以作为例证：赫拉派出了疯狂女神吕萨（Lyssa）去折磨赫拉克勒斯。

赫拉克勒斯的传奇故事与阿尔戈斯、迈锡尼和梯林斯有着特殊的联系，因此他的传说很可能取材于迈锡尼之主的一位封臣——某个梯林斯君主。这一点与赫拉克勒斯屈从于欧律斯透斯的故事吻合。然而，其他与赫拉克勒斯有着特殊联系

图22.6　《赫拉克勒斯与阿波罗争夺皮提亚三足鼎》（*Heracles and Apollo Struggle for the Pythian Tripod*）

阿提卡红绘安法拉罐，作者为安多基德斯画师（Andocides Painter）[a]，约公元前520年，瓶高22.5英寸。画中的雅典娜装备着头盔、长矛和盾牌。她的埃吉斯以蛇为穗，中央装饰着戈耳工的头颅。她站在左边，旁观赫拉克勒斯与阿波罗为皮提亚三足鼎而争斗。

---

a.　约活跃于公元前530—前515年间的雅典陶画师，被认为是红绘陶画的发明者。

的地区还有玻俄提亚（传统中赫拉克勒斯的出生地和他实现一系列功业的地方）和特剌喀斯。特剌喀斯是他生命最后阶段各种功业的发生地，也是他的死亡之地。

这一事实带来两种可能性：要么是这位梯林斯英雄的传说传播到了玻俄提亚和希腊其他地区，而他的声名吸引了当地传说的依附；要么是来自北方的早期移居者将他引入希腊，并令他的声名传遍整个希腊。后一种解释看起来更容易让人接受，然而它使得许多人错误地相信赫拉克勒斯是一位多利亚英雄，由迈锡尼时代末期来到希腊的入侵者带来。更好的办法是将赫拉克勒斯设想为一位更古老的英雄：他由所有希腊人共同尊奉，但某些特定地区（阿尔戈斯、忒拜、特剌喀斯）与他的联系较其他地区更多。正因如此，我们才会看到他的功业遍布整个希腊世界，而关于他的传说和信仰也流传在各个希腊殖民地，如小亚细亚和意大利（他在那里被称为

图22.7 《涅索斯之死》（*The Death of Nessus*）

阿提卡黑绘安法拉罐（局部），约公元前620年，罐高48英寸，画高14英寸。这一幕被刻画于罐颈部位，罐耳上则画着猫头鹰，以及一只天鹅和一只鸽子。画中给出了赫拉克勒斯和涅索斯的名字（前者为从右向左书写，后者拼写为"Netos"）。赫拉克勒斯抓住涅索斯的头发，左脚粗暴地踏在这个马人的背上，用一把剑结果了他。涅索斯的手碰触赫拉克勒斯的下巴，显示他正哀告求饶，然而被赫拉克勒斯无视。画中的英雄没有穿他的狮皮，也没有带他的棍棒和弓。

海格力斯，并进入了罗马人的国教信仰）。

许多人认为，赫拉克勒斯首先是一位神祇。希罗多德就相信作为神祇的赫拉克勒斯与作为凡人的赫拉克勒斯完全不同，他是埃及的12位古神之一。希罗多德甚至亲自前往腓尼基城市提尔，以寻求其理论支持：提尔的主神美刻尔（Melkart）正是被等同于赫拉克勒斯。美刻尔的神话实际上已不为人知，因此我们对他与赫拉克勒斯之间的相似性并不清楚。同样，我们也无法在赫拉克勒斯与其他那些跟他有着许多相似点的东方神话人物之间建立确切的联系。以色列人的英雄参孙、美索不达米亚人的吉尔伽美什和奇里乞亚人（Cilician）的神祇山达斯（Sandas）都是例子——希腊英雄的传说中也许有一些元素来自这些人物。总之，我们有理由放弃希罗多德的理论，转而接受那种为古人所普遍认可的看法：凡人赫拉克勒斯最终成为了神祇。

不过，有关赫拉克勒斯的起源仍是人们十分关心的问题。他与上述那些东方神话人物之间存在着无可争辩的相似性，与印度英雄因陀罗（Indra）之间也是如此——因陀罗曾杀死三头怪物毗首噜波（Visvarupa），并释放了被其关在洞中的牛群。赫拉克勒斯消灭的那些怪物——如涅墨亚狮子和多头的水蛇——都更多地属于东方神话，然而赫拉克勒斯本人则确凿无疑是一位希腊英雄，而他的神话也是希腊的传统故事。因此，有许多不同的故事被附加到了这位被称为赫拉克勒斯的英雄身上。从那些围绕十二功业发生的大量冒险插曲上，我们就可以看出这一附加的过程。其中一些神话拥有与普罗普的"冒险"理论（参见本书第13—14页）相符的结构。尽管有着不同的面貌，但神话的基本结构正存在于这些故事中。从他的暴力与野蛮中，我们可以清晰地看到大部分赫拉克勒斯神话的原始根源。他与众

图22.8 《海格力斯成神》(*The Apotheosis of Hercules*)

板上油画，彼得·保罗·鲁本斯画，1636年，11英寸×12.75英寸。在这幅为腓力四世（Philip IV）在马德里附近的猎官而作的油画草图中，鲁本斯描绘了奥维德所述的海格力斯从火葬堆飞升到奥林波斯山的那一幕。画面的左下方可以看到火焰，而身材魁梧的英雄（奥维德的说法是"他看上去变得更加伟岸"）攀住朱庇特为他提供的马车。一个飞翔的普托为他戴上胜利者的花冠，另一个则导引着马车。鲁本斯并未在画中表现朱庇特，这是为了让观者将关注的焦点保持在胜利的英雄身上。

多不同种类的野兽之间的联系，让有的学者将他视为某种"驭兽者"，其中尤为重要的一个原因是他与牛群之间的联系——牛是畜牧社会中主要的食物来源。沃尔特·伯克特由此得出的结论颇令人信服：

> 大体而言，赫拉克勒斯并非一位荷马式的英雄人物：他不是一名与其他战士相搏的战士，却更多地与野兽发生联系——他是一名身披兽皮的野蛮人；他的主要任务就是驯服各种野兽并将它们带回，供人们食用。[22]

这位希腊英雄——宙斯之子，力量与坚毅的典范——同时也是挥舞着棍棒这种简陋武器而身披狮皮的男子。其起源可能远非在希腊，当然也远在迈锡尼时期之前。

如此多元的一个人物引来了各种不同的解读和利用。事实上，如亚里士多德在《诗学》第8章所指出，赫拉克勒斯的多元性导致无法为其创作一部结构统一的史诗或是悲剧。现存的希腊悲剧中只有三部以赫拉克勒斯的传说为题材：索福克勒斯的《特剌喀斯少女》、欧里庇得斯的《赫拉克勒斯》和《阿尔刻斯提斯》。对阿里斯托芬这样的喜剧诗人来说，赫拉克勒斯则是一个不错的滑稽剧素材。以《蛙》为例，赫拉克勒斯在剧中的行动基本上由他的贪食和淫欲推动。一些古希腊器皿描绘了他与狄俄尼索斯比拼酒量（并且输掉）的情景。在《阿尔刻斯提斯》中，他受到阿德墨托斯的招待，在了解关于阿尔刻斯提斯的真相之前喝了许多酒。[23]

更重要的是，道德主义者和哲学家们对赫拉克勒斯的德行的运用。在他们那里，赫拉克勒斯变成了刚毅无私的模范：他为了世人的福祉而劳苦不辍，并凭着自己的美德而获得永生。喀俄斯岛的普罗迪库斯（Prodicus）所讲述的著名寓言，正是这种运用的典型例子。[24] 在还是一名青年男子的时候，

图22.9 《赫拉克勒斯的选择》（*The Choice of Heracles*）

布面油画，安尼巴尔·卡拉奇画，1596年，65.75英寸×93.25英寸。卡拉奇的这幅作品原是法尔内塞宫的更衣室
（camerino）天花板上的中央油画。它是对普罗迪库斯所作寓言的清晰诠释。我们可以通过画中的棍棒和狮皮识别出
赫拉克勒斯。他正在思索是否要选择"享乐"（观者视角右方的人物）："享乐"奉上的礼物有一张演员的面具和一件
乐器。"享乐"的对面则是"美德"：她手持一柄入鞘的剑，指向一条崎岖上升的山路，而站立在山路尽头的则是飞马
珀伽索斯。一位诗人坐在画面左下方，准备对英雄的行迹进行记录。从赫拉克勒斯的眼神中可以看出，他已经决定
了选择"美德"。画面背景中央是一棵棕榈树，即将来胜利者所戴花冠的出处。

赫拉克勒斯必须在两名女子之间做出抉择。其中一名代表（轻易的）"享乐"，另一名代表着（艰苦的）"美德"。他最终选择了后者。在罗马的斯多葛派那里，赫拉克勒斯更是格外重要的美德典范。在斯多葛主义学说中，对赫拉克勒斯式的坚韧和自强给予了高度评价。在现代语境中，T. S. 艾略特的《鸡尾酒会》（*The Cocktail Party*，1949）中的哈考特－赖利（Harcourt-Reilly）则将阿尔刻斯提斯神话中的赫拉克勒斯和一名类基督英雄的美德结合了起来。

　　或许，为赫拉克勒斯的故事作结的更好办法是回到《荷马体颂歌之15——致狮心的赫拉克勒斯》（*Homeric Hymn to Heracles, the Lion-Hearted*，15）中对这位英雄的祈告。在这里，我们可以将目光集中在那个辛劳一生之后终于成为英雄和神祇的男子身上：

　　　　我要歌唱宙斯之子赫拉克勒斯。阿耳
刻墨涅与乌云之主、克洛诺斯之子同寝，
然后在乐舞之城忒拜生下他，而他将长成
大地上无人比肩的最强者。在国王欧律斯

透斯的命令下，他在洪荒年代就远涉天涯海角。他受尽种种磨难，他的英雄行迹不可胜数。如今，白雪皑皑的奥林波斯山上的美丽宫宇是他的安居之所，脚踝纤美的赫柏是他的妻子。

高贵的宙斯之子，我赞美你。请你将那美德和财富赐下 [给我]。[25]

赫拉克勒斯族人

阿耳刻墨涅、欧律斯透斯，以及赫拉克勒斯的子嗣

赫拉克勒斯死后，他的母亲阿耳刻墨涅和他的儿女遭到欧律斯透斯的迫害。刻宇克斯无力保护他们，于是他们逃到了雅典。雅典人与欧律斯透斯开战，在战场上杀死了欧律斯透斯及其5个儿子。欧律斯透斯的头颅被送到阿耳刻墨涅那里，阿耳刻墨涅用胸针挖出了他的双眼。

然而，根据欧里庇得斯在其剧作《赫拉克勒斯族人》（Heraclidae）中的说法，阿耳刻墨涅及其孙辈在雅典得到收留。收留他们的人是忒修斯之子、雅典国王得摩丰（Demophon）。① 各种神谕都要求得摩丰"将一名父亲高贵的处女献给得墨忒耳的女儿 [即珀耳塞福涅]，以击败我们的敌人，挽救这座城市"（《赫拉克勒斯族人》407—409、402）。赫拉克勒斯之女玛卡里亚自愿献祭，为雅典人带来了胜利。在战斗中，赫拉克勒斯的侄子伊俄拉俄斯奇迹般地从赫拉克勒斯和赫柏那里重获力量，开始追击欧律斯透斯，并将他俘获，带回给阿耳刻墨涅。阿耳刻

---

① 不同于厄琉西斯国王刻勒俄斯之子得摩丰。关于后者，参见本书第14章。

墨涅羞辱了这名俘虏，并下令将他处死，从而结束了全剧。欧律斯透斯在死前预言：如果他的尸体被葬在阿提卡，就能保护这片土地不受入侵。

品达则给出了这个故事的另一个版本（《皮提亚颂诗》9.79—83）：

七门之城忒拜知道时运（Kairos）站在了伊俄拉俄斯一边。伊俄拉俄斯挥剑砍下了欧律斯透斯的头颅，尔后他自己也被众人深深埋葬，就葬在御车者安菲特律翁的墓旁。那里安息的是他的祖父 [安菲特律翁]、地生人的宾客——他是住在白马之城卡德墨亚的一名外邦人。

在这个版本中，伊俄拉俄斯杀死了欧律斯透斯，而他的遗体（而非欧律斯透斯的）保护了那片收留他的异邦——此处的异邦成了忒拜（即品达的故乡）。

阿耳刻墨涅本人也与某种崇拜产生了联系。根据其中一个版本，她死在忒拜，而后被赫尔墨斯送往乐土，在那里嫁给了米诺斯的兄弟拉达曼堤斯。根据阿波罗多洛斯的说法，安菲特律翁死后，阿耳刻墨涅在忒拜嫁给了拉达曼堤斯，并在阴间与安菲特律翁重逢。当人们将她的棺材送去安葬之时，赫尔墨斯受宙斯之命，用一块大石头调换了她的尸体。由于棺材突然变得很重，调包被赫拉克勒斯的儿子们发现了。于是他们为她建起一座神圣的祭坛。[26]

赫拉克勒斯族人的回归

有关赫拉克勒斯后裔（即所谓"赫拉克勒斯族人"）的传说，说明了迈锡尼时代结束之后多利亚人部落占领伯罗奔尼撒大片地区的原因。许罗斯遵从父命娶了伊俄勒为妻，又向德尔斐神谕咨询了是否

应该返回伯罗奔尼撒的问题。他得到的建议是等待，"直到第三次果实成熟"，之后胜利就会"从狭窄之地到来"。在等待了两年之后，他经由科林斯地峡时发起了进攻。他本人在单独决斗中死于忒革亚国王厄刻摩斯（Echemus）之手，而他的部队撤军并达成一项长达百年的停战协定。在停战到期之际，赫拉

图22.10　《法尔内塞的海格力斯》（*The Farnese Hercules*）
大理石雕像，3世纪早期由格利孔（Glycon）复制自公元前4世纪中期的留西波斯（Lysippus）[a]作品，高125英寸。这尊巨像出土于罗马的卡拉卡拉浴场（Baths of Caracalla），它正是特意为该浴场而复制。疲惫的英雄倚靠在他的棍棒上。棍棒挂着狮皮，挂在一个树桩上。英雄庞大的身躯上肌肉虬结如山。有人（马丁·罗伯逊）认为这尊雕像刻画了一位"衰老的健将"，但它反映的更可能是英雄在完成功业后的疲惫姿态。

克勒斯族人忒墨诺斯（Temenus）再度咨询了神谕，得到这样的回答："第三次果实成熟"指的并不是第三次收获季节，而是第三代人，而"狭窄之地"指的则是科林斯海峡的入口。因此，忒墨诺斯侵入了伯罗奔尼撒西北部，在帕特雷（Patrae）附近渡海，并根据神谕的建议，以一名"三眼之人"为向导。这名向导是一名被放逐的埃托利亚人，名叫奥克西洛斯（Oxylus），他被忒墨诺斯发现时正骑着一匹独眼的马。在奥克西洛斯的帮助下，赫拉克勒斯族人击败了由俄瑞斯忒斯之子提萨墨诺斯率领的伯罗奔尼撒防守部队。修昔底德将这一系列事件与特洛伊战争及希腊领袖们回归之后希腊发生的各种动乱联系在一起（《伯罗奔尼撒战争史》1.12），并声称"多利亚人和赫拉克勒斯族人在（特洛伊陷落之后）第八年占领了伯罗奔尼撒"。

"赫拉克勒斯族人的回归"就这样发生了。首领们将他们所占据的土地分为三个主要区域。拉刻达蒙（Lacedaemon，即斯巴达）归于新近死去的首领阿里斯托得摩斯（Aristodemus）之子普罗克勒斯（Procles）和欧律斯忒涅斯（Eurysthenes）。他们由此成为两支斯巴达王族的开创者。阿尔戈斯归于忒墨诺斯，墨塞尼（Messene）[①]则归于克瑞斯丰忒斯（Cresphontes）。忒墨诺斯没有将王位传给自己的儿子，结果被他们杀死。克瑞斯丰忒斯同样死于非命——他和两个儿子一起，死在与其敌对的赫拉克勒斯族人波吕丰忒斯（Polyphontes）手上。他的遗孀墨洛珀（Merope）被迫成为波吕丰忒斯的王后，不过她成功地让自己幸存的儿子埃皮托斯（Aepytus）逃离了王国，前往埃托利亚，并在那里长大成人。埃皮托斯在后来潜回墨塞尼，并被墨洛珀认出。在

---

a.　留西波斯（约前370—约前300），公元前4世纪著名的古希腊雕刻家，其作品以较修长的人体比例和自然主义风格而闻名。

---

①　位于伯罗奔尼撒半岛西南部。

墨洛珀的默许下，埃皮托斯杀死了波吕丰忒斯，夺回了父亲的王位。这三个多利亚人王国中，斯巴达和阿尔戈斯保持了数百年的繁荣，墨塞尼则没有存在多久就被斯巴达人征服。

赫拉克勒斯神话之余绪

前文提到过与赫拉克勒斯第十项功业相关的"赫拉克勒斯之柱"。除此之外，在古代和更晚近时期，还有政治领袖们渴望效仿赫拉克勒斯的许多事例。比如，公元前24年，罗马皇帝奥古斯都从西班牙战场返回时，他就被诗人贺拉斯比作赫拉克勒斯（《颂诗》3.14）。贺拉斯在这里将赫拉克勒斯视为一位为世界斩除魔怪和消除其他威胁，从而让世界变得更美好的英雄。较为不重要的——事实上堪称可笑的——例子则是罗马皇帝尼禄（去世于68年）。据说他在临死前正打算假扮成赫拉克勒斯，在竞技场里和一头经过特别训练的涅墨亚狮子搏斗。一个多世纪之后，罗马皇帝康茂德（Commodus，去世于192年）为自己加上了"罗马的海格力斯"这一称号，并被刻画成身穿赫拉克勒斯的狮皮、手持赫斯珀里得斯姊妹的苹果的形象（参见本书图25.2）。

在6—7世纪的欧洲，"高卢的"①（Gallic）赫拉克勒斯形象深入人心。这一赫拉克勒斯形象源自2世纪希腊作家琉善的作品《赫拉克勒斯》。根据琉善的说法，这位"凯尔特的"（Celtic）赫拉克勒斯是一位老人，具备狮皮、棍棒和弓等传统特征，同时又是一位以雄辩之才吸引人群的演说家。在文艺复兴时期流传的小册子中，这位赫拉克勒斯被表现

图22.11 《胜利者海格力斯》（《法尔内塞的海格力斯》，
Hercules Victor [*The Farnese Hercules*]）

版画。作者为亨德里克·霍尔齐厄斯（Hendrik Goltzius，1558—1617）。霍尔齐厄斯的版画从背后展示了英雄肌肉虬结的身体。画中的赫拉克勒斯右手中握着赫斯珀里得斯姊妹的苹果，而两名后世的观者则突出了赫拉克勒斯的身躯在天空映衬之下的巨大剪影。画中的拉丁语抑扬格诗句（位于雕像名称的左右两侧）的内容如下："我是令世界战栗的海格力斯。我在西班牙的天涯击败了三个身体的国王（革律翁），又在黄昏星（Hesperus）回转之地，在那黄金果园中摘取了苹果——一条大蛇在那里日夜看守，从不入眠。如今我已疲倦，在此憩息。"

成一位其舌头与听众之间有链条相连的老人。这些听众折服于他的口才，心甘情愿地追随他。高卢的赫拉克勒斯形象在法国的种种政治图景中尤为常见。例如，法国国王亨利四世在1600年被迎入阿维尼翁（Avignon）时就被称为"高卢的海格力斯"（L'Hercule Gaulois）。在他行进的路线上装饰有七座拱门，以彰显他的功业。

---

① 即生活在高卢地区的凯尔特人。

奥林匹亚的宙斯神庙及其雕塑方案

在奥林匹克竞技会于公元前776年重启之时，人们普遍认为是赫拉克勒斯在传说时代首创了这项赛事。奥林匹亚的多利亚式宙斯神庙的修建始于约公元前472年，完工于约公元前456。（关于这座神庙及其装饰方案的更全面讨论，参见本书第125—127页。）重要的是，这座神庙是该世纪早期的波斯入侵之后第一批重大建筑方案之一。2世纪的旅行作家保萨尼亚斯在其作品《希腊志》（5.7及其后部分）描述了这座圣地及其神庙。根据保萨尼亚斯的说法，神庙东西两个外立面上的多利亚式雕带包括12幅柱间壁浮雕，详细表现了赫拉克勒斯为国王欧律斯透斯所完成的12件功业。保萨尼亚斯按照自己的观看顺序对这些浮雕进行了描述：在神庙的正面（即东面），浮雕从左至右分别表现了厄律曼托斯野猪（7）、狄俄墨得斯牝马（8）、革律翁的牛群（9）、赫斯珀里得斯姊妹的苹果（10）和奥革阿斯的牛圈（12）；神庙背面（即西面）的浮雕则显然应从右往左观看，分别是涅墨亚狮子（1）、勒耳那水蛇（2）、斯廷法利斯湖怪鸟（3）、克里特公牛（4）、刻律涅亚牝鹿（5）和希波吕忒的束腰（6）。保萨尼亚斯没有提到活捉刻耳柏洛斯（11）这项功业，这似乎是个意外。它很有可能是神庙正面柱间壁浮雕中的一幅，应位于赫斯珀里得斯姊妹的苹果和奥革阿斯的牛圈之间。此处各项功业的顺序，与我们所提出的伯罗奔尼撒功业和非伯罗奔尼撒功业的排列方式不尽相同。关于这种排序的艺术逻辑或这种排序是否代表着各项功业的最初次序的问题，学界有一些争论，但大部分学者接受这一排序。

图22.12　《赫拉克勒斯在雅典娜的帮助下清洗奥革阿斯牛圈》

（*Heracles, Assisted by Athena, Cleans the Augean Stables*）

奥林匹亚的宙斯神庙东门廊上方的大理石柱间壁浮雕，约公元前460年，高63英寸。在宙斯神庙柱间壁浮雕中描述赫拉克勒斯功业的系列里，这一本土传说得享最后一幅的尊崇位置。图中雅典娜戴着头盔，身穿多利亚女式长袍，左手置于盾上。她用长矛（今已不存）指引着赫拉克勒斯，而赫拉克勒斯正努力（用撬棍）打开牛圈，以让阿尔甫斯河水将它们冲刷干净。

图22.13 《雅典娜、赫拉克勒斯和阿特拉斯》（*Athena,Heracles,and Atlas*）

柱间壁浮雕第10号，大理石深浮雕，约公元前460年，高1.63米。原浮雕存于奥林匹亚考古博物馆。艺术家选择表现的是阿特拉斯回到赫拉克勒斯那里，将赫斯珀里得斯姐妹的苹果带给他的时刻。在阿特拉斯离开时，赫拉克勒斯接过了背负天穹的重担。帮助赫拉克勒斯承担重量的是一块折叠的垫子。总是为最伟大的英雄提供帮助的雅典娜在此现身，她衣着朴素，并未披挂常穿的战衣。她轻柔地伸出援手，毫不引人注目。颇具匠心的是，这块浮雕原先的位置是在三角墙之下，暗示赫拉克勒斯背负着神庙屋顶的重量。

W1. 涅墨亚狮子

W2. 勒耳那水蛇

W3. 斯廷法利斯湖怪鸟

W4. 克里特公牛

E5. 刻律涅亚牝鹿

E6. 阿玛宗人

E7. 厄律曼托斯野猪

E8. 狄俄墨得斯牝马

E9. 革律翁的牛群

E10. 赫斯珀里得斯姐妹的苹果

E11. 刻耳柏洛斯

E12. 奥革阿斯的牛圈

图22.14 奥林匹亚柱间壁浮雕图解

这幅图展示了各个柱间壁浮雕的排列顺序及每块石板的构图——尽管现在它们都已成了碎片。在宙斯神庙和奥林匹亚圣地对赫拉克勒斯的十二功业进行表现是完全恰当的：赫拉克勒斯是宙斯之子，也是奥林匹克竞技会的开创者。他在这里被视为一位最终赢得永生和不朽荣耀的英雄竞赛者。如果我们的识读无误，那么第一个场景中就是涅墨亚狮子，而倒数第二个则是活捉刻耳柏洛斯。有一种看法认为：清洗奥革阿斯牛圈之所以被放在最后，是为了凸显在本地完成的功业的重要地位。每块石板的构图都具有一种简朴的设计风格，只有寥寥几个人物，又因各自选择表现的戏剧化精确瞬间而彼此不同。根据学者们的看法，在如今的这种排序中，雅典娜在第一、第三、第十和第十二块浮雕中的出现可能是出于一种美学考虑。

相关著作选读

Brommer, Frank，《赫拉克勒斯：古代艺术与文学中的英雄十二功业》（*Heracles: The Twelve Labors of the Hero in Ancient Art and Literature*. Translated by Shirley Schwartz. New Rochelle: Caratzas, 1986）。

Galinsky, G. Karl，《赫拉克勒斯主题：从荷马到20世纪的文学对这位英雄的塑造》（*The Herakles Theme: The Adaptation of the Hero in Literature from Homer to the Twentieth Century*. Oxford: Blackwell, 1972）。

主要神话来源文献

本章中引用的文献

欧里庇得斯：《赫拉克勒斯》352—427。

荷马：《伊利亚特》19.103—105；《奥德赛》11.601—603、620—633。

荷马体颂歌之15：《致狮心的赫拉克勒斯》。

奥维德：《变形记》9.239—272。

品达：《伊斯米亚颂诗》4.61—67；《涅墨亚颂诗》1.33—72；《皮提亚颂诗》9.79—83。

索福克勒斯：《特剌喀斯少女》513—525。

其他文献

阿波罗多洛斯：《书库》2.4.5—2.8.5。

罗得斯岛的阿波罗尼俄斯：《阿尔戈英雄纪》1.1153—1357。

欧里庇得斯：《赫拉克勒斯族人》。

希罗多德：《历史》2.43.1—2.45.3，关于埃及的赫拉克勒斯的部分。

普劳图斯：《安菲特律翁》。

小塞涅卡：《海格力斯的疯狂》，《俄塔山上的海格力斯》。

色诺芬：《回忆苏格拉底》（*Memorabilia*）2.1.21—34，关于十字路口的赫拉克勒斯的部分。

补充材料

图书

戏剧：Wertenbaker, Timberlake（1946— ），*Plays 2*. London: Faber & Faber, 2002。这部戏剧集中包括了《狄阿涅伊拉》

（*Dianeira*）。作为一名出生在美国的欧洲人，作者韦滕贝克（Wertenbaker）是英国戏剧舞台上的重要作家。她曾翻译和改编过索福克勒斯和欧里庇得斯的几部剧作。

CD

康塔塔：Bach, Johann Sebastian (1685–1750). *Hercules auf dem Scheidewege*. Secular Cantata 213. Quasthoff et al. Stuttgart bach Collegium, cond. Rilling. Musicaphon。关于十字路口的海格力斯以及他在享乐与美德之间所做选择的著名寓言。

康塔塔：Handel, George Frideric (1685–1759). *The Choice of Hercules*. Gritton et al. Orchestra of the King's Consort, cond. King. Hyperion。主题与巴赫作品相同。

交响诗：Saint-Saëns, Camille (1835–1921). *La Jeunesse d'Hercule* and *Le Rouet d'Omphale*. Philharmonia Orchestra, cond. Dutoit. London (Jubilee)。后一部作品中加入了翁法勒的纺车声。

音乐："Hercules." Rock song. Elton John. In Honky Château. Universal Music and Video.

音乐：Porter, Cole (1891–1964). *Out of This World*. Greenwood et al. Original Broadway cast recording. Sony Broadway. Also the 1995 original New York cast recording *City Center's Encores*, *Great American Musicals in Concert*. DRG。一部优秀的音乐剧，大体基于安菲特律翁的传说，讲述了朱庇特恋上一名迷人的美国凡人的故事。参见本书第817页。

轻歌剧：Terrace, Claude (1867–1923). *Les Travaux d'Hercule* (*The Labors of Hercules*). Rey et al. Orchestre Lyrique de la RTF, cond. Cariven. Musidisc。一部奥芬巴赫式的戏剧，讲述了赫拉克勒斯的功业。

DVD

电影：*Hercules*. Walt Disney film, starring Tate Donovan and Josh Keaton. Disney Gold Classic Collection。一部情节普通、适合家庭娱乐的电影，其中一些特效颇为机智。

歌剧：Handel, George Frideric (1685–1759). *Hercules*. Shimell. Didonato et al. Orchestra des Arts Florissants, cond. Christie. Harmonia Mundi。此剧基于索福克勒斯的《特剌喀斯少女》，讲述了赫拉克勒斯、得伊阿尼拉和伊俄勒的故事。亨德尔（Handel）最伟大作品之一的精彩演绎，其中 Joyce Didonato 的表演尤为值得称道。此剧亦有 CD 版本：Tomlinson et al. The English Baroque Soloists, cond. Gardiner. Archiv Produkt。

歌剧：Vivaldi, Antonio (1678–1741). *Ercole sul Termodonti* (*Hercules in Thermodon*)。 Stains, Nessi et al. Il Complesso Barocco, cond. Curtis. Dynamic。此剧情节相当复杂，以海格力斯在铁尔莫东（Thermdon）夺取阿玛宗女王安提俄珀的剑（而非希波吕忒的魔法束腰）这一功业为中心。这是维瓦尔第这部罕见作品的第一张 DVD，系为斯波莱托表演艺术节（Spoleto Festival）而创作，是一部颇具争议的作品，其中饱含情欲内容，还有裸体赫拉克勒斯的意外亮相。此剧还有一张全明星阵容出演的 CD 版本：Villazon, Didonato, and Damrau, Europa Galante, cond.

Biondi. Virgin Classics。

歌剧：Cavalli, Francesco（1802－1878）. *Ercole Amante*（*Hercules in Love*）. Pisaroni, Cangemi et al. Concerto Köln, cond. Bolton. Opus Arte。此剧的剧本相当复杂，涉及海格力斯与维纳斯合谋引诱爱上海格力斯之子许罗斯的伊俄勒、海格力斯死于毒袍及其在天庭复活并迎娶美之女神等故事。这部作品内容华丽，制作精美，但也显得有些怪诞，在谐歌剧这一体裁的悲剧和戏剧两个层面上都过于夸张。喜爱巴洛克音乐的人们要么会喜欢它，要么会痛恨它。

要了解众多关于赫拉克勒斯的电影，参见本书第834页。

［注释］

[1]　此处我们使用赫拉克勒斯这个名字的希腊文形式（Heracules，意思是"赫拉之光"）。在拉丁文中他的名字写作"海格力斯"（Hercules）。他还被称作"阿尔喀得斯"（Alcides，即"阿尔开俄斯 [Alcaeus] 的后裔"），有时也被称为"安菲特律俄尼亚得斯"（Amphitryoniades，意为"安菲特律翁 [Amphitryon] 之子"）。

[2]　厄勒克特律翁唯一幸存的儿子利库墨尼俄斯在后来被赫拉克勒斯的一个儿子杀死。

[3]　根据阿波罗多洛斯的说法，安菲特律翁在刻法罗斯及其神犬的帮助下为忒拜消灭了一只狐怪，因而得到克瑞翁的支持。

[4]　厄勒梯亚坐在阿耳刻墨涅的房门外，以一种交感巫术的姿势双手抱膝。然而阿耳刻墨涅的女仆伽兰提丝（Galanthis）却打破了这个法术，她冲出房门，高声叫喊道："女主人生了一个儿子！"让厄勒梯亚跳了起来，松开了双手，因此阿耳刻墨涅得以顺利生产。为了惩罚伽兰提丝，厄勒梯亚将她变成了一只黄鼠狼。

[5]　欧律托斯是阿波罗的孙子、优卑亚城邦俄卡利亚的国王。关于他死于赫拉克勒斯之手的故事，参见本书第611页。

[6]　指夺取革律翁的牛群、摘取赫斯珀里得斯姊妹的苹果和活捉刻耳柏洛斯这三项。

[7]　尽管牝鹿是雌性，但这头鹿总是被表现为头生长角。欧里庇得斯将它描述为一头肆意破坏的怪兽。部分作者认为它的名字得自阿开亚的刻律尼忒斯河（Cerynites），将它称作刻律尼忒斯牝鹿（Cerynitian hind）。

[8]　阿耳卡狄亚的一座山和北非那条著名山脉都叫阿特拉斯。

[9]　有一幅陶画将刻律涅亚牝鹿画在了赫斯珀里得斯姊妹的苹果树旁。

[10]　parerga（译者按：parergon 的复数形式）一词表示在完成功业时所经历的意外冒险。

[11]　保萨尼亚斯将奥林匹克运动会的创立之功归于克里特人的大母神的侍从"达克堤利赫拉克勒斯"（Heracles the Dactyl，译者按：Dactyl 一词指大母神的随从精灵）。这位侍从与希腊英雄赫拉克勒斯无关。

[12]　这群怪鸟在各个作者的想象中拥有不同的特征。可参阅 D'Arcy W. Thompson, *Glossary of Greek Birds*, 2 d ed. (New York: Oxford University Press, 1936), p. 273，后来的阿尔戈英雄们在阿瑞斯岛（Ares）上也遭遇了这种怪鸟（参见本书第657页）。

[13]　西班牙画家弗朗切斯科·苏尔瓦兰（Francesco Zurbarán，1598—1664）为西班牙的腓力四世创作了一组十幅布面油画，作为马德里的布恩雷提洛宫（Palace of Buen Retiro，译者按：西班牙王室于16世纪建立的离宫，今为公

园。"布恩雷提洛"意为"美丽的退隐地")的装饰(这些画如今都存于普拉多博物馆),因此延续了赫拉克勒斯在西班牙王室中有着重要意义这一主题。

[14] 杀死卡库斯是这项功业中发生的插曲之一(参见本书第720—722页)。

[15] 这个传说包含了众多民间故事元素,例如新郎的任务、能听懂兽语的魔法师和以交感巫术治愈疾病(参见本书第522—523页忒勒福斯的故事)。

[16] 阿伽泰尔斯人和革伦诺人是斯基泰以北的两个部族。斯基泰即多瑙河与顿河之间的地区。

[17] 他的名字的意思是"奥西里斯之族"(译者按:奥西里斯即埃及神话中的冥界之神 Osiris)。希罗多德则指出埃及人并无人祭的做法。

[18] 伪托赫西俄德的诗篇《赫拉克勒斯之盾》描述了这场战斗。这个库克诺斯(其名意为"天鹅")是多篇诗歌中提到的几个库克诺斯之一。

[19] 维吉尔在其第六篇《牧歌》(6.44)中描述了这种仪式:"于是海岸都回荡着呼唤之声:'许拉斯,许拉斯。'"(ut litus Hyla, Hyla omne sonaret)

[20] 忒勒福斯的神话有许多变体。索福克勒斯和欧里庇得斯都曾创作关于他的悲剧。

[21] 这就是"丰饶之角"(cornu copiae)。阿玛尔忒亚是丰饶女神的名字,也是那哺育了襁褓中的宙斯的山羊的名字。奥维德的说法则是:水泽仙女那伊阿得们拾起了阿克洛俄斯的角,在其中装满果实和鲜花,使它变成了丰饶之角。

[22] Walter Burkert, *Structure and History in Greek Mythology and Ritual*, (Berkely: University of California Press, 1979), p.94.

[23] 加林斯基(Galinsky)在其著作的第4章中出色地刻画了一个"喜剧化的"赫拉克勒斯。

[24] 参见色诺芬的《回忆苏格拉底》2.21—34和西塞罗的《论责任》(*De Officiis*)1.118。这一寓言在西方艺术中有着十分重要的地位。关于这一点可参阅 E. Panofsky 的著作 *Hercules am Scheideweg* (Leipzig, 1930)。

[25] 要了解更多讨论,可参阅 L. R. Farnell 的 *Greek Hero-Cults and Ideas of Immortality* (New York: Oxford University Press, 1921)的第5—7章及 G. Karl Galinsky 的 *The Herakles Theme* (Oxford: Blackwell, 1972)。Burkert 在 *Structure and History* 中的探讨最为出色。关于艺术中的赫拉克勒斯,可参阅 Frank Brommer 的两卷本 *Herakles* (Darmstadt: Wissenschaftliche Buchgesellschaft, 1972–1984)。其中第1卷由 Shirley J. Schwarz 译作 *Heracles: The Twelve Labors of the Hero in Ancient Art and Literature* (New Rochelle: Caratzas, 1984)。此外还可以参考 Jane Henle 的著作 *Greek Myths: A Vase Painter's Notebook* (Bloomington: Indiana University Press, 1973)第231—238页。

[26] 关于阿耳刻墨涅神话的不同版本,可参阅 J. G. Frazer 在其编撰的 *Apollodorus* (Cambridge, MA: Loeb Classical Library, Harvard University Press, 1961 [1921])第1卷第181—182、303页的注释。

第23章
忒修斯和阿提卡的传说

> 厄瑞克透斯的后裔自古享有好运，是福泽庇佑的诸神的子孙。他们住在不受侵扰的土地上，从最耀眼的智慧中获得滋养。
>
> ——欧里庇得斯《美狄亚》824—829

早期诸王及其传说

刻克洛普斯、厄里克托尼俄斯和厄瑞克透斯

雅典人自夸他们是"土生土长的"（autochthonous，字面意思是"泥土中冒出的"），即他们不是任何入侵阿提卡的外族的后代。他们声称，自己最早的君王刻克洛普斯是从地下冒出来的，身体的下半截是蛇的形状。刻克洛普斯除了阿提卡（他用自己的名字［Cecrops］将此地命名为刻克洛皮亚［Cecropia］）的创建者这一身份之外，在传说中并无重要地位。波塞冬与雅典娜之间对阿提卡的争夺就发生在刻克洛普斯的时代（参见本书第188页）。此后波塞冬仍旧是雅典的一位重要神祇。在雅典卫城，对波塞冬的崇拜与对雅典娜的崇拜之间有着紧密的联系。

阿提卡神话中的另一个早期人物是厄里克托尼俄斯（Erichthonius）。他同样是半蛇半人，并且同样生于大地（如他名字中的词根"chthon"所示）。在赫淮斯托斯企图侵犯雅典娜时，他的精液落到了地上。厄里克托尼俄斯由此而生。雅典娜将他捡了起来，放进一个柜子，而后将

图23.1 《襁褓中的厄里克托尼俄斯被发现》(*The Discovery of the Infant Erichthonius*)

布面油画，彼得·保罗·鲁本斯画，约1616年，85英寸×125英寸。鲁本斯表现的是阿格劳洛丝打开装着厄里克托尼俄斯的篮子，并把他拿给她姊妹潘德洛索丝（右）和身穿明艳红袍的赫耳塞（左）看的那一刻。画中的丘比特指向赫耳塞，表示她将成为墨丘利的新娘。画面背景中的喷泉表现的是拥有众多乳房的阿耳忒弥斯。她所代表的丰饶与左边代表情欲的潘神头像石碑形成了呼应。画中的老妇身份不明。

柜子交给刻克洛普斯的女儿们，也就是潘德洛索丝（Pandrosos）、阿格劳洛丝（Aglauros）和赫耳塞（Herse）（另有一种说法认为接受柜子的只有潘德洛索丝），并禁止她们朝柜中张望。三位姊妹违背了禁令：她们因为自己所看到的东西（要么是两条蛇，要么是长着蛇身的厄里克托尼俄斯）而发了疯，从卫城上跳了下去。[1]随后，雅典娜将厄里克托尼俄斯拾回，亲自将他养大。作为雅典国王，厄里克托尼俄斯据传创立了一年一度的盛大节日"泛雅典娜节"，并在卫城树起了雅典娜的木质雕像。

厄里克托尼俄斯神话的核心在于他的降生。其中最重要的特征就是他"从土中冒出"。他在某种程度上被人同他的孙子、雅典王位的继承者厄瑞克透斯混淆起来。两人实际上都是波塞冬的不同化身。雅典娜的预言是：厄瑞克透斯死后将在雅典受到崇拜，并拥有自己的圣地，"周遭环以石块"，并且人们会"向他献祭公牛，称他为'波塞冬—厄瑞克透斯'"[2]。

在接近公元前5世纪末期的时候，雅典卫城上那座被称为"厄瑞克透翁"的精美神庙同时供奉"雅典

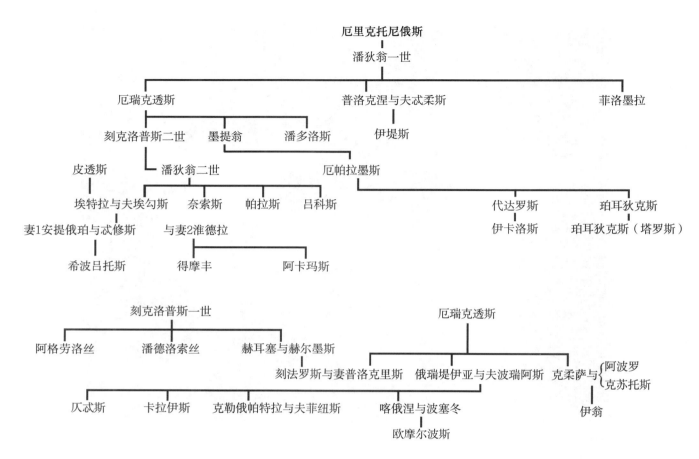

图23.2　雅典王族

娜·波利阿斯"（意为"城市的保护者雅典娜"）和厄瑞克透斯。[3] 这座神庙拥有与雅典宗教早期阶段相关的各种圣物，其中包括雅典娜的木像，厄瑞克透斯之墓，还有波塞冬在与雅典娜争斗时用三叉戟砸出的咸泉——它被称为"厄瑞克透斯之海"。"海"中保存着波塞冬的三叉戟击打大地时留下的痕迹。雅典娜变出的橄榄树也与这处圣地联系在一起。这座神庙广为人知的名字厄瑞克透翁来自厄瑞克透斯—波塞冬，但在古代，它的正式名称是"古老神像所在之庙"。

厄瑞克透翁及与之毗邻的神坛，由此和最古老的雅典神话紧紧联系在一起。它建于雅典卫城上。那里也是迈锡尼时代雅典的堡垒所在地，因此它又

将雅典人与他们城市的最初历史阶段连接了起来。作为这座城市的伟大保卫者，奥林波斯山的天神雅典娜也在此与她的对手波塞冬以及她的前任 [①]——地神厄瑞克透斯——产生了联系。雅典娜在争斗中赢得了这座城市的保卫者的光荣地位。她的胜利证据就在不远处，就在帕特农神庙西面三角墙上的雕像中。

厄瑞克透斯在雅典神话中有着重要的地位。他在雅典最早的战争中成功保卫了这座城市，打退了色雷斯人欧摩尔波斯所率领的厄琉西斯人的进攻。欧摩尔波斯是波塞冬的儿子，也是厄琉西斯

---

① 指雅典娜在厄瑞克透斯之后成为雅典的保护神。

的世袭祭司们的祖先。在征得妻子普刺克西忒亚
（Praxithea）的同意之后，厄瑞克透斯将自己的一
个女儿（或者是全部三个）献祭，以确保雅典获
胜。[4] 他在战场上杀死了欧摩尔波斯，并因此被波
塞冬杀死——波塞冬用三叉戟将他插到地下。献
祭女儿是欧里庇得斯的悲剧《厄瑞克透斯》中的中
心主题，而普刺克西忒亚则在这部剧中扮演了重要
角色。[5]

在欧里庇得斯的悲剧《伊翁》中，伊翁的母亲
克柔萨（Creusa）即是厄瑞克透斯的女儿之一。她给
出了一种不同的说法：除了她自己之外，厄瑞克透
斯其他所有女儿都被献祭了（《伊翁》277—282）：

> 伊翁：你父亲将你的姊妹们献祭了吗？
>
> 克柔萨：他硬起心肠，将还是少女的
> 她们杀死，当作祭礼献给大地。
>
> 伊翁：那你又是怎样逃脱姊妹们的命
> 运的呢？

克柔萨：我那时还是母亲怀中的婴儿。

伊翁：大地真的打开了一条裂缝，吞
噬了你的父亲吗？

克柔萨：正是这样。海神用三叉戟杀
死了他。

作为对厄瑞克透斯在雅典神话中的重要性和雅
典人对其本土性的自豪感的最后一次提醒，我们将
欧里庇得斯为其悲剧《美狄亚》所创作的一篇优美合
唱的开头几行引用如下。它是对雅典的赞美（《美狄
亚》824—830）[6]：

> 厄瑞克透斯的后裔自古享有好运，是
> 福泽庇佑的诸神的子孙。他们住在不受侵
> 扰的土地上，从最耀眼的智慧中获得滋养，
> 在光明的空气中翩然而行。

我们在前文中提到过雅典娜曾将襁褓中的厄里

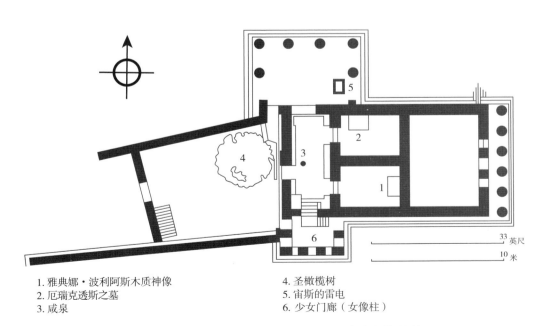

1. 雅典娜·波利阿斯木质神像
2. 厄瑞克透斯之墓
3. 咸泉
4. 圣橄榄树
5. 宙斯的雷电
6. 少女门廊（女像柱）

33 英尺
10 米

图23.3 厄瑞克透翁平面图（仿照 W. B. 丁斯莫尔的绘图）

克托尼俄斯托付给刻克洛普斯的几个女儿。她们一共是三个：阿格劳洛丝、赫耳塞和潘德洛索丝。这三个名字的意思分别是"光明""露珠"和"露水浸透"。这表明她们是真正的神话人物，在最初都是代表丰饶的女神。[7]

奥维德讲述了赫尔墨斯爱上赫耳塞的故事。当赫尔墨斯飞降到雅典卫城上时，首先看到他的是阿格劳洛丝。阿格劳洛丝向赫尔墨斯索要黄金，作为将他带到赫耳塞那里去的回报。雅典娜原本已经因为她违命向装着厄里克托尼俄斯的柜子里张望而心怀怒意，如今再次被她触怒。因此雅典娜将妒意注入阿格劳洛丝的心胸，使她试图阻止赫尔墨斯接近

赫耳塞。赫尔墨斯将阿格劳洛丝变成了一块石头，然后与赫耳塞同寝。他们的儿子是刻法罗斯。

刻法罗斯和普洛克里斯

刻法罗斯受到黎明女神厄俄斯的爱慕，他是安菲特律翁的盟友。在较晚的传说中，他成了厄瑞克透斯的女儿普洛克里斯的丈夫。在奥维德所讲述的故事中，他受到同样爱慕他的奥罗拉（"厄俄斯"的拉丁语形式）的诱惑，对普洛克里斯的忠贞进行考验。他在乔装打扮之后试图引诱普洛克里斯，并在得逞时亮明了自己的真实身份。普洛克里斯因羞愧而逃走，成为阿耳忒弥斯的追随者。阿耳忒弥斯

图23.4　《刻法罗斯和奥罗拉》（*Cephalus and Aurora*）

布面油画，尼古拉·普桑画，约1630年，38英寸×51.5英寸。画中的刻法罗斯注视着一个丘比特所举起的普洛克里斯画像，抵抗着奥罗拉的诱惑。背景中的珀伽索斯正等待着拉起黎明女神的马车。怀抱陶罐而卧的神祇是一位河神，普桑用他来表现神话式景观。

给了她一条名叫拉伊拉普斯（Laelaps）、捕捉猎物从不落空的猎犬，又给了她一杆永远不会错失目标的标枪。后来，她与刻法罗斯和解，带着这些神奇的礼物回到家中。根据奥维德的说法，当刻法罗斯在忒拜附近狩猎时，那条猎犬和它的猎物一道被变成了大理石，而那杆标枪的故事更长，并且更加富于悲剧性。以下就是奥维德所讲述的故事的一部分内容（《变形记》7.804—859，叙述者是刻法罗斯）：

> 每当第一缕阳光快要照亮最高的山巅，我就会像年轻时一样，到森林里去狩猎。我不带仆人，不骑马，不带鼻子灵敏、在寻找百结的猎网时训练有素的狗。① 我所依凭的只有那杆标枪。当右手因杀了太多野兽而无力时，我会寻找一处荫凉，安享那凉爽的山谷中吹来的清风（aura）。我会在炎热的正午呼唤这轻柔的和风到来，在劳作之后期待它驱散疲倦。“奥拉啊，快些来吧，”（我还记得）我会这样颂唱，“快来帮助我，吹进我的心胸，让我畅快起来。快赶走那灼人的热焰，如你所能。”[8] 也许我还会加上一些更亲昵的话（这是我的命运使然），这样说道：“你是我最大的快慰，能让我一洗疲倦，重新振奋。你让我喜爱森林和各种僻静之地。愿我的嘴唇能触碰到你的气息。”
>
> 有人听见我这模棱两可的话，会错了意，以为我如此频繁呼唤的“奥拉”是哪位宁芙的名字，又以为我爱慕这位宁芙。很快就有莽撞的告密者去到普洛克里斯面前，将我的喃喃之语重复，误将我控告。爱情使人盲信，但往往普洛克里斯犹豫不定，不愿相信告密者的话。除非亲眼看到，她不会谴责丈夫的过错。
>
> 又一天的黎明驱走了黑夜。我再次来到森林里。收获累累之后，我在草地上躺倒，开始呼唤：“奥拉啊，来到我身边，带走我身上的疲倦。”就在说话的当儿，我突然觉得听见了一声抽泣，却没有停止呼喊：“快些来啊，最最可爱的奥拉。”一片落叶发出悉索的声响。我以为那是一头野兽，于是将标枪破空投出。然而那竟是普洛克里斯。她捂住负伤的胸膛，痛苦呼唤：“啊，不幸的我。”我听出那是我忠贞妻子的声音，心慌意乱地跑向她，却发现她已奄奄一息。她的鲜血已染红了破碎的衣衫，她却仍尝试将她赠我的礼物从伤口拔出。我轻轻地抱起她的身体，那比我自己的更加宝贵的身体……恳求她不要离开我，心中为她的死充满自责。
>
> 她已虚弱不堪，只剩最后一口气，却仍挣扎着说出下面的话语：“凭着我们的婚誓……凭着我对你至死不渝的爱情——正是这爱情为我招来死亡——不要让奥拉代替我成为你的妻子。”这就是她所说的话。这时我才明白她搞错了名字，于是将真相告诉了她。然而这时告诉她还有什么用呢？她已经溘然而逝。随着鲜血流尽，她最后的力量也化为乌有。[9]

---

① 原引文如此，似不通。Arthur Golding 英译本、Brookes More 英译本和杨周翰汉译本此处均解为“……不带鼻子灵敏的狗，也不带猎网”。

菲洛墨拉、普洛克涅和忒柔斯

厄里克托尼俄斯的继承者是潘狄翁。潘狄翁在传说中的赫赫名声主要来自他的两个女儿——菲洛墨拉（Philomela）和普洛克涅（Procne）。在一场与忒拜展开的战争中，潘狄翁得到了色雷斯国王忒柔斯（Tereus）的援助，于是将普洛克涅许配给他。普洛克涅被忒柔斯带回色雷斯，并为他生下了儿子伊堤斯（Itys）。后来菲洛墨拉前来拜访自己的姐姐，却遭到忒柔斯的侵犯。忒柔斯强暴了菲洛墨拉，又割掉她的舌头，将她关在森林深处一所荒僻的房子里。以下是奥维德所讲述的后续故事（《变形记》6.572—600）：

菲洛墨拉无计可施。监牢四周的石墙牢不可破，让她无法逃走。她口不能言，难以告发恶行。然而悲痛总能带来巧思，绝境总能让人聪慧。她将丝线巧妙地挂在粗陋的织机上，在白线中织出紫色的画面，描述了那桩罪行。她将完工的织锦交给一名女仆，做手势请她带给她的女主人。女仆不知道她要带的是什么东西，于是答应了请求，将织锦带给了普洛克涅。暴君的妻子将织锦打开，读懂了其中讲述的不幸故事。她勉力保持镇定（能做到这一点真是奇迹）。悲痛让她不发一言……

图23.5　《忒柔斯之宴》（*The Banquet of Tereus*）

布面油画，彼得·保罗·鲁本斯画，1636—1638年，77英寸×105英寸。画中的普洛克涅身穿酒神女祭司的兽皮，将儿子的头颅呈给忒柔斯。菲洛墨拉跟随在她身后，张嘴似乎要说什么话。她身上缠着常春藤，手持酒神女祭司的节杖。忒柔斯一脚踢翻了桌子，伸手去拿剑，要将普洛克涅杀死。背景中有一个仆人在半掩的门口张望，还有一个普托在空中旁观。

到了色雷斯主妇们庆祝三年一度的酒神节时，仪式在夜间举行。王后普洛克涅身穿酒神节的礼袍，手持节庆狂欢的器具，离开了宫殿……她心怀愤怒，面容可怖，带着大群随从穿过森林，假装因悲痛而发疯。那形貌倒颇似酒神巴克斯的疯狂模样。她终于抵达那座荒僻的监牢，发出了有如酒神的怒号：咿哦喂。然后她破门而入，揪住她的妹妹，给她套上酒神节的衣袍，用常春藤叶遮盖她的面容。菲洛墨拉呆若木鸡，被她的姐姐普洛克涅带到宫中。

接着，奥维德讲述了普洛克涅如何杀死她和忒柔斯的儿子伊堤斯，以向忒柔斯复仇（《变形记》6.636—645）：

> 普洛克涅没有犹豫，一把抓住伊堤斯……在那巍峨宫室的深处，他伸出双手（因为他知道厄运已经临头），哭喊着："母亲！母亲！"想要拥抱她。然而普洛克涅一剑刺去，正中胸胁。她的眼光也毫无游移。这一剑已经足以致命，然而菲洛墨拉又用刀割开他的喉咙。伊堤斯的身体尚且带着一丝生气，就被二人肢解。

奥维德用大量的细节描述两姊妹如何烹煮伊堤斯，然后将他呈给忒柔斯吃下。忒柔斯发现自己吞食的是什么时，为时已晚。然而故事还在继续（《变形记》6.666—674）：

> 忒柔斯拔出剑来，追逐潘狄翁的女儿们。她们快速奔逃，如同生了双翼。事实

也的确如此。一个飞进了森林，另一个飞上了屋顶。然而行凶的痕迹仍旧留在她们胸前，染红了羽毛。忒柔斯在痛苦中狂奔，一心复仇，也变成了一只鸟，头上生着冠羽。他的剑变成了长长的鸟喙。这种鸟的名字叫厄珀普斯（Epops，即戴胜鸟），长着一副警惕的面容。

在这个故事的希腊版本中，为死去的儿子哀悼的是夜莺（普洛克涅），而无舌的燕子（菲洛墨拉）则试图用断断续续的叽喳声讲述自己的故事。拉丁语作者们却将两种鸟的名字调换了过来，让菲洛墨拉变成夜莺，而普洛克涅变成燕子。

欧里庇得斯的《伊翁》

据传，接替潘狄翁成为国王的是厄瑞克透斯。我们在前文中已经讲述过厄瑞克透斯的神话。他的女儿之一克柔萨是欧里庇得斯的剧作《伊翁》中的女主角。在厄瑞克透斯的女儿中，只有克柔萨没有被父亲在与欧摩尔波斯的战争之前献祭。她得到阿波罗的爱慕，并为他生下了儿子伊翁。出于对父亲的恐惧，克柔萨将这个儿子抛弃在荒野中。赫尔墨斯在阿波罗的请求下将伊翁救起，把他送到德尔斐。伊翁在那里作为神庙的仆役长大，并成为圣地的司库。与此同时，克柔萨则被许配给克苏托斯（Xuthus），以酬谢他援助厄瑞克透斯击败了优卑亚的卡尔客斯人（Chalcodontids）。克苏托斯和克柔萨多年没有子息。为了知道如何才能生育，他们前去求取德尔斐的神谕。克苏托斯被告知：他应将自己走出神庙时遇见的第一个人唤作自己的儿子。[10] 这人正是伊翁，然而克柔萨并不知道伊翁是自己的儿子，误以为他是克苏托斯的私生

子，打算杀害他。她的企图没有得逞。在雅典娜的干涉下，母子二人得以相认。克苏托斯、克柔萨和伊翁一起返回雅典。伊翁成为四个爱奥尼亚部族①的先祖（这四个部族构成早期雅典政治体制的基本单位）。他的后代拓殖了小亚细亚半岛的部分海岸地区和岛屿，因此这些地方被称为爱奥尼亚（Ionia）。[11]

俄瑞堤伊亚、波瑞阿斯和他们的子女

厄瑞克透斯的另一个女儿俄瑞堤伊亚（Orithyia）受到北风之神波瑞阿斯的爱慕。当她在伊利索斯河边玩耍时，被波瑞阿斯掠走，带到了色雷斯。[12]她在色雷斯诞下两位生有双翼的英雄儿子：仄忒斯（Zetes）和卡拉伊斯（Calaïs）。还生了两个女儿：克勒俄帕特拉（Cleopatra）②和喀俄涅（Chione）。仄忒斯和卡拉伊斯在阿尔戈英雄的远征中声名赫赫（参见本书第655—657页）。克勒俄帕特拉嫁给了菲纽斯。据传她诬陷自己的继子们（菲纽斯与另一名女子所生的儿子）企图引诱自己，弄瞎了他们的眼睛。喀俄涅则与波塞冬结合，生下了欧摩尔波斯。我们在前文中已经讲述了欧摩尔波斯征伐雅典的故事。

雅典诸王的混乱系谱

根据阿波罗多洛斯的说法，继承厄瑞克透斯王位的是其子刻克洛普斯，而刻克洛普斯王位又为其子潘狄翁承袭。如此一来，刻克洛普斯和潘狄翁这两个名字就与早先的两位国王重复了。潘狄翁被自己的叔叔墨提翁（Metion）逐出雅典，逃往墨伽拉（Megara），

在那里生了四个儿子——埃勾斯、帕拉斯（Pallas）、奈索斯和吕科斯。潘狄翁死后，他的四个儿子夺回了雅典的王位，并分享权力。不过，四人之中最年长的埃勾斯才是事实上的君主，而奈索斯则回到墨伽拉，在那里当了国王。

忒修斯

与厄瑞克透斯一样，埃勾斯也是神祇波塞冬的化身之一。他与爱琴海③之间的联系就暗示了这一点，此外忒修斯在传统中也被认为是波塞冬而不是埃勾斯的儿子。[13]身为雅典国王，埃勾斯的地位受到其兄弟帕拉斯的威胁。他没有子嗣，而德尔斐神谕告诫他在到家之前"不得打开酒袋的口子"。他对这个谜语感到困惑不已，在旅途中向招待他的特罗曾国王皮透斯求取建议。皮透斯知道神谕的含义，于是将埃勾斯灌醉，并将自己的女儿埃特拉送上了他的床。[14]在离开特罗曾时，埃勾斯告诉埃特拉：如果两人的孩子是个儿子，她就一定要将他养大，并且不能透露父亲的名字；等孩子到了能搬动一块岩石的年纪（埃勾斯在岩石下放了一把剑和一双鞋，作为父子相认的信物），她就要把他送到雅典来。在临盆之日，埃特拉生下了一个儿子，名叫忒修斯。忒修斯长大成人之后取得了信物，便出发前往雅典。

忒修斯是阿提卡地区伟大的民族英雄。有关他的各种传说以雅典为中心，而他早年间与马拉松和特罗曾之间的联系则被弱化了。他的一些冒险经历与赫拉克勒斯有关，而他的作为也与赫拉克勒斯相似。例如，他从国土上清除了各种强盗和怪物，并且对阿玛宗人发起了远征。忒修斯传奇中的一些人

---

① 四个部族分别是 Geleontes、Argadeis、Hopletes 和 Aigikoreis。
② 此处提及的克勒俄帕特拉为盲眼先知菲纽斯之妻，本书同名人物另有卡吕冬野猪狩猎英雄墨勒阿革耳之妻和埃及女王，分别见第19章、第25章。

③ 爱琴海（Aegean Sea）得名自埃勾斯（Aegeus）。

玛丽·雷诺的忒修斯故事

玛丽·雷诺的《国王必须死》（1958）以一种引人入胜的方式讲述了忒修斯的生平故事，是一部颇具娱乐性的小说。作者为古典神话和传说赋予生命的能力堪称一绝。另一位具有这种天赋的作者是罗伯特·格雷夫斯，其小说《与海格力斯同船》（*Hercules, My Shipmate*, 1945）即是一例。

雷诺扎实掌握古代文献和现代考古成果。通过其敏锐的艺术手段，她以一种令人信服和激动的方式对

那个古代文明及其人物进行了再创造。在纷繁芜杂的政治和宗教事务中，忒修斯卷入母权制和父权制之间的原始冲突，成为最主要的、压倒一切的母题。书中描述了一种仪式：国王必须死去，以确保大地母亲的丰饶和权势，然而这位年轻而振奋人心的英雄永远不会成为这种恐怖而原始的仪式的牺牲品。在续篇《海上来的公牛》（1962）中，雷诺描述了阿玛宗女人们的生活。其中一个女人成为希波吕托斯的母亲。

物本身也是受人崇拜信仰的英雄——斯喀戎和希波吕托斯就是例子。忒修斯的传说之所以广为流传，在很大程度上得益于雅典作家们的天才。[15]

忒修斯在从特罗曾前往雅典路上所完成的六件功业

忒修斯的冒险故事可以被清晰地分成几组。[16]其中第一组包含他从特罗曾前往雅典路上所完成的六项功业。为了让自己经历更加艰难的冒险挑战，忒修斯选择了陆路。

他在厄庇道洛斯杀死了匪徒珀里斐忒斯（Periphetes）。此人是赫淮斯托斯之子，以大棒为武器，通常被称为"科律涅忒斯"（Corynetes，即"持棒者"）。忒修斯将他的大棒收为己有，但这根大棒在后来的忒修斯传说中并无表现（除了在艺术品中出现）。

在科林斯地峡，忒修斯杀死了强盗西尼斯。此人的外号是"皮提俄坎普忒斯"（Pityocamptes，意思是"弯折松树的人"）。这个外号得自他杀死受害者的方法：他会将两棵小松树压弯到地面，在每棵树上分

别绑上受害者的头和脚，然后将树松开。忒修斯以其人之道还治其人之身，杀了西尼斯。

在地峡与墨伽里德（Megarid）交界处，一个名叫克罗米翁（Crommyon）的村庄附近，忒修斯杀死了一头巨大的牝猪。接着他又在所谓的斯喀戎悬崖那里遇见了拦路的大盗斯喀戎。此人原是附近地区的一位本土英雄。[17]经过墨伽里德的旅人必须途经一条小路通过悬崖，而斯喀戎将这条路阻断，逼迫每个来者蹲下来为他洗脚。然后他就会飞脚将他们踢进海里，让一只巨大的海龟吞食。忒修斯同样用这种办法杀死了他。

当他接近雅典时，忒修斯在厄琉西斯遭遇了刻耳库翁（Cercyon）。与斯喀戎一样，刻耳库翁起初也是一位本土英雄。他逼迫旅人同他摔跤，至死方休。忒修斯在摔跤中击败了他，将他高举起来，然后扔向地面摔死。

最后，在从厄琉西斯到雅典的途中，忒修斯遭遇了大盗普罗克鲁斯忒斯（Procrustes，这个名字的意思是"拉伸者"[18]）。普罗克鲁斯忒斯有一柄锤

子、一把锯子和一张床。他会迫使旅人躺到床上。比床更长的人会被他锯短到床的长度，而个子太矮的则会被他用锤子敲打抻长到刚好和床一样长。同样，普罗克鲁斯忒斯也被忒修斯以其杀死受害者的方法杀死了。

忒修斯与埃勾斯相认

抒情诗人、喀俄斯的巴库利德斯对忒修斯抵达雅典的一幕进行了戏剧化的描述。埃勾斯在回答雅典市民的问题时这样说道（巴库利德斯《酒神颂》[*Dithyramb*] 18.16—60）：

"一名信使从地峡那边远道而来。他

图23.6　《忒修斯的功业》（*The Labors of Theseus*）
阿提卡红绘基里克斯杯，约公元前475年，杯高5英寸，直径12.75英寸。在公元前5世纪，忒修斯的系列功业是雅典陶器尤其是基里克斯杯上的常见题材。这个基里克斯杯的特别之处在于其内外两面都绘有忒修斯的系列功业（除了弥诺陶部分之外，两面几乎一模一样）。我们在此展示的是杯内的图案，其中弥诺陶的故事位于中部。从环形最上方按顺时针顺序，此处描绘的各项功业依次为：1.刻耳库翁，2.普罗克鲁斯忒斯，3.斯喀戎（留意图中的海龟），4.马拉松公牛，5.西尼斯（皮提俄坎普忒斯），6.克罗米翁牝猪。在图案中间，忒修斯将垂死的弥诺陶拖出迷宫，准备用剑结果他的性命。珀里斐忒斯没有在图中出现，这是由于在公元前475年之前他还未被纳入忒修斯所完成的功业序列。

讲述了一位勇猛男子令人难以置信的作为。此人杀死了凶暴的西尼斯——凡人中最强壮者。他还消灭了克罗米翁山谷中那头杀人的牝猪，又杀死残忍的斯喀戎。刻耳库翁的摔跤场被他扫荡一平，而普罗科普忒斯 [Procoptes，意为'切割者'，即普罗克鲁斯忒斯] 也扔下了波吕珀蒙 [Polypemon，可能是普罗克鲁斯忒斯的父亲，其名意为'扰乱者'] 的巨锤，因为他遇见了比自己更英勇的人。这消息所预示的事情令我担心。""这人是谁？"[市民们问道，而埃勾斯继续讲述]："信使说他只带了两个伙伴。他肩上扛着象牙柄的宝剑，手握两支光亮的长矛。他的头发赤红，戴着一顶制作精良的斯巴达帽子。他身穿紫衫，外面罩着忒萨利产的羊毛斗篷。他的双眼血红，似有火焰喷射，好像楞诺斯的火山。他还只是个刚刚成人的青年，他的能力却适于激烈的战事，足以应付你死我活的争斗。他来到这里，是为了光辉的雅典。"

虽然已经抵达雅典，但忒修斯还面临着更多的危险。此时埃勾斯已经娶了美狄亚。美狄亚期望两人的儿子墨杜斯（Medus）继承雅典王位。美狄亚一眼认出忒修斯是埃勾斯的儿子，是墨杜斯的对手，于是她企图在埃勾斯认出儿子之前将忒修斯毒死。她警告埃勾斯说这新来的人会威胁他的权力。埃勾斯应该举行宴会招待忒修斯，让他饮下毒酒——毒药则由美狄亚提供。在宴会上，忒修斯用他在特罗曾的岩石下找到的剑来切肉。埃勾斯认出了那把剑，于是将忒修斯手中的毒酒打翻，并公开承认他是自己的儿子和继承人。

埃勾斯的兄弟帕拉斯及其儿子们此前就觊觎并谋划夺取埃勾斯的权力，便在埃勾斯与忒修斯相认时诉诸武力。他们分成了两派，其中一派被忒修斯尽数杀死。帕拉斯本人及其残存的儿子们也不再成为威胁。

马拉松公牛

忒修斯的下一项功业是捕捉马拉松公牛。据传它正是赫拉克勒斯从克里特岛带来的那一头。忒修斯制服了公牛，将它赶回雅典，并在那里将它献祭给阿波罗·德尔斐纽斯。在前往马拉松的路上，忒修斯受到老妇人赫卡勒（Hecale）的招待。她许诺说：如果忒修斯能成功返回，她就向宙斯献祭。然而，忒修斯返回之后却发现赫卡勒已经死去，于是他下令：从此以后，在当地一个每年庆祝的节日上，人们要在向宙斯·赫卡路斯（Zeus Hecalus）的献祭中让赫卡勒分享荣耀。

弥诺陶

克里特国王米诺斯之子安德洛革俄斯（Androgeos）在阿提卡被人杀害，因为他在泛雅典娜节竞技会上赢得了所有比赛，激起了众人的妒忌。为了复仇，米诺斯对雅典及其盟邦墨伽拉（埃勾斯的兄弟奈索斯是那里的国王）发起了远征。墨伽拉首当其冲。在墨伽拉陷落之后的某个时间，雅典与米诺斯达成了和约，约定雅典应定期（每年或每九年）向克里特进贡贵族家庭出身的年轻男女各七人。他们将被关进克里特岛上的迷宫，被弥诺陶吃掉。谁成为贡品由抽签决定，然而忒修斯主动要求加入。[19]

在前往克里特岛的航程中，米诺斯侵犯了其中一名少女厄里玻亚（Eriboea）。厄里玻亚向忒修斯求援。当忒修斯出手相助时，米诺斯向宙斯祷告，请

求他降下征兆证明自己是他的儿子（从而证明自己在与其他凡人打交道时可以不受约束）。宙斯掷下了一道闪电。接着，米诺斯质疑忒修斯称其是波塞冬之子的说法。他将一枚戒指扔到船外，让忒修斯将它找回。巴库利德斯以优美的诗章讲述了后续的事（《酒神颂》17.92—116）：

> 英雄投身入海之际，雅典的少年们浑身颤抖。他们如百合花一般的眼中泪流不止，等待着注定的哀痛来临。然而那些海豚——大海的居民——疾速如风，将伟大的忒修斯带往他的父亲——万马的驾驭者——的殿宇。他亲眼看到富有的涅柔斯那些高贵的女儿，心怀敬畏。在辉煌的宫殿里，他看到他父亲的美丽妻子、仪容威严的安菲特里忒。她将一件紫袍披在他的身上，又往他浓密的头发上戴上永不凋谢的花冠。那冠上尽是秾艳的玫瑰，那是身姿曼妙的阿佛洛狄忒在她的婚礼上所赠的礼物。

带着这些礼物（诗人没有提到那枚戒指），忒修斯奇迹般地回到船上，并来到了克里特岛。米诺斯的女儿阿里阿德涅爱上了他，交给他一团丝线，好让他沿线从迷宫中返回。得益于丝线，忒修斯深入迷宫，杀死了弥诺陶，并且毫发无伤地离开了迷宫。随后他和他的13名雅典伙伴乘船离开克里特岛，也带走了阿里阿德涅。

阿里阿德涅在纳克索斯岛

然而，在另一种传统的说法中，阿里阿德涅给予忒修斯的是一顶发光的花冠。它驱散了迷宫中的

图23.7　《忒修斯与安菲特里忒》（*Theseus and Amphitrite*）

阿提卡红绘杯，作者为俄涅斯墨斯（Onesimos，署名者则是制陶师欧弗洛尼奥斯），约公元前500年，直径15.75英寸。图中的忒修斯形态如同少年，在水下被一个小小的特里同托住。他的左侧则是欢跃的海豚。安菲特里忒坐在一个凳子上，左手握住花冠。雅典娜（具有头盔、长矛和埃吉斯）则向下俯视安菲特里忒。这幅画面的年代比巴库利德斯的叙述要早25年左右。

黑暗，让忒修斯得以脱身。在巴库利德斯的诗篇中，这顶花冠并非来自阿里阿德涅，而是来自安菲特里忒，因此是由忒修斯本人带到克里特的。阿里阿德涅在和忒修斯一起逃跑时头上就戴着这顶花冠，直到她被忒修斯抛弃在纳克索斯岛。狄俄尼索斯在那里发现了她。这位神祇取走花冠，将它安放在天穹上。这就是北冕座（Corona）的来历。

以下是奥维德对花冠变化过程的讲述（《变形记》8.174—181）：

> 埃勾斯之子带上了米诺斯的女儿，连
> 忙航向狄亚岛（Dia），却又无情地将他的
> 伴侣抛弃在海岸上。阿里阿德涅孤身一人，
> 痛苦哀怨，在巴克斯的怀抱中找到了慰藉。

巴克斯将花冠从她额上摘下，放置在天穹上，好让阿里阿德涅可以星座之名而家喻户晓。花冠从稀薄的空气中穿过。上面的宝石变成一团团火焰，各归其位，仍旧组成一顶冠冕（corona）的形状。

阿里阿德涅最初也具有神性，很可能就是阿佛洛狄忒的另一个化身。赫西俄德（《神谱》947—949）对她的描述是"狄俄尼索斯的妻子，由宙斯赐予永生"。在忒修斯传说的后期版本中，阿里阿德涅成了一位孤苦的女英雄。她的爱人忒修斯在返回雅典的航程中将她抛弃在狄亚岛（纳克索斯岛的原名）上。以下是卡图卢斯（Catullus）①的叙述（《歌集》64.52—59）：

> 阿里阿德涅心潮澎湃，在波涛环绕的
> 狄亚岛海岸上翘首遥望，只看见忒修斯和
> 他的船队飞速消失在远方。她不敢相信自
> 己的眼睛，因为她刚刚从欺人的梦境中醒
> 来，就发现自己已是孤苦无依，困在这片
> 海岸上。而那不念旧情的年轻男子划动船
> 桨，破浪远去，将自己没有兑现的诺言付
> 诸海风。

奥维德在三处不同地方讲述了这个传说[20]，对狄俄尼索斯的到来和他的随从们进行了描绘（《爱的艺术》[*Ars amatoria*] 1.535—564）：

> 阿里阿德涅不断捶打她柔软的胸脯。
> "我那背信的爱人就这样溜走了，"她哭喊

---

① 卡图卢斯（约前84—前54），古罗马诗人，生于维罗纳。其作品收录于《歌集》。

着，"我会落个什么样的下场？""我会落个什么样的下场？"她一再呼唤。此时海岸上回荡起铙钹之声和暴烈的鼓点。她因为恐惧而昏厥，她的呼唤之声消失不闻，血液也从她失去知觉的身体中消失。看哪！那些秀发垂过肩头的，是迈那得。看哪！现在是舞跃的萨提尔——他们是那位神祇的先导。看哪！那边是年迈的西勒诺斯，他几乎无法在他那凹背的驴子上坐稳……接着是神祇本人乘车而来。他的马车上满载葡萄藤。车上套的是猛虎，而他用黄金的缰绳驾驭它们。阿里阿德涅面无血色，哑口无声，也了无对忒修斯的思念之情。她三次尝试逃跑，却三次都被恐惧缚住了脚步……此时那位神祇开口说道："你可见我已经来了？我更加忠诚，更配得上你的爱情。你不必害怕！来自克里特岛的你会成为巴克斯的妻子。我将赠给你天穹之位，你会作为天上的星座受人仰望，以克里特王冠之名为迷航的水手指路。"话音既落，他跳下车来，以免她受老虎惊吓。她无力抗拒，于是他用双臂将她抱起。对于一位神祇，一切都如此容易。他的一些随从发出婚礼的欢呼声："赞美许门！"另一些则高喊："咿哦！咿哦！"于是神祇和他的新娘便在神圣的床上同寝。

根据荷马的说法，阿里阿德涅在纳克索斯岛上死于阿耳忒弥斯之手：她与狄俄尼索斯已有婚约，却又和忒修斯私奔，因此受到惩罚。然而在另一个故事中，她在生下忒修斯的儿子时难产，死在塞浦路斯。忒修斯返回之后，创立了纪念她的仪式。在历史上，她以阿里阿德涅·阿佛洛狄忒的称号受到人们纪念。仪式中的一部分内容是一名年轻男子躺倒在地，模仿分娩中的女子。在这些相互矛盾的故事中，有一点是确凿无疑的：阿里阿德涅并非普通的凡人，而她的配偶也不是凡人忒修斯，而是一位神祇。

忒修斯登上雅典王位

离开狄亚岛（纳克索斯岛）之后，忒修斯来到得罗斯岛，在这里向阿波罗献祭，并与他的伙伴们齐跳"鹤舞"。这种舞蹈成为得罗斯岛的传统，其复杂的动作据称是模仿克里特岛迷宫中纠缠的路线。[21]随后他从得罗斯岛出发返回雅典。他曾与埃勾斯约定：如果他取得了成功，他就会把船上的黑帆换成白帆。然而他忘了这件事。埃勾斯看到挂着黑帆的船驶来，纵身从悬崖上跳进了大海。从此这片大海就被称为爱琴海。

忒修斯就此成为雅典国王。人们将历史上的一系列改革和创设归功于他，其中包括阿提卡地区的"村镇联合"制度（synoecism，将各个村镇结成以雅典为中心的政治共同体的制度）和伊斯米亚竞技会的重新设立。[22]

阿玛宗人

忒修斯参与了赫拉克勒斯对阿玛宗人的征伐。他分得的战利品中包括阿玛宗女子安提俄珀。安提俄珀为他生下了儿子希波吕托斯。出于报复，阿玛宗人入侵了阿提卡，但被忒修斯击败。安提俄珀则在这场入侵中死去。在希波战争之后，忒修斯与阿玛宗人之间的战斗成为雅典艺术中的常见主题。在这些艺术中，阿玛宗人被视为野蛮人的象征，并且像波斯人一样被希腊人击败。[23]

图23.8　《狄俄尼索斯与阿里阿德涅》（*Dionysus and Ariadne*）

大理石棺，约180年，宽77英寸，高20.5英寸（不含棺盖），棺盖高11英寸。雕塑中的狄俄尼索斯乘坐弹奏里拉琴的马人拉动的马车，从左方驶来。在他的前方和右边是一名吹奏类似喇叭的乐器的女性马人。走在他前面的是潘和一名西勒诺斯。画面左半部分中间的地上有一张西勒诺斯面具。一个丘比特在酒神身边盘旋。在雕塑中部，酒神已经穿上了长袍，左手倒持一根酒神杖，右手则放在领路的西勒诺斯身上。他的眼光望向沉睡中的阿里阿德涅。阿里阿德涅的衣袍正被一个丘比特脱到一边。两名迈那得则回头望向酒神。在画面右侧，两名迈那得正在攻击彭透斯ᵃ。棺盖上的浮雕所刻画的是狂欢的酒神追随者，最右边则有一头鹿正被献祭。阿里阿德涅在新生之神到来之际苏醒的故事是古典时代晚期丧葬艺术中的常见主题，被用来比喻死后灵魂苏醒，进入永生。这具石棺见于梵蒂冈圣彼得大教堂墓地的一处墓穴中。关于它的主人是一名异教徒还是基督徒，我们还不得而知。

───────────────

a.　即忒拜国王彭透斯，他在即位后禁止狄俄尼索斯崇拜，并招致报复。参见第13章。

忒修斯与庇里托俄斯

　　忒萨利部族拉庇泰人的国王伊克西翁之子庇里托俄斯是忒修斯的朋友。忒修斯出席了庇里托俄斯的婚礼，并参与了对马人的战斗。这场战斗成为希腊艺术中的重要主题。

　　忒修斯与庇里托俄斯立誓帮助对方觅得妻子。忒修斯的目标是海伦，而庇里托俄斯则看上了珀耳塞福涅。当时的海伦还是幼童。他们将她从斯巴达掠走，带到阿提卡，让忒修斯的母亲、住在阿提卡村庄阿斐德尼（Aphidnae）的埃特拉照料她。当忒修斯和庇里托俄斯前去实施他们抢夺珀耳塞福涅的计划时，狄俄斯库里兄弟二人攻入阿提卡，夺回了他们的妹妹。兄弟二人在雅典受到款待。雅典的摄政王墨涅斯透斯（Menestheus）开创了对他们二人的崇拜传统。[24] 埃特拉则作为海伦的女仆被带往斯巴达，后来同她一道前往特洛伊。

　　在企图绑架珀耳塞福涅时，庇里托俄斯走到了生命的尽头。他与忒修斯下到冥界，却被魔法椅子牢牢困住。在雅典人的神话传统中，赫拉克勒斯出手相助，解救了忒修斯，庇里托俄斯却被永远留在哈得斯的国度。忒修斯这位雅典英雄因此再度与赫拉克勒斯发生了联系。这一次发生在赫拉克勒斯最后一次也是最伟大的一次功业（即征服死亡）期间。

忒修斯、淮德拉和希波吕托斯

　　忒修斯还曾与淮德拉成婚。淮德拉是米诺斯的另一个女儿。她为忒修斯生了两个儿子——得摩丰和阿卡玛斯（Acamas）。淮德拉（这个名字的意思是"光明"）可能与阿里阿德涅一样，最初是一位克里特女神。我们在本书第10章中已经知道淮德拉热烈地爱上了安提俄珀为忒修斯所生的儿子希波吕托斯，却没有向他吐露自己的爱意。在一次忒修斯离家期间，淮德拉的老保姆发现了这个秘密，并告诉了希波吕托斯。淮德拉因为秘密被发现而深感羞愧，悬梁自尽，还留下一封信，诬告希波吕托斯企图引诱她。忒修斯回来后看见淮德拉的尸体，又读到她的遗言，于是把希波吕托斯赶出了家门，还请求波塞冬将他毁灭。[25]当流放途中的希波吕托斯驾着马车沿海岸奔驰时，波塞冬从海里派来一头公牛。希波吕托斯的马大受惊吓，脱缰狂奔，把希波吕托斯甩出车，拖拽着差点闹出人命。他最终被带回到忒修斯身边，并在与父亲和解之后死去。阿耳忒弥斯在希波吕托斯临死前许诺让他成为一位受人崇拜的英雄，获得荣耀。

希波吕托斯的传说之所以著名，在很大程度上归功于欧里庇得斯和小塞涅卡。欧里庇得斯就此题材创作了两部悲剧（其中一部留存至今），而小塞涅卡的《淮德拉》则是拉辛的剧作《淮德拉》所模仿的范本。[26]在欧里庇得斯的《希波吕托斯》中，故事的发生地被设定为特罗曾，但其他大部分作家都选

图23.9　《狄俄尼索斯与阿里阿德涅》（*Dionysus and Ariadne*）

青铜制调酒缸（"德尔维尼［Derveni］调酒缸"），公元前4世纪下半叶，高35.5英寸。这个调酒缸内装的是某个忒萨利贵族的骨灰，1962年出土于距离塞萨洛尼基（Thessalonike）[a]不远的村庄德尔维尼。在缸身中部面板的浮雕中，赤裸的狄俄尼索斯坐在一块岩石上，一条腿则放在阿里阿德涅的大腿上。阿里阿德涅将自己的面纱拨开，这是新娘表示接纳丈夫的动作。狄俄尼索斯身后有一头豹子。缸身和颈部以飞鸟、走兽、葡萄藤和常春藤等纹样装饰。伴随在这对神圣的夫妻身边的，是一些迈那得的形象。在缸颈部分，呈坐姿的狄俄尼索斯的手指向一名睡着的迈那得。缸耳铸成蛇形，左耳盘绕一个长角的神祇头像，右耳盘绕赫拉克勒斯头像（其头上披着狮皮）。

择了雅典。希波吕托斯本人的确在特罗曾受到英雄崇拜，并与阿耳忒弥斯有着紧密的联系。出于对雅典娜的尊重，希波吕托斯回避了所有女子。在雅典，人们将希波吕托斯与阿佛洛狄忒联系在一起。雅典卫城南侧的阿佛洛狄忒神庙即被称为"希波吕托斯爱神庙"（Aphrodite by Hippolytus）。据传希波吕托斯本人被医神阿斯克勒庇俄斯救活，重生之后以维耳比乌斯（Virbius）① 之名被意大利人吸收进他们的神话。希波吕托斯的传说在文学中有着极为重要的地位。它将阿提卡和特罗曾联系了起来，又在忒修斯与克里特岛、特罗曾和雅典三地的重要女神之间建立了联系。

被压迫者的恩主忒修斯

在公元前5世纪得以发展的一系列传说中，雅典诸王被赋予暴政受害者（因暴政而逃亡者）的保护人这一形象。在欧里庇得斯的《美狄亚》里，忒修斯的父亲埃勾斯就曾许诺庇护被科林斯流放的美狄亚。忒修斯的形象在这些传说中尤为常见。他曾慷慨地向流亡中的俄狄浦斯提供庇护（参见本书第447—449页）。在欧里庇得斯的《祈援女》中，忒修斯也支持了七将攻忒拜一役中那些殒命英雄的母亲们。在唯一生还的远征者阿德剌斯托斯的率领下，她们来到了厄琉西斯。埃特拉正来到此地向得墨忒耳献祭。她对这些女人深感同情，请求忒修斯保护她们，并帮助她们说服忒拜国王克瑞翁允许她们安葬死去的阿尔戈斯诸王。忒修斯一开始不为埃特拉和阿德剌斯托斯的请求所动，后来却改变了主意，并率领雅典军队进攻忒拜。他得胜凯旋，带回了战死的阿尔戈斯首领们的遗体。阿德剌斯托斯在葬礼上发表

了演说，随后这些遗体得到火化。卡帕纽斯的火葬堆与其他人的分开——他是死于宙斯的雷电，他的葬礼也因这位神祇而获得了神圣性。在这部悲剧的高潮部分，卡帕纽斯的遗孀厄瓦德涅纵身投入了火葬堆上的烈焰（参见本书第456页）。

在后世的文学作品中，忒修斯常以高贵君王的形象出现。他在斯塔提乌斯的《忒拜战记》第12卷中被表现为阿尔戈斯妇女们的同情者，甚至杀死了克瑞翁。在乔叟的《坎特伯雷故事集》里，忒修斯出现在"骑士的故事"部分，被描述为阿尔戈斯妇女们的保护者和明智的国王。在莎士比亚的《仲夏夜之梦》中，他则被称为"忒修斯公爵"，地位有所降低。

忒修斯的其他冒险

最初，忒修斯并非那些伟大的冒险传说中的参与者，但身为如此重要的一位民族英雄，他自然地被纳入了英勇冒险者的名单。因此，人们传说他是阿尔戈英雄的一员，也参与了卡吕冬野猪狩猎。事实上，"忒修斯也在其中"甚至成了一句雅典谚语。他被称为"赫拉克勒斯第二"。据传，忒修斯一生的最后阶段是在失败中度过的。他被逐出雅典，其权力被墨涅斯透斯篡夺。《伊利亚特》中的战船名录中就曾提到墨涅斯透斯的名字，以他为远征特洛伊的雅典统帅。忒修斯来到斯库罗斯岛，并被当地的国王吕科墨得斯杀害。墨涅斯透斯继续他在雅典的统治，却死在特洛伊。随后忒修斯的儿子们夺回了父亲的王位。希波战争之后，雅典人客蒙率领的希腊联军在公元前476年—前475年间攻占了斯库罗斯岛。客蒙遵从德尔斐神谕的命令，在岛上寻找忒修斯的遗骨。他找到了一副高大异常的骸骨，旁边还有一支青铜的枪头和一把剑，并将它们带回雅典。

---

① 罗马神话中司掌森林及狩猎的神祇之一。

希腊悲剧中的忒修斯

在其严谨而清晰的研究中，苏菲·米尔斯（Sophie Mills）认为欧里庇得斯《希波吕托斯》中的忒修斯是独特的，迥异于其他剧作所描绘的忒修斯形象，并对此做了解释。[27]忒修斯传说中的基本元素——例如对海伦的绑架、在冥界的失败征程、克里特岛上的冒险、与马人的战斗——早在公元前5世纪之前很久就已在希腊出现。然而，在阿提卡地区，随着民主制度的萌芽和雅典帝国的建立，一种理想化的忒修斯形象被有意塑造出来，以证明和颂扬个人、国家以及帝国的品质。忒修斯传说经过了净化，去掉了一切可疑的痕迹。忒修斯本人也由此得到净化，以一种艺术性的方式成为一个理想化的模范和一位高贵的英雄：他既英勇，又公正，代表着雅典的智慧与美德。这正是欧里庇得斯在《祈援女》和《赫拉克勒斯》中以及索福克勒斯在《俄狄浦斯在科罗诺斯》中所塑造的忒修斯形象。欧里庇得斯《希波吕托斯》中对忒修斯的描绘则与此形成显著反差。在这部剧中，他没有被刻画为一位英雄式的雅典国王或是这座城市及其公民的高贵典范。相反，作者以高度现实主义的手法将他表现为一个脆弱的人和一个有着悲剧性缺陷的个体。其性格和行动都与剧本契合。[28]

忒修斯就这样回到家乡。这次回归成为雅典与英雄时代之间联系的象征，也代表了雅典对爱奥尼亚希腊人领袖地位的主张。

得摩丰

忒修斯之子得摩丰曾援助过赫拉克勒斯的子嗣们（参见本书第617页）。他自己也是众多其他传说的主角。[29]得摩丰爱上了色雷斯公主菲丽丝（Phyllis）。在将她留在色雷斯时，他发誓自己会很快回来，却一去音信杳无。菲丽丝自缢而死，变成了一棵扁桃树。得摩丰回来太晚了。他紧紧抱住扁桃树，绿叶顿时绽满枝头。

科得洛斯

科得洛斯是雅典的最后一任国王，为这座城市而牺牲。当时伯罗奔尼撒人在德尔斐神谕的鼓舞下入侵了阿提卡。神谕的内容是：哪一方的国王被杀，哪一方就将获胜。科得洛斯知道了这个神谕，于是他假扮成一名农夫，故意与一些敌军士兵争吵，并被对方杀死。伯罗奔尼撒人因此而战败。

米诺斯

代达罗斯和米诺斯

代达罗斯（Daedalus）是墨提翁的儿子或者孙子、刻克洛普斯的弟弟，因此也是雅典王族的一员。他是一名技艺精湛的工匠和发明家，以自己的侄子珀耳狄克斯（Perdix）为助手。[30]有一天，珀耳狄克斯从鱼的脊骨中得到灵感，发明了锯子。出于嫉妒，代达罗斯将他推下了山崖。珀耳狄克斯在下坠过程中变成了一只山鹑——这种鸟至今仍被称为"珀耳狄克斯"。犯下杀人罪的代达罗斯被迫离开雅典。他来到克里特，以其巧艺为米诺斯和帕西法厄所用。

图23.10 《伊卡洛斯的陨落》(*The Fall of Icarus*)

布面油画，老彼得·勃鲁盖尔（Pieter Brueghel the Elder，1525—1569）画，30英寸×44英寸。我们只能看见伊卡洛斯的腿浮在大船旁的海面上。奥维德所叙述的故事中的旁观者——耕者、渔夫和牧人——在画中各自埋头干活。画中的山鹑（拉丁文名 perdix）也来自奥维德，用以暗指代达罗斯的对手和受害者珀耳狄克斯。在奥维德的叙述中，山鹑在伊卡洛斯的葬礼上幸灾乐祸。

米诺斯曾祈求波塞冬从海里给他送来一头公牛，供他献祭。波塞冬应许了他的请求。米诺斯却十分贪心，将波塞冬的公牛据为己有，换了一头瘦弱些的公牛当祭品。作为惩罚，波塞冬让他的妻子帕西法厄爱上了公牛。为了满足她的情欲，代达罗斯制造了一头栩栩如生的空心假牛，让帕西法厄藏身在内，好与公牛交媾。她由此生下了弥诺陶。弥诺陶牛首人身，被关在克里特迷宫之中。那座迷宫路线繁复，是代达罗斯设计的一座监牢。我们在前文中已经知道了弥诺陶被忒修斯毁灭的故事。克里特岛上克诺索斯的著名考古发现（参见本书第43—45页）已经证明那头公牛在克里特宗教仪式中有着重要地位，同时还证明 labrys（双刃斧）——这个词显然与 labyrinth（迷宫）一词有关——是一种常见的圣物。一种较为可信的看法是：迷宫的概念来源于庞大而结构复杂的克诺索斯宫殿，因为这座宫殿有着无数的通道和房间。与他们的女儿阿里阿德涅和淮德拉一样，米诺斯和帕西法厄很可能也具有神性：米诺斯是宙斯的儿子和朋友[31]，而帕西法厄则是赫利俄斯的女儿。

伊卡洛斯的飞翔

代达罗斯逐渐对克里特岛上的生活感到厌倦，然而米诺斯不放他走。他为此设计出带有羽毛、用蜡黏结的翅膀，让自己和儿子伊卡洛斯得以脱身。当父子二人在海面上空飞翔时，伊卡洛斯却忘记了父亲让他不要飞得太靠近太阳的警告……随着翅膀上的蜡熔化，伊卡洛斯坠入了大海。这片海洋因此得名伊卡利亚海（Mare Icarium）。奥维德讲述了这个故事（《变形记》8.200—230）：

巧匠代达罗斯完工［制造翅膀］之后，将双翼装在身体两侧，扇动它们，便飞了起来。他还向儿子一一做了说明，并这样告诫："伊卡洛斯，我建议你不要飞得太高，也不要飞得太低。如果太低，海浪会打湿翅膀；如果太高，太阳会将它们烤坏。一定要在海面和太阳之间飞翔！我会带路，你要跟好。"

他一边就飞行做出种种告诫，一边将那奇妙的翅膀装在伊卡洛斯肩上。他边做

边说，老泪纵横，身为父亲忧心忡忡而双手颤抖。他最后一次吻了儿子，举翼飞上天空。他一边飞翔，一边带路，心中替他的同伴担心，如同带着雏鸟离巢飞翔的老鸟。他鼓舞伊卡洛斯跟上自己，展示着这门即将丢其性命的技艺。他鼓动双翼，又回头查看儿子身上的翅膀。下面甩竿垂钓的渔人、斜倚拐杖的牧人和挂犁小憩的农夫抬头看见他们，都惊异不已，认定这样在空中飞翔的人必是天神。

朱诺的萨摩斯岛在他们左边（他们已经把得罗斯岛和帕罗斯岛抛在身后），勒宾托斯岛（Lebinthos）和盛产蜂蜜的卡吕姆涅岛（Calymne）则在他们右边。此时那少年开始为自己勇敢的飞行沾沾自喜。他离开了引导，一心想要飞到天堂，越飞越高。炽热的太阳近在咫尺，烤软了黏结双翼的蜡，将其熔化。伊卡洛斯挥动双臂，臂上却没有了羽毛。失去了双翼的支撑，他的手臂在空中徒劳拍打。他呼叫着父亲的名字，坠入海中。这片海洋因他而得名。

图23.11 《伊卡洛斯》（Icarus）

镂空印刷剪纸，作者为亨利·马蒂斯（Henri Matisse，1869—1954），1947年，16.5英寸×25.5英寸。这幅画是马蒂斯的《爵士乐》系列（Jazz. Paris: Tériade, 1947）中的第8张（第54页）。作者将剪纸粘贴在镂空板上并加以描绘，最后再通过印刷，制成了这一系列，并以自己刚劲的手写体配了文字。《伊卡洛斯》背面是以《飞机》（L'Avion）为题的7页文字中的最后一页。马蒂斯思考了空中旅客所感受到的空间意义上的自由，得出结论："难道我们不该让完成了学业的年轻人乘上飞机，来一次长途旅行吗？"画中伊卡洛斯的红色心脏象征了他的勇气与创造力，在以天幕和群星（伊卡洛斯试图到达却未能到达的地方）为背景的剪影中凸显出来。

代达罗斯自己则飞到了西西里岛，被当地城邦卡米科斯（Camicus）的国王科卡洛斯（Cocalus）收留。[32] 在这里，代达罗斯被米诺斯追捕。米诺斯使诈发现了代达罗斯的行踪：他带来一个螺壳，请科卡洛斯用线将它穿过。科卡洛斯将螺壳交给了代达罗斯，因为世上只有他有这样的巧艺。当科卡洛斯把穿好线的螺壳交换给米诺斯时，米诺斯便知道代达罗斯就在这里。然而，代达罗斯仍然没有落入米诺斯之手，因为米诺斯被科卡洛斯的女儿们淹死在沸水中。关于代达罗斯后来的故事以及他的死亡，我们没有可靠的传说可循。

米诺斯家族

米诺斯和帕西法厄的几个子女各有传说。其中四个儿子是卡忒柔斯（Catreus）、丢卡利翁（Deucalion）、格劳科斯（Glaucus）和安德洛革俄斯。四个女儿中则只有阿里阿德涅和淮德拉的传说较为重要。

卡忒柔斯成了克里特国王，他有一个儿子名叫阿尔泰墨涅斯（Althaemenes）。神谕预言阿尔泰墨涅斯将杀死自己的父亲。为了摆脱厄运，阿尔泰墨涅斯离开了克里特岛，和妹妹阿珀墨斯涅（Apemosyne）[33] 一起来到罗得斯岛。阿珀墨斯涅受到赫尔墨斯的引诱。阿尔泰墨涅斯误以为她失贞，将她杀死。后来卡忒柔斯为了寻找儿子来到罗得斯岛，却和随从们一起被当作海盗，并在后来的冲突中死于自己的儿子之手。阿尔泰墨涅斯发现神谕已经应验之后，离群索居，最终被大地吞没。罗得斯岛人将他视为英雄来纪念。

在米诺斯的其他儿子中，丢卡利翁（与大洪水传说中的丢卡利翁不是同一个人）是特洛伊战争中的克里特人统帅伊多墨纽斯的父亲。格劳科斯在还是一个幼童时，掉进了一桶蜂蜜之中而淹死。米诺斯找不到他，并从神谕得知：如果谁能为米诺斯的牛群里的一头神奇牛犊找到准确的比喻，就能找到他的儿子并将其带回人间。这头牛犊每四个时辰改变一次颜色——先是白色，然后是红色，最后是黑色。先知波吕伊多斯（Polyidus）恰当地将它比作桑葚：桑葚一开始是白色，在成熟的过程中依次变成红色和黑色。在各种飞鸟的帮助下，波吕伊多斯在蜂蜜桶中找到了格劳科斯的尸体。尸体封入坟墓，而波吕伊多斯也被关了进去，并被勒令让格劳科斯复活。正在波吕伊多斯苦苦思索之际，一条蛇爬了过来。波吕伊多斯用剑将蛇杀死。随后另一条蛇爬来，它看了看死蛇之后离开了，并带回一株药草，放在死蛇的尸体上。死蛇活了过来。于是，波吕伊多斯拿过药草放到格劳科斯身上。格劳科斯也同样死而复生。即便如此，米诺斯仍不满足。他逼迫波吕伊多斯将预言之术传授给格劳科斯，否则便不许他返回家乡阿尔戈斯。波吕伊多斯服从了命令，但在离开之际，他让格劳科斯向自己口中吐一口唾沫。格劳科斯依言而行，其后便忘记了自己学到的东西。[34]

安德洛革俄斯在阿提卡被人杀害，这引发了米诺斯对墨伽拉的征讨。墨伽拉国王奈索斯头上有一缕紫色的头发，被视为这座城市的护符——如果这缕头发被剪掉，城市就将陷落。奈索斯的女儿斯库拉（Scylla）从城墙上能看到米诺斯，然后陷入了爱河。为了取悦米诺斯，斯库拉剪下了父亲头上的紫发，交到米诺斯手里。在攻下城市之后，米诺斯拒绝了斯库拉，扬帆而去。斯库拉攀住船尾，变成了一种名叫喀里斯（ciris）的海鸟。[35] 奈索斯则变成了一头海鹰，对她追索不休。

相关著作选读

Barr-Sharrar, Beryl,《德尔维尼调酒缸：古典希腊金属冶炼工艺的杰作》(*The Derveni Krater: Masterpiece of Classical Greek Metalwork*. Princeton: American School of Classical Studies, 2008）。此书对希腊和马其顿文化的探讨远远超出了其书名所提到的范围。

Mills, Sophie,《忒修斯——悲剧与雅典帝国》(*Theseus, Tragedy and the Athenian Empire*. New York: Oxford University Press, 1997）。此书研究了忒修斯何以成为伯利克里时期雅典理念象征的问题。

Morris, Sarah,《代达罗斯与希腊艺术的起源》(*Daedalus and the Origins of Greek Art*. Princeton: Princeton University Press, 1992）。通过对代达罗斯神话的分析，此书展现了近东地区在艺术和文学上对希腊的影响。

Walker, Henry J.,《忒修斯与雅典》(*Theseus and Athens*. New York: Oxford University Press, 1995）。一部对忒修斯的早期形象和他在公元前5世纪的重要文学作品中所展现出的形象的探索性著作。

Ward, Anne G., ed.,《探寻忒修斯》(*The Quest for Theseus*. New York: Praeger, 1970）。一部实用的关于忒修斯传说的论文集。

主要神话来源文献

本章中引用的文献

巴库利德斯：《酒神颂》17.92—116，18.16—60。

卡图卢斯：《歌集》64.52—59。

欧里庇得斯：《伊翁》277—282。《美狄亚》824—830。

奥维德：《爱的艺术》1.535—564。《变形记》6.572—674，7.804—859，8.174—181、200—230。

其他文献

阿波罗多洛斯：《书库》3.14.5—3.16.2。

伊索克拉底 (Isocrates)：《演说词》(*Speech*) 10.14—69，这是一篇对海伦的颂辞，其中包括了对忒修斯的大段讨论 (10.22—37)。

普鲁塔克：《忒修斯》(*Theseus*)。

补充材料

图书

小说：Ayrton, Michael. *The Testament of Daedalus*. London: Robin Clark, 1962。画家和雕塑家艾尔顿（Ayrton）以代达罗斯为叙述者，对伊卡洛斯之死的故事进行了有意义的重述。

小说：Renault, Mary（1905—1983）. *The King Must Die*. New York: Pantheon, 1958。一部关于年轻的英雄忒修斯的传记，讲述了他杀死弥诺陶的故事，并精彩地再现了米诺斯时期的克里特岛。

CD

歌剧：Martinů, Bohuslav（1890—1959）. *Ariane*. Supraphon, Lindsley et al. Czech Philharmonic Orchestra, cond. Neumann。此剧基于 Neveux 的剧作 *Voyage de Thésée* 写成，包含了忒修斯和阿里阿德涅之间发生的整个故事。

康塔塔：Haydn, Franz Joseph（1732—1809）. *Arianna a Naxos*, for soprano and keyboard. Bartoli and Schiff. London.

音乐：Babbitt, Milton（1916—2011）. *Philomel*, for soprano, recorded soprano, and synthesized sound. Beardslee. New World Record. Text by John Hollander。剧中的菲洛墨拉在树林中逃亡，被变成一只夜莺，唱出了《回声歌》（"Echo Song"）。

歌曲："Flight of Icarus." Rock song. Iron Maiden. *In Piece of Mind*. Capitol.

DVD

歌剧：Handel, George Frideric（1685—1759）. *Teseo*. Laszczkowski et al. Lautten Compagney Berlin, cond. Katschner. Arthaus Music。一部不常见的亨德尔歌剧，围绕美狄亚试图赢得忒修斯爱情的故事展开，情节离奇。此剧这个版本在音乐方面水准尚可，但其中突兀的喜剧元素可能令一部分人不喜。

歌剧：Strauss, Richard（1864—1949）. *Ariadne auf Naxos*. Jessye Norman, Kathleen Battle, Tatiana Troyanos, James King, et al. A Metropolitan Production, cond. James Levine. Deutsche Grammophon。这部歌剧杰作讲述了被抛弃的阿里阿德涅在巴克斯那里获得救赎的故事。

纪录片：*Labyrinth, the History of the Maze*. New River Media。迷宫设计者 Adrian Fisher 在此片中对这一迷宫故事原型的历史、神话和意义进行了追溯。

[注释]

[1]　根据奥维德的说法，拒绝服从雅典娜的只有阿格劳洛丝。

[2]　欧里庇得斯《厄瑞克透斯》残篇18，94—98。

[3]　要了解厄瑞克透翁的资料，可以从参考 John Travlos 的著作 *Pictorial Dictionary of Ancient Athens* (New York: Praeger, 1971) 中的 "Erechtheum" 条目开始，此外还可参阅 G. P. Stevens 和 J. M. Paton 的著作 *The Erechtheum* (Cambridge, MA: Harvard University Press, 1927)。

[4]　该传说最初只提到一名处女被献祭。在后来的版本中，这名处女被赋予克托尼亚（Chthonia，意为"大地之女"）这个名字，而其姊妹们也发誓自杀以追随她于地下。在其他一些版本中，厄瑞克透斯的女儿们的名字分别是潘多拉（Pandora）、普洛托格涅亚（Protogeneia）和俄瑞堤伊亚。

[5]　欧里庇得斯的《厄瑞克透斯》只有残篇流传下来。其尾声部分（包括雅典娜的长篇演讲）首次出版于1967年，厄瑞克透斯神话及厄瑞克透斯崇拜之间的联系中许多缺失的细节由此得以填补。厄瑞克透斯取得了那位杀死他的神祇的称号（被称为"波塞冬—厄瑞克透斯"）。他最初的形象是一位英雄，在其被埋葬的地方受到崇拜，但这一形象在后来与一位神祇的形象混淆了起来。他的女儿们也成为女神，被称为许阿铿提得斯姊妹（Hyacinthides）。人们每年都以祭祀和舞蹈对她们表达崇拜。

[6]　这几行唱词出现在美狄亚从埃勾斯那里获得了保护承诺之后。

[7]　潘德洛索丝在雅典卫城拥有自己的神坛和崇拜仪式，距离厄瑞克透翁不远。她是刻克洛普斯的三个女儿之一。根据某些版本的说法，雅典娜将厄里克托尼俄斯托付给了她一个人。对阿格劳洛丝的崇拜场所位于卫城北侧的一个山洞中。赫耳塞的名字则在词源上与阿瑞福拉节（Arrephoria）联系在一起。在阿瑞福拉节的庆典中，两名精心挑选的少女会在夜间从卫城山上将一些神秘的物件带下来，送到同样位于卫城北侧的阿佛洛狄忒和厄洛斯圣地。

[8]　奥维德使用这些词汇时有两层意思——字面上的和情欲意味的。英语中没有合适的对应词。

[9]　在另一个版本中，普洛克里斯与她的情人幽会，被刻法罗斯发现。她逃到克里特国王米诺斯那里，却被国王所爱。米诺斯曾被他的妻子帕西法厄施过魔法：每当他与别的女人同寝，身体里就会爬出毒蛇和其他动物。普洛克里斯治好了他，又与他同寝，并因此得到猎犬和标枪这两件礼物。后来她回到雅典，并与刻法罗斯重归于好。

[10]　此处伊翁的名字有着双关的含义，因为它在希腊语中同时也是"去"的意思。

[11]　有关伊翁的传说几乎全部来自欧里庇得斯的剧作。在迈锡尼文明瓦解之后的动荡时期，来自大陆的希腊人（主要是雅典人）拓殖了爱奥尼亚地区。这一历史事实在欧里庇得斯的剧作中得到了印证。

[12]　这个故事的主要来源是柏拉图的《斐德若篇》（《对话录》第229节）。苏格拉底在此处对传说做出了合理化解释："我更愿意认为她在玩耍时被北风吹下了附近的山崖。她因此而死，但这死亡却被说成她被波瑞阿斯掠走。"

[13]　同样能暗示这一点的还有他与阿波罗·德尔斐纽斯崇拜之间的关系。在这种崇拜中，阿波罗被视为春天之神：春季到来时，大海变成可以通航；海豚的出现也预示着适于航行的好天气。参见本书第267、289页。

[14]　如果"家"是指雅典的话，神谕与这个故事就有了难以调和的矛盾。在欧里庇得斯所讲述的故事中，美狄亚与

埃勾斯在雅典结合，并治好了后者的不育症。

[15] 在公元前6世纪后期，即庇西特拉图担任雅典僭主的时期，忒修斯被视为完美的英雄。在希波战争（公元前475年前后）结束之后，忒修斯很快再次获得了这样的地位。

[16] 关于忒修斯的传说，最为完整的来源是普鲁塔克的《忒修斯》（2世纪早期）。这篇生平介绍模糊了神话、历史和哲学之间的界线。

[17] 在墨伽拉、萨拉米斯岛和阿提卡等有着石灰岩露头的地区，曾经有过关于斯喀戎的传说和对他的崇拜信仰。他的名字的意思就是"石灰岩"。

[18] 普罗克鲁斯忒斯还被称为达玛斯忒斯（Damastes，意为"降服者"）、普罗科普忒斯（意为"切割者"）和波吕珀蒙（意为"扰乱者"）。波吕珀蒙也可能是他父亲的名字。

[19] 根据公元前5世纪的历史学家赫拉尼库斯（Hellanicus）的说法，米诺斯会亲自挑选受害者，并用船将他们带回克里特岛。

[20] 三次讲述的出处分别是《女杰书简》第10封信、《爱的艺术》1.527—564和《变形记》8.174—192。

[21] 弗朗索瓦陶缸（约前575）上就表现了这种舞蹈。忒修斯还在雅典创设了酒神祭（Oschophoria）的仪式。两名男孩会在这一仪式上假扮成女孩，抱着葡萄藤巡游，以纪念巴克斯和阿里阿德涅。

[22] 埃俄洛斯之子，萨尔摩纽斯、克瑞透斯和阿塔玛斯的兄弟西绪福斯从忒萨利来到厄费拉。他兄弟阿塔玛斯的妻子伊诺抱着自己的孩子墨利刻耳忒斯投海，变成海中女神琉科忒亚，而她的儿子则成为神祇帕莱蒙。墨利刻耳忒斯的尸体被一只海豚送上了科林斯地峡的海岸。西绪福斯发现了尸体，将之安葬，并为纪念这个孩子创设了伊斯米亚竞技会。起初这个竞技会主要是宗教性和仪式性的。据传忒修斯恢复了这一竞技会，并为之增添了其在历史上所具有的竞技性。

[23] 雅典的赫淮斯托斯神庙（Hephaesteum）和"画廊"（Stoa Poecile）中都表现了雅典人与阿玛宗人之间的战斗。这场战斗也是帕特农神庙的柱间壁浮雕的主题之一，并在菲狄亚斯的雅典娜·帕尔忒诺斯神像所持的盾牌上有所表现。此外，奥林匹亚的宙斯神像的基座上也刻画了这场战斗。

[24] 他们被称为阿纳克斯（Anakes）或阿纳克忒斯（Anaktes），意思是"国王"。他们的神庙则被称为阿纳克伊翁（Anakeion）。

[25] 据称波塞冬曾同意为忒修斯达成三个愿望。这是第三个。前两个分别是从迷宫逃脱和从冥界返回人间。

[26] 20世纪中对这一神话进行改编的作品包括罗宾逊·杰弗斯的《克里特女人》和尤金·奥尼尔的《榆树下的欲望》。

[27] Sophie Mills, *Theseus, Tragedy and the Athenian Empire* (New York: Oxford University Press, 1997).

[28] 存世的《希波吕托斯》是欧里庇得斯以这一神话为主题创作的第二部剧作。第一部（大部分已佚）——《蒙面的希波吕托斯》（*Hippolytus Veiled*）——显然也没有对忒修斯进行更多的美化处理。欧里庇得斯另有五部悲剧作品（大部分已佚）基于雅典神话主题，分别是《埃勾斯》、《安提俄珀》、《厄瑞克透斯》、《忒修斯》（主要表现忒修斯杀死弥诺陶和抛弃阿里阿德涅的故事）和《克里特人》（主要表现米诺斯和帕西法厄）。他还创作过一部萨提尔剧《斯喀戎》。在这部剧中，由于忒修斯杀死了斯喀戎，一群原先被斯喀戎奴役的萨提尔得以解救。

[29] 据称得摩丰继墨涅斯透斯之后成为在特洛伊的雅典人统帅，并将自己的祖母埃特拉带回了雅典。

[30]　这名男孩也被称为塔罗斯（Talus），这时珀耳狄克斯则成为他母亲——代达罗斯的姊妹——的名字。

[31]　荷马将米诺斯称为宙斯的密友（《奥德赛》19.178—179）。赫西俄德对他的描述则是"凡人君王中最尊贵者，统治最多子民。他的权杖是宙斯所赐"（残篇103）。

[32]　根据维吉尔的《埃涅阿斯纪》第6卷开头几行的叙述，代达罗斯来到的地方是意大利的库迈。

[33]　阿尔泰墨涅斯还有另外两个姊妹。一个是埃洛珀，嫁给了某个迈锡尼王子（可能是普勒斯忒涅斯 [Pleisthenes] 或阿特柔斯）；另一个是克吕墨涅——瑙普利俄斯的妻子和帕拉墨得斯的母亲。

[34]　与先知能理解飞鸟和蛇的行为一样，吐唾沫会引发健忘也是民间故事中的一个母题。

[35]　我们对这种海鸟的种类不得而知。根据埃斯库罗斯的说法，米诺斯用一条金项链贿赂斯库拉，让她出卖了奈索斯。

第24章

伊阿宋、美狄亚和阿尔戈英雄

> 那金羊毛有重重看守，仍被此人夺得。
>
> 所有关于他的古老故事至此而终。
>
> ——威廉·莫里斯《伊阿宋的生与死》
>
> (*The Life and Death of Jason*)

弥倪埃

阿尔戈英雄的传说在地理范围上覆盖了希腊世界的大片地区，并涉及前特洛伊战争时代众多最重要的希腊英雄。阿尔戈号的船员汇聚了希腊精英——不是神祇的血脉，就是某支古老希腊贵族的后裔。这一批人通常被称作"弥倪埃"（Minyae）[①]。自称拥有弥倪埃传承的城市中包括忒萨利的伊俄尔科斯和爱奥尼亚的米利都。伊阿宋就是伊俄尔科斯的统治家族中的一员，而阿尔戈号传奇中大部分事件的发生地尤克辛海则是以米利都人的殖民活动著称的地区。

因此，"弥倪埃"这个名称向我们透露了一些关于这一传说起源的线索。荷马将阿尔戈号称作"所有男子关心之事"，反映了迈锡尼时代希腊水手们的冒险经历。后来增添的内容反映的则是希腊人从公元前8世纪

[①] 英雄弥倪阿斯（Minyas）是俄耳科墨诺斯和伊俄尔科斯等地的弥倪亚族人（Minyans）的祖先。阿尔戈英雄们大都是弥倪亚人的后代，自称弥倪埃（Minyae）。

图24.1 《阿尔戈号的建造》
(*The Building of the Argo*)

坎帕尼亚陶浮雕，1世纪中期。图中坐在左方的是雅典娜。她的盾牌斜倚在板凳上，猫头鹰则栖在她身后的一根石柱顶端。雅典娜正在帮助一名工匠（或者是一位阿尔戈英雄）将船帆挂上桁端。画面右侧是阿尔戈斯。他手持一锤一凿，正在船尾工作。背景中是一道城墙，城门紧闭，还有一棵树。

开始向黑海地区扩张的过程。荷马以"埃亚"（Aea，意即"陆地"）一词指称阿尔戈号所到达的某个国家，并将该地的国王称为埃厄忒斯（Aeëtes，意为"陆上之人"）。从中我们可以看出这个传说中的民间故事元素。埃亚是位于世界边缘的神秘土地，正适合作为一个充斥着魔法和奇迹的故事的发生地。我们还可以从这个传说的形式梗概中分辨出其中的民间故事元素：一位英雄面临各种艰巨任务，却在一位当地公主的帮助下毫发无伤地将它们——完成，然后娶了公主。[1]

伊阿宋与金羊毛

这个传说是关于伊阿宋与阿尔戈号的船员们夺取金羊毛的冒险故事。玻俄提亚国王阿塔玛斯的第一个妻子是涅斐勒（Nephele）。她的名字的意思是"云"。在为阿塔玛斯生下两个孩子——佛里克索斯（Phrixus）和赫勒（Helle）——之后，涅斐勒返回天上。接着，阿塔玛斯娶伊诺为妻。伊诺是卡德摩斯的女儿之一，企图害死自己的继子女。她还说服玻俄提亚妇女们将谷物种子烤焦，这样播种之后就长不出庄稼。在随之而来的饥荒中，阿塔玛斯派人去德尔斐求取神谕，然而伊诺却唆使信使在回报时声称神祇的旨意是：要想结束饥荒，阿塔玛斯必须将佛里克索斯献祭。就在阿塔玛斯准备动手献祭时，涅斐勒夺走了佛里克索斯和赫勒，将他们送上天空，放在赫尔墨斯送给她的一头金毛公羊身上。公羊载着他们向东飞行。在欧洲和亚洲之间的海峡（达达尼尔海峡）上空，赫勒从羊背上掉下，淹死在海里。这条海峡因她而得名赫勒斯滂（Hellespont）。[①] 佛里克索斯继续飞行，来到黑海东岸的科尔喀斯。此地的国王埃厄忒斯（赫利俄斯之子、喀耳刻和帕西法厄的兄弟）热情收留了他，还将自己的长女喀耳喀俄珀（Chalciope）嫁给他。佛里克索斯将公羊献祭给宙斯·菲克西俄斯（Zeus Phyxius，意思是"逃

---

① 达达尼尔海峡的古称，意即"赫勒海峡"。

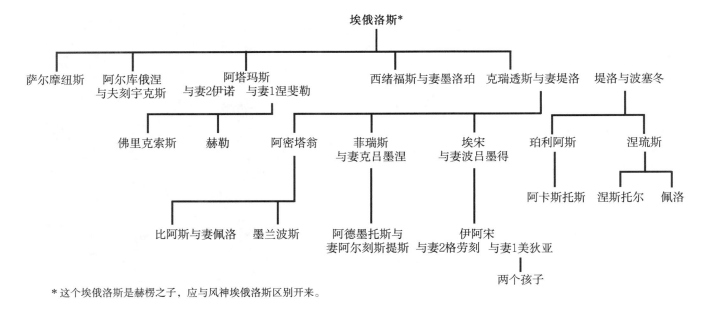

* 这个埃俄洛斯是赫楞之子，应与风神埃俄洛斯区别开来。

图24.2　伊阿宋家族世系

离之神宙斯"），并将金羊毛送给埃厄忒斯。后者将羊毛挂在阿瑞斯的圣林中的一株橡树上，又派一条永不合眼的大蛇看守它。佛里克索斯在科尔喀斯度过余生，并死在那里。喀耳喀俄珀为他生的四个儿子——阿尔戈斯（Argus）①、墨拉斯（Melas）、佛戎提斯（Phrontis）、库提索洛斯（Cytisorus）——是阿尔戈英雄传说中的配角。金羊毛被视为由龙看守的珍宝，从此成为英雄们的冒险目标。

阿塔玛斯的兄弟克瑞透斯是伊俄尔科斯国王。克瑞透斯死后，他的继子珀利阿斯（波塞冬与克瑞透斯之妻堤洛所生）推翻合法继承人、克瑞透斯与堤洛的儿子埃宋，篡夺了王位。埃宋即是伊阿宋的父亲。伊阿宋的母亲波吕墨得（Polymede）[2]将幼年的伊阿宋送到山上接受马人喀戎的教育，并由喀戎的母亲菲吕拉照顾。20年后，伊阿宋回到伊俄尔科斯索要本该属于他的家族的王位。珀利阿斯知

道自己注定会死在埃俄洛斯的后人手上，并且还从德尔斐神谕得到警告：要"当心那个只穿一只鞋的人"。因此，当伊阿宋只穿着一只鞋出现时，珀利阿斯意识到自己的厄运就要来临了。

在下山的路上，伊阿宋曾背负一名老妪渡过河水高涨的阿瑙洛斯河，在泥泞中为了站稳而丢了一只鞋。这名老妪就是女神赫拉。从此之后赫拉就对伊阿宋青眼有加，同时一直敌视珀利阿斯，因为后者曾忘记向她献祭。珀利阿斯许下诺言：佛里克索斯在他梦中现身，要求他取得金羊毛；因此只要伊阿宋为他带回金羊毛，他就放弃王位。无论是出于这个原因还是其他原因，伊阿宋一口答应下来。

阿尔戈英雄

为了这次出征，人们建造了阿尔戈号。"它……满载全希腊的英豪首次渡过尤克辛海"（斯宾塞《仙后》2.12.44）。"阿尔戈"这个名字的意思是"迅捷"。其建造者是阿瑞斯托耳（Arestor）之子阿尔戈斯

---

① 与下文中阿尔戈号的建造者、阿瑞斯托耳之子阿尔戈斯同名异人。

（Argus）。雅典娜也在建造过程中施以援手。她在船头上安置了一块橡木。这块木头取自多多那（那里有一座宙斯的神谕所）的一株橡树，拥有预言的能力。

船员们来自希腊各地，人人都为成就英雄的美德而来（品达《皮提亚颂诗》4.184—187）：

> 赫拉让阿尔戈号上的众神之子燃起难抑的热望，于是没有一个人愿意留在家乡，在母亲身边安度一生。他们宁愿与同龄人一道，在自己的勇气中寻找最美妙的慰藉，哪怕为此面对死亡。

后代的希腊人一心要在阿尔戈英雄中寻找自己的祖先，因此船上英雄的名单有着不同的版本。在所有名单中，名字最为耀眼的两位英雄——俄耳甫斯和赫拉克勒斯——并没有出现在故事的最初版本中。前者是一位后荷马时代的人物，而后者身为希腊英雄中最重要的人物，几乎不可能被这个发生在其时代的传奇遗漏。赫拉克勒斯拒绝首领之位，他支持伊阿宋成为首领，而且在阿尔戈号抵达黑海之前就离开了远征的队伍。

阿尔戈英雄的名单约为50人，有着明显的群体之分。其中有忒萨利人，如伊阿宋；有伯罗奔尼撒人，如厄利斯国王奥革阿斯；第三个群体由墨勒阿革耳和其他参加过卡吕冬野猪狩猎的英雄组成；第四个群体则包括特洛伊战争英雄的父辈们，如珀琉斯（阿喀琉斯之父）、忒拉蒙（大埃阿斯之父）、俄琉斯（小埃阿斯之父）和瑙普利俄斯（帕拉墨得斯之父）。

阿尔戈英雄中有一些人身具异能。其中有先知伊德蒙（Idmon）和摩普索斯；有长于牧马的卡斯托耳和精于拳击的波吕丢刻斯；有这两兄弟后来的敌人伊达斯和林叩斯——后者目光锐利，甚至能看到地面之下的东西；涅琉斯之子珀里克吕墨诺斯可以在战斗中变化成任意形状（这是波塞冬的技能）；波塞冬之子欧斐摩斯（Euphemus）快如闪电，可以在海浪上奔跑而不打湿自己的脚；仄忒斯和卡拉伊斯是波瑞阿斯之子，生有双翼；阿尔戈斯是技艺精湛的造船师；最后还有舵手提费斯（Tiphys）。这些英雄中，只有波吕丢刻斯、仄忒斯、卡拉伊斯、阿尔戈斯和提费斯在现在我们所见的阿尔戈号传说中占有重要地位。在最初的传说中，各位英雄必定都用各自的技能向伊阿宋提供了帮助，让他完成了那些本来不可能完成的任务。

前往科尔喀斯的航程

许普西皮勒和楞诺斯女人

离开伊俄尔科斯之后，阿尔戈英雄们来到了楞诺斯岛。他们在岛上只找到一群女人，以及她们的女王许普西皮勒。她们由于忽视对阿佛洛狄忒的崇拜而受到惩罚——女神让她们在丈夫眼中变得面目可憎。岛上的男人们因此将战争中俘虏的色雷斯女子纳为姬室。出于报复，楞诺斯女人们杀死了岛上所有男子，只漏掉了国王托阿斯。托阿斯是狄俄尼索斯的儿子，也是许普西皮勒的父亲。许普西皮勒先是将他藏在狄俄尼索斯神庙中，后来又将他关进一个柜子，让他漂到陶里人的地方（即今俄罗斯南部）。他在那里成为阿耳忒弥斯的祭司。与此同时，楞诺斯女人们接待了来访的阿尔戈英雄们。他们在岛上停留了一年，因此留下了许多儿女。其中有一对孪生子欧内俄斯、托阿斯（或者叫涅布洛福诺斯[Nebrophonus]）是伊阿宋和许普西皮勒所生。伊阿

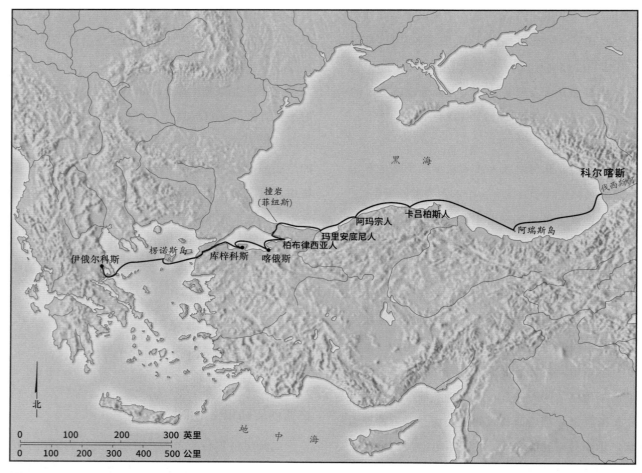

地图5   阿尔戈号前往科尔喀斯的航程

宋离开之后，许普西皮勒藏匿父亲托阿斯的骗局被揭穿了。女人们将她驱逐出岛。许普西皮勒最后被海盗俘虏，卖为奴隶，因此沦为涅墨亚国王吕枯耳戈斯的女仆。

许普西皮勒在希腊成为吕枯耳戈斯的孩子俄斐尔忒斯的保姆。欧里庇得斯在其悲剧《许普西皮勒》中讲述了许普西皮勒故事的这部分内容（参见本书第454页）。她最终被她的儿子们带回了楞诺斯岛。作为一个神话人物，许普西皮勒的重要性在于，她在一个驱逐了所有男性的社会中担任女王，也在于她与纪念俄斐尔忒斯的涅墨亚竞技会的创立之间的

联系。在其《忒拜战记》中，罗马史诗作者斯塔提乌斯将一大段插曲献给了许普西皮勒的故事。他的同代人瓦勒里乌斯·弗拉库斯在其史诗《阿尔戈英雄纪》中同样如此。奥维德则在其作品《女杰书简》中将许普西皮勒描述为一位在爱情中被抛弃的女英雄。

库梓科斯与喀俄斯

阿尔戈英雄们在萨莫色雷斯岛短暂停留，并在这里加入了秘教。[①] 随后他们继续航行，来到普罗

①   指一种对被称为 Cabeiroi 的神秘地生神祇的信仰。这种信仰以楞诺斯岛、萨莫色雷斯等爱琴海岛屿和忒拜为中心。

波恩蒂斯（Propontis）[1]，停靠在库梓科斯。此地居住着多利俄尼人（Doliones）。他们受到当地国王库梓科斯（Cyzicus）的款待。为了回报库梓科斯的热情，赫拉克勒斯杀死了居住在附近的地生巨人。后来，阿尔戈英雄们被逆风吹回了库梓科斯，并在一场夜战中杀死了国王（多利俄尼人误将英雄们当成了夜袭的强盗）。第二天，他们帮助多利俄尼人安葬了库梓科斯，然后再度启航。

他们接下来停靠的港口是喀俄斯。此地位于马尔马拉海亚洲海岸更东的位置。英雄们在此登陆，好让赫拉克勒斯换掉他的破船桨。许拉斯正是在此地走失，而赫拉克勒斯也在此地离开远征的队伍（参见本书第608页）。

阿密科斯

此后阿尔戈英雄们进入尤克辛海（黑海），来到柏布律西亚人（Bebryces）的地方。柏布律西亚人是一支比堤尼亚（Bithynian）部族，有着强迫外乡人与他们的国王、波塞冬之子阿密科斯（Amycus）比赛拳击的传统。阿密科斯此前从未在拳赛中失败，但波吕丢刻斯站出来与他对战，并将他杀死。

菲纽斯、哈耳庇亚和撞岩

随后，他们来到尤克辛海色雷斯海岸上的萨耳弥得索斯（Salmydessus）。此地的国王、盲眼的预言者菲纽斯[3]接纳了他们。菲纽斯受到哈耳庇亚的折磨。那是一对长着翅膀的怪物（她们的名字的意思就是"抢夺者"）。每次当菲纽斯面前摆设餐食时，他们就会从空中扑下，抢走大部分食物，并把剩下的部分弄脏。当哈耳庇亚再次出现时，仄忒斯和卡拉伊斯——波瑞阿斯的两个生着翅膀的儿子——拔剑追赶他们，一直追到斯特洛法德斯诸岛（Strophades Islands）。这场追逐在那里被伊里斯结束。她让波瑞阿斯的儿子们返回，又命令哈耳庇亚发誓不再接近菲纽斯。菲纽斯对阿尔戈英雄们未来的航程做出了预言，并以将会发生的种种危险警告他们。他提到了撞岩（Symplegades），即黑海西端附近的两块巨岩。它们会在风力的作用下相撞。从来没有任何东西能从它们之间平安通过。此外，如果有一条船成功通过，这两块巨岩便会固定下来。菲纽斯建议阿尔戈英雄们先放出一只鸽子。如果鸽子从巨岩之间飞过，他们就要在巨岩回退时奋力划桨，从中间通过。如果鸽子没能飞过去，他们就得打道回府。鸽子飞过去了，而阿尔戈英雄们在雅典娜（或是赫拉）的帮助下，也在巨岩的最后一次相撞前成功通过，只是被夹掉了部分艉饰。从此两块撞岩就固定下来，不再对航海者造成威胁。[4]

横渡尤克辛海

前方不远处的尤克辛海亚洲海岸上居住着玛里安底尼人（Mariandyni）。他们的国王吕科斯热情款待了阿尔戈英雄们。伊德蒙在此被一头野猪拱死，舵手提费斯也在这里丧命。不过吕枯耳戈斯之子、阿耳卡狄亚英雄安开俄斯（Ancaeus）接过了舵手之责，让英雄们通过阿玛宗人和以冶铁闻名的卡吕柏斯人（Chalybes）的土地，来到阿瑞斯岛。这里如今栖息着斯廷法利斯湖怪鸟（在赫拉克勒斯的第六项功业中，这群怪鸟被他吓走，离开希腊来到此地）。英雄们敲击盾牌，让怪鸟不敢妄动。他们还在这里找到佛里克索斯的四个儿子。后者企图从科尔喀斯航向玻俄提亚，却在这里遭遇了海难。英雄们让四人登上了阿尔戈号，并且在抵达科尔喀斯时受他们

帮助甚多。最后，他们沿着伐西斯河（Phasis）[①] 逆流而上，来到科尔喀斯。

伊阿宋在科尔喀斯

在科尔喀斯，埃厄忒斯要求伊阿宋先完成一系列不可能的任务，而后才能将金羊毛交给他。伊阿宋的任务是：为一对生着铜蹄、鼻中喷火的公牛套上轭（它们是赫淮斯托斯送给埃厄忒斯的礼物），然后用它们犁出一大块地，在地里种上龙牙。随后会有武士从地里生出，而伊阿宋要将他们杀死。[5]

美狄亚

美狄亚是埃厄忒斯的小女儿。她在此时登场，也为阿尔戈号的英雄传说带来了魔法和民间故事元素。在赫拉和阿佛洛狄忒的推动下，美狄亚爱上了伊阿宋，并在阿尔戈斯的母亲喀耳喀俄珀（她随阿尔戈英雄们一起回到了科尔喀斯）的请求下答应帮助他。美狄亚本人是赫卡忒的女祭司，和她的姑妈喀耳刻一样擅长魔法。她给了伊阿宋一种魔法药膏。这种药膏可以保护他在一天之内不受火焰或钢铁伤害。接下来伊阿宋用喷火的公牛犁好了地，又往那些由龙牙而生的武士中扔了一块石头，挑得他们自相残杀。最后，他用美狄亚给他的药草让大蛇入眠，在她的帮助下取得了金羊毛。

然而，在其悲剧《美狄亚》中，欧里庇得斯让美狄亚在完成任务和取得金羊毛的过程中发挥了更大的作用。剧中杀死龙的是她，而不是伊阿宋，正如她在提醒伊阿宋时所说（《美狄亚》476—482）：

图24.3 《看守金羊毛的龙将伊阿宋吐出》（*Jason is Disgorged by the Dragon That Guards the Golden Fleece*）

雅典红绘杯，作者为杜里斯，约公元前470年，直径11.75英寸。图中的雅典娜（不是美狄亚）正看着颌有长须的龙将伊阿宋从口中吐出。雅典娜手中栖着一只猫头鹰，身披埃吉斯。金羊毛就挂在背景中的树上。图中所表现的神话内容没有相应的文学文献佐证。

> 和你一同登上阿尔戈号的希腊人无人不晓：当你被派去给火牛套轭，在那片绝地上播种时，是我救了你的性命；是我杀死了那条从不合眼，重重盘在金羊毛周围将它看守的大蛇；是我给你带来了救赎之光。

在上面插图中的红绘杯上，伊阿宋的角色距离英雄更远：雅典娜（不是美狄亚）站在他面前，他却无力地悬在大蛇口中。

奥维德的叙述

奥维德所讲述的故事恢复了伊阿宋的英雄形象。这个故事开始于美狄亚和伊阿宋在赫卡忒神坛相会之后一天（《变形记》7.100—158）：

---

① 今格鲁吉亚西部的里奥尼河（Rioni），发源于高加索山脉，在波季（Poti）注入黑海。

第二天，晨曦驱散了闪烁的群星。人们聚集在玛尔斯的圣地，在高处各自就位。国王本人高踞宝座，周遭有军队拱卫。他身着紫袍，手持象牙的王杖，显赫不同常人。铜蹄的公牛从钢铁般的牛鼻中喷出烈火。青草一碰到它们的呼吸就干枯凋零……然而伊阿宋与它们正面对峙，面露威吓之色。当伊阿宋朝公牛走去，它们也转向他。它们的面容令人畏惧，角尖有钢铁包裹，分成两瓣的牛蹄在地上激起烟尘，咆哮和呼出的烟云笼罩全场。阿尔戈英雄们都吓得不能动弹。伊阿宋却大步向前，无视那烈火般的吐息，这是 [美狄亚的] 灵药造成的神效。伊阿宋伸出不惧火焰的手，轻抚公牛颔下的垂肉，迫使它们套上牛轭，拖动沉重的犁铧，破开那从未耕过的土地。科尔喀斯人惊异不已，而阿尔戈英雄们则大声叫好，让伊阿宋勇气更增。

然后他从一顶铜盔中取出蛇牙，将它们播撒在犁好的地上。田土让曾经涂过剧毒的种子变得柔软。蛇牙生长起来，变成新的物体。正如婴儿在母亲的子宫里长成人形，长出合乎比例的肢体，直到完全长成才呱呱坠地，这些人的形体也在大地的子宫中长成，然后从孕育他们的犁沟中破土而出。更加神奇的是，甫一降生，他们就敲击起手中的武器。

看到这些武士就要把锐利的枪尖投向年轻的忒萨利人的头顶，希腊人的眼睛和心魂都被恐惧占据。曾经保护他不受伤害

图24.4 《伊阿宋取得金羊毛》(*Jason Takes the Golden Fleece*)

板上油画，彼得·保罗·鲁本斯画，1636年，10.5英寸 × 11.25英寸。画中的伊阿宋志得意满，从一尊玛尔斯（阿瑞斯）雕像旁边走过。金羊毛就搭在他的左臂上。他身上披挂的是罗马士兵的装束。鲁本斯在此采用的是叙吉努斯所讲述的版本，即佛里克索斯将金羊毛奉献在了玛尔斯神庙，而不是我们在此提到的版本。值得注意的是，美狄亚或雅典娜这两个伊阿宋的帮手都没有在画中出现。

的美狄亚看到这么多敌人围攻孤身一人的英雄，也惊恐失色……伊阿宋往敌人中间投下一块大石，让他们的攻击目标不再是他，而是他们自己。这些地里生出的兄弟开始自相残杀，在内斗中死去。希腊人则纷纷喝彩，热切地拥抱胜利者……

接下来要做的，是让那警醒的大蛇入睡。它是那株金树的可怕守卫，是一条头上生冠、舌分三叉、长牙弯曲的怪兽。埃宋勇敢的儿子给大蛇喂下催眠的药草，又将催眠的咒语念了三次。当睡意终于爬上那双它从未被征服的眼睑，伊阿宋便取得了那黄金的羊毛。他为这胜利备感骄矜，然后又带走了他的第二件战利品——那令其成功成为可能的人。他带着妻子，在凯旋中返回伊俄尔科斯的海港。

阿尔戈英雄的归程

品达的叙述

奥维德的叙述以英雄伊阿宋为焦点：他不仅赢得了他的冒险目标——金羊毛，还赢得了公主美狄亚。他带着她扬帆而去。美狄亚的兄弟阿普绪耳托斯（Apsyrtus）率领科尔喀斯追兵紧跟而来。伊阿宋在多瑙河口的一场伏击中将他杀死。[6] 品达的版本是对夺取金羊毛和阿尔戈号返程故事最早的连续讲述。这首诗题献给公元前462年在德尔斐赢得马车比赛的昔兰尼国王阿耳刻西拉斯（Arcesilas）。[7] 它的讲述始于伊阿宋成功地驾着喷火公牛犁开地面之后（《皮提亚颂诗》4.239—254）：

他的伙伴们向无畏的英雄伸出欢迎的双臂。他们为他戴上草编花环，用美好的话语祝贺他。接下来，光辉的太阳神之子（埃厄忒斯）将佛里克索斯用刀剃下那闪亮羊毛的所在告诉了他。他不相信伊阿宋能完成这项使命，因那羊毛位于一处丛林之中，那里是巨蛇的巢穴。那蛇口如血盆，蛇身又粗又长，超过一条有五十支桨、用铁锤敲打而成的船……

他将那灰眼的花斑大蛇杀死。赞美阿耳刻西拉斯！他又与美狄亚携手私奔。珀利阿斯也死在她手上。他们远涉大洋河和红海的波涛，去到楞诺斯女人们的国度——那里的男人都被女人杀死。他们在那里的竞技会上展示勇力，争夺当作奖赏的衣袍，又与那里的女人同寝。

品达的叙述简洁而清晰：伊阿宋不负英雄之名，亲手完成了最后一项功业，夺得奖品，并带着公主返回家乡。他们的旅程远及世界边缘（因为大洋河环绕着整个世界，参见本书地图6），还来到神秘但位置不明的"红海"。在品达的时代，"红海"一词通常指印度洋。在这篇诗歌的较前部分，美狄亚曾提到这次旅程，并声称："在我的建议之下，我们携带海船，肩扛着它穿过沙漠，整整扛了十二天"（《皮提亚颂诗》4.26—28）。这十二天的扛船之旅看起来似乎是在非洲，然而品达所述旅程的种种细节，更像是发生在一个神话中的地方（世界边缘之外的大洋河正暗示了这一点），而不是某片确定的土地。楞诺斯岛是希腊世界中的一个已知地点，而品达将楞诺斯岛上发生的插曲置于归程之中。他还加入了楞诺斯赛会庆典的故事。这显然是为死去的楞诺斯男子们所举行的葬礼的一部分。这场节庆同时也标志着婚姻的重生，因此一件斗篷正是合适的奖品。①

阿波罗尼俄斯的叙述以及伊阿宋和美狄亚的婚姻

在罗得斯岛的阿波罗尼俄斯的讲述中，阿尔戈英雄们溯多瑙河而上，并横穿到亚得里亚海的顶端，然后又上溯神话中的厄里达诺斯河，来到罗纳河（Rhone），接着顺流而下，抵达地中海。从这里开始，他们航向意大利西岸，拜访了喀耳刻（美狄亚的姑妈）。喀耳刻为两人洗去了因伊阿宋杀死阿普绪耳托斯而造成的罪过。此后，他们经历了《奥德赛》所描述的许多危险，比如普兰克泰浮岩、斯库拉、卡律布狄斯和塞壬女妖。

他们接着抵达了淮阿喀亚人的地方，此时科尔喀斯人仍在他们身后紧追不舍。美狄亚向王后阿瑞忒寻求庇护。阿瑞忒与国王阿尔喀诺俄斯提出：只要美狄亚与伊阿宋成婚，他们就不把她交出去。当夜，人们就为伊阿宋和美狄亚举行了婚礼。科尔喀斯人终于放弃了追逐。阿尔戈英雄们重新上路，来到利比亚。他们在这里的叙尔特斯（Syrtes）海滩上搁浅，于是扛着阿尔戈号来到特里托尼斯湖（Lake Tritonis，路上走了12天），途中经过了赫斯珀里得斯姊妹的花园。摩普索斯在路上被一条蛇咬死。他们从特里托尼斯湖出发，在海神特里同的引导下，终于回到地中海。[8]

塔罗斯

另一段历险发生在克里特岛水域。这座海岛由青铜巨人塔罗斯看守。他每天绕岛巡行三次，向外来人投掷岩石，不让他们登岸。塔罗斯的生命系于他一只脚踝上方封闭一条血管的薄膜（另一说为一根铜钉）。如果血管被打开，塔罗斯身体里的灵液（ichor，神的体液，对应人的血液）就会流出，他也会因此而死。阿尔戈英雄们成功做到了这一点，消灭了塔罗斯。[9]

旅程的结束

阿尔戈英雄们最终回到伊俄尔科斯。他们的传说至此而终（阿波罗尼俄斯的史诗也在这里结束）。伊阿宋将金羊毛交给珀利阿斯，又在科林斯地峡将阿尔戈号献给波塞冬。多年之后，船尾的一块木头掉了下来，砸在伊阿宋头上，致其身亡。

阿尔戈英雄归程的地理细节混沌不明，有许多想象成分。在这个传说最终定型的年代（即公元前6世纪之前的古风时期），希腊世界正经历着扩张和发现的过程。当时的希腊人为了殖民和贸易，向东西两个方向远航，直至今天的俄罗斯和北非。阿尔戈号的旅程很可能是对真实航行的反映。然而，要将品达和阿波罗尼俄斯所讲述的细节与真实地点一一对应起来是不可能的。[10]

伊阿宋与美狄亚在希腊的故事

伊俄尔科斯

在伊俄尔科斯，珀利阿斯拒绝遵守他与伊阿宋的约定，因此美狄亚设计将他杀死。在一场魔法表演中，她将伊阿宋的父亲埃宋切成碎块，放进一口

---

① 在希腊神话中，男女在结合时用来遮盖身体的袍子、斗篷或毯子是一种婚礼的象征。参见上段引文末尾品达对楞诺斯竞技会起源的解释。另参见 John Scheid, Jesper Svenbro. *The Craft of Zeus: Myths of Weaving and Fabric*, translated by Carol Volk. Penn State Press, 2001。

大锅中与魔法药草一同烹煮，令他重返青春。接着她又让一头老公羊返老还童。珀利阿斯的女儿们相信了这些示范，试图用同样的办法让他们的父亲变得年轻。然而美狄亚没有将魔法药草交给她们，因此她们的尝试只导致了父亲的死亡。

科林斯

伊阿宋因此向珀利阿斯报了仇，但他并未得到伊俄尔科斯的王位：由于犯下了杀害珀利阿斯的罪过，他和美狄亚被珀利阿斯之子阿卡斯托斯逐出这座城市。两人来到科林斯，也就是欧里庇得斯的悲剧《美狄亚》的故事发生地。早在公元前8世纪的科林斯诗人欧墨洛斯那里，美狄亚与科林斯之间就有了联系。在欧墨洛斯的叙述中，埃厄忒斯和他的兄弟阿洛欧斯都是赫利俄斯和安提俄珀的儿子。赫利俄斯将自己的土地分给两兄弟。因此阿洛欧斯获得了阿耳卡狄亚，而埃厄忒斯获得了厄费拉——欧墨洛斯认为厄费拉就是科林斯。埃厄忒斯将科林

斯交给一位摄政，自己去了科尔喀斯。后来，科林斯人又延请伊俄尔科斯的美狄亚来当他们的女王。伊阿宋因此通过他与美狄亚的婚姻而成为科林斯国王。与此同时，出于对赫拉的尊重（科林斯人对赫拉尤为崇拜），美狄亚还拒绝了宙斯的引诱。作为回报，赫拉许诺让美狄亚的孩子们获得永生。美狄亚将孩子们藏在赫拉的圣地中，以为这样就能让他们永生。但孩子还是死了，并受到人们的崇拜纪念。在欧里庇得斯的悲剧中，美狄亚在她对伊阿宋的最后陈词中提到了这件事（《美狄亚》1378—1383）：

> 我会亲手掩埋他们，带他们进到卫城上的赫拉（Hera Akraia）的圣地，免得我的仇敌将他们挖出，伤损他们。我要让这片西绪福斯的土地［即科林斯］从此举行隆重的飨宴和祭礼，来弥补这渎神的杀人之罪。

地理与神话

　　传说英雄的旅程总是诱人追寻，其中奥德修斯和伊阿宋的故事尤为令人不舍。在本书地图6中，我们以图解的方式展现了品达时代的人们对世界的想象。无论是品达还是阿波罗尼俄斯都不能成为我们进行地理定位的凭据：尽管他们在诗中提到了一些真实存在的地方，他们所描述的世界仍然是出于文学想象。不过，考古学家已经证明：将科尔喀斯定位于今天格鲁吉亚的某个地区——黑海以东——并非全无根据。至少从公元前第三个千年开始（参见本书地图5），上古的农夫和金属冶炼者就在此地劳作。人们还在这里发现了

早至公元前550年左右的希腊贸易定居点——差不多比品达创作其诗歌的年代早了一个世纪。我们在很大程度上可以确信神话中的伐西斯河就是今天的里奥尼河，而现代的小城瓦尼（Vani）曾是一座繁盛一时的古代城市，正好对应神话中的科尔喀斯。除开以上事实，此地在希腊时代还盛产黄金、铜和铁。此外我们再无确凿的地理定位根据。对应黄金的现代商品也许是石油——如今一条输油管横穿格鲁吉亚，将阿塞拜疆的里海海滨和黑海沿岸地区连接了起来。

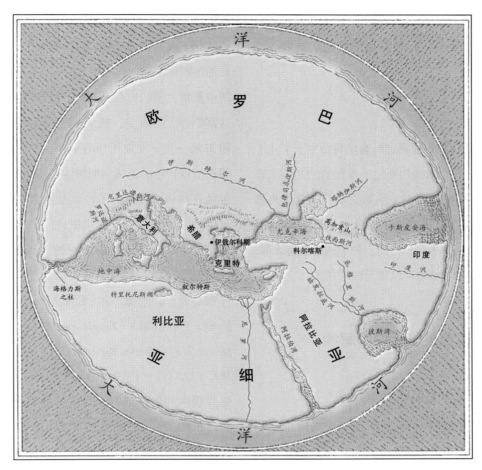

地图6　基于米利都的赫卡泰奥斯理念的世界地图

米利都的赫卡泰奥斯（Hecataeus of Milentus，约前500），据称大洋河环绕着有人居住的世界，而这个世界又被分为欧罗巴与亚细亚。

因此，伊阿宋与美狄亚的孩子们的死亡，在神话的最初版本中具有中心地位。

不过，在故事的另一个变体中，科林斯国王名叫克瑞翁（Creon），是美狄亚的对头。美狄亚杀死了他，然后将自己的孩子们留在赫拉的圣地里，自己则逃往雅典。克瑞翁的亲族杀死了这两个男孩，并声称是美狄亚下的毒手。欧里庇得斯震撼人心的剧作正是基于这个版本。剧中的伊阿宋和美狄亚作为伊俄尔科斯的流亡者居住在科林斯。伊阿宋抛弃了美狄亚，另娶国王克瑞翁的女儿格劳刻（Glauce，亦被称为克柔萨 [Creusa]）。为了复仇，美狄亚让

两个孩子给格劳刻带去一件袍子和一顶王冠，作为新婚礼物。她在礼物上涂抹的魔法油膏烧死了格劳刻和克瑞翁。这以后，美狄亚杀死了自己的孩子，作为对伊阿宋的最后复仇，然后乘坐她祖父赫利俄斯送给她的由飞龙拖曳的车子逃往雅典。在全剧的最后一幕，美狄亚出现在舞台上空的马车里，怀里抱着被她杀死的孩子，向伊阿宋宣示她的胜利，并预言了伊阿宋的不幸结局。伊阿宋继续生活在科林斯，而美狄亚则在雅典得到国王埃勾斯的庇护。在本章的补充阅读部分，我们将欧里庇得斯的《美狄亚》中的一些重要片段摘要译出，并附上了评论。

读者可以自己从这些材料中看出欧里庇得斯这部剧作的情节是多么复杂，而他提出的问题又是多么震慑人心。

雅典

据传美狄亚在来到雅典之后为埃勾斯生下了儿子墨杜斯。后来她几乎借埃勾斯之手毒死他的儿子忒修斯（参见本书第636页）。计划失败之后，她从雅典逃往波斯。墨杜斯在那里建立了墨狄亚王国（Media）。美狄亚本人最后回到了科尔喀斯。关于她后来的故事，作者们各自赋以奇思妙想，以致无法探究。

对这一英雄传说的解读

后世文学中的阿尔戈英雄

与其他希腊英雄传说一样，伊阿宋与阿尔戈英雄们的故事同样经过各种文学解读的筛选。[11]这个故事对荷马而言并不陌生（尽管他并未提及美狄亚），也是公元前8世纪科林斯诗人欧墨洛斯的史诗作品中的组成部分。到了公元前3世纪，这个故事成为罗得斯岛的阿波罗尼俄斯的史诗《阿尔戈英雄纪》的主题，而这部史诗又被多位罗马史诗作者翻译或改写。瓦勒里乌斯·弗拉库斯的未竟之作《阿尔戈英雄纪》（约1世纪下半叶）中就包含了大量来自阿波罗尼俄斯的记载。瓦勒里乌斯本人也添加了自己创作的情节，其中包括海格力斯和忒拉蒙救出赫西俄涅的故事（参见本书第511页）。此前我们也已经提到，斯塔提乌斯在其《忒拜战记》中收入了关于许普西皮勒传说的长篇讲述。

在戏剧领域，欧里庇得斯的《美狄亚》拥有巨大的影响。受其启发而创作悲剧的作者包括奥维德

（作品已佚）、小塞涅卡（作品存世）以及20世纪的罗宾逊·杰弗斯（《美狄亚》，1946），此外还有法国和德国剧作家们创作的众多版本。《美狄亚》是现代剧场中最常上演的古希腊悲剧。维多利亚时代的人们对这部剧作尤为喜爱。威廉·莫里斯的长篇叙事诗《伊阿宋的一生》发表于1867年，很快便流传开来。这部作品以17卷的篇幅全面讲述了伊阿宋的传说，甚至包括在科林斯发生的事件以及他的死亡。《伊阿宋的一生》的问世得益于古代史诗，但也同样得益于莫里斯对中世纪骑士精神的感情。诗中的伊阿宋并非如阿波罗尼俄斯和欧里庇得斯作品中的那位英雄一样野心勃勃。纳撒尼尔·霍桑（Nathaniel Hawthorne）的《探戈林故事》（*Tanglewood Tales*，1853）和查尔斯·金斯利（Charles Kingsley）的《英雄》（*The Heroes*，1855）也对这一传说中的某些篇章进行了精彩讲述。这些版本的创作都有着对勇气和冒险的强烈道德偏爱。正如迈克尔·格兰特（Michael Grant）不乏喜悦之情的描述：“叙事轻快而清新……是一些精彩而令人愉悦的英雄奇谈，没有什么难解的弦外之音或是重大寓意。”[12]

英雄的冒险

在普罗普的模型中，伊阿宋的传说尤其适合被视为一次冒险。这种视角让众多民间故事元素服从于一个连贯的结构。同时，这一传说中的大量内容可以追溯到最早期的希腊神话——连美狄亚也不例外：身为太阳神的孙女，她必定曾拥有比魔法师更重要的地位。对她在这个传说中所扮演的角色，最令人震撼的解读莫过于欧里庇得斯那部上演于公元前431年的悲剧。在专注于刻画美狄亚的心理，深入探究她与伊阿宋之间的紧张关系的同时，欧里庇得斯还在最后一幕让美狄亚乘坐太阳神的马车离去，

从而将她塑造为近乎神明的角色。从这个神话的演变角度来说，美狄亚应该比阿波罗尼俄斯、瓦勒里乌斯·弗拉库斯所刻画的浪漫主义女英雄更为古老和显赫，也比欧里庇得斯所刻画的那个受到驱策的、被抛弃的和狡狯的女英雄更为庄严。这个神话在后来演变成一种准历史冒险故事，然而美狄亚与这个传奇中其他众多重要人物的一些特征却源于神话中更古老和更重要的元素。

补充阅读：
欧里庇得斯笔下的伊阿宋与美狄亚

下面是对欧里庇得斯的《美狄亚》所做的摘要，以剧中伊阿宋和美狄亚共同出场的三个片段的译文为核心。全剧的开头是欧里庇得斯所惯用的开场白（参见本书第10章和第13章中《希波吕托斯》《酒神的狂女》），以一段独白介绍了故事的关键背景，并为悲剧的发生做好了铺垫。保姆说出的第一句话就满含预兆："我多么希望阿尔戈号没能从那黑色的撞岩中间平安渡过，没有到达科尔喀斯人的地方。"来到科林斯之后，伊阿宋、美狄亚和他们的两个儿子曾过着幸福的生活，然而此刻夫妻之间却只有仇恨。伊阿宋抛弃了美狄亚和孩子，娶了科林斯国王克瑞翁的女儿克柔萨（亦被称为格劳刻）。美狄亚因痛苦和愤怒而陷入疯狂。保姆则因想到美狄亚可能做出的事而惊恐。她甚至对两个孩子的安全感到担忧——由于他们的父亲的缘故，美狄亚连他们也一并憎恨起来。后续的场景在保姆与傅保之间展开，我们从中进一步了解到克瑞翁将要把美狄亚和她的孩子逐出科林斯。美狄亚在此时出场。她满心忧伤，在哭号中表达出求死之心，又对女人的共同苦难（包括品行良好的

丈夫无处可寻）发出控诉，最终赢得由科林斯女子组成的歌队的同情。她的呼告以"科林斯的女人们啊"开场（《美狄亚》215），让人想起《希波吕托斯》中淮德拉对特罗曾女人们所发出的呼唤。公元前5世纪的雅典和迈锡尼时期的希腊，同样面临着这一控诉所提出的问题。

克瑞翁在此时上场。他在第一句斥骂中就勒令美狄亚和她的孩子立即离开科林斯，开始流亡。他对美狄亚的怒火感到恐惧，也害怕她对科林斯王族所发出的可怕的报复威胁。此外，他也了解美狄亚擅长邪恶的法术，因此尤其希望确保自己女儿的安全。在随后的对话中，我们见证了美狄亚的精致手段：她机智地操纵克瑞翁，承诺保证他的平安，让他的态度软化，对自己的苦难产生同情，最终同意她多逗留短短一天的请求。在罗宾逊·杰弗斯的改写中，美狄亚是这样乞求的："给我一丁点时间就好……"[13] 在这样微不足道的一点时间里，这个不幸的女人又能造成多大破坏呢？

克瑞翁离开之后，美狄亚毫不遮掩地向歌队吐露了她的想法。她告诉歌队：除非为了策划复仇，她绝不会对此人低三下四；克瑞翁给了她一天时间让她完成复仇计划，简直是愚蠢透顶；她甚至公开了几种既能杀害克瑞翁及其女儿、自己的丈夫，又能让自己脱罪的行动可能。

下一幕是美狄亚与伊阿宋之间的第一场对手戏（《美狄亚》446—626）：

伊阿宋：这已经不是头一回。我已经多次见识过你的火暴脾气。这样的毛病让人难以容忍。若是你能老实听从上位者的决定，你本可以留在科林斯，保住你的家。你却非要无理狂吠，那就只能离开这片土

图24.5　《美狄亚乘坐龙车离开科林斯》（*Medea Leaves Corinth in a Chariot Drawn by Dragons*）

画中的美狄亚的衣帽都是东方式样。她驾着太阳神派来的龙车，身体周围也被太阳光包裹。长着翅膀的复仇女神俯视着画面下方的人物。左边的人是正在怒骂美狄亚的伊阿宋。右边是孩子的傅保和美狄亚的保姆。两个孩子的尸体被平放在一个祭坛上，而二人正在尸体身边哀悼。一只长着斑点的猫科动物看到飞龙时反应十分激烈。这幅画表现的正是欧里庇得斯的《美狄亚》的最后一幕。（作品被归于波利科罗画师［Policoro painter，公元前420—前380年间活跃于南意大利］。卢卡尼亚卡里克斯调酒缸，约公元前400年，加入了白、红、黄和褐色彩绘的红绘陶器，高50.5厘米。）

地。我可以任你这样继续下去，哪怕你向每个人去说伊阿宋是世上顶坏的人。但既然你对王室说了无理的话，那仅仅遭到流放已经是你的幸运。实话告诉你，我可是一直在努力平息国王的怒火，但你却不肯变得聪明一点，反而一直对国王一家诋毁不休。那你也只剩下被扫地出门这一条路好走。

即便如此，我仍旧没有抛弃朋友。我现在来也是为了你好，妇人。我不想让你和孩子两手空空地走上流放路，不想让你们有所欠缺。流亡的路上有许多难处，可不是那么好走。老实说，就算你恨我，我对你也绝不会有恶意。

美狄亚：天哪，你这个坏到骨子里的家伙。这就是我能找到的对你最恰当的评价，因为你半点没有丈夫气。你居然还跑来见我，还有脸来见我。恨你的可不止是我，你这让人人切齿、让诸神共愤的东西。在对朋友做下坏事之后又来面对他们，那不叫勇气，说不上有胆量，只能叫作厚颜无耻。这是一种恶疾，是凡人所能犯下的最恶的罪过。不过你来了倒也不错，因为当面说出你的恶行让我解恨，而你只能从这些话里感到伤害。

且让我从头说起。在你被命令给火牛套轭，往那绝地里播种的时候，是我救了你的命，每一个和你一同登上阿尔戈号的希腊人都知道这件事。还有那条从不入眠、在金羊毛周围重重盘起将它看守的大蛇，也是我杀死的，是我给你带来了救赎之光。我背叛了自己的父亲，抛弃了自己的家园，随你来到那珀利翁山下的伊俄尔科斯。是太深的爱情让我变得愚蠢。我假珀利阿斯的女儿们之手，用最可怕的方法将他杀死，毁掉了他的家。在我为你做了这么多事之后，你这个凡人中最恶毒的家伙，竟然背叛我。你我已经有了骨肉，你却要迎娶新妻。老实说，如果你膝下至今没有子女，打算另结新欢倒还情有可原。你对我发下的誓言如今一文不值。到底你是以为当初发誓时所指的神祇已经不再有力量，还是以为如今人们都该听从新的神意，我已经无从分辨，不过你心里明白：是你自己违背了对我许下的誓言。你多少次紧握过我这只可悲的右手，多少次搂住我这双可怜的膝盖。它们竟被你这小人白白地抱过了，而我的希望也都被辜负了。

我还是要把自己的难处跟你讲，姑且当你还是朋友。我也不指望能从你那里得到什么好建议，不过我还是要说，因为向你求取建议能让你显得更歹毒。我现在该何去何从？难道要回到我父亲那里去吗？我可是为了跟你回家而背叛了他。难道要回到珀利阿斯那些可怜的女儿们哪里去吗？她们的父亲死在我手上，想必她们一定会好好招待我。我是无路可走了。我让家乡的亲人对我心怀怨恨，又因为替你做事，把不该伤害的人变成了敌人。我敢说，在许多女人看来，为了回报我的付出，你倒是给了我幸福呢。若是我被逐出这片土地，从此带着孩子流浪，无亲无故，孤苦伶仃，我倒是有你这样既了不起又靠得住的好丈夫。对一个新婚的男人来说，你的孩子和救过你性命的我都在外流浪乞食，想必会是个不错的骂名。

宙斯在上，你既让人明确分辨金子的真假，为何不在人皮上留下胎记，让我们好辨认他们的善恶。

歌队：曾经相爱的人反目成仇。这怒气真让人害怕，恐怕也难以消弭。

伊阿宋：看起来我不该揭你的短，只要像个老练的船长那样收起船帆，小心避过你这番像风暴一样滔滔不绝的叫嚣就好。你怕是过分夸张了你给我的帮助。我倒觉得天神和凡人中只有阿佛洛狄忒才是我那场远征的救主。没错，你的确有些智谋，不过我若说起是厄洛斯用他那百发百中的箭让你救我性命，恐怕要让你不快了。我也不会说得太详细。不过，每一次你帮了我，都从我的平安中得到更多回报。我会把这一点解说分明。首先，如今你住在希腊人中间，不是住在野蛮人的国度，享受着公正和法治，不再需要事事诉诸暴力。你在这里坐享令名——所有希腊人如今都知道你满腹智计。如果你还住在那世界尽头，如今必然还是寂寂无闻。换作是我，我宁要命运赐我荣名，不要满屋的黄金，也不要胜过俄耳甫斯的美妙歌喉。

关于我的付出我就说这么多。这都是你用言语挑起来的。至于你指责我与王族通婚，我要向你证明：这首先是因为我的明智；其次，我不是被情欲冲昏了头脑；最后，对你，对我的儿子们，我大有助力。

好了，现在请你安静一点，美狄亚。

自打我背负着无数令人绝望的灾难从伊俄尔科斯来到此地，遇到过什么比迎娶国王的女儿更大的好事？更不用说我只是个流亡者。这并非是因为我厌憎与你同榻——那是你自寻烦恼的无端指责，也不是因为我想比别人生更多子女。我的孩子已经足够多，对此我毫无怨言。我的目标是保证我们都能过得好，衣食无缺，这比什么都重要，因为我知道人人对穷朋友都避之不及。我还想让我的孩子的教养能对得起我的门第，还想给你我的孩子带来更多弟妹。我打算对他们一视同仁。还有什么能比一家人和衷共济更让我高兴呢？至于你，孩子对你有什么用？对我来说，利用未来的孩子来帮助我已有的孩子，却是有好处的事。这不能算是个坏主意吧？要不是这桩婚事和情欲让你头脑发昏，你也不能否认这一点。你们这些女人总以为情欲能解释一切！只要这件事上出了问题，你们就能把精心谋划的好主意变成争吵的因由。男人应该有别的办法来生孩子，而女人这性别根本不该存在。那样人间就没什么烦恼了。

歌队：伊阿宋，你的辩词听起来冠冕堂皇。不过我还是要说——哪怕这会与你的看法发生龃龉——你背叛自己妻子的做法是不对的。

美狄亚：实在告诉你，我的看法在许多事情上都与众人不同。在我看来，那舌绽莲花的恶人该受最重的惩罚，因为他自以为可以把自己的恶行掩饰得天衣无缝，在摇唇鼓舌时便无所畏惧。可是他并不像他所说的那样聪明。你也是一样。休要把谎言说得天花乱坠，把脏水泼到我身上，因为我只要一句话就能将你揭穿。如果你不是懦夫，你就该在结下这桩婚姻前先说服我的同意，而不是瞒着你的亲人。

伊阿宋：我猜，要是我真的把这婚事和你说了，你一定会好好成全我了？可是你连蒙蔽自己心智的怒火都控制不了。

美狄亚：你并非因为这样的顾虑才做出这样的事。你是觉得自己老了，同外乡女子的婚姻不会有好结果。

伊阿宋：我同国王的女儿结下婚姻的誓约，并非是因为这个女人的缘故。我已经说过，这是为了帮助你，为了给我自己的孩子带来出身王室的弟妹，为我的家族带来助力。这一点你可以相信我。

美狄亚：如果富贵带来痛苦，财势刺痛人心，那我并不稀罕。

伊阿宋：你知道你应该怎样改变自己的祝祷才更明智吗？你该祝祷自己不再将好事看作坏事，不再把幸运当成不幸。

美狄亚：你就尽管羞辱我好了。你倒是有了托庇，我被人背弃，只能离开这里，流落漂泊了。

伊阿宋：这是你自己的选择，怪不到别人头上。

美狄亚：我做了什么错事？我没有背弃你，没有另娶新妻。

伊阿宋：你对国王一家发出了恶毒的诅咒。

美狄亚：那倒是，而且我还要诅咒你的家族。

伊阿宋：我不会继续在这上面跟你多费唇舌。不过，如果你想为自己和孩子的流浪生活要点钱财贴补，尽管开口。你可以相信我不会吝啬，而且还会给我的朋友们去信，让他们好好招待你。妇人，如果你不想接受这样的好意，那一定是疯了。只要你把怒意抛在脑后，就能得到更多好处。

美狄亚：我永不会接受你朋友的帮助，也不会要你的任何东西，所以你不用给我。得自恶人的礼物不会带来什么好事。

伊阿宋：那就罢了。我请求神明做我

的见证：我可是一心要帮助你和孩子。你
不愿接受好意，反而出于冲动而拒绝朋友，
那你只会多吃苦头。

　　美狄亚：快滚吧。你从宫中出来那么
久，想必已经急于回去见新娘了。好好扮
演新郎吧。诸神在上，这话我一定要说：恐
怕你的这桩婚事只会以不幸收场。

　　在这样一个英雄神话的框架下，我们却看到一
对男女、一对夫妻在婚姻终结之后那世俗而又真实
得惊人的冲突。我们很难去同情伊阿宋：他傲慢而
冷酷；他声称过错在美狄亚一方，却又很快采取了
宽容者和施惠者的姿态。的确，我们从克瑞翁那里
已经知道，是美狄亚的怒火和她对王室发出的可怕
威胁而导致她被流放。然而从美狄亚的角度来看，
她除了对敌人复仇之外，没有第二条路可走。在历
数自己为伊阿宋做过的事时，美狄亚提到她曾背叛
自己的家国，为伊阿宋杀人，甚至杀死巨龙。此时
我们应该会立刻想到一个永恒的问题：婚姻的延续
是否应该基于过往的亏欠？美狄亚诉诸往日盟誓的
做法，也许在宗教和道德上具有更高的权威性。但
对伊阿宋来说，似乎他与她的异族婚姻在科林斯并
无法律上的效力。

　　伊阿宋在一一列出自己回报给美狄亚的好处时，
也向我们展示了这部剧作所提出的众多有趣问题之
一。他声称自己让美狄亚进入了一个开化之邦的正
义体系，而这种体系远比她的野蛮故国所拥有的优
越——在那故国，决定一切的是赤裸裸的力量。对
美狄亚而言，既然她遭遇了这样的不公，这片土地
上就毫无正义可言，反而是暴力的复仇为她提供了
一种更古老也更优越的道德标准。

　　在伊阿宋对美狄亚的回应中，最无情的就是他

声称美狄亚的行动并非出于自己的选择：她为他所
做的一切都是因为令人盲目的爱情，而这爱情是由
阿佛洛狄忒和厄洛斯激发。关于他对她或曾有过的
任何感情，伊阿宋只字不提。如果我们翻一翻罗得
斯岛的阿波罗尼俄斯的《阿尔戈英雄纪》，看看他对
科尔喀斯所发生的事件，以及伊阿宋与美狄亚感情
开端的讲述，会有不小的收获。在第3卷中，阿波罗
尼俄斯对美狄亚的刻画颇足称道：他将她描绘为一
个被爱情之箭射中的女子，而这种描述的灵感可能
正是来自欧里庇得斯作品中伊阿宋所说的话。当美
狄亚在埃厄忒斯的宫廷中第一次看到伊阿宋时，一
个隐形的厄洛斯伏在伊阿宋的脚边，瞄准美狄亚射
了一箭，随后她便被爱情之火吞噬了。不过，最终
伊阿宋的心灵也受到爱情的感染。

　　在欧里庇得斯剧中，伊阿宋运用的是典型的诡
辩家修辞，即通过机敏而富于欺骗性的论证来粉饰
或企图粉饰并不光彩的动机。在美狄亚看来，伊阿
宋的话全都似是而非，毫无真诚可言，只是为了掩
盖他卑劣而懦弱的品性以及可耻行径。然而，无论
伊阿宋的论证在道德上多么可疑和不可原谅，它至
少有一部分是真实的，也完全可以理解。尽管从美
狄亚那里得到许多帮助，但伊阿宋并未实现自己的
最终目标——成为伊俄尔科斯国王。美狄亚一手
策划了珀利阿斯之死，却没能取得想要的效果，反
而让伊阿宋不得不与美狄亚一起逃到科林斯。他的
光辉岁月已成往事，破碎的梦想让他在绝望中生出
最后的野心。正如他在解释中所说，他与王室的通
婚是一场实用主义的算计，也是一个良机，是他通
往权力和成功的最后机会。他还声称，自己的行为
并非出于爱情（即年轻美丽的公主对他并无情欲上
的吸引力），自己的计划是为了帮助美狄亚和她的
孩子，但这一辩词大概就不是那么可信了。不过，

显然伊阿宋并未期望美狄亚和孩子遭到流放，也许他所梦想的光明前景中的确有他们的位置。美狄亚本人也没能超越诡辩的层次：她一面声称伊阿宋让她和孩子陷入绝境，一面又拒绝接受他慷慨的帮助。

接下来我们继续讨论欧里庇得斯所讲述的故事。此时雅典国王埃勾斯来到了科林斯（这是一个巧合，而且就戏剧表演的节奏而论，似乎也算不上不自然）。此前他曾在德尔斐为自己不能生儿育女的事求取神谕，此时他准备先去向特罗曾国王皮透斯咨询，然后再回家。美狄亚将丈夫的无情背叛和自己即将被流放的事告诉了埃勾斯。埃勾斯对她的不幸深感同情，并对伊阿宋的做法表示了不满。美狄亚恳求埃勾斯让她以寻求庇护者的身份进入他在雅典的王宫，不要将她交给追索她的敌人。作为回报，她会用自己对医药的知识治好埃勾斯的不育症。[14] 埃勾斯同意了这样的利益交换。这首先是因为神意（搭救美狄亚是正义的事），其次是因为她能给他带来的好处。然而，由于埃勾斯在科林斯是客，并不想因为干涉而得罪主人，因此美狄亚必须自己离开科林斯。埃勾斯承诺：如果她能到达雅典，自己身为公正的国王，自然会为她提供庇护。在美狄亚的坚持下，埃勾斯以大地、赫利俄斯的神圣光辉和所有神祇之名发下了重誓。

美狄亚又一次成功地愚弄了一位国王。通过在埃勾斯那里获得的安全保障，她已经为自己安排好了退路，而埃勾斯对她的计划一无所知。在神话和戏剧中，雅典向来有受压迫者的正义保护者的声名，然而，欧里庇得斯在此将埃勾斯的雅典表现为受到蒙蔽的保护者（它保护的是一名杀人犯，而受害者还包括杀人犯自己的孩子），这可能是出于一种讽刺。

之后美狄亚在歌队面前表现得十分兴奋。她祈求宙斯（以及他的公正）和太阳的光明帮助她战胜敌人。随后她大胆地将自己的计划完全公布出来，而她也确实将会完成这个计划。仇敌的欢笑是不可容忍之事，他们必须为此付出代价。在美狄亚的痛苦呼号中，我们也知悉了她打算杀死自己的孩子这一令人毛骨悚然的决定。是因为意识到埃勾斯对膝下无子所感到的绝望，她才更坚定地要做出这样的暴行吗？因为她有了神祇的帮助，伊阿宋再也见不到她为自己生的孩子活着时的样子了，也不能再和他的新妻生育别的孩子。美狄亚声称，自己绝不希望被人视作软弱可欺或是微不足道。恰恰相反，和那些生平享有盛名的人一样，她将会给敌人带来灾祸，给朋友带来助力，而她为伊阿宋所生的孩子此时似乎也成了她的敌人。于是，她开始实施自己的毁灭计划：她先是派保姆找来伊阿宋，随后在两人第二次相见的一幕中巧妙地假装同他和解（《美狄亚》866—975）：

> 伊阿宋：你一发话，我就来了。尽管你心怀恶意，我还是回来，并且会耐心倾听。现在你又有什么要求，妇人？
>
> 美狄亚：伊阿宋啊，我恳求你原谅我说过的那些话。我们从前那样恩爱，所以你应当包容我的暴躁。我已经反复思忖，现在只有自责。"我怎么那样蠢：我失去了理智，和一心为我谋划的人作对，坚持把这里的一国之君和我自己的丈夫当成敌人；我的丈夫迎娶公主，是为了让我们过得好，为了让我自己的孩子能有弟妹；神明对我眷顾有加，但我为何就是控制不住怒火呢？到底是在发什么疯？如今我有孩子，而且明知我们就要从这里被赶走，正需要

朋友。"①我仔细琢磨过了这些念头，才知道自己多么鼠目寸光，而我的怒火是那样毫无益处。因此我现在才觉得你的好，才发现你为了我们的好处结这桩婚事是多么明智。犯傻的是我。我应该参与你的谋划，助你将它们完成；我应该侍立在我们的婚床边，为自己能帮你成婚而欢喜。②我不想说什么坏话，然而我们女人就是这样，仅仅是女人而已。你可不要学我们的样，不要因为我们的幼稚而以牙还牙。我认错了，我承认当时的我有欠思虑。现在我对目前的情况想得更清楚了。

　　唉，孩子们，我的孩子们，来，快从屋里出来。拥抱你们的父亲，和我一起向他道一声好，和你们的母亲一样与他和解，忘掉先前对亲人的仇怨。我们已经和好如初，心头的怒意也已经平息。来，拉住父亲的右手。啊呀，我突然想起那些可能暗藏在将来的祸患。我的孩子们哪，你们的一生还很长，还会一直这样伸出你们可爱的手臂吗？我真是可怜，这么容易就流泪忧虑。现在我终于结束了和你们的父亲的争吵，而你们娇嫩的脸上全是我的泪水。

　　歌队：我的眼中也涌出了热泪。但愿这眼前的恶事不要再继续了。

　　伊阿宋：你的话我都同意，妇人。我也不责怪你先前的敌意：当丈夫悄悄结下

另一桩姻缘，妻子发怒是料想得到的事。如今你的想法已经纠正过来，也理解了我的良策。这才是一个通情达理的女人该做的事。

　　孩子们，至于你们，父亲并没有忘记，而且为你们想得很周到。我有神明的帮助，能保你们得到最大的安稳。我相信，将来你们和你们新的弟妹会是科林斯最显赫的人——只要你们能长大成人。你们的父亲和仁慈的神明会把一切都准备好的。愿你们能长成壮年，身体强健，击败我的敌人。

　　还有你，泪流不止的美狄亚。你为何转过身去，为何脸色苍白？为何在听到我刚才的话时如此愁闷？

　　美狄亚：没有什么。我只是在为孩子们忧心。

　　伊阿宋：别再哭哭啼啼。我会照顾好他们的。

　　美狄亚：我会振作起来。你的话我不会不信。只是女人天性软弱，容易流泪。

　　伊阿宋：那你也哭得太厉害了。这是为什么？

　　美狄亚：我是生育他们的母亲啊。当你祈祷他们能长大成人的时候，我怀疑这能不能成真，然后心中便怜悯起他们来。③

　　但是，关于把你唤到这里来说话的原因，我刚才还没有说完。我现在把其他的告诉你。既然这里的国王已经决定要赶我走，这也就是我最好的选择了。我很明白自己不应该继续住在这里，碍你和他们的

---

① 原引文如此。罗念生译本作："我不是已经有了两个孩子吗？难道我不知道我们是被驱逐出来的，在这里举目无亲吗？" David Kovacs 英译本也作此理解。

② 原引文如此。罗念生译本作："我应当……高高兴兴立在床前伺候你的新娘。"David Kovacs 英译本解作："（我应）立在那婚床边，为自己能帮你与那新娘成婚而欢喜。"

③ 部分对话顺序，与罗念生汉译本、David Kovacs 编辑的希腊文本以及英译本版本不同。C. A. E. Luschnig 英译本排序与本书相同。

事，因为我似乎已经成了对国王一家的威胁。我本人对出外流亡没有异议，但是请你恳求克瑞翁不要连孩子一起驱逐，这样他们才好由你来抚养长大。

伊阿宋：不知道我能不能说服他，但是我会试试。

美狄亚：你可以请求你的妻子去说服她父亲不要赶走孩子们。

伊阿宋：我自然会的，而且我应该能说服她。

美狄亚：如果她和其他女人一样心肠，那你准能成功，而且你还有我的帮助。我会给她送去礼物，送一件华美的袍子和一顶金冠。在我看来，如今世上再没有比它们更漂亮的礼物了。我会让孩子们把礼物带过去。不过先得赶紧让这里的一个仆人把它们取出来。你的新娘可是享福不尽，有了你这样了不起的丈夫，又有了这样的珍宝——它们可是我祖父赫利俄斯传给自己后人的。

孩子们，快把这新婚礼物拿过去，把它们带给公主，带给那位幸福的新娘。这些东西毫无瑕疵，她一定会喜欢。

伊阿宋：傻女人啊，你为何要把这些东西送出去？难道你以为国王家中会缺少华美的衣袍，会缺少金子吗？你真的这样想？快把它们收起来，不要送给别人。要是我的妻子拿我当回事，她会更乐意帮我的忙，而不是接受财物。这一点我可以肯定。

美狄亚：不必，你不要劝我。人说连神明都会被礼物打动，而对于凡人，金子比千言万语还管用。她正是吉星高照，又

有神明庇佑。她正值青春，又贵为公主。要是能让我的孩子不被流放，我连性命都可以不要，更不用说区区黄金。

孩子们，你们进到那华贵的宫中之后，要好生恳求你们父亲的新娘，也就是我的主母。恳求她不要把你们赶出这片国土。将这些珍宝交给她。切记，一定要让她亲手接受。

好了，赶紧去吧！但愿你们成功，然后再回到母亲身边来。做个好信使，将她所盼望的好消息带回。

自命不凡的伊阿宋被美狄亚的刻意逢迎蒙蔽，相信她已经认同自己所为是明智之举。美狄亚深知如何利用伊阿宋性格中的弱点，无法发现自己的背叛。尽管他对两人的过去清清楚楚，却没有产生一丝怀疑。伊阿宋对两个儿子的爱在这一幕中得到了证实。美狄亚的眼泪中包含着不祥的讽刺意味，然而伊阿宋对此一无所知。

接下来，在美狄亚和她无辜的孩子们之间所发生的一幕令人心惊。美狄亚面对娇弱可爱的孩子，暴露出她内心的痛苦和犹豫不决。然后，信使从宫中返回，向狂喜的美狄亚描述了新娘克柔萨和她父亲克瑞翁的恐怖死亡，细节详尽备至，令美狄亚十分遂意。公主相信了伊阿宋的话，接受了孩子们献上的美丽礼物。当她被那浸毒的袍子和金冠吞噬时，她的父亲冲上前去救她，却在她试图挣脱时也被烧熔。两人都痛苦地死去。听到计谋成功的消息，美狄亚终于下定决心：她必须亲手杀死自己的孩子（在她看来，因为她所做下的事，他们本来就难以活命）。当美狄亚用剑将他们杀死时，我们听见幕后传来可怜的悲声。

克柔萨和克瑞翁死后，伊阿宋匆忙赶来同美狄亚对质。全剧便在这最后的交锋中结束（《美狄亚》1293—1414）：

　　伊阿宋：站在门边的妇人们，那个做下如此恶行的女人美狄亚还在里面吗？还是说她已经逃走了？我发誓，除非她藏到地底，或是长出翅膀飞到天上，否则她都难逃王族的报复。她杀害了此地的一国之君，还以为可以逃脱惩罚吗？不过比起关心她来，我更关心我的孩子。那些被她害了的人自会去找她算账，我来是为了救我

图24.6　《美狄亚杀害自己的儿子》（*Medea Murders Her Son*）坎帕尼亚红绘安法拉罐，作者为伊克西翁画师（Ixion painter）[a]，约公元前325年。美狄亚的两个儿子中只有一个出现在画面中。美狄亚正第二次将剑刺入儿子已经在流血的身体。他的手臂伸出，徒劳地请求美狄亚放过他。画中的故事发生地是一座神庙。在画面右侧，祭坛上方的一个柱子顶端有一尊小神像，表现的可能是阿波罗。

a.　活动于公元前4世纪晚期的古希腊陶画师。

儿子们的命，免得死者的亲族为他们母亲犯下的渎神大罪来找他们复仇。

　　歌队：可怜的伊阿宋。如果你知道自己的灾祸多么深重，便不会说这样的话。

　　伊阿宋：你这话是什么意思？难道是她想连我也杀掉？

　　歌队：你的孩子已经死了，是被他们的母亲杀死的。

　　伊阿宋：天哪！你都说了些什么？妇人，你这可是要我的命了。

　　歌队：你得明白，你的孩子们已经不在人世了。

　　伊阿宋：她在哪里下的手？在这屋里还是在外面？

　　歌队：打开房门，你就能看到你的儿子们已经死于非命。

　　伊阿宋：快，仆人们，赶快开锁，把门打开，让我见证这双重的罪恶，让我看见我死去的儿子和杀死他们的凶手。我要杀了她，才能报仇。

　　美狄亚：你何必冲撞房门，何必费力要打开它们来看两具尸首和杀人的凶手？不用白费力气了。如果你还想从我这里得到点什么，尽管开口说就是，但你休想碰到我。我的祖父赫利俄斯给了我这辆马车，让我免遭敌人的毒手。

　　伊阿宋：天哪，你真是仇恨的化身！你这人神共愤、最为可鄙的恶人，真令我切齿痛恨。孩子是你亲生的，你却拔剑将他们杀害，也毁了我的生活，让我没了孩子。做下这样的事，犯下这样渎神的罪行，你还有脸见这天日和大地吗？你真该死！

我现在想明白了，可当初我是多么糊涂啊，竟把你从你家中，从那野蛮人的国度带来这里，住在希腊人中间。你这祸水，你背叛了自己的父亲和生养你的故国。诸神本该将报应降到你的头上，如今遭报的却成了我。你在登上我那条船首精美的阿尔戈号之前，在家中杀害了自己的兄弟。这就是你起初的作为。现在你已经同我这样的男人结过婚，为我生了孩子，却又因为情欲和嫉妒将它们杀死。没有哪个希腊女人胆敢做出这样的事。我没有从她们中间娶一个，反倒是娶了你。这桩婚姻真令人痛恨，也毁了我。你不是女人，是一头母狮，比托斯卡纳海面的斯库拉更野蛮。无论我怎样斥骂不休，都没有办法让你难过，因为你生来就是这样无耻恶毒。去死吧，你这作恶的人、杀害亲子的人！我能做的，只有为自己的厄运悲苦号啕。

我再也不能从我的新娘和婚姻中得到快乐。我养育了自己的儿子，却永远失去了他们，再也不能和在世时的他们说上一句话。

美狄亚：如果天父宙斯不知道我为你做过什么而你又为我做了什么，我倒是愿意仔细反驳你的这些话。你亵渎了我们的婚床，便休想一边嘲笑我，一边过上幸福的生活。公主，还有把公主嫁给你的克瑞翁，也不能把我赶走却不受惩罚。你想管我叫母狮子，想管我叫托斯卡纳海的斯库拉，都随你高兴。我已经刺中你的要害。我这样做也本是应该。

伊阿宋：你同样会心痛的，我的不幸你也有份。

美狄亚：半点没错，不过你再也不能嘲笑我，我的痛也就减轻了。

伊阿宋：我可怜的孩子啊，你们命中注定有这样狠心的母亲！

美狄亚：我可怜的儿子们，你们都是被你们父亲可鄙的背叛害死的！

伊阿宋：但是下手杀害他们的可不是我。

美狄亚：下手杀害他们的，是你的狂妄和你新办的婚事。

伊阿宋：你真的认为杀死他们是对的吗？就因为一桩婚事？

美狄亚：你真的以为这样伤人的羞辱对你的妻子是件小事吗？

伊阿宋：对一个通情达理的妻子来说，正是如此。可是在你看来，一切都是坏事。

美狄亚：你的孩子们都死了。这可以让你心痛。

伊阿宋：他们没有死。他们的灵魂会来找你报仇。

美狄亚：到底是谁先开启祸端，神明一清二楚。

伊阿宋：对你那可恶的灵魂，他们当然清楚。

美狄亚：随你恨好了！你那恶毒的狂吠真令我恶心。

伊阿宋：你的声音同样令我恶心。这样的分手真是容易。

美狄亚：这是什么意思？你还要我做什么吗？分手我也是求之不得。

伊阿宋：让我将他们下葬，好好哀悼他们。

美狄亚：休想！我会亲手掩埋他们，带他们进到卫城上的赫拉的圣地，免得我的仇敌将他们挖出，伤损他们。我要让西绪福斯这片科林斯的土地从此举行隆重的飨宴和祭礼，来弥补这渎神的杀人之罪。我自己会去往雅典，到那厄瑞克透斯的国土上与潘狄翁之子埃勾斯同住。而你这卑鄙懦夫，你已经看到了你我之间婚姻的悲惨结局，最后也不会得到英雄的归宿，只会被你的阿尔戈号上掉下的碎片打破头颅而死。

伊阿宋：但愿被害死的孩子们的复仇女神将你毁灭，但愿报复血仇的正义女神也同样如此。

美狄亚：什么样的神灵才会听你这满口谎言的背誓者的祷告。

伊阿宋：呸！你这杀害幼童的可恶凶手！

美狄亚：赶快回家埋葬你的新妻吧。

伊阿宋：我正要去。我的两个儿子已经没有了。

美狄亚：你的伤痛还不算真正开始呢。等你老了，有你哭的时候。

伊阿宋：我的孩子们哪，我亲爱的孩子们哪！

美狄亚：他们对他们的母亲才算是亲的，对你算不上。

伊阿宋：但你却杀了他们。

美狄亚：没错，那是为了伤你。

伊阿宋：天哪，我太可怜了。我多想抱抱我的孩子，亲一亲他们可爱的嘴唇。

美狄亚：你现在倒知道同他们说话，知道爱他们了，可你当初却不要他们。

伊阿宋：神明在上，就让我摸一下儿子们娇弱的身体吧。

美狄亚：这不可能。你的恳求都是徒劳。

伊阿宋：宙斯在上，你都听见这些话了吗？这杀害幼童的可恶母狮竟然这样待我，将我拒绝。但是只要我还有力气，只要我还办得到，我就要哀悼他们，还要祈祷神明看见你如何杀害了我的儿子们，又不让我碰他们，不让我安葬他们的尸体。我多希望我从来没有这两个儿子，这样就不用看见他们死在你的手上。

当美狄亚为伊阿宋不止一次杀人时，伊阿宋并没有反对。现在他终于意识到（然而已经太晚了）美狄亚是一个杀人凶手。对美狄亚而言，她对伊阿宋的仇恨和伤害伊阿宋的欲望压倒了她对自己孩子的爱，也压倒了孩子的死给她自己造成的痛苦。对我们而言，最不能容忍的是为满足残忍、自私和冷酷的情感而杀害甜美而无辜的少年的行为。美狄亚和伊阿宋两人都对这场悲剧负有责任。然而，美狄亚声称伊阿宋（而不是她自己）才是真正的凶手，这无疑是最大的诡辩！在这恐怖的剧终一幕中，欧里庇得斯对机械降神的巧妙运用展示了他的艺术深度。美狄亚是与全剧情节密不可分的主要人物，却又成为机械降神的主角，从外部为整个剧情提供了终结方案（这一点与《酒神的狂女》中的狄俄尼索斯颇为相似）。当美狄亚乘坐她祖父赫利俄斯派来的马车，飞腾在伊阿宋上空，不为后者触及的时候，她已经发生了变化，具有了原始神的性质，即可以根据某种更古老的正义秩序实施残酷复仇，同时不受惩罚。

其他任何一部剧作都无法比《美狄亚》更简明地揭示：我们对一部艺术作品的反应，不可避免地由我们的身份、信仰和经历所决定。《美狄亚》对人物和动机的冷酷刻画及其情感和宣泄冲击中所蕴含的巨大力量，从来都会引起最对立的评判和最激烈的解读。关于它的争议无疑将永远持续下去。

相关著作选读

Apollonius Rhodius，《伊阿宋与金羊毛》（*Jason and the Golden Fleece*, ed. Richard Hunter. New York: Oxford University Press, 2009）。此书是对《阿尔戈英雄纪》的散文体翻译及评注。

Bloom, Harold，《欧里庇得斯》（*Euripides*. New York: Chelsea House, 2003）。

Clauss, James J., and Sara Iles Johnston, eds.，《美狄亚：神话、文学、哲学与艺术中的美狄亚研究》（*Medea: Essays on Media in Myth, Literature, Philosophy, and Art*. Princeton: Princeton University Press, 1997）。

Griffiths, Emma，《美狄亚》（*Medea*. New York: Routledge, 2006. *Gods and Heroes of the Ancient World Series*）。

Pucci, Pietro，《欧里庇得斯〈美狄亚〉中的怜悯之暴力》（*The Violence of Pity in Euripides' Medea*. Ithaca: Cornell University Press, 1980）。

Romey, K. M.，《金羊毛之地》（"Land of the Golden Fleece." *Archaeology* 54.2 [2001], 28–32）。

主要神话来源文献

本章中引用的文献

欧里庇得斯：《美狄亚》选段。
奥维德：《变形记》7.100—158。
品达：《皮提亚颂诗》4.184—187、239—254。

其他文献

罗得斯岛的阿波罗尼俄斯：《阿尔戈英雄纪》。
小塞涅卡：《美狄亚》（*Medea*）。
瓦勒里乌斯·弗拉库斯：《阿尔戈英雄纪》。

补充材料

图书

小说：Graves, Robert. *Hercules My Shipmate*. Westport, CT: Greenwood Press, 1979 [1935]。一部精彩的作品。罗伯特·格雷夫斯从来不会让人失望。

CD

歌剧：Cherubini, Luigi（1760–1842）. *Medea*。这是一部优秀的歌剧，也是展现两位伟大女歌唱演员水平的完美载体：Callas et al., Orchestra of La Scala Opera House, cond. Serafin, EMI, also on Denon 以及 Olivero et al., Orchestra of the Civic Opera of Dallas, cond. Rescigno。两场演出都非常精彩。当然，市面上也有更晚近、音响效果（也许）更佳的演出录制。

DVD

芭蕾舞：*Medea*. Choreography by Georgiv Aleksidze, Goderdzishvili et al. Music by Revaz Gabichadze. Orchestra and Ballet Troupe Tbilisi Z. Paliashvili Opera and Ballet State Theater (Republic of Georgia), cond. Jgenti. Kultur.

电影：*Medea*. Vanguard Cinema。这是由 Pier Paolo Pasolini 编剧并执导的震撼人心之作。Maria Callas 在片中的戏剧性表演（非演唱）不容错过。参见本书第834—836页。

电影：*Jason and the Argonauts*. Starring Todd Armstrong. Columbia Picture。这部电影的良好口碑当之无愧。其中由 Ray Harryhausen 负责的特效尤为出色。电影的瑕疵在于剧本削弱了美狄亚（Nancy Kovack 扮演）的演出。参见本书第836页。

歌剧：Cherubini, Luigi（1760–1842）. *Medea*. Antonacci and Filianoti. Orchestra del Teatro Regio, cond. Pidò. Hardy.

[注释]

[1]　这个传说的文献来源包括罗得斯岛的阿波罗尼俄斯所作的希腊语史诗《阿尔戈英雄纪》（公元前3世纪）和瓦勒里乌斯·弗拉库斯所作的拉丁语史诗《阿尔戈英雄纪》（1世纪后期）。品达那结构繁复的第四首《涅墨亚颂诗》（约前460）是这些文献中最富诗意的记述。奥维德（1世纪前期）在《变形记》第7卷中对这个传说也有简短的记载。格雷厄姆·安德森在其著作 *Fairytale in the Ancient World* (London and New York: Routledge, 2000) 的第72—82页中分析了这个故事所包含的童话母题。

[2]   有的文献将她称为阿尔喀墨得（Alcimede）或安菲诺墨（Amphinome）。

[3]   菲纽斯是波塞冬之子，还是波瑞阿斯之女克勒俄帕特拉的丈夫。关于他眼盲的原因有不同的说法。

[4]   另一对被称为"普兰克泰"（Planctae，意思是"游荡者"）的撞岩，在阿尔戈号返回途中和《奥德赛》中都曾出现过，希罗多德将它们称为"库阿涅埃"（Cyaneae，意思是"黑岩"）。

[5]   这些龙牙正是卡德摩斯在忒拜所杀大蛇的牙齿。雅典娜将它们送给了埃厄忒斯。

[6]   根据阿波罗多洛斯的说法，美狄亚将阿普绪耳托斯带上了阿尔戈号，将他切成碎片，一块一块地扔进海中，以此拖延了追兵。

[7]   关于这一传说最早的史诗叙事，见于科林斯诗人欧墨洛斯（约前730）的《科林斯史》（Corinthiaka）和《瑙帕克托斯史》（Naupaktika）。

[8]   特里同将一块泥土交给阿尔戈号上的欧斐摩斯，当作欧斐摩斯的后代可以统治利比亚的标记。忒拉岛即由这块泥土生出。欧斐摩斯的后代们从这里出发，最终在利比亚建立了希腊殖民地昔兰尼。

[9]   关于塔罗斯的来历、作用和死亡，有许多不同的说法。

[10]   参见 Janet R. Bacon, *The Voyage of the Argo* (London: Methuen, 1925), Chapter 9。另一部追溯这段旅程的著作是 T. Severin 的 *The Jason Voyage: The Quest for the Golden Fleece* (New York: Simon & Schuster, 1985)。

[11]   要了解对一些文学和艺术解读的讨论，可以参阅 James J. Clauss 和 Sarah Iles Johnson 编撰的 *Medea: Essays on Medea in Myth, Literature, Philosophy, and Art* (Princeton: Princeton University Press, 1997)。

[12]   Michael Grant, *Myths of the Greeks and Romans* (London: Weidenfeld and Nicolson, 1962; New York: Mentor Books, 1964), p. 302 of the London edition。另一部现代韵文史诗是 John Gardner 的 *Jason and Medeia* (New York: Knopf, 1973)。

[13]   Robinson Jeffers, *Medea* (New York: Random House, 1946), p. 25.

[14]   关于埃勾斯所收到的神谕和美狄亚治愈他的不育症的承诺之间的矛盾，参见本书第634页（相应注释在本书第649—650页）。

第三部分
罗马神话的性质

雅克－路易·大卫《荷拉提乌斯兄弟之誓》

第25章

罗马世界中的希腊神话

> Graecia capta ferum victorem cepit et artis intulit agresti Latio.
>
> 被征服的希腊反过来俘获了她凶蛮的征服者，将她的艺术带给了乡野的拉提乌姆（Latium）[1]。
>
> ——贺拉斯《书信集》II. 1. 156—157

希腊影响在意大利的流布

希腊是一个多山的国家，拥有绵长的海岸线，但适于耕作的土地较少。多利亚人入侵的波澜平息下来之后，希腊人向外寻找更好的土地并从事贸易及海盗活动就成为不可避免的趋势。希腊人最稳定的向外移民手段是派出"殖民城邦"（apoikiai[2]），也就是由"母邦"派往某处的一群移居者。他们前往定居的地点，无疑都是经过事先勘察筛选的，并获得了德尔斐的阿波罗的认可——德尔斐那里有着大量的有用信息。希腊人向外移民的第一个高峰发生在公元前8世纪。这一阶段的殖民区域主要是爱琴海地区，但也包括黑海、伊利里亚和希腊西北部，乃至意大利南

---

[1] 意为"拉丁人之地"，位于台伯河左岸，在古代是拉丁部落的聚居地。罗马城即建立于此。

[2] 希腊人在海外建立的殖民地有两种，一种被称为 apoikia（复数 apoikiai），是拥有主权的城邦，另一种被称为 emporion（复数 emporia），是希腊人在海外的贸易点。

部和西西里岛（后两个地区对本章至为重要）。殖民者（大部分是男子，其中战士居多）组成的团体会离开母邦，建立起对于母邦有相当独立性的殖民城邦。和他们一起移居的，有他们的宗教仪轨，很可能也有他们的神祇故事和英雄故事。因此，罗马人与这些希腊移居者之间的接触也应当包括对希腊神话的认识。

南意大利和西西里岛

意大利南部有两个地区吸引了希腊移居者（参见本书地图 7）。最早的一个位于那不勒斯湾沿岸。公元前 8 世纪，那里的伊斯基亚岛（Ischia）上就出现了最早的希腊定居点。公元前 757 年，这个定居点转移到了大陆上，发展成希腊人城市库迈。该世纪晚期，意大利的"足尖"和"足跟"①以及塔兰托湾（gulf of Taranto）周边出现了几个希腊殖民城邦。其中，斯巴达人于公元前 706 年派遣建立的塔拉斯殖民城邦（Taras，拉丁语作 Tarentum [塔伦图姆]，即今塔兰托）由于拥有良港，地位尤为重要。（不能忽视的是，意大利南部两端之间的距离相当远：从塔伦图姆到雷焦姆（Rhegium）②的直线距离就有 300 英里，如果走陆路则还要远得多。）希腊人横渡海峡，来到西西里岛，在其东岸和北岸建立了殖民城邦。这些殖民城邦中最为成功的是科林斯人在公元前 720 年建立的叙拉古。因此，大约正当罗马成为城镇的年代（传统认为罗马的建城时间是公元前 753 年），希腊人也在意大利南部建立了自己的根据地。在这些希腊移民中，格莱人（Graioi）是一支来自玻俄提亚的小部族。这个名字被罗马人说成 Graeci，而意

大利"靴部"和西西里岛东岸的希腊定居点则被称为 Magna Graecia——意思很可能是"希腊的外延"而非"大希腊"。从那时直到今天，希腊人都自称 Hellenes，并把他们的国家称作 Hellas。虽然这次移民浪潮发生在罗马最终控制阿尔诺河（Arno）和卢比孔河（Rubicon）以南的整个意大利半岛之前近 5 个世纪，我们仍可以猜测当时罗马人与希腊人之间有过许多交流。

伊特鲁斯坎人

伊特鲁斯坎人（Etruscans）③居住在罗马的西北方。关于他们的起源有很多争论，但可以确定的一点是，他们控制着台伯河（Tiber）右岸北至阿尔诺河的地区。伊特鲁斯坎人的政治体系基于各个独立城市结成的网络。每个城市都各自组织防御，各有其宗教建筑和仪轨，并各自控制其周边地区。对罗马来说，维爱（Veii，罗马的近邻）、塔尔奎尼（Tarquinii）和卡埃里（即今切尔韦泰里）在伊特鲁斯坎诸城中尤为重要。伊特鲁斯坎人的贸易活动遍布地中海西部地区，向东远及小亚细亚。尽管他们在公元前 535 年对希腊的福凯亚人（Phocaeans）和公元前 474 年对库迈人的海战中失败，伊特鲁斯坎人在经济上仍然保持强大。同时代的罗马则是一座新兴的城市，在萨宾山丘（Sabine Hills）④与其邻邦互相攻伐，又与东南方的拉丁人作战。罗马与卡埃里保持着良好的关系，并与塔尔奎尼达成过两次 40 年和约（从公元前 351 年开始），但是在大部分时间里都与维爱相互敌对。罗马最后三位国王中的两位都是伊

---

① 意大利地图形似长靴。此处的"足尖"和"足跟"分别指亚平宁半岛南端的西部和东部。

② 即今亚平宁半岛南部西端的雷焦卡拉布里亚（Reggio Calabria）。

---

③ 意大利中部伊特鲁里亚（包括今托斯卡纳、拉齐奥和翁布里亚的一部分）地区的古代居民。

④ 即 Sabina（拉丁语：Sabinium），意大利中部地区名，位于拉提乌姆以南，得名自古代在此居住的萨宾人。

图25.1　《维爱的阿波罗》(*Apollo of Veii*)

高74.5英寸。这尊阿波罗陶像是伊特鲁斯坎人的作品，年代大约在公元前500年，也就是传统认为的罗马共和国建立时间之后不到10年。此处的阿波罗站在神殿屋顶上，向前跨步。他手中原来应该握有他的传统象征物，即里拉琴和弓。他脸上的微笑是典型的伊特鲁斯坎雕像特征，而其斗篷上的波纹则类似公元前6世纪晚期的希腊雕塑。

特鲁斯坎人（如果第六位国王塞尔维乌斯·图利乌斯[Servius Tullius]也是伊特鲁斯坎人的话，则三位都是），因此伊特鲁斯坎人的影响可以说与罗马的早期发展密不可分，并且无疑一直延续到公元前5世纪，即罗马共和国建立之后（传统认为罗马共和国开始于公元前509年）。维爱在公元前396年战败，并被毁灭，这成为罗马与伊特鲁里亚之间关系的重要转折点。在接下来的两个世纪中，罗马人在伊特鲁里亚四处建立据点（主要是军事意义上的）。在南方的坎帕尼亚，伊特鲁斯坎人于公元前7世纪建立了卡普阿（Capua），并在其后一个世纪里又建起其他几座城市。不过他们没能征服库迈。公元前474年的海战实质上终结了伊特鲁斯坎人的坎帕尼亚帝国。

罗马人的一个特点是他们允许被征服者的宗教组织和宗教活动融入他们自己的（然而亦有例外，最著名的就是德鲁伊教徒[Druids]和基督教徒的遭遇）。我们会在本书第26章中解释意大利神祇和希腊诸神被等同起来的原因，然而伊特鲁斯坎人也有同样的宗教融合特点。伊特鲁斯坎人的神祇提恩（Tin）、乌尼（Uni）和梅恩尔瓦（Menvra）就分别等同于宙斯／朱庇特、赫拉／朱诺和雅典娜／密涅瓦。所以我们也就很容易理解为何卡比托利欧山上的朱庇特大神庙[①]（传统认为建于公元前509年）中的三个内殿（cellae）分别供奉的是朱庇特、朱诺和密涅瓦，而不是提恩、乌尼和梅恩尔瓦。其他名字为我们所知的伊特鲁斯坎神祇有弗福伦斯（Fufluns，等同于狄俄尼索斯／巴克斯）和塞忒兰斯（Sethlans，等同于赫淮斯托斯／伏尔甘）。因此，伊特鲁斯坎／罗马宗教中已具备吸收希腊传统故事的框架。有一位神祇在伊特鲁斯坎人、希腊人和罗马人的宗教中拥有相同的名字，那就是阿波罗。人们在维爱附近发现了一尊巨大的阿波罗神像。它原来被安放在一座梅恩尔瓦神庙的大梁上，制作年代则是公元前500年左右。

伊特鲁斯坎人拥有大量的希腊器皿。其中一些来自希腊，另一些出自伊特鲁里亚当地的希腊工匠之手。我们在本书第305页和第606页两处提供了图

---

① 原文是 The great temple of Jupiter Optimus Maximus，意为"至尊至伟的朱庇特大神庙"，参见后文。此处为简洁考虑，权译作"朱庇特大神庙"。

例，这两件器皿都是伊特鲁里亚本地制造的。显然，这些手工艺品可以让罗马人熟悉希腊人的传说。不过，在罗马共和国初期，罗马人的主要精力还是在耕作和征战上。正如本章开头那句来自贺拉斯的题词所示：罗马人的修饰语是 ferum，意思是说他们在战斗中十分"凶猛"；拉提乌姆（包括罗马）的修饰语是 agresti，表示这里的居民大部分都是从事耕作的农夫，与文明的希腊人的"艺术"（artes）相去甚远。

罗马

以上就是罗马共和国初创之后前两个世纪的概况。然而，在公元前4世纪下半期到公元前3世纪初，罗马人克服重重困难，终于征服了坎帕尼亚的希腊城市和意大利南部好战的土著部落，最后又征服了"大希腊"诸城——以公元前272年塔伦图姆的陷落为标志。[1] 就本章而言，这场扩张所带来的最重大后果就是希腊人李维乌斯·安德罗尼库斯（Livius Andronicu）[1] 以战俘的身份来到罗马。我们将在后文中讨论这个问题。罗马人的军事胜利仍在继续，将共和国的领土扩大到整个地中海地区，而不仅仅是希腊本土（公元前197年，弗拉米尼努斯 [Flamininus] [2] 在希腊的库诺斯克法莱 [Cynoscephalae] 击败马其顿国王腓力五世 [Philip V] [3]）。尽管弗拉米尼努斯决定不让罗马过度涉入希腊事务，这仍让罗马在希腊世界核心地区的存在变得稳固了。大约30年

后，即公元前168年，罗马人在希腊北部的彼得那（Pydna）击败马其顿国王腓力五世的儿子和继承人珀耳修斯（Perseus）。[4] 这一时期发生了文化影响：因为小西庇阿（Scipio Aemilianus）[5]——彼得那战役中获胜的罗马指挥官埃米利乌斯·保卢斯（Aemilius Paullus）[6] 的儿子——将珀耳修斯的希腊图书馆带回了罗马。公元前146年，罗马将军卢西乌斯·穆米乌斯（Lucius Mummius）[7] 将科林斯夷为平地，使希腊完全丧失了相对于罗马的独立地位。希腊南部地区被松散地归入成立于公元前147年的马其顿行省，并在公元前27年被奥古斯都设为阿开亚（Achaea）行省。[8] 在公元前2世纪期间，罗马不断扩张其在小亚细亚的势力，不过这些征服行动并未对罗马人涉足希腊传说产生实质影响。

希腊神话与罗马建筑

罗马神庙

罗马最早和最宏伟的神庙是卡比托利欧山上的朱庇特大神庙。这座神庙的雕塑方案中没有包含任何神话传说。它曾在公元前83年、公元69年和公元80年毁于大火，但每次的重建仍是如此，直到它

---

① 李维乌斯·安德罗尼库斯（约前284—约前205），上古拉丁语时期的希腊—罗马剧作家、史诗作者，是出生于塔伦图姆的希腊人。详见本章"希腊神话与罗马文学"部分。

② 弗拉米尼努斯，即提图斯·昆克提乌斯·弗拉米尼努斯（Titus Quinctius Flamininus，前229—前174），罗马共和国政治家、将军，曾担任执政官。他在公元前197年的库诺斯克法莱战役中击败腓力五世，结束了第二次马其顿战争。

③ 腓力五世（前238—前179），马其顿王国安提柯王朝（Antigonid dynasty）国王，公元前220年—前179年在位。

④ 珀耳修斯（约前212—前166），安提柯王朝末代国王。

⑤ 小西庇阿（前185—前129），罗马共和国将领和政治家，曾两度出任执政官。他在公元前146年攻陷迦太基城，结束了罗马与迦太基的百年争霸。

⑥ 埃米利乌斯·保卢斯（约前229—前160），罗马共和国将领和政治家，小西庇阿之生父，曾两度出任执政官。

⑦ 卢西乌斯·穆米乌斯（前2世纪），罗马共和国将领和政治家，曾出任执政官。他在公元前146年率军击败阿开亚联盟并摧毁科林斯，实现了罗马对希腊的完全控制。

⑧ 或译作亚该亚行省。

在5世纪和6世纪最终分别毁于斯提里科（Stilicho）①和纳尔塞斯（Narses）②之手。这座神庙的基础是伊特鲁斯坎式的，据传由塔尔奎尼乌斯·苏培布斯③（Tarquinius Superbus，罗马的伊特鲁斯坎诸王中的最后一位）规划并修建。神庙的落成时间是公元前509年，恰与罗马共和国的建立时间重合。神庙中的朱庇特、朱诺和密涅瓦神像各自占据一个独立的内殿，然而屋顶上的装饰内容并非取材自希腊神话。乘驷马车的朱庇特位于三角墙上方，占据了屋顶的最高点。这一严谨的非神话的设计方案在后来的几次重建中都得以保持。关于罗马其他众多神庙的装饰方案，我们知之甚少。[2]奥古斯都在帕拉蒂诺山（Palatine）④建立那座大阿波罗神庙之前，只有一座神庙是献给阿波罗的，被称为索西乌斯的阿波罗神庙（temple of Apollo Sosianus）。它于公元前431年修建落成，并在公元前32年由执政官索西乌斯（Sosius）⑤重建。这座神庙的雕带以浮雕形式展现了希腊人与阿玛宗人之间的战斗。根据古罗马神庙的考古遗迹，以及钱币和其他实例，我们似乎可以判定这些神庙（至少在大部分意义上）没有纳入取材自希腊神话的浮雕和独立雕塑。公元前42年，奥古斯都在腓立比（Philippi）⑥战场上发誓修建复仇者玛

尔斯神庙（temple of Mars Ultor）。这座宏伟的神庙于公元前2年落成于奥古斯都广场，但残留至今的部分很少。神庙中有一些珀伽索斯雕像被用作内部的建筑元素，除此之外取材自神话的装饰不多。从罗马另一处由克劳狄（Claudius）⑦于43年落成敬献的祭坛上的浮雕来看，这座神庙的三角墙上有一块浮雕：玛尔斯居中，两侧分别是维纳斯和福尔图娜（Fortuna）⑧，两位女神身边则分别是罗慕路斯和罗马女神。⑨在浮雕角落的狭小空间里还有一些雕像，通常被认为是帕拉蒂诺山神和台伯河神。换言之，这座奥古斯都时期的宏伟神庙中的装饰完全是罗马式的（因为维纳斯被视为奥古斯都的女性祖先）。

与索西乌斯的阿波罗神庙一样，复仇者玛尔斯神庙中也存放了众多艺术品（包括那些以神话为主题的作品），但我们仍可以基本确定，希腊神话在罗马神庙的装饰中无足轻重。不过，奥古斯都于公元前28年在帕拉蒂诺山落成敬献的阿波罗大神庙，却是一个不容忽视的惊人例外。这座建筑今天已经几无遗存，但奥古斯都时代的诗人普罗佩提乌斯（Propertius）⑩留下了关于敬献典礼的详细描述（普罗佩提乌斯《挽歌》2.31.1—16）：

> 你问我为何姗姗来迟。伟大的凯撒［奥古斯都］主持了典礼，让献给阿波罗的金色柱廊得以落成。那些柱子以非洲大理石凿就，伟岸夺目。柱子中间是古老的达那伊斯的女儿们。阿波罗的大理石像张口欲唱，他手中的里拉琴却寂静无声，让我觉得它比天

① 斯提里科（约359—408），拥有部分汪达尔人血统的罗马帝国将军，于408年被处决。

② 纳尔塞斯（478—573），东罗马帝国将军，查士丁尼大帝麾下的重要将领。

③ 塔尔奎尼乌斯·苏培布斯（?—约前495），罗马王政时代第七位及末代君主（前535—前509年在位）。

④ Palatine，意大利语作 Palatino，罗马七丘中最中央的一座，位于罗马广场和大竞技场之间。

⑤ 罗马共和国末期的将军和政治家。

⑥ 东马其顿古城。公元前42年，马克·安东尼（Marcus Antonius）与屋大维的联军和卡西乌斯（Gaius Cassius Longinus）与小布鲁图斯（Marcus Junius Brutus the Younger）的联军在腓立比平原西部交战，是为腓立比战役。

⑦ 克劳狄（前10—公元54），罗马帝国皇帝，41—54年在位。

⑧ 罗马神话中的幸运女神。

⑨ 传说中的罗马建城者罗慕路斯和象征罗马的女神。

⑩ 普罗佩提乌斯（约前50—?），奥古斯都时代的拉丁挽歌诗人，著有《挽歌》4卷，今仅存残篇。

神的真身还要动人。祭坛周围的牛群出自雕刻者米隆（Myron）①之手，一共是四头栩栩如生的公牛。中间拔地而起的便是那辉煌的大理石神庙，比阿波罗的出生之地俄耳堤癸亚②更讨这位天神欢喜。神庙的最高点安放着太阳神的战车，四周的门用利比亚的象牙装饰，华贵难言。一扇门上描绘高卢人［凯尔特人］被赶下帕耳那索斯山的峰巅，另一扇上则描绘了尼俄比得斯③的惨死。歌唱者阿波罗身着长袍，站在他的母亲［拉托娜（Latona）］和姐姐［狄安娜］中间。

奥古斯都为何会选择达那伊得斯和尼俄比得斯这些希腊神话人物？前者是阿尔戈斯国王达那俄斯的 50 个女儿。她们（除了许珀耳涅斯特拉）谋害了自己的丈夫，也就是埃古普托斯的儿子们。[3]达那伊得斯的传说对奥古斯都的重要性，在维吉尔（死于普罗佩提乌斯所描述的神庙落成典礼之后 9 年）那里得到了证明：维吉尔曾两次描述过国王埃万德（Evander）④之子帕拉斯（Pallas）的剑带；正是帕拉斯欢迎了埃涅阿斯，将他带到自己的家乡——未来的罗马的所在地。卢图里人（Rutulian）⑤的英雄图尔努斯（Turnus）杀死帕拉斯之后，剥下了对方的剑带。剑带上的饰纹所表现的是"一群在新婚夜被同时杀害的年轻人"。在其与埃涅阿斯的最后决斗中，图尔努斯宿命般地将剑带系在了自己身上。看见这条剑带——"这令人再度想起锥心悲伤的遗物"（saevi monimenta doloris）——埃涅阿斯怒火填膺，将图尔努斯杀死。《埃涅阿斯纪》的最后几行所描述的正是这一幕。因此达那伊得斯可以让人想起那些与战争如影随形的情感，而奥古斯都则夸口说，数十年来折磨罗马的内战已经在他手中终结。此外，奥古斯都最后的敌人马克·安东尼（Mark Antony）曾与埃及女王克勒俄帕特拉结盟，并且与她一起在埃及自杀。这使得埃及成为罗马的一个行省，并由奥古斯都亲自统治。[4]

门上的浮雕（以昂贵的象牙雕成）彼此对比鲜明：一扇以历史为题材，另一扇表现的则是神话内容。凯尔特人在公元前 278 年进攻了最神圣的阿波罗圣地德尔斐，却意外地被恶劣的天气击退。希腊人（以及奥古斯都）将这一奇迹归功于阿波罗。如贺拉斯在公元前 17 年写成的一首诗中所述，尼俄柏则是一个狂妄与傲慢的典型。这一点我们此前已有讨论。[5]若要表现奥古斯都此前不久（前 31）在阿克兴角（Actium）⑥对安东尼和克勒俄帕特拉取得的胜利，这两个故事显然是合宜的。

罗马的公共建筑

后来的罗马皇帝们为了庆祝他们的功绩，修建了广场、拱门和其他公共纪念碑，并以不含神话内容的历史浮雕来装饰它们。但这种做法仍有例外：据传盖乌斯（Gaius，即卡里古拉［Caligula］⑦，37—41

---

① 米隆（约前 480—前 440），公元前 5 世纪中期的希腊雕刻家。

② 与本书第 11 章开头所引的《荷马体颂歌》中的说法不同，另参见第 11 章尾注［1］。

③ 忒拜国王安菲翁和王后尼俄柏的子女，合称尼俄比得斯。尼俄柏曾吹嘘自己的子女数量比勒托（罗马神话中为拉托娜）更多，导致其子女被勒托的子女阿波罗和阿耳忒弥斯（罗马神话中为狄安娜）杀死。参见本书第 10 章。

④ 即帕勒涅的埃万德（Evander of Pallene），传说中来自阿耳卡狄亚的英雄。据传他将希腊人的神祇、律法和字母带到了意大利，并建立了帕兰特乌姆。后来的罗马城即在帕兰特乌姆的所在地建立。

⑤ 传说中罗马征服之前的一个意大利土著部族。

⑥ 位于今希腊阿卡纳尼亚（Acarnania）西北部。公元前 31 年，屋大维在此决定性地击败安东尼。

⑦ 卡里古拉（12—41），罗马帝国皇帝。他被认为是罗马帝国早期的典型暴君。41 年，卡里古拉被禁卫军队长卡西乌斯·卡瑞亚（Cassius Chaerea）刺杀。

年在位）曾在公开场合打扮成宙斯／朱庇特，并手持这位天神的雷电；图密善（Domitian）① 则规划了一座献给密涅瓦的广场。这座广场于97年在涅尔瓦（Nerva）② 统治时期落成。广场里的一条雕饰带表现了密涅瓦所保护的各种艺术和技艺。其中有一块浮雕留存至今，所刻画的是阿拉喀涅织布的情景。我们在前文中已经提到过这个故事。[6]

希腊神话与帝国政权

　　奥古斯都在死后被封神，他的继任者（提比略[Tiberius]③、盖乌斯和尼禄④ 除外）也各自被封神。这使得希腊宗教及其相关传说中的人神之别这一基本特征遭到弱化。尽管单个的希腊神祇出现在后来的罗马雕塑和艺术中，但希腊的神话传说却沦为罗马历史记载的从属物或是罗马人的娱乐题材（这一点并不出人意料）。罗马诗人马提亚尔（Martial⑤，创作时间约在80年）曾提及一次表现帕西法厄与公牛交合的现场表演。此外，马提亚尔和苏埃托尼乌斯（Suetonius⑥，创作时间约在120年）都曾提到一种重现代达罗斯和伊卡洛斯出逃故事的表演：用于悬挂演员的绳索经过特别设计，会让"伊卡洛斯"摔死（有一次鲜血甚至溅到尼禄身上）；"代达罗斯"会平安着陆，但是随后会被一头熊撕成碎片。这就是罗马人对希腊神话的欣赏

口味。[7]

　　奥古斯都的继任者提比略（14—37年在位）在罗马城东南75英里的地方有一座海滨别墅，位于今天的特拉西那（Tarracina）和加埃塔（Gaeta）之间。别墅附近有一些巨大的山洞。提比略喜爱在其中一个叫斯佩隆加（Sperlonga，由拉丁语"洞穴"[spelunca] 一词演变而来）的洞中用餐。正是在这里，大臣赛亚努斯（Sejanus）⑦ 救了提比略的性命，让他逃过了一次山崩——准确地说，是一次洞穴塌陷。这个洞穴中装饰着描述尤利西斯历险经历的巨型大理石雕塑，其中最显眼的是表现斯库拉故事的部分——传统认为斯库拉就居住在这片地区的一个山洞中（荷马也曾提及）。表现尤利西斯的船只及其船员的雕塑有一部分至今尚存，此外这些作品还有一部分已经得到重制。[8] 这是罗马人偏爱对希腊神话进行忠实再现的又一例。

海格力斯

　　希腊神话中最为不朽的人物当属赫拉克勒斯，即罗马人所说的海格力斯。我们将在下一章讨论他。[9] 罗马的货币兑换商们将海格力斯视为他们的保护者，在204年建起了"银匠拱门"（Arcus Argentariorum）。拱门上的浮雕除了表现塞普蒂米乌斯·塞维鲁（Septimius Severus）⑧ 及其家族之外，还表现了海格力斯。苏埃托尼乌斯曾提到尼禄企图模仿海格力斯的功业，准备在罗马公众的围观下在角斗场中杀死一头狮子——或是用大棒击杀，或是扼杀。[10] 与尼禄一样患有妄想症的是180—192年在

---

① 图密善（51—96），罗马帝国皇帝，81—96年在位。

② 涅尔瓦（30—98），罗马帝国皇帝，96—98年在位。

③ 提比略（前42—公元37），罗马帝国皇帝，14—37年在位。

④ 尼禄（37—68），罗马帝国儒略—克劳狄王朝最后一任皇帝，54—68年在位。

⑤ 马提亚尔（约40—约102），古罗马诗人，生于西班牙，著有《隽语》（*Epigrams*）多卷。

⑥ 斯佩隆加（约69—122），古罗马历史学家，有《罗马十二帝王传》（*De Vita Caesarum*）存世。

---

⑦ 赛亚努斯（前20—公元31），提比略统治时期的罗马帝国官员，曾担任禁卫军队长和执政官，后因被控篡位而被提比略处死。

⑧ 塞普蒂米乌斯·塞维鲁（145—211），罗马帝国皇帝，193—211年在位。

图25.2 《打扮成海格力斯的康茂德ᵃ》（*Commodus as Hercules*）高49英寸。皇帝头上戴着涅墨亚狮子的双颚，两只狮爪则打成结系在他胸前。他的右手握着海格力斯那根满布瘤节的大棒，左手中是赫斯珀里得斯姊妹的金苹果。与这些海格力斯的特征一样，太阳下方那些象征物——罗马女神（头部已残缺）、一名囚徒和一个圆球——所展示的倨傲、冷酷和任性与这位皇帝在真实生活中的表现相比毫不逊色。康茂德的残忍和自我放纵导致他在192年遇刺身亡。

---

a.　康茂德（161—192），罗马帝国皇帝，177—192年在位，其中177—180年间与其父马可·奥勒留共治。

位的康茂德。这尊半身像中的康茂德正是被表现成了海格力斯。君士坦丁拱门（315）上面有一些浮雕取自哈德良时代（约130）的建筑，描绘了对阿波罗和海格力斯的献祭活动。在远离罗马的北非，皇帝

塞普蒂米乌斯的出生地莱普提斯（Leptis）①的会堂中有一些花卉纹的壁柱浮雕（即著名的"人物蔓叶纹饰"），其中便包括海格力斯和其他神话人物的图案。

墨丘利

罗马神话中对应赫尔墨斯的人物是墨丘利，其受欢迎的程度与海格力斯相去不远。如下一章所述，墨丘利同样是商业与利润的保护神。[11]奥古斯都时代的诗人贺拉斯在其《颂诗》第1卷中完整地描述了墨丘利在罗马的职能（我们会在下一章中给出这首诗的译文）。他们与其在希腊神话中的传统职责完全一样。墨丘利是一名弹奏里拉琴的乐手，因此被贺拉斯奉为像他自己一样的抒情诗人的保护神——贺拉斯甚至自称"墨丘利阿利斯之人"（homo mercurialis）。在罗马帝国各地的浮雕和其他艺术形式中都能发现墨丘利的身影。在英格兰的萨塞克斯（Sussex），菲什本（Fishbourne）的罗马宫殿遗址曾出土过一块戒指上的紫水晶[12]，只有半英寸大。这块水晶雕饰精美，表现了头戴飞帽、手持双蛇杖的墨丘利右手握着一只钱袋，斜倚在一根柱子上的情景。在他的脚边是一只公鸡（象征这位神祇的警醒）和一头公羊（象征他对畜群的保护）。这块水晶的制作年代可能是100年左右，也就是在43年罗马人征服不列颠之后大约60年。伴随着军事征服和贸易，罗马神话（其本身来源于希腊人）通过富裕的外省人的效仿而得以传播。这块水晶就是一个完美的例证。

罗马的军事力量

在整个希腊世界中，希腊神话在罗马征服之

---

① 指大莱普提斯（Leptis Magna），遗址位于今利比亚胡姆斯（Khoms）附近。

后仍然普遍得到保留，但在政治领域的存在却多有限制。这是出于对罗马的崇高地位的承认。因此，希腊诸神和他们的神话往往与罗马的军事胜利相关。土耳其西南部的希腊城市阿弗罗狄西亚（Aphrodisias）就是这一转变过程的最好例子。从名字上就可以看出，这座城市的保护神是阿佛洛狄忒。阿佛洛狄忒在罗马神话中对应的是维纳斯，而后者被视为尤利乌斯·凯撒和奥古斯都的先祖。因此，这座城市与其罗马主人之间就有了特殊的联系。1世纪中期，两个财力雄厚的家族修建并奉献了一座塞巴斯忒翁（Sebasteion）——献给阿佛洛狄忒、"理当受人崇拜的众神"（theoi sebastoi）和人民（demos）的神庙建筑群。在这些"理当受人崇拜的众神"中，罗马皇帝和他们的家人赫然在列，并在那些陈列在通向阿佛洛狄忒神庙的门廊里的巨大浮雕中得到表现。在说希腊语的罗马帝国东半部，sebastos（"可敬的"或"尊贵的"）这个词成了"奥古斯都"这个罗马头衔在希腊语中的标准译法，而这个头衔将被后来的所有罗马皇帝采用。罗马皇帝奥古斯都、提比略、克劳狄和尼禄在这些浮雕中都以英姿凛凛的赤裸形象出现，并被表现为击败各种野蛮人（如不列颠人和亚美尼亚人）的胜利者。希腊人早在两个世纪之前就被罗马人征服，因此他们自然会将自己与罗马人视为一体，在对当代野蛮人的征服行动中与罗马人站在同一阵营。在总共90块浮雕板中，有一些以寓言和神话为题材，覆盖了勒达与天鹅、得墨忒耳与特里

图25.3　《奥德修斯与塞壬们》（*Odysseus and the Sirens*）

3世纪的镶嵌画，见于阿尔及利亚的杜加（Dougga）。画中的奥德修斯被缚在船桅上，受到塞壬们迷人的歌声引诱，转头凝望她们。他的伙伴们（耳中已被塞上了蜡，以免遭歌声迷惑中魔）面朝另一方向，专心致志地划桨以求摆脱塞壬们所代表的危险。根据荷马的说法，塞壬们（在这幅画中被描绘为长着鸟的脚爪和翅膀）知道大地上发生的一切事情，而受到这种知识诱惑在划船时离她们太近的水手会撞上礁石。这幅来自北非的罗马帝国时期镶嵌画正是荷马史诗广泛流传和拥有持久吸引力的明证。

普托勒摩斯、柏勒洛丰与珀伽索斯以及其他许多故事。首位将这些浮雕板印刷出版的学者曾这样评论道："这是神话意义上的国际共同语言（koine）的一部分……而这种语言又是帝国中受过教育的希腊人和罗马人的基本文化共识的一部分。"[13]

希腊神话与罗马艺术

镶嵌画

罗马世界各地的镶嵌画广泛使用希腊神话题材。[14]有的镶嵌画先在盘面上拼好再嵌入建筑地面的装饰方案中，因此是可以移动的。这类镶嵌画被称为"镶嵌装饰"（emblemata）。另一类则是"地毯式"镶嵌画，占据房间的整个地面。这种镶嵌画通常有一道装饰性的几何图案边框，中央部分则是一幅大画，往往以神话为题材。在罗马世界里，人们不会到集市上的地毯店里去挑选地毯，而是会聘请工匠（通常是希腊人）来制作彰显主人财富、教养和品味的镶嵌画。还有一些镶嵌画以竖直方式呈现，往往被作为喷泉和其他水源的装饰。希腊世界向东延伸远至今天的叙利亚。在安条克及周边地区有大量以神话为题材的镶嵌画。《帕里斯的裁判》就是一例（参见本书图19.2）：它是某个豪富之家住宅中的一大块地面镶嵌画的中央部分。意大利有大量的地板镶嵌画存世，尤以奥斯蒂亚（Ostia，邻近台伯河口的罗马海港）、坎帕尼亚和"大希腊"地区为多。这些镶嵌画通常是黑白两色，这是诞生于意大利的一种风格。尼普顿是这些镶嵌画中的常客。他有时与安菲特里忒一同出现，往往还有海怪和为他拉车的海马相伴。奥斯蒂亚那座所谓的"尼普顿浴场"（Baths of Neptune）中就有一幅精美作品，创作于140

年前后的哈德良时代，堪称此类题材的典范。在西西里岛皮亚扎·阿尔梅里纳（Piazza Armerina）的古罗马别墅中，有一些创作于4世纪的彩色镶嵌画，表现了海格力斯的功业和尤利西斯在波吕斐摩斯的洞穴中的经历。

然而，罗马时代神话镶嵌画资源最丰富的地区莫过于覆盖今天突尼斯和阿尔及利亚大片地区的阿非利加行省（Africa Proconsularis）。此地光是我们已知的镶嵌画就超过2000幅。描述奥德修斯与塞壬女妖的那一幅杰作创作于3世纪。这个罗马行省拥有众多早在罗马征服之前就已存在的希腊城市，因此以希腊神话为题材的作品在此随处可见。尽管有许多地面镶嵌画以当时人们的日常活动为主题，但还有许多也表现了神话内容。狄俄尼索斯、海格力斯、尼普顿和安菲特里忒的题材在这些镶嵌画中尤为常见。

镶嵌画在罗马帝国北方地区的存在同样普遍，以不列颠和日耳曼地区为甚。在不列颠，科里尼翁（Corinium，即今赛伦塞斯特[Cirencester]）有描绘俄耳甫斯的镶嵌画。其他地区则有关于维纳斯的镶嵌画，其中包括约克郡的一幅350年前后的作品。画中的维纳斯体态臃肿奇特，她周围的区域表现了各种动物，其中的一头公牛被冠以"杀人者"（Omicida）之名。将某位海神或美杜莎的头像置于画面中央的地面镶嵌画也十分常见。在日耳曼地区，特里尔存有一幅描绘九位缪斯的大型镶嵌画，科隆的一幅大型镶嵌画表现的则是狄俄尼索斯。这两件作品的创作年代都是4世纪。

此外，镶嵌画还被安在穹顶上和垂直墙壁上。本书图11.5的《基督·阿波罗》就是前一类的例子。在罗马，建立于4世纪的圣康斯坦扎教堂（Santa Constanza）的穹顶镶嵌画中有众多狄俄尼索斯题材的变体。至于用于喷泉装饰的镶嵌画，赫库兰尼姆（Herculaneum）①有一幅以尼普顿和安菲特里忒为题材的作品，位于一所以他们的名字命名的住宅中，其创作时间是79年维苏威火山爆发之前几年。

绘画

许多镶嵌画都来源于罗马时代的绘画。与镶嵌画相比，许多个世纪以来绘画遭到的破坏要大得多。最著名的罗马时代绘画是庞贝和赫库兰尼姆的私宅中那些创作于维苏威火山爆发之前的壁画，以及罗马的一些作品。在罗马的那些作品中，有一幅壁画描绘了作为乐手的阿波罗。这幅壁画是在帕拉蒂诺山上发现的，地点距离奥古斯都的住所不远，而后者正毗邻帕拉蒂诺山的阿波罗神庙建筑群。[15] 画中的天神呈坐姿，手持他的里拉琴。画面背景呈明亮的蓝色，提醒我们希腊和罗马的神庙、雕塑和绘画都有丰富的色彩。对那些不太习惯地中海盆地的明媚光线的人来说，这种明亮色彩——如希腊和罗马的神庙三角墙上那些雕塑的颜色——可能显得过分艳丽，然而它正符合南方的强烈阳光。在罗马的埃斯奎利诺山（Esquiline Hill）②上的一所住宅中，一条绘画饰带描绘了《奥德赛》第10卷和第11卷中的一些场景。这些事件被置于连续景观中，因此画中的人物形象只不过是更大场景中的一个构成元素。它们的创作年代大约是公元前1世纪中期。

在庞贝和坎帕尼亚其他遗址存留的壁画中，神话主题极为常见。其中有的是宗教性的，比如神秘别墅（Villa of the Mysteries）③中那些与罗马的《奥德赛》主题绘画同一时期的连续壁画，表现的就是狄俄尼索斯秘仪接纳新信徒的过程。一些富有的房主甚至有财力让其住所某个房间的每面墙上都画满神话中的场景，庞贝城中的维提之家（House of the Vettii）就是一例。维提之家的主人（可能是两名成功的商人）在62年的地震后对自己的住所进行了重新装修，时间上距离79年的灾难不远。此地有一个房间的每一面墙上都有大幅的神话题材绘画，其中最主要的一幅所表现的是杀死弥诺陶之后的忒修斯（这一题材的另外9个版本也在罗马时代的住宅和公共建筑中保存了下来）。这所住宅中的其他地方，还保存着表现婴儿赫拉克勒斯扼死两条毒蛇以及描绘庇里托俄斯和马人的画作。庞贝的其他住宅中还有许多以神话为题材的绘画，所表现的场景包括拯救安德洛墨达、伊卡洛斯之陨、波吕斐摩斯与伽拉忒亚以及皮拉摩斯与提斯柏，等等。其中有一幅画描绘的是潘神发现赫耳玛佛洛狄托斯的双性特征并做出惊恐的反应，堪称别具一格。庞贝附近的赫库兰尼姆同样在79年的灾难中被埋葬。城中有一幅巨画讲述的是淮德拉与希波吕托斯的故事：画中的保姆正向希波吕托斯吐露淮德拉对他的爱情。这幅画完全取材于欧里庇得斯的悲剧《希波吕托斯》。在庞贝的一幅画中，狄俄尼索斯身上披戴着葡萄，背景中则是风格化的维苏威火山和山坡上的葡萄园。这幅作品展现了宗教、神话与当地经济之间错综复杂的关系。

此外，罗马时代还有大量带有色情意味的绘画和小型雕像，通常表现的是维纳斯与丘比特或普里阿波斯在一起的情景。普里阿波斯有着巨大的阳具，常在花园中发现，并且多见于精美的风铃（tintinnabula）上。因此，总体而言，可以说希腊神话在罗马人的住宅中十分流行。这反映了房屋主人的教育层次和品

---

① 即今意大利南部的埃尔科拉诺（Ercolano），是一座毁于79年维苏威火山爆发的罗马古城。

② 意大利语作 Esquilino，罗马七丘之一。

③ 位于庞贝古城遗址西北400米处的一处罗马别墅遗迹，以其保存完好的精美壁画闻名。

图25.4 科布里奇盘

15英寸×21英寸，4世纪晚期。lanx 一词的意思是碟或浅盘。这个盘子由贵金属（白银）制成，目的是展示而非使用，与图中坐姿人物下方的圆形祭坛上盛放水果和其他祭品的盘子不同。此处的阿波罗出现在画面右侧，立于其神龛前方，左手持弓。他的里拉琴则被置于他的左脚旁边。在左边，狄安娜身着猎装走进画面，手中的弓并未上弦。密涅瓦面对狄安娜，呈准备发言的姿势。她身边的则是拉托娜。坐姿人物似乎握着一根卷线杆，可能是拉托娜的姊妹俄耳堤癸亚（Ortygia），也可能是阿波罗神庙的皮提亚。（另一种可能性是：坐姿人物是拉托娜，站立的才是俄耳堤癸亚。）在画面下部，左边的是狄安娜的猎犬，中间是一头受伤的牡鹿，右边则是一头格里芬。格里芬是一种传说中的动物。希罗多德称斯基泰（即今俄罗斯一带）人用它来看守他们的金子。埃斯库罗斯则将格里芬描述为："宙斯的忠犬，长着尖嘴，从不吠叫。"在画面边框中，成束的葡萄和树叶交替出现。这个银盘很可能是在罗马帝国晚期对希腊神话持续表现出兴趣的最重要证据。它的制作地点是某个地中海城市，很可能是亚历山大。至于是谁将它带到了不列颠岛上，带到了哈德良长城上的驻军城镇科尔斯托皮图姆（Corstopitum，即今科布里奇），我们只能猜测。

味，也反映了他们的宗教信仰和迷信。对艺术史学者而言，这些绘画和其他艺术品是否出于希腊艺术家之手是一个令人兴奋的课题。对我们来说，重要的是：这些艺术家的雇主是罗马人，而且住宅和公共建筑都是罗马式的。

其他艺术载体

希腊神话题材在奢侈艺术品上十分常见。所谓奢侈艺术品，指的是用金银等贵重材料制成的物品——雕花玻璃器皿或彩绘陶器。[16] 除了前文所提到的菲什本紫水晶，还有我们在此所展示的科布里奇盘（Corbridge lanx）。这是一个4世纪 [①] 的银盘，18世纪中出土于不列颠北部的泰恩河（River Tyne）畔。盘上的装饰是宗教性的，展现了阿波罗、阿耳忒弥

① 原文此处为3世纪，与后文及不列颠博物馆的资料不同，有误。从后文改。

斯（狄安娜）、他们的母亲勒托（拉托娜）以及其他形象。银盘的归属和来历我们无从知道，但它的确是神话题材在一个边远罗马省份持续受到关注的证据。

　　关于罗马时代的奢侈艺术品，另一个不同寻常甚至可以说是独特的例证是一只玻璃制的笼式杯（cage cup），现藏于不列颠博物馆。这个杯子描绘了色雷斯国王吕枯耳戈斯所受的惩罚。根据杯上对

图25.5　吕枯耳戈斯之杯

高6.25英寸，约300年。这个杯子用玻璃制成。玻璃切削得很深，以使吕枯耳戈斯和其他形象以高浮雕的形式凸显，形成围绕杯周的"网笼"。这块玻璃是双色的（dichroic）：在普通光照下呈绿色，在背光照耀下则呈红色。杯上所表现的吕枯耳戈斯故事与本书前文中所描述的不同（参见本书第341页）：此处的吕枯耳戈斯拒绝了狄俄尼索斯，并攻击他的随从——其中包括从这个角度出现在吕枯耳戈斯左方的宁芙安布洛西亚。一种可能性是安布洛西亚变成了一株葡萄藤，缚住了吕枯耳戈斯；另一种可能性是酒神让葡萄藤从地下长出，而吕枯耳戈斯企图用斧头将它砍倒。图中吕枯耳戈斯的斧头已经落在他的左脚边，毫无用处。杯上还有其他一些形象（从这个角度不可见），包括一位萨提尔、潘神、一头黑豹，还有在杯子另一边手持酒神杖的狄俄尼索斯。镀金青铜质地的杯沿和杯脚是1800年左右添加上去的。与科布里奇盘一样，这个杯子很可能由专业匠人制作，而这种匠人只有在亚历山大这种中心城市才能找到。

这个神话的描述，吕枯耳戈斯企图攻击酒神狂女安布洛西亚（Ambrosia）。安布洛西亚变成一株葡萄藤，将国王捆缚了起来。从观者的角度看去，左方的人物就是安布洛西亚，右方则是一个正准备向吕枯耳戈斯投掷石块的萨提尔。

希腊神话与罗马文学

希腊菲拉克斯剧与阿特兰那滑稽剧

　　庞贝艺术中最常见的特征之一是各种悲剧和喜剧面具以及用于悬挂起来让风吹拂飘荡的小巧陶制面具（oscilla，意为"小嘴"），还有正准备上场的悲剧或喜剧演员陶俑。此外对希腊悲剧和喜剧中场景的表现也时有发现，如前文所提及的欧里庇得斯的《希波吕托斯》剧中场景。剧场表演是罗马文化中一个极为普遍的特征，不仅出现在大型城市剧场中，也出现在村庄和乡村小镇那些不太正式的演出中。塔西佗曾经提到：尼禄的主要反对者特拉塞亚·帕埃图斯（Thrasea Paetus）[①]拒绝去罗马奉迎皇帝，却"在他的家乡帕塔维乌姆穿上悲剧的戏服，登台表演"，让尼禄大为光火。[17]戏剧在罗马世界中的流行起源于"大希腊"的希腊人城市。许多来自意大利南部和坎帕尼亚的希腊器皿（尤其是那些公元前4—前3世纪间的作品）都表现了希腊悲剧中的场景。我们在本书图24.6已经展示了其中的一个例子（该陶罐正是来自坎帕尼亚）。然而，在公元前3世纪早期的"大希腊"，悲剧的发展路径与传统颇有不同。"喜悲剧"（hilarotragoedia，对悲剧主题的戏仿作品）在这一时

---

① 特拉塞亚·帕埃图斯（?—66），罗马帝国元老院成员，以其对尼禄的反对和对斯多葛主义的爱好著称，在66年自杀。

期开始出现。此类作品及它们的演员被称为"菲拉克斯"（phlyakes），意思是"滑稽剧"（指作品）及"滑稽者"（指演员）。这类作品几乎全都没有流传下来，但众多来自"大希腊"的器皿保存至今，上面描绘的场景让我们对这种戏剧知之甚详。[18] 演员通常会戴上怪异的面具，身穿内有衬垫的戏服，有时还附着一根阳具道具。菲拉克斯剧往往有乐手、舞者和杂技演员参与。其中许多作品以神话为主题，哪怕宙斯也不能免于被取笑的命运。一部典型作品中有这样一个场景：宙斯无助地坐在他的宝座上，受到打扮怪异的海格力斯的羞辱，而伊俄拉俄斯则在一个祭坛边奠酒。海格力斯这个角色在菲拉克斯剧中十分常见。鉴于希腊喜剧中的海格力斯常有贪食和其他罪过，这一点并不奇怪。

菲拉克斯剧使用希腊语创作，与之对应的意大利本地版本则使用意大利南部土著居民的语言奥斯坎语（Oscan）。奥斯坎语滑稽剧通常被称为阿特兰那滑稽剧（Atellane Farces），在主题上没有什么创新性，并且有固定的类型角色——老人、吹嘘者、丑角、贪食者，等等。[19] 尽管如此，部分阿特兰那剧仍然会采用希腊神话人物作为角色，包括狄俄尼索斯、海格力斯以及特洛伊传说中的人物——如阿伽门农和安德洛玛刻。不过，与菲拉克斯剧一样，阿特兰那剧吸引罗马观众的地方只是剧中的笑话和滑稽表演。这两种滑稽剧的表演者均为周游各地的演员团体。他们会用随身携带的木料搭建简单的戏台。这种戏台就是用木柱支撑起来的一个平台，结构跟现代的四驱车差不多。更考究的戏台也许会有简单的幕布和帐幔，有一道台阶，甚至可能是一座临时的石头建筑。因此，滑稽剧才可以在小镇乃至农村地区上演，从而能让戏剧表演传播到更广大的民众中间，而不是仅限于城市中相对有文化的观众群体。到了公元前4世纪晚期和公元前3世纪初，阿特兰那剧已经使用拉丁语，并在罗马共和国与希腊文化开始持续亲密接触时（如本章前文所述）进入了罗马。

李维乌斯·安德罗尼库斯

在罗马共和国早期的拉丁语戏剧中，并没有像希腊菲拉克斯剧和奥斯坎阿特兰那剧似的复杂剧种。它们甚至难以被称为戏剧，只有一些所谓的粗俗诗（Fescennine verses）。这些诗歌看起来大部分由即兴笑话和对个人的讽刺评论组成，不含任何神话元素。玛格丽特·比伯（Margaret Bieber）对此曾有恰切的评论："后来的所有罗马戏剧都来自外族，并被改造得适合罗马人的口味。"[20] 因此，希腊神话继续通过文艺悲剧（从公元前3世纪中期开始，这些悲剧开始用拉丁语创作和表演）来发挥影响，而罗马喜剧也在较低程度上产生影响。在普劳图斯存世的20部剧作中，只有《安菲特律翁》一部以神话为主题。[21] 我们此前已经提到过塔伦图姆在公元前272年的陷落以及李维乌斯·安德罗尼库斯的被俘。李维乌斯当时应该是20岁左右。他沦为李维氏族中某个家族的奴隶，被带到罗马。他名字中的"李维乌斯"便由此而来（他的原名"安德罗尼库斯"是希腊语名字）。后来他获得了自由，在公元前240年将第一部拉丁语悲剧和第一部拉丁语喜剧搬上了舞台，并亲自在剧中扮演角色。他的悲剧作品仅有少量残篇流传下来，但有8部剧作的名字得以存世——它们全都取材于希腊英雄传说。[22] 李维乌斯在某个时期（也许早于公元前240年）用拉丁语粗略地翻译了（毋宁说是改写了）《奥德赛》，用的是原生的农神诗体

（Saturnian meter）①，而没有尝试复现荷马的六音步诗行。[23] 他还将索福克勒斯和欧里庇得斯的剧作译成了拉丁语。因此，在希腊神话向罗马世界传播的过程中，李维乌斯起到了关键的作用。

奈维乌斯

　　有四位早期罗马诗人效仿李维乌斯，创作主题取材自希腊神话的拉丁语悲剧。奈维乌斯（Naevius）大约比李维乌斯年轻10岁到20岁，曾参加公元前264—前241年间的第一次布匿战争（Punic war，即罗马人对迦太基人的战争）。他是罗马公民，创作了许多喜剧（其中34部作品的名字保存了下来）。这些喜剧涉及对罗马显贵们的讽刺，招致奈维乌斯遭到牢狱之灾并被流放，最终于公元前200年死在非洲。他创作了6部主题取材自不同希腊神话的悲剧，其中包括一部《达那厄》（*Danaë*）和一部《吕枯耳戈斯》（*Lycurgus*）。奈维乌斯基于第一次布匿战争这一罗马历史主题创作了一部民族史诗。② 这或许是他最重大的成就。与李维乌斯一样，他也采用农神诗体。他的史诗的前半部分在某种程度上是神话性和神圣性的，结束于特洛伊城的陷落和埃涅阿斯及其他特洛伊幸存者的逃亡故事。

恩尼乌斯

　　四位诗人中的第二位也是最伟大的一位，是生活在公元前239—前169年之间的恩尼乌斯（Ennius）。他来自卡拉布里亚（即意大利的"靴跟"部），曾参加第二次布匿战争（前218—前202），在公元前204年来到罗马永久定居，并在公元前184年成为完全的罗马公民。他曾声称自己有三颗心：一颗属于奥斯坎语（他的母语），一颗属于希腊语（"大希腊"地区的语言），还有一颗属于拉丁语。用六音步格写成的《编年史》（*Annals*）是他最伟大的作品，共有18卷，讲述了第二次布匿战争的历史。在这部作品的开篇，恩尼乌斯向缪斯祈告，诗人梦见荷马出现在自己面前，告诉说他进入了自己的身体。换言之，恩尼乌斯坚定地将自己置于荷马的《伊利亚特》所开启的希腊神话传统之中。他是第一位使用荷马体格律——六音步格——创作民族史诗的罗马诗人。这部史诗的第一行向希腊神话中的缪斯而不是拉丁语中的卡墨奈（Camenae）祈告。[24] 李维乌斯在其《奥德赛》第一行中祈告的对象则是卡墨奈，而奈维乌斯在自撰的墓志铭中也称卡墨奈将会哀悼他的死亡。

　　恩尼乌斯使用多种体裁写作，其中20部取材自希腊传说的悲剧有残篇流传下来。许多残篇被西塞罗的作品引用，这意味着它们在恩尼乌斯去世之后一个世纪仍然存世（有时还得以上演）。他的许多创作主题来自特洛伊传说，然而他的最后一部悲剧（上演于他生命的最后一年）却是《梯厄斯忒斯》。这一选择意义重大，因为有两部后来的罗马戏剧杰作也选择了这个主题。第一部的作者是奥古斯都时期的诗人瓦里乌斯（Varius）。③ 他是维吉尔、贺拉斯和梅塞纳斯（Maecenas）④ 的朋友。这部剧作上演于公元前29年，时逢人们为奥古斯都（屋大维）于公元前31年在阿克兴角击败安东尼而举行庆典活动。尽管这部悲剧取得了巨大的成功，它仍然没能流传下来。至今存世的作品是小塞涅卡（去世于65年）的

---

① 主要由李维乌斯·安德罗尼库斯和奈维乌斯使用的拉丁语诗律，其具体规则不详。

② 即《布匿战争》（*Bellum Punicum*）。

③ 瓦里乌斯（约前74—前14），奥古斯都时代的罗马诗人。

④ 梅塞纳斯（前70—前8），奥古斯都的谋臣，也是诗人和艺术家的恩主。维吉尔和贺拉斯都曾蒙他提携。

《梯厄斯忒斯》。这部剧作证明：即使在恩尼乌斯的作品上演200多年之后，阿特柔斯和梯厄斯忒斯的传说对罗马读者和观众仍然没有失去吸引力。

此外，恩尼乌斯还曾将欧赫墨洛斯的《圣史》①翻译（或改写）为拉丁文。[25] 尽管墨塞尼的欧赫墨洛斯（活动时期约在公元前300年）致力于批驳关于神祇的传统观点，称他们最初都是凡人英雄，但他（以及恩尼乌斯）出于批驳的目的，仍然需要讲述他们的神话。尤为令人震惊的是，欧赫墨洛斯甚至描述了朱庇特在克里特岛上的死亡和葬礼。

巴库维乌斯和阿基乌斯

四位早期诗人中的第三位巴库维乌斯（Pacuvius）生于公元前220年，去世于公元前130年左右。他既是诗人，也是画家，出生于布伦迪西乌姆（Brundisium，即今卡拉布里亚地区的布林迪西 [Brindisi]），同时具有奥斯坎和罗马血统。他至少有一幅出名的画作存于罗马屠牛广场（Forum Boarium）②的海格力斯神庙。[26] 他的悲剧中有13部剧名流传了下来，题材涉及各种希腊传说。

四位早期诗人中的最后一位是阿基乌斯（Accius，前170—约前86）。与巴库维乌斯一样，他同样备受西塞罗的推崇——西塞罗甚至曾与他会面。与其前辈们一样，阿基乌斯也是在成年后才来到罗马。他出生在意大利亚得里亚海岸边的城镇皮绍鲁姆（Pisaurum）③，父母都是自由民，即获得解放的前奴隶。他先前一直在皮绍鲁姆创作戏剧，直到公元前140年。那一年他与巴库维乌斯（尽管两人的年龄

差了50岁，但他们成了朋友）的剧作在同一个节日上演。阿基乌斯的悲剧作品中有40部剧名流传下来，明显覆盖了整个希腊传说体系。贺拉斯曾评价说，巴库维乌斯更像一名学者，但阿基乌斯的风格更加崇高。[27]

希腊悲剧在罗马

就这样，希腊悲剧以拉丁语的形式将希腊神话传播给了罗马人。在本章的那句题词之后，贺拉斯写道："[凶蛮的胜利者罗马] 将其智力用于希腊作品的时间较晚。直到布匿战争之后的和平时期，他才开始琢磨索福克勒斯、泰斯庇斯（Thespis）④和埃斯库罗斯的作品有何用处。"[28] 贺拉斯接着描述说，在其所处时代（他的写作时间是公元前14年），作为公共娱乐的悲剧有所衰微：在表演中，"粗野而迟钝"的民众会要求"我们要看熊戏，要看拳击"。人们喜欢看严肃戏剧的口味已经丧失，取而代之的是看各种胜利游行（游行上会展示被俘的君王以及财宝）和在角斗场里展示的大群野象。如果有人尝试写作一部严肃戏剧，"民众会认为他在对一头驴讲故事"[29]。奥古斯都自己的吹嘘也证明了贺拉斯有多正确。因此，奥维德的悲剧《美狄亚》从未上演也就不足为奇了。这部作品在古代颇受读者好评，但今天已经完全亡佚。

公共表演和私下表演

然而，希腊神话题材的演出仍以三种方式在罗马进行着：私下表演，娱乐民众的公共剧场表演，以及尼禄统治时期专为尼禄（54—68年在位）本人而举行的公共表演（小塞涅卡的剧作尤以最后这种

---

① 《圣史》（Sacred History），本书第27章中作《神圣记述》（The Sacred Scripture）。

② 罗马屠牛广场，位于罗马卡比托利欧山、帕拉蒂诺山和阿文蒂诺山之间，是古罗马的牛市场。

③ 即今佩萨罗（Pesaro）。

④ 古希腊诗人，活动于公元前6世纪左右。

上演方式为特征——那些作品的创作目的可能就是为了在尼禄的宫廷中演出）。第一种方式的证据之一是获得解放的前奴隶尤卡丽丝（Eucharis）的墓志铭。她活了14岁，死于公元前55年左右。[①]墓志铭的内容如下："我以我的舞蹈为高贵者的娱乐增色，我是第一个在希腊戏剧中登台演出的人。"[30]她是一名演员和舞者，在默剧中演出。默剧这种舞台表演形式在2世纪中取代了悲剧的地位。它们在主题上可以是严肃的，在面对受过教育的观众的私下演出中尤其如此。然而公共演出中的默剧则是一种公开的舞台娱乐活动，在其残酷性和庸俗性上更近于为奥古斯都所喜爱而为贺拉斯所批评的那些娱乐。我们此前已经描述过这种娱乐活动中对伊卡洛斯命运的表现（参见本书第687页），此外，有许多对已定罪的犯人的处决、钉十字架和伤残行为也被当作对希腊神话故事的模仿而搬上舞台。阿普莱乌斯创作于160年左右的《变形记》（这部作品有一个更著名的名字——《金驴记》）接近结尾部分的描述可能是对此类舞台上的神话的最详尽记载[31]：在一场对帕西法厄故事（我们此前已经讲述了这个故事，参见本书第644页）的戏仿中，变成驴子的卢西乌斯将被迫在科林斯的舞台上与一名女犯人交媾。在这一时期，默剧的布景、配乐和伴舞已相当精美。布景中有一座木制的假山，形似荷马史诗中的伊达山，有瀑布和水流，有草地——上面放牧着山羊以模仿佛律癸亚人帕里斯的羊群，此外还有舞者扮演希腊众神（虽然用的是他们的拉丁语名字），如墨丘利、朱庇特、密涅瓦。当然，还有维纳斯——她

身上除了一条透明裙子别无其他。这就是希腊神话在罗马世界中的命运。

关于罗马人的品味（哪怕是在贵族阶层中）能极端到何种程度，有一场公共演出和两场私下演出可以作为佐证。卢西乌斯·穆那提乌斯·普兰库斯（Lucius Munatius Plancus）[②]于公元前42年成为执政官，又在奥古斯都统治时代的公元前22年成为监察官。他曾"全身赤裸，涂成蓝色，头戴芦苇做的花冠，拖着一条鱼尾巴，在宴会上跳舞，扮演格劳科斯"[32]。公元前41年，安东尼将克勒俄帕特拉从埃及召至塔尔苏斯（Tarsus，位于奇里乞亚）。对这次会面的情景，普鲁塔克和莎士比亚都曾有著名的描述：安东尼扮作狄俄尼索斯，高坐在城中的王座上；克勒俄帕特拉则盛装打扮成阿佛洛狄忒的形象，乘坐彩船来与他会面。[33]最后一个例子则是皇帝克劳狄的年轻皇后墨萨莉娜（Messalina）。[③]克劳狄不在罗马期间，墨萨莉娜曾与即将成为执政官的年轻人西利乌斯（Siliuls）[④]私下举行一场神圣婚礼。她在婚礼上扮演阿里阿德涅；她的侍女扮作迈那得；西利乌斯的角色则是狄俄尼索斯。发现克劳狄即将返回之后，他们结束了这场荒唐的大戏。墨萨莉娜和西利乌斯都很快遭到处决。[34]

卡图卢斯和"新诗人"

在罗马共和国末年，也就是尤卡丽丝[⑤]翩翩起

---

① 尤卡丽丝墓志铭的具体年代不详，原文此处无公元前字样。后文称她活跃于罗马共和国末年，与普兰库斯同时代；其他一些著作也称她为罗马共和国时代的舞者。译者据此注明为公元前。本书英文版许多地方提到年代时并不说明是公元前还是公元后，非仅此一例。

---

② 卢西乌斯·穆那提乌斯·普兰库斯（约前87—约前15），古罗马政客、元老院元老。
③ 墨萨莉娜（约17—48），克劳狄的妻子、尼禄的堂亲、奥古斯都的曾侄孙女。她因被控谋害克劳狄而被处死。
④ 西利乌斯（约13—48），罗马元老院元老，曾被提名为执政官，却因与皇后墨萨莉娜通奸而被处死。
⑤ 即前文中的舞者尤卡丽丝（Eucharis）。原文此处作厄庇卡丽丝（Epicharis），有误。厄庇卡丽丝是65年的"皮索阴谋"（Pisonian Conspiracy，一场针对尼禄的失败刺杀）中的重要人物。

舞和普兰库斯扮演格劳科斯的年代，罗马上层阶级的品味和行为方式开始摆脱尊严、勤劳和自律等种种旧式美德的约束。这些旧式美德是否真如西塞罗等保守批评家所言曾被严格遵循还存在争议。可以确定的是，一种起源于公元前3世纪亚历山大诗人们（亚历山大虽地处埃及，却是一座希腊人城市）的新型诗歌在这一时期开始出现了。在公元前90—前80年间，西塞罗曾以六音步格将亚历山大诗派中阿拉托斯（Aratus）①的作品《物象》（Phaenomena）译成拉丁文，但他那种缺乏想象力的诗歌，很快就在卡图卢斯、卡尔乌斯（Calvus）②及其朋友们那些富于灵感的诗作面前黯然失色了。出于讽刺，西塞罗为这些人送上了"新诗人"（poetae novi）等外号。不过，他们的确是革新的一派。我们将在本书第27章中讨论亚历山大诗派，并将附上卡图卢斯在其第66首作品中对亚历山大诗人卡利马科斯原作的天才改写，以作为例证。然而，卡图卢斯在其第64首作品中对希腊神话进行的再创造还要有力得多。这首诗表面上描写的是珀琉斯与忒提斯的婚礼，却包含了对阿里阿德涅和忒修斯的神话的精彩叙述（参见本书第637—639页）。

奥维德

　　因此，就希腊神话在罗马文学中的发展而言，卡图卢斯就成了不可或缺的一环：他为这一领域最伟大的诗人奥维德（前43—公元17）的出现铺平了道路。[35] 在对希腊、罗马和近东传说的传播方面，奥维德在古典作家中的地位无人可以比肩。他那种结

合了修辞技巧的想象力和叙事力量十分独特（尽管他的修辞技巧往往不为人所喜）。此外，奥维德对笔下人物——尤其是遭到强大男性（无论是人还是神）侵犯的年轻女子——的情感和苦难的深切同情，也让他同其他古典诗人区别开来（与其接近的可能只有欧里庇得斯）。这样一来，奥维德的诗歌便在古典传说向中世纪、文艺复兴和现代世界流传的过程中胜过了其他作品（除了《伊利亚特》和《奥德赛》）。事实上，在13—15世纪之间的中世纪晚期，有一段时间甚至被称为"奥维德时代"（aetas Ovidiana），即奥维德的地位远超其他古典诗人的时代。

　　在奥维德的早期诗作中（尤其是在以《恋歌》[Amores]之名为人所知的哀歌体作品中），他运用神话传说更多是出于修饰或用典的目的。以下是他对自己与恋人同坐在看台上观看马车比赛一幕的部分描述（《恋歌》3.2.27—32）：

> 　　你的衣裙低垂及地。请将它拾起，要么（看哪！）请让我亲手将它拾起来！哦，你这衣裙定是有了妒心，要将这美妙的双腿掩盖。凑得越近，就越能看出它是何等妒忌！这双腿堪比墨拉尼翁痴心想要握住的那一双——它们长在迅捷如风的阿塔兰忒身上。这双腿似乎属于那画中的狄安娜：她追猎着凶猛的野兽，她比它们还要强壮。

　　后来奥维德又写出了《女杰书简》。这是以神话中女英雄的名义写给不在身边的爱人的15封信，另外加上3封来自这些爱人的回信。在这些诗篇中，奥维德展现了他对陷入爱情的女性以及分离之痛的理解。其中一些女英雄，如珀涅罗珀或海伦，已经因为史诗和戏剧为人熟知。另一些女英雄——如帕里

---

① 阿拉托斯（约前315—前240），古希腊诗人，著有长诗《物象》。他并非亚历山大人，其作品却拥有亚历山大诗派的诸多特点。

② 卡尔乌斯（前82—约前47），古罗马演说家和诗人。他是卡图卢斯的朋友。两人作品的主题和风格相似。

斯在爱上海伦之前曾经倾慕的俄诺涅——在后世
文学（如丁尼生的《俄诺涅》[Oenone]）中得以留
存，则要归功于《女杰书简》。奥维德后来在对《恋
歌》的修订中提到：描写这些女英雄的不幸爱情故
事，是向人传授爱的艺术之外的另一选择（《恋歌》
2.18.19—25）：

> 我只写我被 [我的恋人] 允许写下的
> 东西。我要么传授那关于温柔爱情的艺术
> （啊，我因自己定下的戒律而痛苦），要么
> 创作珀涅罗珀写给尤利西斯的书信，要么
> 描述被遗弃的菲丽丝的眼泪，要么写下帕
> 里斯、玛卡瑞俄斯、负心的伊阿宋、希波
> 吕托斯及其父亲 [忒修斯] 可能读到的话
> 语，要么为不幸的狄多在拔剑自刎之前留
> 下遗言。

以下是一个来自爱琴海上的喀俄斯岛的故事
（《女杰书简》之20和21）。阿孔提俄斯（Acontius）爱
上了喀俄斯少女库狄珀（Cydippe），却与她的门第
相差悬殊，无法接近库狄珀向她求爱。于是，他在
库狄珀途经的路上扔下了一个苹果，上面刻着"我
以阿耳忒弥斯的名义起誓，只嫁给阿孔提俄斯一人"
的字样。库狄珀拾起了苹果，将上面的字大声念出，
从而便受到这誓言的束缚。每一次她的父母为她找
到合适的丈夫时，她都会因为患病而无法成婚。最
终真相大白，她与阿孔提俄斯结成了夫妻。

8年，奥维德被奥古斯都流放到了托米斯
（Tomis，即今罗马尼亚城市康斯坦察 [Constanza]），
并在那里度过余生。离开罗马之时，他的《变形记》
即将完成，而《岁时记》（一部关于罗马历法中的节
日和传统的诗篇，排序按照月份的先后，每卷对应一

个月）的前6卷也已经写完。奥维德在作品中让神话
人物自己开口说话——通常的形式是对诗人的问题
做出回答。下面引用的他与意大利神话中司掌花卉的
丰饶之神福罗拉（Flora）的对话，便是一例。纪念福
罗拉的节日是花神节（Floralia），从4月28日开始，到
5月3日结束。节日期间会举行各种喜庆的活动，而在
罗马的剧场中也会上演各种俚俗的默剧。奥维德对
花神提出的问题是这样的（《岁时记》5.191—195）：

> "你是谁？请告诉我。人们的传言难
> 辨真假。你的名字从你口中说出，才能让
> 我相信。"以上就是我的问话，而女神这
> 样回答我（她启唇时呼出的气息如同春天
> 的玫瑰花）："从前人们称我为克洛里斯
> （Chloris），但我现在的名字是福罗拉。"

福罗拉讲述了她被仄费洛斯（西风之神）强暴
并嫁给他的故事，又描述了自己的花园和里面生长
的花卉。这些花都是由神话中的人物变化而成的
（《岁时记》5.209—230）：

> 在那片作为新婚礼物送给我的土地上
> 有我丰饶的花园。我的丈夫在其中栽满了
> 高贵的花儿，又对我说："女神啊，请你
> 成为花卉的护主。"当霜露刚从叶片上摇
> 落……身着七彩衣裙的时令女神们一起到
> 来，将我的花采下，放进轻盈的篮子。随
> 后来到的是美惠女神，她们将花枝编成花
> 环……我首先将来自特拉普奈（Therapnae）
> 的男孩 [许阿铿托斯] 的血变成花朵……
> 你，那喀索斯，也位列我精心照料的花园

图25.6　《库狄珀》（*Cydippe*）
保卢斯·博尔（Paulus Bor，约1600—1669）画，约1640年。画中的库狄珀拿着一个苹果，那上面刻着注定她命运的文字。画家忠实于奥维德的叙述，将库狄珀表现为一名家境优渥的年轻女子。我们已经可以肯定画中人物就是库狄珀，但这个结论直到1981年才得出。在此之前，众多学者对画中人的身份做出了大胆的猜想。其中最偏离事实的一种看法是"神话人物，可能是波摩纳（Pomona）"。这些错误正好说明了读者忽视画家所依赖的文学源头（在这个例子中即奥维德的《女杰书简》）会造成什么后果。

中……至于克洛克斯（Crocus）①、阿提斯和
阿多尼斯更不用说——那些纪念他们的花
朵都奉我之令，从他们的伤口中长出。

奥维德在此用希腊神话为意大利人的丰饶之神赋予了实质内容。希腊神话中的时令女神（或"季

---

① 关于克洛克斯和斯密拉克斯（Smilax）的故事，参见本章"补充阅读"部分。

节"）、美惠女神和那些变成花卉的少年，都成为福罗拉的叙事元素，从而基于希腊故事创造出一种罗马神话。奥维德对福罗拉花园的描述，也是尼古拉·普桑的著名画作《福罗拉的王国》的灵感来源。普桑在这幅画中描绘了6个被变成花卉的年轻男女。

《变形记》

奥维德的《变形记》是一部史诗，以六音步格（史诗格）写成。维吉尔的《埃涅阿斯纪》此前已先一步问世（维吉尔去世于公元前19年），而奥维德的目标显然是要创作一部可以与维吉尔作品比肩的史诗。以下便是《变形记》的开头四行[36]：

> 我要说的，是形体变化成新的形体的
> 事。诸神在上（这些形态的变化也是由你们
> 造成），请你们为我的诗赐下灵感，助我将
> 这绵绵不绝的诗篇唱出，说尽从开天辟地
> 直到今天的故事！

此处"绵绵不绝的诗篇"（perpetuum carmen）表明诗人即将创作的是一部史诗。然而，在奥维德的设想中，这部史诗应该与前人的（其中最新的也是最出色的一部是维吉尔的作品）不同。奥维德的史诗包含了大约250个关于变形的故事，其中几个我们已经在前文中讲过，如阿波罗与达芙涅的故事（本书第273—275页）、阿耳忒弥斯与阿克泰翁的故事（本书第238—240页）。奥维德在《变形记》中展现出细腻的心理感受力，比他在早期诗作中所表现出的程度更高。这部史诗在视觉效果方面同样独树一帜，这体现在他对森林、池沼、山岳和其他地形——本身即有至美，却又是种种暴力和悲剧事件的发生地——的描写中。人物的变形（通常

图25.7　《福罗拉的王国》(*The Kingdom of Flora*)

布面油画，尼古拉·普桑画，1631年，52.5英寸×72.5英寸。普桑对春天及花卉的滋生之力（以左侧前景中的丰饶之角为象征）的优美展现，基于奥维德在《岁时记》中的描述（见前引译文）。在画面中央起舞的是福罗拉。她身穿绿色希顿长袍，在四名普托（第五个卧在右下方的角落中）的陪伴下向园中播撒露水。阿波罗驾着太阳车从上方的天空中驶过。画面左侧是一尊园艺之神普里阿波斯的像柱。其他人物都是被变成花卉的凡人（除了那喀索斯对面的宁芙）：自左往右，分别是伏剑自尽的埃阿斯、仰望阿波罗的克吕提厄[a]、从宁芙手中的水罐里观赏自己倒影的那喀索斯、急不可耐的情侣克洛克斯和斯密拉克斯，以及两人身后带着猎犬、正展示自己大腿上的伤口的阿多尼斯。阿多尼斯的左边则是许阿铿托斯——他的左手指向自己头上的致命伤。花园所处地形的左边是一道石壁和一只满溢的水罐，中间和右边则是一条鲜花缠绕的藤廊。

---

a.　参见本书第3章赫利俄斯与克吕提厄的故事。

是变成树木、飞鸟、石头、河流或是其他自然事物）并不能削弱奥维德笔下对基本人性的表现。诗中的最后一次变形属于诗人自己，发生在全诗的最后几行（《变形记》15.871—879）：

> 如今吾诗已成，无论是朱庇特的愤怒、

火焰还是时光的蚕食[①]都不能将它毁去。如果时光要让我这无常的生命终结，请它尽管来好了——在那一天它也只能消灭我的

---

①　原引文如此。在 Hugo Magnus 编辑的拉丁文本、Arthur Golding 的英译本、Brookes More 的英译本以及杨周翰的汉译本中，"火焰"与"时光的蚕食"之间尚有"刀剑"（拉丁文 ferrum）一词。

肉身。我生命中的精华将上升到群星之间，
永恒不朽，而我的名字也永远不会磨灭。
罗马的力量征服到哪里，哪里的人们就会
诵读我的诗篇。如果诗人的预言真实不虚，
我便会在万世的荣耀中永生。

在这一段之前130行的位置，奥维德花费大量篇幅讨论了尤利乌斯·凯撒成神和奥古斯都必将成神的事，然而谁才是他心目中最应该成神的人物已经再明显不过！与此类似，在诗中第一个长篇的变形故事——达芙涅的故事——中，阿波罗的地位事实上也被降低了。关于这一点，将帕拉蒂诺山的阿波罗推崇备至的奥古斯都会怎么想？

奥维德的故事取材自诸多希腊、意大利和近东的文献来源，其中只有很少一部分还能被我们识别和确认。他将一个个本土传说织入了自己的世界之诗的图景。在此我们从250个故事中选出两个，以进一步说明这一点。

波摩纳与维尔图努斯。 波摩纳是意大利人的丰饶女神，司掌可从树上摘取的果实。与福罗拉类似，波摩纳没有自己的神话。因此奥维德将她与伊特鲁斯坎神祇维尔图努斯（Vertumnus）联系了起来。后者的名字与拉丁语中表示"转化"和"改变"的 vortere 一词有关。波摩纳有一座不允许她的爱人们进入的果园，而拥有变化成各种形象的能力的维尔图努斯是她的爱人之一。他伪装成一名老妪接近波摩纳，并建议她嫁给维尔图努斯。他的建议中包含了伊菲斯（Iphis）和阿那克萨瑞忒（Anaxarete）的故事，意在劝诫（我们将在"补充阅读：奥维德《变形记》中的故事"部分讲到它）。维尔图努斯的劝诫非常成功，于是他变回年轻男子的形象，赢得了波摩纳的爱情（《变形记》14.623—771）。

皮拉摩斯与提斯柏。 奥维德将皮拉摩斯与提斯柏的故事背景设定于巴比伦，但这个故事的起源很可能是在小亚细亚南部的奇里乞亚，因为皮拉摩斯河位于此地，而提斯柏这个名字也在多处被人与奇里乞亚或塞浦路斯的泉水联系在一起。皮拉摩斯和提斯柏是居住在巴比伦的一对近邻。双方的父母不允许他们结为夫妻，甚至不让他们相见。两人通过两家人共用墙上的一道裂缝传递心声，并约定在城外的尼诺斯（Ninus）[①]墓相会。提斯柏先到了约定地点，却看见一头来附近喷泉饮水的母狮，受到了惊吓。奔逃之际，她的面纱掉了下来，被狮子用利齿撕破，又沾上了上一个猎物的鲜血。皮拉摩斯到达之后，发现了狮子的脚印和沾血的面纱。他认定提斯柏已经葬身狮腹，于是伏剑自尽。正当皮拉摩斯奄奄一息之际，提斯柏归来，悲痛中用那把剑自刎殉情。二人相互依偎，死在一株桑树脚下。提斯柏在死前祈祷桑树的果实变黑，以纪念这场悲剧。从此桑葚便从原来的白色变成了黑色（《变形记》4.55—166）。

这是奥维德所讲述的最美的故事之一。对它的复述最多只是一种苍白的镜像。莎士比亚的《仲夏夜之梦》的主要情节采用了这个故事的结构：包括在城外的相会和恋人们犯下的错误。无数人都喜爱莎士比亚在这个故事中所表现出的那种令人捧腹却又让人悲悯的滑稽怪诞，而它正体现在这部戏剧的最后一幕"粗鲁的匠人们"中。

奥维德之后

罗马文学与希腊神话的交融在奥维德那里达到了顶峰。无疑，希腊神话仍在史诗写作中继续占据

[①] 希腊神话中的亚述国王，尼尼微城的建立者。

图25.8　《维尔图努斯与波摩纳》（*Vertumnus and Pomona*）

铜板油画，扬·腾纳赫（Jan Tengnagel，1584—1635）画，1617年，8.5英寸×11.5英寸。在这幅小画中，波摩纳是一名工作中的园丁，坐在一辆独轮车上，身边是她的工具。她正倾听维尔图努斯说话，神色狐疑。这是一座四周有墙的花园（hortus inclusus），大门紧闭，象征着处女的贞洁。然而她手中的镰刀的方向却颠倒了（在描述这个故事的许多画作中，那把镰刀都是威胁性地冲着维尔图努斯），而画面前景中破碎的瓦罐以及背景中的孔雀和海豚也暗示维尔图努斯的言辞已经产生了一定的效果。维尔图努斯的手势指向他身后的榆树和葡萄藤，那是令波摩纳改变主意的最后一个比喻。就连波摩纳的裙边上也显示着代表春夏两季的星座形象，表明她将和她的花园一样丰饶。

着突出的地位，但就我们所知，它在其他类型的诗歌中却没有这样大的影响。在其《雄辩家的教育》（*Institutio Oratoia*，写于1世纪90年代早期）中，昆提利安（Quintilianus）① 为将来的雄辩家们开出了必读书单，其中既有罗马作家，也有希腊作家，从荷马开始（《雄辩家的教育》10.1.46）。他清晰地阐

明了这样一个观点：对神话的了解是一个受过良好教育的演说者必不可少的素质——"对帝国中任何受过教育的希腊人和罗马人的最低文化要求的一部分"。哪怕是卢坎（Lucan，38—65）② ——唯一一位摆脱神祇和其他神话束缚的重要诗人——也在其史

---

① 昆提利安（约35—约100），古罗马修辞学家和雄辩家，生于西班牙，著有《雄辩家的教育》《长篇雄辩术》和《短篇雄辩术》。

② 卢坎（38—65），古罗马诗人，著有未完成史诗《法沙利亚》（*Pharsalia*，亦名《内战记》），讲述凯撒与庞培之间的战争。一些资料称卢坎生于39年11月。

诗《内战记》（*Bellum Civile*）中插入了对海格力斯和安泰俄斯故事的长篇讲述。[37] 然而其他史诗作者则多受维吉尔影响，将神话作为他们的诗篇中不可或缺的成分。

这些诗人中最重要的是斯塔提乌斯（约50—96）。他创作了两部史诗——《忒拜战记》和未完成的《阿喀琉斯纪》，均以神话为主题。[38] 前者将围绕忒拜的众多传说组织了起来，形成对它们最完整的记载，因此尤为重要。这部史诗在中世纪备受推崇，广为流传。斯塔提乌斯对自己的诗歌中的力量并不自信。在《忒拜战记》的最后几行（12.810—819），他承认自己"效法《埃涅阿斯纪》，却远远不及"。他对自己的评价并不公正，因为他的风格和他将诸神织入复杂叙事中的方法与《埃涅阿斯纪》完全不同。但丁就很清楚这一点：他认为斯塔提乌斯拥有"天生的基督徒灵魂"（anima naturaliter Christiana），并让他继维吉尔之后成为自己穿越炼狱和天堂的向导。除了"七将攻忒拜"中那些明显的战斗场景，斯塔提乌斯还效法索福克勒斯，讲述了战斗结束之后安提戈涅的磨难。我们提到过安提戈涅将波吕尼刻斯的尸身（克瑞翁下令将波吕尼刻斯曝尸战场）放置在那座焚化了厄忒俄克勒斯的余烬尚存的火葬堆上的情景（参见本书第456页）。以下就是对这一幕的部分描述（《忒拜战记》12.429—443）：

> 兄弟二人终得再聚！当火苗舐上［波吕尼刻斯的］肢体，那火堆摇晃起来，似乎要将这新放上来的尸身抛下。火焰升腾，分成两股，各自闪耀着光芒，此起彼伏……惊恐的安提戈涅号啕大哭："我失败了。由于我的双手做下的事，他们［厄忒俄克勒斯和波吕尼刻斯］的怒火更加炽盛！那

> ［波吕尼刻斯］是我的兄弟啊……他们之间的可怕仇恨仍存，还有了生命！这场战争不过是徒劳一场。不幸的［兄弟们］，你们以命相搏，胜利者却是克瑞翁！"

索福克勒斯的剧中没有这些内容。剧中的安提戈涅在尸身上洒下尘土，作为安葬的象征，随后便在墓穴中死去。此外，索福克勒斯剧中的克瑞翁是一名安坐宫中的暴君，在后来追悔莫及。在斯塔提乌斯的版本中，他却死在忒修斯手里。

卢坎和斯塔提乌斯是维吉尔最重要的继承者。与他们几乎同时代的瓦勒里乌斯·弗拉库斯和西利乌斯·伊塔利库斯（Silius Italicus）在诗歌上的影响力则远为逊色。瓦勒里乌斯死于79年维苏威火山爆发与96年图密善去世之间的某个时间，著有史诗《阿尔戈英雄纪》，讲述的是伊阿宋与金羊毛的故事。这部史诗在美狄亚苦苦哀求伊阿宋不要将她交给她兄弟阿普绪耳托斯之际戛然而止。[39] 瓦勒里乌斯无疑是在效仿罗得斯岛的阿波罗尼俄斯所著的那部希腊史诗《阿尔戈英雄纪》，却不是对后者亦步亦趋。至于他在多大程度上受影响于阿塔克斯的瓦罗 ①（Varro of Atax，一位于公元前82年生于罗马行省那旁高卢 [Gallia Narbonensis] 的作者）此前对阿波罗尼俄斯作品的拉丁语翻译，我们不得而知，因为后者的《阿尔戈英雄纪》译本几乎已完全亡佚。瓦勒里乌斯在诗作开篇对阿尔戈号有详尽的描述，因为它是为将来的航海者拉开世界帷幕的第一条船（《阿尔戈英雄纪》1.1—4）：

> 我的诗将讲述英勇的诸神之子穿越那

---

① 阿塔克斯的瓦罗（前82—约前35），古罗马诗人。

图25.9　《皮拉摩斯与提斯柏》（*Pyramus and Thisbe*）

镶嵌画，发现于塞浦路斯新帕福斯（Nea Paphos）的"狄俄尼索斯之家"（House of Dionysus），3世纪末。画中的皮拉摩斯（他和提斯柏的名字都以希腊文大写字母的形式出现在画面上）显然是一位河神。这可以从他的侧卧姿态、他头上用芦苇编成的花环以及他左臂下的水罐中流出的水看出来。他右手握一只丰饶角，左手握一枝芦苇。在画面的另一侧，提斯柏正在奔逃。画面中间位置的一头母狮（亦有那是一头母豹的说法）正在撕扯一件应该属于提斯柏的外衣的残片。这幅镶嵌画出色地融合了这一传说的两个版本。

些无人航行过的狭窄海面的故事，也将讲述那艘预言中的船：它勇往直前，直抵斯基泰人的伐西斯河沿岸，还曾迅捷如风地从那高峻的撞岩之间穿过。

这一段文字对了解瓦勒里乌斯关于这史上首次航海的观点颇为重要，因为它让新的地理发现以及新贸易和新财富成为可能。《阿尔戈英雄纪》通过朱庇特的预言（1.533—560）确认了这一点，模仿的则是《埃涅阿斯纪》中的朱庇特预言（我们将在后文中译出其中一部分，参见本书第737页）。朱庇特预见到，随着人类遍布海洋，战争将接踵而至，但财

富和帝国也会出现。他得出结论：他会确定"我该祝福哪个帝国才能拥有最大的疆土，统治万民"。这句话所指向的无疑是瓦勒里乌斯自己时代的罗马帝国。

西利乌斯·伊塔利库斯是唯一一位拥有显赫政治履历的罗马史诗作者。他在68年成为执政官，并在9年后成为亚细亚行省的代执政官（proconsul）[①]。他的史诗《布匿战争》（*Punica*）是有史以来篇幅最长的罗马诗歌，共17卷，超过1.2万行。与卢坎不同，他在诗中引入了神祇，尤其是朱诺：这位女神在全诗首行就重提狄多的诅咒（我们将在本书第739—740页将她的诅咒译出）——正是这诅咒挑起了迦太基与罗马

①　在罗马帝国时代指一个元老院行省的总督，多为前执政官。

之间的敌意。朱诺的话语激怒了汉尼拔（Hannibal），点燃了第二次布匿战争之火。批评家们对西利乌斯引入的神力干预并不友好。其中，朱庇特的形象尤为无力——尽管他的身份是"全能的万神之父"（pater omnipotens，3.163）。朱庇特在第3卷中首次登场，派遣墨丘利到汉尼拔梦中去挑动他。在历史题材的史诗中引入神力是一项艰难的任务。维吉尔获得了成功，但西利乌斯在面对这一挑战时的表现就无法相提并论。因此，让我们像西利乌斯一样，在此以他为"征服非洲者"西庇阿（Scipio）①所创作的双重神话比喻作结。在庆祝胜利的多彩游行中，大西庇阿这位凯旋的将领装束有如天神，穿过罗马的中心，直抵卡比托利欧山上的朱庇特大神庙（《布匿战争》17.646—651）：

> 他［西庇阿］立于战车之上，披金挂紫，让罗马民众瞻仰他的威仪。他有如从印度返回的利贝尔（Liber）［即狄俄尼索斯］②——那位神祇乘坐猛虎拉动的战车，车上装点着葡萄叶。他又像是那位完成杀死巨人的伟业之后跨过佛勒格拉平原的梯林斯人［海格力斯］，巍峨的头颅上接星辰。[40]

讲完西利乌斯，我们对罗马世界中的希腊神话的巡礼也就结束了。在罗马帝国灭亡之后，这一神话传统仍在继续。它挺过了中世纪早期（尽管是以

图25.10　《海格力斯杀死勒耳那水蛇》（Hercules Killing the Hydra）

1955年发现的"拉丁大道"地下墓穴埋葬的既有异教徒，也有基督徒。海格力斯可以被归入其中任意一类：或是获得了永生的异教英雄，或是被比作在生命中经历了美德的考验最终进入永恒生命的基督徒。

一种经过了大量稀释的形式），在意大利文艺复兴中复活，并一直流传至今，仍然保持着旺盛的生命力。早期基督徒仍会利用这些神话。本书图13.3中的石棺（鉴于同一座墓葬中还有其他基督徒的石棺，所以这一口石棺很可能也属于基督徒）上就以狄俄尼索斯神话题材为装饰。在罗马城外的拉丁大道（Via Latina）③发现的地下墓穴中，有一幅以海格力斯用大棒打死勒耳那水蛇为题材的壁画。海格力斯在完成其功业后成为神祇，因此很容易被视为美德战胜

---

① "征服非洲者"西庇阿（前235—前183），即大西庇阿，古罗马军事统帅和政治家，第二次布匿战争中罗马方面的主要将领之一。他是小西庇阿的养父（与大西庇阿同名）的父亲。

② 狄俄尼索斯在传统中被视为一位足迹遍布世界、创立了众多城市并征服了印度的历史人物。在从印度归来时，他乘坐由猛虎拉动的黄金战车，身边是酩酊大醉的萨提尔和迈那得。利贝尔是罗马神话中司掌葡萄栽培、酿酒、丰饶和自由的神祇，对应希腊神话中的狄俄尼索斯。参见本书第13章和第26章。

③ 古罗马时代修筑的道路，始于罗马奥勒良城墙上的拉丁拱门，向东南延伸，长约200公里。

邪恶或人类灵魂获得永生的象征，从而被引入基督教艺术。此外，在那幅《基督·阿波罗》镶嵌画（参见本书图11.5）中，基督教叙事和异教叙事的结合也令人震惊。在本书第764页，我们还将提到，在523—524年间遭到关押的波埃修是如何运用古典神话来激励自己，并由此获得了在面对困境时运用理性的能力。

补充阅读：奥维德《变形记》中的故事

克洛克斯与斯密拉克斯

奥维德提及克洛克斯与斯密拉克斯（Smilax）之处只有一行（《变形记》4.283），并曾在福罗拉的演说（前文已有讨论）中简单提到克洛克斯的名字。根据他的说法，这对恋人被变成了"小花"。博学者老普林尼（Pliny the Elder）[①]则认为斯密拉克斯无法得到克洛克斯的爱情，变成了菝葜（smilax）[②]这种植物。乔治·桑兹（George Sandys，其翻译的奥维德《变形记》出版于1632年，即普桑创作《福罗拉的王国》之后一年）讲述的故事为普桑带来了灵感："克洛克斯与斯密拉克斯相互爱慕。在无法继续相爱时，他们各自变成了以自己的名字为名的花。"接着桑兹又引用一位生平难考的拉丁语诗人萨巴埃乌斯（Sabaeus）的诗句，称斯密拉克斯、克洛克斯本可以代替赫柏和伽倪墨得斯成为宙斯与赫拉的斟酒人，却各自被变成花朵——"他们此时的花香就像他们曾经的爱情那样炽烈。"事实上，番红花属（crocus）中的番红花（saffron）是罗马的美食烹饪中的重要调料（至今仍然如此），而菝葜则是一种多刺的藤蔓，常常被人与常春藤混淆，却不能用来编成花冠（普桑在画中扭曲了事实，为斯密拉克斯戴上了一顶常春藤花冠）。

刻宇克斯与阿尔库俄涅

刻宇克斯是特剌喀斯（位于希腊中部）的国王，也是厄俄斯福洛斯（Eosphoros，即启明星之神路西法 [Lucifer][③]）的儿子。他的妻子是埃俄洛斯之女阿尔库俄涅（Alcyone）。两人自比宙斯和赫拉，因此受到惩罚，被变成海鸟。奥维德则将他们描述为一对浪漫的恋人（《变形记》11.270—748）。刻宇克斯在一次离开特剌喀斯的航海中遭遇风暴，溺水而亡。留在特剌喀斯城中的阿尔库俄涅从梦中得知丈夫的死讯，又找到了被海浪冲上岸来的尸体。在悲痛之中，阿尔库俄涅变成了一只海鸟。当她飞到刻宇克斯身边触碰他时，刻宇克斯活了过来，也变成海鸟。翡翠鸟（Halcyon，即阿尔库俄涅 [Alcyone]）的窝漂浮在海上。因此，每年冬季翡翠鸟孵蛋时，埃俄洛斯会命令海风停刮七天。

阿塔兰忒与墨拉尼翁

阿塔兰忒是阿耳卡狄亚人伊阿索斯的女儿。她是一名处女，也是一名猎人，在襁褓之中即被其父亲抛弃。一头熊用自己的奶保住了她的性命。之后一群猎人发现了她，并将她养大。长大之后，阿塔兰忒的父亲与她相认，但她拒绝听从父亲的安排嫁人，宣布只有在赛跑中胜过她的人才有资格娶她为

---

① 老普林尼（23—79），古罗马作家、博物学家、自然哲学家、军人和政治家，著有《自然史》（*Naturalis Historia*）。

② 菝葜属植物，又名牛尾菜属，得名自斯密拉克斯。

---

③ Eosphoros 亦作 Phosphorus，为希腊神话中的启明星之神。拉丁语中对应的词汇是 Lucifer。

妻。输给她的人都将被处死。到墨拉尼翁参加比赛之时，已有许多年轻人因为想要得到阿塔兰忒而丧生。墨拉尼翁有三个金苹果，为阿佛洛狄忒所赠。他在赛跑中将苹果一个又一个地扔下，以拖延阿塔兰忒，由此在比赛中获胜，赢得娇妻。两人急不可耐，在一处圣地（可能属于宙斯或库柏勒）中就开始做爱。由于这渎神的行为，他们分别被变成了一头公狮和一头母狮。[41]

阿那克萨瑞忒与伊菲斯

阿那克萨瑞忒居住在塞浦路斯岛上的城市萨拉米斯。她轻蔑地嘲笑了自己的爱人伊菲斯。绝望的伊菲斯在阿那克萨瑞忒的家门口悬梁自尽，而后者仍未表现出一丝怜悯。在观看伊菲斯的送葬队伍经过自己家门时，阿那克萨瑞忒被变成了一块石头。根据奥维德的说法，阿那克萨瑞忒的石像在后来成为萨拉米斯受人膜拜的维纳斯像，被称为"凝视者维纳斯"（Venus Prospiciens）。维尔图努斯向波摩纳讲述了这个故事，由此说服波摩纳委身于他（《变形记》14.698—761）。

伊菲斯与伊安忒

利格多斯（Ligdus）之女伊菲斯（Iphis，与爱着阿那克萨瑞忒的少年伊菲斯不是同一个人）的故事发生在克里特岛。利格多斯勒令伊菲斯的母亲忒勒图萨（Telethusa）：如果生下的孩子是女孩，就要遗弃。然而，忒勒图萨受到女神伊西斯向她显现的鼓励，留下了女婴，给她起了一个男女通用的名字，并将她打扮成男孩。利格多斯被骗过了，将另一名少女

伊安忒许配给伊菲斯，而伊菲斯也真的爱上了伊安忒。在两人成婚之前一天的晚上，忒勒图萨祈求伊西斯怜悯伊菲斯和伊安忒（因为伊安忒此时还不知道她的爱人的真实性别）。女神答应了她的祈求，将伊菲斯变成了一名少年。伊菲斯因此得以在次日迎娶伊安忒（《变形记》8.624—724）。

包喀斯和菲勒蒙

包喀斯和菲勒蒙的传说起源于佛律癸亚。他们是一对贫穷而虔诚的夫妻，他们无意中在自己的小屋中款待了宙斯和赫尔墨斯。两位神祇下凡期间在别处都未受到热情招待，因此他们降下洪水以惩罚其他所有佛律癸亚人，而只救下了包喀斯和菲勒蒙。两人的小屋也成为两位神祇的神庙。在被允许各自提出一个愿望之后，包喀斯和菲勒蒙祈求天神能让他们成为圣地的男女祭司，并且能死在一起。他们的愿望实现了：在得享天年之后，夫妻二人同时变成了树木，一个变成橡树，另一个变成椴树（《变形记》8.624—724）。

比布利斯与考诺斯

米利都（Miletus）的女儿比布利斯（Byblis）爱上了自己的哥哥考诺斯（Caunus）。她情愫难解，又羞于启齿，便写了一封信给考诺斯以表明心迹。考诺斯大受惊吓，逃离了米利都（这座城市得名于兄妹二人的父亲），比布利斯则追随他而去。比布利斯精疲力尽，却仍旧不能达成心愿。最后她倒在地上，变成了一座以她的名字命名的喷泉（《变形记》9.454—665）。

相关著作选读

Buxton, Richard，《惊奇的形态：关于变形的希腊神话》(*Forms of Astonishment: Greek Myths of Metamorphosis*. New York: Oxford University Press, 2009)。

Fantham, Elaine，《奥维德的〈变形记〉》(*Ovid's Metamorphoses*. New York: Oxford University Press, 2004)。

Feeney, D. C.，《史诗中的众神》(*The Gods in Epic*. Oxford: Clarendon Press, 1991)。

Galinsky, G. Karl，《奥维德的〈变形记〉的基本特征导论》(*Ovid's Metamorphoses: An Introduction to the Basic Aspects*. Berkeley: University of California Press, 1975)。

Henig, Martin, ed.，《罗马艺术手册》(*A Handbook of Roman Art*. Ithaca, NY: Cornell University Press, 1983)。

Hulley, Karl K. and Stanley T. Vandersall，《奥维德的〈变形记〉》(*Ovid's Metamorphosis*. Lincoln: University of Nebraska Press, 1970)。

Martindale, Charles, ed.，《奥维德的新生：从中世纪到20世纪的文学与艺术中的奥维德影响》(*Ovid Renewed: Ovidian Influences on Literature and Art from the Middle Ages to the Twentieth Century*. New York: Cambridge University Press, 1988)。一部关于奥维德对后世之影响的论文集。

Sandys, George，《奥维德的〈变形记〉》(*Ovid's Metamorphosis*. Oxford, 1632)。由 Daniel Kinney 编辑的在线版本，可在弗吉尼亚大学的电子文本项目 *The Renaissance Reception of Ovid in Image and Text* 获得。

Wilkinson, L. P.，《被召回的奥维德》(*Ovid Recalled*. Cambridge: Cambridge University Press, 1955)。其简装的精简版题为 *Ovid Surveyed*。在半个世纪之后，这本书仍旧是以各种语言写成的奥维德诗歌研究著作中最为典雅的作品。

主要神话来源文献

本章中引用的文献

贺拉斯：《书信集》(*Epistles*) 2.1.161—163。

奥维德：《恋歌》2.18.19—26，3.2.27—32。《岁时记》5.191—195、209—230。《变形记》1.1—4，开篇；4.55—166，皮拉摩斯与提斯柏；14.623—771，波摩纳与维尔图努斯；15.871—879，奥维德及他的永生。

普罗佩提乌斯：《挽歌》(*Elegies*) 2.31.1—16。

西利乌斯·伊塔利库斯：《布匿战争》17.646—651。

斯塔提乌斯：《忒拜战记》12.429—443。

瓦勒里乌斯·弗拉库斯：《阿尔戈英雄纪》1.1—4。

其他文献

阿波罗多洛斯：《书库》1.7.4，关于刻宇克斯的部分；3.9.2，关于阿塔兰忒的部分。

阿普莱乌斯：《变形记》，或称《金驴记》。

卡图卢斯：《歌集》64。

卢坎：《内战记》。

奥维德：《恋歌》《女杰书简》《岁时记》《变形记》。

小塞涅卡：悲剧《海格力斯的疯狂》《俄塔山上的海格力斯》《美狄亚》《俄狄浦斯》《淮德拉》《腓尼基妇女》《梯厄斯忒斯》《特洛伊妇女》。

斯塔提乌斯：《忒拜战记》。

瓦勒里乌斯·弗拉库斯：《阿尔戈英雄纪》。

补充材料

图书

译本：Hughes, Ted. *Tales from Ovid*. New York: Farrar, Straus & Giroux, 1997。书中包括了奥维德《变形记》中的24个故事。负责故事挑选和翻译的这位诗人在智力和优雅上都不逊色于奥维德。

CD

交响诗：Herbert, Victor（1859–1924）. *Hero and Leander*. Pittsburgh Symphony Orchestra, cond. Maazel. Sony。明晰而优美的演绎。

康塔塔：Handel, George Frideric（1685–1759）. *Ero e Leandro*. Zádori. Concerto Armonico, cond. Németh. Italian Cantatas。杰出的古典作品。

DVD

电影：*A Midsummer Night's Dream*, MGM。这是 Max Reinhardt 对莎士比亚剧作的改编作品。James Cagney 饰演皮拉摩斯，Joe E. Brown 饰演提斯柏。另有其他几部对这部剧作更晚近的电影改编。

歌剧：Britten, Benjamin（1913–1976）. *A Midsummer Night's Dream*. Lott, Cotrubas, et al. London Philharmonic, cond. Bernard Haitink. Glyndebourne Opera production stated by Peter Hall. Kultur。其中也包括了皮拉摩斯和提斯柏的场景。

[注释]

[1]　塔伦图姆在公元前209年被罗马人第二次攻陷（从迦太基人手中夺回）。有人据此错误地将李维乌斯·安德罗尼库斯到达罗马的时间确定为公元前209年。

[2]　Filippo Coarelli 的1974年标准版 *Guida Archaeologica di Roma* 中列出了73座神庙。奥古斯都本人则曾夸口说他在罗马重建了82座神庙（《奥古斯都的功业》[*Res Gestae*] 20.4）。

[3]　参见本书第589页。

[4]　参见维吉尔《埃涅阿斯纪》10.496—500、12.941—952。另可参阅本书第725页，以及《奥古斯都的功业》第3节和第25节（关于对安东尼和克勒俄帕特拉的战争）、第13节（关于终结战争）和第27节（关于埃及）。

[5]　贺拉斯《颂诗》4.6.1—2，另参见本书第238页。

[6]　参见本书第190—193页。

[7]　参见本书第643—646页、马提亚尔1.5、1.8以及苏埃托尼乌斯的《尼禄》第12节。

[8]　参见荷马《奥德赛》12.73—126和苏埃托尼乌斯《提比略》第39节。关于洞穴塌陷时间，可参见塔西佗《编年史》4.59。根据老普林尼的说法，洞中雕塑与《拉奥孔》的创作者是同一批人。

[9]　参见本书第731页。

[10]　苏埃托尼乌斯《尼禄》第53节。尼禄当时已经认为自己在歌唱和驾车的技艺上可以比肩太阳神阿波罗，而对海格力斯的模仿将成为他的最高成就。

[11]　参见本书第729页贺拉斯《颂诗》1.10的译文。

[12]　Barry Cunliffe 的著作 *Fishbourne* (London: Thames and Hudson, 1971) 的第208页和插页67中有关于这块紫水晶的描述。

[13]　参见 *Journal of Roman Studies* 第77期（1987）第88—138页中 R. R. R. Smith 的文章及插页3—26（引用于第97页）。关于阿弗罗狄西亚的论著众多，*Oxford Classical Dictionary* 第4版 (Oxford: Oxford University Press, 2012) 第116页的 Aphrodisias 词条中择要列出了一些。

[14]　Martin Henig 编撰的 *A Handbook of Roman Art* (Ithaca, NY: Cornell University Press, 1983) 是一部对罗马艺术的优秀概览，其中第116—138页是 David Smith 对罗马镶嵌画的评述。

[15]　参见 G. Karl Galinsky 的著作 *Augustan Culture* (Princeton, NJ: Princeton University Press, 1996) 的插页5b。Galinsky 断言这幅画来自奥古斯都的住所，但这一断言不为考古证据所支持。

[16]　Martin Henig 在其著作的第6章第138—165页对这类艺术品进行了讨论（参见本章尾注 [14]）。

[17]　参见塔西佗《编年史》15.21。帕塔维乌姆即今天的帕多瓦。贺拉斯在其《诗艺》中多处提及悲剧与戏剧在罗马人娱乐活动中的地位，例见第51—51、141—156行。

[18]　关于菲拉克斯剧，有两部著作为我们提供了精彩的参考资料。其一是 Margaret Bieber 的 *The History of the Greek and Roman Theater* (Princeton, NJ: Princeton University Press, 1971 [1939])，见第10章第129—146页；另一部是 A. D. Trendall 的 *Red Figure Vases of South Italy and Sicily* (London: Thames and Hudson, 1989)，其中第8章（"Myth and Reality"）第255—268页尤为重要。这两部著作都有大量插图。

[19]　这几种角色各自被称为 Pappus、Bucco、Maccus、Dossennus。普劳图斯就以 Maccus 作为自己的中名。奥斯坎滑稽剧中不使用阳具道具。

[20]　Bieber（参见本章尾注 [18]），p. 147。

[21]　参见本书第598页。

[22]　E. H. Warmington 编撰的 *Remains of Old Latin,* vol. 2 (Cambridge, MA: Harvard University Press, 1935) 中收录了这些剧作的资料。

[23]　农神诗以强烈的重音为特征，与六音步诗行的格律不同。例如，在描述喀耳刻把奥德修斯的部下变回人形时，李维乌斯的版本是这样的：tópper fécit hómones út priús fuérunt（"她迅速将他们变回原来的人形"）；参见荷马《奥德赛》10.395。

[24]　关于卡墨奈的内容，参见本书第728页。

[25]　关于神话史实说，参见本书第760—761页。

[26]　关于这一点的重要性，参见本书第731页。

[27]　贺拉斯《书信集》2.1.55—56："aufert / Pacuvius docti famam senis, Accius alti"（"巴库维乌斯拥有博学长者的声名，阿基乌斯则以崇高著称"）。

[28]　贺拉斯《书信集》2.1.161—163。据传泰斯庇斯是希腊悲剧的开创者，thespian（演员）这一现代词汇便由他而来。

[29]　贺拉斯《书信集》2.1.182—200，其中第184—186行及第199—200行已引出。苏埃托尼乌斯曾说奥古斯都是"狂热的拳击爱好者"。在其《奥古斯都的功业》第22节中，奥古斯都夸口说自己举办了8场格斗表演，参与的角斗者有1万人。他曾5次为来自世界各地的运动员颁奖，还曾举办26次狩猎，杀死了大约3500头来自非洲的野兽。

[30]　T. P. Wiseman 在其著作 *Catullus and His World* (Cambridge: Cambridge University Press, 1985) 的第30—33页中介绍了这条墓志铭并对之加以讨论。

[31]　阿普莱乌斯《变形记》10.29—34。这部作品中还讲述了其他许多神话，而主人公卢西乌斯最终也逃脱了厄运。

[32]　参见维莱伊乌斯·帕特尔库鲁斯（Velleius Paterculus）的《罗马史》2.83.2，该著写作时间约在30年。普兰库斯的如此举动只可能发生在他成为执政官之前，也必定是在他改换阵营取得屋大维宽宥之前。

[33]　参见普鲁塔克《安东尼传》第26节、莎士比亚《安东尼与克勒俄帕特拉》第2幕第2场。

[34]　塔西佗在其《编年史》11.31—32讲述了这个故事。BBC 的剧集《我，克劳狄》（*I, Claudius*，1976）的第11集是对它的出色演绎。

[35]　Peter Wiseman 在 *The Myths of Rome* (Exter: University of Exter Press, 2004) 的第236页恰当地将奥维德的《变形记》称为"从乔叟时代到特德·休斯时代的西方世界神话百科全书"。

[36]　译文摘自 Max Morford 的著作 *The Roman Philosophers* (London and New York: Routledge/Taylor and Francis, 2002) 第153页。

[37]　卢坎《内战记》4.593—655。另参见本书第606页。

[38]　我们在本书第457页和第520页分别译出了《忒拜战记》和《阿喀琉斯纪》中的一些片段。

[39]　参见本书第660页。

[40]　据传神话中的佛勒格拉平原位于坎帕尼亚。"他巍峨的头颅上接星辰"指的是海格力斯在将来成神的故事。关于

巨人之战的故事，参见本书第87—89页。

[41]　《变形记》10.560—707。关于另一个阿塔兰忒（斯科纽斯之女）的故事，参见本书第19章尾注［31］。

第26章
罗马神话与传说

> 我们城市的建立合乎种种兆象和卜筮。城中没有一处地方没有宗教的崇拜，没有一处地方没有神明。
>
> ——李维《建城以来史》5.52

希腊神话与罗马神话之间的根本差异，使得希腊神话故事对意大利原生神话故事和罗马传说产生了主导性的影响。围绕奥林波斯诸神，希腊人以饱含力量的诗歌和艺术为表达形式，创造了种种传说，然而意大利人的神祇并非像奥林波斯诸神那样多以拟人的形象出现。罗马人的神祇更多地源于神灵崇拜而非神话，而围绕这些神祇原样讲述的传统故事缺乏希腊传说所蕴含的力量。公元前3世纪中期，当最早的一批历史学家和史诗作者们开始用拉丁语写作时，希腊文学的影响已占据支配地位。众多早期作者本身就是希腊人，也熟悉希腊神话。因此，大量罗马传说就成了希腊传说的改编，并且其现代形态或多或少都与诸如维吉尔、奥维德之类的成熟作家有关。

不过，在罗马人的宗教崇拜和关于早期罗马历史的传说中，罗马神话仍是独立存在的。罗马宗教植根于前罗马时代的意大利诸民族——如萨宾人（Sabines）、伊特鲁斯坎人——的传统。但原生的意大利神祇又被人们与希腊诸神等同起来，如萨图尔努斯被等同于克洛诺斯，朱庇特被等同于宙斯，等等。诗人恩尼乌斯（前239—前169）来自意大利南部，会说希腊语、奥斯坎语和拉丁语。他在12位罗马主神与12位奥林波斯诸神之间画上了等号[1]：

> 朱诺（Iuno，赫拉）、维斯塔（赫斯提亚）、密涅瓦（雅典娜）、刻瑞斯（得墨忒耳）、狄安娜（阿耳忒弥斯）、维纳斯（阿佛洛狄忒）、玛尔斯（阿瑞斯）、墨丘利乌斯（Mercurius，赫尔墨斯）、育芙（Iovis，宙斯）、尼普顿（Neptunus，波塞冬）、伏尔甘（Vulcanus，赫淮斯托斯）、阿波罗。①

主神中唯有阿波罗与其希腊版本完全相同。在其他各位神祇中，意大利人的丰饶之灵维纳斯，变成了代表自然的丰饶和人类爱情的重要女神；作为对比，意大利人重要的农业和战争之神玛尔斯，则被等同于奥林波斯诸神中较为次要的阿瑞斯。其余各位神祇的重要性或多或少得以保留。

这些等同过程造成的一个后果就是希腊神话向罗马诸神的移植。例如，在奥维德的《变形记》中，大部分关于奥林波斯诸神的神话都是希腊的，其中的各位神祇只是用了罗马名字。不过，在奥维德、维吉尔和普罗佩提乌斯（仅举这方面最重要的三位诗人为例）的诗作中，在西塞罗、瓦罗（博学者、文史学家，在公元前27年以89岁高龄去世）和李维等散文作家的作品中，一些真正原生的罗马或意大利传说也得以保存。我们也可以从罗马神灵崇拜和各种崇拜仪式的已知事实中复原其他传说的轮廓。在这个意义上，奥维德的《岁时记》是一部尤为重要的作品。他在诗中描述了罗马历法里一年中前六个月的节庆，在解说对神祇的崇拜和种种崇拜仪式的来历时，留下了许多关于这些神祇的传说。

关于罗马早期历史的种种传说，构成了英雄传说的罗马版本。这些传说中的一部分与确定的本土英雄有关，最重要的就是埃涅阿斯和罗慕路斯。大批与罗马早期历史相关的传说都对过去加以理想化，其中心人物也代表着罗马人所推崇的美德。这种理想化的做法在奥古斯都时代（他在公元前27—公元14年间统治罗马）尤为显著——那是一个对假想中的早期罗马人行事准则进行重建和复活的时代。我们在此提及的每一个成为罗马神话来源的作者，都与奥古斯都处于同一个时代。其中只有瓦罗（比奥古斯都大53岁）和西塞罗（比奥古斯都大43岁）去世于奥古斯都重建开始之前。因此，在罗马神话中，神话的"传统故事"这一定义就有了特别的意味。李维在其《建城以来史》的前言中便为这种理想化过程进行了辩护（《建城以来史》前言6—10）：

> 关于这座城市建立之前及建立期间发生的事件，有各种传统的传说。我无意对这些传说的真实性做出肯定或是否定。它们更适于诗歌讲述的故事，而非适于可靠的历史记录。然而我们不能据此指责古老的传说，因为是它们将凡人与神明的事迹连接起来，让这座城市的起源更令人敬畏。如果要问哪个民族有资格将自己的起源视为神圣，将其归功于天神，答案就是罗马人。他们宣称玛尔斯是自己的先祖，也是建城者［罗慕路斯］的父亲。

---

① Iuno，朱诺（Juno）的另一种写法。Iovis，育芙（Jove）的另一种写法。Neptunus，尼普顿（Neptune）的另一种写法。Vulcanus，伏尔甘（Vucan）的另一种写法。

意大利诸神

雅努斯、玛尔斯和贝娄娜

　　雅努斯（Janus）在罗马人的国神中位居第一。在对诸神发出的正式祷告中，第一个提到的名字就是雅努斯。这位神祇极为古老，可能曾经对应伊特鲁斯坎人的神——在伊特鲁斯坎城市科尔托纳（Cortona）受到崇拜的库尔桑（Culsans）[①]。他是司掌开端的神祇，因此他的名字被我们保留在对每年第一个月的称呼中。[②] 不过，这位神祇的最古老形态很可能与水，尤其是与津渡和桥梁有关。因此，罗马城中共有五处雅努斯神坛，每一处都距离河流或渠道上的渡口不远。此外，雅努斯还与罗马最早的定居点的边界有关：要接近这些定居点，必须先渡过台伯河或它的某条支流。随着城市的扩张，这些早年的渡口不再具有重要性，雅努斯最早的职责也就被人遗忘了。然而我们仍可以从后来的历史中看到他的这些职责所留下的痕迹。罗马广场的阿尔吉勒图姆（Argiletum）[③] 入口附近的雅努斯神坛的大门会在战争期间打开，并在和平期间关闭。在关闭大门时，奥古斯都会举行隆重的仪式，例如庆祝那将他推上权力顶峰的漫长战争的终结。在罗马的早期历史中，当城市受到敌人威胁时，人们会破坏河上的桥梁，在战争期间打开雅努斯神坛大门的做法可比作拉起护城河上的吊桥。

　　后世中"雅努斯"这个词不再仅仅被当作一位神祇的名字，也成了一个普通名词（如"一个雅努斯"）。西塞罗将之定义为"一处有通道的渡口"（《论

神性》[De natura deorum] 2.67），这是对这位神祇的早期职责的还原。在其作为桥梁之神的重要性消减之后，雅努斯又获得了其他职责：他成为代表"进"与"出"的神祇，因此成为门户、入口和拱门之神，还成为开端之神。年轻的神祇波尔图努斯（Portunus）是他的另一个形态，因此也是港口（港口正是从海洋到陆地的入口）和渡船之神。在《埃涅阿斯纪》中，那些赛舟会的胜利者便得到了波尔图努斯的帮助。

　　关于雅努斯的传说很少。据传，萨宾人在提图斯·塔提乌斯（Titus Tatius）[④] 的率领下攻占了卡比托利欧山，却无法进入罗马广场，因为雅努斯让地下喷出沸水，阻止了他们。在古代的雅努斯雕像中，只有两座有四张面孔的大理石头像方碑保存至今，位于罗马的法布里奇奥桥（Pons Fabricius）的护栏上。在硬币上，雅努斯的头像有两张脸——作为司掌出入口的神祇，他可以同时看到前方和后方。

　　意大利的神祇玛尔斯（Mars，另一个名字是"玛沃尔斯"[Mavors]）的重要性，远高于其在希腊神话中的对应神祇阿瑞斯。他最初是一位受众多意大利部族崇拜的农神。三月（March）这个词便是源于他的名字，这证明了他与春季这个复苏与生长的季节之间的联系。在儒略历之前的历法中，罗马人的一年也以三月为开端。作为农神，玛尔斯与其他众多司掌农耕的神祇——如西尔瓦努斯（Silvanus）和福罗拉——之间都有联系。据传，福罗拉曾向朱诺进献一种魔花。在触碰花朵之后，朱诺未经受孕便怀上了玛尔斯。玛尔斯有时以萨宾人的丰饶女神内里奥（Nerio）为伴侣，而后者又常常被人们与密涅瓦等同起来。奥维德曾经提到玛尔斯请求安

[①] 伊特鲁斯坎神话中司掌门径和死亡之神，有两个头。

[②] Ianuarius（拉丁语：一月）意即"雅努斯之月"（Mensis Ianuarius）。英语的一月（January）也由此而来。

[③] 从古代罗马城东北方向通往罗马广场的主要道路。

[④] 罗马建城神话中的人物，萨宾人的国王，曾与罗慕路斯共同统治罗马。

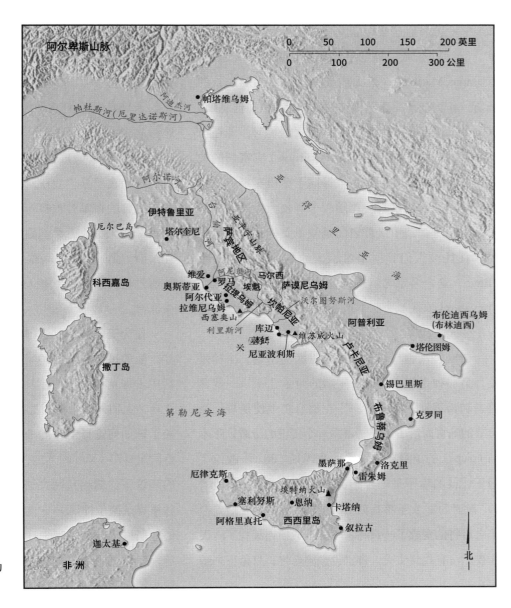

地图7　古罗马时代的意大利与西西里岛

娜·佩列娜（Anna Perenna[①]，司掌岁时的古老女神）为他和内里奥做媒。与新娘交合之后，他揭开她的面纱，却发现对方不是内里奥，而是安娜。安娜面容衰老，满脸皱纹，正为自己骗过了玛尔斯而扬扬自得。根据奥维德的说法，这正是婚礼上的种种笑话和淫猥习俗的起源。

罗马人从农耕转向了战争，玛尔斯也由此成为战争之神。这成为他更重要的一种属性，超过其农业属性。人们在战斗开始之前和结束之后都会向玛尔斯献祭，战利品中的一部分也归于他。罗马城里为他而建的神庙中最著名的是"复仇者玛尔斯（Mars Ultor）神庙"。奥古斯都在腓立比战役（前

---

① Perenna 这个名字源自拉丁语"per annum"，意思是"年岁的"。

42）中发愿修建这座神庙，并在40年后将它落成奉献。罗马古城城门外的空地被称为"玛尔斯之原"（Campus Martius），是人们披坚执锐、操练战技的场所。作为战神，玛尔斯往往被加上"格拉迪乌斯"（Gradivus，意思可能是"行进者"）的称号。他还与萨宾人的战争之神奎里努斯（Quirinus）有密切的关系，而罗慕路斯在后来也被等同于奎里努斯。战场上的玛尔斯身边常常会伴随着一群较为次要的神祇和人格化身，其中最著名的是战争女神贝娄娜。贝娄娜往往被人们等同于希腊人的战争化身厄倪俄（Enyo，这个名字与阿瑞斯的称号"厄尼亚利俄斯"[Enyalios] 有关）。罗马第一座献给贝娄娜的神庙落成于公元前296年。

有两种动物与玛尔斯的关系尤为密切。一种是狼，另一种是啄木鸟。玛尔斯的两个儿子——罗慕路斯和雷穆斯（Remus）——在襁褓之中便是靠一头母狼的哺育而活了下来。根据一个传说的记载，啄木鸟（picus）的前身是一位名叫皮库斯（Picus）的拉丁国王。他的妻子是一位宁芙，名叫卡嫩斯（Canens，即"歌者"）。女巫喀耳刻企图引诱皮库斯，在遭到拒绝之后将他变成了一只啄木鸟。卡嫩斯连续找了六天六夜，没有找到丈夫，自己也憔悴而终，只留下一缕声音。

朱庇特

朱庇特是意大利神话中至尊的天空之神。他的名字在语源学上与其他印欧民族的天空之神（包括宙斯）有关。在王政时期结束之际（前509），罗马人在卡比托利欧山上兴建了朱庇特大神庙，从此这位崇高的天神便在一座神庙里拥有了一尊雕像，像希腊人的城市保护神一样变得本土化了。他与意大利主要的女性之神朱诺、意大利的丰饶女神及战争女神密涅瓦共享一座神庙。其中密涅瓦在罗马主要被视为工匠与智慧的保护神而受到崇拜。这三位神祇由此组成"卡比托利欧三神"。

朱庇特拥有许多称号。在卡比托利欧山的那座神庙中，他被尊为"至尊至伟的朱庇特"（Jupiter Optimus Maximus）。在举行盛大的胜利游行时，游行队伍会在罗马广场中绕行而上，最后到达这座神庙。凯旋的将军会被打扮得有如神祇，乘坐战车穿过欢呼的人群。士兵们跟随在他身边，战俘们则走在前面。到了卡比托利欧山上，他会向朱庇特献祭，并通过这次仪式将罗马人的伟大和武力的源泉归于朱庇特。

作为天空之神，雷霆和闪电是朱庇特的专属武器。他通过雷电发出的天气兆象在罗马人的公共生活中占据重要的地位，发挥直接的影响。发生闪电之后，人们需要举行一次净化或赎罪的仪式。据传，关于该如何进行献祭的最初教导便是朱庇特亲自告诉国王努玛（Numa）[1] 的。在宁芙伊吉利亚（Egeria）的建议下，努玛从阿文蒂诺山（Aventine）[2] 上的森林里捉来两位神灵——皮库斯和法乌努斯——并迫使他们说出如何召唤朱庇特的秘密。朱庇特降临之后，努玛向他问询该为赎罪仪式准备哪些东西。"一颗头……"朱庇特回答他。努玛打断了朱庇特的话，说道："洋葱的头。""人的。"朱庇特继续说。努玛又加了一句："一根头发。"朱庇特最后的要求是"一条命"。努玛却说："一条鱼的命。"最终，朱庇特宽宏大量，同意接受努玛提出的三样东西（一颗洋葱头、一根人发和一条鱼）作为赎罪仪式的祭品。我们几乎可以肯定，人祭是赎罪仪式最初采用的形式，而上文这一段来自奥维德的概述（《岁时记》3.285—

---

① 努玛（前754—前673），传说中罗马王政时期的第二位国王。
② 罗马的七丘之一，意大利语作 Aventino。

346），则解释了在赎罪仪式上用上述三样物品代替人祭的原因。

朱庇特还向弩玛许下承诺：他会降下兆象，以支持罗马对其他部落社会的统治主张。他令一面盾牌（ancile）奇迹般地从天而降，让所有罗马人亲眼看见。这面盾牌呈古体的8字形。由于它被视为护佑罗马权力的圣物，弩玛又下令造出另外11面一模一样的盾牌，以防真的那面轻易被人盗走。12面盾牌被保存在大祭司（Pontifex Maximus，罗马国教统治阶层的官方首脑）的官署雷吉亚①（Regia）中。[2]玛尔斯的祭司"萨利"（Salii）会在每年春季的战舞中使用这些盾牌。他们在舞蹈时所唱的古老颂歌中包含了 mamuri veturi 的字样，其含义已经漫漶难明。根据传统的说法，制造11面假盾牌的那位匠人被称为马穆利乌斯（Mamurius）。他曾要求将自己的名字写进颂歌，作为对自己的报偿。

朱庇特的众多称号暗示了他在这个国家有关战争与和平的一切事务中的至高地位。作为朱庇特·拉提阿利斯（Jupiter Latiaris），他是拉丁人的主神。罗马人每年在罗马城外20英里处的阿尔巴努斯山（Mons Albanus，即今卡沃山[Monte Cavo]）上为他举行崇拜仪式。作为见证人们最重大的誓言的神祇，他又与女神菲狄斯（Fides，意为"忠诚的信仰"）有着紧密联系，并被等同于萨宾人所信奉的古老神祇狄乌斯·菲狄乌斯（Dius Fidius）。在狄乌斯·菲狄乌斯面前的发誓必须在露天进行（因为天空是朱庇特管辖的领域）。拉丁人的神祇塞莫·萨恩库斯（Semo Sancus，这个名字与拉丁语中表示"见证誓言"的词 sancire 同源）也被等同于狄乌斯·菲狄乌斯和朱庇特。

---

① Regia 意为"宫廷"，原为罗马国王的住所或总部，后转为大祭司的官署。

朱庇特的另一个称号是"因狄格斯"（Indiges）。对朱庇特·因狄格斯的崇拜在努米库斯（Numicus）河畔进行。Indiges 这个词的意思一直没有清晰的解释。显然它表示的是一位国神，而狄·因狄格斯（Di Indigetes）则是一群广为人知却职司不明的神祇。李维认为：埃涅阿斯去世后，人们即在努米库斯河畔把他当作朱庇特·因狄格斯而加以崇拜。奥维德讲述了这个故事（《变形记》14.598—608）：

[维纳斯]来到劳兰图姆（Laurentum）。那里努米库斯河的水面为芦苇覆盖，蜿蜒流入不远处的大海。她命令河神洗去埃涅阿斯身上归属死神的部分，让它顺流入海。头上长角的河神执行了维纳斯的命令，将埃涅阿斯身上凡人的部分全部净化，又将他的尸体在河水中清洗。埃涅阿斯的精华部分得以保留。他的母亲[维纳斯]为净化过后的尸身涂抹神油，又用天神的脂膏和甘露触碰他的面庞，令他成为神祇。奎里努斯的子民[即罗马人]称他为"因狄格斯"，为他兴建神庙和祭坛。

朱诺

卡比托利欧三神中的第二位是朱诺。她最初是一位独立的意大利神祇，职司有关女人生活的所有方面，尤其是与婚姻和生育有关（作为生育之神，她被称为朱诺·路西娜[Juno Lucina]）。祭拜朱诺·路西娜的节日被称为主妇节（Matronalia），在每年三月作为春节来庆祝，因为春季是整个自然复生的季节。朱诺也被人们尊为"城上的朱诺·莫内塔"（Juno Moneta on the Arx）。此处的"城"（Arx）即卡比托利欧山的北峰。"莫内塔"（Moneta）的意思是

"建议者"（与拉丁语中的 monere[①] 一词同源），却因为那座被称为 ad Monetam（意为"靠近莫内塔神庙"）的罗马铸币厂，在英语的"铸币厂"（mint）一词中保留了下来。

　　朱诺的另一个称号是朱诺·雷吉娜（Juno Regina，意思是"朱诺王后"）。李维讲述了罗马人在公元前396年击败伊特鲁斯坎城市维爱之后邀请朱诺离开维爱的故事（《建城以来史》5.21）。卡米卢斯（Camillus）[②] 在罗马的阿文蒂诺山上修建了一座神庙，将它献给朱诺·雷吉娜。劝说敌人的神祇离开敌人的城市的仪式被称为"呼唤"（evocatio）。据传这位女神接受了邀请，自愿来到罗马的新家，而伊特鲁斯坎人则失去了她的保护。

　　在希腊文学的影响下，这位司掌女人生活的崇高意大利女神成为朱庇特的妻子和妹妹。在《埃涅阿斯纪》中，埃涅阿斯命中注定要取得成功，而朱诺则是反对埃涅阿斯成功的势力中的重要角色。不过，她终究无法抗衡位阶更高的朱庇特和命运，接受了新来的特洛伊人与本地意大利部落之间的联盟。

密涅瓦

　　卡比托利欧三神中的第三位是密涅瓦。她同样也是一位意大利神祇，由伊特鲁斯坎人引入罗马。她被等同于雅典娜，也承袭了雅典娜的传说，因此我们很难判断她的最初职司。密涅瓦也许是一位战争女神，这是因为她与玛尔斯共享五日节（Quinquatrus）[③] 这一盛大节日，而玛尔斯的配偶——萨宾人的女神内里奥——也常常被等同于密涅瓦。

---

① 意为"警告"。

② 卡米卢斯（去世于约前365年），古罗马将领、政治家，曾5次出任独裁官（Dictator），被视为罗马城的再造者。

③ 五日节得名的原因有两种说法：一说是这个节日在罗马古历中3月月中之后的第5日庆祝，另一说认为它的庆祝时间是5天。

不过，密涅瓦在罗马人那里的重要性主要体现在她是司掌一切脑力活动的神祇。她是工匠和熟练工人的保护神。在其《岁时记》里对密涅瓦的呼告中，奥维德把作家和画家也归入此类。[3] 此外，她也是学生的保护神。五日节就是学校放假和缴纳学费的日子。

火神：维斯塔、伏尔甘和卡库斯

　　在其他起源于意大利的罗马国神中，最重要的两位与火有关，分别是维斯塔和伏尔甘。维斯塔（她的名字在语源上与希腊的赫斯提亚相同）是炉灶之神，而炉灶则是家庭生活的中心。罗马人的国家是一个由家庭组成的社会，因此它拥有一座永不熄灭的炉灶，象征着国家生活的中心。不灭的炉火位于罗马广场上那座圆形的维斯塔神庙，由6名维斯塔贞女照看。她们都来自罗马贵族家庭，在10岁生日之前开始为维斯塔服务，一直到14岁甚至更大。她们的生活中有许多禁忌和仪式，而她们的贞洁誓言也必须严格遵守。维斯塔贞女享受极高的荣誉，是罗马国家高层中最重要的职务之一。她们的公署和居住区都在罗马广场，紧邻雷吉亚。

　　据传，维斯塔崇拜的创立者是罗马的第二位国王努玛。关于维斯塔的神话少得可怜，也十分无趣。奥维德曾提到过丰饶之神普里阿波斯企图引诱维斯塔，却被一头驴子的嘶叫阻止（《岁时记》6.319—338）。他还讲到过这个故事的另一版本（参见本书第727页），其中普里阿波斯下手的对象变成了宁芙洛提斯（Lotis）。

　　罗马人的家神珀那忒斯（Penates）与维斯塔有着紧密的联系。他们的名字源于 penus。这个词的意思是存储柜，也就是食物的来源，因此成为家庭生活绵延的象征。他们最初被视为个体家庭的生活和食物所仰赖的精灵，后来却成为国家生活的重要组

图26.1 《朱庇特、朱诺和密涅瓦》(Jupiter, Juno, and Minerva)

贝内文托(Benevento)的图拉真拱门(Arch of Trajan)西侧阁楼上的大理石浮雕板,约115年,雕板高90.5英寸。卡比托利欧三神中,居中的朱庇特将他那象征权力的闪电交给图拉真。后者出现在与这一块相对的浮雕板上,位于该阁楼中央铭文的另一侧。图拉真拱门的修建是为了庆祝图拉真大道(Via Traiana)的完工。这条大道从罗马通往布林迪西,并在布林迪西离开旧的阿庇亚大道(Appian Way)ᵃ。背景中是其他奥林波斯神祇,从左边开始分别是海格力斯(密涅瓦身后)、阿波罗、维纳斯和墨丘利(头戴飞帽)。

a. 罗马共和国时期最早和最具战略重要性的大道之一,连接了罗马和南意大利的布林迪西。其名得自主持其第一部分修建的监察官阿庇乌斯·克劳狄·卡阿苏斯(Appius Claudius Caecus,约前340—前273)。

成部分。关于珀那忒斯的数量和身份,罗马人并无准确的说法。对此,塞尔维乌斯(4世纪)所给出的一种定义不无帮助——"所有在家庭中受到敬拜的神灵"。珀那忒斯最初是意大利神祇,在拉丁城市拉提乌姆尤为受到崇拜。据传曾有一次将他们从拉提乌姆迁往阿尔巴隆加(Alba Longa)①的尝试,但这些神祇却奇迹般地回到自己的老家。在罗马,珀那忒斯被等同于赫克托耳在特洛伊城破之日托付给埃涅阿斯,并由埃涅阿斯带到意大利的那些特洛伊神祇。在维斯塔神庙中神圣的贮藏室(penus Vestae)里所保存的各种圣物中,有一件是帕拉迪乌姆,即

狄俄墨得斯交给一位埃涅阿斯追随者的那尊特洛伊雅典娜雕像。②维斯塔神庙在公元前241年毁于大火。执政官 L. 凯基利乌斯·梅特鲁斯(L. Caecilius Metellus)③因亲手从火中救出帕拉迪乌姆而获得巨大的荣耀,但他的双眼也因此而盲,因为他看了一件禁止凡人目睹的圣物。

伏尔甘是意大利最主要的火神,地位较对应的希腊神祇赫淮斯托斯要高。赫淮斯托斯职司工艺与

① 意大利中部古城,位于阿尔班丘陵,是拉丁同盟的创始者、领导者,在公元前7世纪中期被罗马人摧毁。

② 一种说法认为埃涅阿斯将帕拉迪乌姆从特洛伊带到了意大利,另一种说法则认为是狄俄墨得斯将它带到意大利并交给幸存的特洛伊人。关于狄俄墨得斯和奥德修斯从特洛伊盗走帕拉迪乌姆的故事,参见本书第19章。

③ L. 凯基利乌斯·梅特鲁斯(约前290—前221),第一次布匿战争中的罗马将军,曾历任执政官、大祭司和独裁官。

创造之火，而伏尔甘则执掌着毁灭之火和强大的力量，在常为大火所苦的城市中受到崇拜。[4]通过与赫淮斯托斯的对应，伏尔甘也获得了创造之力。这一点可以从他的另一个名字穆尔塞伯（Mulciber，意思是"锤炼者"）看出来。维吉尔对埃特纳火山深处的伏尔甘冶炼场有细致的描述（《埃涅阿斯纪》8.424—438）：

> 独眼巨人们在那深广的洞穴中为他冶铁，有布戎忒斯、斯忒洛珀斯和裸身的皮拉刻蒙①。他们手中握着的雷电已经完成一半，还有另一半没有完工。这是天父[即朱庇特]用来从天穹投向地面的众多雷电之一。他们在雷电上锻铸三道旋转的风暴，三道多水的雨云，三道赤红的火焰，还有带翼疾行的南风。然后他们又在这武器上增加了骇人的电光和[朱庇特]那锐不可当的怒火。在另一处，他们修理玛尔斯的战车。那车轮上带着飞翼，玛尔斯用它来惊醒凡人和城市。他们还辛苦打磨那令人生畏的埃吉斯——那是愤怒的密涅瓦的武器——以蛇鳞和黄金为饰。那上面有着交缠的蛇，还有那目光转动的戈耳工的头颅。

意大利的火神卡库斯也被人们与伏尔甘联系起来。维吉尔讲述了他被海格力斯杀死的故事（《埃涅阿斯纪》190—267）——卡库斯从海格力斯那里偷走了革律翁的牛群，将它们藏在阿文蒂诺山自己的洞穴里。以下是这场战斗中的高潮部分，即海格力斯打开卡库斯的洞穴时的情景（《埃涅阿斯纪》8.247—261）：

> 海格力斯从上方向卡库斯投下无数矢石。卡库斯突然被意外出现的天光困住，被堵在石洞中，发出不曾有过的嚎叫。海格力斯收集起所有武器，用树枝和巨石攻击敌人。卡库斯无路可逃，口中喷出浓烟（这奇迹难以名状），将自己的洞穴遮蔽在幽暗中，不让海格力斯看见。他在洞中堆积起暗夜般的烟云，其中还隐现火光。英勇的海格力斯没有被难倒，反而径直跃过火焰，穿过烟层最浓的地方，穿过那洞中黑云翻卷之地。他将卡库斯牢牢捉住，尽管后者还在徒劳地向黑暗处喷吐火焰。海格力斯紧紧扼住他的咽喉，令他双眼突出，脖颈中的血液不再流动。随后他撬掉了这黑洞的大门，令它豁然敞开。那被盗的牛群和卡库斯否认的偷窃行径都暴露在天光下。海格力斯握住他的脚，将他的巨大尸体拖到洞外。人们争相观看这怪物的可怕双眼、那张脸、那毛茸茸的胸膛，还有那不再喷吐火焰的咽喉。

表面上，维吉尔的叙述是为了解释海格力斯在"至大祭坛"（Ara Maxima②，位于阿文蒂诺山与台伯河之间低地的一处古老崇拜地点）受到祭拜的起源，但他事实上却让一个怪物变成了古老的意大利火神。卡库斯的名字也在卡库斯台阶（Scalae Caci）中得以保留，那是一条通往帕拉蒂诺山一角的通道，与罗马最早出现的定居点有关。

---

① 皮拉刻蒙在《神谱》中被称为阿耳革斯，参见本书第3章。

② 有的古代作者将之称为"大祭坛"（Ara Magna）。

农神与丰饶之神

萨图尔努斯、刻瑞斯及相关神祇

　　萨尔图努斯是一位古老的神祇，可能来自伊特鲁斯坎人。他的神庙建于罗马共和国早期，神庙下方就是国库。这位神祇的起源我们难以确定。他是一位农神，其节日是萨图尔纳利亚（Saturnalia）[①]，在12月7日庆祝，最早可能与冬季的谷物播种有关。与众多其他乡村节日一样，萨图尔纳利亚的庆祝活动中平日的社会禁忌有所宽松。并且这种宽松在历史上成为萨图尔纳利亚的一个突出特征：奴隶们在这个节日也被允许自由言论。后来，萨图尔纳利亚开始与两天之后庆祝的奥普斯节（Festival of Ops）[②]结合起来，节日周期最终延长至一周。

　　萨图尔努斯很快就被人们与希腊神祇克洛诺斯等同起来，并与后者一样被认为曾统治过一个黄金时代。类似地，希腊神话中克洛诺斯的配偶瑞亚也被等同于意大利人的丰饶女神奥普斯——后者在大众神话中被视为萨图尔努斯的伴侣。然而，在对萨图尔努斯的崇拜中，他的伴侣却是面目不详的意大利神祇卢阿（Lua）[③]。奥普斯的崇拜者则将意大利的收获之神康苏斯（Consus）视为她的伴侣。康苏斯的节日是康苏阿利亚（Consualia），8月和12月各庆祝一次。根据李维的说法，对萨宾妇女的劫掠就发生在康苏阿利亚期间的竞技会上。

　　农神们在早期罗马宗教中占据着十分重要的地位。除了玛尔斯、萨图尔努斯和与他们相关的一些神祇之外，还有一些别的神祇与土地的丰饶有关。在罗马，对刻瑞斯的崇拜可以追溯到罗马共和国建立之初。公元前493年，阿文蒂诺山上的一座神庙就被献给了刻瑞斯、利贝尔和利贝拉（Libera）。刻瑞斯对应得墨忒耳，利贝尔对应狄俄尼索斯，利贝拉则对应科瑞（得墨忒耳的女儿珀耳塞福涅）。因此，厄琉西斯秘仪中的三位神祇——得墨忒耳、科瑞和伊阿科斯／巴克斯——在罗马神话中就有了完全匹配的对应神祇。刻瑞斯和利贝尔的神话完全被希腊化了。他们的神庙中所举行的仪式也是希腊式的，就连祷文也用希腊语念诵。不过，酒神利贝尔并没有狄俄尼索斯那迷狂的一面。

　　阿文蒂诺山的刻瑞斯、利贝尔和利贝拉神庙，也是一处重要的政治和商业中心。它是平民们的活动场所，与平民中的民政官（aedile）和护民官（tribune）的关系尤为紧密。神庙的前方，是受到国家补贴的谷物供应部门的总署（statio annonae）。

　　与刻瑞斯有联系的还有意大利的大地女神——地母忒卢斯（Tellus Mater）。刻瑞斯与她共享1月的播种节（feriae sementivae）。因此，谷物从播种到进入谷仓的全程便由三位神祇照拂：刻瑞斯负责播种之前，地母忒卢斯负责播种之时，康苏斯负责谷物的收割和贮存。

　　司掌农场牲畜的神祇被称为帕勒斯（Pales）。此名最初指两位神祇，后来则只用在一位男神或女神身上。帕勒斯的节日是帕里利亚（Parilia，亦作 Palilia），在4月庆祝。这个节日也被视为罗马建城的纪念日。

森林神祇：西尔瓦努斯和法乌努斯

　　西尔瓦努斯（护林者）和法乌努斯（照拂者）是司掌树林和森林的神祇。人们在砍伐森林或树木

[①]　又作"农神节"。

[②]　奥普斯节，Ops（Opiconsivia 或 Opalia），司掌农业丰饶的女神奥普斯的节日，每年有两次，分别在8月25日和12月19日，前一次代表收获的结束，后一次代表谷物的入仓。

[③]　卢阿是罗马神话中的一位女神。士兵们向她奉献在战场上缴获的武器。她被视为萨图尔努斯的配偶，也可能仅仅是奥普斯的另一个名字。

时，必须先讨得西尔瓦努斯的欢心。在《埃涅阿斯纪》中，法乌努斯是皮库斯的儿子、萨图尔努斯的孙子。拉提努斯（Latinus）[1]就是他与意大利的生育女神玛丽卡（Marica）的儿子。法乌努斯最初是一位林地精灵，有时喜欢恶作剧，但通常对崇拜他的农夫很友好。他的配偶（也可能是女儿）是法乌纳（Fauna），被等同于良善女神（Bona Dea），是仅限女人崇拜的神祇。法乌努斯和西尔瓦努斯又等同于阿耳卡狄亚的田园之神潘。此外，法乌努斯和法乌纳还被等同于一些代表林地之声的次要神祇，因为他们被认为是森林中那些奇怪而突兀的声音的来源。因此（根据李维的说法），在与伊特鲁斯坎人一场恶战之后的夜里，罗马人曾听见西尔瓦努斯（李维在此将他与法乌努斯混淆了）在附近的森林中高叫他们已获胜，而伊特鲁斯坎人认输，已经退兵。法乌努斯还拥有预言的能力。拉提努斯曾就埃涅阿斯抵达意大利时所发生那些奇迹咨询法乌努斯，而努玛也曾在一次饥荒期间得到法乌努斯的建议。

法乌努斯在罗马受到官方的崇拜，在台伯岛上拥有一座神庙。他的节日在12月，但他与在2月庆祝的更有名的牧神节（Lupercalia）也联系紧密。据传，阿耳卡狄亚国王埃万德来到罗马，在那里的帕拉蒂诺山上建起了第一个定居点。帕拉蒂诺山一侧有一处洞穴，被称为卢珀卡尔（Lupercal），被认为是母狼（lupa）哺育罗慕路斯和雷穆斯的地方。埃万德在这里崇拜阿耳卡狄亚的潘神，而后者对应的正是法乌努斯。因此，法乌努斯与牧神节之间就有了联系。牧神节最重要的仪式是在卢珀卡尔中举行的献祭。

祭礼上，会有两名年轻贵族身上被涂抹上牺牲的鲜血，被称为卢珀尔西（Luperci）。献祭之后，他们会围绕帕拉蒂诺山奔跑，几乎一丝不挂，并且用皮带抽打他们所遇见的妇女。据信这样可以让不育的女人恢复生育能力。

奥维德讲过的一个民间故事解释了卢珀尔西裸体的原因。海格力斯与吕底亚女王翁法勒曾一起进入一个洞穴，并在等待晚餐期间相互交换了衣衫。二人在用餐过后入睡，身上穿的仍是对方的衣衫。与此同时，法乌努斯决心引诱翁法勒。他进到洞中，爬上了穿着女装那人的床。他受到的待遇远非友善，于是从此他命令自己的追随者（即卢珀尔西）在自己的崇拜仪式上不得着衣，以免他重复那惨痛的错误。

园艺之神：维纳斯与普里阿波斯

维纳斯是意大利的丰饶女神，其最初的职司已经无法确定。她在许多地方受到崇拜，被冠以的各种称号表明，她不光是美貌与丰饶之神，也代表着好运和众神的眷顾。此外，她尤为重要的一个职责显然是作为花园的保护神。公元前295年，一座献给维纳斯的神庙在罗马落成，赋予她的称号是"眷顾者维纳斯"（Venus Obsequens）。普劳图斯的喜剧《缆绳》（Rudens）中也使用了这个称号。剧中故事发生在利比亚海岸上的维纳斯神庙前。在公元前4世纪里，随着罗马人与希腊世界的接触，维纳斯也逐渐与希腊的爱神阿佛洛狄忒密切关联。

公元前217年，罗马人在特拉西美诺湖战役（Battle of Lake Trasimene）[2]中被击败。之后独裁官"拖延

---

[1]　希腊神话中的拉提努斯是奥德修斯与喀耳刻的儿子。他与他的兄弟们共同统治的堤耳塞诺伊人（Tyrsenoi）被认为就是伊特鲁斯坎人。在罗马神话中，他是拉丁人的国王。二者有时被视为同一个人。

[2]　特拉西美诺湖战役发生于公元前217年6月24日，是第二次布匿战争里汉尼拔进军意大利过程中取得的一次重大胜利。在这次战役中，汉尼拔率领的迦太基军队全歼了罗马主力并击毙罗马军的统帅盖乌斯·弗拉米尼乌斯（Gaius Flaminius，？—前217）。

者"昆图斯·法比乌斯·马克西姆斯（Quintus Fabius Maximus）① 向西比尔神谕求取建议。神谕要求他在卡比托利欧山上向维纳斯·厄律西娜（Venus Erycina）奉献一座神庙。厄律克斯位于西西里岛西端，有一座属于腓尼基丰饶女神阿斯塔尔忒的宏伟神庙。阿斯塔尔忒后来被等同于阿佛洛狄忒，再后来又被等同于维纳斯。公元前215年，维纳斯·厄律西娜神庙落成奉献。这是罗马人之维纳斯崇拜的发展过程中的一次重大事件。同一年，罗马人还举行了"莱克提斯忒尔尼翁"（Lectisternium）② 。在这个庆典上，人们将神像放置在榻上，每张榻两尊，并向它们进献花环，同时向神祇提出请求。莱克提斯忒尔尼翁庆典于公元前399年在罗马首次举行，当时受到供奉的是6位神祇。公元前215年的庆典，则是罗马人第一次在莱克提斯忒尔尼翁上祭拜全部12位主神。恩尼乌斯在历数这些神祇的名字的诗行中描述了这场庆典（参见本书第715页）。在莱克提斯忒尔尼翁上，维纳斯被人们与玛尔斯配成一对，由此在地位上得到了提升，因为玛尔斯被视为罗马人的祖先。

　　在公元前55年前后，卢克莱修以一段对维纳斯的精彩祈告作为其诗作的开篇，将维纳斯视为生命创造力的主宰。这部诗作的开头部分将希腊女神阿佛洛狄忒的威严与创造力转移到了罗马语境中（《物性论》1.1—13）：

　　埃涅阿斯家族的母亲，为众神和凡人带来欢乐的女神，养育生命的维纳斯啊。天上星移斗转，而你充塞着天穹之下那浮起舟楫的海洋和果实累累的大地。一切生灵因你而孕育，在出生之时得见阳光。在你面前，狂风也要退缩；当你降临，乌云便都消散。万物繁盛的大地因你长出可人的鲜花，海面因你展颜而笑，天空因你在宁静中焕发光彩，创造生命的西风也因你畅行无阻。女神啊，首先，天空中的飞鸟也致敬你和你的到来，因它们的心灵被你震撼。③

　　大概在卢克莱修创作他的诗篇同期，罗马将军庞培在他的剧场（罗马第一座永久性的石砌剧场）④ 向"胜利者维纳斯"（Venus Victrix）奉献了一座神庙。尤利乌斯·凯撒的家族将自己的祖先上溯至维纳斯，而凯撒本人也在自己的广场（由奥古斯都修建完成）⑤ 为维纳斯修建了神庙。作为埃涅阿斯的母亲，维纳斯在《埃涅阿斯纪》中的重要性源于她与特洛伊之间的联系。一个多世纪之后，哈德良将罗马最宏伟的两座神庙之一献给了两位女神——"幸运者维纳斯"（Venus Felix）和"永恒的"罗马女神

---

① 昆图斯·法比乌斯·马克西姆斯（约前280—前203），罗马将领和政治家，曾在第二次布匿战争中以拖延战术对抗汉尼拔，被称为"拖延者"。他曾五次当选执政官，两次出任独裁官。其名字中的 Fabius 中文多译作"费边"，他所代表的渐进求胜的路线被称为"费边主义"（Fabianism）。费边社（Fabian Society）即因此得名。

② 莱克提斯忒尔尼翁是古罗马的一种取悦神祇的仪式，其名来自 lectum sternere，意思是"铺卧榻"。

③ 原引文作"You first, O goddess, and your coming do the birds of the air salute, their hearts struck by your power"。译者请专家核对拉丁原文后认为"首先"（primum）一词应为修饰整句，以对应下一句关于地上走兽的内容（第14—16行，本书未引出）。Cyril Bailey 英译本亦作此解。William Ellery Leonard 英译本及方书春汉译本认为 primum 修饰"飞鸟"（volucris），意为"第一群飞鸟"，但两者的词格并不搭配。

④ 罗马的庞培剧场（Theatre of Pompey），于公元前55年竣工，是罗马的第一个永久剧场，在中世纪被逐渐拆毁。

⑤ 凯撒广场（Forum of Caesar），罗马帝国广场（Imperial Fora）的一部分，以凯撒的名字命名，启用于公元前46年。

图26.2 《众神之宴》（*The Feast of the Gods*）

布面油画，乔瓦尼·贝利尼（Giovanni Battista，1430—1516）画，部分内容由提香添加，1514年，67英寸×74英寸。这幅画作于画家84岁的时候，有"既神秘又富于喜剧性"的声名。画的主题是普里阿波斯企图强奸画面右侧的宁芙洛提斯的故事（参见奥维德《岁时记》1.391—440，6.319—346。在后一个版本中，普里阿波斯的侵犯对象是维斯塔）。画中的众神看似文艺复兴时期的年轻男女。中间的是朱庇特（他正从杯中饮酒），墨丘利（戴头盔者）斜倚在左侧前景中，最左边则是由一位萨提尔以及西勒诺斯、狄俄尼索斯（单膝跪地者）组成的群体，狄俄尼索斯与西勒诺斯之间是一头驴——正是它的嘶鸣唤醒了洛提斯。

（Roma Aeterna）[①]，从而将这座城市的人格化身与它神圣的女先祖统一了起来。

维纳斯·克罗阿西娜（Venus Cloacina）的祭坛位于罗马广场。"克罗阿西娜"指的可能是司掌克罗

阿卡（Cloaca）的伊特鲁斯坎女神。克罗阿卡是罗马广场地区的排水系统。它的存在使罗马从公元前6世纪开始向低洼地带发展。这位女神被等同于维纳斯的原因我们并不清楚。意大利神祇中与耕作成败有关的是代表枯萎的女神罗比戈（Robigo）。她的节日是罗比加利亚（Robigalia），在4月庆祝。人们用一

---

① 维纳斯和罗马神庙被认为是已知的最大古罗马神庙，位于罗马广场东端，邻近斗兽场。

只狗和一只羊这样的可怕祭品向她献祭，以求成长中的作物不遭霉病。在罗马宗教中，用某种自然特征（无论好坏）来命名神祇是典型的做法。

花园的保护神普里阿波斯起源于希腊。人们用一尊漆成红色、有着巨大而勃起的阳具的木像来代表他。在希腊世界中，普里阿波斯最主要的圣地位于兰普萨库斯（Lampsacus，一座俯瞰赫勒斯滂的城市）。那里的人们向他奉献的祭品是一头驴。奥维德在下面的故事中解释了他们选择驴作为祭品的原因（《岁时记》1.415—440）[5]：

> 红色的普里阿波斯是花园中的装饰物，也是花园的守护者。他在众多水泽仙女中爱上了洛提斯。她却将他嘲讽讥笑。入夜后，[水泽仙女们] 饮了美酒，昏昏欲睡，各自躺在不同地方，酣然入梦。因玩乐而疲乏的洛提斯也是如此：她躺在了一株枫树枝叶下的草地上，离同伴们最远。这时她的爱慕者现身了。他屏住呼吸，踮起脚尖，悄悄来到这位宁芙安眠的地方。此时他已 [踮脚] 立在那远处的草地上，洛提斯却仍旧深陷梦乡。普里阿波斯心中充满欣喜，兴奋地下手摘取他渴慕已久的奖赏，从洛提斯脚上撩起她的衣衫。但是，看哪，西勒诺斯的坐骑偏巧在这时嘶叫起来。受惊的宁芙从地上跃起，推开了普里阿波斯，在逃走时唤醒了整座树林。那位神祇身上的淫猥部位已经翘首以待，因此他在月光下成了所有人的笑柄。发出嘶鸣的驴用自己的性命付出了代价。要想取悦赫勒斯滂之神，就得用驴来作祭品。

水神：波尔图努斯及河流泉源诸神

水神们对意大利的农夫们意义重大。每条河流和每处泉源都有自己的神祇，需要人们供奉安抚。安抚台伯河神台伯利奴斯（Tiberinus）的仪式在5月举行。人们会将27个用麦秆扎成的假人"阿尔杰"（Argei）从苏布利西乌斯桥（Pons Sublicius）[①]——罗马城早期的一座木桥——抛入河中。参加仪式的有罗马国教的祭司们（pontifices）和维斯塔贞女们。然而，就连罗马人自己也不了解这一仪式的来历。一种完全可能的解释是：这种做法是用假人（代替人牲）安抚一位可能为害的神祇。

在后来被等同于波塞冬的尼普顿，原本是一位淡水神祇。他的节日在7月庆祝，正是炎热的意大利最为干旱的季节。波尔图努斯也是一位古老的意大利神祇，最初的职责是门户（portae），后来演变为津渡（portus）之神。他的神庙在罗马的埃米利安桥（Aemilian Bridge）[②]附近。维吉尔在《埃涅阿斯纪》（5.241—243）中令他帮助克罗安图斯（Cloanthus）在划船比赛中获胜。萨尔图努斯还被等同于希腊的海神帕勒蒙——后者最初被称为墨利刻耳忒斯（参见本书第13章尾注 [3]）。因此，两位罗马的海神都起源于淡水神祇，并从希腊神话中得到了海神的身份。

河神中最重要的一位是台伯利奴斯。在他的河上架桥也是一件重大的宗教事务。前文提到的苏布利西乌斯桥由祭司们（pontifice 这一称号最初的意思可能正是"建桥者"）掌管。它的建造和管理也

---

① 苏布利西乌斯桥是已知罗马最古老的桥梁，在屠牛广场附近横跨台伯河。桥名的意思是"桩桥"，指桥面置于打入河底的木桩之上。

② 埃米利安桥（或 Pons Aemilius）是罗马最古老的石桥，建于公元前2世纪，连接屠牛广场和特拉斯提弗列区（Trastevere），今仅存一道桥拱，因此又被称为"断桥"（意大利语：Ponte Rotto）。

涉及各种宗教禁忌。台伯利奴斯本人是《埃涅阿斯纪》第8卷中的重要角色。在埃涅阿斯梦中，台伯利奴斯告诉埃涅阿斯他已经抵达了旅程的终点。作为征兆，台伯利奴斯还向埃涅阿斯显现了一头母猪和它的30头猪仔。此外，他又让河水平静下来，好让埃涅阿斯的船能平安地逆流而上，直至帕兰特乌姆（Pallanteum）①（《埃涅阿斯纪》8.31—96）。

活水泉源的保护神是宁芙们。朱图尔纳（Juturna）之泉即位于罗马广场。在维吉尔的诗中，朱图尔纳以图尔努斯的姐姐的身份出现，并且也是朱庇特的情欲的受害者。人们在罗马广场和玛尔斯之原崇拜她，而罗马城供水管理部门的总署也坐落在她的地盘。朱图尔纳的节日是朱图尔纳利亚（Juturnalia）。公元前496年的雷吉路斯湖之战②过后，狄俄斯库里兄弟（卡斯托耳和波卢克斯）就曾在罗马广场的朱图尔纳之泉饮马。兄弟二人的神庙紧邻朱图尔纳的圣地。

罗马的卡佩纳门（Porta Capena）之外有一处泉水和一个小公园，属于古老然而起源不明的水泽仙女卡墨奈。她们在后来被等同于希腊的缪斯。维斯塔贞女们用来净化维斯塔神庙的水便是从卡墨奈之泉取得的。宁芙伊吉利亚与卡墨奈之泉有着密切的联系。据传伊吉利亚曾是努玛的顾问和配偶，许多罗马宗教习俗的起源都归于她。阿里恰（Aricia）③的狄安娜圣地中也有伊吉利亚的存在，内米湖（Lake Nemi）④的水源之一便是伊吉利亚之泉。她是孕妇的护佑者，很可能还曾经是司掌分娩的女神。另一位与卡墨奈有关的宁芙是卡尔门提斯（Carmentis，又称卡尔门塔[Carmenta]），同样与水、生育有着双重的关系。作

为一位水泽仙女，她与朱图尔纳分享后者的节日。有时卡尔门提斯还被称为帕兰特乌姆国王埃万德的母亲，而帕兰特乌姆则是位于罗马城所在地的一座更早的城市。与帕耳开（罗马人的生育女神，对应希腊的命运三女神）一样，卡尔门提斯也有预言的能力。这一点可以从她的名字中看出，因为 carmen 的意思就是歌谣或预言的话语。

狄安娜

意大利神祇狄安娜在阿里恰受到崇拜。拉丁同盟的成员在那里为她建立了一座神坛。阿里恰位于内米湖附近。这个湖被称为"狄安娜之镜"，很可能是为了暗示狄安娜与倒映在湖水中的月亮之间的关系。詹姆斯·弗雷泽爵士也以这座神坛作为《金枝》的起点。阿里恰的狄安娜祭司是一名逃奴，被冠以"丛林之王"（Rex Nemorensis）的称号。成为祭司的条件是从圣树上折下一根树枝，向前一位祭司发出挑战，并在一对一的战斗中将他杀死。作为祭司，他则需要时刻警惕下一个继承者来杀他，不能放下武器。一种可能的解释是：这处圣林原本是逃奴们的藏匿地，而神圣的树枝则是祈求者在前往祭坛时所携带的物品。

狄安娜的职司与女性的生命（尤其是分娩过程）有关，往往被等同于负责将婴儿带入光明（拉丁语：lux, lucis）的意大利女神路西娜（Lucina），尽管"路西娜"更多时候是朱诺的一个称号。

狄安娜还在卡普阿附近的蒂法塔山（Mt. Tifata）受到崇拜。她可能正是从这里开始被等同于阿耳忒弥斯。从阿耳忒弥斯那里，狄安娜获得了狩猎女神的地位，也（以赫卡忒的身份）取得与冥界的联系。在罗马，人们祭拜狄安娜的地点是阿文蒂诺山，其神坛的建立者则是塞尔维乌斯·图利乌斯。与她那

---

① 台伯河上的希腊古城，由帕勒涅的埃万德建立。
② 传说中罗马共和国初年罗马人击败拉丁同盟的一场战役。
③ 位于罗马城东南郊外，是狄安娜的圣地。
④ 罗马城东南郊外的一个火山湖。

座位于阿里恰的神坛一样，阿文蒂诺山上的神坛原本也位于罗马早期的城墙之外，由拉丁同盟的成员共享。在奥古斯都时代，狄安娜作为阿波罗姐姐的身份得到强调。贺拉斯在其《世纪颂》（Carmen Saeculare）中对此有戏剧化的表达。在公元前17年的世纪竞技会（Secular Games）①上，由少男少女组成的歌队分别站在帕拉蒂诺山和阿文蒂诺山上，以轮唱的方式表演了这首颂歌。

在下面这首颂歌中，贺拉斯具体表现了狄安娜的三重职责（动物的保护女神阿耳忒弥斯、分娩的保护神路西娜和冥界女神赫卡忒），并将一株松树献给这位女神（《颂诗》3.22）：

你是护佑山林的处女神；产妇连喊三声你便能听见她们；你也是三重化身的女神。请让我将那荫蔽我屋顶的松树献给你。我会在每年岁末杀死[獠牙]横挑的野猪，用它的鲜血向树献祭。

在阿里恰，复活的希波吕托斯被等同于次要的意大利神祇维耳比乌斯，并与狄安娜有联系。维吉尔和奥维德都讲述了他的故事。在故事中，他被置于宁芙伊吉利亚的保护之下。此外，维吉尔还指出：正因为希波吕托斯在马车失事中横死，狄安娜的神坛中不允许马匹出现。

墨丘利

在罗马早期，墨丘利（墨丘利乌斯）被当作贸易与利润之神而受到崇拜（拉丁语中的 merces 一词的就是"商业"的意思）。他的神庙位于罗马最繁忙的

商业中心，紧邻大竞技场（Circus Maximus）。在普劳图斯的剧作《安菲特律翁》中，墨丘利仍将自己描述为商业与收益之神。然而，在与希腊神祇赫尔墨斯同化的过程中，他又获得了赫尔墨斯的其他职能，如乐手、朱庇特的信使和亡灵的护送者。贺拉斯在其他作品中自称墨丘利阿利斯（mercurialis）——受里拉琴的发明者墨丘利特别眷顾的抒情诗人——而在一首献给墨丘利的颂歌中，他优雅地将墨丘利的各种职能合为一体（《颂诗》1.10）：

伟大的朱庇特和众神的信使，弧形的里拉琴的创造者，善以轻松的诡计掩盖心中所欲的巧言者，阿特拉斯之孙墨丘利，我要歌颂你：凭着语言和优雅灵巧的运动法则，你让新生的人类那粗野的举止变得有规可循。你还是稚童的时候，阿波罗曾威逼你归还他被盗的牛群，却在发现自己的箭袋不见之后对你笑口大开。全是靠了你的引导，富有的普里阿摩斯才能离开特洛伊，经过阿特柔斯骄傲的儿子们，经过忒萨利哨卫的营火和敌军的营帐，却不被发觉。你将良善人的魂灵领往乐土。他们[死者的亡灵]轻若鸿毛，挤成一团，却被你用金色的神杖引导，受到天地众神保佑。

死亡与冥界的神祇

此前（在本书第15章中），我们对罗马人关于冥界及其中奖惩体系的观念已有所了解。这一观念的主要创立者是维吉尔，它具有文学化和复杂性的特征。它有着不同的哲学、宗教和文学源头，其中大部分来自希腊。在意大利，关于冥界及其中亡灵的原生观念起源于早期农业社会中的简朴宗教。人

① 古罗马人用以庆祝旧世纪结束和新世纪到来的竞技会，约每100年到110年举行一次。这一传统在罗马帝国后期被废除。

们在2月13—21日期间（根据旧罗马历，2月是一年中的最后一个月）庆祝祖灵节（Parentalia），安抚死去的祖先的灵魂。这段时间中不得举行婚礼，神庙也要关闭。一家之长亲自向亡灵献祭，以确保他们在新的一年对这一家人保持友善。祖灵节是一种家族庆典。与它有关的神祇被简单地称为"祖先之神"（divi parentum），没有属于他们的名字和神话。

人们在5月庆祝恶灵节（Lemuria）。期间家长要安抚那些会对家族造成严重损害的恶灵勒穆列斯（Lemures）。恶灵节仪式在夜间举行，形式是一场巫礼：家长在仪式上要赤裸双足，用手指拼成 O 字形；在双手经过仪式性的洗涤之后，他要向身后抛洒黑豆，让勒穆列斯拾取，同时口中要将一条旨在将亡灵逐出家门的咒语念诵九遍。

奥维德将勒穆列斯等同于马内斯（Manes）——亡灵的同义词。每个人都拥有自己的马内斯。传统的墓碑碑文的开头几个词就是 Dis manibus sacrum，意即"敬献给（某某）神圣的马内斯"，其中某某即是死者的名字。

维吉尔精心构建冥界所用的原材料大部分来源于希腊，而马内斯、祖灵和勒穆列斯不涉及任何神话或传说，所以维吉尔的冥界中没有他们的位置。从伊特鲁斯坎人那里，罗马人学会了将人血洒在地上献祭以取悦死者的做法。这就是角斗比赛的起源。公元前264年，第一场角斗比赛在德西摩斯·朱尼乌斯·布鲁图斯（Decimus Junius Brutus）[1]的葬礼竞技会上举行，地点是在罗马。伊特鲁斯坎人与希腊人有许多共同的冥界神祇，例如卡戎和珀耳塞福涅，此外他们又在冥界中增添了一些自己的神灵，如恶魔图库尔喀（Tuculcha）。在罗马文学中，冥界本身通常被称为俄尔库斯（有时也被人格化为一位神祇），其中的主宰是狄斯·帕忒尔（Dis Pater）。这个名字（Dis 即 dives，意为"财富"）等于希腊语中的普路托。对狄斯·帕忒尔的崇拜在公元前249年始于罗马，不过罗马人对他的了解肯定远早于此。他与普洛塞庇娜在玛尔斯之原的一处地下祭坛中共同受到崇拜。这一崇拜的地点被称为"塔伦图姆"（这个名字的词源仍然难以索解），而其崇拜仪式又与世纪竞技会这一节日有关。

葬礼女神利比蒂娜（Libitina）源于意大利。关于她的名字、起源和种种关联，我们从未有过令人满意的解释。后来的诗人将她的名字作为死神的同义词，而从事殡葬业者也由此被称为利比蒂纳里（libitinarii）。

拉尔与格尼乌斯

拉尔（Lares）[2]是一类神祇，通常被人们与珀那忒斯联系在一起。他们的起源和这个名字的词源已不可考。尽管拉尔被等同于死者（尤其是祖先）的亡灵，但他们最初很可能是一种家神，能为农夫及其农场带来繁荣和幸福。

拉尔起源于农业的这种痕迹在"十字路口节"（Compitalia）中得以保留。冬季，农场上的劳作全部结束后，人们便会庆祝这一节日。在原始群落中，十字路口往往是四个农场的边界交汇之处，而在十字路口节上受到尊崇的拉尔则是保护农场的神灵。每个十字路口都会有一座神坛。神坛的四个入口分属四座农场。农夫们会在神坛中为家里的每个自由人悬挂一个人偶，为每个奴隶悬挂一团羊毛。将代替人口的物品悬挂起来让空气净化它们，这似乎是农夫在劳作完成

---

[1]　德西摩斯·朱尼乌斯·布鲁图斯（?—前264），古罗马执政官。

[2]　Lares 是 Lar 的复数形式。

之后的一种净化仪式。

　　总体而言，拉尔是一种善意的精灵，为家庭提供保护。从乡村进入城市之后，他们的这一职能仍然得到保留。每个家庭各有自己的"护家拉尔"（Lar familiaris）。人们用香火、酒和花环祭拜他们。在普劳图斯的戏剧《一坛黄金》（Aulularia）中，说出开场白的就是一个护家拉尔。他描述说：只要自己得到应有的祭拜，就能为家庭带来幸福和兴旺；如果人们漠视他，他们的家庭就不会兴旺起来。与每个家庭类似，每座城市也有各自的拉尔群体（他们被称为"护民拉尔"[Lares praestites]），并在5月1日祭拜他们。奥古斯都在罗马城的265个居民区（vici）都建起"十字路口拉尔"（Lares Compitales）的神坛，从而复活了庆祝十字路口节的传统。根据奥维德的说法，拉尔通过履行这种职能"保护着各处路口，并为我们的城市提供不间断的庇佑"（《岁时记》2.616）。在城中的十字路口节上，拉尔与奥古斯都本人的格尼乌斯（Genius）一同受到崇拜。

　　拉尔还是旅人的保护神。在陆上，他们是"路途拉尔"（Lares viales）；在海上，他们是"海上拉尔"（Lares permarini）。公元前179年，罗马人为海上拉尔建起了一座神庙，以纪念他们在11年前击败塞琉古国王安条克的胜利。[①]

　　格尼乌斯代表一个人的创造力，在象征着家庭中生命延续的婚床（lectus genialis）上尤其多见。在更广泛的意义上，它与整个家庭的福祉相关。奴隶要对家长的格尼乌斯起誓。在家长的生日，人们也要向他的格尼乌斯献祭。对女人而言，与专属男性的格尼乌斯对应的，是她们各自的"朱诺"。

---

① 指公元前190年罗马人与帕加马盟军击败塞琉古王朝国王安条克三世（Antiochus III the Great，前241—前187）的马格尼西亚战役（Battle of Magnesia）。

起源于意大利之外的神祇

海格力斯

　　在罗马人的宗教中，有几位外来神祇占据着重要的地位。他们大多数来自希腊和东方，进入罗马的年代往往也是可考的。

　　最早的外来神祇是希腊的赫拉克勒斯。罗马人称他为海格力斯。根据李维的说法，在建立罗马城的时候，罗慕路斯所接受的唯一一种外来信仰就是对海格力斯的崇拜。我们已经知道海格力斯赶着革律翁的牛群到访罗马并在那里杀死怪物卡库斯的故事（参见本书第605页）。为了纪念这桩事迹，对海格力斯的崇拜在屠牛广场（位于大竞技场和台伯河之间）得以建立。始创者要么是海格力斯自己，要么是埃万德。海格力斯在那里的圣地被称为"至大祭坛"。对他的崇拜活动一直把持在两支贵族手中，直到公元前312年才被国家接管。屠牛广场是台伯河上的一处天然登陆地点，也是罗马城最早的商业区之一。由于海格力斯是商贩的保护者，所以这个地点适于对他的崇拜。与墨丘利一样，海格力斯也会带来好运（包括机遇的发现）和利润。成功的商人会将利润中的一小部分奉献给他。除了"至大祭坛"，罗马城中至少还有12座神坛或者神庙属于海格力斯。

狄俄斯库里兄弟

　　从罗马共和国早期开始，狄俄斯库里兄弟（卡斯托耳和波卢克斯）就受到罗马人的崇拜。他们在雷吉路斯湖之战（可能发生于公元前496年）中现身之后，人们在罗马广场建起了一座兄弟二人共享的神庙——尽管神庙的正式名称只是卡斯托耳神庙。在那场战役中，正当罗马人遭到拉丁人猛攻之际，狄俄斯库里兄弟骑着马在他们面前现身，并引领他们获得胜利。接着他们又现身于罗马广场，宣布了胜利的消息。在朱图尔纳喷泉饮马之后，兄弟二人才消失不见。狄俄斯库里兄弟在战场上现身的故事在古代传说中广泛存在。据传，他们还曾出现在罗马历史上更晚的战役中。他们从南意大利的希腊城市（可能是塔伦图姆）离开，一度在邻近雷吉路斯湖的拉丁城市图斯库卢姆（Tusculum）成为重要的神祇，最后来到罗马。在罗马，他们尤其被视为骑手和骑士（在经济上和社会上位于元老之下的阶层）的保护者。只有女人会对他们起誓，誓词是"以卡斯托耳之名（ecastor）"。

西比尔神谕

比狄俄斯库里兄弟更早来到罗马的是西比尔神谕。传统认为它们与希腊殖民地库迈有关。在整个希腊世界，以希腊文六音步格写成的神谕辑录都十分常见。与这些集子联系最紧密的，是据称受到阿波罗启示的女祭司西比尔们。在传说中，阿波罗赐予库迈城的西比尔千年寿命，却没有赐给她永恒的青春（参见本书第271—272页）。这位西比尔是埃涅阿斯的冥界之旅的向导。

关于西比尔神谕来到罗马的故事，有一个广为人知的传说。一位西比尔神秘地在末代罗马国王塔尔奎尼乌斯·苏培布斯面前现身，并以高价向他兜售9册神谕。国王拒绝了，于是西比尔烧毁3册神谕，继续出售剩余6册，价格却跟先前一样。国王再次拒绝。西比尔又烧毁3册神谕，只出售最后3册，价格仍然不变。这一次，在占卜官（augurs，一个重要的祭司群体）的建议下，塔尔奎尼乌斯买下了剩余的神谕。西比尔将神谕交给他，旋即消失不见。这些神谕被存放在卡比托利欧山上的朱庇特神庙中，只

有在求取关于克服灾难、混乱或瘟疫的建议时，或遭遇令人困惑的神迹时才能参阅，并且需要得到元老院的许可。负责保管神谕的祭司，必须是地位显赫的罗马公民。这些书册对罗马具有重大的意义，以至于当它们在公元前83年的卡比托利欧山大火中被烧毁之后，人们又制作了一套新书。后来，奥古斯都在帕拉蒂诺山上新建了一座阿波罗神庙，将这些神谕存放在庙中神像的基座之内。西比尔神谕是希腊对罗马的早期影响的一个例证。它们在为罗马带来新的崇拜对象方面也发挥了作用。例如，这些神谕在公元前496年曾建议引入对刻瑞斯、利贝尔和利贝拉的崇拜，又在公元前433年建议引入对阿波罗的崇拜。

阿波罗与埃斯库拉皮乌斯

作为希腊主神中唯一一位没有被罗马人改名的神祇，阿波罗来到罗马的起因是一场瘟疫。在咨询了西比尔神谕之后，罗马人花费了两年时间，在公元前431年为阿波罗建起神庙。在奥古斯都时代之前，它一直是罗马唯一的阿波罗神庙。阿波罗在奥古斯都时代广受崇拜，在尼禄时代同样如此，但程度较低。除此之外，阿波罗在罗马从未获得过他在希腊世界中的显赫地位。他最初被称为"医者阿波罗"（Apollo Medicus，对应他的希腊语称号 Paean，即"治愈者"）。后来，他的其他特征和喜好也被介绍到罗马。公元前212年，罗马人创建了阿波罗竞技会（Ludi Apollinares，一年一度）。奥古斯都对阿波罗特别重视。公元前28年，他在帕拉蒂诺山上将一座宏伟的新神庙献给这位天神。

在公元前293年的一场瘟疫期间，西比尔神谕建议人们将希腊的医神阿斯克勒庇俄斯从厄庇道洛斯引入罗马。他以一条神蛇的形象到来。当他乘坐

的船沿台伯河而上前往罗马时，这条蛇从船上滑下，来到一座岛上，将那里作为自己的地盘。这座岛屿如今位于罗马城的中心。人们在岛上建起了埃斯库拉皮乌斯（Aesculapius，阿斯克勒庇俄斯的拉丁语名字）神庙，并开始对他的崇拜。

库柏勒

公元前205年，在另一次公共危机期间，西比尔神谕又建议罗马人引入佛律癸亚人的母神库柏勒。这位女神在罗马又被称为"大母神"（Magna Mater）。他们郑重地派出了使团。在拜谒了德尔斐之后，使团前往佛律癸亚城市培希努（Pessinus），在那里被赠予一块黑石，并被告知那就是女神库柏勒。罗马人为库柏勒的来临举行了高规格的仪式。他们在帕拉蒂诺山上为库柏勒建了一座神庙，并为她设立"大母神节"（Megalensia）。库柏勒崇拜的迷狂特征在罗马十分突出。她的祭司们（被称为"迦利"）需要自行阉割，而直到克劳狄统治时期之前，罗马公民都不被允许成为迦利。不过，在罗马人的宗教日历上，在4月庆祝的大母神节和它的节日游行堪称绚丽多彩，且广受欢迎。卢克莱修（《物性论》2.614—624）和奥维德（《岁时记》4.181—186）都留下了关于迦利和他们的狂野音乐的生动描述。卡图卢斯（《诗篇》63）则精彩地讲述了阿提斯的神话（参见本书第208—209页）。

还有其他一些东方神祇来到罗马，尤以帝国时期为甚。埃及的伊西斯、亚洲的玛（Ma）[①]、叙利亚的巴力和波斯的密特拉斯都受到广泛崇拜（参见本书第419—421页）。

---

① 苏美尔神话中的地神。

罗马建城传说

埃涅阿斯与罗慕路斯

传统中，人们将罗马的起源上溯到埃涅阿斯。埃涅阿斯之子尤鲁斯（又被称为阿斯卡尼俄斯）是奥古斯都所属的尤利阿氏族（gens Iulia）的先祖。[6] 然而，埃涅阿斯离开特洛伊的年代大约比传统所认为的罗马建城之年——公元前753年——要早了475年。于是，人们用拉丁城市阿尔巴隆加的历代国王来填补这两个年代之间的缺口。埃涅阿斯在拉提乌姆成功地建立了立足点，却很快去世。随后，尤鲁斯建立了阿尔巴隆加。罗慕路斯正是从阿尔巴隆加起步，最终建立了罗马。罗马最早的定居点大概可以追溯到公元前8世纪。另外我们也已经知道，早期的罗马是由台伯河畔各个山丘上的村庄组成的联盟，而这个联盟在后来又结为一体。在成为城市的过程中，罗马不时会落入邻族的控制（罗马的第五、第七两任国王都叫塔尔奎尼乌斯，都是伊特鲁斯坎人；第六任国王塞尔维乌斯·图利乌斯可能也是伊特鲁斯坎人）。不过，到了公元前5世纪初，罗马已经取得了保持独立的强大力量。随后，它将其势力延伸到各个伊特鲁斯坎城市以及萨宾人和拉丁人部落，并常常吸收他们的传统和神祇。传说中罗马与阿尔巴隆加之间的关系在历史上可能真实存在，但罗马与特洛伊之间的关系则更令人怀疑。

埃涅阿斯：维吉尔之前的传统

埃涅阿斯是阿佛洛狄忒与安喀塞斯之子，也是将罗马与特洛伊联系起来的罗马建城神话里的中心人物。在《伊利亚特》中，他是一名出色的战士，却逊色于特洛伊的第一勇士赫克托耳。在与阿喀琉斯的单独对决中（《伊利亚特》20.158—352），埃涅阿斯靠着波塞冬的帮助才逃过一死。波塞冬说出了下面的预言（《伊利亚特》20.300—308）：

> 　　来，让我们帮他逃脱即将来临的死亡——要是任由阿喀琉斯将他杀死，宙斯定会发怒。他命中注定要逃脱，这样达耳达诺斯的家族才不会了无子遗、血脉断绝。因为在凡人女子为他所生的儿女中，宙斯最爱达耳达诺斯。宙斯的怒火已经降临在普里阿摩斯家族身上。埃涅阿斯和他的子孙才是特洛伊人的王。

　　因此，埃涅阿斯传奇在特洛伊毁灭之后的继续发展就有了荷马赋予的权威性。在维吉尔之前，埃涅阿斯的传说有许多彼此难以调和的版本，但他在爱琴海、地中海上的漂流以及抵达意大利的故事，似乎很早就成为正统。此外，埃涅阿斯还与据传他曾到过的许多地方的阿佛洛狄忒神坛有关。公元前5世纪的希腊历史学家赫拉尼库斯就记述了埃涅阿斯抵达意大利的事迹，而伊特鲁斯坎人对埃涅阿斯也很熟悉。例如，人们在维爱发现了一批年代在公元前500年左右的小雕像，其中就有对埃涅阿斯背负安喀塞斯离开特洛伊的情景的刻画。另外，在伊特鲁里亚发现的17件同一时期的希腊陶器也描绘了同样的场景。在奈维乌斯（去世于公元前200年前不久）和恩尼乌斯描述布匿战争的史诗中，也记载了埃涅阿斯的旅程。将埃涅阿斯与狄多的相遇引入正统的很可能正是奈维乌斯。

　　早期的罗马历史学家们同样对埃涅阿斯的传说

做出了贡献。公元前200年前后，使用希腊语写作的法比乌斯·皮克托尔（Fabius Pictor）[①]讲述了埃涅阿斯抵达意大利、30年后阿斯卡尼俄斯（尤鲁斯）建立阿尔巴隆加的故事。在拉丁语史学写作的开创者老加图[②]（Cato the Elder，去世于公元前149年）的《创始记》（Origines）中，埃涅阿斯也来到了意大利，并在那里娶拉维尼亚（Lavinia）为妻，在一个被称为劳兰斯之原（Ager Laurens）的地方建立了名为劳罗拉维尼乌姆（Laurolavinium，明显与拉维尼乌姆 [Lavinium] 是同一座城）的城市。在这个版本中，拉提努斯曾与埃涅阿斯对敌，图尔努斯和埃涅阿斯都在后来的一场战斗中丧生，而伊特鲁斯坎勇士墨赞提乌斯（Mezentius）[③]则在第三场战斗中被阿斯卡尼俄斯杀死。随后阿斯卡尼俄斯离开了劳罗拉维尼乌姆，建立了阿尔巴隆加。最终，老加图通过计算得出结论：特洛伊陷落与罗慕路斯建立罗马之间的间隔是432年。

　　以上就是埃涅阿斯神话最基本的版本。维吉尔的同代人李维也讲述了这个故事，只是有一些改动。在所有这些故事中，埃涅阿斯都曾与当地土著居民（老加图和李维都将他们称为 Aborigines）战斗，娶当地公主（拉维尼亚）为妻，建立一座城市（拉维尼乌姆），死去，最终成神，留下阿斯卡尼俄斯（此时已被称为尤鲁斯）作为他的继承人。然后尤鲁斯建立了阿尔巴（Alba）[④]。大约400年之后，罗慕路斯离开阿尔巴建立了罗马城。

---

① 法比乌斯·皮克托尔（约前254—?），古罗马历史学家，被认为是最早的编年史作者。
② 老加图（前234—前149），古罗马政治家、演说家和历史学家。
③ 罗马神话中的伊特鲁斯坎国王。
④ 即阿尔巴隆加。

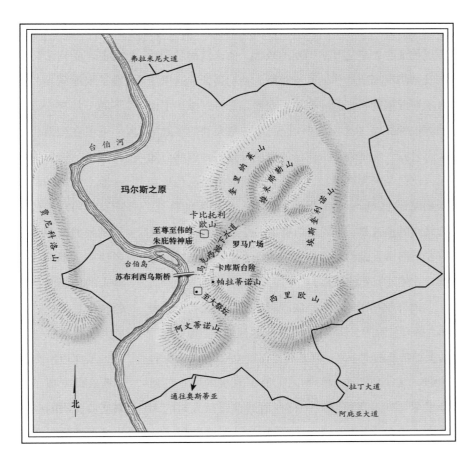

地图8　早期罗马地图

维吉尔的《埃涅阿斯纪》

维吉尔正是根据以上材料创作了他的史诗。这是一部伟大的罗马国家史诗，融合了荷马传统、希腊神话以及罗马伦理与历史启示。它记录的是遥远的神话时代的事件，却对维吉尔自身所处时代的事件和希冀仍具有参考意义——那正是奥古斯都在数十年内战和动荡之后重建罗马国家的时代。在全诗的引子中，维吉尔将罗马的历史与神话传统连接在一起，并让埃涅阿斯——特洛伊毁灭中的幸存者和罗马领袖们的先祖——成为关注的焦点（《埃涅阿斯纪》1.1—7）：

我要为一场战争和一人而歌。此人在命运的驱使下逃亡，第一个从特洛伊海岸来到意大利，来到拉维尼乌姆的海岸。凶暴的神力让他在大海上和陆地上颠沛流离，因为冷酷的朱诺怒火不息。为了建起一座城市，将他的神祇带到拉提乌姆，他还历经征战。拉丁一族、阿尔巴的古老君王和罗马城的高峻城墙都自他而始。

根据维吉尔的说法，埃涅阿斯航经色雷斯和得罗斯岛，来到克里特岛，并在那里停留一年：他以为克里特就是达耳达诺斯所来自的地方，因此也就是神谕在得罗斯岛向他预言的未来家园。然而一场瘟疫和珀那忒斯的显现令他再度启航，开始寻找意大利，因为那里被证明才是达耳达诺斯的故土。他来到赫勒诺斯和安德洛玛刻所居住的厄皮鲁斯。赫勒诺斯在这里预言了埃涅阿斯将来的一些漂泊旅程，并特别描述了他的漂泊的终结之地：如果埃涅阿斯在意大利的某处河岸上看到一头带着30头猪仔的白色母猪时，他就会知道自己已经来到终点。这个预言是埃涅阿斯从鸟身女妖刻莱诺（Celaeno）那里得到的另一个预言的补充。刻莱诺的预言是：埃涅阿斯将会去往意大利，并且只有在特洛伊人饿得连摆放食物的桌子也一起吃掉的时候，才能建起新的城市。

离开赫勒诺斯之后，埃涅阿斯航经意大利南部海岸，躲开危险的卡律布狄斯，来到西西里岛。他在这里与奥德修斯的部下之一阿开墨尼得斯（Achaemenides）相遇，这使他与奥德修斯之间有了直接的联系。阿开墨尼得斯是奥德修斯一行在遭遇独眼巨人时的幸存者。他警告埃涅阿斯，要当心波吕斐摩斯和其他危险。此外，安喀塞斯也是在西西里岛去世的，并被安葬在那里。

特洛伊的陷落、埃涅阿斯至此的漂泊，都是《埃涅阿斯纪》第2卷和第3卷中埃涅阿斯向狄多讲述的内容。全诗开篇所讲述的则是埃涅阿斯的船队在离开西西里岛之后被一场风暴打散的故事。幸存者们在北非重聚。那里的迦太基女王狄多热情地收留了他们。她深深地爱上了埃涅阿斯，而若非墨丘利向埃涅阿斯现身并向他传达朱庇特的命令——他要离开此地，前往意大利完成自己的使命——埃涅阿斯本来也愿意留下来陪伴她。埃涅阿斯离开之后，狄多对他及其子孙发出诅咒——他们将与迦太基永世为敌——然后用埃涅阿斯留下的剑自杀而死。

埃涅阿斯返回西西里岛，受到厄盖斯塔（Egesta）国王、特洛伊人阿刻斯忒斯（Acestes）的欢迎。他

在此地为纪念安喀塞斯举行了葬礼竞技会。在竞技会上，受到朱诺煽动的特洛伊女人们点起火来，烧毁了埃涅阿斯的部分船只。其他船只则在朱庇特降下的一场神奇暴雨中幸免于难。[7]埃涅阿斯将部分手下留在西西里岛，自己则启程前往意大利，并来到库迈。这里的西比尔向他预言了他将在这片新的土地上经历的战斗，并引领他来到冥界。埃涅阿斯在冥界与众多他在过去生活中认识的死者交谈。冥界之旅的高潮发生在他与安喀塞斯的相见之时。后者预言了罗马的伟大，并向埃涅阿斯显现了未来罗马人的一场游行。对冥界的拜访是埃涅阿斯传奇中的转折点。此后他便明了了自己的宿命，并决心在意大利扎根——不论还需要克服多少困难。

从库迈出发，埃涅阿斯来到台伯河口。刻莱诺的预言在此变成了现实——当特洛伊人开始吃他们用来盛放食物的扁饼时，尤鲁斯发出惊叹："为何我们连桌子都吃起来了！"此前，拉提乌姆的国王拉提努斯已将自己的女儿拉维尼亚许配给卢图里人部族的王子图尔努斯。受到种种神迹的困扰，拉提努斯向法乌努斯求取神谕。后者给出的建议是，他应将拉维尼亚嫁给一个外邦人。拉提努斯试图遵从神谕，将拉维尼亚改许给埃涅阿斯，但朱诺却派出复仇女神之一阿勒克托，让图尔努斯和拉维尼亚的母亲阿玛塔（Amata）陷入疯狂。于是，他们强烈地反对埃涅阿斯。

战争变得不可避免，拉提努斯无力制止。图尔努斯和拉丁人以及其他意大利首领（其中尤为值得一提的是被伊特鲁斯坎人放逐的墨赞提乌斯）站在了特洛伊人的对立面，而特洛伊人的盟友则是塔尔孔（Tarchon）领导的伊特鲁斯坎人和帕兰特乌姆——后者是埃万德的城市，位于将来的罗马城所在的地方。在前往拜访埃万德之前，埃涅阿斯先看见了河神台伯利奴斯的显现。埃万德本人则向埃涅

阿斯展示了那座将会成为罗马的城市，并派出自己的儿子帕拉斯随埃涅阿斯返回。帕拉斯后来被图尔努斯杀死。在拉丁人盟军与特洛伊人的血腥战斗之后，埃涅阿斯在一场单独对决中杀死了图尔努斯。《埃涅阿斯纪》于此告终。

维吉尔诗篇中的巨大力量，在以上的简略概述中难以体现。维吉尔在写作中承继荷马传统，创造了一种新的罗马史诗。我们将在此解释他的三项创新之举：1. 通过对朱庇特和预言的运用，他将神话与罗马历史结合了起来；2. 他创造了一类新型的英雄——他在某些地方与阿喀琉斯和奥德修斯相似，但他的虔敬（pietas，指一种包含了责任感与服务的美德）则是一种与前人完全不同的罗马式特征；3. 他赋予狄多重要角色。

《埃涅阿斯纪》中的朱庇特

在《埃涅阿斯纪》中，传统的奥林波斯形象宙斯—朱庇特被等同于宿命或命运。因此，他的预言尤为重要。维吉尔通过这些预言将神话和罗马的历史连结在一起，为罗马赋予了光荣而必然的宿命。

在第1卷中，由于朱诺和埃俄洛斯掀起的风暴，埃涅阿斯被迫在迦太基附近登陆。维纳斯为自己的儿子所遭受的苦难向朱庇特发出了抱怨。在回答中，朱庇特预言了埃涅阿斯和他的后代罗马人的辉煌命运。以下是这段预言中的一小部分（《埃涅阿斯纪》1.267—279）：

> 然而，年轻的阿斯卡尼俄斯——他如
> 今又有了另一个名字叫尤鲁斯……——将
> 作为国王，在岁月流转中统治三十年。他
> 将把王国迁离拉维尼乌姆，以大力建起阿
> 尔巴隆加。赫克托耳的家族将在那里统治

三百年，直到出身王族的女祭司伊利亚（Ilia）与玛尔斯结合受孕，诞下一对双生子。之后，那骄傲的身披黄褐狼皮（狼曾是他的乳母）的罗慕路斯将接过该族权杖，建立玛尔斯之城，并将城中的人以自己的名字命名，称他们为罗马人。我将对罗马人的事迹和绵延不设限制——我已将永恒的帝国赐给他们。

在讲述埃涅阿斯的冥界之旅的第6卷中（参见本书第15章），在第8卷对埃涅阿斯的盾牌的描述中，以及在第12卷朱庇特的最后预言中（《埃涅阿斯纪》12.830—840），维吉尔一再强调这种崇高的宿命之感。传统神话在这一宿命中也服务于历史目的。维吉尔以这些方式将荷马史诗中的奥林波斯山众神保留了下来。然而，尽管其他诸神扮演的都是各自的传统角色，偏向一方或另一方，朱庇特却是比宙斯更强大的角色。朱诺对埃涅阿斯怀有敌意，对那些令他偏离宿命方向的人青睐有加，其中狄多和图尔努斯尤为值得一提。维纳斯则始终偏爱自己的儿子，为他在朱庇特面前说情。

埃涅阿斯：一种新的史诗英雄

埃涅阿斯的动力来自虔敬。这使得他能摆脱舒适安逸的生活，去追求一种他在拜访冥界之前尚未充分理解的宿命。他与奥德修斯一样，是一个寻找归宿的漂泊者，又与阿喀琉斯一样，是一位女神的儿子，在单独对决中令对手恐惧。然而，他同时还是一个流亡者，在一场伟大的战争中失败，目睹自己的城市毁灭。埃涅阿斯带着安喀塞斯离开特洛伊的那一幕，便正是他的品格的象征：他扛在肩上的安喀塞斯代表着过去，而他手中牵着的阿斯卡尼俄斯则代表着将来

图26.3 《风暴中的狄多与埃涅阿斯》(*Dido and Aeneas in the Storm*) 出自5世纪的羊皮纸《罗马维吉尔抄本》(*Vergilius Romanus*)，13 英寸 × 12.75英寸。这份手稿是5世纪的两份维吉尔作品插图抄本之一，其中包含19幅全页的小图，每一幅都配有绘制的"画框"。在这幅画中，艺术家描绘了将狩猎中的埃涅阿斯和狄多驱至同一个山洞中的那场风暴，这一对恋人正面朝向我们。狄多的双臂拥抱着埃涅阿斯。两人的盾牌（形状不同）和猎矛立在他们身旁。他们的马匹和卫士冒雨候在洞外，其中一名卫士在树下得到部分遮蔽，其他人则以盾为伞。画面细节表现得很充分。例如，狄多的马背上配着红鞍，而两名卫士腿上的紧身裤，则分别与狄多和埃涅阿斯的袍子颜色匹配。

（参见本书第544—546页）。当我们在第1卷中首次与埃涅阿斯相遇时，他正祈求死亡的降临，他的"四肢因冰冷的恐惧而发软"。然而，他在登陆之后对部下们所说的话，又展示了他的坚韧、勇气和希望（《埃涅阿斯纪》1.198—207）：

> 我的同伴们，我的朋友们，我们不是
> 没有经历过困苦。我们经历过比这更大的
> 困苦，而天神也终将结束这一切。你们见
> 识了斯库拉的怒火和那些砰訇的山岩，也

曾探访独眼巨人的洞穴。唤醒你们胸中的勇气，把那可悲的惧意抛开。也许将来，我们还能在笑声中回忆起这些遭遇。我们曾历经祸福交替，也挺过了重重艰险。如今，我们要去拉提乌姆——命运指示，那里将是安宁的家园。特洛伊人的王国将在那里再度崛起。请坚持忍耐，为了未来的幸福而活下去！

然而，埃涅阿斯的路途从不平坦。他在迦太基爱上了狄多，也为对方所爱。在与狄多的最后一次对谈中，他告诉她：不论多么不情愿，自己都必须服从朱庇特的意志，而朱庇特的信使墨丘利已经向他显现（《埃涅阿斯纪》4.356—361）：

> 朱庇特派出的神使从云端飞速赶来，
> 带来了他的命令。我亲眼看到天神在天光
> 中走进那城，亲耳听见他的话语。请不要
> 用抱怨让你我都不愉快。我要去意大利，
> 却并非出自本心。

在全诗的最后部分，埃涅阿斯必须与图尔努斯所率领的卢图里人及其盟军恶战一场。《埃涅阿斯纪》的最后一幕，即是埃涅阿斯与图尔努斯在一场单独对决中遭遇，图尔努斯之死也成为全诗的终点。临死时，图尔努斯曾请求埃涅阿斯饶恕他的性命，但他此前杀死了埃万德之子帕拉斯，并佩戴了帕拉斯的剑带，而埃万德曾在帕兰特乌姆款待埃涅阿斯。以下便是全诗最后15行的内容（《埃涅阿斯纪》12.938—952）：

> 埃涅阿斯全副武装，巍然而立，急

欲出手攻击。他用眼睛上下打量[图尔努斯]，遏制着下手的念头。他心有犹疑，而图尔努斯的恳求也产生了效果。但此时那条[图尔努斯]高高佩在肩上的不祥剑带进入了他的眼帘，那上面的明亮钉钮原本属于年轻的帕拉斯。图尔努斯以致命一击杀死了他，又将这敌手的装备披挂在肩。埃涅阿斯纪久久凝视这些战利品，它们令他回想起自己的深切哀痛。他的胸中怒火又炽，愈加可畏。他开口说道："你既穿戴这从我友人那里夺来的东西，还妄图从我手下逃走吗？这一击是帕拉斯给你的，是他要索你的命，用你罪恶的鲜血作为对他的抵偿。"

埃涅阿斯在盛怒中说出这些话，随后一剑刺穿图尔努斯的胸膛。图尔努斯的肢体在冰冷[的死亡]中瘫软下来。他的生命离他而去，只余一声呻吟，其中满是对阴曹地府的怨意。

因此，在全诗的最后，埃涅阿斯的怒意，加上他对亡友的忠诚，终于将他征服。维吉尔在此让我们陷入了疑问：埃涅阿斯的虔敬是否弱于他的激情？他最终仍然只是一位像阿喀琉斯那样受情绪左右的英雄，而不是一位受虔敬之力鼓舞的罗马式英雄？维吉尔将这个问题留给了他的读者。

狄多

狄多是埃涅阿斯的成功之路上的最大阻碍。她是迦太基的女王，也是朱诺的宠儿。在维吉尔之前的传统中，她被称为埃利萨（Elissa），是提尔的一位公主。她的丈夫是绪开俄斯，为她的兄弟皮格马

利翁所杀。埃利萨从提尔逃出（还带走了皮格马利翁的财宝），来到北非，并以狄多（布匿语中意为"处女"）之名建起迦太基城。建城所占的地方，来自当地王公伊阿尔巴斯（Iarbas）的赠予。维吉尔将狄多描述为一位优雅的女王，一位在他眼中堪比女神狄安娜的领袖。她欢迎了在风暴中幸存下来的特洛伊人。埃涅阿斯看到自己在特洛伊所经历的苦难被描绘在迦太基的神庙墙上，也深受感动。狄多初次现身时，她被比作狄安娜本人，一切都显得明快而热烈。她优雅地邀请特洛伊人进入她的宫殿，原因则如她所述："我也曾历经颠沛流离，而命运女神最终要我在这片土地上安定下来。我既已尝过苦难的滋味，便懂得如何帮助不幸的人。"（《埃涅阿斯纪》1.628—630）

然而命运并没有站在狄多一边。维纳斯和朱诺合谋决定令她爱上埃涅阿斯。听完埃涅阿斯对特洛伊的毁灭和自己的漂泊的讲述，狄多便被爱情之箭击中了。维吉尔将陷入爱河的她比作一头受伤的鹿。狄多的情感在第4卷中得到刻画。这一卷还讲述了那场狩猎、她与埃涅阿斯的结合、被她拒绝的追求者伊阿尔巴斯对父亲朱庇特（伊阿尔巴斯的母亲曾被朱庇特引诱）发出的抱怨，还讲述了墨丘利现身催促埃涅阿斯离开、狄多与埃涅阿斯的最后对质、埃涅阿斯的离去，以及狄多决意赴死。在死去之前，狄多对埃涅阿斯和他的子孙发出了诅咒（《埃涅阿斯纪》4.607—629）：

> 太阳啊，你光焰万丈，照彻大地上的一切造物；朱诺啊，你是这种种风波的调停者和见证人；赫卡忒，人们在长夜里，在城市的歧路上哀呼你的名字；可怕的复仇女神们（Dirae），还有将死的埃利萨[即狄多]所

图26.4 《心意已决的狄多》(*Dido in Resolve*)

戴维·利加尔（David Ligare，1945—）画，1989年，116英寸×80英寸。画中的狄多身穿白袍，已决意赴死。她已经派她的妹妹安娜前去为自己建造火葬堆，此时正独自坐在宫中高处。从这里她可以望见埃涅阿斯的船队正扬帆离港。

属的一切神明，请倾听我的话，请接受我的祈求！如果那可诅咒的人命中注定要到达海港，要成功登岸，如果这是朱庇特的意志，结局无法改变，就请让他陷入与一个彪悍而武备精良的民族的苦战，不得不四处乞援；让他成为无家可归的流亡者，远离尤鲁斯的拥抱；让他目睹同伴的夭亡。如果他被迫媾和，答应不公平的条件，请让他不得享受他的王国，不得享受他满心盼望的光荣。让他

死于非命，倒在海岸上无人收葬。这就是我的祈求，这就是我让自己流尽鲜血时的遗言。还有你们，我的提尔子民，你们要怀着仇恨，袭扰他的家族和他所有的子孙，并将这当作对我的祭礼。请让我们两族之间永无友爱，永无和平。希望我的后人中有一位复仇者①，希望你用火与剑扫荡特洛伊移民。或是现在，或是将来，只要你从时间中获得了力量。这就是我的诅咒。愿双方的海岸、大海和干戈都相互为敌，愿他们以及他们的后代永世相争。

维吉尔再次在神话与历史之间建立了联系，因为狄多的强烈诅咒正是对罗马读者的警示，提醒他们留心罗马的最大危险，即与迦太基人的战争。然而，在狄多身上，维吉尔还创造了一个永远能唤起读者同情的人物。这让我们想起奥古斯丁——他曾承认，自己为狄多流泪尚在为基督流泪之前。与对埃涅阿斯及其传说的处理方式一样，维吉尔采用了腓尼基女王埃利萨建立迦太基城的传统故事，并将这一传奇改造为一出深刻而动人的悲剧。

《埃涅阿斯纪》中的其他角色

《埃涅阿斯纪》中充满了种种人物和场景。这些人物与场景已经成为传统罗马传说的一部分。除了描述特洛伊的灭亡，维吉尔还将埃涅阿斯带到了未来的罗马所在之地。埃涅阿斯在那里受到阿耳卡狄亚国王埃万德的款待，并听到了海格力斯与卡库斯的故事。在本书第15章中，我们已经了解了埃涅阿斯对冥界的造访。《埃涅阿斯纪》第7卷则描述了朱

① 指第二次布匿战争中的迦太基名将汉尼拔。

诺如何唤起来自冥界的敌对之力，试图阻止命运的实现。与狄多一样，埃涅阿斯的敌人图尔努斯也是命运的牺牲品。他既是一位无情的战士，也是他的人民眼中勇毅的英雄。种种意大利神话人物在诗中也得到精彩的表现。其中，沃尔斯克人（Volscians）的首领、处女战士卡米拉（Camilla）能在成熟的麦穗顶上奔跑而不把它们踩坏，也能在海浪上奔跑而不打湿自己的脚；伊特鲁斯坎人的首领墨赞提乌斯拥有"无视神明者"的称号——在埃涅阿斯传奇的其他版本中，他活到了战争之后，后来被阿斯卡尼俄斯杀死。在《埃涅阿斯纪》中，他与他的儿子劳苏斯（Lausus）都死于埃涅阿斯之手。伊特鲁斯坎人阿伦斯（Arruns）杀死了卡米拉，自己却又被狄安娜的追随者俄皮斯所杀，因为卡米拉是狄安娜的宠儿。维吉尔还以悲剧的笔触讲述了特洛伊人奈索斯和欧律阿罗斯的故事（《埃涅阿斯纪》9.176—449），在他们的夜巡中注入了军事冒险的色彩，也注入了奈索斯对比他更年轻的同伴欧律阿罗斯的爱。奈索斯为欧律阿罗斯之死报了仇，随后自杀，倒在朋友身边。在一段感人的旁白中，维吉尔如此总结（《埃涅阿斯纪》9.446—449）：

> 幸运的一对朋友啊！如果我的诗歌能有任何力量的话，只要埃涅阿斯的子孙还在卡比托山（Capitol）[①] 上，只要罗马之父[朱庇特] 还执掌权柄，你们的故事便永不会被遗忘。

埃涅阿斯之死

《埃涅阿斯纪》随着图尔努斯之死而告终。这并

非埃涅阿斯传奇的终点：后来他娶了拉维尼亚，又建立了拉维尼乌姆。短短三年之后，埃涅阿斯死在一场战斗中，并成为神祇，以"因狄格斯"这一神圣称号受人崇拜。[8]

安娜与安娜·佩列娜

奥维德讲述了狄多的妹妹安娜的神话。他将安娜与纪念岁时女神安娜·佩列娜的新年节（这个节日在3月庆祝，而3月最初是罗马历法的第一个月）联系在一起。安娜逃离被伊阿尔巴斯占领的迦太基，来到美利塔（Melita，即今马耳他 [Malta]）。她的兄弟皮格马利翁——就是那个杀死狄多的丈夫绪开俄斯，并将狄多驱逐出提尔的人——发现了她，要求美利塔人将她交出。安娜再次逃亡，却在拉提乌姆海岸附近沉了船，来到埃涅阿斯的地盘"劳兰斯之原"。埃涅阿斯发现了她，并允许她在自己宫中避难。但拉维尼亚出于妒忌，设计要杀害她。安娜在梦中受到狄多的警告，又踏上了逃亡之路，来到努米库斯河沿岸地方。埃涅阿斯的手下们正在这里寻找她的踪迹。以下就是这个故事的结局（《岁时记》3.651—656）：

> 他们来到 [努米库斯] 河岸。那里有她的足迹。河神知道了 [事情的来由]，让静谧的河水停止流动。安娜本人似乎在说："我是这安详的努米库斯河的仙女，藏身在这流动终年（perenne）的河水。我的名字是安娜·佩列娜。"他们立刻在这片他们曾经漫游搜寻的草地上开始饮宴，用满斟的美酒犒劳自己，庆祝这个日子。

因此，奥维德将狄多的妹妹安娜等同于意大利

---

① 即卡比托利欧山。

人的新年女神安娜·佩列娜。人们以在露天举行宴会、饮酒和做爱的方式纪念安娜·佩列娜的节日。

罗慕路斯与罗马初创时期的神话

罗慕路斯与雷穆斯

阿尔巴隆加的最后一位国王是阿穆利乌斯（Amulius）。他的王位是从他的哥哥努米托尔（Numitor）手中篡夺而来的。努米托尔的女儿是瑞亚·西尔维娅（Rhea Silvia），又被称为伊利亚。阿穆利乌斯企图阻止她的婚姻，让她成为一名维斯塔贞女。但伊利亚为玛尔斯所爱，并为他生了一对双生子，即罗慕路斯和雷穆斯。阿穆利乌斯下令将他们投进其时正发洪水的台伯河。然而，当洪水退去，两个婴儿却躺在一片干燥的地面上，安然无恙。一头母狼发现了兄弟二人，并用自己的乳汁哺育他们。这片地方的标志是卢米纳无花果树（Ficus Ruminalis）。树的名字与 rumis（乳头）一词有关。它生长在帕拉蒂诺山下的卢珀卡尔洞穴附近，而帕拉蒂诺山正是埃万德的城市帕兰特乌姆从前所在的地方。

两个婴儿随后被阿穆利乌斯手下的一名牧人法乌斯图鲁斯（Faustulus）发现。牧人将他们带回自己家里，和妻子阿卡·拉伦提亚（Acca Larentia）一起将他们抚养长大。据传，两兄弟长大之后以袭击盗匪并抢夺他们的赃物为生。雷穆斯最终被人抓住，送到努米托尔面前，但罗慕路斯的出现让雷穆斯得以免受惩罚。罗慕路斯说出了法乌斯图鲁斯向他讲过的自己救起一对双胞胎的故事。于是，祖父和孙儿们得以相认。他们携手除掉了阿穆利乌斯，让努米托尔得以重登阿尔巴王位。随后，罗慕路斯和雷穆斯离开阿尔巴，在他们从台伯河神奇般获救的地方建立了自己的城市。

接下来，兄弟相争开始成为罗慕路斯与雷穆斯的故事中的主题，并导致了雷穆斯的死亡。为了决定应该以谁的名字为新城命名，罗慕路斯和雷穆斯求助于占卜，从鸟群的飞翔中获得预言。以下是恩尼乌斯对这一幕的描述（《编年史》1，残篇47）：

> 两人非常慎重，一心要取得统治之权，将注意力投向兆象与卜筮。雷穆斯登上山丘，独自搜寻那只吉祥的飞鸟。不过，俊美的罗慕路斯却来到阿文蒂诺山巅，仰头查看高飞的鸟群。两人的比赛是为了决定这城市应当被叫作罗马还是雷墨拉（Remora）。所有人都凝神屏息，等待那将统治他们的胜者决出。很快，光明复现，[太阳的]光芒一道道射出。正在此时，一只鸟高高飞在了左边，远较其他卜鸟美丽。金色的太阳也在这时升起，而十二只神圣的飞鸟从天而降，各自落在吉兆所示的幸运方位上。罗慕路斯由此知道，这王国的君位和土地都因这兆象而归属于他。

根据恩尼乌斯的记述，罗慕路斯与雷穆斯在阿文蒂诺山上的不同地点观鸟，而鸟群只向罗慕路斯显现。在后来的版本中，罗慕路斯观鸟的地点是帕拉蒂诺山，而雷穆斯则在阿文蒂诺山上观察。雷穆斯看到了第一个兆象，那是6只兀鹫，但罗慕路斯却看到了12只。兄弟俩就胜者应该是看到最多飞鸟的人还是最先看到飞鸟的人而发生了争执。雷穆斯被杀死，而罗慕路斯得以用自己的名字为罗马这座新城命名，并成为它的国王。

不过，关于雷穆斯之死，恩尼乌斯的记述有所

图26.5 《玛尔斯与瑞亚·西尔维娅》（*Mars and Rhea Silvia*）

布面油画草图，彼得·保罗·鲁本斯画，1616—1617年，21.5英寸×29.25英寸。画中的玛尔斯身着甲胄，急不可耐地冲向那位维斯塔贞女。一个丘比特此前已经帮他脱去了头盔，另一个丘比特（身背箭袋者）则正解开他的胸甲。瑞亚看着他，目光中流露出复杂的情绪。画面的场景被设定在维斯塔神庙中。帕拉迪乌姆神像前点着维斯塔的圣火。这幅草图可能是为一幅壁毯而作，因为雅典娜手中的矛和盾的位置对调了（通常她是左手持盾），而玛尔斯的剑也挂在了身体右边。

不同。李维和奥维德也采用了他的说法：罗慕路斯开始在帕拉蒂诺山上筑城；城墙刚刚砌起一点，雷穆斯便轻蔑地跳过墙头，作为对罗慕路斯的嘲讽；这是敌人的表现，于是罗慕路斯将他杀死——因为友善者都应通过城门进入城池。

罗慕路斯和萨宾人

随后，罗慕路斯便开始建设他的王国，为罗马的政治结构奠定基础。为了增加人口，他宣布卡比托利欧山两部分之间的地区成为避难地（asylum，即任何人在其中都可以免于暴力或迫害的圣地）。人们从四面八方来到这个避难地，成为未来的罗马公民。

不过，罗马仍旧缺少妇女。为了改善这一状况所做的种种努力，导致了罗马人与萨宾人之间发生的一连串事件。

首先，罗马使者前往周边部族求取年轻妇女作为罗马男子的妻子，却遭到拒绝。因此，罗慕路斯决定诉诸诡计和武力。萨宾男女们被罗马人邀请前来参加他们的康苏阿利亚节日竞技会。得到讯号之后，罗马男子们便纷纷将年轻的萨宾女子们抓住，而她们的亲属则逃之夭夭。这样的行为无法不招致报复。萨宾人在提图斯·塔提乌斯的率领下发动起来，对罗马人开战。在第一次战斗中，罗慕路斯杀死了萨宾城市凯尼那（Caenina）的国王，并将他的甲胄献给朱庇特·费列忒里乌斯（Jupiter Feretrius，意思可能是"受献者朱庇特"）。在罗马共和国[①]的历史上，罗马统帅仅有三次将自己亲手杀死的敌人的甲胄献给天神，而这就是其中的第一次。如此的进献被称为"最光荣的战获"（spolia optima）。罗慕路斯在第二次战役中再度取胜，但他的妻子赫尔希利亚（Hersilia）则站出来调停，劝说丈夫接受战败的萨宾人成为罗马公民。

在最后一次战役中，萨宾人直接攻击了罗马城，并且依靠塔尔佩亚（Tarpeia）的背叛攻下了卡比托利欧山。根据传说，塔尔佩亚是卡比托利欧山上的罗马指挥官的女儿。在金子的诱惑下，她同意帮助萨宾人入城，条件是他们把自己"左臂上佩戴的东西"——他们的金手镯——给她。但在攻下卡比托利欧山之后，萨宾人用盾牌砸死了塔尔佩亚，因为左臂乃是持盾的手臂。尽管夺取了城楼，萨宾人却不能攻下罗马广场，因为广场入口奇迹般地被雅努斯释放的一股股沸泉阻断了。战斗在罗马广场所在的低地上发生。一开始萨宾人占据上风，但罗慕路斯许诺向"驻留者朱庇特"（Jupiter Stator）奉献一座神庙，扭转了战局。

战斗的下一阶段，与罗马广场上一处名为库尔提乌斯湖（Lacus Curtius）的洼地有关。萨宾人中最勇猛的战士名叫墨图斯·库尔提乌斯（Mettus Curtius）。他骑马冲进这片沼泽，奇迹般地摆脱了追兵。这片低洼地带便因他而得名。关于库尔提乌斯湖，李维给出了另一种（更加爱国主义的）解释。这种解释也更广为人接受。根据他的说法，公元前

362 年，罗马广场上出现了一道神秘的裂缝。占卜者们宣称只有把罗马最宝贵的东西投入地缝，才能让它合拢，而如果罗马人如此照办，他们的国家就能永世长存。一名年轻的罗马人马库斯·库尔提乌斯（Marcus Curtius）意识到罗马最宝贵的财富乃是武勇，于是他穿上全副甲胄，在集合起来的人群面前向天神祈祷，然后纵马跃入地缝。地缝因此合拢。从此人们便以那位被大地吞噬的英雄的名字为这块洼地命名。

罗慕路斯与萨宾人之间的战斗最终由萨宾妇女们亲手结束。她们是罗马人的妻子（此时也是罗马人的母亲），又是萨宾人的女儿。她们跑到战场中间，直接发出请求，终于促成了停战。和平降临了，萨宾人和罗马人同意共同在罗马居住，而提图斯·塔提乌斯则与罗慕路斯成为罗马的共治者。萨宾人也获得了罗马公民们享有的称谓——奎利泰斯（Quirites）。[9]

两族之间的联合就此达成。过了一些年，提图斯·塔提乌斯被拉维尼乌姆人杀死。罗慕路斯统治了很长时间，但在玛尔斯之原上检阅他的军队时，在雷霆和闪电中消失无踪。他成为神祇奎里努斯，并向农夫普罗库鲁斯·尤利乌斯（Proculus Julius）显现。农夫把奎里努斯最后的话语告知世人。这些话精彩地传达了后世罗马人归诸他们的建国者的种种理想（李维《建城以来史》1.16）：

> "去吧，"他说，"去告诉罗马的人民，罗马将成为世界的都城，这是天神的意志。让他们多多操练战技，让他们知道并告诉他们的子孙：这凡间无人能够抵抗罗马人的力量。"

罗慕路斯的传奇中有一部分来源于真实的历史。这一点在近年的考古发现中得到了佐证。但他的传

---

① 原文如此，应有误。罗慕路斯属于罗马历史上的王政时代，而非罗马共和国。古罗马传说中及历史上（包括王政时代、共和国时代和帝国时代）被正式承认取得"最光荣的战获"的统帅一共有三位。

说多属文学虚构。罗马这个名字即来自罗慕路斯本人。罗马宪法中也有许多特征被归于他。他成神的传说颇有疑问，因为奎里努斯是萨宾人的神祇，与玛尔斯有关。有时奎里努斯的名字被单独使用，有时则与玛尔斯（玛尔斯·奎里努斯）或雅努斯、朱庇特乃至海格力斯的名字一起出现。一位古代的罗马学者（见塞尔维乌斯对《埃涅阿斯纪》1.292的评论）将奎里努斯描述为"执掌和平时期的玛尔斯"。代表一个军事国家的非战争状态的神祇似乎尤为适合罗慕路斯的身份，因为他是和平国家的缔造者，还成功地领导这个国家度过其诞生之初的战争。此外，奎里努斯作为一位萨宾人的神，也适合与罗马人的罗慕路斯合为一体。在公元前8世纪，帕拉蒂诺山、俄比安山（Oppian Hill）[①]和奎里纳莱山（Quirinal Hill）[②]上居住着拥有不同文化的群体。由罗慕路斯—奎里努斯这位神祇所象征的融合传说也得到了考古证据的支持。

图26.6

伊特鲁斯坎铜塑《卡比托利欧山母狼》（*The Capitoline Wolf*）

约公元前480年，30英寸×46英寸。狼身下的两名婴儿是15世纪添加的部分。关于这一标志性雕塑的历史，我们并不完全清楚，只知道它曾被安放在罗马的不同地点——哪怕在教皇西斯笃四世（Sixtus IV）将它赐给罗马市政官（市政官的官署[a]位于卡比托利欧山上）之后仍是如此。近年的一些分析认为，这座塑像可能是13世纪的复制品，但我们在此不采用这一说法。母狼躯干上的光洁皮毛和脖颈上的精美卷毛之间的对比令人赞叹。

a.　即罗马的保守官（Palazzo dei Conservatori），位于罗马卡比托利欧广场，在中世纪时曾是市政官驻地。

罗慕路斯传说中的其他角色

罗慕路斯传说中还有其他几名角色也具有神格。抚养了双胞胎兄弟的牧人法乌斯图鲁斯（Faustulus）可能与法乌努斯（Faunus）有关，因为这两个名字的词根相同，而且还有"眷顾"或"带来增长"的意味。卡托、瓦罗以及他们之后的奥维德，都将法乌斯图鲁斯的妻子阿卡·拉伦提亚（Acca Larentia）与12月23日的拉伦塔利亚节（Larentalia，人们在这个节日上向亡灵奉献祭品）联系在一起，但她身为神祇的职能则不为我们所知。有人认为，她名字中的"阿卡"与梵语中的"母亲"一词相同，因此她应该

是"拉尔之母"（mater Larum）——神灵拉尔们的母亲（尽管 Larentia 中的第一个 a 发长音，而 Larum 中的 a 发短音）。我们唯一能确认的是：阿卡和法乌斯图鲁斯都是古老的神祇，其精确的特征和职责在早期罗马作家的时代已被人遗忘。

罗慕路斯的妻子赫尔希利亚则被称为俄拉·奎里尼（Hora Quirini），即成神后的罗慕路斯的配偶。我们几乎可以确定，她名字中的"俄拉"表示的是奎里努斯的"力量"或"意志"，而这正是赫尔希利亚原本的职责——在神话让她成为凡人罗慕路斯的妻子之前。

塔尔佩亚岩石（Tarpeian Rock）以背叛者塔尔佩亚之名命名，人们在此将已判刑的罪犯推下岩石摔死。塔尔佩亚本人也具有神格，人们会在她的墓前

---

①　罗马七丘之一的埃斯奎利诺山的南坡。

②　意大利语作 Quirinale，罗马七丘之一。

莫酒。尽管李维声称她是萨宾人，但她的名字却来自伊特鲁斯坎人的语言。

罗慕路斯传说中的部分元素解释了罗马宪法中的一些特征。罗慕路斯与面目模糊的提图斯·塔提乌斯的二王共治，便预示了罗马共和国行政制度中的合议原则，尤其是其中的双执政官制度。

王政时代的传说

关于罗马的王政时代（传统上认为结束于公元前509年）和早期共和国时代，有着各种各样更像是神话而非历史的故事。我们在此聊举几例。

荷拉提乌斯兄弟

在罗马第三任国王图卢斯·荷斯提里乌斯（Tullus Hostilius）统治时期，罗马与阿尔巴隆加之间爆发了一场战争，其结局是阿尔巴的毁灭。在战争的早期阶段，双方同意以勇士之间的对决来解决争端，每方各派出兄弟三人。阿尔巴一方派出的勇士是库里阿提乌斯兄弟（Curiatii），罗马一方派出的则是荷拉提乌斯兄弟（Horatii）。两个罗马人很快就被杀死，但是第三个没有受伤。他将三名已受伤的对手分开，将他们一一杀死。他的姐姐此前已与库里阿提乌斯兄弟中的一人有了婚约。弟弟带着从库里阿提乌斯兄弟身上得到的战利品凯旋归城，姐姐却因悲伤而痛哭。荷拉提乌斯看到姐姐做出这样不合时宜和不爱国的举动，立刻下手将她也杀死了。他成了一名杀人犯，被判处死刑。然而，作为一名深得人心的勇敢战士，他通过向人民的请愿推翻了判决。在赎罪仪式中，他进献了祭品，又蒙着面从一根车轭或是横木（即一条由两个竖直柱子支撑的水平木梁）下面钻过。这条横木被称为"姊妹梁"（tigillum sororium），夹在两座祭坛之间。其中一座属于雅努斯·库里阿提乌斯（Janus Curiatius），另一座属于朱诺·索洛里亚（Juno Sororia）。

荷拉提乌斯与"姊妹梁"之间的联系，源于人们对朱诺·索洛里亚这个古老称号与拉丁语中"姊妹"（soror）一词的混淆。从横木下钻过的动作确实是一种净化仪式。然而，正如两位神祇的称号所示，这一净化仪式是用在进入青春期的少年男女身上的。[1]男孩在雅努斯·库里阿提乌斯的祭坛前取得成年的资格，前去参加他们的一次战斗，并在归来时从横木下穿过以洗去身上的血债。同样，朱诺·索洛里亚则执掌女孩进入成年的仪式。这一传说中的其他细节各有原因。荷拉提乌斯的申诉解释了罗马公民所拥有的对人民发出申诉的权利。荷拉提乌斯兄弟和库里阿提乌斯兄弟的传说，则可能起源于罗马城外通往阿尔巴方向的两组一共五座古墓——一组三座，一组两座。传说中荷拉提亚（Horatia）[2]被其兄弟杀死的地点附近则有另一座古代石墓。

两位塔尔奎尼乌斯和塞尔维乌斯·图利乌斯

罗马的最后三位国王分别是塔尔奎尼乌斯·普利斯库斯（Tarquinius Priscus）、塞尔维乌斯·图利乌斯和塔尔奎尼乌斯·苏培布斯。其中，两位塔尔奎尼乌斯都是伊特鲁斯坎人，而塞尔维乌斯很可能也是伊特鲁斯坎人——尽管他有一个拉丁名字。在罗马

---

[1]　索洛里亚这个称号表示"使女孩成年者"。关于库里阿提乌斯（Curiatius）的来历，不同的学者有不同的意见：有人认为它与古罗马公民的政治单位（curia，意为"胞族"，由10个氏族 [gens] 组成）有关——男孩进入库里亚大会意味着成年；有人认为它来自库里阿提乌斯兄弟（Curiatii）；还有一种说法认为它来自朱诺的称号库里提斯（Curitis，意为"持矛者"）。

[2]　即前文中被杀死的姐姐。

图26.7　《荷拉提乌斯兄弟之誓》(*The Oath of the Horatii*)

布面油画，雅克－路易·大卫画，1785年，128.25英寸×168英寸。为了汲取创作这幅英雄主义巨画所必需的古典灵感，大卫特别从巴黎迁居罗马。画中的场景并非根据李维的记载，而是基于高乃依的悲剧《荷拉斯》(1640)和诺维尔(Noverre)[a]同一主题的芭蕾舞作品。老荷拉提乌斯手持兄弟三人的剑，为他们主持誓言仪式。兄弟三人则以军人式的精确动作对剑致礼。这个动作(对大卫的资助者们)象征着爱国的牺牲精神，但在现代的观者眼中却更具有不祥的意味[b]。画面右方的背景中，三兄弟的母亲正在安慰她的孙儿们。她的前方是萨比娜(Sabina，三兄弟中一人的妻子，也是库里阿提乌斯兄弟的姊妹)和卡米拉(Camilla，荷拉提乌斯兄弟的姊妹和库里阿提乌斯兄弟中一人的未婚妻)。两人正为她们即将丧命的亲人而哀痛。

---

a.　诺维尔(1727—1810)，法国舞蹈大师，被视为情节芭蕾(ballet d'action)的开创者。

b.　这种敬礼方式是纳粹礼的由来。

体制的建立与组织方面，塞尔维乌斯仅次于罗慕路斯。围绕他也产生了各种传说。他的母亲俄克利西亚(Ocrisia)来自科尔尼库鲁姆(Corniculum)的王族，在战争中沦为奴隶，被分配到塔尔奎尼乌斯·普利斯库斯家中。根据传说，塞尔维乌斯的父亲乃是伏尔甘。[①]正当俄克利西亚坐在宫中的火塘边时，他

奇迹般地以阳具的形状向俄克利西亚显现。塞尔维乌斯还是个婴儿的时候，伏尔甘曾显现神迹，令火焰在孩子的头周闪耀，却不烧伤他，以此表达自己对孩子的喜爱。有了这样的吉兆护佑，塞尔维乌斯在宫廷中自然得到特殊对待。国王让他在自己家中长大，还把女儿嫁给他。塔尔奎尼乌斯被谋害之后，他的媵妻塔娜奎尔(Tanaquil)通过巧妙安排，将王权转交到塞尔维乌斯手中。

除了其在政治和军事方面的改革，人们还将罗马引入狄安娜崇拜的功绩归于塞尔维乌斯。据传，

---

①　原文作"塞尔维乌斯的父亲是伏尔甘之子"，应有误。根据奥维德在《岁时记》中的说法，在火焰中以阳具形象向俄克利西亚显现并使她受孕的是伏尔甘本人，而本书此处上下文也支持此说。也有人认为在火中显现的是塔尔奎尼乌斯·普利斯库斯家中的护家拉尔。未见塞尔维乌斯之父为伏尔甘之子的说法。

被强暴的卢克蕾提亚

在公元前5世纪之前，罗马由国王统治。到了5世纪，罗马已经成为共和国。这一转变的历史原因复杂而多样。然而，到了公元前1世纪，罗马人已经用一个具有象征意义的传说——国王的儿子对一位贵族女子实施了性暴力——将他们对这场政治革命的理解定了型。这就是卢克蕾提亚被强暴的故事。这个故事因两位作者的讲述而流传下来。一位是哈利卡耳那索斯的狄奥尼修斯（Dionysius of Halicarnassus，公元前1世纪晚期），他是希腊人，用希腊语写了一部罗马历史，题为《罗马古事记》（Roman Antiquities）。另一位就是罗马历史学家李维（前59—公元17），他用拉丁语创作了一部上及罗马建城、下至自己所处时代的罗马史，题为《建城以来史》。尽管两位作者的记述有一些重大的差异，对两个故事进行一番比较也很有价值，但最终成为标准版本的是李维所讲述的故事。

在故事开篇，罗马的末代国王"骄傲者"塔尔奎尼乌斯已决定围困阿尔代亚城，希望用城中的财富缓解罗马人民对他的专横统治的怨气。这场围困旷日持久。在一次战斗间隙，王子们来到国王的长子塞克斯图斯·塔尔奎尼乌斯的营帐中饮酒作乐。他们中间有一位贵族，名叫科拉提努斯，来自罗马附近的城镇科拉提亚。在这场长夜之饮中，男人们开始谈论各自的妻子。每个人都颂扬自己的妻子具有过人的美德。讨论变得激烈起来。科拉提努斯提出了一个建议：解决争执的最好办法莫过于回到家里，看看他们的妻子们此刻正在做些什么。喝得醉意陶然的男人们同意了科拉提努斯的提议，纷纷上马离去。

到家之后，王子们发现他们的妻子与朋友们饮宴作乐，大都过得纸醉金迷。然而，当他们在深夜来到科拉提努斯家中时，却发现他的妻子卢克蕾提亚正与女仆一起在烛光下纺线。意识到家有访客之后，她站起身来欢迎他们，而科拉提努斯则提议他们都留下来用餐。就在大家享受科拉提努斯一家的盛情款待之时，塞克斯图斯·塔尔奎尼乌斯却对卢克蕾提亚动了情欲。晚餐之后，军人们各自返回了营地。

数日之后，塞克斯图斯带着一名伴当不请自来，回到卢克蕾提亚家中，而科拉提努斯对此一无所知。

图26.8 《塔尔奎尼乌斯与卢克蕾提亚》（Tarquin and Lucretia）
布面油画，提香画，1571年，37.5英寸×29英寸。提香就这一主题创作过两幅作品（较早的一幅今存于维也纳）。这一幅描绘的是卢克蕾提亚狭小卧室中发生的事件。画中的塔尔奎尼乌斯身着红衣，正用右膝分开卢克蕾提亚的双腿，并用短剑威胁她。卢克蕾提亚则试图用自己未被控制的那条手臂将他推开（她的另一手臂已被塔尔奎尼乌斯抓住）。尽管身体赤裸，但卢克蕾提亚还是佩戴着富裕贵族阶层的珠宝和发饰。画面左侧的背景中是一名仆人，正在拉开床幔。塔尔奎尼乌斯威胁说，如果卢克蕾提亚不顺从他的欲望，他就要将仆人杀死，与她的尸身并排放在一起。

卢克蕾提亚再次优雅地欢迎了他，并请他留下用餐，甚至还邀请他在客房中过夜。塞克斯图斯在客房中坐等，直到所有人入睡，整座宅邸安静下来。然后他抽出佩剑，潜入卢克蕾提亚的卧房，意图强暴她。卢克蕾提亚已经睡着，却在塞克斯图斯将手放到她胸脯上时惊醒过来。塞克斯图斯以取她性命相威胁，让她不要出声，然后连哄带吓，甚至开始哀求，只图她能自愿屈从于他的淫欲。卢克蕾提亚拒绝了。但塞克斯图斯却说他会用羞辱使她屈服：如果她不愿与他同寝，他就会将她杀死，然后再杀死她家中的一名奴隶，并将两人的尸体并排摆放。这样，当科拉提努斯回家时，人们就会告诉他说他的妻子是在与奴隶行淫时被杀死的。卢克蕾提亚由此屈服于他的淫欲。

塞克斯图斯终于离开了。卢克蕾提亚向身在罗马的父亲和正在阿尔代亚参加围城的丈夫写了一封信，请他们立刻带着最信得过的朋友（amici）回家来，却没在信中提到发生了什么事。她的父亲和一位名叫瓦勒里乌斯（Valerius）的朋友一同前来，而她丈夫科拉提努斯带来的则是布鲁图斯。他们到家之后，发现卢克蕾提亚坐在房中哭泣。丈夫温柔地问她有何烦恼。卢克蕾提亚回答说她的身体（corpus）已被另一个男人玷污，但她的精神（animus）却清白无瑕。她请求他们立下誓言惩罚那对她做出恶行的人，接着便说出了作恶者塞克斯图斯的名字。男人们庄严发誓，并尝试安慰她的痛苦，表示过失的只能是精神，而不是身体——没有意愿，就没有过错。卢克蕾提亚明白自己并无过失，但为了防止其他女人用她的经历来做行淫的借口，她掏出一柄小刀刺向自己。她的丈夫和父亲惊恐大喊。布鲁图斯则将刀从她身上拔出，发誓将用这柄刀惩罚"骄傲者"塔尔奎尼乌斯夫妇和他们所有

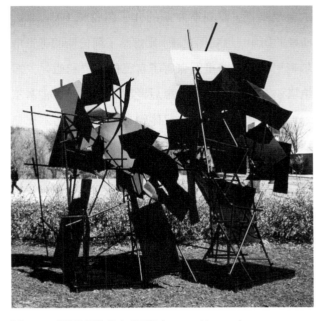

图26.9 《被强暴的鲁克蕾西》（*Rape of Lucrece*）

钢质雕塑，作者为鲁本·纳基安（Reuben Nakian，1897—1986），1953—1958年，高144英寸。纳基安将这一场景的传统表现方式进行了改造，变成了由钢板和钢管构成的抽象形体之间的冲突。右边的人物最上方是一块类似头盔的形状，令人生惧，他正对左侧更为纤细的人物发出威胁。左侧人物正从床上跳下（我们可以作此想象），向后避开攻击者。纳基安以这些相互脱离的形状，冷峻地表现了塔尔奎尼乌斯的罪行所代表的道德与社会秩序的崩解。

的子女。

李维笔下这篇卢克蕾提亚被强暴的故事中凝聚了许多罗马式的道德观，例如个人与政治、公域与私域之间存在着不可分割的联系；一场国家层面的革命由一个家庭中的事件引发；卢克蕾提亚宁可自杀，也不愿让自己成为别人失德的借口；群体责任比个人欲望更加重要。此外，暴君注定形单影只：在李维笔下，塞克斯图斯只有一名"伴当"，与科拉提努斯同行的却是一位值得信赖的"朋友"。

塞尔维乌斯与国王努玛一样，也有一位神圣的顾问和配偶，即女神福尔图娜。塞尔维乌斯之死据称是由他的女儿图里亚（Tullia）造成。图里亚嫁给了塔尔奎尼乌斯·普利斯库斯的儿子阿伦斯（Arruns），而她的姐姐（也叫图里亚）则嫁给了阿伦斯的哥哥塔尔奎尼乌斯。图里亚谋害了自己的丈夫和姐姐，嫁给塔尔奎尼乌斯，又怂恿后者篡夺王位，杀害塞尔维乌斯。塞尔维乌斯的尸体倒在一条名为乌尔比乌斯坡路（Clivus Urbius）的街道上，被他的女儿图里亚驾着马车碾过。由于这桩罪行，那条街道的名字便被改为"罪恶街"（Vicus Sceleratus）。

卢克蕾提亚与王政的终结

卢克蕾提亚（Lucretia）的牺牲导致了王政的终结。塔尔奎尼乌斯·苏培布斯和他的两个儿子被赶出了罗马。塞克斯图斯·塔尔奎尼乌斯去了拉丁人的城镇盖比伊（Gabii），并在那里被人杀死。罗马从此成为共和国。大权由两位通过每年选举产生的裁判官（praetor，约60年后，这个头衔被改称"执政官"[consul]）共同执掌。最初的两位裁判官之一就是布鲁图斯。

塔尔奎尼乌斯·苏培布斯（"骄傲者"）成为罗马国王。他在历史传统中被描述为一位暴君，他的被逐也成为罗马共和国创立的开端。导致他下台的那桩罪行成了罗马传说中最著名的故事之一。在围困卢图里人都城阿尔代亚（Ardea）的罗马军队中有一群年轻的贵族，其中包括塔尔奎尼乌斯·科拉提努斯（Tarquinius Collatinus）和国王的儿子塞克斯图斯·塔尔奎尼乌斯（Sextus Tarquinius）。一天晚上，这些年轻人喝醉了酒，骑上马便去突访他们的妻子，以确定她们是否为最忠贞的女子。他们拜访的妇人中，唯有科拉提努斯的妻子卢克蕾提亚的表现可称贞洁端淑，于是他们一致将她评作最贤良的妻子，之后便返回军营。此时，塞克斯图斯·塔尔奎尼乌斯已经被卢克蕾提亚的美貌深深吸引。几天之后，他独自返回科拉提亚（Collatia），突然闯到卢克蕾提亚家中，强暴了她。第二天，卢克蕾提亚派人找来自己的父亲和丈夫。两人与卢西乌斯·尤尼乌斯·布鲁图斯（Lucius Junius Brutus）[①] 一起到来。卢克蕾提亚把发生的事情告诉了他们，并要求他们承诺向攻击她的人复仇，随后便用一把短剑刺进了自己的胸膛。

罗马共和国初期的数百年在历史学家和诗人笔下被理想化了。早至公元前4世纪，那些用于表达英雄主义和道德理想的罗马领袖传说就被创造了出来。在乔治·杜梅吉尔（Georges Dumézil）看来，罗马王政时代和共和国早期的传说反映了印欧社会中的三元组织模式（因为早期罗马由三个部族构成）。他将这种模式进行了功能划分——祭司/国王、战士和食物生产者。他认为：在历史中（尤以李维的早期著作为甚）被奉若神圣的那些传统故事才是这一社会中的真正神话。这种看法充满了矛盾，但也认识到了罗马人将历史人物塑造为李维眼中的民族英雄的特殊能力。然而，关于这些早期罗马英雄的故事更多属于历史的范畴，而非纯神话的范畴。随着罗马王政的结束，我们对罗马神话的检视也可以告一段落了。[10]

---

① 罗马共和国的建立者，传统上被认为是共和国的第一位执政官。

相关著作选读

Banta, Louisa，《伊特鲁斯坎城市及其文化》（*The Etruscan Cities and Their Culture*. London: Batsford, 1973）。这本书的插图和第6章中关于伊特鲁斯坎宗教的部分尤有价值。

Beard, Mary, John North, and Simon Price，《古罗马的宗教》（*Religions of Ancient Rome*, vol. 1: *A History*; vol. 2: *A Source-book*. New York: Cambridge University Press, 1998）。一部对罗马宗教生活的概述，上至罗马建城之年，下及罗马帝国的基督教化时期。书中纳入了视觉证据，对相关文本也做了翻译。

Bremmer, J. N., and Horsfall, N. M.，《罗马神话与神话艺术》（*Roman Myth and Mythography*. London: University of London, Institute of Classical Studies, 1987）。

Donaldson, Ian，《卢克蕾提亚被强暴：一种神话及其变形》（*The Rapes of Lucretia: A Myth and Its Transformations*. New York: Oxford University Press, 1982）。

Feeney, D.，《罗马的文学与宗教：文化、语境和信仰》（*Literature and Religion at Rome: Cultures, Contexts, and Beliefs*. New York: Cambridge University Press, 1998）。

Galinsky, Karl G.，《埃涅阿斯、西西里岛与罗马》（*Aeneas, Sicily, and Rome. Princeton*: Princeton University Press, 1969）。

Grant, Michael，《罗马神话》（*Roman Myths*. New York: Dorset, 1984 [1971]）。

Green C. M. C.，《罗马宗教与阿里恰的狄安娜崇拜》（*Roman Religion and the Cult of Diana at Aricia*. New York: Cambridge University Press, 2007）。这部著作研究了狄安娜崇拜及其对罗马宗教的影响。

Griffin, Jasper，《维吉尔》（*Virgil*. New York: Oxford University Press, 1986）。一部简短却眼光敏锐的维吉尔介绍著作。

Hardie, P.，《维吉尔（古典文学中的希腊与罗马新探之28》（*Vergil* [*Greece & Rome New Surveys in the Classics*, No. 28]). New York: Oxford University Press, 1998）。这部著作探讨了维吉尔作品的各个方面，颇具价值。

Harrison, S. J., ed.，《维吉尔〈埃涅阿斯纪〉牛津读本》（*Oxford Readings in Virgil's Aeneid*. New York: Oxford University Press, 1990）。一部由一流学者的文章组成的重要合集。

McAuslan, I., and P. Walcot，《维吉尔（希腊罗马研究)》（*Vergil (Greece and Rome Studies)*. New York: Oxford University Press, 1990）。关于这一主题最为有用的一部论文合集。

Quinn, Stephanie, ed.，《解读汇编：为何是维吉尔？》（*Why Vergil? A Collection of Interpretations*. Wauconda, Ill.: Bolchazy-Carducci Publishers, 1999）。其中第二部分收入 "Some 20th Century Heirs: Poetry and Power" 一文，所讨论的诗人包括罗伯特·弗罗斯特（Robert Frost）、C. 戴·刘易斯（C. Day Lewis）和 W. H. 奥登（W. H. Auden），还收入了赫尔曼·布洛赫（Hermann Broch）的著名小说《维吉尔之死》（*The Death of Virgil*）中的选段（译文来自 Jean Starr Untermeyer）。

Richardson, L.，《新古罗马地志词典》（*A New Topographical Dictionary of Ancient Rome*. Baltimore: Johns Hopkins University Press, 1992）。关于罗马城中各个地点与建筑的宗教意义，此书提供了颇有价值的信息。

Scheid, John，《罗马宗教导论》（*An Introduction to Roman Religion*. Translated by Janet Lloyd. Bloomington: Indiana University Press, 2003）。

Warrior, Valerie M.，《罗马宗教资料汇编》（*Roman Religion: A Source Book*. New York: Cambridge University Press, 2006 [2001]）。此书广泛涉及各种关于罗马宗教及其宗教实践的主题，并收录了关于这些主题的简短选段的可读译文。

Wiseman, T. P.，《罗马神话》（*The Myths of Rome*. Exeter: University of Exeter Press, 2004）。此书作者是早期罗马神话研究领域的权威。前三章内容极为有用。书中的注释给出了作者使用的文献来源，是难得的资料。

Wiseman, T. P.，《雷穆斯：一种罗马神话》（*Remus: A Roman Myth*. New York: Cambridge University Press, 1995）。此书对罗马建城神话的起源和发展过程进行了历史分析。

Wiseman, T. P.，《文字之外的罗马》（*Unwritten Rome*. Exeter: University of Exeter Press, 2008）。一部关于成文资料极为稀少的罗马初年的文章合集。

Wildfang, Robin Lorsch，《罗马的维斯塔贞女》（*Rome's Vestal Virgins*. New York: Routledge, 2006）。一部新颖而全面的分析著作。

Ziolkowski, Theodore，《维吉尔与现代人》（*Virgil and the Moderns*. Princeton, NJ: Princeton University Press, 1993）。此书对思想传记传统以及维吉尔对欧洲大陆、不列颠和新世界的影响进行了讨论。

主要神话来源文献

本章中引用的文献

恩尼乌斯：《编年史》1，残篇47。

荷马：《伊利亚特》20.300—308。

贺拉斯：《颂诗》1.10，3.22。

李维：《建城以来史》前言1.6—10、16。

卢克莱修：《物性论》1.1—13。

奥维德：《岁时记》1.415—440，3.651—656。《变形记》14.598—608。

维吉尔：《埃涅阿斯纪》1.1—7、198—207、267—279，4.607—629，8.247—261、424—438，12.938—952。

其他文献

李维：《建城以来史》第1卷。李维有关罗马历史的《建城以来史》是一部卷帙浩繁的著作，以埃涅阿斯到达意大利为开篇，一直写到奥古斯都统治时期。这部作品没有完整保留下来，但前5卷（即有时被称为"第一个五卷本"的部分）在现存内容之中，包括了从罗马建城到高卢人攻破罗马之间那段时期的大量信息。

奥维德：《岁时记》，奥维德对罗马岁历的诗意讲述包含了大量关于宗教和神话方面的材料。

维吉尔：《埃涅阿斯纪》。

补充材料

书籍

小说：Le Guin, Ursula K. *Lavinia*. New York: Harcourt, 2008。注定要嫁给埃涅阿斯的公主拉维尼亚，在《埃涅阿斯纪》的情节中有着重要地位，却几乎没有发出自己的声音。这部小说重新创造了一个丰满的拉维尼亚形象，以表达作者对维吉尔的深切谢意。

CD

歌剧：Cimarosa, Domenico（1749–1801）. *Gli Orazii e Curiazi*. Dessy et al. Orchestra Sinfornica di San Remo, Cond. Bernart Bongiovanni; also Vercelli et al. Orchestra Sinfonica e Coro della RAI di Milano, cond. Giulini. Melodram。此剧取材于高乃依就李维笔下这一罗马传说创作的戏剧。关于同一主题的作品还有 Mercadante, Saverio（1795–1870）的 *Orazi e Curiazi*. Miricioiu et al. Philharmonia Orchestra, cond. Parry. Opera Rara。

康塔塔：Novák, Jan（1921–1984）. *Dido*. For mezzo-soprano, narrator, chorus, and orchestra, with a libretto using Latin excerpts from Vergil's *Aeneid*, Book 4. Schmiege et al. Symphony Orchestra of the Bayerischer Rundfunk, cond. Kubelik. Mundelein, Ill.: Bolchazy-Carducci, 1997。捷克作曲家诺瓦克（Novák）真诚地将拉丁语视为一种鲜活的语言，创办了拉丁语音乐节 Ludi Latini。专辑中还包括 *Mimus Magicus*, Leopold Stokowski Symphony Orchestra, cond. Stokowski. EMI Classics。这部作品的设定背景是维吉尔《牧歌集》8.64—109中描述的故事：一名忒萨利女子因被爱人抛弃，试图用魔法让他回心转意。这也是 Charles Loeffler（1861—1935）的作品 *A Pagan Poem* 中的主题。

DVD

电影：*Seven Brides for Seven Brothers*, starring Jane Powell and Howard Keel. Choreography by Michael Kidd. MGM。这部电影基于 Stephen Vincent Benét 的小说 *The Sobbin' Women*，将劫夺萨宾妇女的传说改编成了一部古典音乐剧。另有两碟特别版。

歌剧：Britten, Benjamin（1913–1976）. *The Rape of Lucretia*. Rigby et al. English National Opera Orchestra, cond. Friend. Kultur.

歌剧：Berlioz, Hector（1803–1869）. *Les Troyens*. Susan Graham et al. Théâtre Musical de Paris-Châtelet. Orchestre Revolutionaire et Romantique, cond. Gardiner. BBC。这是一部歌剧杰作，基于维吉尔《埃涅阿斯纪》第4卷（《特洛伊的毁灭》）和第6卷（《狄多与埃涅阿斯》）。

歌剧：Purcell, Henry（ca. 1659–1695）. *Dido and Aeneas*. Ewing and Daymond. Collegium Musicum 90, cond. Hickox. Kultur。拍摄于英格兰汉普顿庄园。

歌剧：Cavalli, Pier Francesco（1602–1676）. *La Didone*. McFadden et al. Europa Galante, cond. Biondi. Dynamic.

歌剧：Mozart, Wolfgang Amadeus（1756–1791）. *Ascanio in Alba*. Damrau et al. National Theater's Mannheim Orchestra, cond. Fishcer. Deutsche Grammophon。此剧讲述了阿斯卡尼俄斯在阿尔巴隆加与西尔维娅的婚姻。尽管15岁的作曲家的杰出配乐使这个版本颇具音乐上的价值，但它仍是一个可笑的版本。更好的选择是一个 CD 版本的演奏：Augér. Baltsa et al. Mozarteum-Orchester Salzburg, cond. Hager. Philips。

[注释]

[1]　由于拉丁语中对六音步格的限制，此处的众神并非依照各自的重要性排序。我们给出的是恩尼乌斯的写法，但此处的墨丘利乌斯和育芙分别指的是墨丘利和朱庇特。

[2]　奥古斯都于公元前12年成为大祭司，但他仍继续住在帕拉蒂诺山。

[3]　她的名字似乎与拉丁语中的"心智"（mens）和"记忆"（meminisse）这两个词有关。

[4]　64年那场大火过后一段时间，皇帝图密善在罗马的14个区中都为伏尔甘建起了神坛。

[5]　奥维德在《岁时记》6.319—346部分讲述了同一个故事，主角是普里阿波斯和维斯塔。洛提斯的故事是贝利尼画作《众神之宴》的主题（参见本书图26.2）。

[6]　参见 R. Ross Holloway 的著作 *The Archaeology of Early Rome and Latium*（New York: Routledge, 1996）。这是一本概论，涵盖了近年来与早期罗马有关的考古发现，如拉维尼乌姆的埃涅阿斯神坛和帕拉蒂诺山上的罗慕路斯时代的城墙。

[7]　这些船到达意大利，并被库柏勒变成了海中仙女。库柏勒是佛律癸亚人的女神，因此会保护用佛律癸亚树木制造的船只（《埃涅阿斯纪》10.220—231）。

[8]　参见本书第719页奥维德对埃涅阿斯之死和他的称号的讲述。"因狄格斯"这个称号的含义并不明确。有一整批神祇都被称为"狄·因狄格斯"，而某些神祇（如朱庇特和索尔 [Sol]）也被人们冠以这一称号加以崇拜。埃涅阿斯有时也被称为"帕特尔·因狄格斯"（Pater Indiges, Pater 一词意为"父亲"）。

[9]　我们对 Quirites 一词的语源学来源并不清楚。它与神祇奎里努斯（Quirinus）和奎里纳莱山（Quirinal）有着共同的词根。罗马人错误地认为它与萨宾城市库列斯（Cures）有关。

[10]　参见 Georges Dumézil, *Archaic Roman Religion*. Translated by P. Knapp, 2 vols.（Baltimore, Johns Hopkins University Press, 2003 [1970]）。若要进一步阅读有关罗马神话的著作，我们格外推荐下面这本书：T. P. Wiseman, *The Myths of Rome*, Exeter: Exeter University Press, 2005。

第四部分
古典神话与后世

保卢斯·博尔《库狄珀》

第27章
文学中的古典神话

> Froh empfind ich mich nun auf klassischem Boden begeistert;
> Vorund Mitwelt spricht lauter und reizender mir.
> Hier befolg' ich den Rat, durchblättre die Werke der Alten
> Mit geschäftiger Hand, täglich mit neuem Genuss.
> 我很高兴地发现自己在古典文化的大地上备受启发,
> 故往与当下都在对我述说,声音更嘹亮、更美妙。
> 在这里,我以勤奋的手遵循着"翻阅古人著作"的
> 建议 [1],每天都在获得新鲜的乐趣。
>
> ——歌德《罗马悲歌》V[2]

古典神话在后世的传承是一个宏大的题目。在本书的最后两章中,我们只能以最为简短、最为粗略的方式对这个题目进行考察。在古典时代,古典神话的影响力并不像神话中的众位神明消退的影响力那样在不断降低,这些神话实在是无处不在。而到了希腊化时代(也就是亚历山大大帝去世的公元前323年后两百年左右),古典神话获得了新的生命,只是,这些神话故事出现时,常常和原初的叙事语境相去甚远。在本章中,我们将首先考察在天文学、占星学与神话故事的指南中古典神话的

---

[1] 语出贺拉斯,《讽喻诗》(Sermones)第2卷第6篇。

[2] 本部分原引文均为英文,鉴于错误较多,为了准确、贴切起见,译者查阅了所有引文的出处及其原文,并根据各有关语种(古希腊文、拉丁文、德文、意大利文、法文、中古英文)的原文进行了翻译。

流传，以及这些神话在中世纪早期所转变成的各种奇怪的形式——这往往是受到了阿拉伯文化以及其他非地中海沿岸文化的影响。接下来，我们将考察这些神话最主要的两种传承方式——文学与艺术。对于文学来说，奥维德的《变形记》是出自古代的最基础的文本，它的流传也成了古典神话在中世纪后期与文艺复兴早期重返西方经典文学的先导。到了文艺复兴时期，人们重新发掘出各种古希腊文本，并且重新认识了荷马史诗与古希腊悲剧所讲述的传奇故事。在这个潮流中，但丁、薄伽丘与乔叟是先行者，而到了莎士比亚与弥尔顿的作品中，对这些古典神话的发掘与运用也进入了成熟期，而且，它的重要性将会一直保持下去。在18世纪文学中，尽管人们对这些神话故事的运用经常十分轻率，但同样是在这个世纪中，德意志文学尤其是歌德的诗歌与诗剧，让人们对这些神话的力量有了全新的认识。从那时起直至今日，古典神话在许多文学作品中都得到了传承，虽然这些故事在形式上时常有所变化（有时这些变化是弗洛伊德的理论与研究成果所导致的），但它们从来都是忠实于自己在古典时代的本初精神的。

关于古典神话在艺术中的流传，我们已经将这方面的考察资料放到本书的网站上。在这里，我们只需要指出，在古典时代晚期与中世纪的艺术作品里，这些神话故事的重要性虽然有时被减弱，但人们仍然可以很容易地将其识别出来；到了文艺复兴时期，在意大利与法国的那些伟大艺术家那里，古典神话又重新崛起了；而到了巴洛克时代，尤其是在意大利与荷兰，对这些神话的使用更是达到了鼎盛，其中最重要的艺术家当然是普桑与鲁本斯。不过，我们想试图说明的是，无论在某些时代中，古典神话的影响力受到了多大程度的削弱，但它在西方艺术中的影响力却从未完全消失过，而且，在当今这个时代，新古典主义（neoclassicist）画家与雕塑家在自己的作品中重新振兴了这些神话。

古典时代晚期的古典神话

希腊城邦中诸神的式微

有关宗教与城邦之间的紧密联系，在古典时代的希腊戏剧与那些恢宏的神庙里的雕塑作品中表现得十分明显。那时，众位神明以及那些与他们有关的故事在城邦的生活中占据着核心地位。公元前5世纪，在希腊世界的很多地方，这种重要性达到了顶点。但在随后一个世纪中，许多城邦的自信下降了，之所以如此，部分是由于政治的冲突与常年的战争，部分是由于城邦常常需要与其他希腊城邦或非希腊民族联合起来。所以，城邦中的公民们不再像以前那样，出于对自己城邦的热爱而为之做出巨大牺牲，城邦所崇拜的各位神明也就不再像以前那样无所不在了。在一个公民只因为个人需求而从宗教中寻求慰藉的世界里，这些神明的重要性减弱了。

早在许多个世纪之前，就有人开始削弱荷马史诗中的宗教观，比如爱奥尼亚的哲学家们就尝试着以非宗教的方式去解释人类在宏观世界中的位置，而赫西俄德对宇宙起源与众神创生的论述，与爱奥尼亚哲学家们的宇宙论也有着天壤之别。举例来说，米利都的阿那克西米尼（Anaximenes，约前545）认为，宇宙万物（包括众神）的基本实质是气，他也毫不迟疑地将气称之为"神"（theos）。以弗所的赫拉克利特（约前500）告诉人们，火是万物的本源，他进而对荷马史诗中的宗教进行了批评，尤其是对这种宗教的核心特征——牲畜献祭——

进行了批评。他说，用血来洗涤一个人，就好像用泥巴洗澡一样。在荷马史诗宗教的这些早期批评者当中，将话说得最为直截了当的是科洛丰的克赛诺芬尼（约前525），他抨击荷马史诗中的拟人论时说："荷马与赫西俄德把一切凡人觉得可耻的、应受到谴责的事情都加诸众神：偷窃、通奸以及相互欺骗。"（残篇11）① 到了公元前5世纪末，由于政治、伦理与思想上的剧烈变化，有识之士们对旧秩序与公认的宗教失去了信心，所以他们广泛且普遍地接受了这些哲学家们所做的批评。在伯罗奔尼撒战争期间（前431—前404），诡辩家（Sophists，职业哲学家）在众多希腊城邦中讲学。他们对传统宗教的怀疑态度引起了保守思想的强烈反应。阿里斯托芬的戏剧《云》（Nubes，首演于公元前423年）以及公元前399年苏格拉底（其实他并不是一个诡辩家）的死刑都表现有这种反应。对苏格拉底的指控显示出，关于城邦所崇拜的众神的辩论是多么严重的事情（色诺芬《回忆苏格拉底》1.1）：

> 苏格拉底被判犯有不承认城邦所承认
> 的众神，而且还引入新神的罪名；他也被判
> 犯有使青年堕落的罪名。

大约25年之后，柏拉图将荷马史诗从自己理想城邦的教育课程中逐出，因为他认为荷马史诗中的神明以及与其有关的神话为青年树立了很坏的道德榜样。人们越来越转向于哲学中去寻找精神支柱，而伟大的哲学学园——例如柏拉图的学园——也在公元前4世纪建立起来。

---

① 参见 Hermann A. Diels 与 Walther. Kranz 编《前苏格拉底哲学残篇辑》（Die Fragmente der Vorsokratiker，第6版，柏林，1951—1952）第1卷。

文学与艺术中的亚历山大学派

亚历山大大帝的东征，让东方思想和宗教的影响在希腊世界中得以恢复。他与他的父亲、马其顿的腓力二世（Philip II）进一步削弱了希腊城邦的独立自主性，同时也使传统宗教越来越放松了对城邦的控制。亚历山大大帝于公元前323年去世，人们称这之后的时代为希腊化时代，这个时代持续到罗马帝国于公元前146年吞并希腊为止。在希腊化时代，思想文化的中心是位于埃及的城市——亚历山大，而亚历山大的图书馆则是希腊世界最大的学术中心。卡利马科斯（约前265）是亚历山大学者一诗人中影响力最大的。在他的作品中，有一部是《源起》（Aetia），这部诗作的长度超过4000行，其中包含着许多讲述习俗、制度与历史事件起源的神话与传说，不过只有大约400行流传到了今天。卡利马科斯还以《荷马体颂歌》为模板创作了6首颂歌。与他同时代的作家，还有罗得斯岛的阿波罗尼俄斯与科斯岛的忒奥克里托斯，前者创作了一部讲述阿尔戈号英雄们的史诗，后者的诗作则包含关于赫拉克勒斯的神话以及阿尔戈英雄的故事中的段落。不过，亚历山大学派的作家们使用古典神话时，往往是为了文学上的点缀或者引喻（allusion）。

卡图卢斯将卡利马科斯《源起》中的一段——"贝勒尼基（Berenice）的秀发"——改编成了他自己的第66首诗。在这里，我们给出这首诗中的几行，仅从这几行中就能够看出亚历山大学派诗人们利用神话引喻时展现出的天才。贝勒尼基是埃及皇后，托勒密三世（Ptolemy III）的妻子。贝勒尼基发愿说，如果她的丈夫能够从对叙利亚的远征中平安归来，就献上自己的一缕头发。后来，这缕头发从贝勒尼基敬献的神庙中消失了，于是，人们认为一个新发现的星座就是这缕头发，并且将这个星座命

名为"后发座"（coma Berenices）。① 在卡图卢斯的这首诗中，叙事者就是这缕头发（卡图卢斯《歌集》66.51—56）：

> 姊妹们都在为我，方才被剪下的一缕
> 秀发的命运
> 而哀叹，与此同时，埃塞俄比亚的门
> 农之胞兄，
> 阿尔西诺伊（Arsinoë）那来自洛克里斯
> 的飞马震动着双翼，
> 拍打空气。他带着我飞过阴暗的天空，
> 并将我安放在维纳斯那纯洁的胸怀中。

只有学识丰富的读者才会明白，"门农之胞兄"指的是西风之神仄费洛斯，而在诗中，认为他就是飞马珀伽索斯。珀伽索斯则被认为是阿尔西诺伊——托勒密二世（Ptolemy II）的妻子——的仆从，因为阿尔西诺伊在死后被奉为"仄费利翁的阿佛洛狄忒"（Aphrodite Zephyritis）。她的称号来源于一个名叫仄费利翁的地方②，而这个词还有一个双关的意思，即"控制着仄费洛斯的"，所以在诗中，她能够让西风听从她的调遣。

亚历山大的学者—诗人们，以及他们在罗马的追随者们在引喻时并不总是如此巧妙的。不过，卡图卢斯本人在自己的第64首诗中，完美地讲述了阿里阿德涅与忒修斯的神话。而写作故事的大师奥维德则在自己《变形记》的相关段落中，表现出了亚历山大学派那种对富于浪漫气息的细节的喜好，同时也出色地把这些细节与对神话故事的叙事结合了

起来。

如此一来，在亚历山大学派的传统中，古典神话获得一次复兴，而这些古典神话的再次流行，在最好的情况下，能够使作品包含令人愉悦的且往往是动人的叙事，但在最糟糕的情况下，则会出现过度使用引喻的情况。在艺术作品的创作中也同样如此，艺术家会为某个特定的情感找寻最巧妙的表现方式，或是会力图在观者心中造成某种特定的效果，这样的努力就给我们留下了普拉科希特勒斯的《赫尔墨斯与婴儿狄俄尼索斯》（参见本书图12.1）这样的作品。这件作品所展现出的横溢的才华，应与奥林匹亚的宙斯神庙中的阿波罗神像（参见本书图11.8）相提并论。而在克尼多斯发现的得墨忒耳坐像，尽管创作的年代是公元前4世纪晚期，但它表明，当时的艺术家仍能在作品中表现出奥林波斯众神的威严（参见本书图14.1）。

从亚历山大学派兴起到中世纪早期之间的大约一千年中（约前300—公元700），古典神话通过不同作品对它的使用，以及古典神话批评者们的作品得以流传。我们接下来将讨论这些不同的传承方式：

1.神话史实说（Euhemerism），2.收集神话的作家以及他们所著的神话指南，3.天文学与占星术，4.古典神话的非基督教批评者与基督教批评者。

神话史实说

墨塞尼的欧赫墨洛斯（约前300）的作品所产生的影响超出了其价值，这些作品对传统神话的理解采取了非同寻常的角度。"神话史实说"认为，众神原本是做过王的凡人，要不就是其他一些杰出的凡人。欧赫墨洛斯在自己的作品《神圣记述》中自称曾游历至印度洋，而且还在印度洋中的一座岛屿上，从宙斯神庙中看到了一根纯金的柱子，柱子上

---

① 后发座原文的意思就是"贝勒尼基的头发"。
② 阿尔西诺伊在死后被奉为神明，她的神庙就建在一个名叫仄费利翁的海岬上。

镌刻着乌拉诺斯、克洛诺斯与宙斯的事迹。他在作品中说，自己由此发现事实上众神都曾是凡人，是死后因为丰功伟绩而变成神明的。欧赫墨洛斯的这部作品由恩尼乌斯（约前180）翻译成拉丁文，历史学家、西西里岛的狄奥多罗斯（约前30）用希腊文给出了这部作品的概要，而基督教作家拉克坦提乌斯（Lactantius，约300）则为恩尼乌斯的拉丁文译本撰写了概要。

由于欧赫墨洛斯的作品充斥着非基督教作家对非基督教之神所进行的攻击，因此，在基督教占据主导地位的时代，欧赫墨洛斯就占据着很重要的地位。而在415年前后，圣奥古斯丁在解释非基督教宗教出现的原因时说："更令人信服的原因是……他们据说曾经是凡人。"（《上帝之城》[De civitate Dei] 7.18）生活于7世纪的塞维利亚主教依西多禄（Isidorus）在论述非基督教众神时也借助了神话史实说。他指出："凡是那些异教徒坚信是神的，据说都曾经是凡人。"（《词源》[Etymologiae] 8.11）依西多禄还尝试为这些后来变为神明的凡人确定年代，而在综述世界历史的时候（《词源》5.39），他也并没有将神话与历史区分开来。由此，他将赫尔墨斯发明里拉琴以及赫拉克勒斯的自焚都当作"史实"而确定了年代。在整个中世纪，"神话史实说"一直都存在，这也是古希腊神话中众神在后世得以传承的重要因素之一。

收集古典神话的作家以及神话指南

收集古典神话的作家，会对这些神话进行总结概述与分类，他们展示出了古代与中世纪学者们对神话的另一种兴趣。据说，知识广博的亚历山大者厄拉托色尼（约前225）与雅典学者阿波罗多洛斯（约145）都曾写过神话指南，不过现在都已经佚失

了，而流传至今的两部神话概要则是托名这两人所作的。"阿波罗多洛斯"所写的那部指南（可能创作于120年前后）最为完整，包含了许多传说的多个版本，现在仍然十分有用；托名为厄拉托色尼所作的那部则稍微短一些，这部作品被称作《化为星辰》（Catasterismi），它讲述的全部是凡人变为星辰的故事。亚历山大学派十分喜欢与星辰有关的传说，而真正来自早期希腊的类似的神话故事则比较少（俄里翁[1]的故事是一个）。不过《化为星辰》中收录了44个这样的传说故事：比如，关于大熊座（由卡利斯托所变）、黄道十二宫，以及银河系等的源起。严格说来，这些传说故事并不算神话，但是在古典神话中一些人物的名字流传至今的过程中，这些故事却是发挥了重要的作用的。

在这些凡人变为星辰的故事中，我们可以来看看以下这两个例子。《化为星辰》第10章的内容是有关双子座（Gemini）的故事，最早人们称这个星座为"Dioscuri"[2]（双子即卡斯托耳与波卢克斯）：

> 他们的兄弟之爱超过所有凡人，因为他们从未为关于力量或其他任何事发生过争执。所以，宙斯想要让他们的齐心被铭记，将他们称为"宙斯的儿子们"并将他们置于群星当中。

在《化为星辰》的第44章中，关于银河系的起源是这样说的：

> 宙斯的儿子们只有在赫拉为他们哺乳之后才能享有神明的荣耀，所以——人们

---

[1]　即猎户座。

[2]　这个名字的古希腊文意思是"宙斯的儿子们"。

说——赫尔墨斯在赫拉克勒斯出生后，将他带到赫拉那里并将他放到了她的胸前，赫拉克勒斯吸吮了赫拉的乳房。但当赫拉发觉这是赫拉克勒斯之时，她将他猛烈挣脱开，而乳汁则继续大量流出，形成了这个星系。[1]

还有其他的几部神话指南流传至今。在公元前1世纪，帕尔腾尼俄斯（Parthenius）编纂了一部爱情故事的合辑，后来罗马诗人加卢斯（Gallus）将其中的内容用在了自己的作品里。大约在160年，一位自称叙吉努斯的作家（这是奥古斯都皇帝在公元前10年左右的图书馆馆长的名字）用拉丁文写作了一部神话概要，其中收录了超过250个传说故事的梗概。一位非洲的主教富尔根提乌斯（5世纪晚期）写作了一部《神话》（Mitologiae），其中都是非基督教神话的梗概，以及对这些神话的解读。以上提到的这些作品，无论其文学价值如何，却至少让古典神话存留下来，并且能够在中世纪早期之后继续流传。

天文学与占星术

古典神话中的人名、地名等，往往是借助天文学与占星术而流传下来的。我们已经提到过亚历山大学者与诗人们对这些与天文有关的传说故事的兴趣。阿拉托斯（一位来自小亚细亚的希腊作家，约前275）所作的《物象》，是希腊化时代文学中最受欢迎的作品之一。后来有好几位作家都曾经将这部作品译成拉丁文，我们还知道这部作品有20多种古注。当然，对于非基督教的众神以及他们的故事在后世的流传来说，占星术起到更为重要的作用。自从苏美尔人的时代开始，占星术在希腊世界的东方就十分重要，在亚历山大大帝东征之后，占星术在希腊世界也开始流行起来。在希腊化时代之前，希腊人对于占星术持怀疑态度，但是在公元前4世纪之后，人们便开始普遍地研究天体，并进而畏惧天体对人类生活的影响了。

不仅仅是未接受过教育的人或者是迷信的人才对占星术感兴趣，斯多葛派的哲学家就宣扬占星术，而在古罗马人中，就连西塞罗这样理性的人都承认"星斗中的神性"。占星家们相信，天体与人类之间存在着某种共情的关联。他们说，天体的运行与人类的生活关联密切，所以星体就具有了之前众神所

图27.1 《俄里翁》（Orion）

《叙吉努斯的天体诗作书卷》（Hygini Poeticon Astronomicon Liber）中的木刻画。出版商为布拉维斯的托马斯（T. de Blavis），威尼斯，1488年版。叙吉努斯为一系列神话传说所写的概要，曾由厄尔哈德·拉多尔特（Erhard Ratdolt）于1485年在威尼斯刻印发行，在印刷书籍中，这是第一本含有以古典神话人物与标志命名的星座的木刻插图的。拉多尔特所使用的刻板也被其他出版商使用：像俄里翁的插图就被布拉维斯的托马斯所用（俄里翁左手挥舞着自己的大棒）。在这幅插图中，俄里翁被描绘成一个中世纪骑士，俄里翁的星座（猎户座）上的17颗星星覆盖在他的铠甲上。

持有的力量。在当时，给星体取上神明的名字，并且把这些名字与已经存在的传说故事联系起来是十分简单的。此外，因为在罗马帝国时代，不计其数的民族与宗教都融合了进来，许多异邦的神明都进入了万神殿，而这些新加入的神明也改变了古典神话中众神的样子。埃及宗教及其母神伊西斯，以及近东宗教如密特拉斯教对其众神的描绘都清晰地表现出了这种转变过程。

在现存的古罗马诗歌中，有关占星术最伟大的一部作品是曼尼利乌斯（Manilius）的《天文》（*Astronomica*），其创作时间是1世纪初期。在这部作品中，曼尼利乌斯承认了荷马史诗与其他古希腊诗人的权威性，但他也认为，传统神话的限制性过于强烈了。在该诗第2卷的开始，诗人回溯了《伊利亚特》与《奥德赛》（《天文》2.1—7）：

> 最伟大的诗人以他的神圣之口唱咏了
> 伊利昂民族的战争、五十位领袖的国王与
> 父亲 [普里阿摩斯]、被埃阿科斯之后裔 ①
> 战胜的赫克托耳，以及赫克托耳之后被征
> 服的特洛伊，还有那位将领 [奥德修斯] 的
> 游历……他最后在自己故土上经历的战斗
> 与被人侵占的 [求婚者] 家室中的那件武
> 器。

曼尼利乌斯继而又称赞了赫西俄德与其他诗人，这表明，即使是对于最理智的诗人来说，古希腊神话也仍然具有极强的影响力。不过，在《天文》第3卷的开头，曼尼利乌斯说明了他将会如何超越传统神话与史诗作品中的主题（《天文》3.1—13）：

我正上升进入新的题材，敢于着手那超出我能力的事迹，并不畏惧于穿越从未有人接近的窄径，皮厄里亚的女神们 ②，引领我吧！我尝试着拓展你们的疆域，并且将尚不为人所知的财富带入诗歌中。我不去讲述那场在发生后毁灭了天国的战争 [奥林波斯众神与巨人之间的战争]，也不提那个在母亲身体中被雷电的烈火掩埋的婴孩儿 [狄俄尼索斯]，或是誓言同盟的国王们 [攻打特洛伊的希腊国王与将]，或是当特洛伊陷落之时，赎回赫克托耳骨灰的赎金并将他带回城中的普里阿摩斯，我不提出卖了自己父亲的王国的那个科尔喀斯女子 [美狄亚]，以及她那因她的耻事而被扯碎的兄弟，也不说勇武之士组成的庄稼与公牛喷出的狂野火焰，或是一直在警醒中的巨龙与那重归的年岁 ③，或是黄金所点燃的烈火，以及在邪恶中孕育并在更大的邪恶中被杀害的婴孩儿 ④。

在接下来的世纪中（约140），埃及的古希腊天文学家、数学家托勒密（Ptolemy，克罗狄斯·托勒密 [Claudius Ptolemaeus]）出版了自己的天文学著作。这部被称为《占星四书》（*Tetrabiblos*）的作品解释了天体以及天体对凡人性格与行动影响的本质。

基督教也没能阻止占星术的流行。圣奥古斯丁在《上帝之城》（尤其是第5卷）中猛烈地攻击了占星术，但即使是他，也相信星体的确是有影响力的，只是上帝与人类的自由意志要更加强大而已。无论

---

① 即阿喀琉斯。

② 即缪斯女神。

③ 伊阿宋之父埃宋在伊阿宋带着美狄亚归来后，从一个苍老之人重新变回年轻人。

④ 即美狄亚与伊阿宋所生的孩子。

如何，在古典时代晚期与中世纪早期的文化中，占星术所占的分量实在是太大了，所以它根本就不可能被消灭。就这样，在基督教兴起之后占星术仍然在流传，而古典神话中的众神也与它一起长期存在，当然，这些神明在占星术中已经常常变得让人难以识别了。

古典神话的非基督教批评者与基督教批评者

就算是那些批评古典神话的作家们，也都承认这些神话的作用。早在公元前55年，古罗马诗人卢克莱修就发现，将众神的名字作为象征符号是十分有用的（《物性论》2.655—660）：

所以，如果有人决心要将大海称作"尼普顿"，将粮食叫作"刻瑞斯"，并且更愿意误用"巴克斯"的名字，而不去提及这种汁液的真正称呼，让我们允许这个人去将世界叫作众神之母，只要他能真正地让自己的灵魂免于被丑恶的宗教所玷污。

在《物性论》中的另一处（《物性论》3.978—1023），卢克莱修用寓言来诠释古典神话。于是，冥间的罪人（坦塔罗斯、提堤俄斯、西绪福斯）就寓意了人类的各种激情。比如，卢克莱修就对提堤俄斯做出如下诠释（《物性论》3.992—994）：

古典时代尾声时的声音

波埃修（480—524）在人生的最后几年中写作了《论哲学的慰藉》，当时，他正在帕维亚（Pavia）的监狱中等待死刑的执行。这部作品用古典拉丁文写成，其中，他想象有一个女子——哲学的人格化形象——正在教导他。该著的写作采取了散文体的对话与各种节律的诗歌交替出现的形式。在这部作品中，波埃修使用古典神话来证实哲学的教诲。俄耳甫斯被当作一个因爱欲而违背节制之准则的典型例子（《论哲学的慰藉》3.12）。遵照传统方式，波埃修描绘了冥间的景色，然而"俄耳甫斯看了、丢了、杀了自己的欧律狄刻"。而如果回头向塔耳塔罗斯看去的话，那些寻求更高的善的人最终会失去他们所得到的东西。同样地，赫尔墨斯就只将奥德修斯一个人从喀耳刻的掌控中救了出来，而他的同伴们却都无法幸免（《论哲学的慰藉》4.3）。喀耳刻的魔药并不能改变人类的内心，但"这些让一个人脱离自身的可怕毒素更为强劲，它们在人体内运动，并不伤害身体，而是在心灵的患处肆虐"。

最后，在人格化的哲学告诉波埃修人类必须自己塑造自己的命运之后，第4卷第7段的诗句把阿伽门农、奥德修斯与赫拉克勒斯当作范例，认为他们都是克服艰难险阻而终获成功的英雄（当然，阿伽门农与伊菲革涅亚都付出了惨重的代价）。人格化的哲学歌唱道："强大的人们啊，奔向那伟大范例所铺下的崇高道路引领你们去的地方去吧！……如果你们超越了大地，那大地将赐予你们星辰。"

波埃修在古典神话中找到范例，而为逆境中的人们带来指导与激励。无论他是不是一个基督徒（基本上可以肯定他是），对于他来说，古代的传说故事仍有能力去阐释理性所作的规诫。

> 但是在这里，我们都有着提堤俄斯，他
> 在爱中蛰伏，鸷鸟撕扯着他，令人悲愁的痛
> 苦，或是忧虑正用某种别的欲望在蚕食着他。

卢克莱修等作家通过用理性来解释这些神话，就确保了它们能够流传于世。当基督教早期的教父们攻击这些神话的时候，古典神话同样借助这些攻击者的著述流传了下来。奥古斯丁在写作《上帝之城》时（约420）的目的，用他自己的话说，就是"要在那些偏爱他们自己众神的人们面前捍卫上帝之城的建立者"，这里指的是那些偏爱古典神话众神而不喜爱基督教的人们。而实际上，奥古斯丁、哲罗姆（Jerome）与其他早期基督教的教父们对古典神话在后世的传承起到了帮助的作用。这些神话传说不仅在古典文学的文本中，也在基督教文学与艺术中得以保存。在古典时代晚期与中世纪，在但丁的作品中对古典神话进行的吸收与融合达到顶峰。在这个过程中，但丁既使用又批评古典神话，从而也就保护了这些神话。

综上所述，古典神话中的各个角色的确流传了下来，当然，最初创造他们的宗教消失了。在西方文学中，这些神话是被当作象征性的符号或预言来使用的。它们成为传奇故事的题材，有时也被当作星座来理解。它们传入了东方，在阿拉伯文学的手抄本中就描绘了这些神话，不过，它们已经与最初在古希腊文化中的形式十分不同了。尽管如此，不管这些神话发生了多少变化，最重要的是，它们得到了保存，而且在中世纪晚期它们获得新的生命并一直延续至今。

文学中对古典神话的运用

中世纪中晚期的奥维德

11世纪末期，欧洲文学进入一个新的时代，而将这个时代称为"奥维德时代"是十分正确的，因为，在文艺复兴时期文学与艺术中古典神话的复兴达到顶峰，而在这个过程中，奥维德的《变形记》起到了最为重大的作用。在中世纪，古典传统与《圣经》传统中的历史及神话被混为一谈，完全没有将历史与传说加以区分。在11—13世纪这个时期，奥维德作品中的故事并不仅仅因其本身的价值而被不断地讲述，还因为人们认为这些故事是含有道德寓意的。在这个时期的一部作品中，《变形记》中的女神与女性角色居然是以修女的形象出现的；而且，还有整整一系列的诗歌与散文作品都是从基督教的角度来诠释《变形记》的。

在14世纪早期的一部巨著《作为道德的奥维德》（*Ovide Moralisé*）中，这种手法的运用达到极致。在这部法文作品中，作者将《变形记》进行了改写，把其中的故事诠释为了道德寓言。在这里，我们给出一段译文作为例子（这是根据15世纪这部著作的法文散文体梗概中的一个段落译成的），里面解释了阿波罗与达芙涅的故事[①]：

> 在这里，我们可以说，少女达芙涅所
> 代表的是童贞女玛利亚，她的地位如此低，
> 又是如此纯洁、美丽，圣父选择了她并通
> 过圣灵的作用来孕育自己唯一的儿子。她
> 怀有圣子九个月并诞下了他，生产前与生

---

① 译者无法找到这段梗概的出处与原文，所以这里给出的是英译的转译。

产时她都是童贞女，生产后她仍然是童贞
女，并且从未失去过自己的贞洁。这位至
高无上的童贞女就是月桂，永远因自己的
美德而翠绿，上帝将其种在天堂的花园中。

在威廉·卡克斯顿（William Caxton）的《变形记》
译文（1480年，标题是《奥维德的作品〈变形记〉》
[Ovyde Hys Booke of Methamorphose]，该译文是由拉
乌尔·勒菲弗尔 [Raoul Lefèvre] 的法译本转译而成
的）中，我们也可以看到类似的手法：

> 达芙涅是一个正直美丽的少女，关于
> 她的故事还有另一种说法……当时他 [阿波
> 罗] 发现她独自一人，便立即开始追逐她。
> 而为了保守自己的贞洁，也为了避开光明神
> 的声音，她逃得如此之快、如此不留神，突
> 然间栽倒在一棵月桂树下。在这里，她被埋
> 住、盖住，并未被侵犯，贞洁也未受损。所
> 以，故事中说她变化了，转变成了一棵常青
> 的月桂树。这讲述了贞洁的美德。[2]

中世纪文学对奥维德的作品的运用看起来是十
分古怪的，但是这些作品却展现了那时人们对古典
神话的浓厚兴趣。而在文艺复兴时期的艺术与诗歌
中，奥维德作品中的传说故事就会重新获得盛世时
的光辉，《变形记》这部作品仍然是迄今为止包含最
多古典神话的古代作品。

中世纪对古典神话的运用并不局限于道德寓言。
在奥维德笔下的这些故事中，往往也展现出其传奇
而浪漫的一面。在莎士比亚的《仲夏夜之梦》中，
"粗鲁的匠人们"所演出的"最悲哀的喜剧，皮拉摩
斯和提斯柏最凄惨的死"之前，在法语、意大利语

与英语文学中就已出现一些类似的先例了。比如，
在乔叟与薄伽丘的作品中，在中世纪游吟诗人所创
作的诗歌中，在12世纪的诗歌《皮拉摩斯与提斯柏》
（Piramus et Tisbé）中，都出现过类似的作品。但是，
这一切最终都要追溯至奥维德。

中世纪文学中的特洛伊传说

有关特洛伊战争的传说，在中世纪文学中的各
种版本中包含着不同的浪漫主义传统。在12—13
世纪中，创作出了一些以古典神话传说为主题的
传奇史诗，其中最有影响力的当属圣莫赫的本努
瓦（Benoît de Sainte-Maure）所作的《特洛伊传奇》
（Le roman de Troie）了。这部约3万行的传奇诗写
作于1160年前后。在叙事范围上，这部作品上启阿
尔戈英雄的出征，中经特洛伊城的建立与毁灭，一
直讲述到奥德修斯之死的故事。本努瓦使用了特洛
伊战争传说的两个拉丁文的散文版本作为自己的原
始资料。其中一个版本托名为克里特岛的狄克提斯
（Dictys Cretensis）所作，是从希腊联军的角度描述战
争的经过与希腊军队的归返。这部伪书创作年代不确
定（约2—4世纪），冒充是克里特岛的狄克提斯在特
洛伊战争期间，根据自己以腓尼基字母在树皮上所写
的日记的古希腊文版本而译成。本努瓦的第二个资
料来源据称是佛律癸亚的达瑞斯（Dares Phrygius）①
所作的《特洛伊的覆灭》（De excidio Troiae），同样
是以拉丁文写成的伪书（创作时间约为6世纪），伪
造成是佛律癸亚的达瑞斯站在特洛伊人的立场亲
历战争时所记的日记的拉丁文译本。由于这两部
作品据说都是特洛伊战争的亲历者所作，所以使
得人们觉得它们是比荷马史诗更为可靠的资料来

---

① 按照《伊利亚特》中的记述，此人是一位赫淮斯托斯的祭司，可
参见《伊利亚特》第5卷第9行、第27行。

源。在描写战争与战争参与者时，这两部作品也包含逼真的细节与充满传奇和浪漫色彩的元素。它们更符合中世纪时人们的口味，而且，由于本努瓦的作品，这两个拉丁文版本就成为一系列关于特洛伊战争传说的作品的原型。举例来说，埃克塞特的约瑟夫（Joseph of Exeter）以拉丁文诗歌的形式改写了达瑞斯的《特洛伊的覆灭》，而乔叟也以这个版本作为资料来源，创作了《特罗伊勒斯和克莱西德》（*Troilus and Criseyde*，约1380）。还有，关于特洛伊罗斯与克瑞西达的传说，也的确是先由本努瓦详细讲述，而后又经历了几个阶段的演变而成的。一位意大利人——科隆的圭多（Guido delle Colonne）——用拉丁文将本努瓦的相关叙事进行了改写（约1275），而拉乌尔·勒菲弗尔又发表了圭多版本的法文译本（1464）。乔叟、卡克斯顿都使用了这个法文版本，而这两位作家的作品则最终成为莎士比亚的《特洛伊罗斯与克瑞西达》（*Troilus and Cressida*）的主要资料来源。以下是卡克斯顿的《重述特洛伊的历史》（*Recuyell of the Historye of Troye*）中的一段：

> 当特洛伊罗斯知道布瑞西达 [Breseyda，即克瑞西达] 即将被送回到她父亲身边时，他十分哀伤。因为她是统御他爱情的女子。与他相似，布瑞西达也强烈地爱着特洛伊罗斯。要离开那位统御她爱情的大人，她也感到了世界上最大的哀伤。在两个爱人分开之时从未有过如此多的哀伤。如果有人想要列出他全部的爱，那就让他去读乔叟写的有关特洛伊罗斯的书吧，在那里，他会找到全部的故事，这些故事在这里要写出来就太长了。[3]

但丁

但丁·阿利基耶里（Dante Alighieri，1265—1321），中世纪晚期最伟大的诗人，意大利文艺复兴的先行者，他将古典神话融入自己的作品《神曲》中，取材的范围比任何其他基督教作家都要广泛，在这方面只有弥尔顿堪与他比肩。在《地狱篇》中，维吉尔是但丁的向导，而且，在《神曲》的这个部分中，古典文学的伟大作家们都与但丁进行了交流：其中包括荷马、贺拉斯、奥维德以及卢坎，但丁将这四位诗人单独提出，称他们为异教冥界中的"四个伟大的阴魂"，所以与维吉尔（还有他在炼狱中的同伴——斯塔提乌斯，《忒拜战记》与《阿喀琉斯纪》两部史诗的作者）一道都是但丁的古典神话知识的主要来源。

作为一名意大利人，但丁为维吉尔笔下的那些意大利英雄感到十分自豪——诸如卡米拉、拉维尼亚，以及埃涅阿斯，但丁还在自己的作品中为古罗马历史上那些几乎具有某种神话色彩的人物——诸如卢克蕾提亚、布鲁图斯——留出了受人敬仰的位置。但丁在脑海中为《地狱篇》所设想的景象，主要是受到古典神话中冥间的启发，其中包括法官、迷失的灵魂、对刻耳柏洛斯骇人形象的描绘，还有高贵的城堡（nobile castello）中较为幸福的灵魂以及那里的草坪——最后的这处景象是与维吉尔笔下的乐土相对应的。但丁在《地狱篇》中着重指出了荷马史诗中的英雄与女性角色——阿喀琉斯、帕里斯、海伦，当然，还有维吉尔笔下的狄多。但丁对古典神话最大胆的运用，是在《地狱篇》第26曲中对荷马史诗出现次数最多的英雄——尤利西斯（即奥德修斯）——的故事所做的改写。尤利西斯被放在地狱第八圈中很低的位置，这说明，欺诈与瞒骗让他成为罪大恶极的罪人之一。他身处火焰之中，讲述着自己的死亡，也讲述着他和他的同伴们是如何离开喀耳刻并驶过海格力斯之柱（Pillars of Hercules），而后又向南驶入赤道以南的大西洋。在南大西洋中，他们看到了一座大山（毫无疑问就是炼狱之山），而此时他们丧了命①：

> 我们十分高兴，但很快转成哀哭，
> 因为从那新土地中生出一阵狂风，
> 猛击船只前首的部分。
> 它以全部海水使船只三次旋转，
> 第四次时，它将船尾上掀，
> 船尾下坠……
> 直到大海再一次将我们淹没。

彼特拉克与薄伽丘

但丁在思想上的传人是彼特拉克（Petrarch，1304—1374）、薄伽丘（1313—1375）。彼特拉克是 14 世纪古典文化最重要的学者，也是仅次于但丁的最重要的意大利诗人，而薄伽丘也是一位伟大的学者、意大利语和拉丁语作家。两人都曾学过一些古典希腊文，还搜寻并购买（或者偷窃）过古典作品的手抄本。薄伽丘拥有瓦罗、阿普莱乌斯作品的手抄本。薄伽丘的老师名叫列昂提乌斯（Leontius），是个十分古怪而易怒的人，曾将荷马史诗与一些欧里庇得斯的作品译成拉丁文。然而，在下一个世纪，土耳其人于 1453 年对拜占庭的占领，则成为促使希腊研究再次兴盛的最强大动力，这是因为那时许多希腊学者纷纷逃亡意大利（特别是佛罗伦萨），带去了许多古典手抄本，并教授意大利的人文学者希腊语。

---

① 见《神曲·地狱》第 26 首第 136—142 行。

在古典时代晚期之后，第一部古典神话指南是薄伽丘用拉丁文所著的《论众神的谱系》（De genealogia deorum），他从 1351 年开始动笔，花了差不多 25 年的时间才完成。这部作品于 1472 年在威尼斯初次付梓，而 1494 年出版于威尼斯的另一个版本，则是第一本包含谱系树的神话指南。这些谱系树出现在书中 13 页满版的木刻插图中，其中，作品全部 15 卷中的前 13 卷，每一卷都包含 1 页满版的木刻插图。这前 13 卷分别集中介绍了 13 个祖先的后裔们。这 13 个祖先大多是奥林波斯山的神明，不过也有其他一些神明，比如最初的创世者德墨高尔贡（Demogorgon），而朱庇特则被分解成了 3 个不同的人物。薄伽丘的伟大成就是对古典神话所进行的整合，他第一次将这些神话编入一个条理性强而让人容易接受的系统，还使用谱系树来辅以说明。在谱系树中，祖先被置于图的上方（这与中世纪时的耶西树 [Jesse tree] 不同，因为在耶西树中，耶西是被放在根部 [即图的底部] 的），而后裔们的名字则被标在不同枝杈的叶子上。薄伽丘的作品获得了很大成功，它大大地方便了 16 世纪的神话指南作者与插图画家的工作，而这些人的作品最终还取代了薄伽丘的作品。最常用的古典神话指南是吉拉尔蒂（Giraldi）的《论诸氏族的神》（De deis gentium，出版于 1548 年），以及孔蒂（Conti，拉丁文名为 Natalis Comes）的《神话》（Mythologiae，出版于 1551 年），这两部作品都是拉丁文的；此外还有意大利文的《古代众神的形象》（Le Imagini degli Dei Antichi，出版于 1556 年），作者是温琴佐·卡尔塔里（Vincenzo Cartari）。这些神话指南为后来的作家与艺术家们提供了可供选用的基本的神话叙事，而其中的木刻插图则提供了神话故事中人物的基本形象，让艺术家们能以此为基础进行模仿或加工。[4]

意大利文艺复兴

在经过了许多世纪的变形之后，古典神话中的人物形象在意大利第一次恢复了自己的经典形象。这些人物形象的重生成为文艺复兴（Renaissance，字面意义即为"重生"）的一部分。14世纪时，学者们游历至拜占庭，并在那里学习古希腊文。[5] 如果他们运气足够好也足够坚韧的话，他们还会得到古希腊作品的手抄本，而这些手抄本则由他们带回了意大利。于是，学习古典希腊文的人越来越多（在之前的几个世纪中，学习古希腊文的人是很少的）。彼特拉克、薄伽丘都学习过古典希腊文，而薄伽丘的老师更是将荷马史诗和欧里庇得斯的作品译成拉丁文。不过，直到下一个世纪，土耳其人于1453年攻陷拜占庭，才真正为学习古希腊文化提供了最为强劲的动力，因为许多希腊学者逃到了意大利（尤其是意大利的佛罗伦萨），并将无数古典作品的手抄本带了过去。他们还把古希腊文教授给意大利的人文主义者，当然，我们很难说这些人当中有多少人有足够的学力能够轻松地阅读古希腊文本。

在14—15世纪时，意大利学者四处寻找古典作品的手抄本，他们在修道院的图书馆中誊抄这些手抄本，有时甚至将手抄本直接偷走。举例来说，彼特拉克就拥有并誊抄过李维作品的两个手抄本。薄伽丘拥有瓦罗与阿普莱乌斯作品的一些抄本，而其他一些人——其中最有名的是科卢乔（Coluccio）、波焦（Poggio）与波利齐亚诺——则使古典作品的数目初具规模，他们还对许多古典作品进行了注释。所以，当古典作品开始可以印刷出版的时候（西塞罗的《论演讲家》[De oratore] 于1465年在苏比亚科 [Subiaco] 印行），已有不少十分可靠的文本。

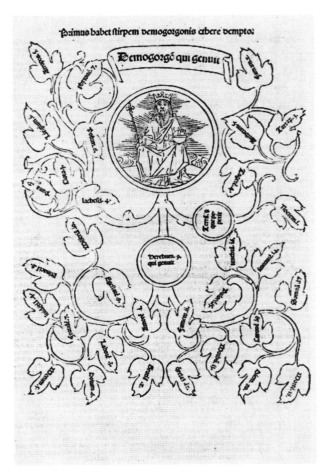

图27.2 《德墨高尔贡》（Demogorgon）

木刻插图，出自乔万尼·薄伽丘《论众神的谱系》，威尼斯1494年版，9英寸×7英寸。薄伽丘《论众神的谱系》的第4版初次印刷于1472年，是最早的包含谱系树的神话指南，本图是其中的第一幅。对于薄伽丘来说，德墨高尔贡是"所有异教神明的祖先"。在这里，他以十分传统的国王形象出现（不过，薄伽丘在书中为他加的修饰语是很骇人的），而他的后裔们的名字则出现在树的叶子上。

乔叟

彼特拉克、薄伽丘在自己的诗作中都使用了古典神话——彼特拉克是在自己的拉丁文叙事诗《阿非利加》（Africa）中使用，而薄伽丘是在自己的意大利文叙事诗《苔塞伊达》（Teseida）中使用的。

德墨高尔贡

德墨高尔贡并不是古典神话中的人物，因为他的名字第一次出现时已是4世纪的事情了，一位斯塔提乌斯作品的注释者提到了这个名字，下文会涉及。我们并不能确定这个名字的词源。[a] 对于古代与古代之后的文学作品里关于魔法与巫术的段落来说，一个非常重要的特征是，这些段落中会出现一个不能被命名的全能神祇。比如，卢坎笔下的女巫厄利克托（Erictho）威胁说，要让这个神秘力量帮助自己使一具尸体复活（参见卢坎《内战记》6.744—749），而斯塔提乌斯（请参见《忒拜战记》4.500—518）则写到，忒瑞西阿斯想要召唤一股无名的力量来为自己的巫术助以一臂之力。薄伽丘知道（并且曾经引用过）卢坎与斯塔提乌斯的这些作品。他也把德墨高尔贡的名字与能力当作自己《论众神的谱系》的起点。德墨高尔贡是"所有异教神明的祖先"，而在其谱系树中的第一个后裔（本书图27.2左上方）是"不和之神"（Litigium），即古希腊文中的"不和女神"（Eris）。薄伽丘在作品中让人们知道了德墨高尔贡的名字与能力，此后，许多诗人都开始使用这

个名字。而这些诗人中的大多数人——包括斯宾塞、弥尔顿——都说德墨高尔贡是地狱中的一个魔王，当然，阿里奥斯托（Ariosto）在《疯狂的奥兰多》（*Orlando Furioso*）中将德墨高尔贡放到了喜马拉雅山上。不过对这个神明着墨最多的作品，是雪莱写于1818—1819年的诗剧《解放了的普罗米修斯》，其中德墨高尔贡是朱庇特与忒提斯的儿子，故而要比其父朱庇特更为强大。他升出冥间，推翻了朱庇特的暴政并解救了普罗米修斯，而人类则"不再受权杖的统御，得到自由，不受拘束……做自己的王"[b]。这段话也在整部诗剧的尾声处得到呼应，德墨高尔贡对普罗米修斯说道：

> 反抗那看似威力无边的强权
> ……
>
> 不要改变，不要动摇，不要后悔。
> 就像你的荣耀一样，这位提坦神才是
> 善，才是伟大与快乐的，美丽与自由的，
> 只有他是生命、幸福、权威，与胜利。

---

a.　这个名字比较常见的词源学解读是，德墨高尔贡（Demogorgon）是柏拉图《蒂迈欧篇》中创世神（Demiourgos）的误读，而"demiourgos"在古希腊文中的意思是"工匠、建造者"，这个词在柏拉图之后的作品中有时也被用来指代创世之神。薄伽丘通晓古希腊文，所以他很有可能知道这是个误读并由此推断说德墨高尔贡是"所有异教神明的祖先"。

b.　参见雪莱《解放了的普罗米修斯》第3幕第4场第194—197行。

乔叟（1340—1400）则将《苔塞伊达》作为自己的《坎特伯雷故事集》中的第一个故事——"骑士的故事"——的主要资料来源。故事的起点是在忒拜战争传说中，攻打忒拜的七位将领兵败身亡，于是，他们的遗孀到阿提卡向忒修斯请求援助的时候。乔叟笔下的忒修斯是一位雅典公爵，他身上的美德让

他更像是一位中世纪时的理想君主，而非古代叙事诗中的英雄。在比武即将开始时，乔叟描写了玛尔斯、维纳斯和狄安娜的三次"演讲"。我们摘出狄安娜演讲中的一部分，从中能够看出奥维德讲述的神话与中世纪寓言故事的结合（《坎特伯雷故事集》"骑士的故事"2051—2072）：

现在要去的是贞洁女神狄安娜的神庙，
我要尽快赶到，抓紧时间，
将所有一切描述给你们。
墙壁从上到下都画着
狩猎与端庄的贞洁的典故。
在那里我看到卡利斯托有多么悲惨，
当时狄安娜对她震怒，
她从女子被转变为一头熊，
在这之后又被变成了北极星。

这就是被画出的内容，我对你们也说
不出更多来。

她的儿子也是一颗星，人们能看到。
在那里我还看到了达芙涅，已变成了树，
我说的并不是女神狄安娜，
而是佩纽斯之女，她叫作达芙涅。
在那里我看到了阿克泰翁，已被变成
公鹿，
这是对他看到狄安娜裸身的报复。
我看到他的猎犬如何抓住他，
并且吃掉了他，因为它们并不认得他。
此外，还画着一些别的，
阿塔兰忒是如何追捕那头野猪的，
还有墨勒阿革耳，以及许多别的人，
狄安娜为了那野猪而为他设下了忧虑
与惨祸。

可以看出，通过使用薄伽丘的作品，乔叟让奥维德《变形记》中的传说为自己的故事增加了光彩。

乔叟对奥维德及其他古代作家的作品都十分熟悉，他的知识来源通常是之前所提及的拉丁文或法文改编的版本。古典神话是他的诗作中一个十分鲜明的特征，他的《特罗伊勒斯和克莱西德》就是

如此，该著作是以埃克塞特的约瑟夫用拉丁文所改写的佛律癸亚的达瑞斯的《特洛伊的覆灭》为基础的（参见本书第766页）。在他的《好女人的传说》（*Legend of Good Woman*）中的9个故事中，除了第一个故事（其主角是克勒俄帕特拉）之外，其余全都是以古希腊罗马神话中的人物作为主角的——提斯柏、狄多、许普西皮勒与美狄亚、阿里阿德涅、菲洛墨拉、菲丽丝，以及许珀耳涅斯特拉。在《坎特伯雷故事集》中的"律师的故事"的引子里，当旅店主人向朝圣者发言时，还有一段对乔叟本人的评论（《坎特伯雷故事集》47—55）：

而乔叟，尽管他音律糟糕，
也不懂高妙的押韵，
他在讲述中用的是他能找到的
古老英语，许多人都知道。
……
他讲过从古至今的恋人，
比奥维德在那些十分古老的
书简中所提到的还要多。

然后，旅店主人给出了乔叟在作品中讲过的古典神话故事的清单（包括《好女人的传说》中的那些故事），这些故事大多出自奥维德的《女杰书简》，不过也有一些来源于奥维德的《变形记》、维吉尔的《埃涅阿斯纪》、斯塔提乌斯的《忒拜战记》，以及其他一些古代作品。这一段诗令人十分惊讶，它展现了乔叟关于古典作品的知识，而在当时，即使是在意大利，也只有相对来说极少的人了解古典作品，在14世纪的英格兰，了解的人就更少了。乔叟还讲过其他一些古典神话故事，包括海格力斯（赫拉克勒斯）与得伊阿尼拉的故事（见"修道士的故事"），

还有弥达斯的故事（见《坎特伯雷故事集》中的"巴斯妇人的故事"）。

田园诗

在文艺复兴时期，意大利诗人们都以维吉尔的《牧歌集》为模板创作拉丁语的田园诗。在这些作品中，形式与语言都是模仿维吉尔的，而其中的角色则有来源于古代的名字，还有直接出自古典神话的人物，从而起到点缀以及引喻的作用。举例来说，在桑纳扎罗（Sannazaro）的《牧歌》（*Eclogues*）中，维吉尔作品中的牧人成了那不勒斯的渔民，在其中一处，渔民们在从卡普里岛（Capri）驶回的途中遇到了普罗透斯以及一群特里同。在16、17世纪的英格兰与法国，古典田园诗中的传统主题得以广泛地使用，也影响了歌剧与假面剧的发展（尤其是在法国）。

16—17世纪的英格兰

奥维德作品的翻译

在英格兰，古典神话得以广泛使用。奥维德的作品是有关神话资料最热门的来源，而他的《变形记》也以拉丁文、法文或英文版本的形式为接受过教育的人们所熟知。亚瑟·戈尔丁（Arthur Golding）的英译本（出版于1567年），在16世纪下半叶是最优秀的版本，莎士比亚使用的就是这个版本。尽管这个译本清晰易懂且忠实于奥维德的原作，但译文的十四音节诗行却无法体现出奥维德原作那种充满能量的灵动感。后来，乔治·桑兹的译本（出版于1626年）基本取代了戈尔丁的译本，桑兹译本之所以获得成功，其部分原因是它采用了十音节英雄双行体

（heroic couplet）。以下是该诗前两行的译文，上面是戈尔丁的译文，下面是桑兹的译文[①]：

戈尔丁本：

Of shapes transformde to bodies straunge, I purpose to entreate;

Ye gods vouchsafe (for you are they that wrought this wondrous feate)···

桑兹本：

Of bodies chang'd to other shapes I sing.

Assist you gods (from you these changes spring)···

桑兹（1578—1644）在从英格兰前往弗吉尼亚的旅途中（他是弗吉尼亚公司 [Virginia Company] 的财务主管）进行了这项翻译工作，并且在逗留詹姆斯顿（Jamestown）期间完成。他很可能是在1626年返回英格兰，并亲自监管了该译本的出版发行。所以，除了诗歌《来自弗吉尼亚的好消息》（*Good Newes from Virginia*，关于殖民者对1622年印第安人大屠杀 [the Indian massacre][②] 所进行的报

---

① 译者无法通过中文准确地表现出两个不同英译本的差别，只请读者注意它们在节律与用词上的差别，桑兹本的确在这两方面都更为紧凑精练。以下是奥维德这部诗作前四行的拉丁原文与译者根据原文所作的译文（方括号中是两个英译本前两行译出的内容）：

[In nova fert animus mutatas dicere formas corpora;
di, coeptis (nam vos mutastis et illas)
adspirate] meis primaque ab origine mundi
ad mea perpetuum deducite tempora carmen!
[心灵让我讲述形象向新的身体的转变，
众神啊，（由于是你使它们，以及其他的东西转变）
赋予]我开始歌唱的（灵感吧），引导这首
从宇宙源成直至我的时代的绵长诗歌吧！

② 另译"詹姆斯顿大屠杀"。指发生于1662年的詹姆斯顿大屠杀（Jameston Massacre）。

复）外，这部《英译奥维德的〈变形记〉》（*Ovid's Metamorphosis English'd*）是第一部在美洲完成的英语诗歌作品。于1632年在牛津出版的该译本的第二个版本，确保了其价值的延续，这个版本中包含了从寓言角度出发所做的注释，15卷中的每一卷还都有1页整版的木刻插图。[6] 这个注释是按照道德说教或基督教义对诗中的故事进行的诠释，不过，桑兹超过此前的《变形记》注释者之处在于他的博学与他散文写作中的深刻性。在这里，我们给出桑兹为阿拉喀涅的变形而做的部分注释（关于阿拉喀涅的故事，可参见本书第190—193页）：

> 这些人物，以及地点都与阿拉喀涅的生活交织在了一起，她以下垂的常春藤完成了自己的纺织作品，这与她放肆的言辞及她自己的野心十分相称。在奢华的宴会中戴起花冠。像野心勃勃的人那样索取，为达到自己的目的而毁掉自己的支持者。密涅瓦将嫉妒心太重而完成的作品撕碎，因为这作品揭露了伟大神明的罪行。密涅瓦还用梭子打她，为的是惩罚她的傲慢，同时，出于女神的原因，她被变成了一只蜘蛛，这样她就仍能保留女神教给她的技艺，但她的工作却变得毫无意义。因为蜘蛛网代表了无用且无价值的辛劳——诗篇的作者用这个意象来表现人类的脆弱，以及人类行为的毫无用处。

莎士比亚、马洛以及斯宾塞

　　16—17世纪的英语作家在戏剧与叙事诗作品中很大程度上使用了古典神话，这在抒情诗歌中具有修饰性的效果，而在散文以及韵文作品中，古典神

图27.3　英译奥维德的《变形记》

乔治·桑兹译，1632年版。弗朗西斯·克莱恩（Francis Clein）与萨洛蒙·萨维利（Salomon Savery）为第3卷所作的版画插图。该诗的每一卷之前都有一幅整版的插图，每幅插图都会简述该卷的传说故事。第3卷的内容是与忒拜城有关的故事：塞墨勒之死出现在插图右方的宫殿中；从龙牙种子中被种出来的武士之间的厮杀出现在插图右方中部；卡德摩斯在插图右下角，他此时刚刚杀死巨龙，正在抬头仰望空中的玛尔斯（即战神阿瑞斯）；阿克泰翁则在左下方。

话则起到引喻的作用。引喻往往让人不能一目了然。比如说，本·琼森（Ben Jonson）将月亮称作"女王与猎手，贞洁且美貌"，此时他其实是在引喻阿耳忒弥斯（即狄安娜）。在威廉·莎士比亚（1564—1616）的《第十二夜》（1.1.19—23）中，公爵在想到自己初次见到奥丽维娅（Olivia）的时候，将自己比作阿克泰翁：

　　啊，当我的双眼第一次见到奥丽维娅之时，

　　我觉得空气中的疫病都被她清扫一空。

　　那时，我变成了一头公鹿，

　　而我的爱欲，就像狂暴而残酷的猎犬一样，

　　在那之后一直追逐着我。

　　克里斯托弗·马洛的《希罗与利安德》（*Hero and Leander*，出版于1598年，系作者身后由乔治·查普曼 [George Chapman] 补完）、莎士比亚的《维纳斯与阿多尼斯》（*Venus and Adonis*，出版于1593年）都是叙事诗中选取奥维德笔下传说故事的杰出范例。在诗剧作品中，虽说为文艺复兴的作家们提供了更多素材的并不是神话，而是历史，不过，有一个非常突出的特例，就是马洛的《浮士德博士》。该作出版于1604年，而修订版则于1616年出版。马洛（1564—1593）将古典神话中的海伦当作异乎寻常的感官之美的象征——浮士德的欲望所在。在这里，我们摘录浮士德将海伦拥入怀中时的著名诗行（《浮士德博士》1328—1334）：

　　这就是那张让成千战船出征并且

　　烧毁了伊利昂城高耸入云的塔楼的面孔？

　　甜美的海伦啊，用你的吻让我化为不朽吧！

　　她的双唇吸吮着我的灵魂。看看我的灵魂都飞去了哪里！

　　来吧，海伦，将我的灵魂重新给我吧。

　　我将在这里永远停留，因为这对唇间就是天国，

　　如果不是海伦，那么一切万物都只是渣滓。

　　假面剧是一种戏剧形式，在本质上是以寓言形式进行道德说教的，其中的人物一般取自古典神话。假面剧这种体裁中最杰出的范例是弥尔顿的《科莫斯》（*Comus*，首演于1634年），这部作品将田园诗的氛围与古典神话中的寓言故事结合了起来。另外一个例子是莎士比亚《暴风雨》（*The Tempest*）第4幕第1场中的假面剧。一直到18世纪时，在假面舞会中，英国与法国的贵族们还都保持着穿戴成古典神话中的神明的习俗。

　　而更重要的模式则是将古典神话用于教育目的，其方式是将神话故事当作道德寓言，或是宇宙真相的象征，这在斯宾塞与弥尔顿的作品中体现得尤为明显。在埃德蒙·斯宾塞（1552—1599）《仙后》（出版于1596年）中，居央（Guyon）与道德高尚的朝圣者一同踏上旅途，并摧毁了邪恶的财富之窟（Bower of Bliss）。在旅途中，居央遭到塞壬女妖的诱惑，而朝圣者则劝告他一定要节制，这才使他免遭毁灭。在这个段落中，古典神话中的塞壬女妖成为邪恶的象征，而荷马史诗中的奥德修斯则成为一位基督教的圣人。在《仙后》第2卷第12曲里，在写到女巫将"一张精致的网"抛到居央与朝圣者头上时，斯宾塞实际上是引喻了《奥德赛》中阿瑞斯与阿佛洛狄忒的故事；而在描述女巫那件轻薄的丝绸裙子（"比阿拉喀涅所能织成的作品还要更为精致"）时，他又喻指了奥维德笔下的阿拉喀涅；女巫那些着了魔法的动物则告诉我们，女巫本人其实就是荷马史诗中的喀耳刻。所以，斯宾塞在自己笔下讲述节制之美德的寓言中，使用了多个古典神话中的故事。

弥尔顿

在所有的英语作家中，约翰·弥尔顿展现出对古典神话最为深刻的了解且最为克制的运用。在引喻阿多尼斯的传说时，弥尔顿将伊甸园描写为一个"比那些虚构的花园更妙，比复生的阿多尼斯的花园更妙"，在这里，他将装饰性的明喻与逆向比较的修辞手法结合了起来。在《失乐园》（出版于1667年）中，弥尔顿对古典神话的喻指大多与撒旦及其追随者有关，而古典神话中冥间的灵魂则完善了其作品中地狱里的人物。在描写陨落天使的狂暴时，弥尔顿使用了一个明喻，典出赫拉克勒斯之死（《失乐园》2.542—546）：

> 就好似当阿尔喀得斯从俄卡利亚载誉
> 凯旋，感受到那件沾了毒液的长袍，
> 在疼痛中将忒萨利的苍松连根拔起，
> 又把利卡斯从俄塔山的顶峰上
> 抛入优卑亚岛的海中。

弥尔顿在这一段之后又描写了性情较为温和的坠落天使们，他们所处的环境正是维吉尔笔下的乐土。在弥尔顿的全部诗歌创作中，古典神话与《圣经》故事以及作者同时代的学术相互交融。就像基督教早期的教父们那样，弥尔顿对古典神话实在是太熟悉了，以至于认为必须用古典神话来迎合更为优越的基督教教义。在呼求自己的缪斯女神乌拉尼亚时，弥尔顿让下面两行诗句紧跟着他对俄耳甫斯之命运（俄耳甫斯的母亲是缪斯女神卡利俄佩，她没能救得自己的儿子）的描述（《失乐园》7.1—37）：

> 请不要让呼求你的人失望，
> 因为你属于天国，而她只是空虚幻梦。

在与弥尔顿同时代的亚伯拉罕·考利（Abraham Cowley）的笔下，甚至将古典神话中非基督教信仰与清教徒信仰之间的矛盾表现得更为明确：

> 古老的异教神明们仍然居住在诗节中，
> 而这世界上最神圣的事则还留在地狱里。[1]

17—18世纪的法国

戏剧

法国文艺复兴中最伟大的戏剧作品都是以古典文本作为题材的，不过这些作品的主题更多的是来自罗马史，而非古典神话。但是，罗伯特·加尼尔（Robert Garnier，1544—1590）以淮德拉与安提戈涅为主题也创作过悲剧作品（分别是《希波吕托斯》[Hippolyte] 与《安提戈涅》[Antigone]）。高乃依（1606—1684）的第一部悲剧作品就是《美狄亚》（Médée，首演于1635年），而拉辛（1639—1699）的第一部悲剧作品《忒拜战记》（La Thébaïde，首演于1664年）也同样是以古典神话——七将攻打忒拜的传说——作为主题的。而拉辛的《安德洛玛刻》（首演于1667年）则讲述了安德洛玛刻与皮洛斯的故事，剧中一个非常引人注意的变化是，阿斯堤阿那克斯在特洛伊陷落之后存活下来。在拉辛以神话为题材的悲剧中，最伟大的一部是《淮德拉》（首演于1677

---

[1] 出自亚伯拉罕·考利的诗作《悼克拉肖先生》（On the Death of Mr. Crashaw）第17—18行。

年），其模板主要是欧里庇得斯的《希波吕托斯》与小塞涅卡的《淮德拉》。

音乐与芭蕾

　　路易十四与路易十五的统治时代从1643年一直延续到1774年，在这段时间里，宫廷娱乐的主要来源就是古典神话。在这些娱乐节目中，宫廷的成员装扮成古典神话或古典田园诗歌中的角色出场。这些节目包括音乐与舞蹈，也含有言语形式的对话，演出的布景都十分华贵，而设计者通常也都是当时最杰出的艺术家。这些节目或者是以歌唱为主导的歌剧，或者是舞蹈更为主要的宫廷芭蕾舞剧。最早的法语歌剧是罗伯特·康贝尔（Robert Cambert）的《波摩纳》（Pomone，首演于1671年）。奥维德笔下关于波摩纳与维尔图姆努斯的传说，是宫廷作曲家们（包括伟大的法国作曲大师吕利 [Lully] 与拉莫 [Rameau]）在歌剧与宫廷芭蕾舞剧作品中使用的诸多古典故事之一。在路易十五长期统治的末期，德尼·狄德罗（Denis Diderot）等评论家开始抨击这种不自然的节目制作里的浮夸，受到抨击的还包括与上述艺术形式相关联的作品，比如弗朗索瓦·布歇（François Boucher）的神话绘画作品。而这些评论家的观点，则有助于当时的审美倾向从神话转移到极为严肃的历史题材上（这些题材主要出自李维与普鲁塔克所描绘的罗马共和国历史）。

费奈隆与伏尔泰

　　不仅是诗歌，对于一些重要的法语散文作品来说，古典神话同样是基础。在这些作品中，弗朗索瓦·费奈隆（François Fénelon，1651—1715）的《忒勒玛科斯之历险》（Les Aventures de Télémaque，出版于1699年）这部训导类传奇作品是最突出的一部。

该作品根据的是《奥德赛》的前4卷，其中忒勒玛科斯在密涅瓦的护佑下从伊塔卡出发，去寻找尤利西斯的下落。费奈隆将自己的伦理与政治观点融入这些历险故事中。他甚至自己创造了一段神话——忒勒马科斯爱上了仙女尤卡丽丝。在古典神话中，尤卡丽丝从来没有出现过，但是这段后人伪造的神话，却成为新古典主义画家雅克－路易·大卫一幅画作的主题。

　　我们可以看到，在法国大革命之前的两个世纪中，古典神话对于法国文艺生活来说是不可分割的一部分。可到了大革命之时，这些神话就失去了自己的新鲜感，人们对神话的运用也变得过于程式化，使它们不再能够激发出作家与艺术家们的灵感。伏尔泰（Voltaire，1694—1778）在他晚期一首写给品达的诗中，语带嘲讽地对古典神话在法国的影响力之兴衰情形发表了看法：

> 从墓穴中出来吧，神圣的品达，
> 你曾经歌颂过
> 一些富人的马匹，
> 他们要么来自科林斯要么来自墨伽拉。
> 你有着什么都不说就能
> 讲出很多的天赋。
> 你技巧高超地调整
> 诗行，这些诗行没人去听，
> 而每个人又都必须永远赞赏。

滑稽作品

　　保罗·斯卡龙（Paul Scarron，1610—1660）的滑稽剧（burlesque），以幽默的方式使古典史诗与神话的自命不凡失去了底气。他的滑稽剧中最著名的是未完成的《反串的维吉尔》（*Virgile Travesti*），该作品是对《埃涅阿斯纪》的滑稽模仿。斯卡龙其实是一个严肃作家，但是很遗憾，在英格兰许多既无品位、技巧也比较低下的作品却都在模仿他。

18—19世纪的德国

温克尔曼与莱辛

比起意大利、法国、西班牙、奥地利、荷兰和英格兰来说，在德国，古典学的复兴要晚一些。尽管德国的大学与宫廷自16世纪开始就不乏优秀的古典学者，但直到进入18世纪，古典文化的复兴才真正充满活力。在德国，古希腊文化比古罗马文化得到更多赞扬，而且荷马史诗与古希腊众神具有最高的地位，这一点是与其他地方都不一样的。J. J. 温克尔曼的一部简短的作品，让人们重新对古希腊雕塑与古希腊雕塑的理想充满了兴趣。这部作品是《关于在绘画和雕塑中模仿希腊作品的一些意见》（*Gedanken über die Nachahmung der griechischen Werke in der Malerei und Bildhauerkunst*），出版于1755年。这部作品的影响力随着詹姆斯·斯图尔特（James Stuart）和尼古拉斯·雷维特（Nicholas Revett）的《得到测量与描述的雅典文物》（*The Antiquities of Athens Measured and Delineated*，出版于1762年）在英格兰的出版而扩大，而《得到测量与描述的雅典文物》这部作品，则让人们的注意力转移到古希腊建筑与装饰这些建筑的雕塑作品上。温克尔曼的观点随着莱辛（Lessing）的《拉奥孔》（*Laocoön*，出版于1766年）的出版而进一步得到推广。《拉奥孔》鼓励读者们去欣赏并在情感上融入古希腊的雕塑作品。

歌德、席勒与荷尔德林

当时，德国已经为涌现一批以古希腊为灵感源泉的伟大诗人做好了准备，通过这些诗人，古希腊神话获得新的生命。在他们当中，首要的是约翰·沃尔夫冈·歌德（Johann Wolfgang Goethe，1749—1832）和弗里德里希·席勒（Friedrich Schiller，1759—1805）。席勒创作了问世于1788年的诗作《希腊的群神》（*Die Götter Griechenlands*），这部作品哀叹了古希腊神话中的世界已成过往，而且，诗人还将自己在身边的基督教世界中耳濡目染的物质主义与这个过往的世界进行了对比。

歌德也在不断地从古典神话中获取灵感。他写作了一部戏剧《陶里斯的伊菲革涅亚》（*Iphigenie auf Tauris*，最初是以散文体于1779年发表，后来以诗体于1788年发表），接着他还有许多抒情诗都唤起人们对古希腊神话的联想。有时，古希腊神话所象征的是自由与明晰（比如歌德的《伽倪墨得斯》[*Ganymed*]，该作中伽倪墨得斯就表达了他与宙斯结合的快乐）；有时，这些神话则被用来表达人类的独立自主与尊严，比如在歌德的《普罗米修斯》（*Prometheus*）中：

> 我坐在这里，我以我的形象
> 来塑造人类，
> 一个将会与我相像的种族，
> 同样受苦，同样悲哭，
> 同样地去享受，去感受愉悦，
> 而且不在乎你，
> 正如我！

歌德对古希腊神话最为有力的再现，是他在

《浮士德》第二部中对海伦这个角色的运用，这部
作品在1832年——他去世的那一年——才宣告完
成。浮士德爱着海伦，也失去了海伦，她象征着
古代一切的美，尤其是古希腊艺术中的美。歌德笔
下的海伦要比马洛笔下的海伦更为复杂，因为在歌
德笔下，海伦所代表的是古典文化中人文主义里的
力量与美感。以下是浮士德第一次见到海伦的魂
灵——古典美的理想状态——时所吟唱的（《浮士
德》2.1.6487—6500）：

> 我还有双眼吗？这就是美之泉源
> 最为丰沛地深深流入我的灵魂？
> 我这可怕的旅程带来了最有福的收获。
> 世界对我曾多么虚无，紧闭着！
> 自我成为祭司之后将会如何？
> 第一次值得期许，建立，永恒！
> 若是我使自己再次惯于离开你，
> 就让我生命气息的力量逝去吧！
> 那曾经迷惑我的，在魔镜中
> 使我欢愉的美丽形象
> 就只是如此之美的泡影。
> 你就是她，我向你奉献我的一切
> 力量之统治权，我的激情之本源，
> 我以渴望、爱情、崇拜与癫狂向你致敬！

　　后来，浮士德游历至希腊，并在那里与海伦
结合。当他在阿耳卡狄亚与海伦一起向往“幸福的
岁月”时，以下是他对自己幸福的表达，其中有着
完美的极乐中的田园景象（《浮士德》2.3.9562—
9569）：

> 如此，这既是我的，也是你的成功。

> 就让过去都被丢到我们身后吧！
> 感受你自己是出自最高的神明，
> 你只属于这最古老的世界。
> 不该有坚固的城堡将你紧闭！
> 在永恒的青春中，在我们
> 极乐的生涯中环绕我们的
> 是邻近斯巴达的阿耳卡狄亚！

　　受到古代希腊启发的第三位伟大的德国诗人是
弗里德里希·荷尔德林（Friedrich Hölderlin，1770—
1843），他的作品中充满着对古希腊神话世界的最
深切的向往以及因那个世界的消失所带来的哀叹。
他写道：“我们来得太迟，尽管众神还活着，但却是
高高地在头上的另一个世界中。”（《面包与酒》[Brot
und Wein] 7）在同一首诗中，他让人欣赏到了古希
腊神话中的景色（《面包与酒》3）：

> 那么去到地峡吧！在那里，海洋向着
> 帕耳那索斯
> 　怒吼，白雪在德尔斐的崖壁上闪耀！
> 那里，
> 　向着奥林波斯山的土地，那里，在喀
> 泰戎山的高峰上，
> 　那里，在杉木下，那里，在葡萄串下，
> 从那里，
> 　下面的忒拜与伊斯墨诺斯河在卡德摩
> 斯的土地上奔腾，
> 　从那里，到来的神正在到来，回指着
> 身后。

　　荷尔德林在诗中提到的是与奥林波斯山众
神——波塞冬、阿波罗、宙斯，以及狄俄尼索

斯——有关的地点，但是"王座与神殿已经不在"，而德尔斐也不再发出声音。不过，希腊仍然是他灵感的源泉，在荷尔德林的全部作品中，他不断使用古希腊神话，将其中的兴奋感与纯粹性和诗人自己所处时代的严酷现实进行对比。对于德国与英格兰的浪漫主义诗人们来说，这种避世主义具有积极的影响。

18—19世纪的英格兰

德莱顿与蒲柏

18世纪时，在英语文学的圈子中古典作品的影响达到顶峰。与那些居住在宫廷圈子中的时髦的法国作家们不同，英语作家们成功地让古典传统在更长的时间内存活并保持着生命力。当然，其中对古典神话也有许多浅薄的使用，把神话仅仅当作点缀或是引喻。再有，与路易十四、路易十五治下那样的宫廷资助相比，英格兰艺术所获得的资助相对来说十分匮乏，而这就意味着在绘画与音乐领域没有那么辉煌的成就，但英国作家们的独立性却让他们得以更生动地运用古典文学所提供的素材。英语文学的品位更倾向于古罗马人所创立的榜样，而非古希腊文学；体裁上也更喜爱历史写作与讽喻作品，而非史诗与悲剧。在弥尔顿之后的作家当中，德莱顿与蒲柏对于古典神话的传承具有格外重要的影响力。

约翰·德莱顿（John Dryden，1631—1700）尽管生活在17世纪，但是作为一个评论家、翻译家与诗人，他的影响力也为18世纪上半叶的诗歌确立了标准。对于我们的考察与论述来说，德莱顿的重要性尤其在于他作为翻译家所取得的重大成就，这

主要是指他对拉丁文作品的翻译，其中就包括奥维德《变形记》的大部分。1693年，与他人合译的维吉尔作品的译本出版。德莱顿成功地将英雄双行体作为史诗翻译的恰当节律，而其译文的风格肯定也影响了他的读者们接受古典神话的方式。蒲柏为德莱顿的成就做如下的描述（《模仿贺拉斯——贺拉斯〈书简〉第2卷第1篇》[*Imitations of Horace: The First Epistle of the Second Book of Horace*] 267—269）：

德莱顿教会人们去融汇
不同的音律，不停发出回响的诗行，
悠长恢宏的进行曲与来自神明的能量。

德莱顿使用的英雄双行体中所包含的高贵与活力，也同样是诗中古典神话人物所具有的特质。我们在这里引用德莱顿有关奥维德描述特里同吹响号角场景的译文，并以此作为范例来说明他的译文风格（《变形记》1.447—461）[①]：

The billows fall, while Neptune lays his mace
On the rough sea, and smooths its furrow'd face.
Already Triton at his call appears
Above the waves; a Tyrian robe he wears,
And in his hand a crooked trumpet bears.
The sovereign bids him peaceful sounds

① 这里给出的是德莱顿译文的行数，与原作行数不同。在奥维德《变形记》的原作中，这几行诗是第1卷第330—342行。译者无法通过中文准确地表现出德莱顿的英译风格，在正文中只给出德莱顿的英文译文。以下是这几行的拉丁文原文以及译者根据拉丁文原文所作的中译文，读者可以参照原文与贴近原文的中译文确定德莱顿为了符合英语行文与诗律对奥维德的作品进行了多少调（转下页）

inspire,

And give the waves the signal to retire.

His writhen shell he takes, whose narrow vent

Grows by degrees into a large extent;

Then gives it breath; the blast, with doubling

sound,

Runs the wide circuit of the world around

The sun first heard it, in his early east,

And met the rattling ecchos in the west.

The waters, list'ning to the trumpet's roar,

Obey the summons and forsake the shore.

亚历山大·蒲柏（Alexander Pope，1688—1744）

（接上页）整：

nec maris ira manet, positoque tricuspide telo

mulcet aquas rector pelagi supraque profundum

exstantem atque umeros innato murice tectum

caeruleum Tritona vocat conchaeque sonanti

inspirare iubet fluctusque et flumina signo

iam revocare dato: cava bucina sumitur illi,

tortilis in latum quae turbine crescit ab imo,

bucina, quae medio concepit ubi aera ponto,

litora voce replet sub utroque iacentia Phoebo;

tum quoque, ut ora dei madida rorantia barba

contigit et cecinit iussos inflata receptus,

omnibus audita est telluris et aequoris undis,

et quibus est undis audita, coercuit omnes.

大海也不再暴怒，汪洋的统治者收起了
三个尖头的戟，抚平了水波，他呼唤海蓝色的
特里同，特里同从海底浮出，双肩上覆盖着
天生的紫色贝壳，海神命令他吹响那回声缭绕的
海螺号角，送出指令，立刻召回水波与河流，
他拿起他那中空的号角，它从深深的底部以
螺旋形逐渐缠绕直至宽大的顶部，
当这号角在大海中央吸足了空气后，
两侧的天际之下的海岸都会回响起这声音。
于是，神明把那号角放到嘴上、那湿漉漉滴滴着水的
胡子边，并让鼓足气的号角唱响退却的命令，
这时，所有的陆地上或海中的水流都听到了，
立时间，听到了号令之声的众水全体都退却了。

也是一位伟大的诗人。他的《伊利亚特》译本出版于1720年，对于英国与美国的读者来说，这个译本长期以来都是他们通往荷马史诗与古希腊神话世界的路径。在作为一位译者的"第一项伟大职责"中蒲柏获得了成功，这一职责便是"为原著作者笔下的主要角色提供那些铸就他们的精神与激情之火……[并且] 尤其是让这精神与火焰保持生机"（出自蒲柏《伊利亚特》译本的前言）。不过，这个译本既是荷马史诗，也是蒲柏本人那个时代与审美的产物，所以，许多人都会赞同托马斯·杰斐逊（Thomas Jefferson）的说法："相较于蒲柏的译文，我无比喜爱原文中的荷马。"然而，与德莱顿的译文类似，蒲柏的《伊利亚特》译本创造了一种领会古希腊众神与神话的视角，这一译本不仅传播了这些神话的知识，也建立起了对这些神话的评判与认知的标准。以下是蒲柏的《伊利亚特》译文中的几行，在这里，阿喀琉斯在自己与阿伽门农的争吵达到顶点时发下了的重誓（《伊利亚特》1.233—247）[①]：

"Now by this sacred sceptre hear me

swear,

Which never more shall leaves or blossoms

bear,

Which sever'd from the trunk (as I from

thee)

On the bare mountains left its parent tree:

This sceptre, form'd by temper'd steel to

prove

An ensign of the delegates of Jove,

---

① 此处给出的是《伊利亚特》古希腊文原文的行数，在蒲柏的译文中，这几行是第309—327行。译者在这里给出《伊利亚特》的古希腊文原文与译者根据古希腊文原文所做的更为贴近（转下页）

From whom the power of laws and justice springs

(Tremendous oath! inviolate to kings);

By this I swear-when bleeding Greece again

Shall call Achilles, she shall call in vain.

When, flush'd with slaughter, Hector comes to spread

The purpl'd shore with mountains of the dead,

Then shalt thou mourn th' affront thy

madness gave,

Forced to deplore, when impotent to save:

Then rage in bitterness of soul, to know

This act has made the bravest Greek thy foe."

He spoke; and furious hurl'd against the ground

His sceptre starr'd with golden studs around;

Then sternly silent sat.

(接上页) 原文的中译：

ἀλλ᾽ ἔκ τοι ἐρέω καὶ ἐπὶ μέγαν ὅρκον ὀμοῦμαι:
ναὶ μὰ τόδε σκῆπτρον, τὸ μὲν οὔ ποτε φύλλα καὶ ὄζους
φύσει, ἐπεὶ δὴ πρῶτα τομὴν ἐν ὄρεσσι λέλοιπεν,
οὐδ᾽ ἀναθηλήσει: περὶ γάρ ῥά ἑ χαλκὸς ἔλεψε
φύλλά τε καὶ φλοιόν: νῦν αὖτέ μιν υἷες Ἀχαιῶν
ἐν παλάμῃς φορέουσι δικασπόλοι, οἵ τε θέμιστας
πρὸς Διὸς εἰρύαται: ὃ δέ τοι μέγας ἔσσεται ὅρκος:
ἦ ποτ᾽ Ἀχιλλῆος ποθὴ ἵξεται υἷας Ἀχαιῶν
σύμπαντας: τότε δ᾽ οὔ τι δυνήσεαι ἀχνύμενός περ
χραισμεῖν, εὖτ᾽ ἂν πολλοὶ ὑφ᾽ Ἕκτορος ἀνδροφόνοιο
θνήσκοντες πίπτωσι: σὺ δ᾽ ἔνδοθι θυμὸν ἀμύξεις
χωόμενος ὅ τ᾽ ἄριστον Ἀχαιῶν οὐδὲν ἔτισας.
ὣς φάτο Πηλεΐδης, ποτὶ δὲ σκῆπτρον βάλε γαίῃ
χρυσείοις ἥλοισι πεπαρμένον, ἕζετο δ᾽ αὐτός.

"但我对你们宣告并发下重誓，
对着这权杖，自从在山中离开根基后，
它便不再生长出绿叶与枝桠，也将不再
发芽，因为铜斧已将它四周的叶子与树皮
都剥去了。现在，阿开亚人的儿子们在充当仲裁者时
将它拿在手掌中，他们守护着来自宙斯的
律法，而对你们来说，这将是重大的誓言。
对阿喀琉斯的渴望将肯定会来到每个
阿开亚人之子的心中，但到时你内心悲伤却不再
能帮助他们，那时许多人将会被杀人如麻的赫克托耳
屠戮并倒下，而你则会在内心撕扯自己的灵魂，
你怒火中烧，因为你没有尊重阿开亚人中最好的那个。"
佩琉斯之子这样说完，而后将那权杖向着大地
掷去，权杖上刺着金质的钉子，自己则坐了下去。

浪漫主义与维多利亚时代

到了18世纪末期，人们认为，对于承载古典神话而言，蒲柏所使用的英雄双行体已经不再适用了。就像上文所述的德国浪漫主义诗人们一样，英国诗人们也使用神话来表明古典文学与艺术对他们的情感所起到的作用。约翰·济慈（John Keats，1795—1821）虽然不懂古希腊语，但却受到古希腊人的启发。他在《初读查普曼译荷马有感》（*On First Looking into Chapman's Homer*）这首十四行诗与《希腊古瓮颂》（*Ode on a Grecian Urn*）中，表达了自己对古希腊文明的赞赏与兴趣。他以狄安娜与恩底弥翁的神话作为自己的长诗《恩底弥翁》（*Endymion*）的基础，而且在诗中还加入了其他神话（如维纳斯与阿多尼斯的神话、格劳科斯与斯库拉的神话，以及阿瑞托萨的故事）。而比济慈年龄稍长的同时期诗人珀西·比希·雪莱（Percy Bysshe Shelly，1792—1822），他与济慈是挚友，他博览古代作品并翻译了许多古希腊与古罗马的作品。雪莱的诗剧《解放了的普罗米修斯》就使用了埃斯库罗斯笔下的英雄来表达他对暴政与自由的观点。在他的诗剧中，普罗米修斯是人性的捍卫者，是永不会被击败的，他从苦难之中被解救了出来，而朱

庇特则被推翻了。雪莱写道："我反对那样一种灾难性的结局，那种结局是如此软弱，叫人类的捍卫者与人类的压迫者和解。"所以说，按照埃斯库罗斯与欧里庇得斯的传统，雪莱根据自己的伦理与政治目标对神话进行了改动。他的诗中遍布对古典神话的引喻。他最伟大的作品之一《阿多尼斯》（Adonaïs）是对济慈之死的悼念，在诗中，雪莱将济慈描绘成为死去的阿多尼斯，而阿佛洛狄忒（即诗中的乌拉尼亚）以及一系列人格化的形象——包括春季与秋季——都为他哀悼（《阿多尼斯》16）：

> 悲伤让年轻的春天发狂，她撕下
> 自己不断生长的花蕾，就好像她成为
> 秋天，
> 或花蕾变了死叶，因为她的欢乐已逝，
> 还需要为谁唤醒这阴郁的一年呢？
> 风信子对光明神从未如此珍贵，
> 水仙也从未如此爱过自己，他们却
> 都这样爱你，阿多尼斯。

雪莱与浪漫主义作家预示了19世纪的文学、艺术与教育中对古典神话的运用。[7] 在英国，古典作品仍然是学校正式教育的基础，就算没有得到深刻的理解，但古典神话的知识却的确是在广泛传播的。人们逐渐将学习古典文学与伦理连接了起来，马修·阿诺德（Matthew Arnold，1822—1888）的学说推动了这个过程。他在《文化与无政府状态》（Culture and Anarchy，出版于1869年）中认为，是"希伯来精神"（Hebraism）与"希腊精神"（Hellenism）启发了现代理想。阿诺德说，"希腊精神"的目标是去认识"事物的真实存在"。尽管这样说，当时也还是有许多对古典神话的创造性运用。阿诺德本人是一位优秀的古典学家与译者，同时也是一位天赋异禀的评论家与诗人，他想回到古典世界去找到"宏大的伦理"，因为他感觉在他生活的时代已不存在这种伦理了。

另有许多诗人都在为各自的目标而运用古典神话。阿尔弗雷德·丁尼生勋爵（Alfred, Lord Tennyson，1809—1892）在《尤利西斯》（Ulysses，创作于1833年，发表于1842年）中让大英雄再次出发"去挣扎、追寻、发现，并且绝不妥协"，并将尤利西斯作为一位必须持续"前进并勇敢面对生活的艰难"的诗人的榜样。威廉·莫里斯（1834—1896）的长篇叙事诗《伊阿宋的生与死》（出版于1867年）在规模上是独特的，因为绝大多数作家、诗人与小说家（其中乔治·艾略特 [George Eliot] 最是浸淫于古典作品）更喜欢在篇幅较短的诗作、寓言和引喻里使用古典文学中的主题。在英国的教育理想中，荷马史诗的影响格外强烈，人们认为阿喀琉斯的"美德"能够激发身体上的勇气与男性的活力。与此同时，荷马史诗中场景的贵族式氛围很能迎合维多利亚时代受过良好教育的人们的情感，他们对史诗中的忒耳西忒斯是肯定不会有什么同情心的。然而，阿喀琉斯的个人主义并不像斯巴达的集体纪律性的影响力那么大，在人们学习的课程中，古代历史也要多于古典神话。

对于许多语言学家与人类学家来说，古典神话成为严肃学习的课题，其中，麦克斯·缪勒（1823—1900）——牛津大学的比较语言学教授——就是最早的一位，而且在某些方面他是最有影响力也是最具误导性的一位。当学者们开始建立起理解神话的一元理论时，就立刻威胁到对古典神话的创造性运用。不过，我们已经在20世纪与现在这个世纪中看到了，古典神话拒绝消亡并仍然在启发着作家们、艺术家们与音乐家们。

古典神话在美国

17—19世纪

虽然桑兹的奥维德《变形记》译本主要是在弗吉尼亚创作的，不过，美洲殖民地中的艰苦生活与充满压迫的工作伦理，却让人们没有什么机会去学习和研究古典神话。殖民时代的美国人尽管会阅读荷马史诗（通过蒲柏的译本）、维吉尔（主要是通过德莱顿的译本而非拉丁原文），以及奥维德的作品（既通过拉丁原文，也通过桑兹的译本和约翰·克拉克 [John Clarke] 于1742年出版于伦敦的贴合原文的散文译本），还将维吉尔与奥维德的作品选入学校课程中，不过这种学习通常并不能够得到人们的认同。科顿·马瑟（Cotton Mather，1663—1728）就认为，古典诗歌对于灵魂来说，不仅是无价值的，而且简直就是一种危险，他在1726年说道："要守护你的灵魂，当你与连妓女都不如的缪斯们交谈，你可能会引来危险。"波士顿的伟大教师伊齐基尔·奇弗（Ezekiel Cheever）警告他的学生们说，不要着迷于奥维德的《变形记》，并提醒他们要吸取"年轻的奥斯丁"（即圣奥古斯丁）的教训，他在应当为基督哭泣的时候却因狄多而哀痛。[8]

更为有力的声音则站在实用主义的立场上，攻击将古典学习放在首位的教育方式，也有人说古典学系就是标志着美国向旧世界的臣服。在1837年，拉尔夫·沃尔多·爱默生（Ralph Waldo Emerson）以维护美国在智识上的独立性为名说："我们已经听

了太久的那些欧洲宫廷中的缪斯了。"诺亚·韦伯斯特（Noah Webster）于1783年、弗朗西斯·霍普金森（Francis Hopkinson）于1784年、本杰明·拉什（Benjamin Rush）于1789年、托马斯·潘恩（Thomas Paine）于1795年全都雄辩地说，美国教育的基础需要拓展广度。尽管直到20世纪，在大学入学的条件上（也由此在学校课程设置上），两种古典语言一直都是核心部分，但韦伯斯特与拉什的论述却依然令人印象深刻。不过在欧洲（尤其是在英国），还是有许多声音从伦理的角度来支持古典学的，而在美国这种支持就相对少一些。不过，人们还是认为学习古典神话仍然有些价值，托马斯·布尔芬奇（Thomas Bulfinch）的《传说的时代》（*Age of Fable*）出版于1855年，在书中他相信，就算古典神话不是有实用性的知识，但它还是能够加强美德与快乐。

在其《为男孩和女孩而作的奇妙之书》（*A Wonder-Book for Girls and Boys*，出版于1851年）与《探戈林故事》（出版于1853年）中，纳撒尼尔·霍桑在重写古典神话时相当有意识地去追寻道德目标。他在《为男孩和女孩而作的奇妙之书》的前言中说，对这些神话，"每个时代都应以自己的方式与情感来进行装点，并为它们注入自己独特的道德准则"。所以，在赫斯珀里得斯姊妹的苹果的故事中（"三个金苹果"），霍桑笔下的海格力斯（即赫拉克勒斯）因自己花了这么长时间与格赖埃交谈而感到悔恨，而霍桑则评论道：

> 但对于那些注定要成就丰功伟绩的人来说，事情一直是这样的。他们已经做到的事情，看上去不值一提。他们决定着手去做的事情，则看起来值得付出劳苦、经受危险，以及献出生命。

将这种观点与奥维德笔下那些神明坠入爱河的故事，或与许多英雄做下的羞耻之事结合起来并不容易。霍桑干脆忽略掉了忒修斯遗弃阿里阿德涅以及伊阿宋抛弃美狄亚的故事。"让人反感的那些特征，看起来是在像寄生虫一样增长，它们与原初的故事在本质上并没有联系。"（语出《探戈林故事》中的"路边"）霍桑还不断地拔高朱庇特的形象：在包喀斯与菲勒蒙的故事中（"神奇的水罐"），乔装改扮的神明让菲勒蒙印象深刻：

> 那是如此屈尊地坐在茅屋门边的最为

宏伟的形象。当陌生人与这一形象交谈的时候，他带着威严，就是这样，菲勒蒙觉得自己无法抗拒地想要告诉他一切自己心中看重的东西。当人们遇到任何足够睿智的人，他能够掌握他们的一切善与恶，并且连一点鄙视都没有，那么他们就肯定会有这种感受。

19世纪学校课本中的一个特征，就是对奥维德作品中的不雅内容进行删节，而这也正是奥维德的影响力衰落的一个原因。乔治·斯图尔特（George

诗歌与神话

在现代，古典神话不断地启发着诗人们，无论是对于荣格的原型，还是对于政治的与伦理的寓言，抑或是对于社会、宗教与心理学问题的讨论，人们都将古典神话作为源头。20世纪伊始，赖纳·马利亚·里尔克（Rainer Maria Rilke，1875—1926）的《新诗集》（*Neue Gedichte*，出版于1907年）中有一首诗是非常动人的，即《俄耳甫斯、欧律狄刻、赫尔墨斯》（*Orpheus. Eurydike. Hermes*），其中，描写离开冥间的上升通路的诗句，简直和维吉尔《埃涅阿斯纪》第6卷中描写召唤进入冥界的下降之路的诗行不相上下（参见本书第393页："他们继续前行，身形模糊，在孤寂黑夜的幽影中。"）。欧律狄刻早已属于另一个世界了，她跟随着俄耳甫斯，"不确定地、轻柔地，也是没有耐心地"，这些词句在俄耳甫斯看到她再一次降入冥间时又重复了一遍，"她的步履因长长的波浪形布帛而蹒跚"。在其出版于1923年的《致俄耳甫斯的十四行诗》（*Die Sonette an Orpheus*，1.9）中，里尔克探索了诗歌的本质及其荣耀："只有那已在暗影间拿起竖琴之人才能

获得永远的赞誉……唯有在双重领地，歌声才永恒而柔和。"

原型女性主义（Proto-feminist）诗人 H. D.（希尔达·杜利特尔［Hilda Doolittle］，1886—1961）在自己作品的意象中不断地回归古典神话，尤其是在《欧律狄刻》（*Eurydice*，发表于1915年）中这种回归更加频繁。在这部作品中，欧律狄刻是述说者，也是读者关注的焦点：

> 你就这样将我赶了回去，
> 我本该与鲜活的灵魂在大地上
> 行走……
> 就这样因你的傲慢
> 以及你的无情，
> 我失去了大地……
> 在我迷失之前，
> 地狱必须像玫瑰那样绽放，
> 好让死者通行。

Stuart）在他那个广为采用的文本中（出版于1882年），略去了全部的爱情故事（居然连达芙涅的故事都删去了！），只留下了那些以最为枯燥的语法描写的男性之爱的故事（包括风信子的故事），并且选择了那些强调男性的勇气与暴力的内容。这种方式只能够，也的确让神话不再成为引人学习并带来愉悦的鲜活主题。

20世纪

在20世纪，传统的故事获得了充满活力的新生命。在某种程度上，这是由于对比较人类学与心理学进行研究的结果，这些学科使那些古老的传说产生了各种新的版本。在这里，我们只能从数目众多的故事及其版本中，选择少数几个作为例子。野口勇（Isamu Noguchi）于1948年为芭蕾舞剧所做的舞台设计就是一个例子；约翰·契弗（John Cheever）的故事《游泳者》（"The Swimmer"）是另一个例子，这个故事重新讲述了奥德修斯的故事，并且加上了一个充满嘲讽意味的结尾。在诗人当中，埃兹拉·庞德（1885—1972）在自己的诗中不断地喻指古典神话。与庞德类似，T. S. 艾略特（1888—1965）富于创造力的时期是在欧洲度过的，但他在美国已接受过古典文化的教育。他的诗歌与剧作充满了对古典神话的喻指，而他的诗剧《家庭团聚》所依据的就是阿特柔斯的家族故事。尤金·奥尼尔的三部曲《厄勒克特拉服丧》也是如此，作者还让这段故事发生于19世纪的新英格兰。奥尼尔的《榆树下的欲望》将淮德拉与希波吕托斯的故事移植到了1850年的新英格兰。罗宾逊·杰弗斯（1887—1962）在1947年改编欧里庇得斯的《美狄亚》，又于1954年改编欧里庇得斯的《希波吕托斯》，其标题是《克里特岛的女人》。

近年来，女性主义的理论与解释也为许多古典神话注入新的生命，尤其是那些含有悲剧性的女主角（诸如克吕泰涅斯特拉、安提戈涅、美狄亚、淮德拉）的神话故事，对于整个世界来说，这些女性角色都是领袖、受害者、毁灭者、母亲、女儿、妻子或恋人的范例。女性主义的诠释角度也让人们更深刻地理解了奥维德的《变形记》，因为在这部作品中，青年女子常常被刻画为受害者。

欧洲现代文学对古典神话的其他运用

在欧洲以及其他地方，古典神话在现代是一个丰沛的灵感源泉。在受到古典神话启发的著作中，最著名且最复杂的是詹姆斯·乔伊斯（James Joyce，1882—1941）的《尤利西斯》（*Ulysses*，出版于1922年）。在该作中，讲述布鲁姆日（Bloomsday，1904年6月16日）的故事的章节，大致与《奥德赛》的段落相对应。就如现代在对古典传说的改编中十分常见的情况一样，书中的主角是反英雄的，只是将奥德修斯的世界转变为1904年的都柏林，这样就既忠实于荷马史诗，又具有独创性。这部作品受到当时心理学的成果，尤其是弗洛伊德的心理学研究成果的很大影响，不过在有关喀耳刻的故事中（场景是都柏林的一间妓院，喀耳刻是故事中的贝拉[Bella]），这个寓言在实质上还是与荷马史诗以及斯宾塞的作品十分接近的。

变形是弗兰兹·卡夫卡（Franz Kafka，1883—1924）的《变形》（*Die Verwandlung*，出版于1915年）①

---

① 在中文里，按照约定俗成的译法，卡夫卡的这部作品与奥维德的《变形记》的标题是完全一样的，但是请注意，奥维德的作品讲述的是无数次的变形，其标题原文也是"变形"一词的复数形式，而卡夫卡的作品只讲述了一次变形，标题原文（无论是拉丁文的"Metamorphosis"还是德文的"Die Verwandlung"）也是（转下页）

的题材，在这部作品中，弗洛伊德心理学再次让主题丰富起来——一个人变成了一只"大甲虫"（或"害虫"[vermin]）。虽然这部作品的题材并非直接来自奥维德的《变形记》，但主题却是共通的。有很多例子可以说明这一点，在这里我们只列举一个。与卡夫卡笔下的格里高尔·萨姆沙（Gregor Samsa）类似，奥维德笔下的伊俄也同样因自己的变形而与家庭疏远，并且与萨姆沙一样，我们也是通过伊俄仍然保有的人类思想而感受到她的悲剧的。在法语文学当中，忒拜城的故事与俄耳甫斯的神话都非常流行。让·阿努伊（Jean Anouilh，1910—1987）的剧作中包括了《欧律狄刻》（Eurydice）与《安提戈涅》（Antigone，此外还有《美狄亚》[Médée]）。在《欧律狄刻》中，俄耳甫斯是一位在咖啡馆中演奏的小提琴家，欧律狄刻是一位女演员，而死神则是个商人。让·谷克多（1889—1963）的作品有《俄耳甫斯》（Orphée，首演于1925年）、《安提戈涅》（Antigone，首演于1922年），还有以俄狄浦斯的故事为主题的《地狱机器》（La machine infernale，首演于1934年）。安德烈·纪德（André Gide，1869—1951）为讨论伦理问题而转向菲罗克忒忒斯（1897）与那喀索斯（1899）的神话，而他的剧作《俄狄浦斯》（Oedipe，创作于1926年）所讨论的则是"个人主义与向宗教权威屈服之间的纷争"。最后，让·季洛杜（1882—1944）的《安菲特律翁38》（Amphitryon 38，首演于1929年）的序列编号——按照作者自己的说法——是因为之前已经有过对这段神话的37次戏剧改编了。季洛杜还写过一部独幕剧《贝拉克的阿波罗》（L'Apollon de Bellac，首演于1942

年），剧中，阿波罗是以一个毫无特征的发明家的形象出现的。季洛杜的剧作《特洛伊之战不会爆发》（La guerre de Troie n'aura pas lieu，首演于1935年）则更为出名，克里斯托弗·弗莱（Christopher Fry）将其译成英文，并以《城下之虎》（Tiger at the Gates）为标题。在这部戏剧中，赫克托耳与尤利西斯（即奥德修斯）同意，为了防止战争的爆发，要将海伦送还给墨涅拉俄斯；然而，醉酒所导致的一次事件还是加剧了双方的敌意，在结尾处，卡桑德拉预言说，荷马史诗《伊利亚特》中的故事将不可避免——"而现在，希腊诗人将开始述说"。玛格丽特·尤斯纳尔（Marguerite Yourcenar，1903—1987）写过两部受到古希腊神话启发的戏剧：《厄勒克特拉或面具的落下》（Electre ou la chute des masques，首演于1954年）所关注的焦点是俄瑞斯忒斯的回归与他犯下的谋杀之间的故事；而《谁没有自己的弥诺陶？》（Qui n'a pas son minotaure?，首演于1943年）是有关忒修斯的传说的。

在西班牙语文学中，阿根廷人豪尔赫·路易斯·博尔赫斯（Jorge Luis Borges，1899—1986）在使用古典神话时格外具有煽动性，他最著名的短篇小说集《迷宫》（Laberintos，发表于1953年；英译本出版于1962年）的标题就说明了古典神话对他的重要性。其中，短篇小说《不朽者》（El inmortal）的开头是，文物商人士麦那的约瑟夫·卡尔塔菲洛斯（Joseph Cartaphilus）为卢琴赫（Lucinge）公主送上一套6卷的蒲柏译的《伊利亚特》。后来，在一次驶向士麦那的旅途上，他死在一艘名为"宙斯"的船上，但他在那部《伊利亚特》中的一卷里留下了一份记录自己经历的手稿——他像奥德修斯那样生活了很久很久。他的述说结尾于：

　　我当过荷马，很快我将是"无人"，

（接上页）"变形"的单数形式。所以译者在这里呼吁后来的译者与研究者，将卡夫卡的这部作品标题译为"变形"，这样既能明确原文标题中的单数形式，又能与奥维德的作品有所区别。

就像尤利西斯；很快我将是所有人；我将
死了。

在相当不同的程度上，希腊作家尼科斯·卡赞扎基斯（Nikos Kazantzakis，1883—1957）那部篇幅浩大的《奥德赛——现代续纪》（*Odyssey, A Modern Sequel*，发表于1938年，英译本出版于1958年），也同样让奥德修斯超脱了地理的限制。书中，奥德修斯从游历整个世界去搜寻一个完美的社会，转变为对自我的寻找，最终，他独居于南极，在那里，死亡轻柔地将他带走，而这正是忒瑞西阿斯在《奥德赛》中所做的预言。

在所有古希腊神话人物中，奥德修斯的确是最具持久生命力的一个，关于这一点，我们可以从但丁有意地将奥德修斯放到地狱最深的角落中看出，也能够从博尔赫斯、卡赞扎基斯和许多其他作家的作品中看到。英属西印度群岛诗人、诺贝尔奖获得者德里克·沃尔科特（Derek Walcott，1930—2017）于1989年出版自己的长篇叙事诗《荷马》（*Omeros*），这部作品的题材将沃尔科特自己与荷马连接起来，而该作的节律（三行体 [terza rima]）① 则将他与但丁联系起来。在鲁德亚德·吉卜

林（Rudyard Kipling，1865—1936）充满伦敦腔调的诗作中，"当荷马重重地弹击着他那架竖琴时"，古希腊英雄与重要的女性角色——菲罗克忒忒斯、海伦、阿喀琉斯、赫克托耳、安提戈涅等——此时就成为"卖货姑娘与渔夫，还有牧羊人与水手"登场了，吉卜林《七海》（*The Seven Seas*）中《营房谣》（*Barrack-Room Ballads*）的序诗就表现了这一点。意味深长的是，沃尔科特笔下那个名叫圣荷马（St. Omere）的瞽目老水手的昵称就是"七海"，而他说的话"是希腊语……要么就是含混不清的古老的非洲语言"。现代的特洛伊战争（也就是第二次世界大战）给退伍老兵、普伦基特少校（Major Plunkett）留下了决定性的经历以及无法摆脱的记忆。荷马史诗发掘了希腊与其他文化之间冲突的许多方面，而沃尔科特的诗作与之类似，发掘了欧洲与加勒比海地区民族相互交流所产生的影响。

我们的考察始自荷马史诗，终于荷马史诗，这并不令人感到意外——荷马史诗对于古典神话来说，是最初的也是最伟大的文学作品。古典神话与传说，和众神与英雄等伟大的神话角色一样，已证明自身因具有普遍性意义而永远不会消亡，博尔赫斯的话表达了这一点，而上下三千年，无数诗人、剧作家，以及其他作家的作品也都阐明了这一点。

---

① 该节律最早为但丁用于《神曲》中，三行体是每三行为一诗节，而上一诗节的第二行与下一诗节的第一行和第三行押尾韵。

相关著作选读

Allen, Don Cameron，《神秘的意义表达》（*Mysteriously Meant*. Baltimore: Johns Hopkins University Press, 1970）。论述了文艺复兴时期对非基督教信仰中象征主义的重新发掘，以及对寓言的运用。

Anderson, Warren D.，《马修·阿诺德与古典传统》（*Matthew Arnold and the Classical Tradition*. Ann Arbor: University of Michigan Press, 1988）。作者对诗人所受影响的考察十分重要，有助于我们理解西方文学的古典基础以及19世纪文学是如何诠释自己的古希腊与罗马先辈的。

Bush, Douglas，《神话与文艺复兴——英语诗歌中的传统》（*Mythology and the Renaissance: Tradition in English Poetry*. Minneapolis: University of Minnesota Press, 1932; New York: Norton, 1963）。其中包括了一个表格，按年代列出了以古典神话为题材的诗歌作品。

Bush, Douglas，《英语诗歌中的神话与浪漫主义传统》（*Mythology and the Romantic Tradition in English Poetry*. Cambridge, MA: Harvard University Press, 1937; New York: Norton, 1963）。

Cumont, Franz，《古罗马非基督教信仰中的东方宗教》（*Oriental Religions in Roman Paganism*. New York: Dover, 1956 [1911]）。即法文著作《古罗马非基督教信仰中的东方宗教》（*Les religions orientales dans le paganisme romain*. Paris, 1906）1911年英译本（London: Routledge）的重印版。其中，第7章是古代占星学的优秀导读。

De Nicola, Deborah ed.，《俄耳甫斯一伙人——关于古希腊神话的当代诗歌》（*Orpheus and Company: Contemporary Poems on Greek Mythology*. Lebanon, NH: University Press of New England, 1999）。

Galinsky, G. Karl，《奥维德的〈变形记〉——基本方面的介绍》（*Ovid's Metamorphoses: An Introduction to the Basic Aspects*. Berkeley: University of California Press, 1975）。

Gilbert, Stuart，《詹姆斯·乔伊斯的〈尤利西斯〉》（*James Joyce's* Ulysses. London: Faber & Faber, 1930）。

Gordon, R. K. trans.，《特洛伊罗斯的故事》（*The Story of Troilus*. Medieval Academey Reprints for Teaching 2. Toronto and Buffalo: University of Toronto Press, 1978），包含圣莫赫的本努瓦的《特洛伊传奇》、乔万尼·薄伽丘的《爱的摧残》（*Il Filostrato*）、杰弗雷·乔叟的《特罗伊勒斯和克莱西德》，以及罗伯特·亨利森（Robert Henryson）的《克莱西德的见证》（*The Testament of Cresseid*）。

Hall, Edith, Fiona Macintosh, and Amanda Wrigley, eds.，《1969年之后的狄俄尼索斯——第三个千年开端的希腊悲剧》（*Dionysus Since 69: Greek Tragedy at the Dawn of the Third Millennium*. New York: Oxford University Press, 2004）。一本有趣且有价值的论文集，这些论文考察了1960年之后对古希腊悲剧的一些比较重要的改编版本。

Hamburger, Käte，《从索福克勒斯到萨特——古典与现代希腊悲剧中的人物形象》（*From Sophocles to Sartre: Figures from Greek Tragedy Classical and Modern*. New York: Oxford University Press, 1982[1962]）。书中讨论了古希腊悲剧中的10个主要角色，并讨论了28位现代剧作家对这些角色的处理。

Kossman, Nina, ed.，《众神与凡人——关于古典神话的现代诗歌》（*Gods and Mortals: Modern Poems on Classical Myths*. New York: Oxford University Press, 2001[1971]）。世界著名诗人们的一个极为出色的诗选。

Lamberton, R.，《神学家荷马——新柏拉图主义的象征性解读与叙事诗传统的成长》（*Homer the Theologian: Neoplatonist Allegorical Reading and the Growth of the Epic Tradition*. Berkeley: University of California Press, 1986）。

Lessing, Gotthold Ephraim，《拉奥孔——论绘画和诗歌的界限》（*Laocoön: An Essay on the Limits of Painting and Poetry*. Baltimore: Johns Hopkins University Press，1984[1766]），Edward Allen McCormick 译，另有导言与脚注。

Macintosh, Fiona，《希腊悲剧与英国戏剧，1660—1914》（*Greek Tragedy and the British Theatre, 1660-1914*. New York: Oxford University Press, 2005）。

Mayerson, Philip，《文学、艺术与音乐中的古典神话》（*Classical Mythology in Literature, Art, and Music*. Newburyport, MA: Focus Publishing, 2001[1971]）。这是一部写得非常出色的著作，意在帮助读者加深对那些受古典神话启发的文学、艺术与音乐作品的理解。

Orgel, Stephen，《文艺复兴与众神》（*The Renaissance and the Gods*. New York and London: Garland, 1976）。全系列共有55卷的影印本，其中包含了主要的文艺复兴神话写作、艺术研究与象征艺术。

Pearcy, Lee，《经引介的缪斯——1560—1700年奥维德作品的英译》（*The Mediated Muse: English Translations of Ovid, 1560-1700*. Hamden, CT: Archon Press. 1984）。

Richard, Carl J.，《古人是如何启发国父们的》（*How the Ancients Inspired the Founding Fathers*. Lanham, MD: Rowman & Littlefield, 2008）。

Scherer, Margaret R.，《艺术与文学中的特洛伊传说》（*The Legends of Troy in Art and Literature*. 2d ed. New York: Phaidon, 1964）。研究了表现30个著名神话的黑绘与红绘陶器。

Seznec, J.，《非基督教神明在后世的传承》（*The Survival of the Pagan Gods*. Princeton: Princeton University Press, 1994），初版为法文《古代神明在后世的传承》（*La survivance des dieux antiques*. Studies of the Warburg Institute 11. London, 1940）。

Shapiro, H. A.，《神话进入艺术——古典希腊的诗人与画家》（*Myth into Art: Poet and Painter in Classical Greece*. New York: Routledge, 1994）。

Warner, Maria，《狂想中的变形，其他的世界——讲述自身的方式》（*Fantastic Metamorphoses, Other Worlds: Ways of Telling the Self*. New York: Oxford University Press, 2002）。分析了不同艺术与文学作品中变形的各种过程（变异、孵化、分裂、复制），讲解了包括奥维德、耶罗尼米斯·博斯（Hieronymus Bosch），以及刘易斯·卡罗尔（Lewis Carroll）等的作品。

Weitzmann, Kurt，《灵性的时代》（*Age of Spirituality*. New York: Metropolitan Museum of Art; Princeton: Princeton University Press, 1979）。古典时代晚期与早期基督教世界的艺术作品图录，其中非常权威地讲解了古典时代晚期艺术对古典神话的运用。

[注释]

[1] 古希腊文中，gala 的意思是奶，所以英语中的 Galaxy（星系）原本和英语中的 Milky Way（银河系）有着相同的意思。

[2] 出自卡克斯顿译本的菲利普斯（Phillips）手抄本第18章，现存于剑桥大学麦格达伦学院（Magdalene College）。转录自布拉希勒（G. Braziller）编本（纽约，1968）中给出的影印图像。

[3] 出自 H. Oskar Sommer 编《重述特洛伊的历史》（London: D. Nutt，1894），第604页。

[4] 参见 D. T. Starnes 与 E. W. Talbert 的《文艺复兴辞书中的古典神话与传说》（*Classical Myth and Legend in Renaissance Dicitonaries*. Chapel Hill: University of North Carolina Press，1955；重印，Westport, MA: Greenwood Press，1973）。其他重要的神话指南——尤其是为艺术家所作的——包括阿尔布瑞库斯（Albricus，有可能就是去世于1217年的阿尔布瑞库斯·内卡姆 [Albricus Neckham]）的《众神形象之书》（*Liber Ymaginum Deorum*）；安德瑞亚·阿尔恰托（Andrea Alciato）的《象征》（*Emblemata*），最早出版于1531年，后来不断得到再版（克劳德·米诺尔特 [Claude Mignault] 于1571年增补了拉丁文评注）；切萨瑞·里帕（Cesare Ripa）的《象征》（*Iconologia*，1593）；以及布莱斯·德·维吉尼亚（Blaise De Vigenère）翻译的《菲洛斯特拉托斯——〈图像〉》（*Philostratus: Imagines*，译成法文），首次出版于1578年，1614年重版并加入了木刻画插图、诗歌与注疏。

[5] 关于古希腊文与拉丁文文学的流传，参见 L. D. Reynolds 与 N. G. Wilson 的《抄写者与学者》（*Scribes and Scholars*，第3版，Oxford: Oxford University Press，1991），其中第4章对于研究古希腊语学习的复兴来说十分有价值。

[6] 已经以影印本形式重新出版，编者为 Karl K. Hulley 与 Stanley T. Vandersall（Lincoln: University of Nebraska Press，1970）。乔治·桑兹的《奥维德的〈变形记〉》（*Ovid's Metamorphoses*，1632），Daniel Kinney 编，收入弗吉尼亚大学在线文本系统"描绘奥维德——文艺复兴在图像与文本中对奥维德作品的吸收"（Ovid Illustrated: The Renaissance Reception of Ovid in Image and Text）。

[7] 参见 Richard Jenkyns 的《维多利亚时代的人们与古代希腊》（*The Victorians and Ancient Greece*. Cambridge, MA: Harvard University Press，1980），尤其是第174—191页（《希腊的众神》一章）与第9章（《荷马》）。另一部不那么精神饱满但却更加全面的论著是 Frank Turner 的《维多利亚时代不列颠的古希腊遗产》（*The Greek Heritage in Victorian Britain*. New Haven: Yale University Press，1981），尤其是第3章（《古希腊神话与宗教》）与第4章（《对荷马的解读》）。两部论著也都涉及了维多利亚时代之后的几十年。

[8] 参见 Meyer Reinhold 的《美国经典》（*Classical Americana*，Detroit: Wayne State University Press，1984），以及《古典的书页》（*The Classick Pages*，University Park: American Philological Assaociation，1975），这两部著作主要论述了18世纪的相关方面。

第28章

音乐、舞蹈与电影中的古典神话

> 即使是我现在正动笔的时候，时间已开始让今天变为昨天——变为过去。最杰出的科学发现会随着新的科学进展而改变，还可能会被人完全遗忘。但艺术却是永恒的，因为它展示的是内在的景象，也就是人的灵魂。
>
> ——玛莎·葛兰姆《血的记忆》（*Blood Memory*）

音乐中的古典神话

音乐在欧洲的起源与发展

音乐中的古典神话是一个巨大、丰富且重要的题目。我们只能尝试着去指出，在这个迷人且有价值的领域中，希腊与罗马文化的启发具有多么大的意义与生机。对于这样一个芜杂的话题来说，歌剧是最为明显的关注点，不过，我们将会看到，每种体裁的音乐作品都受到古代希腊与罗马的启发。我们的关注重点是以神话为主题的作品，但是，偶尔也会讨论到希腊罗马历史中传说故事启发的重要作品。幸运的是，唱片公司日益拓宽的录音范围，让我们连那些不是很出名的作品也能听到。我们已经有了一个以古代题材为主题的各种类型、出自各个时代的作品宝库，而且肯定还将有更多的录音不断出现，此外，这些作品的现场演出也一直在变得越来越新奇。想要从本章中得到最大的收获，读者应该在网络上寻找这些作品的录音与录像清单，并弄明白究竟还能够看到或听到哪些作品——这些资料不仅来源于 CD 与 DVD，还能够从各种新媒体中获取。新的录音不断出现，旧的录音则来来往往，消逝的速度往往令人担忧，而如果幸运的话，某些录音又会以一种不同的形式重新浮出水面。

伽利莱与佛罗伦萨文艺会

在古希腊与罗马文化中，音乐与神话是紧密相连的。举例来说，戏剧虽然植根于音乐与舞蹈中，而起源则来自宗教。[1]在中世纪时，音乐也同样与戏剧（礼拜仪式中的神秘剧与奇迹剧）有着密切的联系，其推动力也同样来自宗教。文艺复兴对古代文化充满尊崇，所以该时期的悲剧与喜剧往往受到古希腊与罗马作品的启发，其中有时会加入相当精巧的音乐合唱与间奏段落。不过，巴洛克时代（约1600—1750）之前的时期则是我们考察的真正开端。

温琴佐·伽利莱（Vincenzo Galilei，约1520—1591，著名天文学家伽利略·伽利莱之父）是佛罗伦萨文学与艺术社团"文艺会"（Camerata）的代表人物，他于1581年发表了《古代音乐与现代音乐的对话》（*Dialogo della Musica Antica e della Moderna*）。文艺会发动变革的目的，主要是为了反对当时音乐中流行的复调风格——这种风格的突出特点就是复杂与多层次的对位写作，歌词由多个声部唱出，并以此制造出纷繁的音乐织体。在这样的音乐中，听者是无法听清并理解唱词的内容的，而伽利莱则提出，要回归古希腊音乐与戏剧的简洁与质朴。事实上，伽利莱与他的同道们对埃斯库罗斯、索福克勒斯与欧里庇得斯剧作中的音乐内容知之甚少（我们现在对此的了解也同样没有很大进展），但是，他们相信古代戏剧整个是演唱出来的，而并未意识到

插段与合唱间奏的区别。不过，我们可以同意的是，古希腊音乐在配器与支持旋律的和声上都比较简单。一般来说，合唱段落的音乐由奥洛斯管（aulos，或 auloi）伴奏——这种乐器的名字常常被翻译为"长笛"，不过其实它更接近于现代的双簧管。

文艺会认为，对唱词应当可以清楚地听到并理解，而旋律则应该反映并加强唱词的意义与情感。人们很恰当地将这种新的音乐风格命名为"单音音乐"（monodic，与复调音乐相对）。单音音乐在很大程度上表现了歌剧中具有叙说性质的宣叙调（recitativo）——更类似叙说而非演唱的对话，只有较少的乐器伴奏（因时代和作曲家的不同而多种多样），因此与结构固定的旋律性段落——咏叹调、二重唱、三重唱，等等——不同。

文艺会的成员于1594年或1597年创作了第一部可以被称为歌剧的作品，这部作品的标题《达芙涅》（*Dafne*）与主题都反映了古代世界的魔力。奥塔维奥·里努契尼（Ottavio Rinuccini，1562—1621）创作了歌词（至今仍传世），雅各布·佩里（Jacopo Peri，1561—1633）谱写了音乐，雅各布·科尔西（Jacopo Corsi，1561—1602）协助创作了该剧的音乐（在他为该剧所写的音乐中，有一些流传至今，而这些也成为《达芙涅》的音乐中仅存的内容）。朱利奥·卡契尼（Giulio Caccini，1551—1618）可能也为该剧的音乐创作做出了一些贡献。《达芙涅》之后又出现了第二部歌剧《欧律狄刻》（*Euridice*），这部作品流传至今，有时还会以学术研究为由获得上演。这部作品的绝大部分音乐同样是由佩里谱写的，不过卡契尼也肯定为其补充了一些自己写作的音乐，后来，卡契尼自己又创作了一部《欧律狄刻》。

蒙特威尔第、卡瓦利、切斯蒂、巴赫

在歌剧这个新的艺术形式的历史中，第一位

天才的作曲家是克劳迪奥·蒙特威尔第（Claudio Monteverdi，1567—1643）。他的第一部歌剧《奥菲欧》①（L'Orfeo，首演于1607年）将前辈音乐家们从歌剧中开发出的音乐与戏剧的潜力提升至伟大艺术的水平上，该剧至今仍然时常上演。蒙特威尔第后续创作的一些作品的题材，同样展示出古代希腊与罗马的力量与推动作用：《阿里安娜》②（L'Arianna，现只有女主角的"哀歌"存世，但至今仍备受喜爱）；《提尔希与珂洛丽》（Tirsi e Clori）、《阿尔刻斯提斯与阿德墨托斯的婚姻》（Il Matrimonio d'Alceste con Admeto）、《阿多尼斯》（Adone）、《埃涅阿斯与拉维尼亚的婚礼》（Le Nozze d'Enea con Lavinia）、《尤利西斯返乡记》（Il Ritorno d'Ulisse in Patria），最后还有《波佩阿的加冕》（L'Incoronazione di Poppea）——这个故事来自古罗马历史。

蒙特威尔第的学生彼埃·弗兰切斯科·卡瓦利（Pier Francesco Cavalli，1602—1676）创作了40多部歌剧，其中最为出名的有《伊阿宋》（Giasone）和《爱情中的海格力斯》③（Ercole Amante）。

与卡瓦利同时代的马可·安东尼奥·切斯蒂（Marc' Antonio Cesti，1623—1669）据说创作了超过100部歌剧，在现存的11部中，《金苹果》（Il Pomo d'Oro）最为著名，它的题材是关于不和女神的苹果所引起的纷争。该剧的制作十分华丽，共分为5幕66场，需要24个不同的舞台场景，而且每一幕中还都包括几个芭蕾舞的段落。就这样，歌剧在意大利发展起来了。歌剧作曲家的人数众多，在他们的作品中，很多都取材于古代希腊与罗马，其中有不少令人赞叹的作品；而最受欢迎的题材被反复使用的次数之多也格外

令人惊讶。

在早期的歌剧作曲家中，有许多人同时也创作康塔塔。我们在此介绍一下约翰·塞巴斯蒂安·巴赫（Johann Sebastian Bach，1685—1750）的三部世俗康塔塔，并以此作为这种音乐形式的范例。巴赫本人将他的一些世俗康塔塔称为"音乐戏剧"（dramma per musica），一些现代音乐评论家甚至将它们归为"小歌剧"（operetta）一类。在第201号康塔塔（《光明神与潘之争》[Der Streit zwischen Phoebus und Pan]）中，巴赫将光明神与潘之间的比赛写成了一部音乐讽刺作品，旨在应对一个对巴赫的作品充满敌意的批评家——约翰·阿道夫·沙伊贝（Johann Adolph Scheibe）。该剧剧本的这个故事化生自奥维德笔下的版本。内容是，特摩罗斯山神与欢喜之神摩墨斯（Momus）将胜利奖赏给了潘，而弥达斯则遭到了惩罚，长出了一对驴耳朵。第208号康塔塔（即《狩猎康塔塔》）的主题是狄安娜与恩底弥翁的神话。最后，第213号康塔塔（《岔路口的海格力斯》[Hercules auf dem Scheidewege]）描述的是海格力斯所面临的抉择，他拒绝了享乐之神的逢迎，选择了美德之神并保证他将会得到的辛劳、美德与名望（参见本书第616页）。巴赫的《圣诞节清唱剧》（Weihnachtsoratorium）更负盛名，但其中也使用了第213号康塔塔中的音乐主题。

布劳、普塞尔、吕利、亨德尔

在巴洛克时期的英国，带有配乐与芭蕾段落的戏剧十分时兴，这些作品最终让传统意义上的歌剧得以发展。约翰·布劳（John Blow，1649—1708）创作了一部音乐剧作品——《维纳斯与阿多尼斯》（Venus and Adonis），尽管副标题是"一部为君主助兴的假面剧"，但这部作品其实是一部按照最简单的

---

①　即《俄耳甫斯》。
②　即《阿里阿德涅》。
③　即《赫拉克勒斯》。

故事线建构起来的田园风格歌剧。

布劳的学生亨利·普塞尔（Henry Purcell，1659—1695）创作了在歌剧史上具有里程碑意义的杰作——《狄多与埃涅阿斯》（*Dido and Aeneas*）。这部作品是为乔赛亚斯·普利斯特（Josias Priest）在切尔西的女子寄宿学校所作。该剧的剧本由内厄姆·塔特（Nahum Tate，1652—1715）创作，素材出自维吉尔的《埃涅阿斯纪》第4卷。[2]普塞尔所作的乐谱中巧妙的简洁性与不同元素的恰当融合常常引人称赞。狄多在临死前所唱的哀歌（《当我长眠于大地》["When I Am Laid in Earth"]）是一首高贵且动人的咏叹调。

在法国，让－巴普蒂斯特·吕利（Jean-Baptiste Lully，1632—1687）是歌剧发展历史中的一位巨人，他与诗人菲利普·基诺（Philippe Quinault）联合创作了《卡德摩斯与赫耳弥俄涅》（*Cadmus et Hermione*），该作是吕利共15部 ① 这类悲歌剧中的第一部（基诺是其中12部的词作者）。而其他一些作品的标题也能够让我们明白古代希腊与罗马对吕利有着多么大的影响：《阿尔刻斯提斯》（*Alceste*）、《忒修斯》（*Thésée*）、《阿堤斯》（*Atys*）、《普洛塞庇娜》（*Proserpine*）、《珀耳修斯》（*Persée*）、《法厄同》（*Phaëton*）、《阿喀斯与伽拉忒亚》（*Acis et Galatée*）。

吕利的衣钵传人中最杰出的是让－菲利普·拉莫（Jean-Philippe Rameau，1683—1764）。他也创作了许多以古希腊、罗马为主题的歌剧与芭蕾歌剧，比如，《希波吕忒与阿里奇亚》（*Hippolyte et Aricie*）、《卡斯托耳与波卢克斯》（*Castor et Pollux*）、《达耳达诺斯》（*Dardanus*），以及《赫柏的欢庆》（*Les*

fêtes d'Hébé）。

乔治·弗里德里希·亨德尔（George Friderich Handel，1685—1759）是18世纪上半叶最伟大的作曲家之一。尽管普通大众对亨德尔的了解主要是通过他的清唱剧作品，但他其实是一位十分高产的音乐家，非常专注于歌剧的创作。而且，他所作的许多以世俗故事为题材的清唱剧在本质上就是歌剧性的，虽然这些作品是为了在音乐厅中演出，但它们与剧院而不是教堂的联系更为紧密。某些世俗清唱剧的题材取自古典神话，比如《塞墨勒》（*Semele*）与《海格力斯》（*Hercules*）。亨德尔创作了40部歌剧 ②，幸运的是，这些作品的演出与录音在近年来开始渐渐增加，让我们得以欣赏其中的丰富宝藏。亨德尔的许多歌剧都取材于历史，比如《奥托内》（*Ottone*）、《阿格里皮娜》（*Agrippina*）、《尤利乌斯·凯撒》（*Giulio Cesare*），以及《薛西斯》（*Serse*）；也有一些歌剧的题材属于更严格意义上的神话——《阿喀斯与伽拉忒亚》（*Acis and Galatea*，田园剧）、《阿德墨托斯》（*Admeto*），以及《得伊达弥亚》（*Deidamia*）。

格鲁克、皮钦尼、萨基尼、海顿

克里斯托夫·维利巴尔德·格鲁克（Christoph Willibald Gluck，1714—1787）创作了最早的一部能够在常演剧目中保有一席之地的歌剧——《奥菲欧与欧律狄刻》（*Orfeo ed Euridice*，1762年首演）。这部优美的作品在情感的表现上保持着克制，其旋律极为细腻，在表现俄耳甫斯与欧律狄刻故事的诸

---

① 原文有误，应为14部。吕利称《阿喀斯与伽拉忒亚》为"田园风格英雄剧"（pastorale-héroïque），且与他的悲歌剧有许多区别。

② 原文有误，即使不算同一部歌剧的不同演出与修订版本，亨德尔所作的歌剧总数也肯定超过40部。目前通用的《亨德尔作品目录》（*Händel-Werke-Verzeichnis*，简称 *HWV*）中，*HWV* 1–42是亨德尔所作的歌剧。

多作品中，它至今都是最能带来艺术满足感的一部。格鲁克曾宣称，自己的目的是创作能够最好地服务于诗歌与情节的音乐，而由拉涅洛·卡尔扎比吉（Raniero Calzabigi）创作的剧本就为格鲁克提供了很大帮助。音乐上的过度花哨，再加上做作甚至荒唐的剧情以及芭蕾舞段落与各种表演的过多插入，这些在当时都太过时髦了。所以，格鲁克与卡尔扎比吉十分强烈地感觉到需要进行革新。格鲁克选择了与充满理想的前辈作曲家们相同的主题，这是十分适当的。《奥菲欧与欧律狄刻》中的咏叹调《多清澈的天空》（"Che puro ciel"）与《没有了欧律狄刻我该怎么办》（"Che farò senz' Euridice"）表现了俄耳甫斯失去爱妻之后的痛苦之情，这些音乐很好地体现了最早的歌剧创作者们心中的理想。在格鲁克这部歌剧的第一版中，奥菲欧这个角色是为阉伶歌手（castrato）——被阉割过后在"男性女低音"（male contralto）声部上演唱，既能出演男性角色也能出演女性角色——而作。格鲁克为了该剧1774年在巴黎的演出又写作了第二个版本，在这个版本中，奥菲欧的角色改由男高音饰演。现在，这个角色的演唱者一般是次女高音或是假声男高音，但是在演出与录音中我们既能找到男声的也能找到女声的奥菲欧。

此后，在创作《阿尔刻斯提斯》（Alceste，第一版首演于1767年）的过程中，格鲁克与卡尔扎比吉再次合作。该作取材自欧里庇得斯的同名戏剧，比起《奥菲欧与欧律狄刻》来说，《阿尔刻斯提斯》的规模更加宏大，而剧中体现的崇高感与情感的细腻也毫不逊色，应该说这部剧作是又一个巨大成就。两人的第三次合作是《帕里斯与海伦》（Paride ed Elena），尽管最初遭遇了失败，但今天却有更多的人喜爱聆听这部作品。格鲁克接下来又创作了《厄科与那喀索斯》（Écho et Narcisse）、《伊菲革涅亚在奥利斯》（Iphigénie en Aulide）以及《伊菲革涅亚在陶里斯》（Iphigénie en Tauride），其中后两部歌剧格外具有旋律性且引人入胜。理查德·瓦格纳（Richard Wagner）就十分喜爱《伊菲革涅亚在奥利斯》，他对该作的乐谱进行了修订，而经他修订过的乐谱就是《伊菲革涅亚在奥利斯》现在最常用的演出版本。早在自己成为歌剧改革者之前，格鲁克在创作生涯初期就写下了一部小夜曲《赫拉克勒斯与赫柏的婚礼》（Die Hochzeit von Herkules und Hebe，作于1747年）。对于一部为庆祝萨克森（Sachsen）选帝侯的婚礼所创作的作品来说，用赫拉克勒斯与赫柏的婚礼作为主题确实是十分合适的。

尼科洛·皮钦尼（Niccolò Piccinni，亦名"尼科拉"[Nicola]，1728—1800）是格鲁克的竞争对手（两人曾同时受到法国歌剧院[French Opéra]① 的委托，各写作一部《奥菲欧》②），他创作了超过100部的歌剧，其中许多都是以古代世界为素材的。

18世纪还有许多受到古代影响与启发的作曲家。安东尼奥·萨基尼（Antonio Sacchini，1730—1786）创作了歌剧《达耳达诺斯》（Dardanus，首演于1784年），以及一部十分受欢迎的杰作《俄狄浦斯在科罗诺斯》（Œdipe à Colone，首演于1786年）。

因其杰作《美狄亚》（Médée），路易吉·凯鲁比尼（Luigi Cherubini，1760—1842）是值得我们特别提及的。但是，由于只有玛格达·奥利维罗（Magda Olivero）或玛利亚·卡拉斯（Maria Callas）这种级别的女主角才能胜任美狄亚一角的歌唱与表演技巧，因此该剧的上演机会并不多。

---

① 原文有误，应为"巴黎歌剧院"（Paris Opéra）。

② 原文有误，应为《伊菲革涅亚在陶里斯》（首演于1781年）。皮钦尼于18世纪70年代末到达巴黎后，巴黎歌剧院首先尝试让格鲁克与皮钦尼根据同一剧本各创作一部《罗兰》（Roland），但格鲁克在得知后放弃了这个计划。

伟大的弗朗茨·约瑟夫·海顿（Franz Joseph Haydn，1732—1809）创作了一部以俄耳甫斯与欧律狄刻故事为素材的歌剧《哲学家的灵魂，或称奥菲欧与欧律狄刻》（*L'Anima del Filosofo ossia Orfeo ed Euridice*）。许多人都认为这是海顿众多歌剧作品中最优秀的一部。此外，海顿的清唱剧《创世纪》（*Die Schöpfung*）的前奏曲所表现的是卡俄斯。

莫扎特、贝多芬、勃拉姆斯、瓦格纳

沃尔夫冈·阿马德乌斯·莫扎特（1756—1791）对神话与传说素材十分感兴趣，在仅11岁的时候，他就写作了一部篇幅较短的歌剧《阿波罗与许阿铿托斯》。鲁菲努斯·维德尔神父（Rufinus Widl）创作的拉丁文剧本，将这个著名的同性之恋的故事转变成为一个浪漫的异性三角恋的故事——仄费洛斯（即西风之神）爱上了风信子的姐姐，而阿波罗也同样爱着她。莫扎特早期有一些取材自古罗马历史故事的作品：《彭特王米特拉达梯》（*Mitridate, Re di Ponto*，首演于1770年），该剧根据拉辛的一部关于米特里达梯六世的戏剧改编而成；还有"剧院小夜曲"（theatre serenade）《阿斯卡尼俄斯在阿尔巴》（*Ascanio in Alba*，首演于1771年）；以及《西庇阿之梦》（*Il Sogno di Scipione*，首演于1772年）。后者被归类为小夜曲，剧本作者是梅塔斯塔西奥（Metastasio），取材自西塞罗的《西庇阿之梦》（*Somnium Scipionis*）①——小西庇阿梦到了乐土，他的梦境与柏拉图的思想类似，但其中的沙文主义情绪以及场景描写则更接近于维吉尔笔下的乐土。莫扎特于1775年完成了歌剧《牧人王》（*Il Re Pastore*），这部作品给有关亚历山大大帝的传说做了十分有魅力

的补充——亚历山大大帝将西顿从暴君统治中解放出来并让牧人王取而代之。莫扎特的《克里特王伊多墨纽斯》（*Idomeneo, Rè di Creta*，首演于1781年）是一部令人陶醉的歌剧，十分值得聆听与研究。广受听众欢迎与喜爱的《魔笛》（*Die Zauberflöte*，首演于1791年）由于其中的共济会象征与主题，对神话研究者来说是十分重要的。剧中，代表母权的夜后、对伊西斯与奥西里斯的仪式性崇拜，以及男主角塔米诺（Tamino）为获得秘仪的启示而必须经历的考验，都表现了具有普遍意义的主题与范式。莫扎特的最后一部歌剧《蒂托的仁慈》（*La Clemenza di Tito*，首演于1791年）则取材自古罗马历史。

路德维希·范·贝多芬（1770—1827）也受到古代希腊与罗马的一些直接影响。我们可以提及他的《科里奥兰序曲》（*Coriolan-Ouvertüre*），该作的灵感来源就是传说中的古罗马英雄科里奥兰。更符合本章考察内容的则是《普罗米修斯的生民》（*Die Geschöpfe des Prometheus*），这部作品的主题素材似乎是以一种特别的方式总结了作曲家那种不屈不挠的精神。贝多芬使用其中的主题为钢琴写了一部变奏曲，而这个主题后来又成了他那部伟大的《降E大调第三交响曲〈英雄〉》末乐章的主题。贝多芬的生平与音乐作品给人一种浪漫主义的印象，使人联想到作曲家的反抗精神，在这一方面，作曲家与提坦神普罗米修斯有着惊人的相似之处。无论如何，我们都可以说，贝多芬的创作生涯在18世纪的古典主义与19世纪的浪漫主义之间建立起了时间与精神上的桥梁。[3]

约翰内斯·勃拉姆斯（Johannes Brahms，1833—1896）为我们留下了为合唱团与管弦乐团而作的《命运女神之歌》（*Gesang der Parzen*）以及《哀歌》（*Nänie*），后者哀悼了美的消逝，歌词中提到了

---

① 出自西塞罗《论共和国》（*De Re Publica*）第6卷残篇。

哈得斯、俄耳甫斯、阿佛洛狄忒与阿多尼斯、阿喀琉斯，以及忒提斯。

理查德·瓦格纳（1813—1883）在其歌剧《唐豪瑟》（*Tannhäuser*）的序曲与随后的维纳斯堡（Venusberg）一场（其中刻画了性感的维纳斯与她那纵情声色的居所）中，描绘了神圣之爱与世俗之爱间的冲突，令人十分难忘。

舒伯特、沃尔夫、李斯特、弗兰克

19世纪的德语艺术歌曲（Lied）体现了浪漫主义者的激情与渴望，这些情感为灵魂带去了千回百转的苦痛与愉悦。音乐中的这种氛围，与歌德的作品所代表的狂飙突进运动文学中的氛围是紧密相连的。

举例说来，弗朗茨·舒伯特（1797—1828）的许多歌曲作品都是将以古代世界为主题的诗歌作为歌词的（比如，《普罗米修斯》[*Prometheus*]、《伽倪墨得斯》[*Ganymed*]、《阿特拉斯》[*Der Atlas*]、《俄耳甫斯》[*Orpheus*] 等）[4]，这些诗歌的作者不止是歌德，还有席勒与其他诗人。

浪漫派晚期作曲家胡戈·沃尔夫（Hugo Wolf，1860—1903）的两首歌曲（歌词均为歌德的作品）——《普罗米修斯》（*Prometheus*）与《伽倪墨得斯》（*Ganymed*），都是艺术歌曲中的常演曲目。[5] 沃尔夫仅有一部交响乐作品——题为《彭忒西勒亚》（*Penthesilea*）的交响诗。这是一部很有趣的标题音乐作品，但是没有上述的两首艺术歌曲那么有名。

弗朗茨·李斯特（Franz Liszt，1811—1886）创作了交响诗这种体裁的其他一些典范作品——庄严雄伟的《俄耳甫斯》（*Orpheus*）与激荡人心的《普罗米修斯》（*Prometheus*）。此外，赛萨尔·弗兰克（César Franck，1822—1890）也创作了一部优美的交响诗——《普绪刻》（*Psyché*）。

19—20世纪的其他主要作曲家

在歌剧领域所取得的成就是19世纪这个时期最为显著的荣耀，不过此时，古希腊与罗马的题材已经不再那么流行了。然而，瓦格纳的《尼伯龙根的指环》（*Der Ring des Nibelungen*）却能够为人们研究古希腊罗马神话提供一些可资类比的参照物，尤其是因为埃斯库罗斯的《俄瑞斯忒斯》深刻地影响了瓦格纳。[6] 而文琴佐·贝利尼（Vincenzo Bellini，1801—1835）的《诺尔玛》（*Norma*，讲述的是一位德鲁伊教女祭司的悲剧故事）这样的歌剧，确实以古罗马传说的主题为基础。不过，这些例外只能更有力地向我们说明，歌剧在素材与风格上发生了多么大的改变。当然，一概而论也还是太草率了。这个时期依然有许许多多取材自古代世界的作品，我们在此只是列举了一些主要作曲家的几部作品而已。

夏尔·古诺（Charles Gounod，1818—1893）最出名的作品是《浮士德》（*Faust*）和《罗密欧与朱丽叶》（*Roméo et Juliette*），但他也写过一部杰出的歌剧《菲勒蒙与包喀斯》（*Philémon et Baucis*）。

埃克托尔·柏辽兹（Hector Berlioz，1803—1869）谱写了巨作《特洛伊人》（*Les Troyens*），该作是所有以古典神话为素材的作品中最重要的杰作之一。《特洛伊人》在很大程度上依据了维吉尔的作品，它共分为两部分：《特洛伊的陷落》（*La Prise de Troie*，改编自《埃涅阿斯纪》第2卷）与《特洛伊人在迦太基》（*Les Troyens à Carthage*，改编自《埃涅阿斯纪》第4卷中狄多与埃涅阿斯的故事）。柏辽兹还写过一部感人的康塔塔——为声乐与管弦乐团而作的《俄耳甫斯之死》（*La Mort d'Orphée*）。

阿里戈·博伊托（Arrigo Boito，1842—1918）

为其歌剧《梅菲斯托菲勒斯》（*Mefistofele*）既谱写了音乐，也创作了剧本。这个故事取材于歌德的《浮士德》，而在该作中特洛伊的海伦则扮演了十分关键的角色，同时还发挥着重要的象征性的作用。

儒勒·马斯内（Jules Massenet，1842—1912）因其《玛农》（*Manon*）与《维特》（*Werther*）而广受爱戴，他还创作了歌剧《巴克斯与阿里阿德涅》（*Bacchus and Ariane*）①。

加布里埃尔·福雷（Gabriel Fauré，1845—1924）的歌曲与室内乐作品备受推崇，他也创作了两部以神话为素材的歌剧《普罗米修斯》（*Prométhée*）与《珀涅罗珀》（*Pénélope*）。

俄国作曲家、柴可夫斯基的学生，谢尔盖·伊万诺维奇·塔涅耶夫（Sergei Ivanovich Taneyev，1856—1915）在19世纪即将结束时完成了自己的《俄瑞斯忒斯》（*Oresteia*），这部令人印象深刻的作品是以埃斯库罗斯的同名作品为基础的。

捷克浪漫派作曲家兹德涅克·菲比赫（Zdeněk Fibich，1850—1900）为舞台演出创作了音乐情节剧（melodrama）②《希波达弥亚》（*Hippodamie*），该剧共分成三部分：《珀罗普斯求爱》（*Námluvy Pelopovy*）、《坦塔罗斯赎罪》（*Smír Tantalův*），以及《希波达弥亚之死》（*Smrt Hippodamie*）。

写实主义（verismo）歌剧在世纪之交的时候大行其道，这主要是因为贾科莫·普契尼（Giacomo Puccini，1858—1924）等作曲家的天才，这些作曲家远离了古典主题，转而倾向于使用写实性更强或富有东方风味与异域情调的素材。不过，写实主义作曲家鲁杰洛·莱昂卡瓦洛（Ruggiero Leoncavallo，

1857—1919）因《丑角》（*Pagliacci*）而举世闻名，但他也创作了《俄狄浦斯王》（*Edipo Re*，作曲家去世之后首次获得上演），这与20世纪作曲家们回归古典题材的趋势是一致的。

在回归古典题材这一趋势之下，吉安·弗兰切斯科·马利皮耶罗（Gian Francesco Malipiero，1882—1973）用俄耳甫斯的故事创作了共分为三部分的《俄耳甫斯纪》（*L'Orfeide*），而他的《赫卡柏》（*Ecuba*，首演于1942年）③则仿效了欧里庇得斯的同名悲剧。

马克斯·布鲁赫（Max Bruch，1838—1920）为我们留下了一部为独唱与合唱而作的声乐作品——《奥德修斯》（*Odysseus*），该作的题材取自荷马史诗《奥德赛》，在作曲家生活的时代这部声乐作品是十分受欢迎的。

在达律斯·米约（Darius Milhaud，1892—1974）的歌剧作品中，有三部曲《埃斯库罗斯〈俄瑞斯忒斯〉》（*L'Orestie d'Eschyle*），其中包括《阿伽门农》（*Agamemnon*）、《奠酒人》（*Les Choéphores*）与《欧墨尼得斯》（*Les Euménides*），歌词是保罗·克洛岱尔（Paul Claudel）的译文。此外，米约还著有《俄耳甫斯的不幸》（*Les malheurs d'Orphée*）、《美狄亚》（*Médée*），以及3部短小的歌剧（每部的长度只有大约10分钟）——《欧罗巴被掳》（*L'enlèvement d'Europe*）、《阿里阿德涅被弃》（*L'abandon d'Ariane*），以及《忒修斯被解救》（*La délivrance de Thésée*）。他还写了一部管弦乐作品《家庭主妇缪斯》（*La muse ménagère*），这部作品后来被改成了一部钢琴组曲。④他还为保

---

① 原文有误，这部作品的标题是《巴克斯》（*Bacchus*）。

② 菲比赫的音乐情节剧，配乐由管弦乐团演奏，而演员则在舞台上以对话形式说出台词。

③ 原文有误，该剧于1941年1月11日首演于罗马皇家歌剧院（Teatro Reale dell' Opera）。

④ 原文有误，这部作品原本是为钢琴而作的组曲（1944），后来作曲家才为其配器，使之成为一部室内乐组曲（1945）。

罗·克洛岱尔的讽刺剧《普罗透斯》(Protée)谱写了配乐，这部作品讲述的是年老的预言家普罗透斯对一个年轻女子的无望且悲惨的爱情。后来，作曲家又将其改编成了交响组曲《普罗透斯》。

瑞士作曲家阿尔蒂尔·奥涅格(Arthur Honegger，1892—1955)创作了一部杰出的歌剧《安提戈涅》(Antigone)，该作的剧本是让·谷克多根据索福克勒斯的悲剧创作的。

乔治·埃内斯库(George Enesco，1881—1955)创作了伟大的杰作《俄狄浦斯》(Oedipe)，与精彩的配乐相辅相成的是埃德蒙·弗列格(Edmond Fleg)所作的剧本，这个剧本囊括了关于俄狄浦斯的整个神话故事。

卡罗尔·席曼诺夫斯基(Karol Szymanowski，1882—1937)的《罗杰王》(Król Roger)以自己独特的方式成为同样优秀的作品，该剧是对欧里庇得斯《酒神的狂女》的一次深刻的重新诠释。《酒神的狂女》中彭透斯这个角色被转换成了历史上实际存在的人物——12世纪的西西里国王罗杰。他在情感上面对着神秘的牧人以及牧人所传达的宗教信息的挑战。

汉斯·维尔纳·亨策(Hans Werner Henze，1926—2012)根据欧里庇得斯的悲剧创作了歌剧《酒神的狂女》(Die Bassariden)。

伊阿尼斯·泽纳基斯(Iannis Xenakis，1922—2001)生于希腊，是当代音乐的艺术态度、创新与技法的代表人物。作为一个音乐家，他同时还是数学家与建筑设计师，他推崇数学音乐与自动化音乐。借助现代电子设备的帮助，泽纳基斯尝试在理论与实践上将数字与和声整合起来(延续着毕达哥拉斯所开创的古老传统)。他的作品中有为交响乐团与合唱团而作的《俄瑞斯忒斯传说》(Oresteia)与《美狄亚》(Medea)。[1]

另外一位希腊作曲家，米基斯·西奥多拉基斯(Mikis Theodorakis，1925—2021)也是举世闻名的，这既是因其直言不讳的政治观点，更是因其为数众多、种类繁多的音乐作品，其中有《抒情三部曲》(Lyrical Trilogy)——包括了对欧里庇得斯《美狄亚》、索福克勒斯《厄勒克特拉》与《安提戈涅》的歌剧改编。

阿诺德·勋伯格(Arnold Schönberg，1874—1951)所创建的十二音序列作曲体系(或称"无调性"体系)[2]中出现了一些取材于古典神话的作品，如埃贡·维雷茨(Egon Wellesz，1885—1974)的《阿尔刻斯提斯》(Alkestis，作于1924年，剧本作者是霍夫曼斯塔尔)与《酒神的狂女》(Die Bakchantinnen)，两者都是根据欧里庇得斯的悲剧而创作的。

我们用夏尔·谢恩(Charles Chaynes，1925—2016)的《伊俄卡斯忒》(Jocaste)来结束这一节的考察。这部歌剧旨在将伊俄卡斯忒从神话传统中解放出来，并让她代表所有因男性的自私而受到伤害的女人。在索福克勒斯的剧作之后，欧里庇得斯让伊俄卡斯忒在俄狄浦斯自刺双目之后活了下来，并且使她成为作品的焦点。

奥尔夫与施特劳斯

卡尔·奥尔夫(Carl Orff，1895—1982)因在歌剧作品中运用神话素材而理所应当地获得了很大的声望。他于1925年改编了蒙特威尔第的《奥菲欧》。他还创作了《安提戈涅》(Antigonae)，后来又创作

---

[1]　原文有误，《俄瑞斯忒斯传说》是为十二把乐器与合唱团而作，而《美狄亚》则是为男声与五把乐器而作。

[2]　原文有误，十二音序列体系只是无调性音乐中的一种。

了《俄狄浦斯王》（*Oedipus der Tyrann*），这两部作品都十分贴近索福克勒斯的原作。奥尔夫的《普罗米修斯》（*Prometheus*）是一部戏剧力作，该剧吸引了古典学家们格外浓厚的兴趣，因为它的台词实际上是出自埃斯库罗斯作品的古希腊原文。

理查德·施特劳斯（1864—1949）创作了一些20世纪最伟大的歌剧作品。他根据现代心理学与哲学重新诠释了许多神话故事，无论是在任何时代，施特劳斯所取得的这些成就在艺术上都位于最有价值的作品之列。伟大的剧作家胡戈·冯·霍夫曼斯塔尔（1874—1929）为施特劳斯的大多数歌剧作品创作了剧本，从这一点上来说，施特劳斯是十分幸运的。两人的合作始于《厄勒克特拉》（*Elektra*，首演于1909年），这部杰出的作品是以索福克勒斯的悲剧为基础的，但在构思上则有着令人震惊的原创性。[7]霍夫曼斯塔尔与施特劳斯两人都对西格蒙德·弗洛伊德的心理学发现——尤其是他对歇斯底里症的论述——很感兴趣。霍夫曼斯塔尔在厄勒克特拉这个人物身上看到了神经症的经典范例，于是，他改编了索福克勒斯的作品并强调了现代心理学的洞察力。索福克勒斯笔下厄勒克特拉与俄瑞斯忒斯重逢的一场已经十分杰出，而施特劳斯的音乐在这一场景中更唤起了某种爱情二重唱般的激情，进一步提升了其中所蕴含的戏剧力量。在索福克勒斯笔下，俄瑞斯忒斯表达了自己对厄勒克特拉的忧虑，他担心她被自己的强烈情感压垮。而在这部歌剧中，克吕泰涅斯特拉与埃癸斯托斯被杀之后，在俄瑞斯忒斯取得胜利之时，厄勒克特拉在狂喜地舞蹈之后真的死去了，是冷酷的不义之举、根深蒂固的仇恨，以及凶残的复仇中那吞噬一切的满足感同时给她带去的身体上的疲劳与精神上的折磨，最终压垮了她。在研究《厄勒克特拉》的创作中，维托里

奥·涅奇（Vittorio Gnecchi，1876—1954）的《卡桑德拉》（*Cassandra*）十分重要，因为这部作品极大地影响了施特劳斯。

后来，施特劳斯与霍夫曼斯塔尔又联手创作了令人赞叹的《阿里阿德涅在纳克索斯》（初版首演于1912年，修订版首演于1916年）。这部歌剧里的剧中剧关注的是孤独的、被遗弃的阿里阿德涅，她渴望死亡，但最终因为巴克斯对她的爱而化为神明。而我们也不应该像现在这样忽视施特劳斯所作的最后三部以神话为主题的歌剧。其中的《埃及的海伦》（*Die ägyptische Helena*，首演于1929年[①]，剧本作者仍然是霍夫曼斯塔尔）利用了这个神话的另一个古老版本——与帕里斯前往特洛伊的海伦实际上是一个幻象，真实的海伦仍在埃及，一直对墨涅拉俄斯保持忠贞。还有《达芙涅》（*Daphne*，首演于1938年，剧本作者是约瑟夫·格雷戈尔 [Joseph Gregor]）也极为动人，该剧与历史上的第一部歌剧具有同样的主题，最后一场（女高音与管弦乐团）描绘了充满魔力的、令听者情感激荡的变形过程，施特劳斯的音乐中典型的气势与力量极大地提升了这种效果。该剧的情节融合了奥维德笔下的著名版本以及保萨尼亚斯所记载的另一个版本（《希腊志》8.10.1—4）：琉齐波斯与阿波罗竞争达芙涅的爱情。后来，格雷戈尔又为《达那厄的爱情》（*Die Liebe der Danaë*，完成于1940年，首演于1952年）写作了剧本，不过，这个剧本所依据的是霍夫曼斯塔尔留下的一部草稿。这部作品的剧情巧妙地融合了两个原本互无联系的故事——弥达斯与他的点金术，以及宙斯化为金雨向达那厄求爱。

---

① 原文有误，《埃及的海伦》于1928年6月6日在德累斯顿森柏歌剧院（Semperoper）首演。

20世纪英国作曲家

在20世纪，英国作曲家对古典主题的运用之成果是十分丰富的。

我们首先要特别提到本杰明·布里顿（Benjamin Britten，1913—1976）。他的《年轻的阿波罗》（*Young Apollo*，完成并首演于1939年）是为独奏钢琴、弦乐四重奏组与弦乐团而作的一部充满青春活力的"嘹亮短曲"，该作品利用声音将光明之神描绘为理想美的光彩夺目的全新化身。布里顿于1943年为爱德华·萨克维尔–维斯特（Edward Sackville-West）根据《奥德赛》所作的广播剧《援救》（*The Rescue*）谱写了配乐，后来他又将这部作品改编为一部题为《援救珀涅罗珀》（*The Rescue of Penelope*）的音乐会作品。布里顿的室内乐歌剧《卢克蕾提亚受辱》（*The Rape of Lucretia*，完成并首演于1946年）是对这个古罗马传说的紧凑且简洁的诠释；而罗纳德·邓肯（Ronald Duncan）所创作的剧本依据的却是安德烈·奥贝（André Obey）的戏剧《卢克蕾提亚受辱》（*Le Viol de Lucrèce*）。布里顿还为双簧管独奏创作了简单却动人的《根据奥维德所作的六个变形》（*Six Metamorphoses After Ovid*，完成并首演于1951年，6个段落分别是潘、法厄同、尼俄柏、巴克斯、那喀索斯与阿瑞托萨）。布里顿的最后一部歌剧《威尼斯之死》（*Death in Venice*，首演于1973年）改编自托马斯·曼（Thomas Mann）著名的中篇小说，它通过一些典型的意象表现了美的理念。故事讲述的是著名的作家阿申巴赫（Aschenbach）爱上了俊美的男孩塔齐奥（Tadzio），情节设计所依据的是我们在柏拉图的《会饮篇》中十分熟悉的美与爱的概念；作品的结构也是神话式的，因为它反映了艺术家心灵中节制的日神与激情四射的酒神之间的冲突。歌剧中疾病、瘟疫、死亡等象征性主题相互交织，早在《伊利亚特》中这些主题就已经出现，而索福克勒斯的《俄狄浦斯王》则进一步对其进行了经典的表述。布里顿最后的作品中有一部以拉辛的同名戏剧为剧本（罗伯特·洛威尔 [Robert Lowell] 诗体英译）的康塔塔《淮德拉》（*Phaedra*，完成于1975年），该作是特意为女中音詹妮特·贝克（Dame Janet Baker）创作的。

威廉·沃尔顿（William Walton，1902—1983）曾为特洛伊战争中的一个段落创作了一部令人印象深刻的歌剧《特洛伊罗斯与克瑞西达》（*Troilus and Cressida*），该剧所依据的是中世纪的传奇小说。

阿瑟·布利斯（Arthur Bliss，1891—1975）在其康塔塔《致阿波罗的颂歌》（*Hymn to Apollo*）、歌剧《奥林波斯众神》（*The Olympians*），以及为朗诵家、合唱团与管弦乐团而作的交响曲《晨间的英雄们》（*Morning Heroes*）中转向了古希腊主题。《晨间的英雄们》是为纪念作曲家的弟弟及其一同在1914—1918年的世界大战中牺牲的战友们而作的，这部作品的歌词采用了赫克托耳对安德洛玛刻的告别（《伊利亚特》6）以及阿喀琉斯走上战场的文本（《伊利亚特》19）。

迈克尔·蒂皮特（Michael Tippett，1905—1998）为特洛伊战争（主要受《伊利亚特》启发）创作了一部充满想象力的歌剧《普里阿摩斯王》（*King Priam*），并亲自完成了剧本与音乐的创作。作曲家从这部作品中选取了阿喀琉斯的一首咏叹调（带吉他伴奏），并另行增添了两首新作（主题都是有关阿喀琉斯与帕特罗克洛斯的关系），组成了精炼而又很富悲剧性的声乐套曲《阿喀琉斯之歌》（*Songs for Achilles*，三首歌的标题分别是"营帐中""跨过原野"与"大海边"）。

哈里森·伯特威斯尔（Harrison Birtwistle，1934—2022）为女高音独唱创作了《哀歌——俄耳甫斯之死》（*Nenia, the Death of Orpheus*，歌词由彼得·季诺维也夫 [Peter Zinovieff] 所作），这部作品哀悼了俄耳甫斯的悲愁与死亡，在表达方式上依赖的是乐器演奏与声乐演唱的动态效果。"Nenia"（哀歌）的意思是葬礼上的挽歌，同时也是一位古罗马女神的名字。后来，伯特威斯尔与季诺维也夫又扩大了这部作品的规模，完成了令人瞩目的歌剧《俄耳甫斯的面具》（*The Mask of Orpheus*）；伯特威斯尔的另一部歌剧《弥诺陶》（*The Minotaur*）也赢得广泛的好评。

轻歌剧与音乐喜剧

古典神话与传说也不可避免地影响了其他的音乐体裁。雅克·奥芬巴赫（Jacque Offenbach，1819—1880）创作了一些欢闹的、讽刺性的、旋律性极强的作品，这些作品能够极好地将我们引入轻歌剧与喜歌剧的世界。他的喜歌剧（opéra bouffe）《地狱中的奥菲欧》（*Orphée aux enfers*）绝对给人带来了享受。每个人肯定都听过这部作品中的康康舞曲的某个版本，奥芬巴赫已经让这段音乐成为不朽。他后来创作的《美丽的海伦》（*La belle Hélène*）同样机智且富于娱乐性，其中有一些旋律优美的咏叹调，包括著名的《帕里斯的裁判》。

弗朗茨·冯·苏佩（Franz von Suppé，1819—1895）也创作了一些令人陶醉的轻歌剧。《美丽的伽拉忒亚》（*Die schöne Galathée*）用音乐诠释了皮格马利翁的故事，在这部作品中，雕塑家皮格马利翁因他赋予生命的女子伽拉忒亚而备受折磨，这个女子是如此水性杨花、令人烦恼不已，维纳斯终于满足了皮格马利翁的愿望，将她重新变回了雕像。

亨利·克里斯蒂内（Henri Christiné）的轻歌剧《菲菲》（*Phi-Phi*，首演于1918年）有着类似的精神内核。"菲菲"是著名的雕塑家菲狄亚斯的昵称，不过该剧对历史人物菲狄亚斯、伯利克里与阿斯帕西娅（Aspasia）的诠释是属于传说性质的。

轻歌剧的历史是十分重要的。在 W. S. 吉尔伯特（W. S. Gilbert）与亚瑟·沙利文（Arthur Sullivan）的作品中，《泰斯庇斯》（*Thespis*）尽管不太出名，但它的主题却来自古代希腊与罗马，所以对于古典学家们来说是很有意义的。不过，在这个体裁之中，美国人为音乐戏剧舞台做出了自己显著的贡献。我们将在下一节中看到，美国音乐剧以其大胆，或者说是真诚，创立了独特的风格与色彩。

美国的贡献

谁能算得上是美国作曲家

对于"谁能算得上是美国作曲家"和"美国音乐与舞蹈究竟有没有可识别的特征"这两个复杂的问题，美国著名的作曲家、评论家维吉尔·汤姆森（Virgil Thomson）曾用一句深刻的妙语给出了巧妙而合理的答案："要创作美国音乐是很容易的。所需的是，你得是个美国人，然后想写什么音乐就写什么。"[8] 无论是土生土长的还是通过归化的，美国作曲家以及编舞家可以是美国公民，同时也可以是那些虽然一生都没有获得美国国籍，但却是在美国开创的事业因此必须被算作美国作曲家的人。举例来说，吉安·卡洛·梅诺蒂（Gian Carlo Menotti，玛莎·葛兰姆的舞蹈《步入迷宫》[*Errand into the Maze*] 的作曲家）就应该被归为美国作曲家，因为他漫长的事业是以美国为基础的，不过，他从未放弃自己的意大利国籍，现在，他居住在苏格兰的一座城堡之中。①

古代希腊与罗马对美国作曲家的影响

莱昂纳德·伯恩斯坦（Leonard Bernstein，1918—1990）在总结众多美国作曲家的精神时说：

> 我的音乐当然是兼容并包的，所有的音乐都是兼容并包的。任何一位作曲家的创作都是他自身、他的根基与他所受影响的总和。我有许多各不相同但却十分深厚的根基：美国的根基、犹太的根基，而从某种意义上说，也就是全世界的根基，因为一切伟大音乐的传统都是我的根基。亨德尔和海顿对我有影响，而爵士乐、民歌、哈西德派（Hasidic）犹太教的旋律，或是我孩提时听到的祈祷歌对我也具有同样大的影响。我的音乐并非特定的某一种，而是包罗万象的融合。唯愿这所有的声音，终能汇成一种可称之为"普遍"的共鸣。[9]

的确，伯恩斯坦很可能促进了古希腊与罗马的巨大影响力。他自己的作品中有一部根据柏拉图的《会饮篇》所作的《小夜曲》（*Serenade*），这部管弦乐作品的各个乐章的标题分别是"斐德若""保萨尼亚斯""阿里斯托芬""厄律克希马科斯""阿伽通""苏格拉底"，以及"阿尔喀比亚德斯"。许多人都认为这是伯恩斯坦最出色的古典音乐作品之一，这部管弦乐作品还曾作为一部芭蕾舞剧的配乐进行

---

① 梅诺蒂已于2007年2月1日在摩纳哥去世。

演出，编舞者是赫伯特·罗斯（Herbert Ross）。伯恩斯坦在为这部作品所写的介绍中说道："如果在作品的欢宴中有一些爵士乐的感觉，我不希望人们认为这是与时代不合的聚会音乐，这其实是一位当代美国作曲家在受到那场永恒宴会的精神的感染之后所做的自然表达。"[10]

就像我们所考察过的欧洲作曲家们一样，美国作曲家也使用各种古典主题并以各种风格创作了各种体裁的音乐作品：交响乐、歌剧、室内乐、声乐、合唱音乐、器乐、古典乐、流行音乐、爵士乐、摇滚乐、无调性音乐、十二音音乐、序列音乐、极简主义音乐，等等。[11]

古希腊与罗马带来的启发，总能为美国人的创作带去独特的色彩与意义——比如在美国人占据统治地位的音乐剧领域。有三部音乐剧作品可以非常清楚地说明，古典素材是如何成功地转变为纯粹的美国主题的：《金苹果》（*The Golden Apple*）将荷马史诗变成了一个美国传奇故事；《科罗诺斯的福音》（*Gospel at Colonus*）将索福克勒斯作品中的精神性注入了美国黑人的福音团契的活动中；《郡府公园的启示》则是一部令人战栗的戏剧寓言，其中结合了美国摇滚乐，以及欧里庇得斯《酒神的狂女》中传达的有关性、宗教与哲学的信息。

美国音乐的开端

新英格兰殖民者的欧洲背景与强烈的宗教情怀是美国音乐开端时期的最大特征，这些殖民者认为，就像他们在欧洲时一样，歌唱赞美诗在他们的新生活中也同样是核心的组成部分。清教徒牧师们宣扬说，殖民地需要更好地歌唱赞美诗，于是，美国的第一部音乐教科书《赞美诗旋律歌唱导论》（*An Introduction to the Singing of Psalm Tunes*）出版于

1721年，作者是约翰·塔夫茨牧师（Rev. John Tufts，哈佛学院 [Harvard College] 毕业生），与之一同到来的是美国音乐的一次重要发展——歌唱学校运动（Singing-school Movement）。很多歌唱学校开始教学，巡游教学的声乐教师们的事业也发展了起来。在这些教师当中出现了一批美国作曲家，也被称作"歌曲匠"（tunesmith）。他们有时还被称为"第一新英格兰乐派"（First New England School）。这些音乐发展中的先行者发表了成百上千的"歌曲集"（tunebook）——圣歌、歌曲与赞美诗的合集，其中作品至今传唱不衰，也仍然在不断地为美国作曲家们带去灵感。综上所述，在美国音乐最初的发展中起到支配性作用的是《圣经》与基督教，而不是古典作品。

弗朗西斯·霍普金森与《密涅瓦的神庙》

美利坚合众国建立之后的移民大潮为其带去了丰富的外来影响，包括伟大的欧洲作曲家们的影响。于是，"杨基歌曲匠"（Yankee tunesmiths）这个美国俗语的意义就发生了变化与扩展。在这些音乐新发展的背景中出现了两位作曲家，詹姆斯·莱恩（James Lyon）与弗朗西斯·霍普金森，他们是我们能够确定的最早的土生土长的美国作曲家，此外，他们还都在贵格会（Quaker）的中心——费城的宗教音乐世界中占据着非常重要的地位。

我们的考察现在必须以弗朗西斯·霍普金森（1737—1791）为焦点，18世纪有一批学识渊博的艺术家，他们在极大程度上推动了城市世俗音乐的发展，霍普金森就是其中的一员。[12] 并非对莱恩不敬，但我们很有理由将霍普金森称为第一位本土的美国作曲家，此外，古典文化对霍普金森的影响也是十分明显的。

1788年，霍普金森将自己的一套《为羽管键琴或早期钢琴而作的歌曲》（*Songs for the Harpsichord or Forte Piano*）题献给乔治·华盛顿，他在献词中提到："我相信，人们应该将我算作第一个发表音乐作品的本土美国人。"[13] 理查德·M. 格梅尔（Richard M. Gummere）在考察霍普金森的重要性时评论说："这套题献给华盛顿的歌曲丝毫不逊于伊丽莎白时代英国的众多牧歌（madrigal）。华盛顿则在一则短笺中对自己收到的这个荣誉表示感谢。在短笺的整个第一段中，华盛顿一直在使用俄耳甫斯的比喻。"[14] 我们能够确定的第一部由美国本土作曲家创作并发表的作品是霍普金森于1759年创作的歌曲——《我的日子是如此美妙地自由》（"My Days Have Been So Wondrous Free"）。[15]

霍普金森是费城学院（Colloge of Philadelphia）第一届（1757届）毕业生，他才华横溢：除了是一名作曲家，他还是演奏羽管键琴的大师；他接受过系统的古典学训练，同时还是一位随笔作家与讽刺作家——他的讽刺文章中有一些批评了枯燥的拉丁语及古希腊语语法教学；他学习法律，并从事法律工作，还成了海事法院（Admiralty）的法官；作为一个政治家，他是国会成员，参与签署了独立宣言；他是一位发明家，还是美国国旗的设计者之一；他也是一位诗人，他许多的诗作中都引喻有古典作品。[16]

作为诗人，霍普金森还创作了深受古典作品影响的剧本《美国独立》（*America Independent*，又名《密涅瓦的神庙》[*The Temple of Minerva*]，首演于1781年12月11日），这部作品对于我们的讨论来说才是最为关键的。他还是这部作品的"作曲家"，因为他为自己的剧本选取了音乐。[17] 这部至今仍然传世的作品对美国的政治与音乐的历史是极为重要的。

它为我们了解那些为了一个新的、独立的国家——理想化自由的实现——而战斗的美国爱国者们高昂的情绪提供了直接的证据；它还特别赞美了美国在追求独立——变得"伟大并光荣，智慧且自由"——的过程中与法国的同盟。《美国独立》的剧本为我们提供了现存最早的原创音乐文献，其中非常出人意料地将爱国主义情怀用古典神话包裹起来。法国总理曾以一场音乐会招待了"一些文雅的先生与女士"，其中包括"华盛顿将军及夫人"；而这场音乐会中就包括了霍普金森创作并配乐的《美国独立》这部"清唱剧"。本杰明·富兰克林的女儿萨拉·巴赫（Sarah Bach）也出席了这场首演，当剧中古罗马女神密涅瓦宣布美国的子女们"如果团结一致，美国将会伟大且光荣"时，演唱的激动人心的旋律让萨拉的眼泪夺眶而出。[18]

在霍普金森的时代，人们将这部作品描述为演说性的或音乐性的娱乐节目。后来，人们则将之归为节庆仪式剧、寓言性的戏剧化康塔塔，或寓言性的政治歌剧，甚至还有人言过其实地将其称作第一部美国大歌剧。

音乐剧的发展

在18世纪，要维持并不断为公众进行戏剧表演是十分困难的，这说明了美国历史早期在宗教上强烈的清教主义。在很长一段时间里，反戏剧演出的法律都禁止在波士顿（于1750年通过）与费城（于1778年通过）举办戏剧演出，当然，想要压制那些提倡或参加戏剧演出的人们心中的需求与欲望是不可能的。到了18世纪末，这些法律不是已被废除，就是不再严格执行了，于是，活力充沛的戏剧生活在美国逐渐繁荣了起来。

在18世纪，音乐是戏剧的核心部分，因为最初的戏剧演出公司将许多英式民谣歌剧（ballad opera，即将歌唱与对白掺杂在一起的戏剧）加入自己的演出曲目中，这些作品一般都是东拼西凑而成的。在该世纪末期，一部作品的出现预示了美国音乐剧将有重大的发展，就像索内克（Sonneck）所敏锐地指出的："1797年一种新的娱乐形式出现在纽约，我认为美国人在这个领域中格外具有天赋：音乐情节剧（melodrama）。"[19]十分值得注意的是，这个影响深远的戏剧形式肇始于一部取材自古典神话的作品《阿里阿德涅：被忒修斯遗弃在纳克索斯岛上》（*Ariadne, Abandoned by Theseus, in the Isle of Naxos*），这是一部独幕剧，剧本作者是谁现已无从知晓。该剧的广告宣布："在由演员表演的不同段落之间，会有由整个管弦乐团演奏的音乐来表现各个事件与情感。谱写并编排音乐的是佩利西耶。"我们有理由推测，除了广告中提到的悲剧音乐，剧中还可能会包含一些歌曲。作曲家维克多·佩利西耶（Victor Pelissier）最早于1792年出现在费城，后来，他与老美国人公司（Old American Company）合作，并为后者编排或改编国外的民谣歌剧，同时也谱写原创的音乐。

在美国音乐剧发展成型的过程中，我们可以单独指出两部以神话为主题的作品。爱德华·E. 赖斯（Edward E. Rice，1848—1924）的《阿多尼斯》（*Adonis*，首演于1884年）是一部"滑稽且华丽"的作品，它的故事大致基于皮格马利翁与伽拉忒亚的神话。该剧获得了603次演出，在当时创造了百老汇历史上最长的连续演出纪录。[20]在让·施瓦茨（Jean Schwartz）的讽刺音乐剧《来来去去百老汇》（*Up and Down Broadway*，首演于1910年）中，阿波罗与其他神明们来到纽约市，决心革新戏剧品味，但是最终他们得出的结论是，百老汇比神明自己更加了解什么是好的娱乐。摩墨斯是这些神明中的一位。歌曲《中国城，我的中国城》（"Chinatown, My Chinatown"）就出自这部作品；首演的演员阵容里有欧文·柏林（Irving Berlin）与泰德·斯奈德（Ted Snyder），他们亲自演唱了各自的插曲。该剧的剧情与一部较早的作品《阿波罗在纽约》（*Apollo in New York*，W. E. 伯顿 [W. E. Burton] 及其剧团于1854年上演）基本类似。

波士顿作曲团，或称"第二新英格兰乐派"

19世纪下半叶，美国本土作曲家开始创作那些具有实质内容且十分严肃的古典音乐作品。公正地说，美国音乐可能始于约翰·诺尔斯·佩因（John Knowles Paine，1839—1906），他是美国多位重要且具影响力的作曲家、音乐家与评论家在音乐教育方面的前辈。佩因在欧洲——主要是德国——接受音乐训练，成为一位杰出的管风琴家，最终担任哈佛大学的音乐教授。他的音乐创作反映了欧洲的学习经历对自身的深刻影响——其中巴赫以及门德尔松、舒曼和勃拉姆斯等德奥浪漫派作曲家的影响格外强烈。不过，佩因是一个美国人，他的作品是以自己独特的方式展现了感染力与创造力，许多同时代的作曲家以及佩因的学生们的作品也是一样的，当然，他们也都受到了古典素材的影响。佩因本人有时就会受到古代希腊与罗马的启发——他曾为哈佛大学上演的古希腊原文版索福克勒斯《俄狄浦斯王》配乐（1881）。佩因其他的作品还包括管弦乐曲《波塞冬与安菲特里忒——一部大海幻想曲》（*Poseidon and Amphitrite, an Ocean Fantasy*）与一部康塔塔《飞升吧，阿波罗！》（*Phoebus, Arise!*）。

在波士顿作曲团（Boston Group）的众多成员中，我们还应该特别提到另外三位重要的作曲家，那是因为他们对古典素材的运用。乔治·怀特菲尔德·查德威克（George Whitefield Chadwick，1854—1931）是一位教堂管风琴师，他曾在德国学习，后来成为新英格兰音乐学院（New England Conservatory of Music）的校长。他创作了3首序曲《塔利亚》（*Thalia*）、《墨尔波墨涅》（*Melpomene*）以及《欧忒耳佩》（*Euterpe*），还有为缅怀一位故友而作的管弦乐曲《阿多尼斯——哀歌序曲》（*Adonais, Elegiac Overture*），以及为管弦乐团创作了交响幻想曲《阿佛洛狄忒》（*Aphrodite*，出版于1912年）。

弗雷德里克·谢菲尔德·康佛斯（Frederick Shepherd Converse，1871—1940），他先是在美国师从佩因与查德威克，后来又在慕尼黑求学，学成后在新英格兰音乐学院与哈佛大学担任过教职。在他的管弦乐作品之中有一部标题为《欧夫洛叙涅》（*Euphrosyne*）的音乐会序曲，另外还有取材自济慈诗歌的《潘神的节庆——一首浪漫曲》（*Festival of Pan, a Romance*），以及《恩底弥翁的故事——一首音乐会序曲》（*Endymion's Narrative, a Concert Overture*），后者并不是严格意义上的标题音乐，而是旨在反映恩底弥翁在济慈诗作中的情感变化。[21]

亨利·金伯尔·哈德利（Henry Kimball Hadley，1871—1937）是查德威克的学生之中最多产的一位，简直称得上是"美国作曲家中的亨利·福特"。他的歌剧《克勒俄帕特拉之夜》（*Cleopatra's Night*，首演时扮演克勒俄帕特拉的是弗朗西斯·阿尔达 [Frances Alda]）取材自古代希腊与罗马，该剧于1920年在大都会歌剧院上演并赢得了一些好评。剧本是爱丽丝·里尔·波拉克（Alice Leal Pollock）改编自泰奥菲尔·戈蒂耶（Théophile Gautier）的中篇小说《克勒俄帕特拉的一夜》（*Une nuit de Cléopâtre*）。哈德利还为约瑟夫·D. 雷丁（Joseph D. Redding）的节庆剧或假面剧《潘神的赎罪》（*The Atonement of Pan*）作曲。此外，他还有一部音乐会序曲《赫克托耳与安德洛玛刻》（*Hector and Andromache*），以及钢琴独奏作品《萨提尔之舞》（*Dance of the Satyrs*）。[①]

长期以来，某些评论家对这些早期美国作曲家一直都怀有高傲的以及贬损的态度。但是最后，这些作曲家的许多作品都在不断地得到演出与录音，故而使我们现在能够亲身聆听并欣赏它们。[22] 到这里，我们可以说，美国音乐剧创作的洪流终于开始倾泻而出了。

一些重要的音乐发展

在20世纪重要的音乐发展之中，我们应该特别提到始自欧洲的（比如我们之前论述过的泽纳基斯与维雷茨）电子音乐，因为在这个体裁中有很多取材自古典世界的作品。电子音乐在美国的发展中，米尔顿·巴比特（Milton Babbitt，1916—2011）是一位先行者，他本来是一位数学家，后来才转而进行认真的音乐学习。他对勋伯格、贝尔格（Berg）与韦伯恩（Webern）等欧洲音乐家的十二音技法十分感兴趣，并决心将其整合成一套完备的系统。于是，巴比特开发出了一种"系统化序列作曲"或"序列主义"（serialism），并创作了第一部序列音乐作品。他还是第一个为电子合成器（synthesizer）创作大规模作品的作曲家（1961）。巴比特以全新且鲜活的方式将电子合成声音与现场演出组合起来，其成果就是备受好评的《菲洛墨拉》（*Philomel*，完成于1964年）。该作品是为女高音、预制女高音声部以及电子合成磁带而作，歌词是约翰·霍兰德（John

Hollander）根据奥维德笔下忒柔斯、普洛克涅与菲洛墨拉的传说所作的诗歌。《菲洛墨拉》共分为三个段落：菲洛墨拉在森林中逃亡，歌唱出来的乐音不断模仿菲洛墨拉与忒柔斯的名字；接下来，在菲洛墨拉变成一只夜莺之后则是一首《回音曲》；最后，夜莺完整地展现了自己的声音与全新的能力。

> 贝瑟尼·比尔兹利（Bethany Beardsley）事先录制好的声音在立体声的范围内时近时远，有时以电子的方式发生变形，有时变成合唱的声音，有时则与女高音在现场演唱的声音交相辉映或为之配上和声……该声乐部分的音域跨越中央 C 下方的升 F 至谱表上方的 B 音，同时要求演唱者掌握念唱音高技巧。……音乐在形式上与歌词的形式紧密相连，而合成音乐的间奏段落则出现在恰当的节点上，使得作品的结构清晰。[23]

许多作曲家用各种新的音乐技法创作了取材自古典神话的作品，接下来，我们将对这些作曲家与作品有选择性地进行讨论。

马尔文·大卫·列维（Marvin David Levy，1932—2015）为我们带来了一部改编自尤金·奥尼尔的《厄勒克特拉服丧》的歌剧，剧本作者是 H. 巴特勒（H. Butler）。该剧于1967年在大都会歌剧院首演。《厄勒克特拉服丧》的音乐总体上是无调性的，具有很强的戏剧性与剧场感。弗拉基米尔·乌萨切夫斯基（Vladimir Ussachevsky，1911—1990）——电子音乐领域的另一位先驱人物——为其制作了特殊的电子音效。后来，为了这部作品于1999年在芝加哥抒情歌剧院（Chicago Lyric Opera）的演出，列维重新进

---

① 原文有误，哈德利并没有写过这部作品。乔治·L. 科布（George L. Cobb）为钢琴独奏写过一部《萨提尔之舞》（*Dance of the Satyrs*）。

美国国歌在古典神话中的起源

在研究美国国歌的起源与发展时，我们能够发现，其音乐部分最早是为某个古典素材的歌词而创作的。希契科克（Hitchcock）简洁地描述了《星光灿烂的旗帜》（"The Star-Spangled Banner"）的起源与发展：

这首注定要成为美国国歌的歌曲在一开始与爱国主义毫无关系。后来的《星光灿烂的旗帜》的曲调源于一首英国的祝酒歌——《致天国中的阿纳克里翁》（"To Anacreon in Heav'n"）。这首歌曲赞美了维纳斯（爱情）与巴克斯（酒酿）所带来的双重愉悦。美国人后来选用了这首歌的曲调，托马斯·潘恩（Thomas Paine，这位并不是著名的美国开国元勋托马斯·潘恩）于

1798年将其用在全新的爱国主义歌词上。歌词的内容有"你们这些哥伦布之地的儿子们，曾为自己的／权利勇敢作战，这些权利从你们的先辈手中传下，从未被玷污"。弗朗西斯·斯科特·基（Francis Scott Key）于1814年在麦克亨利堡（McHenry Fort）遭到英军轰炸之后创作了《星光灿烂的旗帜》的歌词，它使用了旧的曲调，而最终的成果在1931年成为美国国歌。[24]

雕塑家查尔斯·尼豪斯（Charles Niehaus）创作了一尊俄耳甫斯的铜像，该作品被安放在马里兰州巴尔第摩市的麦克亨利堡的入口处。沃伦·G.哈丁（Warren G. Harding）总统于1922年将其奉献，作为弗朗西斯·斯科特·基的纪念碑。

行了修订。①

厄科／回声的故事启发卢卡斯·佛斯（Lukas Foss，1922—2009）创作了《回声》（*Echoi*，完成于1963年），这部作品分成四部分，分别有着 I、II、III、IV 的编号。

在其创作生涯中，恩斯特·克热内克（Ernst Krenek，1900—1991）接受了许多不同的音乐风格，有爵士乐风格的、浪漫主义的，还有无调性的。他创作了一些取材自古代希腊与罗马的作品：《俄耳甫斯与欧律狄刻》（*Orpheus und Eurydike*，首演于1926年）；《俄瑞斯忒斯的一生》（*Leben des Orest*，首演于1930年）；《刻法罗斯与普洛克里斯》（*Cefalo e Procri*，

完成并首演于1934年）；《塔尔奎尼乌斯》（*Tarquin*，完成于1941年）；《帕拉斯·雅典娜哭泣》（*Pallas Athene Weint*，1950②），这部作品讲述了雅典民主制的衰落，同时也影射了时政；《美狄亚》（*Medea*，完成于1951年）是为次女高音与管弦乐团而作的戏剧性独唱作品，歌词由罗宾逊·杰弗斯根据欧里庇得斯的悲剧而作。

约翰·C.伊顿（John C. Eaton，1935—2015）因其歌剧《克吕泰涅斯特拉的哀哭》（*The Cry of Clytaemnestra*，首演于1980年）而格外获得称赞。帕特里克·克瑞格（Patrick Creagh）所创作的这部歌剧的剧本大致上依据了埃斯库罗斯的《俄瑞斯忒

---

① 原文有误，《厄勒克特拉服丧》的修订版于1998年10月在芝加哥抒情歌剧院上演。

② 原文有误，《帕拉斯·雅典娜哭泣》的创作开始于1952年，完成于1953年，后来又进行了修订，并首演于1955年。

斯》。这部极富感染力的作品既有不断推向高潮的抒情性，同时也利用电子音效制造了很强的戏剧性。在组织这些电子音效时，作曲家所依据的是不和谐音，包括克吕泰涅斯特拉在一系列梦境中展现自己的心理与情绪状态时所发出的连续尖叫声。伊顿还谱写了大型歌剧《赫拉克勒斯》（*Heracles*，创作于1964年），剧本是迈克尔·弗里德（Michael Fried）根据索福克勒斯的《特剌喀斯少女》与小塞涅卡的《俄塔山上的海格力斯》而作。而伊顿的《埃阿斯》（*Ajax*，创作于1972年）则是为男中音与管弦乐团而作，其中表现了一系列的梦境。

拉里·唐·奥斯丁（Larry Don Austin，生于1930年）是一位富于创新精神的实验音乐家，他的作品最初是将爵士乐与无调性结合起来，而最终则运用计算机技术生成音乐或辅助音乐创作。他的一些多媒体作品反映了古代希腊与罗马的影响，举例来说，《净化》（*Catharsis*，为两个即兴演奏的乐队、预制录音与指挥而作，完成于1965年）表现了奥斯丁称之为"开放风格"（Open Style）的即兴演奏技法。他的其他作品包括《罗马——开放风格的剧场作品》（*Roma: A Theater Piece in Open Style*，完成于1965年）；《迷宫》（*The Maze*，完成于1966年），这是为打击乐手、舞蹈家、预制录音与影片而作的开放风格剧场的作品；为四声道立体声录音而作的《凤凰》（*Phoenix*）；《阿加佩》（*Agape*，完成于1970年）——可以被算作是一部庆典剧、电子音乐剧或摇滚乐戏剧——则是为女高音与男中音独唱家、舞蹈家、演员、摇滚乐队、合唱团与预制录音而作的。

罗伯特·梅夫斯（Robert Moevs，1920—2007）为女高音与男高音独唱家、合唱团、打击乐与管弦乐团创作了《阿提斯》（*Attis*，分为两部分，完成于1980年 ①，歌词取自卡图卢斯的拉丁文诗作）。梅夫斯建立起了一种他称为"系统性半音"（systematic chromaticism）的作曲技法。由于其中对非基督教的宗教仪式的表现十分惊人且充满暴力，波士顿交响乐团（Boston Symphony）于1960年进行的《阿提斯》第一部分的首演激起了愤怒。

菲利普·格拉斯（Philip Glass，生于1937年）是极简主义音乐风格最著名的支持者。他与罗伯特·威尔森（Robert Wilson）为1984年洛杉矶奥运会创作了大型多媒体作品《内战》（*CIVIL WarS*），不过该作从未进行过完整的演出。该作的罗马部分（即全剧第5幕）可独立成乐，歌词是由拉丁文、意大利文和英文写成的。在最后一幕中，赫拉克勒斯来到人间帮助人类，而当他回到天界之时，他举起了奥运会的火炬。格拉斯还有一部《俄耳甫斯》（*Orphée*，首演于1993年），该作改编了让·谷克多的经典电影并将其搬上了歌剧舞台。格拉斯根据谷克多的电影创作了三部歌剧，《俄耳甫斯》是第一部，接下来的则是《美女与野兽》（*La Belle et la Bête*，完成并首演于1994年）与《可怕的孩子们》（*Les Enfants terribles*，完成并首演于1996年）。

最后，我们要特别提到三位女性作曲家，她们在自己的音乐作品中对古典素材的处理具有强烈的创新精神。

路易斯·朱丽叶·塔尔玛（Louise Juliette Talma，1906—1996）创作了自己最成功的作品《阿尔刻斯提斯纪》（*The Alcestiad*，完成于1958年），剧本作者是索顿·怀尔德（Thornton Wilder）。塔尔玛是女性作曲家中最资深的一位，她将十二音音乐与调性抒情风格结合在一起，而《阿尔刻斯提斯纪》则是第

---

① 原文有误，《阿提斯》第一部分完成于1958年，第二部分完成于1963年。

一部由欧洲主流演出公司制作的美国女作曲家的作品（首演的地点是德国，而非美国）。

西娅·马斯格雷夫（Thea Musgrave，生于1928年）也赢得了一定的声誉。她的室内乐歌剧《阿里阿德涅之声》（*Voice of Ariadne*，完成于1973年）使用了阿玛利亚·埃尔格拉（Amalia Elguera）根据亨利·詹姆斯（Henry James）的《最后的瓦勒里奥》（*The Last of the Valerii*）创作的剧本。有一尊阿里阿德涅的雕像，但并没有出现在舞台上；她的声音事先使用电子音效录制好，表现的是大海与遥远的距离。剧情是：一位意大利伯爵对阿里阿德涅的传说十分着迷；而且只有他能够听到她的声音，他爱上了她；最终，伯爵的美国夫人将自己装扮成阿里阿德涅并赢回了自己的丈夫。马斯格雷夫十分喜爱长笛：她为长笛与预制录音创作了《奥菲欧 I》（*Orfeo I*，完成于1975年），该作是对一个主题的即兴演奏；她的《奥菲欧 II》（*Orfeo II*）是另外一个版本，除了长笛独奏之外，预制录音是由15件弦乐器演奏的；还有为长笛独奏与弦乐五重奏组而作的《奥菲欧 III——对一个主题的即兴演奏》（*Orfeo III: An Improvisation on a Theme*）。① 在这些作品中，长笛表现了俄耳甫斯，而弦乐则描绘了所有其他角色。马斯格雷夫的《那喀索斯》（*Narcissus*，1988）则使用了独奏长笛与数字延时（digital delay）技术。

吉恩·艾克尔伯格·艾维（Jean Eichelberger Ivey，1923—2010）的《吊在天上的赫拉》（*Hera, Hung from the Sky*，完成并首演于1973年）是为次女高音、7件管乐器、3件打击乐器、钢琴与预制电子音效录音而作，该作品从女性主义的视角诠释了这段神话故事。

---

① 原文有误，《奥菲欧 II》的完整标题是《奥菲欧 II：对一个主题的即兴演奏》，而《奥菲欧 III》的标题就只是《奥菲欧 III》，并无副标题。

歌词是卡罗琳·凯泽（Carolyn Kizer）的诗作，这首诗歌站在当代女性的立场上重新解读了这段神话：赫拉因自认为"女人与男人一样伟大"而被丈夫宙斯惩罚。

哈里·帕奇

在所有受到古代希腊与罗马主题巨大影响的作曲家之中，哈里·帕奇（1901—1974）可能是一个最货真价实的，也是最富于独创性的美国人。他独立且蔑视权威，在经济大萧条期间，他曾经是个流浪汉。同时，帕奇又是学识极其渊博的音乐家，他博览群书，担任过教职、进行过研究工作、获得过资助。尽管他的音乐剧作品极具独创性，但仍与欧洲作曲家卡尔·奥尔夫的作品有相同之处，而后者对古希腊悲剧的音乐诠释具有某种感染力和戏剧冲击力。帕奇在1930年与欧洲和美国的音乐传统决裂，其方式很有戏剧性——他在一个凸腹的铁炉子里烧掉了自己之前全部的作品（之前14年的创作）。他宣称自己将要背离传统，创造一种全新的音乐，使用他自己设计制作的乐器，并且训练音乐家们来进行演奏。他解释说：

> 我是个彻头彻尾的作曲家。我受到激发，变成了一个音乐理论家、一个乐器制作者、一个音乐上的反叛者、一个音乐理想主义者，这都只因为我是个要求很高的作曲家。我并不想要废弃那些广为公众聆听的乐器与音乐。我十分热爱前辈的音乐遗产，但对其持批判的态度。我感觉，一个健康的音乐文化必须充满激荡。我一直在尝试着为音乐文化加入更多的激荡。[25]

帕奇称自己的新音乐语言为"单音音乐"（monophony）。这种音乐语言的基础是将一个八度微分成43个音，从而形成一个音阶。为了演奏自己独特的作品，他利用油箱、派热克斯耐热玻璃罐，设计并制作了所需要的各种新奇的乐器，为此他还改装了多种多样的乐器。对他的音乐与音乐戏剧来说，远东音乐与西欧音乐是具有同等影响的。他的《俄狄浦斯》（*Oedipus*）与《郡府公园的启示》灵感就来源于古代希腊与罗马；而《复仇女神的妄想》（*Delusion of the Fury*）则受到了东方世界的启发，该作的主题——包括摆脱生死轮回——是来自日本能剧（Noh drama）与西非民间故事。[26]

帕奇在创作《俄狄浦斯》（完成于1952年）时最初使用的剧本是 W. B. 叶芝为索福克勒斯的作品而作的英译文，其标题是《索福克勒斯的〈俄狄浦斯王〉》（*Sophocles' King Oedipus*）。但帕奇无法从叶芝的代理人那里获得发行录音的许可，于是在1954年，他修改了乐谱，扩大了配器，将剧本换成了他自己的译文。在1967年他对自己的这部歌剧舞蹈戏剧《俄狄浦斯》进行了最后一次修订。帕奇的创作使我们明白了神话对他是具有很大的吸引力的："神话中有那么多基本要素。"但是，帕奇又感觉自己的《俄狄浦斯》过深地植根于古代世界了，他想要让自己的作品与当代的关联更加紧密——于是，他将欧里庇得斯的作品放在了美国的背景下。

帕奇的《郡府公园的启示》（完成于1960年）是根据欧里庇得斯的《酒神的狂女》而创作的。帕奇自己撰写了充满争议的剧本，在故事中，狄俄尼索斯的角色是以"猫王"埃尔维斯·普雷斯利的形象出现的。不过，帕奇在写作合唱段落的歌词时参照了吉尔伯特·默雷（Gilbert Murray）的《酒神的狂女》的译文。

由于演出《郡府公园的启示》困难重重（非正统

的乐谱，乐团演出时需要使用许多非正统的乐器），所以它的每次上演都是戏剧界难得一见的重大事件。当这部作品在1987年于费城得到华丽的制作并演出（这次演出也被录制成了唱片）并且在1989年于纽约再次上演之后，它引发了广泛而各种各样的回应与评论。这部作品是帕奇规模最为宏大的音乐剧作品：一个行进式移动铜管乐团演奏的进行曲音乐与传统风格的音乐比肩并起；演出时需要歌唱家、演员、舞蹈家、杂技演员、体操演员、马戏演员、喷火演员以及事先拍摄的焰火影片。剧情是在古代的忒拜，与20世纪50年代美国中西部一个小城的法院大楼公园（古希腊风格）之间转换。每位主要歌唱家都要一人饰演二角——摇滚乐明星、"伊什布·库布教的好莱坞之王"（Hollywood King of Ishbu Kubu）迪昂（Dion，以"猫王"为原型的流行音乐偶像）拥有许多疯狂的女性追随者，他同时也是有众多侍女的狄俄尼索斯；桑尼（Sonny）是法院大楼公园里的一个心中充满忧虑的年轻人，又是忒拜的年轻国王彭透斯；"妈妈"是伊什布·库布教的虔诚信徒，同时还是彭透斯之母、酒神侍女的首领阿高厄。这部作品的戏剧结构属于仪式戏剧，台词由演员说出或是朗诵出来，有时配有音乐，有时则没有音乐，此外就是更具纯粹音乐性的段落；而且，关键所在并非音乐本身，而是富于想象力且发人深省的剧本所蕴含的戏剧效果与普遍意义。帕奇解释说："好莱坞偶像迪昂象征着显著的平庸，'妈妈'象征着盲目的母权力量，而桑尼所象征的则只是一个迷失的灵魂，一个与身边世界并不相容或无法相容的灵魂。"（参见本书第339页插文。）

帕奇的其他一些作品也受到古典神话的影响。《尤利西斯在边缘》（*Ulysses at the Edge*，完成于1955年）是一部"小规模室内作品"，它还有其他版本：《尤利西斯离开世界的边缘》（*Ulysses Departs from the Edge of the World*）与《尤利西斯从世界的边缘返回家乡》（*Ulysses Turns Homeward from the Edge of the World*）。帕奇回想起他的流浪汉岁月，于是就将尤利西斯也塑造成一个和他一样的流浪者。这部作品最终成为他以美国为主题的作品集《任性》（*Wayward*）的第五部分。帕奇的《卡斯托耳与波卢克斯》（*Castor and Pollux*，完成于1952年）的副标题是"为宙斯双子的双重节奏而作的舞曲"（A Dance for the Twin Rhythms of Gemini）；而他的《弹拨乐与打击乐舞曲》（*Plectra and Percussion Dances*）的副标题是"为舞蹈剧场而作的萨提尔剧音乐"（Satyr-Play Music for Dance Theater），这部作品共分为三部分，而《卡斯托耳与波卢克斯》只是其中的一部分。《卡斯托耳与波卢克斯》共有两个段落，一个属于卡斯托耳，一个属于波卢克斯；每个段落又各自分成四部分：1. 勒达与天鹅，2. 受孕，3. 孵化（Incubation，或称"孕育"[Gestation]），4. 破卵而出的合唱。帕奇指出，从受精那一刻开始直到孵出，每个蛋都恰好花去234拍。帕奇还创作了《沙丘上的达芙涅》（*Daphne of the Dunes*，完成于1958年，修订于1967年），这原本是一部电影的配乐。帕奇与芝加哥的实验电影制作人玛德琳·图特洛（Madeline Tourtelot）一共合作过6部影片，其中之一的《风之歌》（*Wind Song*）既是对大自然的研究，也是达芙涅与阿波罗神话的现代版本。帕奇创作并演奏了这部影片的原声音乐。[①] 两个人还曾为影片《郡府公园的启示》进行合作（1961）。

---

① 《风之歌》即《沙丘上的达芙涅》的1958年版本的标题。

巴伯、斯特拉文斯基，以及许多其他作曲家中的几位

萨缪尔·巴伯（Samuel Barber，1910—1981）是美国作曲家中的领军人物，在他的作品中普遍存在着旋律性很强的新浪漫主义（neoromanticism），因此他的作品一直很受欢迎（虽然也有许多不利于巴伯的敌视性批评）。巴伯为女高音独唱与管弦乐团而作的《安德洛玛刻的道别》（*Andromache's Farewell*，首演于1963年）非常感人地表现了欧里庇得斯《特洛伊妇女》中安德洛玛刻与阿斯堤阿那克斯的道别，歌词则是帕特里克·克瑞格新作的译文。剧情是，一个使者来到安德洛玛刻的面前告诉她，必须将儿子阿斯堤阿那克斯交到希腊人手中，而希腊人已经决定要将他从特洛伊的城墙上扔出去摔死。安德洛玛刻以"你就这样定要死去，我的儿子啊"开始了自己的独白。

巴伯最伟大的作品之一是以古罗马历史传说为素材的。而他根据莎士比亚的剧本而创作的《安东尼与克勒俄帕特拉》（*Antony and Cleopatra*）是一部必将载入史册的美国歌剧。这部作品的首演（1966）是受大都会歌剧院委托，为新大都会歌剧院在林肯中心（Lincoln Center）落成的庆典而创作的。编舞者是阿尔文·艾利（Alvin Ailey），弗兰科·泽菲瑞利（Franco Zeffirelli）则是剧本作者、舞台设计、导演与制作人。该剧最初并没有获得评论家的好评，这主要是由于这次首演的制作过于华丽。巴伯后来对其进行了大规模的修改，他的朋友吉安·卡洛·梅诺蒂则取代泽菲瑞利成为剧本作者。当这部作品于1991年12月在芝加哥抒情歌剧院重新上演之后，它获得了成功。

许多其他作曲家的作品也是非常值得关注的。

举例来说，古典素材对伊戈尔·斯特拉文斯基（Igor Stravinsky，1882—1971）就具有很大的吸引力。他的《俄狄浦斯王》（*Oedipus Rex*）可能是作曲家以古典世界为主题创作的作品中最杰出的成果——该作是一部风格化很强的歌剧 / 清唱剧，带有仪式性与程序性，演员的表演类似于雕像，拉丁文的剧本是由让·谷克多将索福克勒斯的悲剧浓缩成6个段落后而写成的（谷克多的版本是法文的，斯特拉文斯基将其交给让·达尼路 [Jean Danielou] 译成教会拉丁文）。比起古希腊戏剧来说，这部教会色彩浓厚的作品在精神上更接近基督教的伦理。《俄狄浦斯王》是为6个独唱声部、旁白、男声合唱团与管弦乐团而作，颇出人意料的是，该音乐中的许多主题都改编自威尔第（Verdi）的《阿依达》（*Aida*）。

斯特拉文斯基还创作了《珀耳塞福涅》（*Perséphone*，首演于1934年）。这部作品被归类为音乐情节剧（意即台词由演员说出，而非唱出，由器乐伴奏）①，其中包括模仿表演、对白、舞蹈和歌曲，使用了管弦乐团、叙述者、男高音独唱家、合唱团与舞蹈家。剧中的歌词取自安德烈·纪德受《荷马体颂歌——致得墨忒耳》启发而创作的诗歌。该作共分为三部分：珀耳塞福涅被掳走、珀耳塞福涅在冥间、珀耳塞福涅归返。

艾略特·卡特（Elliott Carter，1908—2012）给我们带来了为次女高音、男低音（或男中音）、吉他与另外10件乐器而作的《叙林加》（*Syringa*，完成于1978年）。其歌词由约翰·阿什伯里（John Ashbery）所作，出自诗集《游艇上的日子》（*Houseboat Days*）。这部极富原创性的作品集康塔塔、室内乐歌剧、多织体经文歌与声乐双重协奏曲于一体。音乐回应了

阿什伯里的新式歌词——具有讽刺性、装模作样而又颇具抒情性。这部作品歌颂了"使蛋得以创生的'时间'"。在诗中，俄耳甫斯成为一个因自己才思枯竭而十分忧愁的现代诗人；次女高音以平淡的方式唱出阿什伯里的诗行，而男低音（或男中音）则以强烈的情感吟诵了卡特自己选编在一起的古希腊文本。卡特选编的古希腊文本集锦分别来自俄耳甫斯教残篇（Orphicorum Fragmenta），以及埃斯库罗斯、柏拉图、赫西俄德、欧里庇得斯、米姆内尔莫斯（Mimnermus）、阿尔基洛科斯（Archilochus）、萨福、伊庇科斯（Ibycus）、荷马的作品，还有《荷马体颂歌——致赫尔墨斯》。

卡特还为索福克勒斯的《菲罗克忒忒斯》与普劳图斯的《凶宅》（*Mostellaria*）谱写了配乐。当卡特在马里兰州安纳波利斯（Annapolis）的圣约翰学院（St. John's College）音乐系任系主任的时候（20世纪40年代），他的教学不仅包括音乐，也教授古代希腊与罗马历史和语言等相关领域的课程。他的芭蕾音乐《弥诺陶》（*The Minotaur*）进一步展现了他对神话素材的关注，本章后面的部分将会对这部作品进行讨论。

作家、音乐家内德·罗瑞姆（Ned Rorem，1923—2022），由于他是一位美国歌曲作家而格外受到尊崇。他为声乐与钢琴写过两首取材自古典神话的歌曲：《菲洛墨拉》（"Philomel"，歌词是 R. 巴恩菲尔德 [R. Barnefield] 的诗歌）、《厄科之歌》（"Echo's Song"，歌词是本·琼森的诗歌）。他还为声乐与钢琴创作了一部标题为《弥达斯王》（*King Midas*，即拥有点金术的弥达斯）的康塔塔，歌词是霍华德·莫斯（Howard Moss）的10首诗歌。莫斯在为该作唱片（唱片号：Phoenix PACD 126）所写的介绍中说：

---

① 这部作品中有大段的歌唱部分（既有合唱也有独唱）。

弥达斯王经历了许多转变，最初出现的是两个主题："国王独自一人因世界都被变成黄金的恐怖景象而悲悼"，以及"被满足的愿望反成了惩罚"（小心你所要求的究竟是什么，你有可能真的会得到）……如果你能想象一个国王走在纽约第五大道上，正要去大通曼哈顿银行（Chase Manhattan Bank）存上一堆金叶子，那你就能感觉到我到底想讲述什么了。

马克·布利茨坦（Marc Blitzstein，1905—1964）创作了《哈耳庇亚》（*The Harpies*，1931），这是一部室内乐喜歌剧。这部作品嘲讽了历史上以神话为题材的歌剧，同时也以爵士乐与辛辣的俚语滑稽地模仿了同时代的音乐风格。作曲家本人是依照伊阿宋、阿尔戈英雄们与菲纽斯、哈耳庇亚相遇的传说而写该剧本的。

只有很少的几部歌剧公开地以同性恋作为剧情，其中一部是卢·哈里森（Lou Harrison，1917—2003）所作的《年轻的凯撒》（*Young Caesar*，首演于1971年），情节以尤利乌斯·凯撒的传说为依据。该作最初是为木偶戏而作，而歌手则藏在乐池中，演奏时需要使用改装的乐器与原创的乐器。波特兰男同性恋合唱团后来在大舞台上重新上演了这部作品。这个故事讲的是有关凯撒年轻时与比堤尼亚国王尼科梅德斯（Nicomedes）的同性恋情。

佩吉·格兰维尔－希克斯（Peggy Glanville-Hicks，1912—1990）创作过一部歌剧《瑙西卡》（*Nausicaa*，1957）。[①] 剧本是由罗伯特·格雷夫斯与 A. 里德（A. Reid）根据格雷夫斯的小说《荷马的女儿》（*Homer's*

---

① 原文有误，该作的剧本完成于1957年，而音乐则是在接下来的几年之中创作完成的。

Daughter）创作的，而这部小说受到了萨缪尔·巴特勒（Samuel Butler）的《〈奥德赛〉的女作者》（*The Authoress of the* Odyssey）的巨大影响。该作的核心思想是，《奥德赛》的作者其实是瑙西卡，而非荷马。独唱的歌词是英文，而合唱歌段落则是希腊文，乐谱深受希腊民间音乐的影响。

托比亚斯·皮克（Tobias Picker，生于1954年）创作了歌剧《埃米琳》（*Emmeline*，首演于1996年）。这部作品以朱迪斯·罗斯纳（Judith Rossner）的同名小说为基础，极具感染力地重新讲述了俄狄浦斯的故事。场景被设定在19世纪中叶的美国东部。

最后，我们要提到的是三部以俄耳甫斯为主题的作品：

卢卡斯·佛斯创作的《俄耳甫斯》（*Orpheus*，作于1972年），这部作品原本是为中提琴或"大提琴或小提琴"与室内乐团（包括弦乐、钢琴弦、双簧管、竖琴，以及管钟 [chimes]）而作。作曲家于1983年又加入了一段很长的小提琴二重奏，使这部"新作品"变身成为《俄耳甫斯与欧律狄刻》（*Orpheus and Euridice*）。

威廉·舒曼（1910—1992）的歌曲《俄耳甫斯与他的鲁特琴》（*Orpheus with His Lute*）是为莎士比亚的《亨利八世》第3幕第3场的一段诗（参见本书第416页）谱写了音乐。舒曼后来还为长笛与吉他创作了这首歌的另一个版本，题为《在甜美的音乐中——为莎士比亚诗句而作的小夜曲》（*In Sweet Music, Serenade on a Setting of Shakespeare*）；歌词只出现在开头与结尾处，而歌唱家在大多数时间内都只是哼唱或是无歌词地歌唱，由长笛、中提琴与竖琴伴奏。舒曼还为该音乐写作了一个管弦乐版本：《俄耳甫斯之歌——为大提琴与管弦乐团而作的幻想曲》（*Song of Orpheus: Fantasy for Cello and*

Orchestra）。其他一些作曲家也为莎士比亚的这段优美的诗歌谱过曲，其中包括马里奥·卡斯泰尔诺沃－泰代斯科（Mario Castelnuovo-Tedesco，1895—1968）与马克·布利茨坦。

杰拉德·巴斯比（Gerald Busby，生于1935年）是一位高产的作曲家，创作了很多种体裁的音乐。他的作品包括颇受好评的配乐——罗伯特·奥特曼（Robert Altman）的《三女性》（3 Women）与保罗·泰勒（Paul Taylor）的芭蕾舞《卢恩字符》（Runes）。他也创作了歌剧《爱中的俄耳甫斯》（Orpheus in Love），剧情设定在一所美国大学的音乐学院里。这部歌剧的第一幕轻松而又迷人，但第二幕则描绘了俄耳甫斯前往冥间的旅程，传达了有关爱与音乐的讯息，具有很强的悲剧性。剧本作者是许多著名电影与舞台剧的编剧克莱格·卢卡斯（Craig Lucas）。

流行音乐与摇滚乐

电子乐器（尤其是电吉他）的发展在音乐领域引起了革命，而这也引起了音乐语言和风格上的演进，我们将演进之后的这种新音乐称为"摇滚乐"。在摇滚乐里我们也能找到一批受到古典主题启发的作品，虽然这会使人感觉耳目一新，不过也许并不令人惊讶。伊卡洛斯的传说似乎最受欢迎：举例说来，史蒂夫·哈奇德（Steve Hackett）有一首《飞升的伊卡洛斯》（"Icarus Ascending"），重金属乐队铁娘子（Iron Maiden）有一首《伊卡洛斯之飞翔》（"Flight of Icarus"），而堪萨斯乐队（Kansas）则有一首《乘着钢铁之翼的伊卡洛斯》（"Icarus, Borne on Wings of Steel"）。拉尔夫·唐纳（Ralph Towner）写作的歌曲《伊卡洛斯》（"Icarus"）成为保罗·温特合奏团（Paul Winter Consort）的主题曲。而这个合奏团非常关注自然与生态（参见本节后面将会提到的

《盖亚弥撒》[Missa Gaia]）。创世纪乐团（Genesis）有一首《萨耳玛西斯的泉水》（"The Fountain of Salmacis"）；该乐团的键盘乐手托尼·班克斯（Tony Banks）还创作了一部器乐作品《忘川之水》（"The Waters of Lethe"）。吉姆·莫里森（Jim Morrison）与大门乐队（The Doors）有一首以俄狄浦斯为主题的歌曲《最后》（"The End"）。其他值得一提的作品还有，史蒂夫·哈奇德的《卡桑德拉》（"Cassandra"），齐柏林飞船乐队（Led Zeppelin）的《阿喀琉斯的最后一役》（"Achilles Last Stand"），爱默生、雷克与帕玛（Emerson, Laker & Palmer）的《命运三女神》（"The Three Fates"），奥尔曼兄弟乐队（Allman Brothers Band）的《珀伽索斯》（"Pegasus"），XTC乐队的《伊阿宋与阿尔戈英雄们》（"Jason and the Argonauts"），独木舟乐队（Kayak）的《达芙涅》（"Daphne"），以及乌托邦乐队（Utopia）的《吕西斯特拉忒》（"Lysistrata"）。

保罗·麦卡特尼（Paul McCartney）有一部《维纳斯与玛尔斯——摇滚秀》（Venus and Mars Rock Show），威廉·鲁索（William Russo）有一部摇滚音乐剧《安提戈涅》（Antigone）与一部摇滚康塔塔《酒神的狂女》（Bacchae）。亚历山大·舒尔宾（Alexander Zhurbin，他现在生活在美国）创作了摇滚乐歌剧《俄耳甫斯与欧律狄刻》（Orpheus and Eurydice），这部作品也很有意思，它既赢得了一些美名，同时也收获了一些恶名。摇滚乐队战士帮（Manowar）有一部《阿喀琉斯——痛苦与狂喜，分为八部分》（Achilles: Agony and Ecstasy in Eight Parts），取材自《伊利亚特》中的一些段落，其中包括帕特罗克洛斯之死，以及阿喀琉斯蹂躏赫克托耳的尸体等主题。

其他以神话为主题的作品有多诺万·雷奇（Donovan Leitch）的《亚特兰蒂斯》（"Atlantis"），苏珊娜·维加

(Suzanne Vega)的《卡吕普索》（"Calypso"），彼得·汤申德（Peter Townshend）的《雅典娜》（"Athena"），迪克·海曼与他的《电子折衷》（*Electric Eclectics*）中的一部《弥诺陶》（"Minotaur"）。斯科特·科苏（Scott Cossu）共分为七部分的《风之歌》（*Wind Song*）①的第二部分，标题为"得墨忒耳 / 快乐"（Demeter/Rejoicing）。

对于篇幅更长、更有雄心的作品来说，奥德修斯与《奥德赛》格外有启发性。这样的例子包括 Cream 乐队的《勇敢的尤利西斯的故事》（"Tales of Brave Ulysses"）；大卫·贝佛德（David Bedford）的《奥德赛》，这个专辑整个都是在用音乐表现《奥德赛》中的主要段落；鲍勃·弗里德曼（Bob Freedman）的《奥德修斯的旅程》（*The Journeys of Odysseus*）是一部为室内乐团所作的爵士乐组曲。还有迈克尔·拉普（Michael Rapp）创作的《尤利西斯——希腊组曲》（*Ulysses: the Greek Suite*），其旋律格外迷人，歌词格外具有想象力。其中，尤利西斯所经受的考验与他归家的旅程是由不同的音乐主题表现的，而专辑中的歌曲则运用了这些主题：食忘忧果者、波吕斐摩斯、喀耳刻、哈得斯、塞壬女妖、斯库拉与卡律布狄斯；一些迷人的、充满内省性的歌曲表现了珀涅罗珀的恐惧与愿景。

在更传统的流行音乐领域里，某些歌手的一些歌曲永远受人喜爱，比如康妮·弗朗西斯（Connie Francis）演唱的《愚蠢的丘比特》（"Stupid Cupid"），弗兰基·阿瓦隆（Frankie Avalon）的《维纳斯》（"Venus"），吉米·克兰顿（Jimmy Clanton）的《穿蓝牛仔裤的丘比特》（"Venus in Blue Jeans"），以及山姆·库克（Sam Cooke）的《丘比特》（"Cupid"）。在众多有关爱情的

---

① 原文有误，斯科特·科苏的作品名叫《风之舞》（*Wind Dance*），而非《风之歌》。

歌曲中，我们还要提到《丘比特的摇摆》（"Cupid's Boogie"）、《丘比特的漫步》（"Cupid's Ramble"，人声与钢琴版）以及《丘比特与我》（"Cupid and I"）——出自维克多·赫伯特（Victor Herbert）的轻歌剧《小夜曲》（*Serenade*）。

杰罗姆·科恩（Jerome Kern）的音乐剧《留给简吧》（*Leave it to Jane*，首演于1917年，剧本作者是 P. G. 伍德豪斯 [P. G. Wodehouse]）中有两首歌：《塞壬之歌》（"The Siren's Song"）、《克里奥佩特尔》（"Cleopatterer"），后者后来由琼·阿利森（June Allyson）在电影《直到云消雾散时》（*Till the Clouds Roll By*）中演唱。

奇普·戴维斯（Chip Davis）创作了《希腊神话印象》（*Impressions of Greek Mythology*），其中包括以赫利俄斯、俄耳甫斯与塞壬女妖为主题的段落。

《盖亚弥撒》是新世纪音乐中的经典（由保罗·温特创作于1982年）。对全球生态的忧虑（科学、神话与精神方面）启发了这部作品的创作，歌词与音乐则被设定在基督教弥撒的宗教语境中。这部作品自由地表现了弥撒仪式中的传统内容（诸如《垂怜经》[Kyrie]、《圣哉经》[Sanctus] 与《羔羊经》[Agnus Dei]），另外还有题为"回归盖亚""盖亚之舞"的段落。该作是对地球的当代赞歌，它突出了古典希腊的包罗万物的盖亚这个概念中的非基督教的内涵。作品将"回归盖亚"这个段落描述为一个"从太空望向盖亚（或地球）的梦境幻想曲；灵感来源于拉塞尔·施威卡特（Rusty Schweickart）——第一个不系连接带进行太空行走的宇航员——所说的话。"

里克·威克曼（Rick Wakeman）与拉蒙·瑞梅迪俄斯（Ramon Remedios）创作了《众神组曲》（*A Suite of the Gods*）——这张专辑收录了为男高音、键盘乐

与打击乐而作的新世纪歌曲：《时间之始》（"Dawn of Time"）、《神谕》（"Oracle"）、《潘多拉的盒子》（"Pandora's Box"）、《太阳神的马车》（"Chariot of the Sun"）、《大洪水》（"The Flood"）、《尤利西斯的旅程》（"The Voyage of Ulysses"），以及《海格力斯》（"Hercules"）。

美国音乐剧

艾伦·杰伊·勒纳（Alan Jay Lerner）与弗雷德里克·洛维（Frederick Loewe）根据乔治·伯纳德·萧伯纳（George Bernard Shaw）的作品创作的《窈窕淑女》（*My Fair Lady*，首演于1956年），是对皮格马利翁的故事的另一次改编，我们必须将其排在经典作品之列。其他一些让古典学家们感到愉悦的百老汇音乐剧可能并不这么出名。《窈窕淑女》与其他一些音乐剧也有电影版，本节将讨论这些作品。

哈利·鲁比（Harry Ruby）于1923年创作了《特洛伊的海伦》（*Helen of Troy*），歌词作者是 B. 卡尔玛（B. Kalmar），剧本作者是 G. S. 考夫曼（G. S. Kaufman）与 M. 康纳利（M. Connelly）。理查德·罗杰斯（Richard Rodgers）与劳伦兹·哈特（Lorenz Hart）创作了生气勃勃的音乐剧《以朱庇特的名义》（*By Jupiter*，首演于1942年），该作以朱利安·汤普森（Julian Thompson）的戏剧《勇士的丈夫》（*The Warrior's Husband*）为基础——《勇士的丈夫》的主演是凯瑟琳·赫本（Katharine Hepburn）。这个故事是根据赫拉克勒斯的第九项功业——设法找到阿玛宗女王希波吕忒的具有魔力的腰带而创作的。我们知道，忒修斯也加入了赫拉克勒斯的这次征途并得到了安提俄珀作为战利品。《以朱庇特的名义》对希波吕忒的国度的描绘并不严肃，在这个国度中，女人是统治者与战士，而男人则料理家务。剧中，希腊人通过爱情这一战无不胜的力量征

服了阿玛宗人，而希波吕忒胆小如鼠的丈夫萨皮恩斯（Sapiens，人们称他为"萨皮"［Sappy］）则成为合法的国王。罗杰斯与哈特认为，这部作品以轻松迷人的方式讲述了希腊人与阿玛宗人的冲突，但同时也对两性关系的问题发表了严肃且恰当的观点。

作曲家、剧作家科尔·波特（Cole Porter）在音乐剧《出离此世》（*Out of This World*，首演于1950年）中就朱庇特对爱情的追求进行了机智的讽刺。这部音乐剧的情节是以朱庇特爱上一个可爱的美国人为基础的，其内核有些类似安菲特律翁的传说。由于歌词被认为有伤风化、演员的服装太过暴露，以及阿格尼斯·德·米尔（Agnes de Milles）编导的撩人情欲的芭蕾段落，该剧在波士顿预演的时候遇到了不少麻烦。《出离此世》虽然具有惊人的视觉效果与出色的演出阵容，却并未能在百老汇长盛不衰。不过，无论乐谱还是歌词，这部作品都是科尔·波特最具代表性的作品。

《我心中的奥林波斯》（*Olympus on My Mind*，首演于1986年）是另一部以安菲特律翁的传说为基础的音乐剧。这部作品很具娱乐性、轻松而毫不沉重。由巴里·哈尔曼（Barry Harman）创作的剧本受到了海因里希·冯·克莱斯特的《安菲特律翁》（*Amphitryon*）的"提示"；音乐作者是格兰特·斯图里亚莱（Grant Sturiale）。剧中的朱庇特、阿耳刻墨涅、奴隶索西亚、索西亚之妻卡利斯（Charis）围绕错认身份的滑稽闹剧层出不穷；汤姆、迪克、贺拉斯与德洛丽丝（Delores）组成了迷人的合唱团，很好地烘托了主角们的表演。

理查德·罗杰斯作曲、劳伦兹·哈特作词的《叙拉古的男孩》（*The Boys from Syracuse*，首演于1938年）是以莎士比亚的《错误的喜剧》（*A Comedy of Errors*）为基础的，而莎士比亚的这部作品则让人想

到普劳图斯的《孪生兄弟》（*Menaechmi*）与《安菲特律翁》。剧中，可爱的音乐与悦人的欢闹，是以孪生的安提福勒斯（Antipholus）兄弟之间的身份混淆为中心展开的。这对孪生兄弟，以及他们各自的孪生兄弟仆人（名字都是德洛米奥［Dromio］）都是在降生后不久便彼此分离了。

以此为背景，我们还应该提到斯蒂芬·桑德海姆（Stephen Sondheim）的《春光满古城》（*A Funny Thing Happened on the Way to the Forum*，首演于1962年）。桑德海姆也为其创作了剧本。[①] 该剧以普劳图斯的许多剧作为基础，是一部机智、有趣且旋律性很强的作品。无论是在性格刻画上，还是在情节上，它都集合了新喜剧（New Comedy）中诸多的基本原型与模式——令人惊讶的是，最出色的普劳图斯式喜剧之一居然是由美国人所创作的！与许多经典音乐剧的遭遇一样，这部作品的诞生本身就是一个奇迹。两位主角——泽罗·莫斯特尔（Zero Mostel）与菲尔·希尔佛斯（Phil Silvers）——一开始并不想参与该剧的演出（因为该剧太"老土了"）；导演和剧本作者也出了问题，他们因各种理由退出。这部音乐剧在纽黑文（New Haven）首演，却遭到灾难性的差评，但最终在百老汇获得成功，并且有了一个杰出的电影改编版。

斯蒂芬·桑德海姆还为伯特·席夫勒夫（Burt Shevelove）改编的阿里斯托芬的《蛙》（首演于1974年）创作了配乐，这部作品由耶鲁大学剧院（Yale Repertory Theatre）首演，舞台设在耶鲁大学的游泳池中，由拉里·布莱顿（Larry Blyden）主演，参演的合唱团演员则包括梅丽尔·斯特里普（Meryl Streep）、克里斯托弗·杜拉（Christopher Durang）与西格妮·韦弗（Sigourney Weaver）。[27] 该剧的新版本由桑德海姆创作了新的音乐，内森·连恩（Nathan Lane）则撰写了新加入的台词，不过对精彩的原作毫无增色。

《世界上最快乐的女孩》（*The Happiest Girl in the World*，首演于1967年）自由地改编了《吕西斯特拉忒》（"表达了向阿里斯托芬与布尔芬奇的敬意"）。这部音乐喜剧因其中包含了神明狄安娜与普路托，故而与神话密切相关。尽管吕西斯特拉忒通过戒绝与男人同房来结束战争的计策依然不变，但她在精神上已经和阿里斯托芬笔下的那个角色不一样了，而是像奥芬巴赫轻歌剧的女主角那样只是"淘气而又善良"——事实上，该剧的乐谱就是奥芬巴赫所作旋律的大杂烩。E. Y. 哈尔伯格（E. Y. Harburg）创作了具有独创性的歌词，不过使他出名的却是《绿野仙踪》（*The Wizard of Oz*）中获得奥斯卡金像奖的歌曲《彩虹之上》（"Over the Rainbow"），以及其他音乐剧作品。

《金苹果》（*The Golden Apple*）是现代音乐剧对古典神话最具创造性的改编之一，该剧被称为"音乐戏剧"，这十分引人注意。关于约翰·拉图什（John Latouche）创作的歌词与杰罗姆·莫罗斯（Jerome Moross）谱写的音乐好评如潮，也的确为该剧赢得了1953—1954演出季的"剧评人奖"（Drama Critics Award）。[②] 该剧以写实的手法重新讲述了特洛伊之战的故事，既庄重，也不乏喜剧色彩，它的场景则设定在19世纪与20世纪之交的美国——总之，这是一部纯粹的美国作品。故事讲的是，在一个名叫天使栖息地（Angels' Roost）的小城（位

---

① 原文有误，桑德海姆创作了音乐与歌曲的歌词，剧本则是由伯特·席夫勒夫（Burt Shevelove）与拉里·格尔巴特（Larry Gelbart）所作。

② 原文有误，这个奖项的名字是纽约剧评人协会奖（New York Drama Critics' Circle Award）。

于华盛顿州，因临近的奥林波斯山与出产苹果而出名），老警长墨涅拉俄斯娶了性感而又无所事事的农夫之女海伦为妻。（最初饰演海伦的凯·巴拉德[Kaye Ballard]所演唱的懒洋洋的小曲《倦怠的下午》["Lazy Afternoon"]是该剧的亮点之一。）当地的战斗英雄们刚刚从美西战争中归来，其中，尤利西斯为能与忠贞的妻子珀涅罗珀重聚而格外快乐。人们组织了一次郡集市与教会活动来庆祝英雄们的回归，而女人们则带着自己烘制的蛋糕与馅饼参加比赛。嫉妒心极强的老哈尔妈妈（Mother Hare）拿出了金苹果（"象征着华盛顿这个自豪的州"）。就在此时，年轻而又迷人的行旅商人帕里斯乘着热气球从天而降，他成为"无偏无向的"评审。他将金苹果奖给了勒维·马尔斯（Lovey Mars），勒维是一个军人的妻子，她十分热衷于发挥自己保媒拉纤的天赋。

海伦随帕里斯私奔，来到附近的罗多登德伦（Rhododendron），但是尤利西斯与他那伙人尾随而来找到了海伦，她在羞耻中被送回了家。而尤利西斯和手下们则在这个大城市中流连忘返，面对着无数的诱惑，其中包括声名狼藉的女主人卡吕普索女士（Madame Calypso），以及蛇蝎心肠的喀耳刻，她将水变成杜松子酒，将人变成猪。当然，尤利西斯意识到了自己行为的愚蠢，他就像一个优秀的美国人那样，最终又一次回到了他挚爱的珀涅罗珀身边。珀涅罗珀当时正和自己缝纫小组的同伴们一起忙碌着，而尤利西斯的出现让她十分惊讶。

《科罗诺斯的福音》（首演于1983年）的构思同样惊人且极富原创性，但却具有不同的精神与音乐风格。在这部作品中，将索福克勒斯的剧作《俄狄浦斯在科罗诺斯》放在当代美国的福音活动中并进行了成功的诠释。李·布鲁尔（Lee Breuer）所写

的歌词（常常与索福克勒斯的原作十分接近）与鲍勃·特尔森（Bob Telson）创作的经典性的音乐得到了完美的契合。这部作品将《俄狄浦斯在科罗诺斯》这部古希腊戏剧中的痛苦的精神性转变成了《圣经》中的人类命运和神赐救赎的寓言，黑人社团的宗教热情则在情感的狂喜中自然地表达了这种精神性。这部作品中有许多亮点，其中包括索福克勒斯《安提戈涅》中最著名的那段歌颂人之神妙本质的合唱歌。

恩内斯特·菲利塔（Ernest Ferlita）的《黑色美狄亚——毒蛇的纠结》（*Black Medea: A Tangle of Serpents*）是一部融合了音乐与舞蹈的戏剧，在纽约城市大学（City University of New York）观众发展委员会（AUDELCO）的年度黑人戏剧节（Annual Black Theater Festival）中首次上演（1987）。而《玛丽·克里斯汀》（*Marie Christine*，首演于1998年）[1]则更为出名，这部音乐剧的作曲家与词作者是迈克尔·约翰·拉丘萨（Michael John LaChiusa），导演与编舞是格拉谢拉·达尼埃尔（Graciela Daniele）。该作是欧里庇得斯《美狄亚》的准歌剧式的音乐剧版本，其背景是19世纪80年代新奥尔良的克里奥尔（Creole）社区与芝加哥的腐败政治。不过，这一作品的时间与场景之间的转换并没有达到最佳效果，这个版本《美狄亚》剧本中的缺点与令人失望的乐谱也让剧场中的观众度过了一个十分乏味的夜晚。

《回家，荷马真好》（*Home Sweet Homer*，首演于1976年）虽然不具有那么多的智慧，但根据当时的报道来看，至少会更有娱乐性。这是一部以《奥德赛》为根据创作的音乐剧，剧本作者是埃里奇·西格尔（Erich Segal，《爱情故事》[*Love Story*]的编剧），

---

[1]　原文有误，该剧于1999年在百老汇获得首演。

米奇·李（Mitch Leigh，《梦幻骑士》[*Man of La Mancha*] 的作曲者）则创作了音乐。主演尤尔·伯连纳（Yul Brynner）跟随剧团巡演了一年多，最终该剧才首次在百老汇演出。另外一部以《奥德赛》为基础的音乐喜剧是米尔顿·巴比特所作的《奇妙的旅程》（*Fabulous Voyage*，首演于1946年），但从未获得过制作与演出，只是于1988年在纽约市的爱丽丝·塔利音乐厅（Alice Tully Hall）演唱过其中的三首歌曲。

喜欢音乐喜剧的人们将会热爱彼得·施克利（Peter Schickele，1935—2024）的作品，他的化名是 P. D. Q. 巴赫（P. D. Q. Bach，1807—1742?）[①]：康塔塔《伊菲革涅亚在布鲁克林》（*Iphigenia in Brooklyn*）以及搞笑的《俄狄浦斯·泰克斯》（*Oedipus Tex*）——该剧的情节设定在古老的西部。这部喜剧清唱剧（首演于1986年）后来作为一部歌剧搬上了舞台。在剧中，泰克斯射死了几个同伴，解开了大脚怪（Big Foot）提出的谜题，迎娶了比利·乔·卡斯塔（Billie Jo Casta）。汤姆·莱热尔（Tom Lehrer）的歌曲《俄狄浦斯王》（"Oedipus Rex"）也一样搞笑。莱热尔给这首为声乐与钢琴而作的幽默歌曲谱写了音乐，也创作了歌词。

舞蹈中的古典神话

一些重要的编舞家专门以古代希腊与罗马为主题创作舞蹈，这段简短的考察以他们对美国舞蹈的发展所做的贡献为重点。不过，本节并不会忽视他们在欧洲的前辈，在我们列举相关作品时也会包括许多后来得到重演与改编并成为经典作品的欧洲原作。

伊莎多拉·邓肯——古希腊理想的第一个捍卫者

伊莎多拉·邓肯（1877—1927）生于旧金山。在年幼之时，她对舞蹈产生了兴趣，但很快就开始反抗古典芭蕾的约束与音乐厅的浮夸，并且为自己的舞蹈动作建立了自由的表达方法，这与她在艺术与精神上对大自然的反应是一致的。她在自传中解释了自己与古希腊精神之间最基础的契合：

> 我出生在大海边，而且我发现自己生活中所有的重大事件都发生在大海边。我对运动的、舞蹈的第一个灵感肯定都来自波涛的节奏。我出生于阿佛洛狄忒之星下，而这位女神也是降生在大海之中，而当她的星星开始上升，事情对我总是变得顺利吉祥。[28]

在1895年她18岁的时候，伊莎多拉为查尔斯·费尔（Charles Fair）跳舞——后者是共济会神殿屋顶花园剧场（Masonic Temple Roof Garden）的经理，艺名是"加州牧神"（The California Faun）。不久之后，她在纽约对奥古斯丁·达利（Augustin Daly）进行诉求时表达了自己的想法，即她自己正要将古希腊舞蹈转换成一种新的具有美国式表现力的舞蹈：

> 我发现了舞蹈。我发现了这种已经失落了两千年的艺术。你是一位杰出的剧场艺术家，但你的剧场缺少了曾经使古代希腊剧场伟大的东西，也就是舞蹈的艺术——悲剧中的合唱。没有了这个要素，剧场也就成了没有双腿带动的头与身体。

---

① 化名的生卒年不是错误。

我将舞蹈带给你……我是沃尔特·惠特曼
（Walt Whitman）的精神之女。我将为美国
的孩子们创造一种能够表达美国精神的新
舞蹈。[29]

邓肯曾经为埃塞尔伯特·内文（Ethelbert Nevin）
的音乐作品深深地吸引，二人曾在纽约合作演出过
音乐会，但不久后内文却英年早逝了。她早期重要
的古希腊式舞蹈作品之一《那喀索斯》（*Narcissus*），
就是为这位作曲家的音乐作品而创作的配舞，一篇
很赏识这部作品的评论对其做了如下描述：

> 《那喀索斯》是又一部很可爱的小哑剧。
> 该作将传说中的青年描绘为正在盯着自己在
> 水中的倒影，先是惊讶于倒影的突然出现，
> 后又觉得很迷人，并为自己倒映在水面上的
> 美貌而神魂颠倒。随着感情逐渐加深，舞者
> 向前倾身，好似是在从左到右地端详她自
> 己，还不断向水中的形象送出亲吻，跨过浅
> 浅的小溪但仍然会看到水面上所映出的人
> 影。动作的诗意、初次起势、渐生的傲然、
> 旋转与屈身、发现自己如此美丽时的欣喜若
> 狂，全部都被这位优美的舞者令人信服地展
> 现出来了。[30]

在纽约，在她的姐姐和哥哥雷蒙德（Raymond）
的协助下，邓肯还进行了其他演出。在邓肯表演的
时候，暗处的乐队演奏音乐，而雷蒙德则朗诵忒奥
克里托斯与奥维德作品的选段为其伴奏。但是，这
些演出并没有获得好评。在1899年，全家迁往伦敦，
期盼着能获得理解。邓肯告诉我们说：

> 绝大多数时间我们都流连在不列颠博
> 物馆中，在里面雷蒙德素描临摹了所有的
> 古希腊陶瓶与浅浮雕作品，而我则尝试着
> 如何配着相合的音乐，以脚步的节奏、头
> 部的酒神式姿态与酒神杖（thyrsis）的挥舞
> 将这些作品中的精神表现出来。我们每天
> 还会在不列颠博物馆的图书馆里花去好多
> 的时间……[31]

伦敦新美术馆（New Gallery）的经理查尔斯·哈
雷（Charles Hallé）觉得，在自己这个美术馆中有一
个由绿色植物、花卉和几排棕榈树环绕的中央庭院
与喷泉，所以伊莎多拉应该在这里表演，而表演的
内容则包括为格鲁克的《奥菲欧与欧律狄刻》中的
音乐配舞、以舞蹈的形式表现《荷马体颂歌——致
得墨忒耳》第2首与忒奥克里托斯的《牧歌集》中的
段落，朗读者是古希腊研究者、神话学家简·哈里
森，还有一个小型管弦乐团进行音乐伴奏。节目
同时还安排了几次报告，其中有威廉·里奇蒙德爵
士（Sir William Richmond）讨论舞蹈与绘画的关系、
古典学学者安德鲁·朗（Andrew Lang）讨论舞蹈与
古希腊神话的关系、休伯特·帕里爵士（Sir Hubert
Parry）讨论舞蹈与音乐的关系。当时一篇杂志上的
文章评论说，通过在不列颠博物馆中度过的时间，
邓肯剖析且熟悉了"古代艺术中仙女的步态与姿势。
所以，她的作品是将诗化的智慧运用于舞蹈艺术的
结果，而她的目标是研究大自然与古代经典，并且
摒除因循守旧的成规"[32]。

如此，从一开始邓肯的意向与表现手法就已经
很明确了。她在全世界的博物馆中研究艺术。她成
为雕塑家罗丹的热情崇拜者与好友，而罗丹对她也
是一样。她从来就没有失去过自己对古希腊理想的

热情。前往希腊的旅途（1903—1904）使她欣喜异常，在那里，她（与10个希腊男孩一起）以歌唱与表演的形式诠释了埃斯库罗斯的《祈援女》。她的艺术带有宗教性，但并不是在照抄古希腊艺术，而只是受到其启发。"我的舞蹈来源于其中，这既不是希腊舞蹈也不是古代舞蹈，而是在我的灵魂因美而获得升华时所做出的本能的表达"，她的目的不是模仿，而是通过她自身来重塑古希腊的理想，"通过个人的灵感：始自古希腊理想中的美，然后再向未来前进"[33]。她在欧洲大量地进行巡演，却只回过一次美国；她与法国、俄国的联系也变得十分紧密（她在巴黎与莫斯科都开设了学校）。她的个人生活与演出生涯都充满着动荡且背离传统，而她所遭遇的悲剧也影响了她获得的成功。

邓肯的遗产包括：她打破传统造成了很大影响；她开创了无情节的或"纯粹的"舞蹈；她对伟大音乐——尤其是交响音乐——的运用；她创造了许多具有表现力的动作——我们能够从《复仇女神之舞》（The Dance of the Furies）里她对受诅咒之人的刻画中看到这些动作；而且，她不仅使用古希腊神话，还会选取有关政治、社会与伦理的主题。[34]的确，现代舞蹈在美国的起源直接来自邓肯的两位同时代的先驱——泰德·肖恩（Ted Shawn）与露丝·圣·丹尼斯（Ruth St. Denis）——以及他们的学生们，比如玛莎·葛兰姆。但是，这些舞蹈家以及许多其他舞蹈家都受到了邓肯的深远影响，而复兴与重塑邓肯的舞蹈作品（比如《美惠三女神与卡桑德拉》[The Three Graces and Cassandra]）也越来越受欢迎了。[35]

泰德·肖恩与露丝·圣·丹尼斯

在泰德·肖恩（1891—1972）对美国舞蹈的诸多贡献中，有一项是他提升了男舞者的地位。最终他成立了全部由男性组成的舞团，从而实现了"古希腊理想中完美的身体以力量、美感与雄辩所进行的运动"[36]。他曾十分幽默地讲述，自己在把受到古代希腊与罗马启发的舞蹈作品介绍给美国观众时是如何勇敢地与偏见进行斗争的：

在1914年1月2日，我在新墨西哥州加洛普市（Gallop）下了火车，在那里我将要和一个以我的名字命名的剧团进行一个晚上的演出……当天晚上我会表演我的希腊式舞蹈，那里以男性为主的受众会对一个身穿火红色希腊式长袍的人做何反应呢？我想到的答案是可怕的。在舞台脚灯后面，面对任何一个一边号叫一边往台上的主角身上泼东西的牛仔，我一点儿办法也没有，"跳舞的穿着红睡衣，老天。跳吧。"……我那突如其来的惊慌可并没有看起来那样没道理……丹佛的一个兄弟会的老兄在我宣布要做舞者的意图时毫不掩饰自己的惊恐，他对此激动地发表了长篇大论，结尾是一句很简单的话："但是啊，泰德，男人是不跳舞的。"我辩解说，在世界上许多国家的仪式中男人都会参与表演舞蹈，我还说，我们两个人不是都很喜欢巴甫洛娃（Pavlova）的搭档米哈伊尔·莫德金（Mikhail Mordkin）以及格特鲁德·霍夫曼剧团（Gertrude Hoffman Company）的希奥多尔·科斯洛夫（Theodore Kosloff）的表演嘛。但是，我的反驳一点儿用也没有，他只是耸耸肩就把我的话搁到一边："哦，就那些人啊。"虽然很不情愿，不过他承认，对土著人和俄国人来说，跳舞可能没问题，但他还是很激烈地争辩说，对于一个充满热血的美国男人，跳舞绝不是个合适的事业选择。[37]

肖恩还讲述了他在事业早期所经历的其他重大事件。在南加州的长滩（Long Beach），他为托马斯·A. 爱迪生公司（Thomas A. Edison Company）制作了一部影片——《时代的舞蹈》（The Dance of the Ages），其基础是一个很简略的梗概："我写了一部极其简略的舞蹈演变史，始于石器时代，历经古埃及、古希腊与古罗马的光荣岁月，穿过中世纪的欧洲，直至止于美国的当代舞蹈。"[38] 所以，可以说在肖恩的早期作品中，古希腊与罗马的主题就出现了。他还与诺尔玛·古尔德（Norma Gould）一起，在舞厅里进行了一系列的作品展示，其中包括一部题为《狄安娜与恩底弥翁》（Diana and Endymion）的舞蹈作品。

在1914年，肖恩与露丝·圣·丹尼斯（1879—1968）于后者在纽约的工作室中相识。他们在8月13日就结了婚。他们创造了"丹尼肖恩"（Denishawn）这个名字，在他们共同工作生活的许多年中，这一直就是他们所创办的学校与剧团的名字。两人的第一所舞蹈学校建于洛杉矶。作曲家路易斯·霍尔斯特（Louis Horst）也加入了他们，并为他们担任了8年的指挥家与钢琴家。他们的许多学生后来都成为现代舞蹈的先行者，其中包括多丽丝·韩芙莉（Doris Humphrey）、查尔斯·魏德曼（Charles Weidman），以及玛莎·葛兰姆（她在"丹尼肖恩"的舞蹈作品《升起》[Soaring] 中参与了表演，该作以象征性的手法表现了维纳斯从海水泡沫中诞生。）

"丹尼肖恩"有许多受到古代希腊与罗马启发的作品，其中就包括《希腊一景》（Greek Scene），编舞

者是露丝·圣·丹尼斯，音乐则取自德彪西与格鲁克的作品。从该作的四个部分中，我们能够看出其构思的参照系统："三人舞"（Pas de Trois）、"希腊的柔软面纱"（Greek Veil Plastique）、"剪影中的希腊舞者"（Greek Dancer in Silhouette），以及"日出之舞"（Dance of the Sunrise）。"丹尼肖恩"最具冒险精神的一部作品（使用了170个舞蹈演员）是一个露天的舞蹈演出（首演于1916年），该作先是描绘了古代埃及、印度与希腊的风俗，然后又表现了这些地域对来世的理解。肖恩描述了其中最为成功的一段——"皮洛斯之舞"（Pyrrhic Dance，为16名男舞者而作）：

> 这是我为全男性舞者所编的第一段舞蹈……皮洛斯之舞起源于古希腊，最早是军事训练中的一部分，也是胜利的象征。我的诠释并非意在复兴古希腊经典中的形式，而是想要抓住其最本真的精神。16位男舞者带着力量、肌肉感和年轻的活力飞身跳跃与舞动，他们为这次露天演出的观众制造了震撼的效果，也从摄影家和报刊那里赢得了赞誉。我用了许多年的时间来组织我自己的男舞者团体，不过在"皮洛斯之舞"获得成功以后，我在脑海中就总是出现适合于男舞者的计划、编舞，以及舞蹈的主题。[39]

肖恩为埃斯库罗斯的《波斯人》（Persae）所创作的舞蹈，也许是他致力于为男舞者进行创作，以及他受到古代希腊启发的最佳的例子。埃斯库罗斯这部作品中的第一个合唱段落是由25个男演员舞蹈并演唱的。音乐以古希腊的调式风格谱写，作者是伊娃·帕尔马－希克利亚诺斯（Eva Palmer-Sikelianos），她还教给舞者们如何演唱歌词（埃斯库罗斯这

部作品的一个新的、冷峻的英语译文）。对肖恩来说，这才是对合唱的正确运用，能够制造出史诗级的视听感受。表演者全部是男性，他们在露天的演出场所中一边舞蹈，一边用男性声音的力量进行歌唱，也给出了"真正的古希腊一定是什么样子的最佳范例"。在林肯中心的纽约公众图书馆（New York Public Library）中的舞蹈类收藏的杰罗姆·罗宾斯档案集（Jerome Robbins Archive）里，我们还能找到记录这个演出的默片（已经很模糊了），以及肖恩进行指导的录音。

肖恩为男舞者所做的贡献与伊莎多拉·邓肯为女舞者所做的贡献是一样的。在自述中，他公允且简短地说明了为什么应当称他和圣·丹尼斯为真正的美国舞蹈之父、之母：

> "丹尼肖恩"的舞者们满足了所谓芭蕾舞团的一切需求，也是第一个真正的美国芭蕾舞团：舞团全部由生于美国的艺术家组成，他们都是由我和圣·丹尼斯训练出来的，而我们也都是在美国土生土长的；我们是第一个节目中的音乐全部是由美国作曲家创作的舞团，还是第一个在编舞中使用本土主题的舞团（美式方块舞、牛仔、印第安人、黑人灵歌、美国民俗传说，以及有关美国历史人物的舞蹈）。服装与布景也都是由美国人设计与制作的……在"丹尼肖恩"享有最大成功与国际性声誉的时候，我们勇敢地停止了它的运作，目的是使我们两人都能够再次获得继续探索的自由……我为了让男性以舞蹈作为职业的合法化开始了一场斗争，也努力地组织我的纯男性剧团。在"丹尼肖恩"停止运行之后，我在马萨诸塞州西

部的伯克希尔山（Berkshire Hills）买了一处旧农舍与谷仓，这里就成为了人们已经渴望一百多年的地方：雅各之枕（Jacob's Pillow）……在这里，我建立了名为"肖恩与他的男舞者"的舞团……1942年，第一个专门为舞蹈艺术而设计、建造并使用的剧场（在雅各之枕）开了门。[40]

现在，肖恩已经去世了，但雅各之枕这个美国舞蹈演出与教育的圣地仍然在年复一年地发展，并给予人们以启迪。

以下[41]是"丹尼肖恩"舞蹈作品中受到古典作品启发的更多例子，编舞者为肖恩：《狄安娜与恩底弥翁》（"Diana and Endymion"，《希腊组曲》[Grecian Suite]第四部分），首演于1914年；《潘神与绪任克斯》（Pan and Syrinx）与《潘神的排箫》（The Pipes of Pan），首演于1916年，音乐来自德利布（Léo Delibes）的作品；《玄秘曲》（Gnossienne）与《克诺索斯的一个祭司》（A Priest of Knossos），首演于1919年，音乐选自埃里克·萨蒂（Erik Satie）的作品，在这部作品中肖恩扮演了克里特岛的一位祭司，在蛇女神的祭坛上表演仪式性舞蹈；《阿多尼斯之死》（Death of Adonis，亦名《悲怆的慢板》[Adagio Pathétique]），首演于1924年，音乐出自戈达（Godard）的作品，"他在表演时赤裸着身体（只有无花果树叶），当他做造型动作时身体被装点得仿若大理石。"[42]《狄俄尼索斯的秘仪》（Les Mystères Dionysiaques），首演于1920年，音乐出自马斯内的作品；《俄耳甫斯》（Orpheus），首演于1928年，音乐出自李斯特的作品；《被缚的普罗米修斯》（Prometheus Bound），首演于1929年，肖恩的"普罗米修斯想要使自己摆脱束缚，这是任何时代都有的人"[43]；《啊，自由》（O, Libertad）首演于

1937年（"丹尼肖恩"停止演出之后），表演者是"肖恩与他的男舞者"，音乐由杰斯·米克（Jess Meeker）创作，这部作品诠释了美国的历史，其中有一个段落是关于奥林匹克运动会的。[44]

玛莎·葛兰姆

玛莎·葛兰姆（1894—1991）是现代舞蹈中最具原创性、最体现美国精神的创新者。她喜欢将现代舞蹈称为"同时代舞蹈"（contemporary dance），因为"现代舞很快就会过时了"——她在自传《血的记忆》中指出了这一点。[45]对于自己早年对古希腊神话的持续迷恋，她解释说："我还记得父亲是如何从古希腊神话中选出故事讲给我们听的。我的一生都将会被这些传说、这些生动的描述所充斥……"最终，有两个最重要的方面占据了她的整个艺术生涯："我的兴趣点在于美国以及古代希腊的女性。"[46]1914年，当还在上高中的时候，她第一次观赏了圣·丹尼斯的舞蹈，而且迷上了这个"女神一样的形象"。1919年，她进入了"丹尼肖恩"在洛杉矶的舞蹈学校，并于22岁时在"丹尼肖恩"印度、希腊与埃及的舞蹈盛会中献上了自己的第一次演出。1923年，她为了接受《格林威治村的丑事》（Greenwich Village Follies）中的一个角色而离开了"丹尼肖恩"，在此之后，她真正独立地成了艺术家与舞者。"我觉得我必须成长，并且努力在内心中更为完善。我实在是自负，就是想要为独属美国的舞蹈做些什么。"[47]葛兰姆对许多重要的舞者都产生了影响，其中也包括多丽丝·韩芙莉，"因为她一直都在表演希腊式的舞蹈"，所以作曲家路易斯·霍尔斯特就给韩芙莉起了"多利亚式的韩芙莉"这个昵称。[48]为其创新性很强的舞作，葛兰姆还委托美国重要的作曲家们创作了许多重要的音乐作品。

葛兰姆编舞的《浅浮雕》（Bas Relief，首演于1926年，音乐作者是西里尔·斯科特 [Cyril Scott]）就是一部受到了古代世界影响的作品。此外，她的舞作《塔纳格拉》（Tanagra，首演于1926年）——音乐取自萨蒂的作品——也证实了她很早就致力于表现古希腊精神。路易斯·霍尔斯特在形容这部作品时说："该作是对古典人物形象的表达，演出时对褶布裙的使用是很有效果的。这是最后一部仍然显示出'丹尼肖恩'背景对她具有明显影响的作品。"[52]除了有关古希腊神话的作品，葛兰姆的许多舞作都表现了具有普遍性意义的主题，而这些主题对于古典学家们也是很有价值的。在诸多这类作品中，有一个例子就是《原始的神秘》（Primitive Mysteries，分为三部分："贞女赞歌" [Hymn to the Virgin]、"十字架上" [Crucifixus]、"和散那" [Hosanna]，首演于1931年，音乐作者是路易斯·霍尔斯特）。这部作品"并不仅仅是与基督教有关系，当然，她在与舞者们排练的时候也谈到了童贞女玛利亚；这其实是一部有关广义的宗教情感的作品……"这种"基督教仪式中的西班牙—印度支脉"也许就可以算作是古典的；葛兰姆所表现的可以是童贞玛利亚，抑或是宗教神话中任何一位"仪式中的神圣人物"[53]。她的另一部作品《庆典》（Celebration，首演于1934年，音乐作者是路易斯·霍尔斯特）并没有故事情节，却暗示了一些古希腊的世事。说起这部作品，我们可以很恰当地用古希腊的概念来解释葛兰姆舞作中"被扩展的生命"：她"在运动里从一种酒神式的愉悦中展示出了美德与力量"。葛兰姆完善了她的舞者群，使其就像是一个整体从而具有激动人心的力量，这样他们就能够真正成为《酒神的狂女》中那些被吸入宗教仪式中的少女们，欧里庇得斯会理解我的做法"[54]。

玛莎·葛兰姆完全以古代希腊为主题而创作的

玛莎·葛兰姆与约瑟夫·坎贝尔

吉恩·厄尔德曼（Jean Erdman）曾是葛兰姆的剧团中的一员，而她的丈夫是著名的神话学者约瑟夫·坎贝尔。关于坎贝尔的影响，葛兰姆有以下这一番话：

> 乔[a]对我们的整个生活都是极具启发性的，通过自己对涉及所有文明的神话与传说的知识和见解，他为我们打开了神秘的大门……他让我们能够珍视并运用过往的时代，并且从已经融入我们每一个人血液的记忆中识别出这些时代。我总是说，舞蹈应该点亮人类灵魂中的风景，而当我在这风景中旅行时，乔起到了深远的影响……[49]

对于玛莎·葛兰姆的思想来说，灵魂的概念至关重要。这与科学发现完全不同，"最杰出的科学发现也会随着新的科学进展而改变，还可能会被人完全遗忘……但艺术却是永恒的，因为它展示的是内在的景象，也就是人的灵魂"[50]。

葛兰姆受到神话启发的每一部舞蹈作品都是从女主角的角度去阐释神话的，同时也是对女性灵魂，或更准确地说是心灵（以及 psyche 这个弗洛伊德心理学术语所能指向的全部意义）中的精神世界进行的探索。她的艺术中的另一个关键元素是崇高的情欲感："我知道人们认为我的舞作与技巧有很深的情欲感，但我为此感到自豪，因为我将绝大多数人埋藏在思想最深处的东西搬上了舞台。"[51]葛兰姆的舞团成立于1926年，该舞团数代以来始终在美国创作出一些最为精彩的舞剧。她最早的舞蹈组合只是由三位女性组成；而到了1929年，则扩充为一个更大的全女性舞团；从1938年开始，固定的男性舞者也加入了她的舞团。

---

a.　"约瑟夫"的昵称。

极富动感与想象力的舞作是最为令人印象深刻的。以下列出其中的几部[55]：

《阿尔刻斯提斯》（*Alcestis*，首演于1960年），作曲者是薇薇安·费恩（Vivian Fine），角色包括：阿尔刻斯提斯、死神、阿德墨托斯、海格力斯，以及其他13名舞者。

《步入迷宫》（*Errand into the Maze*，首演于1947年），音乐作者是吉安·卡洛·梅诺蒂。在节目单里，葛兰姆描述这部作品说："在作品中，主角为了与恐惧之兽［即弥诺陶］战斗而步入内心阴暗处的迷宫。作品中还有主角最终出离迷宫、胜利的那一瞬间，以及从黑暗中脱身。"

《心之洞穴》（*Cave of the Heart*，首演于1947年），音乐作者是萨缪尔·巴伯。该作最初的题目是"蛇心"（Serpent Heart，首演于1946年）。巴伯说，他和葛兰姆都不想缺乏想象力地使用这段传说；神话中的美狄亚与伊阿宋"更多的是被用来突出嫉妒与复仇这两个永恒主题所具有的心理状态的"。后来，巴伯改写了音乐中的一些段落，使之成为交响芭蕾组曲《美狄亚》（*Medea*，首演于1947年）；再后来，巴伯又根据这部作品写成了不分段的交响作品《美狄亚的沉思与复仇之舞》（*Medea's Meditation and Dance of*

Vengeance）。①

《克吕泰涅斯特拉》（*Clytemnestra*，首演于1958年），音乐作者是哈利姆·埃尔–达巴（Halim El-Dahb）。音乐是歌剧性的，一位女高音与一位男低音身穿音乐会演出服装，演唱旁白。这部力作需要整晚的演出，角色有：克吕泰涅斯特拉、埃癸斯托斯、伊菲革涅亚、厄勒克特拉、卡桑德拉、特洛伊的海伦、阿伽门农、俄瑞斯忒斯、冥神哈得斯、帕里斯、守卫、阿伽门农的鬼魂，以及死神的信使。

《酒神的狂女》（*Bacchanale*，首演于1931年）与《酒神的狂女第2号》（*Bacchanale No. 2*，首演于1932年），音乐是为四手联弹而作的钢琴曲，作者是沃林弗德·里格尔（Wallingford Riegger，1885—1961）——在20世纪30年代他为现代舞蹈的一些领军人物创作了很多音乐。

《鹰群》（*Cortege of Eagles*，首演于1967年），音乐作者是尤金·莱斯特（Eugene Lester）。赫卡柏与波律姆内斯托尔（Polymnestor）是核心悲剧角色。将主要角色列举出来，能让我们看到这部舞剧的规模：安德洛玛刻、卡戎、赫克托耳、阿喀琉斯、普里阿摩斯、波吕多洛斯、帕里斯、海伦、阿斯堤阿那克斯，以及波吕克塞娜。

《淮德拉》（*Phaedra*，首演于1962年），音乐作者是罗伯特·斯塔勒（Robert Starer），角色包括：淮德拉、希波吕托斯、阿佛洛狄忒、阿耳忒弥斯、忒修斯、帕西法厄，以及7位扮成公牛的舞者。

《喀耳刻》（*Circe*，首演于1963年），音乐作者是阿兰·霍夫哈内斯（Alan Hovhaness），角色包括：喀耳刻、尤利西斯、舵手、蛇、狮、鹿、羊。该剧节目单里的说明解释道："在玛莎·葛兰姆对喀耳刻

神话的改编中，尤利西斯所看到的世界其实是他自己的世界：充满兽性与迷恋的内心世界，只有在这里一个人才知道选择做人需要付出什么样的代价。"

《珀耳塞福涅》（*Persephone*，首演于1987年），音乐是斯特拉文斯基的《C 大调交响曲》（*Symphony in C*）。节目单里的说明解释道："丰收女神得墨忒耳寻找自己被绑到冥界的女儿珀耳塞福涅。在她被寻回之前，大地一直都是贫瘠的。"

玛莎·葛兰姆在1991年以96岁的高龄去世，她的编舞作品总共有181部。对她的财产的争夺最终导致她的舞团——美国最古老的舞团——解散。幸运的是，舞团于2003年得到重建。希望舞团的麻烦已经过去，也希望舞团长久地发展下去。

乔治·巴兰钦

乔治·巴兰钦（1904—1983）生于俄国的圣彼得堡，他在皇家芭蕾学校（Imperial Ballet School）接受舞蹈培训，在圣彼得堡音乐学院学习音乐，后来成了一个名为"青年芭蕾"的独立舞团的领导。1924年，他叛逃去了西欧，结识了很有名望的剧场经理谢尔盖·达基列夫（Serge Diaghilev），并受雇成为巴黎的俄罗斯芭蕾舞团（Ballets Russes）的芭蕾舞指导，在那里，他编创了自己的一些主要作品。1933年，富有的美国人林肯·科斯坦（Lincoln Kirstein）将这位极具才华的、沉浸于俄国与欧洲芭蕾舞传统中的艺术家带到了美国，因为他决心让经典芭蕾舞在自己的国家生根开花。于是，在巴兰钦的指导下，创建了美国芭蕾舞团（American Ballet）及其附属的美国芭蕾舞团学校（School of American Ballet），最终还创建了美国大篷车芭蕾舞团（American Ballet Caravan）。

巴兰钦在1928年最初创作《缪斯的首领阿波罗》

---

① 巴伯逝世前不久将这部作品的标题改为"美狄亚的复仇之舞"（Medea's Dance of Vengeance）。

《夜之旅》

我们可以在 DVD 上看到葛兰姆在《夜之旅》（*Night Journey*）——根据索福克勒斯的《俄狄浦斯王》所作——中所扮演的伊俄卡斯忒，她的表演非常强有力地说明了自己作为舞者与编舞者的极高天赋。在这部舞剧中，贝尔特兰·罗斯（Bertram Ross）扮演俄狄浦斯、保罗·泰勒扮演忒瑞西阿斯，还有一个希腊合唱团（由夜之女们，也就是复仇女神们组成）。

最初的俄狄浦斯的扮演者（即1947年首演中）埃里克·霍金斯（Erick Hawkins）——当时与葛兰姆是情侣（他还曾经是一个古典学学生）——在演出时表现出极端强烈的野蛮感与暴力感。后来，葛兰姆又为罗斯重新设计了这个角色，但她也担心自己和年轻得多的罗斯相比会显得太老，从而使作品失去崇高感。她其实并不需要忧虑。在他们的角色关系中，尽管罗斯（已经41岁）显得像一个英俊、果断的年轻人，而葛兰姆的年龄也确实足够当他的母亲了（当时已经是令人惊讶的67岁），然而，葛兰姆依然是那么美丽，那么高贵。他们通过自己的伟大艺术为作品注入一种令人震惊的乱伦激情。我们需要去看看玛莎·葛兰姆本人是如何述说自己"极富情欲感的舞蹈"的。[56]

美国人威廉·舒曼为《夜之旅》创作了充满紧张感与痛苦感的音乐。音乐在情感与戏剧性上是十分完美的，而同样完美的是野口勇的舞台设计。

葛兰姆与著名雕塑家野口勇进行过长久的、情感激荡的且硕果累累的合作（超过50年的时间，有30多部的作品），这对形成葛兰姆舞作的特殊光环起到了重要的作用。可以这么说，他们相互激励、相互启发，都沉浸在弗洛伊德与荣格的理论中，也都热衷于对神话进行富有想象力的重塑，使这些神话变得具有时代感，并且能够给予人类精神的内部世界以意义深远的启示。

野口勇放弃了传统的布景板与二维的布幕。相反，他的背景依赖的是三维的雕塑作品，而这些作品又成为舞蹈一个不可分割的组成部分，与此同时这些三维的雕塑作品还将舞台转化成了想象中的象征性世界。他也十分认同葛兰姆对东方审美与哲学的偏好以及她对日本能剧的喜爱。能剧使用极少的舞台布置并将之作为某种象征，而其程式化的动作也可以表现出内心中情感与精神上的动荡。葛兰姆为《夜之旅》所设计的动作还包括巴厘岛土著舞蹈中的转体与爪哇岛传统舞蹈中的脚步移动。

《夜之旅》最纯粹、最简洁地浓缩了葛兰姆的天才。在这部剧中，表演上、戏剧上与隐喻上的关注焦点是一张床。野口勇设计了一张非常与众不同的床，葛兰姆说"床的形象被剥到只剩下最基本的要素与精

图28.1　《夜之旅1》

克里斯汀·戴金（Christine Dakin，饰演伊俄卡斯忒）与肯尼斯·多平（Kenneth Topping，饰演俄狄浦斯）。

神"。它表现了一个男人与一个女人并排的抽象形状。它是俄狄浦斯出生的床、是婚床、是折磨的工具，也是伊俄卡斯忒的爱与梦魇的终极象征。全剧的起点与终点都是忒瑞西阿斯这个角色，他的手杖在舞动中按照缓慢且不详的节奏，敲击出两位主人公无法挽回的命运。从女性的角度出发对神话加以阐释，这对葛兰姆的作品来说是很典型的。葛兰姆再现了伊俄卡斯忒即将结束自己生命的瞬间，回顾自己充满悔恨的过去时的场景。她自杀所用的丝绳在表演过程中变成了脐带，像是一张盘根错节的网，更像是一条命运的锁链，将俄狄浦斯与她连接于其中，纠缠在一起。

在成功地击败了斯芬克斯之后，复仇女神所组成的群舞者以一段有力且整齐划一的舞蹈引入了俄狄浦斯。他散发着英雄的气概，信心满满，追求、赢得并占有了王后。而其中求爱一段的表演是极为典型的，里面巧妙地使用了每一根程式化的树枝——那是权力、王座与性满足的象征。最终，伊俄卡斯忒完全接受了俄狄浦斯，紧接着，舞蹈以情感强烈的紧张度和毫无间断的宿命感进入悲剧性的结尾。

摄像采用了黑白胶片，效果非凡，我们不会希望影片用任何其他方式表现这部作品。"夜之旅"这个标题同样是完全正确的，因为它具有文学上与宗教上的内涵，尤其是它暗指了光明与黑暗，以及它们在精神中的交融。

（Apollon Musagète）时与斯特拉文斯基合作，后者为其创作了音乐。巴兰钦后来将这次合作描述为他创作生涯中的转折点。一位传记作家解释了巴兰钦是如何将他自己对舞蹈的新观点注入这部20世纪的音乐作品中的：

> 他重新使用了格列佐夫斯基（Golei-zovsky）的"第六位"，其中双足的脚趾与后跟相互触碰，这尽管比较"现代"，但会让人想到古代希腊的雕塑。作品中有着切分节奏的舞蹈动作，还有连一个古典芭蕾舞步都不用的整段整段的舞蹈。[57]

《阿波罗》（Apollo，该作从1957年开始使用这一标题）成为巴兰钦在美国的创作事业的奠基石。在1937年4月27日于纽约大都会歌剧院，他所创建的美国芭蕾舞团对该作进行了首次美国公演。世界公演则是1928年在巴黎，表演者是谢尔盖·达基列夫的俄罗斯芭蕾舞团，乐团指挥是斯特拉文斯基。后来，该作经历过几次修订。1979年，当他与米哈伊尔·巴雷什尼科夫（Mikhail Baryshnikov）合作准备重演这部作品时，他从乐谱中删去了几乎前三分之一，但是该作的最初版本是最好的。在勒托分娩产下阿波罗后，两位女神将鲁特琴献给阿波罗并把音乐教授于他。阿波罗弹奏鲁特琴并跳起舞来。然后，三位缪斯女神进入，而阿波罗分别将代表她们的艺术的标志送给她们。代表诗歌与节律的卡利俄佩收到了尖笔与书写板；波吕许谟尼亚代表哑剧；忒耳普西科瑞则将诗歌与姿态融入舞蹈，她受到了阿波罗的尊崇，阿波罗先跳了一段单人舞，然后又和忒耳普西科瑞跳了一段双人舞。阿波罗与缪斯女神们最后齐舞并一同登上帕耳那索斯山。

巴兰钦的新古典主义作品中的另一个标志是《俄耳甫斯》（Orpheus），作曲家仍然是斯特拉文斯基，在创作这部作品的过程中两人之间的紧密联系是前所未有的。在《俄耳甫斯》于纽约首演之后，纽约城市音乐与戏剧中心（City Center of Music and Drama）甚至觉得必须邀请巴兰钦的芭蕾舞协会（Ballet Society）作为自己的常设芭蕾舞团。当1948年10月11日巴兰钦的纽约市芭蕾舞团（New York City Ballet）在纽约城市中心（New York City Center）举行创立演出时，《俄耳甫斯》也是节目之一。这部作品的情节可以简单地描述如下：俄耳甫斯为欧律狄刻而悲痛欲绝，朋友们表达同情，黑暗天使（Dark Angel）将俄耳甫斯领入冥府。俄耳甫斯面对复仇女神们的威胁，而迷失的灵魂则恳求俄耳甫斯将自己的歌声继续下去。冥王哈得斯被感动了；俄耳甫斯的双眼被蒙住而欧律狄刻则被交还给他。在俄耳甫斯扯下蒙眼睛的带子之后，欧律狄刻倒下并死去。酒神的女追随者们攻击了他并将他撕碎。阿波罗出现，从被肢解的诗人那里取回了竖琴并将他的歌声带到了天国。

1957年，巴兰钦编创了《争》（Agon，标题是这个词的古希腊文拼写），音乐作者仍然是斯特拉文斯基。巴兰钦意在让该作与《阿波罗》《俄耳甫斯》一起组成纽约市芭蕾舞团所表演的希腊题材舞剧三部曲。[58]

最后，我们要提到巴兰钦的《电子》（Electronics，由纽约市芭蕾舞团首演于1961年），音乐作者是雷米·加斯曼（Remi Gassmann），与他合作的是奥斯卡·萨拉（Oskar Sala，他制作了电子录音带）。在这部舞剧中，宙斯、墨丘利与其他奥林波斯山上的神明统治着科幻世界中的太空时代。

影视中的古典神话

以下的考察，将集中于现在仍然可以看到——主要是以录像带、VCD 与 DVD 的形式——的电影中比较有趣、有意义的一些作品上。即使一个人非常随便地查阅一下有什么以古代世界为主题的电影，也能发现那是会有很多的相关作品的。很遗憾，我们必须略去许多对古希腊罗马历史——传说或正史——的电影改编。不过，我们首先要提到这样一部作品，这主要是因为它在神话与音乐上的趣味：《七对佳偶》（Seven Brides for Seven Brothers，1954年，由斯坦利·多南 [Stanley Donen] 执导）是好莱坞音乐片中的珍宝，它十分粗略地以李维和普鲁塔克对罗马历史早期萨宾女人遭强掳这个事件的说法为基础，将故事放在了美国旧西部（这部影片改编自斯蒂芬·文森特·贝内特 [Stephen Vincent Benét] 的小说《哭泣的女人》[Sobbin' Women]）。编舞者是迈克尔·基德（Michael Kidd），作曲者为强尼·梅瑟（Johnny Mercer），主演有霍华德·基尔（Howard Keel）与简·鲍威尔（Jane Powell），参与演出的舞者则包括汤米·洛尔（Tommy Rall）与雅克·丹布瓦斯（Jacques d'Amboise）。

每个人应该都会喜爱之前所讨论过的两部音乐剧的电影版：罗杰斯与哈特的《叙拉古的男孩》（电影版上映于1940年），主演有阿兰·琼斯（Allan Jones）与玛莎·雷伊（Martha Raye），导演是 A. 爱德华·萨瑟兰（A. Edward Sutherland）[①]，影片结尾是一场激烈的马车竞赛，还加入了一首名为《希腊人没有词语形容它》（"The Greeks Have No Word for It"）的歌；另一部影片是令人愉悦的《春光满古城》，影片的剧本与音乐的作者都是斯蒂芬·桑德海姆，电影版的主演有泽罗·莫斯特尔与菲尔·希尔佛斯，导演是理查德·莱斯特（Richard Lester）。

勒纳与洛维的《窈窕淑女》（电影版上映于1964年）也是音乐上使人愉悦的作品，尤其是雷克斯·哈

---

① 原文将这位导演的名字误作 "Edward A. Sutherland"。

里森（Rex Harrison）所扮演的亨利·希金斯教授（Professor Henry Higgins）这个角色。该作所根据的是萧伯纳的戏剧《皮格马利翁》，而这部戏也有一个上映于1938年的电影版，主演有莱斯利·霍华德（Leslie Howard）和温迪·希勒（Wendy Hiller）。

库特·魏尔（Kurt Weill）的百老汇音乐剧《维纳斯的一触》（One Touch of Venus，电影版上映于1948年）所依据的是 T. 安斯提（T. Anstey）的小说《染色的维纳斯》（The Tinted Venus），在搬上银幕时，对其进行了很大程度上的改编，改编者是 S. J. 佩雷尔曼（S. J. Perelman）与奥格·登纳什（Ogden Nash）。不过，这个电影版仍然让人愉悦，它讲述了一尊维纳斯的雕像（由艾娃·加德纳 [Ava Gardner] 扮演）在公寓储藏室中有了生命，并且爱上了一个橱窗设计师（由罗伯特·沃克 [Robert Walker] 扮演）的故事。

约翰·卡梅隆·米切尔编导了摇滚音乐剧《摇滚芭比》，剧中有一首很动人的歌曲《爱之起源》，歌词来自阿里斯托芬（参见本书第217—220页）。

极富感染力的《科罗诺斯的福音》是另一部现在能在影像中看到的音乐剧，它绝对应该去观赏而非只是聆听。

在前一节中，我们已讨论过影像中可以看到的相关舞剧。我们也能在影像中看到歌剧演出。值得注意的还有：蒂皮特的《普里阿摩斯王》（演出者是肯特歌剧院），以及格林德伯恩节日歌剧院（Glyndebourne Festival Opera）制作的格鲁克的歌剧《奥菲欧与欧律狄刻》（主演是詹妮特·贝克）与蒙特威尔第的《尤利西斯返乡记》。

格鲁克的歌剧《奥菲欧与欧律狄刻》的一个当代版制作由哈利·库普弗（Harry Kupfer）执导（上演于柯文特花园，皇家歌剧院 [Royal Opera House,

Covent Garden]），俄耳甫斯的表演者是假声男高音约辛·科瓦斯基（Jochen Kowalski），他在演出中身穿皮夹克，手拿电吉他，不断寻找自己的欧律狄刻，而她是因车祸而过世的。该剧还有另一个录像版——这一次是法语版，指挥是约翰·埃利奥特·加德纳（John Eliot Gardner），导演则是罗伯特·威尔森（Robert Wilson）。加德纳和威尔森二人还合作了一次格鲁克的《阿尔刻斯提斯》的演出，主演是安·索菲·冯·奥特（Anne Sofie von Otter）。施特劳斯的歌剧《厄勒克特拉》的三次演出都有录像版本，其中一个版本是大都会歌剧院的演出，比尔吉特·尼尔森（Birgit Nilsson）饰演厄勒克特拉，莱奥妮·雷萨尼克（Leonie Rysanek）饰演克律索忒弥斯；另一个版本（由哥茨·弗里德里希 [Götz Friedrich] 导演，摄制于维也纳郊外的污泥与大雨中），莱奥妮·雷萨尼克饰演厄勒克特拉，由卡尔·伯姆（Karl Böhm）指挥维也纳爱乐乐团演奏音乐；第三个版本则由埃娃·玛顿（Éva Marton）饰演厄勒克特拉，演出地点是维也纳州立歌剧院，由克劳迪奥·阿巴多（Claudio Abbado）指挥乐团。对莫扎特的《伊多墨纽斯》我们也有两个选择，一个是格林德伯恩节日歌剧院的演出，另一个则来自大都会歌剧院，后者的主演是鲁契亚诺·帕瓦罗蒂（Luciano Pavarotti），制作者则是充满争议的让–皮耶尔·庞内尔（Jean-Pierre Ponnelle）。大都会歌剧院的《阿里阿德涅在纳克索斯》的录像版由杰西·诺曼（Jessye Norman）饰演女主角。诺曼还在大都会歌剧院制作的柏辽兹的歌剧《特洛伊人》中饰演卡桑德拉，在演出人员中还包括普拉西多·多明戈（Placido Domingo），他所扮演的是埃涅阿斯。最后，还应该提到奥芬巴赫令人愉悦的轻歌剧《美丽的海伦》，指挥是尼古劳斯·哈农库特（Nikolaus Harnoncourt）。

亨德尔的两部歌剧《海格力斯》（*Hercules*）与《忒修斯》（*Teseo*）的演出也有录像，担任指挥的都是威廉·克里斯蒂（William Christie）。

电影《波西·杰克逊与神火之盗》（*Percy Jackson and the Olympians: The Lightning Thief*）改编自雷克·莱尔顿（Rick Riordan）的同名小说（五本一套的丛书中的第一本），其中不可避免地与"哈利·波特"系列电影有相似的特征（事实上，该片导演克里斯·哥伦布 [Chris Columbus] 也导演了"哈利·波特"系列中的前两部电影）。片中年轻的主角波西（Percy，由罗根·勒曼 [Logan Lerman] 扮演）是一个有阅读障碍的半神（他的父亲是神明波塞冬，母亲是个凡人），他有许多次的历险，其中包含了古典神话中的一些主要主题，这也让我们在编辑本书时很难决定到底应该将这部鸿篇巨制纳入哪一章中。

波西的老师是马人喀戎（由皮尔斯·布鲁斯南 [Pierce Brosnan] 饰演）。波西出发去追回宙斯被偷去的闪电，并且预料到众神之间将发生一场毁灭性的战争，后来他又去追寻蓝色珍珠，这些珍珠能让他从冥王哈得斯与珀耳塞福涅的奇幻世界（入口在好莱坞）中营救出自己的母亲，陪伴他的是一个爱搞怪的萨提尔，还有雅典娜的女儿——与他演对手戏的女主角、勇敢的助手，而且两人之间互有好感。该片对年轻观众来说"很酷"，而其中也有足够让所有年龄段观众获得娱乐的动作过程与令人惊异的特效。突出的场景包括主角砍去美杜莎（由乌玛·瑟曼 [Uma Thurman] 扮演）的头颅；吃下忘忧饼干，这导致主角在拉斯维加斯耽搁下来，并且在那里经历了很多冒险；在纳什维尔的帕特农神庙大战九头怪。众神的家——奥林波斯并不在山顶上，而是帝国大厦上方的一个宏伟的建筑。

特洛伊战争

如果不是铁杆影迷的话，可能都会惊讶于在1888—1918年之间原来有那么多受到古代希腊罗马启发的影片。不过，我们的考察要从华纳兄弟公司（Warner Brothers）出品于1955年的《特洛伊的海伦》（*Helen of Troy*）开始，片中，罗桑娜·珀德斯塔（Rossana Podesta）饰演海伦，配乐作者是马克斯·斯坦纳（Max Steiner）。这部史诗片在制作上十分豪华，但可惜的是剧本不太好。知名度远远更低的两部以特洛伊战争为题材的影片是：史蒂夫·李维斯（Steve Reeves）饰演埃涅阿斯的《复仇者》（*The Avenger*，也叫《特洛伊的最后荣耀》[*The Last Glory of Troy*]）①；《克洛索斯与阿玛宗女王》（*Colossus and the Amazon Queen*，首映于1960年），主演有罗德·泰勒（Rod Taylor）、艾德·富里（Ed Fury）、多里安·格雷（Dorian Gray），故事讲述了两位特洛伊战争老兵以及他们与阿玛宗女王的相遇。这部浪漫爱情喜剧的主要优点就是，它的幽默都是刻意安排好的。

罗马传说

稻垣浩（Hiroshi Inagaki）导演的《地狱门》（*Gate of Hell*，上映于1955年）②根据的是卢克蕾提亚受辱的传说，故事设定在12世纪的日本，讲述了一个武士渴望与一位贵族女子相结合。该片获得了1954年奥斯卡奖的最佳外语片奖。

乔治·西德尼（George Sidney）导演的《朱庇特的爱人》（*Jupiter's Darling*）是一部在风格上轻松得

---

① 还有一种译法是根据该片意大利语标题所译的《埃涅阿斯传奇》（*La leggenda di Enea*）。

② 原文有误，该片的导演是衣笠贞之助（Teinosuke Kinugasa），而且上映于1953年。

多的影片，主演是埃丝特·威廉斯（Esther Williams）与霍华德·基尔。这是一部有关汉尼拔的娱乐性极强的音乐片，根据的是罗伯特·E. 舍伍德（Robert E. Sherkwood）的剧作《通向罗马之路》（*Road to Rome*）。《罗宫绮梦》（*Roman Scandals*）同样包含了神话传说元素。一个来自俄克拉荷马的人（由埃迪·坎特［Eddie Cantor］饰演）想象自己回到了古罗马，但却是一个喜爱巴斯比·伯克利（Busby Berkeley）作品中的音乐段落的古罗马。

除了好莱坞鸿篇巨制的史诗片，我们还可以看到无数的不那么受到注意的、以古罗马早期历史传说为主题的电影。比如《罗慕路斯与雷穆斯》（*Romulus and Remus*），还有罗杰·摩尔（Roger Moore）出演的《萨宾女人受辱》（*The Rape of the Sabines*）。①

尤利西斯与《奥德赛》

英文对白的意大利影片《尤利西斯》（*Ulysses*，上映于1954年），因为其摄制技巧以及柯克·道格拉斯（Kirk Douglas，饰演尤利西斯）与肖瓦娜·曼加诺（Silvana Mangano）的优秀表演而理所应当地获得了评论界的赞誉——曼加诺同时饰演了珀涅罗珀与喀耳刻，她的表演令人难以忘怀。而很多目光敏锐的观者也是可以自行评判那部霍尔马克（Hallmark）制作的备受赞誉的电视电影②《奥德赛》（*The Odyssey*，上映于1997年）的。对于我们来说，这部片子令人失望。阿曼德·阿山特（Armand Assante）的表演让主人公成了个无聊的角色，而这就给全片定下了基调；伯纳黛特·彼得斯（Bernadette Peters）

扮演喀耳刻；美丽的伊莎贝拉·罗西里尼（Isabella Rossellini）本来应该是最理想的雅典娜，结果影片把这位女神演成了一位邻家好友；等等。不过，在这样的环境中，面对着如此乏味的剧本，伟大的艾琳·帕帕斯（Irene Papas）还是勇敢地展现了自己的最高的表演水平。然而，一个装模作样的赫尔墨斯却为影片添加了一些能够让人放松的时刻，影片的一些视觉效果也很优秀，比如愤怒的波塞冬与大海的段落，最后那场戏也令人印象深刻。

在《尤利西斯的凝视》（*Ulysses' Gaze*，上映于1995年）中，杰出的希腊导演西奥·安哲罗普洛斯（Theo Angelopoulos）从颇具时代感并涉及热门话题却又很神秘的角度，重新使用了奥德修斯的主题。故事讲的是，希腊裔美国导演 A 先生（由哈维·凯特尔［Harvey Keitel］饰演）为了寻找一些佚失的胶片而回到巴尔干半岛和希腊，而这些胶片是由马纳基兄弟在1903年摄制的。主角个人的、事业上的奥德修斯式的奇幻历险之旅与巴尔干半岛之间有着盘根错节的关系，而故事则在战后的萨拉热窝达到了高潮。影片中包括很多极其激烈且充满诗意的情节，有他与不同女人的邂逅，也有一些极具煽动性的将现实与过去并列起来的场面。有人说这是一部大师之作，也有人说它装腔作势、十分无聊。在这部史诗般的影片（长度大约3小时）中包括了许多出色的且唤起回忆的摄影。《逃狱三王》（*O Brother, Where Art Thou*，上映于2000年）是由乔尔·科恩（Joel Cohen）与伊桑·科恩（Ethan Cohen）导演的一部喜剧，其中包括了美国民歌与传统音乐，它的故事改编自《奥德赛》，情节十分松散却才华横溢，乔治·克鲁尼（George Clooney，饰演尤利西斯）、约翰·特托罗（John Turturro）与蒂姆·布雷克·尼尔森（Tim Blake Nelson）饰演了3个被铁链拴在一起的苦

---

① 原文有误，这部影片的意大利语名叫《萨宾女人受辱》（*Il ratto della Sabine*），而英语名是《罗慕路斯与萨宾女人》（*Romulus and the Sabines*）。

② 该片其实分为两集，分两天播出，可算作迷你剧（miniseries）。

役犯，而场景则设在20世纪30年代大萧条时期的美国南部。他们与塞壬女妖的相遇格外搞笑，此外还有很多有趣、发人深思且温暖人心的情节。

赫拉克勒斯

也有一些关于大英雄赫拉克勒斯的电影。其中的一些影片很自由地运用了传说中的素材，而其他的则几乎没有或完全不想忠实于古代神话（比如《海格力斯与月亮人》[*Hercules and the Moon Men*]）[①]。尽管这些电影良莠不齐，但其中有两部还是值得一提的：《大力神》（*Hercules*，上映于1958年）与《解放了的海格力斯》（*Hercules Unbound*，上映于1959年），两部影片的主演都是健美运动员史蒂夫·李维斯，也都试图重新抓住原始传说中的一些要素并给观众带去一些娱乐性——如果观众不是太过挑剔的话。《三傻大战神力王》（*The Three Stooges Meet Hercules*）对于喜欢这类片子的人来说是一部非常搞笑的怪诞喜剧。在赫拉克勒斯类电影的世界中，值得一提的还有流行一时的电视剧《大力士的传奇旅行》（*Hercules: The Legendary Journey*），主演是凯文·索伯（Kevin Sorbo，安东尼·奎恩 [Anthony Quinn] 则饰演装腔作势的宙斯），不管该剧有时显得有多么幼稚，其中一些很棒的特技效果以及对素材构思巧妙的改写也还是值得一定认可的——在剧中仍然能看出这些素材是来自古典神话。其他一些影片有：《海格力斯在冥府》（*Hercules in the Underworld*）、《火之围与阿玛宗女人》（*The Circle of Fire and the Amazon Women*）[②]，以及《迷失的王国》（*The Lost Kingdom*）。还有《西娜三部曲》（*The Xena Trilogy*），其中也重述了赫拉克勒斯的冒险（饰演者仍然是索伯），不过加上了"美丽而又能致人死命的公主西娜"。这三部影片分别是：《战士公主》（*The Princess Warrior*）、《夹攻》（*The Gauntlet*）和《解放的心》（*Unchained Heart*）。[③]迪斯尼动画片《大力士》（*Hercules*，上映于1997年）的动画制作十分巧妙——比如浮雕与瓶绘中的形象突然有了生命，就让人非常愉悦，而且老少咸宜，适合阖家观看。这是一部以独立精神对神话故事进行创作的影片，无论观者喜爱与否，该片对这个角色的塑造与转变都体现出了迪斯尼电影独特的创意十足的特征。迪斯尼电影的粉丝们应该去读一读优美且信息丰富的图书《海格力斯的艺术——创作中的混乱》（*The Art of Hercules: The Chaos of Creation*）。[59]

伊阿宋与阿尔戈英雄

在改编神话的影视作品中，《伊阿宋与金羊毛》（*Jason and the Argonauts*，上映于1963年，导演是唐·查菲 [Don Chaffey]）是十分重要的，这部影片因雷·哈里豪森（Ray Harryhausen）制作的特效与马里奥·纳辛贝内（Mario Nascimbene）谱曲、伯纳德·荷曼（Bernard Herrmann）指挥乐团演奏的配乐而格外值得关注。无论有何缺点（比如美狄亚的表演因剧本的问题而受到很大的削弱），该片都值得

---

① 原文有误，该片有几个不完全相同的名字，但《海格力斯与月亮人》不在其中。最通用的名字是《海格力斯大战月亮人》（*Hercules Against the Moon Men*）。

② 原文有误，这本是两部影片，一部是《力挽狂澜》（*Hercules and the Circle of Fire*），一部是《大力士与阿玛宗女战士》（*Hercules and the Amazon Women*）。

③ 原文有关的基本信息是错误的。首先，根本就没有所谓的《西娜三部曲》；其次，《战士公主》是共分六季的电视剧，而《夹攻》和《解放的心》分别是之前提到的电视剧《大力士的传奇旅行》中的两集。

特洛伊

我们当中有一些人总是梦想着将《伊利亚特》转化为电影的形式，并且影片还能够捕捉到原作中多方面的崇高感。沃尔夫冈·彼得森（Wolfgang Peterson）导演的《特洛伊》，如果仅仅是从片名上看，好像该片是受到了荷马史诗的启发，但其实这部影片根本就没有从中获得任何灵感，而只是随意地操弄原作的情节而已。尽管不能仅仅因为随心所欲地运用原始素材就去批判真正的艺术创作——毕竟这就是艺术的本质，但若是选择去修改原始素材，那么这种修改本身就必须是令人信服的、正常思维可以理解的、富于想象力且受到鼓舞的，而对于某些人来说，这部影片却是一个化金为铅的实际教训。当然，或许不能认为只有剧本作者戴维·贝尼奥夫（David Benioff）一个人应该为如此糟蹋一部经典作品负责。但是，那么多极具戏剧性、感染力极强的场景和情感激荡的对话都上哪儿去了？一定要在2005年的观众面前歪曲且误解阿喀琉斯和帕特罗克洛斯之间的关系——《伊利亚特》中悲剧的关键所在——吗？[a] 而从荷马的时代（约前800）以来这个故事就备受欣赏与褒扬了。[b] 你们知道在此片中阿伽门农被布里赛伊斯杀害（完全忘掉了《俄瑞斯忒斯三部曲》的故事），而赫克托耳则杀死了墨涅拉俄斯（我们觉得他其实最后把海伦抢回来了）吗？在这里只举一个该片玷污荷马艺术的例子：还记得在《伊利亚特》第6卷中赫克托

耳与安德洛玛刻之间那优美的一幕中（本书第526—527页给出了相关译文），赫克托耳热忱地为自己难逃一死的、尚在襁褓之中的幼子祈祷的情景吗？可到了这部电影里就只剩下这样两句话（这话用来说帕里斯都不相称）："我要看见我的儿子长高。我要看到女孩们追他。"

所以无论怎么说，在享受这部夸张且冗长的视觉大片的时候（如果你真能享受得了的话），不要想着荷马，以及原诗中对政治与战争的野蛮世界的深刻洞察力。片中，海伦与帕里斯之间并没有产生任何激情四射的火花——就算他们一场简短的床戏也是如此，反倒是布里塞伊斯被转换成了一个今天会受人尊重、很有说服力的女性角色。应该特别指出的是，艾瑞克·巴纳（Eric Bana）让赫克托耳成了一个强大而又敏感的角色，但是布拉德·皮特（Brad Pitt）对于阿喀琉斯究竟是何许人却毫无理解。彼得·奥图尔（Peter O'Toole）是全片的亮点。如果是在他年轻的时候，那么英俊、骁勇，散发着一种不可或缺的权威和炙热，那他能塑造出一个多棒的阿喀琉斯啊——尤其是如果使用的是荷马所写的剧本。DVD 版中附有一些花絮，其中包括普及性的"陈列众神的画廊"（Gallery of the Gods）。不过，我们可能会不太明白为什么要有这一部分，因为（很可惜的是）众神事实上从该片的情节中被完全略去了。

---

a. 该片上映于2004年。

b. 根据近现代的研究成果，古典学界基本已经可以确定，"荷马叙事诗"（一般称作"荷马史诗"）并非某一个人所作，而是无数叙事诗吟诵者历经数个世纪，通过不断的口头表演而慢慢成型，并在文字体系成熟之后的某个时间段内固定下的文本。"荷马"这个名字只是这无数叙事诗人的代称，所谓荷马生活在公元前800年的时代的说法也已不被古典学界接受。

一观，而且，与电视版的《伊阿宋与金羊毛》（上映于2000年）相比，它显得完全就是一部大师之作了。在电视版中，最大的缺点绝不是因为美狄亚这个角色。由杰森·伦敦（Jason London）饰演的伊阿宋这个角色，被表演成一个面无表情的年轻人，就像个僵尸一样。而事实上，该片所有演员（包括几个颇有些名望的演员）都很平淡、让人昏昏入睡，完全不像是在表演（或许是演得太差？），这才是这个电视版令人难以忍受的原因。原本的传说已经被改得面目全非，我们在观看的时候常常要问："为什么就不能不去糟蹋这个传说呢？"在片中，阿尔戈英雄这群人肮脏邋遢，什么人都有，其中居然还有个女人阿塔兰忒，她当然是爱着伊阿宋的。特效也不怎么样，往往甚至很荒谬。不过，最值得一提的是骚扰菲纽斯的哈耳庇亚（而菲纽斯的家居然是个蜂巢型墓穴！）；而表现得最为错误的是波塞冬，这位神明在片中成了一个畸形丑陋的巨人。粗笨的赫拉克勒斯也没有很早就离开远征队伍，而且还和伊阿宋形成了某种特殊的关系纽带（片中竟然连许拉斯这个角色都没有）。导演尼克·维林（Nick Willing）所做的指导愚蠢且混乱，他连人名的正确发音，还有使人名前后一致都无法掌控（这样的错误在今天实在太常见且普遍了）。类似的错误最突出的（或者说最严重的）是俄耳甫斯用意大利语的发音方式叫自己妻子的名字（简直让人想到格鲁克的歌剧）！

欧里庇得斯的戏剧作品

备受争议的《美狄亚》（Medea，上映于1969年）是一部制作精湛且扣人心弦的意大利影片，导演是皮埃尔·保罗·帕索里尼（Pier Paolo Pasolini）。该片在表现较为血腥与残酷的元素时十分大胆，在诠释故事时也充满着洞察力。它绝不仅仅是包含了欧里庇得斯剧作中发生的事件，还包括了伊阿宋与美狄亚的悲剧故事中的核心段落。尤其震撼人心的是片中对献祭年轻男性的刻画，这个原始的宗教仪式为的是保证大地母亲的丰饶与庄稼的再次丰收。不过，对于很多人来说，这部影片中的最大财富是歌剧明星玛利亚·卡拉斯，她饰演了美狄亚，这是她唯一一个没有进行歌唱表演的电影角色。

朱尔斯·达辛（Jules Dassin）所导演的《热情之梦》（A Dream of Passion，上映于1978年）是另一部改编美狄亚传说的影片，它展现出一个现代希腊的美狄亚，发掘了这个角色的悲剧性，令人心碎。艾伦·伯斯汀（Ellen Burstyn）也献出了极为真实的表演。此外，玛丽娜·墨蔻莉（Melina Mercouri）在剧中令人信服地扮演了一个已不再年轻的女演员，而这个女演员正专注地参加一次欧里庇得斯的戏剧《美狄亚》的演出。正是在这个背景下，在这部扣人心弦的影片的诸多财富中，有一点就是再现了一些欧里庇得斯原作中的场景，而剧中使用的语言既有现代希腊语，也有英语。在1947年，美国诗人罗宾逊·杰弗斯巧妙地改编了欧里庇得斯的《美狄亚》。作品是由朱迪丝·安德森（Judith Anderson）出演主角美狄亚，而她那震撼人心的表演被保存在了影像中。后来，杰弗斯的这个版本又获得了重新制作的机会，主角改由佐伊·考德威尔（Zoe Caldewell）担任（而朱迪丝·安德森则在这个版本中饰演保姆），她的演出也是十分精彩的。在肯尼迪艺术中心1983年的这次再版演出同样也可以在影片中看到。瑞典也有一部《美狄亚》（Medea，首播于1963年）的电视剧，导演是科夫·赫杰姆（Keve Hjelm）。高深莫测的导演拉斯·冯·提尔（Lars von Trier）为丹麦的电视台摄制了他自己的欧里庇得斯戏剧的版本（首播于1988年），该片十分质朴但却

图28.2 帕索里尼的《美狄亚》

伊阿宋（朱塞佩·詹提列［Giuseppe Gentile］饰）与美狄亚（玛利亚·卡拉斯饰）。

非常优美，对剧情的诠释也很有感染力。剧本作者是卡尔·西奥多·德莱叶（Carl Theodor Dreyer）。片中对杀死幼童的描绘极其可怕，让人不寒而栗。纽约希腊剧团（New York Greek Drama Company）以欧里庇得斯的原文制作并上演了《美狄亚》（使用英文字幕），我们至少可以说这个版本很震撼人心。演员都佩戴着面具。开演之前，威廉·阿洛史密斯（William Arrowsmith）还为观众做了介绍性的导论，告诉我们为什么应该欣赏这次对本真演出所进行的奇怪尝试。[60]①

匈牙利影人米克洛斯·杨索（Miklós Jancsó）摄制的《厄勒克特拉，我的爱》（*Electra, My Love*，上

---

① 纽约希腊剧团还有一部《萨福之歌》（*The Songs of Sappho*），使用了古希腊文选段。

映于1974年）是对原有传说十分优美且富有诗意的重新演绎，其中充满了象征意义。该片将这段传说阐释为自由对抗暴政的永恒的寓言。

影片《安德烈·谢尔班——希腊三部曲》（*Andrei Serban: The Greek Trilogy*，制作于1974年，由创意艺术电视公司［Creative Arts Television］出品）展现了这位耀眼的导演在百老汇之外制作的实验性作品的片段：欧里庇得斯的《厄勒克特拉》《美狄亚》与《特洛伊妇女》。

尤金·奥尼尔的《榆树下的欲望》电影版（上映于1958年）也很有意义，这个版本的希波吕托斯传说将故事设定在新英格兰，其中也结合了俄狄浦斯与美狄亚传说里的元素。影片中，安东尼·博金斯（Anthony Perkins）、索菲亚·罗兰（Sophia Loren）与伯尔·艾弗斯（Burl Ives）的表演都十分出色。安东尼·博金斯还在另外一部现代版的《淮德拉》（*Phaedra*，上映于1962年）中饰演希波吕托斯，导演是朱尔斯·达辛，另一位主演则是玛丽娜·墨蔻莉。尽管有些笨拙而且偶尔显得荒谬，但该片却的确具有某些感染力。

俄狄浦斯与安提戈涅

在影片中，我们还能够看到索福克勒斯的《俄狄浦斯王》在安非拉瑞昂（Amphiaraion）的古希腊剧场的演出，在表演时演员都戴着面具。詹姆斯·梅森（James Mason）饰演俄狄浦斯、克莱尔·布鲁姆（Claire Bloom）饰演伊俄卡斯忒、伊恩·理查德森（Ian Richardson）饰演忒瑞西阿斯，其中还包括安东尼·奎尔（Anthony Quayle）的旁白。这个演出经过了删节。在其他的《俄狄浦斯王》的演出中，我们要特别提到的是泰龙·格斯利（Tyrone Guthrie）所导演的版本（上演于1957年）。加拿大斯特拉特福德

卡科伊亚尼斯的杰出影片

希腊导演米哈利斯·卡科伊亚尼斯（Michael Cacoyannis）为影人设立了将欧里庇得斯的剧作改编成电影的最高标准，他导演的作品有：《厄勒克特拉》（*Electra*，上映于1962年），主演是艾琳·帕帕斯；《特洛伊妇女》（*The Trojan Women*，上映于1971年），主演有凯瑟琳·赫本、瓦妮莎·雷德格瑞夫（Vanessa Redgrave）与艾琳·帕帕斯；《伊菲革涅亚》（*Iphigenia*，上映于1977年）。这些影片都是不容忽视的。这些影片每一部都是以自己独特的方式而成为杰作，充满激情，至今仍有相当的意义。在这三部影片中，艾琳·帕帕斯的表演都十分出色。在诠释厄勒克特拉、海伦与克吕泰涅斯特拉这三个截然不同的角色时，她的表演也是迥然相异且极具说服力的。

图28.3 《厄勒克特拉》剧照
厄勒克特拉（艾琳·帕帕斯饰）与克吕泰涅斯特拉（阿列卡·卡策利［Aleka Katselli］饰）。

图28.4 《特洛伊妇女》剧照
艾琳·帕帕斯饰演海伦，凯瑟琳·赫本饰演赫卡柏。

图28.5 《伊菲革涅亚》剧照
克吕泰涅斯特拉（艾琳·帕帕斯饰）与伊菲革涅亚（塔提亚娜·帕帕莫斯库［Tatiana Papamoschou］饰）。

莎士比亚戏剧节（Stratford Shakespeare Festival）中的这版演出被录制成了电影，所采用的是 W. B. 叶芝的译文。尽管作为一部电影并没有获得太大的成功，但演职人员的专业性以及对引人注目的面具的运用都是很有价值的。英国也有一个很不错的《俄狄浦斯王》的版本（上映于1968年），演员有克里斯托弗·普卢默（Christopher Plummer）、奥逊·威尔斯（Orson Welles）与莉莉·帕尔默（Lilli Palmer），这个版本更多的是尝试着将戏剧转换为电影。

意大利导演皮埃尔·保罗·帕索里尼的《俄狄浦斯王》（*Oedipus Rex*，上映于1967年）中包含了传说中很多让人无法忘怀的段落，比如对还在襁褓中的俄狄浦斯的残忍遗弃，以及年轻的俄狄浦斯后来在与父亲相遇时发生的血腥事件，影片强调这些元素体现了心理分析式的洞察力与某种个人且当代的视角。在改编索福克勒斯的全部三个忒拜戏剧（《俄狄浦斯王》《俄狄浦斯在科罗诺斯》与《安提戈涅》）的影片中，BBC 电视台摄制了最优秀的版本之一，该部影片采用了导演唐·泰勒（Don Taylor）的新译文，而演员则包括了约翰·吉尔古德（John Gielgud）、克莱尔·布鲁姆与安东尼·奎尔，他们的表演都十分出色。乔治·扎维拉斯（George Tzavellas）编剧并导演了《安提戈涅》的一个电影版，对白是希腊语，配有英文字幕，无与伦比的艾琳·帕帕斯饰演了具有极其强烈的精神力量的影片主角安提戈涅，当然，此时她还没有成为像后来那么杰出的演员。PBS 电视台推出的"伟大表演"（Great Performances）系列，摄制了让·阿努伊的《安提戈涅》，主演有詹妮薇芙·布卓（Geneviève Bujold）、斯泰西·基齐（Stacy Keach）、弗里茨·韦弗（Fritz Weaver），现在可以在"百老汇剧院档案"（Broadway Theatre Archive）中找到这个系列的资料。《安提戈涅——激情的仪式》（*Antigone: Rites of Passion*）是由艾米·格林菲尔德（Amy Greenfield）执导的，这是一部极有影响力的电影，其中还增添了出色的音乐与舞蹈的维度。

电影《大都会传奇》（*New York Stories*）分为三个段落，其中由伍迪·艾伦（Woody Allen）执导的"俄狄浦斯遭难"（Oedipus Wrecks）不应被我们忽视。艾伦还在片中担任了主演，他所饰演的是一个五十多岁的神经质的律师，一直笼罩在他那位喋喋不休的母亲的阴影中，备受折磨。

《俄瑞斯忒斯》

大不列颠国家剧院（National Theatre of Great Britain）制作、彼得·霍尔（Peter Hall）执导了埃斯库罗斯《俄瑞斯忒斯》的一个不同寻常的版本，既采取了托尼·哈里森（Tony Harrison）新作的诗体译文，也采用了传统程式中的面具。尽管该作在很多方面都具有强烈的戏剧性效果，很值得一看，但由于其总体上的构思有时流于单调，而令人厌烦。尤金·奥尼尔的美国版俄瑞斯忒斯传说《厄勒克特拉服丧》的电影版《素娥怨》（*Mourning Becomes Electra*，上映于1947年），既有历史价值也有戏剧价值，尤

其是因为卡汀娜·帕辛欧（Katina Paxinou）与迈克尔·雷德格瑞夫（Michael Redgrave）的表演（表现出了非常高贵的仪态），不过，让罗莎琳德·拉塞尔（Rosalind Russell）饰演厄勒克特拉就不那么恰当了。PBS 电视台推出的"伟大表演"系列中有一个《厄勒克特拉服丧》的版本，主要演员有布鲁斯·戴维森（Bruce Davison）、琼·哈克特（Joan Hackett）、罗伯塔·马克斯韦尔（Roberta Maxwell），颇为幸运的是，现在还可以在"百老汇剧院档案"中找到该片的资料。在《非洲俄瑞斯忒斯的札记》（*Notes for an African Orestes*）中，我们可以看到意大利导演皮埃尔·保罗·帕索里尼讲述自己是如何为一部摄制于非洲的现代版的《俄瑞斯忒斯》（这部作品他没能在生前完成）进行准备的。他记录了本土的宗教仪式，并且为拍摄而足迹遍及乌干达和坦桑尼亚的各个村庄，以便遴选符合拍摄需求的典型人物与场景。当然，这部片子的专业性很强，但还是尝试着——不一定总是能成功——说明古希腊悲剧三部曲与20世纪的非洲之间，在政治与社会议题上的许多相似之处。

俄耳甫斯

有些现代电影中所表现的俄耳甫斯传说，是对古代神话的重要改编或重塑。田纳西·威廉斯（Tennessee Williams）的戏剧《下坠的俄耳甫斯》（*Orpheus Descending*）虽然有不少问题，但却仍然引人入胜，该剧后来变成了一部很值得注意的电影（名为《逃亡者》[*The Fugitive Kind*]），其中，演员的表演厥功至伟，这里包括马龙·白兰度（Marlon Brando）、安娜·玛妮雅妮（Anna Magnani）、乔安·伍德沃德（Joanne Woodward）、玛伦·斯塔普莱顿（Maureen

图28.6　谷克多的《俄耳甫斯》（*Orpheus*）
让·马莱（Jean Marais）饰演俄耳甫斯，他正在能够引他进入冥间的镜子前。

Stapleton）与维克多·乔里（Victor Jory）。在影片简短开场中，马龙·白兰度的台词是意味深长的。俄耳甫斯的名字在片中听起来像是"Savior"（拯救者），他身穿蛇皮夹克，这表明了他与冥界的关联，他将全部心思都用在自己的吉他——"我一生的伙伴"——上。

巴西电影《黑色俄耳甫斯》（*Black Orpheus*，上映于1959年），导演是马赛尔·加缪（Marcel Camus），安东尼奥·卡洛斯·裘宾（Antonio Carlos Jobim）与鲁伊兹·邦法（Luiz Bonfá）创作了极其强烈且引人入胜的配乐。这部影片将俄耳甫斯的传说设置在狂欢节时的里约热内卢，它理所当然地获得了评论的盛赞，也深受大众喜爱。确实，该片证明了这段神话中超越人种、肤色、地点与时间的普遍

人性。《情挑嘉年华》（*Orfue*）是另一部巴西电影，导演是卡洛斯·迭戈（Carlos Diegues）。该片讲述的是一位著名音乐人的爱情，片中有毒品与黑帮的内容，还有卡耶塔诺·费洛索（Caetano Veloso）谱写的迷人的配乐。上述两部电影根据的都是巴西人维尼修斯·基·摩赖斯（Vinicius de Moraes）的戏剧作品。

此外，每个人都应该不止一次地去观赏让·谷克多那部精彩动人的《俄耳甫斯》（*Orphée*，上映于1950年），该片是电影历史上的一座丰碑。谷克多重塑了这段传说，将故事设置在20世纪40年代巴黎的塞纳河左岸。影片中，俄耳甫斯爱上了死神，而其名字是"公主"，俄耳甫斯进入冥间的入口是一面镜子。谷克多十分迷恋俄耳甫斯传说的故事模式，而这个模式也出现在他的最后一部电影《俄耳甫斯的遗嘱》（*Le testament d'Orphée*，上映于1960年）中，该片暗指了古典神话中的很多内容。他的第一部电影《诗人之血》（*Le Sang d'un Poète*，摄制完成于1930年）与上述两部电影一起，可以成为谷克多的《俄耳甫斯三部曲》，其中的每一部影片都以一系列梦境般的影像发掘了有关艺术创作、诗歌、死亡与重生的主题。为这三部电影出版的 DVD 中包含许多其他极其珍贵的内容，包括谷克多为每部电影撰写的见解深刻的文章之整理稿与两段纪录片。谷克多这几部影片中多次出现镜子——从中我们能够看到时间所造成的破坏——与暗暗接近中的死亡是反复出现的意象，它们反映了作者十分迷恋死亡这个主题，以及梦境与现实之间的相互影响。

其他主题

《诸神之战》（*Clash of the Titans*，上映于1981年）富有想象力且颇具娱乐性地处理了珀耳修斯

的传说。该片星光灿烂，参与演出的有哈利·哈姆林（Harry Hamlin）、劳伦斯·奥利弗（Laurence Oliver）与玛吉·史密斯（Maggie Smith）。虽然片名很有误导性，但是该片有很多并非总是被人欣赏的优点：将美杜莎的头颅砍下十分恐怖（发生的地点被设定在冥界，这处改编很有想象力）[61]，对飞马珀伽索斯的描绘令人兴奋，还加入了一只叫布波（Bubo）的、直接出自科幻小说的机械猫头鹰。负责特效的是雷·哈里豪森（比在《伊阿宋与金羊毛》时的表现更为优秀），劳伦斯·罗森萨尔（Laurence Rosenthal）创作了激动人心的配乐。彼得·库欣（Peter Cushing）与克里斯托弗·李（Christopher Lee）出演的恐怖片《蛇发女妖》（*The Gorgon*）就不在一个档次上了。那些喜欢幽默元素的读者可能会欣赏颇具历史意义的《仲夏夜之梦》（*A Midsummer Night's Dream*，上映于1935年）。马克斯·莱因哈

特（Max Reinhardt）将莎士比亚的喜剧拍成了电影，其中詹姆斯·卡格尼（James Cagney）饰演皮拉摩斯，乔·E. 布朗（Joe E. Brown）饰演提斯柏。我们可以将该片与后来的一个版本（上映于1968年）相比较——后者由许多英国电影明星出演。在《博士的七张脸》（*Seven Faces of Dr. Lao*，上映于1964年）中，一位年老的中国人（托尼·兰德尔 [Tony Randall] 饰）是一个马戏团的成员，他是个变脸大师，让我们仿佛看到了潘神与美杜莎。在特瑞·吉列姆（Terry Gilliam）执导的《时光大盗》（*Time Bandits*，上映于1981年）的一个段落中，肖恩·康纳利（Sean Connery）饰演阿伽门农。在电视剧《星际迷航》（*Star Trek*）的《谁为阿多尼斯悲痛》（"Who Mourns for Adonais"）一集中出现了阿波罗，他在片中是奥林波斯山众神里的最后一个，要求自己受人崇拜。

图28.7 《诸神之战》

哈利·哈姆林饰演珀耳修斯。片中，他砍下美杜莎的头颅之后立刻摆了一个姿势，这个姿势是在有意地让人想到切利尼所雕的珀耳修斯。

我们在下面这三部电影中发现了对缪斯女神的现代演绎：艾伯特·布鲁克斯（Albert Brooks）导演的《第六感女神》（*The Muse*，上映于1999年），由莎朗·斯通（Sharon Stone）主演，她饰演了一位奢靡且古怪的缪斯女神，对一位编剧提出了很奇特的要求，作为回报的则是她所能赐给他的创作灵感；在亚历山大·赫尔（Alexander Hall）导演的《仙女下凡》（*Down to Earth*，上映于1947年）中，丽塔·海华斯（Rita Hayworth）饰演缪斯女神忒耳普西科瑞，她来到凡间是为了让一个制片人改进一部新的音乐剧，因为她认为自己在剧中被表现得过于现代且过于性感，所以感到很生气；还有罗伯特·格林沃德（Robert Greenwald）导演的《仙乐都》（*Xanadu*，上映于1980年），该片翻拍自《仙女下凡》，其中奥莉维亚·纽顿－约翰（Olivia Newton-John）扮演了一个缪斯女神，这一次是缪斯帮助两个朋友开了一家滚轴迪斯科舞厅——基恩·凯利（Gene Kelly）也是这部影片的主角。

在彼得·马努吉安（Peter Manoogian）导演的《点金手》（*The Midas Touch*，上映于1997年）中，一个12岁男孩拥有点金术的梦想得以成真。有一部匈牙利影片也叫这个名字（上映于1989年），导演是吉萨·别列米尼（Géza Bereményi），影片讲述了一个有点金术的商人的故事。

在《爱情降临》（*Love-Struck*，上映于1997年）中，丘比特（科斯塔斯·曼迪勒 [Costas Mandylor] 饰）坠落凡间并陷入爱河。在一部甚至更加无关紧要的影片《仙女下凡》（*Goddess of Love*，上映于1988年）中，出演维纳斯一角的凡娜·怀特（Vanna White）证明了她不会演戏。伍迪·艾伦的《非强力春药》（*Mighty Aphrodite*，上映于1995年）以迷人的方式展现了爱情的力量，片中还有对古希腊悲剧的诙谐式

的模仿。巴德·库特（Bud Cort）导演的《泰德与维纳斯》（*Ted and Venus*，上映于1991年）远为严肃且恐怖，而且肯定并非老少咸宜。导演本人也出演了泰德一角，该片讲述了一个不通人情世故的人追求梦中情人（象征中的维纳斯）的故事。

以有意义且令人兴奋的方式运用了神话与传说的电影，让我们每人都获益匪浅。在我们搜寻以古代希腊与罗马为主题的电影时，也不应忘记那些运用了在主题上有可比性的素材的电影。举例来说，电影《屠龙记》（*Dragonslayer*，上映于1981年）所根据的虽说是盎格鲁—撒克逊的神话，但它所发掘的却是在所有神话中皆为最重要的主题之一。《异教徒》（*The Wicker Man*，上映于1973年）表现了恶魔崇拜与活人献祭的典型模式，效果让人不寒而栗，但却又极富洞察力。有关超人与人猿泰山（Tarzan）的流行影片肯定能够与古典神话中的典型模式联系起来。《超人》（*Superman*，克里斯托弗·里夫 [Christopher Reeve] 所饰的系列影片中的第一部）是对英雄的降生、童年与历险中的典型模式所做的变形，对这一点是无可置疑的。《泰山王子》（*Graystoke*）这个人猿泰山传说的版本，其水准格外高，我们之所以必须提到该片并不仅仅是因为影片本身，也是因为我们在这里能够有机会指出，泰山是一位可以被当作奥德修斯式英雄的角色。[62] 在《猎鹿人》（*The Deer Hunter*，上映于1978年）中英雄性的忧伤与史诗式的使命感里，我们能够看到一些《伊利亚特》的影子；而《天使之心》（*The Angel Heart*，上映于1988年）中的主角，因自己在不知情的情况下犯下罪孽所受的折磨又很像是俄狄浦斯的经历。《玻璃玫瑰》（*Voyager*，上映于1991年）因家庭、乱伦与命运的主题而在其情绪与强度上十分接近古希腊的精神；《恋恋山城》（*Jean de Florette*，上映于1986

年）具有浓重的古希腊悲剧氛围，它的续集《甘泉玛农》（*Manon des Sources*，上映于1986年）同样出色，也同样具有很强烈的古希腊悲剧氛围，从该片的对白中就能够很清楚地看出这一点。《风月俏佳人》（*Pretty Woman*，上映于1990年）则是另一个对皮格马利翁与伽拉忒亚的故事的变形；《窈窕美眉》（*She's All That*，上映于1999年）是这个故事的青少年版，它的故事是，一个高中学生打赌说，他能够将任何一个女生转化为风情万种的舞会女王。

最后，在《星球大战的神话》（*The Mythology of Star Wars*）这部片子里，比尔·莫耶斯（Bill Moyers）采访了《星球大战》的导演乔治·卢卡斯（George Lucas），其中探讨了原片（上映于1977年）中旅行、追寻等普遍性主题以及光明与黑暗所象征的意义。民间故事与传说中的幻想与令人兴奋的内容被转入外太空，但在结构与主题上仍是相似的。在科幻电影中，另一个可以与之相比的优秀例子是《沙丘》（*Dune*，上映于1984年），不过，弗兰克·赫伯特（Frank Herbert）的原著小说要强于这部电影。凡此等等，不一而足。

前面我们所考察与评论的作品都是精挑细选的，但相对于古代希腊与罗马题材的丰富性与多样性而言，即使是如此这般地披沙拣金也仅是在进行某种粗略的探究而已，况且这类主题在各类艺术家的作品中都有所表现，可谓随处可见。尽管如此，即使是最简短的相关论述也只会再次强有力地提醒我们，古典神话为所有的创造性艺术表现形式提供了且不断地提供着强大有力的灵感。

在所有的时代中（尤其是当代社会），古希腊罗马神话一直都具有顽强而经久不衰的生命力，而这已成为其最突出的特征之一。毕竟，这些神话中能给人以启示的原始动力里那种力量与美从来就未曾消亡过。在无数的变体中，神话不断、反复地获得重塑和重新阐释。这些神明与英雄以及关于他们的传说从来都不是固定不变的，而是在令人耳目一新的变体中不断地变化着，而这些变体不仅反映了艺术家本人，更是阐明了他们所处的社会与时代。我们永远不可能真正讲出俄耳甫斯与欧律狄刻的神话、赫拉克勒斯的传说或阿喀琉斯与海伦等人物的终极版本，因为在我们还没讲出来的时候，神话、传说与人物就已发生变化，从而迫使我们将新的变化吸纳进来，并且必须去讨论这些最新的转换，以及它们为我们自己的世界所带来的更深一层的思考。古典神话这种永恒的来生实在是不可思议！

相关著作选读

音乐类

Anderson, E. Ruth，《当代美国作曲家——传记辞典》（*Contemporary American Composers: A Biographical Dictionary*. Boston: G. K. Hall, 1976）。

Bordman, Gerald，《美国音乐剧舞台——编年史》（*American Musical Theatre, A Chronicle*. 2 d ed. New York: Oxford University Press, 1992）。按演出季顺序的无价的珍贵记录。

Brown, Peter，《二十世纪晚期歌剧院与音乐厅中的古希腊悲剧》（"Greek Tragedy in the Opera House and Concert Hall of the Late Twentieth Century," in Edith Hall, Fiona Macintosh, and Amanda Wrigley, eds. *Dionysus Since 69: Greek Tragedy at the Dawn of the Third Millennium*. New York: Oxford University Press, 2004, pp. 285–309）。

Burbank, Richard，《二十世纪音乐——1900—1980 年的交响乐、室内乐、歌剧与舞蹈音乐》（*Twentieth Century Music: Orchestral, Chamber, Operatic & Dance Music 1900–1980*. New York: Facts on File, 1984）。该书分为"歌剧""舞蹈""器乐与声乐""诞生、消亡与首演"与"相关事件"部分，是一部十分宝贵的编年体音乐史。

Constantine, James S.，《歌剧中的维吉尔》（"Vergil in Opera." Classical Outlook 46 (1969), pp. 49, 63–65, 77–78, 87–89）。

Dickinson, A. E. F.，《为〈埃涅阿斯纪〉而作的音乐》（"Music for the Aeneid." Greece & Rome, vol. 6 (1959), pp. 129–147）。

Ewen, David，《美国作曲家——传记辞典》（*American Composers, A Biographical Dictionary*. New York: G. P. Putnam's Sons, 1982）。

Ewen, David，《歌剧新百科全书》（*The New Encyclopedia of the Opera*. New York: Hill & Wang, 1971）。

Gilmore, Bob，《哈里·帕奇——一部传记》（*Harry Partch: A Biography*. New Haven and London: Yale University Press, 1998）。

Grout, Donald Jay，《歌剧简史》（*A Short History of Opera*, 2 vols. New York: Columbia University Press, 1947）。

Gummere, Richard M.，《美国殖民思想与古典传统——比较文化文集》（*The American Colonial Mind and the Classical Tradition: Essays in Comparative Culture*. Cambridge, MA: Harvard University Press, 1963）。

Hitchcock, H. Wiley and Stanley Sadie, eds.，《新格罗夫美国音乐辞典》（*The New Grove Dictionary of American Music*. London: Macmillan; New York: Grove Dictionaries of Music, 1993）。

Landels, John G.，《古代世界的音乐》（*Music in the Ancient World*. New York: Routledge, 2001）。介绍了从荷马的时代直至哈德良皇帝时期的音乐。

Lang, Paul Henry，《西方文明中的音乐》（*Music in Western Civilization*. New York: Norton, 1941）。

Levine, Robert，《录像带上的歌剧与舞蹈介绍》（*Guide to Opera & Dance on Videocassette*. Mount Vernon, NY: Consumers Union, Consumer Reports Books, 1989）。

McDonald, Marianne，《歌唱忧伤——歌剧中的古典作品、历史与女主角》（*Sing Sorrow: Classics, History, and Heroines in Opera*. Westport, CT: Greenwood Press, 2001）。

Martin, George，《二十世纪歌剧的歌剧指南》（*The Opera Companion to Twentieth Century Opera*. New York: Dodd,

Mead, 1979）。

Mayerson, Philip，《文学、艺术与音乐中的古典神话》（*Classical Mythology in Literature, Art, and Music.* Newburyport MA: Focus Publishing, 2001［1971］）。写得极其出色的考察评述，意在增进人们对受到古典神话启发的文学、艺术与音乐作品的理解。

Partch, Harry，《苦涩的音乐——笔记、文章、导言与剧本集》（*Bitter Music, Collected Journals, Essays, Introductions, and Librettos.* Urbana: University of Illinois Press, 1991）。

Partch, Harry，《音乐的创始》（*Genesis of Music.* 2 d ed. New York: Da Capo Press, 1974［1979］）。

Poduska, Donald M.，《音乐中的古典神话》（"Classical Myth in Music." Classical World 92, 1（1999）, pp. 195–275）。是一个分主题的 CD 录音列表。

Reiz, Claire R.，《美国的作曲家——当代作曲家的传记简编与作品记录》（*Composers in America: Biographical Sketches of Contemporary Composers with a Record of Their Works.* Rev. ed. New York: Da Capo Press, 1977［1930］）。

Sadie, Stanley, and John Tyrell, eds.，《新格罗夫音乐与音乐家辞典》（*The New Grove Dictionary of Music and Musicians.* 2 d ed. 29 vols. London: Macmillan; New York: Grove Dictionaries of Music, 2000）。

Sadie, Stanley, and John Tyrell, eds.，《新格罗夫歌剧辞典》（*The New Grove Dictionary of Opera.* 4 vols. London: Macmillan; New York: Grove Dictionaries of Music, 1992）。

Traubner, Richard，《轻歌剧——戏剧历史》（*Operetta: A Theatrical History.* New York: Doubleday, 1983）。

舞蹈类

Anderson, Jack，《芭蕾与现代舞蹈——一部简史》（*Ballet and Modern Dance: A Concise History,* 2 d ed. Dance Horizons, Hightstown, NJ: Princeton Book Company, 1986）。

Blair, Fredrika，《伊莎多拉——作为一位女人的艺术家的肖像》（*Isadora: Portrait of the Artist as a Woman.* New York: McGraw-Hill, 1986）。

Buckle, Richard, in collaboration with John Tara，《乔治·巴兰钦——芭蕾舞大师》（*George Balanchine: Ballet Master.* New York: Random House, 1988）。

Cohen, Selma, George Dorris, et al., eds.，《舞蹈国际百科全书》（*International Encyclopedia of Dance.* 6 vols. New York: Oxford University Press, 1998）。

Humphrey, Doris，《多丽丝·韩芙莉——百年艺术家纪念版》（*Doris Humphrey: An Artist First Centennial Edition.* A Dance Horizons Book. Hightstown, NJ: Princeton Book Company, 1972）。这是一本由 Selma Cohen 编辑完成的韩芙莉自传。

De Mille, Agnes，《玛莎·葛兰姆的一生与作品》（*The Life and Works of Martha Graham.* New York: Random House, 1991）。

Duncan, Isadora，《邓肯自传》（*My Life.* New York: Boni & Liveright, 1927）。

Graham, Martha，《血的记忆》（*Blood Memory*. New York: Doubleday, 1991）。

Kurth, Peter，《伊莎多拉——轰动世界的一生》（*Isadora: A Sensational Life*. Boston: Little, Brown，2002）。

Loewenthal, Lillian，《寻找伊莎多拉——伊莎多拉·邓肯的传奇与遗产》（*The Search for Isadora: The Legend and Legacy of Isadora Duncan*. A Dance Horizons Book. Hightstown, NJ: Princeton Book Company, 1993）。

McDonagh, Don，《玛莎·葛兰姆》（*Martha Graham*. New York: Praeger，1975 [1973]）。1975年版对原版进行了修订并加入了"编舞作品年表"。

Morgan, Barbara，《玛莎·葛兰姆——照片中的十六部舞作》（*Martha Graham: Sixteen Dances in Photographs*. Dobbs Ferry., New York: Morgan & Morgan，1980 [1941]）。书中包括各种文章，比如 George Beiswanger 的《玛莎·葛兰姆——一个角度》（"Martha Graham: A Perspective"）；Louis Horst 的《编舞记录》（"Choreographic Record"）。

Shawn, Ted, Gray Poole，《一千零一夜情》（*One Thousand and One Night Stands*. New York: Doubleday，1960）。重印版加入了沃尔特·特里（Walter Terry）所撰写的新前言（New York: Da Capo Press，1979）。

Spain, Louise, ed.，《镜头中的舞蹈——舞蹈影片与影像介绍》（*Dance on Camera: A Guide to Dance Films and Videos*. Latham, MD: Scarecrow Press，1998）。原版由舞蹈影片协会（Dance Films Association）出版于1991年，能够帮助研究者找到有关资料的作者与出处。

Terry, Walter，《伊莎多拉·邓肯——她的一生、她的艺术、她的遗产》（*Isadora Duncan: Her Life, Her Art, Her Legacy*. New York: Dodd, Mead，1963）。

影视类

Berti, Irene and Marta Garcia Morcillo eds.，《银幕上的希腊——电影对古代历史的接受》（*Hellas on Screen: Cinematic Receptions of Ancient History*. Stuttgart: Franz Steiner Verlag, 2008）。

Evans, Arthur B.，《让·谷克多与他那些有俄耳甫斯式角色的电影》（*Jean Cocteau and His Films of Orphic Identity*. Philadelphia: Art Alliance Press, 1977）。

Mackinnon, Kenneth，《走入胶片的古希腊悲剧》（*Greek Tragedy into Film*. London: Croom Helm, 1986）。

Martin, Mick and Marsha Porter，《电影视频介绍2001》（*Video Movie Guide 2001*. New York: Ballantine Books, 2000）。

McDonald, Marianne，《电影中的欧里庇得斯——可以看到的内心》（*Euripides in Cinema: The Heart Made Visible*. Philadelphia: Centrum, 1983）。

Michelakis, Pantelis，《电影院、政治、历史中的悲剧》（"Tragedy in Cinema Theatre, Politics, History"），载于《1969年之后的狄俄尼索斯——第三个千年开编的希腊悲剧》（*Dionysus Since 69: Greek Tragedy at the Dawn of the Third Millennium*. New York: Oxford University Press, 2004, pp.199–217）。

Nisbet, Gideon，《电影与流行文化中的古希腊》（*Ancient Greece in Film and Popular Culture*. Exeter: Bristol Phoenix Press, 2005）。书中讨论了古代希腊对20世纪文化——包括科幻小说与连环画——的影响。

Solomon, Jon，《电影中的古代世界》（*The Ancient World in the Cinema*. Rev. ed. New Haven: Yale University Press, 2001 [1978]）。

Winkler, Martin M.，《电影与古典文本——阿波罗的新光芒》（*Cinema and Classical Texts: Apollo's New Light*. New York:

Cambridge University Press, 2009）。

Winkler, Martin M., ed.,《电影中的古典神话与文化》（*Classical Myth and Culture in the Cinema*. New York: Oxford University Press, 2001）。

Winkler, Martin M., ed.,《特洛伊——从荷马的〈伊利亚特〉到电影中的史诗》（*Troy: From Homer's* Iliad *to Film Epic.* Malden, MA: Blackwell, 2006）。书中列举了以特洛伊战争为题材的影片（包括电视上播映的影片），还含有注释与插图。

[注释]

[1]　关于对相关内容的考察，参见 Martin L. West 的《古希腊音乐》（*Ancient Greek Music*. New York: Oxford University Press, 1992）。

[2]　关于维吉尔的作品中的主题与角色在音乐创作史中的情况，参见 A. E. F. Dickinson 的《为〈埃涅阿斯纪〉而作的音乐》（"Music for the *Aeneid*"），载于 *Greece & Rome*，第6期，1959，第129—147页；James S. Constantine 的《歌剧中的维吉尔》（"Vergil in Opera"），载于 *Classical Outlook*，第46期，1969，第49页以下。卡瓦利在1641年创作了《狄多》（*Didone*）。梅塔斯塔西奥（Metastasio）的剧本《被遗弃的狄多》（*Didone Abbandonata*）最初由 D. A. 萨洛（D. A. Sarro）在1724年创作成歌剧，而后，许多其他作曲家都将这部诗剧谱成歌剧，其中包括路易吉·凯鲁比尼（首演于1786年）。

[3]　李斯特及其后来的欧文·詹德尔（Owen Jander，一位音乐学家）都将贝多芬杰出的《G 大调第4钢琴协奏曲》简短的第二乐章与俄耳甫斯的神话联系起来：钢琴部分表现的是俄耳甫斯，而管弦乐团则表现了复仇女神，独奏家的声部随着音乐的流淌变得越来越自信，从而在交谈中俄耳甫斯渐渐地驯服了复仇女神。

[4]　舒伯特创作的其他以古典神话为主题的歌曲有：《安菲阿剌俄斯》（"Amphiaraos"）、《阿堤斯》（"Atys"）、《酒神颂》（"Dithyrambe"）、《乐土》（"Elysium"）、《前往哈得斯》（"Fahrt zum Hades"）、《埃斯库罗斯作品片段》（"Fragment aus dem Aeschylus"，《欧墨尼得斯》[*Eumenides*] 中的一首合唱歌）、《希腊众神》（"Die Götter Griech-enlands"）、《自愿的下落》（"Freiwilliges Versinken"，讲的是太阳神赫利俄斯）、《塔耳塔罗斯的人们》（"Gruppe aus dem Tartarus"）、《赫利奥波利斯（一）》（"Heliopolis 1"）、《希波吕托斯之歌》（"Hippolits Lied"）、《刻瑞斯的控诉》（"Klage der Ceres"）、《一位船员对宙斯双子所唱之歌》（"Lied eines Schiffers an die Dioskuren"）、《门农》（"Memnon"）、《缪斯之子》（"Der Musensohn"）、《俄瑞斯忒斯在陶里斯》（"Orest auf Tauris"）、《被赦免的俄瑞斯忒斯》（"Der entsühnte Orest"）、《菲洛克忒忒斯》（"Philoktet"）、《乌拉尼亚的解脱》（"Uraniens Flucht"），以及《为愤怒的狄安娜而作》（"Der zürnenden Diana"）。舒伯特还写过两首很优美的二重唱，《赫克托耳的告别》（"Hektors Abschied"）与《安提戈涅与俄狄浦斯》（"Antigone und Oedip"）。

[5]　将歌德与席勒的诗作谱成音乐，约翰·弗里德里希·莱卡特（Johann Friedrich Reichardt, 1752—1814）是一位先行者，他创作了诸如《普罗米修斯》（"Prometheus"，歌词来自歌德）与《埃涅阿斯对狄多说》（"Aeneas zu

Dido"，歌词来自维吉尔与席勒）。在音乐上进行一些比较也是十分有益而且令人愉悦的，例如，将莱卡特、舒伯特与沃尔夫为歌德的《普罗米修斯》所谱写的不同音乐进行比较，参见本书第777页。

[6]　参见 Michael Ewans《瓦格纳与埃斯库罗斯——〈指环〉与〈俄瑞斯忒斯三部曲〉》（*Wagner and Aeschylus: The Ring and the Oresteia.* London: Faber & Faber, 1982）。受到瓦格纳《指环》的启发，奥古斯特·布恩格特（August Bungert，1845—1915）创作了一部篇幅巨大的歌剧联剧《荷马世界》（*Homerische Welt*），尽管该作并没有获得听者的喜爱，但却为历史研究提供了很多的趣味。

[7]　奥特马·舍克（Othmar Schoeck，1886—1957）受到特洛伊神话的启发，创作了独幕歌剧《彭忒西勒亚》（*Penthesilea*，首演于1927年，根据海因里希·冯·克莱斯特的同名剧本而作）。在戏剧冲击力与音乐语言上将这部作品与施特劳斯的《厄勒克特拉》相比较是十分适合的。

[8]　引语，原始出处不明，引自 Ned Rorem《找寻美国歌剧》（"In Search of American Opera," *Opera News* 56, 1 [July 1991]，p. 9）。

[9]　引文，出自 David Ewen《美国作曲家——传记辞典》（*American Composers, A Biographical Dictionary.* New York: G. P. Putnam's Sons, 1982, p. 65）。

[10]　对于想要搞清伯恩斯坦受到了古典文化多大影响的人们来说，约翰·W. 达尔（John W. Darr，哈佛大学1941届毕业生）给《纽约时报》写的一封信价值很高（1990年11月4日）。这封信上说，伯恩斯坦为公众演出而写作并指导的第一部音乐剧（且受到评论家好评）可能是1941年在哈佛大学桑德斯剧院（Sanders Theatre）上演的阿里斯托芬的《和平》。伯恩斯坦在其中的贡献被称为"为合唱团与管弦乐团而作的原创且具有现代性的音乐，作者是杰出的年轻作曲家莱昂纳德·伯恩斯坦"。在该制作中达尔是合唱团的领唱。多年之后，作为曼哈顿的城中区种族文化学校的五年级教师，达尔想要制作并上演《和平》，为此他与伯恩斯坦取得了联系。伯恩斯坦允许达尔使用自己的乐谱，而这次重新上演对于参与其中的人们来说，是十分值得怀念的记忆。

[11]　20世纪初期爵士乐在新奥尔良的兴起是美国本土对音乐发展的贡献。美国黑人音乐家融合了非洲部落音乐与欧洲和美国的音乐风格，创造了这种新的音乐体裁。爵士乐、蓝调与拉格泰姆（ragtime，斯科特·乔普林 [Scott Joplin] 是拉格泰姆之王）被认为是美国民俗艺术的代表。古典音乐作曲家有时也会使用爵士乐、蓝调与拉格泰姆音乐的元素，这能为他们的作品注入一种十分美国式的风格与感觉。

[12]　参见 Gilbert Chase《美国的音乐》（*America's Music.* 2 d ed. New York: McGraw-Hill, 1966）。该书（第5章与第6章）将这些艺术家称为移民到美国的专业作曲家与有教养的业余作曲家，在业余作曲家中，最著名的是托马斯·杰斐逊，他虽然并不是一位音乐家，但却是一个赞助艺术创作的贵族；还有本杰明·富兰克林，他演奏音乐，可能也进行过作曲；以及弗朗西斯·霍普金森。

[13]　献词转载自《美国作曲家讲话：历史文选1770—1865》（*The American Composer Speaks, A Historical Anthology, 1770–1865*, edited by Gilbert Chase. Baton Rouge: Louisiana State University Press, 1966, pp. 39–40）。

[14]　参见 Richard M. Gummere《美国殖民思想与古典传统——比较文化文集》（*The American Colonial Mind and the Classical Tradition: Essays in Comparative Culture.* Cambridge, MA: Harvard University Press. 1963, pp. 142–143）。

[15]　参见 H. Wiley Hitchcock《合众国的音乐》（*Music in the United States*, Englewood Cliffs. NJ: Prentice-Hall, 1969,

p.5）。

[16] 霍普金森著名的《小桶之战》（*Battle of the Kegs*）在开头就包含着对特洛伊木马的暗喻。"霍普金森作于1762年的一首关于科学之利益的诗歌在开头向贺拉斯致敬，后来又提到了缪斯女神、赫利孔山、梅塞纳斯（在该作中伪装成了汉密尔顿副州长 [Lieutenant-Governor Hamilton]），以及埃涅阿斯，还描写了理想中的大学课程"。参见 Richard M. Gummere《美国殖民思想与古典传统——比较文化文集》（*The American Colonial Mind and the Classical Tradition: Essays in Comparative Culture*. Cambridge, MA: Harvard University Press, 1963）。该书虽然承认，霍普金森不能算作一位十分杰出的诗人，但却称他为"几乎是贺拉斯与佩特罗尼乌斯的结合体"。另参见 George Everett Hastings《弗朗西斯·霍普金森的生平与创作》（*The Life and Works of Francis Hopkinson*. Chicago: University of Chicago Press, 1926）。

[17] 奥斯卡·索内克（Oscar Sonneck）出版了具有先驱意义的霍普金森研究著作《弗朗西斯·霍普金森 （第一位美国诗人／作曲家 [1737—1791]） 与詹姆斯·莱恩 （爱国者、牧师、圣歌作曲家 [1735—1794]）：有关早期美国音乐的两篇研究》（*Francis Hopkinson, the First American Poet-Composer [1737–1791] and James Lyon, Patriot, Preacher, Psalmodist* [*1735—1794*] : *Two Studies in Early American Music*. Washington, DC: H. L. McQueen, 1905）。索内克认为《美国独立》这部作品的音乐已经不存在了。不过，吉丽安·B. 安德森（Gillian B. Anderson）重新发现了该作的乐谱，她也为之灌录了唱片（Colonial Singers and Players，吉丽安·B. 安德森指导，LP Musical Heritage Society，MHS 3684）。她在为该唱片撰写的介绍文章中解释说，她是如何通过自己发现的文献识别出了几乎所有霍普金森所选取的音乐，她认为霍普金森的音乐品味十分出众，让该作的音乐优美而又有深度。这些音乐出自作曲家亨德尔、阿恩（Arne）等人的作品。同时，安德森提醒我们，在音乐上"我们只能够确定绝大多数唱词的曲调的名称"。她还提到，该作的演出版本可能"有不同的演出阵容，这值得探讨"。相关乐谱参见弗朗西斯·霍普金森《美国独立，或称密涅瓦的神庙》（*America Independent, or, The Temple of Minerva*. Washington, DC: C. T. Wagner Music Publishers, 1977）。

[18] 出版于费城的《自由人日报》（*The Freeman's Journal*）1781年12月19日刊描述了《美国独立》的这次首演。

[19] 出自 Gerald Bordman《美国音乐剧舞台——编年史》（*American Musical Theatre: A Chronicle*. New York: Oxford University Press, 1978）第6页引文。

[20] 参见 Gerald Bordman《美国音乐剧舞台——编年史》第78—79页。

[21] 康佛斯还写过一部基于童话故事的歌剧《欲望的笛子》（*The Pipe of Desire*），该作是第一部在大都会歌剧院上演的美国歌剧（1910）。

[22] 当阿伦·科普兰（Aaron Copland）、维吉尔·汤姆森，以及后来的内德·罗瑞姆和许多其他美国作曲家于20世纪20年代开始前往法国而非德国继续自己的音乐教育之时，这些早期的美国作曲家就变得过时了。去巴黎跟随娜迪亚·布朗热（Nadia Boulanger）——斯特拉文斯基的一位坚定的追随者——学习成为了音乐界的时尚。这些富于独创精神的法国崇拜者们决心要创造美国音乐的新风格，他们把佩因、查德威克和康佛斯这样的作曲家看作学究以及勃拉姆斯等德奥浪漫派作曲家的肤浅模仿者。对这些美国先驱作曲家们不公正的贬低还有另一个原因（直至今日仍然如此），也就是新兴的先锋派作曲家们的普遍敌意，他们推崇无调性与革新，而看轻传统的、调

性的、富于旋律性的音乐创作。

[23]　摘自大卫·汉密尔顿（David Hamilton）为该作唱片所撰写的介绍（唱片号：New World Records 80566-2）。

[24]　参见 Hitchcock《合众国的音乐》（*Music in the United States*. pp. 17-18。参见 W. Thomas Marrocco 与 Harold Gleason 编《美国音乐——从清教徒登陆到内战结束之间的选集，1620—1865年》（*Music in America: An Anthology from the Landing of the Pilgrims to the Close of the Civil War, 1620-1865*. New York: Norton, 1964），其中的第113—115号是美国国歌的三个版本（还有许多不同的其他变体）。（译者按：本章尾注 [21]—[24] 内容，原文次序有误）

[25]　参见哈里·帕奇《苦涩的音乐——笔记、文章、导言与剧本集》（*Bitter Music, Collected Journals, Essays, Introductions, and Librettos*. Urbana: University of Illinois Press, 1991）前言，第 ix 页，Thomas McGearry 编辑并撰写了导言。

[26]　关于帕奇有一部重要的半小时长的纪录片，标题为《仍是梦者》（*The Dreamer that Remains*）。

[27]　参见 Craig Zadan《桑德海姆与同事们》（*Sonderheim & Co.*, 2 d ed. New York: Harper & Row, 1986, pp. 65-68 and 162-164），其中包括《蛙》耶鲁制作版的一些极为珍贵的照片。

[28]　出自 Isadora Duncan《邓肯自传》（*My Life*. New York: Boni & Liveright, 1927, p. 10）。

[29]　同上书，第31—32页。

[30]　《导演》（*The Director*）1898年3月刊中的评论，引自 Fredrika Blair《伊莎多拉——作为一位女人的艺术家的肖像》（*Isadora: Portrait of the Artist as a Woman*. New York: McGraw-Hill, 1986, p. 27）。

[31]　出自 Isadora Duncan《邓肯自传》，第54—55页。

[32]　引自 Fredrika Blair《伊莎多拉——作为一位女人的艺术家的肖像》第36页。

[33]　引自 Walter Terry《伊莎多拉·邓肯——她的一生、她的艺术、她的遗产》（*Isadora Duncan: Her Life, Her Art, Her Legacy*. New York: Dodd, Mead, 1963, pp. 36 and 100）。一大批邓肯的模仿者都既不能理解，也无法运用她的"古希腊理想"这个概念。该书作者讨论了邓肯的追随者（比如肖恩、葛兰姆、巴兰钦等），而他们也像邓肯一样，在古希腊文化中找到了一条路径，而非终点。作者还描述了古代希腊为他们所有人所带去的强有力的且不可磨灭的灵感与启发（第104页）："她以自己的方式受到了希腊人自己的赞扬，他们认为她是真正重新发现了'希腊的伟大岁月'中的秘密。她的发现虽然只获得了剧场、出版界与观众中极少数人的真正理解，但却传给了她的后来人，他们在舞蹈艺术的全新复兴中运用了，并且仍在运用古希腊理想所带来的推动力。"

[34]　参见 Fredrika Blair《伊莎多拉——作为一位女人的艺术家的肖像》，作者在最后一章中（第400—497页）给出了优秀的总结。

[35]　以下影片是一些重塑邓肯的一生与编舞艺术的最重要的作品：《长盛不衰的本质——格姆泽·德·拉佩回忆并重塑伊莎多拉·邓肯的技术与编舞》（*The Enduring Essence: The Technique and Choreography of Isadora Duncan, Remembered and Reconstructed by Gemze de Lappe*）——拉佩女士在史密斯学院（Smith College）的一项课程中描述了自己早年接受的邓肯式的训练，还展示了六个舞蹈作品（其中包括《美惠三女神与卡桑德拉》）；《伊莎多拉·邓肯——发自灵魂的舞动》（*Isadora Duncan: Movement from the Soul*）——这部纪录片由朱莉·哈里斯（Julie Harris）旁白，其中包括了奥克兰芭蕾舞团（Oakland Ballet）演绎的《复仇女神之舞》、《有福的灵魂

之舞》（*Dance of the Blessed Spirits*）与《那喀索斯》；《有什么新鲜的》（*What is New*，系列纪录片《舞蹈的魔力》[*Magic of the Dance*] 中的一集）——这部纪录片由玛戈·芳婷（Margot Fonteyn）旁白，其中有邓肯在一个花园中跳舞的短片。还有两部传记性影片：《伊莎多拉·邓肯——世界上最重要的舞者》（*Isadora Duncan: The Biggest Dancer in the World*，1966），基特·帕克影业（Kit Parker Films）——一部很有独创性的传记片，由不因循守旧的导演肯·罗素（Ken Russel）指导、薇薇安·皮克尔斯（Vivian Pickles）扮演伊莎多拉；还有《伊莎多拉》（*Isadora*，1968），导演是卡雷尔·瑞兹（Karel Reisz），主演则是瓦妮莎·雷德格瑞夫（Vanessa Redgrave）。另参见 Louise Spain 编《镜头中的舞蹈——舞蹈影片与影像介绍》（*Dance on Camera: A Guide to Dance Films and Videos*. Latham, MD: Scarecrow Press，1998）。

[36]　出自 Ted Shawn、Gray Poole 整理《一千零一夜情》（*One Thousand and One Night Stands*. New York: Doubleday, 1960, pp. 10−11）。

[37]　同上书，第15页。

[38]　同上书，第66页。关于这部由肖恩与圣·丹尼斯编舞的舞蹈影片的资料，参见《印度、希腊与埃及的舞蹈盛会》（*Dance Pageant of India, Greece and Egypt*），或称《埃及、希腊与印度的今生与后世》（*Life and Afterlife in Egypt, Greece and India*），1916。音乐选自梅洛维茨（Meyrowitz）、德·拉朔（De Lachau）、内文与哈尔沃森（Halverson）的作品。关于古希腊舞蹈的部分被分成以下几段："可塑的"（Plastic）、"双耳罐上的形象"（Figures from an Amphora）、"与乐器相合的舞者"（Dancers with Musical Instruments）、"来自希腊陶瓶"（From a Grecian Vase），以及"古希腊青年"（Greek Youth）。

[39]　出自 Ted Shawn《美国舞蹈的三十三年（1927—1958）与美国芭蕾舞》（*Thirty-three Years of American Dance (1927−1959) And The American Ballet*. Pittsfield, MA: Eagle Printing and Binding, 1959, pp. 4−6）。在1915—1931年之间，"丹尼肖恩"在美国乃至全世界进行巡演。之后，在1933年，肖恩与他的男性舞蹈团在美国、加拿大、古巴和英国的750多个城市中进行了7年多、超过1259场的巡回演出。他们的演出剧目中有许多都与古希腊罗马的主题有关。

[40]　引自 Ted Shawn《山上有多美——雅各之枕的历史第3版》（*How Beautiful upon the Mountain: A History of Jacob's Pillow*, 3 d ed. n. p., 1947）。

[41]　参见 Christina L. Schlundt《露丝·圣·丹尼斯与泰德·肖恩的专业演出——1906—1932年舞蹈作品年谱与索引》（*The Professional Appearances of Ruth St. Denis and Ted Shawn: A Chronology and Index of Dances 1906−1932*. New York: New York Public Library, 1962）。以下影片能够让我们对肖恩与圣·丹尼斯的事业与编舞艺术有更深入的了解：《"丹尼肖恩"——现代舞的诞生》（*Denishawn: The Birth of Modern Dance*）与《跳过舞的男人》（*The Man Who Danced*），片中，肖恩创建于1933年的纯男性舞团的成员重新相聚，讲述了雅各之枕的发展与演出的历史。其他相关的影片参见 Louise Spain 编《镜头中的舞蹈——舞蹈影片与影像介绍》。

[42]　引自 Walter Terry《伊莎多拉·邓肯——她的一生、她的艺术、她的遗产》第101—102页。该作可以在"丹尼肖恩"的相关影片中看到。

[43]　同上书，第102页。

[44]　同上。其中关于《啊，自由》做了如下评论：“他最伟大的群舞作品……以现代舞的形式重新表现了打谷场的仪式，以及它所见证的爱、生活、死亡与来世。”

[45]　参见 Martha Graham《血的记忆》（*Blood Memory*. New York: Doubleday, 1991, p.236）。

[46]　同上书，第27、234页。

[47]　同上书，第120页。

[48]　同上书，第75页。

[49]　同上书，第263页。

[50]　同上书，第4页。

[51]　同上书，第211页。

[52]　引自 Barbara Morgan《玛莎·葛兰姆——照片中的十六部舞作》（*Martha Graham: Sixteen Dances in Photographs*. Dobbs Ferry. New York: Morgan & Morgan, 1980, p.160）。另一部作品，有三位男舞者表演，也受古代世界影响：*Bas Relief*（1926, music by Cyril Scott）。

[53]　引文出自 Don McDonagh《玛莎·葛兰姆》（*Martha Graham*. New York: Praeger, 1975 [1973], pp.80–81 and 85）。

[54]　语出乔治·拜斯万格（George Beiswanger），引自《玛萨·葛兰姆》第146页。

[55]　我们能够在录像与 DVD 上找到以下这些玛莎·葛兰姆的舞作：《夜之旅》（*Night Journey*）、《步入迷宫》（*Errand into the Maze*）、《心之洞穴》（*Cave of the Heart*）。《玛莎·葛兰姆——演出中的土生土长美国人》（*Martha Graham: An American Original in Performance*）这部影片包括了《夜之旅》与《一个舞者的世界》（*A Dancer's World*），葛兰姆在片中讲到了自己在排练《夜之旅》中为扮演伊俄卡斯忒而做准备时所遵循的哲学。此外，《玛莎·葛兰姆——舞者揭秘》（*Martha Graham: the Dancer Revealed*）一片包含了舞蹈界一些主要人物的采访以及葛兰姆作品的片段。《舞蹈杂志》（*Dance Magazine*）发表的一个葛兰姆专刊（1991年7月刊）格外有帮助：维吉尼亚·布鲁克斯（Virginia Brooks）的文章（第62—63页）讨论了葛兰姆作品的影片以及在哪里能够找到。关于这些影片以及其他相关影片，参见 Louise Spain 编《镜头中的舞蹈——舞蹈影片与影像介绍》。

[56]　参见 Martha Graham《血的记忆》第212—217页。

[57]　引自 Richard Buckle《乔治·巴兰钦——芭蕾舞大师》（*George Balanchine: Ballet Master*. New York: Random House, 1988, p.45）。

[58]　可以在 DVD 上看到雅克·丹布瓦斯（Jacques D' Amboise）表演的《阿波罗》全剧。可以在以下影片中看到该剧的选段：《巴兰钦图书馆——巴兰钦庆典第一部分》（*The Balanchine Library: The Balanchine Celebration, Part 1*）；还有《与爱德华·维莱拉一起赏芭蕾》（*Ballet with Edward Villella*），演出的是纽约市芭蕾舞团，地点在冠冕剧院（Coronet Theater）；《争》的选段可在《彼得·马丁斯——一位舞者》（*Peter Martins: A Dancer*）一片中看到。《斯特拉文斯基》（*Stravinsky*）一片对作曲家与编舞家之间的合作进行了一些强调。关于这些影片以及其他相关的影片，参见 Louise Spain 编《镜头中的舞蹈——舞蹈影片与影像介绍》。

[59]　Stephen Rebello、Jane Healey 的《海格力斯的艺术——创作中的混乱》（New York: Hyperion, 1987）。

[60]　纽约希腊剧团还有一部《萨福之歌》（*The Songs of Sappho*），使用了古希腊文选段。

[61]　可参见 Peter W. Rose《教授古典神话与面对当代神话》（"Teaching Classical Myth and Confronting Contemporary Myths"），载于 Martin M. Winkler 编《电影中的古典神话与文化》（*Classical Myth and Culture in the Cinema*. New York: Oxford University Press, 2001, pp. 291–318），其中有着很有道理的评述。

[62]　可参见 Erling B. Holtsmark《泰山与传统——流行文学中的古典神话》（*Tarzan and Tradition: Classical Myth in Popular Literature*. Westport, CT: Greenwood Press, 1981）。

英语中源自神话的词语列表

　　我们当中很多人都会使用与神话有关的语言，哪怕对此并无意识。神话涵盖了一种传统，也涵盖了一整套形象、主题、母题和原型。它们可以为我们的言语带来一种超出其直接语境范围的共鸣。当哈姆雷特说他被谋害的父亲与他的叔父相比如同许珀里翁之于一个萨提尔时，他便是使用了一种强有力的简洁表达。较之简单地称颂其中一人而贬损另一人，这两种人物所传出的不同形象更能表达他的内心状态。我们经常在自己的日常语言中使用神话典故，却幸运地无须了解许多常见表达都能在希腊和罗马的神话传统中找到根源的事实：我们完全可以使用"混沌"这个词，而不必知道它最初的来历。在以下的列表中，我们简短地对一些进入我们语言的常见语汇在神话中的本义做了解释。

　　如阿喀琉斯一般（Achillean）/ 阿喀琉斯之踵（Achilles' heel）/ 阿喀琉斯肌腱（Achilles tendon）：阿喀琉斯是凡人珀琉斯与宁芙忒提斯的儿子。他是一名武勇超凡的战士，也是荷马的史诗《伊利亚特》中的主人公，在希腊人对特洛伊的战争中起到关键作用。如果用"如阿喀琉斯一般"来描述一个人，便是赞扬他无人能敌，刀枪不入，或是近乎如此。阿喀琉斯本人也有一处弱点。他的母亲为了让他不朽，将婴儿时的他浸入有魔力的斯堤克斯河水，然而却是徒劳无功：她为了将阿喀琉斯浸入水流，握住了他的脚踵，因此在他身上留下了一处易伤的部位。帕里斯利用了这个弱点，在阿波罗的帮助下向阿喀琉斯的脚踵射出了致命一箭。"阿喀琉斯之踵"便是指某人身上的弱点或易受攻击之处。在解剖学中，"阿喀琉斯肌腱"连接着跟骨与小腿肌肉。

　　阿多尼斯（Adonis）：阿多尼斯是一名俊美的少年，其美貌让阿佛洛狄忒本人也无法抵抗。身为一名技艺高超的猎人，他无视了女神让他避让一头凶猛野猪的警告，因此在冲过来的野猪的獠牙之下受了致命伤。悲痛的阿佛洛狄忒在鲜血浸透的土地上洒下甘露，地上因此绽放出了银莲花。称某个男子为"阿多尼斯"，意在指出他的俊美。

　　埃吉斯（aegis）：埃吉斯是宙斯的盾牌（原本是一块羊皮），在被他摇动时会发出雷霆之声。雅典娜同样佩戴埃吉斯。她的埃吉斯通常以流苏装饰，上面嵌有美杜莎的头颅，并仍保持其将敌人化为石头的能力。这面神盾能够提供安全和保障。因此，栖身于某人或某组织的"埃吉斯"之下便意味着得到保护、襄助和护佑。

埃俄利亚的竖琴或里拉琴（Aeolian harp or lyre）：埃俄洛斯被宙斯委任为风神。他在埃俄利亚岛上的一个洞中守护着自己的子民。所谓"埃俄利亚的竖琴"，指的是一种盒状乐器，盒上扎着琴弦。当有风吹过时，琴弦便会振动发声。

阿玛宗人（Amazon）：阿玛宗人是北方的一个女战士部落。她们在战场上会发出可怕的号叫，并且与男子相比毫不逊色。她们被视为痛恨男子的女性，因为她们从异族中选择丈夫，并杀死自己生下的儿子，只把女儿抚养成为阿玛宗人。根据较晚形成的传统记述中的说法，她们会切掉自己的右乳，以提高箭技。在今天，阿玛宗人可能被用来称呼精力充沛又强势的女性，并且这个称呼可能还蕴含着体型高大的含义。通常而言，这是一个贬义词。所谓"阿玛宗蚂蚁"指的是一种红蚂蚁。它们会捕捉其他蚂蚁种族的幼虫，将之变成自己的奴隶。

仙馔、仙膏（ambrosia）/ 仙馔般的（ambrosial）：奥林波斯山上的希腊众神与凡人一样需要饮食。不过，由于神祇与凡人不同，所以他们所需的饮食也不同。仙馔采集自浮岩[①]以西之地，可以作为神的食物，也可以作为药膏、香水乃至马匹的饲料。这个词常与甘露（nectar）一同出现——后者是奥林波斯众神的饮料。两个词的词源都蕴含着能使人长生不死的意义。今天我们可以用"仙馔"这个词来指一种用水果和生奶油制成的甜点。或者，也可以用来指任何精致的珍馐美味——尤其是在与甘露一词同时使用之时。通常而言，"仙馔"已经被人们用来指代任何适用于或来自神的东西，或任何美味或馨香的东西。参见"甘露（nectar）"条。

春药（aphrodisiac）：根据赫西俄德的说法，阿佛洛狄忒（Aphrodite）诞生于乌拉诺斯被切断的生殖器溅起的泡沫中。对一位司掌情欲的神祇来说，这种起源故事正适合她。"春药"这个名词便来自阿佛洛狄忒的名字，表示任何拥有激发情欲效果的东西。

阿波罗式的（apollonian）：阿波罗的职责范围包括艺术、语言和医疗。他位于德尔斐的主神坛的格言是"认识你自己"。这句话是人类认识世界的起点，也是第一目标。阿波罗是理性、和谐与均衡之神，拥有"福玻斯"（Phoebus）的称号——这个词意味着"光明"或"闪耀"。因此他被等同于太阳，并在更宽泛的意义上被等同于宇宙的秩序。形容词"阿波罗式的"便被用来描述有理性色彩、带有秩序与和谐特征的事物。它的对立面——"狄俄尼索斯式的"（dionysian）——描述的则是不受控制的本性，以及疯狂的和非理性的事物。"阿波罗式的"和"狄俄尼索斯式的"成为对立的两极，被希腊人视为人类心理中的两面。参见"酒神的（bacchanal）"条。

不和之种（Apple of Discord）：除了一位之外，全体男女神祇都受邀参加珀琉斯与忒提斯的婚礼。这位未受邀请的神祇便是厄里斯（Eris，意思是"冲突"）。为了报复这样的轻侮，这位不和女神将一个刻有"献给最美者"字样的金苹果抛入婚礼大厅。三位女神——赫拉、雅典娜和阿佛洛狄忒——立刻都声称这个苹果属于自己。宙斯拒绝做出裁判，并将苹果交给特洛伊国王普里阿摩斯的儿子帕里斯，让他来解决这一争端。帕里斯将苹果判给了阿佛洛狄忒，因为阿佛洛狄忒允诺让他得到世界上最美的女人——斯巴达国王墨涅拉俄斯的妻子海伦。他的这个决定后来被称为"帕里斯的裁判"。帕里斯拐走了海伦，这导致了矢志向诱拐者复仇的希腊军队对特洛伊的十年围困以及特洛伊的毁灭。因此，"不和之种"便被用于描述某种导致纷争和混乱的行为或局势。它造成的麻烦大于其自身的价值。

---

① 参见本书第20章。

蛛形纲动物（arachnid）： 阿拉克涅（Arachne）是一个拥有出色编织技巧的平民女子。她的巨大声名让雅典娜也感到受辱和妒忌，因此这位女神向阿拉克涅提出了挑战，要和她比赛织锦。雅典娜织出了种种主题，其中包括那些胆敢与神祇竞争的凡人所遭遇的命运。阿拉克涅所织的主题则是天神们那些并不光彩的风流韵事。雅典娜被激怒了，将自己的梭子掷向阿拉克涅。阿拉克涅自缢而死。感到懊悔的雅典娜将她变成了一只蜘蛛，好让她与她的同类能够永远从事编织。"蛛形纲动物"指的便是节肢动物中的蛛形纲这一类，其中包括了蜘蛛。

世外桃源（Arcadia）/ 田园牧歌式的（arcadian）： 阿耳卡狄亚（Arcadia）是伯罗奔尼撒半岛中部的多山地区，往往被人们以牧歌式的语言描述为理想化的纯朴田园。此地受到赫尔墨斯的特别珍视，是卡利斯托（阿耳忒弥斯的宠儿）的故乡，也是潘神时常流连的地方。在田园诗人们眼中，阿耳卡狄亚的生活单纯，有着悠闲地照看羊群、热衷于浪漫情事的牧羊人。因此，Arcadia 便成为想象中的古老乐土——那里的人类满足于自己的生活，与自然和谐相处。Arcadian 一词则被用来形容任何以简单纯朴的田园生活（这样的生活属于已经失落的黄金时代）为特征的时代或地方。

阿耳戈斯（Argus）/ 警醒的（argus-eyed）： 宙斯的风流韵事中有一桩与少女伊俄有关。为了防止赫拉发现他的偷情，宙斯将伊俄变成了一头母牛。然而已经嗅到丈夫出轨气息的赫拉并不容易被摆脱。她迫使宙斯将母牛作为礼物送给她并向她申明自己的忠诚。随后赫拉派有着 100 只眼睛的巨人阿耳戈斯（Argus）来严密监视那可怜的少女。在英语中，我们可以将永不松懈、保持警醒的人称为 argus，或用 argus-eyed 一词来描述之。

地 图（atlas）/ 大 西 洋（Atlantic）/ 男 像 柱（atlantes）/

亚特兰蒂斯（Atlantis）： 阿特拉斯（Atlas）是一位泰坦。在奥林波斯众神与前代泰坦们的战争中，他站在了反对宙斯那一边。失败的泰坦们被打入塔耳塔罗斯，然而阿特拉斯却被罚用自己的双肩来承担整个天穹的重量，以让大地和天空保持分离。天穹有时会被描述为一个球面，然而有一种错误的看法认为阿特拉斯所负担的其实是大地，因此他的名字被用来指代包含多幅地图的书册。直到佛兰德制图师杰拉杜斯·麦卡托（Gerhardus Mercator, 1512—1594）在其作品《地图集》（*Atlas*）的封面上使用了阿特拉斯负起大地的画面，这种联系才被固定下来。atlas 一词的复数 atlantes 成为一个建筑学名词，指的是雕刻成男性形象的支撑柱，对应的是女性形象的支撑柱 caryatids。阿特拉斯受罚的地方在世界极西边缘，因此直布罗陀海峡以西的大洋就被称为 Atlantic，而北非的一条山脉也被称为阿特拉斯山脉（Atlas Mountains）。根据柏拉图的说法，传说中的岛屿亚特兰蒂斯（Atlantis）便位于世界西方的大洋中。

奥革阿斯的牛圈（Augean stables）/ 极肮脏的（Augean）： 赫拉克勒斯为国王欧律斯透斯所完成的功业之一是清洗厄利斯国王奥革阿斯的牛圈。奥革阿斯的畜栏多年没有清洗，污秽不堪，臭气熏人。赫拉克勒斯接受了这项任务，并成功地让两条河水改道，达成了目标。Augean Stables 从此成为表示肮脏的谚语。Augean 一词则被用来形容各种肮脏污秽的东西。

南极光（aurora australis）/ 北极光（aurora borealis）： 奥罗拉（Aurora）是罗马神话中的黎明女神（对应希腊神话中的厄俄斯）。她与泰坦阿斯特赖俄斯（Astraeus）的儿子们代表着不同方向的风：波瑞阿斯为北风，诺托斯为南风，欧罗斯为东风，仄费洛斯为西风。太阳射线中的粒子冲击地球高层大气，会在夜空中造成壮丽光带，在极地尤为常见。在北半球，人们将北方出现的极光称为

aurora borealis。南半球的极光则被称为 aurora australis，得名于南风的罗马名字奥斯忒耳（Auster）。

酒神式的（bacchanal）/ **酒神节**（bacchanalia）/ **狂欢的**（bacchanalian）/ **狂欢者**（bacchant）/ **女狂欢者**（bacchante）/ **醉酒的**（bacchic）：狄俄尼索斯（即罗马神话中的巴克斯 [Bacchus]）是代表酒、疯狂的乐舞和非理性的神祇，也司掌各种狂欢乃至纵欲的仪式。这些仪式涉及神秘的传授，将被酒神附身的参与者带入另一个知觉层面。酒神通常被表现为受到一群女性崇拜者的簇拥。这些崇拜者被称为 maenads、bacchae 或 bacchantes（阴性单数形式为 bacchante，而男性追随者则被称为 bacchant，复数为 bacchants）。他的扈从中还有男性的萨提尔。这些萨提尔行止不端，好色淫荡，是一种半人半兽的生物。在种种包含撕碎祭牲并生吃其肉内容的仪式中，酒成为一种带人进入不可言说之境的强大导引。罗马人举行的各种酒神式的仪式逐渐被称为酒神节（Bacchanalia）。酒神信徒们在这个节日上的行为有时会变得过于极端，以致罗马元老院在公元前186年宣布这些行为为非法。英语中的 bacchanal 和 bacchanalia 这样的词汇便是来自酒神节，用于描述那些放荡的聚会或庆典。bacchanal、bacchant、bacchante 和 bacchae 可以被用来描述某个过于放纵的聚会参加者。形容词 bacchanalian 和 bacchic 则被用于描述各种喧闹的、醉酒的狂欢行为。参见"狄俄尼索斯式的（dionysian）"条和"阿波罗式的（apollonian）"条。

当心带来礼物的希腊人（Beware of Greeks bearing gifts）/ **希腊人就算带着礼物前来，也让我害怕**（I fear Greeks even when they bear gifts）：希腊人的一条诡计导致了特洛伊的最终陷落。他们造出一匹巨大而中空的木马，让他们最好的战士藏身其中。随后希腊军队启航离开，前往附近的忒涅多斯岛等待，却将木马留在原地。特洛伊人被狡诈的西农说服，不顾波塞冬的祭司拉奥孔

的警告，将木马拖进城中。根据维吉尔的说法，在恳求他的同胞们不要将这暗藏凶险的木马带进特洛伊时，拉奥孔这样呼喊："希腊人就算带着礼物前来，也让我害怕。"（Timeo Danaos et dona ferentis）两条大蛇从海中游出，勒死了拉奥孔和他的两个儿子。特洛伊人因此相信他们应该留下木马，这最终让他们走向了毁灭。拉奥孔的话从此成为一种警告，让人们小心诡计，在哪怕是最诱人的慷慨行为中寻找潜藏的动机。

北方的（boreal）：这个形容词来自北风之神波瑞阿斯（Boreas），用来描述北风所来自的地方。参见"极光（aurora）"条。

天哪（by Jupiter/by Jove）/ **威严的**（jovian）/ **快活的**（jovial）：罗马神话中的朱庇特（Jupiter）对应希腊神话中的主神和天父宙斯。他是天空之神，其名字来源于印欧语系的词根 dyaus/pitr，字面义为"神"或"父亲"。在拉丁语中，常用的誓词"以朱庇特之名"（by Jupiter）会被表达为 pro Jove（Jove 是朱庇特的名字的另一种形式）。在基督教传统中，这句惊叹语并无宗教含义，但英语作家们用它来表达惊讶或欢喜，以避免对上帝之名的不敬。因此，by Jupiter 或 by Jove 便被用来代替冒犯性的惊叹语 by God。如果我们用 jovian 一词描述某人，便是在某种程度上将那位最高神所特有的令人敬畏的威严归于对方。许多神话中的名字也在星相学中被赋予新的用途：人们认为大地上的凡人的生活受到天体的影响，因此便将神话中的种种称谓赋予各种天体。例如，朱庇特不仅是一位天神的名字，也是一颗行星的名字。根据星相学的说法，出生时受到木星影响的人拥有快乐的天性，因此 jovial 这个形容词便有了天性快活的含义。

惨胜（Cadmean victory）：卡德摩斯（Cadmus）在德尔斐被神谕告知他将建立一座伟大的城市。他最终找

到了建立未来的忒拜城的地点，于是准备向众神献祭以表示感恩。他很快就发现：为了完成合宜的祭礼，他需要从当地的一处泉眼取水，而这处泉水被一条大蛇看守着。卡德摩斯派出自己的部下去驱赶大蛇，带回献祭需要的泉水，然而他们全都失败了。卡德摩斯最终亲自担起了这项任务，杀死了大蛇。尽管他获得了最后的胜利，却失去了伙伴，也陷入了对建立王国的绝望。后来，Cademean victory 便被用来表示损失惨重的胜利。

医者之杖（caduceus）：在拉丁语中，信使之杖被称为 caduceum。这个词来自希腊语的 keryx（信使）和他使用的长杖 kerykeion。作为一位神圣的信使，赫尔墨斯总是被人们描绘为手持 caduceus。它被表现为一根系有白色丝带或盘着蛇的长杖。白色的丝带可能意味着这位神祇的职权不容侵犯，而交缠的蛇则可能源于近东地区将交媾的蛇视为丰饶象征的传统——因为赫尔墨斯也是一位丰饶之神。赫尔墨斯之杖逐渐被人们与阿波罗之子、神话中著名的医者阿斯克勒庇俄斯所用的长杖混淆起来：蛇也出现在一些关于阿斯克勒庇俄斯的故事中，并且这种爬虫由于能够蜕皮而被视为能够"重生"，从而与治愈之力产生了联系。

汽笛风琴（calliope）：卡利俄佩（Calliope）是九位缪斯之一。一种乐器因她而得名。这种乐器利用蒸汽吹响调好音调的哨笛，演奏方式类似风琴。加利福尼亚的一种蜂鸟也被称为 calliope。参见"缪斯（muse）"条。

不为人所信的预言者（Cassandra）：特洛伊人卡桑德拉（Cassandra）是普里阿摩斯与赫卡柏的女儿，受到天神阿波罗的热烈追求。她起初答应了阿波罗的求爱，因此被赋予预言的能力。然而，她后来改变了心意，也因此受到阿波罗的惩罚：她仍然可以预言，但是人们永远不会相信她。卡桑德拉预言的内容总是灾难。她预见

了阿伽门农将死于克吕泰涅斯特拉之手，也预见了特洛伊将毁于木马计。如今我们用 Cassandra 这个词来指那些无法用真相说服他人，却仍为未来之事发出严重警告的人。

卡吕普索（Calypso）/ 卡吕普索音乐（calypso music）：卡吕普索（Calypso，意为"掩盖者"）是忒提斯与阿特拉斯、涅柔斯或俄刻阿诺斯的女儿。她将奥德修斯扣押在她所居住的俄古葵亚岛上长达七年，并许诺让他永生。奥德修斯眷恋她的枕席，却仍旧每天流泪，并热切地隔海遥望他的故乡伊塔卡。最后宙斯派出赫尔墨斯来通知卡吕普索：她必须放走奥德修斯。起源于西印度群岛的卡吕普索音乐得名于这位仙女，以地方的[①] 或欢快的主题为特色。

娈童（catamite）：宙斯迷上了特洛伊少年伽倪墨得斯（Ganymede），于是他变化成一只鹰，将伽倪墨得斯带到奥林波斯山上，让他成为众神的斟酒人。伽倪墨得斯的名字在拉丁语中被变成了卡塔米图斯（Catamitus）。一些人将他与宙斯（或朱庇特）的关系解读为一种公开的同性恋关系，以此为古代世界中的娈童习俗提供神圣的凭据。今天，catamite 一词仍被用来指代被当作娈童的少年。

刻耳柏洛斯（Cerberus）：冥界的猎犬刻耳柏洛斯（Cerberus）看守着哈得斯的大门，阻止那些未获允许的人进入。它通常被描述为拥有三个头和一条龙尾的形象。埃涅阿斯在西比尔的引导下来到冥界时，他用一块下了药的饼让这头猛兽睡着，以保证他们能安全通过。"扔块饼给刻耳柏洛斯"（thrown a sop to Cerberus）的意思是付出贿赂以避免不愉快的情况。

---

① 原文为 topical，不确定是否 tropical（热带风情的）之误。

麦片（cereal）：刻瑞斯（Ceres，得墨忒耳的罗马版本）是司掌谷物和土地丰饶的女神。英语词汇 cereal 来自拉丁语中的形容词 Cerealis（与刻瑞斯和谷物有关的），而后者就源于刻瑞斯的名字。

混沌（chaos）/ 混沌的（chaotic）：无论我们将卡俄斯（Chaos）理解为宇宙秩序诞生于其中的一片虚空或是一种原始的、无形的、未分化的和沸腾的物质，它都是创造的开端。与这一没有具体形态的开端相比，那个被我们称为宇宙（cosmos，字面意思是"和谐"或"秩序"）的世界是较晚的造物。天空、群星、大地、种种生物，以及种种规定和控制着创造现象的规律和循环，似乎都显示出心智在自然世界中辨别出的平衡、秩序和因由。对我们而言，chaos 这个词及其形容词形式 chaotic 指的无非是一种混沌不明的状态。参见"宇宙（cosmos）"条。

喀迈拉（Chimera）/ 荒诞的（chimerical 或 chimeric）：喀迈拉（Chimera）是一头野蛮的杂交怪物，长着狮头、羊身和蛇尾，并能喷出火焰。科林斯英雄柏勒洛丰在一次历险中将它杀死。今天，chimera 这个词被用来表示某种奇特的幻想、空想出来的虚幻之物或某种组合起来的生物——通常是植物。chimerical 和 chimeric 均被用来描述某种非真实的、想象中的或奇特的事物。这两个形容词也可以用来指称陷入幻想的人。

丰饶角（cornucopia）：拉丁语词汇 cornucopia 的意思是"丰饶的号角"。它可以为持有者带来无尽的财富。有两个故事与它有关。襁褓中的宙斯藏身于克里特岛时，哺育他的是一头名叫阿玛尔忒亚的母羊，而丰饶女神也叫这个名字。母羊阿玛尔忒亚的一只角脱落下来，成为第一只丰饶角。此外，丰饶角也与赫拉克勒斯有关。为了让得伊阿尼拉成为自己的新娘，赫拉克勒斯必须击败长角的河神阿克洛俄斯。在搏斗中，赫拉克勒斯折下了

河神的一只角，又在获胜之后将它归还。作为回报，河神将阿玛尔忒亚之角送给了赫拉克勒斯。不过，在奥维德的记述中，阿克洛俄斯的角成了第二只丰饶角。今天，cornucopia 被视为自然丰饶的象征，而这个词也被用来表示物产富饶。

宇宙（cosmos）/ 宇宙的（cosmic）/ 宇宙学（cosmology）/ 化妆品（cosmetic）/ 化妆师（cosmetician）：cosmos 一词指宇宙及一切和谐有序的事物。cosmology 的研究对象是宇宙的起源与结构。形容词 cosmic 可以被用来描述地球之外的宇宙，也可以更宽泛地描述意义极为重大的事物。与 cosmos 一词相近的还有许多源于希腊语形容词 cosmeticos 的英语词汇。cosmos 不光可以表示秩序与和谐，也可以表示安排与装饰。因此，cosmetic 便被用来指某种为人体装饰增色的事物，而 cosmetician 则表示与化妆品有关的人。参见"混沌（chaos）"条。

贪婪（cupidity）：罗马神话中的库比多（Cupido）——丘比特（Cupid）——来源于拉丁语词汇 cupidus（意为"渴望的"或"贪婪的"）。他对应着希腊神话中的爱神厄洛斯。在早期的艺术呈现中，厄洛斯被表现为一位英俊的年轻男子，但他的形象却变得越来越年轻，逐渐发展出我们熟悉的那些特征——弓箭（他用它们在神祇和凡人心中激起情感）和双翼。最后，他进化成为意大利语中的普托或文艺复兴艺术中常见的装饰性的小天使。从同一个拉丁语词根中还演化出了 cupiditas 一词，用以指称任何强烈的情感或欲望。英语中的 cupidity（"贪财"或"贪婪"）一词即来自 cupiditas。参见"情欲的（erotic）"条。

巨大的（cyclopean）：被称为库克罗普斯（Cyclopes）的巨人分为不同的两种。他们的名字的意思是"圆眼的"，这也暗示了他们最主要的识别特征——额头中央

的一只圆眼睛。第一种是乌拉诺斯和盖亚的后代，也是在赫淮斯托斯的锻房中与他一起为宙斯制造雷电和其他杰作的铁匠。第二种库克罗普斯是一个巨人部落，其中最重要的一个是奥德修斯所遇见的波塞冬之子波吕斐摩斯。cycloean 一词被用来描述一切与库克罗普斯们有关或与他们一样拥有巨大体型和力量的东西。这便是库克罗普斯们被认为是迈锡尼时期那些宫殿—城堡外围的巨大石墙的建造者的原因。由此，cyclopean 一词也常被用来描述一种原始的建筑风格：这种风格多用巨大的不规则石材；石块之间不用灰泥，全凭其重量而结合。

焦点、指针（cynosure）：天文学家阿拉托斯将小熊星座（Ursa Minor）称为"狗尾星座"（Kunos-oura），并认为养育了婴儿宙斯的一位仙女也位列其中。航海者们长久以来都依赖这颗恒星指引方向。cynosure 一词便由此而来。它被用于指代任何吸引注意力或指引方向的事物。

恶魔（demon）/ **恶魔的**（demoniac/demonic）/ **魔鬼研究**（demonology）：希腊语中 daimon 一词的意思并不固定。在荷马史诗中，奥林波斯众神有时被称为"神"（theoi），有时被称为"神圣之力"（daimones）。在更晚的文学作品中，daimones 变成了神与人之间的一种存在，而死者的亡魂也常被称为 daimones——在罗马人中尤其如此。daimon 也可以被用来指每个凡人在出生时就拥有的专属守护精灵，并在这个意义上与罗马神话中的"格尼乌斯"（Genius）发生联系。后者是隐藏在每个人背后的生命之力，最初与男性的生育能力有关，尤其与家族中的男性家长有关。后来它演变为指引和塑造每个人的生活的守护精灵。基督教取得胜利之后，所有异教神祇都成了怀疑对象。daimon 被认为是一种纯粹来自魔鬼的力量，由此变成了我们所说的"恶魔"（demon，任何邪恶的或与撒旦有关的精灵）。形容词 demonic 和 demoniac 描述的是被邪恶精灵附体的状态，也可以简单

地用来表示"如恶魔一般"。demoniac 作为名词指的则是被恶魔附体或看似被恶魔附体的人。demonology 是以邪恶精灵为研究对象的学问。至于 genius，这个词后来却被用来指天生的超群智力或创造能力，也指拥有这样能力的人。我们还从法语中吸收了 genie 一词。它被当作 Jinni 的音译，用来指可以化为人或动物形象，并以超自然的方式影响人的生活的精灵（如《一千零一夜》中那些）。

狄俄尼索斯式的（dionysian）：狄俄尼索斯式的（dionysiac/dionysian）体验是以节制、对称和理性为特征的阿波罗式经验的对立面。参见"阿波罗式的（apollonian）"条和"酒神式的（bacchanal）"条。

回音（echo）：有两个主要神话对回音这种声学现象的来历做出了解释。根据其中之一，厄科（Echo）原本是一位拒绝了潘神求欢的仙女。她在逃跑中被一群牧羊人撕成了碎片，因为这些牧羊人被遭到拒绝的潘神吓坏，陷入疯狂。另一个版本则与凡人那喀索斯（Narcissus）有关。厄科受到赫拉的惩罚，只能重复自己所听到的最后一句话。在这种状态下，她遇见了对一切求爱都不感兴趣的英俊少年那喀索斯。他拒绝了厄科的热烈追求，而后者此时只能重复他的话语。因为被拒绝而深受伤害的厄科躲藏在林间和山洞中，为了爱情日渐憔悴，最后只有她的声音遗留下来。那喀索斯对自己的美貌太过骄傲，最终招致了被拒绝的爱人所发出的诅咒。他注定要深深迷恋于自己在池中的倒影，无法移开目光，甚至连进食饮水都不愿意。他因此日渐衰弱，终于死去。他死的地方长出了一种花朵，即水仙花（narcissus）。narcissism 便逐渐被用来表示对自己的过度迷恋。在精神分析领域中，自恋指的是婴儿时期的一种发育停滞，以对自身的情欲性迷恋为特征。深陷这种自恋表现之中的人被称为自恋狂（narcissist）。参见"恐慌（panic）"条及"自恋（narcissism）"条。

恋父情结（Electra complex）：女性性心理中与恋母情结（Oedipus complex）对应的是恋父情结，即一种迷恋父亲并敌视母亲的心理状态。这个名词同样来自神话。厄勒克特拉是阿伽门农与克吕泰涅斯特拉的女儿。她深陷于对自己所敬爱的父亲被害的悲痛之中，并因为对母亲——杀害父亲的凶手——的仇恨而受到折磨。参见"俄狄浦斯（Oedipus）"条。

乐土（Elysian Fields）/ 乐土的（elysian）/ 至福乐土（Elysium）：在维吉尔对冥界的构想中，哈得斯的国度里有一处地方专属于那些在世时勋业卓著且德行高尚的人。由于自己的功业和美德，他们在死后得以过上受到福佑的生活。这个地方便被称为 Elysian Fields 或 Elysium。居住于这片乐土的灵魂们过着更纯洁、更无忧无虑也更快乐的生活。形容词 elysian 则被用来描述幸福的状态。

热情（enthusiasm）：在崇拜仪式中，尤其是狄俄尼索斯式的崇拜仪式中，新信徒常被认为受到神明的附体，被带进了与神圣统一的狂喜状态。希腊人将陷入这种兴奋状态的人描述为 entheos（被神明充满），进而创造出动词 enthousiazein。因此，英语中的 enthusiasm 一词便被用来表示某种激昂的兴趣、情感和热情。参见"酒神的（bacchanal）"条。

情欲的（erotic）/ 色情作品（erotica）/ 色情狂（eratomania①）：对希腊人来说，厄洛斯（Eros）是生于卡俄斯的第一代神祇之一。另一种说法将他视为阿佛洛狄忒与阿瑞斯之子。英语中的 erotic 来自希腊语形容词 eroticos，用于描述任何以爱情或情欲为特征的人或事物。erotica 指的是以激起性欲为主要功能的一类文学作品。eratomania 则表示对性欲的过度渴望。参见"贪婪（cupidity）"条。

争论的、辩论术（eristic）：厄里斯（Eris）是"争斗"女神，也就是"不和"女神。"金苹果之争"所带来的一切争端都因她而起——在珀琉斯与忒提斯的婚宴上，她将苹果掷于宾客之间。eristic 这个词由她而来，在作为形容词时被用来描述与争论或争吵有关之事，作为名词时则指雄辩或辩论术。参见"不和之种（Apple of Discord）"条。

欧洲（Europe）：欧罗巴（Europa）是腓尼基的提尔国王阿革诺耳之女。宙斯化成一头公牛，引诱这位少女骑到他背上，然后便飞向大海，往希腊而去。到达克里特岛之后，宙斯便诱惑欧罗巴与他同寝。后者为他生下了一个儿子，名为米诺斯，并用自己的名字为这片异乡的大洲命名。Europe 一词可能起源于闪米特语族，意思是"落日之地"。

法乌努斯（Faunus）/ 羊人（faun）/ 动物（fauna）/ 植物（flora）：法乌努斯（Faunus）是罗马神话中的林地之神，其名字的意思是"眷顾者"。人们认为他为农夫和牧人带来好收成，常将他描绘为长着山羊的角、耳朵和尾巴（有时还包括羊腿）的神祇。他因此与希腊人的潘神和追随狄俄尼索斯的萨提尔产生了联系。羊人（faun）一词因此成为萨提尔的另一种称呼。法乌努斯的配偶是法乌纳（Fauna），是一位与他相似的女神。福罗拉（Flora）是另一位女神，但较为次要，司掌花卉、谷物和葡萄藤。我们在使用 flora 和 fauna 这两个词的时候，指的分别是花卉和动物的统称。

复仇女神（Furies）/ 愤怒的（furious）/ 狂暴的乐曲（furioso）：复仇女神厄里倪厄斯（Erinyes，即 Furies）是一群以复仇为目标的精灵。她们诞生于乌拉诺斯被切割的生殖器：当乌拉诺斯被阉割时，他的鲜血落在大地上，厄里倪厄斯便由此而生。她们追索那些理由不正当的杀

---

① 多作 erotomania。

人者，尤其是杀害亲族的人。据说她们会为死者所流的血复仇，追猎凶手，让罪人陷入疯狂。作为一种地生神祇，她们被人与冥界联系起来，并被委以惩罚罪人之责。复仇女神们往往被描述为长着翅膀和蛇发的女神。在英语中，fury 一词既可以表示狂暴的怒意，也可以指某个陷入这种情绪的人——尤其是女性。形容词 furious 和音乐术语 furioso 都来自拉丁语形容词 furiosus。后者指一种狂暴激烈的乐曲演奏风格。

盖亚假说（Gaia hypothesis）：盖亚（Gaia，亦作 Gaea 或 Ge）诞生于卡俄斯之中，是大地的人格化形象。近年新出现的词汇"盖亚假说"使用了她的名字。这个理论认为地球是一个完整的生命体，其每个部分都协调运转，以延续地球的存在为目的。

天才（genius）：拉丁语词汇 Genius 指的是个人的创造力。这种创造力曾被视为一种神话和宗教概念而受到崇拜。参见"恶魔（demon）"条。

丑女（gorgon）/ 戈耳工头像（gorgoneion）/ 可怕的（gorgonian）/ 吓呆（gorgonize）：戈耳工姐妹（Gorgons）是三个蛇发女妖。她们的目光十分恐怖，可以让直视她们眼睛的人变成石头。在雅典娜和赫尔墨斯的帮助下，珀耳修斯砍下了三姐妹中最著名的美杜莎的脑袋，并将这个首级交给了雅典娜。后者把美杜莎的头颅装在了自己的护盾（参见"埃吉斯 [aegis]"条）上。戈耳工的头颅常以一种高度风格化的方式在希腊艺术中得到呈现。这种形式化的图像被称为戈耳工头像（gorgoneion）。今天，gorgon 一词可以被用来表示极度可怕或丑陋的女人。有一种以复杂分枝网络为特征的珊瑚也被称为 gorgonian。动词 to gorgonize 的意思则是"将某人吓呆"。

翡翠鸟、平静的（halcyon）/ 宁静的日子（halcyon days）：人们将神话中的翡翠鸟（halcyon）等同于翠鸟（kingfisher）。[1]特刺喀斯国王刻宇克斯和阿尔库俄涅（Alcyone）是一对恋人。刻宇克斯在海中溺死之后，赫拉通过梦神摩耳甫斯（Morpheus）向梦中的阿尔库俄涅送去了她丈夫的死讯。悲痛的阿尔库俄涅变成了一只翠鸟。就在她试图将刻宇克斯失去生命的尸体拖上海岸的时候，刻宇克斯也变成了一只鸟。这对恋人至今仍在海浪之上飞翔。到了冬天，阿尔库俄涅会在漂浮在水面上的巢中孵化幼鸟。每到这段时间，她的父亲——风神埃俄洛斯——便会约束各种风，不让他们扰乱安宁的海面。今天，halcyon days 指的是冬至前后一段风平浪静的日子，尤其是冬至日之前七天和之后七天。这个短语也可以用来描述任何平和安静的时间。

泼妇（harpy）：哈耳庇亚（Harpies，意为"攫夺者"）是陶玛斯与厄勒克特拉的女儿们。她们原本被人们想象为风，但逐渐被描述成了具有鸟的外形、喜爱残害人类的女人。萨耳弥得索斯盲眼的国王和预言者菲纽斯的食物总被这些贪婪的怪物抢走，然而阿尔戈船英雄们拯救了他。今天，如果我们用 harpy 一词称呼某人，便会唤起对这些歹毒、恶臭和掠夺成性的怪物的想象。这个词也可以直接用来形容泼妇。

恃强凌弱者（hector）：赫克托耳（Hector）是特洛伊人中最伟大的战士，在与希腊人中的翘楚阿喀琉斯的战斗中落败。他的名字被当作动词使用时，指的是威吓和欺凌，作为名词则表示欺凌者。中世纪的人们将赫克托耳描述为一个吹嘘者和恃强凌弱者。高贵的赫克托耳与这种后来概念之间的联系便起源于此。

---

[1]　翠鸟一词既可以单指翠鸟科（Alcedinidae），也可以指包含翠鸟科、翡翠科（Halcyonidae）和鱼狗科（Cerylidae）的翠鸟亚目（Alcedines）。

向阳植物（heliotrope）/ 趋日性（heliotropism）及其他：赫利俄斯（Helius）是太阳神。希腊语中的词根 trop-表示向特定方向转动。heliotropism 是生物学中描述生物体朝向或背向阳光的生长或运动的术语。heliotrope 则是体现出这种行为特征的一类植物。不少科学或技术词汇都来自太阳神赫利俄斯。例如：定日镜（heliostat）是一种利用镜面反射太阳光的装置；heliotherapy 指日光疗法；胶版印刷（heliotype）是一种在胶版上印刷的照相制版工艺，也可以指这种工艺中使用的印刷版本身；日光仪（heliograph）是用来拍摄太阳的一种仪器；而 heliocentric 则用来描述任何以太阳为中心或与太阳有关的事物。

海格力斯（Hercules）/ 力大无穷的、艰巨的（herculean）/ 海格力斯的棍子（Hercules' club）：海格力斯（Hercules，即希腊神话中的赫拉克勒斯）是古代世界中最伟大的英雄，身穿狮皮，手持大棒。他完成了数之不尽的杰出功业，尤以 12 项被列为经典的伟业而著名。如果我们用 herculean 一词来描述某人，便是将对方的力量和体型比诸海格力斯。Herculean effort 指的则是需要巨大努力或英雄式的坚韧精神才能完成的任务。武仙座（Hercules）是北天球中的一个星座，邻近天琴座（Lyra）和北冕座（Corona Borealis）。原生于美国东南部的一种灌木被称为"海格力斯的棍子"（Hercules' club）①，以带刺的叶子和大丛白色花为特征。

密闭的、隔绝的（hermetic）/ 解释的（hermeneutic）/ 解释学（hermeneutics）/ 雌雄同体（hermaphrodite）：天神赫尔墨斯（Hermes）被人们与埃及神祇托特（Thoth）联系起来，获得了"特里斯墨吉斯忒斯"（Trismegistus，意为"三重至伟"）的称号。许多关于神秘事物的著作都被归于赫尔墨斯·特里斯墨吉斯忒斯，合称为《赫尔墨

斯集》（Hermetic Corpus）。今天，hermetic 一词被用来描述那些神秘的知识，尤其是炼金术、星相学和魔术。基于这种秘密知识或隔离性知识的概念，hermetic 进一步衍生出"完全密闭"的含义。密封罐（hermetic jar）指的便是完全与外界污染隔离的容器。赫尔墨斯最主要的职责是信使。希腊语中的单词 hermeneus（意为"阐释者"）和短语 hermeneutike techne（阐释的技艺）便由此而来。hermeneutics 是研究阐释的学科，而形容词或名词 hermeneutic 则被用来描述解读或解释的功能。赫尔墨斯与阿佛洛狄忒有一个俊美的儿子赫耳玛佛洛狄忒（Hermaphroditus）。他在一个池中沐浴时被仙女萨尔玛喀斯看见。萨尔玛喀斯心中立刻充满了情欲，投身池中，用四肢将赫耳玛佛洛狄忒紧紧抱住。他力图抗拒萨尔玛喀斯诱惑他的图谋，而萨尔玛喀斯却向神明祷告说希望自己与他合为一体。她的祈祷被神明接受了。hermaphrodite 一词因此便被用来描述同时拥有雌雄双方生殖器和第二性征的生物。

九头蛇（hydra）：赫拉克勒斯的第二项功业是与水蛇许德拉（Hydra）的搏斗。许德拉是一条拥有九个头的大蛇。每当它的一个头被砍掉，便会长出两个新头。因此，赫拉克勒斯每打断它的一个蛇头，便将断处烧灼，以免新头长出。在海洋生物学中，hydra 指一种身体呈圆柱形、口腔周围生有触手的水螅。这种动物被切断后，断体能够生长为完全体。hydra 一词还可以用来表示某种难以一劳永逸地根除的祸害。长蛇座（Hydra）是南天球赤道区域的一个星座，位于巨蟹座附近。

许门、婚姻、处女膜（hymen）/ 结婚典礼、婚姻的（hymeneal）：许门（Hymen）是婚礼之神。人们在婚礼上会唱诵"啊，许门，许墨奈俄斯"（O Hymen, Hymenaeus），向他祈求保佑。他因此被视为婚礼（hymeneal）的守护神。希腊语单词 hymen 原本指任何膜状物，但如

---

①　即美国南部刺椒（Zanthoxylum clavaherculis）。

今 hymen 一词专指遮蔽阴道口的膜状组织。

极北的(hyperborean)：许珀耳玻瑞亚人（Hyperboreans）是神话中居住在极北乐土的一个种族。他们居住的地方位于世界边缘，"超出"（hyper）了北风（Boreas）及其寒冷力量所及的范围。英语中 hyperborean 一词仅被用来表示"北极的"和"严寒的"。

催眠（hypnosis）/催眠的、被催眠者、催眠药(hypnotic)及其他：睡神许普诺斯（Hypnos）是夜神倪克斯（Nyx）之子和死神塔那托斯的兄弟，也是梦神摩耳甫斯的父亲。hypnosis 指一种类似入眠的状态。处于这种状态的人容易受到暗示的影响。hypnotic 作为形容词描述的是与催眠有关或诱发催眠的事物，作为名词则指被催眠的人、诱发催眠状态的事物或直接导致睡眠的安眠药物。hypnogogic 指一种诱发睡眠的药物，也可以被用来描述入眠之前的最后一种状态。hypnopompic 则指醒来之前的最后一种状态。视听幻觉和睡眠导致的麻痹是这两种状态的共同特征。hypnophobia 指一种对睡眠的病理性恐惧。

鲁莽的 (icarian) /伊卡利亚海 (Icarian Sea)：为了逃脱克里特国王米诺斯的囚禁，代达罗斯用蜡和羽毛造了两对翅膀，一对给自己，一对给他年轻的儿子伊卡洛斯（Icarus）。年轻人没有把父亲的告诫放在心上，飞得离太阳太近。翅膀上的蜡熔化了，少年坠入了大海。他坠入的那片海域是地中海小亚细亚沿岸的那一部分，自伊卡洛斯坠海之后就被称为伊卡利亚海（Icarian Sea）。icarian 一词则被用来描述鲁莽而不计后果，并导致自身毁灭的举动。

脓水、灵液 (ichor)：神祇们虽然不朽，却仍能受到伤害。他们伤口流出的不是人类的鲜血，而是一种清澈稀薄的液体，即神的灵液。在英语中，ichor 一词可以用来表示一种类似血液的液体，也就是——按照病理学的说法——伤口或溃疡中流出的水样物质。

虹膜、鸢尾（iris）/彩虹色的（iridescent）：伊里斯（Iris）是彩虹女神（她的名字的意思也是"彩虹"）。形容词 iridescent 用于描述任何闪耀着彩虹色彩的事物。虹膜指眼球中见光收缩的彩色部分。鸢尾则是一类有着狭长叶子和彩色花朵的植物。

高贵端庄的（junoesque）：朱诺（Juno）是罗马万神殿中强大而尊贵的王后、朱庇特的妻子和妹妹，等于希腊神话中的赫拉。用 junoesque 描述某人，便是将她的高贵庄严的姿态比诸女神朱诺。

迷宫（labyrinth）/难解的（labyrinthine）：克里特国王米诺斯命令代达罗斯建造了一座迷宫，用来囚禁怪物弥诺陶。忒修斯最伟大的成就便是杀死弥诺陶并在阿里阿德涅的丝线的帮助下逃出迷宫。这座迷宫被称为 Labyrinth。人们对克里特岛上巨大而复杂的克诺索斯宫殿进行了考古发掘。这座宫殿里密如蛛网的房室似乎印证了上述传说中的某些元素。labyrinth 一词被用来表示迷宫，而其形容词 labyrinthine 描述的则是蜿蜒扭曲、复杂难解的事物。labyrinth 也可以指相联通道中——尤其是内耳结构中——所具有的解剖学特征。

忘川（Lethe）/昏睡（lethargy）/无生气的（lethargic）/令人遗忘的（Lethean）：勒忒河（Lethe）是冥界中的"遗忘"之河。亡灵们从中饮水，然后便会在重生之际忘记自己从前的经验。lethe 一词在今天指一种遗忘或健忘的状态。lethargy 和 lethargic 表示持续的昏睡或困倦。Lethean 则被用来描述任何让人遗忘过去的事物。

忘忧果（lotus）/食忘忧果者（lotus-eater）：奥德修

斯曾漂流到北非和食忘忧果者（Lotus Eaters）的国土。此地的居民食用忘忧树的果实，永远生活在一种昏昏沉沉的遗忘状态，无牵无挂。今天 lotus-eater 这个短语指的是任何沉湎于懒惰的愉悦中的人。lotus 是地中海地区的一种矮小树木①，其结出的果实据传便是食忘忧果者吃的那一种。这个词也指原生于南亚的一种水生植物。②

迈那得（maenad）：狄俄尼索斯的女性崇拜者被称为迈那得。参见"酒神的（bacchanal）"条。

三月（March）/ 军事的（martial）/ 戒严令（martial law）：玛尔斯（Mars）是罗马神话中的战神，等于希腊神话中的阿瑞斯。他是对战场争斗中一切野蛮与流血行为的人格化。形容词 martial 描述的是与战斗有关的事物。当军事权威篡夺了民选政权的权力时，国民便处于戒严令（martial law）的统治之下。三月（March）的称法也来源于玛尔斯。

日场演出(matinee) / 晨祷（matins）：马图塔（Matuta）是罗马神话中的一位次要神祇，司掌黎明（拉丁语中"黎明"一词为 tempus matutinum）。经过法语的转化，我们得到了 matinee 一词，表示在白天进行的剧场演出或电影放映。matins（也被称为 Morning Prayer）是修道院传统中每日祷告时段体系中的第一个时段。

导师（mentor）：在荷马的《奥德赛》第1卷中，奥德修斯的宫廷被他妻子珀涅罗珀的求婚者们大肆破坏。他的儿子忒勒玛科斯终日梦想父亲归来，却无力行动。雅典娜化身为奥德修斯所信任的顾问门托耳（Mentor），来到伊塔卡。她唤醒忒勒玛科斯，并给予他建议和信心，

因此 mentor 一词便被用来指受到信任的引导者和教师。

水银（mercury）/ 机智活泼的（mercurial）：墨丘利（Mercury）在罗马神话中对等希腊神话中的赫尔墨斯。mercury 一词便来自这位行动迅捷的诸神信使，指一种在室温下呈液态的银色金属元素。因其移动变化的性质，它也被称为"快银"（quicksilver）。在星相学中，Mercury 指的是距离太阳最近的一颗行星，公转周期为88天。山靛属植物（Mercurialis）是一种杂草。当我们用 mercurial 一词描述某人时，意在传达他机智、善辩、狡诈和灵活的特点，因为这些特征都属于墨丘利。这个词同样可以指性情善变，这是因为善变的特点要么被归于神祇墨丘利，要么被归于水星的影响。

弥达斯（Midas）/ 驴耳朵（ass's ears）/ 点石成金（Midas touch/the golden touch）：阿波罗与潘曾进行一场音乐比赛。山神特摩罗斯宣布阿波罗获胜之后，佛律癸亚国王弥达斯（Midas）表示反对。为了惩罚他在音乐上的愚钝，阿波罗将弥达斯那双渎神的耳朵变成了一对驴耳。因此，"有一对驴耳"便被用来描述缺乏真正音乐判断力和品味的人。在另一个故事中，弥达斯祈求自己获得将任何碰到的东西变成金子的能力，而狄俄尼索斯实现了他的愿望。然而弥达斯绝望地发现，哪怕他想用手将食物和饮料放进嘴里，它们也会变成金子。狄俄尼索斯最终解放了他，让他去帕克托洛斯河中沐浴以去除这种能力。这条河的河床也因此变成了金色。"拥有点石成金之力"或"有着弥达斯的手指"的意思则是无须费力便能获得成功。

金钱（money）/ 货币的（monetary）：罗马的铸币厂位于朱诺·摩内塔神庙（Temple of Juno Moneta，其中 moneta 一词表示"金钱""钱币"）中。Moneta 这个称号原义为"警告者"，与这座神庙的一个重要传说有关。罗马在公元前390年受到高卢人入侵的威胁，而朱诺神庙中的圣鹅

---

① 指百脉根属植物。
② 指莲花。

大叫起来，唤醒罗马人投入战斗。古法语中的 moneie 便来自 moneta，最终在英语中演变为 money 一词。形容词 monetary（与金钱有关的）则来自词干 monet-。

吗啡（morphine）：摩耳甫斯（Morpheus）是梦神，更具体地说，是人在睡梦中所见的种种形象（morphai）。后来，人们将他与睡神混淆起来。英语中的 morphine 一词便源于这种混淆。morphine 是罂粟中的一种成瘾性化合物，被用作麻醉剂或镇静剂。各种包含了词干 morph- 的单词，如 metamorphosis（从一种形态或状态变为另外一种），都来自希腊语单词 morphe（意为"形状"或"形态"），而非来自神祇摩耳甫斯。

缪斯(muse) / 音乐(music) / 博物馆(museum) / 马赛克(mosaic)：九位缪斯是宙斯与谟涅摩叙涅（意为"记忆"）的女儿，负责的领域是艺术——尤其是诗歌与音乐——中的灵感。音乐（music）一词便来自缪斯。希腊语单词 mouseion（缪斯之地）在拉丁语中变成了 museum。我们用它来表示具有艺术、历史或科学价值的事物的展示场所。mosaic 一词来自形容词 mousaicos（与缪斯有关的），指一种用小块彩色砖块或石头拼成的画面或图案。

自恋（narcissism）/ 自恋者（narcissist）/ 自恋的（narcissistic）/ 水仙（narcissus）：narcissism 指的是人的一种心理状态，体现为对自己的病态迷恋。参见"回音（echo）"条。

甘露（nectar）：nectar 是诸神享用的一种饮料，常与他们的食物"仙馔"（ambrosia）一起出现。nectar 后来被用来表示任何提神的饮料，如纯净的果汁或蜜蜂从花朵中采来酿蜜的液体。参见"仙馔（ambrosia）"条。

报应、对头（nemesis）：涅墨西斯（Nemesis）是报应女神，专司对罪人的报复。hubris（过度的骄傲）是她最为关注的罪行。nemesis 一词有以下几种含义：1. 抽象的报复概念，2. 报复者，3. 竞争中或战斗中无法克服的对手，4. 不可避免的必然结果。

贤明的老人（nestor）：涅斯托耳（Nestor）是特洛伊战场上希腊诸王中最年长者，也是最明智的人，曾见证了三代英雄。他在年轻时是一位勇猛而强大的战士，在暮年则以其明智的忠告和雄辩而为人们重视。根据荷马的说法，涅斯托耳的言辞流淌如蜜，打动人心。当我们将某个政客或政治家称为 nestor 时，强调的是他的智慧、建议的明智和口才的雄辩。

仙女（nymph）/ 女色情癖（nymphomania）/ 入迷（nympholepsy）：宁芙们（nymphs）是一些闲适的美丽女神，代表着山林、水流和自然。今天 nymph 一词可以简单地被用来指一个美丽出众的年轻女子。但如果说某人患有 nymphomania（宁芙疯病），那就是说她有性乱的特点。nympholepsy（lepsy 来自 lepsis 一词，意为"被抓住"）指的则是窥见仙女之后陷入的疯狂，也可以用来表示对不可获得的事物的强烈欲望。（参见"萨提尔（satyr）、男色情癖（satyriasis）"条）。

大洋（ocean）：在神话中，世界是碟状的，周围环绕着一片水域。那是神祇俄刻阿诺斯（Oceanus）。俄刻阿诺斯是俄刻阿尼得斯（Oceanids）的父亲，而后者便代表着大地上流淌的所有较小的河流和溪水。今天, ocean 一词可以指代地球表面的整个海水水域，也可以指它的任一主要部分。

奥德赛（odyssey）：荷马的《奥德赛》讲述了奥德修斯回归伊塔卡，回到他的妻子珀涅罗珀和儿子忒勒玛科斯身边的故事。在特洛伊作战10年之后，奥德修斯回家的日子又被神祇波塞冬推迟了10年。在其漫长的旅程中，奥德修斯克服了重重困难，最终成功回到家乡。odyssey一词也逐渐被用来表示漫长而艰难的漂泊、旅行和历险。一次 odyssey 通常都会有一个有待完成的目标，而这个目标既是现实的，也是精神上的。

俄狄浦斯（Oedipus）/ **恋母情结**（Oedipal complex）：忒拜国王拉伊俄斯在预言中得知自己的妻子伊俄卡斯忒将生下一个儿子，而这个孩子将会杀父娶母。他们确实有了一个儿子，他的名字叫俄狄浦斯（Oedipus）。尽管人们想尽办法不让预言和命运变成现实，俄狄浦斯长大之后仍然杀死了自己的父亲，并娶了母亲为妻。西格蒙德·弗洛伊德从索福克勒斯的杰作《俄狄浦斯王》中得到灵感，在关于人类心理与婴儿期性发育本质方面形成了自己主要的、决定性的观点。他用"俄狄浦斯情结"（Oedipus complex）来描述性心理发育中的一种自然进程：幼儿会对父母中与自己异性的一方产生性欲，对与自己同性的一方产生敌意。这个词可以用在男性儿童身上。参见"恋父情结（Electra complex）"条。

奥运会（Olympic Games）/ **威严的**（olympian）：在希腊神话中，天神们居住在希腊北部的奥林波斯山顶，因此被称为奥林波斯众神（the Olympians）。Olympian 也被用来专指以宙斯及其家族为首的天界新秩序，并将这些居住在光明山顶的众神与那些"属于大地的"、与阴森冥界有关的神祇区别开来。因此，olympian 一词便有了"高峻的""令人敬畏的"和"威严的"等含义，因为这些特征与奥林波斯众神有关。作为形容词时，它也可以指参加奥运会或在奥运会中赢得比赛的人，然而这个含义是来自古代的奥林匹克竞技会。奥林匹克竞技会的举办地是伯罗奔尼撒半岛上的奥林匹亚，那里也是宙斯的主要圣地。

颂歌（paean）：Paean 是天神阿波罗的固定修饰语之一。人们在战场上祈求胜利或在病中祈求痊愈时会用到这个词。paean 因此被用来表示感恩的颂歌。今天，它指的是一种表达赞美或欢乐的歌，对象可以是神，也可以是人。

守护神（palladium）：雅典娜幼年时有一位名叫帕拉斯（Pallas）的女伴。雅典娜常与她玩战争游戏。在两人的一次战斗中，雅典娜不小心杀死了帕拉斯。为了纪念帕拉斯，雅典娜为她造了一座木质神像。这座神像被宙斯扔向人间。从此它就被称为 Palladium，并被特洛伊人当作他们的城市的护符：只要神像留在城中，特洛伊就不会陷落。因此，palladium 在英语中便被用来指保护一个民族或一个国家不受伤害的法宝，即幸运符。

潘多拉之盒（Pandora's box）：潘多拉（Pandora）是人间第一位女子，也是天神因为普罗米修斯盗火而施予人类的惩罚。与她一起被送到人间的是一个罐子。这个罐子被打开之后，便释放出种种至今为害人间的祸患。后来这个罐子演变为盒子。今天，"潘多拉之盒"指的是某种不应细究否则便会造成灾祸的事物。

恐慌（panic）：panic 描述的是一种强烈的恐惧与焦虑状态，让人产生逃跑的欲望。据传这种心理是由潘神（Pan）造成的。参见"回音（echo）"条。

四轮轻马车、敞篷汽车（phaëton）：太阳神赫利俄斯向法厄同（Phaëton）确认自己是他的父亲，并许下誓言说法厄同可以得到他想要的一切。于是法厄同便要求驾驶父亲的战车穿越天穹。赫利俄斯没能劝阻他，而法厄同也没能控制拉车的马，最终导致了自己的毁灭。进入英语之后，phaëton 一词被用来表示一种用两匹马拉的四轮马车，也指一种早期的敞篷汽车。

持续勃起症（priapism）/ 对男性生殖器表现过分夸张的（priapic）：普里阿波斯（Priapus）是阿佛洛狄忒生性淫邪的儿子，通常被刻画成拥有巨大而完全勃起的阴茎的形象。形容词 priapic 描述的是与男性生殖器有关的特征，而 priapism 则指阴茎持续勃起的病理状态。

强求一致的（procrustean）/ 强求一致的政策（procrustean bed）：普罗克鲁斯忒斯（Procrustes，意为"拉伸者"）是忒修斯遭遇的一名对手。他会让不知情的旅人躺上一张床。如果他们的身高与床不是刚好合适，普罗克鲁斯忒斯就会将他们削短或拉长，直到适合床的长短。形容词 procrustean 描述的是使用极端手段来强求一致的人或事。procrustean bed 则指一种可怕而独断的评判标准。

普罗米修斯（Prometheus）/ 勇于创造的（promethean）：神祇普罗米修斯（Prometheus，意为"先见之明"）是提坦伊阿珀托斯之子。他是人类的创造者，也是他们的保护者。普罗米修斯送给人类许多礼物，让他们脱离野蛮，进入文明，其中最强大的一种赐予是火。他用一根茴香茎秆从天庭偷出火种，交给人类。这是宙斯明令禁止赐给人类的好处。为了惩罚他违抗宙斯支持人类的行为，宙斯将普罗米修斯锁在一座悬崖上，命令一只兀鹫啄食他的肝脏，而且这肝脏每天都会重新长出，为兀鹫提供食粮。因此，普罗米修斯的名字便成为最早的捍卫者的同义词，而火焰则是他的象征，代表着反抗和进步。形容词 promethean 的意思是"无畏的""勇于创造的""创造性的"以及"维持生命的"。我们可以用 promethean 来形容贝多芬的音乐。玛丽·雪莱为她的哥特恐怖小说起的名字也是《弗兰肯斯坦——现代的普罗米修斯》（*Frankenstein, A Modern Prometheus*）。

千变万化的（protean）：普罗透斯（Proteus）是一位海神，可以变化成各种形状，并能洞见未来。要从他那里得到知识，必须与他搏斗，直到他无法再变形。protean 一词描述的是一种可变的形状或改变形状的能力。

心灵（psyche）/ 心理学（psychology）及其他：希腊语中用来表示灵魂的单词是 psyche。丘比特与普绪刻（Psyche）的故事可以被解读为灵魂对通过爱最终重新归于神圣的渴望。对弗洛伊德主义者们来说，psyche 意味着精神，而 psychic 则指精神活动。许多描述精神研究及精神错乱治疗的英语词汇——如心理学（psychology）、精神病学（psychiatry），等等——都来自 psyche 一词。在精神分析学的意义上，灵魂就是精神，是思想感受发生的场所，也是我们的真实自我，其目的在于引导我们的生活适应环境。

蟒蛇（python）：阿波罗在德尔斐为信徒和神谕建起了自己的主要圣地，然而为了做到这一点，他必须先杀死守护此地的一条大蛇。可能是由于被杀死的大蛇逐渐腐烂，阿波罗便将自己的新圣地命名为皮托（Pytho，希腊语单词 pythein 的意思是"腐烂"）；或可能性是这条大蛇的名字叫皮同（Python）。在动物学中，蟒蛇（python）指东半球的一种无毒蛇。

拉达曼堤斯（Rhadamanthus）/ 公正的（Rhadamanthine/Rhadamantine）：拉达曼堤斯（Rhadamanthus）与米诺斯和埃阿科斯同为冥界的判官。Rhadamanthus 和 Rhadamanthine 被用于描述铁面无私的人。

豪富的（rich as Croesus）：克洛俄索斯（Croesus）是一位吕底亚国王，因其巨大财富而成为传奇。因此，当我们要强调某人的豪富时，便用"像克洛俄索斯一样富有"来形容。

狂欢(saturnalia)/繁荣的(saturnian)/阴郁的(saturnine)/铅中毒(saturnism)：提坦萨图尔努斯(Saturn，等于希腊神话中的克洛诺斯)阉割了自己的父亲，并憎恨自己的子女，将他们吞食，然而他也被自己的儿子宙斯阉割并推翻。在被击败之前[①]，萨图尔努斯的统治时期被视为世界的黄金时代。根据罗马神话，他逃到了西方，为意大利带来了一个新的黄金时代。萨图尔努斯原本是意大利古老的收获之神。罗马人在卡比托利欧山上建起了一座萨图尔努斯神庙，并在每年的12月庆祝冬季的播种。这场庆典被称为农神节(Saturnalia)，是狂欢和互赠礼物的日子。saturnalia 一词在今天指的就是一段无拘无束或者说纵欲的狂欢时间。太阳的第六颗行星——土星(Saturn)——便得名自萨图尔努斯，它是太阳系中仅次于木星的第二大[②]行星。出生时受到土星影响的人被认为具有土星性格(saturnine temperament)，即像那位阉割了父亲又被儿子推翻的天神一样性情阴沉或忧郁。saturnian 指的就是与这位神祇或土星有关的事物。土星还被认为与铅这种元素有关，因此铅中毒便被称为 saturnism。

好色之徒(satyr)/男色情癖(satyriasis)：萨提尔(satyrs)是一种男性的林地神灵，长着山羊的耳朵和腿，崇拜酒神狄俄尼索斯(巴克斯)，通常处于性兴奋状态。satyr 一词在今天专指好色之徒。性欲过剩并无法控制的男子被认为患有色情癖(satyriasis)。参见"仙女(nymph)/女色情癖(nymphomania)/入迷(nympholepsy)"条。

斯库拉与卡律布狄斯(Scylla and Charybdis)：斯库拉(Scylla)曾是一位美丽的少女，却被变成了一头丑陋的怪物，躯干上长着狂吠的狗头。卡律布狄斯(Charybdis)则

是一个可怕的漩涡。据说这两大危险都潜藏在南意大利与西西里岛之间的墨西拿海峡，让试图从这里通过的航海者们视为畏途。谚语"前有斯库拉，后有卡律布狄斯"(between Scylla and Charybdis)的意思大致相当于"进退两难"(between a rock and a hard place)，指身陷两种同样具有毁灭性的力量之间的困难处境。

妖女、汽笛(siren)/诱人的陷阱(siren song)：塞壬们(Sirens)是一种海中仙女(奥德修斯曾经遭遇她们)，通常被描述为长着鸟的身体。她们的歌声十分诱人，能欺骗航海者，让他们走向死亡。siren 一词如今被用来描述诱人的女子，也可以指一种利用压缩的蒸汽或空气发出尖厉的警报声的设备。塞壬之歌(siren song)则指一种令人着迷并可能有害的诱惑。

徒劳的(Sisyphean)：西绪福斯(Sisyphus)是一位著名的冥界居民。他被罚将一块巨石推上山顶，而这块石头总是会滚回原地。他如此受罚是因为揭露了宙斯的一次偷情。"徒劳的任务"(Sisyphean task)一语被用来描述某种艰难、劳苦、几乎无法完成的工作。参见"地狱的(tartarean)"条及"戏弄(tantalize)"条。

斯芬克斯(sphinx)：在俄狄浦斯(参见"恋父情结(Oedipal complex)"条)来到忒拜之前，忒拜人受到斯芬克斯(Sphinx)的恐吓。斯芬克斯是一头复合的怪物，长着女人的头、狮子的身躯、鹰的翅膀和蛇的尾巴。凡是答不出她的谜语的人，都会被她扼死(希腊语中 sphingein 一词意为"扼杀")。从某个时期开始，希腊神话中的斯芬克斯与埃及人创造的传统形象发生了联系，被埃及人刻画为长着狮子的身躯和鹰或者男人的头颅。当我们将某人比作斯芬克斯时，心中想到的是希腊那个著名的出谜语者，而不是埃及人的斯芬克斯概念。这个词被用来描述神秘莫测，总是说出难解(enigmatic)话

---

① 原文此处作"之后"，有误。
② 原文此处作"第三大"，有误。

语的人（希腊语中 ainigma 一词的意思就是"谜语"）。

声音洪亮的（stentorian）：斯屯托耳（Stentor）是特洛伊战争中希腊一方的信使，说话的声音相当于50个人。如今我们可以将一位有力的演说者比作斯屯托耳，并且用 stentorian 这个词来形容他的声音产生的效果。

地狱般的（stygian）：斯堤克斯河（Styx）是环绕冥界的"憎恨"之河。人的亡灵需要舟子卡戎的帮助才能渡过它前往哈得斯的国度。诸神在发下他们最可怕的、不可违背的誓言时，都以斯堤克斯河之名起誓。stygian 一词形容的是与地狱冥土相关的、阴森幽暗或不可侵犯的事物。

注射器（syringe）：绪任克斯（Syrinx，意为"牧神之笛"[pan-pipes]）拒绝了潘神的求爱。潘神将她变成一丛芦苇，并用其苇管来制作自己的牧笛。syringe 指一种用管状物制成的设备，用来注入或排出液体。syringa 则是一种被用来制管或烟筒的植物。

戏弄（tantalize）：坦塔罗斯（Tantalus）出于傲慢，企图用人肉来招待诸神。他因此被罚永受饥渴：食物和饮水总是恰好在他能够到的距离之外。动词 tantalize 因此便被用来指挑逗诱惑却不满足对方的行为。参见"徒劳的（Sisyphean）"条与"地狱的（tartarean）"条。

地狱的（tartarean）：塔耳塔罗斯（Tartarus）是哈得斯的国度中专门用于惩罚罪人的地方。那些犯下最可怕罪行的人在此地受着最可怕的惩罚。形容词 tartarean 便是被用来描述这种地狱般的所在。参见"徒劳的（Sisyphean）"条和"戏弄（tantalize）"条。

舞蹈的（terpsichorean）：忒耳普西科瑞（Terpsicho-re）是九位缪斯之一。形容词 terpsichorean 描述的便是她的职责——舞蹈。参见"缪斯（muse）"条。

巨人（titan）/**巨大的**（titanic）：盖亚和乌拉诺斯生下的12位提坦（Titan）是第二代神祇。他们拥有巨大的身体，并且大多数都被认为代表着自然之力。尽管他们被宙斯击败并受到惩罚，实际上仍被视为不可征服。形容词 titanic 便是对他们的伟力的描述，也被用来命名那条被认为不可能沉没的海上巨轮。如果将某人称为 titan，便是在强调其在某个领域或某项事业中所表现出的超凡能力。

特洛伊木马（Trojan horse）：特洛伊人愚蠢地将一匹巨大的木马拖进了自己的城市，而那木马腹中暗藏的是敌军希腊人的战士。这项愚行造成了特洛伊的完全毁灭。在计算机术语中，"特洛伊木马"指的是一种表面上无害，实际上却包含了破坏性应用程序的软件。我们可能从网站上下载到它们，也可能在邮件附件中收到它们。特洛伊木马不能复制自身，因此与计算机病毒不同。

台风（typhoon）：在最终确立自己的统治之前，宙斯所遭遇的最激烈战斗发生在他与巨龙堤丰（Thphon，亦作 Typhaon、Typhoeus）之间。堤丰有100个头，100条长舌，眼睛能喷出火焰，喉中能发出可怕的怒吼。typhoon 一词指的是中国海面或西太平洋上生成的强烈热带风暴。这个词来自中文中的"tai"（台，即"巨大的"）和"feng"（即"风"），但其拼写受到了堤丰的名字影响。

性病的（venereal）/**性欲**（venery）/**尊敬**（veneration）：维纳斯（Venus）是罗马神话中地位崇高的爱神，相当于希腊神话中的阿佛洛狄忒。她诞生于乌拉诺斯被割下的生殖器所溅起的泡沫之中。这个诞生故事清晰地表明她是一位主要与性有关的神祇。形容词 venereal 描述的是通过性交方式传播的疾病，名词 venery 则指沉湎于无节制的性爱。然而 veneration 一词指的却是表示尊重、爱戴和敬意的行为。

猛烈的（volcanic）/ 火山（volcano）/ 火山活动（volcanism）/ 加热强化（volcanize）/ 火山学（volcanology）及其他：（以上各词中的 vol- 也都可以拼作 vul-。）罗马神话中的神祇伏尔甘（Vulcan）相当于希腊神话中的赫淮斯托斯，是诸神中技艺无双的工匠。他的助手是三位库克罗普斯。他的锻炉则位于不同地点，但大多数时候是在西西里岛上的埃特纳火山或类似的火山地带——这些火山表明了锻炉的存在。火山是地壳中的通道，能喷出熔化的物质并形成山体。volcanism/vulcanism 指的是任何火山力量作用或火山活动。vulcanize 一词指将某种材料（主

要是橡胶）进行高温加热，使其发生变化，增加强度。volcanology 则是一门研究火山现象的学科。

轮盘赌（wheel of fortune）：福尔斯（Fors）或福尔图娜（Fortuna）是意大利人的丰饶女神，掌管四季的轮回，并与希腊人的好运 / 厄运（tyche）概念产生了联系。她常被描述为一手持丰饶之角，一手持轮，以象征一个人的前景的上升与下降。wheel of fortune 一词的说法便是来自她的这种传统形象，指一种依靠运气的赌博设备。参见"丰饶之角（cornucopia）"条。

和风（zephyr）：仄费洛斯（Zephyrus）是西风之神（参见"北极光（aurora borealis）"条），而西风是春天归来的信号。如今 zephyr 一词指的是令人愉悦的轻风，也可以用来指任何不重要的或转瞬即逝的事物。

名物的希腊语拼写

在将希腊语转写为英语的过程中，字母 υ（upsilon）通常被写作 y，而 χ（chi）通常被写作 ch，但有时也写作 kh。这两种写法我们都在此处列出。以下是使用拉丁语和英语拼写希腊语单词时需要注意的变化。

k = c	Kastor = Castor
ai = ae 或 e	Graiai = Graeae; Klytaimnestra = Clytaemnestra, Clytemnestra
ei = e 或 i	Medeia = Medea; Kleio = Clio
ou = u	Medousa = Medusa
oi = oe	Kroisos = Croesus
oi = i	Delphoi = Delphi
结尾的 e = a	Athene = Athena
结尾的 on = um	Ilion = Ilium
结尾的 os = us	Hyllos = Hyllus

Achaia, Akhaia = Achaea

Acheloos, Akheloos = Acheloüs

Acheron, Akheron = Acheron

Achilleus, Akhilleus = Achilles

Admetos = Admetus

Adrastos = Adrastus

Agathyrsos = Agathyrsus

Agaue = Agave

Aglaia = Aglaea

Aglauros = Aglaurus

Akamas = Acamas

Akarnania = Acarnania

Akastos = Acastus

Akestes = Acestes

Akis = Acis

Akontios = Acontius

Akrisios = Acrisius

Aktaion = Actaeon

Aia = Aea

Aiaia = Aeaea

Aiakos = Aeacus

Aias = Ajax

Aietes = Aeëtes

Aigeus = Aegeus

Aigialeia = Aegialia

Aigimios = Aegimius

Aigina = Aegina

Aigis = Aegis

Aigisthos = Aegisthus

Aigyptos = Aegyptus

Aineias = Aeneas

Aiolos = Aeolus

Aipytos = Aepytus

Aisakos = Aesacus

Aison = Aeson

Aithra = Aethra

Aitolia = Aetolia

Alekto = Alecto

Alexandros = Alexander

Alkestis = Alcestis

Alkibiades = Alcibiades

Alkeides = Alcides

Alkinoos = Alcinoüs

Alkmaion = Alcmaeon

Alkmene = Alcmena

Alkyone = Alcyone

Alkyoneus = Alcyoneus

Alpheios = Alpheus

Althaia = Althaea

Althaimenes = Althaemenes

Amaltheia = Amalthea

Amphiaraos = Amphiaraüs

Amyklai = Amyclae

Amykos = Amycus

Anios = Anius

Ankaios = Ancaeus

Antaios = Antaeus

Anteia = Antea

Antikleia = Anticlea

Antilochos, Antilokhos = Antilochus

Antinoos = Antinoüs

Apsyrtos = Apsyrtus

Arachne, Arakhne = Arachne

Areion = Arion

Areiopagos = Areopagus

Arethousa = Arethusa

Argos = Argus

Aristaios = Aristaeus

Arkadia = Arcadia

Arkas = Arcas

Askanios = Ascanius

Asklepios = Asclepius

Asopos = Asopus

Atalante = Atalanta

Athene = Athena

Augeias = Augeas

Autolykos = Autolycus

Bakchos, Bakkhos = Bacchus

Boiotia = Boeotia

Briareos = Briareus

C, *see* K

Chairephon, Khairephon = Chaerephon

Chalkiope, Khalkiope = Chalciope

Chariklo, Khariklo = Chariclo

Cheiron, Kheiron = Chiron

Chimaira, Khimaira = Chimaera

Chronos, Khronos = Chronus

Chrysippos, Khrysippos = Chrysippus

Chthonios, Khthonios = Chthonius

Daidalos = Daedalus

Danaos = Danaüs

Dardanos = Dardanus

Deïaneira = Deïanira, Dejanira

Deidameia = Deïdamia

Delphoi = Delphi

Deukalion = Deucalion

Dikte = Dicte

Dionysos = Dionysus

Dioskouroi = Dioscuri

Dirke = Dirce

Echemos, Ekhemos = Echemus

Elektra = Electra

Elysion = Elysium

Epeios = Epeus

Epigonoi = Epigoni

Epikaste = Epicasta

Erebos = Erebus

Erytheia = Erythia

Eteokles = Eteocles

Euadne = Evadne

Euboia = Euboea

Eumaios = Eumaeus

Euneos = Euneus

Europe = Europa

Eurykleia = Euryclea

Eurydike = Eurydice

Gaia = Gaea

Galateia = Galatea

Ganymedes = Ganymede

Glauke = Glauce

Glaukos = Glaucus

Graiai = Graeae

Haides = Hades

Haimon = Haemon

Hekabe = Hecabe, Hecuba

Hekate = Hecate

Hekatoncheires, Hekatonkheires =
    Hecatonchires

Hektor = Hector

Helenos = Helenus

Helios = Helius

Hephaistos = Hephaestus

Herakles = Heracles, Hercules

Hippodameia = Hippodamia

Hippolyte = Hippolyta

Hippolytos = Hippolytus

Horai = Horae

Hyakinthos = Hyacinthus

Hyllos = Hyllus

Iakchos, Iakkhos = Iacchus

Iason = Jason

Ikarios = Icarius

Ikaros = Icarus

Ilion = Ilium

Inachos, Inakhos = Inachus

Iokaste = Jocasta

Iolaos = Iolaüs

Iolkos = Iolcus

Iphigeneia = Iphigenia

Iphikles = Iphicles

Iphiklos = Iphiclus

Iphimedeia = Iphimedia

Iphitos = Iphitus

Ithaka = Ithaca

J, *see* I

Kadmos = Cadmus

Kaineus = Caeneus

Kalchas, Kalkhas = Calchas

Kallidike = Callidice

Kalliope = Calliope

Kallisto = Callisto

Kalypso = Calypso

Kanake = Canace

Kapaneus = Capaneus

Kassandra = Cassandra

Kassiepeia = Cassiepea

Kastor = Castor

Kerkops = Cercops

Kelaino = Celaeno

Keleus = Celeus

Kentauros = Centaurus, Centaur

Kephalos = Cephalus

Kerberos = Cerberus

Kerkopes = Cercopes

Kerkyon = Cercyon

Keto = Ceto

Keyx = Ceyx

Kirke = Circe

Kithairon = Cithaeron

Kleio = Clio

Klymene = Clymene

Klytaimnestra = Clytaemnestra,
    Clytemnestra

Knossos = Cnossus

Kodros = Codrus

Koios = Coeus

Kokytos = Cocytus

Kolchis, Kolkhis = Colchis

Kolonos = Colonus

Komaitho = Comaetho

Korinthos = Corinthus, Corinth

Koronis = Coronis

Kreon = Creon

Kreousa = Creusa

Kroisos = Croesus

Kronos = Cronus

Kybele = Cybele

Kyklops = Cyclops

Kyknos = Cycnus

Kyparissos = Cyparissus

Kypros = Cyprus

Kythera = Cythera

Kytisoros = Cytisorus

Kyzikos = Cyzicus

Labdakos = Labdacus

Laios = Laius

Lakedaimon = Lacedaemon

Laodameia = Laodamia

Learchos, Learkhos = Learchus

Leukippe = Leucippe

Leukippos = Leucippus

Leukothea = Leucothea

Leukothoe = Leucothoë

Likymnios = Licymnius

Linos = Linus

Lykaon = Lycaon

Lykia = Lycia

Lykomedes = Lycomedes

Lykurgos = Lycurgus

Lykos = Lycus

Lynkeus = Lynceus

Makareus = Macareus

Makaria = Macaria

Machaon, Makhaon = Machaon

Mainas = Maenas, Maenad

Medeia = Medea

Medousa = Medusa

Meleagros = Meleager

Meliai = Meliae

Melikertes = Melicertes

Menelaos = Menelaüs

Menoikeus = Menoeceus

Minotauros = Minotaurus, Minotaur

Musaios = Musaeus

Mousa, Mousai = Musa, Musae,
　　Muse, Muses

Mykenai = Mycenae, Mycene

Myrtilos = Myrtilus

Narkissos = Narcissus

Nausikaä = Nausicaä

Neoptolemos = Neoptolemus

Nessos = Nessus

Nykteus = Nycteus

Oidipous = Oedipus

Oinomaos = Oenomaüs

Okeanos = Oceanus

Olympos = Olympus

Orchomenos, Orkhomenos =
　　Orchomenus

Oreithyia = Orithyia

Orthros = Orthrus

Ourania = Urania

Ouranos = Uranus

Palaimon = Palaemon

Palladion = Palladium

Panathenaia = Panathenaea

Parnassos = Parnassus

Parthenopaios = Parthenopaeus

Patroklos = Patroclus

Pegasos = Pegasus

Peisistratos = Pisistratus

Peneios = Peneus

Penthesileia = Penthesilea

Peloponnesos = Peloponnesus,
　　Peloponnese

Periklymenos = Periclymenus

Persephone = Proserpina

Perikles = Pericles

Phaiakes = Phaeaces, Phaeacians

Philoktetes = Philoctetes

Phoibe = Phoebe

Phoibos = Phoebus

Plouton = Pluton, Pluto

Ploutos = Plutus

Podaleirios = Podalirius

Poias = Poeas

Polybos = Polybus

Polydeukos = Polydeuces

Polyneikes = Polynices

Polyphemos = Polyphemus

Priamos = Priamus, Priam

Prokne = Procne

Prokris = Procris

Prokrustes = Procrustes

Rheia = Rhea

Rhesos = Rhesus

Salmakis = Salmacis

Satyros = Satyrus, Satyr

Schoineus, Skhoineus =
　　Schoeneus

Seilenos = Silenus

Seirenes = Sirenes, Sirens

Sibylla = Sibylla, Sibyl

Sisyphos = Sisyphus

Skeiron = Sciron

Skylla = Scylla

Stheneboia = Stheneboea

Tantalos = Tantalus

Tartaros = Tartarus

Telemachos, Telemakhos =
　　Telemachus

Teukros = Teucer

Thaleia = Thalia

Thorikos = Thoricus

Thrinakie = Thrinacia

Tityos = Tityus

Troizen = Troezen

U, see Ou

Xanthos = Xanthus

Xouthos = Xuthus

Zephyros = Zephyrus, Zephyr

Zethos = Zethus